闻一多全集

1

序及年谱、神话与诗

闻一多 著

朱自清 郭沫若 吴晗 叶圣陶 编

上海人民出版社 上海书店出版社

出版说明

《闻一多全集》为闻一多先生殉难后，由朱自清、郭沫若、吴晗、叶圣陶主持编订，1948年上海开明书店出版。1982年生活·读书·新知三联书店重印上海开明书店版《闻一多全集》，校正个别文字，原有《年谱》抽出未印。

本书为重刊生活·读书·新知三联书店版《闻一多全集》。为便于读者阅读，改竖版繁体字为横版简体字，原四册改为六册。闻一多先生之时代语言文字使用习惯与现今偶有不同，为保留作品原貌，全部文字内容不做改动。

上海书店出版社

2020年1月

全集总目

卷首

1 郭沫若先生序
13 朱自清先生序
24 事略

神话与诗

5 伏羲考
77 龙凤
82 姜嫄履大人迹考
91 高唐神女传说之分析
128 说鱼
150 司命考
154 道教的精神
164 神仙考
191 歌与诗
204 说舞
211 文学的历史动向
218 “七十二”
232 端午考
253 端节的历史教育
258 屈原问题
273 人民的诗人——屈原
276 什么是九歌
292 怎样读九歌
312 “九歌”古歌舞剧悬解
340 廖季平论离骚
345 匡斋尺牍

古典新义（上）

5 周易义证类纂

71 诗经新义

107 诗经通义

207 诗新台鸿字说

215 尔雅新义

239 庄子内篇校释

281 庄子

299 离骚解诂

324 天问释天

古典新义（下）

5 楚辞校补

153 敦煌旧钞楚辞音残卷跋

161 释

170 释省偖

183 释朱

194 释为释豕

202 释圝

216 释龋

218 释余

222 释羔

225 释桑 附释嫊释噪

233 释噩

235 释“不”

243 璞堂杂识

266 大丰簋考释

272 禺邗王壶跋

唐诗杂论

279 类书与诗

288 宫体诗的自赎

302 四杰

310 孟浩然

316 贾岛

324 少陵先生年谱会笺

390 岑嘉州系年考证

433 杜甫

449 英译李太白诗

诗与批评

5 死水

43 红烛

165 白朗宁夫人的情诗

173 山花

175 冬夜评论

216 女神之时代精神

226 女神之地方色彩

234 莪默伽亚谟之绝句

252 “烙印”序

256 “西南采风录”序

260 “三盘鼓”序

262 时代的鼓手

267 文艺与爱国——纪念三月十八

269 邓以蛰“诗与历史”题记

271 诗人的横蛮

273 诗的格律

282 先拉飞主义

297 戏剧的歧途

301 泰果尔批评

307 谈商籁体

309 论“悔与回”

杂文

315 家族主义与民族主义

319 复古的空气

324 什么是儒家

330 关于儒·道·土匪

336 从宗教论中西风格

343 五四运动的历史法则

348 五四断想

350 调整大学文学院中国文学外国语文学二系机构刍议

355 妇女解放问题

360 伟大的事实不朽的意义

365 可怕的冷静

368 愈战愈强

371 一个白日梦

374 画展

377 “新中国”给昆明一个耳光罢

379 “一二·一”运动始末记

383 谨防汉奸合法化

演讲录

389 组织民众与保卫大西南
393 五四历史座谈
396 给西南联大的从军回校同学讲话
400 兽·人·鬼
402 八年的回忆与感想
408 民盟的性质与作风
414 新文艺和文学遗产
417 战后文艺的道路
423 论文艺的民主问题
427 诗与批评
434 艾青和田间
436 最后一次的讲演

书信

443 给梁实秋吴景超翟毅夫顾毓琇熊佛西诸先生
479 给左明先生
481 给游泽承先生
486 给饶孟侃先生
488 给臧克家先生
493 家书

诗选与校笺（上）

5 风诗类钞
121 乐府诗笺
183 易林琼枝
197 唐诗大系

诗选与校笺（下）

5 现代诗钞

281 吴晗先生跋
287 编后记
293 重印后记

郭　序

最近吴辰伯先生把《闻一多全集》的稿子从北平给我寄了来，我费了两个礼拜的工夫细细地校读了两遍，校补了一些誊录上的错误和夺落，填写了一些古代文字，更把全部的标点统一了。全稿的字数我没有过细计算，大约总在一百万字以上吧。在这里面关于文化遗产的部分要占四分之三，关于近代学识，特别是参加民主运动以来的著述，仅占极少数。因此从这整个的遗稿上便给了我一个这样的印象：一棵茁壮的向日葵刚刚才开出灿烂的黄花，便被人连根拔掉，毁了。

“千古文章未尽才”，这是夏完淳哭他的内兄钱漱广的一句诗，这两三个礼拜来老是在我的脑子里和口角上盘旋着。闻一多先生的大才未尽，实在是一件千古的恨事。他假如不遭暗害，对于民主运动不用说还可以作更大的努力，就在学问研究上也必然会有更大的贡献的。

一多对于文化遗产的整理工作，内容很广泛，但他所致力的对象是秦以前和唐代的诗与诗人。关于秦以前的东西除掉一部分的神话传说的再建之外，他对于《周易》《诗经》《庄子》《楚辞》这四种古籍，实实在在下了惊人的很大的工夫。就他所已成就的而言，我自己是这样感觉着，他那眼光的犀利，考索的赅博，立说的新颖而翔实，不仅是前无古人，恐怕还要后无来者的。这些都不是我一个人在这儿信口开河，凡是细心阅读他这《全集》的人，我相信都会发生同感。我现在姑且举两个例子在这儿。

第一，他有一篇《诗新台鸿字说》解释《诗经 · 邶风 · 新台篇》里面"鱼网之设，鸿则离之"的那个鸿字。两千多年来读这诗的谁都马虎过去了，以为是鸿鹄的鸿，但经一多先生从正面反面侧面来证明，才知道这儿的"鸿"是指蟾蜍即虾蟆。古人曾叫虾蟆或蟾蜍为"苦蠪"见《广雅 · 释鱼》和《名医别录》，苦蠪就是鸿的切音了，苦蠪为鸿亦犹窟窿为孔，喉咙为亢。而更巧妙的是有一种草名叫屈茏的，别名也叫着鸿。《淮南子 · 墬形篇》"海闾生屈茏"，高诱注云："屈茏，游龙，鸿也。"这确是很重要的发现。要把这"鸿"解成虾蟆，然后全诗的意义才能畅通。全诗是说本来是求年青的爱侣却得到一个弓腰驼背的老头子，也就如本来是想打鱼而却打到了虾蟆的那样。假如是鸿鹄的鸿，那是很美好的鸟，向来不含恶义，而且也不会落在鱼网子里，那实在是讲不通的。然而两千多年来，差不多谁都以这不通为通而忽略过去了。

其次，再举《天问释天》里面解释"顾菟"的一条吧。"夜光何德，死则又育？厥利维何，而顾菟在腹"，这是问的月亮的情形。向来的人都把顾和菟分开来，认为顾是顾望，而菟就是兔子。到了清代的毛奇龄，认为顾菟不能分开，是月中的兔名，算是进了一步。直到闻一多先生，才又举出了十一项证据来，证明顾菟就是蟾蜍的别名。蟾蜍一名居蠩与顾菟实一音之转。同一转语则为科斗为活东，与蟾蜍实为一体。《汉少室神道阙》刻月中蟾蜍四足一尾，宛如科斗后期之形，故知顾菟亦即科斗。闻先生举了十一例以证成其说，虽然他还在浩叹：“既无术以起屈子于九泉之下以为吾质，则吾虽辩，其终不免徒劳乎？噫！”但我敢于相信，他的发现实在是确凿不易的，并不是“徒劳”。

像这样细密新颖地发前人所未发的胜义，在全稿中触目皆是，真是到了可以使人瞠惑的地步。这样一位富有发明力的天才，我隐隐地感觉着，可惜是用在文字学或文献学这一方面来了，假如是用在自然科学或技术科学方面，不会成为更有益于全人类的牛顿和爱迪生吗？我固然无心要在文献学和自然科学或技术科学中定出轩轾，用科学的方法来治理文献或文字，其实也就是科学，但如站在功利的立场，那价值的广狭，的确是大有由旬的。虽然在中国也尽有的是这样的功利学者，认为一个古字古义的发明实不亚于天文学家发现了一个星球。或许是吧，但我并不想那样夸张地看，我相信闻一多先生也不会那样夸张地看的。

闻先生治理古代文献的态度，他是承继了清代朴学大师们的考据方法，而益之以近代人的科学的致密。为了证成一种假说，他不惜耐烦地小心地翻遍群书。为了读破一种古籍，他不惜在多方面作苦心的彻底的准备。这正是朴学所强调的实事求是的精神，一多是把这种精神澈底地实践了。唯其这样，所以才能有他所留下的这样丰富的成绩。但他的澈底处并不是仅仅适用于考据，他把考据这种工夫仅是认为手段，而不是认为究极的目的的。请看他在《楚辞校补》的《引言》上所说的这样的话吧：

较古的文学作品所以难读，大概不出三种原因：（一）先作品而存在的时代背景与作者个人的意识形态，因年代久远，史料不足，难于了解；（二）作品所用的语言文字，尤其那些“约定俗成”的白字（训诂家所谓“假借字”），最易陷读者于多歧亡羊的苦境；（三）后作品而产生的传本的讹误，往往也误人不浅。《楚辞》恰巧是这三种困难都具备的一部古书，所以在研究它时，我曾针对着上述诸点，给自己定下了三项课题：（一）说明背景，（二）诠释词义，（三）校正文字。

凡是古书，这三种困难都是具备着的，事实上并不限于《楚辞》，因而他所规定的三项课题，其实也就是研究古代文献上的共通课题；尤其是第一项，那是属于文化史的范围，应该是最高的阶段。但中国自秦汉以来两千多年，实在还没有产生出过一部好的文化史。专家的研究也是同样。汉儒的研究是在第二第三阶段上盘旋，宋儒越躐了第三阶段，只是在第二阶段的影子上跳跃。清儒又回到第二第三阶段上来，然而也只在这里盘旋，陶醉于训诂名物的糟粕而不能有所超越。这是当然的，要想知道“时代背景”和“意识形态”，须要超越了那个时代和那个意识才行。“不识庐山真面目，只缘身在此山中”，不能超越那个时代和意识，那便无从客观地认识那个时代和那个意识，不用说是更不能够批判那个时代和那个意识。就像孩儿期中孩儿自身不明白自己的处境和意识一样，两千多年的封建社会的停滞也就必然地汇成了封建意识的污潴。要澄清这污潴，今天正是时候了。

我们再看一多先生在《楚辞校补》的《引言》中叙述着他的苦衷吧。他认为他所拟定的三项课题，最好是同时交卷，然而为情势所迫，他一时不能够全部完成，“只好将最下层，也是最基层的第三项——校正文字的工作，先行结束，而尽量将第二项——诠释词义的部分容纳在这里。”他认为这是“权变的办法”，是他所极不愿做的。然而为了“可以腾出时间来多作点别的事”，他终于这样做了。这《引言》是写于民国三十年的十二月八日，也正是民主运动开始发动的时候，我们看他这急急于想“腾出时间来多作点别的事”的苦心，不可以看出一多先生以后的活动是早有部署在心的吗？但我在这儿注意地引用到这段文字的用意倒侧重在他对于自己所从事的工作具有全般的计划，而且在完成计划的各个步骤上的评价他是丝毫也没有陷于自我陶醉的。“校正文字”和“诠释词义”的工作，这些正是考据家们的所兢兢焉乐道的事业，而在他只是基本的准备工作，而且“校正文字”还只是“最下层”。这不明显地表示着，他丝毫也没有把自已的工作作过分的夸大吗？他的《楚辞校补》在他自己看来既只是第二第三阶段上的作品，我们准据着这同一的自白，也可以知道，他对于他的《周易义证类纂》《诗经新义》《诗经通义》《庄子内篇校释》《离骚解诂》等，这样一连串的在文字训诂上极有价值的文字，在他自己也不过是视为第二第三阶段的工作吧了。其实这些著作，当代的考据家们，假使能有得一篇，也就尽足以自豪的。事实上他们是一篇也没有，已经就在自豪了，一些旧式的或新式的卫道者，不是根本连字都不认识，便在那儿以仲尼复活，墨翟再生自命吗？闻先生不是这样的糊涂虫，他虽然在古代文献里游泳，但他不是作为鱼而游泳，而是作为鱼雷而游泳的。他是为了要批判历史而研究历史，为了要扬弃古代而钻进古代里去刳它的肠肚的。他有目的地钻了进去，没有忘失目的地又钻了出来，这是那些古籍中的鱼们所根本不能想望的事。

三十三年的五月三日晚上，在昆明的联大新舍南区十号教室里，曾经举行过一次五四历史座谈，据记录，在周炳琳，张奚若等先生发言之后，闻一多先生发言。他曾经这样说过：

刚才张先生说辛亥革命是形式上的革命，五四是思想革命，正中下怀。但是你们现在好像是在审判我，因为我是在被革命的系——中文系里面的。但是我要和你们里应外合！

他这就是说钻进“中文”——中国文学或中国文化——里面去革中文的命。他说“封建社会的东西全是要不得的。我相信，凭我的教书经验和心得，它是实在要不得的。中文系的任务就是要知道它的要不得，才不至于开倒车。”今天搞中文的人谁个是这样的抱负？旧式的卫道者不用说他了，就拿现在一些搞“国文”的新式学者来说，不是月月都在那儿祖述桐城，甚至还在赞扬八股吗？那些君子不用说不是中文的革命叛徒，简直是唐宋盛世的辅命功臣了；要说猗欤休哉，也的确是值得说一声猗欤休哉的！

然而一多先生却不是这样的功臣！他搞中文是为了“里应外合”来完成“思想革命”，这就是他的治学的根本态度。为着要得虎子而身入虎穴，决不是身入虎穴去为虎作伥。他在写考证文字的时候照例使用文言，但他认为“未能免俗”，他梦想着要用白话文来写考证文字。这也是见于《楚辞校补·引言》里的话，可见他在迫不得已使用文言时，都没有忘记要扬弃文言。但他在第一阶段的工作——即最上层的批判时代背景与意识形态上，他是断然把文言扬弃了的。这段工作，他虽然做得不多，但已经开始在作，而且在作的过程中，他自己的意识形态已经有了变迁和改进，也是可以明白地看出的。这可以把他的《庄子》和《人民诗人——屈原》两篇文章拿来做证明。

一多先生不仅在《庄子》的校释上做了刻苦的工夫，他另外有一篇题名就叫“《庄子》”的论文，直可以说是对于庄子的最高的礼赞。他实在是在那儿诚心诚意地赞美庄子，不仅陶醉于庄子的汪洋恣肆的文章，而且还同情于他的思想。请看下面的这些摘录吧。

有大智慧的都会认识道的存在，信仰道的实有，却不像庄子那样热忱地爱慕它。

是诗便少不了那一个哀艳的“情”字。《三百篇》是劳人思妇的情；屈宋是仁人志士的情；庄子的情可难说了，只超人才载得住他那种神圣的客愁。所以庄子是开辟以来最古怪最伟大的一个精神。

读《庄子》的人，定知道那是多层的愉快。你正在惊异那思想的奇警，在那踌躇的当儿，忽然又发觉一件事，你问那精微奥妙的思想何以竟有那样凑巧的曲达圆妙的辞句来表现它，你更惊异；再定神一看，又不知道那是思想那是文字了，竟许甚么也不是，而是经过化合作用的第三种东西，于是你尤其惊异。这应接不暇的惊异，使你加倍地愉快，乐不可支。这境界，无论如何，在庄子以前，绝找不到，以后，遇着的机会确实也不多。文中之支离疏，画中的达摩，是中国艺术里最特色的两个产品。正如达摩是画中有诗，文中也常有一种“清丑入图画，视之如古铜古玉”龚自珍《书金伶》的人物，都代表中国艺术中极高古，极纯粹的境地；而文学中这种境界的开创者则推庄子。……这种以丑为美的兴趣，多到庄子那程度，或许近于病态；可是谁知道，文学不根本便犯着那嫌疑呢！

这和《死水》中所表现的思想有一脉相通的地方。你看他那陶醉于庄子的“乐不可支”的神情！他在迷恋着“超人”，迷恋着“高古”“神圣”“古铜古玉”“以丑为美”(《死水》的主要倾向便在刻意于此)，甚至于迷恋于庄子的“道”，“认识道的存在”“信仰道的实有”的是“有大智慧的”人，意在言外地憧憬着要“像庄子那样热忱地爱慕它”。庄子的“道”是什么？那是我们中国古代的黄老学派所悬拟的宇宙万汇的本体。眼前的宇宙万汇是可视可闻可臭可触的感官界，但这感官界的来源是有一个超越于感官的不可见不可闻不可臭不可触的实质的本体；那本体的名字就叫着“道”。宇宙万汇都是这“道”的化身，一切变化都是“道”的活动。“道”是宇宙万汇的创化者，也就是宇宙万汇的真正的主宰者（“真宰”）。所以“道”这个东西其实就是前一时代的所谓“上帝”的混沌化，“上帝”是有眼耳口鼻的人形，“道”是没有眼耳口鼻的混沌而已。万物都是“道”，也就是说万物都是神。庄子的思想在我们中国古代本是一种泛神论的思想。这种思想和印度的古代和希腊的古代某些形而上学家的想法是共通的，在反对神，反对宗教，反对建立在教权上的统治方式上，很有足以使人迷恋的地方，而加以庄子的古今独步的文笔，的确是陶醉了不少的人。我自己在年青的时候也就是极端崇拜庄子的一个人，就是晚年来反对庄子最力的鲁迅，他也很称赞庄子的文章，甚至于也沾染过庄子的思想。鲁迅自己说过：“就在思想上，也何尝不中些庄周和韩非的毒，时而很随便，时而很峻急。”《写在坟的后面》但鲁迅是从庄子思想中蜕变了出来，闻一多也同样把庄子思想扬弃了。

闻一多扬弃了庄子思想，这表现在什么地方呢？这表现在他日后一转而痛骂道家了。

一个儒家做了几任“官”，捞得肥肥的，然后撒开腿就跑，跑

到一所别墅或山庄里，变成一个什么居士，便是道家了。《关于儒·道·土匪》

他斥墨家是土匪，儒家是偷儿，道家是骗子。他说："讲起穷凶极恶的程度来，土匪不如偷儿，偷儿不如骗子，那便是说墨不如儒，儒不如道。"这是把道家思想清算得很痛快的。

如其从对于文化史的贡献上来说，这层思想的转变可以说很具体地表现于他的由庄子礼赞转而为屈原颂扬。

我们在上述《庄子》一文中看见他以屈原和宋玉并称，说"屈宋是仁人志士的情"，没有庄子伟大，这完全是一种旧式的看法。但在《人民诗人——屈原》里面，看法便完全不同了。"是什么使得屈原成为人民的屈原"的？他举出了四种原因。第一，屈原虽然是楚国的同姓，却"早被打落下来，变成一个作为宫廷弄臣的卑贱的伶官。……这样，首先在身分上，屈原便是属于广大人民群中的。"第二，"屈原最主要的作品——《离骚》的形式，是人民的艺术形式。……次要的作品——《九歌》，是民歌。"第三，"在内容上，《离骚》无情地暴露了统治阶层的罪行，严正地宣判了他们的罪状。……用人民的形式，喊出了人民的愤怒。"第四，"屈原的死，更把那反抗情绪提高到爆炸的边沿，只等秦国的大军一来，就用溃退和叛变方式，来向他们万恶的统治者，实行报复性的反击。历史决定了暴风雨的时代必然要来到。屈原一再的给这时代执行了'催生'的任务。"

这四种条件，在他认为，若缺少了一件，便不能成为真正的人民诗人。“尽管陶渊明歌颂过农村，农民不要他，李太白歌颂过酒肆，小市民不要他，因为他们既不属于人民，也不是为着人民的。杜甫是真心为着人民的，然而人民听不懂他的话。屈原虽没有写人民的生活，诉人民的痛苦，然而实质的等于领导了一次人民革命，替人民报了一次仇。屈原是中国历史上唯一有充分条件称为人民诗人的人。”

就这样，闻一多先生由庄子礼赞变而为屈原颂扬，而他自己也就由绝端个人主义的玄学思想蜕变出来，确切地获得了人民意识。这人民意识的获得也就保证了《新月》诗人的闻一多成为了人民诗人的闻一多。假使屈原果真是“中国历史上唯一有充分条件称为人民诗人的人”，那么有了闻一多，有了闻一多的死，那“唯一”两个字可以取消了。屈原由于他的死，把楚国人民反抗的情绪提高到了爆炸的边沿，闻一多也由于他的死，把中国人民反抗的情绪提高到了爆炸的边沿了。替人民报仇者，人民亦必为之报仇；为革命催生者，革命亦必为之催生——催向永生的路上行进。

闻一多毫无疑问是永生了。他真真是“求仁得仁”，他不仅在做学问上获得了人民意识，而在做人上更保障了人民意识的确切获得。然而话又得说回来，他的很快地便被催向永生，在一多自己虽然是一种至上的成就，在人民也就是一种历史的收获，然而很苦痛地是伴随了一个过高的代价。假如在一多获得了人民意识之后，再多活得十年，让他在事业上，在学问上，更多多地为人民服务，人民的收获想来也不会更微末的吧？在他把文化史的批判工作的准备刚好完成，正有充分的资格来担当批判过去，创造将来的时候，却没有让他用笔来完成他的使命，而是用血来完成了，不能过分矫情的说，这不是重大的损失。

“千古文章未尽才”，在今天我读着一多的全部遗著，在惊叹他的成绩的卓越之余，仍不能不为中国的人民，不能不为人民本位的中国文化的批判工作，怀着无穷的隐痛。“一个人倒下去，千百万个人起来！”在革命工作上我虔诚地希望能够这样，在为人民服务的学术工作上我也虔诚地希望能够这样。

郭沫若

一九四七年八月七日。

朱　序

闻一多先生为民主运动贡献了他的生命，他是一个斗士。但是他又是一个诗人和学者。这三重人格集合在他身上，因时期的不同而或隐或现。大概从民国十四年参加《北平晨报》的诗刊到十八年任教青岛大学，可以说是他的诗人时期，这以后直到三十三年参加昆明西南联合大学的五四历史晚会，可以说是他的学者时期，再以后这两年多，是他的斗士时期。学者的时期最长，斗士的时期最短，然而他始终不失为一个诗人；而在诗人和学者的时期，他也始终不失为一个斗士。本集里承臧克家先生钞来三十二年他的一封信，最可以见出他这种三位一体的态度。他说：

我只觉得自己是座没有爆发的火山，火烧得我痛，却始终没有能力（就是技巧）炸开那禁锢我的地壳，放射出光和热来。只有少数跟我很久的朋友（如梦家）才知道我有火，并且就在《死水》里感觉出我的火来。

这是斗士藏在诗人里。他又说：

你们做诗的人老是这样窄狭，一口咬定世上除了诗什么也不存在。有比历史更伟大的诗篇吗？我不能想像一个人不能在历史（现代也在内，因为它是历史的延长）里看出诗来，而还能懂诗。……你不知道我在故纸堆中所做的工作是什么，它的目的何在，……因为经过十余年故纸堆中的生活，我有了把握，看清了我们这民族，这文化的病症，我敢于开方了。方单的形式是什么——一部文学史（诗的史），或一首诗（史的诗），我不知道，也许什么也不是。……你诬枉了我，当我是一个蠹鱼，不晓得我是杀蠹的芸香。虽然二者都藏在书里，他们的作用并不一样。

学者中藏着诗人，也藏着斗士。他又说“今天的我是以文学史家自居的”。后来的他却开了“民主”的“方单”，进一步以直接行动的领导者的斗士姿态出现了。但是就在被难的前几个月，他还在和我说要写一部唯物史观的中国文学史。

闻先生真是一团火。就在《死水》那首诗里他说：

这是一沟绝望的死水，
这里断不是美的所在，
不如让给丑恶来开垦，
看他造出个什么世界。

这不是“恶之花”的赞颂，而是索性让“丑恶”早些“恶贯满盈”，“绝望”里才有希望。在《死水》这诗集的另一首诗《口供》里又说：

可是还有一个我，你怕不怕？——
苍蝇似的思想，垃圾桶里爬。

“绝望”不就是静止，在“丑恶”的“垃圾桶里爬”着，他并没有放弃希望。他不能静止，在《心跳》那首诗里唱着：

静夜！我不能，不能受你的贿赂。
谁希罕你这墙内方尺的和平！
我的世界还有更辽阔的边境。
这四墙既隔不断战争的喧嚣，
你有什么方法禁止我的心跳？

所以他写下战争惨剧的《荒村诗》，又不怕人家说他窄狭，写下了许多爱国诗。他将中国看作“一道金光”“一股火”（一个观念）。那时跟他的青年们很多，他领着他们做诗，也领着他们从“绝望”里向一个理想挣扎着，那理想就是“咱们的中国！”（一句话）。

可是他觉得做诗究竟“窄狭”，于是乎转向历史，中国文学史。他在给臧克家先生的那封信里说：“我始终没有忘记除了我们的今天外，还有那二千年前的昨天，这角落外还有整个世界。”同在三十二年写作的那篇《文学的历史动向》里说起“对近世文明影响最大最深的四个古老民族——中国，印度，以色列，希腊——都在差不多同时猛抬头，迈开了大步”。他说：

约当纪元前一千年左右，在这四个国度里，人们都歌唱起来，并将他们的歌纪录在文字里，给流传到后代。……四个文化，在悠久的年代里，起先是沿着各自的路线，分途发展，不相闻问。然后，慢慢的随着文化势力的扩张，一个个的胳臂碰上了胳臂，于是吃惊，点头，招手，交谈，日子久了，也就交换了观念思想与习惯。最后，四个文化慢慢的都起着变化，互相吸收，融合，以至总有那么一天，四个的个别性渐渐消失，于是文化只有一个世界的文化。这是人类历史发展的必然路线，谁都不能改变，也不必改变。

这就是“这角落外还有整个世界”一句话的注脚。但是他只能从中国文学史下手。而就是“这角落”的文学史，也有那么长的年代，那么多的人和书，他不得不一步步的走向前去，不得不先钻到“故纸堆内讨生活”，如给臧先生信里说的。于是他好像也有了“考据癖”。青年们渐渐离开了他。他们想不到他是在历史里吟味诗，更想不到他要从历史里创造“诗的史”或“史的诗”。他告诉臧先生，“我比任何人还恨那故纸堆，正因为恨它，更不能不弄个明白。”他要创造的是崭新的现代的“诗的史”或“史的诗”。这一篇巨箸虽然没有让他完成，可是十多年来也片段的写出了一些。正统的学者觉得这些不免“非常异义，可怪之论”，就戏称他和一两个跟他同调的人为“闻一多派”。这却正见出他是在开辟着一条新的道路，而那披荆斩棘，也正是一个斗士的工作。这时期最长，写作最多。到后来他以民主斗士的姿态出现，青年们又发现了他，这一回跟他的可太多了！行动虽然时时在要求着他，他写的可并不算少，并且还留下了一些演讲录。这一时期的作品跟演讲录都充满了热烈的爱憎和精悍之气，就是学术性的论文如《龙凤》和《屈原问题》等也如此。这两篇，还有杂文《关于儒·道·土匪》，大概都可以算得那篇巨箸的重要的片段罢。这时期他将诗和历史跟生活打成了一片；有人说他不懂政治，他倒的确不会让政治的圈儿箍住的。

他在“故纸堆内讨生活”，第一步还得走正统的道路，就是语史学的和历史学的道路，也就是还得从训诂和史料的考据下手。在青岛大学任教的时候，他已经开始研究唐诗；他本是个诗人，从诗到诗是很近便的路。那时工作的重心在历史的考据。后来又从唐诗扩展到《诗经》《楚辞》，也还是从诗到诗。然而他得弄语史学了。他于是读卜辞，读铜器铭文，在这些里找训诂的源头。从本集二十二年给饶孟侃先生的信可以看出那时他是如何在谨慎的走着这正统的道路。可是他“很想到河南游游，尤其想看洛阳——杜甫三十岁前后所住的地方”。他说：“不亲眼看看那些地方，我不知杜甫传如何写。”这就不是一个寻常的考据家了！抗战以后他又从《诗经》《楚辞》跨到了《周易》和《庄子》；他要探求原始社会的生活，他研究神话，如《高唐神女传说》和《伏羲考》等等，也为了探求“这民族，这文化”的源头，而这原始的文化是集体的力，也是集体的诗，他也许要借这原始的集体的力给后代的散漫和萎靡来个对症下药罢。他给臧先生写着：

我的历史课题甚至伸到历史以前，所以我研究神话，我的文化课题超出了文化圈外，所以我又在研究以原始社会为对象的文化人类学。

他不但研究文化人类学，还研究佛罗依德的心理分析学来照明原始社会生活这个对象。从集体到人民，从男女到饮食，只要再跨上一步；所以他终于要研究起唯物史观来了，要在这基础上建筑起中国文学史。从他后来关于文学的几回演讲，可以看出他已经是在跨着这一步。

然而他为民主运动献出了生命，再也来不及打下这个中国文学史的基础了。他在前一个时期里却指出过“文学的历史动向”。他说从西周到北宋都是诗的时期，“我们这大半部文学史，实质上都是诗史”。可是到了北宋，“可能的调子都已唱完了”，上前“接力”的是小说与戏剧。“中国文学史的路线从南宋起便转向了，从此以后是小说戏剧的时代。”他说，“是那充满故事兴味的佛典之翻译与宣讲，唤醒了本土的故事兴趣的萌芽，使它与那较进步的外来形式相结合，而产生了我们的小说与戏剧。”而“第一度外来影响刚刚扎根，现在又来了第二度的。第一度佛教带来的印度影响是小说戏剧，第二度基督教带来的欧洲影响又是小说戏剧。”于是乎他说：

四个文化同时出发，三个文化都转了手，有的转给近亲，有的转给外人，主人自己却没落了，那许是因为他们都只勇于“予”而怯于“受”。中国是勇于“予”而不太怯于“受”的，所以还是自己文化的主人，然而……仅仅不怯于“受”是不够的，要真正勇于“受”。让我们的文学更彻底的向小说戏剧发展，等于说要我们死心塌地走人家的路。这是一个“受”的勇气的测验，也是我们能否继续做自己文化的主人的测验。

这里强调外来的影响。他后来建议将大学的中国文学系跟外国语文学系改为文学系跟语言学系，打破“中西对立，文语不分”的局面，也是“要真正勇于受”，都说明了“这角落外还有整个世界”那句话。可惜这个建议只留下一堆语句，没有写成。但是那印度的影响是靠了“宗教的势力”才普及于民间，因而才从民间“产生了我们的小说与戏剧”。人民的这种集体创作的力量是文学的史的发展的基础，在诗歌等等如此，在小说戏剧更其如此。中国文学史里，小说和戏剧一直不曾登大雅之堂，士大夫始终只当它们是消遣的顽意儿，不是一本正经。小说和戏剧一直不曾能够脱去了俗气，也就是平民气。等到民国初年我们的现代化的运动开始，知识阶级渐渐形成，他们的新文学运动和新文化运动接受了欧洲的影响，也接受了“欧洲文学的主干”的小说和戏剧；小说和戏剧这才堂堂正正的成为中国文学。《文学的历史动向》里还没有顾到这种情形，但在《中国文学史稿》里，闻先生却就将“民间影响”跟“外来影响”并列为“二大原则”，认为“一事的二面”或“二阶段”，还说，“前几次外来影响皆不自觉，因经由民间；最近一次乃士大夫所主持。故为自觉的。”

他的那本《中国文学史稿》，其实只是三十三年在昆明中法大学教授中国文学史的大纲，还待整理，没有收在全集里。但是其中有《四千年文学大势鸟瞰》，分为四段八大期，值得我们看看：

第一段　本土文化中心的抟成　一千年左右

第一大期　黎明　夏商至周成王中叶（公元前二五〇*——一〇〇）约九百五十年

第二段　从三百篇到十九首　一千二百九十一年

第二大期　五百年的歌唱　周成王中叶至东周定王八年（陈灵公卒，《国风》约终于此时）（前一〇九九—五九九）约五百年

第三大期　思想的奇葩　周定王九年至汉武帝后元二年（前五九八—八七）五百一十年

第四大期　一个过渡期间　汉昭帝始元元年至东汉献帝兴平二年（前八六—后一九五）二百八十一年

第三段　从曹植到曹雪芹　一千九百一十九年

第五大期　诗的黄金时代　东汉献帝建安元年至唐玄宗天宝

* “公元前二五〇”三联版疑误，当为“公元前二〇五〇”。

十四载（一九六—七五五） 五百五十九年

第六大期 不同型的余势发展 唐肃宗至德元载至南宋恭帝德祐二年（七五六—一二七六） 五百二十年

第七大期 故事兴趣的醒觉 元世祖至元十四年至民国六年（一二七七—一九一七） 六百四十年

第四段 未来的展望——大循环

第八大期 伟大的期待 民国七年至……（一九一八—……）

第一段“本土文化中心的抟成”，最显著的标识是仰韶文化（新石器时代）的陶器花纹变为殷周的铜器花纹，以及农业的兴起等。第三大期“思想的奇葩”，指的散文时代。第六大期“不同型的余势发展”，指的诗中的“更多样性与更参差的情调与观念”，以及“散文复兴与诗的散文化”等。第四段的“大循环”，指的回到大众。第一第二大期是本土文化的东西交流时代，以后是南北交流时代。这中间发展的“二大原则”，是上文提到的“外来影响”和“民间影响”；而最终的发展是“世界性的趋势”。——这就是闻先生计划着创造着的中国文学史的轮廓。假如有机会让他将这个大纲重写一次，他大概还要修正一些，补充一些。但是他将那种机会和生命一起献出了，我们只有从这个简单的轮廓和那些片段，完整的，不完整的，还有他的人，去看出他那部“诗的史”或那首“史的诗”。

他是个现代诗人，所以认为“在这新时代的文学动向中，最值得揣摩的，是新诗的前途”。他说新诗得“真能放弃传统意识，完全洗心革面，重新做起”。

但那差不多等于说，要把诗做得不像诗了。也对。说得更准确点，不像诗，而像小说戏剧，至少让它多像点小说戏剧，少像点诗。太多“诗”的诗，和所谓“纯诗”者，将来恐怕只能以一种类似解嘲与抱歉的姿态，为极少数人存在着。在一个小说戏剧的时代，诗得尽量采取小说戏剧的态度，利用小说戏剧的技巧，才能获得广大的读众。……新诗所用的语言更是向小说戏剧跨近了一大步，这是新诗之所以为“新”的第一个也是最主要的理由。其它在态度上，在技巧上的种种进一步的试验，也正在进行着。请放心，历史上常常有人把诗写得不像诗，如阮籍，陈子昂，孟郊，如华茨渥斯，惠特曼，而转瞬间便是最真实的诗了。诗这东西的长处就在它有无限度的弹性，……只有固执与狭隘才是诗的致命伤，……

那时他接受了英国文化界的委托，正在钞选中国的新诗，并且翻译着。他告诉臧克家先生：

不用讲今天的我是以文学史家自居的，我并不是代表某一派的诗人。唯其曾经一度写过诗，所以现在有揽取这项工作的热心，唯其现在不再写诗了，所以有应付这工作的冷静的头脑而不至于对某种诗有所偏爱或偏恶。我是在新诗之中，又在新诗之外，我想我是颇合乎选家的资格的。

是的，一个早年就写得出《女神的时代精神》和《女神的地方色彩》那样确切而公道的批评的人，无疑的“是颇合乎选家的资格的”。可惜这部诗选又是一部未完书，我们只能够尝鼎一脔！他最后还写出了那篇《时代的鼓手》，赞颂田间先生的诗。这一篇短小的批评激起了不小的波动，也发生了不小的影响。他又在三十四年西南联合大学五四周的朗诵晚会上朗诵了艾青先生的《大堰河》，他的演戏的才能和低沉的声调让每一个词语渗透了大家。

闻先生对于诗的贡献真太多了！创作《死水》，研究唐诗以至《诗经》《楚辞》，一直追求到神话，又批评新诗，钞选新诗；在被难的前三个月，更动手将《九歌》编成现代的歌舞短剧，象征着我们的青年农民的严肃的工作。这样将古代跟现代打成一片，才能成为一部“诗的史”或一首“史的诗”。其实他自己的一生也就是具体而微的一篇“诗的史”或“史的诗”，可惜的是一篇未完成的“诗的史”或“史的诗”！这是我们不能甘心的！

朱自清

三十六年八月，清华园。

事　略

闻一多先生，名家骅，号一多，又名多，今年仅四十八岁，湖北浠水人。家世湖北望族。民国八年“五四”运动发生，那时候先生在清华学校（当时尚未改称大学）念书，积极的参与当时“外抗强权，内除国贼”的学生运动，担任学生会书记职务。先生爱国家，爱人民的热情，在那时候即已兆其端绪。民国十年毕业清华大学后，即出国赴美留学，在科拉多州研究外国文学，芝加哥艺术学院研究美术。返国后在国内各著名大学任教授，系主任，院长等职二十余年。民国十五六年任中央大学外文系主任，十七年任武汉大学文学院长，并任武昌艺专校董。十九年任青岛大学院长，二十二年返母校任中文系主任。二十六年抗战爆发，平津沦陷，先生随学校迁长沙，继又由长沙步行数千里抵昆明。当时先生是带队之一，他的步伐是异常健壮的。抗战八年来，一直在西南联大中文系任教。原来先生在清华念的是外文系。中国文学修养甚深，为不可多得的学者。在北平的时候，他提倡新诗，与已故诗人刘梦苇，徐志摩，朱湘等在《北京晨报副刊》出版过《诗周刊》，举行读诗会，提倡诗朗诵，又曾与徐志摩合编《新月月刊》及《诗刊》。他的诗受十九世纪浪漫诗人的影响最深，他那讲究的诗格，深为当时诗人所推服。曾著《死水》《红烛》两诗集，及长诗《奇迹》行世。以后一直从事古书的整理，就很少再写新诗。但抗战期间曾编有《抗战诗选》。他在当今诗人中，极推崇艾青和田间，称田间为“明天的诗人”，认为他的诗是时代进步的鼓声，有打鼓的声音。在中国古代文学中，闻先生对《易经》,《诗经》,《楚辞》,《庄子》，乐府，唐诗，古代神话，古文字学，音韵学，民俗学及绘图都有深切的见解和研究。他对《楚辞》的研究造诣尤深。先就核正文字及诠释词义作成的《楚辞校补》曾获全国学术审议会的奖。他极同情屈原的身世，以其“行义”尤过于“文采”，目为“人民的诗人”。又译《九歌》成白话歌剧，请音乐家赵沨制曲，将完稿。他在联大讲授“唐诗”“杜诗”，选课的学生很多，辑有《唐诗选本》。他对《全唐诗》的校勘已积稿成尺，尚待整理。又有《唐诗杂论》散见于各杂志。所作的《周易义证类纂》《诗经今释》《庄子内篇校记》《乐府诗笺》《杜甫年谱》都已出版，在学术上甚受重视。在他授课余暇，以新哲学观念写“中国文学史”，可惜还未完成，就遭反动派杀害了。

闻先生自从美国归国任教后，二十余年，从不过问政治。到抗战后期，因为目睹国内政治腐化，贪污遍地，物价暴涨，民不聊生，蹙然忧之。民国三十二年秋天，闻先生的一位在教导团从军的侄儿，经过昆明时，历历为先生陈述军队中的腐化，黑暗龌龊，先生大受刺激，于是闭门不出，深思七日，考虑其今后的人生态度，应该像过去一样埋头书斋不问世事，抑应该走出书斋，仗义执言。深思了七天以后，他觉得他不只应该作个研究学问的读书人，而且更应该以一个国民的身分去关心政治，于是他不时应联大学生自治会之邀，出席讲演时事及政局问题。

民国三十年春夏之交，我国对日战事一再败北，中原之战失利后，继而湘桂，黔桂，粤汉等线，节节败退，湘桂线被打通后，粤汉，黔桂两线也势如破竹，日寇越独山，都匀，直逼贵阳。先生蒿目时艰，不胜悲愤，乃于是年昆明各校庆祝双十节大会痛陈中国政治腐败，要求改革，并发表文章《武装保卫大西南》，要求政府实施民主改革，动员民众，武装保卫大西南，不让敌人得寸进尺，觊觎我西南大后方。是年十二月八日昆明《民主周刊》创刊，先生出任《民主周刊》编辑委员及民主同盟云南省支部省委。

自湘桂战事失利后，昆明生活程度，一日千里，高于全国，先生薪给有限，家庭负担甚重，乃不得不日以继夜代人治印以博升斗，但闻先生操守极严，有所不为的，好些以贪污或杀人起家的权贵重金请他治印，都为他严词拒绝。

先生品性耿介，待人温厚，爱青年有如子弟，深得联大学生的爱戴。每日课余，学生及昆明职业青年去看他的络绎不绝，先生生活虽拮据，但有些穷学生交不成饭费或生病医药费无着时，先生总是东借西凑千方百计的替青年解除困难。

先生的参加政治，完全是本乎他学者的良心，他本来是厌恶政治的。他的参加政治活动，也仅仅止于发表演讲或文章，由于先生对民主的热诚和大无畏的精神，他的演讲是异常得到青年人拥戴，每次演讲，听众总是五六千至二三万人，演讲时总是掌声不绝。

在先生的生活中是找不出“畏缩不前”或“恐惧”这几个字的，他的生活态度总是本着“义所当为，毅然为之”八个大字，在去年昆明“一二·一”惨案发生后，一再大声疾呼主张严惩凶手的是他，三十五年二月间昆明各界庆祝政协成功大会万人大游行，走在人民前头的是他，每一次演讲会第一个说话的，也还是他。在三十五年二月间昆明特务分子，就扬言悬赏四十万元买他的头颅，但他听了只淡然一笑，答复恐吓的是更积极的为和平民主实现而工作。

闻一多先生出任民主同盟中央执行委员及民盟云南支部宣传主委兼民主周刊社社长，是三十四年九月间民盟代表大会所选出的。翌年联大课程结束后，他就想回到北平去了，但因为交通工具关系，一直未能成行，竟致于是年七月十五日继李公朴同志之后被刺，其长公子立鹤也身受重伤。

闻先生遗下妻一，子女五人，均在西南联大及附中附小肄业，身后萧条，一无长物，今后家属生活及子女教育费都很成问题。

闻先生死了，在反动的阴谋下死了，但闻先生的精神是永远不会死的。快要死的，是日暮途穷的反动派自己，闻先生是活着的，他的精神，他的意志，他的理想，已经成为全中国人民的精神，全中国人民的意志，全中国人民的理想，他的方向，也是全中国人民的方向，全中国人民将会以更坚强更勇壮的行动，为和平民主的新中国而努力。

——原载《联大八年》

神话与诗

目录

5 伏羲考

77 龙凤

82 姜嫄履大人迹考

91 高唐神女传说之分析

128 说鱼

150 司命考

154 道教的精神

164 神仙考

191 歌与诗

204 说舞

211 文学的历史动向

218 “七十二”

232 端午考

253 端节的历史教育

258 屈原问题

273 人民的诗人——屈原

276 什么是九歌

292 怎样读九歌

312 “九歌”古歌舞剧悬解

340 廖季平论离骚

345 匡斋尺牍

伏羲考

一 引论

伏羲与女娲的名字，都是战国时才开始出现于记载中的。伏羲见于《易·系辞下传》，《管子·封禅篇》《轻重戊篇》，《庄子·人间世篇》《大宗师篇》《胠箧篇》《缮性篇》《田子方篇》，《尸子·君治篇》，《荀子·成相篇》，《楚辞·大招》，《战国策·赵策二》。女娲见于《楚辞·天问》，《礼记·明堂位篇》，《山海经·大荒西经》，但后二者只能算作汉代的典籍，虽则其中容有先秦的材料。二名并称者则始见于《淮南子·览冥篇》，也是汉代的书。关于二人的亲属关系，有种种说法。最无理由，然而截至最近以前最为学者们乐于拥护的一说，便是兄弟说。《世本·姓氏篇》曰：

女氏：天皇封弟㛂于汝水之阳，后为天子，因称女皇。

此说之出于学者们的有意歪曲事实，不待证明。罗泌《路史·后纪二》和梁玉绳《汉书人表考》中的论调，不啻坦白的供认了他们所以不能不如此歪曲的苦衷，所以关于这一说，我们没有再去根究的必要。此外，较早而又确能代表传说真相的一说，是兄妹说。《路史·后纪二》注引《风俗通》曰：

女娲，伏希（羲）之妹。

《通志·三皇考》引《春秋世谱》，《广韵》十三佳，《路史·后纪二》，马缟《中华古今注》等说同。次之是夫妇说。《唐书·乐志》载张说《唐享太庙乐章·钧天舞》曰：

合位娲后，同称伏羲。

据《乐志》，《钧天舞》是高宗时所用的乐章。这里以伏羲女娲比高宗武后，正表示他们二人的夫妇关系。稍后卢仝《与马异结交诗》说得更明显：

女娲本是伏羲妇。

此后同类的记载有宋人伪撰的《三坟书》，元杜道坚《玄经原旨发挥》，和一些通俗小说之类。夫妇说见于记载最晚，因此在学者心目中也最可怀疑。直至近世，一些画象被发现与研究后，这说才稍得确定。这些图象均作人首蛇身的男女二人两尾相交之状，据清代及近代中外诸考古学者的考证，确即伏羲女娲，两尾相交正是夫妇的象征。但是，依文明社会的伦理观念，既是夫妇，就不能是兄妹，而且文献中关于二人的记载，说他们是夫妇的，也从未同时说是兄妹，所以二人究竟是兄妹，或是夫妇，在旧式学者的观念里，还是一个可以争辩的问题。直至最近，人类学报告了一个惊人的消息，说在许多边疆和邻近民族的传说中，伏羲女娲原是以兄妹为夫妇的一对人类的始祖，于是上面所谓可以争辩的问题，才因根本失却争辩价值而告解决了。总之，“兄妹配偶”是伏羲女娲传说的最基本的轮廓，而这轮廓在文献中早被拆毁，它的复原是靠新兴的考古学，尤其是人类学的努力才得完成的。现在将这两方面关于这题目的贡献略加介绍如下：

关于伏羲女娲，考古学曾发现过些石刻和绢画两类的图象。属于石刻类者有五种。

武梁祠石室画象第一石第二层第一图（参观附图）

同上左右室第四石各图（参观附图）

东汉石刻画象（参观附图）

山东鱼台西塞里伏羲陵前石刻画象

兰山古墓石柱刻象（以上二种均马邦玉《汉碑录文》所述）

属于绢画类者有二种。

隋高昌故趾阿斯塔那（Astana）墓室彩色绢画（史坦因得）（参观附图）

吐鲁番古冢出土彩色绢画（黄文弼得）

上，东汉武梁祠石室画象之二（仿《东洋文史大系·古代支那及印度》第一三七页插图）

左，东汉武梁祠石室画象之一（仿钱唐黄氏摹刻唐拓本。原图左柱有隶书“伏戏仓精初造王业画卦结绳以理海内”十六字，此未摹出。）

右，东汉石刻（仿同上《东洋文史大系》第一七一页插图）

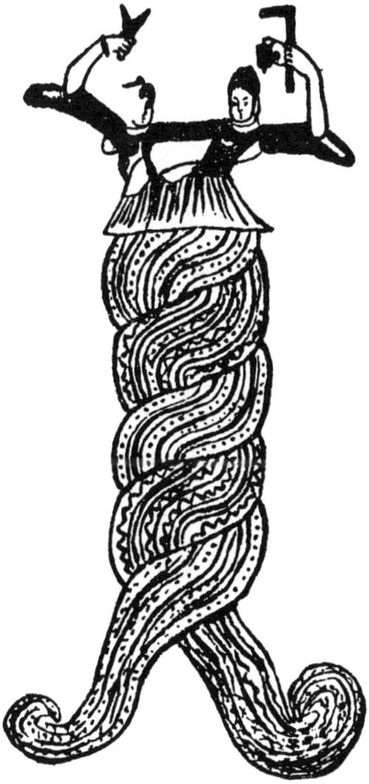

上，隋高昌故址阿斯塔那（Astana）墓室彩色绢画（仿史坦因〔Aurel Stein〕《亚洲腹地考古记》〔Inner most Asia〕图 C ix）

上，重庆沙坪坝石棺前额画象（仿常任侠《沙坪坝出土之石棺画象研究》插图。《时事新报》渝版《学灯》第四十一期）

左，《洞神八帝妙精经》画象（左）后天皇君，人面蛇身，姓风，名庖羲，号太昊。（右）后地皇君，人面蛇身，姓云，名女娲，号女皇。（仿《道藏·洞神部·洞神八帝妙精经》插图）

上，新郑出土罍腹上部花纹（仿新郑彝器第八十八页）

上，同上环鼻（仿《郑冢古器图考》卷五，页二十，第二十四图）

上，铎舞花纹（仿叶慈〔W. Parceval Yetts〕《卡尔中国铜器》〔The Cull Chinese Bronzes〕图 21）

上，兵古器花纹（仿《邺中片羽》卷下第四页）

中以武梁祠画象尤其著名，诸家考释亦皆以此为根据。其中讨论得比较详细的，计有瞿中溶《武梁祠堂画象考》，马邦玉《汉碑录文》，容庚《武梁祠画象考释》。“伏羲仓精”之语，既明见于画象的题识，则二人中之一人为伏羲，自不成问题，因而诸家考释的重心大都皆在证明其另一人为女娲。他们所用的证据，最主要的是诸书所屡见提到的伏羲女娲人首龙身（或蛇身）之说，与画象正合。总之，考古家对本题的贡献，是由确定图中另一人为伏羲的配偶女娲，因而证实了二人的夫妇关系。

人类学可供给我们的材料，似乎是无限度的。我并不曾有计划的收集这些材料。目前我所有的材料仅仅是两篇可说偶尔闯进我视线来的文章。

1. 芮逸夫：《苗族的洪水故事与伏羲女娲的传说》（中央研究院历史语言研究所《人类学集刊》第一卷第一期）

2. 常任侠：《沙坪坝出土之石棺画象研究》（《时事新报》渝版《学灯》第四十一，四十二期，又《说文月刊》第一卷第十，十一期合刊）

前者搜罗材料，范围甚广。记录着芮氏自己所采集和转引中外书籍里的洪水故事，凡二十余则，是研究伏羲女娲必不可少的材料。后者论材料的数量，虽远非前者之比，论其性质，却也相当重要。所载傜族洪水故事，和汉译苗文《盘王歌》一部分，也极有用。现在合并二文所记，依地理分布，由近而远，列号标目如下：

1. 湘西凤凰苗人吴文祥述洪水故事（芮文——《人类学集刊》一卷一期156—8页）

2. 湘西凤凰苗人吴佐良述洪水故事（同上158—60页）

3. 湘西凤凰苗人《傩公傩母歌》（同上160—1页）

4. 湘西乾城苗人《傩神起源歌》（同上161—3页）

5. 葛维汉（D. C. Graham）述川南苗人洪水故事（同上174页）

6. 贵州贵阳南部鸦雀苗洪水故事（同上174页引克拉克〔Samuel R. Clarke〕《中国西南夷地旅居记》〔Among the Tribes in South west China〕pp.54—5）

7. 贵州安顺青苗故事（同上169—70页引鸟居龙藏《苗族调查报告》——国立编译馆译本49页）

8. 同上又一故事（同上170页引前书48页）

9. 苗人洪水故事（同上170—1页引萨费那〔F. M. Savina〕《苗族史》〔Histoire des Miao〕pp.245—6）

10. 黑苗《洪水歌》本事（同上173—4页引克拉克《中国西南夷地旅居记》pp.43—6）

11. 赫微特（H. J. Hewitt）述花苗洪水故事（同上171—3页引前书pp.50—4）

12. 广西融县罗城傜人洪水故事（常文——《说文月刊》一卷十，十一期合刊714—5页）

13. 广西武宣修仁傜人洪水故事（同上717页）

14. 汉译苗文《盘王歌书葫芦晓歌》（同上715—6页）

15. 云南倮儸洪水故事(芮文——《人类学集刊》一卷一期189页引维亚尔〔paul Vial〕《倮儸族》〔Les Lolos〕pp.8—9)

16. 云南耿马大平石头寨栗粟人洪水故事(同上189页)

17. 云南耿马蚌隆寨老亢人洪水故事(同上189页)

18. 拉崇几哀(Lunnet de Lajonguiere)记法领东京蛮族(Man)洪水故事(同上190页引萨维那《苗族史》p.105)

19. 交趾支那巴那族(Ba-hnars)洪水故事(同上引盖拉希〔Guerlach〕《巴那蛮族的生活与迷信》〔Moeuts et Sperstitions de Souvages Ba-hnars, Les Mission Catholigue〕xix p.479)

20. 印度中部比尔族(Bhils)洪水故事(同上190页引鲁阿特〔C. E. Luard〕《马尔瓦森林部族》〔The Jungles Tribes of Malwa〕p.17)

21. 印度中部坎马尔族(Kammars)洪水故事(同上190—1页引罗塞尔〔R. V. Russell〕《印度中部的土族与社会阶级》〔Tribes and Casts of the Central Provinces of India〕iii pp.326—7)

22. 北婆罗洲配甘族(Pagans)洪水故事(同上190页引勃特〔Owen Butter〕《北婆罗洲的配甘族》〔The Pagans of the North Borneo〕pp.248—9)

23. 同上又一故事(同上190页引前书同页)

24. 海南岛加钗峒黎人洪水故事(同上189页引刘咸《海南岛黎人文身之研究——民族学研究集刊》一期201页)

25. 台湾岛阿眉族(Ami)三洪水故事(同上189—90页引石井信次〔Shinji Ishii〕《台湾岛及其原始住民》〔The Island of Formosa and its Primitive Inhabitants〕p.13)

以上这些故事，记载得虽有详有略，但其中心母题总是洪水来时，只兄妹（或姊弟）二人得救，后结为夫妇，遂为人类的始祖。3，12，兄名皆作伏羲，13 作伏仪，也即伏羲。18 兄名 Phu-Hay，妹名 Phu-Hay-Mui，显即伏羲与伏羲妹的译音。6 兄名 Bu-i，据调查人克拉克氏说，用汉语则曰 Fu-hsi，也是伏羲的译音。同故事中的妹曰 Kueh，芮氏以为即娲的对音，那也是可信的。除上述兄妹的名字与伏羲女娲的名字相合外，芮氏又指出了故事中（一）创造人类与（二）洪水二点，也与文献中的伏羲女娲传说相合。这来故事中的兄妹即汉籍中的伏羲女娲，便可完全肯定了。但人类学对这问题的贡献，不仅是因那些故事的发现，而使文献中有关二人的传说得了印证，最要紧的还是以前七零八落的传说或传说的痕迹，现在可以连贯成一个完整的有机体了。从前是兄妹，是夫妇，是人类的创造，是洪水等等隔离的，有时还是矛盾的个别事件，现在则是一个整个兄妹配偶兼洪水遗民型的人类推源故事。从传统观念看来，这件事太新奇，太有趣了。

以上所介绍的芮常二文，芮文以洪水遗民故事为重心，而旁及于人首蛇身画象，常文则以人首蛇身画象为主题，而附论及洪水遗民故事。前者的立场是人类学的，后者是考古学的。而前者论列的尤其精细，创见亦较多。本文的材料既多数根据于二文，则在性质上亦可视为二文的继续。不过作者于神话有癖好，而对于广义的语言学（Philology）与历史兴味也浓，故本文若有立场，其立场显与二家不同。就这观点说，则本文又可视为对二文的一种补充。总之，二君都是我的先导，这是我应该声明的。

二　从人首蛇身像谈到龙与图腾

一　人首蛇身神

人首蛇身像实有二种。一种是单人像，可用上名。一种是双人像，可称为人首蛇身交尾像。后者在我们研究的范围里尤其重要。目前我们所知道的交尾像计有七件，如前所列。今就画象的质地分为二类，一是石刻类，二是绢画类。画象中的人物即伏羲女娲夫妇二人，早有定论。但那人首蛇身式的超自然的形体，究竟代表着一种什么意义？它的起源与流变又如何？这些似乎从未被探讨过的问题，正是本文所要试求解答的。

文献中关于伏羲女娲蛇身的明文记载，至早不能超过东汉。

王逸《楚辞天问注》："女娲人头蛇身。"

王延寿《鲁灵光殿赋》："伏羲鳞身，女娲蛇躯。"

曹植《女娲画赞》："或云二皇，人首蛇形。"

《伪列子·黄帝篇》："庖牺氏，女娲氏……蛇身人面。"

《帝王世纪》："庖牺氏……蛇身人首"，"女娲氏……亦蛇身人首。"(《类聚》二引)

《拾遗记》："又见一神，蛇身人面……示禹八卦之图，列于金版之上。……蛇身之神，即羲皇也。”

《玄中记》：“伏羲龙身，女娲蛇躯。”（《文选·鲁灵光殿赋·注》引）

不过《鲁灵光殿赋》虽是东汉的作品，所描写的则确乎是西汉的遗物。

灵光殿是鲁恭王馀（前一五四— 一二七）的建筑物。赋中所描写的是殿内类似武梁祠刻石的壁画。从恭王馀到王延寿约三百年间，殿宇可以几经修葺，壁外层的彩色可以几经刷新，但那基本部分的石刻是不会有变动的。人首蛇身的伏羲女娲象，在西汉初期既已成为建筑装饰的题材，则其传说渊源之古，可想而知。有了这种保证，我们不妨再向稍早的文献中探探它的消息。

《山海经·海内经》曰：

南方……有人曰苗民。有神焉，人首蛇身，长如辕，左右有首，衣紫衣，冠旃冠，名曰延维。人主得而飨之，伯天下。

郭璞注说延维即《庄子》所谓委蛇，是对的。委蛇的故事见于《庄子·达生篇》：

桓公田于泽，管仲御，见鬼焉。公抚管仲之手曰：“仲父何见？”对曰：“臣无所见。”公反，诶诒为病，数日不出。

齐士有皇子告敖者曰：“公则自伤，鬼则恶能伤公？……”

桓公曰："然则有鬼乎？"曰："有。沈（湛，释文，水污泥也）有履，灶有髻。户内之烦壤，雷霆处之。东北方之下者，倍阿鲑蠪跃之。西北方之下者，则泆阳处之。水有罔象，丘有莘，山有夔，野有彷徨，泽有委蛇。"公曰："请问委蛇之状何如？"皇子曰："委蛇，其大如毂，其长如辕，紫衣而朱冠。其为物也恶雷，[1]闻雷车之声，则捧其首而立。见之者殆乎霸。"桓公辴然而笑曰："此寡人之所见者也。"于是正衣冠与之坐，不终日而不知病之去也。

关于"左右有首"，也许需要一点解释。《山海经》等书里凡讲到左右有首，或前后有首，或一身二首的生物时，实有雌雄交配状态之误解或曲解。（正看为前后有首，侧看为左右有首，混言之则为一身二首。详下。）综合以上《山海经》和《庄子》二记载，就神的形貌说，那人首蛇身，左右有首，和紫衣旃冠三点，可说完全与画象所表现的相合。然而我们相信延维或委蛇，即伏羲女娲，其理尚不只此。（一）相传伏羲本是"为百王先首"的帝王，故飨之或见之者可以霸天下。（二）上揭洪水故事 1，2，3，4，12，13，18，都以雷神为代表恶势力的魔王，他与兄妹的父亲（即老伏羲）结了仇怨，时时企图着伤害老伏羲，最后竟发动洪水，几乎将全人类灭绝。这来，伏羲怕雷不是很自然的么？所以在《庄子》里，委蛇"闻雷车之声，则捧其首而立"，是不为无因的。最后，也最重要的，是（三）那以伏羲女娲为中心的洪水遗民故事，本在苗族中流传最盛，因此芮氏疑心它即起源于该族。依芮氏的意想，伏羲女娲本当是苗族的祖神。现在我既考定了所谓“延维”或“委蛇”者即伏羲女娲，而《山海经》却明说他们是南方苗民之神。这与芮氏的推测，不完全相合了吗？

《海内经》据说是《山海经》里最晚出的一部分，甚至有晚到东汉的嫌疑。但传说同时又见于《庄子·达生篇》。属于《庄子·外篇》的《达生篇》，想来再晚也不能晚过西汉，早则自然可以到战国末年。总观上揭所有的人首蛇身神的图象与文字记载，考其年代，大致上起战国末叶，下至魏晋之间。这是一个极有趣的现象，因为那也正是古帝王的伏羲女娲传说在史乘中最活跃的时期。最初提到伏羲或伏羲氏的典籍，是《易经》(《系辞下传》)，《管子》(《封禅篇》《轻重戊篇》)，《庄子》(《人间世篇》《大宗师篇》《胠箧篇》《缮性篇》《田子方篇》)，《尸子》(《君治篇》，又《北堂书钞》一五三引佚文)，《荀子》(《成相篇》)，《楚辞》(《大招》)，《战国策》(《赵策》二)。女娲则始见于《楚辞》(《天问》)，和《礼记》(《明堂位篇》)，《山海经》(《大荒西经》)。二人名字并见的例，则始于《淮南子》(《览冥篇》)。他们在同书里又被称为二神(《精神篇》)，或二皇(《原道篇》《缪称篇》)。不久，在纬书中(《尚书中候》《春秋元命苞》及《运斗枢》)，我们便开始看见他们被列为三皇中之首二皇。大概从西汉末到东汉末是伏羲女娲在史乘上最煊赫的时期。到三国时徐整的《三五历记》，盘古传说开始出现，伏羲的地位便开始低落了。所以我们拟定魏晋之间为这个传说终止活跃的年代。史乘上伏羲女娲传说最活跃的时期，也就是人首蛇身神的画象与记载出现的时期，这现象也暗示着人首蛇身神即伏羲女娲的极大可能性。

因左右有首的人首蛇身神而产生的二首人的传说，也是在这个时期中发现的。

睽孤，见豕负涂，厥妖人生两头。（京房《易传》）

平帝元始元年……六月，长安女子生儿，两头异颈，面相乡，四臂共匈，俱前乡。……（《汉书·五行志下》之上）

蒙双民。昔高阳氏有产而为夫妇，帝放之此野，相抱而死。神鸟以不死草覆之，七年男女皆活，同颈二头四手。是为蒙双民。（《博物志二》）

最后一故事说“同产而为夫妇”，与伏羲女娲以兄妹为夫妇尤其类似。看来，不但人首蛇身象的流传很早，连兄妹配偶型的洪水故事，在汉族中恐怕也早就有了。

二　二龙传说

揣想起来，在半人半兽型的人首蛇身神以前，必有一个全兽型的蛇神的阶段。《郑语》载史伯引《训语》说：

夏之衰也，褒人之神化为二龙，以同于王庭，而言曰：“余，褒之二君也。”夏后卜杀之，与去之，与止之，莫吉。卜请其漦而藏之，吉。乃布币焉，而策告之。龙亡而漦在，椟而藏之，传郊之，殷周莫之发也。及厉王之末，发而观之，漦流于庭，不可除也。王使妇人不帏而噪之，化为玄鼋。

"同"即交合之谓。《海内经》:"伯陵同吴权之妻阿女缘妇。"郭注曰"同犹通淫之也",《急就篇》亦有"沐浴揃搣寡合同"之语。"二龙同于王庭"使我们联想起那"左右有首"的人首蛇身交尾象。

"二君"韦注曰"二先君",《史记·周本纪集解》引虞翻曰:"龙自号褒之二先君也。"由二龙为"同于王庭"的雌雄二龙推之,所谓"二君"自然是夫妇二人。夫妇二人有着共同为人"先君"的资格,并且是龙的化身,这太像伏羲女娲了。伏羲本一作包羲,包褒同音,说不定伏羲氏与褒国果然有着极其密切的关系。至少我们以这二龙之神,与那人首蛇身的二神,来代表一种传说在演变过程上的前后二阶段,是毫不牵强的。

在现存的文献中,像《郑语》所载的那样完整的故事,那样完好的保存着二龙传说的原型,不用说,是不易找到第二个的。不过关于这传说的零星的"一鳞半爪",只要我们肯留心,却几乎到处都是。现在我们略举数例如下:

(一)交龙

交龙为旂。(《周礼·司常》)

昔黄帝驾象车,交龙毕方并辖。(《风俗通·声音篇》)

锦有大交龙,小交龙。(《邺中记》)

什么是交龙?郑玄注《周礼·司常》"诸侯建旂"曰:"诸侯画交龙,

一象其升朝，一象其下复也。”“升朝”“下复”的解释很可笑，但注文的意思，以为交龙是两龙相交，一首向上，一首向下，却不错。他注《觐礼记》“天子载大旂，象日月，升龙降龙”，曰：“大旂，大常也。王建大常，縿首画日月，其下及旒交画升龙降龙。”所谓“交画升龙降龙”正是两龙相交，一首向上，一首向下之状。《释名·释兵》曰：“交龙为旂。旂，倚也，画作两龙相依倚。”刘熙的解释与郑玄略异，但以交龙为两条龙，则与郑同。

所谓交龙者既是二龙相交的图象，而绘着这种图象的旂又是天子诸侯的标识，则交龙与那“同于王庭”的褒之二龙是同一性质的东西，可无疑问了。《汉书·高帝纪上》说：

> 母刘媪，尝息大泽之陂，梦与神遇。是时雷电晦冥。父太公往视，则见交[2]龙于上。已而有娠，遂产高祖。

这交龙也是指相交的雌雄二龙——雄龙神，雌龙刘媪。[3]代表神与刘媪的二龙，与代表褒之二君的二龙，仍然是同一性质的东西。我们在上文已经指出伏羲女娲与褒之二君的类似处，再看《路史·后纪一》注引《宝椟记》：

> 帝女游于华胥之渊，感蛇而孕，十三年生庖牺。

这和“赤龙感女媪”（《太平御览》八七引《诗含神雾》）而生刘邦的故事，又何其相似！

（二）螣蛇 古书有所谓“螣蛇”者，或作“腾蛇”。

飞龙乘云，腾蛇游雾。（《韩非子·难势篇》引《慎子》）

螣蛇无足而飞。（《荀子·劝学篇》）

螣蛇伏地，凤皇覆上。（《韩非子·十过篇》）

腾蛇游雾而殆于蝍蛆。（《淮南子·说林篇》）

腾蛇游于雾露，乘于风雨而行，非千里不止。（《说苑·杂言篇》）

许慎说螣是一种神蛇，郭璞说它是龙类。看它“能兴云雾而游其中”（《尔雅》郭注），又有鳞甲（《后汉书》注引《尔雅》旧注），说它是属于龙类的一种神蛇，是可信的。《汉书·天文志》“权，轩辕，黄龙体”，注引孟康曰：“形如腾龙。”如果这所谓腾龙即腾蛇，则螣蛇之为龙类，更无问题了。但螣字的含义，似乎从未被说明过。我们则以为螣蛇之“螣”与交龙之“交”的意义一样。“螣”从“朕”声。“朕”声字多有“二”义，最明显的，如“媵”（从朕省声）训双（《方言》二），“賸”训二（《广雅·释诂四》），“幐”训儋两头有物（《方言》七郭注），皆是。引申起来，物相增加则谓之“胜”（《说文》），牝牡相交谓之“腾”。相交与相加之义极近。《月令》：“乃合累牛腾马，游牝于牧。”郑注曰：“累腾皆乘匹之名。”“乘匹”即《周礼·牧师》“仲春通淫”及《校人》“春执驹”之谓，故郑注《校人》曰：“春通淫之时，驹弱，为其乘匹伤之也。”螣蛇之“螣”本一作“腾”，“螣蛇”的本义应是“乘匹之蛇”。

《淮南子·泰族篇》曰：

> 螣蛇雄鸣于上风，雌鸣于下风，而化成形，精之至也。

刘勰《新论·类感篇》作“䲢”。[4]“雄鸣于上风，雌鸣于下风，而化成形”，正是由二蛇相交的观念演化出来的一种传说。䲢蛇又名奔蛇，见《淮南子·览冥篇》高注，及《尔雅·释鱼》郭注。“奔”亦有乘匹之义。《鄘风·鹑之奔奔篇》：“鹑之奔奔，鹊之强强。”《释文》引《韩诗》曰：“奔奔强强，乘匹之貌。”《左传·襄二十七年》，伯有赋《鹑之贲贲》，赵孟斥之为“床第之言”，可作韩义的佳证。䲢蛇又名奔蛇，而“䲢”(腾)“奔”皆训乘匹，可见“䲢蛇”的本义确与上文所解说的交龙一样。并且“䲢”之言“縢”也，“交”之言“绞”也。若舍用而言体，则䲢蛇亦可谓之縢蛇，交龙亦可谓之绞龙。“縢”“缠”一声之转，《杂记疏》曰：“〔绳〕两股相交谓之绞。”“缠”与“绞”同义，正如“䲢”(腾)与“交”同义一样。又《方言》五：“槌，其横关西曰樴，”郭注曰：“亦名校。”钱绎《笺疏》曰：“栚(樴)亦名校者，犹机持会者谓之交也。《说文》：‘複，机持会者。’又鲁季敬姜说织曰：‘持交而不失，出入不绝者梱也。’持交即持会也。”䲢蛇一名交龙，与樴一名校，又属同例。校既是取义于“交会”，则樴之取义于“縢缠”可知。交龙与䲢蛇之名，即取交合与縢缠之义，也同校与樴之取义于交会与縢缠一样。总之“䲢蛇”与“交龙”，不拘就那种观点说，都是同义语。交龙和那“同于王庭”的褒之二龙，是同一性质的东西，我们在上文已经讲过。如今又证明了螣蛇与交龙为同义语，则螣蛇与褒之二龙的关系可以不言而喻了。

（三）**两头蛇** 两头蛇又有种种异名。现在将传说中凡具有这种异状的蛇，都归为一类。

> 中央有枳首蛇焉。（《尔雅·释地》）
>
> 楚相孙叔敖为儿之时，见两头蛇，杀而埋之。（《论衡·福虚篇》）
>
> 今江东呼两头蛇为越王约发。（《尔雅·释地》郭璞注）
>
> 虹虹在其（君子国）北，各有两首。（《海外东经》）
>
> 螝（虺）二首。（《颜氏家训·勉学篇》引《庄子》佚文）
>
> 虫有螝者，一身两口。（《韩非子·说林下篇》）
>
> 方皇状如蛇，两头，五采文。（《庄子·达生篇》司马彪注）

谓之“两头”者，无论是左右两头，或前后两头，不用讲，都是两蛇交尾状态的误解或曲解。这可以由参考关于两头鸟和两头兽的几种记载而得到证明。（1）鸟名鸓者两首四足，牛状的天神八足二首，均见《西山经》。神鹿一身八足两头，见《楚辞·天问》王注。鸟有两头，同时也有四足，可见原是两鸟。兽有两头，同时也有八足，可见原是两兽。（2）《公羊传·宣五年》杨疏引旧说曰：“双双之鸟，一身二首，尾有雌雄，常不离散。”既雌雄备具，又常不离散，其为两鸟交配之状，尤为明显。（3）两头彘名曰并封（《海外西经》），一作屏蓬

（《大荒西经》）。一种名蟜虫的二首神所居的山，名曰“平逢之山”（《中山经》）。“并封”“屏蓬”“平逢”等名的本字当作“并逢”。“并”与“逢”都有合义。兽牝牡相合名曰“并逢”，犹如人男女私合曰“姘”（《苍颉篇》）。《周颂·小毖》“予其惩而毖后患，莫予荓蜂”，《毛传》曰：“荓蜂，摩曳也。”荓蜂字一作甹夆。《尔雅·释训》“甹夆，掣曳也”，郭注曰：“谓牵拖。”荓蜂（甹夆）亦即并逢。交合与牵掣，只是一种行为中向心与离心两种动作罢了。盛弘之《荆州记》描写武陵郡西的两头鹿为“前后有头，常以一头食，一头行”，正是“并逢”所含的“掣曳牵拖”之意的具体说明。（4）《西山经》“其鸟多鸓，……赤黑而两首四足”，“鸓”当与《月令》“累牛腾马”之“累”通，郑注训为“乘匹之名”。“乘匹”的解释，已详上文。“累”“腾”同义，而“累”与“鸓”，“腾”与“螣”字并通，然则乘匹之鸟谓之鸓，亦犹乘匹之蛇谓之螣。以上我们由分析几种两头鸟和两头兽的名称与形状，判定了那些都是关于鸟兽的性的行为的一种歪曲记录。

两头蛇可以由此类推。我们又注意到鸓鸟与螣蛇的命名完全同义。若许由这一点再推论下去，两头鸟既名曰鸓鸟，则所谓两头蛇者莫非就是螣蛇罢！这不是不可能的，如果我们明了由交龙到螣蛇，由螣蛇到两头蛇，是传说演变过程中三个必然的步骤。

在“交龙”一词中，其龙之必为雌雄二龙，是显而易见的。“螣蛇”则不然。若非上揭《淮南子》“雄鸣于上风，雌鸣于下风”那两句话，这蛇之为雌雄二蛇，便毫无具体的对证。然而在这里，“二蛇”的涵义，毕竟只是被隐瞒了，充其量，也只是对那一层消极的保持缄默。说到“两头蛇”，那便居然积极的肯定了只有一条蛇。三种名称正代表着去神话的真相愈来愈远的三种观念。然而即在讹变最甚的两头蛇传说中，有时也不免透露一点最真实的，最正确的消息。江东呼两头蛇为“越王约发”。“约发”虽不甚可解，“越王”二字所显示的身分，不与那身为“褒之二君”的二龙相埒吗？孙叔敖杀死两头蛇的故事，经过较缜密的分析，也可透露同类的消息。不过这问题太复杂，这里无法讨论。

（四）一般的二龙 古书讲到龙的故事，往往说是二龙。

帝赐之（孔甲）乘龙，河汉各二，各有雌雄。（《左传·昭二十九年》）

今王（魏安釐王）四年，碧阳君之诸御产二龙。（《开元占经·人及鬼神占篇》引《纪年》）

秦犯夷，输黄龙一双。（《后汉书·南蛮传》载秦昭王与板楯蛮夷盟）

惠帝二年正月癸酉旦，有两龙见于兰陵廷东里温陵井中。（《汉书·五行志下》之上）

孔子生之夜，有二苍龙自天而下。（《伏侯古今注》）

（甘露）四年春正月，黄龙二见宁陵县界井中。（《魏志·高贵乡公传》）

孙楚上书曰：“顷闻武库井中有二龙。”（《开元占经·龙鱼虫蛇占篇》引《晋阳秋》）

谢晦家室□宅南路上有古井，以元嘉二年，汲者忽见二龙，甚分明。（同上引《异苑》）

神人乘驾二龙，尤其数见不鲜。

驾两龙兮骖螭。(《九歌·河伯》)

禹平天下，二龙降之，禹御龙行域外，[5]既周而还。(敦煌旧抄《瑞应图》残卷引《括地图》)

大乐之野，夏后启于此儛九代，乘两龙。(《海外西经》)

南方祝融，兽身人面，乘两龙。(《海外南经》)

西方蓐收，左耳有蛇，乘两龙。(《海外西经》)

北方禺强，人面鸟身，黑身手足，乘两龙。[6](《海外北经》)

东方句芒，马身人面，乘两龙。(《海外东经》)

在传说里，五灵中凤麟虎龟等四灵，差不多从不听见成双的出现过，惟独龙则不然。除非承认这里有着某种悠久的神话背景，这现象恐怕是难以解释的，与这等情形相似的，是古器物上那些双龙(或蛇)相交型的平面的花纹，或立体的附加部分，如提梁，耳环，纽，足等。[7]这些或为写实式的图象，或为"便化"的几何式图案，其渊源于某种神话的"母题"，也是相当明显的。上揭《邺中记》"锦有大交龙，小交龙"，本指锦的图案而言，所以也可归入这一类。以上这些见于文字记载和造型艺术的二龙，在应用的实际意义上，诚然多半已与原始的二龙神话失去连系，但其应用范围之普遍与夫时间之长久，则适足以反应那神话在我们文化中所占势力之雄厚。这神话不但是褒之二龙以及散见于古籍中的交龙，螣蛇，两头蛇等传说的共同来源，同时它也是那人首蛇身的二皇——伏羲女娲，和他们的化身——延维或委蛇的来源。神话本身又是怎样来的呢？我们确信，它是荒古时代的图腾主义（Totemism）的遗迹。

三　图腾的演变

我们在上文时而说龙，时而又说蛇。龙蛇的关系究竟怎样？它们是一种生物呢，还是两种？读者们心中恐怕早已在为这些问题纳闷。在解答这些问题之前，我们先要问究竟什么是龙？是的，什么是龙，确乎是一个谜。天文房星为龙，又为马。《尚书中候·握河纪》说“龙马衔甲，……自河而出”，《论衡·龙虚篇》说“世俗画龙之象，马头蛇尾”，可见龙确像马。龙像马，所以马往往被呼为龙。《月令》“驾苍龙”，《尸子·君治篇》“人之言君天下者……骐驎青龙，而尧素车白马”，《吕氏春秋·本味篇》“马之美者，青龙之匹”，《周礼·庾人》“马八尺以上为龙”，皆其例。龙有时又像狗。《后汉书·孔僖传》“画龙不成反类狗”，《列仙传·呼子先传》“有仙人持二茅狗来，……子先与酒媪各骑其一，乃龙也”，《博物志》八引《徐偃王志》“有犬名鹄仓，……临死生角而九尾，实黄龙也”，《陈书》“正元元年有黑龙如狗走宣阳门”。龙像狗，所以狗也被呼为龙。《搜神后记》九“会稽句章民张然……在都养一狗，甚快，名曰乌龙”。此外还有一种有鳞的龙像鱼，一种有翼的又像鸟，一种有角的又像鹿。至于与龙最容易相混的各种爬虫类的生物，更不必列举了。然则龙究竟是个什么东西呢？我们的答案是：它是一种图腾（Totem），并且是只存在于图腾中而不存在于生物界中的一种虚拟的生物，因为它是由许多不同的图腾糅合成的一种综合体。因部落的兼并而产生的混合的图腾，古埃及是一个最显著的例。在我们历史上，五方兽中的北方玄武本是龟蛇二兽，也是一个好例。不同的是，这些是几个图腾单位并存着，各单位的个别形态依然未变，而龙则是许多单位经过融化作用，形成了一个新的大单位，其各小单位已经是不复个别的存在罢了。前者可称为混合式的图腾，后者化合式的图腾。部落既总是强的兼并弱的，大的兼并小的，所以在混合式的图腾中总有一种主要的生物或无生物，作为它的基本的中心单位，同样的在化合式的图腾中，也必然是以一种生物或无生物的形态为其主干，而以其他若干生物或无生物的形态为附加部分。龙图腾，不拘它局部的像马也好，像狗也好，或像鱼，像鸟，像鹿都好，它的主干部分和基本形态却是蛇。这表明在当初那众图腾单位林立的时代，内中以蛇图腾为最强大，众图腾的合并与融化，便是这蛇图腾兼并与同化了许多弱小单位的结果。金文龙字（《郘钟》《王孙钟》）和龏字（《颂鼎》《颂簋》《禾簋》《秦公簋》《陈侯因資錞》）的偏旁皆从巳，而巳即蛇，[8]可见龙的基调还是蛇。大概图腾未合并以前，所谓龙者只是一种大蛇。这种蛇的名字便叫作“龙”。后来有一个以这种大蛇为图腾的团族（Klan）兼并了，吸收了许多别的形形色色的图腾团族，大蛇这才接受了兽类的四脚，马的头，鬣和尾，鹿的角，狗的爪，鱼的鳞和须，……于是便成为我们现在所知道的龙了。这样看来，龙与蛇实在可分而又不可分。说是一种东西，它们的形状看来相差很远，说是两种，龙的基调还是蛇。并且既称之为龙，就已经承认了它是蛇类，因为上文已经说过，“龙”在最初本是一种大蛇的名字。总之，蛇与龙二名从来就纠缠不清，所以我们在引用古书中关于龙蛇的传说时，就无法，也不必将它们分清。甚至正因其分不清，这问题对于我们，才特别有意义。不错，惟其龙蛇分不清，我们才更能确定龙是古代图腾社会的遗迹，因为我们知道，图腾的合并，是图腾式的社会发展必循的途径。

图腾有动物，有植物，也有无生物，但最习见的还是动物。同一图腾的分子都自认为这图腾的子孙。如果图腾是一种动物，他们就认定那动物为他们的祖先，于是他们自己全团族的男男女女，老老少少也都是那种动物了。在中国的落后民族中，曾奉狗为图腾的傜族，如今还很鲜明的保存着这种意识。陆次云《峒溪纤志》说他们：“岁首祭盘瓠，揉鱼肉于木槽，扣槽群号以为礼。”刘锡蕃《岭表纪蛮》也说：“狗王惟狗傜祀之。每值正朔，家人负狗环行炉灶三匝，然后举家男女向狗膜拜。是日就餐，必扣槽蹲地而食，以为尽礼。”这种风俗与现代世界各处的图腾团族举行舞会，装扮并摹仿其图腾的特性与动作，是同样性质的。我国古代所谓“禹步”的一种独脚跳舞，本是仿效蛇跳，也属于这类。他们之所以要这样做，确有其绝对的实际作用。凡图腾都是那一图腾团族的老祖宗，也是他们的监护神和防卫者，它给他们供给食物，驱除灾祸，给他们降示预言以指导他们趋吉避凶。如果它是一种毒虫或猛兽，那更好，因为那样它更能为儿孙们尽防卫之责。每个老祖宗当然知道谁是它的儿孙，认识他们的相貌，和声音。但儿孙太多时，老祖宗一时疏忽，认错了人，那是谁也不能担保的。所以为保证老祖宗的注意，儿孙们最好是不时在老祖宗面前演习他们本图腾的特殊姿态，动作，与声调，以便提醒老祖宗的记忆。这便是前面所讲的傜族祭狗王时“扣槽群号”而食和“禹步”的目的。另一种保证老祖宗注意的方法，是经常的在装饰上表现着本图腾的特殊形相，以便老祖宗随时随地见面就认识。代表这一种手段的实例，便是我们马上就要讨论的龙图腾的“断发文身”的风俗。

“阿玛巴人（Omabas）的‘龟’部族，把头发剪成和龟的甲壳同样的形式，在四边分成六条小辫，代表龟的四足与头尾。小鸟的部族，则在额上梳成鸟的喙，有的又在脑后留小辫，以代表鸟的尾，在两耳上梳成两簇头发，以代表鸟的两翼。有时更在身上刺画种种花纹，力求与其图腾的形态相类似。”（胡愈之译《图腾主义》三〇页）在我国古代，有几个著名的修剪头发（断发），刺画身体（文身）的民族，其装饰的目的则在摹拟龙的形状。

九疑之南，陆事寡而水事众，于是民人劗[9]发文身，以像鳞虫。（《淮南子·原道篇》。高诱注曰：“文身，刻画其体，内墨其中，为蛟龙之状。以入水，蛟龙不害也，故曰以像鳞虫也。”）

诸发曰：“彼越……处海垂之际，屏外蕃以为居，而蛟龙又与我争焉。是以剪发文身，烂然成章，以像龙子者，将避水神也。”（《说

苑·奉使篇》）

（粤人）文身断发，以避蛟龙之害。（《汉书·地理志下》）

越人以箴刺皮为龙文，所以为尊荣之也。（《淮南子·泰族篇》许慎注）

（越人）常在水中，故断其发，文其身，以象龙子。故不见伤害也。（《汉书·地理志》下应劭注）

（哀牢）种人皆刻画其身，像龙文。（《后汉书·西南夷传》）

《淮南子》《说苑》和班固，高诱，应劭等一致都认为文身的动机是要避蛟龙之害。内中《说苑》所载越人诸发的故事又见于《韩诗外传》八（《外传》里"诸发"作"廉稽"），《韩诗外传》和《说苑》都是典型的抄撮古书的书，这故事必出自先秦古籍。避害之说可能就是实行文身的越人自己的解释，所以这点材料特别宝贵，我们得将它仔细分析一下。为什么装扮得像龙，就不为蛟龙所害呢？人所伪装的龙，其像真龙能像到什么程度？龙果真那样容易被骗吗？并且水里可以伤害人的东西，不见得只有龙一种。越人纵然"常在水中"，也不能一辈子不登陆，对陆上害人的虎豹之类，何以又毫无戒心呢？然则断发文身似乎还当有一层更曲折，更深远的意义。龙之不加害于越人，恐怕不是受了越人化装的蒙蔽，而是它甘心情愿如此。越人之化装，也不是存心欺骗，而是一种虔诚心情的表现。换言之，"断发文身"是一种图腾主义的原始宗教行为。（图腾崇拜依然是一种幼稚的宗教。）他们断发文身以象龙，是因为龙是他们的图腾。换言之，因为相信自己为“龙种”，赋有“龙性”，他们才断发文身以象“龙形”。诸发所谓“以像龙子”者，本意是说实质是“龙子”，所差的只是形貌不大像，所以要“断其发，文其身”以像之。既然“断发文身”只是完成形式的一种手续，严格说来，那件事就并不太重要。如果一个人本非“龙子”，即使断发文身，还是不能避害的。反之，一个人本是“龙子”，即使不断发，不文身，龙也不致伤害他。不过这是纯理论的说法。实际上，还是把“龙子”的身分明白的披露出来妥当点，理由上文已经说过。还有龙既是他们的图腾，而他们又确信图腾便是他们的祖宗，何以他们又那样担心蛟龙害他们呢？世间岂有祖宗会伤害自己的儿孙的道理？讲到这里，我们又疑心断发文身的目的，固然是避免祖宗本人误加伤害，同时恐怕也是给祖宗便于保护，以免被旁人伤害。最初，后一种意义也许比前一种还重要些。以上所批评的一种“断发文身”的解释，可称为“避害说”。这样还不能完全说明断发文身的真实动机和起源，但其中所显示的图腾崇拜的背景却是清清楚楚的。例如说“常在水中”，“蛟龙又与我争焉”，等于说自己是水居的生物。说“龙子”更坦白的承认了是“龙的儿子”。说“将避水神”，也可见那龙不是寻常的生物，而是有神性的东西。

至于许慎所谓“刺皮为龙文，所以为尊荣之也”，可称为“尊荣说”。这一说似乎与图腾无关，其实不然。就现代人观点看来，人决不以像爬虫为尊荣。这完全是图腾主义的心理。图腾既是祖宗，又是神，人那有比像祖宗，像神更值得骄傲的事呢！龙之所以有资格被奉为图腾，当然有个先决条件。一定是先假定了龙有一种广大无边的超自然的法力，即所谓“魔那”(Manna)者，然后才肯奉它为图腾，崇拜它，信任它，皈依它，把整个身体和心灵都交付给它。如果有方法使自己也变得和它一样，那岂不更妙？在这里，巫术——模拟巫术便是野蛮人的如意算盘。“断其发，文其身”——人一像龙，人便是龙了。人是龙，当然也有龙的法力或“魔那”，这一来，一个人便不待老祖宗的呵护，而自然没有谁敢伤害，能伤害他了。依“避害说”的观点，是一个人要老祖宗相信他是龙，依“尊荣说”的观点，是要他自己相信自己是龙。前者如果是“欺人”，后者便是“自欺”了。“自欺”果然成功了，那成就便太大了。从此一个人不但不怕灾害的袭击，因而有了“安全感”，并且也因自尊心之满足而有了“尊荣感”了。人从此可以神自居了!《桂海虞衡志·志蛮篇》曰：“女及笄，即黥颊为细花纹，谓之绣面女。既鲸，集亲客相庆贺。惟婢获则不刺面。”这也是尊荣说的一个实例。

先假定龙是自己的祖宗，自己便是“龙子”，是“龙子”便赋有“龙性”，等装扮成“龙形”，愈看愈像龙，愈想愈是龙，于是自己果然是龙了。这样一步步的推论下来，可称为“人的拟兽化”，正是典型的图腾主义的心理。这是第一个阶段，从第一阶段到第二阶段，便是从图腾变为始祖。杜尔干(Durkheim)说“始祖之名仍然是一种图腾”(宗教生活的初级形式)，是对的。上文所讨论的人首蛇身神，正代表图腾开始蜕变为始祖的一种形态。我们疑心创造人首蛇身型的始祖的蓝本，便是断发文身的野蛮人自身。当初人要据图腾的模样来改造自己，那是我们所谓“人的拟兽化”。但在那拟兽化的企图中，实际上他只能做到人首蛇身的半人半兽的地步。因为身上可以加文饰，尽量的使其像龙，头上的发剪短了，也多少有点帮助，面部却无法改变，这样结果不正是人首蛇身了吗？如今智识进步，根据“同类产生同类”的原则，与自身同型的始祖观念产生了，便按自己的模样来拟想始祖，自己的模样既是半人半兽，当然始祖也是半人半兽了。这样由全的兽型图腾蜕变为半人半兽型的始祖，可称为“兽的拟人化”。这是第二个阶段。在这阶段中，大概文身的习俗还存在，否则也离那习俗被废弃时不久。等到文身的习俗完全绝迹，甚至连记忆也淡薄了，始祖的模样便也变作全人型的了。这是第三个阶段。

当然每一新阶段产生之后，前一阶段的观念并不完全死去。几个观念并存时，不免感觉矛盾，矛盾总是要设法调解的。调解的方式很多，这里只举一种较为巧妙的例。传说中禹本是龙（详下）。《天问》“应龙何画？河海何历？”王注曰“禹治洪水时，有神龙以尾画地，导水所注当决者，因而治之。”这里画地成河的龙实即禹自己，能画地成河就是禹疏凿江河。图腾的龙禹，与始祖的人禹并存而矛盾了，于是便派龙为禹的老师，说禹治水的方法是从龙学来的。洪水故事22说洪水退后，只剩姊弟二人。弟弟见蜥蜴交尾，告诉姊姊，二人便结为夫妇。后生双胎，即现代人类的始祖。这里交尾的蜥蜴实即姊弟二人。故事的产生，也为着调解图腾的蜥蜴与始祖的姊弟二说。这故事的格式与禹学龙治水正是同一类型。

图腾与“沓布”（taboo）是不能分离的。文献中关于龙蛇的传说与故事，可以“沓布”来解释的着实不少，如上文所引齐桓公见委蛇与孙叔敖杀两头蛇二故事都是。但是谈到沓布，似乎得另起端绪，而且说来话长，非本文篇幅所许，所以只好留待以后再讨论了。

四　龙图腾的优势地位

假如我们承认中国古代有过图腾主义的社会形式，当时图腾团族必然很多，多到不计其数。我们已说过，现在所谓龙便是因原始的龙（一种蛇）图腾兼并了许多旁的图腾，而形成的一种综合式的虚构的生物。这综合式的龙图腾团族所包括的单位，大概就是古代所谓“诸夏”，和至少与他们同姓的若干夷狄。他们起初都在黄河流域的上游，即古代中原的西部，后来也许因受东方一个以鸟为图腾的商民族的压迫，一部分向北迁徙的，即后来的匈奴，一部分向南迁移的，即周初南方荆楚吴越各蛮族，现在的苗族即其一部分的后裔。留在原地的一部分，虽一度被商人征服，政治势力暂时衰落，但其文化势力不但始终屹然未动，并且做了我国四千年文化的核心。东方商民族对我国古代文化的贡献虽大，但我们的文化究以龙图腾团族（下简称龙族）的诸夏为基础。龙族的诸夏文化才是我们真正的本位文化，所以数千年来我们自称为“华夏”，历代帝王都说是龙的化身，而以龙为其符应，他们的旗章，宫室，舆服，器用，一切都刻画着龙文。总之，龙是我们立国的象征。直到民国成立，随着帝制的消亡，这观念才被放弃。然而说放弃，实地里并未放弃。正如政体是民主代替了君主，从前作为帝王象征的龙，现在变为每个中国人的象征了。也许这现象我们并不自觉。但一出国门，假如你有意要强调你的生活的“中国风”，你必多用龙文的图案来点缀你的服饰和室内陈设。那时你简直以一个旧日的帝王自居了。

现在我们仍旧回到历史。究竟哪些古代民族或民族英雄是属于龙族的呢？风姓的伏羲氏，和古代有着人首蛇身神，近代奉伏羲女娲为傩公傩母的苗族，不用讲了。与夏同姓的褒国，其先君二龙的故事，我们也引过，这也不成问题。越人“断发文身以像龙子”，又相传为禹后（详后），则与褒同出一源，其为龙族，也不用怀疑。此外还有几个龙图腾的大团族，可以考见的，分述之如下。

（一）夏 夏为龙族，可用下列七事来证明。（1）传说禹自身是龙。《海内经注》引《归藏启筮篇》“鲧死，三岁不腐，剖之以吴，刀化为黄龙”，《初学记》二二，《路史·后纪注》一二并引末句作“是用出禹”。禹是龙，所以《列子·黄帝篇》说夏后氏也是“蛇身人面”。应龙画地成河实即禹疏凿江河，说已详上。（2）传说多言夏后氏有龙瑞。《史记·封禅书》：“夏得木德，青龙止于郊。”《尚书大传》描写禹受禅时的情形，说：“于是八风循[10]通，庆云丛聚，蟠龙奋迅于其藏，蛟鱼踊跃于其渊，龟鳖咸出于其穴，迁虞而事夏。”（这大概就是后来的鱼龙漫衍之戏。）龙是水族之长，所以龙王受禅，蛟鱼龟鳖之属都那样欣欢鼓舞。（3）夏人的器物多以龙为饰。《礼记·明堂位》“有虞氏之旂，夏后氏之緌”，郑注谓“有虞氏当言緌，夏后氏当言旂”，甚确。《周礼·司常》“交龙为旂。”《明堂位》又曰“夏后氏以龙勺”“夏后氏之龙簨虡”。要晓得原始人器物上的装潢，往往是实用的图腾标记，并无纯粹的审美意义。(4)传说夏后氏诸王多乘龙。《括地图》说禹乘二龙，引见上文。《大荒西经》注引《归藏·郑母经》曰："夏后启筮御飞龙登于天。"《海外西经》《大荒西经》都说启乘两龙，《左传》说帝赐孔甲乘，亦均见上文。(5)夏人的姓和禹的名，其字都与龙有关。刘师培《姒姓释》说"姒""巳"同文，姒姓既巳姓(《左盦集》五)。实则"巳""蛇"古同字，金文龙字多从"巳"，已详上文。"禹"字从"虫"，"虫"与"虫"同。"虫"在《卜辞》里又与"巳"同字，并即虺蛇等字所从出。再则"巳"向来读如"辰巳"之巳，其实现在的"辰巳"之巳字，在金甲文里是"已然"之已字。"已然"之"已"与"禹"双声。声近则义近，所以禹已都是蛇名。(6)禹的后裔多属龙族。《史记·夏本纪》曰："禹为姒姓，其后分封，用国为姓……有褒氏……。"《越世家》曰："越王句践，其先禹之苗裔，而夏后帝少康之庶子也。封于会稽，以奉守禹之祀。"褒越都是龙族，已详上文。又《匈奴列传》曰："匈奴，其先祖夏后氏之苗裔也。"匈奴也是龙族，详下。(7)禹与伏羲同姓。禹妻涂山氏，《史记·夏本纪索隐》引《世本》曰："涂山氏名女娲。"《淮南子·览冥篇》有女娲"积芦灰以止淫水"之语，而《墉城集仙录》述涂山氏助禹治水之事甚详。看来，《世本》的"娲"字未必是传本之误，当初或许真有此一说。上文节引过《拾遗记》里禹遇伏羲的故事，其详情如下：

禹凿龙关之山——亦谓之龙门——至一空岩，深数十里，幽暗不可复行。禹乃负火而进，……见一神，蛇身人面。禹因与语。神即示禹八卦之图，列于金版之上。又有八神侍侧。禹曰："华胥生圣子，是汝耶？"答曰："华胥是九河神女，以生余也。"乃探玉简授禹，长一尺二寸，以合十二时之度，使量度天地。禹即持执此简，以平定水土。蛇身之神即羲皇也。

据此，则禹平水土的方略乃是九河神女华胥的儿子——伏羲传授的。《封禅书》以夏为木德，有青龙之瑞（详上），木德青龙都是伏羲，所以《礼稽命征》曰"禹建寅，宗伏羲"（《开元占经·龙鱼虫蛇占篇》引）。禹与伏羲，涂山氏与女娲的结合，或许因为两方都出于龙图腾吧？《史记》分明说褒国是禹后，而《潜夫论》又说是伏羲之后。褒国的"褒"本一作"庖"。（《春秋世族谱》，又《路史·国名纪丁》引《盟会图》一作"苞"。）《路史·后纪一》注引《潜夫论》曰"太昊之后有庖国，姒姓"，《国名纪甲》注又引曰"夏封伏羲之后"。《潜夫论》所谓庖国即褒国，毫无问题。但伏羲本是风姓，以"夏封伏羲之后"来解释伏羲之后所以为姒姓，实在牵强得很。其实姒与风本是一姓，禹与伏羲原是一家人。姒姓即巳姓，已详上文。"风"字从"虫"，"虫"与"巳"在卜辞里是一字。原来古人说"风姓"或"巳姓"，译成今语，都是"蛇生的"（"生""姓"古今字）。这里有一个重要的观念，非辨清楚不可。古代所谓姓，其功用只在说明一个人的来历，略等于后世的谱系，有必要时才提到它，并不像现在一开口喊人，就非"王先王""李先生"不可。既然不是常在口头上用的一种称谓，便只要意义对就行，字音毫无关系。譬如我说某人是蛇生的，你说他是长虫生的，我们并不冲突，在第三者听来也决不会发生任何误会。总之，风与巳姒是同义字，伏羲与禹是同姓，所以庖国是姒姓，也是风姓，是禹后，也是伏羲之后了。所谓同姓实即同图腾，知道伏羲的图腾是龙，则禹的图腾是什么也就解决了。

（二）共工 相传共工也是人面蛇身，其证如下：

共工人面蛇身朱发。（《大荒西经》注引《归藏·启筮篇》）

共工，天神，人面蛇身。（《淮南子·坠形篇》高注）

西北荒有人焉，人面朱鬓发，蛇身人手足，而食五谷，禽兽顽愚，名曰共工。（《神异经》）

此外又有三个旁证。（1）共工氏之子曰句龙。《左传·昭二十九年》蔡墨曰："共工氏有子曰句龙，为后土。"（2）共工氏之臣人面蛇身。《海外北经》曰："共工之臣曰相柳氏，……九首人面蛇身而青。"《大荒北经》曰"共工臣名曰相繇，九首蛇身自环"，郭璞说相繇即相柳。《广雅·释地》曰："北方有民焉，九首蛇身，其名曰相繇。"（3）共工即雄虺。《天问》"康回冯怒，坠何[11]以东南倾"，王注曰："康回，共工名也。""康"与"庸"俱从"庚"声，古字通用，故《史记·楚世家》"熊渠……乃立其长子康为句亶王"，《索隐》引《世本》"康"作庸，《秦诅楚文》"今楚王熊相，康回无道"，董逌释作"庸回"。《天问》之"康回"即《尧典》之"庸违"。不过《尧典》那一整段文字似乎从未被读懂过。原文如下：

帝曰："咨畴[12]若予采。"

驩兜曰："都！共工方鸠僝㤻功。"

帝曰："吁！静言庸违回，象潒恭洪滔天。"帝曰："咨四岳。汤汤洪水方割害，[13]怀山襄囊陵，浩浩滔天，下民其咨，有能俾乂？"

佥曰："于鲧哉。"

《周语》下灵王太子晋说："昔共工氏……壅防百川，堕高堙庳，以害天下，祸乱并兴，共工用灭。其在有虞，有崇伯鲧，播其淫心，称遂共工之过。"《尧典》的话完全可与《周语》相印证。"僝"当读为㤻，《说文》曰："以柴木壅水也。""方鸠㤻功"即《周语》之"壅防百川"。[14]"象"是"潒"之省，"潒"即"荡"字。"恭"当从"水"作"㳟"，即"洪"之别体。"滔天"即下文之"浩浩滔天"，指洪水。"潒洪滔天"即《淮南子·本经篇》所谓"共工振滔洪水，以薄空桑"，《周语》之"害天下"亦指此而言。[15]"庸违"当从《左传·文十八年》《论衡·恢国篇》《潜夫论·明暗篇》《吴志·陆抗传》作"庸回。"但自《左传》以来，都将"庸回"解为"用邪"，《史记·五帝本纪》也译为"用僻"，实在是大错。（向来解释下句"象恭滔天"的各种说法，也极可笑。）实则"庸回"是"潒洪滔天"的主词，正如"共工"是"方鸠㤻功"的主词，庸回与共工是一个人。《天问·招魂》都有"雄虺九首"之语，郝懿行说就是《山海经》"九首蛇身"的相柳，很对。其实共工之臣与共工还是一样，相柳九首，共工也可以九首。

"雄虺"与"庸回"声近,"雄虺九首"就是共工。共工人面蛇身,所以又称雄虺。"庸回"是"雄虺"的声假字,"康回"则"庸回"的异文。

(三)祝融 据《郑语》,祝融之后八姓,《世本》(《史记·楚世家索隐》引)及《大戴礼记·帝系姓篇》,均作六姓。据《郑语》韦昭注,八姓又可归并为五姓。现在对照各说,列表如下:

郑语	世本	帝系姓	楚世家	韦注
巳(昆吾,苏,顾,温,董)	樊(是为昆吾)	樊(是为昆吾)	昆吾	巳(董为巳之别封)
董(鬷夷,豢龙)				
彭(彭祖,豕韦,诸稽)	篯铿(是为彭祖)	篯(是为彭祖)	彭祖	彭(秃为彭之别封)
秃(舟人)				
妘(邬,郐,路,偪阳)	求言(是为郐人)	莱言(是为云郐人)	会人	妘
曹(邹,莒)	安(是为曹姓)	安(是为曹姓)	曹姓	曹(斟为曹之别封)
斟(无后)	惠连(是为参胡——宋忠注云斟姓)	惠连(是为参胡)	参胡	
芈(夔,越,蛮芈,荆)	季连(是为芈姓)	季连(是为芈姓)	季连	芈

巳姓是龙族(详上),所以巳的别封董姓中有豢龙氏。芈姓的越也是龙族(亦详上),而夔也有说是龙类的《说文》曰:"夔,神魖也,如龙一足。从夊。象有角手人面之形。"《文选·东京赋》薛综注曰:"夔,木石之怪。如龙有角,鳞甲光如日月。见则其邑大旱。"小篆"夔"亦从"巳",与金文"龙"从"巳"同意,所以《尚书》夔龙通称。芈姓

又有蛮芈，而荆本在荆蛮。其实古代南方诸族都称蛮，所以夔越也还是蛮。芈姓四支都是蛮，“芈”也许就是“蛮”之声转。“蛮”字从“虫”，《说文》曰“南蛮蛇种”，尤为芈姓是龙族的确证。巳芈二姓都是龙族，而都出于祝融，则祝融可能也是龙子。“融”字从“虫”，本义当是一种蛇的名字。《东山经》曰：

> 独山涂末之水，东南流注于沔。其中多偹蝓，其状如黄蛇，鱼翼，出入有光。见则其邑大旱。

“偹蝓”郭注曰“条容二音”。金文《邾公釛钟》“陆䵋之孙邾公釛”，王国维说“陆䵋”即“陆终”(《观堂集林》一八《邾公钟跋》)，郭沫若说亦即“祝融”(《金文丛考・金文所无考》)。两说都对。其实“𩫖”“享”古同字，“䵋”亦可释“蜳”。《庄子・外物篇》“螴蜳不得成”，司马彪注曰：“‘螴蜳’读曰‘忡融’。”䵋读曰融，是陆䵋即祝融的佳证。但是“䵋”所从的“𩫖”又是古文“墉”字；所以“䵋”又可释为“墉”，而“祝”“偹”声亦近，“陆䵋”“祝融”实在都是《山海经》的“偹蝓”。《郑语》史伯曰“夫黎为高辛氏火正，以淳燿耀敦大天明地德，光照四海，故命之曰‘祝融’”，又曰“祝融亦能昭显天地之光明”。“光照四海”与“出入有光”合，火正与“见则其邑大旱”合，祝融即偹蝓，是没有问题的。祝融即偹蝓，偹蝓“见则其邑大旱”，夔是祝融之后，所以也是“见则其邑大旱”。祝融是一条火龙，所以又与火山黏合而成为火山的神。

西北海之外。赤水之北，有章尾焜山。有神人面蛇身而赤，身长千里。[16]直目正乘，其瞑乃晦，其视乃明。不食，不寝不息。风雨是谒。是烛九阴，是谓烛龙。(《大荒北经》)

钟山之神，名曰烛阴。视为昼，瞑为夜，吹为冬，呼为夏。不饮不食，不息，息为风。身长千里。……其为物，人面蛇身，赤色，居钟山下。(《海外北经》)

烛龙在雁门北，蔽于委羽之山，不见日。其神人面龙身而无足。(《淮南子・墬形篇》)

烛龙即祝融，杨宽已讲过(《中国上古史导论——古史辨》第七册上编)，那是对的，但说是日神，却不然。《淮南子》分明说“不见日”。“钟”“章”一声之转。(《汉书广川惠王越传》“尊章”注曰：“今关中妇呼舅为钟，钟者章声之转。”)“尾”当读为“焜”，《说文》：“焜，火也。”《洞冥记》曰：“东方朔北游钟火山，日月不照，有青龙衔烛，照山四极。”章焜山即钟火山，钟山又是钟火山之省。上揭各书所描写的情形，显然都是由火山的性能傅会出来的。但说钟山之神烛龙即祝融，确乎可信。《周语》上内史过曰：“昔夏之兴也，融降于崇山。”融即祝融，崇山即钟山，韦昭说是阳城附近的崇嵩高山，恐怕不对。《西次三经》又说：

钟山(之神)其子曰鼓，其状如人面而龙身。是与钦䲹杀葆江于昆仑之阳。帝乃戮之钟山之东曰瑶崖。钦䲹化为大鹗。其状如雕而黑文，白首赤喙而虎爪，其音如晨鹄。见则有大兵。鼓亦化为鵔鸟，其状如鸱，赤足而直喙，黄文而白首，其音如鹄。见即其邑大旱。

钟山本在北方，祝融是颛顼的孙子，颛顼是北方之神，所以祝融本当在北方。钟山之神烛龙的儿子——鼓化为鵔鸟，大概即祝融的后裔迁到南方，征服了南方的淮夷而占其地的故事。淮夷是鸟图腾的团族，帝俊之后，所以说“化为鵔鸟”。帝俊即帝喾。《郑语》曰“黎为高辛氏火正”，《楚世家》曰“重黎为帝喾高辛氏居火正，甚有功，能光融天下，帝喾命曰祝融”，大概是同一故事的另一种传说。鼓“见则其邑大旱”与倏鄘的传说相同。倏鳙即祝融，鼓是祝融之子，所以传说相同。楚的始祖祝融是赤龙，汉高祖是楚人，所以也是赤龙或赤蛇之精。祝融之子是龙化为鸟，又和《春秋握诚图》所记“刘媪梦赤鸟如龙戏己，生执嘉”（《史记·高祖本纪正义》引）的传说相合。

（四）黄帝　黄帝是龙的问题很简单。

轩辕之国……人面蛇身，尾交首上。（《海外西经》）

轩辕黄龙体。（《史记·天官书》）

中央土也，其帝黄帝，其佐后土，……其兽黄龙。（《淮南子·天文篇》）

黄帝得土德，黄龙地螾见。（《史记·封禅书》）

黄帝将亡，则黄龙坠。（《开元占经·龙鱼虫蛇占篇》引《春秋合诚图》）

现在只举黄帝后十二姓中的僖巳二姓为例，来证明黄帝的别姓也是龙族。（1）《晋语》四司空季子曰："凡黄帝之子二十五宗，其得姓者十四人，为十二姓：姬，酉，祁，巳，滕，箴，任，荀，僖，姞，嬛，依是也。"旧音曰："僖或为釐。"《潜夫论·志氏姓篇》亦作釐。《鲁语》下仲尼曰："（防风）汪芒氏之君也，守封嵎之山者也，为漆姓。在虞夏商为汪芒氏，于周为长狄，今为大人。"《史记·孔子世家》"漆"作"釐"（《说苑·辨物篇》同），《索隐》曰："釐音僖。"王引之说"漆"为"来"之误，"来"与"釐"通（《经义述闻》二〇），甚确。据孔子说，防风氏春秋时为"大人"，《大荒北经》曰"有大人之国，釐姓"，这是王说很好的证据。王氏又据《晋语》黄帝之后有僖姓，即釐姓，来证明防风氏是黄帝之后，这说也确。《博物志》二曰："大人国，其人……能乘云而不能走，盖龙类。"《大荒东经》注引《河图玉版》曰"从昆仑山以北九万里，得龙伯国，人长三十丈"，《初学记》一九引《河图龙鱼》作"长三丈"，《列子·汤问篇》曰"龙伯之国有大人，举足不盈步而暨五山之所，一钓而连六鳌"。龙伯国即大人国，大人国是"龙类"，所以又名龙伯国。黄帝是龙，大人国是黄帝之后，所以也是龙类。（2）黄帝十二姓中也有巳姓，巳是龙（见上）。黄帝之后的巳姓与祝融之后的巳姓，从图腾的立场看来，还是一姓，因为黄帝祝融都是龙。

（五）匈奴 匈奴的龙图腾的遗迹，可以下列各点来证明。

（1）每年祭龙三次，名曰“龙祠”。《后汉书·南匈奴传》：“匈奴岁有三龙祠。常以正月，五月，九月戊日祭天神。”（2）举行龙祠时，首领们会议国家大事，名曰“龙会”。《南匈奴传》又曰：“单于每龙会议事，（左贤王）师子辄称病不往。”（3）祭龙的地方名曰“龙城”或“龙庭”。《史记·匈奴传》“五月大会龙城，祭其先，天地，鬼神”（龙城《汉书》作“龙庭”），《索隐》引崔浩曰：“西方胡皆事龙神，故名大会处为龙城。”《文选》班固《封燕然山铭》“蹑冒顿之区落，焚老上之龙庭”，注曰：“龙庭，单于祭天所也。”（4）习俗有“龙忌”。《淮南子·要略篇》“操合开塞，各有龙忌”，许注曰：“中国以鬼神之事曰忌，北胡南越皆谓‘请龙’。”《后汉书·周举传》：“太原旧俗，以介子推焚骸，有龙忌之禁。至其亡月，咸言神灵不乐举火，由是士民每冬中辄一月寒食，莫敢烟爨。”晋染胡俗最深，故也有龙忌。《墨子·贵义篇》：“子墨子北之齐，遇日者。日者曰‘帝以今日杀黑龙于北方，而先生之色黑，不可以北。’子墨子不听，遂北至淄水，不遂而反焉。日者曰‘我谓先生不可以北。’子墨子曰‘南之人不得北，北之人不得南，其色有黑者，有白者，何故皆不遂也？且帝以甲乙杀青龙于东方，以丙丁杀赤龙于南方，以庚辛杀白龙于西方，以壬癸杀黑龙于北方，若用子之言，则是禁天下之行者也。’”这大概也是龙忌。刘盼遂说墨翟是北狄种，这里所讲的是匈奴风俗（《燕京新闻》民国二十七年十一月十八日）。（5）自认为龙类。《晏子春秋·谏下篇》曰：“维翟狄人与龙蛇比。”《吕氏春秋·介立篇》：“晋文公反，介子推不肯受赏，自为赋诗曰‘有龙于飞，周遍天下，五蛇从之，为之丞辅。龙反其乡，得其处所，四蛇从之，得其露雨。一蛇羞之，槁死中野。’悬书公门而伏于山下。”称君为龙，臣为蛇，也是胡俗，即所谓“维翟人与龙蛇比”(互参上条)。(6)人面龙身。《开元占经·客星占六篇》引郗萌曰：“客星舍匈奴星，人面龙身留十余日不去，胡人内相贼，国家兵起，边人来降。”

由上观之，古代几个主要的华夏和夷狄民族，差不多都是龙图腾的团族，龙在我们历史与文化中的意义，真是太重大了。关于龙可说的话，还多得很，因为限于篇幅，我们只能将《山海经》里所见的人面蛇身或龙身的神(包括上文已讨论的和未讨论的)，列一总表于下，以结束本文。请注意表中各神的方位分布。

<table>
<tr><td>中</td><td colspan="2">《中山经》(次十)</td><td>首山至丙山诸神</td><td>皆龙身人面</td></tr>
<tr><td rowspan="2">南</td><td colspan="2">《南山经》(次三)</td><td>天吴之山至南禺之山诸神</td><td>皆龙身而人面</td></tr>
<tr><td colspan="2">《海内经》(南方)</td><td>延维</td><td>人首蛇身</td></tr>
<tr><td rowspan="2">西</td><td colspan="2">《西山经》(次三)</td><td>鼓</td><td>人面龙身</td></tr>
<tr><td colspan="2">《海外西经》</td><td>轩辕</td><td>人面蛇身尾交首上</td></tr>
<tr><td rowspan="5">北</td><td rowspan="2">《北山经》</td><td>(首)</td><td>单狐之山至隄山诸神</td><td>皆人面蛇身</td></tr>
<tr><td>(次二)</td><td>管涔之山至敦题之山诸神</td><td>皆蛇身人面</td></tr>
<tr><td colspan="2" rowspan="2">《海外北经》又《大荒北经》</td><td>烛龙(烛阴)</td><td>人面蛇身赤色</td></tr>
<tr><td>相柳(相繇)</td><td>九首人面蛇身自环色青</td></tr>
<tr><td colspan="2">《海内北经》</td><td>贰负[17]</td><td>人面蛇身</td></tr>
<tr><td>东</td><td colspan="2">《海内东经》</td><td>雷神</td><td>龙身而人头</td></tr>
</table>

民国三十一年，十一月，十五日，昆明。(按本节《从人首蛇身像谈到龙与图腾》曾刊于人文科学学报)

注

[1] 原脱此“雷”字，今依文义补。

[2]《史记》作“蛟”误。说详下注。

[3] 下文说高祖“醉卧，武负王媪见其上常有龙”。高祖自己是龙，他母亲也当是龙。《正义》引《陈留风俗传》曰“沛公起兵野战，丧皇妣于黄乡，天下平定，使使者以梓宫招幽魂，于是丹蛇在水，自洒跃入梓宫”，可证刘媪也原是龙。这里刘媪一龙，神一龙，正是二龙。

[4]《庄子・天运篇》作“虫雄鸣于上风，雌鸣于下风而风化”。虫即螣之声转。螣从朕声，侵部，虫冬部，二部古音最近，故章炳麟合为一部。《韩非子・十过篇》“螣蛇伏地”，《事类赋注》十一引螣亦作虫。

[5] 原缺“外”字，依《博物志二》补。

[6] 今本“黑身手足乘两龙”作“珥两青蛇践两青蛇”。此从郭注引一本改。

[7] 参看页八附图。

[8] 王充郑玄许慎都以巳为蛇，不误。不但古字象蛇形，上古声母巳（*dz—）蛇（*dé—）亦相近。

[9]“劙”原误作“被”，从王引之校改。

[10]“循”原误作“修”。

[11]“何”下原衍“故”字，从《御览》三六，《事类赋注》四引删。

[12]“咨畴”二字原倒，从段玉裁乙正。

[13]“怀”上原衍“荡荡”二字，从臧琳删。

[14]《广雅・释器》“湊，洿，㮇也”。《天问》问鲧事曰“佥曰可（原误何）忧，何不课而行之”，忧即湊字。共工壅水曰㮇，鲧壅水曰湊，㮇湊字异而义同，可以互证。

[15] 徐文靖已疑“滔天”即下文之“浩浩滔天”，但仍未解“象恭”二字。

[16]“身长千里”原误作注文四字，从《类聚》七九，《楚辞补注》一〇引补。

[17]《海内西经》“窫窳者蛇身人面贰负臣所杀也”，此“蛇身人面”四字形容贰负，非形容窫窳。《北山经》说窫窳“如牛而赤身人面马足”，《海内南经》说它“龙首”，《尔雅・释兽》作猰貐，说是“似貙虎爪”，可见窫窳不是蛇身。

三 战争与洪水

我们分析多数的洪水遗民故事，发现其中心母题总不外（一）兄妹之父与雷公斗争，（二）雷公发洪水，（三）全人类中惟兄妹二人得救，(四)二人结为夫妇，(五)遗传人类。这些又可归纳为二个主要原素。洪水不过是一种战略，或战祸的顶点，所以(一)(二)可归并为A战争。兄妹配婚与遗传人类是祖宗崇拜的推源故事，所以(四)(五)可归并为B宗教。(三)兄妹从洪水中得救，是A与B间的连锁。这两个原素恰恰与那说明古代社会的名言“国之大事，在祀与戎”的原则相合。关于B项，即祖宗崇拜的宗教，上节已讲得很多了。在本节我们要专门讨论属于A项的战争故事了。

我们若要在汉籍中寻找这故事的痕迹，洪水是个好线索。《淮南子·览冥篇》曰：

……然犹未及虙羲氏之道也。往古之时四极废，九州裂，天不兼覆，地不周载，火爁炎而不灭，水浩溔而不消，猛兽食颛民，鸷鸟攫老弱。于是女娲炼五色石以补苍天，断鳌足以立四极，杀黑龙以济冀州，积芦灰以止淫水。苍天补，四极正，淫水涸，冀州平，狡虫死，颛民生。

这故事与共工有关，可以由下列几点证明。(一)黑龙即共工，详上文论句龙。(二)“四极废，九州裂，天不兼覆，地不周载”，即所谓“天倾西北，地倾东南”，其事据《楚辞》《淮南子》，乃是共工触山的结果。《楚辞·天问》曰：“康回冯怒，坠何以东南倾？”王注曰：“康回，共工名也。”《淮南子·原道篇》曰：“昔共工之力触不周之山，使地东南倾。”《天文篇》曰：“昔者共工与颛顼争为帝，怒而触不周之山，天维绝，地柱折，天倾西北，故日月星辰移焉，地倾西南，故水潦尘埃归焉。”（三）所谓“淫水”即洪水，相传为共工所致。《书·尧典》曰：“静言庸违，象滔恭洪滔天。”庸违《论衡·恢国篇》《潜夫论·明暗篇》作庸回，即《天问》之康回，亦即共工。“滔（同荡）洪滔天”即《淮南子·本经篇》所谓“共工振滔洪水”。又《周语》下曰“昔共工氏……壅防百川，堕高堙庳，以害天下”，《荀子·成相篇》曰“禹有功，抑下鸿洪，辟除民害逐共工”，《史记·律书》曰“颛顼有共工之阵以平水土”，都暗示洪水与共工有关。《补史记·三皇本纪》直说女娲收拾的残局是共工造成的。

当其（女娲）末年也，诸侯有共工氏，任智刑以强霸而不王，以水乘木，乃与祝融战。不胜而怒，乃头触不周山崩，天柱折，地维缺。女娲乃炼五色石以补天，断鳌足以立四极，聚芦灰以止滔水，以济冀州。于是地平天成，不改旧物。

《路史·后纪二》并说共工是女娲灭的。

太昊氏衰，共工惟始作乱，振滔洪水，以祸天下。隳天纲，绝地纪，覆中冀，人不堪命。于是女皇氏（即女娲）役其神力，以与共工氏较，灭共工氏而迁之。然后四极正，冀州宁，地平天成，万民复生。

司马贞将《淮南子·原道篇》与《天文篇》的共工争帝触山和《览冥

篇》的女娲补天治水揉在一起说，罗泌又将《本经篇》的共工振滔洪水和《览冥篇》的女娲故事打成一片，确乎都是很有道理的。

在汉籍中发动洪水者是共工，在苗族传说中是雷公，莫非雷公就是共工吗？我们是否能找到一些旁证来支持这个假设呢？较早的载籍中讲到雷公形状的都说是龙身人头。

《海内东经》："雷泽中有雷神，龙身而人头，鼓其腹则雷。"《淮南子·墬形篇》："雷泽有神，龙身人头，鼓其腹而熙。"

共工亦人面蛇身，《淮南子·墬形篇》高注："共工，天神，人面蛇身。"

《大荒西经》注引《归藏启筮》："共工人面蛇身朱发。"

《神异经》："西北荒有人焉，人面朱鬣，蛇身人手足，而食五谷，禽兽顽愚，名曰共工。"

而其子名曰勾龙，（见前）其臣亦人面蛇身。

《海外北经》："共工之臣曰相柳氏……九首人面蛇身而青。"

《大荒北经》："共工臣名相繇，九首蛇身自环。"

然则共工的形状实与雷神相似，这可算共工即雷神的一个有力的旁证。古字回与雷通，吴雷（《楚公镈》）一作吴回（《大戴礼记·帝系篇》《史记·楚世家》《大荒西经》），方雷（《晋语》四）一作方回（《淮南子·俶真篇》《后汉书·周磐传》注引《列仙传》，四八目），雷水（《穆天子传》《水经·河水》注）一作回水（《天问》，《汉书·武帝纪瓠子歌》），是其例。共工，《论衡》《潜夫论》引《尚书》作庸回，《天问》作康回，疑庸回康回即庸雷康雷。此说如其可靠，则共工即雷神，完全证实了。

共工在历史上的声誉，可算坏极了。他的罪名，除了召致洪水以害天下之外，还有“作乱”和“自贤”两项。前者见《吕氏春秋·荡兵篇》和《史记·楚世家》，后者见《周书·史记篇》。在《左传》中则被称“四凶”之一。

“少皞氏有不才子，毁信废忠，崇饰恶言，靖谮庸回，服谗搜慝，以诬盛德。天下之民谓之穷奇。”注家都说穷奇即共工，大概是没有问题的。因此许多有盛德的帝王都曾有过诛讨共工的功。帝喾诛灭共工，见《淮南子·原道篇》和《史记·楚世家》。颛顼战败共工之卿浮游，见《汲冢琐语》。唐氏帝尧伐共工，见《周书·史记篇》。帝舜流共工于幽州，见《尚书·尧典》。

禹的功劳尤其多，攻共工，见《大荒西经》，伐共工，见《荀子·议兵篇》及《秦策》，逐共工，见《荀子·成相篇》，杀共工之臣相柳或相繇，见《海外北经》及《大荒北经》。此外不要忘记上文已表过的女娲杀黑龙，实即杀共工。苗族传说没有把共工罗织成一个千古罪人。他们的态度较老实，较幼稚，只说兄弟二人因争财产不睦，哥哥一气，便发起洪水来淹没弟弟所管领的大地。如故事（10）。他们也不讳言自己的祖先吃了败仗，以致受伤身死，如故事（2）。因此将这仇恨心理坦率的表现在故事（1）中，便说母亲病重，告诉儿子：“若得天上雷公的心来吞服，便可痊愈。”总之，汉苗两派的故事，作风虽不同，态度虽有理智的与感情的之别，但内中都埋藏着一个深沉的，辽远的仇恨，却没有分别。

这次战争之剧烈，看《淮南子》《览冥》《天文》两篇所述，便可想见。四极废，九州裂，天倾西北，地倾东南，其破坏性之大一至于此。神话期历史上第一有名的涿鹿之战，也许因时期较近，在人们记忆中较为鲜明，若论其规模之大，为祸之惨烈，似乎还比不上这一次。但洪水部分，我以为必系另一事，它之加入这个战争故事，是由于传说的黏合作用。远在那渺茫的神话时期，想来不会有如后来智伯梁武所用的水战的战术。洪水本身是怎么回事，是另一问题。它的惨痛的经验，在人类记忆中留下很深的痕迹，那是显而易见的。它的被羼入这战争故事，正表示那场战争之激烈，天灾与人祸，正以惨烈性的程度相当，而在人类记忆中发生黏合作用。为明了战争在这故事中的重要性高于洪水，我们还可以引另一故事作一比较。奉祀槃瓠的傜畬，虽与奉祀伏羲的苗不同族，但是同系的两个支族，那是不成问题的。而且“槃瓠”“伏羲”一声之转，明系出于同源，而两故事中相通之处也很多。这些问题下文还要详细讨论。现在我们要提出的是槃瓠故事中完全没有洪水，而战争却是故事的一个很重要的成分。这也反映出在伏羲故事中，洪水本不是包含在战争中的一部分，而是另外一件独立的事实，和战争偶然走碰头了，因而便结了不解之缘。换言之，战争的发生或许在苗和傜畬未分居的时代，所以在两支传说中都保存着这件事的记忆。洪水则是既分居后苗族独有的经验，所以它只见于苗族传说，而不见于傜畬传说。

古代民族大都住在水边，所谓洪水似乎即指河水的泛滥。人们对付这洪水的手段，大致可分三种。(一)最早的办法是“择丘陵而处”，其态度是消极的，逃避的。消极中稍带积极性的是离水太远的高处不便居住，近水的丘陵不够高时，就从较远的高处挖点土来把不够高的填得更高点，这便是所谓“隋高堙庳”。次之（二）是壅防，即筑初步的或正式的堤。后（三）是疏导，堙塞从古以来就有了，疏导的发明最晚，都用不着讨论。壅防的起源却不太早。《谷梁传·僖九年》载齐桓公葵丘之盟（前六五一）曰“毋壅泉”，似乎是最早的记载。一百年后，周“灵王二十二年（前五五〇），谷洛斗，将毁王宫，王欲壅之”（《周语》下）。太子晋大大发挥一顿壅防的害处。大概春秋中叶以后，壅防之事已经盛行了。以农业发展与土地开辟的情形推之，“壅泉”之盛于此时，倒是合理的。再早便不大可能了。若说神话初产生时，人们便已知道“壅泉”之法，因而便说共工曾实行此法，那却很难想像了。

古籍说到共工与洪水的有下列各书：

《书·尧典》：共工方鸠僝𣐈功……象滔恭洪滔天；

《周语》下：昔共工氏……欲壅防百川，堕高堙庳，以害天下；

《淮南子·本经篇》：共工振滔洪水，以薄空桑。

《尧典》“滔洪滔天”即《淮南子》“振滔洪水”，已详上文。但这是说激动洪水，而没有说到如何激动的方法。“堕高堙庳”假定是共工时代可能的现象，大致没有什么问题。《尧典》“方鸠僝功”之僝应读为𣐈，《说文》训为“以柴木壅”，此即《周语》所谓“壅防百川”。如果上文我们判断的不错，壅泉之法，至春秋时代才开始盛行，那么传说中共工壅防百川的部分，可能也是春秋时产生的。本来《周语》"共工氏……欲壅防百川"的话就是太子晋口中的，而说到"共工方鸠僝功"的《尧典》，有人说是战国作品，虽未必对，但恐怕最早也不能超过春秋之前。总之，我们相信洪水传说尽可很早，共工发动洪水，尤其以壅防百川的方法来发动洪水，却不必早。共工发动洪水的传说既不能太早，则在颛顼共工的战争故事中，洪水部分是比较后加的，也就不言而喻了。

四 汉苗的种族关系

上文我们已经证明了伏羲女娲确是苗族的祖先，我们又疑心那称为伏羲氏的氏族或是西周褒国后裔之南迁者。褒是姒姓国，夏禹之后，然则伏羲氏的族属与夏后氏相近了。伏羲与龙的关系是无可疑的事实。夏与龙的关系，以下面各事证之，似乎也不成问题。(一)《海内经》注引《归藏·启筮篇》曰"鲧死三岁不腐，剖之以吴刀，化为黄龙"，《初学记》二二，《路史·后纪一二》注引"化为黄龙"并作"是用出禹"。(二)《天问》："应龙何画？河海何历？"王注曰："禹治洪水时，有神龙以尾画地，导水所注当决者，因而治之也。"其实助禹治水的龙本即禹自己，后期传说始分为二。(三)古禹字作，从虫从手执之。虫古虺字，与龙同类。(四)夏王多乘龙的故事。A《御览》九六引《括地图》"夏后德盛，二龙降之，禹使范氏御之以

行。”（《博物志》八，敦煌旧抄《瑞应图》引《神灵记》略同。）B《海外西经》“夏后启于此儛九代，乘两龙”，《大荒西经》“有人珥两青蛇，乘两龙，名曰夏后开”，注引《归藏·郑母经》“夏后启筮御飞龙登于天，吉”。C《左传·昭二十九年》：“帝赐之（孔甲）乘龙，河汉各二。”（五）《史记·封禅书》“夏得木德，青龙止于郊。”伏羲氏与夏后氏既皆与龙有这样密切的关系，我疑心二者最初同属于一个龙图腾的团族。在后图腾社会变为氏族社会，这团族才分为若干氏族，伏羲氏与夏后氏便是其中之二。既为两个分离的氏族，所以各自有姓，伏羲氏姓风，夏后氏姓姒。褒亦姒姓国，本是龙图腾的支裔，所以也有先君二龙的传说。

汉族所传的共工，相当于苗族所传的雷神，也是上文证明过的。共工既相当于雷神，则共工的对手可能也相当于雷神的对手了。雷神的对手是伏羲。共工的对手，据汉籍所传，有以下各种说法：

（一）帝喾高辛氏

《淮南子·原道篇》：昔共工……与高辛争为帝。

《史记·楚世家》：共工氏作乱，帝喾使重黎诛之而不尽。

（二）颛顼

《淮南子·天文篇》：昔者共工与颛顼争为帝。

同上《兵略篇》：颛顼尝与共工争矣。

《史记·律书》：颛顼有共工之阵以平水土。

《琐语》：昔者共工之卿浮游败于颛顼。

（三）帝尧陶唐氏

《韩非子·外储说左上篇》：尧……又举兵而诛共工于幽州之都。

《周书·史记篇》：昔有共工自贤，……唐氏伐之，共工以亡。

《大戴记·五帝德篇》：帝尧……流共工于幽州以变北狄。

（四）帝舜

《书·尧典》：舜……流共工于幽州。

《淮南子·本经篇》：舜之时，共工振滔洪水，以薄空桑。

及（五）禹

《荀子·议兵篇》：禹伐共工。（《秦策》同）

《荀子·成相篇》：禹有功，抑下鸿，辟除民害逐共工。

《大荒西经》：西北海之外……有禹攻共工之山。

《海外北经》：共工之臣曰相柳氏……禹杀相柳。（《大荒北经》作相繇）

除帝喾外，其余各说都可以有法沟通。舜流共工据《尧典》，本在舜受禅后尧未死前，故共工也可说是尧流的。若依《韩非子》，尧禅位于舜，共工以为不平，尧逐流之，则流共工正在唐虞禅让之际，其负责的人更是两说皆可了。《周书》的看法与韩非同，大概是比较近确的。流共工的事既可以这样看，关于四凶中其余三凶，可以类推。讲到四凶，有一个极有趣的现象，那便是不但如世人所习知的尧（或舜）诛四凶，颛顼与禹似乎也有同样的事迹。试分别证之如下：

（一）三苗 《墨子非攻下篇》曰：

昔者三苗大乱，天命殛之。……高阳乃命禹于玄宫……以征有苗。

然则诛三苗是颛顼的命令，而禹执行之。此外诸书单说禹伐有苗很多，不具举。总之，对诛三苗这事，颛顼和禹都有分儿。

（二）鲧 经注引《纪年》曰：

颛顼产伯鲧，是维若阳。

《世本》及《大戴记·帝系篇》亦皆曰：颛顼产鲧。《墨子·尚贤中篇》曰：

昔者伯鲧，帝之元子，废帝之德庸，既乃刑之。

五 伏羲与葫芦

一 洪水造人故事中的葫芦

在中国西南部（包括湘西贵州广西云南西康）诸少数民族中，乃至在域外，东及台湾，西及越南与印度中部，都流传着一种兄妹配偶型的洪水遗民再造人类的故事（下简称为洪水造人故事），其母题最典型的形式是：

一个家长（父或兄），家中有一对童男童女（家长的子女或弟妹）。被家长拘禁的仇家（往往是家长的弟兄），因童男女的搭救而逃脱后，发动洪水来向家长报仇，但对童男女，则已预先教以特殊手段，使之免于灾难。洪水退后，人类灭绝，只剩童男女二人，他们便以兄妹（或姊弟）结为夫妇，再造人类。

这是原始智慧的宝藏，原始生活经验的结晶，举凡与民族全体休戚相关，而足以加强他们团结意识的记忆，如人种来源，天灾经验，与夫民族仇恨等等，都被象征式的糅合在这里。它的内容是复杂的，包含着多样性而错综的主题，因为它的长成是通过了悠久时间的累积。主题中最重要的，无疑是人种来源，次之或许是天灾经验，再次是民族仇恨等等。本文便专以人种来源这个主题为研究对象，所有将被讨论的诸问题都以这一点为中心。

普通都称这些故事为“洪水故事”，实有斟酌余地。我们在上文已经提到故事的社会功能和教育意义，是在加强民族团结意识，所以在故事中那意在证实血族纽带的人种来源——即造人传说，实是故事最基本的主题，洪水只是造人事件的特殊环境，所以应居从属地位。依照这观点，最妥当的名称该是“造人故事”，如果再详细点，称之为“洪水造人故事”，那“洪水”二字也是带有几分限制词的意味的。我疑心普通只注意故事中的洪水部分而忽略了造人部分，是被洪水事件本身的戏剧性所迷误的。其实这纯是我们文明社会的观点，我们知道，原始人类从不为故事而讲故事，在他们任何行为都是具有一种实用的目的。

正如造人是整个故事的核心，葫芦又是造人故事的核心。但在讨论故事中作为造人素材的葫芦之前，我们得先谈谈作为避水工具的葫芦。

分析四十九个故事的内容（参看表一），我们发现故事情节与葫芦发生关系的有两处，一是避水工具，一是造人素材。本来在原始传说中，说法愈合理，照例是离原始形态愈远，因此在避水工具中（参看表二），葫芦和与它同类的瓜，我们疑心应该是较早期的说法，其余如鼓桶臼箱瓮床和舟，说得愈合理，反而是后来陆续修正的结果。这一点交代以后，我们再来研究造人素材（参看表三）。在那第一组（物中藏人，由物变人）的六种不同的形式中，

一、男女从葫芦中出；

二、男女坐瓜花中，结实后，二人包在瓜中；

三、造就人种，放在鼓内；

四、瓜子变男，瓜瓤变女；

五、切瓜成片，瓜片变人；

六、播种瓜子，瓜子变人。

五种属于葫芦和与之同类的瓜，一种是鼓，看来鼓中容人，似比葫芦和瓜更合理，实则它的合理性适足以证明它的讹误性，说不定鼓中藏人种，正是受了那本身也是讹变的“鼓中避水说”的感染而发生的讹变。因此，我们主张在讨论问题时，这一条“造就人种，放在鼓内”，可以除外，要不就权将“鼓”字当作“瓜”字之讹也行。这一点辩明以后，我们可以进而讨论全部造人素材的问题，便是造人素

材与葫芦的关系问题。

和避水工具一样，关于造人素材的说法，也可分为较怪诞与较平实的两组，前者我们称为第一组，后者称为第二组。第一组的六种形式上文已经列举过，现在再将第二组分作两类列举于下：

第一类像物形

一、像瓜　　二、像鸡卵　　三、磨石仔

第二类不成人形

一、肉球，肉团陀，肉块　　二、无手足腿臂，无头尾，无耳目口鼻面目　　三、怪胎　　四、血盆

第一类的第三项与第二类的第二项，没有严格的界限。有时说到“磨石仔”，又说到“无手足”之类，在这种场合，我们便将它归入“无手足……”项下。依上述愈合理，愈失真的原则，我们疑心这第二组内离葫芦愈远，离人形愈近的各种形式，也是后起的合理化的观念形态。而最早的传说只是人种从葫芦中来，或由葫芦变成。八寨黑苗（7），短裙黑苗（8），说童男女自身是从石蛋出来的，生苗或说蛋（15），或说白蛋（17），或说飞蛾蛋（18），暗示最初的传说都认为人类是从自然物变来，而不是人生的。而且蛋与葫芦形状相近，或许蛋生还是葫芦生的变相说法。至于避水工具中的葫芦，也还是抄袭造人素材的葫芦的。可能造人和洪水根本是两个故事，《生苗起源歌》（16，17，18）只讲造人，不提洪水，似乎还保存着传说的原

始形态（生苗是一个在演化进程中最落后的民族）。我们疑心造人故事应产生在前，洪水部分是后来黏合上去的，洪水故事中本无葫芦，葫芦是造人故事的有机部分，是在造人故事兼并洪水故事的过程中，葫芦才以它的渡船作用，巧妙的做了缀合两个故事的连锁。总之，没有造人素材的葫芦，便没有避水工具的葫芦，造人的主题是比洪水来得重要，而葫芦则正做了造人故事的核心。

二　伏羲女娲与匏瓠的语音关系

以上所论都是纯理论的假设，最后判断当然有待于更多更精密的民俗调查材料。这样的材料，可惜我们目前几乎一点也没有。然而说除了民俗调查材料，目前我们在这题目上，便没有一句话可说，那又不然。

总观以上各例，使我们想到伏羲女娲莫不就是葫芦的化身。或仿民间故事的术语说，一对葫芦精。于是我注意到伏羲女娲二名字的意义。我试探的结果，“伏羲”“女娲”果然就是葫芦。

伏字《易·系辞传下》作包，包匏音近古通，《易姤》九五“以杞包瓜”，《释文》引《子夏传》及《正义》包并作匏。《泰》九二：“包荒，用冯河，不遐遗。”包亦当读为匏，可证。匏瓠《说文》互训，古书亦或通用，今语谓之葫芦。羲一作戏，《广雅·释器》：“瓠，蠡，䕷，𤬛，瓢也。”《一切经音义》十八引作𤓰，音羲。王念孙云，𤬛与𤓰同，即樨字。（《庄子·人间世篇》《大宗师篇》《田子方篇》《管子·轻重戊篇》《荀子·成相篇》《赵策》四）或作虧，（《月令·释文》）其本字当即𤓰。

《集韵》𤬛虚宜切，音牺，训“瓠，瓢也”。译为今语则为葫芦瓢。又有㰥㰙桸三字，当即𤬛之别体。

《方言》二：“瓥陈楚宋魏之间或谓之箪，或谓之㰥，或谓之瓢。”郭注曰：“瓠，勺也，今江东通呼为㰥。㰥音羲。”

《玉篇·木部》：“㰥，杓也。”《一切经音义》十八：“江南曰瓢㰥，蜀人言蠡㰥。”

《集韵·五支》：“㰥，蠡蟸也，或作㰙。”

陆羽《茶经》引《神异记》：“晋永嘉中，余姚人虞洪，入瀑布山采茗，遇一道士。云，吾丹邱子，祈子他日瓯㰙之余，乞相遗也。”(案《茶经》曰：“㰙，木杓也。”又曰：“瓢一曰㰙杓，剖瓠为之，或刊木为之。”)

《说文·木部》：“桸，杓也。”(案《类篇》桸通作㰥。)

伏羲字亦有“羲”“戏”“希”三形。羲戏习见，希则见《路史·后纪二》注引《风俗通》。(女娲一作女希，见《初学记》九引《帝王世纪》，及《史记·补三皇本纪》。)我以为包与戏都是较古的写法。包戏若读为匏𤬛㰥㰙桸，即今所谓葫芦瓢。但戏古读如乎，与匏音同。若读包戏为匏瓠，其义即为葫芦。既剖的葫芦谓之瓢，未剖的谓之葫芦，古人于二者恐不甚分，看瓠葫芦𤬛瓢上古音全同便知。女娲之娲，《大荒西经》注，《汉书·古今人表》注，《列子·黄帝篇》释文，《广韵》《集韵》皆音瓜。《路史·后纪二》注引《唐文集》称女娲为“匏娲”，以音求之，实即匏瓜。包戏与妸娲，匏瓠与匏瓜皆一语之转。（包戏转为伏希，女娲转为女希，亦可见戏娲二音有可转之道。）然则伏羲与女娲，名虽有二，义实只一。二人本皆谓葫芦的化身，所不同者，仅性别而已。称其阴性的曰“女娲”，犹言“女匏瓟”“女伏羲”也。

苗族传说以南瓜为伏羲女娲的第二代。汉族以葫芦（瓜）为伏羲女娲本身，这类亲与子易位，是神话传说中常见的现象，并不足妨碍苗族的伏羲与伏羲妹即汉族的伏羲女娲。至于为什么以始祖为葫芦的化身，我想是因为瓜类多子，是子孙繁殖的最妙象征，故取以相比拟。《开元占经》六五《石氏中官占篇》引《黄帝占》曰“匏瓜星主后宫”，又曰：“瓠瓜星明，则……后宫多子孙，星不明，后失势。”同上引《星官制》曰：“匏瓜，天瓜也。性内文明而有子，美尽在内。”《大雅·緜篇》以“緜緜瓜瓞”为“民之初生……”的起兴，用意与此正同。

根据上面的结论，有些零星问题，可以附带的得到解决。

（一）女娲作笙　古代的笙是葫芦做的。《白虎通·礼乐篇》：“瓠曰笙。”苗人亦以葫芦为笙，见刘恂《领表录异》，朱辅《溪蛮丛笑》。女娲本是葫芦的化身，故相传女娲作笙。《礼记·明堂位》“女娲之笙簧”，注引《世本》曰：“女娲作笙簧。”

（二）伏羲以木德王　葫芦是草木之类，伏羲是葫芦的化身，故曰伏羲木德。曹植《庖牺画赞》“木德风姓”，宋均《春秋内事》“伏羲氏以木德王”。《御览》七八引《帝王世纪》：“太昊庖牺氏，……首德于木，为百王先。”

据上文伏羲与槃瓠诚属二系，然细加分析，两者仍出同源。“槃瓠”名字中有瓠字而《魏略》等述茧未化生时复有“妇人盛瓠中，覆之以槃”之语，可见瓠亦为此故事母题之一部分。实则槃即剖匏为之，“槃瓠”犹匏瓠，仍是一语。是“槃瓠”与“包羲”字异而声义同。在初本系一人为二民族共同之祖，同祖故同姓。旧说伏羲女娲风姓而《图书集成畲民调查记》及《狗皇歌》皆有姓槃之说。风从凡声，古作，槃从般古作，亦从声，然则风槃亦一姓也。

卜辞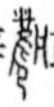或省鸟形，直作。古器物先有匏，而刳木，编织，陶埴铸冶次之。横置之作，象剖匏之形，下有为基址。然则风姓槃姓，其初皆即匏生耳。

表一

流传地域与讲述人		童男	童女	家长	仇家	赠遗	洪水	避水	占婚	造人	采集者
1. 湘西苗人故事（一）	湖南凤凰东乡苗人吴文祥述	兄	妹	Ay Pégy Koy Péiy	Koy Soy		雷公怒发洪水数十日	兄妹各入黄瓜避水	扔磨石东西分走	生下肉块割弃变人	芮逸夫
2. 湘西苗人故事（二）	凤凰北乡苗人吴良佐述	儿	女	Koy Peny	Koy Soy		雷公发洪水七日七夜	共入葫芦	金鱼老道撮合		芮逸夫
3. 傩公傩母歌	吴良佐抄	兄（伏羲）	妹	张良	Koy Soy		玉皇上帝发洪水七日七夜	共入葫芦	分赴东山南山焚香香烟结团	生肉块割开发现十二童男女	芮逸夫
4. 傩神起源歌	湖南乾县城北乡仙镇营苗人石启贵抄	儿	女	禾壁	禾耸		雷公发洪水七日七夜	兄妹共入仙瓜	扔竹片扔磨石	生下怪胎割弃变人	芮逸夫
5. 苗人故事		弟	姊		另一对男女			入木鼓	滚磨抛针抛钱	生子如鸡卵切碎变人	Savina，F.M.
6. 黑苗洪水歌		弟（A-Zie）			兄（A-F'o）		雷发洪水	弟入葫芦避水	滚磨扔刀	生子无手足割弃变人	Clarke，Samuel，R.

（续表）

流传地域与讲述人		童　男	童　女	家　长	仇　家	赠　遗	洪　水	避　水	占　婚	造　人	采集者
7. 八寨黑苗传说	贵州八寨	邻居{兄 妹}		老岩（九蛋中最幼者司地）	雷（九蛋中最长者司天）	雷劝兄妹种葫芦	雷发洪水	入葫芦	结婚	繁衍人类	吴泽霖
8. 短裙黑苗传说	贵州炉山麻江丹江八寨等县交界处	小弟	幼妹		石蛋中出十二弟兄长兄被害变成雷公上天		小弟害死诸兄雷公发洪水报仇	小弟作法上天	水退下地与妹相遇结婚	生子无眼形如球切碎变人	吴泽霖
9. 花苗故事		弟	妹	兄	老妇（从天下降）			弟妹入木鼓	扔磨石扔针线	生子无手足割弃变人	Hewitt, H. J.
10. 大花苗洪水滔天歌	贵州	二兄（智莱）	妹（易明）		大兄（愚皇）		安乐世君发洪水	杉舟	滚磨	生三子	杨汉先
11. 大花苗洪水故事	贵州咸宁	弟	妹	兄				木鼓	滚磨穿针雷公命乐世君指示	生子无腿无臂	

（续表）

流传地域与讲述人		童　男	童　女	家　长	仇　家	赠　遗	洪　水	避　水	占　婚	造　人	采集者
12. 雅雀苗故事	贵州南部	兄（Bu-i，Fu-hsi）	妹（Ku-eh）					入葫芦避水	扔磨石扔树	生二子无手足不哭割弃变人	Cla ke
13. 生苗故事（一）	贵州	兄	妹			天上老奶种瓜结瓜王可容数十人	大雨成灾洪水灭尽人类	兄妹入瓜漂浮上天	天上人教二人下来结为夫妇	吃瓜生瓜儿剖碎变人	陈国钧
14. 生苗故事（二）	贵州	长兄（恩—居地）	妹（媚—居地）		次兄（雷—居天）		雷发洪水	乘船漂浮上天（以葫芦盛马蜂螫雷）	小虫教二人打伞在山坡相逢如远来的表亲遂结为夫妇	生子无四肢如瓜形割弃变人	陈国钧
15. 生苗洪水造人歌	贵州	兄（恩—居地）	妹（媚—居地）		长兄（雷—居天）	雷报媚以瓜子结实如仓大	雷发洪水	乘南瓜漂浮上天	老奶指点	偷吃瓜被老奶责骂生子无耳目如瓜斫碎变人	陈国钧
16. 生苗起源歌（一）		兄	妹						结婚	生儿无手足割碎变人	陈国钧

（续表）

流传地域与讲述人		童　男	童　女	家　长	仇　家	赠　遗	洪　水	避　水	占　婚	造　人	采集者
17. 生苗起源歌（二）	贵州	由白蛋生出｛兄、妹							结婚	生瓜儿切碎变人	陈国钧
18. 生苗起源歌（三）	贵州	由飞蛾卵生出｛兄、妹			雷公（另一飞蛾卵生出）				兄妹相爱结婚	生南瓜斫碎变人	陈国钧
19. 侗人洪水歌	贵州	兄（伏羲）	妹				洪水来时	将造就的人种放在鼓内			
20. 苗人谱本	广西北部	兄（张良一作姜良）	妹（张妹一作姜妹）	卷氏夫人（生七子女）	雷公雷母	雷公赠仙瓜子	铁雨成灾	兄妹入葫芦避水	太白仙人金龟老道撮合	生肉陀（团）割碎变人	徐松石
21. 偏苗洪水横流歌	广西西隆	兄（伏羲）	妹				洪水	将造就的人种放在鼓内			雷雨
22. 傜人洪水故事	广西融县罗城	女（伏羲）	儿*	父	雷公	雷公赠牙种成葫芦	天发洪水	兄妹入葫芦避水	绕树相追	生肉球割碎变人	常任侠
23. 葫芦晓歌		伏羲					寅卯二年发洪水	入葫芦避水			常任侠

* 此条三联版疑误，“童男”格当为“儿”，“童女”格当为“女”。

（续表）

流传地域与讲述人		童　男	童　女	家　长	仇　家	赠　遗	洪　水	避　水	占　婚	造　人	采集者
24. 傜人故事	广西武宣修仁之间	子		神人		赠牙种而生瓠破瓠裂为欒船	洪水	神人率子人坐铁镬浮至天门			常任侠
25. 板傜五谷歌	广西三江	兄（伏羲）	妹				寅卯二年发洪水	兄妹入葫芦避水	烧香礼拜结为夫妇	置人民	乐嗣炳
26. 板傜盘王歌	广西象县	兄（伏羲）	妹				洪水七日七夜	入葫芦避水	金龟撮合	生“团乙”	
27. 侬傜盘傜盘王书中洪水歌	广西都安	兄（伏羲）	妹	蒋家			洪水七日七夜	入葫芦避水	烟火	生血盆玉女分之为三十六姓	
28. 盘傜故事	镇边盘傜盘有贵述	兄（伏羲）						入瓢瓜避水	滚磨石烧烟火看竹枝	撒出瓜子瓜瓤瓜子变男瓜瓤变女	
29. 盘傜故事	灌阳布坪乡	男孩	女孩	盘王		盘王打落牙齿种牙成瓜	下雨三年六个月	盘王将瓜穿眼命小孩坐入	生磨石仔盘王切碎变人		

（续表）

流传地域与讲述人		童男	童女	家长	仇家	赠遗	洪水	避水	占婚	造人	采集者
30. 红傜故事	广西龙胜三百坤红傜张老老述	兄（姜良）	妹（姜妹）	姜氏太婆（生子女六人或说七人）	雷公雷婆	雷公雷婆赠白瓜子	大雨成灾	兄妹坐入瓜花结实二人包在瓜内	看烟柱种竹滚磨绕山走	继续人种	徐松石
31. 东陇傜故事	上林东陇傜蓝年述	伏羲		父别母别		雷公赠牙		乘瓜上浮		生磨石仔无头无尾切碎变猴再变人	陈志良
32. 蓝靛傜故事	田西蓝靛傜李秀文述				闪电仙人	仙人赠瓜子	大雨成灾	入瓢瓜避水	烧烟火种竹滚磨	生子无手足头尾切碎变人	陈志良
33. 背笼傜故事	凌云背笼傜腊承良述	兄（伏Iin）	妹（羲Cein）				久雨成灾	入瓢瓜避水	滚磨	生肉团无手足面目切碎变人	陈志良
34. 背笼傜遗传歌	腊承良译	兄（伏羲）	妹			自种瓢瓜结实如仓大	皇天降大雨	入瓜内避水	结为夫妇	生磨石儿割碎变人	陈志良
35. 蛮傜故事	广西东二阑蛮傜侯玉宽述	兄（伏dn）	妹（羲ɕɛ）				久雨成灾	入大瓮避水	烧烟火滚磨石	生子无手足面目	陈志良

（续表）

流传地域与讲述人		童男	童女	家长	仇家	赠遗	洪水	避水	占婚	造人	采集者
36. 独侯傜故事	都安独侯傜蒙振彬述	兄（伏羲）	妹				雷电大雨成灾	入瓢瓜避水		生磨石儿劈碎变人	陈志良
37. 西山傜故事	隆山西山傜袁秀林述	伏羲{特斗、驮豆}		卜白（居天上司雷雨）	雷王（居地下）	雷王赠牙	雷王下雨发洪水	入葫芦避水	烧烟火	生子无耳目口鼻如磨石切碎变人	陈志良
38. 侬人故事	都安侬人韦武夫述				仙人	仙人赠牙作船发作桨					陈志良
39. 倮㑩故事		弟	妹		两兄		洪水发时	弟妹入木箱上浮			Vial, Paul
40. 夷人故事	云南寻甸凤仪乡黑夷李忠成宣威普乡白夷田靖邦述	三弟	美女			白发老人教造木桶	洪水发时	入桶避水	遵老人命与女结婚	生三子是为乾夷黑夷汉人之祖	马学良
41. 汉河倮㑩故事	红河上游汉河丙冒寨夷人白成章述						洪水中人类灭绝	葫芦从天降下一男一女从中而出			邢庆兰
42. 老亢故事	云南西南边境耿马土司地蚌隆寨	兄	妹				洪水发时	兄妹同入木床避水	结婚	生子砍碎变人	芮逸夫

（续表）

流传地域与讲述人		童 男	童 女	家 长	仇 家	赠 遗	洪 水	避 水	占 婚	造 人	采集者
43. 栗粟故事	耿马土司地大平石头寨	兄	妹				洪水发时	兄妹同入葫芦避水	结婚	生七子	芮逸夫
44. 大凉山倮啰人祖传说（一）	西康宁族夷族	乔姆石奇（Gomzazi）盐源一带称陶姆石嬢（Domzanyo）	天女		天公		天公发洪水毁灭人类	石奇作桐木舟避水	青蛙设计要求天女与石奇结婚	生三子	庄学本
45. 大凉山倮啰人祖传说（二）		兄（乔姆石奇）	妹（天宫仙女）				洪水泛滥	石奇乘桐木舟得救	经众动物设法将妹请下滚磨成婚		庄学本
46. 东京蛮族故事		兄（PhuHay）	妹（Phu-Hay-Mui）	Chang Lô-Cô			洪水泛滥	兄妹同入南瓜避水	结婚	生南瓜剖瓜得子播种变人	de Lajon-quiere，Lunet
47. 巴那（Bahnars）故事	交趾支那	兄	妹				洪水泛滥	入大箱避水			Guerlack
48. 阿眉（Ami）故事	台湾	兄	妹				洪水泛滥	入木臼避水	结婚	生子传人类	Lshii，Shinji
49. 比尔（Bhils）故事	印度中部	兄	妹				洪水泛滥	入木箱避水	结婚	生七男七女	Luard，C. E.

表二

避水工具	故事号数	总计
葫芦（瓠　瓢瓜）	二・三・六・七・一二・二〇・二四・二五・二六・二七・二八・三二・三三・三六・三七・四一・四三	一七 } 自然物百分之五七・二
瓜（仙瓜　黄瓜　南瓜）	一・四・一三・一五・二九・三〇・三一・三四・四六	九 }
鼓（木鼓）	五・九・一一・一九・二一・二二・二三	七 } 人造器具百分之四一・八
瓮	二五	一 }
木桶　木臼　箱	三九・四〇・四七・四八・四九	五 }
床	四二	一 }
舟（桐舟　杉舟）	一〇・一四・三八・四四・四五	五 }

表三

组	造人素材			故事号数	总	计
第一组	物中藏人	葫芦	男女从葫芦中出	四一	一	四
		瓜	男女坐瓜花中结实后二人包在瓜中	三〇	一	
		鼓	造就人类放在鼓内	一九·二一	二	
	物变人	瓜	瓜子变男瓜瓤变女	二八	一	一
	人生物物再变人	瓜	切瓜成片瓜片变人	一三·一八·四二	三	四
			播种瓜子瓜子变人	四六	一	
第二组	生子像物或不成人形割碎始变成人	像物形	像瓜	八·一四·一五·一六	四	二四
			像鸡卵	五	一	
			磨石仔	二九·三四·三六	三	
		不成人形	肉球肉团（陀）肉块	一·三·二〇·二六·三三	五	
			无手足（腿臂）无头尾无耳目口鼻（面目）	六·九·一一·一二·一六·三一·三二·三五·三七	九	
			怪胎	四	一	
			血盆	二七	一	

龙　凤

前些时接到一个新兴刊物负责人一封征稿的信，最使我发生兴味的是那刊物的新颖命名——“龙凤”，虽则照那篇《缘起》看，聪明的主编者自己似乎并未了解这两字中丰富而深邃的含义。无疑的他是被这两个字的奇异的光艳所吸引，他迷惑于那蛇皮的夺目的色采，却没理会蛇齿中埋伏着的毒素，他全然不知道在玩弄色采时，自己是在与毒素同谋。

就最早的意义说，龙与凤代表着我们古代民族中最基本的两个单元——夏民族与殷民族，因为在“鲧死，……化为黄龙，是用出禹”和“天命玄鸟（即凤），降而生商”两个神话中，我们依稀看出，龙是原始夏人的图腾，凤是原始殷人的图腾，（我说原始夏人和原始殷人，因为历史上夏殷两个朝代，已经离开图腾文化时期很远，而所谓图腾者，乃是远在夏代和殷代以前的夏人和殷人的一种制度兼信仰。）因之把龙凤当作我们民族发祥和文化肇端的象征，可说是再恰当没有了。若有人愿意专就这点着眼，而想借“龙凤”二字来提高民族意识和情绪，那倒无可厚非。可惜这层历史社会学的意义在一般中国人心目中并不存在，而“龙凤”给一般人所引起的联想则分明是另一种东西。

图腾式的民族社会早已变成了国家，而封建王国又早已变成了大一统的帝国，这时一个图腾生物已经不是全体族员的共同祖先，而只是最高统治者一姓的祖先，所以我们记忆中的龙凤，只是帝王与后妃的符瑞，和他们及她们宫室舆服的装饰“母题”，一言以蔽之，它们只是“帝德”与“天威”的标记。有了一姓，便对待的产生了百姓，一姓的尊荣，便天然的决定了百姓的苦难。你记得复辟与龙旗的不可分离性，你便会原谅我看见“龙凤”二字而不禁怵目惊心的苦衷了。我是不同意于“天王圣明，臣罪当诛”的。

《缘起》中也提到过“龙凤”二字在文化思想方面的象征意义，他指出了文献中以龙比老子的故事，却忘了一副天生巧对的下联，那便是以凤比孔子的故事。可巧故事都见于《庄子》一书里。《天运篇》说孔子见过老聃后，发呆了三天说不出话，弟子们问他给老聃讲了些什么，他说：“吾乃今于是乎见龙——龙合而成体，散而成章，乘云气而养翔乎阴阳，予口张而不能嗋，舌举而不能讯，[1]予又何规老聃哉！”这是常用的典故。（也就是许多姓李的楹联中所谓“犹龙世泽”的来历。）至于以凤比孔子的典故，也近在眼前，不知为什么从未成为词章家“獭祭”的资料，孔子到了楚国，著名的疯子接舆所唱的那充满讽刺性的歌儿——

凤兮凤兮！何如汝德之衰也！来世不可待？往世不可追

也！……

不但见于《庄子》(《人世间篇》)，还见于《论语》(《微子篇》)。是以前读死书的人不大认识字，不知道“如”是“汝”的假借，因而没弄清话中的意思吗？可是汉石经《论语》“如”作“而”，“而”字本也训“汝”，那么歌辞的喻意，至少汉人是懂得。另一个也许更有趣的以凤比孔子的出典，见于唐宋《类书》[2]所引的一段《庄子》佚文：

老子见孔子从弟子五人，问曰：“前[3]为谁？”对曰：“子路，勇且力[4]。其次子贡为智，曾子为孝，颜回为仁，子张为武。”老子叹曰：“吾闻南方有鸟，其命为凤……凤鸟之文，戴圣婴仁，右智左贤，……”

这里以凤比孔子，似乎更明显。尤其有趣的是，那次孔子称老子为龙，这次是老子回敬孔子，比他作凤，龙凤是天生的一对，孔老也是天生的一对，而话又出自彼此的口中，典则同见于《庄子》。你说这天生巧对是庄子巧思的创造，意匠的游戏——又是他老先生的“谬悠之说，荒唐之言，无端崖之辞”吗？也不尽然。前面说过原始殷人是以凤为图腾的，而孔子是殷人之后，我们尤其熟习。老子是楚人，向来无异词，楚是祝融六姓中芈姓季连之后，而祝融，据近人的说法，就是那“人面龙身而无足”的烛龙，然则原始楚人也当是一个龙图腾的族团。以老子为龙，孔子为凤，可能是庄子的寓言，但寓言的产生也该有着一种素地，民俗学的素地。(这可以《庄子》书中许多其它的寓言为证。)其实凤是殷人的象征，孔子是殷人的后裔。呼孔子为凤，无异称他为殷人；龙是夏人的，也是楚人的象征，说老子是龙，等于说他是楚人，或夏人的本家。中国最古的民族单元不外夏殷，最典型中国式而最有支配势力的思想家莫如孔老，刊物命名为“龙凤”，不仅象征了民族，也象征了最能代表民族气质的思想家，这从某种观点看，不能不说是中国有刊物以来最漂亮的名字了！

然而，还是庄子的道理，“腐臭复化为神奇，神奇复化为腐臭”——从另一种观点看，最漂亮的说不定也就是最丑恶的。我们在上文说过，图腾式的民族社会早已变成了国家，而封建的王国又早已变成了大一统的帝国，在我们今天的记忆中，龙凤只是“帝德”与“天威”的标记而已。现在从这角度来打量孔老，恕我只能看见一位“申申如也，夭夭如也”而谄上骄下的司寇，和一位以“大巧若拙”的手段“助纣为虐”的柱下史，(五千言本也是“君子南面之术”。)有时两个身影叠成一个，便又幻出忽而“内老外儒”，忽而“外老内儒”，种种的奇形怪状。要晓得这条“见首不见尾”的阴谋家——龙，这只“戴圣婴仁”的伪君子——凤，或二者的混合体，和那象征着“帝德”“天威”的龙凤，是不可须臾离的，有了主子，就用得着奴才，有了奴才，也必然会捧出一个主子；帝王与士大夫是相依为命的。主子的淫威和奴才的恶毒——暴发户与破落户双重势力的结合，压得人民半死不活。三千年惨痛的记忆，教我们面对这意味深长的“龙凤”二字，怎能不怵目惊心呢！

事实上，生物界只有穷凶极恶而诡计多端的蛇，和受人豢养，替人帮闲，而终不免被人宰割的鸡，那有什么龙和凤呢？科学来了，神话该退位了。办刊物的人也得当心，再不得要让“死的拉住活的”了！

要不然，万一非给这民族选定一个象征性的生物不可，那就还是狮子罢，我说还是那能够怒吼的狮子罢，如其它不再太贪睡的话。

注

[1] 以上六字从江南古藏本补。
[2]《艺文类聚》九〇，《太平御览》九一五。
[3]《类聚》脱“前”字，依《御览》补。
[4]《类聚》作“子路为勇”，此从《御览》。

姜嫄履大人迹考

周初人传其先祖感生之故事曰：

厥初生民，时维姜嫄，生民如何？克禋克祀，以弗无子，履帝武敏歆，攸介攸止，载震载夙，载生载育，时维后稷。（《诗·大雅·生民》）

武各家皆训迹，敏《尔雅》训拇，谓足大趾，然“武敏”双声，疑系连语，总谓足迹耳。歆各家多读为欣，训喜，[1]疑字本作喜，祀子喜止四字为韵。“克禋克祀，以弗无子”，弗读为祓，毛郑皆以为祀郊禖之祭，《御览》一三五引《春秋元命苞》“周本姜嫄，游閟宫，其地扶桑，履大迹，生后稷”，閟宫即禖宫，说与毛郑同。上云禋祀，下云履迹，是履迹乃祭祀仪式之一部分，疑即一种象征的舞蹈。所谓“帝”实即代表上帝之神尸。神尸舞于前，姜嫄尾随其后，践神尸之迹而舞，其事可乐，故曰“履帝武敏歆”，犹言与尸伴舞而心甚悦喜也。“攸介攸止”，介林义光读为愒，息也，至确。盖舞毕而相携止息于幽闲之

教稼穑者，故祭之之处，设畤以象田畴焉。汉人所传秦时畦畤在人先祠下，[3]秦承周制，是周诸畤所在之祠宜亦有“人先”之名。坛状如田畴而祠名“人先”，非后稷而谁？故曰畤出于稷也。如周人郊天配稷，以畤为坛，则舍人说“履帝武敏”为“履天帝之迹于畎亩之中”，果不为无因，而余所疑履迹为祭礼中一种象征的舞蹈，其所象者殆亦即耕种之事矣。古耕以足踏耜，其更早无耜时，当直以足践土，所谓畯是也。《公羊传·宣六年》注：“以足蹦曰踆。”《续汉书·郡国志》注引《博物志》“东阳县多麋，十千为群，掘食草根，其处成泥，名曰麋畯”，畯之言踆也，以足践而耕之曰畯，麋畯犹言麋耕耳。履帝迹于畎亩中，盖即象征畯田之舞，帝（神尸）导于前，姜嫄从后，相与践踏于畎亩之中，以象耕田也。

周祖后稷，字当作畟，稷乃谷之类名。《说文》“畟，治稼畟畟进也”，畟当从田从夋省，畟畯一声之转，本为一字。周人称其田神曰田畯，实即后稷也。传言弃为帝喾子，帝喾者一曰帝俊，俊亦与畯同。古周字从田，而周畴音复同，周盖即田畴本字。天神曰俊，田神曰畯，先祖曰后稷，氏曰有周，义皆一贯，然则郊祀而有象耕之舞，又何疑哉？

《论衡》云“衣帝喾衣”，帝喾即帝俊，为周人之上帝，说已详上，衣者，《周颂·丝衣序》“《丝衣》绎宾尸也，高子曰灵星之尸也”，《通典·礼四》引刘向《五经通义》“灵星为立尸，故曰‘丝衣其紑，会弁俅俅’，传言王者祭灵星，公尸所服之衣也”，说者谓高子即《孟子》所载论《小弁》诗之高子，是其人生于战国，而灵星亦当为周时祀典，故《论衡·明雩篇》曰“今有灵星，古昔之礼也”，《史记·封禅书》曰：

汉兴八年，或曰周兴而邑邰，立后稷之祠，至今血食天下，于是高祖制诏御史，其令郡国县立灵星祠，当以岁时祠以牛。

《续汉书·礼仪志》曰“言祠后稷而谓之灵星者，以后稷又配食灵星也”，是灵星亦周郊祀之异名。祠灵星，公尸衣丝衣，载会弁，以象天帝，是姜嫄衣帝喾衣，即衣尸衣，衣尸衣而坐息于尸处，盖即“攸介攸止”时行夫妇事之象征，此或据晚世之制言之，其事虽与古异，其意则同也。

以上专就《生民》诗为说。诗所纪既为祭时所奏之象征舞，则其间情节，去其本事之真相已远，自不待言。以意逆之，当时实情，只是耕时与人野合而有身，后人讳言野合，则曰履人之迹，更欲神异其事，乃曰履帝迹耳。

“履帝武敏”之解释，既如上述，请进而论此事与姬姓之关系。《左传·隐八年》众仲曰“天子建德，因生以赐姓，胙之土而命之氏”，此释姓氏二字之义最晰。考氏即古地字，如云“有周氏”即保有周地之人，故曰“胙之土而命之氏”；姓生一字，某姓即某所生，故曰“因生以赐姓”。传说修己吞薏苡而生禹，故禹为姒姓，简狄吞燕卵而生契，故契为子姓，姜嫄履大人迹而生弃，故弃为姬姓。苡姒例为同字，姒姓者犹言苡所生也，卵一曰子，[4]子姓者犹言卵所生也，此皆易晓。独迹姬字形字义，了不相涉，履大人迹而姬姓，其故难详，故王充疑其非实。其言曰：

失意之道，还反其字。苍颉作书，与事相连。姜嫄履大人迹，迹者基也，姓当为“其”下“土”，乃其“女”旁“叵”，非基迹之字，不合本事，疑非实也。(《论衡·奇怪篇》)

案王说非是。姬字从叵，叵古颐字，颚骨也。古语叵齿通称(详《说叵》)，齿从止声，故叵声字或变从止。(一)《尔雅·释草》“蕲茝，蘪芜”，樊光本茝作芷。《礼记·内则》“妇或赐之茝兰”，《释文》本茝又作芷，《名医别录》“白芷一名白茝”。(二)《玉篇》嵿亦赜字。案《易·系辞上传》“圣人有以见天下之赜”，依文义，赜当为蹟，从足与从止同。(三)《字汇补》有嵿字，音义与赜同，当即赜之别构。《隶释》汉碑颐作䞘，从正亦与从止同。以上列三事例之，则姬亦可作妣。汉碑姬作姃，从正与从止同，是其确证。止为趾本字，古通称足为止，足迹亦为止。姬从叵犹从止，是姬姓犹言足迹所生矣。王氏拘于字形，不知求之于声，因疑乎周初以来所不以为疑者，而斥为“不合本事”，不亦诬乎？且王氏知迹训基。而不知姬基音同，音同则义同，故姬亦可训基。《广雅·释言》“姬，基也”，《史记·三代世家》褚先生曰“姬者本也”，本亦基也。王氏训诂逊褚张辈远远矣。[5]又《说文》𨸏古文作阯，[6]《书·顾命》“夹两阶阯”，《西京赋》“金阶玉阯”，阯即基字，《公羊传·庄十三年》注“土基三尺土阶三等曰坛”，阶阸即阶基。墙之基阯谓之䣊，齿之基止谓之颐，足所基止处谓之𧿹，其义一也。𧿹蹟一字，说具上文，而蹟于许书又为迹之重文，然则谓“姬之为言𧿹也，𧿹蹟迹一字，故履迹而生即得姬姓”亦无不可。王氏必执女旁姬之字与迹无涉，岂其然乎？

复考旧传古帝王感生之事，由于履迹者，后稷而外，惟有伏羲。

《御览》七八引《孝经钩命决》，“华胥履迹，怪生皇牺”；

同上引《诗含神雾》“大迹出雷泽，华胥履之，生宓牺”；

《山海经·海内东经》引《河图》“大迹出（各本误在）雷泽，华胥履之而生伏羲”；

《潜夫论·五德志篇》“大人迹出雷泽，华胥履之，生伏羲”。

余尝疑伏羲为犬戎之祖，犬戎与周或本同族，故传言伏羲画八卦，文王演之，而《易》称《周易》。今复得此证，益信前说之不谬。《乐记疏》引《孝经钩命决》曰：

伏羲乐为立基，

立大古字通，基者迹也，立基即大迹耳。立基为伏羲乐名，正“履帝武敏”为舞之比。《封禅书》“秦宣公作密畤于渭南，祭青帝”，伏羲字或作宓若虙，密宓虙一字，密畤即伏羲之畤，故曰青帝也。《封禅书》又曰：“德公……用三百牢于鄜畤，作伏祠，磔狗邑四门以御蛊菑。”

鄜伏音近，鄜畤亦伏羲之畤，伏祠即伏羲之祠，因知上文云文公作鄜畤，祭白帝，白实青之误。伏字从犬，伏羲盘古槃瓠本一人，传说槃瓠为犬，与此祭伏祠，磔狗以御蛊菑亦合。盖平王受逼于犬戎而东迁，秦襄公逐犬戎，收周故地，因受封焉，秦立伏羲之畤，因犬戎之神而祭之也。伏羲履迹而生，后稷亦履迹而生，事为同例，然则秦因犬戎之俗祭伏羲于畤，亦周祭后稷于畤之比矣。[7]

廿九年一月九日，晋宁。

注

[1]《史记·周本纪》"心忻然悦欲践之"，《列女传》一《弃母姜传》"行见巨人迹，好而履之"，《吴越春秋》一"中心欢然喜其形像，因履而践之"，《诗》郑笺"履其拇指之处，心体歆歆然"。

[2]《史记·封禅书》"献公……作畦畤栎阳而祀白帝"，《集解》引晋灼曰，"汉注，在陇西西县人先祠下，形如种韭畦，畦各一土封"，《索隐》引《汉旧仪》"祭人先于陇西西县人先山，山上皆有土人，山下有畤，如种韭畦，畤中各有二土封，故云畦畤"。

[3]同上。

[4]《白虎通·姓名篇》引《尚书刑德放》"殷姓子氏，祖以玄鸟子生也"，《史记·五帝纪索隐》引《礼纬》"契姓子氏者，亦以其母吞乙子而生"（各本子生二字互倒，从《殷本纪正义》引乙正），《月令疏》引《郑志》焦乔答王权"娀简吞凤子之后，后王〔以〕（从段玉裁补）为媒官嘉祥"。凡此称子犹他书称卵也。今俗语犹曰鸡子鱼子。

[5]《字典》引《同文备考》"丌古姬字"，不知出何书。案《说文》"丌，下基也"，丌实基之本字。姬一作丌，此褚张说之佳证。

[6]匝户金文二形相近，戺实配之形误。许以戺为古文，清儒复疑从户为石之讹，皆非。

[7]关于伏羲与犬戎，犬戎与周之渊源，余将别为文论之，本篇姑发其凡，不能详也。

（昆明《中央日报·史学》七十二期）

〔附注一〕《续汉书·祭祀志》"汉兴八年，有言周兴而邑邰，立后稷之祀，于是高帝令天下立灵星祠，以后稷配食，旧说星谓天田星也，一曰龙左角为天田官，主谷，祀用壬辰位祠之，舞者用童男十六人，舞者象教田，初为芟除，次耕种耘耨：驱爵，及获刈舂簸之形，象其功也。"

〔附注二〕或疑喾为殷人之上帝，周殷异族不当同帝。案殷周二族最初是否同源，尚为悬案，以见存文献论之，喾本似汉族称天帝之公名，书传喾舜俊三名互出通称，为今世学者公认之事实，故案实论之，同之中恐仍当有异。在殷称喾，在陈称舜，在周称俊，殷周陈盖异出同源之三族也。惟其同源，故喾舜俊有时而混称。就中陈周关系似尤密。陈出于舜，舜为黄帝后，黄帝姬姓也，此其一。陈本称田，古周字亦从田，是陈周古同字，此其二。舜俊音近，舜从舛，夋从夂，又皆为足形，舜俊恐亦本系一字。陈与周同，舜与俊同，在陈称舜，则在周当称俊矣。周之田神曰田畯，俊即畯矣。字变作舜，故传说舜耕于历山，又云象为舜耕。（踆畯为耕田之法，说已详上。）

高唐神女传说之分析

一　候人诗释义

要想明白这位神女的底蕴，唯一的捷径恐怕还是从一个较迂远的距离——《诗经·曹风》的《候人》篇出发。从《候人》诗到《高唐赋》是一个大弯子，然而这趟路程无法缩短。

《候人》是怎么一回事呢？《序》曰："刺近小人也，共公远君子而近小人焉。"朱子说："此诗但以'三百赤芾'合于左氏所记晋侯入曹之事，序遂以为共公，未知然否。"这句"未知然否"太客气了。我认为不但共公与诗无关，连那所谓"近小人"也是谎话。"远君子"则又是谎话中的废话。一个少女派人去迎接她所私恋的人，没有迎着。诗中大意如此而已。若要摹仿作序者的腔调，我们便应当说"《候人》刺淫女也"，理由可以分作三点来陈述。

《候人》三章曰：

维鹈在梁，不濡其味——彼其之子，不遂其媾。

在《国风》里男女间往往用鱼来比喻他或她的对方。例如

岂其食鱼，必河之鲂？岂其取妻，必齐之姜？（《陈风·衡门》）

是以鱼比女人。又如

鱼网之设，鸿[1]则罹之——燕婉之求，得此戚施。（《邶风·新台》）

九罭之鱼鳟鲂——我覯之子，衮衣绣裳。（《豳风·九罭》）

敝笱在梁，其鱼鲂鳏——齐子归止，其从如云。（《齐风·敝笱》）

鲂鱼赪尾，王室如毁。（《周南·汝坟》）

全是以鱼比男人。此外若

籊籊竹竿，以钓于淇——岂不尔思？远莫致之。（《卫风·竹竿》）

其钓维何？维丝伊缗——齐侯之子，平王之孙。（《召南·何彼襛矣》）

虽不露出鱼字，而意中皆有鱼。《候人》的“维鹈在梁，不濡其咮”，正属于这一例。鹈即鹈鹕，是一种捕鱼的鸟。[2]鹈在梁上，不濡其咮，当然没有捕着鱼。诗的意思是以鹈不得鱼比女子没得着男人，

所以下文说“彼其之子，不遂其媾”。

《候人》四章曰：

荟兮蔚兮，南山朝隮——婉兮娈兮，季女斯饥。

朝隮是后话。目前我们要检验的是这“饥”字。解诗者因为昧于古人的语言中照样的也有成语，往往把一句诗照字面硬讲去，因而闹出笑话来，这里的“季女斯饥”便是一个例。说遇着荒年，最遭殃的莫过于少女，因为女弱于男，禁不起挨饿，而少女尤甚。天下有这样奥妙的道理吗？其实称男女大欲不遂为“朝饥”，或简称“饥”，是古代的成语。在《国风》称“朝饥”的有

未见君子，惄如调饥。（《周南·汝坟》）

“惄如”当读为惄然，“调饥”即朝饥。下文曰“鲂鱼赪尾”，鱼是比男子的，前面讲过了。《左传·哀十七年》“卫侯贞卜其繇曰，‘如鱼竀尾，衡流而方羊’”，《疏》引郑众说曰：“鱼肥[3]则尾赤，方羊游戏，喻卫侯淫纵。”拿郑众解《左传》的话来和《汝坟》相参证，则朝饥的饥自然指情欲，不指腹欲。称“饥”的则有

泌之洋洋，可以乐饥。（《陈风·衡门》）

乐郑作瘵，鲁韩并作疗。下文曰“岂其食鱼，必河之鲂？岂其取妻，必齐之姜？”洋洋的泌水，其中多鱼，故可以疗饥。但下文又以食鱼比取妻，则疗饥的真谛还是以疗情欲的饥为妥。既以“饥”或“朝饥”代表情欲未遂，则说到遂欲的行为，他们所用的术语，自然是对“饥”言之则曰“食”，对“朝饥”言之则曰“朝食”了。称“朝食”的例如

乘我乘驹，朝食于株。(《陈风·株林》)

这诗的本事是灵公淫于夏姬，古今无异说。我以为“朝食”二字即指通淫。《楚辞·天问》里有很好的证据。屈原问禹娶涂山事曰：

禹之力献功，降省下土四方，焉得彼嵞山女，而通之于台桑？闵妃匹合，厥身是继，胡维嗜欲同味，而快鼂饱？

饱与继不押韵，当为飼之误。朝鼂古今字，飼与食通，鼂飼即朝食。[4]上文曰“通之于台桑”，下文曰“快朝食”，语气一贯。王逸注曰“何特与众人同嗜欲，苟欲饱快一朝之情乎？”虽据误字为说，但不曰饱腹而曰饱情，却抓着屈原的意思了。屈原用“朝食”二字，意指通淫，则《诗》中“朝食”的意义可以类推了。正如朝饥可省为饥，朝食也可省为食。

彼狡童兮，不与我食兮，维子之故，使我不能息兮。(《郑风·狡童》)

息即《葛生》"予美亡此，谁与独息"，《北山》"或息偃在床"之息，所以"不能息"与一章的"不能餐"对举。"不能息"既是不能寝息，则上文"不与我食"便非认为一种隐语不可了。食字的这种用法到汉朝还流行着。

《汉书·外戚传》"房与宫对食"，注载应劭说曰："宫人自相与为夫妇名对食。"[5]

这是古人称性交为食的铁证。因而我想把男女的私事很天真的放在口头上讲，只有六朝乐府在这一点上，还保存着古风，所以《子夜歌》：

谁能思不歌？谁能饥不食？日冥当户倚，惆怅底不忆？

的"饥""食"似乎也含有某种特殊意义，可与《诗经》《楚辞》《汉书》互证。总之，《候人》"季女斯饥"之饥，由上面各证例看来，当指情欲之饥，是无可疑的。

再把《诗经》中称"鱼"与称"饥"的例合起来看，《汝坟》曰"惄如朝饥"，又曰"鲂鱼赪尾"，《衡门》曰"可以乐饥"，又曰"岂其食鱼”。鱼既是男女互称其配偶的比喻，则为鱼而饥即等于为配偶而饥。试想这饥字若果指口腹之欲而言，那不吓坏人吗？不必追究了。这已经太不成话了。要紧的是记住《候人》也是提到“饥”，又变相的提到“鱼”的，因此那“饥”字也是断断不容有第二种解释的。

以上将本篇中鹈不得鱼的比喻及饥字的含义说明了，意在证明《候人》的曹女是在青春的成熟期中，为一种迫切的要求所驱使，不能自禁，因而犯着伦教的严限，派人去迎候了她所不当迎候的人。这从某种观点看来，是不妨称为淫女的。这是第一点。

《鄘风·蝃蝀篇》，毛《序》说是“刺奔女”。《诗》曰“朝隮于西，崇朝其雨”，这与《候人》的“荟兮蔚兮，南山朝隮”原是一回事，理由看下文自明。《蝃蝀》又曰：“乃如之人兮，怀婚姻也，大无信也，不知命也。”《候人》曰：“婉兮娈兮，季女斯饥。”“怀昏姻”犹之乎《野有死麕》的“怀春”，也与上文所解的“饥”字义相合。由以上两点可以决定《候人》与《蝃蝀》二诗性质大致相同。因而《蝃蝀》的女子是奔女，《候人》的女子也必与她同类了。这是第二点。

《吕氏春秋·音初篇》曰：

> 禹行功，见涂山之女。禹未之遇而巡省南土。涂山氏之女乃命其妾待禹于涂山之阳，女乃作歌，歌曰：“候人兮猗！”实始作为南音。

《楚辞·天问》述这故事颇有微词。原文上面已经引过。为对照的便利计，我们再录一遍。

禹之力献功，降省下土四方，焉得彼嵞山女，而通之于台桑？闵妃匹合，厥身是继，胡维嗜欲同味，而快鼂饱饲？

曰“通”曰“鼂饲”，都是带褒贬的字眼，这是上文已经证明过的。就全段文字的语气看，屈原的意思也是说禹与涂山氏的结合不大正经。这意见虽不合于传统观念中那位圣王的身份，但并不足怪，因为屈原是生在许多传统观念尚未凝固以前。《吕氏春秋·当务篇》曰：“尧有不慈之名，舜有不孝之行，禹有淫湎之意，汤武有放杀之事。”《庄子·盗跖篇》曰：“尧不慈，舜不孝，禹偏枯，汤放其主，武王伐纣。”马叙伦说“偏枯”是“淫湎”之误，是很对的。[6]《吕览》《庄子》与屈原的态度一致，确乎代表一部分较老实的，不负托古改制的使命的先秦人对于古事的观念。但是据《音初篇》，本是涂山氏追求禹，所以我想淫湎的罪名与其加在禹身上，不如加在涂山氏身上为较公允。明白了这一点，则《音初篇》所载的古《候人歌》和《曹风·候人》间的关系便很显著了。曹女因“饥”而候一个人，涂山氏为“快鼂饲”而候禹，候人的动机同，此其一。曹女派“三百赤芾”的“候人”去候他的男子，涂山氏令其妾去候禹，候的方法也同，此其二。曹女与涂山氏的情事如此的肖似，所以诗人即用旧传《候人歌》的典故来咏曹女。以古《候人歌》证曹《候人》诗。涂山氏的行为既有招物议的余地，则曹女的行为可以想见了。这是第三点。

以上用《候人》的本文,《鄘风·蝃蝀篇》,以及古《候人歌》的本事,分别的将《曹风·候人篇》的性质阐明了。现在我们才可以拿它和《高唐赋》比较。

二 候人诗与高唐赋

《文选》《江文通杂体诗》注引《宋玉集》曰:

楚襄王与宋玉游于云梦之野。望朝云之馆,有气焉,须臾之间,变化无穷,王问是何气也。玉对曰:"昔先王游于高唐,怠而昼寝,梦见一妇人,自云:'我帝之季女,名曰瑶姬,未行而亡,封于巫山之台。闻王来游,愿荐枕席。'王因幸之。去乃言:'妾在巫山之阳,高邱之岨,旦为朝云,暮为行雨,朝朝暮暮,阳台之下。'旦而视之,果如其言。为之立馆,名曰朝云。"

这是《宋玉集》中的《高唐赋》所叙的情节,比《文选》上载的《高唐赋》较详。[7]拿这和《候人》诗相较,消息相通之处很多。举其荦荦大者:(一)诗曰季女,赋亦曰季女。[8](二)诗曰"季女斯饥",赋曰"愿荐枕席"。(三)诗曰朝隮,赋曰朝云,而《传》《笺》皆训隮为云,则朝隮即朝云。(四)诗的朝隮在南山,赋的朝云在巫山。(五)据《蝃蝀》"朝隮于西,崇朝其雨",知《候人》的朝隮也能致雨;[9]诗之朝隮既能致雨,则赋曰"朝为行云,暮为行雨",亦与诗合。诗与赋相通之处这样多，我的解释如此。《候人》的“朝隮”与下文“季女”，是一而二，二而一，犹之乎《高唐赋》的朝云便是帝之季女；南山朝隮与巫山朝云都是神话的人物，赋中“须臾之间变化无穷”的朝云是一个女子的化身，诗中“荟兮蔚兮”[10]的朝隮也是一个女子的化身。因此《候人》末章四句全是用典，用一个古代神话的典故来咏那曹女。惟其是用典，所以乍看不大容易摸着头绪。但是，因为朝隮与朝云两个神话本是一个（起码也有着共同的来源），所以诗意义若嫌朦胧，拿赋来比照一下，便立刻明朗了，反之，赋中若有了疑滞，也可借诗来解决。

总之，朝隮与朝云的关系非常密切，密切到几乎融为一体，下面还有更详细的论证。

三　释隮

《蝃蝀》《候人》两诗及《高唐赋》所提到的，有蝃蝀，有隮，有气，有云。这些名词不能不加以剖析。蝃蝀即虹，虹又名蜺，这是我们早晓得的。但古人每以“云蜺”连称，如《孟子·梁惠王下篇》“如大旱之望云霓”，《离骚》“帅云霓而来御”“扬云霓之晻蔼兮”（霓与蜺同），可知他们认为云蜺是一物了。古人又以“虹气”“云气”连称，如《蝃蝀传》“夫妇过礼则虹气盛”，《文选·高唐赋》“其上独有云气”及《庄子·逍遥游篇》“乘云气，负青天”，则对于虹与云与气之间，他们都不加区别了。[11]蝃蝀虹云气的问题已经解决了。然则隮是什么呢？有以为隮是气的：

《蝃蝀传》曰“隮，升〔气〕[12]也”，《笺》曰“朝有升气于西方”；

《周礼·视祲》先郑注曰“隮，升气也”；

《古微书》引《春秋感精符》宋均注曰“隮谓晕气也”。

有以为是云的：

《候人传》曰“隮，升云也”；

《笺》曰“荟蔚之小云升于南山”；

《李氏易传》二引《需卦》荀爽注曰“云上升极则降而为雨，故《诗》云‘朝隮于西，崇朝其雨’”。

又有以为是虹的：

《周礼·眂祲》后郑注曰“隮，虹也”。

隮可训气，可训云，又可训虹，这在一方面坐实了我前面所说的虹，云，气古人不分，在另一方面又证明了虹，云，气与隮原来也是互相通用的名词。

但是为什么叫“隮”呢？是因为隮之本义为升，而云气能上升，故称云气为隮吗？然而云气可曰升，虹亦可曰升吗？何以古人又称虹为隮呢？我以为诸家中，只有后郑训《周礼》的隮为虹，宋均训《春秋感精符》的隮为晕气，是切当的，其余或曰升气，或曰升云，都不免望文生义。原来这隮字是个假借字，所以它的意义和训升的隮绝对无关。何以知其然呢？《周礼》故书隮作资。作资，我想确乎比作隮近古些。因为资字从次，次字则无论在形或义上都可以与虹云气连贯得上，隮字便毫无这样的可能了。

《说文》次之古文作。朱骏声曰："本为茨之古文，象茅盖屋次第之形。"案确当为茨之古文，但字似当作，上半的是的讹变。茨盖义同，[13]古玺文"盖遂"字作，[14]从似即茨之古文的微变。古文茨作则古文次必有作的了。[15]正象虹蜺的采色相比次之形，所以古人便称虹为次。《周礼》故书写作资，还不失命名之义，其他诸书均作隮，声虽没变，形义可远了去了。

再看次字的结体：

卜辞[16]　次炉王子婴　（反文）其次句鑃　（資字偏旁）陈侯因資鐘　小篆

卜辞象人张口吐气之形，右面的（即反旡字）象人张口，左面的即代表气。次字的本意既如此，所以小篆改象张口形之为象气形，亦即反（气）字之。旡与气义既相通，则气之别构作炁，实与金甲文相符合，不得认为俗体了。次字依金甲文从反旡，则与炁相通，依小篆从则与气氣相通，可知次字本来就有气的意思。《周礼》故书隮作资，而资所从的次有气义，则毛公二郑及宋均皆以气释隮字，必是有来历的。但毛公郑众承用古训，知其然未必知其所以然，因为看他们都训隮为升气，大概是一壁沿用了古训，一壁又读隮如字而训为升，合拢来便成为升气了。

总之，隮之本字当作资，资又是次的借字。次字若依古文作，则正象虹之形，若依金甲文及小篆，则含有气义。由前说，隮即虹，由后说，隮即气，而云也是气之一种，则隮也可以说即是云了。隮之与云，名异而实同，则毛公郑玄荀爽等皆释隮为云，固然不错，而我说诗之朝隮即赋之朝云，也就更有根据了。

以上就字的形义说，资隮与虹的关系已经够密切的了。若就字音说，关系还要密切。因为虹蜺是一物，而资与蜺古音同，资是蜺的假借字。

《说文》霓从儿声，次从二声，儿与二同音，则霓与次古音亦同。霓与次音理可通，还可从与这两字声类相近的字中找到不少的旁证。属于谐声的，例如：（一）癡从疑声，（二）耻从耳声，（三）咠从耳声，（四）耴从耳声，（五）尼从匕声。以上疑耳尼与儿声近；癡耻咠耴匕与次声相近。属于名物训诂的，例如：（一）《书·舜典》郑注“能，咨也”，（二）《说文》“姿，态也”，态从能声；（三）《说文》“佴，佽也”；（四）《说文》资之重文作齍，《广雅·释器》“齍饵也”；（五）《尔雅·释宫》“栭谓之楶”；（六）玄应《一切经音义》十一引《通俗文》“肭，再生也”，《说文》“凡战死而复生曰殅。”以上能耳而内皆与儿声近，而皆与从次声之字同义。其实霓古读如次，在霓的音符儿字上还可以找到更直接的理由。

即《说文》齿之古文。儿字从，在意义上，本象小儿张口露齿之形，所以俗呼小儿为牙（《说文》牙之古文作），在声音上是从得声，所以儿一曰子，子与齿音近。儿字既有齿音，则霓与次自然可以因为音近而相通假了。[18]

总之，霓与资，无论在形义或声音上都相合，所以《周礼》故书以资代霓。资与隮又是同声通用的字，[19]所以《毛诗》《周礼》及《春秋感精符》又以隮代资。隮既是霓的二重假借字，所以《周礼》郑注训为虹。但虹霓云气古人不分，所以《候人》传、笺及荀爽《易》注皆训隮为云，而《蝃蝀》传、笺，先郑《周礼》注，宋均《春秋纬》注又皆训为气。隮即霓，霓云又可以不分，所以我们说诗的朝隮即赋的朝云。

四　虹与美人

《周礼·眡祲》之职“掌十煇之法，以观妖祥，辨吉凶”。隮是十煇之一，在古人心目中必有所象征，才可以为“观妖祥，辨吉凶”之用。隮所象征的是什么，经典中未曾明言。但隮即虹，上文已经说过，而虹这东西据汉以来一般的意见，正是有着一种象征的意义的。

有以虹为阴阳二气交接之象者：

《淮南子·说山篇》曰“天二气则成虹”，高诱注“阴阳二气[20]相干也”；

《吕氏春秋·节丧篇》高诱注曰“虹，阴阳交气也”；

《汉书·天文志》曰“虹霓者，阴阳之精也”；

《初学记》一引《春秋元命苞》曰“阴阳交为虹蜺，虹蜺者阴阳之精”；

《易通卦验》郑玄注曰“虹者阴阳交接之气”；

《艺文类聚》二引蔡邕《月令章句》曰“虹，蝃蝀也，阴阳交接着于形色者也”。

因之，虹即为淫邪之象：

《逸周书·时训篇》曰“虹不见，妇人苞乱……虹不藏，妇不专一”；

《诗·蝃蝀》毛《传》曰“夫妇礼过则虹气盛”；

《后汉书·杨赐传》引《易稽览图·中孚经》曰“蜺之比无德，以色亲”；

《开元占经》九八引《春秋潜潭巴》曰“虹蜺主内淫”。

也有单说虹为阴性者：

《说文·雨部》曰“霓，屈虹青赤，或白色，阴气也”；

《后汉书·杨赐传》注引《春秋文耀钩》宋均注曰“虹蜺，阴气也”；

《开元占经》九八引《春秋感精符》曰“九虹俱出，五色纵横，或头衔尾，或尾绕头，失节，九女并讹，正妃悉黜”。

或又以为虹是阴淫于阳的象征：

京房《易传》曰“蜺，日旁气也，其占云，妻乘夫则见之，阴胜阳之表也”；

《易是类谋》曰“二曰离气不效，赤帝世属轶之名曾之，候在坎，女讹诬，虹蜺数兴”郑玄注曰“……亦又候其冲，出在南方，为太阳征，阴类栽也，故女子为讹诬。虹蜺，日旁气也。皆阴，故蔽阳”；

《释名·释天》曰“虹，攻也，纯阴攻阳气也”。[21]

以上所引的虽然几乎全是汉人的论调，但他们必是根据在他们以前早已存在着的一种观念而加以理论化。[22]

《太平御览》一四引张璠《汉纪》曰“灵帝光和元年，虹昼见御座殿庭前，色青赤。上引蔡邕问之。对曰‘虹霓，小女子之神……’”。

另一种说法是：

《释名·释天》曰“虹……又曰美人”；

《尔雅·释天》“螮蝀，虹也”，郭璞注曰“俗名为美人虹”；

《异苑》一曰“古语有之曰：古者有夫妻荒年食菜而死，俱化成青虹，[23]故俗呼美人虹”。

我认为这便是汉儒所据以推衍成他们那些灾异论的核心。虽然刘熙、郭璞、刘敬叔是三国至刘宋间的人，但他们所记的俗语，比起在他们以前的那灾异论，实在还要古些。因为凡是一种民间流行的俗语，决不能产生于短促的时间里，这是不易的通例。不但《高唐赋》所传的虹的化身是一位美人，而且在《诗经》中就已经屡次以虹比淫奔的女子，那很分明的显示着美人虹的传说，当时已经有了。因此你想刘敬叔所谓古语，不是可以一直古到《诗经》的时代吗？

美人虹故事绵亘的期间，往前推，可以到《诗经》时代，往后推，可以到隋唐朝。《穷怪录》载：[24]

后魏明帝正光二年夏六月，首阳山中有晚虹下饮于溪泉。有樵人阳万于岭下见之。良久化为女子，年十六七。异之，问不言。乃告蒲津戍将宇文显取之以闻。明帝召入宫，幸未央宫视之，见其容貌姝美。问云：“我天帝女也，暂降人间。”帝欲逼幸，而色甚难。复令左右拥抱，声如钟磬，化为虹而上天。

这和《高唐赋》的故事相合的地方很多，而最可注意的是那边说“我帝之季女”，这边也说“我天帝女也”。何以凑巧到这样？有人或许要抓住这一点来断定《穷怪录》的作者是勦袭《高唐赋》的故事，或最少也受了它的暗示。但是不然。《高唐赋》只说神女的原身是云是气，并没有说是虹，而在《穷怪录》的作者的时代，虹与云气之间应当已经有了明晰的界限，恐怕他不能知道云即是虹罢。即使退一百步来讲，他真知道古人曾经云虹通称过，但是倘若依照《高唐赋》的字面，说那女子是一朵采云化的，就不说意象更加美了的话，单就故事的机构讲，那样又有什么违碍，而非把云改为虹不可呢？《穷怪录》的作者，在事实上既不会是像我这样多事的一个人，花上九牛二虎之力去推敲云虹的关系，因而得到如同我所得到的结论；而在艺术的选择中，他更不会无缘无故舍弃了一个顶好的“云化为女子”的意象，换上“虹化为女子”。既然如此，所以我说《穷怪录》所同于《高唐赋》之处并非勦袭，而只是偶合，惟其二者同出于一个来源，所以偶合是应当而且不可避免的。

由《蝃蝀》《候人》二诗而《高唐赋》，而汉人的灾异论，而刘熙、郭璞、刘敬叔等所记的方俗语，而《穷怪录》中的故事，这显然是一脉相承的。虽然有的是较完整的故事，有的是些片段（虽零星而尚可补缀的片段），有的又只是投映在学说或俗语中的一些荡动的影子——虽然神话存在的证件有不同的方式，可是揣想起来，神话仍当是很久远的存在过，亘千有余年的而未曾间断的存在过。

五 曹卫与楚

朝隮即朝云，而朝云的神话在《诗经》时代已经产生了，这些前面都已交代清楚了。《诗经》的朝隮一见于《鄘风·蝃蝀》，一见于《曹风·候人》，《鄘风》即《卫风》，而曹魏是邻国，所以流传着同样的神话，这也是容易明白的。至于高唐在楚的境内，离曹卫那样辽远，却也有着同样的神话，那又怎么解答呢？问题其实也简单，只要你记得在古代，一个民族不是老守着一个地域的。近来许多人都主张最初的楚民族是在黄河下游，这是可信的。胡厚宣的《楚民族源于东方考》[25]举了许多证据，其中有一项尤其能和我们的问题互相发明。他据春秋时曹卫皆有地名楚丘，楚丘即楚的故墟，证明最初的楚民族是在曹卫地带住过的。对了，楚国的神话发见于曹卫的民歌中，不也是绝妙的证据吗？此外我想曹还有鄸邑，而在古代地名上加邑旁是汉人的惯例，则鄸邑字本作“夢”，与楚地云梦之梦同字。楚高唐神女所在的巫山是在云梦中，而曹亦有地名梦，这一来，朝隮与朝云间的瓜葛岂不更加密一层，而二者原是出于一个来源，不也更可靠了吗？总之，曹卫曾经一度是楚民族的老家，所以二国的民歌中还保留楚民族神话的余痕，所以楚神话人物所居的地名，在曹国也有，这道理是极明显的。

六　高唐与高阳

《墨子·明鬼篇》曰：

燕之有祖，当齐之社稷，宋之桑林，楚之云梦也。此男女之所属而观也。

郭沫若先生以为这和祀高禖的情形相合，因而说祖，社稷，桑林和云梦即诸国的高禖。[26]这见解是很对的。《礼记·月令》曰：

仲春之月：是月也，玄鸟至。至之日，以太牢祠于高禖。天子亲往，后妃帅九嫔御，乃礼天子所御，带以弓韣，授以弓矢于高禖之前。

《春秋·庄公三十三年》"公如齐观社"，三传皆以为非礼，而《谷梁》解释非礼之故曰"是以为尸女也"。郭先生据《说文》"尸，陈也，象卧之形"，说尸女即通淫之意，这也极是。社祭尸女，与祠高禖时天子御后妃九嫔的情事相合，故知社稷即齐的高禖。桑林与《诗·鄘风·桑中》所咏的大概是一事，《鄘风》即《卫风》，而卫宋皆殷之后，故知桑林即宋的高禖。云梦即高唐神女之所在，而楚先王幸神女，与祠高禖的情事也相似，故知云梦即楚的高禖。燕之祖虽无事实可征，但《墨子》分明说它等于齐之社稷，宋之桑林，楚之云梦，则祖是燕的高禖也就无问题了。

云梦的神是楚的高禖，而云梦又有高唐观，看来高唐与高禖的关系非常密切，莫非是一回事吗？郭沫若先生便是这样主张的一个人。他说高唐是高禖之音变。但我觉得说二者之间有着密切的关系是可以的，说高唐即高禖的音变则欠圆满。[27]禖与唐在声音上相隔究嫌太远。与其说高唐即高禖，不如说即高阳，因为唐阳确乎是同音而通用的字，卜辞成汤字作唐，《说文》唐之古文作啺，都是例证。

《路史·余论二》引束晳曰："皋禖者，人之先也。"古代各民族所记的高禖全是各该民族的先妣。夏人的先妣是涂山氏，《史记·夏本纪》索隐引《世本》曰"涂山氏名女娲"，[28]而《路史·后纪二》以女娲为神禖，[29]《余论二》又曰："皋禖古祀女娲。"这是夏人的高禖祀其先妣之证。[30]《礼记·月令》郑注曰"高辛氏之出，[31]玄鸟遗卵，娀简吞之而生契，后王以为媒官嘉祥而立其祠焉[32]"；疏引《郑志》焦乔答王权曰"娀简狄吞凤子之后，后王以[33]为媒官嘉祥，祀之以配帝，谓之高禖"。这是殷人的高禖亦祀其先妣之证。《鲁颂·閟宫传》说閟宫是妣姜嫄的庙，又引孟仲子说曰"是禖宫也"。禖宫即高禖之宫。閟宫是高禖之宫，又是姜嫄的庙，这是周人的高禖亦祀其先妣之证。夏殷周三民族都以其先妣为高禖，想来楚民族不会是例外。因此我以为楚人所祀为高禖的那位高唐神，必定也就是他们那"厥初生民"的始祖高阳，而高阳则本是女性，与夏的始祖女娲，殷的始祖简狄，周的始祖姜嫄同例。既然如此，则楚的先祖（毋宁称为先妣）按规矩说，不是帝颛顼，而是他的妻女禄。[34]本来所谓高阳氏应该是女禄的氏族名，不是颛顼的，因为在母系社会中，是男子出嫁给女子，以女家的氏为氏。[35]许是因为母系变为父系之后，人们的记忆随着悠久的时间渐渐消逝了，于是他们只知道一个事实，那便是一切主权只许操在男人手里，因而在过信了以今证古的逻辑之下，他们便闹出这样滑稽的错来，把那“生民”的主权也移归给男人了——许是因为这个缘故，楚人的先妣女禄才化为一位丈夫了。与这同类的例子似乎还有。《史记·夏本纪》索隐引《世本》《吴越春秋·越王无余外传》：都称禹为高密。我常常怀疑禹从那里得来这样一个怪名字。如今才恍然大悟，高密即高禖（禖通作密，犹之乎禖宫通作閟宫），高密本是女娲的称号，却变成禹的名字，这不和高阳本指女禄，后人指为颛顼相仿佛吗？

高阳在始祖的资格之下，虽变成了男性，但在神禖的资格之下，却仍然不得不是个女子。一方面变，一方面不变，而彼此之间谁又不能迁就谁，于是一人只好分化为二人了。再为避免纠纷起见，索兴把名字也区别一下：性别不变的，当然名字也可以照旧写他的“高唐”，性别变了的，名字最好也变一下，就写作“高阳”罢。于是名实相符了。于是一男一女，一先祖一神禖，一高阳一高唐，各行其是，永远不得回头了。

至于高唐这名称是怎么发生的呢？郭沫若先生说它是郊社的音变，是很对的。高禖即郊禖，高郊可通，是不成问题的。唐社在音理上可通，郭先生已经说明了，但没有举出实例来。今案古有唐杜氏，孙诒让说“杜本唐之别名，若楚一言荆也，累言之，楚曰荆楚，故唐亦曰唐杜。”唐一曰杜，而杜社皆从土声，这是唐可与社通的一个证例。[36]《尔雅·释木》“杜，甘棠”，棠唐声同，所以唐棣一作棠棣。杜一曰棠，而杜与社，棠与唐皆同声而通用，这是唐与社可通的又一个证例。这样看来，高唐是郊社的音变，毫无问题了。郊社变为高唐，是由共名变为专名，高唐又变为高阳，由是女人变为男人，这和高禖变为高密，高密又由涂山变为禹，完全一致了。

七 高唐神女与涂山氏

方才我们讲到楚民族的高唐阳以先妣而兼神媒，与夏民族的涂山氏同类。其实二者不但同类，而且关系密切。这道理假如我们把前面的文章温一遍，自然就明了了。在前面我们讲到《候人》诗的朝隮即《高唐赋》的朝云，那么朝隮便是高唐神女的前身了。我们又讲到古《候人歌》与曹《候人诗》有着很深的关系，那么朝隮又像就是古《候人歌》的中心人物涂山氏了。朝隮一面关连着高唐神女，一面又关连着涂山氏，高唐神女岂不与涂山氏也有了关系吗？果然，我们又讲到高唐神女与涂山氏的行为极相似。因为，涂山氏迎候禹，是以女追求男，再证以先秦人说禹“通之于台桑”，又目禹为淫湎，而我们觉得禹既是被动者，则假如他的行为是失德的话，责任还该由涂山氏负——把这几点综合起来，则涂山氏的举止太像奔女了。与那“闻王来游，愿荐枕席”的神女生涯几乎没有区别了。这样看来，高唐神女与涂山氏不但有关系，而且关系密切。但是高唐神女不仅在行为的性质上与涂山氏相同。她们另有两点相同之处，我们得赶快补充上。

《艺文类聚》一一引《礼含文嘉》曰："禹卑宫室，垂意于沟洫，百谷用成，神龙至，灵龟服，玉女敬养，天赐妾。"[37]

《□□□□》引《乐动声仪》曰："禹治水，昊天赐神女圣姑。"[38]

禹娶涂山氏，而纬书一则曰"玉女敬养，天赐妾"，再则曰"昊天赐神女圣姑"，这与高唐神女是天帝之女而又名曰瑶姬，不是一样的吗？[39]还有涂山氏所奔的禹，高唐神女所侍宿的楚之先王，都是帝王，这又何其相似！不，从这种种方面看，高唐神女与涂山氏，不仅相似，简直是雷同。这是大可注意的。按神话传说的分合无常的诡变性说，二者莫非本是一人罢？对了，我有证据，是从地理中得来的。

《左传·哀公七年》"禹合诸侯于涂山"，杜注曰"涂山在寿春东北"。

寿春东北的涂山，即《苏氏演义》所谓四涂山中的濠州涂山，在今安徽怀远县东南八里。《元和郡县志》九：濠州钟离县有涂山，在县西九十五里，又说"当涂县故城，本涂山氏国，在县西南一百一十七里，禹娶于涂山，即此也"。但《南部新书》庚[40]曰：

濠州西有高唐馆，[41]附近淮水。御史阎钦授[42]宿此馆，题诗曰“借问襄王安在哉？山川此地胜阳台。今朝寓宿高唐馆，神女何曾入梦来？”轺轩来往，莫不吟讽，以为警绝。有李和风者至此，又题诗曰：“高唐不是这高唐，淮畔江南各异方，[43]若向此中求荐枕，参差笑杀楚襄王。”

近来钱宾四先生据《方舆纪要》“霍邱县西北六十里有高唐店，亦曰高唐市，宋绍兴初，金人由颍寿渡淮，败宋军于高唐市，进攻固始”，说：“依此言之，淮上固有高唐。襄王既东迁，都于陈城，岂遽游江南？则求神女之荐枕者，与其在江南不如在淮上。参差之笑，恐在彼不在此也。”[44]钱先生驳李和风的话，可谓中肯极了。[45]安徽有涂山又有高唐馆，这是很有趣的。但更加有趣的，是有涂山又有高唐的还不仅安徽一处。

《华阳国志·巴志》曰：“禹娶于涂山……今江州涂山是也。”

《水经注·江水注》曰：“江之北岸有涂山，南有夏禹庙涂君祠。庙铭存焉。”

这座涂山在今四川巴县东一里。离此不远，便是《高唐赋》中的巫山，[46]而据赋说古高唐观便坐落在那附近。然则四川也是有涂山又有高唐的。有这样凑巧的事！几乎不可思议了。这两人——涂山氏与高唐神女，家世一样，行为一样，在各自的民族里，同是人类的第一位母亲，同是主管婚姻与胤嗣的神道，并且无论漂流到那里，总会碰到一起，这其间必有缘故。

八　云梦与桑林

我们在上文根据墨子以桑林与云梦并举的话，又以《鄘风·桑中》为参证，于是断定桑林即宋的高禖与楚之高禖云梦同类。不过有一个极有趣的证据在那边我们来不及提出，现在有了机会可以补充了。

《吕氏春秋·顺民篇》："天大旱，五年不收，汤乃以身祷于桑林。"高注曰："桑林，桑山之林，能兴云作雨也。"

《淮南子·修务篇》："汤苦[47]旱，以身祷于桑山之林。"高注曰："桑山之林能为云雨，故祷之。"

《吕氏春秋·慎大篇》："武王胜殷立成汤后于宋，以奉桑林。"高注曰："桑山之林，汤所祷也，故所奉也。"

桑林本是桑山之林的省称，这是很有关系的一点。桑林之神是住在桑山[48]上，与云梦之神住在巫山上同类，拿这一点来证明楚之云梦相当于宋之桑林，已经够了。[49]何况桑林之神能兴云作雨，与云梦之神"朝为行云，暮为行雨"[50]又是不约而同的呢？

汤祷雨，据《艺文类聚》一二引《帝王世纪》又说是

祷于桑林之社。

这一个社字很要紧。我们先将社的制度说明一下。

《论语·八佾篇》曰“哀公问社于宰我，宰我对曰‘夏后氏以松，殷人以柏，周人以栗’”；

《白虎通义·社稷篇》引《尚书逸篇》曰“大社为松，东社为柏，西社为栗，北社为槐”；

《周礼·大司徒》曰“设其社稷之壝，而树之田主，各以其野之所宜木，遂名其社与其野”。

凡社必有木，所以《说文》社之古文作𥙑，从示从木从土。不过诸书所说的，似乎是后世在都邑之内，封土种树以为之的仿造的变相的社。原始时期的社，想必是在高山上一座茂密的林子里立上神主，设上祭坛而已。社一名丛，便是很好的证据。

《墨子·明鬼篇》曰“建国营都，……必择木之修茂者立以为丛位”；

《六韬·略地篇》曰“社丛勿伐”；

《战国策·秦策三》曰“亦闻恒思有神丛与？”

《汉书·陈余传》曰“又间令广之次所旁丛祠中”，（注引张晏说曰“丛，鬼所凭也”）；

《太玄·聚篇》曰“示于丛社”；

《急就篇》曰“祠祀社稷丛腊奉”；

《华阳国志·蜀志》曰“迄今巴蜀民农时先祀杜主君（案社杜古通，杜主即社主）开明位，号曰丛帝”。

《淮南子·俶真篇》“兽走丛薄之中”注曰“聚木曰丛”。丛与林同义。社可曰丛则亦可曰林。桑林即桑社，所以墨子以宋之桑林与齐之社稷并称，而皇甫谧又称之为桑林之社。[51]因而《尔雅·释诂》“林烝天帝”并训为君的意义也可以洞澈了。丛从取声，字一作菆。（《礼记·丧大记》“欑犹菆也”，《释文》“菆本亦作丛”。）《说文》“菆，麻蒸也”；《文选·西征赋》“感市闾之菆井”，注曰“菆井，即渭城卖蒸之市也”。烝与蒸通。林烝之义皆与丛通，丛即社，所以林烝与天帝同类。总之，社必在林中，所以社一曰林。林与社同，所以桑林即桑社了。

我们在前面说桑林是宋的高禖，现在又知道桑林是宋的社，这又给前面的推测加了一个强有力的证据。因为《周礼·禖氏》曰：

中春之月，令会男女。于是时也，奔者不禁。若无故而不用令者罚之。司男女之无夫家者而会之。……凡男女之阴讼，听之于胜国之社。

我们先讲听阴讼一层。胜国之社，郑注说是“奄掩其上而栈其下”的亡国之社。有人疑心这和普通有树木的社不同，似乎不然。《诗·召南·甘棠传》曰“召伯听男女之讼”，试看《甘棠》后紧接着《行露》，毛公这一说确乎是可靠的。召伯听男女之讼，在甘棠下，甘棠即社木（详下），可知古时媒氏听阴讼的地方——胜国之社，依然是有树木的。总之，媒氏的听阴讼的职务是在社中履行的，这是媒氏与社有关系的左证。

讲到媒氏的另一项职务，即“令会男女……奔者不禁”一层，你定会联想起《诗经》的《桑中》。你如果又由桑中那地名（或称桑间）联想到桑林之社，那也极其合理。宋卫皆殷之后，所以二国的风俗相同，都在桑林之中立社，而在名称上，一曰桑林，一曰桑中或桑间，相差也实在太有限了。媒氏所主管的“会男女”的事务同听阴讼一般，也在社中举行，则媒氏与社的关系又加深一层。因此我们说社神即禖神，而桑林之神即宋之高禖不也加了一重证据吗？

话谈得稍远点。现在可以回到本题了。桑林之神是宋的高禖，而宋是殷后，则宋的高禖实即殷的高禖，亦即他们的先妣简狄。这一层说明白了，我们可将楚云梦之神高唐阳氏女禄和宋桑林之神有娀氏简狄比比了。前者住在巫山上，能为云雨，后者住在桑山上，也能为云雨。前者以先妣而兼神禖，后者亦以先妣[52]而兼神禖。前者在《高唐赋》所代表的神话中，后者如玄鸟遗卵的神话所暗示，又都是有着淫乱嫌疑的行为。高唐与简狄相同之处也是如此之多。这其间不能没有缘故。

九 结 论

高唐与涂山简狄都那样相似，我们屡次讲那必有缘故。读者或许想我的意思是说他们本是一个人。这话是对的，却又不对。若说涂山即简狄，简狄即高唐，那显然是错误。若说这几个民族最初出于一个共同的远祖（当然是女性），涂山简狄高唐，都是那位远祖的化身，那便对了。因此，我们若说姜嫄（或古代其他民族的先妣）也是她的化身，那亦无不可，虽则关于姜嫄的事迹与传说，我们知道的不多，不能和其余几位先妣作更细密的比较。反正几位先妣既然是从某一位先妣分化出来的，我们就不妨将她们各人的许多故事合起来，当作一个人的故事看，至少为讨论的方便计，不妨这样办。这一层说明了，我们可以开始下总结论了。

在农业时代，神能赐与人类最大的恩惠莫过于雨——能长养百谷的雨。大概因为先妣是天神的配偶，[53]要想神降雨，惟一的方法是走先妣的门路，（汤祷雨于桑林不就是这么回事？）[54]后来因先妣与雨常常连想起，渐渐便以为降雨的是先妣本人了。先妣能致雨，而虹与雨是有因果关系的，于是便以虹为先妣之灵，[55]因而虹便成为一个女子。朝隮霓朝云以及美人虹一类的概念便是这样产生的。

但是先妣也就是高禖。齐国祀高禖有“尸女”的仪式，《月令》所载高禖的祀典也有“天子亲往，后妃率九嫔御”一节，而在民间，则《周礼·媒氏》“仲春之月，令会男女”，与夫《桑中》《溱洧》等诗所昭示的风俗，也都是祀高禖的故事。这些事实可以证明高禖这祀典，确乎是十足的代表着那以生殖机能为宗教的原始时代的一种礼俗。[56]文明的进步把羞耻心培植出来了，虔诚一变而为淫欲，惊畏一变而为玩狎，于是那以先妣而兼高禖的高唐，在宋玉的赋中，便不能不堕落成一个奔女了。

注

[1] 参看拙著《诗新台鸿字说》，见《清华学报》第十卷第三期。*

[2] 陆疏："鹈，水鸟，形如鹗，极大。喙长尺余，直而广。口中正赤，颔下胡大如数升囊。若小泽中有鱼，便群共抒水满其胡而弃之，令水竭尽，鱼在陆地，乃共食之，故曰淘河。"

[3] 本疏引作"鱼劳则尾赤"，《诗・汝坟》疏引作"鱼肥则尾赤"。刘文湛李贻德并云劳字误，当作肥，今据改。

[4] 详拙著《楚辞斠补》，见武汉大学《文哲季刊》第五卷第一期。

[5] 此文脱稿后，吴景超先生告诉我这点材料。我得深深的谢他，因为有了他这条证据，我前面的话便可成为铁案了。

[6]《庄子义证》卷二九。

[7]《文选》上载的《高唐赋》录之如下，以资比较。

昔者楚襄王与宋玉游于云梦之台，望高唐之观。其上独有云气，崪兮直上，忽兮改容，须臾之间变化无穷。王问玉曰"此何气也？"玉对曰"所谓朝云者也。"王曰"何谓朝云？"玉曰"昔者先王尝游高唐，怠而昼寝。梦见一妇人曰'妾巫山之女也，为高唐之客。闻君游高唐，愿荐枕席。'王因幸之。去而辞曰，'妾在巫山之岨，旦为朝云，暮为行雨，朝朝暮暮，阳台之下。'旦朝视之，如言，故为立庙，号曰朝云。……"

此与《杂体诗》注所引《宋玉集》最大的区别，在诗注所引"我帝季女"数语，此作"巫山之女"，又无以下数语。考同书《别赋》注引《高唐赋》及《襄阳耆旧传》并与《杂体诗》注引略同。知《文选》所载，乃经昭明删节，非宋赋之旧，故不从之。《别赋》注引《高唐赋》文如下：

我帝之季女，名曰瑶姬，未行而亡，封于巫山之台，精魂为草，实为灵芝。

《渚宫旧事》三引《襄阳耆旧传》如下：

襄王与宋玉游于云梦之台。望朝云之馆，其上有云气，变化无穷。王曰："何

* 见本集第二册页二〇七。

气也?”玉曰:“昔者先王游于高唐,怠而昼寝。梦见一妇人,暧乎若云,皎乎若星,将行未止,如浮忽停,详而观之,西施之形。王悦而问之。曰:‘我夏帝(《文选·高唐赋》注引作赤帝)之季女也,名曰瑶姬,未行而亡,封乎巫山之台。精魂为草,摘而为芝,媚而服焉,则与梦期。所谓巫山之女,高唐之姬。闻君游于高唐,愿荐枕席。’王因幸之。既而言曰:‘妾处之痛,尚莫可言之。今遇君之灵,幸妾之搴。将抚君苗裔,藩乎江汉之间。’王谢之。辞去曰:‘妾在巫山之阳,高邱之岨,旦为朝云,暮为行雨,朝朝暮暮,阳台之下。’王朝视之,如言,乃为立馆,号曰朝云。”王曰:“愿子赋之,以为楚志。”

又《水经注·江水注》曰:“巫山,帝女居焉;宋玉所谓天帝之季女,名曰瑶姬,未行而亡,封于巫山之阳,精魂为草,实为灵芝。”与《别赋》注同。

[8]《召南·采蘋》“谁其尸之,有齐季女”,《传》曰“古之将嫁女者,必先礼之于宗室”;《小雅·车舝》曰“思娈季女逝兮”,又曰“觏尔新婚,以慰我心”;《候人》曰“彼其之子,不遂其媾”,又曰“季女斯饥”。凡《诗》言季女皆将嫁而未嫁之女。赋曰“我帝季女,未行而亡”,行亦嫁也。是赋之季女与《诗》之季女,不惟字面相同,义亦相应也。

[9]《易林·履之恒》曰“潼滃蔚荟,肤寸来会,津液下降,流潦滂霈”,此据《候人》诗为说,可证汉人亦以《候人》之朝隮即《蝃蝀》“崇朝其雨”之朝隮。

[10]荟之言绘也,《说文》曰“桧,会五采绣也”。蔚者,《易·象传》曰“其文蔚也”,《汉书·叙传下》注曰蔚,文盛彩也。荟蔚联绵词,故二字一义。《诗》以荟蔚形容朝隮,犹《神女赋》形容朝云曰“晔兮如华,温乎如莹,五色并驰,不可殚形”也。传释荟蔚为云兴貌,失之笼统。

[11]古籍中有谓霓为云者:

《楚词·天问》注“蜺,云之有色似龙者也”。

有谓虹为气者:

《古微书》引《尚书·璇机钤》“日旁气白者为虹”,

《后汉书·郎顗传》“凡日旁气色白而纯者名为虹”;

有谓霓为气者:

《汉书·五行志下》之上“蜺,日旁气也”;

《文选·东京赋》薛注“霓,天边气也”。

有谓虹霓为气者:

《太平御览》一四引《河图稽耀钩》“虹霓者气也,起在日侧,其色青赤白黄”;

《列子·天瑞篇》“虹蜺也,积气之存乎天者也”。

其以云为气者,尤数见不鲜,略举数例:

《说文》“云,山川气也”“气,云气也”;

《论衡·艺增篇》“山气为云”;

《素问·阴阳应象大论》“地气上为云”。

以上皆魏晋以前人之说，亦古人虹霓云气不分之确证。又《说文》氛之重文作雰（从云省，许云从雨，非是），尤为云气不分之明验。

［12］原作“隮，升也”，脱气字，据郑笺及诸书补。

［13］《说文》“茨，以茅苇盖屋也”，《释名·释宫室》“屋以草盖曰茨”。

［14］《说文古籀补》。

［15］小篆次作，许书曰“不前不精也，从欠二声”。不前不精，义本难明，而从欠与次第义尤无涉。窃疑次第本字当以作为正。

［16］《殷虚书契后编》卷下，第四十二叶，第六片。

［17］《殷虚书契前编》卷七，第十六叶，第二片。

［18］《说文》以为“象小儿头囟未合”，形既不似，理亦迂阔。《系传通论》云“与古文齿相类”，所见与余合，惟未质言即齿耳。

［19］《说文》齐重文作粢，饕重文作饙，郑子婴齐金文《王子婴次炉》，齐作次，齐威王因齐金文《陈侯因資敦》齐作資。

［20］原作“阴阳相干二气也”，不成文义，今以意改之如此。

［21］今本阴阳二字互倒，从王先谦校改。

［22］《周礼》出于汉人之手，故不尽可靠。所说十煇之法盖亦汉人之观念，故与以上所引汉人之说相合。

［23］虹原作绛，从《太平御览》一四引改。

［24］见《图书集成》虹霓部外编之二。《穷怪录》著者姓氏未详，疑为隋唐间人。《太平广记》三九六引《八朝穷怪录》同。

［25］见北京大学潜社《史学论丛》第一册。

［26］《释祖妣》（《甲骨文字研究》上）。

［27］郭又谓高唐为郊社之音变，则确不可易，详下。

［28］这位女娲即炼石补天断鳌立极，始作笙簧，抟土作人而一日七十化之女娲，我另有考证。

［29］《路史·后纪二》：“少佐太昊祷于神祇，而为女妇正姓氏，职婚姻，通行媒，以重万民之则，是曰神媒。”注曰：“《风俗通》云，女娲祷祠神祇而为女媒，因置婚姻，行媒始此明矣。”《后记》又曰：“以其载媒，是以后世有国是祀为皋禖之神，因典祠焉。”

［30］《隋书·礼仪志二》：“晋惠帝元康六年，禖坛石中破为二。诏问石毁，今应复不。……束皙议以石在坛上，盖主道也，祭器敝则埋而置新。今宜埋而更造，不宜遂废。时此议不用。后得高堂隆故事；魏青龙中造立此石，诏更镌石如旧制高禖坛上；埋破石入地一丈。据梁太庙北门内道西，有石，文如竹叶，小屋覆之，宋元嘉中修庙所得，陆澄以为孝武时郊禖之石。然则江左亦有此礼矣。”案此，则古之高禖以石为主。《汉书·武帝纪》元封元年，登礼中岳，见夏后启母石，注引《淮南子》说涂山氏化为石，石破生启。窃疑涂山氏

本古之高禖，而高禖以石为主，故后世有涂山氏化为石之传说。此亦夏之高禖祀其先妣之证。

[31] 出疑为世之讹。

[32]《正义》误会郑意，以高禖为高辛氏。观下文引《郑志》焦乔答王权语，其谬可知。

[33] 以字从段玉裁校增。

[34] 帝颛顼的妻是女禄，见《大戴礼记·帝系》篇。

[35] 参看吕振羽《史前期中国社会研究》页136—146。

[36]《史记·秦本纪》宁公二年遣兵伐荡社。孙诒让云荡社即唐杜。

[37] 原脱妾字，从《太平御览》八二引补。"敬养"《御览》八七二引作"降"，《开元占经》作"敬降养"，《古微书》一云"神农女降"。

[38] 见马辑本，不云出何书。黄辑《乐纬》无《动声仪》，故亦无从取证。姑阙之以待博识。

[39]《御览》四七引《会稽记》"东海圣姑从海中乘舟张石帆至，二物见在庙中"。此圣姑亦谓涂山氏。

[40] 此事首见《封氏闻见记》七，又见《南部新书》庚，《诗话总龟》三五。《闻见记》前半缺脱。今从《南部新书》校证。

[41] 唐原作塘，改从《诗话总龟》。下"高唐馆"及"这高唐"两唐字亦并作塘，今并从《闻见记》及《诗话》改。

[42] 钦授原作敬爱，改从《诗话》。

[43] 异原作一，从《闻见记》及《诗话》改。

[44]《楚辞地名考》，载《清华学报》第九卷三期。

[45]《水经注》谓此即《高唐赋》中之巫山，历来无异说。

[46]《御览》四三引《寿春图经》"濠塘山在县南六十里，有濠水出焉"。案《庄子·秋水篇》之濠梁即此濠水。《释文》濠水亦作豪。豪从高声，豪塘即今高塘之讹变。

[47] 原脱苦字，从王念孙增。

[48]《左传·昭公十六年》："郑大旱，使屠击祝疑竖柎有事于桑山，斩其木，不雨。子产曰：'有事于山，艺山林也，而斩其木，其罪大矣。'夺之官邑。"案郑宋地近，风俗相同，故宋有桑山，郑亦有桑山，且皆为祷雨之所。然据此则郑民族（指郑地居民，非郑之统治者）似为殷之支裔，容更详之。

[49]《说苑·善说篇》："齐宣日猎于社山。"齐社稷之神似亦在山上，亦与桑林、云梦同类。

[50]《路史·余论二》引《尸子》："神农之理天下，欲雨则雨，五日为行雨，旬日为谷雨，旬五日为时雨，万物载利，故曰神雨。"此"行雨"之义也。

[51] 桑林为社，宋人罗泌犹知之。《路史·余论六》曰："桑林者社也。"

[52]《周礼·大司乐》"舞大濩以享先妣"，注谓先妣为姜嫄，其庙为閟宫。大濩即桑林之乐。周人以大濩享其先妣，盖沿殷之旧俗。此亦桑林之神即殷先妣之证。

[53]契与稷皆感天而生，即基于此种观念而产生之传说。

[54]请雨祷于先妣，止雨亦祷于先妣。《春秋繁露》有《请雨篇》《止雨篇》。其《止雨篇》中，据《论衡》似有祭女娲一法，今本脱之。《论衡·顺鼓篇》曰："俗图画女娲之象为妇人之形，又其号曰女，仲舒之意殆谓古妇人帝王者也。男阳而女阴，阴气为害，故祭女娲求福佑也。"

[55]古人谓神之光气曰灵。《离骚》"皇剡剡其扬灵"。注"剡剡，光貌"，汉《郊祀歌》十九"灵殷殷，烂扬光"是也。神不可见，见有光气即以为神至，《汉书·郊祀志》曰"是夜有美光"，曰"神光兴于殿旁"，曰"陈宝祠汉世世常来，光色赤黄，长四五丈"，皆谓神降也。虹亦光气也，故先民以为神之表征，其为光气，采色眴熿，动人美感，故又以为女性之神。

[56]《鲁颂·閟宫》曰"万舞洋洋"，閟宫为高禖之宫，是祀高禖时用万舞。万舞盖即大濩，（大濩又名汤乐，故祀成汤的《商颂·那篇》亦曰"万舞有奕"。）故《周礼·大司乐》曰"舞大濩以享先妣"，注以先妣为姜嫄，其庙谓之閟宫。《左传·隐公五年》"考仲子之宫，将万焉"。仲子者，公之祖母，考其庙，用万舞，可知万舞与妇人有特殊关系。然而《左传·庄公二十八年》又曰"楚令尹子元欲蛊文夫人，为馆于其宫侧而振万焉"，注"蛊惑以淫事"。《邶风·简兮》曰"方将万舞""公庭万舞"，又曰"云谁之思，西方美人"，似亦男女爱慕之诗。爱慕之情，生于观万舞，此则舞之富于诱惑性，可知。夫万舞为即高禖时所用之舞，而其舞富于诱惑性，则高禖之祀，颇涉邪淫，亦可想见矣。

高唐神女传说之分析补记

杜光庭《墉城集仙录》里有这样一个故事：

云华夫人，王母第二十三女，太真王夫人之妹也。名瑶姬。受徊风混合万景炼神飞化之道。尝东海游还，过江上，有巫山焉，峰岩挺拔，林壑幽丽，巨石如坛，流连久之。时大禹理水，驻山下，大风卒至，崖振谷陨，不可制。因与夫人相值，拜而求助。即敕侍女授禹策召鬼神之书，因命其神狂章虞余黄魔大翳庚辰童律等（案庚辰童律二名又见唐人李公佐伪撰《古岳渎经》第八卷，《岳渎经》亦说禹治水之故事。《路史·余论九》云"虞余庚辰，案《楚词》，乃益稷之字"，今《楚辞》无此语。）助禹斵石疏波，决塞导阨，以循其流。禹拜而谢焉。禹尝诣之崇巘之巅。顾盼之际，化而为石，或倏然飞腾，散为轻云，油然而止，聚为夕雨，或化游龙，或为翔鹤，千态万状，不可亲也。禹疑其狡狯怪诞，非真仙也。问诸童律。律言：……云华夫人，金母之女也，昔师三元道君，受《上清宝经》，受书于紫清关下，为云华上宫夫人，主领教童真之士，理在玉英之台。

隐见变化，盖其常也，亦由凝气成真，与道合体，非寓胎禀化之形，是西华少阴之气也。且气之弥纶天地，经营动植，大包造化，细入毫发，在人为人，在物为物，岂止于云雨龙鹤飞鸿腾凤哉？禹然之。后往诣焉。忽见云楼玉台瑶宫琼阙森然，灵官侍卫，不可名识，狮子抱关，天马启途，毒龙电兽，八威备轩，夫人宴坐于瑶台之上。禹稽首问道。召禹使坐而言曰："……"因命侍女陵容华出丹玉之笈，开上清宝文以授禹。〔禹〕受而去，又得庚辰虞余之助，遂能导波决川，以成其功，奠五岳，别九州，而天锡玄圭，以为紫庭真人。其后楚大夫宋玉以其事言于襄王。王不能访道要以求长生，筑台于高唐之馆，作阳台之宫以祀之。宋玉作《神女赋》（女原误仙）以寄情，荒淫秽芜。高真上仙，岂可诬而降之也？有祠在山下，世谓之大仙。隔岸有神女之石，即所化也。复有石天尊神女坛，侧有竹垂之若篲。有槁叶飞物著坛上者，竹则因风扫之，终滢洁不为所污。楚人世祀焉。

这里高唐神女简直就是涂山氏。这给上文第七段的推测完全证实了。此外有几个细节似乎得说明一下。（一）所谓"东海游还"，盖指会稽。禹娶妻及会诸侯的涂山，旧传也有说是在会稽的。从东海来的云华夫人本是禹自己的发妻，到了巫山，却成陌生人，神话演变中之矛盾性，往往如此，并不足怪。（二）童律说云华夫人"凝气成真"，又说他是"西华少阴之气"。（西华似乎是与太华玉女相混了，张衡《思玄赋》云"载太华之玉女兮"。）云华夫人是气所变，则朝云即朝隮气又得到一个证据了。（三）我在附注三〇中转引《汉书》注引《淮南子》称涂山氏化石，而这里说云华夫人化石，这也是很要紧的一点。（四）《隋书礼仪志》称梁太庙有石，“文如竹叶”，据陆澄说是孝武时郊禖之石（引见同注）。这里说“石天尊神女坛侧有竹垂之若篲”，与《隋志》所载颇有相似之处，大概石天尊之石亦即郊禖之石。果然如此，则我说高唐神女即楚之高禖，更愈加可以成立了。（五）我又说涂山氏即女娲，全部的论证因篇幅的关系，不能拿出，现在还是不能，不过就云华夫人的故事中可以先提出一点来谈谈。《淮南子·览冥篇》有女娲积芦灰以止淫水的话，可知古来相传女娲是助禹治水的。云华夫人助禹治水的方法虽神怪化了，但治水这主干的事实并没变。云华夫人即涂山氏，则女娲亦即涂山氏了。

《集仙录》虽把高唐神女与涂山氏合为一人，但我仍然不主张她们本是一人。我仍然相信她们以及旁的中国古代民族的先妣，都是从某一位总先妣分化出来的，这位总先妣，我从前想许就是西王母。《集仙录》上说云华夫人是王母第二十三女，当然是后世道家捏造的谱系，但说不定这个谎给他们撒得几分对了。最后有一件事，也是前次想到而未敢说出的，现在得了《集仙录》这点新材料，我才感觉把握较多点。我想涂社古音近，涂或即社的音变，而涂山实即社山。高唐即郊社，上文已经说过。现在我们又可以说涂唐社都是一声之转了。

（《清华学报》第十卷第四期，民国二十四年）

说　鱼

一　什么是隐语

我们这里是把“鱼”当作一个典型的隐语的例子来研究的，所以最好先谈谈什么是隐语。

隐语古人只称作隐讔，它的手段和喻一样，而目的完全相反，喻训晓，是借另一事物来把本来说不明白的说得明白点；隐训藏，是借另一事物来把本来可以说得明白的说得不明白点。喻与隐是对立的，只因二者的手段都是拐着弯儿，借另一事物来说明一事物，所以常常被人混淆起来。但是混淆的原因尚不止此，纯粹的喻和纯粹的隐，只占喻和隐中的一部分，喻有所谓“隐喻”，它的目的似乎是一壁在喻，一壁在隐；而在多数的隐中，作为隐藏工具的（谜面）和被隐藏的（谜底），常常是两个不同量的质，而前者（谜面）的量多于后者（谜底），以量多的代替量少的，表面上虽是隐藏（隐藏的只是名），实际上反而让后者的质更凸出了。这一来，隐岂不变成喻了吗？这便是说，喻与隐，目的虽不同，效果常常是相同的。手段和效果皆同，不同的只是目的，同的占了三分之二，所以毕竟喻与隐之被混淆，还是有道理的。

隐在《六经》中，相当于《易》的“象”和《诗》的“兴”（喻不用讲，是《诗》的“比”），预言必须有神秘性（天机不可泄露），所以占卜家的语言中少不了象。《诗》——作为社会诗，政治诗的《雅》，和作为风情诗的《风》，在各种性质的沓布（taboo）的监视下，必须带着伪装，秘密活动，所以诗人的语言中，尤其不能没有兴。象与兴实际都是隐，有话不能明说的隐，所以《易》有《诗》的效果，《诗》亦兼《易》的功能，而二者在形式上往往不能分别。下文所引的《剥》六五《爻辞》和卫侯贞卜的《繇辞》，便是明证。

隐语的作用，不仅是消极的解决困难，而且是积极的增加兴趣，困难愈大，活动愈秘密，兴趣愈浓厚，这里便是隐语的，也便是《易》与《诗》的魔力的泉源。但，如果根本没有隐藏的必要，纯粹的为隐藏而隐藏，那便是兴趣的游戏，魔力的滥用，结果便成了谜语。谜语是要把戏的语言，它的魔力是廉价的，因为它不是必需品。

隐语应用的范围，在古人生活中，几乎是难以想象的广泛。那是因为它有着一种选择作用的社会功能，在外交场中（尤其是青年男女间的社交），它就是智力测验的尺度。国家靠它甄拔贤才，个人靠它选择配偶，甚至就集体的观点说，敌国间还靠它伺探对方的实力。一般说来，隐语的艺术价值，并没超过谜语，然而它的地位却在谜语之上，那正是为了它的这种社会价值。不用讲，我们之所以重视隐语，也就因为它是这样一种充沛着现实性的艺术。

《易》中的象与《诗》中的兴，上文说过，本是一回事，所以后世批评家也称《诗》中的兴为“兴象”。西洋人所谓意象，象征，都是同类的东西，而用中国术语说来，实在都是隐。

二 鱼

在中国语言中，尤其在民歌中，隐语的例子很多，以“鱼”来代替“匹偶”或“情侣”的隐语，不过是其间之一。[1]时代至少从东周到今天，地域从黄河流域到珠江流域，民族至少包括汉苗傜僮，作品的种类有筮辞，故事，民间的歌曲，和文人的诗词——这是它出现的领域，现在我们依照不太严格的时代顺序，举例如下：

贯鱼，以宫人宠，无不利。(《易·剥》六五爻)[2]

以犹于也，“以宫人宠”犹言“于宫人有宠”。贯鱼是一连串的鱼群，宫人是个集体名词，包括后，夫人，嫔妇，御女等整群的女性，“贯鱼”是宫人之象，因为鱼是代替匹偶的隐语。依《易经》体例说“以宫人宠”是解释“贯鱼”的象义的。李后主《木兰花词》“晚妆初了明肌雪，春殿嫔娥鱼贯列”，第二句可以作本爻很好的注脚。它即令不是用《易经》的典，我们也不妨这样利用它。

卫侯贞卜，其繇曰：“如鱼竀尾，衡流而方羊……。”(《左传·哀公十七年》)

疏引郑众说曰：“鱼劳[3]则尾赤，方羊游戏，喻卫侯淫纵。”以鱼的游戏喻卫侯的淫纵，则鱼是象征男性情偶的隐语。

遵彼汝坟，伐其条枚，未见君子，惄如调（朝）饥。

遵彼汝坟，伐其条肄，既见君子，不我遐弃。

鲂鱼赪尾，王室如燬，虽则如燬，父母孔迩。（《周南·汝坟》）

窥赪一字，根据上条，本条鱼字的隐语的性能，是够明显的，所应补充的是，上文“未见君子，惄如调朝饥”的调饥也是同样性质的隐语。[4]王室指王室的成员，有如“公子”“公族”“公姓”等称呼，或如后世称“宗室”“王孙”之类，燬即火字，“如火”极言王孙情绪之热烈。“父母孔迩”一句是带着惊慌的神气讲的，这和《将仲子篇》“仲可怀也，父母之言，亦可畏也”表示着同样的顾虑。

敝笱在梁，其鱼鲂鳏——齐子归止，其从如云。

敝笱在梁，其鱼鲂鱮——齐子归止，其从如雨。

敝笱在梁，其鱼鲂鲤——齐子归止，其从如水。（《齐风·敝笱》）

旧说以为笱是收鱼的器具，笱坏了，鱼留不住，便摇摇摆摆自由出进，毫无阻碍，好比失去夫权的鲁桓公管不住文姜，听凭她和齐襄公鬼混一样。[5]

另一说：敝笱象征没有节操的女性，唯唯然自由出进的各色鱼类，象征她所接触的众男子。这一说似乎更好，因为通例是以第三句应第一句，第四句应第二句；并且我们也不要忘记，云与水也都是性的象征。但无论如何，鱼是隐语，是不成问题的。

桓公使管仲求宁戚，宁戚应之曰：“浩浩乎！育育乎！”[6]管仲不知，至中食而虑之。婢子曰：“公何虑？”管仲曰：“……公使我求宁戚，宁戚应我曰：‘浩浩乎！育育乎！’吾不识。”婢子曰：“《诗》

有之：‘浩浩者水，育育者鱼，未有家室，而安召我居？’宁子其欲室乎！”（《管子》）

最后几句的意义，经过尹注的解释，尤其清楚，注曰：“水浩浩然盛大，鱼育育然相与而游其中，喻时人皆得配偶，以居其室中，宁子有伉俪之思，故陈此诗以见意。”[7]

江南可采莲，莲叶何田田，鱼戏莲叶间，鱼戏莲叶东，鱼戏莲叶西，鱼戏莲叶南，鱼戏莲叶北。（《江南》）

“莲”谐“怜”声，这也是隐语的一种，这里是鱼喻男，莲喻女，说鱼与莲戏，实等于说男与女戏，上引郑众解《左传》语“鱼……方羊游戏，喻卫侯淫纵”可供参证。唐代女诗人们还是此诗的解人，鱼玄机《寓言诗》曰：“芙蓉叶下鱼戏，螮蝀天边雀声，人世悲欢一梦，如何得作双成？”薛涛得罪了元稹后，献给稹的《十杂诗》之一，《鱼离池》曰：“戏跃莲池四五秋，常摇朱尾弄银钩，无端摆断芙蓉朵，不得清波更一游。”

……当复思东流之水，必有西上之鱼，不在大小，但有朝于复来！（《前缓歌行》）

“不在大小”是以鱼之大小喻人之美丑，和龙阳君说的“后得又益大”（详下）之意相同。上文“但有意气，不能自前”，意气即情义，《白头吟》“男儿重意气，何用钱刀为！”可证。

枯鱼过河泣，何时悔复及！作书与鲂鲤，相教慎出入。（《枯鱼过河泣》）

这是失恋的哀歌，下引《子夜歌》便是佐证。

……客从远方来，遗我双鲤鱼，呼儿烹鲤鱼，中有尺素书，长跪读素书，书中竟何如？上言加飡饭，下言长相忆。（《饮马长城窟行》）

这鲤鱼指书函，书函刻成鱼的形状，所以烹鱼而“中有尺素书”。（详拙著《乐府诗笺》。）但书函何以要刻成鱼形呢，我从前没有说明，现在才恍然大悟，那是象征爱情的。唐代女道士李治《结素鱼贻友人诗》“尺素如残雪，结为双鲤鱼，欲知心里事，看取腹中书”，元稹《鱼中素诗》“重叠鱼中素，幽缄手自开，斜红余泪渍，知著脸边来”，用意也都一样。

开门枕流水，三刀治一鱼，历乱伤杀汝。（《华山畿》）

“开门枕流水”——与《安南情歌》“妹家门前有条沟”。《黑苗情歌》“姐家门前有条沟”。是同类的隐语。

常虑有贰意，欢今果不齐，枯鱼就浊水，长与清流平。（《子夜歌》）

回望高城落晓河，长亭窗户压微波，水仙欲上鲤鱼去，一夜芙蓉红泪多。（李商隐《板桥晓别》）

小小鱼儿粉红腮，上江游到下江来，头动尾巴摆。……（《扬州小调》）

天上星多月不明，河里鱼多水不清，朝中官多要造反，小大姊郎多要花心。（《靖江情歌》，都安《侬傜情歌》略同。）

妹娇娥，怜兄一个莫怜多，已娘莫学鲤兄子，那河游到别条河。（《粤风》）

行桥便行桥，船仔细细载双娘，鲤鱼细细会游水，郎君细细会睇娘。（《海丰畲歌》）

青铜缠在金杵上，花鱼退下江水滩，二人林里交情意，得道团圆去会央。

四使得有仪连着妇，无茶吃水尚甘心，东海鲤鱼身代宝，西海鲤鱼身代珠。（以上榴江《仮傜情游歌》）

气死为兄命一条，有病得来无人晓，鱼在江边晒日死，少个媒人在里头。

塘里闹鱼气死虾，慢慢来把妹庚查，如今世界大不对，白盐出卖有掺沙。（以上榴江《仮傜情歌》）

流落安南化媚洞，脚踏娥媚殿上飞，望情新年八未岁，滩鱼下水好忧鰓。

自从离天隔万丈，难比士英抛绣球，揽元无恩难靠水，莲塘无水也无鱼。（以上贺县《盘傜情歌》）

天上七星配七星，地下狮子配麒麟，山中禽兽皆有配，水里无鱼是配谁！（陵云《背笼傜恋爱歌》）

妹是鲤鱼不食钩，哄哥食饭不成食，一条河水去悠悠，好是仙花水上浮。

有情有意跟花去，看花落在那滩头，一条河水去悠悠，金鱼鲜鱼水上浮。（以上镇边《黑衣恋爱歌》）

妹讲信伴不信伴，好比鲤鱼心事多，妹今话语说得好，妹的心事是如何？（三江《僮人情歌》）

壁上画马求麒麟，漂亮情妹邪死人，好似鲤鱼浮水面，邪死一河两岸人。（桂平《板傜情歌》）

鲤鱼在水鱼尾摆，大树风吹尾摇摇，我俩有情当天拜，何用拿香进庙烧？（平治《白傜恋爱歌》）

火烧南京八过角楼，哥今无妻也要游，老虎想吃走夜路，鲤鱼想水望滩头。

哥为妹来哥为妹，鸟为青山鱼为河，哥不成人因为妹，粮田丢荒为娇娥。（以上上东《陇傜合情歌》）

哥是画眉同一行，哥是鲤鱼同一郡，哥是牡丹同一树，哥是 × 村来的人。

山羊食草在小坡，今晒金色鲤鱼在黄河，哥有真心来连妹，说妹二人莫丢哥。（以上都安《陇傜对歌》）

因为乾坤愁忧忆，困在学堂难过秋，两步合成心欢喜，同如春水配鲤鱼。（荔浦《板傜寄情歌》）

重留姐妹二单身，破守清平受世亏，盛胜比鲤鱼塘里困，不有那日得欢时。

人亮胜比西洋镜，地图四国看清时，小肚胜如大地（？）中海，千鱼衔选那分亏？（以上修仁《板傜苦情歌》）

好股凉水出岩脚，太阳出来照不着，郎变犀牛来吃水，妹变鲤鱼来会合。（《贵阳民歌》，《仲家情歌》略同）

妹家门前有条沟，金盆打水喂鱼鳅，鱼鳅不吃金盆水，郎打单身不害羞？（《安南民歌》）[8]

大风打动田坎塘，鲤鱼打动水中央，唱个山歌打动妹，明明打动我同娘。

从没到过这个山，鲤鱼没在这条江，丢久没见这个表，哥们回家睡不安。

吃了早饭爬大山，抓把木叶丢下滩，大鱼小鱼都死了，不得情哥心不甘。（以上《黑苗情歌》）

初会娘，燕子初会高楼房，鲤鱼初会大江水，我郎初会有钱娘。

哥哥送我到河中，对对金鱼水上浮，鱼儿也知风流事，可笑哥哥好朦胧。

十字街头哥爱坐，跌水滩头鱼爱游，鲤鱼就爱滩头水，情哥就爱妹风流。

一蓬慈姑开白花，那时得你坐一家，那时得你同床睡，犹如鲤鱼看龙虾。

大河涨水水登坡，鲤鱼衔花顺水梭，青年时候不玩婊，腊月梅花枉自多。

鱼在河中鱼显鳃，花在平河两岸开，鱼在水中望水涨，哥在床上望妹来。

鱼在坝脚听水响，哥在花园看花香，听说表乡花儿好，特意来看花朝阳。

枉自偷来枉自偷，好比鲤鱼跳干沟，干沟无水枉自跳，姐们无心枉自偷。（以上《仲家情歌》）

大河涨水白浪翻，一对鲤鱼两分散，只要少郎心不死，那怕云南隔四川。（《昆明民歌》）

大河涨水沙浪沙，一对鲤鱼一对虾，只见鲤鱼来摆子，不见小妹来探花。

新来秧雀奔大山，新来鲤鱼奔龙潭，新来小妹无奔处，奔给小郎做靠山。（以上《寻甸民歌》）

河中有鱼郎来寻，河中无鱼郎无影，有鱼之时郎来赴，无鱼之时郎费心。（《会泽民歌》）

依封建时代的观念，君臣的关系等于夫妻的关系，所以象征两性的隐语，扩大而象征君臣，蜀先帝得到诸葛亮，自称“如鱼得水”便是一例。

三　打鱼钓鱼

正如鱼是匹偶的隐语，打鱼，钓鱼等行为是求偶的隐语。

一　打鱼

新台有泚，河水瀰瀰，燕婉之求，籧篨不鲜。

新台有洒，河水浼浼，燕婉之求，籧篨不殄。

鱼网之设，鸿则离之——燕婉之求，得此戚施！（《邶风·新台》）

旧说这是刺卫宣公强占太子伋的新妇——齐女的诗，[9]则鱼喻太子（少男），鸿喻公（老公）。“鸿”“公”谐声，“鸿”是双关语。我从前把这鸿字解释为虾蟆的异名，虽然证据也够确凿的，但与《九罭篇》的鸿字对照了看，似乎仍以训为鸟名为妥。

九罭之鱼鳟鲂：我觏之子，衮衣绣裳。

鸿飞遵渚：公归无所，于与女汝信处。

鸿飞遵陆：公归不复，于与女汝信宿。

是以有衮衣兮，无以我公归兮，无使我心悲兮。(《豳风·九罭》)

这首诗相当麻烦，除非破一个字，读“于”为“与”是没有办法的，扮演着诗中情节的角色，除诗人自身外，还有两个，一个是公，一个是“之子”，似乎就是公的儿子，这从他的服装“衮衣绣裳”可以证明。鱼喻公子，鸿喻公(此“鸿”字也是谐“公”声的双关语)，再宿曰信。以与也，故事是：公和公子因事来到她(诗人)这里，她和公子发生了爱情。现在公该走了，为了不许她所心爱的人跟公走掉，她把他的衮衣藏起了，并且对他说道：咱们公一走掉，就不知去向，也不知道何年何月再回来，万一你也跟他走掉，还不是一样吗？得了，让我跟你再住一夜吧！为了这桩心事，所以我把你的衮衣藏起。是呀！请不要跟公走掉了；白叫我心里难过！九罭是密网，鳟鲂是大鱼，用密网来拦大鱼，鱼必然逃不掉，好比用截留衮衣的手段来留公子，公子也必然走不脱一样。

登白薠兮骋望，与佳期兮夕张帐。鸟何萃兮蘋中？罾何为兮木上？(《九歌·湘夫人》)

“鸟何萃”二句是隐语，喻所求失宜，必不可得。罾在木上即缘木求鱼之意。

张罾不得鱼，不(？)橹空罾归。(《欢闻变歌》)

手上无罾又无网，两手空拍看鱼浮，平地有柴妹不砍，镇山英雄砍山峰。

不长不短尽好看，好比白马配金鞍，好汉打鱼来下水，那个贫汉不讲笑！（以上镇边《黑衣恋爱歌》）

天上无风燕子飞，江河无水现沙磊，鱼在深塘空得见，哄哥空把网来围。（三江《僮人情重歌》）

半边月亮两头钩，照见云南连贵州，塘水无风空起浪，哄哥拿网撒江头。（榴江《板傜情歌》）

一条河水清又清，两边绕有打鱼人，打鱼不得不收网，连妹不得不放心。

哥讲唱歌就唱歌，哥讲打鱼就下河，打鱼不怕滩头水，唱歌不怕歌人多。（以上平治《白傜恋爱歌》）

大河里涨水小河分，两边只见打鱼人，我郎打鱼不到不收网，恋姐不到不放心。（《安化民歌》）

久不唱歌忘记歌，久不打鱼忘记河，久不打鱼河忘记，久不连姐脸皮薄。（《安南民歌》，《仲家情歌》略同）

砍柴要靠这边山，打鱼还靠这边潭，玩娘要玩这一个，拿当别人不稀罕。（《仲家情歌》）

急水打鱼尽网丢，有鱼无鱼慢慢收，食禄天注定，姻缘前世修。（未详）

二　钓鱼

其钓维何？维丝伊缗——齐侯之子，平王之孙。（《召南·何彼秾矣》）

籊籊竹竿，以钓于淇——岂不尔思？远莫致之。（《卫风·竹竿》）

魏王与龙阳君共船而钓，龙阳君得十余鱼而涕下，王曰："有所不安乎？如是，何不相告也？"对曰："臣无敢不安也。"王曰："然则何为涕出？"曰："臣为臣[10]之所得鱼也。"王曰："何谓也？"对曰："臣之始得鱼也，臣甚喜，后得又益大，今臣直欲弃臣前之所得矣。今以臣之凶恶，而得为王拂枕席，今臣爵至人君，走人于庭，辟人于途，四海之内，美人亦甚多矣，闻臣之得幸于王也，必褰裳而趋王，臣亦犹曩臣之前所得鱼也，臣亦将弃矣，臣安能无涕出乎？"（《魏策》四）

龙阳君显然是因为在魏王跟前，按照自己当时的身分，用习惯的象征语言说，正当被呼作"鱼"，所以就很自然从鱼的命运中看出了自己的命运。换言之，由于语言的魔术性的暗示，他早已将自己和鱼同体化了，他看到鱼，便看到了自己。因此忽然有所感触，便本能的自悲起来，这和普通的比喻，无疑是不一样的。

芳树日月，君乱如於风。芳树不上无心温，而鹄三而为行。临兰池，心中怀我怅，心不可匡，目不可顾，妒人之子愁杀人，君有他心，乐不可禁，王将何似？如孙荪如伽鱼乎？悲矣！（《饶歌》《芳树》）

这诗里有很多字句不好懂，但是一首情诗则无问题，兰池是池名，孙读为荪，荪即荃字，是一种饵鱼的香草，下"如"字读为"伽"，《诗·民劳》："柔远能迩。"笺"能犹伽也"，伽是怀徕招致之意，荪喻王，鱼是妇人自喻，"如荪伽鱼乎？"是说："你将香草钩引鱼一样的收取我吗？”[11]

凄凄复凄凄，嫁娶不须啼，愿得一心人，白头不相离，竹竿何嫋嫋，鱼尾何簁簁！男儿重意气，何用钱刀为！（《白头吟》）

钓竿何珊珊！鱼尾何簁簁！行路之好者，芳饵欲何为！（魏文帝《钓竿篇》）

钓鱼钓到正午后，鱼未食饵心早操，收起钓竿回去室，打隔无还此路头。男唱

钓鱼钓到正午后，鱼未食饵心勿操，日头钓鱼鱼见影，有心钓鱼夜昏头。女唱（《琼崖民歌》）

七文溪水七文深，七个鲤鱼头带金，七条丝线钓不起，钓鱼阿哥空费心。（《潮州民歌》）

太阳落坡坡背阴，坡背有个钓鱼坑，有心钓鱼用双线，有心连妹放宽心。

筋竹林头砍钓竿，闲着无事钓鱼玩，河中鱼儿翻白肚，不上金钩也枉然。（以上《安顺民歌》）

姐家门口有条沟，有对金鸡在里头，哥打金钩来下钓，好对鲤鱼莫吃钩。

山歌好唱难起头，木匠难造吊角楼，瓦匠难烧透明瓦，铁匠难打细鱼钩。（以上《黑苗情歌》）

一林竹子砍一棵，不钓深滩钓黄河，深滩黄河哥不钓，单钓城里小么婆。（《青苗情歌》）

大河涨水滩对滩，沿河两岸紫竹山，别人说他没有用，我说拿

做钓鱼竿。(《寻甸情歌》)

池中游红鱼，劝郎携钓竿。(《云龙小调》)

四 烹鱼吃鱼

以烹鱼或吃鱼喻合欢或结配。

匪风发兮，匪车偈兮，顾瞻周道，中心怛兮！

匪风飘兮，匪车嘌兮，顾瞻周道，中心吊兮！

谁能烹鱼，溉摡之釜鬵——谁将西归，怀遗之好音！(《桧风·匪风》)

溉释文本作摡，《说文》手部亦引作摡，这里当读为乞，今字作给，“摡之釜鬵”就是“给他一口锅”，釜鬵是受鱼之器，象征女性，也是隐语，看上文“顾瞻周道”和下文“谁将西归”，本篇定是一首望夫词，这是最直捷了当的解释。[12]

衡门之下，可以栖迟，泌之洋洋，可以乐疗饥。

岂其食鱼，必河之鲂？——岂其娶妻，必齐之姜？

岂其食鱼，必河之鲤？——岂其娶妻，必宋之子？(《陈风·衡门》)

前人说“衡门”是横木为门，言其浅陋，并用这和下文“乐饥”之语，来证明本篇是一位隐士作的诗，这未免太可笑了。“衡”读为“横”，是对的，但不当释为横木，《南山篇》“衡从其亩”，《韩诗》作横，曰：“东西曰横”(《一切经音义》三又六引)，横门当是陈国都城东西头之门，如他篇言东门，北门之类，汉代长安也有横门（《汉书·西域传》），据《三辅黄图》，是“长安城北出西头第一门”，陈国横门命名之义，想必一样，《国风》中讲到男女相约之地，或曰城隅，或曰城阙，或曰某门，即国城的某门，本篇的衡门也还是这一类的场所，栖迟于衡门之下，和《静女篇》的“俟我于城隅”，《子衿篇》的“在城阙兮”，也都是一类的故事，并且古代作为男女幽会之所的高禖，其所在地，必依山傍水，因为那是行秘密之事的地方，（《左传·庄公三十二年》“初公筑台临党氏，见孟妊，从之閟，而以夫人言许之，割臂盟公，生子般焉”，閟密同，即行秘密之事。）所以山和水，都叫作密，或分别字体，山名作密，水名作泌。本篇之泌水便是这样一般的水，因为水边有山，而山名也叫密，所以有人说本篇的泌字是丘名，（蔡邕《郭有道碑》“栖迟泌丘”，《周巨胜碑》“洋洋泌丘，于以逍遥”。）《广雅·释丘》“丘下有水为泌丘”，大概是调停二说的，其实要紧的是弄清这种山和这种水在民俗学中的性质，倒不必斤斤于山名水名的争执，诗人这回显然是和女友相约，在衡门之下会面，然后同往泌水之上。《释文》引郑本乐作𤻲，即疗字，《韩诗外传》二，《列女传·老莱子妻传》，《文选·郭有道碑》注引《诗》并作疗。“饥”是隐语，已见上文，泌之言秘密也，“疗饥”是秘密之事，所以说“泌之洋洋，可以疗饥”。

一条江水白涟涟，两个鳙鱼在两边，鳙鱼没鳞正好吃，小弟单身正好怜。（《粤风》）

妹不吃鱼哥不信，鱼头又有鲤鱼鳞，妹讲不吃塘中水，何必甘

心去连人？（忻城《盘傜风流歌》）

山歌好唱口难开，仙桃好吃树难栽，秘密痛苦实难说，鳞鱼好吃网难抬。（《贵阳民歌》，淮南略同）

天上下雨地下滑，池中鱼儿摆尾巴，那天得鱼来下酒，那天得妹来当家！（《安南民歌》）

大河涨水小河翻，两边两岸杨梅山，要吃杨梅上树采，要吃鲤鱼下水捉。（《黑苗情歌》）

吃鱼要吃大头鱼，不吃细鱼满嘴流，连娘要连十八岁，不连小小背名偷。

大河涨水淹半岩，两边修起钓鱼台，有心吃鱼放双线，有心玩姐忠心来。（以上《仲家情歌》）

要吃辣子种辣秧，要吃鲤鱼走长江，要吃鲤鱼长江走，要玩小妹走四方。（《宣威民歌》，《仲家情歌》略同）

一对鲤鱼活鲜鲜，小妹来在大河边，要吃小鱼随郎检，要吃大鱼要添钱。（《晋宁民歌》）

五　吃鱼的鸟兽

另一种更复杂的形式，是除将被动方面比作鱼外，又将主动方面比作一种吃鱼的鸟类，如鸬鹚白鹭和雁，或兽类，如獭和野猫。

维鹈在梁，不濡其味——彼其之子，不遂其媾。

荟兮蔚兮，南山朝隮——婉兮娈兮，季女斯饥。（《曹风·候人》）

鹈即鹈鹕，是一种捕鱼的鸟，又名鸬鹚，俗名水老鸦，伫立在鱼梁上，连嘴都没浸湿的鹈鹕，当然是没捕着鱼的。这是拿鹈鹕捕不着鱼，比女子见不着她所焦心期待的男人。和同类的篇章一样，这也是上二句是隐语，下二句点出正意。朝隮即朝云，这和饥字都是隐语，说已详上。

朱鹭！鱼以已乌歔，路訾鹭鹚邪！鹭何食？食茄荷下，不之食，不以吐，将以问诛姝者？（《饶歌·朱鹭》）

歔，吐也，"诛"疑读为"姝"，《诗·干旄》"彼姝者子"。大意是说：鹭鹚捕到了鱼，又把它吐出来了，那么，鹭鹚呀！你吃什么呢？现在你站在荷叶底下，把它含在嘴里，既不吃下去，又不吐出来，这是干什么的？末句的意思不大懂，全篇大意，是讽刺男子和他的女友，老维持着藕断丝连的关系，既不甘心放弃，又不肯娶她的。[13]

张罾不得鱼，不（？）橹空罾归，君非鸬鹚鸟，底为守空池？（《欢闻变歌》）

第一龙宫女，相怜是阿谁？好鱼输獭尽，白鹭镇长饥。（李群玉《龙安寺佳人阿最歌》）

鱼喻阿最，獭喻恶少们，白鹭诗人自喻。

王彦龄妻舒氏，工篇翰，彦龄失礼于妇翁，妇翁怒，邀其女归，竟至离绝，女在父家，偶独行池上，怀其夫，作《点绛唇词》云："独自临池，闷来强把阑干凭，旧愁新恨，耗却年时兴。鹭散鱼潜，烟敛风初定，波心静，照人如镜，少个年时影。"（《夷坚支志》）

"鹭散鱼潜"，写景兼寄兴，是双关语。

高季迪年十八未娶，妇翁周建仲出《芦雁图》命题，季迪赋曰："西风吹折荻花枝，好鸟飞来羽翮垂，沙阔水寒鱼不见，满身风露立多时。"翁曰："是将求室也。"择吉日以女妻焉。(《篷轩杂记》)

这酷似《管子》所载宁戚的故事，不知是否从那里脱胎的。

远望乖姐靠门旁，寒脸凸腮不理郎，鹭鹚飞到井沿站，看你不像养鱼塘——小小年纪梳洋妆。(《淮南情歌》)

"洋妆"谐"佯装"。

年年有个七月七，鹭鹚下田嘴衔泥，不是哥们巴结你，鱼养你来水养鱼。(《曲靖民歌》)

大河涨水满河身，一对野猫顺水跟，野猫吃鱼不吃刺，小妹偷嘴不偷身。(《陆良民歌》)

六 探 源

为什么用鱼来象征配偶呢？这除了它的蕃殖功能，似乎没有更好的解释，大家都知道，在原始人类的观念里，婚姻是人生第一大事，而传种是婚姻的唯一目的，这在我国古代的礼俗中，表现得非常清楚，不必赘述。种族的蕃殖既如此被重视，而鱼是蕃殖力最强的一种生物，所以在古代，把一个人比作鱼，在某一意义上，差不多就等于恭维他是最好的人，而在青年男女间，若称其对方为鱼，那就等于说："你是我最理想的配偶！"现在浙东婚俗，新妇出轿门时，以铜钱撒地，谓之"鲤鱼撒子"，便是这观念最好的说明，上引《寻甸民歌》"只见鲤鱼来摆子"，也暴露了同样的意识。

文化发展的结果，是婚姻渐渐失去保存种族的社会意义，因此也就渐渐失去蕃殖种族的生物意义，代之而兴的，是个人享乐主义，于是作为配偶象征的词汇，不是鱼而是鸳鸯，蝴蝶和花之类了。幸亏害这种"文化病"的，只是上层社会，生活态度比较健康的下层社会，则还固执着旧日的生物意识。这是何等鲜明的对照。

城里的琼花城外的鱼，花谢鱼老可奈何！(《扬州民歌》)

让不事生产的城里人去作装饰品，乡下人是要讲实用的。

最后，一个有趣的事实，是以鱼为象征的观念，不限于中国人，现在的许多野蛮民族都有着同样的观念，而古代埃及，西部亚洲以及希腊等民族亦然。崇拜鱼神的风俗，在西部亚洲，尤其普遍，他们以为鱼和神的生殖能力有着密切的关系。至今闪族人还以鱼为男性器官的象征，他们常佩的厌胜物，有一种用神鱼作装饰的波伊欧式的(Boeotian)尖底瓶，这神鱼便是他们媒神赫米斯(Hermes)的象征，[14]任何人都是生物，都有着生物的本能，也都摆不脱生物的意识。我们发现在世界的别处，这生物的意识，特别发达于各野蛮民族和古代民族间，正如在中国，看前面所举各例，汉族中，古代的多于近代的，少数民族的又多于汉族的。这里揭露了在思想上，"文化的人"和"生物的人"的区别。

本文中所引的近代民歌，除作者自己采辑的一小部分外，大部出自下列各书刊：陈志良著《广西特种民族歌谣集》，陈国钧著《贵州苗夷歌谣》,《民俗》和北京大学研究所《国学门月刊》,两种歌谣集都是承陈志良先生赠送的,谨此志谢。

朱佩弦先生指出:这个古老的隐语,用到后世,本意渐渐模糊,而变成近似空套的话头。他这意见是对的,附志于此。

一九四五,五,二五,昆明

注

[1] 作者十年前在一篇题名《高唐神女传说之分析》的文章里(《清华学报》第十卷第四期,本集第一册页一二五),曾经讨论过这个问题。十年来相关的材料搜集得更多(尤其在近代民歌方面),对于问题的看法似乎更深入,所牵涉到的方面也更广泛,所以现在觉得有把它作为专题,单独提出,重新讨论一次的必要。

[2] 注曰:"贯鱼,谓比众阴也,骈头相次,似贯鱼也。"《正义》曰:"贯鱼者谓众阴也,骈头相次,似若贯穿之鱼。此六五若能处待众阴,但以宫人之宠相似。宫人被宠,不害正事,则终无尤过,无所不利,故云无不利。"《集解》引何妥曰:"夫剥之为卦,下比五阴,骈头相次,似贯鱼也。鱼为阴物,以喻众阴也。夫宫人者,后夫人嫔妾各有次序,不相渎乱,此则贵贱有章,宠御有序,六五既为众阴之主,能有贯鱼之次第,故得无不利矣。"又引崔憬曰:"鱼贯与宫人皆阴类,以比小人焉,鱼大小一贯,若后夫人嫔妇御女,大小虽殊,宠御则一,故终无尤也。"

[3]《诗·汝坟》疏引劳作肥。

[4] 饥字是性的象征,详《高唐神女传说之分析》,《毛传》以朝释调,朝是通用的本字,其真正的本字,似乎当依《广韵》作豚,是两性的生殖器官和排泄器官的共名。在古书中,字或作州,(《尔雅·释畜》"白州,驠"。)或作丑,(《内则》"鳖去丑"。)或作烛,(《淮南子·精神篇》"烛营指天"高注。)或作涿,(《蜀志·周群传》"诸毛绕涿居乎?")皆声近通用。但普通都用朝字,所以《株林篇》的"朝食",本篇的"调(朝)饥",《天问》的"鼂(朝)饱",《蝃蝀篇》和《候人篇》的"朝隮",《高唐赋》的"朝云",涵义都颇为猥亵,乃至邑名"朝歌"为了同字同音,犯着嫌疑,据说圣人之徒颜渊曾子辈都得回避。

[5]《序》曰:"刺文姜也。齐人恶鲁桓公微弱,不能防闲文姜,使至淫乱,为二国

患焉。"《笺》曰："鲂也，鳏也，鱼之易制者，然而敝败之笱不能制……喻鲁桓微弱，不能防闲文姜，终其初时之婉顺。"

[6] 从元刻本补，下同。

[7]《乐府诗集》载《宁戚歌》"沧浪之水白石粲，中有鲤鱼长尺半……" 无疑是后人根据《管子》这故事伪托的。

[8] 贵州安南县，今改晴隆县。

[9]《序》曰："刺卫宣公也，纳伋之妻，作新台于河上而要之。……"《笺》曰："设鱼网者宜得鱼，鸿乃鸟也，反离焉，犹齐女以礼来求世子，而得宣公。"

[10] 下臣字体作王，从鲍改。

[11] 余详《乐府诗笺》。

[12]《笺》曰："'谁能'者，言人偶能割亨者。"《正义》曰："'人偶'者，谓以人意尊偶之也。……亨鱼小技，谁或不能？而云'谁能'者，人偶此能割亨者尊贵之，若言人皆未能，故云'谁能'也。"案：《正义》以"人偶"为成语，是对的，但释为"尊贵之"之意却错了。马瑞辰指出"人偶"又有相亲之义，所举证例中，《贾子·匈奴篇》"胡婴儿得近侍侧，胡贵人更进，得佐酒上前，上时人偶之"一条，尤其确切，这里"人偶"一词，正是亲昵之意，大概三家旧说有知道这篇是情诗的，康成笺诗，兼采众说，不知不觉受了他的暗示，所以就将"谁能"二字解释为那情人间"相人偶"的撒娇似的口气。这对于我们认烹鱼为隐语的主张，直接的当然没有证明什么，但间接的却未尝不能给我们增加些力量。

[13] 作者前著《乐府诗笺》，解释此诗，大致还是沿用旧说，那是错的。

[14] Robert Briffault: Sex in Religion（V. F. Calverton and Schmalhausen: Sex in Civilization p.42）

司命考

一 从空桑说起

从《大司命》“逾空桑兮从女”一语，我们猜着司命就是帝颛顼之佐，玄冥。

考颛顼的统治地区是空桑。《吕氏春秋·古乐篇》“帝颛顼生自若水，实处空桑”，这是明证。又《淮南子·本经篇》“共工振滔洪水，以薄空桑”，和《史记·律书》“颛顼有共工之陈阵以平水害”，所讲的都是颛顼与共工争帝的故事，《淮南子》所谓薄空桑即伐颛顼，因为空桑是颛顼的居地。空桑一作穷桑，《路史·后纪八》引《尚书大传》“穷桑，颛帝所居”。玄冥是颛顼之佐，所以他的居地也是空桑或穷桑。《左传·昭二十九年》蔡墨曰“修及熙为玄冥，世不失职，遂济穷桑”；《九叹·远逝》“考玄冥于空桑”。这些又是玄冥居空桑的确证。歌曰“逾空桑兮从女”，又曰“导帝之兮九坑”。我们疑心司命即玄冥，所导之帝即帝颛顼。

二　虚北二星

《史记·天官书》曰“北宫玄武：虚，危”，这是五行说应用到天文学上，将虚危二星派作北方帝的分星。虚既是北方帝的分星，而北方帝是颛顼，所以虚又名颛顼之虚。(《尔雅·释天》：“颛顼之虚，虚也。”)但我们猜想，在天上既有星代表着颛顼，可能也就有星代表着作为颛顼之佐的玄冥。经过研究，我们才知道，这星有是有的，不过它不是以玄冥的名字出现，而是以司命的名字出现的。《月令》疏引熊氏转引石氏《星经》，和《开元占经·甘氏中宫占篇》引甘氏《星经》都说“司命二星在虚北”，这靠近虚，即靠近颛顼的司命二星，无疑就是玄冥。

虚北的司命二星，和另外的司禄二星，司危二星，司非二星，共总称为四司。《开元占经·甘氏中宫占篇》引《甘氏赞》曰“四司续功，采麻襄鹿”，四司的采麻和《大司命》的“折疏麻兮瑶华”，应该是一回事，虽则关于司命与麻的关系的详情，我们还没获得充分的资料来予以说明。

三　冬与阴阳

五行系统中，北方帝主冬，《淮南子·天文篇》“北方，水也，其帝颛顼，其佐玄冥，执权而治冬”。冬的特征，据《月令》仲冬之月，说是“日短至，阴阳争，诸生荡”。所以“君子斋戒，处必掩，身欲宁，……以待阴阳之所定”。这是说：冬至后，时而阴盛，时而阳盛，动荡不定，所以要“待阴阳之所定”。《大司命》的“壹阴兮壹阳”是以冬日的时阴时晴，变化无常，来象征阴阳二气动荡不定的状态。他说这现象是他“所为”的，正因为他是颛顼之佐，而颛顼是治冬的。

因为颛顼所主治的节季是冬，地区是属于虚星的分野的北方，所以虚星和冬，在五行家的概念中便发生了连系。《史记·律书》：“虚者，能实能虚，言阳气冬则宛藏于虚，日冬至，则一阳下藏，一阴上舒，故曰虚。”这样解释虚字的意义，是否正确，是另一问题，但以阴阳变化来说明颛顼的星名，虚字的涵义，这和佐颛顼的大司命（玄冥）自称其行为为“壹阴兮壹阳”，倒是十分吻合的。

四　由空桑到九冈

《大司命》曰“逾空桑兮从女”，又曰“导帝之兮九阬”，旧校引《文苑》，阬作冈，冈是正字。空桑与九冈都是山名。这两座山究竟在那里呢？

古代地名空桑的不只一处，但最初颛顼所统治的空桑当在北方。《北山经》“空桑之山，无草木，冬夏有雪，空桑之水出焉，东流注于虖沱”，郝懿行说它当在赵代间，大概是对的。我们以为颛顼所居的就是这个空桑。

《左传·昭十一年》“楚子灭蔡，用隐太子于冈山”，冈山，杜预

《释例》只说它“必是楚地山”，而不能确指其地处。我们以为就是九冈山，王逸《机赋》“逾五岭，越九冈”，《古今图书集成》《方舆汇编》《职方典》《荆州府部》《山川考》二之五，松滋县“九冈山，去县治九十里，秀色如黛，蜿蜒虬曲”。《舆地□□》：“荆州松滋县有九冈山，郢都之望也。”我们猜想楚祖颛顼的庙就在这山上，所以他们灭了敌国之后，就到这里来，用那最隆重的人祭的典礼，告庙献俘。本篇的九冈就是《左传》的冈山，“导帝之兮九冈”，帝即颛顼，前面已经证明过。

近代学者们早就疑心楚人是从北方迁徙到南方来的。大司命“逾（越了）空桑”之后，又“导帝之兮九冈”，这不只反映了颛顼的族人由北而南的移殖的事实，而且明确的指出了那趟路程。

道教的精神

自东汉以来，中国历史上一直流行着一种实质是巫术的宗教，但它却有极卓越的，精深的老庄一派的思想做它理论的根据，并奉老子为其祖师，所以能自称为道教。后人爱护老庄的，便说道教与道家实质上全无关系，道教生生的拉着道家思想来做自己的护身符，那是道教的卑劣手段，不足以伤道家的清白。另一派守着儒家的立场而隐隐以道家为异端的人，直认道教便是堕落了的道家。这两派论者，前一派是有意袒护道家，但没有完全把握着道家思想的真谛，后一派，虽对道家多少怀有恶意，却比较了解道家，但仍然不免于“皮相”。这种人可说是缺少了点历史眼光。一个东西由一个较高的阶段退化到较低的，固然是常见的现象，但那较高的阶段是否也得有个来历呢？较高的阶段没有达到以前，似乎不能没有一个较低的阶段，我常疑心这哲学或玄学的道家思想必有一个前身，而这个前身可能是某种富有神秘思想的原始宗教，或更具体点讲，一种巫教。这种宗教，在基本性质上恐怕与后来的道教无大差别，虽则在形式上与组织上尽可截然不同。这个不知名的古代宗教，我们可暂称为古道教，因之自东汉以来道教即可称之为新道教。我以为如其说新道教是堕落了的道家，不如说它是古道教的复活。不，古道教也许本来就没有死过，新道教只是古道教正常的，自然的组织而已。这里我们应把宗教和哲学分开，作为两笔账来清算。从古道教到新道教是一个系统的发展，所以应排在一条线上。哲学中的道家是从古道教中分泌出来的一种质素。精华既已分泌出来了，那所遗下的渣滓，不管它起什么发酵作用，精华是不能负责的。古道教经过一个时期的酝酿，后来发酵成天师道一类的形态，这是宗教自己的事，与那已经和宗教脱离了关系的道家思想何干？道家不但对新道教堕落了的行为可告无罪，它并且对古道教还有替它提炼出一些精华来的功绩。道教只有应该感谢道家的。但道家是出身于道教，恐怕是千真万确的事实，它若嫌这出身微贱，而想避讳或抵赖，那却是不应当的。

我所谓古道教究竟是什么样的东西呢？详细的说明，不是本文篇幅所许的，我现在只能挈要提出几点来谈谈。

后世的新道教虽奉老子为祖师，但真正接近道教的宗教精神的还是庄子。《庄子》书里实在充满了神秘思想，这种思想很明显的是一种古宗教的反影。《老子》书中虽也带着很浓的神秘色彩，但比起《庄子》似乎还淡得多。从这方面看，我们也不能不同意多数近代学者的看法，以为至少《老子》这部书的时代，当在《庄子》后。像下录这些《庄子》书中的片段，不是一向被“得意忘言”的读者们认为庄子的“寓言”，甚或行文的词藻一类的东西吗？

藐姑射之山有神人居焉，肌肤若冰雪，淖约若处子，不食五谷，吸风饮露，乘云气，御飞龙，而游乎四海之外；其神凝，使物不疵疠，而年谷熟。……之人也，物莫之伤，大浸稽天而不溺，大旱金石流，土山焦而不热。(《逍遥游》)

夫道有情有信，无为无形，可传而不可受，可得而不可见，自本自根，未有天地，自古以固存，神鬼神帝，生天生地，在太极之先而不为高，在六极之下而不为深，先天地生而不为久，长于上古而不为老。豨韦氏得之，以挈天地，伏戏氏得之，以袭气母，维斗得之，终古不忒，日月得之，终古不息，堪坏得之，以袭昆仑，冯夷得之，以游大川，肩吾得之，以处大山，黄帝得之，以登云天，颛顼得之，以处玄宫，禺强得之，立乎北极，西王母得之，坐乎少广，莫知其始，莫知其终，彭祖得之，上及有虞，下及五伯，傅说得之，以相武丁，奄有天下，乘东维，骑箕尾而比于列星。(《大宗师》)

至人神矣，大泽焚而不能热，河汉沍而不能寒，疾雷破山，飘风振海而不能惊。若然者，乘云气，骑日月，而游乎四海之外，死生无变于己。(《齐物论》)

以上只是从《内篇》中抽出的数例，其余《外杂篇》中类似的话还不少。这些决不能说是寓言，(庄子所谓“寓言”有它特殊的涵义，这里暂不讨论。)即是寓言，作者自己必先对于其中的可能性及真实性毫不怀疑，然后才肯信任它有阐明或证实一个真理的效用。你是决不会用“假”以证明“真”或用“不可能”以证明“可能”的，庄子想也不会采用这样的辩证法。其实庄子所谓“神人”,“真人”之类,在他自己是真心相信确有其“人”的。他并且相信本然的“人”就是那样具有超越性,现在的人之所以不能那样,乃是被后天的道德仁义之类所斲丧的结果。他称这本然的“人”为“真人”或“神人”或“天”,理由便在于此。

我们只要记得灵魂不死的信念,是宗教的一个最基本的出发点,对庄子这套思想,便不觉得离奇了。他所谓“神人”或“真人”,实即人格化了的灵魂。所谓“道”或“天”实即“灵魂”的代替字。灵魂是不生不灭的,是生命的本体,所以是真的,因之,反过来这肉体的存在便是假的。真的是“天”,假的是“人”。全套的庄子思想可以说从这点出发。其他多多少少与庄子接近的,以贵己重生为宗旨的道家中各支派,又可说是从庄子推衍下来的情绪。把这些支派次第的排列下来,我们可以发现神秘色彩愈浅,愈切近实际,陈义也愈低,低到一个极端,便是神仙家,房中家(此依《汉志》分类)等低级的,变态的养形技术了。冯芝生先生曾经说,杨朱一派的贵生重己说仅仅是不伤生之道,而对于应付他人伤我的办法只有一避字诀。然人事万变无穷,害尽有不能避者。老子之学,乃发现宇宙间事物变化之通则,知之者能应用之,则可希望“没身不殆”。庄子之《人间世》亦研究在人世中,吾人如何可入其中而不受其害。然此等方法,皆不能保吾人以万全。盖人事万变无穷,其中不可见之因素太多故也。于是老学乃为打穿后壁之言曰:

吾所以有大患者，为吾有身。及吾无身，吾有何患？

此真大彻大悟之言。庄学继此而讲“齐死生，同人我”。不以害为害，于是害乃真不能伤。由上面的分析，冯先生下了一个结论，“老子之学，盖就杨朱之学更进一层，庄子之学，则更进二层也。”冯先生就哲学思想的立场，把杨老庄三家所陈之义，排列成如上的由粗而精的次第，是对的。我们现在也可就宗教思想的立场，说庄子的神秘色彩最重，与宗教最接近，老子次之，杨朱最切近现实，离宗教也最远。由杨朱进一步，变为神仙房中诸养形的方技，再进一步，连用“渐”的方式来“养”形都不肯干，最好有种一服而“顿”即“变”形的方药，那便到了秦皇汉武辈派人求“不死药”的勾当了。庄和老是养神，杨朱可谓养生，神仙家中一派是养形，另一派是变形——这样由求灵魂不死变到求肉体不死，其手段由内功变到外功，外功中又由渐以至顿——这便包括了战国秦汉间大部分的道术和方技，而溯其最初的根源，却是一种宗教的信仰。

除道家神仙家外，当时还有两派“显学”，便是阴阳与墨家了。这两家与宗教的关系，早已被学者们注意到了，这里无需申论。我们现在应考核的，是二家所与发生关系的是种什么样的宗教——即上文所谓古道教，还是另一种或数种宗教。关于这一点，我们首先可以回答，他们是不属于儒家的宗教。由古代民族复杂的情形看去，古代的宗教应当不只一种。儒家虽不甘以宗教自命，其实也是从宗教衍化或解脱出来的，而这种宗教和古道教截然是两回事。什么是儒家的宗教呢？胡适之先生列举过古代宗教迷信的三个要点：

一　一个有意志知觉，能赏善罚恶的天帝；

二　崇拜自然界种种质力的迷信如祭天地日月山川之类；

三　鬼神的迷信，以为人死有知，能作祸福，故必须祭祀供养他们。

胡先生认为这三种迷信“可算得是古中国的国教，这个国教的教主是‘天子’”，并说“天子之名，乃是古时有此国教的铁证”。胡先生以这三点为古中国“国教”的中心信仰是对的，但他所谓“古中国”似乎是包括西起秦陇，东至齐鲁的整个黄河流域的古代北方民族，这一点似有斟酌的余地。傅孟真先生曾将中国古代民族分为东西两大系，是一个很重要的观察。（不过所谓东西当指他们远古时的原住地而言，后来东西互相迁徙，情形则较为复杂。）我以为胡先生所谓“国教”，只可说是东方民族的宗教，也便是儒家思想的策源地。至于他所举的三点，其实只能算作一点，因为前二点可归并到第三点中去。所谓“以人死有知，能作祸福”的“鬼神迷信”确乎是宗教信仰的核心。其实说“鬼神迷信”不如单说“鬼的迷信”，因为在儒家的心目中，神只是较高级的鬼，二者只有程度的悬殊，而无种类的差异。所谓鬼者，即人死而又似未死，能饮食，能行动。他能作善作恶，所以必须以祭祀的手段去贿赂或报答他。总之事鬼及高级鬼——神之道，一如事人，因为他即生活在一种不同状态中的人，他和生人同样，是一种物质，不是一种幻想的存在。明白了这一层，再看胡先生所举的第一点。既然那作为教主的人是“天子”——天之子，则“天”即天子之父，天子是“人”，则天子之父按理也必须是“人”了。由那些古代帝王感天而生的传说，也可以推到同样的结论。我们从东方民族的即儒家的经典中所认识的天，是个人格的天，那是毫不足怪的。这个天神能歆飨饮食，能作威作福，原来他只是由人死去的鬼中之最高级者罢了，天神即鬼，则胡先生的第一点便归入第三点了。

《鲁语》载着一个故事，说吴伐越，凿开会稽山，得到一块其大无比的骨头，碰巧吴使聘鲁，顺便就在宴会席上请教孔子。孔子以为那便是从前一位防风氏的诸侯的遗骸。他说：

> 山川之灵石足以纪纲天下者，其守为神，社稷之守为公侯，皆属于王者。

吴使又问：“防风所守的是什么？”他又答道：

> 汪芒氏之君也，守封嵎之山者也，为漆姓，在虞夏商周为汪芒氏，于周为长狄，今为大人。

这证明了古代东方民族所谓山川之神乃是从前死去了的管领那山川的人，而并非山川本身。依胡先生所说祭山川之类是“崇拜自然界种种质力的迷信”，那便等于说儒家是泛神论者了。其实他们的信仰中毫无这种意味。胡先生所举的第二点也可以归入第三点的。

儒家鬼神观念的真相弄明白了，我们现在可以转回去讨论道家了。上文我们已经说过道家的全部思想是从灵魂不死的观念推衍出来的，以儒道二家对照了看，似乎儒家所谓死人不死，是形骸不死，道家则是灵魂不死。形骸不死，所以要厚葬，要长期甚至于永远的祭祀。所谓“祭如在，祭神如神在”之在，乃是物质的存在。惟怕其不能“如在”，所以要设尸，以保证那“如在”的最高度的真实性。这态度可算执着到万分，实际到万分，也平庸到万分了。反之，道家相信形骸可死而灵魂不死，而灵魂又是一种非物质的存在，所以他对于丧葬祭祀处处与儒家立于相反的地位。《庄子·列御寇篇》载有庄子自己反对厚葬的一段话，但陈义甚浅，无疑是出于庄子后学的手笔。倒是汉朝“学黄老之术”而主张“羸葬以反真”的杨王孙发了一篇理论，真能代表道家的观念。

且夫死者终身之化，而物之归者也。归者得至，化者得变，是物各反其真也。反真冥冥，亡声亡形，乃合道情。夫饰外以华众，厚葬以鬲真，使归者不得至，化者不得变，是使物各失其所也。且吾闻之：精神者天之有也，形骸者地之有也。精神离形，各归其真，故谓之鬼，鬼之言归也，其尸块然独处，岂有知哉？裹以币帛，鬲以棺椁，支体络束，口含玉石，欲化不得，郁为枯腊，千载之后，棺椁腐朽，乃得归土，就其真宅，繇是言之，焉用久客？

这完全是形骸死去，灵魂永生的道理，灵魂既是一种“无形无声”超自然的存在，自然也用不着祭祀的供养了。所以儒家的重视祭祀，又因祭祀而重视礼文，在道家看来，真是太可笑了。总之儒家是重形骸的，以为死后，生命还继续存在于形骸，他们不承认脱离形骸后灵魂的独立存在。道家是重视灵魂的，以为活时生命暂寓于形骸中，一旦形骸死去，灵魂便被解放出来，而得到这种绝对自由的存在，那才是真的生命。这对于灵魂的承认与否，便是产生儒道二家思想的两个宗教的分水岭。因此二派哲学思想中的宇宙论，人生论，或知识论，以至于政治思想等，无不随着这宗教信仰上先天的差别背道而驰了。

作为儒道二家的前身的宗教信仰既经判明了，我们现在可以回到阴阳家与墨家了。阴阳家的学说本身是一种宇宙论，就其性质讲，与儒家远而与道家近，是一望而知的。至于他们那天人相应的理论，则与庄子返人于天之说极相似，所以尽可以假定阴阳家与道家是同出于一个原始的宗教的，司马谈论道家曰：

> 其为精也，因阴阳之大顺，采儒墨之善，撮名法之要。

 这里分明是以阴阳家思想为道家思想的主体或间架，而认儒墨名法等只有补充修正的副加作用。这也许要受阴阳家影响之后的道家的看法。然即此也可见阴阳家与道家的血缘，本来极近，所以他们的结合特别容易。钱宾四先生曾说“墨氏之称墨，由于薄葬”，我以为称墨与薄葬的关系如何还难确定，薄葬为墨家思想的最基本的核心，却是可能的，若谓“薄葬”之义生于“节用”，那未免把墨家看得太浅薄了。何况节用很多，墨子乃专在丧葬上大做文章，岂不可怪？我疑心节葬的理论是受了重灵魂轻形骸的传统宗教思想的影响，把节葬与节用连起来讲，不如把它和墨家重义轻生的态度看作一贯的发展，斤斤于“身体发肤，受之父母，不敢毁伤”的儒家，虽也讲“杀身成仁”，但那究竟是出于不得已。墨家本有轻形骸的宗教传统，所以他们蹈汤赴火的姿态是自然的，情绪是热烈的，与儒家真不可同日而语。墨家在其功利主义上虽与儒家极近，但这也可说是墨子住在东方，接受了儒家的影响，在骨子里墨与道要调和得多，宋钘、尹文不明明是这两派间的桥梁吗？我疑心墨家也是与道家出于那古道教的。《庄子·天下篇》的作者把墨翟，禽滑釐也算作曾经闻过古之道术者，与宋钘、尹文、彭蒙、田骈、慎到、关尹、老聃、庄周等一齐都算作知“本数”的，而认“邹鲁之士，搢绅先生”所谈的只是“末度”，《天下篇》的作者显然认为墨家等都在道家的圈子里，只有儒家当除外。他又说“道术将为天下裂”，然则百家（对儒而言）本是从一个共同的道分裂出来的，这个未分裂以前的“道”是什么？莫非就是所谓古道教吧！这古道教如果真正存在的话，我疑心它原是中国古代西方某民族的宗教，与那儒家所从导源的东方宗教比起来，这宗教实在超卓多了，伟大多了，美丽多了，姑无论它的流裔是如何没出息！

神仙考

一 神仙思想之发展

最大多数铜器铭文的最大共同点，除了一套表示虔敬态度的成语外，就是祈眉寿一类的嘏辞。[1]典型的儒家道德观念的核心也是个“敬”字，而《洪范》五福第一便是寿。这表明以“寿”为目的，以“敬”为手段，是古代人生观最大特色。这观念的背景是什么？原来“敬”“惊”“儆”最初只是一字，而“祈眉寿”归根无非是“救命”的呼声。在人类支配环境的技术尚未熟练时，一个人能不死于非命，便是大幸，所以嘏辞又曰“霝冬”，《诗》曰“令终”，[2]五福之五曰“考终命”，皆以善终为福。曰“眉寿”，曰“令终”，可见那时的人只求缓死，求正死，不作任何非分之想。《诗》及嘏辞又曰“祈黄发”，“祈黄耇”，[3]这又表明人为求缓死而准备接受缓死的条件。他说：既然死可缓而老不可却，那就宁老而勿速死。横竖人是牵就天的。大概当时一般中国人都这样想。惟独春秋时齐国及其邻近地带的人有些两样，而提出了《难老》的要求：

以旂眉寿，霝命，难老；(《齐甾盘》)

用旂眉寿，霝命，难老；(《齐叔夷镈》)

用旂匄眉寿，其万年，霝冬，难老；(《殳季良父壶》)[4]

永锡难老。(《鲁颂·泮水》)

然而曰“难老”而不曰“不老”，措词总算有些分寸，这样事实上也还相对的可能。若想到“不死”，如

齐侯(景公)至自田，晏子侍于遄台，……饮酒乐，公曰，“古而无死，其乐若何?”(昭二十年《左传》)

用旂寿老毋死。(《齐䵼镈》)

那就近乎荒唐了。景公酒酣耳热，一时失言，犹可原谅。《䵼镈》则是宗庙的祭器，何等严重，何以铭词中也载着这样的怪话？怪话何以又专出自齐人之口呢？学者必连想到战国时齐国的方士，以及一般人所深信的神仙说出于齐地的观念，因而断定这不死观念即神仙说之滥觞。至于神仙说何以产生在齐，则大家似乎已经默认了，是由于齐地滨海，海上岛屿及蜃气都是刺激幻想的对象。这两说都有相当的是处，但都不免把问题看得太简单了。实则春秋时的不死观念不曾直接产生战国时的神仙说，齐国(山东半岛)也并非神仙的发祥地，因之海与神仙亦无因果关系。齐之所以前有不死观念，后有神

仙说，当于其种族来源中求解答。

齐姜姓，四岳之后，春秋有姜戎，自称亦四岳之后，[5]看来齐与姜戎本是同种。同姓之国，或在诸夏，或在四夷，这种情形在春秋时太寻常了。但遇到这种情形时，有一问题不易回答，即此种氏族的共同祖先，本属诸夏集团呢，还是夷狄集团？以姜姓为例，也许姜戎是夷化了的诸夏，也许齐、吕、申、许、向、纪、州、鄣、厉等是华化了的夷狄。按普通的想法，似乎倾向前说者居多。实际上后说的可能性一样大。周人所谓戎，本是诸异族的大名。以血族言，一部分西戎是羌族。姜羌一字，或从女，或从人，只性别不同。因之种名从人，姓氏从女，实质上也没有分别。周与羌族世为婚姻，弃母姜嫄，太王娶太姜，武王娶邑姜，皆羌族女。参与牧野之战的"西土之人"中的羌，大概就是武王的外家，而太公很可能就是他们的君长。太公以宗亲，兼伐纣有大功，受封于吕，这是这支羌人内徙与华化的开端，后来太公的儿子丁公，又以平蒲姑有功，领着一部分子姓就地受封，都于营邱，是为齐国。[6]蒲姑是商世大国，东方文化的一个中心，丁公的子孙世居其地，华化的机会更多了。齐之内迁与华化，其事和他同姓的申同类。《周书·王会篇》有西申，次在氐羌之前，应该也是羌族，南阳的申国即其种人之内徙而华化者。《大荒北经》"有北齐之国，姜姓，使虎豹熊罴"，此齐人之留在夷狄者。齐有北齐，申有西申，可证其先皆自夷狄迁来，本不属于诸夏集团。至于姜戎之逼处华夏而迟迟未被华化，则又似与莱人同类。莱亦姜姓，大概是和丁公同搬到东方的一支羌族，不知为什么和丁公决裂了，被屏弃在海滨，许久未受诸夏同化。同一种姓，或同化，或不同化，这许多原因中，婚姻许是一个最重要的因子。齐申皆周室的宗亲，故同化的时期早而程度深，莱姜戎不与诸夏通婚，故终春秋之世未被同化。[7]

由上观之，齐人本为西方的羌族，大致不成问题，现在我们就根据这点来探寻他们那不死观念的来源。

《墨子·节葬下篇》曰：

秦之西有仪渠之国者，其亲戚死，聚柴薪而焚之，燻上，谓之登遐。

仪渠即义渠，当是羌族，《吕氏春秋·义赏篇》曰：

氐羌之民，其虏也，不忧其系累，而忧其死不焚也。

并可证。以上所说都是火葬，火葬的意义是灵魂因乘火上天而得永生，故古书所载火葬俗流行的地方，也是“不死”传说发生的地方。今甘肃新疆一带，正是古代羌族的居地，而传说中的不死民，不死之野，不死山，不死树，不死药等[8]也都在这里。很可能齐人的不死观念是当初从西方带进来的。

但火葬所代表的不死，与不死民等传说的不死，大有分别。火葬是求灵魂不死。灵魂不死的先决条件，是“未来世界”的存在，一个远较这现实世界为圆满的第二世界，人死后，灵魂将在那里永恒地生存着，享乐着。又基于一种先决的事物对立观念，认为灵魂与肉体是相反相妨的，所以他们又想到非毁尽肉体，不足以解放灵魂，于是便产生了焚尸火葬的礼俗。《后汉书·西羌传》称其人

以战死为吉利，病终为不祥，

这也是很重要的材料。吉利大概即灵魂能升天之意。这可见他们因为急于要灵魂上天，甚至等不及老死，就要乘机教人杀死自己，好把躯体割断，让灵魂早早放出来。这与后来不死民等传说的灵肉合一，肉体不死即灵魂不死的观念相差太远了。但这种不死论，比起齐人的不死论，已经算玄虚的了。齐人所谓不死，当然是纯粹的肉体不死，灵魂的死不死，甚至灵魂的有无诸问题，他们似乎不曾注意。然而比较起那以殷民族为代表的东方诸土著民族来，这自西方移来的客籍齐人，又太嫌古怪了。依东方人说，人哪有不死的道理？齐人真是妄想。至于肉体可随着灵魂而不死，或肉体必须毁尽而后灵魂乃能永生一类观念，那更是不可思议了。土著东方人与齐人之间是一条鸿沟。齐人与其老家的西方人比较的是相近。同是奢望，是痴想，是浪漫的人性不甘屈服于现实的表示，西方人前后两种不死观，以及齐人的不死观，只是程度深浅不同而已。非肉体死不足使灵魂生这种说法，本是违反人性的，其不能行通而卒变为肉

体与灵魂同生，乃是必然的趋势。肉死灵生的极端派一旦让步而变为灵肉同生的中和派，便根本失了唯灵论的立场，唯灵论的立场既经失去，便不难再让一步而成为齐人的纯肉不死论。加上内徙后的齐人，受了土著东方人的同化，其放弃灵魂观念的可能自然更大了。

上文我们说明了齐人本是西方迁来的羌族，其不死观念也是从西方带来的。但西方所谓不死本专指灵魂，并主张肉体毁尽，灵魂才得永生。这观念后来又演变为肉体与灵魂并生。齐人将这观念带到东方以后，特别因为当地土著思想的影响，渐渐放弃了灵魂观念，于是又演变为纯粹的肉体不死。齐人内徙日久，受同化的程度应当愈深，按理没有回到唯灵原则下的各种不死论的可能。然而事实上，战国初年燕齐一带突然出现了神仙传说，所谓神仙者，实即因灵魂不死观念逐渐具体化而产生出来的想像的或半想像的人物（解释详下）。这现象也很怪。灵魂不死论本产生在西方，难道这回神仙传说之出现于燕齐，也是从西方来的吗？对了，这回是西方思想第二度访问中国。神仙的老家是在西方，他的习惯都是西方的，这些在下文讨论神仙说及其理论与技术时，随时随地都是证据，现在我们只举一个最鲜明的例来做个引子。据后来汉武帝求神仙时屡见大人迹，[9]及司马相如《大人赋》推之，秦始皇时因临洮见大人而铸的“金人十二”，实在是十二位仙人的造像，难怪唐诗人李贺误秦皇的金人为汉武承露盘的仙人，而作《金铜仙人辞汉歌》。[10]这十二位仙人，据《汉书·五行志》说“皆夷狄服”，[11]可见始皇时还知道真正老牌的仙人是西域籍。我们不但知道神仙来自西方，并且知道他是从那条道路来的。六国秦时传播神仙学说，及主持求仙运动的方士，据现在可考的，韩赵魏各一人，燕六人，齐二人。[12]这不是分明指出了神仙说东渐的路线吗？那时方士的先头部队刚到齐，大队人马则在燕，到汉武时全体都到达齐了，所以当时的方士几乎全是齐人。由此我们可以推想，在较早的时候，大队恐怕还在三晋，并且时代愈早，大队的行踪愈偏西。《晋语》九："赵简子叹曰：'雀入于海为蛤，雉入于淮为蜃，鼋鼍鱼鳖，莫不能化，唯人不能，哀夫！'窦犨侍曰：'臣闻之，君子哀无人，不哀无贿，哀无德，不哀无宠，哀名之不令，不哀年之不登。'"注："登，高也。"至于神仙思想所以终于在齐地生根了，那自然因为这里的不死思想与他原是一家人，所以他一来到便感着分外融洽，亲热，而乐于住下了。这与齐之地势滨海毫无关系。神仙并不特别好海。反之，他们最终的归宿是山——西方的昆仑山。他们后来与海发生关系，还是为了那海上的三山。其实连这也是偶然的，即使没有那海上三山，他们还是要在这里住下的。总之，神仙思想是从西方来的，他只是流寓在齐地因而在那里长大的，并非生在齐地。齐地的不死思想并没有直接产生神仙思想，虽则他是使神仙思想落籍在齐地的最大吸引力。因此，海与神仙并无因果关系，三山与神仙只是偶然的结合而已。

二　神仙说及其理论与技术

上文讲神仙是随灵魂不死观念逐渐具体化而产生的一种想像

的或半想像的人物，这可以火葬得到证明。上引《墨子·节葬下篇》说义渠风俗“亲戚死，聚柴薪而焚之，熏上，谓之登遐”，登遐刘昼《新论·风俗篇》作“升霞”，《太平广记》引《博物志》作“登霞”。据此，则遐当读为煆，本训火焰，因日旁赤光，或赤云之似火者谓之霞，故又或借霞为之。登霞的本意是火化时灵魂乘火上升于天，这名词传到中国后，有两种用法。一是帝王死谓之登霞，二是仙人飞升谓之登霞。帝王死后有升天的资格，是中国自古相传的观念，现在借用西方登霞的名词以称帝王之死，倒顶合适的。至于仙人飞升称登霞，则无所谓借用，因为飞升与火化本是一回事，仙人飞升是西方传来的故事，“登霞”当然也是用的西方的名词。《远游》曰：

载营魄而登霞兮，掩浮云而上征。

营魄即魂魄，既曰“载魂魄”，又曰“登霞”，与火葬的意义全合。《列仙传》称啸父既传其“作火法”于梁母，“临上三亮山，与梁母别，列数十火而升”，又师门“亦能使火”，死后，“一旦风雨迎之，讫则山木皆焚”。这些仙人的故事，都暗示着火化的意味。又云赤松子

能入火自烧，往往至昆仑山上，……随风雨上下。

证以《远游》亦称赤松子“化去而不见”，这其间火化的痕迹也颇鲜明。至于宁封子的传说，则几乎明白承认是火葬了：

宁封子者，……世传为黄帝陶正，有〔神〕人过之，为其掌火，能出五色烟，久则以教封子。封子积火自烧，而随烟气上下。视其灰烬，犹有其骨，时人共葬于宁北山中，故谓之宁封子焉。

又《史记·封禅书》称燕人宋毋忌等

为方僊道，形解销化，依于鬼神之事。

形解销化，据服虔说即“尸解”，而《索隐》曰：“《白泽图》云‘火之精曰宋毋忌’，盖其人火仙也。”尸解而成火仙，大概也是火化的变相的说法。又张晏曰：“人老，如解去故骨，则变化也，今山中有龙骨，世人谓之龙解骨化去也。”如张说，则宋毋忌之“形解销化”，是形化而骨留，与宁封子之烧后灰烬中有遗骨正合，无疑的这就是仙家尸解中之“火解法”的来源。尸解的另一种方法是“兵解”。上引《后汉书》称西羌人“以战死为吉利，病终为不祥”，大概战死者躯体破碎，灵魂得以立时逃出而升天，所以吉利，病死者躯体完整，灵魂被困在内，迟久不得自由，所以不祥。如此说来“兵解”乃是由战死吉利的观念蜕化来的一种飞升的手段。火解兵解，总共谓之“尸解”，正是解开尸体，放出灵魂的意思，然则所谓“神仙”不过是升天了的灵魂而已。仙字本作僊，《说文》“䙴，升高也”，䙴即僊字。[13]僊字本是动词，先秦典籍中皆如此用。升去谓之僊，动词名化，则升去了的人亦谓之僊。西方人相信天就在他们那昆仑山上，[14]升天也就是升山，所以僊字别体作仙，[15]正是依照西方人的观念所造的字。人能升天，则与神一样，长生，万能，享尽一切快乐，所以仙又曰“神仙”。升天后既有那些好处，则活着不如死去，因以活着为手段，死去为目的，活着的肉体是暂时的，死去所余的灵魂是永久的，暂时是假的，永久是真的，故仙人又谓之“真人”。这样看来，神仙乃是一种宗教的理想。凡是肉体能死，死而能毁的人，灵魂便能升天而成仙。仙在最初并不是一种特殊的人，只是人生活中的一个理想的阶段而已。既然人人皆可成仙，则神仙思想基本原则是平等。因此我们知道为什么春秋时代的齐国，虽有不死观念，而不能发展为神仙思想，只因封建阶级社会下，是不容平等思想存在的。到战国时封建制度渐渐崩溃，所以建筑在平等原则上的神仙思想可以乘机而入，以至逐渐繁盛起来。

上文已说过，登霞是由火化时灵魂乘烟霞上天而得来的观念，故《远游》曰“载营魄而登霞兮”(营与魂通)。魂的特性是游动不定，故一曰游魂。《易·系辞上传》“游魂为变”，韩康伯注曰“游魂，言其游散也”，《白虎通·性情篇》曰“魂犹伝伝也，行不休也”，行不休即游魂之义。[16]仙人登霞，本是从灵魂上天而游行不休产生的观念，所以仙人飞升后最主要的活动是周流游览。游是愈远愈妙，《楚辞》所载著名的咏仙人的文章以“远游”名篇，固是很明显的例子，而最具体最有趣的莫如《淮南子·道应篇》所述卢敖的故事：

卢敖游乎北海，经乎太阴，入乎玄阙，至于蒙谷之上，见一士焉，深目而玄鬓，渠颈[17]而鸢肩，丰上而杀下，轩轩然方迎风而舞，顾见卢敖，慢然下其臂，遁逃乎碑峰〔下〕。[18]卢敖就而视之，方倦龜龟壳而食蛤梨。卢敖与之语，曰："唯！敖为背群离党，穷观于六合之外者，非敖而已乎？敖幼而好游，至长而不渝〔解〕懈[19]，周行四极，唯北阴之未窥。今卒睹夫子于是，子殆可与敖为友乎？"若士䶑然而笑曰："嘻子中州之民，宁肎而远至此。此犹光乎日月而载列星，阴阳之所行，四时之所生，其比夫不名之地，犹窔奥也。若我南游乎冈㝵之野，北息乎沈墨之乡，西穷窅冥之党，东关贯[20]鸿濛之光，此其下无地而上无天，听焉无闻，视焉则[21]眴。此其外犹有汰沃之汜，其余一举而千万里，吾犹未之能在。今子游始于此，乃语穷观，岂不亦远哉？然子处矣！吾与汗漫期于九垓之上，[22]吾不可以久。[23]"若士举臂而竦身，遂入云中。卢敖仰而视之，弗见。乃止驾，〔心〕[24]柸治不怡，悖若有丧也，曰："吾比夫子，犹黄鹄与壤虫也，终日行不离咫尺，而自以为远，岂不悲哉？"

此外《庄子》书中每讲到至人，神人，真人，大人（皆仙人的别名）如何游于六合之外，无何有之乡，[25]《淮南子》也是如此，并且说得更有声有色，[26]汉以来关于仙人的辞赋诗歌，几乎全是讲他们漫游的生活，晋唐人咏仙人诗多称"游仙诗"。游必需舆驾，所游的地方是天空，所以，以龙为马，以云霓彗星之类为旌旗。[27]有舆驾，还得有仪卫，这是由风雨雷电以及其他种种神灵鬼怪组成的，[28]此之谓

"役使鬼神"。[29]

神仙思想之产生，本是人类几种基本欲望之无限度的伸张，所以仙家如果有什么戒条，那只是一种手段，暂时节制，以便成仙后得到更大的满足。在原始人生观中，酒食，音乐，女色，可谓人生最高的三种享乐。其中酒食一项，在神仙本无大需要，只少许琼浆玉液，或露珠霞片便可解决。其余两项，则似乎是他们那无穷而闲散的岁月中唯一的课业。试看几篇典型的描写仙人的文学作品，在他们那云游生活中，除了不重要的饮食外，实在只做了闻乐与求女两件具体的事。有时女与乐分为二事，如《惜誓》既载玉女于后车，"以侍栖宿"，（据王逸说）又

……至少原之埜兮，赤松王乔皆在旁，二子拥瑟而调均兮，余因称乎清商。

但往往是二者合为一事，如《远游》：

祝融戒而还衡兮，腾告鸾鸟迎宓妃，使湘灵鼓瑟兮，令海若舞冯夷。张《咸池》奏《承云》兮，二女御《九韶歌》。玄螭虫象并出进兮，形蟉虬而逶蛇，雌蜺便娟以增挠兮，鸾鸟轩翥而翔飞。音乐博衍无终极兮，焉乃逝以俳佪。[30]

这便叫做"快活神仙"！

现实生活既只有暂时的，不得已的过渡作用，过渡的期程自然能愈缩短愈好，所以性急的人，不免要设法自动的解决这肉体的障碍，好叫灵魂马上得到自由。手段大概还是火解与兵解，方法却与以前不同。以前火解是死后尸体被人焚掉，兵解也是躯体被人砍断。现在则是自焚自砍，合共可以称为“自解”。有了这种实行自解的人以后，仙的含义便为之大变，从人人生活过程上的一个理想阶段的名称，变而为采取一种超绝的生活形态的人的名称。这新含义就是现在通用的仙字的意义。

不知何时，人们又改变了态度，不大喜欢那单凭一场火一把剑送灵魂上升的办法了。他们大概对目前肉体的苦痛，渐渐感着真实起来，虽则对未来灵魂的快乐，并未减少信心，于是渐渐放弃了那自解的“顿”的办法，而采用了种种修炼的“渐”的办法。肉体是重浊的，灵魂是轻清的。但未始不可以设法去浊存清以变重为轻，这样肉体不就改造成灵魂了吗？在这假定的原则之下，便产生了各种神仙的方术，从事于这些方术的人便谓之方士。

最低级的方术，是符咒祠醮一类的感召巫术，无疑的这些很早就被采用了。这可称为感召派。比感召高一等的是服食派。凡是药物，本都具有，或被想像为具有清洁作用。尤其植物（如菊，术等）的臭味，矿物（如玉，黄金，丹砂等）的色泽都极容易连想到清洁，而被赋予以销毒除秽诸功能。[31]少见而难得与形状诡异的自然物品，（如芝菌，石乳等）都具有神秘性，也往往被认为有同样效验。由于早就假定了浊与重为同一物质的两种德性，因之除秽便等于轻身，所以这些东西都成为仙药了。加之这些东西多生于深山中，山据说为神灵之所在，这些说不定就是神的食品，人吃了，自然也能乘空而游，与神一样了。最初是于日常饮食之外，加服方药。后来许是有人追究过肉体所以浊重的原因，而归咎于肉体所赖以长成的谷类，[32]恰巧被排泄出来谷类的渣滓，分明足以为其本质浊秽的证验，于是这人便提倡只食药，不食谷的办法，即所谓“避谷法”。

但是最好的轻身剂恐怕还是气——本质轻浮的气。并且据说万物皆待气以生存，[33]如果药物可以使人身轻，与其食药物，何如食药物所待以生存的气，岂不更为直捷，更为精要？所以在神仙方术中，行气派实是服食派进一步的发展。观他们屡言“食气”，可见气在他们心目中，本是食粮的代替品，甚至即食粮本身。[34]气的含义在古时甚广，除了今语所谓空气之外，还包括比空气具体些的几种物质。以前本有六气的说法——阴，阳，风，雨，晦，明，[35]现在他们又加以整齐化，神秘化，而排列为这样的方式：

> 春食朝霞，朝霞者，日始欲出赤黄气也。[36]秋食沦阴，沦阴者，日没以后赤黄气也。冬饮沆瀣，沆瀣者，北方夜半气也。夏食正阳，正阳者，南方日中气也。并天地玄黄之气，是为六气也。(《楚辞·远游》注引《陵阳子明经》)

玄与黄是近天与近地的空气，正阳即日光，依他们的说法可称光气，沆瀣即露水，[37]可称水气，朝霞沦汉即早晚的云霞，[38]是水气与光气的混合物。先秦人对于气是否有这样整齐的分类，虽是疑问，但他们所食的气，总不外这几种。

食气的方法，就是在如上面所指定的时刻，对着太阳或天空行深呼吸，以“吐故纳新”，同时身体还作着“熊经鸟伸，凫浴蝯躩，鸱视虎顾”等等姿态的活动，[39]以助呼吸的运用。用术语说，这种呼吸谓之“行气”，活动谓之“导引”。[40]行气后来又称“胎息”，[41]实是一种特殊的呼吸方法的名称。导引不但是辅导气流的运转，还可以训练肢体，使之轻灵趫捷，以便于迎风自举。这后一种目的，大概后来又产生了一种专门技术，谓之“乘蹻”。胎息与乘蹻发展（毋宁是堕落）到某种神秘阶段，都变成了魔术，于是又和原始的巫术合流了。以上是导引派及其流变。

新气既经纳入，还要设法固守，不使它泄散。《玉柲铭》曾发挥过这派守气的理论：

> 行氛气实居则適，適则神，神则下，下则定，定则固，固则明，明则䛫，䛫则复优，复则天，天丌其沓才在上，墜地丌其沓才在下，巡顺则生，逆则死。

大约是在守气论成立以后，行气派又演出一条最畸形的支流。上文说过气有水气，水可称气，则人之精液也是气了，这样儿戏式的推论下来，便产生了房中派的“还精补脑”的方术。原来由行气到房中，正如由服食到行气一般，是一贯的发展，所以葛洪说：

服药虽为长生之本，若能兼行气者，其益甚速，……然又宜知房中之术，所以尔者，不知阴阳之术，屡为劳损，则行气难为力也。[42]《抱朴子·至理篇》

这里虽只说长生，但最终目的还是飞升，下文有详细的说明。

神仙的目的是飞升，而飞升的第一要图是轻身。照上面那些方案行来，相对的轻身的效果是可以担保的。尤其避谷而兼食气，如果严格实行起来，其成效可想而知，所以司马相如说“列仙之传，居山泽间，形容甚臞”，形容臞瘦，自然体重减轻了。然而要体重减轻到能飞的程度，还是不可能，除非在某种心理状态之下，你一意坚持着要飞，主观的也就不难果真飞上去了。在生理状态过度失常时——如胃脏中过度的空乏，或服进某种仙药后，过度的饱餍，等等情况之下，这种惬意的幻觉境界并不难达到。上述那催眠式的法术，他们呼作“存想”。

无论各种方术，历经试验后，功效有限，即令有效，对于高贵阶级的人们，尤其那日理万机的人主，太不方便。最好还是有种“顿”的手段，一经使用，便立时飞去。大概是为供应这类人的需求，那一服便仙的神丹大药，才开始试造的。

注

[1] 详徐中舒《金文嘏辞释例》。

［2］《大雅·既醉》。

［3］《小雅·南山有台》"遐不黄耇"，《大雅·行苇》"以祈黄耇，黄耇台背"，《商颂·烈祖》"黄耇无疆"，《仪礼·士冠礼》同。《鲁颂·閟宫》"黄发台背"，又"黄发儿齿"，《书·秦誓》"尚犹询兹黄发"，《韩诗外传》五"吾受命国之黄发"。案《诗》言"黄耇台背"，是黄耇即黄发。耇盖读为毫，（《庄子·知北游篇》"而不失豪芒"，唐写本豪作钩，《淮南子·道应篇》亦作钩，是其比。）豪亦发也。台读为炱，（《楚辞·九辩》"收恢台之孟夏兮"，台一作炱，《文选·舞赋》"舒恢炱之广度。"）《说文》曰"炱，灰炱，煤也"，一作炲，《素问·风论》"其色炲"，王注"炲，黑色也"，案炱浅于黑，今所谓灰色是也。"黄耇"与"台背"对文。《论衡·无形篇》曰："人少则发黑，老则白，白久则黄。人少则肤白，老则肤黑，黑久则黯，若有垢矣。发黄而肤有垢，故《礼》曰'黄耇无疆'，《诗》《书》有言'黄发'者。"案王氏谓人老极则发黄肤黯，甚是，其读耇为垢，而以黄耇二字分指发肤，则不确。

［4］《海内经》"炎帝之孙伯陵，伯陵同吴权之妻阿女缘妇，缘妇孕三年，是生鼓延殳，始为侯"，郭注曰："三子名也。"案《周语》下"则我皇妣大姜之侄，伯陵之后，逢公之所凭神也"，韦注曰："大姜，大王之妃，王季之母，姜女也。……伯陵，大姜之祖，有逄伯陵也。逄公，伯陵之后，大姜之侄，殷之诸侯，封于齐地。"《左传·昭二十年》"昔爽鸠氏始居此地，（齐）季荝因之，有逄伯陵因之，蒲姑氏因之，而后大公因之"。据此，则殳是殷时据有齐地之姜姓诸侯逄伯陵的别封。周时殳国所在地未详，想与齐必相去不远。

［5］姜戎，陆浑戎之一种，本居瓜州，为秦人所迫逐，归于晋，惠公赐以南鄙之田以供晋之兵役。见《左传》僖二十二年，襄十四年，昭九年，襄十四年戎子驹支曰："我诸戎是四岳之裔胄也。"

［6］见傅斯年《大东小东说》。

［7］《左传·襄二年》："齐姜薨，……齐侯使诸姜宗妇来送葬，召莱子，莱子不会。"雷学淇云："据此，则莱亦姜姓之戎可知。"（《竹书纪年义证》十九）案夹谷之会，齐使莱人以兵劫鲁侯，孔子以公退，曰，"士兵之！两君合好而裔夷之俘以兵乱之，非齐君所以命诸侯也。裔不谋夏，夷不乱华"（《左传·定十年》），《经》《传》称莱亦皆曰莱夷，盖莱在被齐灭以前，始终拒绝同化。

［8］《海外南经》"不死民，……其为人黑色，寿不死"。案经文，不死民在昆仑虚西。海内西北即海外东南，故此经亦有昆仑，然则以中国言之，不死民仍在西北也。又《大荒南经》"有不死之国"，《吕氏春秋·求人篇》"禹南至不死之乡"，《淮南子·墬形篇》"自西南至东南方有……不死民"，《远游》"留不死之旧乡"，亦在南方，皆据海外言之也。《淮南子·时则篇》"三危之国，石室金城，饮气之民，不死之野"，《天问》"黑水玄阯，三危安在？延年不死，寿何所止？"王注："玄阯三危，皆山名也，在西方。黑水出昆仑山也。"案玄阯一名玄

丘。《补史记·三代世表》引《诗传》"契母与姊妹浴于玄丘水"。《御览》引《张掖记》"黑水出县界鸡山，昔有娀女简狄浴于玄丘之水，即黑水也"。一名员丘，《海内经》"流沙之东，黑水之间，有山名不死之山"，郭注曰"即员丘也"，《水经·河水注》曰"流沙又历员丘不死山之西"。是玄阯、玄丘、员丘，异名同实，在黑水中，即所谓不死之山。又《水经·汾水注》"黑水出黑山"，《太平寰宇记》"（神山县）黑山在县东四十里，一名牛首山，今名乌岭山"，又"（临汾县）涝水源出乌岭山，俗名长寿水"。案黑山即乌岭山，黑水即涝水，一名长寿水，黑山为长寿水所出，故又名神山，县即因山得名也。依地名迁徙之例，域内之黑山即域外之玄阯玄丘，玄阯玄丘一名不死山，故黑水一名神山。域内之黑水即域外之黑水，域外黑水为不死山之所在，故域内黑水一名长寿水。地名迁徙之迹可据以考见民族迁徙之迹。

《海内西经》"开明兽……立昆仑上，……开明北有……不死树"，郭注曰："言长生也"，《文选·思玄赋》李注引《古今通论》"不死树在層城西"。《大荒南经》"有不死之国，阿姓，甘木是食"，郭注曰："甘木即不死树，食之不老。"又《海外南经》"不死民"注曰"有员丘山，上有不死树，食之乃寿"，此皆据海外言之，海外东南即海内西北。说已详上。《吕氏春秋·本味篇》"菜之善者……寿木之华"，高注曰"寿木，昆仑山上木也。华，实也。食其实者不死，故曰寿木"。郝懿行云疑即不死树，近是。

《淮南子·览冥篇》"羿请不死之药于西王母，姮娥窃之以奔月"。《后汉书·天文志》注引张衡《灵宪》曰"羿请无死之药于西王母，姮娥窃之以奔月。将往，枚筮之于有黄。有黄占之曰'吉，翩翩归妹，独将西行，逢天晦芒，毋惊毋恐，后且大昌'。姮娥遂托身于月，是为蟾蜍"。《乙巳占》引《连山易》略同。《北堂书钞》一五〇引《归藏》曰"昔常娥以西王母不死之药服之，遂奔为月精"，《文心雕龙·诸子篇》曰"《归藏》之经，大明迂怪，乃称……姮娥奔月"。《海内西经》"昆仑之虚方八百里，高万仞，……在八偶之岩，赤水之际，非仁（夷）羽莫能上冈之岩"，郭注曰："羿尝请药西王母，亦言其得道也。"《类聚》八八引《山海经图赞》"不死之树，寿蔽天地，请药西姥，焉得为羿？"案嫦娥窃药事亦见《天问》。《天问》曰"白蜺婴茀，胡为此堂？安得夫良药，不能固臧（藏）？"近人傅斯年郭镂冰童书业三氏均以嫦娥事说之，近确。余谓《天问》上文曰"夜光何德（得），死则又育？厥利维何，而顾菟在腹？"亦与此事有关。王注："夜光，月也；育，生也。"德与得通；《书钞》一五〇，《事类赋注》一引并作得。则犹而也；《类聚》一，《初学记》一，《御览》四，《事类赋注》一，《海录碎事》一引并作"死而又育"。古称月之盈亏为生魄死魄，故《孙子·虚实篇》曰"月有生死"。此文上二句问月何所得，乃能死而复生，其意盖即谓月精嫦娥尝得不死之药，故能死而复生也。下二句即承此意而问白菟捣药事。《汉乐府·董桃行》曰"采取神药若木端，白菟捣药虾蟆丸”，傅咸《拟天问》曰“月中何有，白兔捣药”“厥利维何，而顾菟在腹”者，正谓利兔之能捣药也。《天问》前后二文可以互相发明。《天问》著作时期至迟当在战国初，然则嫦娥窃药故事战国初已流行矣。《海内西经》“开明东有巫彭巫抵巫阳巫履巫凡巫相，夹窫窳之尸，皆操不死之药以距之。窫窳者，蛇身人面，贰负臣所杀也”。《大荒西经》“有灵山，巫咸巫即巫朌巫彭巫姑巫真巫礼巫抵巫谢巫罗十巫从此升降，百药爰在”，亦谓不死之药。又《大荒南经》“有巫山者，西有黄鸟，帝药八斋”，郭注曰“天帝神仙药在此也”，《经》又曰“云雨之山，……有赤石焉，生药，黄本赤枝青叶，群帝焉取药”，注曰“言树花实皆为神药”案此亦据域外言之，仍在中国西北也。

［9］《史记·封禅书》“公孙卿……言夜见大人，长数丈，就之则不见，见其迹甚大，类禽兽云。群臣有言见一老父牵狗，言‘吾欲见巨公’，已忽不见。上即见大迹，未信，及群臣有言老父，则大以为仙人也”。又“公孙卿言见神人东莱山，若云欲见天子，天子……遂至东莱宿留之，数日无所见，见大人迹云”。魏咸熙二年大人见襄武县迹长三尺二寸，唐则天长安元年司刑寺囚伪作大人迹五尺，改元大足。

［10］李贺《金铜仙人辞汉歌序》曰“魏明帝青龙元年八月，诏宫官牵车西取汉孝武捧露盘仙人，欲立置前殿，宫官既拆盘，仙人临载乃潸然泪下”。案李说多误。《史记·秦始皇本纪》正义引《关中记》曰“董卓坏铜人，余二枚，徙清门里。魏明帝欲将诣洛，载到霸城，重不可致，后石季龙徙之邺。苻坚又徙入长安而销之”。又引《英雄记》曰“昔大人见临洮而铜人铸，至董卓而铜人毁”。

［11］《汉书·五行志》下之上“史记秦始皇帝二十六年，有大人长五丈，履六尺，皆夷狄服，凡十二人，见于临洮，……始皇……喜，以为瑞，销天下兵器，作金人十二以象之”。案收兵器与铸金人为二事。盖先收天下兵器，其作用为政治的，后销兵器以铸金人，其作用为宗教的。旧多混为一谈，失之。

［12］《史记·乐毅传》“乐氏之族有乐瑕公，乐臣公。赵且为秦所灭，亡之齐高密。乐臣公善修黄帝老子之言，显闻于齐，称贤师”。又曰“乐臣公学黄帝老子，其本师号曰河上丈人，不知其所出。河上丈人教安期生，安期生教毛翕公，毛翕公教乐瑕公，乐瑕公教乐臣公，乐臣公教盖公，盖公教于齐高密胶西，为曹相国师”。案《集解》《索隐》并云“臣公一作巨公”，《田叔传》“学黄老术于乐巨公”，《汉书》作钜公，巨钜同，《御览》五一〇引《道学传》亦作乐钜公，是臣为巨之讹无疑。巨公者，《史记·封禅书》“言吾欲见巨公”，《汉书·郊祀志》下作钜公，注引张晏曰“天子为天下父，故曰钜公也”，是巨公之称，亦犹丈人，老子，太公，长者之类也。论其传受，《史记》谓乐瑕公乐巨公于赵且为秦灭时亡之齐，则其人尚在战国晚世。盖公受乐巨公黄老术，为曹参师，田叔学黄老术于乐巨公，而仕赵王张敖，则乐巨公下及秦汉之交。

今二乐治黄老，得于毛翕公，毛翕公得于安期生，则安期生年世不能甚后。然史公又谓“蒯通善齐人安期生。安期生尝干项羽，羽不能用。已而羽欲封此两人，两人终不肯受，亡去。及曹参为相，请蒯通为客”。蒯生之年，不能高于盖公，则安期生何遽为盖公四传之师哉？（以上说本钱穆《先秦诸子系年考辩》二《老子杂辩》。）夫言家世之谱系，纪学派之传授者，孰不欲其渊源之远？故每分一人为数人，递相比次，以极于邈迦难知。其事或出于无意的误信传闻，或出于有意的捏造姓字，要其不欲求真之心理则一也。

考瑕巨古音近义通，（瑕通嘏，嘏训大，巨亦训大。）乐瑕公盖即乐巨公之误分，而由安期生至盖公仅三传耳。然如此，安期生仍不得与蒯通项羽曹参等同世。《御览》五一〇引《道学传》“乐钜公宋人，号曰安丘丈人”。期丘古同音，安期即安丘《汉书·地理志》北海郡琅邪郡均有安丘，此当是琅邪之安丘，故《列仙传》曰“安期生，琅琊阜乡人”。古言生，犹今言先生，先生丈人皆老者之尊称，故安期生即安丘丈人。乐巨公号曰安丘丈人，是安期生又即乐巨公，亦即盖公本师。安期生传盖公，盖公传曹参，安期生自得与曹参相接，因之亦得与蒯通项羽相接矣。要之，乐巨（瑕）公即安期生，乐，称其姓，安期（丘）称其地，巨公与生（先生）义亦同。乐氏本赵人，史称赵且为秦所灭二乐亡之齐，故安期生又为齐人。乐巨公以善修黄老之言，显闻于齐，称贤师，盖没后而名益彰，故至孝武时，东齐方士如李少君栾大公孙卿等，皆传安期生为仙人。（俱详《封禅书》）《高唐赋》曰“有方之士，羡门高上成郁林公乐聚谷，进纯牺，祷璇室，醮诸神，礼太一”。疑公乐为乐公之倒，即乐巨公，羡门高聚谷皆战国末人（并详下），故与乐巨公并举。若然，则安期生（乐巨公）盖亦方士之流而未甚涉于迂怪者。以上赵一人安期生。

《史记·秦始皇本纪》“三十二年，……使韩终侯公石生求仙人不死之药”。案此石生，钱穆疑即古星历家石公，近确。又谓石公殆如张苍生六国以下逮汉世者。其举证如下：《史记·天官书》“周室史佚苌弘，于宋子韦，郑则裨灶，在齐甘公，楚唐昧，赵尹皋，魏石申夫”。《汉书·艺文志》序术数云“六国时楚有甘公，魏有石申夫”。《史记正义》引《七录》曰“石申魏人，战国时作《天文》八卷”。然《郡斋读书志》“《甘石星经》一卷，汉甘公石申撰”，又以甘石为汉人，其说盖别有所本。《御览》二三五引应劭《汉官仪》曰“当春秋时鲁梓慎，晋卜偃，宋子韦，郑裨灶，观乎天文，以察时变，其言屡中，有备无害。汉兴甘石唐都司马父子，抑亦次焉”，亦以甘石为汉人。《史记·张耳传》“耳欲之楚，甘公曰‘汉王入关，五星聚东井，楚虽强，必属汉’”，《集解》引文颖曰“善说星者甘氏”，则甘公固及汉初，而石公亦可知。《汉书·天文志》曰“古历五星之推，亡逆行者，至《甘氏石氏经》，以荧惑太白为有逆行”，沈钦韩曰“《隋志》秦历始有金水之逆，又甘石并时，自有差异，汉初测候，乃知五星皆有逆行”，则甘石明及秦汉之际矣。（《先秦诸子系年考辩》四《诸子攟逸》）今姑依钱说，定石生即石申夫。以上魏一人：石生。

《史记·秦始皇本纪》"三十五年，侯生卢生相与谋曰'始皇为人，……贪于权势至于此，未可为求仙药'，于是乃亡去"，《集解》曰"《说苑》曰'韩客侯生也'"。案即三十二年与韩终石生求仙人不死药之侯公。以上韩一人侯生。

《史记·封禅书》"宋毋忌正伯侨充尚羡门高最后，皆燕人，为方仙道，形解销化，依于鬼神之事"。服虔司马贞皆以为宋毋忌至羡门高四人，韦昭刘伯庄颜师古皆合最后为五人。王念孙谓韦刘颜说是，并云最后即《高唐赋》之聚谷（引见上文），最与聚，后与谷声皆近，其说至碻。余谓最聚并与邹通（《周礼·大司马》郑众注引《鄹子》"春取榆柳之火"云云，王应麟云即邹衍四十九篇文，《汉书·古今人表》有郰子，钱大昕沈钦韩并云即《艺文志·邹氏春秋传》之邹氏），其人或即邹衍后裔之留滞于燕者。充尚，《汉书·郊祀志》上作元尚，沈涛曰"当作元谷，即《列仙传》之元俗也。谷，俗之渻，篆书谷字与尚字相近，讹而为尚，《史记》又误元为充，遂不可晓。《列仙传》言元俗河间人，亦与燕人相合"。《汉书·司马相如传·大人赋》"厮征伯侨而役羡门兮"，注引张楫曰"羡门，碣石山上仙人羡门高也"，碣石在燕。《史记·秦始皇本纪》"三十二年，始皇之碣石，使燕人卢生求羡门高"，又"燕人卢生，使入海还，以鬼神事，因奏录图书曰'亡秦者胡也'"。或疑卢生即《淮南子·道应篇》之卢敖，未知然否。（《御览》三六九引《庄子》"卢敖见若士，深目鸢肩"，或系《淮南子》之讹。）以上燕六人：宋毋忌、正伯侨、羡门高、元谷、最后（聚谷）、卢生。

《史记·秦始皇本纪》"二十八年，齐人徐市等上书，言海中有三神山，名曰蓬莱方丈瀛洲，仙人居之，请得斋戒与童男童女求之"。《汉书·郊祀志下》谷永上封事"秦始皇初并天下，甘心于神仙之道，遣徐福韩终之属，多赍童男童女，入海求神采药，因逃不还"。案徐市之市即韨之本字，音敷勿切，故《汉书》作福，俗书作市，误。韩终，《始皇本纪》三十五年作韩众，《正义》云"音终"，《楚辞·远游》"羡韩众之得一"，众一作终。《列仙传》韩终齐人。以上齐二人：徐市、韩终。

[13]《小雅·宾之初筵》"屡舞僊僊"，《庄子·在宥篇》"僊僊乎归矣"，皆谓轻举之貌。鲍照《书势》"鸟仚鱼跃"，仚即仙字，仚跃对举，仚亦跃也。举，跃，升，义并相近，此僊之本义。又以声求之，《说文》迁之古文作拪，讯之古文作𧦝，是䙴声与卂声近。《说文》"卂，疾飞也"，《楚辞·九章·思美人》"因归鸟而致辞兮，羌迅（今作宿，此从一本及《文选·王仲宣赠公孙文始诗》注引）高而难当"，《西京赋》"纷纵体而迅赴"，迅皆谓飞跃。僊之为言犹迅也，飞跃而上之貌也。《说文》"僊，长生迁去也""迁，登也"，迁去之义，尚无不合，长生则古只谓寿，飞升乃称僊，许君混为一谈，此本土观念与外来观念混合以后之

意义，非僊之本谊也。

[14] 昆仑山即今之天山。(《西山经》"又西三百五十里曰天山。……有神焉，其状如黄囊，赤如丹火，六足四翼，浑敦无面目，是识歌舞，实为帝江也"。注："庄生所云中央之帝混沌为儵忽所凿七窍而死者，盖假此以寓言也。"《汉书·武帝纪》"天汉二年与右贤王战于天山"。颜注："即祈连也，匈奴谓天为祈连，今鲜卑语尚然。"《史记正义》引《括地志》，"祁连山在甘州张掖县西南二百里，又云天山，一名白山"。《后汉书·明帝纪》注《西河旧事》"白山冬夏有雪，故曰白山。匈奴谓之天山，过之皆下马拜焉"。)

[15]《抱朴子·论仙篇》引《仙经》曰"上士举形升虚，谓之天仙，中士游于名山，谓之地仙，下士先死后蜕，谓之尸解仙"，此后起之观念。实则最初游名山之仙，不但即举形升虚之仙，且亦即先死后蜕之仙。《释名·释长幼》"仙，迁也，迁入山也，故其制字人傍作山也"，是汉末人尚知仙与山的关系。《说文》"仚，人在山上貌，从人从山"，仚即仙字。

[16] 魂字本只作云，《说文》云为雲之古文，又作⺄，象烟云之气袅袅浮动之貌。《吕氏春秋·圜道篇》"云气西行云云"，高注曰"云，运也，周旋运布，肤寸而合，西行则雨也"，《古微书》引《春秋说题辞》曰"云之为言运也，动阴路触石而起，谓之云合阳而起，以精运也"。人之灵魂不可状，以烟云之气状之，故曰魂。

[17] 原作汨注，从王念孙校改。

[18][19][24] 从王念孙校补。

[20] 关原误作开，从王念孙校改。案关贯古字通。《九叹·远游》"贯澒濛以东朅兮"，澒一作鸿。

[21][22][23] 则原作无，上作外，久下衍驻字，从王念孙改删。

[25]《庄子·逍遥游篇》"夫列子御风而行，泠然善也，旬有五日而后反，彼于致福者未数数然也。此虽免乎行，犹有所待者也。若夫乘天地之正，而御六气之辩(变)，以游无穷者，彼且恶乎待哉？"又"藐姑射之山，有神人居焉，……不食五谷，吸风饮露，乘云气，御飞龙，而游乎四海之外"。《齐物论篇》"至人神矣，……乘云气，骑日月，而游乎四海之外，死生无变乎己，而况利害之端乎？"《大宗师篇》"孰能登天游雾，挠挑无极，相忘以生，无所终穷？"《应帝王篇》"予方将与造物者为人，厌则又乘夫莽眇之鸟，以出六极之外，而游无何有之乡，以处圹埌之野"。《在宥篇》"出入六合，游乎九州，独往独来，是谓独有。独有之人，是之谓至贵"。《天地篇》"天下无道，则修德就闲，千岁厌世，去而上仙，乘彼白云，至于帝乡"。《秋水篇》"且彼方跐黄泉，而登大皇，无南无北，奭然四解，沦于不测，无西无东，始于玄冥，反于大通"。《徐无鬼篇》"小童曰'……予少而自游于六合之内，予适有瞀病，有长者教予曰，若乘日之车而游于襄城之野，予少痊。予又且复游六合之外'"。《文选·车驾幸京

口侍游蒜山作诗》注引《庄子》佚文“阏奕之隶，与殷翼之孙，遏氏之子，三士相与谋致人于造物，共之元天之上。元天者，其高四见列星”。

[26]《淮南子·原道篇》“昔者冯夷大丙之御也，乘云车，入云蜺，游微雾，骛恍忽，历远弥高以极往，经霜雪而无迹，照日光而无景，抮抱扶摇羊角而上，经纪山川，蹈腾昆仑，排阊阖，沦天门。……是故大丈夫恬然无思，澹然无虞，以天为盖，以地为舆，四时为马，阴阳为驺，乘云凌霄，与造化者俱，纵志舒节，以驰大区，可以步而步，可以骤而骤，令雨师洒道，使风伯扫尘，电以为鞭策，雷以为车轮，上游于霄雿之野，下出于无垠之门”。《俶真篇》“若夫真人，则动溶于至虚，而游于灭亡之野，骑蜚廉而从敦圄，驰于外方，休乎内宇（二字原倒，从王念孙乙），烛十日而使风雨，臣雷公，役夸父，妾宓妃，妻织女，天地之间，何足以留其志？”《精神篇》“若此人者，抱素守精，蝉蜕蛇解，游于太清，轻举独往，忽然入冥，凤凰不能与之俪，而况斥鷃乎？”

[27]《易·乾象传》“时乘六龙以御天”，《庄子·逍遥游篇》“乘云气，御飞龙”，《韩非子·十过篇》“昔者黄帝合鬼神于西泰山之上，驾象舆而六蛟龙”，《九歌·东君》“驾龙辀兮乘雷，载云旗之委蛇”，《云中君》“龙驾兮帝服”，《湘君》“驾飞龙兮北征，……飞龙兮翩翩”，《大司命》“乘龙兮辚辚”，《河伯》“驾两龙兮骖螭”，《淮南子·览冥篇》“〔虙牺氏〕乘雷车，服应龙，骖青虬”（以上神）。《涉江》“驾青虬兮骖白螭”，《远游》“驾八龙之婉婉兮，载云旗之逶蛇，建雄虹之采旄兮，五色杂而炫耀，……揽彗星以为旍兮，举斗柄以为麾”，《七谏·自悲》“借浮云以送予兮，载雌霓而为旌，驾青龙以驰骛兮，班衍衍之冥冥”，《九怀·通路》“乘虬兮登阳，载象兮上行”，《昭世》“驰六蛟兮上征，竦余驾兮入冥”，《思忠》“驾玄螭兮北征，曏吾路兮葱岭，连五宿兮建旄，扬氛气兮为旌”，《陶壅》“驾八龙兮连蜷，建虹旌兮威夷”，《株昭》“乘虹骖蜺兮，载云变化”，《九叹·远逝》“举霓旌之墆翳兮，建黄纁之总旄”，《远游》“回朕车俾西引兮，褰虹旗于玉门，驰六龙于三危兮，朝四灵于九滨”，《九思·守志》“乘六蛟兮蜿蝉，遂驰骋兮升云，扬彗光兮为旗，秉电策兮为鞭”，《大人赋》“乘绛幡之素蜺兮，载云气而上浮，建格泽之修竿兮，总光耀之采旄，垂旬始以为幓兮，曳彗星而为髾，……檻搀抢以为旌兮，靡屈虹而为绸，……驾应龙象舆之蠖略委丽兮，骖赤螭青虬之蚴蟉宛蜒”（以上仙）。

[28][29]《韩非子·十过篇》“昔者黄帝合鬼神于西泰山之上，驾象舆而六蛟龙，毕方并辖，蚩尤居前，风伯进扫，雨师洒道，虎狼在前，鬼神在后，凤皇覆上”，《淮南子·览冥篇》“〔虙牺氏〕乘雷车，服应龙，骖青虬，援绝应（元误瑞，从王念孙改），席萝图，络黄云（元作黄云络，从俞樾乙），前白螭，后奔蛇，浮游逍遥，道鬼神，登九天，朝帝于灵门，宓穆休于大祖之下”，《九歌·大司命》“令飘风兮先驱，使冻雨兮洒尘”（以上神）。《九辩》“左朱雀之茇茇兮，右苍龙之跃跃，属雷师之阗阗兮，道飞廉之衙”，

《远游》"召丰隆使先导兮，问太微之所居，……历太皓以右转兮，前飞廉以启路，……风伯为余先驱兮，氛埃辟而清凉，凤皇翼其承旂兮，遇蓐收乎西皇，……时暧曃其曭莽兮，召玄武而奔属，后文昌使掌行兮，选署众神以并毂，……左雨师使径侍兮，右雷公以为卫，……召黔嬴而见之兮，为余先乎平路"，《惜誓》"飞朱鸟使先驱兮，驾太一之象舆，苍龙蚴虬于左骖兮，白虎骋而为右騑"，《哀时命》"使枭杨先导兮，白虎为之前后"，《九怀·通路》"腾蛇兮后从，飞駏兮步旁"，《昭世》"使祝融兮先行，令昭明兮开门"，《株昭》"鵕鹏开路兮，后属青蛇"，《九叹·远游》"登昆仑而北首兮，悉灵圉而来谒，选鬼神于太阴兮，登阊阖于玄阙，……驰六龙于三危兮，朝四灵于九滨，……征九神于四极兮，建虹采以招指，驾鸾凤以上游兮，从玄鹤与鵕鹏，孔鸟飞而送迎兮，腾玄鹤于瑶光，……凌惊靁以轶骇电兮，缀鬼谷于北辰，鞭风伯使先驱兮，囚灵玄于虞渊"，《大人赋》"悉征灵圉而选之兮，部署众神于摇光，使五帝先导兮，反太壹而从陵阳，左玄冥而右黔雷兮，前长离而后矞皇，厮征伯侨而役羡门兮，诏岐伯使尚方，祝融警而跸御兮，清气氛而后行"，《淮南子·原道篇》"令雨师洒道，使风伯扫尘"，《抱朴子·杂应篇》"老君……从黄童百二十人，左有十二青龙，右有二十六白虎，前有二十四朱雀，后有七十二玄武，前道七十二穷奇，后从三十六辟邪，雷电在上，晃晃昱昱"（以上仙）。《招隐士·序》"又怪其文，升天乘云，役使百神，似若仙者"。《抱朴子·金丹篇》"元君者，大神仙之人也，能调和阴阳，役使鬼神风雨"。

［30］又《九怀·昭世》"闻素女兮微歌，听王后兮吹竽"，《九思·伤时》"使素女兮鼓簧，乘戈龢兮讴谣，声噭誂兮清和，音晏衍兮要媱"。《古乐府·王子乔》"玉女罗坐吹笛箫"。

［31］方药的名目甚多，如《抱朴子·仙药篇》所载，其中大概有不少的是先秦传下的旧法。此外可以益寿补气的植物矿物，散见于《本草》及《列仙传》诸书者，亦不少。先秦古书中很少明确的记载。属于植物类者，《楚辞》多言菊，《吕氏春秋·别类篇》曰"夫草有莘有藟，独食之则杀人，合而食之则益寿"。属于矿物类的，大都只称玉，但这里所谓玉，大概包括许多与玉同类或近似的矿物。

［32］他们说"谷气"于人身有害，故《淮南子·墬形篇》曰"食谷者知慧而夭"。《庄子·逍遥游篇》"藐姑射之山，有神人居焉，……不食五谷"，《吕氏春秋·必己篇》"单豹好术，离俗弃尘，不食谷实"，注曰"不食谷实，行气道引也"，《史记·留侯世家》"留侯性多病，即道引不食谷"，又"乃学辟谷，道引轻身"，《新语·慎微篇》"绝五谷（穀），……求不死之道"，《列仙传》上《赤将子舆传》"不食五谷，而啖百草花"，都是避谷之例。

［33］《庄子・知北游篇》“人之生，气之聚也，聚则为生，散则为死”。《韩诗外传》八“然身何贵也？莫贵于气。人得气则生，失气则死”。《抱朴子・至理篇》“夫人在气中，气在人中，自天地至于万物，无不须气以生者也”。

［34］《大戴礼记・易本命篇》“食气者神明而寿”，《御览》六六八引《五符经》“食气者常有少容”。《淮南子・墬形篇》“食气者神明而寿，食谷者知慧而夭”，食气与食谷并举，《韩诗外传》五“圣人养一性而御六（元误作大）气，持（元误作待）一命而节滋味”，御六气与节滋味并举，《素问・六节藏象大论》“天食人以五气，地食人以五味”，五气与五味并举，可见古人视气俨如一种粮食。《庄子・在宥篇》“云将曰‘天气不和，地气郁结，六气不调，四时不节，今我愿合六气之精，以育群生’”，又“〔黄帝曰〕‘于欲取天地之精，以佐五谷，以养民人’”天地之精亦谓天地之气。庄子之语与上揭各说可以互证。

［35］《庄子・逍遥游篇》“御六气之辩”，《在宥篇》“六气不调，……今我愿合六气之精，以育群生”。《管子・戒篇》“御正六气之变”。《远游》“餐六气而饮沆瀣兮”。《韩诗外传》五“圣人养一性而御六气”。

［36］《文选・江赋》注及《御览》五一引并无黄字，义长。霞本训赤，字一作赮。《文选・蜀都赋》“舒丹气而为霞”，刘注曰“霞，赤云也”，《东京赋》“扫朝霞”，薛注曰“霞，日边赤气也”，《汉书・扬雄传・甘泉赋》“噏清云之流瑕兮”，颜注曰“瑕谓日旁赤气也”，瑕与霞通。

［37］《文选・琴赋》“餐沆瀣兮带朝霞”，五臣注“沆瀣，清露”。

［38］二阴字《御览》引并作汉，疑汉为漠之形误（漠字见《广韵・集韵》）。《说文》“英一曰黄英”。案《管子・禁藏篇》“毋夭英”，尹注曰“英，草木之初生也”，今呼苗初生者曰秧，英秧一字，草木初生萌芽之色皆黄，故英有黄义。黄色谓之英，黄色的光亦谓之英。《九歌・云中君》“华采衣兮若英”，《文选・月赋》“嗣若英于西冥”，注曰“若英，若木之英也”。若木即西方之扶桑，今谓之晚霞，晚霞多黄，故曰若英。《汉书・扬雄传・甘泉赋》“噏青云之流瑕（霞）兮，饮若木之露英”，朝见于东方而色赤者曰霞，暮见于西方而色黄者曰英，霞英皆日旁的光气，故扬雄以朝瑕与露英对举。（《蜀都赋》“江珠瑕英”，盖亦谓珠光赤黄如日气。）沦露一声之转，沦漠当即露英，经以朝霞沦漠对举，正犹赋以流瑕露英并称，惟经以光气为水气，故字变从水耳。王注引作阴者当读为《尔雅・释畜》“阴白杂毛骃”之阴，舍人注曰“今之泥骢也”，郭注同，泥色黄，是阴有黄义。《尔雅》“黄白杂毛駓，阴白杂毛骃，苍白杂毛骓”，相次为文，盖阴色黄中发黑，苍又黑于阴也。阴从今声，今声字多有黄义。《小雅・车攻》“赤芾金舄”，《笺》“金舄，黄朱色也”，《说文》“颔，面黄也”，《广雅・释器》“黔，黄也”，又《说文》“稔，谷熟也”，案谷黄则熟也，《水经・涔水注》“涔水即黄水也”，是阴亦可有黄义，（《周书・王会篇》“墠上张赤帟阴羽”，疑阴亦谓黄色，赤帟阴羽对文。孔注“阴，鹤也”，肊说无据。）

阴漢皆训黄，故沦阴一作沦漢。

沦阴即日暮时的云霞，既如上说，而云本是水气，所以沦阴又名飞泉。《庄子·逍遥游篇》"御六气之辩"李注曰：

平旦为朝霞，日中为正阳，日入为飞泉，夜半为沆瀣，〔并〕天地玄黄为六气也。

陵阳子明以日入为沦阴，李奇以为飞泉，名异而实同。盖泉霰声近，飞泉既飞霰（《说文》线古文作線，《集韵》亦作緓，而《玉篇》霰一作霹，是線霰声近，即泉霰声近。）雨雪杂下曰霰，字一作霹，《说文》"霹，小雨财零也"，二义相近，无妨通称。《韩诗·頍弁·薛君章句》曰"霰，霙也"。（《文选·雪赋》注，《御览》一二引。又《宋书·符瑞志》引作英。）沦漢一曰飞泉，犹霙一曰霰，漢霙一字，泉霰亦一字矣。又《说文》霰重文作霓，《释天》"雨霓为霄"，（今本霄下有雪字，从《说文》删。）是霰又曰霄。然霄或以为即云。

《淮南子·原道篇》"乘云陵霄"，

《后汉书·张衡传》注"霄，云也"。

或以为即霞，

《水经·洛水注》"长霄冒岭，层霞冠峰"，

《汉书·扬雄传》注"霄，日旁气也"，

《后汉书·仲长统传》注"霄，摩天赤气也"。

是霰又为云为霞。沦漢本谓晚霞，而一曰飞泉，与霰为云霞，又为雪雨，其例正同。

[39]《庄子·刻意篇》"吹呴呼吸，吐故纳新，熊经鸟申，为寿而已矣，此导引之士，养形之人，彭祖寿考者之所好也"。《淮南子·精神篇》"若吹呴呼吸，吐故纳新，熊经鸟伸，凫浴蝯躩，鸱视虎顾，是养形之人也"；《泰族篇》"王乔赤松，去尘埃之间，离群慝之纷，吸阴阳之和，食天地之精，呼而出故，吸而入新，蹀虚轻举，乘云游雾，可谓养性矣"；《齐俗篇》"今夫王乔赤松子，吹呕呼吸，吐故纳新，遗形去智，抱素反真，以游玄眇，上通云天，今欲学其道，不得其养气处神，而放其一吐一吸，时诎时伸，其不能乘云升假亦明矣"。《汉书·王褒传》"何必偃仰诎信若彭祖，呴嘘呼吸如侨松，眇然绝世离俗哉？"《王吉传》"休则俛仰诎信以利形，进退步趋以实下，吸新故吐以练藏，专意积精以适神，于以养生，岂不长哉？大王诚留意如此，则心有尧舜之志，体有乔松之寿，美声广誉，登而上闻，则福禄其臻而社稷安矣"。

[40][41]导引一曰步引，《汉书·艺文志》神仙家有《黄帝杂子步引》十二卷。《淮南子·天文篇》"吐气者施，含气者化，是故阳施阴化"，《大戴礼记·曾子天圆篇》略同；《论衡·自然篇》"夫人之施气也，非欲以生子，气施而子自生矣"，《韩诗外传》一"贤者不然，精气阗溢而后伤时〔之〕（从《说苑·辨物篇》补）不可过也，不见道端，乃陈情欲以歌道义"；

《医心方》二八引《玉房秘诀》“求子之法，当蓄养精气，勿数施舍”。《抱朴子·对俗篇》引《仙经》曰“服丹守一，与天相毕，还精胎息，延寿无极”。又《释滞篇》“故行炁……其大要者，胎息而已”。

[42]《抱朴子·微旨篇》曰“九丹金液，最是仙主，然事大费重，不可卒办也。宝精爱炁，最其急也，并将服小药以延年命，学近术以辟邪恶，乃可渐阶精微矣”。《释滞篇》曰“欲求神仙，唯当得其至要。至要者，在于宝精行炁，服一大药便足，亦不用多也”。以上皆房中行炁与服药并举，亦可见长生要诀，不外此三大端。

歌与诗[1]

一

想像原始人最初因情感的激荡而发出有如“啊”“哦”“唉”或“呜呼”“噫嘻”一类的声音，那便是音乐的萌芽，也是孕而未化的语言。声音可以拉得很长，在声调上也有相当的变化，所以是音乐的萌芽。那不是一个词句，甚至不是一个字，然而代表一种颇复杂的涵义，所以是孕而未化的语言。这样界乎音乐与语言之间的一声“啊～～～～”便是歌的起源。不错，“歌”就是“啊”，二者皆从可陪声，[2]古音大概是没有分别的。在后世的歌辞中有时又写作“猗”。

断断猗无他技！（《书·秦誓》）

河水清且涟猗！（《诗·伐檀》）

而已反其真而我犹为人猗！（《庄子·大宗师篇》载孟子反、子琴张相和歌）

候人兮猗！（《吕氏春秋·音初篇》载涂山氏妾歌）

或作“我”，

有酒湑我！无酒酤我！坎坎鼓我！蹲蹲舞我！(《诗·伐木》)

乌生八九子，端座秦氏桂树间。唶我！[3]秦氏有游遨荡子，工用睢阳强弓，苏合弹，左手持强弓弹两丸，出入乌东西。唶我！一丸即发中乌身，乌死魂魄飞扬上天，……(《乐府古辞·乌生》)

什九则作“兮”，古书往往用“猗”或“我”代替兮字，可知三字声音原来相同，其实只是啊的若干不同的写法而已。至于由啊又展转变为其他较远的语音，又可写作各样不同的字体，这里不能，也不必一一举例。总之，严格的讲，只有带这类感叹虚字的句子，及由同样句子组成的篇章，才合乎最原始的歌的性质，因为，按句法发展的程序说，带感叹字的句子，应当是由那感叹字滋长出来的。借最习见的兮字句为例，在纯粹理论上，我们必须说最初是一个感叹字“兮”，然后在前面加上实字，由加一字如《诗经》“子兮子兮”“萚兮萚兮”，递增至大概最多不过十字，如《说苑》所载柳下惠妻《诔柳下惠辞》“夫子之信成而与人无害兮”。(感叹字在句首或句中者，可以类推。)为什么我们必须这样说呢？因为实字之增加是歌者对于情绪的自觉之表现。感叹字是情绪的发泄，实字是情绪的形容，分析与解释。前者是冲动的，后者是理智的。由冲动的发泄情绪，到理智的形容，分析，解释情绪，歌者是由主观转入了客观的地位。

辨明了感叹字与实字主客的地位，二者的产生谁先谁后，便不言而喻了。在感叹字上加实字，歌者等于替自己当翻译，译辞当然不能在原辞之前。感叹字本只有声而无字，所以是音乐的，实字则是已成形的语言，因此我们又可以说，感叹字是伯牙的琴声，实字乃钟子期讲的“志在高山”“志在流水”。自然伯牙不鼓琴，钟子期也就没有这两句话了。感叹字必须发生在实字之前，如此的明显，后人乃称歌中最主要的感叹字“兮”为语助，语尾，真是车子放在马前面了。

但后人这种误会，也不是没有理由的。在后世歌辞里，感叹字确乎失去了它固有的重要性，而变成仅仅一个虚字而已。人究竟是个社会动物，发泄情绪的目的，至少一半是要给人知道，以图兑换一点同情。这一来，歌中的实字便不可少了，因为情绪全靠它传递给对方。实字用得愈多，愈精巧，情绪的传递愈有效，原来那声“啊~~~~”便显着不重要，而渐渐退居附庸地位（如后世一般歌中的“兮”字），甚至用文字写定时，还可以完全省去。《九歌·山鬼》，据《宋书·乐志》所载当时乐工的底本，便把兮字都删去了。《史记·乐书》所载《天马歌》二章皆有兮字，《汉书·礼乐志》便没有了。这些都是具体的例证。然而兮字的省去，究竟是一个损失。

若有人兮山之阿，初薜荔兮带女萝。

试把兮字省去，再读读看，还是味儿吗？对了，损失了的正是歌的意味儿。你说那不过是声调的关系，意义并未变更。但是你要知道，特别在歌里，“意味”比“意义”要紧得多，而意味正是寄托在声调里的。最有趣的例是梁鸿的《五噫》：

陟彼北芒兮，噫！顾瞻帝京兮，噫！宫阙崔嵬兮，噫！人之劬劳兮，噫！辽辽未央兮，噫！

作者本意是要这些兮字重行担起那原始时期的重要职责，无奈在当时的习惯中，兮字已无这能力了，不得已，这才在“兮”下又补上一个“噫”以为之辅佐，使它在沾染作用中，更能充分的发挥它固有的力量。因此，为体贴作者这番用意，我们不妨把“兮噫”二字索性捆紧些当作一个单元，而以如下的方式读这首歌：

陟彼北芒（兮～～～噫～～～）顾瞻帝京（兮～～～噫～～～）……

记住“兮”即“啊”的后身，那么“兮噫”的音值便可拟作“O～～～O～～～”了。这一来，歌的面目便十足的显露出来了。此刻若再把“兮噫”去掉，让它成了一首四言诗，那与原来的意味相差该多么远！

以上我们反复地说明了感叹字确乎是歌的核心与原动力，而感叹字本身则是情绪的发泄，那么歌的本质是抒情的，也就是必然的结论了。

二

至于“诗”字最初在古人的观念中，却离现在的意义太远了。汉朝人每训诗为志：

诗之为言志也，（《诗谱序·疏》引《春秋说题词》）

诗之言志也，（《洪范·五行传》郑注）

诗志也。（《吕氏春秋·慎大览》高注，《楚辞·悲回风》王注，《说文》）

从下文种种方面，我们可以证明志与诗原来是一个字。志有三个意义：一记忆，二记录，三怀抱，这三个意义正代表诗的发展途径上三个主要阶段。

志字从㞢。卜辞㞢作㞢，从止下一，象人足停止在地上，所以㞢本训停止。卜辞“其雨庚㞢”[4]犹言“将雨，至庚日而止”。志从㞢从心，本义是停止在心上。停在心上亦可说是藏在心里，故《荀子·解蔽篇》曰“志也者臧（藏）也”，注曰“在心为志”，正谓藏在心，《诗序》疏曰“蕴藏在心谓之为志”，最为确诂。藏在心即记忆，故志又训记。《礼记·哀公问篇》“子志之心也”，犹言记在心上，《国语·楚语》上“闻一二之言，必诵志而纳之，以训导我”谓背诵之记忆之以纳于我也。《楚语》以“诵志”二字连言尤可注意，因为诗字训志最初正指记诵而言。诗之产生本在有文字以前，当时专凭记忆以口耳相传。诗之有韵及整齐的句法，不都是为着便于记诵吗？[5]所以诗有时又称诵。[6]这样说来，最古的诗实相当于后世的歌诀，如《百家姓》《四言杂字》之类。就三百篇论，《七月》(一篇韵语的《夏小正》或《月令》)大致还可以代表这阶段，虽则它的产生决不能早到一个太辽远的时期。

无文字时专凭记忆，文字产生以后，则用文字记载以代记忆，故记忆之记又孳乳为记载之记。记忆谓之志，记载亦谓之志。古时几乎一切文字记载皆曰志。

1.《左传·文二年》："《周志》有之，'勇则害上，不登于明堂。'"注："《周志》,《周书》也。"案二语见《逸周书·大匡篇》。

2. 襄廿五年："志有之，'言以足志文以足言。'"注："志，古书也。"

3. 襄三十年："《仲虺之志》云'乱者取之，亡者侮之。'"案即《仲虺之诰》，此真古文《尚书》的佚文。

4.《国语·晋语四》："礼志有之曰'将有请于人，必先有人焉。'"

5. 同上"夫先王之法志，德义之府也。"注："志，记也。"案《左传·僖二十七年》作"《诗》《书》，义之府也"，是所谓法志者即《诗》《书》。

6.《晋语》六："夫成子导前志以左先君，导法而卒以政，可不谓文乎？"注："志，记也。"

7.《晋语》九："志有之曰'高山峻原，不生草木，松柏之地，其土不肥。’”注同。

8.《楚语》上：“教之故志，使知废兴者而戒惧焉。”注：“故志谓所记前世成败之书。”

9.《周礼》：“小史，掌邦国之志。”司农注：“志谓记也，《春秋》所谓《周志》，《国语》所谓《郑书》之属也。”

10. 同上：“外史掌四方之志。”郑注：“志，记也，谓若鲁之《春秋》，晋之《乘》，楚之《梼杌》。”

11.《孟子·滕文公上篇》：“且志曰‘丧祭从先祖。’”赵注：“志，记也。”

12. 又下篇：“且志曰‘枉尺而直寻，宜若可为也。’”注同。

13.《荀子·大略篇》：“《聘礼志》曰‘币厚则伤德，财侈则殄礼。’”

14.《吕氏春秋·贵当篇》：“志曰‘骄惑之事，不亡奚待？’”注：“志，古记也。”

一切记载既皆谓之志，而韵文产生又必早于散文，那么最初的志（记载）就没有不是诗（韵语）的了。上揭1、14二例所引的“志”正是韵语，而现在的先秦古籍中韵语的成分还不少，这些都保存着记载的较古的状态。承认初期的记载必须是韵语的，便承认了诗训志的第二个古义必须是“记载”。《管子·山权数篇》“诗所以记物也”，正谓记载事物，《贾子·道德说篇》“诗者志德之理而明其指，令人缘之以自戒也”，志德之理亦即记德之理。前者说记物，后者说记理，所记之对象虽不同，但说诗的任务是记载却是相同的，可见诗字较古的涵义，直至汉初还未被忘掉。

上文我们说过“歌”的本质是抒情的，现在我们说“诗”的本质是记事的，诗与歌根本不同之点，这来就完全明白了。再进一步的揭露二者之间的对垒性，我们还可以这样说：古代歌所据有的是后世所谓诗的范围，而古代诗所管领的乃是后世史的疆域。要测验上面这看法的正确性，我们只将上揭各古书称志的例子分析一下就思过半了。除一部分性质未详外，那些例子可依《六经》的类目分为（一）《书》类，1、3、5、6、8属之，（二）《礼》类，4、10、13属之，（三）《春秋》类，9、10属之。有《书》，有《春秋》，有《礼》，三者皆称志，岂不与后世史部的书称志正合？然而古书又有称《诗》为志的。《左传·昭十六年》载郑六卿饯宣子于郊，子齹赋《野有蔓草》，子产赋《郑》之《羔裘》，子大叔赋《褰裳》，子游赋《风雨》，子旗赋《有女同车》，子柳赋《萚兮》。宣子喜曰：“郑其庶乎！二三君子以君命贶起，赋不出《郑志》，皆昵燕好也。”六卿所赋皆《郑风》，而宣子说是“赋不出《郑志》”，可知《郑志》即《郑诗》。属于史类的《书》（古代史）《春秋》（当代史）《礼》（礼俗史）称志，《诗》亦称志，这是什么缘故？原来《诗》本是记事的，也是一种史。在散文产生之后，它与那三种仅在体裁上有有韵与无韵之分，在散文未产生之前，连这点分别也没有。诗即史，所以孟子说：

王者之迹熄而《诗》亡，《诗》亡然后《春秋》作。晋之《乘》，楚

之《梼杌》，鲁之《春秋》，一也，其事则齐桓晋文，其文则史。（《离娄下篇》）

《春秋》何以能代《诗》而兴？因为《诗》也是一种《春秋》。他又说：

诵其诗，读其书，不知其人，可乎？是以论其世也。（《万章下篇》）

一壁以诗书并称，一壁又说必须知人论世，孟子对于诗的观念是雪亮的。在这点上，《诗大序》与孟子的话同等重要：

至于王道衰，礼义废，政教失，国异政，家殊俗，而《变风》《变雅》作矣。国史明乎得失之迹，伤人伦之废，哀刑政之苛，吟咏性情，以风其上，达于事变，而怀其旧俗者也。

诗即史，当然史官也就是“诗人”。但序意以为《风》《雅》是史官所作，则不尽然。初期的雅，尤其是《大雅》中如《绵》《皇矣》《生民》《公刘》等是史官的手笔，是无疑问的，《风》则仍当出自民间。不过《序》指出了诗与国史这层关系，不能不说是很重要的一段文献。如今再回去看《诗序》好牵合春秋时的史迹来解释《国风》，其说虽什九不可信，但那种以史读诗的观点，确乎是有着一段历史背景的。最后，从史字的一分较冷僻的训诂中，也可以窥出诗与史的渊源来。

文胜质则史。(《论语·雍也篇》)

辞多则史。(《仪礼·聘礼记》)

捷敏辩给，繁于文采，则见以为史。(《韩非子·难言篇》)

米盐博辩，则以为多而史之。[7](同上《说难篇》)

“繁于文采”，正是诗的荣誉，这里却算作史的罪名，这又分明坐实了诗史之间不可分离的关系。

三

社会日趋复杂，为配合新的环境，人们在许多使用文字的途径上，不得不舍弃以往那“繁于文采”的诗的形式而力求经济，于是散文应运而生。史的记载不见得是首先放弃那旧日的奢侈锢习的，但它终于放弃了。大概就在这时，志诗二字的用途才分家。一方面有旧式的韵文史，一方面又有新兴的散文史，名称随形式的蕃衍而分化，习惯便派定韵文史为“诗”，散文史为“志”了。此后，二字混用通用的现象不是没有，但那只算得暂时的权变，和意外的出轨。

你满以为散文进一步，韵文便退一步，直至有如今日的局面，“记事”几乎完全是散文一家独有的山河，韵文(如一切歌诀式的韵语)则蜷伏在一个不重要的角落里，苟延着残喘，于是你惊讶前者的强大，而惋惜后者的式微。你这兴衰之感是不必要的。韵文并非式微，它是迁移到另一地带去了。他与歌有一段宿诺。在记事的课题上，他打头就不感真实兴趣，所以时时盼着散文的来到，以便卸下这分责任，去与歌合作，现在正好如愿以偿了。所以《孟子》"《诗》亡然后《春秋》作"之亡，若解作逃亡之亡，或许与事实更相符合点。

诗与歌合流真是一件大事。它的结果乃是《三百篇》的诞生。一部最脍炙人口的《国风》与《小雅》，也是《三百篇》的最精彩部分，便是诗歌合作中最美满的成绩。一种如《氓》《谷风》等，以一个故事为蓝本，叙述方法也多少保存着故事的时间连续性，可说是史传的手法，一种如《斯干》《小戎》《大田》《无羊》等，平面式的纪物，与《顾命》《考工记》《内则》等性质相近，这些都是"诗"从它老家（史）带来的贡献。然而很明显的上述各诗并非史传或史志，因为其中的"事"是经过"情"的泡制然后再写下来的。这情的部分便是"歌"的贡献。由《击鼓》《绿衣》以至《蒹葭》《月出》，是"事"的色彩由显而隐，"情"的韵味由短而长，那正象征着歌的成分在比例上的递增。再进一步，"情"的成分愈加膨胀，而"事"则暗淡到不合再称为"事"，只可称为"境"，那便到达《十九首》以后的阶段，而不足以代表《三百篇》了。同样，在相反的方向，《孔雀东南飞》也与《三百篇》不同，因为这里只忙着讲故事，是又回到前面诗的第二阶段去了，全不像《三百篇》主要作品之"事""情"配合得恰到好处。总之，歌诗的平等合作，"情""事"的平均发展是诗第三阶段的进展，也正是《三百篇》的特质。

诗与歌合流之后，诗的内容又变了一次，于是诗训志的第三种解释便可以应用了。上文说志的本义是“停止在心上”，也可说是“蕴藏在心里”，记忆一义便是由这里生出的。但是情思，感想，怀念，欲慕等等心理状态，何尝不是“停在心上”或“藏在心里”？这些在名词上五花八门，实际并无确定界限的心理状态，现在看来，似乎应该统名之为陆机《文赋》所谓“诗缘情而绮靡”之情，古人则名之为意。《书·尧典》“诗言志”，《史记·五帝本纪》志作意，《汉书·司马迁传》引董仲舒曰“诗以达意”。郑康成注《尧典》“诗言志，歌永言”，亦曰“诗所以言人之志意也，永长也，歌又所以长言诗之意”。诗训志，志又训意，故《广雅·释言》曰“诗，意也”。“诗言志”的定义，无论以志为意或为情，这观念只有歌与诗合流才能产生。

但是这样一个观点究竟失之偏宕，至少是欠完备。因为这里所谓诗当然指《三百篇》，而《三百篇》时代的诗，依上文的分析，是志情事并重的，所以定义必须是“于记事中言志”或“记事以言志”方才算得完整。看《庄子·天下篇》“《诗》以道志，《书》以道事”及《荀子·儒效篇》“《诗》言是其志也，《书》言是其事也”，都把事完全排出诗外，可知他们所谓志确是与“事”脱节了的志。诗后来专在《十九首》式的“羌无故实”空空洞洞的抒情诗道上发展，而叙事诗几乎完全绝迹了，这定义恐怕不能不负一部分责任。

在上文我们大体上是凭着一两字的训诂，试测了一次《三百篇》以前诗歌发展的大势，我们知道《三百篇》有两个源头，一是歌，一是诗，而当时所谓诗在本质上乃是史。最后这一点特别值得注意。知道诗当初即是史，那恼人的问题“我们原来是否也有史诗”也许就有解决的希望。这是很好的消息，我们下次就该讨论这问题了。

廿八年六月一日

注

[1] 这是计划中的一部“中国上古文学史讲稿”的一章。

[2] “歌从哥声，哥又从可声，啊从阿声，阿从可声”，这般说法，我嫌它太噜嗦了，所以杜撰了这个名词。可是歌与啊的陪声，中间隔着了哥与阿，犹之乎大夫对天子称陪臣，中间隔着了诸侯。

[3] 旧读嗟字绝句，而以我字属下读，细玩各句的文义，是讲不通的。

[4]《铁云藏龟》一六，四。

[5] 诗必记诵，瞎子的记忆力尤发达，故古代为人君诵诗的专官曰矇，曰瞍，曰瞽。

[6]《诗·节南山》“家父作诵”，《崧高》及《烝民》“吉甫作诵”，皆谓诗。至《崧高》于“吉甫作诵”下曰“其诗孔硕，其风肆好”，此诗则谓辞（诗辞古音同），风谓声调。《卷阿》“矢诗不多，维以遂歌”即陈辞不多，可证。

[7]《史记·天官书》“凌杂米盐”，《正义》“米盐细碎也”。《汉书·循吏黄霸传》“米盐靡密”，注“米盐，言杂而且细”。《酷吏咸宣传》“其次米盐事小大皆关其手”，注“米盐，细杂也”。

说　舞

一场原始的罗曼司

假想我们是在参加着澳洲风行的一种科罗泼利(Corro-Borry)舞。

灌木林中一块清理过的地面上，中间烧着野火，在满月的清辉下吐着熊熊的赤焰。现在舞人们还隐身在黑暗的丛林中从事化装。野火的那边，聚集着一群充当乐队的妇女。忽然林中发出一种拆裂声。紧跟着一阵沙沙的磨擦声——舞人们上场了。闯入火光圈里来的是三十个男子，一个个脸上涂着白垩，两眼描着圈环，身上和四肢画着些长的条纹。此外，脚踝上还系着成束的树叶，腰间围着兽皮裙。这时那些妇女已经面对面排成一个马蹄形。她们完全是裸着的。每人在两膝间绷着一块整齐的鼬鼠皮。舞师呢，他站在女人们和野火之间，穿的是通常的鼬皮围裙，两手各执一棒。观众或立或坐的围成一个圆圈。

舞师把舞人们巡视过一遭之后，就回身走向那些妇女们。突然他的棒子一拍，舞人们就闪电般地排成一行，走上前来。他再视察一番，停了停等行列完全就绪了，就发出信号来，跟着他的木棒的拍子，舞人们的脚步移动了，妇女们也敲着鼲鼠皮唱起歌来。这样，一场科罗泼利便开始了。

拍子愈打愈紧，舞人的动作也愈敏捷，愈活泼，时时扭动全身，纵得很高，最后一齐发出一种尖锐的叫声，突然隐入灌木林中去了。场上空了一会儿。等舞师重新发出信号，舞人们又再度出现了。这次除舞队排成弧形外，一切和从前一样。妇女们出来时，一面打着拍子，一面更大声的唱，唱到几乎嗓子都要裂了，于是声音又低下来，低到几乎听不见声音。歌舞的尾声和第一折相仿佛。第三，四，五折又大同小异的表演过了。但有一次舞队是分成四行的，第一行退到一边，让后面几行向前迈进，到达妇人们面前，变作一个由身体四肢交锁成的不可解的结，可是各人手中的棒子依然在飞舞着。你直害怕他们会打破彼此的头，但是你放心，他们的动作无一不遵守着严格的规律，决不会出什么岔子的。这时情绪真紧张到极点，舞人们在自己的噪呼声中，不要命的顿着脚跳跃，妇女们也发狂似的打着拍子引吭高歌。响应着他们的热狂的，是那高烛云空的火光，急雨点似的劈拍的喷射着火光。最后舞师两臂高举，一阵震耳的掌声，舞人们退场了，妇女和观众也都一哄而散，抛下一片清冷的月光，照着野火的余烬渐渐熄灭了。

这就是一场澳洲的科罗泼利舞，但也可以代表各地域各时代任何性质的原始舞，因为它们的目的总不外乎下列这四点：（一）以综合性的形态动员生命，（二）以律动性的本质表现生命，（三）以实用性的意义强调生命，和（四）以社会性的功能保障生命。

综合性的形态

舞是生命情调最直接，最实质，最强烈，最尖锐，最单纯而又最充足的表现。生命的机能是动，而舞便是节奏的动，或更准确点，有节奏的移易地点的动，所以它直是生命机能的表演。但只有在原始舞里才看得出舞的真面目，因为它是真正全体生命机能的总动员，它是一切艺术中最大综合性的艺术。它包有乐与诗歌，那是不用说的。它还有造型艺术，舞人的身体是活动的雕刻，身上的文饰是图案，这也都显而易见。所当注意的是，画家所想尽方法而不能圆满解决的光的效果，这里借野火的照明，却轻轻的抓住了。而野火不但给了舞光，还给了它热，这触觉的刺激更超出了任何其它艺术部门的性能。最后，原始人在舞的艺术中最奇特的创造，是那月夜丛林的背景对于舞场的一种镜框作用。由于框外的静与暗，和框内的动与明，发生着对照作用，使框内一团声音光色的活动情绪更为集中，效果更为强烈，借以刺激他们自己对于时间（动静）和空间（明暗）的警觉性，也便加强了自己生命的实在性。原始舞看来简单，唯其简单，所以能包含无限的复杂。

律动性的本质

上文说舞是节奏的动，实则节奏与动，并非二事。世间决没有动而不成节奏的，如果没有节奏，我们便无从判明那是动。通常所谓“节奏”是一种节度整齐的动，节度不整齐的，我们只称之为“动”，或乱动，因此动与节奏的差别，实际只是动时节奏性强弱的程度上的差别。而并非两种性质根本不同的东西。上文已说过，生命的机能是动，而舞是有节奏的移易地点的动，所以也就是生命机能的表演。现在我们更可以明白，所谓表演与非表演，其间也只有程度的差别而已。一方面生命情绪的过度紧张，过度兴奋，以至成为一种压迫，我们需要一种更强烈，更集中的动，来宣泄它，和缓它，一方面紧张与兴奋的情绪，是一种压迫，也是一种愉快，所以我们也需要在更强烈，更集中的动中来享受它。常常有人讲，节奏的作用是在减少动的疲乏。诚然。但须知那减少疲乏的动机，是积极而非消极的，而节奏的作用是调整而非限制。因为由紧张的情绪发出的动是快乐，是可珍惜的，所以要用节奏来调整它，使它延长，而不致在乱动中轻轻浪费掉。甚至这看法还是文明人的主观，态度还不够积极。节奏是为减轻疲乏的吗？如果疲乏是讨厌的，要不得的，不如干脆放弃它。放弃疲乏并不是难事，在那月夜，如果怕疲乏，躺在草地上对月亮发愣，不就完了吗？如果原始人真怕疲乏，就干脆没有舞那一套，因为无论怎样加以调整，最后疲乏总归是要来到的，不，他们的目的是在追求疲乏，而舞（节奏的动）是达到那目的最好的通路。一位著者形容新南威尔斯土人的舞说：“……鼓声渐渐紧了，动作也渐渐快了。直至达到一种如闪电的速度。随时全体一跳跳到半空，当他们脚尖再触到地面时，那分开着的两腿上的肉腓，颤动得直使那白垩的条纹，看去好像蠕动的长蛇，同时一阵强烈的嘶~~~~声充满空中（那是他们的喘息声）。”非洲布须曼人的摩科马舞（Mokoma）更是我们不能想像的。“舞者跳到十分疲劳，浑身淌着大汗，口里还发出千万种叫声，身体做着各种困难的动作，以至一个一个的，跌倒在地上，浴在源源而出的鼻血泊中。因此他们便叫这种舞作‘摩科马’，意即血的舞。”总之，原始舞是一种剧烈的，紧张的，疲劳性的动，因为只有这样他们才体会到最高限度的生命情调。

实用性的意义

西方学者每分舞为模拟式的与操练式的二种，这又是文明人的主观看法。二者在形式上既无明确的界线，在意义上尤其相同。所谓模拟舞者，其目的，并不如一般人猜想的，在模拟的技巧本身而是在模拟中所得的那逼真的情绪。他们甚至不是在不得已的心情下以假代真，或在客观的真不可能时，乃以主观的真权当客观的真。他们所求的只是那能加强他们的生命感的一种提炼的集中的生活经验——一杯能使他们陶醉的醴醴而酷烈的酒。只要能陶醉，那酒是真是假，倒不必计较，何况真与假，或主观与客观，对他们本没有多大区别呢！他们不因舞中的“假”而从事于舞，正如他们不以巫术中的“假”而从事巫术。反之，正因他们相信那是真，才肯那样做，那样认真的作。（儿童的游戏亦复如此。）既然因日常生活经验不够提炼与集中，才要借艺术中的生活经验——舞来获得一醉。那么模拟日常生活经验，就模拟了它的不提炼与集中，模拟得愈像，便愈不提炼，愈不集中，所以最彻底的方法，是连模拟也放弃了，而仅剩下一种抽象的节奏的动，这种舞与其称为操练舞，不如称为“纯舞”，也许还比较接近原始心理的真相。一方面，在高度的律动中，舞者自身得到一种生命的真实感（一种觉得自己是活着的感觉），那是一种满足。另一方面，观者从感染作用，也得到同样的生命的真实感，那也是一种满足，舞的实用意义便在这里。

社会性的功能

或由本身的直接经验（舞者），或者感染式的间接经验（观者），因而得到一种觉着自己是活着的感觉，这虽是一种满足，但还不算满足的极致，最高的满足，是感到自己和大家一同活着，各人以彼此的“活”互相印证，互相支持，使各人自己的“活”更加真实，更加稳固，这样满足才是完整的，绝对的。这群体生活的大和谐的意义，便是舞的社会功能的最高意义，由和谐的意识而发生一种团结与秩序的作用，便是舞的社会功能的次一等的意义。关于这点，高罗斯（Ernest Groose）讲得最好：“在跳舞的白热中，许多参与者都混成一体，好像是被一种感情所激动而动作的单一体。在跳舞期间，他们是在完全统一的社会态度之下，舞群的感觉和动作正像一个单一的有机体。原始跳舞的社会意义全在乎统一社会的感应力。他们领导并训练一群人，使他们在一种动机，一种感情之下，为一种目的而活动。（在他们组织散漫和不安定的生活状态中，他们的行为常被各个不同的需要和欲望所驱使。）它至少乘机介绍了秩序和团结给这狩猎民族的散漫无定的生活中。除战争外，恐怕跳舞对于原始部落的人，是唯一的使他们觉着休戚相关的时机。它也是对于战争最好的准备之一，因为操练式的跳舞有许多地方相当于我们的军事训练。在人类文化发展上，过分估计原始跳舞的重要性，是一件困难的事。一切高级文化，是以各个社会成分的一致有秩序的合作为基础的，而原始人类却以跳舞训练这种合作。”舞的第三种社会功能更为实际。上文说过，主观的真与客观的真，在原始人类意义中没有明确的分野。在感情极度紧张时，二者尤易混淆，所以原始舞往往弄假成真，因而发生不少的暴行。正因假的能发生真的后果，所以他们常常因假的作为勾引真的媒介。许多关于原始人类战争的记载，都说是以跳舞开场的，而在我国古代，武王伐纣前夕的歌舞，即所谓“武宿夜”者，也是一个例证。

文学的历史动向

人类在进化的途程中蹒跚了多少万年，忽然这对近世文明影响最大最深的四个古老民族——中国，印度，以色列，希腊——都在差不多同时猛抬头，迈开了大步。约当纪元前一千年左右，在这四个国度里，人们都歌唱起来，并将他们的歌记录在文字里，给流传到后代，在中国，《三百篇》里最古部分——《周颂》和《大雅》，印度的《黎俱吠陀》(Rig-veda)，《旧约》里最早的《希伯来诗篇》，希腊的《伊利亚特》(Iliad)和《奥德赛》(Odyssey)——都约略同时产生。再过几百年，在四处思想都醒觉了，跟着是比较可靠的历史记载的出现。从此，四个文化，在悠久的年代里，起先是沿着各自的路线，分途发展，不相闻问，然后，慢慢的随着文化势力的扩张，一个个的胳臂碰上了胳臂，于是吃惊，点头，招手，交谈，日子久了，也就交换了观念思想与习惯。最后，四个文化慢慢的都起着变化，互相吸收，融合，以至总有那么一天，四个的个别性渐渐消失，于是文化只有一个世界的文化。这是人类历史发展的必然路线，谁都不能改变，也不必改变。

上文说过，四个文化猛进的开端都表现在文学上，四个国度里同时迸出歌声。但那歌的性质并非一致的。印度希腊，是在歌中讲着故事，他们那歌是比较近乎小说戏剧性质的，而且篇幅都很长，而中国以色列则都唱着以人生与宗教为主题的较短的抒情诗。中国与以色列许是偶同，印度与希腊都是雅利安种人，说着同一系统的语言，他们唱着性质比较类似的歌，倒也不足怪。

中国，和其余那三个民族一样，在他开宗第一声歌里，便预告了他以后数千年间文学发展的路线。《三百篇》的时代，确乎是一个伟大的时代，我们的文化大体上是从这一刚开端的时期就定型了。文化定型了，文学也定型了，从此以后二千年间，诗——抒情诗，始终是我国文学的正统的类型，甚至除散文外，它是惟一的类型。赋，词，曲，是诗的支流，一部分散文，如赠序，碑志等，是诗的副产品，而小说和戏剧又往往以各自不同的方式夹杂些诗。诗，不但支配了整个文学领域，还影响了造型艺术，它同化了绘画，又装饰了建筑（如楹联，春帖等）和许多工艺美术品。

诗似乎也没有在第二个国度里，像它在这里发挥过的那样大的社会功能。在我们这里，一出世，它就是宗教，是政治，是教育，是社交，它是全面的生活。维系封建精神的是礼乐，阐发礼乐意义的是诗，所以诗支持了那整个封建时代的文化。此后，在不变的主流中，文化随着时代的进行，在细节上曾多少发生过一些不同的花样。诗，它一面对主流尽着传统的呵护的职责，一方面仍给那些新花样忠心的服务。最显著的例是唐朝。那是一个诗最发达的时期，也是诗与生活拉拢得最紧的一个时期。

从西周到春秋中叶，从建安到盛唐，这中国文学史上两个最光荣的时期，都是诗的时期。两个时期各各拖着一条姿势稍异，但同样灿烂的尾巴，前者的是楚辞、汉赋，后者的是五代宋词。而这辞赋与词还是诗的支流。然则从西周到宋，我们这大半部文学史，实质上只是一部诗史。但是诗的发展到北宋实际也就完了。南宋的词已经是强弩之末。就诗本身说，连尤杨范陆和稍后的元遗山似乎都是多余的，重复的，以后的更不必提了。我们只觉得明清两代关于诗的那许多运动和争论，都是无味的挣扎。每一度挣扎的失败，无非重新证实一遍那挣扎的徒劳无益而已。本来从西周唱到北宋，足足二千年的工夫也够长的了，可能的调子都已唱完了。到此，中国文学史可能不必再写，假如不是两种外来的文艺形式——小说与戏剧，早在旁边静候着，准备届时上前来“接力”。是的，中国文学史的路线南宋起便转向了，从此以后是小说戏剧的时代。

故事与雏形的歌舞剧，以前在中国本土不是没有，但从未发展成为文学的部门。对于讲故事，听故事，我们似乎一向就不大热心。不是教诲的寓言，就是纪实的历史，我们从未养成单纯的为故事而讲故事，听故事的兴趣。我们至少可说，是那充满故事兴味的佛典之翻译与宣讲，唤醒了本土的故事兴趣的萌芽，使它与那较进步的外来形式相结合，而产生了我们的小说与戏剧。故事本是民间的产物，不用讳言，它的本质是低级的。（便在小说戏剧里，过多的故事成分不也当悬为戒条吗？）正如从故事发展出来的小说戏剧，其本质是平民的，诗的本质是贵族的。要晓得它们之间距离很大，而距离是会孕育恨的。所以我们的文学传统既是诗，就不但是非小说戏剧的，而且推到极端，可能还是反小说戏剧的。若非宗教势力带进来那点新鲜刺激，而且自己的歌实在也唱到无可再唱的了，我们可能还继续产生些《韩非说储》，或《燕丹子》一类的故事，和《九歌》一类的雏形歌舞剧，但是，元剧和章回小说决不会有。然而本土形式的花开到极盛，必归于衰谢，那是一切生命的规律，而两个文化波轮由扩大而接触而交织，以致新的异国形式必然要闯进来，也是早经历史命运注定了的。异国形式也许早就来到了，早到起码是汉朝佛教初输入的时候，你可以在几百年中不注意它，等到注意了之后，还可以延宕，踌躇个又一度几百年，直到最后，万不得已的，这才死心蹋地，接受了吧！但那只是迟早问题。反正自己的花无法再开，那命数你得承认。新的种子从外面来到，给你一个再生的机会，那是你的福分。你有勇气接受它，是你的聪明，肯细心培植它，是有出息，结果居然开出很不寒伧的花朵来，更足以使你自豪！

第一度外来影响刚刚扎根，现在又来了第二度的。第一度佛教带来的印度影响是小说戏剧，第二度基督教带来的欧洲影响又是小说戏剧，（小说戏剧是欧洲文学的主干，至少是特色。）你说这是碰巧吗？

不然。欧洲文化正如它的鼻祖希腊文化一样，和印度文化，往大处看，还不是一家？这样说来，在这两度异乡文化东渐的阵容中，印度不过是欧洲的头，欧洲是印度的尾而已。就文化接触的全盘局势来看，头已进来，尾的迟早必需来到，应该也是早已料到的事。第一度外来影响，已经由扎根而开花了，但还不算开到最茂盛的地步，而本土的旧形式，自从枯萎后，还不见再荣的迹象，也实在没有再荣的理由。现在第二度外来影响，又与第一度同一种类，毫无问题，未来的中国文学还要继续那些伟大的元明清人的方向，在小说戏剧的园地上发展。待写的一页文学史，必然又是一段小说戏剧史，而且较向前的一段，更为热闹，更为充实。

但在这新时代的文学动向中，最值得揣摩的，是新诗的前途。你说，旧诗的生命诚然早已结束，但新诗——这几乎是完全重新再做起的新诗，也没有生命吗？对了，除非它真能放弃传统意识，完全洗心革面，重新做起。但那差不多等于说，要把诗做得不像诗了。也对。说得更确点，不像诗，而像小说戏剧，至少让它多像点小说戏剧，少像点诗。太多“诗”的诗，和所谓“纯诗”者，将来恐怕只能以一种类似解嘲与抱歉的姿态，为极少数人存在着。在一个小说戏剧的时代，诗得尽量采取小说戏剧的态度，利用小说戏剧的技巧，才能获得广大的读众。这样做法并不是不可能的。在历史上多少人已经做过，只是不大澈底罢了。新诗所用的语言更是向小说戏剧跨近了一大步，这是新诗之所以为“新”的第一个也是最主要的理由。其它在态度上，在技巧上的种种进一步的试验，也正在进行着。请放心，历史上常常有人把诗写得不像诗，如阮籍，陈子昂，孟郊，如华茨渥斯（Wordsworth），惠特曼（Whitmen），而转瞬间便是最真实的诗了。诗这东西的长处就在它有无限度的弹性，变得出无穷的花样，装得进无限的内容。只有固执与狭隘才是诗的致命伤，纵没有时代的威胁，它也难立足。

每一时代有一时代的主潮，小的波澜总得跟着主潮的方向推进，跟不上的只好留在港汊里干死完事。战国秦汉时代的主潮是散文。一部分诗服从了时代的意志，散文化了，便成就了《楚辞》和初期的汉赋，成就了《铙歌》，这些都是那时代的光荣。另一部分诗，如《郊祀歌·安世房中歌》、韦孟《讽谏诗》之类，跟不上潮流，便成了港汊中的泥淖。

明代的主潮是小说，《先妣事略》《寒花葬志》和《项脊轩记》的作者归有光，采取了小说的以寻常人物的日常生活为描写对象的态度，和刻画景物的技巧，总算是黏上了点时代潮流的边儿，（他自己以为是读《史记》读来了的，那是自欺欺人的话。）所以是散文家中欧公以来唯一顶天立地的人物。其他同时代的散文家，依照各人小说化的程度的比例，也多多少少有些成就，至于那般诗人们只忙于复古，没有理会时代，无疑那将被未来的时代忘掉。以上两个历史的教训，是值得我们的新诗人书绅的。

四个文化同时出发，三个文化都转了手，有的转给近亲，有的转给外人，主人自己却都没落了，那许是因为他们都只勇于“予”而怯于“受”。中国是勇于“予”而不太怯于“受”的，所以还是自己的文化的主人，然而也只仅免于没落的劫运而已。为文化的主人自己打算，“取”不比“予”还重要吗？所以仅仅不怯于“受”是不够的，要真正勇于“受”。让我们的文学更彻底的向小说戏剧发展，等于说要我们死心塌地走人家的路。这是一个“受”的勇气的测验，也是我们能否继续自己文化的主人的测验。

过去记录里有未来的风色。历史已给我们指示了方向——“受”的方向，如今要的只是勇气，更多的勇气啊！

“七十二”

这可算作一次“集体考据”的实例罢——事情的由来如此。不久以前,(季)镇淮曾谈过一次这文中的大意。最近本刊编者(余)冠英先生交来徐德庵先生的一封信(见后),内中说到,在本刊十六期读到彭啸咸(仲铎)先生的《释三五九》,想起古书中常见的另一数字“七十二”,却不知道它的来历如何,无暇考查。我看了信,告诉冠英先生,镇淮谈过这问题,详情不大记得,等碰见他,就请他答复徐先生罢。就在当天晚上,见了镇淮,我正要拿徐先生的信给他看,他已将文章(即本文的初稿)递过来了。事情居然如此凑巧!我回家和(何)善周谈起(他本是对汉代思想极感兴趣的),愈谈愈兴奋,于是我们分途再搜材料。我们的收获更足以坐实这问题意义之重大,和镇淮的解释之正确。我索兴将文章重写了一遍,一方面容纳了新得的材料,一方面在几点上作了些进一步的分析。现在文章完了(牺牲了五日来食眠的乐趣),主要的材料和主要的意见,还是镇淮的,续加的材料中,重要的都是善周的贡献,许多补充的意见也都和他磋商过,我只多说了些闲话,并当了一次钞胥。事前本已告诉过冠英先生镇淮有文章，并约定即在本刊和徐先生的信一同发表。现在文章里加入了我的一分儿，我更乐意这么办。因为徐先生是我久慕的，曾蒙垂询一些问题，至今尚未奉覆，这回的问题既也是徐先生感兴趣的，就正好借《月刊》的篇幅，来专诚请教于徐先生，希望徐先生，和最先在本刊发动形式数字研究的彭先生，以及本刊读者们多多指正。

一多附识。三十二年三月二日。龙泉镇。

附徐德庵先生致本刊编者函

冠英吾兄……顷者阅《国文月刊》十六期彭仲铎先生《释三五九》一文，叹其博辨，远过前人，多所发明，甚佩于心也。惟弟常以为“七十”一辞，今古亦往往用为表众多之虚数，或言七十，或言七十二，或言七十余，其义则一，此固夫人知之，然所以然之故，则猝难解矣。如能加以考证，明其原委，未始非一快事也。案七十用为虚数，先秦已开其端，至汉而应用益广。今俗语中犹有沿袭先秦言七十者，若七十子，七十二代，七十二钻之类。前者虽在《史记》一书中，《孔子世家》与《仲尼弟子列传》所举已有不同，然尚可信为实数，至《庄子》刳龟《管子》封于太山之言，则均为虚数无疑。下逮汉人言多每称七十，亦无不为虚数。如以辞害志，执为真有，则为所误矣。兹就《史记》一书为例，如《项羽本纪》及《李广传》均称七十余战，《刘敬传》称大战七十，《曹参传》称身受七十余创，

《儒林传》称仲尼干七十余君，诸如此类，皆非实数也。故窃恒谓此犹今言十二分，十二万分之类，意在表数之多，非其实然也。其语之遗于后世者，如七十二候，似有说矣；然七十二行，七十二沽等语，亦尽虚数。余如世俗常言三十六或百零八，当亦由此语增减得之。举上所陈，本非确知，第无由识其所以然耳。课务纷繁，无暇考证，兹读彭先生文，欣悦之余，特以此意向吾　兄一陈，甚盼予以指正，或转向彭先生一谈，复为释以明其取义之由，是则所乐闻者矣。……草此敬颂

著祺。　　　　　　　　　　弟徐德庵顿首。二月九日。

一

在十为足数的系统中，五是半数，五减二得三，是少数，五加二得七，是多数。古书中说到"三"或"七"，往往是在这种意义下，作为代表少数或多数的象征数字的。进一位，"三十""七十"也是如此。但说到"三十六""七十二"，便难以理解了。如今且撇开"三十六"不谈，单谈"七十二"。

1.《庄子·天运篇》："孔子谓老聃曰：'丘治《诗》《书》《礼》《乐》《易》《春秋》六经，自以为久矣，孰（熟）知其故矣，以奸（干）者七十二君——论先王之道，而明周召之迹——一君无所钩用。甚矣夫人之难说也！道之难明邪！'"

2. 又《外物篇》:“乃刳龟,以卜[1],七十二钻而无遗筴。”

3.《续汉书·祭祀志中》注引《庄子》佚文:“易姓而王,封于泰山,禅于梁父者,七十二代,其有形兆垠堮勒石,凡千八百余处。”[2]

4.《大戴礼记·盛德篇》:“明堂自古有之也,凡九室,一室而有四户,八牖,凡三十六户,七十二牖,以茅盖屋,上圆下方。”

5.《史记·高祖本纪》:“高祖为人,隆准而龙颜,美须髯,左股有七十二黑子。”

6. 又《孔子世家》:“孔子以《诗》《书》《礼》《乐》教弟子,盖三千焉,身通六艺者七十二人。”

7. 严遵《道德指归说目》:“上经配天,下经配地;阴道八,阳道九,以阴行阳,故七十有二首。”[3]

8. 原本《列仙传》七十二人。[4]

9.《新序·杂事二篇》:“驺忌既为齐相,稷下先生淳于髡之属七十二人皆轻忌。”

10.《续汉书·祭祀志中》注引桓谭《新论》(《正经篇》):“明堂上圆法天,下方法地,八窗法八风,四达法四时,九室法九州,十二坐法十二月,三十六户法三十六雨,七十二牖法七十二风。”

11.《路史·后纪四》注引《鱼龙河图》:“黄帝之初,有蚩尤氏,兄弟七十二人,[5]铜头铁额食沙石,制五兵之器,变化云雾。”

12.《礼记·杂记下篇》正义引《论语考谶》:“古者七十二家为里。”

13.《旧唐书·礼仪志二》引《易纬》“三十六节”,又“七十二候”

14.《御览》五二六引《汉旧仪》:"汉五年,修后周室旧祀,祀后稷于东南,常以八月祭一太牢,舞者七十二人。"

以上都说明"七十二"。又

15.《路史·后纪五》注引《黄帝出军诀》及《太白阴经》:"黄帝征蚩尤,七十一战,不克。昼梦金人……云,'天帝使受符,得兵符,战必克矣。'……乃于盛水之阳筑坛,祭太牢。有玄龟含符致坛,……帝再拜受。于是设九宫,置八门,布五奇六仪,制阴阳二遁,凡千八十局,名曰天一遁甲,式三门,发五将,具征蚩尤而斩之。"

这是说黄帝七十二战而后斩蚩尤。同类的材料古书中想还有,但只上列十余事,已足够说明这个神秘数字,一度风行的现象了。

二

"七十二"究竟代表着一种什么意义,使它能如此风行呢?《史记·高祖本纪》正义已给我们解答了这个谜。

七十二黑子者,赤帝七十二之数也。木火土金水各居一方,一岁三百六十日,四方分之,各得九十日。土居中央,并索四季各十八日,俱成七十二日。故高祖七十二黑子者,应火德七十二日之征也。有一本作七十者非也。

这个解释是有来历的。

《春秋繁露·尊阴篇》:“为人子者,视土之事火也,虽居中央,亦岁七十二日之王。”

《孔子家语·五帝篇》:“天有五行,水火金木土,分时化育,以成万物”,王肃注曰:“一岁三百六十日,五行各主七十二日也。化生长育,一岁之功,万物莫敢不成。”

而最具体的说明,莫过于

《古微书》一五引《易坤灵图》:“五帝:东方木,色苍,七十二日;南方火,色赤,七十二日;中央土,色黄,七十二日;西方金,色白,七十二日;北方水,色黑,七十二日。”

原来“七十二”是一年三百六十日的五等分数,而这个数字乃是由五行思想演化出来的一种术语。

五行思想与农事的关系最密,说不定即渊源于农事,所以13“七十二候”,10“七十二风”,在这数字应用的历史中,应当产生得较早,虽则见于记载的并不如此。七十二风,三十六雨,即五日一风,十日一雨。“五日一风”的话,据我们现在所知道的,始见于《旧唐书·礼仪志二》引《淮南子》[6]却相当早，次之是京房《易飞候》[7]也不算太晚。后稷是农业之祖，所以祭仪 14“舞者七十二人。”明堂封禅是五行思想形式化的具体表征，所以 4“七十二牖”，3“七十二代”，也是两个老牌的“七十二”。三百六十日，五等分之为七十二，然后以五方帝各配一等分。黄帝是五帝中的中心人物，也就是五分中第一分“七十二”的代表。汉也在所谓五德系统之中，高祖当然也得到一分“七十二”。所以 15“七十二战”，5“七十二黑子”，都是五行系统中嫡系的“七十二”。其余各“七十二”的来路不明。大概本与五行系统无关，或关系疏远，因受五行思想的影响，或有意的与五行思想拉拢，或无意的被五行思想吸收，才采用了这个数字。这些“七十二”的前身，约可分为二类，（一）本无一定的数字，后来采用了“七十二”，（二）其数本与“七十二”相近——如七十余或七十——后来改成了“七十二”。改成的“七十二”也许又可分（甲）著书者所改的，与（乙）钞书者所改的两种。总之，是五行思想弥漫了之后，才会得添出许多“七十二”来。[8]

三

在“七十二”当红时，许多非“七十二”变成了“七十二”，同时“七十二”太多了，人们对它的热心渐渐冷淡下来，便也就有些真“七十二”，被人有意或无意的改成“七十余”与“七十”了。

封泰山禅梁父的七十二代，是众口同声所公认的一个真

"七十二",[9]但是这里:

《史记·封禅书》正义引《韩诗外传》佚文:"孔子升泰山,观易姓而王,可得数者七十余人。"

《史记·封禅书》:"孔子论述六艺,传略言易姓而王,封泰山,禅乎梁父者,七十余王矣。"

《淮南子·齐俗篇》:"古之封于泰山,禅于梁父,七十余圣。"

又《缪称篇》:"泰山之上有七十坛焉,而三王独道。"[10]

都变成了非"七十二"。黄帝是一分"七十二"的代表,上文已说过他的七十二战。所以我们疑心这些:

《史记·封禅书》:"黄帝采首山铜,铸鼎于荆山下。鼎既成,有龙垂胡髯下迎黄帝。黄帝上骑,群臣后宫从者七十余人。"

《列仙传》:"黄帝自择亡日,至七十日亡,七十日还葬桥山。"

都是变相的"七十二"。神农即炎帝,当是最早的赤帝,女娲是青帝伏羲的配偶,自己也曾被称为"女帝""阴帝",这些都有资格派到一分"七十二",那么像这些"七十":

《淮南子·修务篇》:"神农……尝百草之滋味,水泉之甘苦,……一日而七十毒。"[11]

又《说林篇》:“黄帝生阴阳,上骈生耳目,桑林生臂手,此女娲所以七十化也。”

其中也难保没有从“七十二”变来的。《路史·后纪二》注引《麻姑仙人紫坛歌》“女娲炼得五方气,变化成形补天地,三十六变世应知,七十二化处其位”,虽说后起,也不见得没有所本。如果女娲的“七十”是“七十二”变的,神农的“七十”便也有这样的可能,因为女娲七十化,《楚辞·天问》王注作“一日七十化”,[12]与神农的“一日七十毒”,说话的形式正同。

《论衡·自纪篇》:“人面色部七十有余。”

也可能是一个变相的“七十二”。

四

1 孔子干七十二君,与 6 七十二弟子,是个值得多追究一下的问题。先谈七十二弟子。孔子弟子的人数,先秦的书,如《孟子·公孙丑篇》《韩非子·五蠹篇》《吕氏春秋·遇合篇》,都说“七十”。多数汉人的书如《淮南子》:《泰族篇》《要略篇》;《汉书》:《艺文志序》《楚元王传》;《水经注》九淇水注引《论语比考谶》等,也都说“七十”。《大戴礼记·卫将军文子篇》作“七十有余人”。说“七十二人”的，除《史记·孔子世家》外，《仲尼弟子列传》“七十七人”或也是“七十二”之误，此外只有《新序·杂事》一篇及《御览》五四二引《孝经右契》。我们以为“七十”是举成数，或是前面所说代表多数的象征数字，“七十余”也没有毛病。“七十二”却是后人附会五行系统杜撰的。

除开说七十的，最多又最早，是个显而易见的理由外，我们还有一个理由相信“七十”是最古的传说。《孟子·离娄下篇》：“沈犹行曰：‘昔沈犹有负刍之祸，从先生者七十人，未有与焉。’”赵注曰：“先生，曾子也。往者先生尝从门徒七十人，舍吾沈犹氏，时有作乱者曰负刍，来攻沈犹氏，先生率弟子去之，不与其难。”孔子弟子七十人，曾子弟子也七十人，不会如此凑巧。大概曾子弟子的人数本不可知，只因他是传孔子道统的，所以姑依孔子弟子的人数来假拟他的弟子的人数。《孟子》所记沈犹行的话，得自传闻，本不必字字确实。还有据《史记·秦始皇本纪》和《封禅书》，秦博士也是七十人，博士们是“诵法孔子”[13]的，这七十名的员额，无疑也是依孔子弟子的人数定的。[14]由传说中曾子弟子的人数，和秦博士的员额来推测，孔子弟子七十人，确是最古的传说。

然而何以知道“七十二”必是为着附会五行系统而改的呢？孔子是素王，是玄圣，他作《春秋》以当新王，形貌又生得像古帝王，……这些都是汉人的论调，难怪在他们那五行相生的感生说中，孔子也和那些帝王们并列，而以五行配合三百六十日，孔子也得到五分“七十二”中之一分了。凑巧孔子弟子相传本是七十人，由“七十”变为“七十二”是极顺手的，又何乐而不为呢？既有了“七十二弟子”，就不难再有一个“干七十二君”，不也是很显明的吗？知道了“七十二”为何与孔子发生关系，那么《论语先进篇》“冠者五六人，童子六七人”，皇侃《义证》引或说曰：

冠者五六，五六三十也，童子六七，六七四十二人也。四十二就三十，合为七十二人也：孔门升堂者七十二人也。

话虽说得凑巧，岂不白费了心思！

9 稷下先生七十二人的问题，也可以附带谈谈。稷下先生的人数，据《史记·田齐世家》，是七十六人。《五经异义》说“战国时齐置博士之官”，有人说稷下的“先生”就是博士，[15]秦依孔子弟子人数定博士员额，说不定齐国早已这样办过，所以稷下先生七十六人，与相传孔子弟子的人数相仿。在五行思想支配之下，孔子弟子的人数既变了“七十二”，稷下先生的人数也变成“七十二”，倒也是意中事。

五

最后试探一下这个数字开始流行的时代。上举“七十二”以及像是由“七十二”变来的“七十余”和“七十”各例之中，绝大多数是西汉人的话，只三条（孔子干七十二君，龟卜七十二钻，封禅者七十二代）出于《庄子》。三条中，两条见外杂篇，一条佚文，也极像外杂篇的文字。谈到外杂篇，便难办了。干七十二君，据上文的分析，决不是早期的传说，我们尽可以有理由怀疑，至少篇中这一段文字，是出于西汉人之手。七十二钻，唐写本《庄子》，及《文选》江赋注，《御览》三九九引，俱作“七十钻”，白居易《偶然》二首诗亦有“六十四卦七十钻”之语。今本“二”字，难保不是后人添的。总之以上两条，都不能充分的证明“七十二”这数字的流行是始于先秦的。

《庄子》佚文所载封禅者七十二代的传说，论其性质，确乎可以发生得较早。真正的封禅始于秦始皇二十八年，七十二代古帝王行封禅的故事，大概就是给始皇议封禅的“齐鲁之儒生博士七十人”[16]传出的。在始皇二十八年，“七十二代”的说法，已经有了，是不成问题的，不过故事由儒生博士传出，却不是他们造的。因此我们不妨再向上追溯，看是否还有记载可稽。同样的故事又见于《管子·封禅篇》，但《封禅篇》是后人据《史记·封禅书》补入的，[17]似乎不成问题，反正《管子》书年代也难确定，可以不去管它。可注意的倒是《吕氏春秋》的两处记载：《察今篇》“是故有天下者七十一圣”和《求人篇》“古之有天下也者七十一圣”。前者王念孙手校本改“一”作“二”[18]似乎是对的，“七十二圣”即行封禅的七十二代，上引《淮南子·齐俗篇》“古之封于泰山，禅于梁父，七十余圣”，亦称圣可为旁证。[19]但何以两篇都作“七十一”呢？是甲先写错，后来又据甲以改乙吗？如果这推测对的，那么“七十二”的这种特殊法的记载，又至少提早了二十年，因为《吕氏春秋》的成书在始皇八年。[20]

文字的偶然记载，总归是在实际生活中流行了之后。所以“七十二”的流行，大致说来，发轫于六国时，至西汉而大盛。

“七十二”这数字流行的年历，便是五行思想发展的年历。这个数字之值得注意，正因它是一种思想——一种文化运动态的表征。

注

[1]“以卜”二字，从刘叔雅先生《庄子补正》增。

[2]《路史·前纪二》引略同。《书钞》九一引《庄子》李奇注“云云山在梁父东也”，马叙伦说即此处佚文的注。同类的记载尚多，撮录于下。司马相如:《封禅文》“继昭夏，崇号谥，略可道者七十有二君。”《史记·封禅书》：“桓公既霸，会诸侯于葵丘而欲封禅。管仲曰：‘古者封泰山，禅梁父者，七十二家，而夷吾所记者十有二焉。’”（今本《管子·封禅篇》袭此文）又“齐人公孙卿（上书）曰：封禅‘七十二王，唯黄帝得上泰山封。’”《初学记》九引《桓谭新论》（《离事篇》）：“太山之上，有刻石凡千八百余处，而可识者七十有二。”《论衡·书虚篇》：“百王大平，升封泰山。泰山之上，封可见者七十有二。纷沦湮灭，不可胜数。”许慎《说文序》：“黄帝之史仓颉初造书契，以迄五帝三王之世，改易殊体，封于泰山者七十二代，靡有同焉。”《御览》五三六引《河图真纪钩》：“王者封太山，禅梁父，易姓奉度，继典崇功，七十有二君。”

[3]《全汉文》四二引《秘册汇函本》。

[4]《世说新语·文学篇》注：“刘子政《列仙传》曰：‘历观百家之中，以相检验，得仙者百四十六人。其四十七人已在佛经，故撰得七十，可以多闻博识者遐观焉。’”《颜氏家训·书证篇》：“《列仙传》刘向撰，而赞云：‘七十四人出佛经。’”《玉烛宝典》：“汉武帝时刘向删《列仙传》，得百四十六人，其七十四人已见佛经，余七十二人，为《列仙传》。”，释法琳:《破邪论下》“刘向……著《列仙传》，云‘吾搜检藏书，缅寻太史，创撰列仙图，自黄帝已下，六代迄到于今，得仙道者七百余人。向检虚实，定得一百四十六人。’又云‘其七十四人，已见《佛经》矣。’……今《列仙传》见有七十二人。”案一百四十六减七十四，余七十二。《世说新语》注引《列仙传赞》“故撰得七十人”，“七十”下脱“二”字，当据《玉烛宝典》和《破邪论》补人。赞分明是魏晋间的佛教徒伪撰，以抬高自家的身价的，（王照圆据《隋书·经籍志》定为晋郭元祖撰）不

过今本《列仙传》屡经后人窜乱，幸而有这篇伪赞，我们今天才可以考见原本《列仙传》的人数是七十二。

[5]《史记·五帝本纪》正义引作“八十一”。

[6]《旧唐书·礼仪志二》总章二年《定明堂规制广狭诏》：“按《淮南子》‘太平之时，五日一风’，一年有七十二风，故置七十二条，所以通规瑞历，叶数祥风，遥符淳俗之源，远则休征之契。”案所引《淮南子》，今本不见，当系佚文。

[7]京房《易飞候》：“太平之时，五日一风，十日一雨岁凡三百六十雨，此休征时若之应。”又《论衡·是应篇》“风不鸣条，雨不破块，五日一风，十日一雨。”

[8]“七十二”既是一个有意义的数字，则少一或多一，应该都不好了。黄帝征蚩尤七十一战皆败，似乎表明了“七十一”的不祥。《群书治要》三一引《六韬·文韬篇》：“殷国之大妖三十七章。……殷君……喜治宫室，修台池，日夜无已，宫七十三所。”“三十七”是“三十六”多一，“七十三”是“七十二”多一，说话的人单挑这两个数字，似乎是以为殷亡国的朕兆。可惜这类例子太少，暂时不便下结论。

[9]见注二。

[10]高注曰：“盖七十二君也。”

[11]《路史·后记三》注引孔季彦说，及《帝王世纪》并以为伏羲事。

[12]《大荒西经》：“女娲之肠化为神，处栗广之野。”郭注曰：“女娲，古神女帝，人面蛇身，一日中七十变，其肠化为此神。”

[13]扶苏谏始皇阬儒语，见《史记·秦始皇本纪》。

[14]《汉书·儒林传》：“成帝末，或言孔子布衣，养徒三千人。今天子太学弟子少于是。增弟子员三千人。”可见国家于太学设博士及博士弟子是效法孔子的，这观念，在汉人的意识里，还未完全消灭。

[15]详钱宾四先生《诸子系年考辨》四八，七五。

[16]《史记·封禅书》语。

[17]详张文虎《艺舒室随笔》。

[18]许骏斋先生《吕氏春秋集释引》。

[19]《书钞》一五八引《春秋运斗枢》“图……中有七十二帝地形之制”，《礼记·曲礼上篇》正义引同书“女娲以下至神农七十二姓”，疑皆即此七十二圣。

[20]见《序意篇》。王念孙说“八”是“六”之误，那便更早了两年。吕不韦死于始皇十二年，反正成书不能晚于十二年。

端午考

龙的节日

现存及记载中端午的特点(包括风俗与传说),有一点最当注意,那便是和龙有关的节目极多。最明显的(一)龙舟竞渡,不用讲。和竞渡同等重要的一个节目(二)吃粽子,据说也和龙有一段交涉。

《类聚》四引《续齐谐记》:"屈原五月五日自投汨罗而死,楚人哀之,每至此日,辄以竹筒贮米,投水祭之。汉建武中,长沙欧回,白日忽见一人,自称三闾大夫,谓曰:'君常见祭,甚善。但常所遗,苦为蛟龙所窃。今若有惠,可以楝树叶塞其上,以五彩丝缚之。此二物,蛟龙所惮也。'回依其言。世人五日作粽,并带五色丝及楝叶,皆汨罗之遗风也。"

《荆楚岁时记》:"端午……以菰叶里黏米,谓之角黍。……或云亦为屈原,恐蛟龙夺之,以五采线缠饭投水中,遂袭云。"《记纂渊海》二引《岁时记·尔雅翼》一八引作:“屈原以夏至日赴湘流,百姓竞以食祭之,常苦为蛟龙所窃,以五色丝合楝叶缚之。”《太平寰宇记》一四五引《襄阳风俗记》:“屈原五月五日投汨罗江,其妻每投食于水以祭之。原通梦告妻,所祭食皆为蛟龙所夺。龙畏五色丝及竹,故妻以竹为粽,以五色丝缠之。今俗其日皆带五色丝食粽,言免蛟龙之患也。”

夺粽子的不是鱼鳖,而单说蛟龙,必有某种传说的背景,不能仅仅说因粽子是投到水里的,便自然联想起蛟龙。此外还有些已经死去,而仅见于记载的风俗,也牵涉到龙,例如(三)扬州以端午日铸盘龙镜:

《锦绣万花谷前集》四引《异闻集》:“天宝中,扬州进水心镜,背有盘龙。先有老人自称姓龙名护,至铸镜所,三日开户,已失所在。镜匠吕辉移炉置船,以五月五日于扬子江心铸之,背龙颇异。后大旱,祠龙,乃大雨。”

(四)并州因“龙忌”日,作寒食,纪念介子推,

《后汉书·周处传》:“太原旧俗以介子推焚骸,有龙忌之禁,至其亡月,咸言神灵不乐举火,由是士民每冬日辄一月寒食,莫敢烟爨。”

但也有在五月五日举行的,

《类聚》四引琴操:“介子绥……抱木而烧死,文公令民五月五日不得发火。”

《书钞》一五五引《邺中记》:“并州俗以介子推五月五日烧死,世人为其忌,故不举饷食。”

而且介子推的故事中又有《龙蛇歌》,其词见于《吕氏春秋·介立篇》。北方关于端午的传说尽管和南方不同,它所暗示与龙的关系,却是一样,说详下。(五)相传用守宫制成的一种保证贞操的秘药是在端午日制的,

《古今合璧事类前集》一六引□□□:“汉武帝时,以端午日取蜥蜴置之器,饲以丹砂,至明年端午捣之。以涂宫人臂,有犯则消没,不尔则如赤痣,故得守宫之名。”

而守宫一名龙子,这也昭示着端午和龙的因缘。最后(六)端午日还有鱼变为龙的传说。

《水经·□水注》:“如深水有异鱼。按正光元年五月五日,天气清爽,闻池中枪枪若钲鼓声,池水惊而沸。须臾雷电晦冥,有五色蛇自池上属于天,久之乃灭。波上水定,唯见一鱼在,其一变为龙。”

根据以上六个事例的启示，我们本不妨就假定端午这节日的起源和龙有着密切的关系，并根据这前提，来对它的发展与意义，开始加以推测。但在确立前提以前，对于那些庞杂的端午传说，我们最好再检点一番，看它们能否再为我们在建立那前提的工作中，添加点依据，抑或显出十分矛盾的现象，使我们的前提根本不能成立。杜台卿在《玉烛宝典》卷五叙述端午的风俗时，屡次暗示这节日起源于南方。他说“菰龟蒸鳝，南方妨（疑好）食水族耳，非内地所行”，又说“南方民又竞渡，……在北舳舻既少，罕有此事”，又引《吴歌》“五月节，菰生四五尺，缚作九子粽”，并说道“计止南方之事，遂复远流北土”。杜氏的观察，我们完全同意，并且还可以帮他一个证据。关于端午的起源，上面我们已经提到两种不同的说法，一是屈原，一是介子推。实则传说的纷歧，尚不止此。又一说暗示这节日是起于伍子胥的。

《世说新语·捷悟篇》注引《会稽典录》：“孝女曹娥者，上虞人，父盱，能抚节安歌，婆娑乐神，汉安二年五月五日，于县江迎伍君神，泝涛而上，为水所淹，不得其尸。……”

《曹娥碑》：“孝女曹娥者，上虞曹盱之女也。盱能抚节按歌，婆娑乐神，以汉安二年五月时，迎伍君，逆涛而上，为水所淹。”（《古文苑》八）

还有说是起于越王句践的。

《记纂渊海》二引《岁时记》:“越地传云竞渡起于越王句践。”

以上四说究竟那一说可靠,或都不可靠,暂时不必管,我们应注意的是传说的地域分布,四分之三(屈原伍子胥句践)属于南方,这和竞渡与吃粽子两个主要节目的地方性正相符合,因为竞渡与粽子的先决条件,显然是多河港与产稻米,而这二者恰好都是南方的特色。再就三说看,其中三分之二又是属于吴越的(伍子胥句践),而铸水心镜的扬州,也属于这个区域,这点消息也是值得玩味的。书传中关于端午的记载,最早没有超过东汉,而事实上吴越一带的开辟也是从这时开始的。因此我们可以推测,端午可能最初只是长江下游吴越民族的风俗,自从东汉以来,吴越地域渐被开辟,在吴越文化与中原文化的对流中,端午这节日才渐渐传播到长江上游以及北方各地。这是一个合理的推测,详细的论据,等下文再陈说,暂时我们只想借它为出发点,来再测验一下端午与龙的关系。如果我们能证明吴越与龙有某种不可分解的关系,那么我们前面所拟定的前提,即端午的起源与龙有着密切关系的前提,便果真可以成立了。

古传吴越都是断发文身之国,这是大家熟习的事实。

《吴越春秋》(二)《阖闾内传》:“越在东南,故立蛇门以制敌国。吴在辰,其位龙也,故小城南门上反羽宇为两鲵鱙,以象龙角。越在巳地,其位蛇也,故南大门上有木蛇北向首内,示越属于吴也。”

文身之文本是龙文，

《淮南子·泰族篇》许慎注："越人以箴刺皮为龙文，所以为尊荣之也。"

其目的在"象龙子"，以避蛟龙之害。

《说苑·奉使篇》："诸发曰'彼越……处海垂之际，屏外蕃以为居，而蛟龙又与我争焉，是以剪发文身，烂然成章，以像龙子者，将避水神也。'"

《汉书·地理志下》应劭注："（越人）常在水中，故断其发，而文其身，以象龙子，故不见伤害也。"

所谓"象龙子"者，我认为是这些民族以龙为图腾的遗迹，前著《从人首蛇身像谈到龙与图胜》一文（见本集页一三）中有详细讨论。据《郑语》载史伯之说，祝融之后八姓中有芈姓，而越是芈姓四国之一。祝融前文已证明即烛龙。祝融又即陆终，（金文邾公釛钟作陆𩁹，𩁹即古融字。）以祝融八姓，《世本大戴礼记·帝系姓篇》及《史记·楚世家》均作六姓推之，恐怕陆终也就是所谓"六龙"。越是祝融六姓中的一个芈姓国，实际就等于六龙中的芈姓龙之后。这样说来，越人本是"龙子"，无怪他们要断发文身以"象龙子"。至于他们又称“禹之苗裔”，那还是离不开龙子的身分。禹也是一个龙图腾团族的代表，前文也已经证明了。《周语》上载内史过曰“昔夏之兴也，融降于崇山”，融即祝融，崇山即烛龙祝融所主的钟山，

《海外北经》“钟山之神，名曰烛阴”，郭注“烛龙也”。

《洞冥记》“东方朔北游钟火山，日月不照，有青龙衔烛，照山四极”。

可见禹和祝融还是一家。并且就在“融”“禹”二字上，也可看出二人的关系来。融从虫，禹从虽，虫虽古为一字，即蛇的初文，而龙蛇古来本可以混称的。总之，越与龙的关系，无论从那一方面讲来，都是不容否认的。仔细说来，证据是举不完的，单是上面所谈的，已经够明白的了。

至于吴地的先住民族，也是断发文身的。我想就是越人，或他们的同族。越人的老家本在北方，后来逐渐南移，一部分停在如今江苏境内的，受着太伯仲雍的统治，便随着太伯仲雍的国号而被称为吴人，所以吴只是个政治区域的名词，论种族，他们与越人还是一家。《越绝书》(六)《越绝外传·纪策考》：“吴越为邻，同俗并並土。”(七)《越绝外传·记范伯》：“吴越二邦，同气共俗。”我们既已断定越人原本是一个龙图腾的团族，那么除太伯仲雍的后裔之外，所谓吴人者，也该是属于这龙图腾的团族。其实太伯仲雍逃到南方以后，既已改从当地断发文身的习俗，便接受了当地先住民族的图腾

信仰，所以连太伯仲雍，和仲雍的后人，也当算作越人，因为所谓“种族”者，严格的讲，本只是文化和信仰的分野，而不是血缘的分野。总之，吴与越是一个民族，他们都是“龙子”，所以都断发文身，以“象龙子”。

一方面端午节日的活动项目中，有那样多与龙有关，一方面这风俗流行的历史最久，保存的色彩最浓厚的区域，因之也可以判定为这节日的发祥地的吴越，正是古代一个龙图腾团族的分布区，然则，我们不但可以确定前面提出的假设，说端午的起源与龙有着密切的关系，并且还可以进一步推测，说它就是古代吴越民族——一个龙图腾团族举行图腾祭的节日，简言之，一个龙的节日。汉人记载胡越有“请龙”的风俗。

《淮南子·要略篇》：“操舍开塞，各有龙忌。”许慎注曰：“中国以鬼神之事曰忌，北胡南越皆谓‘请龙’。”请字当训朝请，请龙实在就是祭龙。请龙的举动，一年之中似乎不只一次，端午可能就是越人一年中最盛大的一次请龙。请龙的风俗，胡越相同，而匈奴（即许慎所谓北胡）一年三次“龙祠”，以五月一次最为盛大，是我们最好的旁证。

《后汉书·南匈奴传》：“匈奴俗岁有三龙祠，常以正月，五月，九月戊日祭天神。”

《史记·匈奴传》“五月大会茏（《汉书》作龙）城”，索隐引崔浩曰:"西方胡皆事龙神,故名大会处为龙城。"龙祠以五月的一次为最重要,还可以从它在戊日举行得到证明。《史记·匈奴传》又说他们"日上戊巳",《月令》"中央土,其日戊巳,其帝黄帝,……其数五",戊巳和五在五行系统中是一套,而且黄帝即黄龙,所以祭龙重在五月,也是五行系统的安排。越和匈奴都奉龙为图腾,又都说是夏后氏的苗裔,他们本系同族,我们将另文讨论。在本题内,我们因越民族的史料缺乏,暂借匈奴的史料来解释越人的风俗信仰,是没有冒犯过大的危险的。

端午与五行

五行的起源想来很复杂,但有一点我们可以断言的,是它最初必有某种实用的意义,而不仅是分析自然势力而加以排列的一种近乎思想游戏的勾当。我们的建议是,五行中最基本的观念是五方,而五方是一种社会政治组织型态的符号,兼宗教信仰的象征。依图腾制度的通例,一个团族(Clan)之下往往又分为几个支族(phratries)。我们疑心古代奉龙为图腾的团族之下有四个支族,每支族又各为一龙,共有五龙。

《水经·河水注》:"奢延水又东径肤施县南,……东入五龙山,……又东走,马水注之。水出西南长城北,阳周县故城南桥山,……山上有黄帝冢故也。"《淄水注》:"广固城……四周绝涧,阻水深隍，……水侧山际，有五龙口。”

《水经·河水注》引《遁甲开山图》：“五龙见教，天皇被迹。”

《说文》：“戊，中宫也，象六甲五龙相拘绞。”

《魏文帝杂占》：“黄帝祥图，五龙舞沙。”

《水经·河水注》：“河水又东经五龙坞，北坞临长河有五龙祠。应劭云昆仑山庙在河南荥阳县，疑即此祠。所未详。”

《汉书·地理志》：“（肤施）县有五龙山。”

《鬼谷子·阴符篇》：“盛德法五龙。”陶弘景注曰：“五龙，五行之龙也。”

郭璞《游仙诗》：“奇龄迈五龙。”

五龙用五个色采来区分，所以龙是五色的名目。由图腾崇拜演化为祖宗崇拜，于是五色龙也就是五色帝。宗教信仰到了祖宗崇拜的阶段，社会组织也由图腾变为国家，所以五帝是天神，又是人王。图腾时期，四支族的四龙各治一方，而以团族的一龙为中央共主，所以有五龙分治五方之说。

《遁甲开山图》荣氏解：“五龙，昆弟四人，长曰角龙，木仙也，次曰征龙，火仙也，次曰商龙，金仙也，次曰羽龙，水仙也，父曰宫龙，土仙也。父与诸子同得仙，治在五方，为五行神。”

《类聚》九八引《瑞应图》：“黄龙者，四龙之长，四方之正色，神灵之精也。”

五龙分治五方，在国家形态出现以后，便是一个共主统治着四方的诸侯，黄帝立四面的传说，便是由此而起的。

《御览》七九引《尸子》：“子贡问孔子曰：‘古者黄帝立四面，信乎？’孔子曰：‘黄帝取合己者四人，使治四方，……此之谓四面也。’”

《吕氏春秋·本味篇》：“故黄帝立四面。”

魏文帝《以陈群为镇军司马懿为抚军诏》：“昔者轩辕建四面之号。”

有时共主失去统治能力诸侯起了觊觎之心，

蒋子《万机论》：“黄帝之初，……不好战伐，而四帝各以方色交共谋之。”

共主与诸侯之间不免要来一场战争，如果共主胜了，

《孙子·行军篇》：“凡此四军之利，黄帝之所以胜四帝也。”

用图腾主义的术语说，便是中央的黄龙杀死四方四色的龙了。

《墨子·贵义篇》:“帝以甲乙杀青龙于东方,以丙丁杀赤龙于南方,以庚辛杀白龙于西方,以壬癸杀黑龙于北方。”

五方的龙,用采色来区分,便有五色,已如上说。大概是五色离开龙,而成为单纯的五种色素之后,太嫌空洞,于是又借五种色彩相近的物质,即所谓五行的木火金水土(次第依《左传》)来象征青赤白黑黄。并依这五色的方位,又将五行分配给五方。五方的中央,性质本与其余四方不同,它是以共主的资格来统摄连系,并调和四方的,五行是由五方展转生出的,所以配中央的土,其性质与其余四行也不同。

《郑语》:“夫和实生万物,同则不继。以他平他谓之和,故能丰长而物生之。……故先王以土与金木水火杂以成万物。”

并且自然势力与五这数字似乎没有必然的连系,五行之所以为五,想必脱胎于其它天成的五数,目下想得到的,五方是一个可能的来源。至于行字的涵义,我以为就在字形里。古行字作㣔,象衢道四出之形,行本只有四而称五行,正如方本只有四而称五方一样。这解释如果不错,就字面说,五行简直就是五方,因之上引《鬼谷子》陶弘景注“五龙,五行之龙也”,便等于说“五方之龙”,《遁甲开山图》荣氏解“五龙……为五行神”,也等于说“五方神”。

我们谈了半天五行的起源,目的无非要说明五龙观念起源之古，换言之，龙与五是分不开的，因为从图腾观点说，龙的数一开始就是五，而依我们的意见，龙正是图腾社会的产物，所以我们也只能从图腾的观点来谈它。一方面龙的数既是五，所以在图腾社会的背景之下，“五”便成为一个神圣个数，而发展成为支配后来数千年文化的五行思想，一方面作为四龙之长的中央共主是第五条龙，所以“第五”便成为一个神圣的号数，至今还流行着的五月五日的端午节，便是那观念的一个见证。

最后我们应该补充一点，“端午”最初作“端五”，

张表臣《珊瑚钩诗话》二：“端五之号，同于重九，角黍之事，肇于《风俗》。屈原怀沙忠死，后人每年以五色丝络粔籹而吊之，此其始也。后世以五字为午，则误矣。”（百川本）

《野客丛书》一一：“今言五月五日曰重五。”

而端训初。

《类聚》四引《风土记》：“仲夏端午，烹鹜角黍。”注：“端，始也，谓五月初五日也。”

唐以前似乎任何一月的初五皆可称端午，不必五月。

《容斋随笔》一：“唐玄宗以八月五日生，以其日为千秋节，张说

上《大衍历序》云‘谨以开元十六年八月端午赤光照室之夜献之’，《唐类表》有宋璟请以八月五日为千秋节表，云‘月惟仲秋，日在端午’，然则凡月之五日皆可称端午也。”

《野客丛书》一四：“仆观《续世说》，齐暎为江西观察使，因德宗诞日端午为银瓶高八尺以献，是亦有端午之说。”

这更可见第五这号数的势力之大。至于后世改五为午，或系取其在一日之中的意思。巳午居十二支之中，犹之戊己居十干之中。中央之数五，午是中央之时，所以其价值也等于五，何况五午声音又完全相同呢！上文讲过五与龙有不解之缘，节日中五的意义愈深厚，愈见其与龙的关系之密切。

彩丝系臂

有一种现已失传了的端午风俗，便是彩丝系臂。

《御览》三一引《风俗通》：“五月五日以五彩丝系臂者，辟兵及鬼，令人不病温，亦因屈原。一名长命缕，一名续命缕，一名辟兵缯，一名五色缕，一名五色丝，一名朱索，又有条达等组织杂物，以相赠遗。”

《岁华纪丽》二注引《风土记》：“以五彩缕造百索系臂，一名长命缕，一名辟兵缯，以相赠遗。”

《玉烛宝典》五引《荆楚岁时记》："士女或取……彩丝系臂，谓之长命缕。"

《事文类聚前集》九引《提要录》："北人端午，以杂丝结合欢索，缠手臂。"

宋章淳《端午帖子词》："九子黏筩玉粽香，五丝系臂宝符光。"

《风俗通》所谓"条达等组织杂物"，就是臂钏，繁钦《定情诗》"绕臂双条达"可证。

《野客丛书》一四引《卢氏新记》（当作《杂说》）："唐文宗一日问宰臣古诗'轻衫衬条脱'，条脱是何物，宰臣未对，上曰即今之腕钏，安妃有金条脱，是臂饰也。"

《南部新书》："大中间上赋诗有金步摇，未能对，令温飞卿续之，飞卿即以玉条脱应之。"

玉条脱见《真诰》第一篇。这些臂上的饰物我们疑心是文身之遗。文身的主要部位本是手臂，

《赵策》二："祝发文身错臂，瓯越之民也。"

而文身是象龙文，上文已经证明。巂西文夷的风俗也是很好的旁证。

《蜀中广记》三四引《九州要记》:“嶲之西有文夷人,身青而有文如龙鳞于臂胫之间。”

文身的习惯被放弃后,其遗意还保存在衣襟的文饰间,是一种方式,

柳宗元《咏獞俗》:“饮食行藏总异人,衣襟刺绣作文身。”

以玉石之属刻作龙形系在臂上,是另一种方式,

《急就篇》:“系臂琅玕虎魄龙。”

再一种方式则表现在系在肘后的印纽上。

《独断》上引卫宏(《汉旧仪》):“秦以前,民皆以金玉为印,龙虎纽,唯其所好。”

彩丝系臂,想来当初也是以象龙形的。这虽没有明证,但既是端午的风俗,而端午是个龙的节日,则结丝以象龙形是很可能的。龙形遗失后,便用五种颜色来象征五色龙。有时是用五种颜色的丝织物编成的。

《初学记》四引裴玄《新语》:“五月五日集五彩缯,谓之辟兵。”

《御览》三一引《风俗通》:“五月五日集五色缯辟兵,余问服君。服君曰:‘青赤白黑以为四方,黄为中央,襞方缀于胸前,以示妇人蚕功也。织麦䴵(䴵,麦茎也。)悬于门,以示农功成。传声以襞方为辟兵耳。’”

服虔以“辟兵”为“辟方”的声误,说法很巧,但其“爱梵美”的嫌疑,一望可知。其实所谓“青赤白黑以为四方,黄为中央”已经明白的告诉我们五方龙。

守宫

传说守宫对于妇人常有种种神秘的影响,

《御览》九四六引《淮南万毕术》:“守宫涂脐,妇人无子。取守宫一枚,置瓮中,及蛇衣以新布密裹之,悬于阴处百日,治守宫蛇衣分等,以唾和之,涂妇人脐,磨令温,即无子矣。”

同上引《梦书》:“守宫为寡妇着垣墙也。梦见守宫,忧寡妇人也。”

最常见的说法是防闲贞操的功能。

《御览》七三六引《淮南万毕术》:“取守宫虫,饵以丹砂,阴干,涂妇人身，男合即灭。”

《御览》九四六引《淮南万毕术》：“守宫饰女臂，有文章。取守宫新合阴阳者，牝牡各一，藏之瓮中，阴干百日，以饰女臂，则生文章。与男子合阴阳，辄灭去。”

《御览》三一引《淮南万毕术》：“取七月七日守宫阴干之，治合，以井华水和，涂女人身，有文章，则以丹涂之，不去者不淫，去者有奸。”

《博物志》：“蜥蜴或蝘蜓，以器养之，食以硃砂，体尽赤。所食满七斤，捣万杵，以点女人支体，终身不灭，故号曰守宫。”

《古诗》：“爱惜加穷袴，防闲托守宫。”

李贺《宫娃歌》：“花房夜捣红守宫。”

李商隐《河阳诗》：“巴西夜市红守宫，后房点臂斑斑红。”

这我们猜想也是一个图腾的遗迹。守宫本一名龙子，

《名医别录》陶注：“蜥蜴……形大纯黄色者名蛇医，其次似蛇医而小形长尾，见人不动者，名龙子。”

《古今注》：“蝘蜓一曰守宫，一曰龙子。”

吴普《本草》：“石龙子一名守宫，一名山龙子。”

龙舟

寻常舟船刻为龙形，本是吴越一带的习俗。

应场《灵河赋》："龙艘白鲤，越舲蜀艇，"

《意林》引杨泉《物理论》："龙舟整楫，王良不能执也，骥騄齐行，越人不能御也。"

马缟《中华古今注》上："孙权，吴之主也，时号舸为赤龙，……言如龙之飞于天。"

和他们的文身一样，龙舟的目的，大概也是避蛟龙之害。这可以从船上图蛟和挂龙子幡得到暗示。

萧子显《南征曲》："櫂歌来扬女，操舟惊越人，图蛟怯水伯，照鹢竦江神。"

图蛟的目的在"怯水伯"，意义是明显的。

《古诗为焦仲卿妻作》："青雀白鹄舫，四角龙子幡。"

《襄阳乐》："上水郎担篙，下水摇双橹，四角龙子幡，环环江当柱。"

《南史·臧质传》："质封始兴郡公，之镇，亦平乘，并施龙子幡。"

越人文身以象龙子，船上挂龙子幡也无非是龙子的信号。为的是让蛟龙容易辨别，不致误加伤害。把整个的船刻成龙形，目的大概也是这样。

龙舟只是文身的范围从身体扩张到身体以外的用具，所以它是与文身的习惯同时存在的。图腾文化消逝以后，文身变相为衣服的文饰，龙舟也只剩下“图蛟”和龙子幡一类的痕迹。但遇到宗教仪式时，古旧形态中的许多花样往往会全般出现，于是我们便看到穿着模拟文身的彩衣的水手们划着龙舟——一幅典型图腾社会的“浮世绘”。

唐无名氏《竞渡歌》：“鼓声三下红旗开，两龙跃出浮水来，棹影斡波飞万剑，鼓声劈浪鸣千雷。鼓声渐急标将近，两龙望标目如瞬。……须臾戏罢各东西，竟脱文身请书上。”

《事文类聚·前集九》引□□□：“唐杜亚节度淮南，方春，民为竞渡戏，亚欲轻驶，乃髹船底，篙人衣油彩衣，没水不濡。”

《齐东野语》一三：“甄云卿……竞渡日，着彩衣，立龙首，自歌所作‘思远楼前’之词，旁若无人。”

无名氏径称彩衣为“文身”，尤其是我们的佳证。

龙舟竞渡应该是史前图腾社会的遗俗。上揭《岁时记》说越地相传起于越王句践，可见这风俗来源之古，虽则这说法本身仍然不可靠。至于拯救屈原的故事，最早的记载也只在六朝，

《御览》三一引《荆楚岁时记》：“五月五日竞渡，俗为屈原投汨

罗日，伤其死所，并命舟楫以拯之。舸舟取其轻利，谓之飞凫。一自以为水军，一自以为水马，州将及土人悉临水观之。”

早在隋代的杜台卿已经怀疑过这说法，他在《玉烛宝典》里讲道“或因开怀娱目，乘水临风，为一时之赏，非必拯溺。”杜氏的解释虽不对，他怀疑拯溺之说，却是有道理的。

端节的历史教育

端午那天孩子们问起粽子的起源，我当时虽乘机大讲了一顿屈原，心里却在暗笑，恐怕是帮同古人撒谎罢。不知道是为了谎的教育价值，还是自己图省事和藏拙，反正谎是撒过了，并且相当成功，因为看来孩子们的好奇心确乎得到了相当的满足。可是，孩子们好奇心的终点，便是自己好奇心的起点。自从那天起，心里常常转着一个念头：如果不相信谎；真又是什么呢？端午真正的起源，究竟有没有法子知道呢？最后我居然得到了线索，就在那谎里。

屈原五月五日投汨罗而死，楚人哀之，每至此日，以竹筒贮米投水祭之。汉建武中，长沙欧回白日忽见一人，自称三闾大夫，谓曰："君常见祭，甚善。但常所遗，苦为蛟龙所窃。今若有惠，可以楝树叶塞其上，仍以五彩丝约缚之。此二物，蛟龙所惮也。"回依其言。世人作粽，并带五彩丝及楝叶。皆汨罗之遗风也。(《续齐谐记》)

这传说是如何产生的，下文再谈，总之是不可信。倒是"常所遗（粽子）苦为蛟龙所窃”这句话，对于我的疑窦，不失为一个宝贵的消息。端午节最主要的两个节目，无疑是竞渡和吃粽子。这里你就该注意，竞渡用的龙舟，粽子投到水里常为蛟龙所窃，两个主要节目都与龙有关，假如不是偶合的话，恐怕整个端午节中心的意义，就该向龙的故事里去探寻罢。这是第一点。据另一传说，竞渡的风俗起于越王句践，那也不可靠，不过吴越号称水国，说竞渡本是吴越一带的土风，总该离事实不远。这是第二点。一方面端午的两个主要节目都与龙有关，一方面至少两个节目之一，与吴越的关系特别深，如果我们再能在吴越与龙之间找出联系来，我们的问题不就解决了吗？

吴越与龙究竟有没有联系呢？古代吴越人“断发文身”，是我们熟知的事实。这习俗的意义，据当时一位越国人自己的解释，是“处海垂之际，……而蛟龙又与我争焉，是以剪发文身，烂然成章，以像龙子者，将以避水神也”（《说苑·奉使篇》记诸发语）。所谓“水神”便是蛟龙。原来吴越都曾经自认为蛟龙的儿子（龙子），在那个大前提下，他们想，蛟龙是害人的东西，不错，但决不会残杀自己的“骨肉”。所以万一出了岔子，责任不该由蛟龙负，因为，他们相信，假若人们样子也长的和蛟龙一样，让蛟龙到眼就认识是自己的族类，那会有岔子出呢？这样盘算的结果，他们便把头发剪短了，浑身刺着花纹，尽量使自己真像一个“龙子”，这一来他们心里便踏实了，觉得安全真有保障。这便是吴越人断发文身的全部理论。这种十足的图腾主义式的心理，我在别处还有更详细的分析与说明。现在应该注意的是，我们在上文所希望的吴越与龙的联系，事实上确乎存在。根据这联系推下去，我想谁都会得到这样一个结论：端午本是吴越民族举行图腾祭的节日，而赛龙舟便是这祭仪中半宗教，半社会性的娱乐节目。至于将粽子投到水中，本意是给蛟龙享受的，那就不用讲了。总之，端午是个龙的节日，它的起源远在屈原以前——不知道多远呢！

据《风俗通》和《荆楚岁时》记，五月五日，古代还有以彩丝系臂，名曰"长命缕"的风俗。我们疑心彩丝系臂便是文身的变相。一则《国策》有"祝发文身错臂，瓯越之民也"的话（《赵策》二）。可见文身术应用的主要部分之一是两臂。二则文身的目的，上文已讲过，是给生命的安全作保障。彩丝系臂，在形式上既与错臂的文身术有类似的效果，而"长命缕"这名称又证明了它也具有保障生命的功能，所以我们说彩丝系臂是古代吴越人文身俗的遗留，也是不会有大错的。于是我又恍然大悟，如今小孩们身上挂着五彩丝线缠的，或彩色绸子扎的，或染色麦草编的，种种光怪陆离的小玩意儿，原来也都是文身的替代品。文身是"以像龙子"的。竞渡与吃粽子，上文已说过，都与龙有关，现在我们又发现彩丝系臂的背景也是龙，这不又给端午是龙的节日添了一条证据么？我看为名副其实，这节日干脆叫"龙子节"得了。

我在上文好像揭穿了一个谎。但在那揭谎的工作中，我并不是没有怀着几分惋惜的心情。我早已提到谎有它的教育价值，其实不等到谎被揭穿之后，我还不觉得谎的美丽。如果明年孩子们再谈起粽子的起源，我想，我的话题还是少不了这个谎，不，我将在讲完了真之后，再告诉他们谎中的真。我将这样说：

“吃粽子这风俗真古得很啊！它的起源恐怕至少在四五千年前。那时人们的文化程度很低。你们课本中有过海南岛黎人的插图吗？他们正是那样，浑身刺绣着花纹，满脸的狞恶像。但在内心里他们实在是很可怜的。那时的人在自然势力威胁之下，常疑心某种生物或无生物有着不可思议的超自然力量，因此他们就认定那东西为他们全族的祖先兼保护神，这便是现代术语所谓‘图腾’。凡属于某一图腾族的分子，必在自己身体上和日常用具上，刻画着该图腾的形状，以图强化自己和图腾间的联系，而便于获得图腾的保护。古代吴越民族是以龙为图腾的，为表示他们‘龙子’的身分，借以巩固本身的被保护权，所以有那断发文身的风俗。一年一度，就在今天，他们要举行一次盛大的图腾祭，将各种食物，装在竹筒，或裹在树叶里，一面往水里扔，献给图腾神吃，一面也自己吃。完了，还在急鼓声中（那时许没有锣）划着那刻画成龙形的独木舟，在水上作竞渡的游戏，给图腾神，也给自己取乐。这一切，表面上虽很热闹，骨子里却只是在一副战栗的心情下，吁求着生命的保障，所以从冷眼旁观者看来，实在是很悲的。这便是最古端午节的意义。

“一二千年的时间过去了，由于不断的暗中摸索，人们稍稍学会些控制自然的有效方法，自己也渐渐有点自信心，于是对他们的图腾神，态度渐渐由献媚的，拉拢的，变为恫吓的，抗拒的，（人究竟是个狡猾的东西！）最后他居然从幼稚的，草昧的腾图*文化挣扎出来了，以至几乎忘掉有过那么回事。好了，他现在立住脚根了，进步相当的快。人们这时赛龙舟，吃粽子，心情虽还有些紧张，但紧张中却带着点胜利的欢乐意味。他们如今是文明人啊！我们所熟习的春秋时代的吴越，便是在这个文化阶段中。

“但是，莫忙乐观！刚刚对于克服自然有点把握，人又发现了第二个仇敌——他自己。以前人的困难是怎样求生，现在生大概不成问题，问题在怎样生得光荣。光荣感是个良心问题，然而要晓得良心是随罪恶而生的。时代一入战国，人们造下的罪孽想是太多了，屈原的良心担负不起，于是不能生得光荣，便毋宁死，于是屈原便投了汨罗！是呀，仅仅求生的时代早过去了，端午这节日也早失去了意义。从越国到今天，应该是怎样求生得光荣的时代，如果我们还要让这节日存在，就得给他装进一个我们时代所需要的意义。

“但为这意义着想，那有比屈原的死更适当的象征？是谁首先撒的谎，说端午节起于纪念屈原，我佩服他那无上的智慧！端午，以求生始，以争取生得光荣的死终，这谎中有无限的真！”

准备给孩子们讲的话，不妨到此为止。纵然这番意思，孩子还不大懂，但迟早是应当让他们懂得的，是不是？

* 三联版为“腾图”，疑当作“图腾”。

屈原问题

——敬质孙次舟先生——

一

不久以前，在成都，因孙次舟先生闯了一个祸，久不听见的文学史问题争论战又热闹过一阵。在昆明不大能见到那边的报纸和刊物，所以很少知道那回事的。但孙先生提出的，确乎是个重要问题，它不但属于文学史，也属于社会发展史的范围，如果不是在战时，我想它定能吸引更广大的，甚而全国性的热烈的注意。然而即使是战时，在适当的角度下，问题还是值得注目的。

孙先生说屈原是个“文学弄臣”，为读者的方便，我现在把他的四项论证，叙述如下。

（一）《史记》不可靠。司马迁作《屈原传》，只凭传说，并没有“史源”，所以那里所载的屈原事迹，都不可靠。（论证从略。）

（二）战国末年纯文艺家没有地位。孙先生认为文人起于春秋战国间，那时政论家已经取得独立的社会地位，纯文艺家则没有。

这情形到战国末年——屈宋时代，还是一样，就是西汉时也还没有多大改变，所以东方朔、郭舍人、枚皋一流人都“见视如倡”，司马相如虽有点政治才能，仍靠辞赋为进身之阶，（一多案：也得仰仗狗监推荐！）甚至连司马迁都叹道“固主上所戏弄，倡优蓄之”。孙先生又说，经过西汉末扬雄、桓谭、冯衍等的争取，文人的地位，这才渐见提高，到东汉，史书里才出现了《文苑传》。

（三）以宋玉的职业来证屈原的身分。从《高唐》《神女》《登徒子好色》三赋里，孙先生证明了宋玉不过是陪着君王说说笑笑，玩玩耍耍的一个“面目佼好，服饰华丽的小伙子”，态度并且很不庄重。而司马迁明说宋玉是“祖屈原之从容辞令”的，那么，屈原当日和怀王在一起的生活情形，也便可想而知了。

（四）《离骚》内证。孙先生发现战国时代有崇尚男性姿容，和男性的姿态服饰以模拟女性为美的风气，他举《墨子·尚贤篇》“王公大人，有所爱其色而使”“今王公大人，其所富，其所贵，皆王公大人骨肉之亲，无故富贵，面目好美者也”，和《荀子·非相篇》“今世俗之乱君，乡曲之儇子，莫不美丽姚冶，奇衣妇饰，血气态度，拟于女子”等语为证。他说，作为文学弄臣的男性，正属于这类，而屈原即其一例。《离骚》中每以美人自拟，以芳草相比，说“昭质未亏”，说“孰求美而释女”；又好矜夸服饰，这都代表着那一时的风气。《离骚》，据孙先生看，当作于怀王入秦以前，是这位文学弄臣，因与同列（靳尚之流）争宠，遭受谗言，使气出走，而年淹日久，又不见召回，以致绝望而自杀时的一封绝命书。他分析其内容，认为那里

“充满了富有脂粉气息的美男子的失恋泪痕”：

众女嫉余之蛾眉兮，谣诼谓余以善淫。（后宫弄臣姬妾争风吃醋。）

初既与余成言兮，后悔遁而有他。（男女情人相责的口吻。）

余既不难夫离别兮，伤灵修之数化。（眷恋旧情，依依不舍。）

汩余若将不及兮，恐年岁之不吾与。——惟草木之零落兮，恐美人之迟暮。——老冉冉其将至兮，恐修名之不立。——及年岁之未晏兮，时亦犹其未央。（顾惜青春，惟恐色衰。）

心犹豫而狐疑兮，欲自适而不可。（旁人劝他自动回宫。他依然负气，不肯服软。）

苟中情其好修兮，又何必用夫行媒？（自想请人疏通，恐怕也是枉然。）

曾歔欷余郁邑兮，哀朕时之不当，揽茹蕙以掩涕兮，沾余襟之浪浪。（但知自伤命薄，做出一副女儿相。）

闺中既已邃远兮，哲王又不寤，怀朕情而不发兮，焉能忍与此终古！（终以热情难制，决定自杀。）

至于篇中所以称述古代的圣主贤臣，孙先生以为，那还是影射怀王对他宠信不终，听信谗言，乃至和他疏远那一连串事实的。“因为屈原和怀王有一种超乎寻常君臣的关系。”他说，“所以在《离骚》中多有暧昧不清的可作两面解释的辞句。”但他确是一个“天质忠良”“心地纯正”，而且“情感浓烈”的人，不像别人，只一意的引导着君王欢乐无度，不顾“皇舆之败绩”，他——屈原，是要让怀王欢乐而不妨国政，以期“及前王之踵武”的。然而他究竟是一个“富有娘儿们气息的文人”。孙先生还申斥道：“‘无能的’把事情闹糟，即使能够知耻的以死谢国人，那也逃不了孔子‘自经于沟渎’是‘匹夫匹妇之谅也’的严正批评的。”总之，他“是文人发展史上一个被时代牺牲了的人物”，（因为男色的风习，在古代中国并不认为是不道德的。）但我们也不应因此就“剥夺他那《离骚》在文学史上的地位”。

二

述完了孙先生的话，我还要讲讲关于他如何提出这问题，和我个人如何对它发生兴趣的一些小故事。本年九月间，朱佩弦先生从成都给我一封信，内附孙次舟先生的一篇文章，题作“屈原是‘文学弄臣’的发疑（兼答屈原崇拜者）”，是从成都《中央日报》的《中央副刊》剪下的。信上说，在本年成都的“诗人节”纪念会上，孙先生提出了这问题，立时当地文艺界为之大哗，接着就向他发动围攻，直到最近，孙先生才开始公开抵抗，那便是这篇文章的来由。佩弦先生还说到他自己同情孙先生的意思。后来他回到昆明，我们见着便谈起这事，我问他还记不记得十几年前，我和他谈到和孙先生类似的意见，他只摇摇头。（十几年是一个太长的时间，我想。）这里让我打一个岔。就在本年暑假中，我接到某官方出版机关一封信，约我写一本《屈原传》一类的小书，我婉词谢绝了，读者此刻可以明白我当时的苦衷吧！好了，前几天佩弦先生又给我送来孙先生的第二篇文章，在这篇《屈原讨论的最后申辩》的附白中，孙先生转录了李长之兄给他通信里这样一段话："昔闻一多先生亦有类似之说，以屈原与梅兰芳相比。"本来我看到孙先生第一篇文章时，并没有打算对这问题参加讨论，虽则心里也曾发生过一点疑问：让孙先生这样一个人挨打，道义上是否说得过去呢？如今长之兄既把我的底细揭穿了，而孙先生也那样客气的说道"闻一多先生大作如写成，定胜拙文远甚"，(这仿佛是硬拖人下水的样子，假如不是我神经过敏的话。)这来，我的处境便更尴尬了，我当时想，如果再守口如瓶，岂不成了临阵脱逃吗？于是我便决定动笔了。

然而我虽同情孙先生，却不打算以同盟军的姿态出马，我是想来冒险作个调人的。老实说，这回的事件并不那样严重，冲突的发生只由于一点误会。孙先生以屈原为弄臣，是完全正确的指出了一桩历史事实，不幸的是，他没有将这事实在历史发展过程中所代表的意义，充分的予以说明，这，便是误会之所由发生吧！我以为，事实诚然有些讨厌，然而不先把意义问个水落石出，便一窠蜂的拥上来要捣毁事实，以图泄愤，这是文艺界朋友们太性急点，至于这时不赶紧宣布意义，让意义去保护事实，却只顾在事实的圈子里招架，也不能不说是孙先生的失策。其实事实讨厌，意义不一定讨厌。话说穿了，屈原在文学史上的地位，不惟不能被剥夺，说不定更要稳固，到那时，我相信我们的文艺界还要欢迎孙先生所指出的事实，岂只不拒绝它？

三

除一部分尚未达到奴隶社会阶段的原始民族外，全人类的历史便是一部奴隶解放史。在我们的历史上，最下层的离开贵族（奴隶领主）最远的农业奴隶，大概最先被解放。次之是工商业奴隶。在古代自足式的社会里，庶民的衣食器用都不必假手于人，所以在民间，工商是不成其为独立职业的。只养尊处优的贵族们，才需要并且能够豢养一群工商奴隶，给他们制造精巧的器具，采办珍奇的货物。商处于市井，是在贵族都邑的城圈内的，工处于官府，简直在贵族家里了。这两种奴隶被解放的时期的先后，便依他们所在地离开贵族的远近而定，但比起农人来，可都晚得多了。

但解放得最晚的，还是那帖紧的围绕着主人身边，给主人充厮役，听差遣，供玩弄，和当清客——总而言之，在内廷帮闲的奴隶集团。这其间所包括的人物，依后世的说法，便有最狎昵的姬妾幸臣，最卑贱的宫娥太监，较高等的乐工舞女和各色技艺人才，以及扈从游谯的“文学侍从之臣”等等。论出身，他们有的本是贵族，或以本族人而获罪，降为皂隶，或以异族人而丧师亡国，被俘为奴，或以出国为“质”，不能返国，而沦为臣妾，此外自然也有奴隶的子孙世袭为奴隶的。若就男性的讲，因为本是贵族子弟，所以往往眉清目秀，举止娴雅，而知识水准也相当高。从此我们可以明白，像这样的家内奴隶（包括孙先生所谓“文学弄臣”在内），身分虽低，本质却不坏，职事虽为公卿大夫们所不齿，才智却不必在他们之下。他们确乎是时代的牺牲者，当别的奴隶阶层（农，工，商）早已获得解放他们这群狐狸，兔子，鹦鹉，山鸡，和金鱼，却还在金丝笼和玻璃缸里度着无愁的岁月，一来是主人需要他们的姿色和聪明，舍不下他们，二来是他们也需要主人的饲养和鉴赏，不愿也不能舍弃主人。他们不幸和主人太帖近了，主人的恩泽淹灭了他们的记忆，他们失去自由太久了，便也失去了对自由的欲望。他们是被时代牺牲了。然而也被时代玉成了。玲珑细致的职业，加以悠闲的岁月，深厚的传统，给他们的天才以最理想的发育机会，于是奴隶制度的粪土中，便培养出文学艺术的花朵来了。没有弄臣的屈原，那有文学家的屈原？历史原是在这样的迂回过程中发展着，文化也是在这样的迂回中长成的。

四

更重要的是奴隶制度不仅产生了文学艺术，还产生了“人”。本来上帝没有创造过主人和奴隶，他只创造了“人”，在血液中，屈原和怀王尤其没有两样（他们同姓），只是人为的制度，把他们安排成那可耻的关系。可是这里“人定”并没有“胜天”，反之，倒是人的罪孽助成了天的意志。被谗，失宠和流落，诱导了屈原的反抗性，在出走和自沉中：我们看见了奴隶的脆弱，也看见了“人”的尊严。先天的屈原不是一个奴隶，后天的屈原也不完全是一个奴隶。他之不能完全不是一个奴隶，我们应该同情，（那是时代束缚了他。）他之能不完全是一个奴隶，我们尤其应该钦佩，（那是他在挣脱时代的束缚。）要了解屈原的人格，最好比较比较《离骚》和《九辩》。

伏（服）清白以死直兮，固前圣之所厚。

虽体解吾犹未变兮，岂余心之可惩？

不量凿以正枘兮，固前修以菹醢。

《九辩》里何曾发过这样的脾气！尤其那两篇的结尾——一边是

已矣哉！国无人莫我知兮，又何怀乎故都？

既莫足与为美政兮，吾将从彭咸之所居！

一边是

愿皇天之厚德兮，还及君之无恙！

那坚强的决裂，和这“临去秋波那一转”，是多么有讽刺性的对照！我同意孙先生从宋玉的身分里看屈原的身分，但我不相信从宋玉的人格里找寻到屈原的人格，因此我不同意孙先生的“以情推度”，说“若《高唐赋》《神女赋》这类的作品屈原当也写了不少”。

我也不十分同意孙先生只称许一个“天质忠良”“心地纯正”和

"忠款与热情"的屈原。这些也许都是实情，但我觉得屈原最突出的品性，无宁是孤高与激烈。这正是从《卜居》《渔父》的作者到西汉人对屈原的认识。到东汉，班固的批评还是"露才扬己，怨怼沉江"和什么"不合经义"，这里语气虽有些不满，认识依然是正确的。大概从王逸替他和儒家的经术拉拢，这才有了一个纯粹的"忠君爱国"的屈原，再经过宋人的吹嘘，到今天，居然成了牢不可破的观念。可是这中间，我记得，至少还有两个人了解屈原，一个是那教人"痛饮酒，熟读《离骚》，便可称名士"的王孝伯，一个是在《通鉴》里连屈原的名字都不屑一提的司马光，前者一个同情的名士，后者一个敌意的腐儒，都不失为屈原的知己，一个孤高激烈的奴隶，决不是一个好的奴隶，所以名士爱他，腐儒恨他。可是一个不好的奴隶，正是一个好的"人"。我在孙先生的第二篇文章里领教过他的"火气"哲学，十分钦佩。如今孙先生察觉了屈原的"脂粉气"而没有察觉他的"火气"，这对屈原是不大公平的。

五

孙先生承认："陪着楚王玩耍或歌舞的人物，有时要诙笑嫚戏，有时也要出入宫廷，传达命令。"既然常传达命令，则日子久了，干预政治，是必然之势。既有机会干预政治，就可能对政治发生真实的兴趣。"天质忠良""心地纯正"的屈原，为什么对当时的政治，不是真心想"竭忠尽智"呢？孙先生说屈原的"上称帝喾，下道齐桓，中述汤武”，与孔孟之称道古帝王不同，“他的着重点都只在怀王对他宠信不终，而听信谗言，疏远了他这一种为自己身上的打算上。”我只知道圣人也是“三月无君，则皇皇如也”的，为什么孔孟的称道古帝王是完全为别人打算，屈原的称道就完全为自己呢？并且什么古代圣主贤臣，风云际会，打得火热的那一套，也不过是当时的老生常谈而已，除老庄外，先秦诸子那一家不会讲？何只孔孟？

孙先生大概认定弄臣只是弄臣，其余一切，尤其国家大事，便与他们无干，所以不相信《史记》里那些关于屈原政治生活的记载。《史记·屈原传》未必全部可靠，正如《史记》的其它部分一样，但那不能不说是“事出有因”。孙先生说它没有“史源”，许是对的。但说是“史源”便可靠，是“传说”便全无价值，却不尽然。依我看来，倒是官方或半官方式的“史源”可靠的少，而民间道听途说式的“传说”，十有八九是真话。你不能专从字面上读历史，《史记·屈原传》尽管是一笔糊涂账，可是往往是最糊涂的账中泄露了最高度的真实。从来“内廷”和“外廷”的界限就分不清楚，屈原是个文学弄臣，并不妨碍他是个政治家。从“赘婿”出身的淳于髡，不正是个“滑稽多辩”的文学弄臣吗？如果孙先生不又抹煞“传说”的话，淳于髡不也曾带着“黄金千镒，白璧十双，车马百驷”，为齐使赵，而得到成功吗？因此，我们又明白了，“滑稽多辩”是弄臣必需的条件，也是使臣必需的条件，正如作为辞赋起源的辞令，也就是那人臣们“使于四方”用以“专对”的辞令，“登高能赋”是古代“为大夫”的资格，也合了后世为弄臣，为使臣的资格，弄臣与使臣，职务虽然两样，人物往往不妨只有一个。也许正因屈原是一个“博闻强志……娴于辞令”的漂亮弄臣，才符合了那“出则接遇宾客，应对诸侯”的漂亮外交家的资格。战国时代本不是一个在传统意义下讲资格，讲地位的时代，而是一个一切价值在重新估定的时代，那年头谁有活动的能力，便不愁没有活动的机会。讲到身分，苏秦张仪也够卑贱的，然而不妨碍他们致身卿相，然则在另一属性上身分也是卑贱的屈原，何以不能做三闾大夫和左徒呢？在屈原看来，从来倒是“肉食者鄙”，而你看，奴隶群中却不断的站起了辉煌的人物：

说操筑于傅岩兮，武丁用而不疑，
吕望之鼓刀兮，遭周文而得举，
宁戚之讴歌兮，齐桓闻以该辅。

屈原，自己一个文化奴隶，站起来又被人挤倒，他这段话真是有慨乎言之啊！一个文化奴隶（孙先生叫他作“文学弄臣”）要变作一个政治家，到头虽然失败，毕竟也算翻了一次身，这是文化发展的迂回性的另一方面。

六

中国文学有两个截然不同的传统，一个是《诗经》，一个是《楚辞》，历来总喜欢把它们连成一串，真是痴人说梦。《诗经》不属本文的范围，姑且不去管它。关于《楚辞》这传统的来源，从来没有人认真追究过，对于它的价值，也很少有正确的估计。我以为在传统来源问题的探究上，从前廖季平先生的《离骚》即秦博士的《仙真人诗》的说法，是真正着上了一点边儿，此外便要数孙先生这次的“发疑”，贡献最大。像孙先生这样的看法，正如上文说过的，我从前也想到了。但我以为光是这样的看法，并不能解决《离骚》全部的问题，质言之，依孙先生的看法，只可以解释这里面男人为什么要说女人话，还不能解释人为什么要说鬼话（或神话）。自“驷玉虬以乘鹥兮，溘埃风余上征”以下一大段，中间讲到羲和，望舒，飞廉，雷师，讲到虙妃，有娀，有虞二姚，整个离开了这个现实世界，像这类的话，似乎非《仙真人诗》不足以解释。（当然不是秦博士的《仙真人诗》，屈大夫为什么不也可以作这样的诗呢！）关于这点的详细论证，此地不能陈述。总之，我不相信《离骚》是什么绝命书，我每逢读到这篇奇文，总仿佛看见一个粉墨登场的神采奕奕，潇洒出尘的美男子，扮演着一个什么名正则，字灵均的“神仙中人”说话，（毋宁是唱歌。）但说着说着，优伶丢掉了他剧中人的身分，说出自己的心事来，于是个人的身世，国家的命运，变成哀怨和愤怒，火浆似的喷向听众，炙灼着，燃烧着千百人的心——这时大概他自己也不知道是在演戏，还是骂街吧！从来艺术就是教育，但艺术效果之高，教育意义之大，在中国历史上，这还是破天荒第一次。

《诗经》时代是一个朴质的农业时代，《三百篇》的艺术效果虽低，但那里艺术与教育是合一的。到了战国，商业资本起来了，艺术遂随着贵族生活的骄奢淫逸，而与教育脱节，变成了少数人纵欲的工具，因之艺术工作者也就变成了为少数人制造这种工具的工具。这现象在《诗经》时代是没有的。屈原的功绩，就是在战国时代进步的艺术效果之基础上，恢复了《诗经》时代的教育意义，那就是说，恢复了《诗经》时代艺术的健康性，而减免了它的朴质性。从奴隶制度的粪土中不但茁生了文学艺术，而且这文学艺术里面还包含着了作为一切伟大文学艺术真实内容的教育意义，因此，奴隶不但重新站起来做了“人”，而且做了“人”的导师。《离骚》之堪“与日月争光”，真能如孙先生所说，是“汉以还人误解”了吗？

七

总上所述，我们可以知道孙先生的误会，是把事实看倒了头，那便是说，事实本是先有弄臣，而后变成文人，（而且不是一个寻常的文人！）孙先生却把它看成先有文人，而后变成弄臣。这一来，真是“失之毫厘，谬以千里”了！依我们的看法，是反抗的奴隶居然挣脱枷锁，变成了人，依孙先生的看法，是好好的人偏要跳入火坑，变了奴隶，二者之间，何啻天渊之隔！没有人愿做奴隶，没有人愿看着好好的人变成奴隶，更没有人愿看见他自己的偶像变成奴隶，所以依照孙先生指出的事实，加上他的看法，文艺界对他群起而攻之，是极自然的现象，反之，假如他们不这样做，那倒可怪哩！

我曾经深思过，以孙先生的博学和卓识，何以居然把事实看倒了头呢？恕我不敬，我的解答是下面这一连串东西：士大夫的顽固的道德教条主义——统治阶级，剥削阶级的优越感——封建生产关系的狭隘性的残余意识，因为上述的这些毒素，因为压迫者对于被压迫者的本能的嫌恶，孙先生一发现屈原的那种身分，便冒火，他是“嫉恶如仇”的，所以要“除恶务尽”，他的正义感使他不问青红皂白，看见奴隶就拳打脚踢，因此他虽没有把一切于屈原有利的都否认了，他确乎把一切于他有损的都夸大了。“缺少屈原也没来头，……即使我真是‘信口开河’……也不应得什么罪过”，他还说。先生！这就是罪过。对奴隶，我们只当同情，对有反抗性的奴隶，尤当尊敬，不是吗？然而，摧残屈原的动机是嫌恶奴隶，救护屈原的动机也还是嫌恶奴隶啊！文艺界也是见奴隶就冒火的，所以听人说屈原是奴隶就冒火。为了嫌恶奴隶，他们与孙先生是同样的勇敢，因为在这社会制度下，对于被压迫者，人人都是迫害狂的病患者啊！

我们当怎样估计过去的每一个伟大的艺术家呢？高尔基指示我们说，应该从两方面来着眼，一方面是作为“他自己的时代之子”，一方面就是作为“一个为争取人类解放而具有全世界历史意义的斗争的参加者”。我们要注意，在思想上，存在着两个屈原，一个是“竭忠尽智，以事其君”的集体精神的屈原，一个是“露才扬己，怨怼沉江”的个人精神的屈原。在前一方面，屈原是“他自己的时代之子”，在后一方面，他是“一个为争取人类解放……的斗争的参加者”。他的时代不允许他除了个人搏斗的形式外任何斗争的形式，而在这种斗争形式的最后阶段中，除了怀沙自沉，他也不可能有更凶猛的武器，然而他确乎斗争过了，他是“一个为争取人类解放而具有全世界历史意义的斗争的参加者”。如果我也是个“屈原崇拜者”，我是特别从这一方面上着眼来崇拜他的。

三十三年十二月，昆明。(《中原》第二卷第二期)

人民的诗人——屈原

古今没有第二个诗人像屈原那样曾经被人民热爱的。我说“曾经”，因为今天过着端午节的中国人民，知道屈原这样一个人的实在太少，而知道《离骚》这篇文章的更有限。但这并不妨碍屈原是一个人民的诗人。我们也不否认端午这个节日，远在屈原出世以前，已经存在，而它变为屈原的纪念日，又远在屈原死去以后。也许正因如此，才足以证明屈原是一个真正的人民诗人。惟其端午是一个古老的节日，“和中国人民同样的古老”，足见它和中国人民的生活如何不可分离，惟其中国人民愿意把他们这样一个重要的节日转让给屈原，足见屈原的人格，在他们生活中，起着如何重大的作用。也惟其远在屈原死后，中国人民还要把他的名字，嵌进一个原来与他无关的节日里，才足见人民的生活里，是如何的不能缺少他。端午是一个人民的节日，屈原与端午的结合，便证明了过去屈原是与人民结合着的，也保证了未来屈原与人民还要永远结合着。

是什么使得屈原成为人民的屈原呢?

第一，说来奇怪，屈原是楚王的同姓，却不是一个贵族。战国是一个封建阶级大大混乱的时期，在这混乱中，屈原从封建贵族阶级，早被打落下来，变成一个作为宫廷弄臣的卑贱的伶官，所以，官爵尽管很高，生活尽管和王公们很帖近，他屈原，依然和人民一样，是在王公们脚下被践踏着的一个。这样，首先在身分上，屈原便是属于广大人民群中的。

第二，屈原最主要的作品——《离骚》的形式，是人民的艺术形式，"一篇题材和秦始皇命博士所唱的《仙真人诗》一样的歌舞剧。"虽则它可能是在宫廷中演出的。至于他的次要的作品——《九歌》，是民歌，那更是明显，而为历来多数的评论家所公认的。

第三，在内容上，《离骚》"怨恨怀王，讥刺椒兰"，无情的暴露了统治阶层的罪行，严正的宣判了他们的罪状，这对于当时那在水深火热中敢怒而不敢言的人民，是一个安慰，也是一个兴奋。用人民的形式，喊出了人民的愤怒，《离骚》的成功不仅是艺术的，而且是政治的，不，它的政治的成功，甚至超过了艺术的成功，因为人民是最富于正义感的。

但，第四，最使屈原成为人民热爱与崇敬的对象的，是他的"行义"，不是他的"文采"。如果对于当时那在暴风雨前窒息得奄奄待毙的楚国人民，屈原的《离骚》唤醒了他们的反抗情绪，那么，屈原的死，更把那反抗情绪提高到爆炸的边沿，只等秦国的大军一来，就用那溃退和叛变的方式，来向他们万恶的统治者，实行报复性的反击。（楚亡于农民革命，不亡于秦兵，而楚国农民的革命性的优良传统，在此后陈胜吴广对秦政府的那一著上，表现得尤其清楚。）历史决定了暴风雨的时代必然要来到，屈原一再的给这时代执行了“催生”的任务，屈原的言，行，无一不是与人民相配合的，虽则也许是不自觉的。有人说他的死是“匹夫匹妇自经于沟壑”，对极了，匹夫匹妇的作风，不正是人民革命的方式吗？

以上各条件，若缺少了一件，便不能成为真正的人民诗人。尽管陶渊明歌颂过农村，农民不要他，李太白歌颂过酒肆，小市民不要他，因为他们既不属于人民，也不是为着人民的。杜甫是真心为着人民的，然而人民听不懂他的话。屈原虽没写人民的生活，诉人民的痛苦，然而实质的等于领导了一次人民革命，替人民报了一次仇。屈原是中国历史上唯一有充分条件称为人民诗人的人。

什么是九歌

一 神话的九歌

传说中九歌本是天乐。赵简子梦中升天所听到的“广乐九奏万舞”，即《九歌》与配合着《九歌》的韶舞。(《离骚》“奏《九歌》而舞韶兮”。)《九歌》自被夏后启偷到人间来，一场欢宴，竟惹出五子之乱而终于使夏人亡国。这神话的历史背景大概如下。《九歌》韶舞是夏人的盛乐，或许只郊祭上帝时方能使用。启曾奏此乐以享上帝，即所谓钧台之享。正如一般原始社会的音乐，这乐舞的内容颇为猥亵。只因原始生活中，宗教与性爱颇不易分，所以虽猥亵而仍不妨为享神的乐。也许就在那次郊天的大宴享中，启与太康父子之间，为着有仍二女(即“五子之母”)起了冲突。事态扩大到一种程度，太康竟领着弟弟们造起反来，结果敌人——夷羿乘虚而入，把有夏灭了。(关于此事，另有考证。)启享天神，本是启请客。传说把启请客弄成启被请，于是乃有启上天作客的故事。这大概是因为所谓“启宾天”的“宾”字，(《天问》“启棘宾商”即宾天，《大荒西经》“开上三嫔于天"，嫔宾同。）本有"请客"与"作客"二义，而造成的结果。请客既变为作客，享天所用的乐便变为天上的乐，而奏乐享客也就变为作客偷乐了。传说的错乱大概只在这一点上。其余部分说启因《九歌》而亡国，却颇合事实。我们特别提出这几点，是要指明《九歌》最古的用途及其带猥亵性的内容，因为这对于下文解释《楚辞·九歌》，是颇有帮助的。

二　经典的九歌

《左传》两处以九歌与八风，七音，六律，五声连举（昭二十年，二十五年），看去似乎九歌不专指某一首歌，而是歌的一种标准体裁。歌以九分，犹之风以八分，音以七分，……那都是标准的单位数量，多一则有余，少一则不足。歌的可能单位有字，句，章三项。以字为单位者又可分二种。（一）每句九字，这句法太长，古今都少见。（二）每章九字，实等于章三句，句三字。这句法又嫌太短。以上似乎都不可能。若以章为单位，则每篇九章，连《诗经》里都少有。早期诗歌似乎不能发展到那样长的篇幅，所以也不可能。我们以为最早的歌，如其是以九为标准的单位数，那单位必定是句——便是三章，章三句，全篇共九句，不但这样篇幅适中，可能性最大，并且就"歌"字的意义看，"九歌"也必须是每歌九句。"歌"的本音应与今语"啊"同，其意义最初也只是唱歌时每句中或句尾一声拖长的"啊，……"（后世歌辞多以兮或猗，为，我，乎等字拟其音。）故

《尧典》曰“歌永言”,《乐记》曰“故歌之为言也，长言之也”。然则“九歌”即九“啊”。九歌是九声“啊”，而“啊”又必在句中或句尾，则九歌必然是九句了。《大风歌》三句共三用“兮”字,《史记·乐书》称之为“三侯之章”，兮侯音近，三侯犹言三兮。《五噫诗》五句，每句末于“兮”下复缀以“噫”，全诗共用五“噫”字，因名之曰“五噫”。九歌是九句，犹之三侯是三句，五噫是五句，都是可由其篇名推出的。

全篇九句即等于三章章三句。《皋陶谟》载有这样一首歌（下称《元首歌》)。

元首起哉！股肱喜哉！百工熙哉！

元首明哉！股肱良哉！庶事康哉！

元首丛脞哉！股肱惰哉！庶事隳哉！

唐立庵先生根据上文“箫韶九成”“帝用作歌”二句，说它便是《九歌》。这是很重要的发现。不过他又说即《左传·文七年》郤缺引《夏书》“戒之用休，董之用威，劝之以九歌，勿使坏”之九歌，那却不然。因为上文已证明过，书传所谓九歌并不专指某一首歌，因之夏书“劝之以九歌”只等于说“劝之以歌”。并且《夏书》三句分指礼，刑，乐而言，三“之”字实谓在下的臣民，而《元首歌》则分明是为在上的人君和宰辅发的。实则《元首歌》是否即《夏书》所谓九歌，并不重要，反正它是一首典型的《九歌》体的歌（因为是九句），所以尽可称为《九歌》。

和《元首歌》格式相同的，在《国风》里有《麟之趾》《甘棠》《采葛》《著》《素冠》等五篇。这些以及古今任何同类格式的歌，实际上都可称为《九歌》。（就这意义说，九歌又相当于后世五律，七绝诸名词。）九歌既是表明一种标准体裁的公名，则神话中带猥亵性的启的九歌，和经典中教诲式的《元首歌》，以及《夏书》所称而郤缺所解为“九德之歌”的九歌，自然不妨都是九歌了。

神话的九歌，一方面是外形固守着僵化的古典格式，内容却在反动的方向发展成教诲式的“九德之歌”一类的九歌，一方面是外形几乎完全放弃了旧有的格局，内容则仍本着那原始的情欲冲动，经过文化的提炼作用，而升华为飘然欲仙的诗——那便是《楚辞》的《九歌》。

三 “东皇太一”“礼魂”何以是迎送神曲

前人有疑《礼魂》为送神曲的，近人郑振铎、孙作云、丁山诸氏又先后一律主张《东皇太一》是迎神曲。他们都对，因为二章确乎是一迎一送的口气。除这内在的理由外，我们现在还可举出一般祭歌形式的沿革以为旁证。

迎神送神本是祭歌的传统形式，在《宋书·乐志》里已经讲得很详细了。再看唐代多数宗庙乐章，及一部分文人作品，如王维《祠渔山神女歌》等，则祭歌不但必须具有迎送神曲，而且有时只有迎送神曲。迎送的仪式在祭礼中的重要性于此可见了。本篇既是一种祭歌，就必须含有迎送神的歌曲在内。既有迎送神曲，当然是首尾两章。这是常识的判断，但也不缺少历史的证例。以内容论，汉《郊祀歌》的首尾两章——《练时日》与《赤蛟》相当于九歌的《东皇太一》与《礼魂》(参看原歌便知)，谢庄又仿《练时日》与《赤蛟》作宋《明堂歌》的首尾二章(《宋书·乐志》"迎送神歌，依汉《郊祀》三言四句一转韵。")，而直题作《迎神歌》,《送神歌》。由《明堂歌》上推《九歌》,《东皇太一》《礼魂》是迎送神曲，是不成问题的。

或疑《九歌》中间九章也有带迎送意味，甚至明出迎送字样的，(《湘夫人》"九嶷缤兮并迎",《河伯》"送美人兮南浦")怎见九章不也有迎送作用呢？答：九章中的迎送是歌中人物自相迎送，或对假想的对象迎送，与二章为致祭者对神的迎送迥乎不同，换言之，前者是粉墨登场式的表演迎送的故事，后者是实质的迎送的祭典。前人混为一谈，所以纠缠不清。

除去首尾两章迎送神曲，中间所余九章大概即《楚辞》所谓《九歌》。《九歌》本不因章数而得名，已详上文。但因文化的演进，文体的篇幅是不能没有扩充的。上古九句的《九歌》，到现在——战国，涨大到九章的《九歌》，乃是必然的趋势。

四　被迎送的神只有东皇太一

《东皇太一》既是迎神曲，而歌辞只曰"穆将愉兮上皇"(上皇即东皇太一)，那么辞中所迎的，除东皇太一外，似乎不能再有别的神了。《礼魂》是作为《东皇太一》的配偶篇的送神曲，这里所送的，论理也不应超出先前所迎的之外。其实东皇太一是上帝，祭东皇太一即郊祀上帝。只有上帝才够得上受主祭者楚王的专诚迎送。其他九神论地位都在王之下，所以典礼中只为他们设享，而无迎送之礼。这样看来，在理论原则上，被迎送的又非只限于东皇太一不可。对于九神，既无迎送之礼，难怪用以宣达礼意的迎送神的歌辞中，绝未提及九神。

但请注意：我们只说迎送的歌辞，和迎送的仪式所指的对象，不包括那东皇太一以外的九神。实际上九神仍不妨和东皇太一同出同进，而参与了被迎送的经验，甚至可以说，被“饶”给一点那样的荣耀。换言之，我们讲九神未被迎送，是名分上的未被迎送，不是事实的。谈到礼仪问题，当然再没有比名分观念更重要的了。超出名分以外的事实，在礼仪的精神下，直可认为不存在。因此，我们还是认为未被迎送，而祭礼是专为东皇太一设的。

五　九神的任务及其地位

祭礼既非为九神而设，那么他们到场是干什么的？汉《郊祀歌》已有答案：“合好效欢虞太一，……《九歌》毕奏斐然殊。”《郊祀歌》所谓“九歌”可能即《楚辞》十一章中之九章之歌（详下），九神便是这九章之歌中的主角，原来他们到场是为着“效欢”以“虞太一”的。这些神道们——实际是神所“凭依”的巫们——按照各自的身分，分班表演着程度不同的哀艳的，或悲壮的小故事，情形就和近世神庙中演戏差不多。不同的只是在当时，戏是由小神们做给大神瞧的，而参加祭礼的人们是沾了大神的光而得到看热闹的机会；现在则专门给小神当代理人的巫既变成了职业戏班，而因尸祭制度的废弃，大神只是一只“土木形骸”的偶像，并看不懂戏，于是群众便索兴把他撇开，自己霸占了戏场而成为正式的观众了。

九神之出现于祭场上，一面固是对东皇太一“效欢”，一面也是以东皇太一的从属的资格来受享。效欢时是立于主人的地位替主人帮忙，受享时则立于客的地位作陪客。作陪凭着身分（二三等的神），帮忙仗着伎能（唱歌与表情）。九神中身分的尊卑既不等，伎能的高下也有差，所以他们的地位有的作陪的意味多于帮忙，有的帮忙的意味多于作陪。然而作陪也是一种帮忙，而帮忙也有吃喝（受享），所以二者又似可分而不可分。

六　二章与九章

因东皇太一与九神在祭礼中的地位不同，所以二章与九章在十一章中的地位也不同。在说明这两套歌辞不同的地位时，可以有宗教的和艺术的两种相反的看法。就宗教观点说，二章是作为祭歌主体的迎送神曲，九章即真正的《九歌》，只是祭歌中的插曲。插曲的作用是凑热闹，点缀场面，所以可多可少，甚至可有可无。反之，就艺术观点说，九章是十一章中真正的精华，二章则是传统形式上一头一尾的具文。《楚辞》的编者统称十一章为“九歌”，是根据艺术观点，以中间九章为本位的办法。《楚辞》是文艺作品的专集，编者当然只好采取这种观点。如果他是《郊祀志》的作者，而仍采用了这样的标题，那便犯了反客为主和舍己从人的严重错误，因为根据纯宗教的立场，十一章应改称“楚《郊祀歌》”，或更详明点，“楚郊祀东皇太一《乐歌》”，而《九歌》这称号是只应限于中间的九章插曲。或许有人要说，启享天神的乐称《九歌》，《楚辞》概称祀东皇太一的全部乐章为《九歌》，只是沿用历史的旧名，并没有什么重视《九歌》艺术性的立场在背后。但他忘记诸书谈到启奏《九歌》时不满的态度。不是还说启因此亡国吗？须知说启奏《九歌》以享天神，是骂他胡闹，不应借了祭天的手段来达其“康娱而自纵”（《离骚》）的目的，所以又说“章闻于天，天用弗式”（《墨子·非乐篇》引《武观》）。他们言外之意，祭天自有规规矩矩的音乐，那太富娱乐性的《九歌》是不容搀进祭礼来以亵渎神明的。他们反对启，实即反对《九歌》，反对《九歌》的娱乐性，实即承认了它的艺术性。在认识《九歌》的艺术性这一点上，他们与《楚辞》的编者没有什么不同，不过在运用这认识的实践行为上，他们是凭那一点来攻击启，《楚辞》的编者是凭那一点来欣赏文艺而已。

七　九章的再分类

不但十一章中，二章与九章各为一题，若再细分下去，九章中，前八章与后一章(《国殇》)又当分为一类。八篇所代表的日，云，星(指司命，详后)，山，川一类的自然神,(《史记·留侯世家》"学者多言无鬼神，然言有物"，物即自然神。)依传统见解，仿佛应当是天神最贴身的一群侍从。这完全是近代人的想法。在宗教史上，因野蛮人对自然现象的不了解与畏惧，倒是自然神的崇拜发生得最早。次之是人鬼的崇拜，那是在封建型的国家制度下，随着英雄人物的出现而产生的一种宗教行为。最后，因封建领主的逐渐兼并，直至大一统的帝国政府行将出现，像东皇太一那样的一神教的上帝才应运而生。八章中尤其《湘君》《湘夫人》等章的猥亵性的内容(此其所以为淫祀)，已充分暴露了这些神道的原始性和幼稚性。(苏雪林女士提出的人神恋爱问题，正好说明八章宗教方面的历史背景，详后。)反之,《国殇》却代表进一步的社会形态，与东皇太一的时代接近了。换言之，东君以下八神代表巫术降神的原始信仰，国殇与东皇太一则是进步了的正式宗教的神了。我们发觉国殇与东皇太一性质相近的种种征象，例如祭国殇是报功，祭东皇太一是报德，国殇在祀家的系统中当列为小祀，东皇太一列为大祀等等都是。这些征象都使国殇与东皇太一帖近，同时也使他去八神疏远。这就是我们将九章又分为八神与《国殇》二类的最雄辩的理由。甚至假如我们愿走极端，将全部十一章分为二章(《东皇太一》《礼魂》)，一章(《国殇》)，与八章三个平列的大类，似亦无不可。我们所以不那样做，是因为那太偏于原始论的看法。在历史上，东皇太一，国殇，与八神虽发生于三个不同的文化阶段，而各有其特殊的属性，但那究竟是历史。在《九歌》的时代，国殇恐怕已被降级而与八神同列了。至少楚国制定乐章的有司，为凑足九章之歌的数目以合传统《九歌》之名，已决意将国殇排入八神的班列，而让他在郊祀东皇太一的典礼里，分担着陪祀意味较多的助祀的工作。（看歌辞八章与《国殇》皆转韵，属于同一型类，制定乐章者的意向益明。）他这安排也许有点牵强，但我们研究的是这篇《九歌》，我们的任务是了解制定者用意，不是修改他的用意。这是我们不能不只认八章与《国殇》为一大类中之两小类的另一理由。

为醒目起见，我们再将上述主要各点依一种新的组织制成下表。有些意思，因行文的限制，上文来不及阐明的，大致已在表中补足了。

<table>
<tr><th colspan="6" rowspan="2">神道及其意义</th><th colspan="6">歌辞</th></tr>
<tr><th colspan="4">内容的特征与情调</th><th colspan="2">外形</th></tr>
<tr><td rowspan="2">客体</td><td>东君云中君湘君湘夫人大司命少司命河伯山鬼</td><td>（自然神）物</td><td>淫祀</td><td>助祀</td><td></td><td rowspan="2">杂曲（九章）</td><td>用独白或对话的形式抒写悲欢离合的情绪</td><td>似风（恋歌）</td><td>哀艳</td><td>长短句</td><td rowspan="2">转韵</td></tr>
<tr><td>国殇</td><td>鬼</td><td>小祀</td><td>陪祀</td><td>报功</td><td>叙述战争的壮烈颂扬战争的英勇</td><td>似雅（挽歌）</td><td>悲壮</td><td>七字句</td></tr>
<tr><td>主体</td><td>东皇太一</td><td>神</td><td>大祀</td><td>正祀</td><td>报德</td><td>迎神曲送神曲（二章）</td><td>铺叙祭礼的仪式和过程</td><td>似颂（祭歌）</td><td>肃穆</td><td>长短句</td><td>不转韵</td></tr>
</table>

八 “赵代秦楚之讴”

《汉书·礼乐志》曰：

武帝定郊祀之礼，祠太一于甘泉，……乃立乐府，采诗夜诵，有赵代秦楚之讴。以李延年为协律都尉，多举司马相如等数十人造为诗赋，略论律吕，以合八音之调，作为十九章之歌。以正月上辛用事圜丘，使童男女七十人俱歌，昏祠至明。

“有赵代秦楚之讴”对我们是一句极关重要的话，因为经我们的考察，九章之歌所代表诸神的地理分布，恰恰是赵代秦楚。现在即依这国别的顺序，逐条分述如下：

1.《云中君》 罗膺中先生曾据“览冀州兮有余”及《史记·封禅书》“晋巫祠五帝东君云中君，……”之语，说云中即云中郡之云中。这是一个重要的发现。云中是赵地，(《史记·赵世家》：“武灵王……欲从云中九原直南袭秦。”)赵是三晋之一，正当古冀州域。

2.《东君》 依照以东方殷民族为中心的汉族本位思想，日神羲和是女性，(《大荒南经》“有女子名羲和，……帝俊之妻，生十日”，《七发》“神归日母”。)但《九歌》的日神东君是男性，(《九歌》诸神凡称君的皆男性。)可能他是一位客籍的神。《史记·赵世家》索隐引谯周曰“余尝闻之，代俗以东西阴阳所出入，宗其神谓之王母父”，阴阳指日月，(《大戴记·曾子天圆篇》：“阳之精气日神，阴之精气月灵。”）似乎以日为阳性的男神，本是代俗。据《封禅书》，东君也是晋巫所祠，代地本近晋，古本歌辞次第，《东君》在《云中君》前，（今本错置，详拙箸《楚辞校补》。）是以二者相次为一组的。《史记·封禅书》及索隐引《归藏》亦皆东君云中君连称。这种排列，大概是依农业社会观念，象征着两个对立的重要自然现象——晴与雨的。云中君在赵，东君的地望想必与他相近，不然是不会和他排在一起的。

3.《河伯》《穆天子传》一“天子西征，骛行至阳纡之山，河伯无冯夷之所都”，据《尔雅·释地》与《淮南子·墬形篇》，阳纡是秦的泽薮，可见河伯本是秦地的神，所以祭河为秦国的常祀。《史记·六国年表》“秦灵公八年，初以君主妻河”，《封禅书》“及秦并天下，令祠官所常奉天地名山大川鬼神，……水曰河，祠临晋”是其证。《封禅书》又曰“昔秦文公出猎，获黑龙，（案即水神玄冥。）此其水德之瑞，于是秦更命河曰德水”，这是秦祀河的理论根据。

4.《国殇》 歌曰“带长剑兮挟秦弓”，罗先生据此疑国殇即《封禅书》所谓“南山巫祠南山秦中。秦中者二世皇帝”。我们以为说国殇是秦人所祀则可，以为即二世则不可。二世是赵高逼死在望夷宫中的，并非死于疆场。且若是二世，《九歌》岂不降为汉代的作品？但截至目前，我们尚无法证明《九歌》必非先秦楚国的乐章。

5. 6.《湘君》《湘夫人》 这还是南楚湘水的神。即令如钱宾四先生所说，湘水即汉水，那还是在楚境。

7. 8.《大司命》《少司命》 大司命见于金文《洹子（即田桓子）孟姜壶》，而《风俗通·祀典篇》也说“司命……齐地大尊重之”，似乎司命本是齐地的神。但这时似乎已落籍在楚国了。歌中空桑、九坑皆楚地名可证。(《大招》"魂乎归徕，定空桑只"。九坑《文苑》作九冈，九冈山在今湖北松滋县，即昭十一年《左传》"楚子……用隐太子于冈山"之冈山。)《封禅书》且明说"荆巫祠司命"。

9.《山鬼》 顾天成《九歌解》主张《山鬼》即巫山神女，也是《九歌》研究中的一大创获。详孙君作云《〈九歌〉〈山鬼〉考》。我们也完全同意。然则山鬼也是楚神。

以上除(2)(4)二项证据稍嫌薄弱，其余七项可算不成问题，何况以(2)属代，以(4)属秦，充其量只是缺证，并没有反证呢?"赵代秦楚之讴"是汉武因郊祀太一而立的乐府中所诵习的歌曲，《九歌》也是楚祭东皇太一时所用的乐曲，而《九歌》中九章的地理分布，如上文所证，又恰好不出赵代秦楚四国的范围，然则我们推测《九歌》中九章即《汉志》所谓"赵代秦楚之讴"，是不至离事实太远的。并且《郊祀歌》已有"《九歌》毕奏斐然殊"之语，这"《九歌》"当亦即"赵代秦楚之讴"。《礼乐志》称祭前在乐府中练习的为"赵代秦楚之讴"，《郊祀歌》称祭时正式演奏的为"《九歌》"，其实只是一种东西。(《礼乐志》所以不称"《九歌》"而称"赵代秦楚之讴"，那是因为"有赵代秦楚之讴"一语是承上文"采诗夜诵"而言的。上文说"采诗"，下文点明所采的地域，文意一贯。)由上言之，赵代秦楚既恰合九章之歌的地理分布，而《郊祀歌》又明说出"《九歌》"的名字，然则所谓"赵代秦楚之讴"即《九歌》，更觉可靠了。总之，今《楚辞》所载《九歌》中作为祀东皇太一乐章中的插曲的九章之歌，与夫汉《郊祀歌》所谓“合好效欢虞太一，……《九歌》毕奏斐然殊”的《九歌》，与夫《礼乐志》所谓因祠太一而创立的乐府中所“夜诵”的“赵代秦楚之讴”，都是一回事。

承认了九章之歌即“赵代秦楚之讴”，我们试细玩九章的内容，还可发现一个有趣的现象。九章之歌依地理分布，自北而南，可排列如下：

《东君》	代	《云中君》	赵
《河伯》(《国殇》)	秦	《大司命》《少司命》《山鬼》	楚
《湘君》《湘夫人》	南楚		

国殇是人鬼，我们曾经主张将他和那八位自然神分开。现在我们即依这见解，暂时撇开他，而单独玩索那代表自然神的八章歌辞。这里我们可以察觉，地域愈南，歌辞的气息愈灵活，愈放肆，愈顽艳，直到那极南端的《湘君》《湘夫人》，例如后者的“捐余袂兮江中，遗余褋兮醴浦”二句，那猥亵的含义几乎令人不堪卒读了。以当时的文化状态而论，这种自北而南的气息的渐变，不是应有的现象吗？

九　楚九歌与汉郊祀歌的比较

虽然汉郊祀太一是沿用楚国的旧典，虽然汉祭礼中所用以娱神的《九歌》也就是楚人在同类情形下所用的《九歌》，但汉《郊祀歌》

十九章与楚《九歌》十一章仍大有区别。汉歌十九章每章都是祭神的乐章，因为汉礼除太一外，还有许多次等的神受祭。但楚歌十一章中只首尾的《东皇太一》与《礼魂》（相当于汉歌首尾的《练时日》与《赤蛟》），是纯粹祭神的乐章。其余九章，正如上文所说，都只是娱神的乐章。楚礼除东皇太一外，是否也有纯粹陪祭的次等神如汉制一样，今不可知。至少今《九歌》中不包含祭这类次等神的乐章是事实。反之，楚歌将娱神的乐章（九章）与祭神的乐章（二章）并列而组为一套歌辞。汉歌则将娱神的乐章完全摒弃，而专录祭神的乐章。总之楚歌与汉歌相同的是首尾都分列着迎送神曲，不同的是中间一段，一方是九章娱神乐章，一方是十七章祭次等神的乐章。这不同处尤可注意。汉歌中间与首尾全是祭神乐章（迎送神曲也是祭神乐章），他的内容本是一致的，依内容来命名，当然该题作"《郊祀歌》"。楚歌首尾是祭神，中间是娱神，内容既不统一，那么命名该以何者为准，便有选择的余地了。若以首尾二章为准，自然当题作"楚《郊祀歌》"。现在他不如此命名，而题作"《九歌》"，可见他是以中间九章娱神乐章为准的。以汉歌与楚歌的命名相比较，益可证所谓"《九歌》"者是指十一章中间的九章而言的。

一〇　巫术与巫音

苏雪林女士以"人神恋爱"解释《九歌》的说法，在近代关于《九歌》的研究中，要算最重要的一个见解，因为他确实说明了八章中大多数的宗教背景。我们现在要补充的，是“人神恋爱”只是八章的宗教背景而已，而不是八章本身。换言之，八章歌曲是扮演“人神恋爱”的故事，不是实际的“人神恋爱”的宗教行为。而且这些故事之被扮演，恐怕主要的动机还是因为其中“恋爱”的成分，不是因为那“人神”的交涉，虽则“人神”的交涉确乎赋予了“恋爱”的故事以一股幽深、玄秘的气氛，使它更富于麻醉性。但须知道在领会这种气氛的经验中，那态度是审美的，诗意的，是一种 make believe，那与实际的宗教经验不同。《吕氏春秋·古乐篇》曰“楚之衰也，作为巫音”。八章诚然是典型的“巫音”，但“巫音”断乎不是“巫术”，因为在“巫音”中，人们所感兴趣的，毕竟是“音”的部分远胜于“巫”的部分。“人神恋爱”许可以解释《山海经》所代表的神话的《九歌》，却不能字面的 literally 说明《楚辞》的《九歌》。严格的讲，二千年前《楚辞》时代的人们对《九歌》的态度，和我们今天的态度，并没有什么差别。同是欣赏艺术，所差的是，他们是在祭坛前观剧——一种雏形的歌舞剧，我们则只能从纸上欣赏剧中的歌辞罢了。在深浅不同的程度中，古人和我们都能复习点原始宗教的心理经验，但在他们观剧时，恐怕和我们读诗时差不多，那点宗教经验是躲在意识的一个暗角里，甚至有时完全退出意识圈外了。

怎样读九歌

《九歌》需要解释的地方太多了，现在只谈一个“兮”字。为初步的欣赏《九歌》，这样谈谈不但尽可够用，说不定还是最有效的办法。

“兮”字就音乐或诗的声律说，是个“泛声”，就文法说，是个“虚字”，但文法家有时也称之为“语尾”，那似乎又在帖近音乐的立场说话了。总之，一般的印象，恐怕都以它为一个有声无义的字。“兮”在句末，如

帝高阳之苗裔兮。

诚然是那“兮”上一个字音的变质的延长，其作用纯是音乐性的。但如果在句中，如

吉日兮辰良。

作用便不能单是音乐的了。举一个简单的消极证明：上面那“兮”字不被放在句中任何地位，如“吉”或“辰”后，而必须在“吉日”——一个天然的文法段落后，便可见它的用途，是受着文法规律的支配的，因此我们就尽可疑心“兮”在这里是兼有文法作用的。一再比较列二句：

邅吾道兮洞庭，(《九歌》)

邅吾道夫昆仑兮。(《离骚》)

在音乐上，前句的“兮”固不异于后句的“兮”。在文法上，则前句的“兮”分明相当后句的“夫”。至于

载云旗兮委蛇，(《九歌》)

载云旗之委蛇。(《离骚》)

或

九嶷缤兮并迎，(《九歌》)

九疑缤其并迎。(《离骚》)

前面“兮”当于“之”，后面的当于“其”，尤其明显。因上述诸例的鼓励，我曾将《九歌》中兮字，除少数例外（详后），都按他们在各句

中应具的作用，拿当时通行的虚字代写出来（有时一兮字须释为二虚字），结果发现这里的“兮”竟可说是一切虚字的总替身。这是一个很有意思的现象。本来“诗的语言”之异于散文，在其弹性，而弹性的获得，端在虚字的节省。诗从《三百篇》《楚辞》进展到建安（《十九首》包括在内），五言句法之完成，不是一件了不得的大事，而句中虚字数量的减少，或完全退出，才是意义重大，因为，我们现在读到建安以后作品，每觉味道与《三百篇》《楚辞》迥乎不同，至少一部分原因就在这点炼句技巧的进步（此说本之季君镇淮）。《九歌》以一浑然的“兮”，代替了许多职责分明的虚字，这里虚字，似在省去与未省之间，正是炼句技巧在迈进途中的一种姿态。（《山鬼》《国殇》二篇的“兮”字，译成虚字，不如完全省去更为了当，那里节省虚字的趋势似乎又进了一步。）《九歌》的文艺价值所以超越《离骚》，意象之美，固是主要原因，但那“兮”字也在暗中出过大力，也是不能否认的。

不用讳言，语言增加了弹性，同时也增加了模糊性与游移性；艺术的收获，便是理性的损失。然而不要紧。虚字的空泛化（如《九歌》），或濒近敛迹（如一部分五言诗），诚给读者于辨文义时，平添了一道难关，但你可猜到这难关是作者意匠的安排，为使你——读者好在克服困难中，赚得一点胜利的愉快。（一切艺术的欣赏中，都含有这类意味。）可是劳力虽即欣赏，过度的劳力又会妨碍欣赏，所以对于不惯阅读古代文艺的初学者，在钻求文义的劳役上，有给以相当扶助的必要。下面那篇“《九歌》兮字代释略说”，便是在这个目的下写成的，虽则我最初属稿时的动机并不在此。

诚如上文所说，钻求文义以打通困难，是欣赏文艺必需的过程。但既是过程，便不可停留得过久，更不用提把它权当了归宿。所以在参详了那篇“代释”以后，我请读者还是马上回到《九歌》的原文，现在让“兮”字还是“兮”字——不，我想起来了，不能读“兮”如“兮”，要用它的远古音“啊”读它。（“兮”即最原始的“啊”字，理由我在别处谈过，这里且不必去管它。）因为“啊”这一个音是活的语言，自然载着活的感情；而活的感情，你知道，该是何等神秘的东西！不信，你试试

嫋嫋啊秋风，
洞庭波啊木叶下，

或

若有人啊山之阿，
被薜荔啊带女罗，

你是否就在那声“啊——”中“神往”了呢？若读如今音“兮”，有这效果吗！

先以各虚字代释“兮”，揭穿了它的文法作用，再读“兮”如“啊”，又发挥了它的音乐作用——如此一翻玩索，一翻朗诵，我想以

后你必更爱《九歌》了！

九歌兮字代释略说

东皇太一

吉日〔之〕辰良，▲“辰良”即“良辰”，倒词以取韵。

穆将愉〔夫〕上皇。▲愉，犹娱也。《郊祀歌》“合好效欢虞太一”，虞娱古通。“愉”是外动词，近代语法，外动后是无须介词的，古代却不然。习惯中“夫”“乎”“于”皆可用，今一律用“夫”。《离骚》“岂维纫夫蕙茝”，“来吾道导夫先路辂”，“謇吾法夫前修”，皆其例。

抚长剑〔之〕玉珥，

璆锵鸣〔而〕琳琅。▲“琳琅”犹玎珰，玉声也。“锵鸣”动词，“琳琅”副词，依近代语法，当云“琳琅而锵鸣”，古代习惯却可倒置。《湘君》“隐思君而悱恻”即“悱恻而思君”，《礼魂》“姱女唱而容与”即“容与而唱”，并与此同例。《离骚》“载云旗之委蛇”即“载委蛇之云旗”，那里形容词与名词倒置，性质亦同。既知“锵鸣”与“琳琅”是一动一副，其间一字，依习惯当然是连词“而”了。

瑶蕌席藉〔与〕玉瑱镇，▲瑱，本一作镇。《周礼·天府》“凡国之玉镇大宝大器，藏焉，若有大祭大丧，则出而陈之”。案歌之玉镇即《周礼》“大祭”时“出而陈之”之玉镇。《史记·封禅书》“皇帝始郊见太一〔于〕云阳，有司奉瑄玉嘉牲荐飨”，是汉祭太一用玉，犹与楚故事同。瑶读为蕌。《中山经》“姑媱之山，女尸化为蕌草”，《文选·别赋》"惜瑶草之徒芳"，注曰"䔄与瑶同。"席藉古字通。凡执必有藉。"瑶席"，以䔄草为藉以承玉也。下文"盍将把兮琼芳"，即承此言之，琼谓玉镇，芳谓瑶席也。玉与席藉为二，故曰"盍合将把"。

盍合将把〔夫〕琼芳。▲此将字当训持，与篇中其它将字有别。将与把同义复词也。

蕙肴蒸胥〔而〕兰藉，▲以蕙为肴蒸，以兰为藉。古人称整个的肘子曰"肴蒸"。一作殽烝（《左传·宣十六年》《国语·周语》），又作肴胥（《仪礼·特牲馈食礼》），胥似正字。

奠桂酒〔与〕椒浆。

扬枹〔以〕拊鼓，

□□□□□。▲此处有脱句，详校补。

疏缓节〔之〕安歌。

陈竽瑟〔之〕浩倡唱。▲"疏""陈"皆动词，义亦相近。《湘夫人》"疏石兰兮为芳"，注曰"疏布陈也"。"疏"之受格为"歌"而非"缓节"。《东君》"展诗兮会舞"，《郊祀歌》"展诗应律鋗玉鸣"，疏展义亦近，"疏歌"犹"展诗"也。（古所谓"赋诗"，"陈诗"，义亦皆如此。）"陈"之受格为"倡"唱而非"竽瑟"，《七发》"高歌陈唱"，是其确证。

灵偃蹇〔而〕姣服，

芳菲菲〔然〕满堂。

五音纷〔然〕繁会，

君欣欣〔然〕乐康。

东君　▲此篇旧误在《少司命》后，今正，说详《校补》。

暾将出〔于〕东方，

照吾槛〔于?〕扶桑。

抚余马〔以〕安驱，

夜皎皎〔然〕既明。▲既，尽也，全也。

驾龙辀〔而〕乘雷，

载云旗〔之〕委蛇，▲《离骚》“载云旗之委蛇”。“云旗”“委蛇”倒装，说已见前。

长太息〔而〕将上，

心低回〔而〕顾怀。▲顾，念也，念亦怀也，二字同义复词。

羌声色〔之〕娱人，

观者憺〔而〕忘归。▲憺者贪恋之意。

緪瑟〔而〕交鼓，▲急张弦曰緪。鼓谓鼓瑟。

萧(𢷾)钟〔而〕瑶(摇)簴，▲𢷾，犹叩也，猛力叩钟而簴为之动摇，《招魂》“撞钟摇簴”

鸣篪〔而〕吹竽，

思灵保〔之〕贤姱。

翾飞〔而〕翠翾，▲翾亦飞也，翾翠(亦作翱)皆疾飞之貌。翾飞翠翾，以喻舞状。

展诗〔而〕会舞，

应律〔而〕合节。

灵之来〔也〕蔽日，

青云衣〔而〕白霓裳，——

举长矢〔以〕射天狼，

操余弧〔而〕反沦降，

援北斗〔以〕酌桂浆，

撰余辔〔而〕高驰翔，

杳冥冥〔然〕以东行。▲以犹乃也。

云中君

浴兰汤〔而〕沐芳，

华采衣〔以〕若英，▲华，犹饰也，动词。《文选·月赋》“嗣若英于西冥”，注曰“若英，若木之英也”。

灵连蜷〔而〕既留，▲留，止也。

烂昭昭〔然〕未央。

蹇将憺〔于〕寿宫，▲憺，停也。

与日月〔其〕齐光。

龙驾〔而〕帝服，

聊翱游〔而〕周章。

灵皇皇煌煌〔然〕既降，

猋远举〔于〕云中。

览冀州〔其〕有余，

横四海〔其〕焉穷？

思夫君〔而〕太息，

极劳心〔之〕忡忡。

湘君

君不行〔而〕夷犹，

蹇谁留〔于〕中洲？▲留，待也。“谁留”即“留谁”，犹言待谁也。

美要眇〔而〕宜䶗修笑。▲要眇，眯目媚视貌。䶗，齿露貌。䶗笑犹梁冀妻之龋齿笑。

沛吾乘〔夫〕桂舟，

令沅湘〔其〕无波，

使江水〔其〕安流。

望夫君〔其犹〕未来，▲《离骚》“虽九死其犹未悔”，“唯昭质其犹未亏”，“览余初其犹未悔”，“芬至今其犹未沫灭。”

吹参差〔其〕谁思？▲“谁思”即思谁。

驾飞龙〔以〕北征，

邅吾道〔于〕洞庭，——

薜荔拍帛〔而〕蕙绸，▲帛，縿斿旆旃之总名，金文作旆。所以缠旗杆者谓之绸。言以薜荔为帛，以蕙为绸也。

荪桡〔而〕兰旌。▲桡者，旗上曲柄，所以悬帛，兼以为饰。旌者，杆首饰，缀旄羽为之。

望涔阳〔之〕极浦，

横大江〔而〕扬灵，▲灵，光也。《郊祀歌》“扬金光，横泰河”。

扬灵〔而〕未极，

女汝婵媛啴咺〔然〕为余太息。▲“啴咺”叠韵连语，犹喘也。言汝为余喘喘然太息也。

横流涕〔之〕潺湲，▲“涕之潺湲”即“潺湲之涕”，全句犹言涕潺湲而横流也。

隐思君〔而〕陫侧悱恻。▲隐悱恻而思君也。

桂棹〔而〕兰枻，

斫冰〔而〕积雪。

采薜荔〔于〕水中，

搴芙蓉〔于〕木末，

心不同〔而〕媒劳，

恩不甚〔而〕轻绝。

石濑〔之〕浅浅磯磯，

飞龙〔之〕翩翩，

交不忠〔而〕怨长，

期不信〔而〕告余以不闲。

朝骋骛〔于〕江皋，

夕弭节〔于〕北渚。

鸟次〔于〕屋上，

水周〔于〕堂下。

捐余玦〔于〕江中，

遗余佩〔于〕醴浦，

采芳洲〔之〕杜若，

将以遗〔诸〕下女。

时不可〔以〕再得，▲《离骚》“时缤纷其变易兮，又何可以淹留”，此“可以”连文之例。

聊逍遥〔而〕容与。

湘夫人

帝子降〔于〕北渚，

目眇眇〔然〕愁予。

嫋嫋〔之〕秋风，

洞庭波〔而〕木叶下。

登白薠〔以〕骋望，▲登字从一本增，详《校补》。

与佳期〔于〕夕张帐。

鸟何萃〔于〕苹中？

罾何为〔于〕木上？

沅有茝〔而〕醴有兰，

思公子〔而〕未敢言，

荒忽（恍惚）〔而〕远望，▲恍惚远视不审之意，副词。

观流水〔之〕潺湲。

麋何食〔于〕庭中？

蛟何为〔于〕水裔？

朝驰余马〔于〕江皋，

夕济〔于〕西澨，

闻佳人〔之〕召予，

将腾驾〔以〕偕逝。

筑室〔于〕水中，

葺之〔以〕荷盖，▲或云“葺之”当作“芷葺”，则虚字当用“而”，言以芷为葺，以荷为盖也。

荪壁〔而〕紫坛，▲紫即茈草，坛盖毡也。此言以荪饰壁，以茈铺地。

匊播芳椒〔以〕成堂，▲成本字作𩫏（见金文），当训涂饰。以白垩饰壁谓之成。古人以椒合泥涂壁，取其芬芳，所谓椒房是也。

桂栋〔而〕兰橑，

辛夷楣〔而〕药房榜，

罔网薜荔〔以〕为帷，▲网，动词，织网谓之网。

擗縏蕙櫋幔〔而〕既张，▲縏，犹网也。既张，尽张之也。

白玉〔以〕为镇，

疏石兰〔以〕为芳防，▲防今谓之屏。

芷葺〔而〕荷屋幄，

缭之〔以〕杜衡，

合百草〔以〕实庭，

建芳馨〔以〕庑幠门。幠，覆也。

九嶷缤〔然〕并迎，▲《离骚》“九疑缤其并迎”，其亦犹然也。

灵之来〔也〕如云。

捐余袂〔于〕江中，

遗余褋〔于〕醴浦，

搴汀洲〔之〕杜若，

将以遗〔诸〕远者。

时不可〔以〕骤得，

聊逍遥〔而〕容与。

大司命

广开〔夫〕天门，

纷吾乘〔夫〕玄云，

令飘风〔其〕先驱，

使冻雨〔其〕洒尘。

君回翔〔而〕来下，▲来原作以，从一本改。

逾空桑〔以〕从女。

纷总总〔之〕九州，

何寿夭〔之〕在予！

高飞〔而〕安翔，

乘清气〔而〕御阴阳，

吾与君〔其〕斋齐速，▲齐，疾也。

导帝之〔夫〕九坑冈。▲之，往也。坑，《文苑》作冈。九冈，山名。《舆地广记》：荆州松滋县有九冈山，郢都之望也。案《左传·昭十一年》“楚灭叶，用隐太子于冈山”，即此。

云衣〔之〕披披，▲云旧误作灵，今正，详《校补》。

玉佩〔之〕陆离，

壹阴〔而〕壹阳，

众莫知〔其〕余所为。

折疏麻〔之〕瑶华，

将以遗〔诸〕离居。

老冉冉〔其〕既几极，▲《离骚》“老冉冉其将至”，几极犹将至也。

不寖近〔而〕愈疏？

乘龙〔而〕辚辚，▲乘龙，以龙驾车。辚辚，车声。

高驼（驰）〔而〕冲天。

结桂枝〔而〕延伫，

羌愈思〔而〕愁人。

愁人〔其〕奈何？

愿若今〔之〕无亏。

固人命〔之〕有当常，

孰离合〔其〕可为？▲其孰可自为离合哉？

少司命

秋兰〔与〕麋芜，

罗生〔于〕堂下，

绿叶〔而〕素华，▲华，旧误作枝，今正，详《校补》。

芳菲菲〔然〕袭予。

夫人自有〔其〕美子，▲夫人，犹人人也。

荪何以〔而〕愁苦？▲以犹因也，故也。

秋兰〔之〕青青（菁菁），▲菁菁，盛貌。

绿叶〔而〕紫茎。

满堂〔皆〕美人，

忽独与余〔以〕目成。▲以目相成犹《七发》云“目窕挑心与”也。

入不言〔而〕出不辞，

乘回风〔而〕载云旗。

悲莫悲〔于〕生别离，

乐莫乐〔于〕新相知。

荷衣〔而〕蕙带，

倏而来〔焉〕忽而逝。

夕宿〔于〕帝郊，

君谁须〔于〕云之际？▲谁须犹待谁也。

（此处旧衍二句，今删，详《校补》。）

与女汝沐〔于〕咸池，

晞女汝发〔于〕阳之阿。

望美人〔其犹〕未来，

临风恍〔然而〕浩歌。

孔盖〔而〕翠旍，

登九天〔而〕抚彗星——，

竦长剑〔而〕拥幼艾，

荪独宜〔乎〕为民正！

河伯

与女汝游〔于〕九河，

冲风起〔而〕扬波，▲“扬波”旧作“水横波”，今从一本，详《校补》。

乘水车〔而〕荷盖，

驾两龙〔而〕骖螭。

登昆仑〔而〕四望，

心飞扬〔而〕浩荡。

日将暮〔矣〕怅忘归，

惟极浦〔而〕顾怀。▲顾旧误作寤，今正，详《校补》。“顾怀”，义见《东君》。

鱼鳞屋〔而〕龙堂，

紫贝阙〔而〕朱珠宫。

灵何为〔于〕水中，

乘白鼋〔而〕逐文鱼？

与女汝游〔于〕河之渚，

流澌澌纷〔然〕将来下。

子交手〔而〕东行，▲交手，拱手也。

送美人〔于〕南浦，

波滔滔〔而〕来迎，

鱼隣隣〔而〕媵予。

山鬼　▲以下二篇所释“而”字多可省，句法与其余各篇略异，疑为较晚之作品。

若有人〔于〕山之阿，

被薜荔〔而〕带女罗，

既含睇〔而〕又宜齴笑。

子慕予〔也〕善窈窕。▲子之慕予也善于作态，谓含睇齴笑之态也。

乘赤豹〔而〕从文貍，

辛夷车〔而〕结桂旗，

被石兰〔而〕带杜衡，

折芳馨〔以〕遗所思。

余处幽篁〔中〕终不见天，▲终，犹全也。

路险难〔故〕独后来。

表独立〔于〕山之上，▲表读华表之表，字一作标，柱也。“表独立”，特然独立如标柱然。

云溶溶〔然〕而在下。▲“兮”可代“而”之作用，而字可省。

杳冥冥〔然〕羌昼晦，

东风飘〔而〕神灵雨。

留灵修〔而〕憺忘归，▲此留字亦训待。

岁既晏〔矣〕孰华予！

采三秀〔于〕山间，▲“兮”可代“于”之作用，于字可省。

石磊磊〔而〕葛蔓蔓。

怨公子〔而〕怅忘归，

君思我〔时〕不得闲。

山中人〔乎〕芳杜若，

饮石泉〔而〕荫松柏，

□□□□□□□，▲此处有脱句，详《校补》。

君思我〔时〕然疑作。

雷填填〔而〕雨冥冥，

猨啾啾〔然〕又夜鸣，

风飒飒〔而〕木萧萧，

思公子〔而〕徒离忧。

国殇

操吴戈科〔而〕被犀甲，▲吴科，盾名。

车错毂〔而〕短兵接。

旌蔽日〔而〕敌若云，

矢交坠〔而〕士争先。

凌余阵〔而〕躐余行，

左骖殪〔而〕右刃伤，

霾两轮〔而〕絷四马。

援玉枹〔以〕击鸣鼓。

天时坠〔矣〕威灵怒，▲天时坠，盖谓日暮也。

严壮杀尽〔矣〕弃原壄。▲严当为壮，避汉讳改（壮庄古同字），壮谓壮年之人，犹壮士也。

出不入〔而〕往不反，

平原忽迥〔而〕路超迢远。▲迥，亦远也，

带长剑〔而〕挟秦弓，

首身离〔而〕心不惩，

诚既勇〔而〕又以有武，▲诚情古通犹心也。武谓武艺。勇指精神，或指技术。

终刚强〔而〕不可凌，

身既死〔而〕神以有灵，

魂魄毅〔哉〕为鬼雄！

礼魂

成礼〔而〕会鼓，

传芭〔以〕代舞。

□□□□□，▲此处有脱句，详《校补》。

姱女倡唱〔而〕容与。

春兰〔与〕秋菊，

长无绝〔哉〕终古！▲“终古”，犹永久也。

附记

前年我在《楚辞》班上讲《九歌》，曾谈到兮字代释的意思，后来陈君士林便本了那意思作了一篇《九歌兮字代释证例》作为成绩报告。陈君于此用力颇勤，但所用以代释的虚字，与我的意见不全相合。最近余冠英先生看到陈君的文稿，甚感兴趣，请付《月刊》发表。我初意只想在陈文中附注些自己的意见，结果话说得太多，觉得不如自己重写一篇，并改题今名。但陈君究竟替我作了初步的工作，给我省力不少，这是应向他致谢的。

多数陈君意见与我出入的地方，是因为上下文实字意义难以认清，以致影响到兮字的作用不能确定。遇到这种地方，实字的解说，实是先决条件，但为顾到读者的"消化力"，我曾竭力避免冗长的引证。如果那实字是个"假借字"，在可能范围内，我便仅在那字下用小字注出它的"正字"，这里引证便全略了。关于校勘部分，作者有《楚辞校补》改订稿（本文省称《校补》）。行在北平图书馆的《图书季刊》发表*，对此有兴趣的读者，请自参考。关于这部分的引证，本文也一概未提。

二十九年十一月二十日昆明陈家营。

* 见本集第三册页五。

“九歌”古歌舞剧悬解

迎神曲

黄昏时分。从四面八方辐辏而来的鼓声，近了，更近了，十分近了。

“神光”照得天边通亮。满坛香烟缭绕。

男女群巫，和他们所役使的飞禽走兽以及各种水族，侍立在两旁。

楚王左带玉珥剑，右带环佩，率领着文武百官，在庄严肃穆的乐声中，鱼贯而出，排列在祭坛下。

坛右角上，歌声从以屈大夫为领班的歌队中泛起。

男音独唱：

吉日兮辰良，穆将愉兮上皇，

抚长剑兮玉珥，璆锵鸣兮琳琅。

【楚王上前三步，依次举行着祭祀的仪式。

女音独唱：

瑶席兮玉镇，盍将把兮琼芳，（献玉有司奉上一张草席，王接过来，铺在坛上。有司又奉上一块宝石，王接过来，压在席上。）

蕙肴蒸兮兰藉，（荐牲）奠桂酒兮椒浆。（奠酒）

【王和百官向着远天膜拜，五色瑞云中微微的现出东皇太一的身影。大家连忙伏下。金鼓大作，远近人声欢呼万岁。

合唱：

扬枹兮拊鼓，撞钟兮摇簴，

疏缓节兮安歌，陈竽瑟兮浩倡。

【群巫纷纷起舞。

灵偃蹇兮姣服，芳菲菲兮满堂，

五音纷兮繁会，君欣欣兮乐康。

君欣欣兮乐康，君欣欣兮乐康！

【云层中的东皇太一渐渐隐没，“神光”渐暗，乐声渐小，幕徐下。

东　君

远处有鸡声报晓。

微弱的曙光中，隐约看见地面上，纵横的熟睡着一群农民模样的青年男女。

天边烘出彩霞，一轮红日掩映在枝叶扶疏的大树（所谓扶桑）后面。树叶间发出稀疏的鸟声。

男音独唱：

暾将出兮东方，照吾槛兮扶桑。

【日轮升上树梢。被朝阳炙暖了的青年们翻了翻身，但还没醒。

【东君赤面虬髯，身穿银白色鱼鳞锁甲，青灰披风，腰佩弓箭，以御车的姿式出现在树前。

抚余马兮安驱，夜皎皎兮既明。

抚余马兮，抚余马兮安驱，

夜皎皎兮，夜皎皎兮既明。

【青年们被欢噪的鸟声惊醒了，揉着眼睛，打着呵欠，慢慢站起来了。忽然看见东君，纷纷向他奔去。他一一抚慰了他们，便分发他们到各自的岗位上开始工作。

在共同的节奏中，劳动人类的热情，汇成一股欢乐的洪流——热和力的交响乐。

【东君点着头愉快的巡视着工作者。

男音独唱：

驾龙辀兮乘雷，载云旗兮委蛇，

长太息兮将上，心低回兮顾怀，心低回兮顾怀。

羌声色兮娱人，观者憺兮忘归，观者憺兮忘归。

合唱：

緪瑟兮交鼓，搚钟兮摇簴，鸣篪兮吹竽！

男音独唱：

思灵保兮贤姱！

合唱：

思灵保兮贤姱！

【青年们合舞。

合唱：

翾飞兮翠翩，展诗兮会舞，应律兮合节！

男音独唱：

灵之来兮蔽日，

合唱：

灵之来兮蔽日。

【这时日轮早已不见了，天色渐暗，人群在悠扬的牧笛声中陆续散去。

【天幕由深蓝变到深紫，繁星出现了。

男音独唱：

青云衣兮白霓裳，举长矢兮射天狼，（开弓向天空射去，一颗流星坠下。）

操余弧兮反沦降，援北斗兮酌桂浆。（翻转身来举起酒斗狂饮。）

撰余辔兮高翔，杳冥冥兮东行，

撰余辔兮高翔，杳冥冥兮东行。（在黑暗中消逝了。）

（幕下）

云中君

暮霭深了。最后的斜阳睨视在黄龙旗上，微风中鳞甲不时闪着金光，黄龙蠕动了。

地面彩筵上陈列着盛馔。

一群彩衣的少女在环绕着旗杆拜祷。她们在夸耀她们自己的美丽，说是经过了挑选又挑选，代表她们全族来向这位神明谢恩的。为了一年的雨露，神所赐给她们的膏泽，她们族人——全体高阳氏的苗裔，今天已经把他们所有值得献出的都献出了，包括她们的青春。在她们这是何等的光荣！为了保证这光荣、为了使她们这份虔诚，不致遭到万一的拒绝，她们还精心的修饰了自己……

女音合唱：

浴兰汤兮沐芳，华采衣兮若英。

浴兰汤兮，浴兰汤兮沐芳，

华采衣兮，华采衣兮若英。

【天边涌起一朵黄云，云中君黄冠、黄衮龙衣，在一道金光中出现了。乐声从四面涌起，少女们一窝蜂似的往他拥去。围着他轻舞。

灵连蜷兮既留，灵连蜷兮既留，

烂昭昭兮未央，烂昭昭兮未央，

【金光变得更灿烂，几乎有些耀眼。

蹇将澹兮寿宫，蹇将澹兮寿宫，

与日月兮齐光，与日月兮齐光。

【少女们簇拥着云中君，来到筵前，就地坐下，绕成一圈，尽情的欢饮。

【云中君有点颓然了。秩序大乱。

【台上暗了一会儿。

【云中君起来了，带着倦意，徘徊了几周。

男音独唱：

龙驾兮帝服，聊翱游兮周章，
龙驾兮帝服，龙驾兮帝服，
聊翱游兮周章，聊翱游兮周章。

【他蓦的双肩一耸，张开两臂，像是浮入云中了。惊惶的少女们跳跃着伸手去攀援，但是那有什么用处呢？

女音合唱：

灵皇皇兮既降，猋远举兮云中。

【他飘浮得很远了，还手搭凉棚，往下面眺望，仿佛在寻觅什么似的。这样盘旋一周，便轻轻飘去了。

男音独唱：

览冀州兮横四海，览冀州兮横四海，
览冀州兮有余，横四海兮焉穷！

览冀州兮有余，横四海兮焉穷！

【少女们呆望着云中君的身影消失了，一个个沮丧得万分，有的拥抱着旗杆，有的伏倒在地上，呜呜的啜泣了。

女音合唱：

思夫君兮太息，极劳心兮忡忡！

思夫君兮太息，极劳心兮忡忡！

（幕下）

湘君（湘夫人）

人物：湘君　湘公子　车夫　男侍数人

女子甲　女子乙　船娘　女侍数人

江心一个小岛，岛上兰茝丛中藏着一座小得几乎像玩具样的庙子。

是一个深秋的黄昏，落叶在西风中旋舞。

树叶不时闪着“神光”。刚从岛后石滩间迂回地来到岛上的车子，走到庙前，停下了。车上的人，除了湘君，都上庙前来。湘君伫立在车上，吹着凤箫，箫声停了，远处一个女高音开始唱道：

君不行兮夷犹，蹇谁留兮中洲！

【一只船满载着妇女，从右侧出现，向着岛这边划来了。

女甲：

美要眇兮宜修，沛吾乘兮桂舟。

令沅湘兮无波，使江水兮安流。

望夫君兮未来，吹参差兮谁思！

【湘君看见船来了，急忙跳下车来，跑到水边。

湘君：

驾飞龙兮北征，邅吾道兮洞庭，

薜荔柏兮蕙绸，荪桡兮兰旌。

望涔阳兮极浦，横大江兮扬灵，（闪着神光。）

扬灵兮未极，女婵媛兮为余太息。

（船慢慢靠近岸旁，停下了。）

女甲：

（掩面悲泣）横流涕兮潺湲，隐思君兮陫侧。

湘君：

桂棹兮兰枻，斫冰兮积雪。

桂棹兮兰枻，斫冰兮积雪！
采薜荔兮水中，搴芙蓉兮木末，（有些气愤。）
心不同兮媒劳，恩不甚兮轻绝！

女甲：

石濑兮浅浅，飞龙兮翩翩。
石濑兮浅浅，飞龙兮翩翩。
交不忠兮怨长，期不信兮告余以不闲！

【湘君以谢罪的姿式，走上前把女子甲扶下船来。二人携手往花草丛中走去了。

湘君：

鼂骋骛兮江皋，夕弭节兮北渚。
鸟次兮屋上，水周兮堂下。
捐余玦兮江中，遗余佩兮醴浦，
采芳洲兮杜若，将以遗兮下女，
时不可兮再得，聊逍遥兮容与！

湘君·女甲：

鸟次兮屋上，水周兮堂下，

时不可兮再得，聊逍遥兮容与！

【灯光熄，幕下，随即升起，灯光又明。

【自从船拢岸时，公子就已注意到女乙，一直目不转睛的钉着她。她却不敢回视，只是羞涩的眺望着流水。

女乙：

帝子降兮北渚，目眇眇兮愁予。

嫋嫋兮秋风，洞庭波兮木叶下。

公子：

登白薠兮骋望，与佳人期兮夕张！

鸟何萃兮蘋中，罾何为兮木上！

女乙：

沅有茝兮醴有兰，思公子兮未敢言，

荒忽兮远望，观流水兮潺湲。

麋何食兮庭中！蛟何为兮水裔！

【公子也上了船，船女乙扶下来了。

麋何食兮庭中！蛟何为兮水裔

公子：

朝驰余马兮江皋，夕济兮西澨，
闻佳人兮召予，将腾驾兮偕逝。
【他们携手走向庙前。

女乙：

筑室兮水中，葺之兮荷盖，
荪壁兮紫坛，匊芳椒兮成堂，
桂栋兮兰橑，辛夷楣兮药房，
罔薜荔兮为帷，擗蕙櫋兮既张，
白玉兮为镇，疏石兰兮为防，
葺之兮荷屋，缭之兮杜衡。
合百草兮实庭，建芳馨兮庑门。
九嶷缤兮并迎，灵之来兮如云。
【她脱去外衣。
捐余袂兮江中，遗余褋兮醴浦，
搴汀洲兮杜若，将以遗兮远者。
时不可兮骤得，聊逍遥兮容与！

公子·女乙：

时不可兮骤得，聊逍遥兮容与！

【这时湘君和女甲已从花丛中走出，于是湘君和女甲，公子和女乙，每一个男侍和每一个女侍，乃至车御和船娘，都配成对，相携狂舞。

全体：

时不可兮骤得，时不可兮骤得，
聊逍遥兮容与，聊逍遥兮容与，
聊逍遥兮，逍遥兮，逍遥兮容与！

（幕下）

大司命

人物　大司命　美人数人　司阍二人

空桑山上一片玄云，云隙中露北宫的门阙，黑漆扁额上金书的古篆，看去像是“玄云”二字。山坳下停着一辆玉辂，龙辀云旗，和四匹骏马，皆黑色。

一群美人在山坳下游戏。

一声号筒，两个司阍敞开了宫门，分开站到门的两旁。一群水族跟着一头大龟从门内拥出。

大司命，玄衮衣，苍玉佩，在细乐声中步出门来。

大司命：

广开兮天门，纷吾乘兮玄云，
令飘风兮先驱，使冻雨兮洒尘。

【司命瞥见美人们，疾驰而下。美人们惊惶逃避，司命绕着山石追赶，一个个被拉住又挣脱了。如此者数次，直到他动员起全体水族来助他遮堵，这才抓住一个，他大笑了，美人也笑了。

美人甲：

君回翔兮来下，逾空桑兮从女，
纷总总兮九州，何寿夭兮在予！

【当他们二人相对狂舞时，刚才逃散了的美人们一个个又出现了，会同全体水族给他们助兴。

美人甲：

高飞兮安翔，乘清气兮御阴阳，
吾与君兮斋速，道帝之兮九阬，

【乐舞的节拍愈加疾促，台上灯光暗暗亮亮。

美人甲：

云衣兮披披，玉佩兮陆离，

壹阴兮壹阳，众莫知兮余所为！

大司命·美人甲：

壹阴兮壹阳，众莫知兮余所为！

全体：

壹阴兮壹阳，壹阴兮壹阳，

众莫知兮，众莫知兮，众莫知兮余所为！

【美人们都疲乏得倒地睡着了。司令踌躇四顾，若有所思。

大司命：

（转向花丛中，折来一枝瑶花。）折疏麻兮瑶华，（将花悄悄的放在美人甲的掌中。）将以遗兮离居。

老冉冉兮既极，（不胜感慨。）不寖近兮愈疏！

【司命登车，绕向山石后走了。

【美人甲醒来，发现手中的花，又不见司命，沮丧之极。猛抬头，望见司命和他的队伍在云端出现了，她支起慵困的身躯，慢慢站起来，对着云天只是发楞。

【众美人也都次第醒来。

美人甲：

乘龙兮辚辚，高驰兮冲天，

【将腰间的香药（桂枝）拿到鼻前嗅着。

结桂枝兮延伫，羌愈思兮愁人！

愁人兮奈何？愿若今兮无亏！

【众美人都来安慰她。

众美人：

愿若今兮无亏，愿若今兮无亏！

固人命兮有当，孰离合兮可为？

美人甲：

固人命兮有当，孰离合兮可为？

固人命兮有当，

众美人：

有当，有当，

美人甲：

孰离合兮可为，

众美人：

可为，可为？

全体：

固人命兮有当，孰离合兮可为！

（幕下）

少司命

人物　少司命　孩儿（六岁光景）　美人十余人

满院子夕阳。阶前长着密茂的花草，有秋兰，有蘼芜，和一些不知名的亚热带植物。

美人三五成群，在花园中游戏。

墙头上移动着的孔雀盖和翠羽旗，加上一片清晰的马蹄声，证明墙外有一辆贵人的车子来到。

有顷，司命荷衣蕙带，左手抚着腰间的长剑，右手抱着女孩儿，悄悄走进院子来，带着苦闷的神情，端详着整个庭院和院内每一个美人。

少司命：

秋兰兮麋芜，罗生兮堂下，

绿叶兮素华，芳菲菲兮袭予。

【众美人发现了司命和司命抱着的孩子，都纷纷迎上前来，争着和孩儿玩耍。

美人甲：

（把孩儿抱走了，司命跟在她后面。）

夫人自有兮美子，荪何为兮愁苦？

少司命：

（不睬她的问题。）绿叶兮素华，芳菲菲兮袭予？

【众美人都在逗引司命的注意，但司命的兴趣显然只在美人甲身上。

美人甲：

秋兰兮青青，绿叶兮紫茎，

满堂兮美人，忽独与余兮目成！（一步一步的打着退，像是要躲入室内，忽然一闪身，又到了院中心。）

忽独与余兮，与余兮目成！（挤着眼，妖媚的笑着。）

【少司命终于被引进了室内。

【众美人领着孩儿在院子里做了许多游戏，司命才出。望望天空，星星都出来了，便匆匆抱着孩儿离去。众美人抢着去追他，但是来不及了。

美人甲：

【凄然的靠在门边，众美人愕然的望着美人甲。

入不言兮出不辞，乘回风兮载云旗，

悲莫悲兮生别离，乐莫乐兮新相知！

众美人：

乐莫乐兮新相知，悲莫悲兮生别离！

乐莫乐兮新相知，悲莫悲兮生别离！

【夜色更浓了，空中有更多的星星出现。

美人甲：

荷衣兮蕙带，倏而来兮忽而逝，
夕宿兮帝郊，君谁须兮云之际？

少司命：

【在远处回答，几乎辨不出字音。
与女沐兮咸池，晞女发兮阳之阿，
望美人兮未来，临风怳兮浩歌。

全体：

【因为刚才的回答听不清楚，所以大家同声再问。
荷衣兮蕙带，倏而来兮忽而逝，
夕宿兮帝郊，君谁须兮云之际？

少司命：

【这回的声音是完全清晰的。

与女沐兮咸池，晞女发兮阳之阿，

望美人兮未来，临风怳兮浩歌！（最后一句尤其响亮。）

全体：

孔盖兮翠旌，登九天兮抚彗星，

抚长剑兮拥幼艾，荪独宜兮为民正！

抚长剑兮拥幼艾，荪独宜兮为民正！

（幕下）

河　伯

景是河身的横切面，像我们常在银幕上看见的一样。

河伯，跨着一头白鼋，像一具白石的裸体雕像，半个身子露在水上。时而有鱼虾一类的水族打他身边游过。

从河右岸上伸出一座悬崖，恰好与河面构成一个正角。崖端蹲着一座小庙，庙前的旗杆下攒集着一群白衣少女。崖身和崖上的一切（人物和庙宇），都正浸在血一般的夕阳中。

景中的人物差不多完全没有动作。除了沉闷的鼓声以外，我们只听见他们（少女们和河伯）一往一复的歌声。

少女：

鱼鳞屋兮龙堂，紫贝阙兮珠宫。

灵何为兮水中，乘白鼋兮逐文鱼？

河伯：

与女游兮九河，冲风起兮横波，
乘水车兮荷盖，驾两龙兮骖螭。

少女：

登昆仑兮四望，心飞扬兮浩荡……
灵何为兮水中，乘白鼋兮逐文鱼？

河伯：

与女游兮河之渚，流澌纷兮将来下。
子交手兮东行，送美人兮南浦。

少女：

日将暮兮怅忘归，惟极浦兮顾怀。
灵何为兮水中，乘白鼋兮逐文鱼？

河伯：

子交手兮东行，送美人兮南浦，
波滔滔兮来迎，鱼邻邻兮媵予。

少女：

登昆仑兮四望，心飞扬兮浩荡，
日将暮兮怅忘归，惟极浦兮顾怀。
鱼鳞屋兮龙堂，紫贝阙兮珠宫，
灵何为兮水中，乘白鼋兮逐文鱼？

（幕下）

山　鬼

山坡上黑黝黝的竹林里，歇着一辆豹车，豹子是火赤色的，旁边睡着一匹狐狸，身上却有着金钱斑点。

对面，从稀疏的竹子中间望出去，像一座陡起的屏风，挡住我们的视线的，便是那永远深藏在云雾中的女神峰——巫山二峰中最秀丽、也最娇羞的一个。

林中单调的虫声像是我们自己的耳鸣。

蓦地一声裂帛，撕破了寂静，“若有人兮山之阿”，回声像数不完的波圈，向四面的山谷扩大——“山之阿，山之阿，山之阿……”一只蝙蝠掠过，坡下草丛中簌簌作响。

公子嗅着手中的香花，一步一回头，爬上坡来。

公子：

被薜荔兮带女罗，（靠在一根椽子粗细的竹子上，望着对面的云雾。）

【回声：“带女罗，带女罗……”

既含睇兮又宜笑，子慕予兮善窈窕。

【回声：“善窈窕，善窈窕……”

乘赤豹兮从文狸，辛夷车兮结桂旗，

被石兰兮带杜衡，折芳馨兮遗所思。

【回声：“遗所思，遗所思，……”公子走进林中。

余处幽篁兮终不见天，路险难兮独后来。

【云雾渐渐围上来。

余处幽篁兮终不见天，路险难兮独后来。

【雾愈来愈浓，台上一片白。女子的歌声由远而近。山鬼，正如萧从云《九歌》图中所描绘的一个妙龄女子，肩头披着薜荔，腰间缠着女罗，从雾间出现了。

山鬼：

表独立兮山之上，云容容兮而在下，

杳冥冥兮羌昼晦，东风飘兮神灵雨。（一阵雨声。）
留灵修兮憺忘归，岁既晏兮孰华予！
留灵修兮憺忘归，岁既晏兮孰华予！

公子：

（在远处）若有人兮山之阿，被薜荔兮带女罗，
既含睇兮又宜笑，子慕余兮善窈窕。

山鬼：

采三秀兮于山间，石磊磊兮葛蔓蔓，
怨公子兮怅忘归，君思我兮不得闲。

公子：

（声音时远时近）乘赤豹兮从文狸，辛夷车兮结桂旗，
被石兰兮带杜衡，折芳馨兮遗所思。

山鬼：

山中人兮芳杜若，饮石泉兮荫松柏，

怨公子兮怅忘归，君思我兮然疑作。

公子：

（声音更近了）被石兰兮带杜衡，折芳馨兮遗所思，

余处幽篁兮终不见天，路险难兮独后来。

【风雨雷电交作，满山的鸟兽都悲鸣起来。山鬼的身影，完全被黑暗所吞没，哀怨的歌声中带着恐怖。

山鬼：

雷填填兮雨冥冥，猨啾啾兮又夜鸣，

风飒飒兮木萧萧，思公子兮徒离忧！

（幕下）

国　殇

远山衔着半边血红的落日。

平原上进行着剧烈的战争。鼓声愈来愈急，

敌人终于败退了。

国人为庆祝胜利并哀悼国殇，手拿着武器和钲鼓，环绕着死者

的尸体，举行萨尼人跳鼓式的舞踊。

妇孺们坐在男人们后面，围成一个更大的圈子，唱着庄严而凄凉的悼歌。

操吴戈兮被犀甲，车错毂兮短兵接，
旌蔽日兮敌若云，矢交坠兮士争先，
凌余阵兮躐余行，左骖殪兮右刃伤。
霾两轮兮絷四马，援玉枹兮击鸣鼓，
天时坠兮威灵怒，严杀尽兮弃原野。
出不入兮往不返，平原忽兮路迢远。
带长剑兮挟秦弓，首身离兮心不惩，
诚既勇兮又以武，终刚强兮不可凌。
身既死兮神以灵，魂魄毅兮为鬼雄！

（幕下）

送神（尾声）

布景和序曲一样，依然四处闪着神光，满台香烟缭绕。

凡是在歌曲中出现过的人和动物，现在都在台上。

乐声响了，女子们一壁传递着鲜花，依次的打祭坛前舞过，一壁唱着歌曲。

女音合唱

成礼兮会鼓，传芭兮代舞，
姱女唱兮，姱女唱兮容与。
春兰兮秋菊，长无绝兮终古！
【金鼓大作，全场乱舞。

全体合唱

春兰兮秋菊，长无绝兮终古！
春兰兮秋菊，长无绝兮终古！
……

【楚王领着百官，打台前走过，全场高呼万岁。

（幕急下）

廖季平论离骚

自来谈《离骚》谈得最离奇的，莫过于廖季平。谈得最透辟的，恐怕也要算他。谢无量先生在其《楚词新论》中说：

十年前在成都的时候，见著廖季平先生，他拿出他新著的《楚辞新解》给我看，说“屈原并没有这人”。他第一件说，《史记·屈原贾生列传》是不对的。细看他全篇文义都不属。他那传中的事实，前后矛盾，既不能拿来证明屈原出处的事迹，也不能拿来证明屈原作《离骚》的时代。……第二件，拿经学的眼光说《楚辞》是《诗经》的旁支。他那经学上的主见，以为《诗经》本是天学，所讲都是天上的事。自然《楚辞》也是一样，所以有那些远游出世的思想，和关于天神魂鬼的文词，也是适用《诗经》应有的法度。……第三件，说《离骚》首句“帝高阳之苗裔”，是秦始皇的自序。其他屈原的文章，多半是秦博士所作。《史记》“始皇不乐，使博士为《仙真人诗》，及行所游天下，传令乐人歌弦之。”——这是廖先生的根据。

谢先生叙述廖氏这三点意见的次序，略嫌颠倒。须知廖氏的出发点是经学，首先认定了《诗经》是所谓“天学”，苦于《诗经》本身没有证据，乃借《楚辞》——《诗》之旁支以证实其主张。这是论证发展的第一步。然而这样讲来，又与《史记》所载《离骚》作者的性格行为皆不合，适逢《史记》这篇传是一笔糊涂账，有隙可乘，就判定屈原本无其人，其所有事实，皆史公杜撰。这是第二步。屈原的存在既经勾消，乃以《离骚》为秦始皇所作，并以其他相传屈原诸作品归之秦博士。这是第三步。说法确乎是新奇得出人意表！

但是，我们读《离骚》，除了一个朕字外，未发现作者的口气与身分有丝毫像帝王的地方。“古者尊卑共称朕”，若谓《离骚》称朕，作者便是帝王，想一代经师不至如此之陋。何况秦祖帝喾高辛氏，怎见得这“高阳苗裔”便是始皇呢？廖氏三点意见中，这一点最不足辩。

至于《史记》的“文义不属，前后矛盾”，却是无可讳言的，自宋以来便不断有人怀疑。但《史记》全书中，同类情形甚多，若凭此而一一否认其人物的真实性，恐决无此理。其实“文义不属，前后矛盾”，也不过是廖氏的借口而已。纵令史文不矛盾，这段记载就能令他满意吗？他不是认为《离骚》是“天学”吗？然而史传中的屈原分明是只讲“人学”的。史传不能替他作证，便把史传中人物的存在根本否认了，性子未免太急了！其实如果《离骚》作者的性格，据《离骚》本文看，真与史传中的屈原不合，充其量也只能把屈原与《离骚》的关系解除掉。为廖氏起见，让屈原还存在，只说《离骚》不是他做的，不就够了吗？其实连这一著都不必。至少目前我们还得承认《离骚》是屈原作的，因此屈原的思想如何，只有《离骚》才是千真万确的口供，只要史传没有明白提出反证，我们又何妨当它默认了？史传与《离骚》不合，诚然，但消极的不合与积极的相反相克，究竟是两回事。我们何不假定史传只是一幅不完备的画像，其中尽留有点睛添毫的余地，说不定拿《离骚》中的屈原补入史传，更觉生动逼真点。这来廖氏的困难也就自动解决了，所以他那第一点，根本无成立的必要。

廖氏本意原要说明《离骚》是“天学”，想借以证实《诗经》之“天学”。这实在是三点中最惊人，也最有启示性的一点。但究竟什么是“天学”，谢先生所见到的《楚辞新解》，既不见传本，我们只好从《六译馆丛书》中求注脚有曰“圣神仙佛，皆在所包”(《离骚·释例》)；又曰：“《离骚》发源《诗》《易》，神游六合，为道家宗旨，列庄比肩，为黄帝之学之嫡派，故《楚辞》称述，全出《山海》《诗》《易》之博士学也。”(《治学大纲》)《经学四变记》中还有详细的解说：

《楚辞》为《诗》之支流，其师说见于《上古天真论》，专为天学，详于六合之天。盖圣人于六合以外，存而不论，《诗》《易》之托物比兴，言无方体是也。《楚辞》乃灵魂学专门名家，详述此学，其根源与道家同，故《远游》之类多用道家语。全书专为梦游，即《易》之游魂归魂，所说皆不在本世界，故有招魂掌梦之说。凡所称引，后人皆就中国一隅说之。既属游魂，何以尚在中土？故因《楚辞》专引

《山经》，而《山经》亦因之大显。

这大概就是谢先生所指的第二点。谢先生在他的书里，述完那段大意后，含蓄的批评道："这种廖先生所创的特别经学系统，……实在比匡衡所说的《齐诗》，还新奇得有趣，我当时自然也就'解颐'了。"

我想大家都同情谢先生的"解颐"。但那还是四变中的廖氏，再一变，可就要人"捧腹"了。《五变记》曰：

《诗》神游学如仙家之婴儿炼魄，神去形留，不能白日飞升，脱此躯壳，《易经》则能形游。《诗》故专言梦境，托之梦游，以明真理。鱼鸟上下。《庄子》梦为鸟而戾天，梦为鱼而潜渊。《内经》《灵枢》《素问》《山海经》《列子》《庄子》《楚辞》古赋如宋玉《高唐》《游仙诗》各书，以为之传。当引各书以注诗。

其弟子黄镕复为之笺述曰：

《楚辞》意义重复，非一人之著述，乃七十博士为始皇所作《仙真人诗》，采《风雅》之微言，以应时君之命。史公本《渔父》《怀沙》二篇为《屈原列传》，后人因以《楚辞》归之《屈原》，误矣。考《远游》周游六漠，《易系》"周流六虚"。即《诗·周南》"辗转反侧"之义。《庄子》：《逍遥游》《知北游》亦取此意。《招魂》《大招》，招即《召南》之召，召招古通。"魂兮归来"即"之子于归"，于篆作亏，近云，《韩诗》"聊乐我云"，云字作魂。他若“未见君子”，魂未归也，“既见君子”，魂已归矣，“振振君子，归哉归哉”，招之之词也，“之子归，不我过”，魂已归去矣。全诗与《楚辞》吻合者甚夥，且体裁亦与《诗》相符。

我们笑是笑够了，却不当以一笑了之。把渣滓汰尽，(关于《诗经》的话，当然全是白日见鬼。)剩余的却不能说没有精粹。比方，话说得较平实时，如《五变记》又曰：“〔《素问》〕《上古天真论》‘真人’‘至人’，为《楚辞》之师说，专为道家神仙去世离俗之所本。读《内经》而后《楚辞》之本旨明。”这样就不容我们不接受了。任何读《离骚》的人，只要肯平心静气，忘掉太史公的传，王逸以来的注，就《离骚》读《离骚》，他的结论必与这相去不远。可惜千余年来没有人肯这样读《离骚》，就是廖氏，若非因太热心于建设经学系统，而援儒入道，恐怕也说不出那样的话来。史迁的传，王逸的注，是不容易忘掉的，所以廖氏的话说出了，徒为他的弟子谢无量先生“解颐”之资而已。

匡斋尺牍

一　应下了工作

说起回信何以来得这样晚，撇开了事忙一类的遁辞，还有一个较正大的理由。你提出的几个问题，老实说，当时我都不能答，现在还是不能，虽则光阴过了将近半年，而这半年中，为了那些疑团，我是不断的在思索着。倒是今天从你提的另一件事上，又好像发觉了一个答案。你派给我那项讲诗的工作，毕竟是个办法。要解决关于《诗经》的那些抽象的，概括的问题，我想，最低限度也得先把每篇的文字看懂。所以，对于你所问的，我最忠实的答案是不答，或是说，我的答案是教你不要问。一朝你能把一部《诗经》篇篇都读懂了——至少比前人懂得稍透些——那时，也许这些问题，你根本就不要问了，或者换了一种问法，问得更具体，更彻底点。来信指定的那几首诗，我都愿意给你讲解。当然不嫌麻烦。我还有一个宏愿，一个奢望——果然有这工夫，更有这耐性的话——索性继续讲下去，每封信讲一两篇，在不太辽阔的期间内，把全部《国风》讲完。这样给自己对于《诗经》的了解，来一次总检举，不是很好的吗？我感谢你，如果真给我这样一个机会。望你也不要懈怠，随时来信问难。助我完成一项工作罢。零星的问题或掌故，也不妨随时涉及，以免通信内容的单调，你以为如何？

下次再开始讲诗。

二 工作的三桩困难

在开始讲诗以前，我最好先声明我的困难是什么，为的是，如果我失败了，你好知道我失败在那里。困难至少有三桩。

伪书的举发曾经风行了好久。在“辨伪”的法庭上，《尚书》是受过了鞫讯的。但为什么偏把这与《尚书》同辈的《诗经》漏掉了，传票里连个名儿都没有呢？论情理，《诗经》决不能没有嫌疑。如果孔子删过诗，“删”不也是一个作伪吗？何况，既然动了笔，就决不仅是删，恐怕还有改。不但孔子，说不定孔子以后，还随时有着肯负责任的人，随时可以挥霍他们的责任心，效法孔子呢。我相信，我们今天所见到的《三百篇》，尤其是二南十三风，决不是原来的面目。至于时间的自然的剥蚀，字体的变迁，再加上写官的粗心与无识——一部书从那么荒远的年代传递下来，还不知道要受多少种折磨呢？以上所提的几点，将来还要细谈。暂时你只记住，在今天要看到《诗经》的真面目，是颇不容易的，尤其那圣人或“圣人们”赐给它的点化，最是我们的障碍。当儒家道统面前的香火正盛时，自然《诗经》的面目正因其不是真的，才更庄严，更神圣。但在今天，我们要的恐怕是真，不是神圣。（真中自有着它的神圣在！）我们不稀罕那一分点化，虽然是圣人的。读诗时，我们要了解的是诗人，不是圣人。然而要去掉那点化的痕迹，又怎样下手呢？这是困难的第一桩。

你也许说，点化是有的，但成分必很微细，大部分不妨仍然当它作一部民歌。好了，我可以不吹毛求疵。但第二桩困难又来了。你该记得《诗经》的作者是生在起码二千五百年以前。用我们自己的眼光，我们自己的心理去读《诗经》，行吗？惟其如此，我们才要设法建立一个客观的标准，虽则客观依然是相对的。但是要建立客观的标准，最低限度恐怕也只有采用推论法一途。然而推论的根据又在那里？难题就在这一点上。你知道，要找推论的根据点，须守着一个条件，那便是，推论的根据，与推论的前提，必须性质相近，愈近愈好。现在，就空间方面看，与我血缘最近的民族，在与《诗经》时代文化程度相当时期中的歌谣，是研究《诗经》上好的参考材料，试验推论的好本钱吧？但这套本钱，谁有，我不知道，反正不在我的手边。再从时间方面打算，万一，你想，一个殷墟和一个汲冢，能将那紧接在《三百篇》前后的两分“三百篇”分别的给我们献回来，那岂不更妙？有了《诗经》的前身和后身作参考的资本，这研究《诗经》的企业，不更值得一做了吗？可是谁能梦想那笔横财，那样一个奇迹的实现！时空两方面推论的材料既都没有，所谓客观的标准从何建立起？尤其令人怅惘的，是“王者之迹熄而诗亡”。从

《三百篇》到汉乐府，那一截诗的传统，万不该教它中断。（即令将《九歌》等零星的作品插进去，榫头还是斗不拢，这工作文学史家已经试过了。）损失有什么方法追偿？没有方法，只好用汉魏乐府（专指民间的），甚至六朝乐府来解释《诗经》。有人还说那很有用处。细想，是一句解嘲的话，说话的人自己还不知道呢。用汉后的民歌解释周初的民歌，民歌与民歌比，诚然有点益处，但周初与汉后之间，你望，一重的时间的雾可密着咧！这方法的危险，你要小心，恐怕是与它的便利一般大的。以上是第二桩困难。

可是，慢一点。汉与周之间，相去很远了，我们与汉之间呢？我们又准能懂汉人吗？果然能够，拿我们所懂的汉人去解释周人，已成问题，上文讲过了。设若不能，以我们所不懂的汉人去解释那更不好懂的周人，那还成话吗？头绪愈多，话愈不好讲。姑且把汉人一层注销了，现在专就我们和“诗人”立论，看究竟为什么我们不能懂他们。我想，这问题，幸与不幸，总归该文化负责。同是人，但我们与“诗人”在品质的精粗上，据说相距那样远，甚至学者们有采用“文明人”与“原始人”两种迥殊的称呼的必要。我们的官觉灵敏了，情感细腻了，思想缜密了，一切都变好了。二千五百年的文化将我们一步一步的改良到这样，我们能够一下子退得回去吗？虽然文化常常会褪色，忽然露出蛮性的原形，但那是意识，你那把门的失慎，偶然让蛮性越狱了。你则既不能直接调遣你的蛮性，又不能号令你的意识。总之，你全不是你自己的主人。文化既不是一件衣裳，可以随你的兴致脱下来，穿上去，那么，你如何能摆开你的主见，去悟入那完全和你生疏的“诗人”的心理！当然，这也是一切的文艺鉴赏的难关，但《诗经》恐怕是难中之难，因为，它是和我们太生疏了。况且纠纷还没有完，能不能是一端，愿不愿又是一端。你想，戴上了那“文明人”的光荣的徽号，我们的得意，恐怕也要使我们不屑于了解他们——那，便更难办了。以上是第三桩，也许最大的一桩困难，因为，这回我们的障碍物乃是我们自己。

有了这三重魔障，我承应下的这分工作，便真成为佛朗士所谓“灵魂的探险”了。我也许要领着你在时间的大海上兜了无数迂阔而棼乱的圈子，结果不但找不到我们的“三山”，不要连自己也失踪了吧！不过这险总是值得冒的。好罢，我将尽量的克服我的困难。

话不觉的谈了这样多，诗又不能讲了。下次定依你指定的范围与次第，开始讲《芣苡》。决不失信。

三 芣苡

为方便起见，还是把原诗录在下面：

采采芣苡，薄言采之！采采芣苡，薄言有之！
采采芣苡，薄言掇之！采采芣苡，薄言捋之！
采采芣苡，薄言袺之！采采芣苡，薄言襭之！(《周南》之八)

所遴选的几首诗中有着这一首，不知道你有何用意。疑难是属于文字的呢，还是文艺鉴赏的？但这两层也有着连锁的关系。比方说，一首诗全篇都明白，只剩一个字，仅仅一个字没有看懂，也许那一个字就是篇中最要紧的字，诗的好坏，关键全在它。所以，每读一首诗，必须把那里每个字的意义都追问透彻，不许存下丝毫的疑惑——这态度在原则上总是不错的。因此，这里凡是稍有疑义的字，我都不放松，都要充分的给你剖析。虽然我个人却认为《芣苡》之所以有讨论的必要，乃是因为字句纵然都看懂了，你还是不明白那首诗的好处在那里。换言之，除了一种机械式的节奏之外，你并寻不出《芣苡》的“诗”在那里——你只听见鼓板响，听不见歌声。在文字上，唯一的变化是那六个韵脚，此外，则讲来讲去，还是几句原话，几个原字，而话又是那样的简单，简单到幼稚，简单到麻木的地步。艺术在那里？美在那里？情感在那里？诗在那里？——你该问。你这回读诗，我想，《芣苡》是凭着它的劣诗的资格，不是好诗的资格，而赚得你注意的。如果这样是你当时的印象，我毫不诧异。但这只是你的印象。对不对，还待商量。至于给你留下发生这印象的余地，似乎责任又该《芣苡》负。惟其如此，《芣苡》才有讨论的价值。因为《三百篇》里这样的诗很多，而《芣苡》又是其间最好的例，所以它便有提早讨论的必要。这首诗你果然选对了。

什么是“芣苡”？据《毛传》说是如今的车前。车前，听说北方山谷间颇多，但我没有见过，也许见过了，不认识。按植物家的说法，是一种多年草本植物。除了花是紫色的，小而且多之外，其余叶与花茎都像玉簪。夏日结子，也是紫色的，那因为成熟迟早不同，紫色便有从发赤到发蓝种种不同的色调，想必是很悦目的。“采采”二字便是形容这花子的颜色。本篇的“采采芣苡”，《卷耳》的“采采卷耳”，同《秦风·蒹葭篇》的“蒹葭采采”一样，全是形容词。《小雅·大东篇》“粲粲衣服”，《文选》注引《韩诗》作“采采衣服”。“采采”“粲粲”是同纽相转的叠字，“粲粲”又变为“璀璨”“翠粲”等双声连绵词，都是颜色鲜明之貌。《列女传》曰“且夫采采芣苡之草”，刘向似乎认清了这两个字的词性。“采采芣苡”，若依毛郑以及薛君读“采采”为动词，无论《三百篇》中无此文法，并且与下的“薄言采之”的意义重复，在文法上恐怕也说不过去。极明显，极浅近的一件事，不知道为什么向来没有人说破。

芣苡的形状，你现在可以有点印象了。但是单知道它的形状，还不算真懂芣苡。学了诗，诚如孔子说的，可以“多识草木鸟兽之名”。但翻过来讲，“多识草木鸟兽之名”，未必能懂诗。如果孔子所谓“名”是“名实”之名，而他所谓识名，便是能拿“名”来和“实”相印证，便是知道自然界的某种实物，在书上叫作某种名字，那么，识名的工夫，对于读诗的人，决不是最重要的事。须知道在《诗经》里，“名”不仅是“实”的标签，还是“义”的符号，“名”是表业的，也是表德的，所以识名必须包括“课名责实”与“顾名思义”两种涵义，对于读诗的人，才有用处。譬如《麟之趾篇》的“麟”字是兽的名号，同时也是仁的象征，必须有这双层的涵义，下文“振振公子”才有着落。同样的，芣苡是一种植物，也是一种品性，一个 allegory。

古代有种传说，见于《礼含文嘉》《论衡》《吴越春秋》等书，说是禹母吞薏苡而生禹，所以夏人姓姒。这薏苡即是芣苡。古籍中凡提到芣苡，都说它有“宜子”的功能，那便是因禹母吞芣苡而孕禹的故事产生的一种观念。一点点古声韵学的知识便可以解决这个谜了。“芣”从“不”声，“胚”字从“丕”声，“不”“丕”本是一字，所以古音“芣”读如“胚”。“苡”从“目”声，“胎”从“台”声，“台”又从“目”声，(《王孙钟》《归父盘》等器，“以”字皆从“口”作“台”。)所以古音“胎”读如“苡”。“芣苡”与“胚胎”古音既不分，证以“声同义亦同”的原则，便知道“芣苡”的本意就是“胚胎”，其字本只作“不以”，后来用为植物名变作“芣苡”，用在人身上变作“胚胎”，乃是文字孳乳分化的结果。附带的给你提醒一件有趣的事。“芣苡”既与“胚胎”同音，在《诗》中这两个字便是双关的隐语(英语所谓Pun)，这又可以证明后世歌谣中以莲为怜，以藕为偶，以丝为思一类的字法，乃是中国民歌中极古旧的一个传统。

本来芣苡有宜子的功用，《逸周书·王会解》早已讲过，(《周书》作“桴苡”，“桴”“芣”同音字。)说《诗》的鲁韩毛各家，共同承认，本草家亦无异议。只近人说《诗》才有放弃此说的。现在我把这观念的源头侦察到了，目的不定是要替古人当辩护，而是要救一首诗。因为，“芣苡”若不是一个allegory，包含着一种意义，一个故事的allegory，(意义的暗号，故事的引线，就是那字音。)这首诗便等于一篇呓语了。芣苡的故事，已经讲过了，很简单。它的意义，惟其意义总是没有固定轮廓的，便不能那样容易捉摸了。现在从两方面来解剖它。

先从生物学的观点看去，芣苢既是生命的仁子，那么采芣苢的习俗，便是性本能的演出，而《芣苢》这首诗便是那种本能的呐喊了。但这是何等的神秘！这无名的迫切，杳茫的敕令，居然能教那女人们热烈的追逐着自身的毁灭，教她们为着“秋实”，甘心毁弃了“春华”！你可以愤慨的说，“天地不仁，以万物为刍狗！”但是你错了，你又是现代人在说话。

自是桃花贪结子，错教人恨五更风！

在桃花，结子是快乐的满足，光荣的实现，你晓得吗？对于五更风，她是感激之不暇的。结子的欲望，在原始女性，是强烈得非常，强到恐怕不是我们能想像的程度。不信，看《三百篇》便知道。例如《螽斯》《夭桃》《椒聊》不都是这样欲望的暴露吗？这篇《芣苢》不尤其是母性本能的最赤裸最响亮的呼声吗？正如它的表现方法是在原始状态中，《芣苢》诗中所表现的意识也是极原始的，不，或许是生理上的盲目的冲动。

再借社会学的观点看。你知道，宗法社会里是没有“个人”的，一个人的存在是为他的种族而存在的，一个女人是在为种族传递并蕃衍生机的功能上而存在着的。如果她不能证实这功能，就得被她的侪类贱视，被她的男人诅咒以致驱逐，而尤其令人胆颤的是据说还得遭神——祖宗的谴责。环境的要求便是法律，不，环境的权威超过了法律。而“个人”偏偏是一种最柔顺的东西，在积威之下，他居然接受集团的意志为他个人的意志。所以，在生理上，一个妇人的母性本能纵然十分薄弱，可是环境的包围，欺诈与恐吓，自能给他逼出一种常态的母性意识来，这意识的坚牢性高到某种程度时，你便称它为“准本能的”，亦无不可。总之，你若想像得到一个妇人在做妻以后，做母以前的憧憬与恐怖，你便明白这采芣苡的风俗所含的意义是何等严重与神圣。

这样看来，前有本能的引诱，后有环境的鞭策，在某种社会状态之下，凡是女性，生子的欲望没有不强烈的。可不要把它和性的冲突混杂起来，这是一种较洁白的，闪着灵光的母性的欲望，与性欲不同。虽然，除非你能伸长你的想像的触须，伸到二千五百年前那陌生得古怪的世界里去，这情形又岂是你现代人所能领会的！

知道了芣苡是种什么植物，知道它有过什么功用，那功用又是怎样来的，还知道由那功用所反映的一种如何真实的，严肃的意义——有了这种种知识，你这才算真懂了《芣苡》，你现在也有了充分的资格读这首诗了。

为着可以得点较道地的风味，你最好试试用古音来读它。当然目前我们对于三代的古音还是茫然的。暂时我们只好对付点，借用高本汉的方法，再参点个人的意见。这起码比二十世纪的北平官话较为近古些。

‘ts‘âi ‘ts‘âi p‘jwi ‘i b‘âk ˛ngiɐn ‘t‘âi ˛t’si（采采芣苡，薄言采之）

‘ts‘âi ‘ts‘âi p‘jwi ‘i b‘âk ˛ngiɐn ‘jiəu ˛t’si（采采芣苡，薄言有之）

顺手把几个较有问题的字义解释一下。“薄言”向来不曾有过确解。“薄”与“迫”通,《汉书·严助传》曰“王居远,事薄遽”,“薄遽”即“迫遽”。“薄”本是外动词,“薄言”二字连用便成了副词成语。“薄言”即“薄而”,实际也就等于“薄薄然”,用今语说,就是“急急忙忙的”,“赶忙的”,或“快快的”。“薄言”在《诗经》中,连本篇共见过十八次,都应该这样解释,没有半个例外。在本篇里,这两个字的意义尤有关系,一种迫切的情调,在字面上只有这点记载。《散氏盘》有这样一个字:

从艸从又,(又即手。)前人都释为“若”。唐兰说“若”《说文》训为“择菜”,即本篇“薄言有之”之“有”。这一说颇有道理,我想。本篇二章的“掇”“捋”意义相近,三章“袺”“襭”也相近,那么一章的“采”“有”也应该是性质类似的两种动作了。《诗经》用字的式例确乎有这一种。

‘tsâi ‘tsâi ˛p‘jwi ‘i b‘âk ˛ngiɐn t’iwät ˛t’si(采采芣苡,薄言掇之)
‘tsâi ‘tsâi ˛p‘jwi ‘i b‘âk ˛ngiɐn liwät ˛t’si(采采芣苡,薄言捋之)

“掇”“捋”两字现代语里还有,也许无须解释。其实从t‘iwät,liwät两个声音上,你就可以明白那是两种多么有劲的动作。审音的重要性于此可见一斑。

ʻtsâi ʻtsâi ˏpʻjwi ʻi bʻâk ˏngiɐn kiet ˏtsʼi（采采芣苡，薄言袺之）

ʻtsâi ʻtsâi ˏpʻjwi ʻi bʻâk ˏngiɐn kiet ˏtsʼj（采采芣苡，薄言襭之）

"袺""襭"两字的区别，各家的训释不同。"袺"据《毛传》说是用手提着大襟，"襭"据解《毛传》的说是将大襟扎在衣带上，其实他的意思是说把东西装在两种衣兜里，一种动作叫"袺，"一种叫"襭"。但是《广雅·释器》曰："袺谓之裍，襭谓之褢"。襭本是衣袖下的口袋（现在日本人的衣服还有这东西），把东西装进裍里的动作，也可称"裍"。《管子·轻重戊篇》"丁壮者胡丸操弹"，"胡"即"裍"之初文，正是用为动词。"褢"即"怀抱"之"怀"的本字。《列女传》曰"始于捋采之，终于怀襭之，浸以益亲"，与《广雅》相合。这两种解释，我任你挑一种。

这会儿，你可以好好打口呵欠了。你可有点闷气不？我唠叨的也太久了。现在请你再把诗读一遍，抓紧那节奏，然后合上眼睛，揣摩那是一个夏天，芣苡都结子了，满山谷是采芣苡的妇女，满山谷响着歌声。这边人群中有一个新嫁的少妇，正撚那希望的玑珠出神，羞涩忽然潮上她的靥辅，一个巧笑，急忙的把它揣在怀里了，然后她的手只是机械似的替她摘，替她往怀里装，她的喉咙只随着大家的歌声哼着歌声——一片不知名的欣慰，没遮拦的狂欢。不过，那边山坳里，你瞧，还有一个伛偻的背影。她许是一个中年的硗确的女性。她在寻求一粒真实的新生的种子，一个祯祥，她在给她的命运寻求救星，因为她急于要取得母的资格以稳固她的妻的地位。在那每一掇一捋之间，她用尽了全副的腕力和精诚，她的歌声也便在那“掇”“捋”两字上，用力的响应着两个顿挫，仿佛这样便可以帮助她摘来一颗真正灵验的种子。但是疑虑马上又警告她那都是枉然的。她不是又记起已往连年失望的经验了吗？悲哀和恐怖又回来了——失望的悲哀和失依的恐怖。动作，声音，一齐都凝住了。泪珠在她眼里。

采采芣苡，薄言采之！采采芣苡，薄言有之！

她听见山前那群少妇的歌声，像那回在梦中听到的天乐一般，美丽而辽远。

上面两个妇人只代表了两种主要的型类。其余的你可以类推。我已经替你把想像的齿轮拨动了，现在你让它们转罢，转罢！……

四　续论“芣苡”——单调，简单，不像诗吗

昨天信发过了，才记起还有几点应补充的，因为那与芣苡的鉴赏，颇有关系。

有人说《芣苡》太单调，老是那几句简单的话，完全不像诗。我举几条著名的单调的例：

江南可采莲，莲叶何田田，鱼戏莲叶间，鱼戏莲叶东，鱼戏莲叶西，鱼戏莲叶南，鱼戏莲叶北。

十三能织素，十四学裁衣，十五弹箜篌，十六诵诗书，十七为君妇，心中常苦悲。

何以致拳拳，绾臂双金环；何以致殷勤，约指一双银；何以致区区，耳中双明珠；何以致叩叩，香囊系肘后；何以致契阔，绕腕双跳脱；何以结恩勤，美玉缀罗缨；何以结中心，素缕连双针；何以结相游，金薄画搔头；何以慰别离，耳后玳瑁钗；何以结欢愉，素纨三条裾；何以结愁悲，白绢双中衣。

我还可以继续的举下去，但没有那必要。反正你是明白了，单调不犯忌讳。《芣苡》所以不能引起你的兴趣，原因不在他的单调性。你若能懂上面的三个例，那是因为它们的背景，它们的情绪，它们所代表的意义，都和你熟识。譬如，拿采莲和采芣苡比，对于前者，你可以有多少浪漫的联想，美丽的回忆，整部的南朝乐府和无数的唐诗给它做注脚。但是后者，你若没有点古代社会，古代女性的知识，那便全是陌生，像不认识的字，没猜破的谜，叫你如何欣赏？

所谓简单，大概指文字简单而言。那更没有关系。Wordsworth 声言：

The dates on a tombstone spoke eloquently; and a parish register, without addition, touched the springs of sympathy and tears.

反正文字简单，意义不一定简单。甚至愈是简单的文字，力量愈大，因为字是传达意义的，也是限制意义的，假如所传达的抵不上所限制的，字倒是多一个，不如少一个。所以症结不在简单不简单，只看你懂不懂每个字的意义，那意义是你的新交还是故旧。如果是故旧，联想就多了，只须提一提它的名字，你全身的纤维都会震动，只叫一声，你的眼泪就淌。面生也不妨，只要介绍的得法，你的感情也会移入。"采采芣苡，薄言采之"，是何等惊心动魄的原始女性的呼声，如果你真懂了原始女性。

五　薏苡与芣苡，夏民族与周南

回信收到了。你问何以知道禹母吞的薏苡便是芣苡。答复如下：

薏苡便是马援从交阯回来，载了满车，被人误会为珠子的一种东西，据说"用能轻身寡欲"，《淮南万毕术》又说"门冬赤黍薏苡为丸，令妇人不妒"。看来，薏苡的功用与妇人怀孕不相干，甚至是相反的。所以知道禹母吞的，马援吃的，必是两种东西。但这只是一个反面的证据。

古籍中凡说到芣苡处，都说它有宜怀妊的功能，（间或也有说治难产的。）这与禹母吞薏苡而孕禹的传说正相合，薏苡即芣苡，渐有可能了。现在就假定禹母吞的薏苡便是芣苡。但"芣"何以变成

“薏”呢？

其实“薏”当作“蔏”，“意”“啻”是截然两个字，隶书合而为一，大错。《说文》“蔏”字在“菩”字后，两字形相近，大约本是一个字，“蔏”即“菩”之繁文，或“菩”为“蔏”之省体，后来因所从之“啻”与“意”相混，“蔏”或书作“薏”，才与“菩”分家了。这又有什么证据呢？

说文“𢡋”下曰“满也”，“陪”下曰“重土也，一曰满也”。又“噫”下曰“饱食息也”，“醅”下曰“醉饱也”。从“啻”的字有“满”“饱”两义，从“音”的字亦然，这不是“啻”“音”同字的明证吗？因此，我们知道“啻”字篆文作，《许慎》说从言从中，纯是附会。其实字形当作从下二“”，与“音”篆下一“”，相差有限了。即上加“·”(《王孙钟》“不”作“”，《齐陈曼簠》作“”)，即“鄂蕚不韡韡”及“华花不注柱山”之“不”，后世称为“花跗”“花趺”，今人称为“花蕚”，到结子时，蕚又托着子，又可以称为蒂了。(亦从，字又通作“啇”，下有口，与“蔏”“菩”亦同意。)这里“蔏”“菩”两字所从的“”应专指蒂言，“”是代表花子的，两个“”自然表示子多的意思。许慎说从言从中，形既错了，义便不能不附会了。“啻”字他既不懂，“音”“菩”两字的意义自然也摸不着。说“音”是“相与语，唾而不受也”，固然离题太远，训“菩”为“菩艸”，也不见得是本义。其实，“音”“菩”与“蓓蕾”之“蓓”不过是一个字在形体上的祖孙三代。而蓓字从“倍”更值得玩味。《墨子·经上篇》曰“倍为二也”。这与“啻”从二“”，以及“陪”训重土，如果

不是巧合，那么，我说“䔿”即“菩”字，恐怕也不算牵强了吧？二为双数，成双就多了，于是“薏”训满，“陪”亦训满，饮食满则饱，于是“噫”训饱，“醅”亦训饱。头头是道了。

“䔿”“音”既都从“不”，䔿苡或菩苡便是芣苡，自然不成问题。事实太显著，证据举得太多了，反现着滑稽。挑两个最醒豁的例。《说文》“髻，发貌”，《西京赋》“猛毅髬髵”，字作“髬”。“丕”“不”本是通用字，而髻字一作髬，可知“音”“不”也是通用字了。这是芣与菩通的佐证。“倍”为双数，“陪”为重土（皆见上文），而《说文》“坏”下曰“丘再成（重）者也”，“秠”下曰“一稃二米也”，岂不又是“芣”与“菩”通的一个证例吗？但是“䔿”从双“○”，有“双”义，岂不又与“坏”“秠”同例吗？然则“芣”“䔿”相通，也有凭据了。（《鄘侯毁》“不”字作“”，实即“䔿”省去底下的“○”，又将中间的“○”填满了。“丕”则又将顶上的一点省去了。这都是“芣”“䔿”同意的证据。）

弯子不能不绕大点，否则结论不结实。总之，“䔿”“菩”“芣”，形体只有繁简的区别，而声与义则完全相同，我说三个字本是一个字的化身，你现在信了吗？

前次信里说，芣苡宜子的信仰，是打禹母吞芣苡的传说来的。其实这一层你也可以追问，因为我上次并没有充分的讨论。

首先，禹母吞薏苡的传说，仅见于汉以后的书，为郑重起见，似乎还需要点实证。这只要把“姒”“苡”二字间的关系确定一下就成了。《说文》“㠯”下引贾侍中曰“薏㠯实也”。可见“薏苡”一称

"薏已"，"已"即"苡"字，而刘师培在《姒姓释》(《左盦集》五)里又很严密的证明了"姒"与"已"本为一姓。然则姒姓的"姒"即薏苡的"苡"，就在"姒"通作"已"，"苡"亦通作"已"的事实上，可以证明了，换言之，两"已"字碰头了，即等于"姒"与"苡"碰头了。还有一个旁证。殷的先祖简狄吞燕卵而生契，而殷人姓子。"子"的籀文作，"孳"的籀文作(并见《说文》)，而燕的篆文作，可知殷人姓即"燕"字。契母吞燕卵而生契，殷人即姓燕，与禹母吞薏苡而生禹，夏人即姓姒，正是同类。

因吞薏苡而怀妊，确乎是夏人祖先的故事，这已经无问题了。因求子而采芣苡，与因吞薏苡而怀妊，两件事实的从同性也够明显的了。不过说这两件事之间，有着可能的因果关系则可，说是有必然的因果关系，则嫌早点，除非马上提出证据来。你可以这样的抗议。对了。这一点极有关系，尤其是对于古史。如果承认了采芣苡的风俗是从禹母的传说来的，那不啻也承认了《周南》的作者，是夏禹的苗裔。(现在我们已经涉入历史的范围了，你对于这方面也有兴趣吗?)正是，我的意见正是如此。我想，汤放桀于南巢，当时桀不但是带着妹喜一同走的，并且连他的人民——他的宗族，也带走了。(不如说是被汤哄走的；你知道这类事是有着极大可能性的，如果你还记得原始社会的状态。)这因被压迫而南窜的夏民族，日子久了，定会把他们祖宗的籍贯也搬来了，于是禹便成了南方人。这当然只是一种假设，(我再声明一遍，这是暂时的假设!)但这样倒可以解释为什么许多禹的故事产生于南方，而《周南》中有着《芣苡》这样一首诗，正可以我的假设互相参证。退一步讲，《周南》的作者纵不必定是夏的嫡裔，至少，他们与这虽衰落而确是先进的民族为邻，在习俗上多少受点薰染，是极自然的事。《周南》的作者至少也是夏民族的近亲。但我似乎不必退这一步。《吕氏春秋》帮了我一个证据：

禹行，窃（原作功，从吾友许维遹先生校改）见涂山之女，禹未之遇而巡省南土。涂山氏之女乃令其妾待禹于涂山之阳。女乃作歌，歌曰“候人兮猗！”实始作为南音。周公及召公取风焉，以为《周南》《召南》。（《音初篇》）

这点材料暂时保留在这里，不加论断。问题很复杂，等材料收得较充足时再讨论。夜深了。我得搁笔。

六　闲话

这几天太忙，讲诗的课程只得脱一期。今天和一位朋友讲《诗经》，讲到下面几句话，现在写给你，聊当交卷。其实也没有多大价值。

汉人功利观念太深，把《三百篇》做了政治的课本；宋人稍好点，又拉着道学不放手——一股头巾气；清人较为客观，但训诂学不是诗；近人囊中满是科学方法，真厉害。无奈历史——唯物史观的与非唯物史观的，离诗还是很远。明明一部歌谣集，为什么没人认真的把它当文艺看呢！

七　狼跋与周公

狼跋其胡，载疐其尾——公孙硕肤，赤舄几几。

狼疐其尾，载跋其胡——公孙硕肤，德音不瑕。（《豳》三七）

在某种心理状态之下，人们每喜从一个对象中——例如一部古书——发现一点意义来灌溉自己的良心，甚至曲解了对象，也顾不得。这点方便像是人人的权利。旧时代中有理想的政客，和忠于圣教的学者，他们自然也各有权利去从《诗经》中发现以至捏造一种合乎他们"心灵卫生"的条件的意义。便是在这种权利的保障之下，他们曾经用了"深文周纳"的手术把《狼跋》说成一首颂扬周公的诗。从一方面看，这也不能不算一种光明磊落的企图，谁敢菲薄？即使今天还有人维持他们那种论调，也不算奇怪。只是，万一我个人的看法有些不同，朋友，那便得求你原谅。我，也有我的良心，而灌溉的方法也不见得只限于一种。如果与那求善的古人相对照，你便说我这希求用"《诗经》时代"的眼光读《诗经》，其用"诗"的眼光读《诗经》，是求真求美，亦无不可。至于当我为一个较新的观点申诉理由时，若有非难旁人的地处，请你也记住，我的目的是要扎稳我自己的立足点，我并不因攻倒前贤而快意。这点动机上的微妙的差别，也不要忽略了才好。

《狼跋》之所以和周公发生关系，根本的原因，前面已经提过。不过但有原因，没有机会，上述的那种论调还是不会成立的。促成《狼跋》和周公发生关系的机会，我想是这样的。《豳风》里有一首诗（《破斧》）分明说到了周公，另外一首（《东山》）也确乎与周公有关系，这现象，对于一般为着一种使命过分热心的人，是个含有大量引诱性的暗示。好容易碰到了圣人，还不好生利用一顿？于是在他们踌躇满志之中，全数的《豳诗》便不觉都划归周公了，《狼跋》是《豳诗》之一，自然不在例外。

其实呢，《国风》里与《狼跋》格调最近的一首诗，是《秦风》的《终南》，要辨识《狼跋》，最好是以《终南》为借镜。

终南何有？有条有梅。君子至止，锦衣狐裘，颜如渥丹，其君也哉。

终南何有？有纪有堂。君子至止，黻衣绣裳，佩玉将将，寿考不忘。

这一望就知道是一首"羌无故实"，泛泛的恭维某位贵族的诗。"公孙"便等于"君子"，"德音不瑕"便等于"寿考不忘"，此外则两边都有一番关于容仪与服饰的描写。《狼跋》的格调与《终南》一样，意义也实在不比《终南》多。《狼跋》的"公孙"究竟是谁，我们是无法知道的，正如我们不能实指《终南》的"君子"是谁一样。《鲁颂·閟宫篇》有"周公之孙"，《商颂·那篇》有"汤孙"，"孙"的意义都是广义的胤嗣，不专指“子之子”。这里公孙虽未尝不可如毛说指成王，或如郑说指周公，但周公也好，成王也好，《诗》中既无确证，我们倒不如安分点，仅仅说他是某一位公孙——不必是成王，也不必是周公。换言之，“公孙”两字若必须加以解释的话，最多也只能说是“豳公之孙”，至于那位豳公之孙，或豳公的那位孙，乃至几世孙，那恐怕都是些永世的秘密。总之，就诗论诗，我们实在无法知道公孙是谁，为诗论诗，恐怕也无须知道。倒是公孙究竟属于那个典型中的人物，他的仪表，他的姿态，他的服饰，乃至他的性情等等，若能寻出个头绪来，这不比仅仅把史乘上的一个人名加在公孙身上，来得更有意义，更有趣味得多吗?

八　狼跋——一幅 Caricature

《终南》和《狼跋》同是就丰采的摹绘上来赞美一位贵族，区别只在《终南》是一幅素描，《狼跋》是一幅 Caricature 而已。要明了《狼跋》的这个特质，首先应明了“公孙硕肤”的“肤”字。《毛传》训“硕”为大，训“肤”为美，“公孙大美”似乎没多大意义。据《说文》，“肤”是“胪”的籀文，而金文中“胪”作“肤”，“鑪”作“鏞，”卢国之“卢”作“簷”作“簾”，这是“胪”“肤”同字的铁证。《艺文类聚》四九引《释名》曰：

〔鸿胪〕：腹前肥者曰胪，此主王侯及蕃国，言以京师为心体，王侯外国为腹胪以养之也。

《诗》中“肤”字的意义，与“鸿胪”之“胪”正是一样。“硕肤”也与“鸿胪”一样，译作近代语，便是“大腹”。《易林》中还有佐证。《震之恒》曰：

老狼白獹，长尾大胡，前颠从踬，岐人悦喜。

《蹇之剥》“獹”又作“驴”。驴狼不同类，“驴”字和“长尾大胡”也黏不拢，其为讹误，不必深辩了。但獹字也不对。獹是犬名，与狼虽可并称，但“白獹”二字连用，却是不可能的。因为，獹是黑犬。“獹”字诸书多省作“卢”，《文选·西京赋》“韩卢噬于绿末”，注曰：“韩卢，犬，谓黑色毛也。”“卢”是“黸”之省，《说文》《广雅》(《释器》)均训“黸”为黑。獹是黑犬，正如垆是黑土，(《汉书·地理志上》注，《楚辞·思古篇》注。)泸是黑水，(《后汉书·光武纪上》注。)栌橘是黑橘，(《汉书·司马相如传上》注引晋灼说。)鸬鹚是黑鸟，(《文选·南都赋》注引《苍颉》，《一切经音义》十九引《字林》。)“黸”“垆”“泸”“栌”皆可省作“卢”，也正如“獹”亦可省作“卢”。獹既是黑犬，决没有称白獹的道理。况且《易林》的蓝本是《诗经》，《诗》中只有狼无獹，“獹”若不是“胪”之讹字(实即《毛诗》的“肤”字)，它的来历又在那里呢？《易林·讼之小过》有“青牛白咽”之语，句法与“老狼白胪”一样。凡兽类无论背上的毛色是什么，项下与腹部总是白的，“老狼白胪”“青牛白咽”，正是作者观察周密的地方。这也是《易林》的“獹”当作“胪”的旁证。(《易林》的作者是学《齐诗》的,《齐诗》作“胪”，而《毛诗》作“肤”，毛用“古文”这里又添一个证据了。)

“肤”字的意义既经确定了，再拿《诗经》的“公孙硕肤”与《易林》的“老狼白胪”两相印证，便知道诗意是以狼比公孙，而《毛传》以为狼“兴”周公，公孙指成王，分为二人，必是臆说了。但是以跋胡疐尾的狼比公孙，所比的究竟是公孙的那一方面呢？线索我想是在“赤舄几几”一句里。《诗》中关于公孙的装束，别的都不提，单说了脚上那双“几几”的“赤舄”，这似乎不是仅仅拿“趁韵”的理由来解释得了的。在一个人的服装中，鞋不是最打眼的一部分，除非你是在注意他走路的姿态。此诗上文以跋胡疐尾说明老狼行步艰难，下文即描写公孙的赤舄，可知诗意是以狼之跋胡疐尾形容公孙的步态。一只肥大的狼，走起路来，身子作跳板(seesaw)状，前后更迭的一起一伏，往前倾时，前脚差点踩着颈下垂着的胡，往后坐时，后脚又像要踏上拖地的尾巴——这样形容一个胖子走路时，笨重，艰难，身体摇动得厉害，而进展并未为之加速的一副模样，可谓得其神似了。

但是，如果你肯推敲下去，你许要疑心，一位公孙是何等的尊严，被比作一条野兽，不嫌亵渎吗？这又是你现代人过虑了。比方我说，有一位女郎，居然美到这样：脖子细长细长的，像一条某种白色的幼虫，或是头发的样式像蝎子尾巴似的往上钩着，这不要把你吓得连汗毛都竖起来？可是，当诗人唱着“领如蝤蛴”(《卫・硕人》)

或“卷发如虿”(《小雅·都人士》)的时候，你知道，他是在用着他最奢侈最得意的语言来歌颂他所爱慕的女子。这种隔离式的思维习惯，似乎也是一件遗失了的传统，而为现代人所缺乏的。在“诗人”看来，以蝎尾比妇人的发，所讲的本只是蝎尾与发的形状，为什么要牵连的问到妇人的德性与蝎的德性有无相似之处呢？同样的，以狼比公孙的步态，也决不会牵涉到狼的德性上头去，而因此发生污蔑公孙的人格的嫌疑。所以《诗》中尽管一面讲到“狼跋其胡，载疐其尾”，一面还可以说，“德音不瑕”，而不嫌其矛盾。况且这首诗整个的氛围是幽默的，把公孙比作一只狼，正是开玩笑。惟其是开玩笑——善意的开玩笑，所以纵然话稍过火点，“言之者”还是“无罪”。总之，你所疑虑的这点，是决不会真成问题的。

九　公孙的装束

感谢这“尚文”的周人，他们的——尤其他们贵族的生活，可说完全是一套公式，这便给今天研究他们的人省了大劲了。既然什么人，在什么时候，穿什么衣裳，配什么帽子和什么鞋子等等，是有一定的，那么由局部推到全体，知道了公孙穿的是赤舄，便知道他其余的服饰是什么了。公式是“衣与冠同色，带与衣同色，裳与韠同色，履与裳同色”。公孙的舄既是赤色的，他的裳与韠当然也是赤色的。(《小雅·车攻》的“赤芾韠金舄”，便是一个实例，因为古代称黄朱色为赤，金舄也便是赤舄了。)另一道公式：赤舄必须配衮冕，即所谓“冕服”，而“冕服”的彩色的分配，总是“上玄下纁”(纁即赤色)。知道公孙的韠裳与舄是赤色的，便知道他的冕，衣与带必是玄色了。(这在《诗经》中也有着实例，《大雅·韩奕》曰“玄衮赤舄”，衮即是衮衣。)总述一遍：头上有冕，脚下有舄，身上有衮衣，有裳，衣裳之间加带，在前面的正中，带上垂着韠，带及由带以上都是玄色的，带以下都是赤色的，此外，不要忘记还有耳旁的瑱，腰间的佩，这都是玉的。这样便是我们公孙的装束。你想像去罢！细密的描写起来，我没有那枝笔，也太嫌麻烦。

不过，那所谓赤舄者，既为诗人所特别提到的，就不能不详细的谈谈。

舄是屦之一种。古时的屦大致和现下的草鞋相仿佛。一种讲究的，皮质，以丝为饰，(即“繶”“纯”“絇”。)而底中又衬着木头的屦，便叫作舄。繶便是帮底接缝处的一道绲旁，纯便是绲口。絇是一条丝线打的带子，从屦头弯上来，成一小纽，“状如刀衣鼻”，超出屦头三寸；絇上有孔，从“后跟”牵过来的“綦”，便由这孔中通过，又绕回去，交互的系在脚上。我想旧式鞋上的“鼻梁”正是古代絇的遗制。诗中“几几”二字，便是形容这絇的弯曲之貌的。然而《晏子春秋·谏下篇》有一段记载：

景公为屦，黄金为綦，饰以组，连以珠，良玉之絇，其长尺。

絇可以用玉制，又那样长，这可古怪了。也许齐景公的屦是例外？也许我们公孙的屦絇也比寻常的长，长到令人特别注意的地步，因此诗人于叙述公孙的服饰时，其所以单举赤舄，不提别的，这也是其间的一种原因？这些疑团我却无法解决了。

你见过些古代帝王的画像吗？姑且回忆一下罢。如果画像是有设色的，就给它想像上一套强烈的颜色，上半截玄青，下半截橘红（两截上当然都有的是粗糙而奇诡的花纹），再加上些光怪陆离的副件的装饰物，然后想像裹着这套“行头”的一具丰腴的躯体，搬着过重的累赘的肚子，一步一步摇过来了——那，你只当就是咱们的公孙好了。这回换上全副“冕服”的公孙，也不知道是干什么来的。论理，“冕服”是最隆重的典礼（如祭祀，婚姻等）时才能用的，但诗人既没有明白的告诉我们，文字又没有十分值得利用的线索可寻，所以这回的事，我们也便无法推测了。

十　公孙的性情和关于狼跋的作者的一个假设

我曾经说《狼跋》是一幅 Caricature，其实那便等于说，诗人对于公孙，是取着一种善意的调弄的态度。这种态度，固然证明了调弄者——诗人的幽默，同时尤其昭示着受调弄者——公孙也必是富于幽默的。公孙自己必是“宽兮绰兮……善戏谑兮”，和《淇奥》的君子一样，诗人才敢对他开那种玩笑。如果常识的论断不错，一个肥腯的身体，常常附带着一个和易的，滑稽的性情，那么，我们公孙的“心广”，不也就可以从他的“体胖”上得着证明了吗？

然而公孙虽好说话，毕竟有他的尊严，谁敢在公孙面前嬉鼻笑脸，除非是和他十分亲昵，而身分又与他相当的人？关于这一点，“德音不瑕”一句中似乎藏着一点消息了。先认识“瑕”字吧。马瑞辰说：

“瑕”“假”古通用。《尔雅》“假，已也”，《思齐》诗“烈假不瑕”，《笺》“瑕，已也”，《正义》以为《雅诂》文。是“假”通作“瑕”之证。“德音不瑕”，“瑕”正当读“假”训“已”，犹《南山有台诗》云“德音不已”也。

不过证例还不只此。《有女同车》的“德音不忘”，王引之读“忘”为“亡”，训为“已”，《小戎》的“秩秩德音”，《毛传》训“秩秩”为“有常”，有常亦即不已。这些与“德音不瑕”句法一样，不也是“瑕”当训为“已”的旁证吗？索性把《三百篇》里所有带“德音”的句子，都排列出来，审查一下。

乃如之人兮，德音无良。（《邶·日月》）
德音莫违，及尔同死。（《邶·谷风》）
彼美孟姜，德音不忘。（《郑·有女同车》）
厌厌良人，秩秩德音。（《秦·小戎》）
公孙硕肤，德音不瑕。（《豳·狼跋》）
我有嘉宾，德音孔昭。（《小雅·鹿鸣》）

乐只君子，德音不已。……乐只君子，德音是茂。(《小雅·南山有台》)

间关车之舝兮，思娈季女逝兮，匪饥匪渴，德音来括。(《小雅·车舝》)

既见君子，德音孔胶。(《小雅·隰桑》)

维此文王，帝度其心，貊其德音，其德克明。(《大雅·皇矣》)

威仪抑抑，德音秩秩。(《大雅·假乐》)

看出了没有？除了《狼跋》之外，十一首有“德音”字样的诗中，六首毫无问题是男女相赠的诗。《日月》是妻怨夫之词，《谷风》是弃妇别夫之词，《有女同车》是男子（亲迎时？）赠女之词，《小戎》是妻念役夫之词，《车舝》与《有女同车》同性质，而词意尤为明显，《隰桑》与《国风》中的《汝坟》《草虫》《风雨》等篇（也许还可加入《车邻》及《唐·扬之水》）口气一样，自然也是妻赠夫之词。（鲍照《绍古辞》“石席我不爽，德音君勿欺”，正与以上诸义相合。）另外四例，《鹿鸣》欢宴宾客，《南山有台》及《假乐》赞美君子，《皇矣》歌颂文王，皆与男女无涉。以上显然表示“德音”这个词汇有两种用法，一是专门用于男女——夫妇之际的，一是普泛的用法。《狼跋》里的“德音”究竟该属于那一种呢？若依多数表决的原则来取决，六与四之比，第一种——男女之际的用法，无疑的是占了优胜。但多数不一定就是对的，所以我并不根据这层理由来判定《狼跋》的“德音”应解作表明夫妻间对待关系的一种成语。我们要进一步的研究。

见于《国风》的五次“德音”，居然有四次是用为表明男女关系的，其余一次（即见于《狼跋》者）尚在疑似之间，所以确然当解为普泛的用法的，可说一次也没有。反之，见于二《雅》的六次“德音”（《南山有台》一诗中两用，只算它一次）倒有两次与《国风》的用法相同，其余两次才是普泛的用法。这现象分明告诉我们，《国风》中的用法是近于统一的，而二《雅》则分岐了。分岐的现象不见于风，而见于雅，这是什么缘故？

有人说《雅》的产生晚于《风》，凡《雅诗》与《风诗》雷同或肖似的地方，都是《雅》剿袭或模仿《风》的地方。如果这话是可信的，那么，“德音”这个词汇，惟其是《雅》剿袭风，所以有时竟或有意或无意变通了，扩张了它的用法。“德音”二字的正解，这样看来，与其向后起的，仿造的《雅诗》中寻绎，不如向先进的，老牌的《风诗》中去寻绎为可靠，而《狼跋》中的“德音”，则与其依一部分《雅》而解为普泛的祝颂之词，又不如依大部分《风》和一部分《雅》而解为专用作表明夫妻间对待关系之词了。

上面的推测若能成立，《狼跋》的作者岂不是一位女子——具体点说，便是公孙的妻吗？果然如此，诗中讲话的便不是外人，而是我们公孙自己的“德配”，难怪她放肆到那样，而不犯忌讳呢！有了这层保障，再回头看，以狼比公孙的盖然性也便更大了。

你所选定的这几首诗，老实说，都有点“难”人。关于《狼跋》，在没有办法中，我算勉强应命了。但这回我实在走了不少的险路，而在最后一点上所用的那种连环式的推论法，我尤其为它捏一把汗。如果你是胆大的话，你不妨承认它为一种有趣味的假设，虽然我并不十分怂恿你。新近读到法人兰松所著《文学史方法论》的译文（《文史》第一卷第一二两号），作者在那里为了一种现象愤慨着说：“法国近代文学是种种臆想的戏院，是种种狂热的战场，并且……也是种种惰性的逋逃薮。”我想，我在研究《狼跋》的历程中，把《诗经》当作“臆想的戏院”的嫌疑容或有之，但万万没有借它为我的“惰性的逋逃薮”，因为在拟定假设之后，我仍是极乐意耐烦的，小心的，客观的搜罗证据，是不是？希望你对于我的观点与我的方法，尽量的发表意见。

闻一多全集

2

古典新义（上）

闻一多 著

朱自清 郭沫若 吴晗 叶圣陶 编

上海人民出版社 上海书店出版社

古典新义（上）

目录

5 周易义证类纂

71 诗经新义

107 诗经通义

207 诗新台鸿字说

215 尔雅新义

239 庄子内篇校释

281 庄子

299 离骚解诂

324 天问释天

周易义证类纂

目录

7 一 有关经济事类
7 甲 器用
12 乙 服饰
12 丙 车驾
18 丁 田猎
21 戊 牧畜
24 己 农业 雨量附
27 庚 行旅
30 二 有关社会事类
30 甲 婚姻
31 乙 家庭
32 丙 宗族
33 丁 封建
33 戊 聘问
34 己 争讼
36 庚 刑法
41 辛 征伐 方国附
45 壬 迁邑
45 三 有关心灵事类
45 甲 妖祥
49 乙 占候
55 丙 祭祀
58 丁 乐舞
61 戊 道德观念
63 四 余录

以钩稽古代社会史料之目的解《周易》，不主象数，不涉义理，计可补苴旧注者百数十事。删汰芜杂，仅得九十。即依社会史料性质，分类录出，幸并世通人匡其不逮云。　民国三十年四月，昆明。

一　有关经济事类

甲　器用

包荒用冯河不遐遗泰九二

案包读为匏，《姤》九五"以杞包瓜"，《释文》引《子夏传》及《正义》并作匏，是其比。包荒即匏瓜，声之转。《庄子·齐物论篇》曰："注焉而不满，酌焉而不竭，而不知其所由来，此之谓葆光，葆光者资(訾)粮(量)万物者也。"从《淮南子·本经篇》补，《淮南》葆作瑶。葆光者，北斗之别名，《淮南》作瑶光，高注曰："瑶光谓北斗勺第七星也。"案本七星之公名，后乃为斗柄端第七星之私名。古斗以匏为之，故北斗一名匏瓜，声转则为葆光耳。瑶从缶陪声，缶古读归重唇，故葆光一作瑶光。《九怀·思忠》曰："登华盖兮乘阳，聊逍遥兮播光。"华盖、播光皆星名，播光即北斗，亦匏瓜之转。王注上句曰："上攀北斗，蹑房星也。"注下句曰："且徐游戏，布文采也。"案华盖在紫宫上，播光(北斗)在紫宫下。王似谓华盖即北斗，又解播光为布文采，均非。匏瓜转为包荒，犹转为葆光，播光矣。古者以匏济渡。《诗·匏有苦叶》曰："匏有苦叶，济有深涉。"《鲁语》下曰："叔向……曰，'夫苦匏不材，于人共（供）济而已，鲁叔孙赋《匏有苦叶》，必将涉矣。’”《说文》匏瓠互训，故又或言匏。《庄子·逍遥游篇》曰：“今子有五石之瓠，何不虑（络）以为大樽而浮于江湖？”字一作壶。《淮南子·说林篇》曰“尝抱壶而度水者，抱而蒙火，可谓不知类矣”；《鹖冠子·学问篇》曰“中流失船，一壶千金”《刘子·随时篇》作瓠；崔豹《古今注·音乐篇》曰“有一白首狂夫，披发提壶，乱流而渡”。“包荒，用冯河”，即以匏瓜渡河。“不遐遗”者，不遐，不至也，《诗·抑》“不遐有愆”，《下武》“不遐有佐”。遗读为隤，坠也，言以匏瓜济渡，则无坠溺之忧也。

以杞包瓜姤九五

案《子夏传》包作匏，句首无以字，《正义》曰“《子夏传》曰作‘杞匏瓜’”，案曰字衍，谓《子夏传》作杞匏瓜也。《正义》亦作匏，义长。杞系声近，《尔雅·释鸟》“密肌系英”，《释虫》作“密肌继英”，《诗·何彼秾矣》序“不系其夫”，《释文》曰“系本作继”，而《释木》曰“杞，枸檵”，《说文》亦曰“檵，枸杞”。此杞系声近之证。疑杞当读为系。《论语·阳货篇》曰：“予其匏瓜也哉？焉能系而不食？”此匏瓜言系之证。系匏瓜，盖谓络缀之以为樽。《庄子·逍遥游篇》曰：“今子有五石之瓠，何不虑以为大樽？”瓠即匏瓜。司马注曰：“虑犹结缀也。”成疏曰：“虑者绳络之也。”

鼎耳革其行塞鼎九三

案革读为韗，《檀弓》下“若疾革”，《释文》曰“革本作亟”，《集韵》韗或作革，是其比。《说文》曰“韗，急也”，《方言》十曰“謇，极，吃也，……或谓之䟚”，韗与极通，紧急与涩难义近。《说文》曰：

"翜，不滑也。"革亟又并与棘通，《诗·文王有声》"匪棘其欲"，《礼器》引作革；《论语·阳货篇》棘子成，《汉书·古今人表》作革；《庄子·逍遥游篇》"汤之问棘也是已"，《列子·汤问篇》作革。《尔雅·释诂》"亟，速也"，《释文》曰"本或作棘"；又"亟，疾也"，《释文》曰"经典亦作棘"。《庄子·逍遥游篇》简文帝注曰："棘，狭小也。"狭字与紧急翜难，义亦相成。行读为桁，贯鼎耳横木也。《既夕记》"皆木桁"，注曰"桁，所以庪苞苴筲瓮甒也"；《乐府古辞·东门行》曰"还视桁上无悬衣"；《文选·景福殿赋》"桁，梧覆叠"，注曰"桁梁上所施也"；玄应《一切经音义》一引《通俗文》曰"穿木加足曰械，大械曰桁"。凡横木皆可谓之桁，故贯鼎耳之横木亦谓之行。声转为鼏，《说文》曰"鼏，以木横贯鼎耳而举之，从鼎，冂声"，古荧切。经传皆作扃。又转为铉，《说文》曰"铉，举鼎具也"，虞氏所谓"贯鼎两耳"者是也。鼎耳不滑利，其桁阻塞不能退出，食虽当前，无由染指，故下文曰"雉膏不食"。一说行，道也，谓中空受铉处，"其行塞"，谓不能纳铉，亦通。

利出否鼎初六

案否疑读为陪，陪从音声，否音古为一字，故否可通陪。《礼》有陪鼎。《聘礼》曰"陪鼎膷臐膮"；《左传·昭五年》"飧有陪鼎"，杜注曰："陪，加也。"案《诗·荡》"以无陪无卿"，《传》"无陪贰也"，《疏》曰："陪贰谓副贰。"陪鼎者，为正鼎之副贰者也。"鼎颠趾，利出陪"，谓正鼎折毁，则当出陪鼎以代之。下文曰"得妾以其子"者，妾为妻之副贰，妾之于妻，犹陪鼎之于正鼎，故出陪鼎为得妾之象。妻无出，得妾而有子，可以代妻，犹正鼎无足而有陪鼎，则出陪以代正也。

我有好爵吾与尔靡之中孚九二

案王夫之曰“爵所以献酬者”，读为觞爵之爵，得之。然爵而言好，殊嫌不类。《诗·巷伯》“骄人好好”，《尔雅·释训》作旭旭，《匏有苦叶·释文》引《说文》旭读若好，《庄子·天地篇》“顼顼然不自得”，《释文》曰“顼顼本又作旭旭”，而顼从玉声，是好玉古音近。此好字疑读为玉，“好爵”即玉爵也。靡当为䌕，隶省作䌕，字一作撝，转入微部，又变作挥。《尔雅·释诂》曰：“挥、盝、歇、涸，竭也。”案盝与渌同，歇与潚同，挥盝潚涸皆水竭之名。“我有玉爵，吾与尔挥之”，犹言我与尔饮而尽此玉爵之酒。《曲礼》上曰：“饮玉爵者弗挥。”盖重爵弗挥所以防其损伤者，礼之常；快情而轻爵，遂不惜挥之者，礼之变。《释文》引何承天曰：“振去余酒曰挥。”饮而尽者，辄振爵以弃其余沛，快情之至也。

涣奔其机涣九二

案《太玄》准涣以文，曰“文质斑斑，万物粲然”，是读涣为焕。《论语·泰伯篇》曰：“焕乎其有文章。”奔读为贲，《诗》“鹑之奔奔”，《左传·襄二十七年》《礼记·表记》《吕氏春秋·壹行篇》并引作贲，是其比。贲卦《释文》引傅氏曰：“贲，文章貌。”涣贲次叠韵连语，故二字同义。“涣贲其机”，犹言文饰其几也。《周礼·司几筵》曰“吉事变几，凶事仍几”，郑众注曰：“变几，变更其质，谓有饰也，……仍，因也，因其质，谓无饰也。”案先郑以变几为有饰之几，实读变为贲，知之者，后郑注贲卦曰“贲，变也，文饰之貌”，是变贲音近义通之证。《易》曰“涣贲其机”，盖即《周官》所谓变几。《释文》曰：“机音几。”宗庙设几，礼有明文，惠栋必欲易机为杭，云“《说文》杭为簋之重文，涣宗庙中，故设簋”，其失也迂。

井渫不食为我心恻可用汲井九三

案《汉书·王褒传》注引张晏曰“渫，污也”，是井渫犹初六“井泥”。心读为沁。《韩昌黎集》八《同宿联句》“义泉虽至近，盗索不敢沁”，旧注曰：“北人以物探水曰沁。”字一作深，《尔雅·释言》曰“深，测也”，《商子·禁使篇》曰：“深渊者知千仞之深”，上深训测，谓测渊者也。恻读为测。此言井水污渫，为我沁测之，尚可以汲，旧说训渫为不停污，又读心恻如字，大缪。

失得晋六五

案孟、马、郑、荀、虞、王肃失并作矢，是也。晋，金文《格伯簋》作，《晋邦盦》《鬳羌钟》作，卜辞同，并从二倒矢。《大射仪》“缀诸箭”，注曰“古文箭为晋”；《周礼·职方氏》“其利金锡竹箭”，注曰：“故书箭为晋”；《吴越春秋》五《勾践归国外传》“晋竹十廋”，段玉裁云即箭竹。晋箭一声之转，《方言》九曰：“自关而东谓之矢，关西曰箭。”此爻读晋为箭，故曰“矢得”也。

见金夫不有躬无攸利蒙六三

案“金夫”，“不有躬”，语皆无义，疑夫当为矢，《周礼·乐师》“燕射帅射夫以弓矢舞”，故书射夫为射矢，此矢夫互讹之例。躬当为弓，并字之误也。金矢即铜矢，谓铜镞之矢，《孟子·离娄下篇》“抽矢扣轮去其金”，即去其镞也。《噬嗑》九四曰：“得金矢。”蒙下坎互震，上艮互离，《蒙》六三即《噬嗑》九四，故皆云金矢。“不有弓”即无有弓。有矢无弓，不能射，故占曰“无攸利。”《说卦传》曰“坎于木为坚多心”，谓棘也，《九家逸象》坎为丛棘，义同。古矢以棘为之，坎为棘，即为矢。《说卦》坎又为弓，今本“为弓轮”当作“为弓，为轮”。《九家》坎为弧，弧亦弓也。此易象之最著明者，惜今本爻辞讹舛，遂致文不成义，而象亦无所取证焉。

乙　服饰

素履履初九夬履九五

案《吕氏春秋·离俗篇》曰“梦有壮子，白缟之冠，丹缋元误绩，从毕沅改。之袀。东布之衣，新素履，墨剑室”，素履即丝履。夬读为葛。《诗·葛屦·大东》并曰“纠纠葛屦，可以履霜”，《说文》曰：“屦，履也”，夬履即葛屦。《周礼·屦人》曰“掌王后之服屦：赤舄，黑舄，赤繶，黄繶，青句，素履，葛屦”，《易》以素履葛屦列举，犹《周官》以素履葛屦连称。丝贵葛贱，故曰“素履往无咎”“葛履贞厉”。素以质言，不以色言，旧解胥失之。

丙　车驾

革言三就革九三

案言读为靳。古音言与斤近，故言声与斤声字每通用，或竟为同字。《论语·乡党篇》“与上大夫言，訚訚如也”，皇疏曰：“卿贵，不敢和乐接之，宜以谨正相对，故訚訚如也。”《汉书·石奋传》“僮仆訢訢如也”，注曰：“訢訢读与誾誾同，谨敬之貌也。”《楚辞·九辩》曰“猛犬狺狺而迎吠兮”，《说文》曰“犷，犬吠声也”；《玉篇·广韵》并犷狺同。《大师虘豆》曰“用旂多福，用匄永命”，旂即旂字。旂又见《吕鼎》，为人名。《集韵》龂与断同。言之通靳，犹誾之通訢，狺一作犷，旂一作旂，断一作龂矣。《说文》曰：“靳，当膺也。”案一曰当胸。《齐语》注曰“缨，当胸，削革为之”；《周礼·巾车》“锡樊缨”，郑众注曰：“缨谓当胸，《士丧礼下篇》曰‘马缨三就’案《既夕记》文，礼家说曰：‘缨，当胸，以削革为之，三就，三匝三重也。’”是缨，靳，当膺，当胸，异名同实。《易》曰“革靳三就”，正犹《礼》言“马缨三就”。靳削革为之，故谓之“革靳”。金文作虢靳，即鞹靳。《吴彝》《录伯戎簋》并言“桒圅朱虢靳”，即贲鞃朱鞹靳，《牧簋》《𬱖盨》并言“朱虢圅靳”，则谓朱鞹之鞃与靳也。《诗·韩奕》“鞹鞃浅幭”，《传》曰：“鞹革也。”靳金文又或作听，《伯晨鼎》“画听”即画靳。又案《礼记·郊特牲》曰“大路樊缨一就，先路三就”，然则革靳三就，殆先路之类与？

大人虎变革九五君子豹变上六

案緣变古今字，緣䜌古字通。《说文》孌籀文作变，又“緣，敽也”，䜌敽同。以《牧簋》《𬱖盨》“朱虢圅靳”，《毛公鼎》作“朱䜌圅靳”，《番生簋》作“朱䜌圅靳”推之，知䜌（䜌）与虢同义。虢经传作鞹，《诗·载驱》“簟笰朱鞹”，即金文之“朱虢”。变与䜌同，虢与鞹同，是“虎变”“豹变”即虎鞹豹鞹也。《论语·颜渊篇》“虎豹之鞹”。虎鞹豹鞹谓之虎变豹变者，新出《熹平石经》变作辩。案通作辫。《礼运》“大夫死宗庙谓之变”，注曰

"变当为辩"。《管子·戒篇》"御正六气之变"，《庄子·逍遥游篇》"而御六气之辩"，《释文》曰"辩，变也"。《孟子·告子上篇》"万钟则不辩礼义而受之"，《音义》引丁音曰"辩本作变"。《坤文言传》"由辩之不早辩也"，《释文》曰"荀作变"。《说文》曰"辬，驳文也"，《广韵》辬同斑。《文选·上林赋》"被斑文"，注曰"斑文，虎豹之皮也"；《七启》"拉虎摧斑"，注曰："斑，虎文也。"字一作斑，春秋楚斗谷于菟字子斑，于菟，虎也，《汉书·叙传上》曰："楚人谓虎文斑。"虎变豹变，犹言虎文豹文，故《象传》曰"其文炳""其文蔚"。变斑又并与贲声近义通，《贲卦·释文》引郑曰"贲，变也，文饰之貌"；《序卦传·释文》又引传曰："贲，古斑字。"《毛公鼎》《番生簋》并有"桒縪较"，谓桒縪与较，桒古贲字，縪与幦同，车覆笭也。疑桒辟即以虎豹之皮饰幦。《玉藻》曰"君羔幦虎植，大夫齐车，鹿幦豹植，朝车，士齐车，鹿幦豹植"，虎植豹植即虎饰豹饰，注云"植谓缘"，缘亦饰也。"大人虎变"即《玉藻》之君车以虎皮为饰，"君子豹变"即大夫士车以豹皮为饰，而二者金文则总谓之"桒縪"也。虎皮饰车汉世谓之皮轩，《汉书·司马相如传上》"前皮轩"注引文颖曰："皮轩，以虎皮饰车。"观九三"革言三就"，并上六下文"小人革面"，皆斥车言，知此亦言车也。

小人革面革上六

案面读为鞔。《尔雅·释诂》"蠠，没，勉也""劺，勉也"。《谷梁传·庄三年》"举下缅也"，缅读为俛。《楚语》"缅然引领南望"，读为晚，《说文》"晚，肾目视貌"。《周礼·巾车》注曰"革路，鞔以革而漆之，无他饰"，又曰："木路，不鞔以革，漆之而已。"又曰"栈车，不革挽而漆之"，《考工记·舆人》注曰："饰车，革鞔舆也。"又曰："【栈车】为其无革鞔，易坼坏也。"案玄应《一切经音义》十四引《苍颉篇》曰"鞔，覆也"，革鞔即车之以革为覆者。革鞔车又谓之饰车者，以革鞔车以为固，亦以为饰，故又谓之饰车。特其饰未盛，故为小人所乘。《诗·采薇》曰"君子所依，小人所腓"，君子谓将帅，大夫也，小人谓士卒，士也。此曰"小人革面"，小人正谓士。上文"君子豹变"，据《玉藻》君子为大夫士，彼士当谓上士，则此士乃下士。《尚书大传·殷传》曰"未命为士者不得乘饰车"，《艺文类聚》七一引《白虎通》曰"大夫轩车，士饰车"，《公羊传·昭二十五年》何注曰"礼大夫大车，士饰车"，与《易》义相会。郑注《舆人》又谓"大夫以上革鞔舆"，不若伏、班、何说为长。《象传》曰"小人革面，顺以从君也"者，此释本爻"君子豹变，小人革面"二句，君即君子。君子谓大夫，小人谓士，士臣大夫，即以大夫为其君。王引之谓君斥九五之"大人"，非是。"顺以从君"者，大夫豹幦车在前，士革鞔车自后从之，所谓属车是矣。

丰其蔀日中见斗丰六二九四

案《考工记·轮人》"信其程（茎）围以为部广"，郑众注曰："部，盖斗也。"盖斗者谓盖头之斗，一曰盖葆。《论衡·说日篇》曰："极星在上之北，若盖之葆矣，其下之南有若盖之茎者，正何所乎？"又曰葆斗。《御览》一引《桓谭新论》曰："北斗极，天枢，枢，天轴也，犹盖有保斗矣。盖虽转而保斗不移，天亦转周匝而斗极常在。"保斗即葆斗。盖葆一曰盖斗，是葆即斗。"葆斗"次叠韵连语，故合言之曰葆斗（保斗），分言之曰葆，或曰斗。然本语当系蔀斗（部斗）。葆斗

（保斗）即蔀斗（部斗）之转。部斗叠韵连语，王肃部普苟反。分言之亦可曰蔀（部），或曰斗。蔀（部）即斗也，故《易》曰“丰其蔀，日中见斗”，而郑众注《考工》亦以斗释部。《杂记》“执羽葆”，《周礼·乡师》作“执纛”，《汉书·司马相如传》下颜注曰：“葆者即今之所谓纛头也。”《高帝纪》注引蔡邕说及《文选·东京赋》薛注并谓纛形如斗，而斗纛声类复同，然则纛即盖斗之专字。蔀若葆谓之斗，犹之葆谓之纛矣。古盖天说以天当车盖，二十八宿当盖之斗，北斗当盖之蔀，上揭《新论·论衡》二事，即其遗说也。“日中见斗”之斗谓车盖之蔀斗，亦谓天象之斗星，义取双关，所谓谐讔是也。见车盖之斗于日中盛明之时，固理之当然。若夫天象之斗，则必非日中所得而见者。今接于目者车盖之斗，而会于心者乃天象之斗，是指车为天，视昼为夜。度非眩惑狂易，何以至此？故下文曰“往得疑疾”也。

丰其沛日中见沬丰九三

案沛《释文》本或作旆。旆沛正借字。沬当读为彗。《齐策》三又六及《史记·刺客列传》曹沬，《左传·庄九年》及《管子·大匡篇》并作曹刿，《吕氏春秋·贵信篇》作曹翙，而《诗·云汉》“有嘒其星”，《说文·言部》引作“有譿其声”，是沬彗音近之证。《汉书·礼乐志》注引晋灼说曰“沬古靧字”，《广韵》靧荒内切，从彗之嘒譿并呼惠切，慧胡桂切，则古读沬彗或竟同音也。疑“见沬”即见彗星。

《尔雅·释天》曰“缁广充幅长寻曰旐，继旐曰旆”，孙炎注曰：“帛续旐末亦长寻。”然则旆长总丈有六尺，是旗之最长者。《公羊传·宣十二年》注曰：“继旐如燕尾曰旆。”《汉书·扬雄传》上“被云旓”注曰“旓，旌旗之旒，一曰燕尾”，是旎即旓，旓之言犹髾也，梢也，故一曰燕尾。《文选·子虚赋》“蜚襳垂髾”，司马彪注曰“髾，燕尾也”；《赭白马赋》“垂梢植发”，李注曰：“梢，尾之垂也。”旆之为旗，长而垂梢，彗星之状似之，故彗星一曰孛星。孛旆俱从市声，孛之为字犹旆也。《汉书·司马相如传下》“曳彗星而为髾”，注引张揖曰：“髾，燕尾也。”髾同旓，亦即旎，而旗之继旎者是曰旆，并详上。是以彗为旓，犹以彗为旆也。《易》曰“丰其旆，日中见彗”，以旆为彗，与赋之以彗为旆同。盖彗之象旆，人所共见，故古今人语不谋而合。《楚辞·远游》“擥彗星以为旍兮”，《九思·守志》“扬彗光兮为旗”，《文选·羽猎赋》“曳彗星之飞旗”，注引《河图帝通纪》“彗星者天之旗也”，并以彗拟旆，亦足资参证。古者兵车建旆。“丰其旆，日中见彗”，犹“丰其蔀，日中见斗”，蔀旆皆车服，斗彗皆星象，见旆而疑彗，犹见蔀而疑斗矣。《考工记·辀人》曰：“轸之方，以象地也，盖之圜，以象天也，轮辐三十，以象日月也，盖弓二十有八，以象星也，龙旂九斿，以象大火也，鸟旟七斿，以象鹑火也，熊旗六斿，以象伐也，龟蛇四斿，以象营室也，弧旌枉矢，以象弧也。”《考工记》之说出于盖天家。《易》比天于车，以北斗拟盖之葆，以彗星拟旆之斿，与《考工》说酷似，即盖天说之所由昉。

系于金柅姤初六

案《正义》引马注曰“柅者，在车之下，所以止轮令不动者也”；王注曰“柅制动之主”，说与马同。《说文》曰“轫，碍车木也”，又曰“枂，梐枂也”，《诗·节南山》笺“氐当为桎鎋之桎”，《释文》曰“桎，碍也”，枂轫同，是柅即轫。《毛公鼎·番生殷》所言驾具有“金𦏧”，即金柅。《说文》忍读若毅，而忍忍实一字，義转为轫，犹忍转为忍也。然柅所以止车，不当云系。系当读为击。《蒙》上九“击蒙”，《释文》引马郑并作系。《汉书·游侠陈遵传》引扬雄《酒箴》曰“一旦軎碍”，軎古击字，軎《说文》以为轊字。然毄当从此得声，（古历切）击又从毄声，是軎亦击之初文。軎碍连文，亦碍也。《齐策》一“辖击摩车而相过”注曰“击，阂也”，《广雅·释言》曰“碍，阂也”，击碍同训阂，是击亦可训碍。“击于金柅”，谓车碍于金柅而不能行耳。《否》九五“其亡其亡，系于苞桑”，系亦读为击，训碍，言亡者挂碍于苞桑而卒不果亡也。《诗·伯兮》“其雨其雨，杲杲出日”，语例同。

丁 田猎

田有禽利执言无咎师六五

案言当读为讯，言从辛，辛辛古同字，而辛卂音同，《说文》杋读若芊，《尔雅·释地》“东陵阠”，钱大昕谓即《左传·成二年》之莘。是古音言讯亦近。音近则义通，故讯问之讯谓之言，《尔雅·释言》“訊，讯言也”。俘讯之讯亦谓之言。《虢季子白盘》“执讯五十”，《不娶簋》《兮甲盘》“折首执讯”，《诗·出车》《采芑》“执讯获丑”，《皇矣》“执讯连连”“执言”犹执讯也。《兮甲盘》“折首执讯，休，亡愍”，与《易》“执言，无咎”语意词例并同。《说文》曰：“捷，猎也，军获得也。”古者田猎军战本为一事。观军战断耳以计功，田猎亦断耳以计功，而未获之前，田物谓之丑，敌众亦谓之丑，既获之后，田物谓之禽，敌众亦谓之禽，是古人视田时所逐之兽，与战时所攻之敌无异。禽与敌等视，则田而获禽，犹之战而执讯矣。《易》言“田有禽，利执言”者，意谓田事多获，为军中杀敌致果之象。《正义》曰：“禽之犯苗，则可猎取，叛人乱国，则可诛之。此假他象以喻人事，故利执言无咎。已不直则有咎，已今得直，故可执此言往问之而无咎。”以田猎与诛叛逆并言，盖因卦名曰师而推知之，此诚近是，余说皆疏。其释“执言”为“执此言往问之”，则与《诗》郑笺训讯为言，而释为言语，同为不达言字之谊。

显比王用三驱失前禽邑人不诫吉比九五

案显读为韅。《左传·僖二十八年》“韅靷鞅靽”，《说文》曰“䪷，箸腋鞥也”，韅即䪷之省。此经下文曰：“王用三驱”，则显即韅字。《檀弓》下“子显以致命于穆公”，郑注曰“使者公子絷也”，又引卢植说曰：“古者名字相配，显当为韅。”案《记》以显为韅，例与此同。比疑读为纰。《礼记·大传》“五者一物纰缪”，犹言乖戾也。《周礼·大司马》“乃设驱逆之车”，注曰：“驱，驱出禽兽使趋田者也；逆，逆要不得令走。”《田仆》“设驱逆之车”，注曰：“驱，驱禽使前趋获；逆，衙还之使不出围。”案《诗·驺虞传》曰“虞人翼五豝以待公之发”，《吉日传》曰“驱禽之左右，以安待天子”，是自后曰驱，自前曰逆，自左右曰翼。然析言，驱与逆翼异，混言之，三者皆可曰驱。此曰“三驱失前禽”，自是兽在前而自后驱之。《诗·车攻》曰“不失其驰，舍矢如（而）破”，《谷梁传·昭八年》曰“车轨尘，轨，犹循也（王念孙说）。马候蹄，掩禽旅，御者不失其驰，然后射者能中”，驰犹驱也，不失其驰，即驱不失禽之谓。韅纰，则不良于御故三驱禽而射皆不中。俞樾读诫为骇，是也。射不中而禽逸伤人，必令邑人惊骇。今邑人不骇，是禽虽逸而未至伤人，故为吉占。

明夷夷于左股明夷六二

入于左腹获明夷之心于出门庭六四

案《诗·车攻》《毛传》曰："一曰干豆，二曰宾客，三曰充君之庖。故自左膘而射之，达于右腢，为上杀；射右耳本次之；射左髀，达于右髃为下杀。"《正义》曰："凡射兽，皆逐从左厢而射之。"《公羊传·桓四年》何注曰："一者弟一之杀也，自左膘射之，达于右腢，中心死疾，鲜洁，故干而豆之，以荐于宗庙。二者弟二之杀也，自左膘射之，达于右脾，远心死难，故以为宾客。三者弟三之杀也，自左脾射之，达于右髃，中肠胃污泡，死迟，故以充君之庖厨。"《毛传》髀，《释文》作脾，云"谓股外"，《说文》曰"髀股也"，《文选·七命》注引作"股外也"，盖对文内曰股，外曰髀，散文髀股通也。六二"明夷夷于左股"，即《毛传》所谓"射左髀，达于右髃，为下杀"者。《九家》及《正间》并训下夷字为伤。案读为痍，《左传·成十三年》"芟痍我农功"，《释文》"痍本作夷"。《公羊传·成十六年》曰："王痍者何，伤乎矢也。"矢伤谓之痍，是"夷于左股"即射于左股明甚，因知王肃股作般，姚信左作右，其谬俱不待烦言而解。《诗·释文》引《三苍》曰："膘，小腹两边肉也。"《说文》曰"膘，牛胁后髀前合革肉也；读若繇"，又曰："腴，腹下肥也。"案繇腴声近，疑膘即腴，谓腹下肥肉，许说与《三苍》不异。六四"入于左腹，获明夷之心"，即《毛传》所谓"自左腹而射之，达于右腢，为上杀"者。获犹中也，《乡射礼》"获者坐而获"，注曰："射者中，则大言'获！'"是射中谓之获。然则

"获明夷之心"，又即何注所谓"中心死疾"者矣。《汉书·司马相如传上》"洞胸达掖，绝乎心系"，注引张揖曰"自左射之，贯胸，通右髃，中心绝系也"，与何说略同。"于出门庭"于读为呼，《孟子·万章上篇》"号泣于旻天，于父母"，《列女传·有虞二妃传》于作呼。此言入腹获心，射得上杀，获者呼获，声达于门庭之外也。《车攻传》又曰"禽虽多，择取三十焉，其余以与士大夫，以习射于泽宫"；《谷梁传·昭八年》曰"禽虽多，天子取三十焉，其余与士众以习射于射宫"；《尚书大传·周传》曰"已祭，取余获陈于泽，然后卿大夫相与射"，注曰："泽射宫也。"此两爻盖言射宫习射，门庭即射宫之门庭也。

戊　牧畜

晋康侯用锡马番庶昼日三接晋

案锡兼予求二义，此锡字当训求。金文《邿遣簋》"用锡耇寿"，《伯其父簠》"用锡眉寿万年"，《黄君簋》"用锡眉寿黄耇万年"，《买簋》"用锡黄耇眉寿"，犹他器言"用旂""用匄"也。《伯家父簋》"用锡害(匄)眉寿黄耇霝冬"，犹他器言"用旂匄"也。昼日犹一日也。金文昼画同字，从周，是昼之为言犹周，一日谓之昼日，犹一年谓之周年。《乾凿度》上总释二十九卦数例"晋三接"下郑注曰："以柔进授，何不五接终日？"案乐章一成为一终，一终亦犹一周，郑以终日释昼日，正读昼为周。王注曰"以讼受服，则终朝三褫，柔进受宠，则一昼三接也"，以昼日为终朝，义与郑同。《说文》曰"接，交也"，《广雅·释诂二》曰"接，合也"，此言接，当即《周礼·牧师》所谓"中春通淫”,《月令》所谓“合累牛腾马游牝于牧”之事。旧读马字断句，非是，从王念孙读。审文义，二句当倒转，读为“昼日三接，用锡马番庶”，言一日三游牝，以求马之蕃息众庶也。《尔雅·释诂》曰：“接捷也。”《大射仪》注曰“揩捷也”，晋揩古今字，是晋接义同。卦名曰晋而卦辞言接，义正相应。

白马翰如贲六四

案《尔雅·释鸟》“鵫雉，鵫雉”，注曰“今白鵫也，江东呼白鵫，亦名白雉”，鵫与翰同。《中次九经》“其鸟多翰鷩”，注曰“白翰赤鵫”；《西山经》“鸟多白翰赤鷩”，注曰：“白翰，白鵫也，亦名鵫雉，又曰白雉。”翰本白色雉之名，故引申之，马之白色者亦可谓之翰。《檀弓》上曰“夏后氏尚黑，……戎事乘骊，……殷人尚白……戎事乘翰，……周人尚赤，……戎事乘騵”，是翰为白色马明甚。此曰“白马翰如”，翰亦当训白。郑注《檀弓》已训翰为“白色马”，而注《易》乃云“翰犹干也，见六四适初未定，欲干而有之”《檀弓》疏引。舍近而求诸远，此乃自来说《易》家之通蔽。

有攸往见凶羸豕孚蹢躅姤初六

案“见凶”二字当乙转，分属上下二句读。“有攸往，凶”，与上文“系于金柅，贞吉”，为一辞。“系（击）于金柅，贞吉，有攸往，凶”，上下对举，犹言止则吉，行则凶耳。“见羸豕孚蹢躅”，别为一辞。俞樾训孚为乳，近碻。案《说文》曰“羸，瘦也”，哺乳之豕无不瘦者，故云“羸豕”。蹢躅犹踯躅，豕且乳且行之状也。姤谷声近，《说文》曰“谷，乳也”，此爻盖读姤为谷，故有乳豕之象。

羝羊触藩羸其角大壮九三

藩决不羸九四

案《释文》曰“羸，王肃作缧，郑、虞作虆，蜀才作累，张作累”，疑当读为儡，《说文》曰“儡，相败也”，《文选·西征赋》“寮位儡其隆替”，注曰：“儡，败坏貌。”字一作儽，《老子》二〇章“儽儽兮若无所归”，傅本及陈景元所见王本并作儡，《释文》曰：“儡，败也。”“儡其角”即败坏其角，“藩决不儡”，犹言藩决而角不败坏也。初九“壮于趾”，马、虞并训壮为伤，是读为戕。戕趾与儡角，事相邻类。董仲舒《士不遇赋》曰“努力触藩，徒摧角矣”，摧亦败坏也。董氏用《易》最合古义。《太玄》童上九测曰“童麋触犀，还自累也”，语意与此相仿，疑所见本作儽，累与儡儽通。

苋陆夬夬中行夬九五

案《说文》曰：“苋，山羊细角者。”陆读为踛。《庄子·马蹄篇》“翘尾而陆”，司马注曰：“陆，跳也”，《文选·江赋》注引作踛。夬读为趹。《说文》曰：“趹，踶也。”《史记·张仪传》“探前趹后”，《索隐》曰“趹谓后足抉地”，《庄子·齐物论篇》“麋鹿见之决骤”，崔注曰：“决骤疾走不顾”，抉决并与趹通。“苋陆夬夬中行”，谓羊跳趹趹然于道中也。《大壮》六五变夬，彼云“丧羊于易，无悔”，即此之“苋陆夬夬中行，无咎”。旧注多以苋陆为草名，训夬为分决，虞氏训苋为说，陆作睦，均远失之。王夫之、朱骏声等并知苋为羊，而释陆夬之义未得，殆失之眉睫乎？

臀无肤其行次且夬九四　姤九三

案《噬嗑》六二“噬肤灭鼻”，《释文》引马曰：“柔脆肥美曰肤。”肤即腴也。《论衡·语增篇》引《古语》曰“桀纣之君，垂腴尺余”，张显《析言论》引《古谚》作“桀纣无道，肥肤三尺”，《说文》腴训“腹下肥者”，又以肤为胪之籀文，而《类聚》四九引《释名》佚文曰“腹前肥者曰胪”，是肤即腴决矣。“臀无肤”者，甚言其瘠也。《夬》九四《释文》次本亦作趑，且本亦作趄，引郑、王肃并作趑趄。《说文》曰：“趑趄行不进也。”体瘠者力弱行迟，故曰“臀无肤，其行趑趄”，此当斥牲畜而言。《姤》初六曰“见羸豕孚蹢躅”，臀无肤即豕羸瘠之状，趑趄蹢躅一语之转，然则《姤》初三两爻辞异而指同。

己　农业　雨量附

尚德载小畜上九

案吕氏《音训》引晁氏曰“德，《子夏传》京、虞作得”，当从之。载读为菑，《诗·载芟》“俶载南亩”，笺曰“俶载当为炽菑”，《良耜》“俶载南亩”，笺曰“炽菑是南亩”，是其比。《无妄》“不菑畲”，《释文》引董遇曰“菑，反草也”，《尔雅·释地》“田一岁曰菑”，郭注曰“今江东呼初耕反草为菑”，《说文》曰“菑才今误作不耕田也”，是菑即耕。“既雨既处，尚德载”者，处俞樾训止，是也，德载读为得菑，言雨后尚得施耕也。凡耕必待雨，卦辞“密云不雨”，谓初九，初九不雨，不得施耕，至上九而终得雨，故仍得耕焉。旧读载如字，未允。近于省吾氏复读为哉，亦非，《易》辞简炼，不用语尾也。

甘临无攸利既忧之无咎临六三

案临读为霖，霖与霖同，详下。甘读为厌。《说文》厌从猒声。猒从甘声。《诗·伯兮》"甘心首疾"，《传》"甘，厌也"。厌者足也，古称甘雨，甘露，皆优渥沾足之谓。《吕氏春秋·季春篇》《孟夏篇》并曰"甘雨至三旬"，雨至三旬，可谓足矣。《尸子·仁意篇》曰"甘雨时降，万物以嘉，高者不少，下者不多，此之谓醴泉"，高者不少，下者不多，亦润洽适足之意。《论衡·是应篇》曰"雨霁而阴曀者谓之甘雨"，则甘雨又犹《诗》所谓"阴雨"。盖春夏之交，沈阴霢霂，一雨一止，历久不晴，润物之功，莫此为大，故《诗·甫田》曰："以祈甘雨，以介（匄）我稷黍，以谷我士女。"然而足谓之厉，过足亦谓之厉。《易》曰"甘临（霖），无攸利"，盖就其过足者言之，故占曰"无攸利"。"既忧之，无咎"者，忧读为耰。《庄子·则阳篇》郭注曰："耰锄也。"《管子·小匡篇》曰"深耕均种疾霖，先雨芸耨，以待时雨"，《齐语》作"深耕而疾耰之，以待时雨"。久雨本足以妨农。惟既已耰之在前，则亦不足为害，故曰"既忧（耰）之无咎"也。

临……至于八月有凶临

案临读为霖。霖霖古当同字。《庄子·大宗师篇》"霖雨十日"《释文》曰"霖又作淋"；《赵策》一"使我逢疾风淋雨"，即霖雨；《字镜》淋古文作霖，《广雅·释训》曰："霦，雨也。"是霖淋霖（霦）一字。霖之声转为隆。《诗·皇矣》"与尔临冲"，《韩诗》作隆冲，《荀子·强国篇》"乃在临虑"，《汉书·地理志》河内郡作隆虑。《管子·度地篇》曰"当秋三月，山川百泉踊，降雨下元作下雨降，山水出"，降雨即隆雨；《齐策》三曰“至岁八月，降雨下，淄水至”，《风俗通·祀典篇》正作隆雨。隆雨即霖雨也。我国雨量，率以夏秋间为最厚。《孟子·离娄下篇》曰“七八月之间雨集，沟浍皆盈”，《庄子·秋水篇》曰“秋水时至，百川灌河”，而《管子》言秋三月隆雨下，《齐策》言八月隆雨下，尤与《易》言“临……至于八月”，若合符节，是临为瀶省，而瀶即霖字明矣。雨及八月而百泉腾凑，川渎皆盈，数为民害，故曰“有凶”。《西溪易说》引《归藏》临作林祸，即霖祸。《周易》省瀶为临，犹《归藏》省霖为林耳。

至临临六四知临六五敦临上六

案敦训怒，《说文》怒暴义近，“敦临”犹暴雨；又训大《方言》一，暴雨亦大雨也。字一作霔，《玉篇》曰：“霔，大雨也。”声转为霴，《玉篇》又曰：“霴，大雨也。”再转为涷，《尔雅·释天》曰：“暴雨谓之涷。”《尚书大传·周传》曰“久矣天之无别风淮雨”，郑注曰：“淮，暴雨之名也。”郝懿行谓淮雨即涷雨。案郝说是也。淮准古当同字。金文隹有二形，后者画鸟足形略备，即准字所从出，是隹隼本非二字，《说文》隼为鵻之重文，尚存古意。因之淮准亦非二字矣。准（淮）敦古音同，准从隹声（职追切）举准（之允切）为对转，二者古读皆归端母。敦（都昆切）亦或对转读如堆（都回切），故敦与准，敦与淮，古音皆同读。淮雨犹敦瀶，故郑训淮为暴雨。淮敦音同，淮转为涷犹敦转为涷，是淮雨即涷雨明矣。至知古读亦并归端与敦亦并一声之转，疑“至临”“知临”亦犹“敦临”。敦训怒，至之言懥也，恎也，懥恎亦皆怒也。《说文》曰“懥，忿戾也”，《广雅·释诂三》曰“恎，很也”，忿戾与很义俱近怒。然则

"至临"亦犹暴雨矣。知智古同字，卜辞作𣉻《前》五、一七，金文作𥏼《毛公鼎》，或𥏼《蚰匕》，下从甘，《说文》作𣉻，从白为甘之讹。《说文》疾下有籀文作𤶅，从廿，与甘同，许云从廿省从廿，非是。是籀文以智为疾。智疾并从矢得声，故得通用。"知临"之知，亦当读为疾疾灑亦犹暴雨也。

坎不盈只既平无咎坎九五

案于省吾氏读只为灾，云灾既平犹言患既平，是也。此爻之坎，但指坑谷。水溢出坑谷，则泛滥为患，今坑谷不溢而灾患已平，故曰"无咎"。《孟子·离娄下篇》曰"原泉混混，不舍昼夜，盈科而后进，放乎四海"，赵注释"盈科"为"盈满科坎"；《尽心上篇》曰"流水之为物也，不盈科不行"，注曰："盈，满也，科，坎也，流水满坎乃行。"案坎科一声之转，盈科即盈坎。《太玄》从次五"从水之科满"，科满亦即坎盈。孟、扬之文，并与《易》合。

庚　行旅

苦节节上六

安节六四

甘节九五

案节谓车行之节度。《吕氏春秋·知分篇》曰"其仆将驰，晏子抚其仆之手，曰，'安之毋失节，疾不必生，徐不必死'"，《晏子春秋·杂上篇》"安之"作"徐之"，又曰"按之成节而后去"，《韩诗外传》二作"安行成节，然后去之"。《史记·司马相如传》"案节未舒"，

《索隐》曰:"案节言顿辔也。"案按抑其辔,则马行迟而车安,是案节即安节也。《庄子·天道篇》曰"斫轮徐则甘而不固,疾则苦而不入",《释文》引司马注曰"甘者缓也,苦者急也";《淮南子·目应篇》作"大疾则苦而不入,大徐则甘而固",高注曰:"苦,急意也,甘,缓意也。""苦节""甘节"即疾节缓节。行节缓则乘者安适,疾则有覆败之虞,故曰"甘节贞吉",而"苦节贞凶"也。

朋来复大蹇朋来蹇九五朋至斯孚解九四朋从尔思咸九四朋盍簪豫九四

案《复》"朋来无咎",《释文》引京作崩,《汉书·五行志》中之上引同。《蹇》九五"大蹇朋来",《汉石经》亦作崩。崩有走义。《诗·无羊》曰:"不骞不崩,毕来既升",《说文》曰"蹇,走貌",骞蹇同,骞崩并举,是崩亦走也。《庄子·人间世篇》曰:"形就而入,且为颠,为灭,为崩,为蹶。"《说文》曰"趚,走顿也",颠趚通;灭读为越,颠越成语,《书·盘庚》"颠越不恭",《九章·惜诵》"行不群以巅越兮。"《公羊传·桓十六年》何注曰"越犹走也";《越语》韦注曰:"蹶,走也。"颠越蹶皆走之类,则崩亦走也。字一作踋,《玉篇》曰:"踋,走也。"《复》与《蹇》九五两"崩来"并犹走来,言疾遽而来也。《解》九四"解而拇,朋至斯孚",拇谓足大指,则"朋至"犹"崩来"。《咸》九四"憧憧往来,朋从尔思",上曰"往来",则"朋从"亦即崩从,言即走而就之也。《豫》九四"朋盍簪",朋疑亦当为崩。知之者,《解》《咸》皆九四成朋,此称朋亦在九四,则义当与彼同。

大蹇朋来蹇九五

案古字大天通用，此则当读为天。天蹇叠韵连语。《庄子·秋水篇》曰："何贵何贱，是谓反衍，无拘而志，与道大蹇。何少何多，是谓谢施，无一而行，与道参差。"《释文》曰："本或作'与天道蹇。'"马叙伦氏云，大即天之讹，天蹇叠韵连语，谓屈曲也，成本作"与天道蹇"者，读者不解天蹇之义，移天于道上耳。案马说是也。天蹇即蹎蹇，与上反衍义近，犹下文谢施，吴汝纶训委蛇，则与参差义近也。《庄子》"反衍""天蹇"两词连用，与《易》符合，而天字作大，亦与《易》同，盖即用《易》语尔。

往蹇来反蹇九三

案蹇反叠韵连语，倒之则曰反蹇。字一作跘蹇，《鲁语》下"踦跂毕行"，韦注曰："踦跂，跘蹇也。"一作偏蹇，《方言》六曰"吴楚偏蹇曰骚"，郭注曰："行略逴也。"一作蹁跹。《南都赋》曰："蹴蹜蹁跹。"又作反衍，《庄子·秋水篇》曰"何贵何贱，是谓反衍，无拘而志，与道大蹇"，衍盖读如愆。《说文》愆重文作寒，"反衍"即此爻"蹇反"之倒语，犹"大蹇"即九五之"大蹇"也。亦作畔衍，叛衍，《秋水篇·释文》曰"反衍本亦作畔衍"，《文选·蜀都赋》曰"叛衍相倾"，刘注曰："叛衍犹慢衍也。"要之"蹇反"连语，旧分二字释之，失其义矣。

往蹇来誉蹇初六

案誉读为趣。《说文》曰"趣，安行也"，《论语·乡党篇》"与与如也"，皇疏曰"与与犹徐徐也"；《汉书·叙传》"长倩懊懊"，注曰

“懊懊，行步安舒也”；《说文》曰：“䞶，趣步䞶䞶也。”趣，与，䞶，懊，并字异而义同。然疑此字古读当如举，居许切蹇趣双声连语。《象传·序卦传》并云“蹇趣难也”，行难与舒迟义相因；《管子·水地篇》“凝蹇而为人”，尹注曰“蹇，停也”，舒与停义亦近。“往蹇来趣”谓往来迟难。迟难者不利于行之谓，故《象传》曰：“宜待也。”

往来井井井

案井读为营。《荀子·非十二子篇》宋钘，《庄子·逍遥游》作宋荣子，而钘从幵为从井之误；金文荆从井(《说文》)，荆刑异字，金文有荆无刑，是刑亦荆之误。《五音篇海》有鉼字。《广雅·释地》曰：“营，耕也。”此并井声与荧声近之证。𤇾即金文𤇾字。《说文》从𤇾之字皆云荧省。实则荧乃从𤇾从火，当立𤇾部。《诗·青蝇》“营营青蝇”，《传》曰“营营，往来貌”；《楚辞·抽思》“魂识路(织络)之营营”，王注曰“精灵主行，往来数也”，《广雅·释训》曰：“营营，往来也。”营营为往来之貌，故曰“往来营营”。

二 有关社会事类

甲 婚姻

子克家蒙九二

案《周书·谥法篇》曰“未家短折曰殇”，《离骚》曰“及少康之未家兮，留有虞之二姚”，《淮南子·齐俗篇》曰“待西施络慕而为配，则终身不家矣”，家并犹娶也。《蒙》九二“纳妇吉，子克家”，上曰“纳妇”，则下曰“子克家”，犹言子能娶矣。《正义》释为“子孙能克荷家事”，失之。

乙 家庭

干父之蛊蛊初六 九三 六五干母之蛊九三裕父之蛊六四

王引之读蛊为故，引《尚书大传》“乃命五史以书五帝之蛊事”，云蛊事即故事。案王说韪矣，惟于干裕二字，仍无达诂。余谓干读为贯。《尔雅·释诂》曰“贯，习也”，《说文》曰“遦，习也”，贯遦字同。《广雅·释诂一》曰：“贯，行也。”习行义近。今天谓行事曰干事，娴习于事者曰干材，字均当作贯，《牧簋》曰“乃毌政事，毋敢不尹其不中不刑”，毌古贯字，毌政事犹习政事，行政事也。《汉书·谷永传》曰：“以次贯行，固执无违”，贯行犹习行也。“干父之蛊”即贯父之故，“干母之蛊”即贯母之故，谓习行父若母之故事也。初六曰“干父之蛊，有子考”，于省吾氏读考为孝，至确。案《论语·学而篇》曰“父在观其志，父没观其行，三年无改于父之道，可谓孝矣”，即此爻之义。《后汉书·光武十王传》曰“奉承贯行”，习行与奉承义近。初六《象传》“干父之蛊，意承考也”，六五《象传》“干父用誉，承以德也”，并以承释干，是正读干为贯。六四“裕父之蛊”，裕当读如衮。《书·康诰》“裕乃不废在王命”“乃由裕民”“乃裕民曰”“裕乃以民宁”，《足则学隶古定本》裕皆作衮；《洛诰》“裕汝永有辞”“彼裕我民无远用戾”，《多方》“尔曷不忱裕之于尔多方”，伦敦《隶古定本》裕亦作衮。《管子·山权数篇》“民之能树瓜瓠荤菜百果使蕃衮元误作衰者"亦以衮为裕。《玉篇·广韵》衮亦并与裕同。然《吕壶》"玄衮衣"，《魏受禅碑》"袭衮龙"，又并以为衮字，是衮裕古本一字。裕从谷，衮从台，台谷一字，(《说文》台古文作容，从谷，可证。)故衮裕亦一字。此盖本作"裕父之蛊"，裕读如衮，亦以音近借为贯。今隶改书衮为裕，注家遂训宽，训容，失之远矣。

丙 宗族

匪寇婚媾屯六二 贲六四 睽上九求婚媾屯六四婚媾有言震上六

案古言婚媾犹今言亲戚。《贩叔多父盘》曰"使利于辟王，卿事，师尹，倗友，兄弟，诸子，婚媾，无不喜"；《克盨》曰"唯用献于师尹，倗友，婚遘"；《壴卣》曰"其以父癸夙夕乡尔百婚遘"；《茾伯簋》曰"好(羞)倗友雩(与)百诸婚遘"；《左传·昭二十五年》子大叔曰"为夫妇内外以经二物，为父子，兄弟，姑姊，甥舅，昏媾，姻亚，以象天明"；《书·盘庚》曰"施实德于民至于婚友"，则谓婚媾为朋友。《震》上六曰"震不于其躬，于其邻，无咎，婚媾有言(愆)"者，"无咎"承"震不于其躬"言之，"婚媾有言"承"于其邻"言之，是婚媾即邻。邻亦亲也。《左传·昭十二年》杜注"邻，犹亲也"。《屯》六四"乘马班如，求婚媾"，言驾四马之车而往有所求于其亲戚之家也。凡此婚媾皆名词。因知《屯》六二，《贲》六四，《睽》上九并云"匪寇婚媾"，犹言其亲非仇耳。旧谓婚媾为嫁娶，寇为劫掠，省动词，近人遂据以说为抢婚之俗，疏矣。

丁　封建

屯……利建侯屯

案屯纯古今字。《诗·野有死麕传》曰："纯犹包之也。"纯有包义，凡物之边缘包围于外者皆可谓之纯。《礼经》衣裳冠履缘饰皆谓之纯；《书·顾命》"黼纯"，《周礼·司几筵》"纷纯"，谓席之缘饰也；《公羊传·定八年》"龟青纯"，谓龟甲边缘，即𩬆也；《淮南子·墬形篇》"纯方千里"，谓地之边缘也。又笹，所以盛谷而范围之之器也，庉，楼墙也，軘，营卫之车也，义俱最近。因之屯卫，屯戍，屯田诸义，亦莫非包围一义之引申。古者封建侯国，所以为王都之外藩而扞蔽之，《易·屯卦》言"利建侯"，正取屯有包围营卫之义。《书·康王之诰》曰"乃命建侯树屏，在我后之人"，在读为存，存之为言栫也。《左传·哀八年》"栫之以棘"，杜注曰"栫，拥也"；《说文》曰："栫，以柴木壅也。""存我后之人"犹言为我后人之屏藩而拥蔽之。屯存声义俱近，《易》曰"屯，……利建侯"，《书》曰"建侯树屏，存我后之人"，其义一而已矣。《正义·释文》并云"屯，离也"，其说本之《彖传》，又《序卦传》曰"屯者盈也，屯者物之始生也"，均非经旨。

戊　聘问

惠心勿问益九五惠我德同上

案此爻读益为锡，锡赐字通。《广雅·释言》曰："惠，赐也。"《孟子·滕文公上篇》曰："分人以财谓之惠。"《召伯虎簋》曰"余鼄于君

（尹）氏大章（璋）”，𢧁古𧒒字，与惠通，言余赐尹氏以大璋也。后世专以施德于人谓之惠，《贾子新书·道德篇》曰“心省恤人谓之惠”是也。此曰“惠心”犹言“惠德”，用后起专字。问亦惠也，《杂记下》“相问也既封而退”，注曰“相问，尝相惠遗也”，《诗·女曰鸡鸣》“杂佩以问之”，与“赠之”“报之”连言；《左传·成十六年》“问之以弓”，《疏》曰“遗人以物谓之问”；《哀十一年》“使问弦多以琴”，《疏》曰：“礼以物遗人谓之问。”然则惠问皆施与之谓，惟以德施曰惠，以财施曰问耳。“惠心勿问”者，以德惠人而不用财物，与《论语·尧曰》篇“君子惠而不费”同义。《说文》曰“费，散财物也”，是费犹问矣。王注曰“惠而不费，惠心者也”，此释“惠心”之义则确，惟不知“勿问”亦即不费耳。

己　争讼

不克讼归而逋其邑人三百户无眚讼九二

案《集解》从虞读“归而逋”句，“其邑人三百户无眚”句；《正义》从王读“归而逋其邑”句，“人三百户”句。荀爽曰“逋，逃也，谓逃失邑中之阳人”，是读“归而逋其邑人三百户”九字为句。案荀读得之，惟解逋义未谛。训逋为逃，则是内动词，内动词不得有宾语。今观“逋其邑”之语，逋显系外动词，而以“邑”为其宾语，则荀说不攻自破。以声求之，疑逋当读为赋。《论语·公冶长篇》“可使治其赋也”，《鲁论》作傅，是其比。《说文》曰“赋，敛也”；《公羊传·哀十二年》何注曰“赋者敛取其财物也”“不克讼，归而赋其邑人三百户，无眚”

者，盖讼不胜而有罪，乃归而赋敛其邑人，于是财用足而得以自赎，故曰无眚也。

得金矢噬嗑九四得黄金六五

案《周礼·大司寇》曰："以两造禁民讼，入束矢于朝，然后听之。以两剂禁民狱，入钧金，三日乃致于朝，然后听之。"郑注曰："造，至也。使讼者两至。既两至，使入束矢，乃治之也。不至，不入束矢，则是自服不直者也。"又曰："剂，今券书也，使狱者各赍券书。既两券书，使入钧金，又三日乃治之，重刑也。不券书，不入金，则是亦自服不直者也。"《管子·中匡篇》曰："无所计而讼者，成以束矢。"又《小匡篇》曰"无坐抑而讼狱者，正三禁之，而不直，则入束矢以罚之"，《齐语》作"索讼者，三禁而不可上下，坐成以束矢"，韦注曰："索，求也，求讼者之情也。三禁，禁之三日，使审实其辞也。而不可上下者，辞定不可移也。坐成，狱讼之坐已成也。……讼者坐成，以束矢于朝，乃听其讼。两人讼，一人入矢，一人不入，则曲，曲则服。入两矢，乃治之。"据此，则力不能输束矢钧金者，即不得讼；一人能输，一人不能，虽有讼之者坐亦不成。《诗·行露》曰"虽速我狱，室家不足""虽速我讼，亦不女从"，盖谓室家不足，力不能输矢金，故不能从汝相讼也。孙诒让曰："据《管子》所云，盖讼未断之先，则令两入束矢。既断之后，则不直者没入其矢以示罚，其直者则还其矢。故《淮南子·泛论训》云：'齐桓公令讼而不胜者出一束箭。'明胜者不失矢矣。"又曰："【大司寇】入钧金，三日乃致于朝，然后听之者，此亦谓狱未断之先，两入钧金，既断之后，则不直者没入金以示罚，直者仍还其金。故《易·噬嗑》为狱讼之象，其九四爻辞云‘得金矢’，又六五云‘得黄金’，即谓讼得直而归其钧金束矢也。”《周礼正义》案孙氏谓直者还得其金与矢，引《易》以证礼，殆不可易。今移其说转以读《易》，而《易》义亦霍然皜然。余惟《易》义之亡于象数者久矣，惟求之于礼俗如孙氏此说之为，乃能复之，故备述之以为治《易》之龟鉴。

庚　刑法

比之匪人比六三否之匪人否匪夷所思涣六四

案《诗·何草不黄》曰“哀我征人，独为匪民”，匪之为言罪也，《说文》罪从网非声。古以有罪之人服力役，《诗》征夫即役夫，故自称匪民。匪声转为罢。罢疲古通，匪转为罢，犹匪转为彼。《周礼·大司寇》曰“以圜土聚教罢《群书治要》引作疲民”，又曰：“以嘉石平罢民。凡万物之有罪过，而未丽于法，而害于州里者，桎梏而坐诸嘉石，役诸司空。”《司圜》曰“掌收教罢民”，刘众注曰：“罢民，谓恶人不从化，为百姓所患苦，而未入五刑者也。”“匪人”犹匪民，罢民也。卦爻辞无民字，盖以人为之。《比》六三曰“比之匪人，凶”从《释文》引王肃本补，之犹于也，亲比于匪人，故凶。《否》曰“否之匪人，不利君子贞”，匪人为有罪之小人，故不利君子贞。古字“人”“夷”不分。《夷卣》“人乍《父己》卣”，又“人乍《父戊》卣”，人并读为夷；《般甗》“王宜人方”，《小臣俞尊》“隹王来正人方”，人方即夷方；《疐鼎》“省（眚）于人身”，即夷身，上文“王令趞戬东反尸（夷）”可证。《涣》六四“匪夷所思”，匪夷疑亦当作匪人。

介于石豫六二困于石困六三

案《周礼·大司寇》曰:“以嘉石平罢民。凡万民之有罪过而未丽于法,而害于州里者,桎梏而坐诸嘉石,役诸司空。重罪,旬有二元误三,从王念孙改。日坐,朞役。其次九日坐,九月役。其次七日坐,七月役。其次五日坐,五月役。其下罪,三日坐,三月役。使州里任之,则宥而舍之。”又《司救》曰:“凡民之有衺恶者,三让而罚,三罚而士加明刑,耻诸嘉石,役诸司空。”又《朝士》曰:“左嘉石,平罢民焉。”《困》六三“困于石,据于蒺藜,入于其宫,不见其妻,凶”,“据于蒺藜”犹《坎》上六“寘于丛棘”,狴狱之象,则“困于石”之石当即嘉石,困辱于石上,犹《司救》曰“耻诸嘉石”也。《豫》六二“介于石,不终日,贞吉”,介疑读为忦。《说文》曰“忦,忧也”;《方言》十二曰“忦,恨也”;《汉书·陈汤传》“百姓介然有秦民之恨”,字正作介。忧恨与困辱义相因,“忦于石”亦犹“困于石”也。然而坐石之期暂,至“不终日”,则是过小而罚轻,故又为吉占。《周礼·司市》曰:“上旌于思次以令市,市师莅焉,而听大治大讼,胥师贾师莅于介次,而听小治小讼。”疑介亦即忦,本刑罚之名,故引申为牢狱之称,谓之介次。

君子维有解解六五

案维犹系也,与《随》上六“拘系之,乃从维之”义同。解,释也。“维有解”,即系而得释,义至浅显。诸家皆以维为语词,《集解》且改书作惟,误甚。

习坎入于坎窞凶坎初六险且枕入于坎窞勿用六三

案侵幽二部每相转,古言坎,犹今言窞。窞《释文》引王肃又作陵感反，则读如槛，槛声转为牢。然则坎窞犹窖牢矣。坎窞叠韵连语，析言之，亦可曰坎，或曰窞；转为窖牢，亦然。古者拘罪人与拘牲畜同处，故系牲之圈曰牢，系人之狱亦曰牢。卜辞牢作若。以泉作推之，知牢本凿地为之，如今之地窖。《汉书·苏武传》曰“单于……乃幽武置大窖中”；《尹赏传》曰“治狱穿地，方深各数丈余，乃以大石覆其口，名曰虎穴”；《御览》六四二引《三国典略》曰：“乃奏暹及季舒过状，各鞭二百，徒于马城，昼则供役，夜置地牢。”凡此皆古牢之遗也。或谓之埳，《论衡·乱龙篇》曰：“李子长为政，欲知囚情，以梧桐为人，象囚之形，凿地为埳，卧木囚其中，罪正者木囚不动，冤侵夺者木囚动出。”埳即坎窞也。《释文》坎本亦作埳，京刘作欿。《熹平石经》亦作欿。习读为袭。《书·金縢》“一习吉”，《左传·宣十年》“卜不袭吉”，作袭。《周礼·胥师》“袭其不正者”，注曰：“故书袭为习。”《老子》五十二章“是谓袭常”，《景龙经》碑，《古楼观经》碑，唐写本，傅本，玄宗御注本等并作习。《淮南子·览冥篇》“袭穴而不敢咆”，高注曰“袭，入也”；《公羊传·僖十四年》“袭邑也”，何注曰：“袭者，嘿陷入于地中。”初六“习坎，入于坎窞”，正以“入于坎窞”释“习坎”之义。习坎即入牢狱，故占曰凶。六三“来之坎坎，险且枕，入于坎窞，勿用”者，“来之坎坎”与“险且枕”以下，似系二辞，不当连读。《释文》枕古文作沈，俞樾训深，是也。“险且沈，入于坎窞，勿用”，言坎险而深，入焉者即无复出之望，故将入狱而得此卦者，宜勿用之也。要之，《坎》初三两爻言“入于坎窞”，皆谓入狱。先儒惟干宝说为近塙。其注初爻曰：“刑狱之用，必当于理，刑之正也；及其不平，则枉滥无辜，是法失其道也，故曰‘入于坎窞凶’矣。”注三爻曰：“来之坎坎者，斥同人观衅于殷也，……险且枕者，言安忍以暴政加民，而无哀矜之心，淫刑滥罚，百姓无所措手足，故曰来之坎坎，终无功也。”此解全辞，虽多牵合，然以坎窞为刑狱之事，则不误。至《九家逸象》坎为法律见《集解》，为桎梏，《孟氏逸象》坎为法，为罚，并《说卦传》坎为隐伏，疑皆据上六“系用徽纆，寘于丛棘”言之。实则卦名“习坎”本谓入狱，而爻言刑狱者甚多，不特上六而已也。

樽酒簋贰用缶纳约自牖坎六四

案王夫之谓“用缶”为樽簋皆用陶器，王引之说同，并引《礼器》“五献之尊门外缶”及《墨子》“土増土形”为证，其说并是。约犹取也。约从勺声，勺训挹取，《说文》酌钓并训取，上《坊记》郑注，下《淮南子·主术篇》高注。汋训盗取《周礼·十师》郑众注，又勺训挐《广雅·释诂三》，挐训牵引《说文》，引亦取也，是约亦有取义。“纳约自牖”即纳取自牖。酒食而必自牖纳取之者，盖亦就在狱中者言之。古狱凿地为窖，故牖在室上，如今之天窗然。今贫家草舍开上纳明，以破瓮之半侧覆之以御雨，所谓瓮牖者，亦此类。以地窖为狱，则狱全不可见，惟见其牖，书传称殷狱曰牖里，或以此欤？《水经·荡水注》引《广雅》曰“牖，狱，犴也”，一本牖作称，连上读。今本《广雅》亦无牖字。疑莫能明，不敢据引。《集解》引崔憬曰：“内约，文王于纣时行此道，从羑里内约，卒免于难，故曰‘自牖，终无咎’也。”案崔意即以牖为牖里，诸书羑牖错出，牖里首见《尚书大传》并以为文王事。爻辞中固多殷周间故事，然则崔氏此说，或有所受之，姑箸之以俟考。

系用徽纆寘于丛棘三岁不得凶坎上六

案古者执罪人，周其身置以棘，所以壅遏之也。《左传·哀八年》

曰："邾子又无道，吴子使太宰子余讨之，囚诸楼台，囚之以棘。"《僖十五年》曰"穆姬闻晋侯将至，以太子罃弘与女简璧登台而履薪焉"，注曰"穆姬欲自罪，故登台而荐之以薪，左右上下者皆履柴乃得通"，此言薪盖谓棘薪。《易》曰"系用徽纆，寘于丛棘"，亦此类也。厥后俗变而意存，则狱前犹种棘焉。《周礼・朝士》曰"掌建邦外朝之法，左九棘，孤卿大夫位焉，群士在其后；右九棘，公侯伯子男位焉，群吏在其后"，《礼记・王制》曰"大司寇听之于棘木之下"，是矣。郑及九家并引《周礼》以说易，虞亦言狱外种九棘，举其流以概其源，未为审谛。"三岁不得"，得疑读为直。《晋语》九曰："邢侯与雍子争田，雍子纳其女于叔鱼以求直。""三岁不直"，犹言三岁不得其平。郑云"不自思以得正道"，王云"不得自修"，虞云"不得出狱"，均失之凿。

其形渥鼎九四

案《集解》形作刑，引虞翻曰"渥，大刑也"，《九家易》曰"渥者厚大，言辠重也"，字并作刑，是也。《潜夫论・三式篇》引《易》亦作刑，释之曰"此言三公不胜任，则有渥刑也"，渥一作剭。《周礼・司烜氏》"邦若屋诛"，注引《易》作"其刑剭"，郑众注曰："屋诛谓夷三族。"《汉书・叙传》下曰"底剭鼎臣"，服虔注曰"底，致也，《周礼》有屋诛，诛大臣于屋下，不露也"，颜师古注曰："剭者厚刑，谓重诛也。"案颜从《九家》虞说，于义为长。《齐策》四"是故无其实而喜其名者削，无德而望其福者约，无功而受其禄者辱，祸必握"从孙诒让读，握《高士传》作渥，"祸必渥"犹言祸必重也。《易》言渥，《策》言祸渥，其义正同。

见恶人睽初九

案《庄子·德充符篇》曰“卫有恶人焉，曰哀骀它”，《孟子·离娄下篇》曰“虽有恶人，斋戒沐浴，则可以祀上帝”，恶人皆谓形残貌丑之人。《睽》初九“见恶人，无咎”，义当同。六三“其人天且劓”，俞樾云天为兀之误。余谓九四“遇元夫”，元亦当读为兀，详下兀劓形残之人，即此所谓恶人。六三占曰“无初有终”，九四曰“厉无咎”，亦并犹此曰“无咎”也。王注曰“显德自异，为恶所害”，则以恶为性行之恶。不知既为恶德之人所害，何得复云“无咎？”《正义》知其义不可通，乃云“以逊接之”，甚矣其凿也。

遇元夫睽九四

案元读为兀。《说文》髡重文作髨，又“軏，车辕耑持衡者”，经传皆作軏，是元兀古同字。《庄子·德充符篇》曰“鲁有兀者王骀”，又曰“申徒嘉，兀者也”，又曰“鲁有兀者叔孙无趾。”李注曰“刖足曰兀”，《说文》曰“跀，断足也”，重文作䟺，兀与䟺同。兀夫犹兀者，断足之人也。六三“其人天且劓”，俞樾云天为兀之讹，兀即䟺字，其说殆塙。今案九四之“兀夫”即六三“兀且劓”之人，亦即初九之“恶人”。《正义》曰“元夫谓初九也，处于卦始，故云元也”，殊乖经旨。

辛　征伐　方国附

姤其角姤上九

案姤《释文》引薛云“古文作遘”，郑同，又《集解》及《唐石经》亦作遘，《易林》同。此爻盖读姤为构。卜辞角作，冓作，从二角

相构。"姤其角"即构其角，斗争之象也。

乘其墉弗克攻吉同人九四

案乘犹增也。《淮南子·泛论篇》注曰"乘，加也"，《广雅·释诂二》曰："增，加也"，乘增声类同。《诗·七月》"亟其乘屋"，乘亦训增，谓增加其屋之苫盖。盖屋用茅，此与上"昼尔于茅，宵尔索绹"。应属同类，故连言之。"乘其墉，弗克攻"，谓增高其城墉，使敌来不能攻，故为吉占。王注曰"处上攻下，力能乘墉者也"，《正义》曰"乘上其墉，欲攻之也"，皆训乘为升，而以攻我为攻人。不知城所以守，非所以攻，且不克攻人，亦何吉之有？是以知其不然。

曰闲舆卫大畜九三

案《释文》引郑本曰作日，注曰"日习车徒"，于义为长。闲读为简，校阅也，校阅之亦即习之。《公羊传·桓六年》曰："大阅者何，简车徒也。""日闲舆卫"犹日简车徒矣。

师出以律否臧师初六

案《周语》下伶州鸠对景王曰："【武】王以二月癸亥夜陈，未毕而雨，以夷则之上宫毕，当辰，辰在戌上，故长夷则之上宫，名之曰羽，所以藩屏民则也。王以黄钟之下宫布戎于牧之野，故谓之厉，所以厉六师。以太簇之下宫布令于商，昭显文德，底纣之多罪，故谓之宣，所以宣三王之德也。反及嬴内，以无射之上宫布宪施于百姓，故谓之嬴乱，所以优柔容民也。"《史记·律书》曰："六律为万事根本焉，其于兵戎元作械。案戎误为戒，又误为械。尤所重，故云望敌知吉凶，闻声知胜负，百王之道也。武王伐纣，吹律听声，推孟春以至于季冬，杀气相并，而音尚宫。”《周礼·大师》曰：“大师，执同律以听军声而诏吉凶”，郑注曰：“大师，大起军师。”注又引《兵书》曰：“王者行师出军之日，授将弓矢，士卒振旅，将张弓大呼，大师吹律合音。商则战胜，军士伍；角则军扰多变，失士心；宫则军和，士卒同心；徵则将急数怒，军士强；羽则兵弱，少威明。”贾疏以为武王《兵书》。《六韬·五音篇》曰：“武王问太公曰：‘律音之声，可以知三军之消息，胜负之决乎？’太公曰：‘夫律管十二，其要有五音，宫商角徵羽，此真正声也，万代不易。五行之神，道之常也，金木水火土，各以其胜攻也。其法，以天清净无阴云风雨，夜半，遣轻骑至人敌之垒，去九百步外，遍持律管，当耳大呼惊之，有声应管，其来甚微。角声应管，当以白虎。徵声应管，当以玄武。商声应管，当以朱雀。羽声应管，当以句陈。五管声尽不应者宫也，当以青龙。此五行之符，佐胜之徵，成败之机。’武王曰：‘善哉！’太公曰：‘微妙之音，皆在外候。’武王曰：‘何以知之？’太公曰：‘敌人惊动则听之。闻鼓之音者角也，见火光者徵也，闻金铁矛戟之音者商也，闻人呼啸之音者羽也，寂寞无声者宫也。此五音者，声色之符也。’”《五行大义》引《黄帝兵法》亦有审五音知敌性，及候风声之术。案《六韬》之说，多所增饰，然行师吹律以候吉凶之术，固当自古有之。《左传·襄十八年》曰：“楚师伐郑，……晋人闻有楚师。师旷曰：‘不害，吾骤歌北风，又歌南风，南风不竞，多死声，楚必无功。’”服、贾、杜注俱以歌风为吹律，又其一验也。《师》初六曰“师出以律，否藏，凶”者，律即六律之律，否，晁氏云荀、刘一行并作不，《晋语》五“夫师，郤子之师也，其事藏”，韦注曰“藏，善也，谓师有功”，此言师出验之六律而不善，故其占凶也。爻辞多说殷周间事，此言“师出以律”，证以《周语》以下所载武王事，是行军吹律，候验吉凶，盖周初已然矣。《史记·律书》“六律为万事根本焉，其于兵戎尤所重”，《索隐》曰：“《易》称师出以律，是于兵戎元亦误械尤重也。”此释律为六律，最为有见，而自来注家，咸未道及，余故略征往籍，为证成其说如此。

得敌或鼓或罢或泣或歌中孚六三

案罢读为鼙。《方言》十曰“矲，短也”，《说文》曰：“竨，短人立竨竨也”；《后汉书·马融传》上注引《字书》曰“摆亦捭字也”；髀《说文》䩦读若罢。此并罢卑二声相通之证。鼓谓击鼓，鼙亦谓击鼙；盖鼙之言捭也，《说文》曰：“捭，两手击也。”歌谓哀歌。详下“不鼓缶而歌”条。“或鼓或鼙，或泣或歌”，鼓与鼙，泣与歌，连类对举。此盖言奏凯之事，“得敌”犹言执俘，鼓鼙即《周礼·眡瞭》所谓“鼜恺献”，泣歌者敌囚也。或鼓鼙而喜，或歌泣而悲，胜败分而哀乐异也。中得声转通用《周礼·师氏》“掌国中失之事”，注曰“故书中为得，杜子春云当为得”；《吕氏春秋·至忠篇》“射随兕中之”，《说苑·立节篇》作“射科雉得之”；《淮南子·齐俗篇》“天之员也，不得规，地之方也，不得矩”，《文子·自然篇》得作中。馘俘字金文只作孚。此爻盖读中孚为得俘，故以“得敌”解之。

直方大不习无不利坤六二

《熊氏经说》曰：“郑氏古《易》云，坤爻辞‘履霜’‘直方’‘含章’‘括囊’‘黄裳’‘玄黄’协韵，故《象》《传》《文言》皆不释大，疑大字衍。”案大盖即下文不之讹衍。方谓方国。古直省同字，直方疑即省方。《观·象传》曰“先王以省方观民设教”，《复·象传》曰“后不省方”，《吕氏春秋·知分篇》曰：“禹南省方。”《淮南子·精神篇》同。卜辞作徝方，云“囗午卜，壳贞今春王徝方，帝受我囗”《簠》游一、一；“贞王徝方，受㞢右”《珠》一；“贞王徝方”《簠》游二、九；“戊寅卜，亘贞徝方”《簠》游一、二；“贞徝方”《拾》一〇，五；“徝方，寅”《簠》游一、四。省方犹后世之巡狩《东京赋》“省方巡狩”，其事劳民耗财，不宜常行，故曰“不习，无不利”。

壬　迁邑

汔至亦未繘井羸其瓶凶井

案《周书·皇门篇》“讫亦有孚”，孔注曰“讫，既也”，讫与汔通。亦犹犹也，尚也。繘读为矞。《广雅·释诂三》矞掘并训穿，“矞井”犹掘井也。羸《蜀才》作累，郑读曰虆。案当读为儡。《说文》曰“儡，相败也”，《汉书·游侠陈遵传》引扬雄《酒箴》曰“为瓽所轠”，轠与儡通。瓶儡犹九二曰：“瓮敝”矣。既至新邑，井犹未掘，而瓶已先敝，故凶。

三　有关心灵事类

甲　妖祥

日昃之离不鼓缶而歌则大耋之嗟凶离九三

黄离元吉六二

案《说文》曰“阳，日在西方时侧也”，引此经作阳，又曰“昊日西也”，昃阳昊并同。《周礼·眡祲》曰：“掌十辉之法，以观妖祥，辨吉凶；一曰祲，二曰象，三曰镌，四曰监，五曰暗，六曰瞢，七曰弥，八曰叙，九曰隮，十曰想。”郑众注曰：“辉谓日光炁也。”案十辉之名，若象与想，瞢与弥等，颇似音转字变，本一名而误分为二者。先郑训瞢为“日月平车无光”，训弥为“白虹弥天”，后郑又训弥为“气贯日”。白虹弥天与日何涉？故后郑不从。然气贯日与弥字之义亦不相应。实则弥瞢一声之转，弥即瞢耳。弥之言犹弥离也。《尔雅·释诂》“覭髳，茀离也”，郭注曰：“茀离即弥离，弥离犹蒙茏也。”蒙茏与朦胧同，弥谓之弥离，犹瞢谓之朦胧。《周礼》故书弥作迷，则犹弥离一作迷离。《木兰诗》曰：“雌兔眼迷离”，谓兔目朦胧无光也。声转为幂䍦，《广韵》曰“幂䍦，烟貌”，亦谓其无光。然此义实离之引申。离罗古同字。罗之为物，质薄而半透明，凡光为罗所掩，视之朦胧如月色，幂䍦如烟雾，故引申之有无光之义。《庄子·齐物论篇》“罔两问景”，崔注曰“罔两，罔浪有无之状”，郭注曰：“景外之微阴也。”案即网罗声之转，景外微阴，若有若无，亦一【罗】义之引申。罔两又为鬼物之名，字作魍魉，一曰魑魅。魑魅即离昧，亦即迷离之倒。弥（迷）离连语，例得析言，《易》言离犹《礼》言弥（迷）耳。《太玄》瞢次六测曰：“瞢瞢之离，中不眩也。”范本不眩作薆薆。以瞢瞢状离，正谓离之无光，故曰不眩，或曰薆薆。《广韵》曰“熪，帷中火”，隔帷视火，其光迷离，故谓之熪，熪与离通。“日昃之离”，之犹而也见《古书虚字集释》，言日西昃时迷离无光也。《春秋经·庄二十五年》《三十年》《文十五年》并云："日有食之，鼓用牲于社。"《左氏·庄二十五年传》曰"凡天灾，有币无牲，非日月之眚不鼓"《文十五年传》曰："日有食之，天子不举，伐鼓于社，诸侯用币于社，伐鼓于朝，……古之道也。"《昭公十七年传》昭子说略同。案缶亦鼓之类，古亦谓之土鼓。日离击缶，与日食伐鼓，皆王充所谓"彰事告急，助口气"者也。《论衡·顺鼓篇》曰："夫礼以鼓助号呼，明声响也……大水用鼓，或时再（灾）告社，阴之大盛，雨湛不霁，阴盛阳微，非道之宜，口祝不副，以鼓自助，与日食鼓用牲于社，同一义也。俱为告急，彰阴盛也。事大而急者用钟鼓，小而缓者用铃获（簌），彰事告急，助口气也。"《周礼·女巫》曰"凡邦之大裁，歌哭而请"，注曰："有歌者，有哭者，冀以悲哀感神灵也。"案贾疏曰"此云歌者，忧愁之歌"，是"歌哭"谓且歌且哭，郑意以为群巫或歌或哭，微失经旨。《易》"鼓缶而歌"，亦谓忧愁之歌。日离为天之灾变，故必鼓缶哀歌，以诉于神灵而救之。"大耋之嗟"，《释文》引京耋作经，《蜀才》作咥。案当为踁，即跌字，《太玄》差次六有"大跌"之语。嗟当为蹉。此之字亦训而。"大耋之嗟"即大跌而蹉。《书·无逸》"自朝至日昃"，疏曰"昃亦名昳，言日蹉跌而下"，《左传·昭五年》注"日昳为台"，疏曰："日昳谓蹉跌而下也。"此言日西昃时，昏暗无光，若不叩缶哀歌以救之，则必猝然蹉跌而下，如人之颠仆失据者也。六二"黄离"者，《汉书·天文志》曰"日月无光曰薄"，《史记·天官书集解》引京房《易传》又曰"日赤黄为薄"，"黄离"盖即薄。《天官书》说岁星曰"星色赤黄而沉，所居野大穰"，说填星曰"五星色……黄圜则吉"，说太白曰"黄圜和角，……

有年”，说辰星曰：“黄为五谷熟。”占星多以黄为吉，疑占日亦然，故曰：“黄离元吉。”

龙战于野其血玄黄坤上六

案《左传·昭十九年》曰“郑大水，龙斗于时门之外洧渊，国人请为禜焉，子产弗许”；《庄十四年》曰：“初内蛇与外蛇斗于郑南门中，内蛇死。”龙战盖即此类。古书光黄通用，《说文》黄从古文光声，是黄者火光之色，火色在赤黄之间，故黄之本义当训为赤色。《诗·駉》“有骊有黄”，《传》曰“黄骍曰黄”，《閟宫传》曰“骍，赤色”，是毛以黄为赤黄间色明甚。然《都人士》曰“狐裘黄黄”，《北风》曰“莫赤匪狐”，是古又或以黄赤通称。《左传·成二年》张侯曰“自始合而矢贯余手及肘，余折以御，左轮朱殷”，杜注曰：“今人呼赤黑为殷色。”《诗·七月传》曰：“玄，黑而有赤也。”“其血玄黄”者，盖玄当彼之殷，黄当彼之朱也。夫色彩称谓，最难准确，古人出语，例不甚拘，若必执今言以绳古义，则血宁有黄色者哉？《文言传》曰“天玄而地黄”，失之凿矣！

鸟焚其巢旅上九

案《大庄》六五“丧羊于易”，《旅》上九“旅人先笑后号咷，丧牛于易”，并用王亥兄弟事，顾颉刚氏已发其覆矣《周易爻辞中的故事》（《古史辨》三上）。然《大荒东经》曰“有人曰王亥，两手操鸟，方食其头，王亥托于有易河伯仆牛，有易杀王亥，取仆牛”，《天问》曰：“恒秉季德，焉得夫朴牛，何往营班禄，不但还来？昏微遵迹，有狄不宁，何繁鸟萃棘，负子肆情？”二书说亥恒事，皆有鸟。《易》于“旅人先笑后号咷丧牛于易”上，亦曰“鸟焚其巢”，而卜辞王亥名且有从鸟作鵓者，“辛巳卜，贞王鵓上甲乡（响）于河”（《佚》八八八）。是鸟确为此故事“母题”之一部分。考传说谓简狄吞燕卵而生契是为殷祖，是殷之先世尝以鸟为图腾。此盖以鸟喻殷人，“鸟焚其巢”，犹言王亥丧其居处。焚疑读为偾。《左传·襄二十四年》“象有齿以焚其身”，服注“焚，僵也”。《说文》“偾，僵也”。《周语》下“高位实疾偾”，注曰“偾，陨也”，《大学》“此谓一言偾事”，注曰：“偾犹覆败也。”“鸟焚其巢”即覆其巢。或传说本谓覆巢，语讹为焚，《周易》引之，以为灾异之象，故《汉书·五行志》中之下载“成帝河平元年二月庚子，泰山山桑谷有蔵焚其巢”欤？

乙　占候

乾

案乾为乾湿本字，其緐文即漧详后“君子终日乾乾”条。卦名之乾，本当为斡并从倝声。斡者转之类名，故星中北斗亦可曰斡。古人想像天随斗转，而以北斗为天之枢纽，因每假北斗以为天体之象征，遂亦或变天而言斡，《天问》“斡维焉系”，犹《淮南子·天文篇》“天维绝”原作“天柱折，地维绝”，从《天问》王注，《大荒西经》郭注引改。矣。《说文》乾之籀文作[illegible]从昍，盖与晶同，晶古星字。疑乾即北斗星名之专字。商亦星名也，其籀文作[illegible]，卜辞作[illegible]《佚》五一八，并从昍，与乾同意，足资取证。《易纬逸象》乾为旋，旋斡义同。《史记·天官书》曰：“北斗七星，所谓旋玑（机）玉衡以齐七政。”乾为旋，北斗谓之旋机，此亦乾即北斗之旁证。《说卦传》曰“乾，西北之卦也”，盖乾即北斗，而战国以来天官家谓天庭在昆仑山上，则北斗当中国之西北隅，故《说卦传》云然。

潜龙乾初九见龙在田九二或跃在渊九四飞龙在天九五亢龙上九见群龙无首用九

案古书言龙，多谓东宫苍龙之星。《乾卦》六言龙，内九四或跃在渊，虽未明言龙，而实亦指龙。亦皆谓龙星。《史记·天官书索隐》引石氏曰“左角为天田”，《封禅书正义》引《汉旧仪》曰：“龙星左角为天田。”九二“见龙在田”，田即天田也。苍龙之星即心宿三星，当春夏之交，昏后升于东南，秋冬之交，昏后降于西南。《后汉书·张衡传》曰“夫玄龙迎夏则陵云而奋鳞，乐时也，涉冬则淈泥而潜蟠，避害也”，玄龙即苍龙之星，迎夏奋鳞，涉冬潜蟠，正合龙星见藏之候。《说文》曰“龙……春分而登天，秋分而潜渊”，亦谓龙星。九五“飞龙在天”，春分之龙也；初九“潜龙”，九四“或跃在渊”，秋分之龙也。《天官书》曰“东宫苍龙——房，心。心为明堂，大星天王，前后星子属。不欲直，直则天王失计”，是龙欲曲，不欲直，曲则吉，直则凶也。上九“亢龙”，亢有直义，亢龙即直龙。用九“见群龙无首”，群读为卷，群从君声，君卷声近义通。《方言》四曰：“绕衿谓之裙。”《文选·江赋》“涒粼涃潾”，注曰：“水势回翔之貌。”《颜氏家训·书证篇》引《三仓》郭注曰：“莙蕴藻之类也，细叶蓬茸生，一节长数寸，细茸如丝，圆绕可爱，长者二三十节，犹呼为莙。”曰绕，曰回翔，曰圆绕，并与卷义近，是裙涒莙并有卷义，群读为卷，犹裙涒莙之训卷也。群龙即卷龙。古王者衣饰有所谓卷龙者。《诗·七罭传》曰

“衮衣，卷龙也”，《周礼·司服》郑众注，《诗·采菽》笺，《释名·释首饰》说衮义并同。《说文》曰“衮，天子享先王，卷龙绣于下裳，幅一龙，蟠阿上乡”，蟠阿即卷曲之状。卷又有升龙降龙之别。升者卷曲上向，即春分之龙，降者下向，即秋分之龙，可证卷龙之龙亦斥星言。卜辞龙字或作，《殷虚书契·后编》下卷第六叶。其状尾交于首，曲身若环，岂所谓卷龙欤？《海外西经》曰“轩辕之国，……人面蛇身，尾交首上”，以《天官书》“权，轩辕，轩辕黄龙体”证之，是蛇身而尾交首上者即卷龙。其星谓之权者，亦当读为卷。《诗·卢令》“其人美且鬈”，笺曰“鬈当读为权”，《左传·庄十九年》鬻拳，《后汉书·孔融传》作权，《说文》齤读若权，并其比。盖东方房心（苍龙）之为卷龙，亦犹中央权（黄龙）之为卷龙也。卷龙如环无端，莫辨首尾，故曰“无首”，言不见首耳。龙欲卷曲，不欲亢直，故“亢龙”则“有悔”，“见卷龙无首”则“吉”也。《史记·蔡泽传》泽说应侯曰“《易》曰‘亢龙有悔’，此言上而不能下，信（伸）而不能诎，往而不能自返者也”；《贾子新书·容经篇》曰：“‘亢龙’往而不返，故曰‘有悔’，悔者凶也。”案伸与亢，诎与卷，并同义字，“信（伸）而不能诎”，犹言龙亢而不能卷也。龙之体本以卷为常，亢为变，蔡贾并以亢龙为往而不返者，盖亦谓龙偶亢张而不能复其卷曲之常态。谛审二家之言，似亦并读群为卷，可与余说相发。《论衡·龙虚篇》曰“然则龙之所以为神者，以其能屈伸其体，存亡其形”，亦古卷龙亢龙说之遗。

或问上言乾（斡）即北斗，于天官属中宫，此又言龙即苍龙，属东宫，卦义与爻义，固当两歧邪？曰：卦爻两辞，本非出自一手，成于一时，全书卦爻异义之例，曷可胜数？虽然，此卦言北斗而爻言龙，亦非无故。《天官书》曰“斗为帝车”；又曰“苍龙房心，……房……曰天驷”，《索隐》引《诗泛历枢》曰“房为天马，主车驾”；《尔雅·释天》郭注曰：“龙为天马，故房四星谓之天驷。”《后汉书·舆服志》注引《孝经援神契》曰“斗曲杓桡象成车，房为龙马，华盖覆钩”；又引宋均注曰：“房龙既体苍龙，又象驾四马，故兼言之也。”《论衡·龙虚篇》曰：“世俗画龙之象，马首蛇尾。”由上观之，斗亦为车，龙亦为马，车与马既交相为用而不可须臾离，则卦言斗而爻言龙，其称名虽远，其寓意实近。《天官书》又曰“杓携龙角”，《集解》引孟康曰“杓，北斗杓也，龙角，东方宿也，携，连也”；《汉书·郊祀志》上曰“以牡荆画幡，日月北斗登龙以象天原误太一”，王先谦《补注》曰：“北斗登龙，即所谓北斗七星，杓携龙角也。”夫《天官》说星，斗杓与龙角相携，汉室制幡，亦北斗与登龙并画，然则《易》因卦有斗象而爻即言龙，何足异哉？要之，卦之命名，取象于斗，爻之演义，视斗为车，既有斗以当车，即不可无龙以当马，爻与卦，一而二，二而一也。《彖传》曰：“时乘六龙以御天。”天言“御”者，天以斗为枢纽，而斗为帝车，“乘六龙以御天”犹乘六马以御车耳。然则《乾卦》六爻之义，《彖传》已先余得之矣。占星之术，发达最早，观《易》象与后世天官家言相会而益信。

52 见豖负涂载鬼一车先张之弧后说之弧匪寇婚媾往遇雨则吉睽上九

案此爻文似错互，“往遇雨则吉”五字当在“见豖负涂”下合二句为一辞。“载鬼一车，先张之弧，后说之弧，匪寇婚媾”，四句别为一辞。《诗·渐渐之石》曰：“有豕白蹢，烝涉波（陂）矣，月离于毕，俾滂沱矣”，《传》曰：“将久雨，则豕进涉水波。”案豕涉波与月离毕并举，似涉波之豕亦属天象。《述异记》曰：“夜半天汉中有黑气相连，俗谓之黑猪渡河，雨候也。”从《锦绣万花谷前集》一引补 《御览》一〇引黄子发《相雨书》曰“四方北斗中无云，惟河中有云，三枚相连，如浴猪豨，三日大雨”，与《诗》之传说吻合，是其证验。《史记·天官书》曰“奎为封豕，为沟渎”，《正义》曰：“奎……一曰天豕，亦曰封豕，主沟渎，……荧惑星守之，则有水之忧，连以三年。”《易林·履之豫》诗曰：“封豕沟渎，水潦空谷，客止舍宿，泥涂至腹。”此与《诗》所言亦极相似，是《诗》所谓豕白蹢者，即星中之天豕，明矣。豕涉陂而为雨象者，雨师名屏翳，《汉书·司马相如传》作冯翳，冯翳即河伯冯夷，而冯夷实又封豨之转，《天问》曰：“帝降夷羿，革孽夏民，胡䠶夫河伯，而妻彼雒嫔？冯珧利决，封豨是䠶，何献蒸肉之膏，而后帝不若？”上言河伯，下言封豨，是河伯即封豨。《类聚》九六引《符子》曰：“朔（原作邦，从《初学记》二九引改。）人有（原脱，从《初学记》补。下同。）献燕昭王以大豕者，……其群臣言于昭王曰‘是豕无用’，王命膳夫宰之。豕既死，乃见梦于燕相曰：‘……仗君之灵，而化吾生也，始得为鲁津之伯，……欣君之惠，将报子焉。’后燕相游于鲁津，有赤龟衔夜光而献之。”案鲁津之伯即河伯。赤龟献珠者，《拾遗记》曰：“玄龟，河精之使也。”此河伯即豕之明验。是屏翳亦即封豨，而雨师即豕，故传说见豕涉陂为将雨之象也。“见豕负涂，往遇雨则吉”，涂旧说皆以为泥涂。余谓负读为附，《诗·角弓》“如涂涂附”，《传》曰：“附，箸也。”豕身箸泥，亦即涉陂，渡河，入沟渎之谓，星占家以为将雨之象，故曰：“往遇雨则吉。”

《天官书》又曰“舆鬼，鬼祠事”，《正义》曰“舆鬼五星，……一星为积尸”；《开元占经·南方七宿占篇》引石氏曰：“舆鬼五星，中央色白如粉絮者，积尸气也。”《广雅·释诂二》曰“舆，载也”，“载鬼一车”，盖谓舆鬼星。《天官书》又有弧星，《九歌·东君》所谓“操余弧兮反沦降”者是也。张弧说弧，盖亦斥星言。《天官书正义》又曰“舆鬼，……天目也，主视，明察奸谋”，又谓弧为“主备盗贼，知奸邪者”。舆鬼主察奸谋，弧主备盗贼，故《易》上言载鬼，言张弧说弧，下复言“匪寇婚媾”。舆鬼为天目，主视，而睽本训惊视之貌，则此爻言“载鬼一车”，又与卦名之义相应矣。

或益之十朋之龟弗克违损六五　益六二

案此当读“或益之十朋之龟”句，“弗克违”句。益读为锡。《说文》曰“鬄，髲也”，《诗·君子偕老》《正义》引《说文》曰“髲，益发也”，鬄训髲，髲训益发，是鬄从易，乃假借为益。《檀弓》下曰“公叔文子卒，其子戍请谥于君，曰‘日月有时，将葬矣，请所以易其名’”，是谥从益，又假借为易。以上鬄谥二字，说本杨树达。金文《敱叔毁》曰“贝十朋”，古益字，益贝即锡贝也。《御览》八八引《随巢子》曰“司禄益食而民不饥，司金益富而国家实，司命益年而民不夭”，即锡食锡富锡年也。“或益之十朋之龟”，亦即锡之十朋之龟崔憬说十朋之龟为价值十朋之龟。《表记》曰“不废日月，不违龟筮”，此曰“弗克违”，即谓不违龟。《书·盘庚》曰“非敢违卜”,《大诰》曰“王害不违卜”,违龟犹违卜矣。龟值十朋,大龟也,以此卜事必灵,若是者卜不吉而违之,只以取祸,故弗克违也。

丙　祭祀

已事遄往损初九使遄六四

案初九已虞作祀,“祀事遄往,无咎”,言祭祀之事,速往行之,则无咎也。事使古同字。金文《曶鼎》“曶事厥小子䵼以限讼于邢叔”,谓使其小子䵼以限讼于邢叔也;《召卣》“王自豰事賞毕土方五十里”,谓使人以土方五十里之地赏毕也;《守𣪘》“王事小臣事于夷”,谓王使小臣出使于夷也。此类殆不胜枚举。经籍则或以使为事。《月令》“季春之月,禁妇女勿观,省妇使,以劝蚕事”,妇使即妇事,与蚕事对举,“省妇事”即仲冬之月“省妇事,毋得淫”也。六四“使遄”即初爻“祀事遄往”之省,使亦读为事。古称祭祀曰有事,亦可省称曰事。《诗·采蘩》“于以用之,公侯之事”,《传》曰“之事,祭事也”,陈奂疑之字衍,是也。“损其疾,事遄,有喜,无咎”者,言有疾者速往祭祷之即愈也。注家知四爻之“遄”即初爻之“遄”,讵知四爻之“使”亦即初爻之“事”哉?

利已大畜初九

案《损》初九“已事遄往”,虞已作祀。此已字亦当读为祀。“利祀”犹《困》九二“利用亨(享)祀”,九五“利用祭祀”也。旧读止已之已,或人己之己,均非。

以明何咎随九四

案《井》九三“王明，并（普）受其福”，于省吾读明为盟，训祭，是矣。余谓《随》九四“以明何咎”，明亦当读为盟，以读为已，言已祭则无咎也。九四“已盟”，上六“王用亨（享）于西山”，皆言祭者，盖读随为隋。《周礼·小祝》“赞隋”，注曰“隋，尸之祭也”；《守祧》“既祭则藏其隋”，注曰：“隋，尸所祭肺脊元误脊，从孙诒让改黍稷之属。”字一作堕，《仪礼·士虞礼》“祝命佐食堕祭”，注曰：“齐鲁之间谓祭为堕。”又作挼若绥，《特牲馈食礼》“祝命挼祭”，注曰“挼祭，祭神食也”，《士虞礼》注又曰：“今文堕为绥。”随下体震，《孟氏逸象》震为祭，可信。

光亨需

案卦辞无称“光亨”者，而“元亨”之语屡见，疑光当为元，字之误也。《易》亨字皆当读为享，“元亨”犹大享也。

曷之用二簋可用享损

案此当读“曷之用二簋”句，“可用享”句。曷读为匄。《汉书·广川惠王越传》“尽取善缯匄诸宫人”，注曰：“匄，乞遗之也。”金文匄字亦多用此义。《追段》“用享孝于前文人，用旂匄眉寿永命”，言求前文人遗我以眉寿永命，即其一例。此曰“曷之用二簋”，犹言遗之以二簋，与六五“益之十朋之龟”语例略同。诸家读“曷之用”句，“二簋可用享”句，又训“曷”为何。审如其说，则“之”字无著，而全句亦诘籥为病，殆不可从。

晋如摧如晋初六晋如愁如六二

案《周礼·田仆》“王提马而走，诸侯晋”，注曰：“提犹举也，晋犹抑也。”《尚书大传·周传》“见乔实高高然而上，……见梓实晋晋然而俯”《世说新语·排调篇》注引，是晋有俯义。初六“晋如摧如”，摧训折，训落，与晋训抑训俯义近，故晋摧并举。六二“晋如愁如”，忧愁者首常俯，《补史记·龟策列传》“首俯者忧”。《曲礼》“上于面则敖，下于带则忧”，下于带，为俯首之貌。故亦与晋并举。《说文》“槢木也”，朱骏声说即梓木。案《说文》梓楸互训，是槢楸亦一木。然则愁谓之晋，犹楸谓之槢矣。以六二下文“受兹介福于其王母”推之，“晋如愁如”盖谓祭时持事谨敬之貌，初六“晋如摧如”亦然，故并为吉占。

晋如鼫鼠晋九四

案郑注《尚书大传》曰：“晋，肃也。”唐李贺父名晋肃。晋有俯义，说已详上，此训肃，当即肃拜之肃。《周礼·大祝》曰“九曰肃撵”；《晋语》六“敢三肃之”，韦注曰“肃拜，下手至地”；《左传·成十六年》“敢肃使者”，杜注曰“肃，手至地，若今撎”，《乐府古辞·董逃行》曰“四面肃肃稽首”，肃肃，俯首下手之貌也。晋训肃，而肃为拜，是晋亦拜也。鼫鼠，《释文》引《子夏传》，《集解》引《九家》，翟、虞并作硕鼠。《正义》曰：“郑引《诗》‘硕鼠硕鼠，无食我黍’，谓大鼠也。”《诗·硕鼠正义》引陆机《疏》曰：“今河东有大鼠，能人立，交前两脚于颈上，跳舞善鸣。”案《诗·相鼠序》曰“相鼠，刺无礼也”，韩愈《城南联句》曰“礼鼠拱而立”，并即此鼠。“晋如鼫鼠”，盖谓拜时如鼫鼠拱立而手不至地。《贾子新书·容经篇》曰“微磬曰共立，磬折曰肃立，……微俯曰共坐，俯首曰肃坐”，共与拱同，是拜仪之差，肃下于拱。凡拜以下为敬，故拱慢而肃敬。“晋如鼫鼠”，犹言拱而不肃，斯乃不敬之甚，故曰“贞厉”。初二两爻居下，曰晋，曰摧，曰愁，皆下手低拜之貌，而摧之为下，尤甚于愁；九四居上，则拱立而不下手。此又辞义之可征于爻位者也。

丁　乐舞

豫利建侯行师豫

案《说文》曰“豫，象之大者”，象豫一声之转，古盖本为一字。《说文》像读若养，是象古读或归喻母。《系辞上传》“是故君子所居而安者，《易》之序也”，虞本序作象，《广雅·释木》“橡柔也”。象转为豫，犹象转为序，橡转为柔。《豫卦》字当读为象，谓象乐也。《墨子·三辩篇》曰：“武王胜殷杀纣，环天下自立以为王，事成功立，无大后患，因先王之乐，又自作乐，命曰象。”字一作予。《东观汉记·明帝纪》永明三年诏曰：“《尚书璇玑钤》曰‘有帝汉出，德洽作乐名予’，案此实沿周乐旧名，而变其字，说详下。其改郊庙乐曰大予，乐官曰大予乐官，以应图谶。”又《后汉书·曹褒传》，及《御览》二二九引司马彪《续汉书》，彪书予作序。又作豫。《宋书·乐志》曰：“（晋武帝泰始）九年，荀勖典知乐事，使郭琼宋识等造正德大豫之舞。”《古今乐录》曰：“正德大豫二舞，即宣武宣文魏大武三舞也。宣武，魏昭烈舞也；宣文，魏武始舞也。魏改巴渝为昭武，五行曰大武。今凯容舞执籥秉翟，即魏武始舞也。宣烈舞有弓弩，有干戚；弓弩，汉巴渝舞也，干戚，周武舞也。宋世止革其辞与名，不变其舞，舞相传习，至今不改。琼识所造，正是杂用二舞以为大豫尔。”案周武舞即象舞，晋杂用汉之巴渝与周之武舞以为大豫，是大豫之源出于象。实则象与予豫一语之转，晋之大豫即汉之大予，汉之大予即周之象，晋舞不但未变周汉之实，兼亦承用其名也。“豫，利建侯行师”者，豫为武王舞名，建侯行师即舞中所象之事。《礼记·乐记》曰：“夫乐者象成者也。揔干而山立，武王之事也，发扬蹈厉，太公之志也，武乱皆坐，周召之治也。且夫武始而北出，再成而灭商，三成而南，四成而南国是疆，五成而分周公左，召公右，六成复缀以崇。天子夹振之而驷（四）伐，盛威于中国也，分夹而进，事蚤济也，久立于缀，以待诸侯之至也。”案自始至四成，行师之事也；五成，六成，建侯之事也。《象传》曰：“雷出地，奋豫，先王以作乐之德，殷荐之上帝，以配祖考。”奋者振也，奋豫犹振象，谓乐容也。《左传·庄二十八年》“为馆于其宫侧而振万焉”，奋豫犹振万。先王谓武王。“乐作崇德，殷荐之上帝，以配祖考”，犹《春秋繁露·三代改制质文篇》云：“武王受命，……作象乐，继文以奉天。”然则豫即武王乐名，《象传》已明之。豫坤下震上，坤为地，震为雷，雷出地有声，作乐之象也。坤又为众，震又为决（趹）躁，聚众趹躁，舞蹈之象也。《说卦传》盖亦知豫为乐名故其揭橥卦象，与乐舞之事密合如此。后世注家，惟《九家易》但知建侯行师类武王事，而不知豫即武王乐名，他家胥远失之。

又案《西溪易说》引《归藏》有夜卦，于省吾谓夜即豫，引《系辞传》“重门击檯，以待虣客，盖取诸豫”，并《九家易》说“夜者，两木相击以行夜也”，以证豫卦正字当为夜。案于说《归藏》夜即豫，是也，谓夜为正字，则非。《礼记·祭统》“舞英重于武宿夜”，郑注曰“宿夜，武曲名也”，《疏》引皇氏曰“师说书传云，武王伐纣，至于商郊，停止宿夜，士卒皆欢乐歌舞以待旦，因名焉”，又引熊氏曰：“此即大武之乐也。”案武宿夜即象乐。盖象转为豫，豫以声误为夜，世因傅会为停止宿夜之说，于是象遂又有武宿夜之名。王国维以《周颂·昊天有成命》当武宿夜，谓《诗》云“夙夜基命宥密”，因即以名，其说未谛，余别有辩。然则《归藏》字虽作夜，仍不害其为乐名也。于氏以夜为正字，于爻辞，诚若可通，于卦辞“利建侯行师”之语，则断不可通。于氏不信《象传》，然《象传》亦不尽可弃，如此言“作乐崇德”是也。要之，卦爻辞非出于一手，成于一时，学者分别观之可耳。

鸿渐于陆其羽可用为仪渐上九

案江永说陆当为阿，阿与仪韵，是也《群经补义》。《周礼·舞人》“教皇舞”，郑众注曰：“皇舞，蒙舞。书或为翌，或为义。”义与仪同，是仪即翌，舞时用以翳首之羽饰也。义仪与献古字通。《书·洛诰》曰“其大惇典殷献民”，《逸周书·作雒篇》曰“俘殷献民于九毕”，《书·多方》曰“乃惟以尔多方之义民”，《立政》曰“兹乃三宅无义民”，义民即献民。王念孙俞樾并训义为哀，于省吾训难，皆非。《大诰》曰“民献有十夫”，《大传》作民仪；《汉书·翟方进传》“民仪九万夫”，班固《窦车骑将军北征颂》“民仪响慕”，亦作仪。《皋陶谟》曰“万邦黎献”；汉《斥彰长田君碑》“安惠黎仪”，《泰山都尉孔宙碑》“黎仪以康”，《堂邑令费凤碑》“黎仪瘁伤”，献并作仪。《周礼·司尊彝》“郁齐献酌”，郑众读献为仪。《淮南子·诠言篇》“行成献元误戏，从俞樾改，止成文”，行成献即行成仪。然则《春秋经·隐五年》“考仲子之宫，初献六羽”，即初仪六羽，言以六羽为仪也。《诗简兮疏》引《五经异义》曰“《公羊》说乐万舞以鸿羽，取其劲轻，一举千里”，《公羊传·隐五年》何注亦曰：“羽者鸿羽也，所以象文德之风化疾也。”案许何说用鸿羽之义，不足据信，其谓羽为鸿羽则与《易》合，殆不可易。《说文》曰：“䴊，鵔䴊也，从鸟义声，秦汉之初侍中冠鵔䴊。”鵔䴊即俊仪，盖以鷩雉羽饰冠，因以为鸟名。以鸿羽为舞容谓之仪，犹以雉羽为冠饰谓之鵔䴊也。仪所以饰首，《渐》上九言仪，犹乾，比，离，《既济》《未济》上爻俱言首，《大过》上爻言顶矣。

戊　道德观念

敬之需上六　离初九

案敬儆惊本同字，古无儆惊字，但以敬为之。《书·盘庚》曰“永敬大恤”，即永惊大恤，恤与卹通，亦惊也。《庄子·徐无鬼篇》“若卹若失”，李注曰“卹失皆惊悚若飞也”，《文选·七发》“则卹然足以骇矣”，注曰：“卹，惊恐貌。”《诗·常武》一章曰“整我六师，以修我戎；既敬既戒，惠（唯）此南国”，三章曰“如雷如霆，徐方震惊”，是“既敬既戒”即既惊既駴（骇）也（以上以敬为惊之例）。《书·康诰》曰“惟文王之敬忌，乃裕民”，《顾命》曰“其能而乱（司）四方，以敬忌天威”，《吕刑》曰“敬忌罔有择（殬）言在身”，郑注《表记》曰“忌之言戒也”，是敬忌即儆（警）戒。《诗·沔水》曰“我友敬矣，谗言其兴”，敬矣即儆矣，犹言戒之也（以上以敬为儆之例）。《需》上六“入于穴，有不速之客三人来敬之，终吉”，敬当读为儆，言有不速之客来，当戒备也。《离》初九“履虎尾错然敬之，无咎”，错读为䇛，《说文》曰：“䇛，惊貌。”《后汉书·寒朗传》“二人错愕不能对”，亦作唶。《履》九四“履虎尾愬愬，终吉”，《子夏传》曰“愬愬，恐惧貌”，䇛愬音义近，䇛然犹愬愬也。敬读为惊。“履虎尾，䇛然惊之，无咎”，与“履虎尾，愬愬终吉”，语意全同。《正义》读《需》上六《离》初九两敬字皆为恭敬之敬，未得经旨。

履错然敬之离初九

案《履卦》三言“履虎尾”，疑此文履下亦有“虎尾”二字。错读为䇛，敬读为惊并详上“敬之”条，“履虎尾，䇛然惊之，无咎”，犹《履》九四“履虎尾，愬愬，终吉”也。凡初爻多言尾，《遯》初九“遯尾”，《既济》初九《未济》初六并云“濡其尾”。此初九云“履虎尾”，例与彼同。《群书治要》引《尸子·发蒙篇》曰：“《易》曰‘若履虎尾，敬之，终吉’，疑即出此卦。”《尸子》所引虽不与今本尽同，然履下有“虎尾”二字，于文为顺，当从之。

君子终日乾乾夕惕若厉无咎乾九三

案旧读“夕惕若厉”四字截句，非是。此当读“君子终日乾乾夕惕若”句，“厉无咎”句。“惕若”与“颙若”“沱若”“嗟若”词例同。“厉无咎”之语亦见《噬嗑》六五，《复》六三，《睽》九四。又《姤》九三曰“厉无大咎”。《文言传》曰“故乾乾因其时而惕，虽危无咎矣”，正以“虽危无咎”释“厉无咎”。乾与く涓本同字。乾篆作[illegible]，从乙即く字陈梦家说，乾盖即く又注倝为音标。《说文》曰“く水小流也”古泫切，小流与乾涸义近，故经传皆以乾为乾湿字。繇文作漧，见《九辩》。加水旁，于义为复，然益可证乾之初义为水乾。然《说文》又云“涓，小流也”，与训“水小流”之巜音义同，《皋陶谟》“浚畎浍距川”，《说文·川部》引作“浚巜《”，郭璞《江赋》“商榷涓浍”，正以涓为巜。则涓乾亦本同字。以乾涓异体同字例之，则乾亦可借为悁。此乾乾正当读为悁悁。玄应《一切经音义》二〇引《声类》曰：“悁，忧貌也。”《诗·泽陂》“中心悁悁”，《传》曰“悁悁犹悒悒也”，《大戴礼记·曾子立事篇》“君子终身守此悒悒”，卢注曰：“悒悒，忧念也。”“终日悁悁夕惕若”悁惕对举，义相近也。《集解》引干宝曰“故君子忧深思远，朝夕匪懈”，似以忧思总释乾惕二字，此说得之。《正义》训乾乾为健健，非也。

四　余录以下无类可入者如干条亦足补充旧注今并录之备参览焉

坤

案《西溪易说》引《归藏》坤作臾《玉海》三五引《归藏初经》误作集，《碧落碑》作臾《集韵》载古文同，《焦氏笔乘》作舆，《字典》又载别体畁賷诸形，未详所出。《说文》蒉之古文作臾，其字金文作申《舀鼎》遗字所从，或作舆，《旂鼎》遗字所从，《遗卣》《王孙遗者钟》略同。臾即舆之讹，臾臾舆畁皆臾之小变，賷即贵字，是《归藏》以下均以臾若贵为坤也。此最得造字之本源。寻申臾本象双手扫土甴形，当即古甴字，故其孳乳字，蒉训盛土之器《汉书·何武王嘉师丹传赞》注，墤训委土为墠坛《周礼·鬯人》注，蒉又与甴通，《礼记·礼运》注，《明堂位》注，并读蒉为甴。而古曰富贵，本即受命有土之谓。坤从申，即臾之初文。于声坤臾（贵）对转，于字申臾同源，是臾臾臾畀等即古坤字无疑。申申为古甴字，既如上说，坤从土从申，实即甴之别构，故《晋语》四曰：“坤，土也。”《左传·庄二十二年》同。古曰土，今曰地，故《说卦传》曰：“坤为地。”《说文》甴之重文作块，甴坤同字，则块坤亦同字，故《乾凿度》曰“一块之物曰元误目地”，《文选》张茂先《答何劭诗》注曰“大块谓地也”，坤之为地犹块之为地耳。因知《彖传》“坤厚载物”，犹《庄子·大宗师篇》“大块载我以形”也，《象传》“地势坤，君子以厚德载物”，言地势块然而厚大，故能载物也。若夫《系辞下传》曰“夫坤隤然示人简矣”，以隤释坤，例取声训，尤坤从申犹从臾（贵）之佳证。《乾坤凿度》曰“太古变乾之后，次凿坤度，圣人法象，知元气隤委，固甲作捍捂，孕灵坤”，亦以隤释坤。虞翻训隤为安，则似仍读为块。《荀子·君道篇》“块然独坐，而天下从之如一体”，谓安然独坐也；《谷梁传·僖五年》“块然受诸侯之尊”，《疏》引徐邈曰：“块然，安然也。”字一作魁。《庄子·庚桑楚篇》“犹之魁然”，《释文》及《疏》并云：“魁，安也。”《字典》又载坤之别体作魋，疑即魁之讹，以为坤之异体，与坤声义俱隔。要之，坤臾甴块本系一字，或作臾臾臾畀，皆臾之小变，又作贳（贵）作魋（魁）则声近通假。《说文》坤从申酉之申，云“土位在申”其识字形已误，宜其说解亦缪也。

颠颐拂经于丘颐征凶颐六二颠颐吉六四

案戴齿之骨谓之颐今曰颚骨齿亦谓之颐，《易》颐字谓齿也。卦画作䷚，侧视之，正象口齿形。《卜辞》齿作，《说文》载古文，并与卦画同意。颠颐即颠齿。《管子·山国轨篇》“请区元误作毆之颠齿，量其高壮”。字一作齻，《周礼·典瑞》“大丧共饭玉，含玉，赠玉”，注曰“含玉，柱左右齻及在口中者”，《释文》齻本作颠。《仪礼·既夕记》“宝贝，柱左齻右齻”，《疏》曰：“左齻右齻，牙两畔最长者。”颠颐即齻齿，齻牙也。或省作真。《素问·上古天真论》“故真牙生而长极”，王注曰：“真牙，谓牙之最后生者。”晋李颐字景真，枚赜字仲真，赜为颐之误朱骏声说。名颐，字真，即用《易》“颠颐”之义。然疑本字当作丁。知之者，贾疏谓齻为牙两畔最长者，王注谓牙之最后生者，而《正通》复曰：“男子二十四岁，女子二十一岁，齻牙生。”是齻即今所谓壮齿也。古书每训丁为弱，又称壮年为丁年，壮男壮女为丁男丁女。丁女见《墨子·备城门》篇。盖丁齻音近，丁即齻牙本字，齻牙即壮齿，故丁有壮义。《尔雅·释天》说月阳曰“在丁曰圉”，说岁阳曰“在丁曰强圉”，《史记·历书》作强梧，圉梧并近牙，《海内北经》“驺吾”，《史记·补滑稽列传》作“驺牙”，《汉书·地理志》“金城郡允吾县”应劭注音铅牙。“在丁曰圉”即“在丁曰牙”，“在丁曰强圉（强梧）”即“在丁曰强牙”，强牙即壮齿矣。《尔雅》以壮齿为丁，此丁即齻牙本字之明验。《字镜》曰“齻，平牙也”，而丁声字正有平义，《说文》“汀，平也”“订，平议也”。疑殷周古文丁作，即象齻牙上平之状。孳乳为钉，亦取象齻牙之形，其首平方与牙之上端同，其锐端入木者又与牙根之入于龈者同。夫古人以齿判年寿，故称曰齿曰龄，今考齻牙字本作丁，而丁复有坚强壮盛之义，则《易》言“颠颐”为壮年之象决矣。“丘颐”者，对“颠颐”而言者也。《史记·孔子世家》曰“生而首上圩顶，故因名丘”，《说文》曰“丘……一曰四方高中央下曰丘”，《广雅·解诂三》曰：“丘，空也。”丘训空，疑丘颐之丘本字当为齨。《说文》曰“齨，老人齿如臼也”，丘齨声义俱近。《曲礼》上曰“百年曰期颐”，期与丘齨声并近，《御览》五一〇引《道学传》有安丘丈人，案即《史记·秦始皇本纪·封禅书》及《乐毅传》之安期生，余别有考《尔雅·释鸟》“鸧鹍鸺”，郭注曰：“今江东呼鸺鶹为鹍鸺。”鸺，《说文》以为旧之重文，鸺鶹鹍鸺均双声连语，齨通作期，犹旧一曰鹍鸺也。“期颐”盖即“丘颐”，老人齿圩下中空，故呼百年曰丘颐也。《易》记名老寿为丘颐，犹《诗》言“儿齿”“黄发”“台背”，皆据生理现象言之也。“颠颐拂经于丘颐征凶”，《子夏传》拂作弗，《集解》征作贞，均是。此爻但言年寿，不涉征行之事，故知征为贞之误。《象传》“六二征凶，行失类也”，征亦当为贞，此以“行”释经之“经”字，非释“征”字也。《集解》引侯果曰“正则失养之类”，即以“正”释“贞”，是侯本传文正作“贞”。此当读“颠颐”句，“弗经于丘颐”句，“贞凶”句。经，历也。《文选·西京赋》薛注：“弗经于丘颐”，犹言历年弗至于老寿，故曰：“贞凶。”六二颠颐凶而六四颠颐吉者，颠颐对丘颐言，谓但及壮龄，不登大寿，故凶，若单言颠颐，则壮盛之年，血气充盈，如日方中，故仍为吉。二四两爻，吉凶异占，义各有当也。

引吉萃六二

案引疑当为弘，字之误也。“弘吉”占卜术语，卜辞屡见之。《尔雅·释诂》曰：“弘，大也。”六二“弘吉无咎”犹九四“大吉无咎”也。

豚鱼吉中孚

案"豚鱼"疑读为屯鲁。豚通作屯，犹豚一作豘。鱼鲁古本同字，鲁金文或作魯，《鲁庥生鼎》、《或者鼎》、《井人妄钟》。从鱼加口为标识，仍鱼字也。金文每言屯鲁；《叔夷钟》曰"其万福屯臚"，《秦公钟》曰"以受屯鲁多厘"，《臭生钟》曰"用匄康虔屯鲁"，《士父钟》曰"唯康右屯鲁"，《𢓊盨》曰"用旂眉寿屯鲁"，《善鼎》曰"用匄屯鲁雩万年"。他若《𢦚䜌鼎》"用锡康嗣鲁休屯右"，《归夆簋》"用旂屯录永命鲁寿"，又皆屯鲁分词并举。此曰："屯鲁吉"，则犹《井人妄钟》"得屯用鲁，永冬（终）于吉"也。《中孚》下体《兑·易林逸象》兑为鲁，疑若可信。

若号一握为笑萃初六

案《说文》曰："咿喔也"，"喔，鸡声也"，《字镜》曰："咿喔，鸡鸣。"鸡声与笑声相似，《楚辞·九思·悯上》曰"諓諓兮嗌喔"，注曰"嗌喔，容媚之声"，谓笑声也，嗌喔与咿喔同。咿或变作咿，倒其词曰喔咿，《楚辞·卜居》"喔咿嚅唲"，注曰"强笑噱也"，《韩诗外传》九曰："喔咿而笑之。""一握"与"咿喔""嗌喔""咿喔"同号谓号咷，哭也。"若号，一握为笑"谓初似号哭，忽变而为笑。此与《同人》九五"先号咷后笑"同为先凶后吉之象，故占曰"勿恤，往无咎。"

闻言不信夬九四有言不信困

案《史记·补龟策列传》曰："命曰：首仰足肣，有内无外，……行者闻言不行，来者不来，闻盗不来，闻言不至，徙官闻言不徙，……岁中有兵，闻言不开。"《易》"闻言不信""有言不信"，当即此类。《夬》九四王注曰“刚亢不能纳言”，以言为忠言，《困·正义》曰“巧言饰今作能，此依《毛本》辞，人所不信”，又以言为谗言，殆不然矣。

小有言需九二　讼初六主人有言明夷初九婚媾有言震上六小子厉有言渐初六

案言皆读为愆。言平古当同字，《说文》曰：“辛，平也，读若愆。”《诗·云汉》“昭假无赢”，马瑞辰释无赢为无过，余谓语与《列祖》“昭假无言”同，无言即无愆，愆亦过也。字或径作愆。《抑》“不遐有愆”，犹《下武》“不遐有佐（差）”，《泉水》“不瑕有害”，有愆亦谓有过。又或作遣。卜辞“叀畀不益，住之有遣”《后》下三、一〇，“㞢祟，……亡终遣”北大藏骨，金文“大保克敬，亡遣”《大保簋》，“王飨酒，遹御，亡遣”《遹簋》遣即谴字。愆谴音义不殊，当系同语。《论衡·累害篇》曰“孔子之所罪，孟轲之所愆也”，所愆犹所谴矣。《易》凡言“有言”，读为有愆，揆诸辞义，无不允洽。《需》九二曰“需于沙，小有言，终吉”，“言”与“吉”对文以见义，犹《蛊》九三“小有悔，无大咎”也。《象》曰“需于沙，衍在中也”，正以“衍”释“言”，衍即愆字。《左传·昭二十一年》“丰愆”，《释文》本作“衍”。九三象“需于泥，灾在外也”，语例与上爻同，“衍”“灾”互文，“中”“外”对举也。《讼》初六曰“不永所事，小有言，终吉”，《象》曰“不永所事，讼不可长也，虽小有言，其辩明也”，谓虽暂涉狱讼，小有灾祸，而终得昭雪。“言”与“吉”亦对文。《明夷》初九曰“君子于行，三日不食，有攸往，主人有言”，言君子处悔吝之中，久不得食，苟有所适，其所主之家亦将因以得祸也主字义详《经义述闻》。《震》上六曰

"震不于其躬，于其邻，无咎，婚媾有言"，己身无咎而婚媾有过，即"震不于其躬，于其邻"之谓，此与《渐》初六"小子厉，有言，无咎"，皆"有言""无咎"对举，与《需讼》之"有言，终吉"，词例亦同。《书·立政》曰："文王罔攸兼于庶言，庶狱，庶慎"，又曰"式敬尔由（有）狱，以长我王国，兹式有慎，以列用中罚"，是慎亦狱讼之类。《左传·襄十一年》曰："同盟于亳，载书曰：'或间兹命，司慎司盟……明神殛之。'"《说文》盟下说盟礼曰"北面诏天之司慎司命"，段玉裁谓司慎即《周礼》"大宗伯职之司中"，而《开元占经·石氏中官占篇》引《黄帝占》曰"司中主司遇诰咎"，此亦慎为狱讼之证。《书》以庶言与庶狱庶慎连称，言亦当读为愆。

萃如嗟如萃六三

案萃读如啐。《文选》孙子荆《征西官属送于陟阳侯作诗》注引《苍颉篇》曰"咄啐也"，《公羊传·定十四年》注曰"咄，嗟貌"，是啐犹嗟也。啐嗟双声连语。《汉书·韩信传》曰"项王意乌猝嗟"，猝嗟与啐嗟同。

不可疾贞明夷九三

案筮辞凡九言疾，皆谓疾病。"疾贞"犹《豫》六五"贞疾"，谓问疾病之事。"不可疾贞"即不利疾贞。爻辞曰"可贞"，或曰"利贞"，曰"不可涉大川"，或曰"不利涉大川"，曰"可用享"，或曰"利用享祀"，是可亦利也。王注训此疾字为速，《九家》及《正义》并训为卒，盖因不明可字之义，遂并疾字之义亦失之。

贞疾恒不死豫六五

案此爻读豫为除。《晋语》八曰"寡君之疾久矣，上下神祇，无不遍谕，而除”，是其义。《书·金縢》“王有疾弗豫”，《说文》引豫作悆，悆亦通除，言有疾除也。问疾而恒不至死，是疾将除。爻义皆在卦中，故知此爻读豫为除也。

诗经新义

目录

73 一 好
74 二 覃 诞
76 三 污
76 四 夭夭
77 五 肃肃
78 六 干 翰
79 七 游
80 八 楚
82 九 枚
83 十 麟
85 十一 角
87 十二 素丝
89 十三 紽 沱 差池 杝
91 十四 缝
91 十五 摽
93 十六 今
94 十七 塈 溉 介
96 十八 谓
97 十九 抱
98 二十 命
100 二十一 汜 沚
101 二十二 处 癙 鼠
103 二十三 唐棣 帷裳 常棣 维常

一　好

君子好逑　〔《关雎》〕《传》:“逑，匹也。言后妃有关雎之德，是幽闲贞专之善女，宜为君子好匹。”《笺》:“怨耦曰仇。言后妃之德和谐，则幽闲处深宫，贞专之善女，能为君子和好众妾之怨者。”

公侯好仇　〔《兔罝》〕《笺》:“怨耦曰仇。此兔罝之人，敌国有来侵伐者，可使和好之。”

《兔罝篇》一章曰“公侯干城”，三章曰“公侯腹心”，“干城”“腹心”皆二名词平列而义复相近，则二章“公侯好仇”之“好仇”，亦当为义近平列之二名词。考卜辞辰巳之巳作子，与子孙之子同，亦或作子，又与已然之已同，是子巳已古为一字。子巳同源，篆书形复近似，故在后世，其用虽分，而字犹有时相混。《文选·辩命论》注引《韩诗》(《芣苢篇》)薛君《章句》曰“诗人伤其君子有恶疾，人道不通，求巳不得”，案求巳即求子也。子巳一字，则好妃亦本一字，《大戴礼记·保傅篇》“及太子少长，知妃色”，《新书·保傅篇》作“好色”，此又好妃相混之例。因之，《诗》之“好仇”字虽作好，义则或当为妃。仇，匹也，好训为妃者，妃亦匹也，故《诗》以“好仇”二字连用，而与“干城”“腹心”平列。“好仇”之语，经传亦有直作“妃仇”者。《左传·桓二年》:“嘉耦曰妃，怨耦曰仇。”“妃仇”当为古之成语，二字平列，不分反正，左氏所说，殆非其朔。字一作“媐𣪻”。《太玄》五《内》初一“仅于媐𣪻”，范望注曰“𣪻，匹也”，《释文》曰“媐𣪻古妃仇字”。一作匹俦。曹大家《雀赋》“乃凤皇之匹俦”，曹植《赠王粲诗》“哀鸣求匹俦”。妃与匹，仇与俦，声义并同，“匹俦”与“妃仇”实一语也。又作疋俦。《古文苑》杜笃《首阳山赋》“州域乡党亲疋俦”。妃仇，嫛𡚸，匹俦，疋俦，字有古今，义无二致。要皆“好仇”之云仍耳。《兔罝篇》“公侯好仇”，即公侯匹俦，逑仇古通，《关雎篇》“君子好逑”。鲁齐时并作好仇。亦即君子匹俦也，《关雎·传》曰“是幽闲贞专之善女，宜为君子好匹”，似读好为形容词，失之。《关雎》《兔罝》两笺更牵合怨耦曰仇之义，而读好为动词，尤为纰缪。惟《学斋占毕》二引《尚书大传》微子歌曰“麦秀渐渐兮，禾黍油油，彼狡童兮，不我好仇。”虽用为动词，与《诗》微异，然以二字平列，则犹存古语之义，用知此歌之传，由来旧矣。《楚辞·九怀危俊篇》曰“览可与兮匹俦”亦用为动词，《大传》之“好仇”即《楚辞》之“匹俦”。

二 覃 诞

葛之覃兮〔《葛覃》〕《传》：“覃，延也。”

何诞之节兮〔《旄邱》〕《传》：“诞，阔也。”

覃，《释文》本亦作蕈。《仪礼》：《乡饮酒礼》《燕礼》两郑注《释文》，《礼记·缁衣》郑注《释文》，张参《五经文字》，唐元度《九经字样》并云葛覃本亦作蕈。蔡邕《协和婚赋》“葛蕈恐其失时”，陆云《赠顾骠骑诗》“思乐葛藟，薄采其蕈”，字亦并作蕈。案覃为蕈之省，蕈即藤声之转。藤字《说文》所无，始见《广雅》。蕈从覃声，藤从滕声，滕从朕声。朕声字每与覃声字通。朕在蒸部，覃在侵部，声类最近，例得相转。(一)《考工记·弓人》"挢角欲孰于火而无燂",故书燂或作朕。(二)《方言》五"槌……其横关西曰㮳",注"县蚕薄柱也"。《说文·木部》"橝……一曰蚕槌也"。藤之为蕈,犹朕之为燂,㮳之为橝矣。《方言》八"属鸠,……东齐海岱之间谓之戴南……或谓之戴胜"。载胜谓之戴南亦朕声字转入侵部之例。覃南声类同,《释文》覃徒南反。葛之覃即葛之藤耳。陆云诗"薄采其蕈",正谓采其藤,若如《传》训覃为延,则陆诗为不辞矣。《旄邱篇》曰"旄邱之葛兮,何诞之节兮",诞亦藤声之转。知之者诞与覃通。《葛覃传》曰"覃,延也",《大戴礼记·子张问篇》"入宫修业,居久勿谭",卢注曰"谭,诞也",《伪书·大禹谟》"诞敷文德",亦作覃敷,并其比。覃与藤通,又与诞通,是诞亦可通作藤,此其一。延有长义,因之物之弱而长者,其命名多从延受义,《广雅·释器》曰"鞮,带也",《家语·正论篇》"加之以纮綖",王注曰"缨屈而上者谓之纮綖"。藤谓之诞,犹带谓之鞮,缨谓之綖矣,此其二。节者,《节南山传》曰"节,高峻貌"。案山之高曰峻,草木之高亦曰峻。《楚辞·离骚》"冀枝叶之峻茂兮",《淮南子·览冥篇》"山无峻干",《新序·杂事篇》"玄居桂林之中,峻叶之上",《汉书·司马相如传》"实叶葰茂"。峻节一声之转,真,屑阳入对转,故山之高曰峻,亦曰节草木之高曰峻,亦曰节。高与长义通,因之峻节又并训长。《离骚》"冀枝叶之峻茂兮",注"峻,长也",《诗》"何诞之节兮",犹言何藤之长耳。《传》《笺》既误读节如字,《说文·竹部》"节,竹约也"。因不得不训诞为阔。不知葛安得有节乎?葛既无节,则阔义自亦无所施矣。

三　污

薄污我私　〔《葛覃》〕《传》："污，烦也。"《笺》："烦撋之功用深，澣谓濯之耳。"

《诗》曰"薄污我私，薄澣我衣"，私与衣为互文，污与澣亦不分二义。污澣声近对转，污亦澣也。列三事以明之。（一）《广雅·释诂三》"濣，浊也"，濣与澣同。澣训濯，又训浊，犹之污训浊，又训濯也。（二）《说文·水部》"湔，一曰手濣之"，濣与澣亦同，《战国策·齐策》"以臣之血湔其衽"，注"湔，污也"。湔训澣，又训污，此相反为义，明污澣义本相通也。（三）《释文》澣本又作浣。《说文》浣为澣之重文。《说文·目部》"盱，张目也"，玄应《一切经音义》十九引《苍颉篇》"睆，目出貌"，张目与目出貌义近。污之为澣，犹盱之为睆矣。《传》训污为烦，《笺》释烦为烦撋，良是，烦撋是澣衣之貌。《释文》引阮孝绪《字略》"烦撋犹挼抄也"，《说文·手部》"挼，一曰手切摩也"，挼抄即挼长言之。顾又谓其功用深，则是以为污之与澣，事有深浅之别，斯为蛇足矣。

四　夭夭

桃之夭夭　〔《桃夭》〕《传》："夭夭，其少壮也。"

棘心夭夭　〔《凯风》〕《传》："夭夭，盛貌。"《笺》："夭夭以喻七子少长。"

《说文·夭部》"夭，屈也"。《凯风篇》曰"凯风自南，吹彼棘心，棘心夭夭"，谓棘受风吹而屈曲也。乐府古辞《长歌行》曰"凯风吹长棘，夭夭枝叶倾，黄鸟飞相追，咬咬弄音声”，语意全本《诗风》，“夭夭枝叶倾”者，正以枝叶倾申夭夭之义，倾与屈义相成也。《桃夭篇》“桃之夭夭”义同。谢灵运《悲哉行》“差池燕始飞，夭袅桃始荣”，夭袅即屈折之貌，谢以夭袅易夭夭，亦善得《诗》旨。《桃夭传》训少壮，《凯风传》训盛貌，并失之。

五　肃肃

肃肃〔《兔罝》〕《传》：“肃肃，敬也。”《笺》：“兔罝之人，鄙贱之事，犹能恭敬，则是贤者众多也。”

肃当读为缩，《豳风·七月》“九月肃霜”，《传》“肃，缩也，霜降而收缩万物”，《周礼·甸师》“祭祀共萧茅”，郑众注“萧字或为莤，莤读为缩”，《仪礼·特牲馈食礼》“乃宿尸”，注“宿读为肃”。缩犹密也。《易林·丰之小过》曰“网密网宿，动益蹙急，困不得息”，是其义。字一作数。《周礼·司尊彝》“醴齐缩酌”，注“故书缩为数”，《方言》五“炊箕谓之缩”，《说文》作籔。《小雅·鱼丽传》“庶人不数罟”，《释文》曰“数罟，细网也”《孟子·梁惠王上篇》“数罟不入洿池”，赵注曰“数罟，密网也”《诗》“肃肃”即“缩缩”“数数”，网目细密之貌也。《传》《笺》并训肃肃为敬，此其失固不足辩，而俞樾据《文选·西京赋》“飞罕潚箾”薛综注曰“潚箾，罕形也”，谓肃肃即潚箾，亦未得其环中。案《说文·木部》曰“橚，长木貌”，《尔雅·释木》“梢，梢櫂”，郭注曰“谓木无枝柯，梢櫂长而杀者”，是肃声与肖声字并有长义。《尔雅·释虫》曰“蟏蛸，长跨”，蟏蛸为长貌，此虫跨长，故即以为名。潚箾之语与蟏蛸同，亦长貌也。罕有长柄者，《汉书·司马相如传》上注引张揖曰“罕，毕也”，《礼记·月令》注曰“小而柄长谓之毕。”故曰“潚箾长罕。”若罝则无柄与罕异制，今谓肃肃之义等于潚箾，庸有当乎？

六 干 翰

公侯干城〔《兔罝》〕《传》：“干，扞也。”《笺》：“干也，城也，皆以御难也。”

之屏之翰〔《桑扈》〕《传》：“翰，榦。”《笺》：“王者之德，外能捍蔽四表之患难，内能立功立事为之桢榦。”

王后维翰〔《文王有声》〕《传》：“翰，幹也。”《笺》：“王后为之幹者，正其政教，定其法度。”

大宗维翰〔《板》〕《传》：“翰，幹也。”《笺》：“王当用公卿诸侯及宗室之贵者为藩屏垣幹为辅弼。”

维周之翰〔《崧高》〕《传》：“翰，榦也。”《笺》：“入为周之桢榦之臣。”

戎有良翰〔《崧高》〕《笺》：“翰，幹也。申伯入谢，遍邦内皆喜。曰女有善君也。”

召公维翰〔《江汉》〕《笺》：“召康公为之桢幹之臣，以正天下。”

《说文·韦部》曰“韓，井垣也，从韦，取其帀也，倝声。”相承皆用幹。韓垣声近，盖本一语。许君以为井垣专字，非也。《诗》翰字当为韓幹之假借。《桑扈篇》“之屏之翰”，翰与屏并举，《板篇》“价人维藩，大师维垣，大邦维屏，大宗维翰，……宗子维城”，翰与藩垣屏城并举，《嵩高篇》“维周之翰，四国于蕃藩，四方于宣垣”，翰与蕃宣并举，皆互文也。《说文·土部》曰“壁，垣也”，《广雅·释室》曰“廦，垣也”，是辟亦有垣义。《文王有声篇》四章曰“四方攸同，王后维翰”，五章曰“四方攸同，皇王维辟”，辟训垣，翰亦训垣，翰与辟亦互文也。《崧高篇》纪申伯筑城之事，又曰“戎有良翰”，犹言汝有良城耳。《江汉篇》“召公维翰”，与《文王有声篇》“王后维翰”，《板篇》“大宗维翰”句法同，翰亦当训为垣。至《兔罝篇》“公侯干城”之干，则闬之省。闬亦韓也，知之者，韓训垣，闬亦训垣。《文选·西京赋》注引《苍颉篇》“闬，垣也”。闬韓皆训垣，而韓今字作幹，故《楚辞·招魂》“去君之恒幹些”，旧校幹亦作闬。《兔罝篇》以干城并举，犹之《板》以“大宗维翰”与“宗子维城”连言，干也，翰也，皆韓之借字也。诸翰字《传》皆训为榦，字或作幹，《笺》皆释为桢榦，胥失之。干，《传》训为扞，以名词为动词，失之尤远。《笺》读为干盾之干，似若可通，不知盾之与城，巨细悬绝，二名并列未免不伦。以是知其不然。

七　游

汉有游女　〔《汉广》〕《传》：“汉上游女，无求思者。”《笺》：“贤女虽出游汉水之上，无欲求犯礼者，亦由贞洁使之然。”

《说文·水部》“汓，浮行水上也”，重文作泅。经传皆作游，《书·君奭》“若游大川”，《周礼·萍氏》“禁川游者”，《礼记·祭义》“舟而不游”，并《诗·汉广篇》“汉有游女”，《邶·谷风篇》“泳之游之”，是也。《谷风》以泳游并举，其义至显。《汉广篇》“汉有游女”当亦用此义。三家皆以游女为汉水之神，即郑交甫所遇汉皋二女。郑交甫事未审系何时代，然足证汉上实有此传说。游女既为水神，则游之义当为浮行水上，如《洛神赋》云“凌波微步，罗袜生尘”之类。《诗》曰“汉有游女，不可求思”下即继之曰“汉之广矣，不可泳思，江之永矣，不可方思”。夫求之必以泳以方，则女在波上，审矣。《文选·羽猎赋》曰“汉女水潜”。《说文·水部》“泳，潜行水中也”，《尔雅·释言》“泳，游也”，注“潜行游水底”，《方言》十“潜亦游也”，注“潜行水中亦为游也”，游与游通。盖游与泳潜对文异，散文通。扬雄取通义，故以潜释游，然其读《诗》游字为水游则甚明。《笺》曰“贤女出游汉水之上，亦由贞洁使之然”，则以神为人，读游为遊，不若三家义长。

八　楚

言刈其楚〔《汉广》〕《笺》：“楚，杂薪中之尤翘翘者，我欲刈取之，以喻众女皆贞洁，我又欲取其尤高洁者。”

不流束楚〔《王风·扬之水》〕《传》：“楚，木也。”

不流束楚〔《郑风·扬之水》〕

绸缪束楚〔《唐风·绸缪》〕

楚有草木二种，木类之楚，人尽知之，草类之楚，盖知之者寡。《仪礼·士丧礼》注“楚，荆也”，《疏》曰“荆本是草之名”，斯说得之。古人服丧居倚庐，倚庐者，以草盖屋，《荀子·礼论篇》“属茨倚庐”，注“茨，盖屋草也，属茨，令茨相连属”。而亦谓之梁暗，《书·无逸》“高宗亮阴”，《尚书大传》作梁暗，云“高宗居倚庐，三年不言，百官总己以听于家宰而莫之违，此之谓梁暗”，〔《仪礼经传通解读》十五丧礼义引〕《礼记·丧服四制篇》引《书》作谅暗，郑注“谅古作梁”，《史记·鲁世家集解》亦引郑作梁。于省吾谓梁暗即荆庵，荆庵者，以荆草覆屋也。案于说精碻。惟谓梁乃荆之讹，则非是。于氏曰：“《贞簋》‘贞从王伐荆’荆作，……《梁伯戈》梁作，《㝬簋》‘㝬驭从王南征，伐楚荆’，荆作，《说文》荆之古文作，古籀从者，今楷多作，如尔作，𤔲作是也。荆梁二字形近，故前人多误释。”案于氏谓梁暗即荆庵是也，谓梁为荆之误字则非。《说文》“刅，伤也”，重文作创，“㓝，造法㓝业也，读若创”，经传通作创，“刑，罚罪也”，“荆，楚木也”，案刅㓝刑荆古当为一字（有说别详）。《贞刅》之即刅字，《㝬刅》之即㓝字，而并读为荆。二字于皆释荆，义得而形未符。以金文证之，许书荆从刀乃从刅之讹。《大梁鼎》梁作，《曾伯簠》梁作，《叔朕簠》作，《史免匡》作，并从刅，与《梁伯戈》同，亦与小篆同。荆梁并从刅声，是二字古同音，故荆庵一作梁暗。古字假借，何尝未有，安得尽以误字目之哉？且《说苑·正谏篇》荆台，《淮南子·原道篇》作京台，而从京之字如凉谅倞等皆读来母，《史记·刺客传》“荆卿，卫人谓之庆卿”，而庆麐古同字，详下麟字条。麐亦来母字，则荆古音亦正可隶来母而读如梁矣。于氏知暗之可假作庵，而不知梁之可假作荆，此千虑之一失耳。荆为草类，故制字从草，楚即荆，如上说，荆亦从刅声，则荆楚为阳鱼对转。是楚亦草矣。楚为草属，故《管子·地员篇》曰“其木宜蚖苍与杜松，其草宜楚棘”。《方言》三“凡草木刺人，……江湘之间谓之棘”。《诗》中楚字亦多为草名。《汉广篇》二章曰“言刈其楚”，三章曰“言刈其蒌”，楚与蒌并举，《王·扬之水篇》一章曰“不流束薪”，二章曰“不流束楚”，三章曰“不流束蒲”，楚与薪蒲并举，《郑·扬之水篇》一章曰“不流束楚”，二章曰“不流束薪”，楚与薪并举，《绸缪篇》一章曰“绸缪束薪”，二章曰“绸缪束刍”，三章曰“绸缪束楚”，楚与薪刍并举，蒌蒲并草类，薪刍亦皆以草为之，《说文·草部》“薪，荛也”“荛，薪也”，《诗板》释文，《文选·长杨赋》注并引《说文》作“荛，草薪也”，《汉书·贾山传》注，《扬雄传》注亦并云“荛，草薪”，是薪本谓草薪，故制字亦从草。然则楚亦草矣。知楚为草类，则《汉广篇》曰“翘翘错薪，言刈其楚，之子于归，言秣其马”“翘翘错薪，言刈其蒌，之子于归，言秣其驹”，谓以楚与蒌为秣马之刍耳。刈楚与秣马本为一事，乃《笺》曰“楚，杂薪中之翘翘者，我欲刈取之，以喻众女皆贞洁，我又欲取其尤高洁者”，又曰“于是子之嫁，我愿秣其马，致礼饩，示有意焉”，分刈楚秣马为两事，盖即坐不知楚为草名之故与？《王·扬之水传》训楚为木，其失亦显。

九　枚

伐其条枚〔《汝坟》〕《传》：“枝曰条，干曰枚。”

施于条枚〔《大雅·旱麓》〕《传》：“葛也，藟也，延蔓于木之枚本而茂盛。”

枚之言微也，《东山传》“枚，微也”，《閟宫》“实实枚枚”《文选·南都赋》作微微。故枝之小者谓之枚。《说文·木部》曰“条，小枝也”，《广雅·释木》曰“枚，条也”，《太玄》二《达》“阳气枝枚条出”，宋衷注曰“自枝别者为枚，自枚别者为条”。是条也，枚也，皆小枝也。《汝坟篇》二章“伐其条肄”，《传》曰“斩而复生曰肄”。案斩而复生之枝亦小枝，诗一章曰“伐其条枚”，二章曰“伐其条肄”，条枚犹条肄矣。《旱麓篇》“施于条枚”义同。《汝坟传》训枚为干，《旱麓传》训枚为本，并非。

十 麟

麟之趾《序》：“《麟趾》，《关雎》之应也。《关雎》之化行，则天下无犯非礼，虽衰世之公子，皆信厚如《麟趾》之时也。”

古人婚礼纳征，用鹿皮为贽。《仪礼·士婚礼》“纳征，玄纁束帛，俪皮”。注“皮，鹿皮”。崔骃《婚礼文》“委禽奠雁，配以鹿皮”，《说文·鹿部》“麗……从鹿丽声，礼丽皮纳聘，盖鹿皮也”。然以《野有死麕篇》证之，上古盖用全鹿，后世苟简，乃变用皮耳。《说文·鹿部》“慶，行贺人，从心从夂，吉礼以鹿为贽，故从鹿省”，此据小篆为说，殆不可信。慶，金文《秦公簋》作慶，文曰“以受屯鲁多厘，眉寿无疆，畯疐在天，高弘又（有）慶，灶囿四方”，慶与疆方为韵，宋人释慶最碻。其字于卜辞则为麐之初文，辞曰“口戌卜贞……王……慶驳䮫……”字与驳䮫连文，诸家释麐亦不可易。是慶与麐古为同字。《尔雅·释兽》“麐，麕身牛尾一角”，又“麠，大麃，牛尾一角”。而《史记·武帝本纪》索隐引韦昭曰“楚人谓麇为麃”，〔麇麕同〕是麐与麠一物也。慶〔慶〕麠声类同，麠盖即慶〔慶〕之后起形声字，慶则麐之讹变。然《说文》麠之重文作麖，而从京之字如凉倞谅等均读来母，故麐又读来母，而孳乳为慶。麐与麟同，鹿类之中，莫尊于麐，故古礼纳征用贽，麐为最贵，因之麐遂孳乳为慶贺字。《尔雅·释兽》"麐，麕身牛尾一角"，《说文·鹿部》"麇，麞也"，籀文作麕，是麇与麞同类。《易丰》五六爻辞"来章有慶"，疑章当读为麞。〔《考工记·画缋之事》"山以章"，亦以章为麞。〕以来章为有慶，亦麐慶同字之证。喜慶之慶，乃慶贺之慶之引申义耳。知纳征本用麐为贽，而《二南》复为房中乐，《诗谱·周南召南》谱，《仪礼·燕礼》注，《乡饮酒礼》注。其诗多与婚姻有关，则《麟之趾篇》之麟，或系纳征所用。麐麕同类详上，《麟之趾篇》之以麟为贽，犹《野有死麕篇》之以麕为贽矣。且《序》曰"天下无犯非礼"，此礼字当即指婚礼纳采，问名，纳吉，纳征诸所以防淫佚，禁暴乱之节文。《汉广序》曰"江汉之域，无思犯礼，求而不可得也"，《野有死麕序》曰"虽当乱世，犹恶无礼也"，《氓序》曰"礼义消亡，淫风大行，男女无别，遂相奔诱"，《有狐序》曰"古者国有凶荒，则杀礼，而多昏，会男女之无夫家者，所以育人民也"，《大车序》曰"礼义陵迟，男女淫奔"，《东门之墠序》曰"男女有不待礼而相奔者也"，《东方之日序》曰"君臣失道，男女淫奔，不能以礼化也"，《载驱序》曰"〔齐襄公〕无礼义，……与文姜淫"，《猗嗟序》曰"不能以礼防闲其母"，谓鲁庄公不能防闲其母文姜。凡《序》言礼，十九皆谓为男女大防之礼。《麟趾序》亦以礼为言，是已暗示此诗与婚姻有关，因知所谓"无犯非礼"者，正谓夫家能行纳征之礼，不以强暴相陵，而求急亟之会耳。此《麟趾》为纳征之乐歌，证诸本序而益明者也。至《序》又谓《麟趾》为《关雎》之应，及《传》所谓"麟信而应礼，以足至者也"，并以麟为瑞兽，则俗师怪迂之谈，无足深论，固知以谶纬说诗，不特齐学为然矣。

又案诗曰“公子”“公姓”“公族”者，谓此纳征者乃公之子姓，公之族嗣也。《文选》王融《曲水诗序》张铣注曰：“《麟趾》，美公族之盛也。”王先谦定为韩诗说则误以独体名词为集体名词，故尔为此肊说。此亦不可不辩。

十一　角

谁谓雀无角〔《行露》〕《传》：“雀之穿屋，似有角者。”《笺》：“人皆谓雀之穿屋似有角，……物有似而不同，雀之穿屋，不以角，乃以咮。”

角谓鸟喙，昔儒类皆知其然，吴仁杰何楷俞樾于鬯薛蛰龙并主此说而未能明其所以然。请列五事，以证成之。（一）以语根为证。喙者，《说文·口部》“噣，喙也”。噣角古同音，触亦作斀，《淮南子·齐俗篇》“兽穷则斀”，《新序·杂事篇》作触，《晋书音义》下斀古文触，《古文四声韵》五引崔希裕《纂古》触古文作觕。觕斀同。擉亦作捔《集韵》擉同捔，并其证。噣角音同，角盖噣之初文，详下故噣为喙，角亦为喙。（二）以文字画为证。古彝器铭识有大喙鸟。

鼎文（《续殷文存上四》）

其喙作形，与卜辞角字作者逼肖，与字之角形

（《前》七，四一，一）

（《前》二，三一，四）

（《前》四，四六，六）

笔意亦近，是古人造字，喙与角不分二物也。（三）以古谚为证。《汉书·董仲舒传》“予之齿者去其角，傅之翼者两其足”。角即咮也，二句以鸟兽对言，“予之齿者去其角”，谓兽有齿以啮，即不得有角以啄，“傅之翼者两其足”，谓鸟有两翼以飞，即不得有四足以走也。若以角为兽角，则牛羊麇鹿之类，有齿复有角者多矣，安得云“予之齿者去其角”乎？吴仁杰俞樾说如此。古称鸟咮为角，此其明征。（四）以本系孳乳字为证。角孳乳为觜今字作嘴，后世用为鸟觜专字。《文选·射雉赋》“裂膆破觜”，注“觜，喙也”。觜为鸟喙，而兽角亦或称觜。《说文·角部》“觜，鸱旧头上角觜也”。案头上角觜即毛角。鸟之毛角，以象兽角而得名，毛角谓之觜，则兽角古亦或称觜，从可知矣。兽角谓之角，鸟喙亦谓之角，鸟喙谓之觜，兽角亦谓之觜，其例一也。（五）以支系孳乳字为证。角又孳乳为桷。《广雅·释室》“桷，椽也”，案椽谓之桷，犹喙谓之角也。要之，兽角鸟喙，其形其质，并极相似，又同为自卫之器，故古者角之一名，兽角与鸟喙共之。浸假而角字为兽角所专，乃别制形声之噣字以当鸟喙之名。噣行而其初文之角废，故传笺说，《行露篇》皆曰“雀之穿屋似有角”，谓雀似有角而实无，是读角为兽角之角，失之。三章“谁谓鼠无牙”牙即齿。牙与齿散文通，此称齿为牙，犹《泮水》“元龟象齿”又称牙为齿也。《传》“视墙之穿，推其类，可谓鼠有牙”，谓牙为牡牙亦误。至古谚“予之齿者去其角，傅之翼者两其足”。惟董子所引，尚存其真，他若《大戴记·易本命篇》“四足者无羽翼，戴角者无上齿”，《太玄》九《玄挩》“啧以牙者童其角，挥以翼者两其足”，虽词句各殊，而角皆谓兽角，盖皆不达古语之义而妄改之。

十二　素丝

羔羊之皮素丝五紽〔《羔羊》〕《传》:“古者素丝以英裘，不失其制，大夫羔裘以居。”

羔羊之革素丝五緎《传》:“緎，缝也。”

羔羊之缝素丝五总

素丝纰之良马四之〔《干旄》〕《传》:“纰，所以织组也。总纰于此，成文于彼，愿以素丝纰组之法御四马也。”《笺》:“素丝者，以为缕，以缝纰旌旗之旒縿，或以维持之。”

素丝组之良马五之《传》:“总以素丝而成组也，骖马五辔。”《笺》:“以素丝缕缝组于旌旗，以为之饰。五之者，亦为五见之也。”

素丝祝之良马六之《传》:“祝，织也，四马六辔。”《笺》:“祝当作属，属，著也。六之者，亦谓六见之也。”

王闿运以《公食大夫礼》说《羔羊篇》，谓羔羊之皮即礼之庭实乘皮，素丝即礼之束帛，《仪礼・公食大夫礼》:“庭实设〔注‘乘皮’〕，遂饮奠于丰上。公受宰夫束帛以侑，西乡立。宾降筵，北面。摈者进相币。宾降辞币，升听命。公辞。宾升再拜稽首受币，当东楹北面，退西楹西，东面立。公壹拜。宾降也，公再拜。介逆出。宾北面揖，执庭实以出。公降立。上介受宾币，从者讶受皮。”其说甚新而塙。解《诗》如此，信乎可以扩万古之心胸矣。惟《诗》曰素丝，《礼》曰束帛，帛之与丝，虽所异甚微，然庆赏用丝，经典究无明文，此惑不祛，恐终无以执闲者之口。今案以丝为赠，的系古制，其证不在经典，而论其坚实可任，或百倍于经典所载。金文《守宫尊》曰“易锡守宫丝束，𦿔苴𩪘幕五，𦿔苴䔽幂二，马匹，毳𠨷布三，𢍏𠍙三，𨭊朋”，此其铁证也。《曶鼎》曰“我既賣贖女汝三囗夫，囗效父用匹马束丝限诰许曶”，此以丝为交易品，亦赠遗用丝之旁证。且《诗》曰“五紽”“五緎”“五总”，五数与束丝之义亦合。《公食大夫礼》注“束帛，十端也”，《周礼·媒氏》注“五两，十端也”。《礼记·杂记》“纳币一束，束五两”，是二端为一两，十端则五两为一束也。帛五两为一束谓之束帛，则丝必亦五两为一束，谓之束丝。“五紽”“五緎”“五总”并犹五两也说详下条。丝以五两为一束，是《诗》之“素丝五紽”云云者，即金文之束丝矣。《干旄篇》之“素丝”，当亦赠遗所用，其以丝马并赠，则与上揭二彝铭所纪，尤为密合。金文锡马数见，经传亦每言赐马赠马，兹不备举，举其帛马并用者《仪礼·觐礼》“至于郊，王使人皮弁用璧劳，……侯氏用束帛乘马傧使者”，又“天子赐舍，……傧之束帛乘马”，又“天子赐侯氏以车服，……傧使者诸公赐服者束帛四马，傧大史亦如之”〔以上诸侯朝觐所用〕。《聘礼》“宾觌，奉束锦总乘马”，又“君使卿韦弁归饔饩，……奉束帛……〔傧以〕马乘……束锦”，又“上介饔饩，……下大夫韦弁用束帛致之……傧之两马束锦”，又“夫人使下大夫韦弁归礼，……以束帛致之，……傧之乘马束锦”，又“〔归〕上介〔礼〕，傧之两马束锦”。〔以上大夫聘礼所用，锦亦帛类〕，《既夕礼》“公赗，玄纁束〔帛〕，马两”，《礼记·檀弓》上“伯高之丧，孔氏之使者未至，冉子摄束帛乘马而将之”，《公羊传·隐元年》“丧事有赗，赗者盖以马，以乘马束帛”，《礼记·小仪》“赙马与其币，……不入庙门”。〔以上丧礼赗赙所用，币亦即帛〕此皆帛马并用，与《诗》及金文之以丝马并用，其例适同。曰“纰之”“组之”“祝之”者，纰之言比次也，组亦聚集之意，与纰义近，祝当从《笺》读为属，《说文·尾部》“属，连也”，《礼记经解》“属辞比事”，是属纰义亦近。纰，组，祝皆束丝之法，无奥义。下文曰“畀之”“予之”“告之”告与畀予义同，详后。所畀所予所告之物，即此素丝良马也。金文每言赐旂，不知此诗“干旄”“干旟”“干旌”，亦在赠遗之列否，俟考。要之，《羔羊篇》之皮与丝为二，《传》合而为一，谓丝为裘之英饰，不知皮既非裘，丝亦非英也。《干旄篇》之丝与马亦不相谋，《传》又牵合《皇皇者华》“六辔如丝”之语，以为丝以喻辔，亦以丝马混为一谈，《笺》则蒙上文“干旄”“干旟”“干旌”之词而以丝为旌旗旒縿之属，俱不可凭。又案彝器铭文，自《守宫尊》《舀鼎》而外，未见以丝为庆赏或货币之资者，经典之言赠丝者，亦仅此二诗而已，疑赠遗用丝，乃一时特殊之风尚。郭沫若定《守宫尊》为懿王时器，《舀鼎》为孝王时器懿孝世次毗连，然则二诗亦西周末叶，懿孝前后所作欤？谨贡此疑，以竢博定。

十三　紽　沱　差池　杝

素丝五紽〔《羔羊》〕《传》：“紽，数也。”

江有沱〔《江有汜》〕《传》：“沱，江之别者。”《笺》：“岷山道江，东别为沱。”

差池其羽〔《燕燕》〕《传》：“燕之于飞必差池其羽。”《笺》：“差池其羽，谓张舒其尾翼，兴戴妫将归，顾视其衣服。”

析薪杝矣〔《小弁》〕《传》：“析薪者随其理。”《笺》：“杝谓观其理也，必随其理者，不欲妄挫折之。”

《羔羊篇》释文出它字，云“本又作佗，……或作紽”。马瑞辰曰佗即古他字。他者，彼之称也，此之别也，由此及彼，则其数为二。《管子·轻重甲篇》“〔则是农〕夫得居装而卖其薪荛，一束十他”，他一本作倍，多案《小弁传》“佗，加也”，《庄子·养生主篇》释文“倍，加也”，是他倍同义，灼然无疑。《管子》书多古字，此盖本作他，后人注其义于旁，故传写又有作倍之本。《墨子·经上篇》“倍为二也”，他与倍通，则他亦二数矣。《柏舟》“之死矢靡他”，犹云有死无二也，《小晏》“人知其一，莫知其他”，犹云知其一，不知其二也。紽通他，盖二丝之数。“当云丝之二数”案马说精核。紽有二义，则与两同，两亦倍也，《小尔雅·广度》“倍端谓之两”。丝谓之紽，犹帛谓之两，《周礼·媒氏》“凡嫁子娶妻，入币，纯帛毋过五两”，丝称五紽，亦犹帛称五两矣。紽义既明，二章之緎，三章之总，可以隅反。原本《玉篇·系部》引韩诗说曰“緎，数也”，《毛传》“总，数也”，《西京杂记》邹长倩《遗公孙宏书》曰“五丝为䌰，倍䌰为升，倍升为緎，倍緎为纪，倍纪为緵，倍緵为繸”，緵与总同。紽有倍义，而緎总均为倍数，故得与紽并举而为互文。紽緎总之实数虽异，其递进之率，皆取倍数则同。三字并举，则但论其同，不论其异。诗人用字不拘，往往如此。

凡从它声之字，多有二义，马氏已举《柏舟》《小旻》二他字证之矣。今案《江有汜篇》之沱，《小弁篇》之杝，以及《燕燕篇》“差池”之池，字亦皆从它，而义为二之引申。《江有汜》传笺并以别训沱，盖水有别流，则一水歧而为二，故谓之沱也。此诗本以江有别流，喻夫之情不专一详《汜沚》字条，则诗曰“江有沱”者，充其寄意所在，亦犹《氓篇》之曰“士贰其行”矣。《小弁篇》曰“析薪杝矣”，直谓一薪析为二耳，传笺所说，咸失之凿。《燕燕篇》曰“差池其羽”，差池者，《左传·文二年》注“忒，差也”，《释文》“差，二也”，池即沱字，沱有二义，已见上文，则二字连文，正合联绵字上下同义之例。差池并有二义，于此当训两翼舒张之貌。鸟飞则两翼见，故曰“燕燕于飞，差池其羽”。《传》说甚允，《笺》云“张舒其尾翼”，尾字可省。

十四　缝

羔羊之缝〔《羔羊》〕《传》：“缝言缝杀之大小得制。”

诗一章曰“羔羊之皮”，二章曰“羔羊之革”，三章曰“羔羊之缝”，皮革一义《传》“革犹皮也”。则缝亦当与之同。缝依字似当作韃。《集韵》引《字林》“韃，被韃也”，被韃之训，或系后起，字从革作，本字当为皮革之异名，《字林》以被韃训韃，被谓之缝，亦犹皮谓之韃矣。又案金文革作《郑虢仲簋》霸字偏旁，皮作《者减钟》，《郘□句鑃》，王国维谓者革之半字，从又持半革，故为剥去兽皮之名。《史籀篇疏证》案王说至塙，皮革不特古字形近，古语音亦近。尝疑革古读滂母，与皮为双声，故霸从革声而读若膊，《说文·雨部》“霸，雨濡革也，从雨从革，读若膊”，案当云从雨革声。又孳乳为霸。《癸簋》“既生霸”，不从月。知皮革古为双声字，则《诗》之皮革缝皆一语之转，故字虽三变，义则一而已矣。《传》释缝为“缝杀之大小得制”，失之。

十五　摽

摽有梅〔《摽有梅》〕《传》：“摽，落也。”

摽，即古抛字。《玉篇》曰“摽，掷也”，《说文新附》曰“抛，弃也”，重文作摽。《公羊传·庄二年》曰“曹子摽剑而去之”，《孟子·万章下篇》曰“摽使者出诸大门之外”，二摽字并即抛。字亦作僄，《荀子·修身篇》“怠慢僄弃”，僄弃即抛弃也。又作暴，《孟子·离娄上篇》“自暴者不可与有言也，自弃者不可与有为也”，自暴自弃即自抛自弃。掷物而弃之谓之摽，掷物以击人亦谓之摽。《说文·手部》曰“摽，击也”，又“抣，疾击也”，案抣即抛字，当为摽之重文，《广雅·释诂三》，《一切经音义》三引《埤苍》，十六引《字林》并曰“抛，击也”，可证。今有兵器曰镖，曰镖枪。案镖之言摽也。皆掷出以击人之谓也。此义古亦借暴为之，《谷梁传·宣二年》“灵公朝诸大夫而暴弹之。观其避丸也”，谓飞弹以击之也。又以同声孳乳为炮。《文选·闲居赋》“炮石雷骇”，注“炮石，今之抛石也”，案抛出以击人之石也。掷物以予人亦谓之摽，《诗》曰“摽有梅”是也。《木瓜篇》曰“投我以木瓜，报之以琼琚，匪报也，永以为好也”，当是女之求士者，相投之以木瓜，示愿以身相许之意，士亦嘉纳其情，因报之以琼瑶以定情也。《丘中有麻》曰“彼留之子，贻我佩玖”，《女曰鸡鸣》曰“知子之来之，杂佩以赠之，知子之顺之，杂佩以问之，知子之好之，杂佩以报之”，凡以玉为赠者，莫非男赠于女，〔《渭阳》以“路车乘黄”与“琼瑰玉佩”并赠，不属此例。〕此诗报琼琚者，亦当为男报女。知报者为男，则投者必女矣。秦嘉《留郡赠妇诗》“诗人感木瓜，乃欲答瑶琼”，陆机为《陆思远妇作诗》“敢忘桃李陋，侧想瑶与琼”，何承天《木瓜赋》“愿佳人之予投，想同归以托好，顾《卫风》之攸珍，虽琼瑶而匪报”，最合《诗》旨，或系三家旧义。《摽有梅篇》亦女求士之诗，而摽与投字既同谊，梅与木瓜木桃木李又皆果属，则摽梅亦女以梅摽男，而以梅相摽，亦正所以求之之法耳。意者，古俗于夏季果熟之时，会人民于林中，士女分曹而聚，女各以果实投其所悦之士，中焉者或以佩玉相报，即相约为夫妇焉。《晋书·潘岳传》“岳美姿仪，……少时常挟弹出洛阳道，妇人遇之者，皆连手萦绕，投之以果，遂满载以归”，盖犹有古俗之遗意欤？《左传·庄二十四年》曰“女贽不过榛栗枣修，以告虔也”，《礼记·曲礼下》曰“妇人之挚，椇榛脯修枣栗”，〔《疏》“椇即今之白石李也，形如珊瑚，味甜美”〕并《古微书》引《春秋元命苞》“织女星主瓜果”，似亦与此俗有关，姑附着之，以俟续证。传训摽为落，而以梅落喻女色浸衰，失之。

十六　今

迨其今兮〔《摽有梅》〕《传》：“今，急辞也。”

林义光曰：“今读为堪，堪字通作戡，昭二十年《左传》“王心弗堪”，《汉书·五行志》作“王心弗戡”，孟康曰“戡，古堪字”，又《说文》引《书》“西伯既戡黎”《尔雅》郭注引《书》作堪黎。戡亦后出字，古文省借，宜作今也。古金文伯作白，仲作中，祖作且，锡作易，并是其例。首章‘迨其吉兮’，言于众士中求吉士而嫁之，此章则已以失时为惧，故曰‘迨其堪兮’，言有可嫁者即嫁之，不暇审择也。”案林读今为堪，是也，惟首章之吉既谓吉士，《野有死麕》“吉士诱之”，《卷阿》“王多吉士”，《书·立政》“庶常吉士”。则二章之堪亦当谓堪士，核诸词例，最为显白。《吕氏春秋·报更篇》“堪士不可以骄恣有也”，是古有堪士之语。堪能义近，堪士犹能士也，《荀子·王霸篇》“足以容天下之能士矣”，《韩非子·说难篇》“今以吾言为宰虏，而可以听用而振世，此非能士〔今作仕，从《史记·老庄申韩列传索隐》引改〕，之所耻”。“迨其堪兮”，犹言庶几此所求得之士为堪士尔。《传》误读今如字而训为急辞，林氏辩之审矣。然林氏读今为堪，而释之曰“有可嫁即嫁之，不暇审择”，则是名虽易《传》而实从之，宜其进退失据，不能自圆其说也。

十七 塈 溉 介

顷筐塈之〔《摽有梅》〕《传》：“塈，取也。”《笺》：“顷筐取之，谓夏已晚，顷筐取之于地。”

溉之釜鬵〔《匪风》〕《传》：“溉，涤也。”

介尔景福〔《小明》〕《传》：“介景皆大也。”《笺》：“介，助也，神明听之，则将助女以大福。”

介尔景福〔《既醉》〕《笺》：“介，助，景，大也。成王，女有万年之寿，天又助女以大福，谓五福也。”

介尔昭明〔《既醉》〕

绥我眉寿介以繁祉〔《雝雍》〕《笺》：“安助之以考寿，与多福禄。”

是用大介我龙受之〔《酌》〕《笺》：“介，助也。……来助我者，我宠而受用之。”

《广雅·释诂三》“气，予也”，《汉书·朱买臣传》“粮用乏，上计吏卒更乞匄之”，各本匄字重出，从王念孙删。乞为气之省变，乞与匄同，皆与也，《西域传》“我匄若马”，注“匄，乞与也”。《左传·昭十六年》疏

"乞之与乞，一字也，取则入声，与则去声也"。案此相反为义之例。气既声类同，《说文》气之重文作槩是乞可通作塈若溉。《摽有梅篇》"顷筐塈之"，即顷筐乞之，以顷筐与之也。诗一章曰"其实七兮"，谓十梅摽去其七，二章曰"其实三兮"，谓又摽其三，三章曰"顷筐塈之"，则梅实都尽，并顷筐亦摽与之也。《匪风篇》"溉之釜鬵"，溉亦当读为乞，训与。诗曰"谁能亨鱼，溉之釜鬵，谁将西归，怀之好音"，《传》"怀，归也"，案怀读为归，《礼记·缁衣》"私惠不归德"，注"归或为怀。"《广雅·释诂三》"归，遗也"，遗亦与也。"溉之釜鬵"与"怀之好音"，句法同，溉之与怀之，对文也。金文乞取字多作匄，亦有作乞者，《都公諴鼎》"用气釁寿，万年无疆"，《洹子孟姜壶》"用气嘉命"，《诗》则多用介。匄介同祭部，乞在脂部，最相近，故三字通用。匄乞皆兼取与二义，介字亦然。《小明篇》"介尔景福"，《既醉篇》"介尔景福""介尔昭明"，林义光并读匄训予，得之。今案《雝篇》曰"绥我眉寿，介以繁祉"，绥读为遗，《那篇》"绥我思成"，林义光读绥为遗，云："与《烈祖篇》'赉我思成'，义正相同也，《周礼·夏采》'以乘车建绥'，郑注云'故书绥为禭'是绥遗古同音。"吴闿生说同。案此篇及《烈祖》"绥我眉寿"，《载见》"绥以〔台〕多福"，诸绥字亦并当读遗。又《易·系辞》"夫坤隤然示人简矣"，隤陆董姚并作妥，亦绥遗同音之比。遗亦与也，以当为台，我也，"绥我眉寿"与"介以台繁祉"亦对文。介亦当训与。《酌篇》曰"是用大介，我龙龚受之"，介字义同，大介犹大赐，上言介，下言受，义正相应。综之，塈溉介声近义同，并即训与之匄若乞，今俗呼与为给，亦即此字。《摽有梅传》训塈为取，似知塈即乞字，特误以乞与为乞取尔。诸介字《笺》并训为助，未塙。《匪风传》训溉为涤，《小明传》训介为大，则远失之。

十八 谓

迨其谓之〔《摽有梅》〕《传》："不待备礼也。三十之男，二十之女，礼未备，则不待礼，会而行之者，所以蕃育人民也。"《笺》："谓，勤也。女年二十而无嫁端，则有勤望之忧。不待礼会而行之者，谓明年仲春不待以礼会之也。时礼虽不备，相奔不禁。"

瑕不谓矣〔《隰桑》〕《笺》："谓，勤。……君子虽远在野，岂能不勤思之乎？宜思之也。"

谓读为归。古音喉牙不分，故读谓如归。《说文·口部》喟重文作嘳。《召旻篇》"草不溃茂"，《笺》云"溃当作彚"，而《说文》彚从胃省声，重文作蝟，是胃声与贵声同。《释名·释言语》"汝颍言贵声如归往之归"。然则谓亦可读如归矣。声同则义通。谓有趣义。《列子·说符篇》注"谓者所以发言之指趣"，《汉书·杨王孙传》注"谓者名称也，亦指趣"。《华严经音义》下引《汉书音义》"谓者，指趣也"。《墨子·经上篇》"谓，移举加也"，移此举以加之于彼，即有所趣向归往之义。《淮南子·原道篇》注"趣亦归也"。盖谓之与归，本为一语，其分也，则意之所趣谓之"谓"，身之所趣谓之"归"，其合也，则"归"属身言，而意有所趣亦谓之"归"，汉严遵著书名《老子指归》是也，"谓"属意言，而身有所趣亦谓之"谓"，《诗》"迨其谓之""瑕不谓矣"是也。《说文》"谓，报也"。报赴古通，《礼记·少仪》"毋报往"，注"报读赴疾之赴"，《古诗为焦仲卿妻作》"吾今且报府"，即赴府。谓报义同，归赴义同，报赴可通，则谓归亦可通。《摽有梅篇》曰"求我庶士，迨其谓之"，犹言求我庶士，庶几归之，《隰桑篇》曰"心乎爱矣，瑕不谓矣"，犹言心既爱之，胡不归之也。归即"之子于归"之归。《摽有梅传》曰"礼未备，则不待礼句读从马瑞辰，会而行之"，行即"女子有行"之行，古谓女子适人为行也。《文选》江文通《杂体诗》注引《宋玉集·高唐赋》"我，帝之季女，未行而亡"，《列女传》四《鲁寡陶婴传》"虽有贤雄兮，终不重行"，《仪礼·丧服》"子嫁返"注"凡女行于大夫以上曰嫁，行于士庶人曰适人"，《释名·释亲属》"兄弟之女为侄，侄，迭也，共行事夫，更迭进御也"，陈琳《饮马长城窟行》"结发行事君"，诸行字义与此同。《传》以"行之"释"谓之"，似正读谓为归。《笺》申《传》曰"时礼虽不备，相奔不禁"，当矣，顾又训谓为勤，则仍未达夫经旨。《隰桑笺》亦训谓为勤，误与前同。

十九　抱

抱衾与裯〔《小星》〕《笺》："裯，床帐也。诸妾夜行，抱衾与床帐，待进御之次序。不若，亦言尊卑异也。"

《序》说此诗为"夫人无妒忌之行，惠及贱妾，进御于君"，其言甚鄙，且于文义亦多不可通。自来解者，惟王质曰"妇人送君子以夜而行，事急则人劳"，最为明通。然窃疑此行亦非必远道行役。凡《诗》言"在公"，皆谓在公所在之地，《采蘩篇》曰"公侯之宫"，又曰"夙夜在公"，《有駜篇》曰"夙夜在公，在公饮酒"，《臣工篇》曰"敬尔在公"，《序》以为"诸侯助祭遣于庙"之诗，并可参验。他若《羔羊篇》之"退食自公"，《东方未明篇》之"自公召之""自公令之"，公亦皆谓公之所在地，而《七月篇》曰"献豜于公"，《大叔于田篇》曰"献于公所"尤为明证。明乎此，则《小星篇》之"夙夜在公"，只是辨色入朝而已，因之“抱衾与裯”即不得如姚际恒所云“犹后人言襆被之谓”，审矣。今案抱当读为抛。包从勹声，尥亦从勹声，二字古为同音。《史记·三代世表》“姜嫄以为〔后稷〕无父，贱而弃之道中，牛羊避不践也，抱之山中，山者养之”，钱大昕谓抱即抛字，《北堂书钞》四四引曹羲《肉刑论》“蛇蝮螫手，则士断其腕系蹶原误号在足，则虎抱原误跑其蹯”，抱其蹯即抛其蹯也，又《玉台新咏》十《近代吴歌》“芙蓉始结叶，抛艳未成莲”，《乐苑》抛作抱，并二字古通之证。“抛衾与裯”者，妇人谓其夫早夜从公，抛弃衾裯，不遑寝息，殆犹唐人诗“辜负香衾事早朝”之意与。其在三百篇中，则《鸡鸣·东方未明》并与此诗情事如一，惟《东方未明》怒夫之“不能辰夜”，辞忿而意荡，《小星》惜夫之抛弃衾裯，言婉而情正，《鸡鸣》则趣夫早起，爱之以德，语重而心长，此其异尔。《笺》沿旧说读抱如字，非是。

二十　命

实命不同〔《小星》〕《传》：“命不得同于列位也。”《笺》：“谓诸妾肃肃然夜行，或早或夜，在于君所，以次序进御者，是其礼命之数不同也。凡妾御于君不当夕。”

实命不犹《传》：“犹，若也。”《笺》：“不若，亦言尊卑异也。”

命彼倌人〔《定之方中》〕

不知命也〔《蝃蝀》〕《传》：“乃如是淫奔之人也，不待命也。”《笺》：“又不知昏姻当待父母之命。”

舍命不渝〔《郑羔裘》〕《笺》:“是子处命不变,谓守死善道,见危授命之类。”

我闻有命〔《唐扬之水》〕《传》:“闻曲沃有善政命,不敢以告人。”

《蝃蝀篇》“不知命也”,传笺并释为父母之命,最墒,传笺此解,当以读知为待为先决条件。知待古通,有说别详。自余诸命字则皆谓君命。金文令命同字,经传亦每通用,《小星篇》二命字实即《东方未明篇》“自公令之”之谓。《礼记·玉藻》“朝,辨色始入,君日出而视之”。此诗盖以急事特召,早于当时,故曰“实命不同”“实命不犹”。《东方未明》与《小星》情事本同,二诗合读,词旨自明参阅上条。金文屡言“舍命”,其义与敷命,施命同。林义光于省吾俱有说,不备引。《羔裘篇》“舍命不渝”,戴震以命为君命,证之金文而益信。《扬之水篇》“我闻有命”,《传》曰“闻曲沃有善政命”,是亦以命为君命。《定之方中篇》“命彼倌人”之为君命于臣,无待诠释。以上《国风》中诸命字,用为名词者五,用为动词者一,要皆谓人事中上施于下之命令,而非天道中天授于人之命数,如修短之期,穷达之分诸抽象观念。《小星传》曰“命不得同于列位”,《羔裘篇》曰“见危授命”,皆以人事之命为天道之命,断不可从。《笺》释《羔裘》之命为礼命,亦非。《周礼·小宰之职》“五曰听禄位以礼命”,先郑注曰“礼命谓九赐也”,后郑彼注曰“礼命,礼之九命之差等”。《笺》既以贱妾进御于君释此诗,不知九赐九命之事与贱妾何与?若朱子训《蝃蝀》之命为“正理”,则又以宋儒心性之学说诗矣。《诗》中命字凡数十见,自来于《国风》中一部分之命字,误解最深,即《雅》《颂》中诸命字,虽多属天道之命,然核其涵义,亦与后世微异。今先取《国风》中诸命字,最而论之，去其氛障，求其通谊，以备治先秦思想者采择焉。

二十一 汜 沚

江有汜〔《江有汜》〕《传》："决复入为汜。"

湜湜其沚〔《谷风》〕《笺》："小渚曰沚。"

《江有汜篇》一章曰"江有汜"，二章曰"江有渚"，三章曰"江有沱"，《传》曰"水岐成渚"，今本上有"渚，小洲也"四字，《释文》云"本或无此注"，陈奂云当据删，今从之。又曰"沱，江之别者"，歧别义同，是渚与沱皆江之枝流也。渚沱之义如此，汜亦宜然。《汉书·叙传》"芊疆大于南汜"，注"汜，江水之别也"，最为塙诂。《传》曰"决复入为汜"。水决则歧出，以决释汜，固无不可耳。"复入"二字则断非汜义，特因下文"其后也悔"，而傅会之耳。《说文》"汜，水别复入水也"，水别犹言水之别枝，汜之义只此，"复入水"三字承毛之误。然则诗称江汜云云者，究何所取义乎？曰：此当与《氓篇》参互求之。《氓篇》"淇则有岸，隰则有泮"，《笺》曰："言淇与隰皆有崖岸以自拱持，今君子放恣心意，曾无所拘制。"案妇人盖以水喻其夫，以水道自喻，以佛洛德学说观之，此自为一种象征。而以水之旁流枝出不循正道者，喻夫之情爱别有所属。诗意谓淇隰有崖岸以自拱持，故得循其正道，而不旁流枝出。人亦当以礼自拘制，勿使其情泛滥而不专一，今君子二三其德，情爱旁移，斯淇隰之不足喻耳。《江有汜篇》取兴与此略同。诗人盖以江水之别出而为汜为渚为沱，喻夫德之不专，下文"之子〔于〕从鲁诗增归"之子，新人也，“不我以”，新人归则旧人弃也。《氓篇》以淇隰之不别出讽夫以守正，《江有汜篇》以江之别出喻夫之失德，虽语有反正，而所以取喻者则同。二篇之喻意既明，乃可以读《谷风》。《谷风篇》曰“泾以渭浊，湜湜其沚，宴尔新昏，不我屑以”，下二句与《江有汜》“之子〔于〕归，不我以”，语意适同。《笺》曰“小渚曰沚”，渚即《江有汜传》“水歧成渚”之渚，因之，沚亦水之枝流也。实则已止声同之部，义本相通，沚即汜字耳。《诗》曰“泾以渭浊，湜湜其沚”者，以读为与，谓泾与渭同流则浊，及其溢为枝流，则湜湜然清，以喻夫与己居则异心，与新人居则和乐，下云“宴尔新昏，不我屑以”，即申此义也。此亦以水为喻，而造意与前二篇微异。《笺》曰“泾水以有渭，故见渭浊，……喻君子得新昏，故谓己恶也，己之持正守初如沚然不动摇”，殆不可从。

二十二　处　癙　鼠

其后也处〔《江有汜》〕《传》：“处，止也。”

癙忧以痒〔《正月》〕《传》：“癙痒皆病也。”

鼠思泣血〔《雨无正》〕《笺》：“鼠，忧也。”

《正月篇》“癙忧以痒”，《传》“癙痒皆病也”，王引之谓痒既训病，则癙不得复训为病，癙与忧连文，癙亦忧也。《雨无正》“鼠思泣血”，《笺》“鼠，忧也”，癙忧犹鼠思耳。案王说是也。《江有汜篇》“其后也处”，处亦疑当读为癙，训忧。癙处音同，并阴声模部透母例得相假。

知之者：《山海经·中山经》"脱扈之山，有草名曰植楮，可以已癙"，注"癙，病也"字一作鼠。《淮南子·说山篇》"狸头愈鼠，《山海经·中山经》注，《御览》七四二，九一二并引作癙。鸡头已瘘，䖟散积血，斫木愈龋，此类之推者也。"又作处。《吕氏春秋·爱士篇》："赵简子有两白骡而甚爱之。阳城胥渠处，广黄门之官宦夜款门而谒曰：'主君之臣胥渠有疾，医教之曰，得白骡之肝，病则止，不得则死。'"注"处犹病也"。朱骏声谓处为癙之借字，殆不可易。今案训病之癙通作处，则训忧之癙亦可通作处。盖病之与忧，义本相成，古人于心理之苦痛与生理之苦痛不甚区别，故病忧互训。《礼记·杂记》下篇"病不得其众也"，注"病犹忧也"，《孟子·公孙丑》下篇"有采薪之忧"，注"忧，病也"。故癙训病亦训忧，处训病亦训忧。《江有汜》一章曰"其后也悔"，《说文·心部》"悔，恨也"，恨忧义近。三章曰"其啸也歌"，亦谓忧伤之情，发为歌啸，他篇有单言啸者，如《中谷有蓷》"条其歗矣"与"嘅其叹矣""啜其泣矣"并举，有单言歌者，如《园有桃》"心之忧矣，我歌且谣"，《四月》"君子作歌，维以告哀"，有啸歌连言者，如《白华》"啸歌伤怀"，并可互证。一章之悔，三章之啸歌，皆与忧相关，则二章之处亦当训忧。《十月之交》"亦孔之痗"，释文"痗本又作悔"，《尔雅·释诂》释文痗兼昧晦二音，是悔痗本为一字。《伯兮》《十月之交》两传并云"痗，病也"。悔训病亦训恨，与处训病亦训忧，其例亦同。《传》训处为止，斯为皮相矣。虽然，训病之字似本当作处，鼠癙皆后起。《说文·匸部》"匿，侧逃也，从匸丙声"。《淮南子·原道篇》"侧溪谷之间"，注"侧，伏也"，《周礼·保章氏》疏引《洪范五行传》"朔而月见东方谓之侧匿"，侧匿连言，侧亦匿也，《荀子·荣辱篇》注"逃，隐匿其情也"，《强国篇》注"逃谓逃匿其情"，是侧也，逃也，皆伏匿不出之谓。甲金文丙与内同，内又与入通，是㔷从丙犹从入，故训侧逃。又㔷丙双声，㔷从丙得声，丙当读如内，乃见得声之由。㔷孳乳为陋，《尔雅·释言》"陋，隐也"，《书·尧典》"明明扬侧陋"，侧陋犹今言隐逸，亦伏匿不出之谓也。㔷从丙声，义为伏匿，病亦从丙声，其本义亦当为病者伏匿不出。病有匿义，处亦有匿义，隐匿不出之女谓之处女，隐匿不仕之士谓之处士。故病亦谓之处。处鼠音同，鼠之为物，昼伏夜出，常隐匿而不可见，鼠之得名，或即受义于处，然则处鼠不惟音同义亦相通。因之处又或假鼠为之，以其为病名，乃又加疒作癙。然则处，正字也，鼠，假声字也，癙，假声兼意符之孳乳字也。癙行而处晦，俗师又竟以鼠说癙义，高注《淮南》谓为鼠啮人疮，孙炎注《尔雅》又曰"癙者畏之病也"，则谓鼠性畏怯，病者多畏，似之，因谓之癙。既以癙为鼠致之病，或似鼠之病，于是"狸头愈鼠"之说从而兴焉。《御览》九一二引《淮南》许注曰"狸食鼠"，《物类相感志》又引曰"狸执鼠，故愈也"。于是言此字之沿革者，鲜不倒因为果，谓癙为正字，鼠为渻字而处为借字者矣。

二十三　唐棣　帷裳　常棣　维常

唐棣之华〔《何彼襛矣》〕《传》："唐棣，移也。"《笺》："喻王姬颜色之美盛。"

渐车帷裳〔《氓》〕《传》："帷裳，妇人之车也。"《笺》："帷裳，童容也。"

常棣之华鄂不韡韡〔《常棣》〕《传》："兴也。常棣，棣也。鄂犹鄂鄂然，言外发也。韡韡，光明也。"《笺》："承华者曰鄂。不当作拊，拊，鄂足也。鄂足得华之光明，则韡韡然盛。兴者，喻弟以敬事兄，兄以荣覆弟，恩义之显，亦韡韡然。”

维常之华〔《采薇》〕《传》：“常，常棣也。”《笺》：“此言彼尔者乃常棣之华，以兴将率车马服饰之盛。”

《氓篇》“渐车帷裳”《笺》曰“帷裳，童容也”，案妇人之车以帷障其旁如裳，《列女传》四《齐孝孟姬传》“野处则帷裳拥蔽”是也。一曰裳帏。《周礼·巾车》“王后之五路……皆有容盖”，郑司农注“容谓之幨车，山东谓之裳帏，或曰潼幢容”。幨字一作裧，《仪礼·士昏礼》“妇车有裧”，注“裧，车裳帏”，《诗·氓》正义引注裧作襜，襜即幨字。《既夕记》“主妇车，疏布裧”，注“裧者，车裳帏，于盖弓垂之”。此皆妇人之车也。然《礼记·杂记》曰“其輤有裧，缁布裳帷”，是丧车亦有裳帷。或曰《记》以裧与裳帷并举，似别为二物，而二郑并以裧即裳帷，何也？曰：裧也，裳帷也，对文异，散文通。其制，张盖于车上，冒之以布，自上四旁垂而下。析而言之，盖于上者谓之裧幨垂于旁者谓之裳帷，故《杂记》以裧与裳帷并举，而《诗》“渐车帷裳”，易顺鼎谓渐车即裧车，亦以渐与帷裳为二。易谓渐裧古音同部，《淮南子·兵略篇》“剡揕筡”，注“揕，剡锐也”，渐与裧通，犹揕与剡通。“淇水汤汤，渐车帷裳”，与《竹竿篇》“淇水悠悠，桧楫松舟”，句法正同。然盖与布实不可分离，故言襜亦可包裳帏，言裳帏亦可包襜，《士昏礼》注“有容则固有盖”，容即裳帏，盖即襜也。《氓》正义“帷裳一名童容，童容与襜别，司农云谓襜车者，以有童容上必有襜，故谓之为襜车也”。此说得之。因之，襜与裳帏又俱为大名，而可互训，先郑谓幨车谓之裳帏，后郑以裧为车裳帏，即此义也。知裳帏一曰襜，则《战国策·齐策》“攻城之费，百姓理襜蔽，举冲橹”，《淮南子·泛论篇》“隆冲以攻，渠幨以守”，注，幨，幰也，所以御矢也。《兵略篇》“虽有薄缟之幨，腐荷之橹，然犹不能独穿也”，曰襜曰幨并即裳帏矣。此兵车亦有裳帏之证也。《采薇篇》曰“彼尔薾维何，维常之华，彼路斯何，君子之车”，此出师之诗，维常即帷裳，亦即《国策》之襜，《淮南》之幨。四句皆以车言，谓彼薾然繁盛者何，帷裳之华饰也，彼路然而大者何，君子之车也。《笺》“君子谓将率”。《何彼襛矣篇》曰“何彼襛矣，唐棣之华，曷不肃雍，王姬之车”，句法与《采薇》四句适同，则上二句亦当指车服之饰。帷裳一称裳帷详上，疑唐棣当读为裳帷，裳唐古音同，《诗》唐棣一作常棣可证。帷棣声同脂部，而隹在端母，隶在定母，古读不分，是帷棣古亦同音。更列三事以明之。（一）《说文》隷从隶声，读若隗，《周礼·司尊彝》“祼用虎彝蜼彝”，郑司农读蜼为隗，《淮南子·修务篇》“嫫母仳倠”，高注“倠读近隗”。（二）肆《说文》作肆，从隶声，《书·汤诰》“肆台小子”，《墨子·兼爱下篇》作“惟予小子履”，《诗》《书》之发语词肆字，多可译作惟，此意前人未发。《左传·成十三年》“昔逮我献公及穆公相好”，即昔惟我献公及穆公相好也，逮与遝通，《墨子·非攻下篇》“今遝夫好攻伐之君，又饰其说以非子墨子”，即今惟夫好攻伐之君也。《离骚》“惟夫党人之偷乐兮”，亦惟夫连用之例。（三）《蔽笱篇》“其鱼唯唯”，《笺》曰“唯唯，行相随顺之貌”，案《说文》“隶，及也”“逮，唐逮，及也”，行相随顺即前后相及之意，是唯唯即逮逮也。《释文》引韩诗作遗遗，逮遗亦声近可通。《说文》“隸，卧息也”“喟，大息也”，重文作嘳。案隸嘳喟一字。裳与唐，帷与棣，古音既同，而核诸文义，句中所指，又非车服莫属，则唐棣即裳帷，殆无可疑。且非如此，“何彼襛矣”之襛字从衣之故，亦难以解答。《五经文字》“襛字见《诗风》，从禾者讹”，案《说文·衣部》襛字下引此诗，萧子显《代美女篇》“繁襛既为李，照水亦成莲”，字亦作襛，益信俗本从禾之误。此虽半字之差，其关系于诗义者则甚大也。《常棣篇》曰“常棣之华，鄂曷不韡韡，凡今之人，莫如兄弟”，《序》以为燕兄弟之诗，疑首二句只谓兄弟偕来，其车饰之盛，有如此者。常即衣裳本字，棣亦当读为帷。“常棣之华，鄂曷不韡韡”，与“何彼襛矣，唐棣之华”语意全同，但二句互易其次尔。要之，《采薇篇》之“维常”即《氓篇》之“帷裳”，倒言之则曰裳帷，其名见于《礼·杂记》，帷或作帏，见于《周礼》先郑注者一，见于《仪礼》后郑注者二，《常棣篇》之“常棣”，《何彼襛矣篇》之“唐棣”，并即常帷也。传笺于“唐棣”“常棣”，并“维常”之常，概以木名当之，又读维为语词，宜其说之不可通矣。

原载《清华学报》第十二卷第一期，民国二十六年一月。

诗经通义

目录

109 周　南
109 关雎
115 葛覃
116 卷耳
119 桃夭
120 兔罝
126 芣苢
128 汉广
129 汝坟
135 麟之趾
137 召　南
137 甘棠
139 行露
141 羔羊
146 摽有梅
152 小星
155 江有汜
159 野有死麕
161 何彼襛矣
165 邶　风
165 柏舟
168 绿衣
169 燕燕
172 日月
176 终风
177 击鼓
179 凯风
187 匏有苦叶
192 谷风
195 旄邱
196 泉水
198 静女
200 新台
205 二子乘舟

周南

关雎

关关雎鸠 《传》："雎鸠，王雎也，鸟挚而有别。"《笺》："挚之言至也，谓王雎之鸟，雌雄情意至，然而有别。"

维鸠居之 〔《召南·鹊巢》〕《传》："鸠，鸤鸠，秸鞠也。鸤鸠不自为巢，居鹊之成巢。"《笺》："鸤鸠因鹊成巢而居有之，而有均壹之德，犹国君夫人来嫁，居君子之室，德亦然。室，燕寝也。"

于嗟鸠兮 〔《卫风·氓》〕《传》："鸠，鹘鸠也。"《笺》："鸠以非时食葚，犹女子嫁不以礼，耽非礼之乐。"

鸤鸠在桑 〔《曹风·鸤鸠》〕《传》："鸤鸠，秸鞠也。鸤鸠之养子朝从上下，莫从下上，平均如一。言执义一，则用心固。"

案本篇传云"挚而有别"者，雌雄情意专一，不贰其操之谓。《淮南子·泰族篇》曰"《关雎》兴于鸟，而君子美之，为其雌雄不乖王念孙谓乘之误，非是。有说别详。居也"，不乖居犹言不乱居。《后汉书·明帝纪》注引薛君《韩诗章句》曰"雎鸠贞洁慎匹"，慎匹即不乱其匹，亦犹《素问·阴阳自然变化论》曰“雎鸠不再匹”，张超《诮青衣赋》曰“感彼关雎，性不双侣”也。凡此并即专一之意。而《易林·晋之同人》曰“贞鸟雎鸠，执一无尤”，义尤显白。此皆“有别”二字之确解也。然则正惟“雌雄情意至”，乃能“有别”，《笺》曰“雌雄情意至，然而有别”，殊失《传》旨。

《鸤鸠篇》一章曰：“鸤鸠在桑，其子七兮。淑人君子，其仪一兮，其仪一兮，心如结兮。”仪当训匹详《鄘风·柏舟篇》，一谓专一。三章曰“其仪不忒”，《释文》“忒本或作贰”。“其仪不贰”，正犹上揭诸书言“不乖居”“不再匹”“不双侣”也。《荀子·劝学篇》曰：“行衢道者不至，事两君者不容。目不能两视而明，耳不能两听而聪。螣蛇无足而蜚，梧鼠五技而穷。《诗》曰‘尸鸠在桑，其子七兮。淑人君子，其仪一兮，其仪一兮，心如结兮’，故君子结于一也。”《淮南子·诠言篇》曰“贾多端则贫，工多技则穷，心不一也。有百技而无一道，虽得之，弗能守。故《诗》曰‘淑人君子，其仪一也，其仪一也，心如结也’君子其结于一乎！”二书均言“结于一”，是训一为专一。此鲁说也。《易林·乾之蒙》曰“鳲鸠鸤鸠，专一无尤，君子是则，长受嘉福”，《随之小过》曰“慈鸟鸤鸠，执一无尤，寝门内治，君子悦喜”。以“专一”“执一”释《诗》“一”字，此齐说也。又曰“寝门内治”，则所谓“执一”者，明指夫妇之情。执一不渝，是其训仪为匹，抑又可知。毛读仪为义，因不得不训一为均一，而释为父母对七子之情“平均如一”，失之远矣。《鹊巢》之鸠，亦以比妇人专一之德。《笺》曰“鸤鸠……有均一之德”，此则又缘《鸤鸠篇传》义而误。

鸠之为鸟，性至谨悫，而尤笃于伉俪之情，说者谓其一或死，其一亦即忧思不食，憔悴而死。封建社会所加于妇女之道德责任，莫要于专贞，故《国风》四言鸠，皆以喻女子。雎鸠既称鸠，又为女子之象征，则必与鸤鸠，鹘鸠同类。乃自来说雎鸠者，咸以为鹰鹫雕鹗之类，此盖因《左传·昭十七年》"雎鸠氏司马也"而误。不知《诗》之雎鸠，与《左传》之雎鸠，名虽同物而实则异指。旧传鹰与鸠转相嬗化，见《月令·王制》《吕览》《夏小正》。《左传》五鸠之雎鸠司马，爽鸠司寇，皆神话中与鹰相化之鸠。《诗》之雎鸠，以兴女子，乃真生物界之鸠。学者不察，混为一谈，过矣。

《左传·昭十七年》郯子曰："我高祖少皞之立也，凤鸟适至，故纪于鸟，为鸟师而鸟名。凤鸟氏历正也，玄鸟氏司分者也，伯赵氏司至者也，青鸟氏司启者也，丹鸟氏司闭者也。祝鸠氏司徒也，雎鸠氏司马也，鸤鸠氏司空也，爽鸠氏司寇也，鹘鸠氏司事也——五鸠，鸠民者也。五雉为五工正，利器用，正度量，夷民者也。九扈为九农正，扈民无淫者也。"此上世图腾社会之遗迹也。三百篇中以鸟起兴者，不可胜计，其基本观点，疑亦导源于图腾。歌谣中称鸟者，在歌者之心理，最初本只自视为鸟，非假鸟以为喻也。假鸟为喻，但为一种修词术；自视为鸟，则图腾意识之残余。历时愈久，图腾意识愈淡，而修词意味愈浓，乃以各种鸟类不同的属性分别代表人类的各种属性，上揭诸诗以鸠为女性之象征，即其一例也。后人于此类及汉魏乐府"乌生八九子""飞来双白鹄""翩翩堂前燕""孔雀东南飞"等，胥以比兴目之，殊未窥其本源。

窈窕淑女　详〔《陈风·月出》〕

君子好逑　《传》："逑，匹也。言后妃有关雎之德，是幽闲贞专之善女，宜为君子好匹。"《笺》："怨耦曰仇。言……贞专之善女，能为君子和好众妾之怨者。"

公侯好仇　〔《兔罝》〕《笺》："怨耦曰仇。此兔罝之人，敌国有来侵伐者，可使和好之。"

永以为好也　〔《卫风·木瓜》〕《笺》："……欲令齐长以为玩好，结己国之恩也。"

案好字从女从子，其本义，动词当为男女相爱，名词当为匹耦，形容词美好，乃其义之引申耳。好本训匹耦，引申为美好，犹丽本训耦俪，引申为美丽也。匹耦之义，何因而得引申为美好乎？曰：称字本只作爯，古作㝬，从二手，故《说文》曰"爯，并举也"。今曰对称，配称，即用此义。《尔雅·释言》曰"称，好也"。《释文》"称，尺证切"。《论衡·逢遇篇》曰"形佳骨娴，皮媚色称"，谓色好也，《定贤篇》曰"骨体娴丽，面色称媚"，犹言媚好也。案对称为美学基本原则之一，原始装饰艺术应用对称原则，尤为普遍，故古人言"称"即等于言"好"，而好丽诸字之所以训美，实以其本义皆为匹耦也。上列各诗好字皆用本义。《木瓜》"永以为好也"者，永以为偶也。本篇"君子好逑"者，训匹，"好逑"叠韵连语，犹匹耦也。《太玄》五《内》初一"谨于媐㧑，初贞后宁"，范望注曰"㧑，匹也。谨其媐匹，男女道正，故贞"，《释文》曰"媐㧑，古妃仇字"。好逑之语，犹媐㧑，妃仇也。《传》曰"宜为君子好匹"，盖读为形容词好善之好，《笺》更牵合《左传》

"怨耦曰仇"之说桓二年，而读好为动词和好之好，均非《诗》谊。

匹偶之义本指夫妇，然亦通于朋友君臣之际。《大雅·假乐篇》"率由群匹"，《笺》曰"循用群臣之贤者，其行能匹耦已之心"。《晋语》三"若狄公子，吾是之依兮，镇抚国家，为王妃兮"，韦注曰"言重耳当伯诸侯，为王妃偶"，妃亦匹也。《左传·昭三十二年》曰"故天有三辰，地有五行，体有左右，各有妃耦。王有公，诸侯有卿，皆有贰也"。《汉书·扬雄传》曰"揆逑索偶，皋伊之徒"，《董仲舒传赞》曰"伊吕乃圣人之偶"。偶亦谓之合，《春秋繁露·楚庄王篇》曰"百物皆有合，合之偶之，仇之匹之，善矣"。《基义篇》曰"臣者君之合"，《离骚》曰"汤禹严而求合兮"，即求偶也。《兔罝篇》曰"公侯好仇"，犹言公侯之匹耦，亦就君臣之际言之。且一章曰"公侯干城"，三章曰"公侯腹心"，"干城""腹心"皆二名词平列而义复相近，依本书词例，二章之"好仇"，当与彼同。诚如《笺》说，释好为和好，则词例参差矣。以是明其不然。《学斋占毕》二引《尚书大传·微子歌》曰"麦秀渐渐兮，禾黍油油，彼狡童兮，不我好仇"。(《乐府诗集》五七同)此虽用为动词。与诗微异，然以二字平列为叠义连语，则犹不失古意。

寤寐思服 《传》："服，思之也。"《笺》："服，事也。求贤女而不得，觉寐则思己职事，当谁与共之乎。"

顾我复我出入腹我 〔《小雅·蓼莪》〕《传》："腹，厚也。"《笺》："顾，旋视也。复，反覆也。腹，怀抱。"

无思不服 〔《大雅·文王有声》〕《笺》："……自四方来观者，皆感化其德，心无不归服者。"

是顾是复 〔《大雅·桑柔》〕《笺》："有忍为恶之心者，王反顾念而重复之。”

《初学记》一七引诗“出入复我”，黄生疑即《蓼莪篇》三家异文。案黄说近确。毛作腹，正当读为复。此“复我”即叠上“顾我复我”句中之文。复者，上文“拊我畜我，长我育我”，拊畜同义，长育同义，此文“顾我复我”，顾复亦当同义。《桑柔篇》上文“弗求弗迪”，求迪义近，则下“是顾是复”，顾复亦然。顾，念也，复亦训念。复之义为往复，往复思之亦谓之复。《说文》曰“念，常思也”，常思即往复思之，故念亦谓之复。《庄子·徐无鬼篇》曰“以目视目，以耳听耳，以心复心”，即以心念心也。《田子方篇》“吾服女也甚忘”成本服作复，疏曰“复者寻思之谓也”，寻思即念也。乐府《妇病行》曰“思复念之”，复念叠义连语，复亦念也。复与伏通。《楚辞·七谏·沈江》曰“伏念思过兮，无可改者”，伏念即复念。又与服通。《书·康诰》曰“要囚服念五六日”，服念亦即复念。《庄子·田子方篇》“吾服女也甚忘”，郭注曰“服者思存之谓”，思存即思念。本篇“寤寐思服”，即思复，犹言思念也。《传》文疑当重服字，作“服，服思之也”。言往复思之，即念之也。今本脱一服字，则思下“之”字，殆成赘文。《笺》改训事，而释为“思己职事当谁与共之乎”，迂曲已甚。《文王有声篇》“无思不服”，即无思不复。谓每思必往复追怀，不能自已，盖极言其思之之甚也。思之甚即念矣。《笺》训服为归服，王引之更读思为语词，以曲成其说，亦千虑之一失耳。《韩诗外传》五曰“《关雎》之事大矣哉！冯冯翼翼，自东自西，自南自北，无思不复。子其勉强之，思服之”。曹大家《雀赋》曰“自东西与南北，咸思服而来同”。是两汉人犹知《文王有声》“无思不服”之思服，即《关雎》“寤寐思服”之思服，其不以思为语词明矣。

葛覃

言告师氏 《传》：“师，女师也。古者女师教以妇德，妇言，妇容，妇功。祖庙未毁，教于公宫三月。祖庙既毁，教于宗室。”《笺》：“我告师氏者，我见教告于女师也。”

楀维师氏 〔《小雅·十月之交》〕《笺》：“师氏……掌司朝得失之事。”

趣马师氏 〔《大雅·云汉》〕《传》：“岁凶年谷不登，则……师氏弛其兵。”

案古者女子将嫁，师氏教以事人之道，所谓“妇德，妇言，妇容，妇功”，是也。《白虎通·嫁娶篇》曰：“妇人所以有师何？学事人之道也。……国君取大夫之妾，士之妻，老无子，而明于妇道者，又禄之，使教宗室五属之女。”《仪礼·士昏礼》郑注曰“姆，妇人年五十无子，出而不复嫁，能以妇道教人者”，姆即师氏详下。如班郑所云，其人既为大夫之妾，士之妻，老而无子，又出而不复嫁，则师氏之名，虽若甚尊，其职则甚卑。因知所谓德言容功者，亦不过伦常日用之委琐细故，论其性质，直今佣妇之事耳。《说文》曰“娿，女师也，……读若阿”，“娒，女师也，……读若母”，是女师一曰娿娒者，即《史记·仓公传》之“阿母”。今呼佣妇或曰阿妈，即阿母矣。师氏或以男为之。《墨子·尚贤下篇》曰“伊尹为莘氏女师仆”，师仆即师氏之男者。谓之仆，则其地位之低可知。要之，女师之职，略同奴婢，特以其年事长而明于妇道，故尊之曰师，亲之曰姆（母）耳。《诗》曰“言告师氏，言告言归：‘薄污我私！薄澣我衣！’”告者，告师氏为己澣衣也，“薄”为命令之词。师氏本封建贵族之一种家庭奴隶，故诗人之言如此。传笺专就其教人之事言之，则一若其道甚严而位甚尊者，此不可不辩也。

《十月之交》《云汉》两师氏皆男官。《十月之交篇》以膳夫，内史，趣马，师氏相次，《云汉篇》以趣马，师氏，膳夫相次。于《周礼》序官，内史，师氏并中大夫，膳夫上士，趣马下士。或晚周之制如此。周初师氏与膳夫，趣马，秩位当不相上下，故诗人错互称之。《周礼·师氏职》曰：“居虎门之左，司王朝。……凡祭祀宾客会同丧纪军旅，王举（与）则从。听治，亦如之。使其属帅四夷之隶。各以其兵服守王之门外，且跸。朝在野外，则守内列。”此其职事，多与虎贲氏，司隶，阍人，隶仆等为官联，其初或系同官，亦未可知。陈奂疑师氏与虎贲氏初本同官，近确。由是观之，师氏职位，本近鄙贱。男官如此，女官从可知焉。

卷耳

我马虺隤 《传》：“虺隤，病也。”《笺》：“身勤劳于山险，而马又病。”

案古言疲劳力竭，不能自胜，亦谓之病。《孟子·公孙丑上篇》“今日病矣”，赵注曰“病，罢也”，《素问·宣明五气论》王注曰“病谓少不自胜也”，本篇“虺隤”“玄黄”“瘏”“痡”，《传》皆训病，即用此义。《正义》引孙炎《尔雅注》曰“虺隤，马罢不能升高之病”，又曰“痡，人疲不能行之病，瘏，马疲不能进之病”，深合《传》意。惟虺隤乃病之征象，《传》以病释虺隤，乃以原因释现象，非谓虺隤即病也。孙谓“马罢不能升高之病”，亦但探诗意为说。实则“虺隤”之本义，非特不必与马有关，亦且不必与病相涉。孙以个别现象释一般现象，衡之训诂学原则，似未符合。今案《说文》曰“尣，㝸（跛）曲胫也”，重文作尪。今隶从尣之字，多变作尢。虺字疑当作尵，从尣虫声。尵即诗“虺隤”本字，胫无力尪跛不支貌也。今误从兀，则尵之别体。《集韵》虺隤正作尵隤。《广韵》曰“尵𡯴，行病”，尵𡯴与尵𡯴同，行病即行无力也。尵𡯴叠韵连语，𡯴若读从贵声，则与虺亦双声。义犹虺也。惟古无𡯴字，故以隤为之。《易·系辞下传》马注曰“隤，柔貌”，《说文》曰“隤，下队（坠）也”。柔也，下坠也，并与无力之义相因。虺隤字或变作威夷。《尔雅·释兽》“威夷，长脊而泥”，郭注曰“泥，少才力”。泥与苶通，《庄子·齐物论篇》“苶然疲役而不知所归”，《释文》引简文注曰“苶，疲病困之状”。案威夷为胫无力不支之貌，此兽力少行难，故名威夷。自尵字相沿皆误从兀，而本义晦，书传遂皆以为虫之异文，虺虫混而诗“虺隤”之语无达诂矣。今据《集韵》定尵为虺之正体，庶几诗意略明，而《传》所以训虺隤为病之故，亦可得而言之。

我马玄黄 《传》：“玄马病则黄。”

载玄载黄 〔《豳风·七月》〕《传》：“玄，黑而有赤也。朱，深纁也。……祭服玄衣纁裳。”《笺》：“凡染者，春暴练，夏纁玄，秋染夏。为公子裳，厚于其所贵者说也。”

案玄黄者，诗人所拟想马视觉中之变态现象。凡人或因疲极，或由惊怖，每致瞑眩，后世谓之眼花。梁简文帝《筝诗》"耳热眼花之娱"，杜甫《饮中八仙歌》"眼花落井水底眠"。眼花者视物不审，但见玄黄纷错，五色交驰，此即所谓玄黄也。《吕氏春秋·知分篇》曰"禹南省方，济乎江，黄龙负舟。舟中之人五色无主"。《淮南子·精神篇》同。《御览》四七五又九二九引《庄子》佚文曰"于是天龙闻而下之，窥头于牖，拖尾于堂。叶公见之，弃而还走，失其魂魄，五色无主"。《类聚》九六，涵芬楼本《文选·天监三年策秀才文》注引略同。又见《新序·杂事》五篇。玄黄犹五色无主矣。亦或视觉受神经激动之影响，而暂成色盲，如郭遐叔《赠嵇康诗》曰"心之忧矣，视舟如绿"，《乐府诗集》八眼引《乐苑如意娘词》曰"看朱成碧思纷纷，憔悴支离为忆君"，此亦"玄黄"之类也。玄黄为眼花时所见之现象，因之眼花亦谓之玄黄。声之转，则曰眩眃。《后汉书·张衡传·思玄赋》曰"倏眩眃兮反常闾"，李注"眩眃音县混"。《集韵》曰"眩眃，视不明貌"。《说文》曰"眩，目无常主"。目无常主犹言五色无主，眩即玄也矣。韩愈《寄崔二十六立之诗》，说老年目衰曰，"玄花着两眼，视物隔褷褵"，玄花疑亦玄黄之转。

《传》文"玄马病则黄"，陈奂云当作"马病则玄黄"，今本误倒。案陈说是也。惟谓马之毛色，病则变为玄黄，则非是。且《诗》曰"陟彼高冈，我马玄黄"，则是马亦以攀陟高冈而眩眃，不必尽由疲惫之故。旧说专就病言，亦未审谛。曹植《赠白马王彪诗》曰"中达绝无轨，改辙登高冈，修坂造云日，我马玄以黄"。曹袭《诗》意，而于山之高峻，铺叙綦详，故独得风人之旨。

自视者言之，眼花谓之玄黄，声转字变，则为眩眃，自被视者言之，光色夺目，亦谓之玄黄。字一作炫熿，《秦策》一曰“转毂连骑，炫熿于道”，是也。本篇“我马玄黄”即眩眃。此自视者言之。《七月篇》“载玄载黄，我朱孔阳”，玄黄即炫熿，谓朱色鲜明，炫熿夺目。此自被视者言之。“玄黄”所以形容朱色之鲜明，非朱外别有玄黄二色也。且朱为裳色，正唯上所言仅一朱色，故下但言“为公子裳”。若玄黄是染绘之色，则下不当不言衣，玄者衣之色也。传笺皆以玄黄为色，且必欲兼衣言之，失经旨矣。

桃夭

桃之夭夭 《传》：“夭夭，其少壮也。”

棘心夭夭 〔《邶风·凯风》〕《传》：“夭夭，盛貌。”《笺》：“夭夭以喻七子少长。”

《说文》曰“夭，屈也”。《凯风篇》曰“凯风自南，吹彼棘心，棘心夭夭”，谓棘受风吹而屈曲也。乐府《长歌行》曰“凯风吹长棘，夭夭枝叶倾，黄鸟飞相追，咬咬弄声音”，语意全本《诗风》，第二句正以“枝叶倾”申诗“夭夭”之义。本篇“桃之夭夭”，义亦当同。谢灵运《悲哉行》曰“差池燕始飞，夭袅桃始荣”，夭袅亦桃枝随风倾屈貌。《文选》谢灵运《邺中集平原侯植诗》“白杨信袅袅”，李注曰“袅袅，风摇木貌”。谢以“夭袅”易诗之“夭夭”，亦善得《诗旨》。夭训屈，凡木初生则柔韧而易屈，故谓之夭。《鲁语》“泽不伐夭”，韦注曰“草木未成曰夭”。本篇《传》释夭夭为少壮，《凯风笺》释夭夭为少长，《凯风传》又因少壮而引申为美盛之义，此其说虽皆若可通，然终嫌求之过深，转失诗人体物之妙，故弗取云。

兔罝

肃肃兔罝 《传》："肃肃，敬也。"《笺》："兔罝之人，鄙贱之事，犹能恭敬，则是贤者众多也。"

肃当读为缩，《豳风·七月》"九月肃霜"，《传》"肃缩也"。《周礼·甸师》"祭祀共萧茅"，郑兴注"萧字或为莤，莤读为缩"。《仪礼·特牲馈食礼》"乃宿尸"，注"宿读为肃"。宿犹密缩。《易林·丰之小过》曰"网密网宿，动益蹙急，困不得息"，是其义。字一作数。《周礼·司尊彝》"醴齐缩酌"，注"故书缩为数"。《方言》五"炊奠谓之缩"，《说文》作籔。《小雅·鱼丽传》"庶人不数罟"，《释文》曰"数罟，细网也"。《孟子·梁惠王上篇》"数罟不入洿池"，赵注曰"数罟，密网也"。《补史记·龟策列传》曰"罔网有所数，亦有所疏"。诗"肃肃"即"缩缩"，"数数"，网目细密之貌也。肃肃为形容兔罝之词，传笺乃以之属人，而训为敬，此其失固不足辩。俞樾据《文选·西京赋》"飞罕潚箾"，薛综注曰"潚箾，罕形也"，谓肃肃，即潚箾，亦未得其环中。案《说文》曰"橚，长木貌"。《尔雅·释木》"梢，梢櫂"，郭注曰"谓木无枝柯，梢櫂长而杀者"。是肃声与肖声字，并有长义。《尔雅·释虫》曰"蟏蛸，长跨"，蟏蛸为长貌，此虫跨长，故即以为名。潚箾之语与蟏蛸同，亦长貌也。罕为毕类，网之小而有长柄者，故曰"潚长箾罕"。若罝则大网椓杙以张于地上者，与罕绝异，今谓肃肃之义同于潚箾，庸有当乎？

肃肃兔罝 《传》："兔罝，兔罟也。"《笺》："兔罝之人，鄙贱之事，犹能恭敬，则是贤者众多也。"

于嗟乎驺虞 〔《召南·驺虞》〕《传》："驺虞，义兽也，白虎黑文。"《释文》本作菟，云"又作兔"。案古本《毛诗》疑当作菟。菟即于菟，谓虎也。《左传·宣四年》曰"楚人……谓虎于菟"，《释文》菟音徒。字一作䖘若𧆞。《方言》八曰"虎，……江淮南楚之间……或谓之于䖘"，《广雅·释兽》曰"于䖘，虎也"，曹宪音涂。又或假檡为之。《汉书·叙传上》曰"楚人……谓虎于檡"，注"檡字或作菟，并音涂"。于菟或省称菟。《方言》郭注曰"今江南山夷呼虎为䖘"，䖘即菟字。盖于为发声之词，于菟省称菟，犹于越省称越也。楚人呼虎为菟者，此语音之混同，非名物之借用。何以明之？（一）𧆞曹宪音涂，檡菟颜师古亦并音涂。《左传·隐十一年》"使营菟裘"，《公羊传·隐四年》作涂裘。《说文》曰"𤛓，黄牛虎文也，读若涂"。《尔雅·释草》曰"蒤，虎杖"，《本草》陶注曰"茎斑而叶圆"。牛之似虎者谓之𤛓，草之茎有斑如虎皮者谓之蒤，是方音读虎如𤛓蒤之验。𤛓蒤与涂音同，则亦与菟音同也。（二）于菟《汉书》作于檡，檡与泽通。《仪礼·士丧礼》"若檡棘"，注"今文檡为泽"。（a）《广雅·杂草》曰"虎兰，泽兰也"，《本草》曰"泽兰一名虎兰"。（b）《左传·昭十年》"遂伐虎门"，《正义》引或说以为宫之外门，而《大雅·绵笺》曰"外门曰皋门"，是虎门即皋门。虎门一曰皋门，犹虎皮一曰皋比，《左传·庄十年》注，皋牢一曰虎落也。《荀子·王霸篇》"睪（皋）牢天下而制之"，《后汉书·马融传》"皋牢山陵"，注曰"皋牢犹牢笼也"。《汉书·晁错传》"为中周虎落"，注曰"虎落者，以竹蔑相连遮落之也"。遮落与牢笼义近，“虎落”“皋牢”声之转耳。《扬雄传·羽猎赋》曰“尔乃虎路三嵏以为司马，围经百里而为殿门”，晋灼注路音落。服虔注曰“以竹虎落此山也”。案服说非是。然《左传·襄十七年》“泽门之皙”，《释文》曰“本或作皋门”。泽皋字通之例，此不具举。虎门曰皋门，泽门亦曰皋门，是虎门即泽门也。（c）《礼记·礼运》正义引《孝经援神契》曰“王者从《御览》九一六引补德至鸟兽，则……白虎动”。《开元占经》一一六《兽占篇》引《瑞应图》曰：“黄帝巡于东海，白泽出，能言语，达知万原误方，从《云笈七签》一〇〇《轩辕本纪》改，下同。物之情，原误精以戒于民，为除灾害。贤君德及幽遐则出。”以上虎兰一曰泽兰，虎门一曰泽门，白虎一曰白泽，是方音亦读虎如泽。泽与檡，檡与菟，并古字通，读虎如泽，即读虎如菟矣。（三）且谓虎为菟本系楚语。虎音呼古切，晓母，菟音汤故切，透母。试观下表，端透定知与晓匣相转，确系楚人方音中所有之现象。

舌音				喉音		
端	透	定	知	晓	匣	
党 多朗				晓 馨皛		党，晓，哲，知也。楚谓之党，或曰晓。（《方言》一）
抟 度官					圜 户关	楚人名圜曰抟。（《楚辞·橘颂》王注）
多 得何					夥 胡火	凡物盛多谓之寇，……楚魏之际曰夥。（《方言》一）楚人谓多为夥。（《史记·陈涉世家》索隐引服虔说）
蛥 得何 蚗					蟪 胡桂 蛄	蛥蚗……楚谓之蟪蛄。（《方言》十一）

续表

舌	音			喉音		
	譪 他和				慧 胡桂	虔，儇，慧也。楚谓之譪。（《方言》一）
		嫷 徒果		好 呼老		南楚之外谓好曰嫷。（《说文》十二篇女部）
		大 徒盖			夥 胡火	硕，沈，巨，濯，讦，敦，夏，于，大也。……楚魏之际曰夥。（《方言》一）
			猪 知鱼	豨 虚岂		猪，……南楚谓之豨。（《方言》八）

然则楚谓虎为菟，乃方言之混同，非名物之借用益明。呼虎为菟，既为荆楚之方音，而二南之地，适当楚境，则《兔罝》之诗，字作菟兔而义实为虎，非不可能矣。

难曰：《传》云“兔罟曰罝”，捕兔用罝，捕虎亦然乎？曰：罝之言遮也，古者猎兽，无不先用网罗遮遏，以防其遯逸，然后射杀或生缚之。《汉书·扬雄传·长杨赋序》曰“张罗网罝罘，捕熊罴豪猪，虎豹狖玃，狐兔麋鹿”，是其明证。而《孔丛子连丛篇》载《谏格虎赋》，说捕虎用罝之状尤详。其言曰：“于是分幕将士，营遮榛丛，戴星入野，列火求踪。见虎自来，乃往寻从。张罝网，罗刃锋，驱槛车，听鼓钟。猛虎颠遽，奔走西东，怖骇内怀，迷冒怔忪，耳目丧精，值网而冲，局然自缚，或只或双。车徒抃赞，咸称曰工。乃缚以丝组，斩其爪牙，支轮登较，高载归家。”孰谓捕虎不可用罝乎？难者又曰：二南区域呼虎为菟，而古捕虎亦实用罝，诚如上说。然而此但可证所谓菟有是虎之可能，不足证其必非兔也。楚人固仍呼兔如兔，而捕兔亦用罝，则安知《诗》所谓兔之果是虎而非兔乎？曰：此诚未可知也。虽然，《诗》曰“赳赳武夫，公侯干城”，赳赳者，《说文》朻训高木，䚯训高声，是赳赳当为躯体壮伟之貌。夫以此赳赳然伟丈夫，复身当“公侯干城”之任意其人必乌获贲育之流，身具兼人之勇。今方椓杙林中，张罝捕虎，是以诗人见其人，美其事，忻慕之情油然而生，发为歌咏。诚如《笺》说，直一寻常猎夫，施罝林中，待兔而捕之耳。斯人也，斯事也，而誉之为“赳赳武夫，公侯干城”，毋其不类乎？

读兔为于菟之菟，宋王质实首发其覆。顾王氏泥于当时取虎之具，未见用罝者，遂复自弃其说而弗用详《诗总闻》。一夫捕虎用罝，书有明征，已具上文，王氏可谓蔽于今而不知古矣。余初悟及此意，未见王书，一得之见，亦复未敢深信。嗣读王书而得此说，喜其先获我心，因复涵咏经文，略推音理，而征之往籍，以证成其说如此。《诗》无达诂，见仁见智，聊备一义耳。

驺虞，《传》以为白虎黑文者，《郑志答张逸问》引《周书·王会篇》佚文同。《海内北经》曰“林氏国有珍兽，大若虎，五采毕具，尾长于身，名曰驺吾”。“若虎”之说，亦与《传》合。虎谓之驺虞者，驺音则鸠切，精母，菟音汤故切，透母，驺虞之合音近菟，盖方俗呼虎为菟，讹变而为驺虞耳。《书·益稷》“合止之柷敔”，郑注曰“敔状如伏虎”；《说文》亦曰“形如木虎”。案“柷敔”实二字一名，其合音近菟。此器状如虎，故谓之柷敔。《淮南子·俶真篇》“骑蜚廉而从敦圄”，高注曰“敦圄似虎而小”。敦圄合音亦近菟，故虎谓之敦圄。虎谓之驺虞吾，犹虎谓之柷敔，又谓之敦圄也。《召南》之诗称虎曰驺虞，犹《周南》之诗称虎曰菟，盖皆楚语欤？

公侯干城〔《兔罝》〕《传》："干，扞也。"《笺》："干也，城也，皆以御难也。"

之屏之翰〔《小雅·桑扈》〕《传》："翰，榦。"《笺》："王者之德，外能捍蔽四表之患难。内能立功立事为之桢榦。"

王后维翰〔《大雅·文王有声》〕《传》："翰，幹也。"《笺》："王后为之幹者，正其政教，定其法度。"

大宗维翰〔《大雅·板》〕《传》："翰，幹也。"《笺》："王当用公卿诸侯及宗室之贵者为藩屏垣幹为辅弼。"

维周之翰〔《大雅·崧高》〕《传》："翰，榦也。"《笺》："入为周之桢榦之臣。"

戎有良翰〔同上〕《笺》："翰，榦也。申伯入谢，遍邦内皆喜，曰女有善君也。"

召公维翰〔《大雅·江汉》〕《笺》："召康公为之桢榦之臣，以正天下。"

《说文》曰"韓，井垣也。从韦，取其帀也。倝声"。相承皆用幹。韓垣声近，盖本一语。韓为凡垣之通称，而许君以为井垣专字，非也。《诗》翰字当为韓幹之假借。《桑扈篇》"之屏之翰"，翰与屏并举，《板篇》"价人维藩，大师维垣，大邦维屏，大宗维翰，……宗子维城"，翰与藩垣屏城并举，《崧高篇》"维周之翰，四国于蕃藩，四方于宣垣"，翰与蕃宣并举，皆复文也。《说文》曰"壁，垣也"。《广雅·释室》曰"廦，垣也”，是辟亦有垣义。《文王有声篇》四章曰“四方攸同，王后维翰”，五章曰“四方攸同，皇王维辟”，辟训垣，翰亦训垣，翰与辟亦复文也。《崧高篇》纪申伯筑城之事，又曰“戎有良翰”，犹言汝有良城耳。《江汉篇》“召公维翰”，与《文王有声篇》“王后维翰”，《板篇》“大宗维翰”，句法并同，翰亦当训为垣。本篇“公侯干城”之干，则闬之省。闬亦韓也。知之者，韓训垣，闬亦训垣。《文选·西京赋》注引《苍颉篇》“闬，垣也。”闬韓皆训垣，而韓今字作幹，故《楚辞·招魂》“去君之恒幹些”，旧校幹一作闬。本篇以“干城”并举，犹之《板》以“大宗维翰”与“宗子维城”连言，干也，翰也，皆韓之借字也。诸翰字《传》皆训为榦，字或作幹，《笺》皆释为桢榦，胥失之。干，《传》训为扞，以名词为动词，失之尤远。《笺》读为干盾之干，似若可通。不知盾之与城，钜细悬绝，二名并列，未免不伦。以是知其不然。

芣苢

采采芣苢　《传》：“芣苢，马舄，马舄，车前也。宜怀任焉。”

案《列女传·贞顺篇》曰“且夫采采芣苢之草”，《文选·辨命论》注引《韩诗》薛君《章句》曰“芣苢，泽写也。芣苢恶臭之菜……”并以芣苢为草类，与《传》说合。《周书·王会篇》曰“桴苢者，其实如李，食之宜子”，孔注曰“食桴苢，即有身”。桴洪本作稃，李《韵会》载《说文》引作麦，则又似谷类，桴苢，稃苢，即芣苢。或以为草，或以为谷，或以为木，传闻异辞。然宜子之效，则仍与此

《传》"宜怀任（妊）"之说不异。《说文·系传》曰"服之令人有子"。《释文》陆机疏曰"其子治妇人生难",《正义》引作"难产",此盖误解宜有子为宜生子。不知芣胚并"不"之孳乳字,苡胎并"以"之孳乳字,"芣苡"之音近"胚胎",故古人根据类似律声音类近之魔术观念,以为食芣苡即能受胎而生子。《列女传》又曰:"蔡人之妻者,宋人之女也,既嫁于蔡,而夫有恶疾,其母将改嫁之。女曰'夫不幸,乃妾之不幸也,奈何去之!……'乃作《芣苡》之诗。"此鲁说也。薛君《章句》又曰"诗人伤其君子有恶疾,人道不通,求已不得,发愤而作"。此韩说也。《毛序》曰"和平则妇人乐有子矣"。各家所说诗中本事,或伤无子,或乐有子,或矢忠而不去,或求去而不得,韩说"求已不得"已犹去也。其详虽不可考,其皆缘芣苡宜子以立说,则不误。

旧传禹母吞薏苡,孕而生禹,故夏人姓姒。案禹母受孕之传说不一,吞薏苡似即食芣苡之流变。何以明之?《王会篇》"康人以桴苡",孔注曰"康亦西戎别名也"。考禹或称戎禹。《御览》八二引《尚书帝命验》曰"修纪……生姒戎文命禹",注曰"禹生戎地,一名文命",《潜夫论》五《德志篇》曰"修纪……生白帝文命戎禹",是也。西戎号称禹后,而会朝以宜子之桴苡献,则桴苡与禹,或不无关系。《吕氏春秋·音初篇》曰:"禹行困,从《书钞》一〇六,《御览》一三五,《文选·南都赋》李注,《吴都赋》刘注引补。窃元作功,从盐田引高丽活板《文选·南都赋》注引,改。见涂山之女,禹未之遇而巡省南土。涂山氏之女乃令其妾待禹于涂山之阳,女乃作歌曰,'候人兮猗!'实始作为南音。周公召公取风焉,以为《周南》《召南》。"二南之民盖亦奉禹为始祖者，故世传《二南》之音，出于涂山候禹之歌。二南之民亦禹后，而亦有芣苡宜子之传说，证以上述康人之事，则旧传禹母所吞而怀妊者，果似芣苡而非薏苡矣。意者古说本谓禹因芣苡而生，末世歧说变芣苡为薏苡，亦犹薏苡之说又或变为珠乎？《御览》八二引，《蜀王本纪》"禹母吞珠孕禹，坼副而生于涂山"。使以上所推不误，则芣苡宜子之说，由来已旧。鲁韩毛说并同，学者未可泥于近代眼光而轻疑之也。

汉广

汉有游女 《传》："汉上游女，无求思者。"《笺》："贤女虽出游汉水之上，无欲求犯礼者，亦由贞洁使之然。"

三家皆以游女为汉水之神即相传郑交甫所遇汉皋二女。郑交甫故事，未审起于何时代，要足证汉上旧有此神女传说。近钱穆氏谓汉水即古之湘水，然则汉之二女即湘之二妃，所谓娥皇女英者也。娥皇女英者，舜之二妃，其传说之起，自当甚古。因知以《诗》之游女为神女，三家并同，其必有据。且《诗》曰"汉有游女，不可求思"，下即继之曰"汉之广矣，不可泳思，江之永矣，不可方思"，夫求之必以泳以游，则女在水中明矣。知女在水中，则游字即当读《邶·谷风篇》"泳之游之"之游。《说文》曰"汓，浮行水上也"，重文作泅。经传皆作游。《诗》所谓"汉有游女"者，殆即《洛神》"浮波微步，罗袜生尘"之类矣。凌行水上谓之游，潜行水中亦谓之游。《方言》十"潜亦遊也"，郭注曰"潜行水中亦为遊也"，遊游通。扬雄

《羽猎赋》曰“汉女水潜”，此取潜行水中之义。扬学鲁诗，笺曰“水潜”，是鲁以游为游泳之明证。《传》曰“汉上游女，无求思者”，《笺》曰“贤女出游汉水之上”，并以神为人，读游为遊，不若三家义长。

言刈其楚 《笺》："楚，杂薪中之尤翘翘者。我欲刈取之，以喻众女皆贞洁我又欲取其尤高者。"

不流束楚 〔《王风·扬之水》〕《传》："楚木也。"

不流束楚 〔《郑风·扬之水》〕

绸缪束楚 〔《唐风·绸缪》〕

卜辞楚字有楚𣚍二体，是楚有草木二称。《管子·地员篇》曰“其木宜蚖苍与杜松，其草宜楚棘”，此草类称楚者。《方言》三“凡草木刺人……江湘之间谓之棘”，是草亦可称棘。楚一名荆，楚为草，故荆亦为草。《仪礼·士丧礼》注“楚，荆也”，贾疏曰“荆本是好草之名”，是也。楚为草名，故本篇楚与蒌并举，《王·扬之水篇》楚与薪蒲并举，《郑·扬之水篇》楚与薪并举，《绸缪篇》楚与薪刍并举，蒌蒲皆草类，薪刍亦谓草也。《说文》薪荛互训。《诗·板》释文，《文选·长门赋》注并引《说文》作“荛，草薪也”。《汉书·贾山传》注，《扬雄传》注，亦并云“荛，草薪”。本篇二章刈楚，与三章刈蒌，乃当时婚礼中实有之仪式。《笺》以楚为泛喻女之高洁，乃误以赋为比。《王·扬之水传》训楚为木，亦失之。

汝坟

伐其条枚 《传》："枝曰条，榦曰枚。"

施于条枝〔《大雅·旱麓》〕《传》:"葛也,藟也,延蔓于木之枚本而茂盛。"

枚之言微也,《东山传》:"枚,微也。"《閟宫》"实实枚枚",《文选·南都赋》作微微。故枝之小者谓之枚。《说文》曰"条,小枝也",《广雅·释木》曰"枚,条也",《太玄》二《达》"阳气枝枚条出",宋衷注曰"自枝别者为枚,自枚别者为条"。是条也,枚也皆小枝之名。本篇二章"伐其条肄",《传》曰"斩而复生曰肄"。案斩而复生之枝亦小枝,诗一章曰"伐其条枚",犹二章曰"伐其条肄"矣。《旱麓篇》"施于条枚",义同。本篇《传》训枚为幹,《旱麓传》训枚为本,并失之。《正义》申毛曰"枚,细者,可以全伐之也",谓枚为幹之细者。此可通于本篇,不可通于《旱麓》。葛藟何独蔓于细幹而不及其大者哉?是以知其不然。王引之读条为槄,亦未谛。

惄如调饥《传》:"调,朝也。"《笺》:"未见君子之时,如朝饥之思食。"

可以乐饥〔《陈风·衡门》〕《传》:"乐饥,可以乐道忘饥",《笺》:"饥者不足于食也。泌水之流洋洋然,饥者见之,可饮以疗饥,以喻人君悫愿,任用贤臣,则政教成,亦犹是也。"

季女斯饥〔《曹风·候人》〕《笺》:"天无大雨,则岁不熟,而幼弱者饥,犹国之无政令,则下民困病矣。"

案古谓性的行为曰食详《王风·丘中有麻》,性欲未满足时之生理状态曰饥,既满足后曰饱。《衡门篇》曰"可以乐疗饥",又曰"岂其取妻,必齐之姜?""岂其取妻,必宋之子?"《候人篇》曰"彼其之子,不遂其媾”，又曰“季女斯饥”。寻绎诗意，饥谓性欲明甚。本篇曰“未见君子，惄如调饥”，惄如犹惄然。未见君子而称饥，是饥亦作性欲言。且《诗》言鱼，多为性的象征，故男女每以鱼喻其对方。详下条本篇曰“鲂鱼赪尾”，《衡门》曰“岂其食鱼，必河之鲂”“岂其食鱼，必河之鲤”，而《候人》曰“维鹈在梁，不濡其咮”，亦寓不得鱼之意亦详下。三诗皆言鱼，又言饥，亦饥斥性欲之证。此义后世诗文中亦有之。乐府《西乌夜飞》曰“暂请半日给，徙倚娘店前，目作宴填饱，腹作宛恼饥”，《隋遗录》曰“（炀帝）每倚帘视（薛）绛仙，移时不去，顾内谒者云‘古人言秀色若可餐。如绛仙，真可疗饥矣！’”凡此言饥，并可与《诗》义互证。对饥而言则曰饱。《楚辞·天问》曰“禹之力献功，降省下土方，焉得彼嵞山女，而通之于台桑？闵妃匹合，厥身是继，胡维嗜欲同味，而快鼂饱？”鼂一作朝。王注曰“何特与众人同嗜欲，苟欲饱快一朝之情乎？”案上言“通之嵞山女于台桑”，下言“快鼂饱”，语意一贯，故文释饱为饱情。《吕氏春秋·当务篇》曰“禹有淫湎之意”，盖犹《天问》曰“快朝饱”矣。

本篇“调饥”字《释文》又作輖，《易林兑之噬嗑》作周，《说文·心部》引《诗》作朝，证以《陈风·株林》曰“朝食于株”，并《天问》“鼂饱”本一作朝饱，似朝为正字。《传》训调为朝，蔡邕《青衣赋》改称朝饥曰旦饥，李巡注《尔雅·释言》“惄，饥也”亦曰“惄，宿不食之饥也”，均用此义。然而饥独言朝，义实难通，性欲之独言朝，尤不可解。疑调輖周，朝，鼂，皆以声近借用，别有本字，今不能详矣。或疑即《尔雅·释畜》“白州，驠”之州。其字《内则》“鳖去丑”，作丑，《淮南子·精神篇》"烛营指天"，作烛，《蜀志·周群传》先主嘲张裕多须"诸毛绕涿居乎"，作涿，《广韵》作豚。果尔，则是言不雅驯。文献不足，未敢肊断。要之，"调饥"谓性欲之饥，"鼂饱"谓性欲之饱，"朝食"谓性欲之食。其单称饥若食者，乃"调饥""朝食"之省。旧解皆失之。

鲂鱼赪尾 《传》："鱼劳则尾赤。"《笺》："君子仕于乱世，其颜色瘦病，如鱼劳则尾赤。所以然者，畏王室之酷烈。是时纣存。"

鱼网之设 〔《邶风·新台》〕《笺》："设鱼网者宜得鱼。鸿乃鸟也，反离焉，犹齐女以礼来求世子，而得宣公。"

其鱼鲂鳏 〔《齐风敝笱》〕《笺》："鲂也，鳏也，鱼之易制者，然而敝败之笱不能制。……喻鲁桓微弱，不能防闲文姜，终其初时之婉顺。"

岂其食鱼 〔《陈风·衡门》〕《笺》："此言何必河之鲂，然后可食，取其口（甘）美而已。何必大国之女，然后可妻，亦取贞顺而已。以喻君任臣，何必圣人，亦取忠孝而已。"

谁能亨鱼 〔《桧风·匪风》〕《传》："亨鱼烦则碎，治民烦则散。知亨鱼，则知治民矣。"《笺》："谁者，言人偶能割亨者。"

九罭之鱼鳟鲂 〔《幽风·九罭》〕《笺》："设九罭之罟，乃后得鳟鲂之鱼，言取物各有器也。……喻王欲迎周公之来当有其礼。"

《国风》中凡言鱼，皆两性间互称其对方之廋语，无一实指鱼者。《衡门篇》曰"岂其食鱼，必河之鲂？——岂其取妻，必齐之姜？"此以鱼代女也。《新台篇》曰"鱼网之设，鸿则离之，——燕婉之求，得此戚施"，《敝笱篇》曰"敝笱在梁，其鱼鲂鳏，——齐子归止，其从如云"，《九罭篇》曰"九罭之鱼鳟鲂。——我觏之子，衮衣绣裳"，皆以鱼代男也。以上鱼字之义，详审各诗本文，已可得之。《左传·哀十七年》载卫侯贞卜，其繇曰"如鱼竀（赪）尾，衡流而方羊"，疏引郑众说曰"鱼劳则尾赤，方羊游戏，喻卫侯淫纵"。本篇曰"鲂鱼赪尾"，义当与《左传》同。诗为女子所作，则鱼指男言也。《匪风篇》疑系妇人望其夫来归之词，"谁能亨鱼"，盖亦廋语也。《笺》曰"谁能者，言人偶能割亨者"。案"人偶"者，相亲爱之词。《中庸》"仁者人也"，郑注曰"'人也'读如'相人偶'之人，以人意相存偶之言"，《贾子·匈奴篇》曰"胡婴儿得近侍侧，胡贵人更进，得佐酒上前，时人偶之"，此相亲谓之人偶也。疑三家或有说此诗为男女相思念之词者，故《笺》得兼采其说，而释"谁"字为人偶之意。

《管子·小问篇》曰："桓公使管仲求宁戚。宁戚应之曰'浩浩乎！育育乎！'从元刻本补，下同。管仲不知，至中食而虑之。婢子曰：'公何虑？'管仲曰：'……公使我求宁戚，宁戚应我曰浩浩乎！育育乎吾不识。'婢子曰：'诗有之浩浩者水，育育者鱼，未有家室，而安召我居。宁子其欲室乎！'"尹注曰："水浩浩然盛大，鱼育育然相与而游其中，喻时人皆得配偶，以居其室中。宁戚有伉俪之思，故陈此诗以见意。"案尹谓古俗以鱼喻伉俪，至确，《国风》六言鱼皆男女互称之廋语，是其明证。自晋宋乐府，下至近世黔滇民歌，犹存此语，略示数例如下。乐府《华山畿》曰："开门枕水渚，三刀治一鱼，历乱伤杀汝。"《子夜歌》曰："常虑有贰意欢今果不齐。枯鱼就浊水，长与清流乖。"粤风曰："一条江水白涟涟，两个鳙鱼生两边，鳙鱼没鳞正好吃，小弟单身正好怜。"又曰："妹娇娥，怜兄一个莫怜多，已娘莫学鲤兄子那河游过别条河。”海丰畲歌：“行桥便行桥，船仔细细载双娘，鲤鱼细细会游水，郎君细细会睇娘。”靖江情歌：“天上星多月不明，河里鱼多水不清，朝中官多要造反，小大姊郎多要花心。”贵州安南民歌曰：“妹家门前有条沟，金盆打水喂鱼鳅，鱼鳅不吃金盆水，郎打单身不害羞。”贵阳民歌曰：“好股凉水出岩脚，太阳出来照不着，郎变犀牛来吃水，妹变鲤鱼来会合。”云南寻甸情歌曰：“大河涨水沙浪沙，一对鲤鱼一对虾，只见鲤鱼来摆子，不见小妹来贪花。”又曰：“新来阳雀奔大山，新来鲤鱼奔龙潭，新来小妹无奔处，奔给小郎作靠山。”此皆以鱼喻情偶者也。其有言食鱼者，如安南情歌曰：“天上下雨地下滑，池中鱼儿摆尾巴，那天得鱼来下酒，那天得妹来当家。”云南宣威情歌曰：“要吃辣子种辣秧，要吃鲤鱼走长江，要吃鲤鱼长江走，要玩小妹走四方。”则与《衡门》“岂其食鱼”同意。又有言以网捕鱼者，如湖南安化情歌曰：“大河里涨水小河分，两边只见打鱼人，我郎打鱼不到不收网，恋姐不到不收心。”贵阳情歌曰：“山歌好唱口难开，仙桃好吃树难栽，秘密痛苦实难说，鲜鱼好吃网难抬。”淮南略同安南情歌曰：“久不唱歌忘记歌，久不打鱼忘记河，久不打鱼河忘记，久不连姐脸皮薄。”则与《新台》“鱼网之设”，《九罭》“九罭之鱼鳟鲂”略同。

野蛮民族往往以鱼为性的象征，古代埃及亚洲西部及希腊等民族亦然。亚洲西部尤多崇拜鱼神之俗，谓鱼与神之生殖功能有密切关系。至今闪族人犹视鱼为男性器官之象，所佩之厌胜物，有波伊欧式（Bo ot an）尖底瓶，瓶上饰以神鱼，神鱼者彼之禖神赫米斯（Hermes）之象征也。（详 Robert Briffault：Sex in Religion 见 V. F.

Calverton 与 S. D. Schmalhausen 二氏合编之 Sex in Civilization P.42）疑我国谣俗以鱼为情偶之代语，初亦出于性的象征。容续考之。

《诗》又有变相言鱼而不出鱼字者，亦系廋语，详《召南·何彼襛矣》及《曹风·候人》二篇。

麟之趾

麟之趾 《传》："麟信而应礼，以足至者也。"《笺》："喻今公子亦信厚，与礼相应，有似于麟。"

野有死麕 〔《召南·野有死麕》〕《传》："凶荒则杀礼，犹有以将之。野有死麕，群田之获，而分其肉。"《笺》："乱世之民贫，而强暴之男多行无礼。故贞女之情，欲令人以白茅裹束野中田者所分麕肉，为礼而来。"

案麟麐麕麇麠麖麞，四名一物也。（一）《说文》麠之重文作麖，麖麕一声之转。《说文》曰"圜谓之囷，方谓之京"，《管子·轻重丁篇》"有新成囷京者二家"，尹注曰"大囷曰京"。案囷与京对文异，散文通。麕之为麖，犹囷之为京也以上证麕即麠。（二）《说文》曰"麇，麞也"，籀文作麕。麕即麞，又即麠，是麠即麞，一也。《尔雅·释兽》曰"麠，大麃"，《说文》曰"麃，麞属"，是麠即麞，二也以上证麠即麞。（三）《释兽》曰"麠，……牛尾一角"，又曰"麐，麕身牛尾一角"，麐即麟字。《说文》曰"麠，大鹿也"，又曰"麟，大牡原误牝鹿也"。麕为牛尾一角之大鹿，麟亦牛尾一角之大鹿，是麠又即麟矣。盖麠重文作麖，从京声，从京之字，若凉，谅，倞等，皆来母，古读麖盖亦归来，故得转为麟。《释兽》"麠，大麃"，郭注曰"汉武帝郊雍，得一角兽，若麃然，谓之麟者，此是也"。然则麠麟一兽，郭璞已明言之矣以上证麠为麟。综上所述，麕即麞，又即麠，麠即麞又即麟，而麟则麕身，然则麟麕麠麞四名一物审矣。

《野有死麕篇》说男求女，以麕为贽。麕即麟，既如上说，则本篇盖纳征之诗，以麟为贽也。纳征用麟者，麟慶古同字。《说文》曰："慶，行贺人，从心从夊。吉礼以鹿皮为贽，故从鹿省。"案此说字形非是。慶金文《秦公毁》作麐，其字于卜辞则为麐之初文。麐本即麐下加口，而古字加口与否，往往无别。麐于金文为慶，于卜辞为麐，适足证慶麐古为一字耳，夫鹿类之中，麐为最贵，故古礼慶贺所用，莫重于麐，因之麐遂孳乳为慶贺字。《说文》以"吉礼以鹿皮为贽"解"慶"字，可谓得制字之意矣。吉礼用贽，以麟为贵，故相承即以麟为礼之象征。《传》曰"麟信而应礼"，《笺》曰"与礼相应，有似于麟"，并《左传·哀十四年》服注曰"视明礼修而麟至"，胥其例也。昏礼纳征用麟为贽，而《二南》复为房中乐，其诗多与婚姻有关，故知《麟之趾》为纳征之诗。《序》曰"《麟之趾》，《关雎》之应也"，又曰"天下无犯非礼"，礼即纳征之礼，谓婿家能行此纳征之礼，不以强暴相陵，而求急亟之会也。

《仪礼·士昏礼》"纳征，玄纁束帛俪皮"，郑注曰"皮，鹿皮"。崔骃《婚礼文》曰"委禽奠雁，配以鹿皮"。《说文》曰"丽，……从鹿丽声，礼丽皮纳聘，盖鹿皮也"，又曰"慶，……吉礼以鹿皮为贽，故从鹿省"。以《野有死麕篇》证之，婚礼古盖以全鹿为贽，后世苟简，始易以鹿皮。本篇用麟，有趾，有定颠，有角，盖亦全鹿。

召　南

甘棠

蔽芾甘棠　《传》："蔽芾，小貌。甘棠，杜也。"《笺》："召伯听男女之讼，（旧衍不字）重烦劳百姓，止舍小棠之下，而听断焉。国人被其德，说其化，思其人，敬其树。"

古者立社必依林木。《周礼·大司徒》曰："设其社稷之壝，而树之田主，各以其野之所宜木，遂以名其社与其野。"《墨子·明鬼篇》曰："且惟昔者虞夏商周三代之圣王，其始建国营都日，必择国之正坛以为宗庙，必择木之修茂者立以为菆丛社。"《书·甘誓》曰"用命赏于祖，弗用命戮于社"，宗庙即祖，菆社即社也。《明鬼篇》又引《甘誓》文而释之曰："赏于祖者何也？言分命之均也。僇于社者何也？言听狱之衷也。"盖断狱必折中于神明，社木为神所凭依，故听狱必于社。《周礼·朝士》曰"掌建邦外朝之法，左九棘……右九棘……面三槐"，《初学记》二〇引《春秋元命苞》曰"树棘槐，听讼于其下”。《易·坎》上六曰：“系用徽纆寘于丛棘。”郑注以为即外朝左右九棘，听讼之处。《礼记·王制》亦曰：“正以狱成告于大司寇，大司寇听于棘木之下。”棘与槐盖皆古时社中之木，而旧俗听讼必于社前，故相沿听讼处犹种槐棘，《白虎通·社稷篇》引《尚书》逸篇曰“北社惟槐”，《北堂书钞》八七引《太公金匮》曰“植槐于王路之右，起两社，筑垣坛，祭以酒脯，食以牺牲，尊之曰社”，此槐为社木之明证。棘亦宜然。甘棠者，盖即南国之社木，故召伯舍焉以听断其下。《说文》社之古文作𥘺，从示从㙒，㙒即社字，而《传》曰“甘棠，杜也”，疑甘棠一名杜，即以其为社木而得名。《笺》谓召伯以“重烦劳百姓”之故，而听断棠下，未得其实。凡社木无不大者，以其禁采伐故也。《庄子·人间世篇》说齐栎社“其大蔽数千牛，洁之百围，其高临山十仞而后有枝”，是其例。甘棠亦社木，当为大树，故能为召伯所舍。然则蔽芾者，木荫盛覆蔽之貌也，《传》以为“小貌”，亦失之。

下《行露篇》为男女狱讼之词，而《序》曰“召伯听讼也”。本篇《笺》曰“召伯听男女之讼”，盖据下篇而推知之。《晏子春秋·谏上篇》二三曰：“吾为夫妇狱讼之不正乎？则泰士子牛存矣。”泰士即大士，见《左传·僖二十八年》及《曲礼》下于周曰大司寇。士为刑官之正，故大司寇一曰大士，孙诒让说。《王风·大车篇序》曰：“大夫不能听男女之讼焉。”召伯身为三公，尝听男女之讼，而大司寇与诸大夫亦皆得听之，明古听男女之讼，初无专官。至晚出之《周官》，始据后世之制而专属之媒氏。《周礼·媒氏》曰：“凡男女之阴讼，听于胜国之社。”

郑注曰："争中薵之事以触法者。胜国，亡国也。亡国之社，奄其上而栈其下，使无所通。就之以听阴讼之情，明不当宣露其罪。"案奄上栈下，即《礼记·郊特牲》所谓"丧国之社，必屋之"。社在屋中，则不得有树，故《魏书·刘芳传》曰"诸家礼图，社稷图皆画为树，惟诫社诫稷无树"，诫社即胜国之社也。然则《周官》不惟听阴讼之人，与古不同，其听讼之地亦不同。盖古俗淳朴，虽阴讼亦但听之树下，后世礼教观念转严，嫌中薵之言，不宜宣露，始入戒社之屋中以听之耳。要之，《周官》于听讼之地，亦据后世之制言之。《周礼》贾疏谓诗在周公未制礼前，《周官》据制礼之后，故不同，孙诒让又谓召伯非媒氏，则听男女之讼，不必于戒社，此皆笃信《周官》实为周公所作，故不得不曲为之说耳。

行露

谁谓雀无角 《传》："雀之穿屋，似有角者。"《笺》："人皆谓雀之穿屋，似有角。……物有似而不同，雀之穿屋，不以角，乃以咮。"

《说文》曰"噣，喙也"，角即噣之本字。（一）以字形言之。鼎文有大喙鸟形《三代吉金文存》卷二页二其喙形与卜辞角字不异，与卜辞兕字之角形亦酷肖，是古人造字，鸟喙与兽角，不分二事。（二）以字音言之。角古一读与噣同。《淮南子·齐俗篇》"兽穷则牽"，《新序·杂事》五篇牽作触，《玉篇》曰"牽，古文触"，《古文四声韵》五引崔希裕《纂古》触古文作觕，牽觕同。牽从角声，触从蜀声，牽触字同，则角蜀音同，一也。《集韵》擉同捔。擉从蜀声，捔从角声，擉捔字同，则角蜀音同，二也。角音同蜀，而噣从蜀声，是角音亦同噣矣。（三）以字义言之。兽角鸟喙，其形其质，本极相似，又同为自卫之器，故古语角之一名，兽角与鸟喙共之。角噣之声或转为觜，此后世用为鸟觜专字者也，《文选·射雉赋》"裂膆破觜"，徐注"觜，喙也"。然古本亦兽角之名，故字从角作。《说文》曰"觜，鸱旧头上角觜也"，头上角觜即毛角。鸟之毛角当以象角而得名，鸟毛角谓之觜，则兽角亦谓之觜可知。兽角谓之角，鸟喙亦谓之角，犹鸟喙谓之觜，兽角亦谓之觜也。兽角与鸟喙古并称角，逮"角"为兽所专，乃别制形声之"噣"字，以当鸟喙之名，字从口蜀，蜀存角声，上详，口示喙意也。本篇曰"谁谓雀无角"，此古书鸟噣之名用古本字者。外此则《汉书·董仲舒传》引《古谚》曰"予之齿者去其角，傅之翼者两其足"，角亦噣字。二句以鸟兽对举，上谓兽有齿以啮，即不得有噣以啄，下谓鸟有两翼以飞，即不得有四足以走。若以角为兽角，则牛羊麋鹿之属，有角复有齿者众矣，安得云"予之齿者去其角乎？"此说本吴仁杰俞樾又有称兽喙曰角者。《尔雅·释兽》"犀似豕"，郭注曰："三角，一在顶上，一在额上，一在鼻上，鼻上者即食角也。"案犀鼻上角实当鸟之喙，而谓之食角者，角即噣字。此亦古语角噣不分之佳证也。诗角字指鸟喙，宋吴仁杰首发其覆，明何楷，清毛奇龄，俞樾，于鬯，薛蛰龙等说并同，惟咸语焉未详，余故具论其形音义如此，以见诸儒立说之精也。

羔羊

羔羊之皮素丝五紽 《传》:“古者素丝以英裘，不失其制。大夫羔裘以居。”

素丝纰之良马四之 〔《鄘风·干旄》〕《传》:“纰，所以织组也。总纰于此，成文于彼，愿以素丝纰组之法御四马也。”《笺》:“素丝者，以为缕，以缝纰旌旗之旒縿，或以维持之。”

素丝组之良马五之 〔同上〕《传》:“总以素丝而成组也。骖马五辔。”《笺》:“以素丝缕缝组于旌旗，以为之饰。五之者，亦为五见之也。”

素丝祝之良马六之 〔同上〕《传》:“祝，织也。四马六辔。”《笺》:“祝当作属，属，著也。六之者，亦谓六见之也。”

王闿运以《公食大夫礼》说本篇，谓《诗》羔羊之皮即《礼》庭实乘皮，《诗》素丝即《礼》束帛，其说精确。惟《诗》曰“素丝”，《礼》曰“束帛”，帛之与丝，虽所异甚微，然庆赏用丝，经典究无明文，此惑不祛，恐终无以执闲者之口。今案以丝为赠，的系古制。金文《守宫尊》曰“锡守宫丝束，苴幕五，苴幂二，马匹……”此其明证也。《舀鼎》曰“我既赎汝五夫，效父用匹马束丝限许舀”，《墨子·非乐上篇》引《汤之官刑》曰“其恒舞于宫，是谓巫风，其刑君子出丝二卫鞣，小人否似二伯”，或以仇值，或以赎罪，皆古赠遗用丝之旁证。且《诗》曰“五紽”“五緎”“五总”，皆束丝之名详下条，此曰“素丝五紽”犹金文曰“束丝”矣。《诗》之皮与丝为二，《传》则合而为一，谓丝为裘之英饰，不知皮既非裘，丝亦非英也。

《干旄篇》之素丝赠遗所用，其以丝马并用，亦与《守宫尊舀鼎》所纪符合。经传则言帛锦与马。《仪礼·觐礼》曰“至于郊，王使人皮弁用璧劳，……侯氏用束帛乘马傧使者”，又曰“天子赐舍，……傧之束帛乘马”，又曰“天子赐侯氏以车服，……傧使者诸公赐服者束帛四马，傧大史亦如之”，此诸侯朝觐所用也。《聘礼》曰“宾觌，奉束锦，总乘马”，又曰“君使卿韦弁归饔饩，……奉束帛，……【傧之】马乘……束锦”，又曰“上介饔饩，……下大夫韦弁用束帛致之，……傧之两马束锦”，又曰“夫人使下大夫韦弁归礼，……以束帛致之，……傧之乘马束锦”，又曰“【归】上介【礼】，傧之两马束锦”，此大夫聘礼所用也。《既夕礼》曰“公赗，玄纁束【帛】，马两”，《礼记·檀弓上篇》曰“伯高之丧，孔氏之使者未至，冉子摄束帛乘马而将之”，《公羊传·隐元年》曰“丧事有赗，赗者盖以马，以乘马束帛”，《礼记·少仪篇》曰“赙马与其币，……不入庙门”，币即帛，此丧礼赗赙所用也。此上曰帛，曰锦，曰币，咸与马并用，亦犹《诗》之素丝良马并称也。其曰“纰之”“组之”“祝之”，皆束丝之法。下文“畀之”“予之”“告（造）之”，皆赠遗之意，所赠之物，即此素丝良马也。《传》牵合《小雅·皇皇者华篇》“六辔如丝”之语，以为丝以喻辔，此其说之混丝马为一，与说本篇之混皮丝为一，其失正同。《笺》则蒙上文“干旄”“干旟”“干旌”之词，而以丝为旌旗旒縿之属，亦臆测无据。

以理势度之，赠遗，仇值，赎罪诸经济性的活动，用丝为中介，宜早于用帛与锦。《墨子》所引《汤之官》刑，虽未必果为殷商文献之本来面目，其言用丝，要系旧俗。《守宫尊》《舀鼎》皆懿王时器。此依陈梦家说，郭沫若定前者为懿王时器，后者为孝王时器。然二王世次本相毗连，皆在西周末叶。金文中记用丝者只此二见，合《汤之官刑》推之，疑赠遗用丝，乃西周末叶以前之风尚。《大敔》有"宾癸䚄章帛束"语，亦懿王时器，是此时用帛之风，亦已开始。二诗亦并用丝，然则其时代略可推矣。

素丝五紽 《传》："紽，数也。"

陈奂读五为交午之午，是也。午字古作8，象丝交午成束形，直其画则成X，故五午古为一字。纥者即交午束丝之名。《字镜》曰"紽，络也"，络与交午义近。《说文》曰"杝，落也"，即篱落字，杝之状邪交织络而成文。《一切经音义》二二引《苍颉篇》曰"椸，格也"，亦枝格相交之意。紽与紽杝椸声近义通，亦交午之状也。《释文》本紽作它，曰"本又作佗，……或作紽。"《左传·庄二十二年》陈公子佗，字五父，五与午，佗与紽，并古字通，交午束丝谓之紽，故名紽字五父。凡言交午者，其数必始于二，五与午通，故有"二"义。《周礼·大司徒》《白虎通·三军篇》并曰"五伍为两"，《左传·昭元年》服注曰"五十乘为两"，《汉书·律历志》上孟康注曰"伍，耦也"，两，耦皆二也。纥为交午之状，五训二，故纥亦训二详马氏《毛诗传笺通释》。紽或谓之五紽，五紽犹五两也。《齐风·南山篇》曰"葛屦五两"，陈奂读彼五字亦为午，云五两谓屦綦。案谓束綦之法也。《礼记·杂记》下篇曰"纳币一束，束五两"，《周礼·媒氏》曰"凡嫁子取妻，入币，纯帛毋过五两"，纯帛即束帛，郑注读纯为纣，非是。五两本束帛之法，此以为帛数，乃后起之义。《方言》四曰"緉，緥，绞也。关之东西或谓之緉，或谓之緰。绞，通语也。”緉与两同，緉谓之绞，绞之言亦交午也，故谓之五两。纶，两皆有“二”义，束丝谓之五纶，束綦与束帛谓之五两，其义一也。

紽声转为縒。《字镜》絁同紽，《广韵》縒俗作絁，《类篇》縒或作絁，紽絁同，是紽亦縒字。縒《玉篇》亦作彌，字从爾，爾从㸚，㸚亦交午之意。纚声又转为繙。《西京杂记》邹长倩遗公孙宏书曰“五丝为繙，倍繙为升，倍升为紱，倍紱为纪，倍纪为緵，倍緵为襚。”繙纚声近字通，《汉书·礼乐志·郊祀歌》九“籋浮云，晻上驰”，注引苏林曰“籋音蹑”，《集韵》镊或作鑈，并其比。五丝为繙，盖亦本谓交午其丝。升以下皆倍数，繙为二丝交午之名，亦倍数也。邹以五为五数，此亦后起之说，犹《礼》之五两，《诗》之五紽，说者亦皆以为五帛五丝之数也。

素丝五緎 《传》：“緎，缝也。”

緎之言域也。《汉书·贾谊传》注曰“域，界局也”，界局之状交午成文。《文选·西京赋》注曰“罭与緎古字通”，网形亦交午成文。《西京杂记》“倍升为紱”，《埤雅》引紱作緎。緎与紱古亦通用。《大雅·荡篇》“式号式呼”，《释文》“式本作或”。式从弋声，或从戈声，弋戈古同字，故式可通或。《楚辞·天问》曰“天式纵横”，天式即褚少孙《续史记·日者传》“旋式正棊”之式。《索隐》曰：“式即栻也。旋，转也。栻之形上圆象天，下方法地，用之则转天网，加地之辰，故云旋式。”《广雅·释器》曰“栻，梮也”。是栻状如网，纵横交错而成界局，故亦谓之梮。紱栻字异义同。《说文》引乐浪挈令以紱为织字，织亦经纬相交也。

《传》训緎为缝,《广雅·释诂》曰“繬,缝也”,朱骏声谓繬即织字。案《说文》曰“輜,车籟交革也”,《广韵》曰“䡟,车马络带也”,并与交午义近。罭也,紅也,织也,繬也,并与緎声近字通,而皆有交午之义,然则五緎犹五紽也。《左传·昭二十八年》“或赐二小人酒”,杜注曰“或,他人也”。緎紽义近,犹或他义近。盖或喻母字,古读属舌头,与它(他)为一声之转,故义亦相通。《传》训緎为缝者,缝之义亦交午也。《说文》曰“夆,牾也,读为缝”,《汉书·刘向传》曰“蜂午并起”,夆牾与蜂午同。一作旁午,《霍光传》“使者旁午”,注曰“一纵一横曰旁午”。缝紩之法亦交错其线,故紩谓之缝。束丝之法,本与缝紩相似,训緎为缝,自无不可,惟谓以缝裘谓之緎,则不可耳。

羔羊之缝 《传》:“缝,言缝杀之大小得其制。”

诗一章曰“羔羊之皮”,二章曰“羔羊之革”,三章曰“羔羊之缝”,皮革一义,《传》“革犹皮也”。则缝亦当与之同。缝依字当作鞑。然《集韵》引《字林》曰“鞑,被鞑也”,《万象名义》作韸,曰“被韸斗”,《玉篇》曰“鞑,鼓声”,义皆无当。《玉篇》又有鞡字曰“军人皮”,军人疑作韗人。《考工记》治皮之工有韗人,《礼记·祭统篇》郑注曰“韗,磔皮革之官也”。韗人皮盖谓已治之皮。鞡为已治之皮,则与革同义。《诗》缝字疑读为鞡。鞡皮并举,古或通称,独革亦已治之皮,此亦与皮通称也。要之,“羔羊之缝”犹“羔羊之皮”也,《传》读为缝紩之缝,则拘文牵义矣。

素丝五总 《传》:“总,数也。”

总与交午之义亦近。《齐风·甫田篇》“总角丱兮”,《传》曰“总角，聚两髦也。”丱贯音同字通。《谷梁传·昭十九年》“羁贯成童”，《释文》曰“交午翦发为饰曰羁贯”。案《礼记·内则篇》“男角女羁”，郑注曰“午达曰羁”，羁贯犹午贯，《周礼·壶涿氏》“则以牡橭午贯象齿而沉之”。故交午发饰曰羁贯。“总角丱兮”即午贯两髦之谓。午束两丝谓之总，犹午贯两髦谓之总角，总与交午，义本相因也。上章曰“素丝五緎”五总犹五緎耳。《豳风·九罭篇传》曰“九罭，緵罟，小鱼之网也”。緎与罭通见上素丝五緎条，总与緵通，《九罭传》《释文》“緵本又作总”，《周礼·掌客》“十筥曰总”，《释文》“总本作緵”。束丝曰緎，亦曰总，犹鱼网曰罭，亦曰緵，皆交午成文之状也。

摽有梅

摽有梅《传》：“摽，落也。”

摽，古抛字。《玉篇》曰“摽，掷也”，《说文·新附》曰“抛，弃也”，重文作摽。《公羊传·庄二年》曰“曹子摽剑而去之”，即抛剑而弃之，《孟子·万章下篇》“摽使者出诸大门之外”，即抛出大门之外。掷物而弃之谓之摽，掷物以击人亦谓之摽。《说文》曰“摽，击也”，《广雅·释诂三》，《一切经音义》引《埤苍》，又一六引《字林》，并曰“抛，击也”。掷物以予人亦谓之摽，《诗》曰“摽有梅”，谓有梅以抛予人也。《卫风·木瓜篇》曰“投我以木瓜，报之以琼琚，匪报也，永以为好也”，言女有求士者，投之以木瓜达意，士即报之琼琚以结好也。凡男女之诗言赠佩玉者，皆赠之者男，被赠者女，详《木瓜篇》。本篇亦女求士之诗，摽抛投义同，摽梅犹彼之投瓜，投桃，投李耳。《晋书·潘岳传》曰："少时，常挟弹出洛阳道，妇人遇之者，皆连手萦绕，投之以果，遂满载以归。"此事与二诗所咏者略同。疑初民习俗，于夏日果熟时，有报年之祭，大会族人于果园之中，恣为欢乐，于时士女分曹而坐，女竞以新果投其所悦之士，中焉者或解佩玉以相报，即相与为夫妇焉。二诗所咏，殆即此类，而潘岳事则其流风余韵之偶存于后世者也。

《韩诗外传》七陈饶对宋燕曰："果园梨栗，后宫妇人以相提掷，而士曾不得一尝，是君之二过也。"此虽妇人自相提掷，然亦可证掷果为妇人之戏。妇人掷果为戏，或即古时掷果求士之变相欤？

摽有梅《传》："盛极则堕落者梅也，尚在树者七。"《笺》：曰"梅实尚余七未落，喻始衰也，谓女二十春盛而不嫁，至夏始衰。"

有条有梅〔《秦风·终南》〕《传》："条，槄，梅，柟也。宜以戒不宜也。"《笺》："……名山高大，宜有茂木也。……喻人君有盛德，乃宜有显服，犹山之木有小大也。此之谓戒劝。"

原始社会之求致食粮，每因两性体质之所宜，分工合作，男任狩猎，女任采集，故蔬果之属，相沿为女子所有。《左传·庄二十四年》御孙曰"女贽不过榛栗枣修"，《礼记·曲礼》下篇曰"妇人之挚，椇榛脯修枣栗"。《古微书》引《春秋元命苞》曰"织女星主瓜果"，此皆古俗果实属女子之证。获致肉类食料虽为男子事，庋藏之则仍女子事，故脯修亦属女子。夫果实为女所有，则女之求士，以果为贽，固宜。然疑女以果实为求偶之媒介，亦兼取其蕃殖性能之象征意义。芣苡宜子，或云其实似李，详《周南·芣苡篇》。掷人果实，即寓贻人嗣胤之意，故女欲事人者，即以果实掷之其人以表诚也。

诸果属诚皆女子所有，然梅与女子之关系尤深。梅字从每，每母古同字，而古妻字亦从每从又。梅一作䱰《中山经》郭注，从敏，古作敏，亦从每从又，与妻本属同字。本篇梅字，《释文》引《韩诗》作楳，《说文》梅之重文亦作楳。《说文》又曰"某，酸果也"，古文作槑。案某槑皆古无字之省变，卜辞金文，或以无为母，而经典亦无毋通用，毋即母字。是梅楳某槑仍为一字。梅也者，犹言为人妻为人母之果也。然则此果之得名，即昉于摽梅求士之俗。求士以梅为介，故某楳二形又孳乳为媒字，因之梅楳之函义，又为媒合二姓之果。要之，女之求士，以梅为蛰，其渊源甚古，其函义甚多。本篇传笺并谓梅盛极则落，喻女色盛将衰，皮相之论也。

《终南篇》曰"有条有梅"，又曰"有纪有堂"，纪堂当依《韩诗》作杞棠，王引之马瑞辰已辩之矣。今案条，梅，杞，棠，皆果名也。《尔雅·释木》"柚，条"与"时，英梅"相次，疑即此诗之条梅详《秦风·终南篇》。此女子悦人之诗。条，梅，杞，棠，女性之象征。有条有梅，有杞有棠，犹言有女子方待适人。下文盛称君子容仪之美，明告君子以己倾慕之诚也。末云"佩玉将将"，则以微示愿其以佩玉来赠之意。此诗作者乃贵族女子，诗中所称诸果实，未必实用以提掷君子，然称"有条有梅""有杞有棠"于君子之前，亦未始不寓有民间掷果求士之意识。他篇女子之词多称果实名者，以此类推。《传》以条梅为大木槄枏之异名，《笺》乃谓大木以喻"显服"，真郢书燕说矣。

迨其今兮　《传》："今，急辞也。"

林义光曰："今读为堪。堪字通作戡。昭二十年《左传》"王心弗堪"，《汉书·五行志》作"王心弗戡"，孟康曰"戡，古堪字"。戡亦后出字，古文省借，宜作今也。首章'迨其吉兮'，言于众士中求吉士而嫁之。此章则已以失时为惧，故曰'迨其堪兮'，言有可嫁者即嫁之，不暇审择也。"案林谓首章吉为吉士，至确，读此章今为堪，亦是，惟仍以惧失时为说，而解为可嫁即嫁，不暇审择，则明虽易传，而阴实从之。今谓首章吉谓吉士，则次章堪亦谓堪士。《周颂·小毖篇》"未堪家多难"，《传》曰"堪，任也"，动词堪训任，形容词堪亦训任。《吕氏春秋·报更篇》曰"堪士不可以骄恣有也"，堪士即任士。《吕览》上言堪士，下即叙骫桑饿人报赵宣孟事，骫桑饿人谓灵辄，正后世所谓任侠之士。《墨子·经上篇》曰"任士，损己而益所为也"，《庄子·秋水篇》曰"任士之所劳"。《邶风·燕燕篇》"仲氏任只"，《笺》曰"任者，以恩情相亲也"，《大戴礼记·文王官人篇》"观其廉任"，卢注曰"任，以信相亲也"，《史记·季布传》"为气任侠"，《集解》引孟康曰"信交道曰任"。朋友以恩信相亲曰任，亦曰堪，男女以恩信相亲亦然，《吕览》堪士谓朋友，《诗》堪士谓男女，名之所施虽异，义则一而矣。又案《尔雅·释诂》曰"谌诚也"，又曰"谌，信也"，堪谌俱从甚声，而诚信与任之义训复同，然则形容词训任之堪，即谌字耳。《诗》字读为谌，于义亦惬，惟终不若今堪发声近，且"堪士"之词，明见《吕览》，故仍从林读。

顷筐塈之　《传》："塈，取也。"《笺》："顷筐取之，谓夏已晚，顷筐取之于地。"

溉之釜鬵〔《桧风·匪风》〕《传》:“溉，涤也。”

塈读为气。《说文》饩槩并为气之重文。《仪礼·聘礼》“如其饔既之数”，注“古文既为饩”。《礼记·中庸》“既廪称事”，注“既读为饩”。《广雅·释诂》曰“气，予也”。经传予人食物曰饩，即气之孳乳。《仪礼·聘礼》曰“饩之以其礼”，郑注曰“饩，给也”，《释文》曰“遗也”。《聘礼》又曰“过则饩之”，并《左传·僖十五年》曰“晋又饩，秦伯又饩之粟”，义亦皆为予。今字省作乞。《汉书·朱买臣传》曰“买臣乞其夫钱令葬”，谓予其夫钱也。“顷筐气之”，即顷筐予之。首章“其实七兮”，谓筐中之梅，十尚余七，二章“其实三兮”，谓十余其三，末章“顷筐气之”，则梅已抛尽，并其筐亦抛予之也。《匪风篇》曰：“谁能亨鱼，溉之釜鬵。谁将西归，怀之好音。”怀读为归，《礼记·缁衣》“私惠不归德”，注“归或为怀”。《广雅·释诂》曰“归，遗也”。“溉之釜鬵”与“怀之好音”相对为文，溉亦读为气，训予，予亦遗也。本篇传笺并训塈为取，是误乞予为乞取，《左传·昭十六年》疏“乞之与乞，一字也，取则入声，与则去声也”。盖于诗义未达一间，《匪风传》训溉为涤，则望文生义矣。

迨其谓之《传》:“不待备礼也。三十之男，二十之女，礼未备，则不待礼，会而行之者，所以蕃育人民也。”《笺》:“谓，勤也。女年二十而无嫁端，则有勤望之忧。不待礼会而行之者，谓明年仲春，不待以礼会之也。时礼虽不备，相奔不禁。”

胡不归〔《邶风·式微》〕《笺》:“君何不归乎，禁君留止于此之辞。”

瑕不谓矣〔《小雅·隰桑》〕《笺》:“谓，勤也。……君子虽远在野，岂能不勤思之乎？宜思之也。”

谓读为謂。《玉篇·广韵》并曰"謂，行也"。《初学记》六引《春秋说题辞》"渭之言渭渭也。渭渭，进行貌"。案謂训行者，谓归声近，古当通用详下，謂即"之子于归"之归，行即"女子有行"之行，妇人谓嫁曰归，一曰行详《邶风·泉下篇》，故謂可训行也。本篇《传》曰"礼不备，则不待礼此从马瑞辰截句，会而行之"，行之即嫁之。此以"行之"释《诗》"谓之"，正读谓为謂。"求我庶士，迨其謂之"，犹言于众士之中，求得其人，庶几归之以相与为夫妇。《隰桑篇》曰"心乎爱矣，瑕不謂矣"，犹言心既爱之，胡不归嫁之乎？"瑕不謂"，即《式微篇》之"胡不归"，彼归字本亦当训嫁也。《墨子·经上篇》曰"谓，移举加也"，言移此举以加之于彼，此析字义最精。归亦有移义，故《荀子·王制篇》曰"使相归移也"。《列子·说符篇》张注曰"谓者所以发言之指趣"，《汉书·杨王孙传》颜注曰"谓者名称也，亦指趣"，《华严经音义》下引《汉书音义》曰"谓者指趣也"。有所趣，即有所归，《淮南子·原道篇》高注曰"趣亦归也"。谓归一语，故并训趣。《说文》曰"谓，报也"。报赴声近，古亦通用。《礼记·少仪》"毋报往"，注曰"报读赴疾之赴"，《丧服小记》"报丧者报虞"注同，《古诗为焦仲卿妻作》"吾今且报府"，即赴府。谓归一语，报赴一语，谓训报，犹归训赴也。谓之与归，初本无别。其分也，则意有所趣赴谓之"谓"，身有所趣赴谓之"归"。其合也，则"归"为身言，而意之趣赴亦谓之"归"，汉严遵著书名"《老子指归》"是也，"谓"属意言，而身之趣赴亦谓之"谓"，《诗》"迨其谓之""瑕不谓矣"是也。然诗意既斥身之趣赴，则依字仍当以"謂"为正，"谓"为借。謂训行，趣赴即行矣。謂字不见其他经籍，字书中

《玉篇·广韵》而外，惟《广雅·释水》曰“渭，徻也”，王念孙疑徻之误，近是。而训行复与本篇毛传说吻合，疑徻即本篇三家异文之早佚者，故为康成所不及采。马瑞辰谓《传》读谓为会。“会而行之”之会即释经谓字，非是。谓会声类不同。

归有归往与归来二义。《诗》谓字训归往。《吕氏春秋·开春篇》曰：“王者厚其德，积众善，而凤皇圣人皆来至矣。共伯和修其行，好贤人，而海内皆来稽本作“以来为稽”从俞樾改。矣，周厉之难，天子旷绝，而天下皆来谓矣。”来谓即来归也。《一切经音义》二三引《白虎通》，《庄子·逍遥游篇》释文引司马注，并曰“稽，至也”。来至，来稽，来谓，义并同，谓读为归，归亦至也。此义虽与《诗》谓字微异，然亦可证谓归古字之通假。诸家校《吕览》或云请误，或云谒误，或云诣误。均不确，惟吴闿生谓《诗》“瑕不谓矣”与此同，最为卓识，特未悟字即归之假耳。

小星

实命不同 《传》：“实，是也。命不得同于列位也。”《笺》：“谓诸妾肃肃然夜行，或早或夜，在于君所，以次序进御者，是其礼命之数不同也。凡妾御于君不当夕。”

舍命不渝 〔《郑风·羔裘》〕《笺》：“舍犹处也。……是子处命不变，谓守死善道，见危授命之类。”

金文《令彝》曰“明公朝至于成周，【作册令】出令，舍三事令，……舍四方令”，《小克鼎》曰“王命膳夫克舍令于成周遹征八师之年”，《毛公鼎》曰“父厝舍命，毋有敢惷，敷命于外”。令命同字，而古书多施舍连文，“舍命”犹言发号施令也。《令彝》言“出令”，又言“舍令”，《毛公鼎》言“舍命”，又言“敷命”，出敷亦施也。林义光，吴闿生，于省吾，并云《羔裘篇》之“舍命”，即金文之“舍命”，至确。林训舍为锡，吴训为发，并与施义近。然古书言锡命，义有专属。吴说为长。今案本篇“实命”，实读为寘，《易》《坎》上六“寘于丛棘”，姚信本作实。寘命亦即舍命。《周南·卷耳篇》“寘彼周行”，《魏风·伐檀篇》“寘之河之干兮”，《大雅·生民篇》“诞寘之隘巷”。寘并训舍。《庄子·人间世篇》曰“福轻于羽，莫之知载，祸重于地，莫之知寘”，今作避，此从《释文》引旧本。寘与载对举，谓舍而不载也。传注并训寘为置，置亦舍也。《华严经音义》上引《广雅》曰“置，捨也”，舍捨同。舍弃之舍亦谓之寘，故施令谓之舍命，亦谓之寘命。“舍命不渝”，《管子·小问篇》引《古语》作“泽命不渝”，泽即释字。寘训置，置亦训释，《汉书·郅都传》注“置，释也”。《史记·吴王濞传》正义“置，放释也”。放释与施出义亦近。施令谓之寘命，亦犹谓之释命矣。《诗》曰“肃肃宵征，夙夜在公”，命即公之命，谓公之政令也。本篇“实命不同”“实命不犹”，并《羔裘篇》“舍命不渝”，《管子》“泽命不渝”皆古之成语，谓奉职不苟也，说详后文。

实命不同 《传》《笺》说见前。

同读为詷。《说文》曰“詷，譀也”“譀，诞也。”《家语·弟子篇》王注，《列子·黄帝篇》张注并曰“诞，欺也”。谨行君命，不辞劳苦，是为不欺其君，故曰“寔实命不詷”。《毛公鼎》曰“父厝舍命，毋有敢蠢”，蠢亦读为詷。《淮南子·墬形篇》注“蠢读人谓蠢然无知之蠢也”，《一切经音义》一七引《仓颉解诂》“蠢无所知也”，《庄子·山木篇》“侗乎其无识”，《释文》“侗，无知貌”。蠢之通詷，犹蠢之通侗。寔命犹舍命，说具上条，“毋有敢蠢”亦即“不詷”，《诗》与金文，义可互证。《说文》曰“詷，共也，一曰譀也”。《礼记·祭统篇》“铺筵设同几”，郑注“同之言詷也”，《疏》曰：“同共之同，言旁作同，故《古文字林》皆训詷为共。是汉魏之时，字义如此，是以读同为詷。今则总为一字。”据此，则诗字或本作詷，训譀，读者误为共詷之詷，乃改从今字耳。

实命不犹 《传》：“犹，若也。”《笺》：“诸妾夜行，抱衾与床帐，待进御之次序。不若，亦言尊卑异也。”

舍命不渝 〔《郑风·羔裘》〕《传》：“渝，变也。”

其德不犹 〔《小雅·鼓钟》〕《传》：“犹，若也。”《笺》：“犹当作愈，愈，病也。”

《方言》一三曰“猷，诈也”，《广雅·释诂二》曰“犹，欺也”，猷犹同。案犹训若，若者似是而非之谓，故引申为欺诈之义。《小雅·斯干篇》曰“兄及弟矣，式相好矣，无相犹矣”，马端辰训犹为欺诈，是也。今谓《鼓钟篇》“其德不犹”，犹亦训欺。一章曰“淑人君子，怀允不忘”，《笺》训允为信，二章曰“淑人君子，其德不回”，回读为违，不违即不背信，三章曰“淑人君子，其德不犹”，犹训欺，不欺亦即不失信也。本篇“实命不犹”与上章“实命不同（詷）”同义，犹与詷皆欺也。《羔裘篇》曰“舍命不渝”，渝犹声近义通，《斯干》《鼓钟》二犹字,《笺》并谓当作愈, 说虽未是, 然可证二字声近。不渝亦谓不为变者, 变与欺义亦相因, 变诈即欺诈也。

江有汜

江有汜《传》: "决而复入为汜。嫡能自悔也。"《笺》: "江水大, 汜水小, 然而并流, 似嫡媵宜俱行。"

泾以渭浊湜湜其沚〔《邶风·谷风》〕《传》: "泾渭相入, 而清浊异。"《笺》: "小渚曰沚。泾水以有渭, 故见渭浊。湜湜, 持正貌。喻君子得新婚, 故谓己恶也。己之持正守初, 如沚然不动摇。此绝去所经见, 因取以自喻焉。"

本篇二章《传》曰 "水歧成渚",《说文》曰 "汥, 水都也, 一曰水分流也" 歧与汥, 渚与都, 并同。三章《传》曰 "沱, 江之别者"。《书·禹贡》曰 "岷山导江, 东别为沱",《传》义本之《禹贡》。郑注曰 "今南郡枝江县有沱水",《水经·江水注》曰 "江水东径上明城北, 江沱枝分, 东入大江, 县治洲上, 故以枝江为称"。案沱之言它也, 本训枝出, 枝江即沱水别名, 县以水为名也。沱今字作汊。《集韵》"汊, 水歧流也"。汊之言杈也,《说文》"杈, 枝也"。《礼记·礼器》"晋人将有事于河, 必先有事于恶池",《秦诅楚文》作亚驼。恶池之言犹椏枝也,《广韵》引《方言》"江东言树枝为椏杈", 水之歧流, 如水之枝杈, 故曰恶池。渚也, 沱也, 皆水之枝流, 则汜亦宜然。木华《海赋》曰 "枝歧潭瀹, 渤荡成汜",《汉书·叙传》"芊疆大于南汜", 颜注曰 "汜, 江水之别也"。木颜说汜, 并与沱同义，最为确诂。巳古作ᘓ，与它同字，故汜沱亦本同字。《易林·遯之巽》《明夷之噬嗑》并曰“江水沱汜”，沱汜连语，汜亦沱也。妇人盖以水喻其夫，以水道自喻，而以水之旁流枝出，不循正轨，喻夫之情爱别有所归。下文“之子于从钱大昕冯登府补归，不我以”，之子谓新昏，以读为与，相亲与也，言新人来而故人疏，犹水决归汜而江涸也。《传》曰“决而复入为汜”。案汜本训水枝流，水决则歧出，以决释汜，可也。既决之后，或复入，或否，皆谓之汜。《传》专以决而复入者为汜，探下文“其后也悔”以为说也。

《谷风篇》“湜湜其沚”，《笺》曰“小渚曰沚”。案渚即本篇“江有渚”，《传》“水岐成渚”之渚，是，沚亦水之枝流。沚从止声，止即趾字，趾为足之枝出者，故水之枝流谓之沚。字亦作涛，《秦风·蒹葭篇》“宛在水中沚”，《韩诗》作涛，《尔雅·释水》“小陼曰沚”，《释文》“沚本作涛”，此虽谓水中之土，与《诗》沚字异义，然亦可证沚涛二字同。《穆天子传》一“以饮于枝涛之中”，郭注曰“水岐成涛，涛，小渚也”，涛为水枝流，故曰枝涛。此诗妇人以泾水喻夫，以渭之水道自喻，以泾之枝沚喻新人，言泾水流于渭中，则浊，及其旁溢而入于沚中，则湜湜然清，今君子与己居而日相怨怒，与新人居则和乐，亦犹是也。下文“宴尔新昏，不我屑以”，即承此言之。

《说文》洍下引《诗》作“江有洍”，吕祖谦《读诗记》引董氏说《石经》亦作洍。以茝一作芷，《尔雅·释草》“蘄茝，蘼芜”，樊光本作《芷礼记·内则》“妇或赐之茝兰”，《释文》本又作芷。赜一作迹《玉篇》例之，则洍亦沚字，因之汜沚亦同字矣。本篇江决为汜，与《谷风篇》泾别为沚，取喻正同，而此曰“之子于归，不我以”，与彼曰“宴尔新昏，不我屑以”，旨词亦合，参校二诗，喻意益明。传笺说俱未憭。

《卫风·氓篇》曰“淇则有岸，隰则有泮，——总角之宴，言笑晏晏，信誓旦旦”，此亦以河流喻爱情。隰当为湿，即漯水蔡启盛说，泮与畔同，亦岸也。淇湿之水以厓岸自拱持，而不旁出横泆，喻夫昔日之专一纯固，不二三其德。“总角之宴”三句极陈昔年乐事以点醒喻意。此与本篇《谷风篇》，虽意有反正，而取喻则一。近世歌谣设喻亦有类此者。川东《情歌》曰“好个堰塘又无水，好个姐儿又无郎”，云南《罗次情歌》曰“早早认得贪花路偌远，生死守着老花园，守着干沟等水放，守着死树等花开”，《寻甸情歌》曰“我是河中大石头，过了多少水波浪”，皆以水喻男，水道喻女也。川东《情歌》又曰“送郎看见一条河，河边一个回水沱，江水也有回头意，情哥切莫丢了奴”，此以江水入沱喻郎与己别，而借沱之倒流归江，以讽郎还反于己，与本篇造意最近。广东《梅县情歌》曰：“河水大里了河岸崩，阿妹走里了那儿跟，妹子走里了无处问，朝看日头夜看星。”此以水喻女，与传统习惯相反，然设喻之基本母题，固犹未变。云“河岸崩”，与《氓篇》言淇湿之岸泮，若合符节。

其后也处 《传》：“处，止也。”《笺》：“止，嫡悔过自止。”

瘨忧以痒 〔《小雅·正月》〕《传》：“瘨痒皆病也。”

鼠思泣血 〔《小雅·雨无正》〕《笺》：“鼠，忧也。”

《正月篇》曰“瘨忧以痒”，《雨无正篇》曰“鼠思泣血”，瘨与鼠同，皆忧也。忧思义近，瘨忧犹鼠思耳。本篇曰“其后也处”，处读为癙，亦忧思之谓。古人于心理之苦痛，与生理之苦痛，不甚区别，故忧病二词，义可互通。《山海经·中山经》"脱扈之山，有草名曰植楮，可以已癙"，郭注曰"癙，病也"。字一作鼠。《淮南子·说山篇》曰"狸头愈鼠，鸡头已瘘，虻散积血，斫木愈龋，此类之推者也"，《中山经》注，《太平御览》七四二，又九一二，并引鼠作癙。字又作处。《吕氏春秋·爱士篇》曰"阳城胥渠处，广门之宦夜款门而谒【赵简子】曰，'主君之臣胥渠有疾，医教之曰，得白狸本作骡误之肝，病则止，不得则死'"，高注曰"处犹病也"，朱骏声读处为癙，殆不可易。今案训病之癙通作处，训忧之鼠亦通处。《诗》字则读为训忧之鼠。二章曰"其后也悔"，悔与痗通，《小雅·十月之交》"亦孔之痗"，《释文》"痗本又作悔"，《尔雅·释诂》释文痗有昧晦二音。本章曰"其后也悔"，痗鼠，皆兼心理苦痛与生理苦痛二义。三章曰"其啸也歌"，亦所以表忧伤之情，详下条。

"它"本蛇字，"尤"象兽形，卜辞"亡它""亡尤"则训灾祸，尤又引申为过失，为怨尤。古语此类甚多。鼠亦害人之物，与它尤同类，故亦引申为病，为忧。然则忧病之义，鼠为本字，癙为后起专字，处则同声假借也。

其啸也歌《笺》："啸，蹙口而出声，嫡有所思而为之。既觉自悔而歌。歌者，言其悔过以自解说也。"

条其歗矣〔《王风·中谷有蓷》〕《传》："条条然歗女也。"

歗歌伤怀〔《小雅·白华》〕

啸歗字同。《说文·欠部》引本篇作歗，《中谷有蓷篇》《白华篇》，《释文》并曰"歗本作啸"。啸训蹙口出声，本为鸣声，今语所谓口哨，是也。然呼声之高激者亦近鸣，故呼声亦谓之啸，《楚辞·招魂》曰“永啸呼些”，《礼记·内则篇》“不啸不指”，郑注曰“啸读为啸本说此字叱”，是也。鸣声之啸与嚆义近，《庄子·在宥篇》“焉知曾史之不为桀跖嚆矢也”，《释文》“嚆，许交反”，引向注曰“嚆矢，矢之鸣者”。呼声之啸与号义近，《说文》曰“号，痛声也”，号号同。《诗》啸字皆训号。《中谷有蓷篇》“条其歗矣”，与“嘅其叹矣”“啜其泣矣”并举，歗犹号也。《列女传》三《漆室女传》曰“女倚柱而啸。旁人闻之，莫不为之惨者”，义与此同。《中谷有蓷篇》歗字用为动词，《白华篇》之歗，本篇之啸，则用为副词。《白华篇》曰“歗歌伤怀”，谓号哭而歌，忧伤而思也。《颜氏家训·风操篇》曰“礼以哭有言者为号”，《汉书·刘向传》“号曰”，颜师古注曰“号谓哭而且言也”。啸歌者，即号歌，谓哭而有言，其言又有节调也。本篇曰“其啸也歌”，其训将上二章其字并同，言将号然而歌也。《诗》凡言“口也”，上一字多为副词。“其后也悔”“其后也处”，与“今也每食无余”“今也日蹙国百里”，也上一字皆表时副词。“其啸也歌”，与“俾也可忘”“况也永叹”“烝也无戎”“展也大成”“市也婆娑”“匪直也人”“允也天子”后二例省系词，也上一字皆表状副词。

野有死麕

无感我帨兮 《传》：“感，动也。帨，佩巾也。”《笺》：“疾时无礼，强暴之男相劫胁。奔走失节，动其佩饰。”

帨，帨巾也，一曰缡，一曰袆，一曰蔽厀，一曰巿，字又作韨若韠。《仪礼·士昏礼》曰“母戒女，施衿结帨”，《豳风·东山篇》“亲结其缡”，《传》曰“缡，妇人之袆。母戒女，施衿结帨”。《传》引《礼经》结帨以释《诗》结缡，是缡即帨也。《尔雅·释器》“妇人之帏谓之缡”《释文》帏本作袆，孙炎注曰“袆，帨巾也”。义与毛合。《方言》四曰“蔽厀，江淮之间谓之袆”，《说文》曰“袆，蔽厀也”，是帨又即蔽厀。《说文》曰“巿，上古衣蔽前而已，巿以象之”，又曰“韠，韨也，所以蔽前”，《释名·释衣服》曰“韠，蔽也，所以蔽厀前也，妇人蔽厀亦如之”，是帨与巿，韨，韠，亦总为一物。《五经要义》曰：“太古之时，未有布帛，人食禽肉而衣其皮，但知蔽前，未知蔽后。”案近世社会人类学家咸谓加饰于前，所以吸引异性之注意，是衣服始于蔽前，名曰蔽之，实乃彰之。《太平御览》六四五引《慎子》曰：“有虞氏之诛，以幪巾当墨，以草缨当劓，以菲履当刖，以艾韠当宫。”韠可当宫者，以其为性器官之象征也。此最足代表蔽之即所以彰之之心理。《古今乐录》曰“宋……少帝时，南徐一士子，从华山畿往云阳，见客舍有女子，年十八九，悦之无因，遂感心疾。母问其故，具以启母。母为至华山畿寻访，见女，具以闻。感之，因脱蔽膝，令母密置其席下，卧之当已。少日果差。忽举席，见蔽膝而抱持，遂含食而死。”此又由器官之象征，扩大而为女性身体全部之象征。《礼记·内则篇》曰“女子生，设帨于门右”。盖帨所以象征女性，故设帨以纪念女子之生。《诗》言“无感我帨兮”，亦以此物之具有象征意义，故视同神圣，而戒人之犯之也。虽然，诗人之义，微而隐，蔽之既即所以彰之，又焉知戒之非即所以劝之哉？

何彼襛矣

唐棣之华 《传》："唐棣，移也。"《笺》："喻王姬颜色之美盛。"

渐车帷裳 〔《卫风·氓》〕《传》："帷裳，妇人之车也。"《笺》："帷裳，童容也。"

常棣之华 〔《小雅·常棣》〕《传》："常棣，棣也。"

维常之华 〔《小雅·采薇》〕《传》："常，常棣也。"《笺》："此言彼尔者乃常棣之华，以兴将率车马服饰之盛。"

古者车上张盖，冒之以布或席，谓之襜幨，字一作裧，声转为容，或谓之童容，又曰襜车，裧车，容车。襜之边缘，有浅垂如鳖甲之𪓰者，有深垂直下而成帷帐者。无垂与浅垂者皆谓之襜，深垂者谓之帷裳。帷裳即帷帐也。帷字一作帏，倒其文则曰裳帏。帷裳度又有与襜不相连属者，故析言之，襜在上而帷裳在旁，然有帷裳，则必有襜，故二者后世又每通称。妇人之车有帷裳，《列女传》四《贞顺篇·齐孝孟姬传》曰"野处则帷裳拥蔽"，是也。《氓篇》曰"渐车帷裳"，易顺鼎读渐为裧，谓"淇水汤汤，裧车帷裳"，与《竹竿篇》"淇水滺滺，桧楫松舟"，文同一例，其语至确。《仪礼·士昏礼》"妇车有裧"，郑玄注曰"裧，车裳帏"，《既夕记》"主妇车，疏布裧"，注曰"裧者，车裳帏，于盖弓垂之"。《周礼·巾车》"王后之五路，……皆有容盖"，郑众注曰"容谓之幨车，山东谓之裳帏，或曰潼童容"。

二郑注礼，与后郑笺诗，皆混襜与帷裳为一也。《御览》八二〇引曹植表“欲遣人到邺，市上党布五十匹，作车上小帐帷，谒者不听”，帐帷即裳帷，但此不必为妇人之车。丧车亦有帷裳。《礼记·杂记》上篇曰“诸侯行而死于馆，则其复如其国，……其輤有裧，缁布裳帷，……士輤……蒲席以为裳帷”，此则别襜与帷裳为二物。兵车亦有帷裳。《齐策》五曰“攻城之费，百姓理襜蔽，举冲橹”，《淮南子·汜论篇》“隆冲以攻，渠幨以守”，高注曰“幨，幰也，所以御矢也”，《兵略篇》曰“虽有薄缟之幨，腐荷之橹，然犹不能独穿也”。凡此曰襜若幨者，当即帷裳。《采薇篇》曰：“彼尔𦾪维何，维常之华。彼路斯何？君子之车。”此出师之诗，维常当读为帷裳，即《齐策》之襜，《淮南》之幨也。

古音唐棣与裳帷相近。唐棣一作常棣，常即衣裳本字。帷从隹声，棣从隶声，古读并归舌头，又同脂部，故帷棣声亦相近。肆《说文》作𨽸，从隶声。《书·汤诰》“肆台小子”，《墨子·兼爱下篇》作“惟余小子履”，《左传·成十三年》“昔逮我献公及穆公相好”，即昔惟我献公及穆公相好也，金文《吕行壶》“唯还”。《麦尊》“唯归”，即逮还逮归也。本篇“何彼襛矣，唐棣之华，曷不肃雝，王姬之车”，与《采薇篇》四句格调正同，此以“唐棣”为“裳帷”，犹彼以“维常”为“帷裳”也。且张参《五经文字》曰“襛字见《诗风》，从禾者讹”。案《说文·衣部》襛下引诗，并萧子显《代美女篇》“繁襛既为李，照水亦成莲”，字皆从衣，与张说合。正惟唐棣斥车服言，故襛字从衣作。后人误唐棣为木，乃改襛字亦从禾作，真所谓义失于前，文变于后也。《论语·子罕篇》引《逸诗》曰“唐棣之华，偏其反而，岂不尔思，室是远而”，《春秋繁露·竹林篇》《文选·广绝交论》注，并引唐作常。与《王风·大车篇》"大车槛槛，毳衣如菼，岂不尔思，畏子不敢"同一格调，彼毳衣本谓车衣说详彼篇，此唐棣即裳帷，亦即车衣也。偏反即翩翻，正裳帷从风飒舞之状。《逸诗》唐棣亦读为裳帷，可与本篇互证。《常棣篇》曰"常棣之华，鄂不韡韡"，与本篇"何彼襛矣，唐棣之华"，语调亦近，特二句互易其次耳。常棣亦当读为裳帷，其韡字从韦作，亦犹本篇襛从衣作，韦古袆字，袆即衣也。二句但谓兄弟偕来，其车服之盛，有如此者。"鄂不"犹"胡不"，《笺》以鄂为花萼，不为花跗，喻兄弟"恩义之显"，曲说也。详《常棣篇》。

要而言之，《采薇篇》之"维常"，即《氓篇》《列女传》之"帷裳"。倒言之曰"裳帷"，其名见《礼记》，帷字作作帏，见《仪礼》后郑注者二，《周礼》先郑注者一，又作"帐帷"，见曹植表。《常棣篇》之"常棣"，本篇及《逸诗》之"唐棣"，并即"裳帷也"。然《诗》以"唐棣""常棣"为"裳帷"，乃谐声廋语，与寻常所谓假借者不同。"裳帷"之声本似"唐棣""常棣"，其以车服为花树，初或由于听觉之误会，继而觉以花树拟车服，不失为美妙之联想，因复有意加深其误会，以增强其联想，而直呼之为"唐棣之华"。晋宋民间乐府，此例最多，不烦枚举。夫双关语之游戏，例为初期文艺之惯技，《三百篇》岂能独外？自后人不悟谐声之秘，而于此类但以字面解之，于是诗之所以为诗者益晦矣。

其钓维何维丝伊缗 《传》："伊维，缗纶也。"《笺》："钓者以此有求于彼，何以为之乎？以丝为之纶，则是善钓也。以言王姬与齐侯之子以善道相求。”

籊籊竹竿以钓于淇〔《卫风·竹竿》〕《传》:“籊籊,长而杀也。钓以得鱼,如妇人待礼以成家室。”

《国风》中言鱼,皆两性间互称其对方之廋语。本篇及《竹竿篇》皆言钓,意仍指鱼,但不明出鱼字耳。汉乐府《白头吟》曰“凄凄复凄凄,嫁娶不须啼,愿得一心人,白头不相离。竹竿何嫋嫋,鱼尾何簁簁,男儿重义气,何用钱刀为!”魏文帝《钓竿篇》曰“钓竿何珊珊,鱼尾何簁簁,行路之好者,芳饵又何为!”近代民歌,则广东《琼崖情歌》曰“钓鱼钓到正午后,鱼未食饵心早操,收起钓竿回去室,打隔无还此路头”以上男唱,“钓鱼钓到正午后,鱼未食饵心勿操,日头钓鱼鱼见影,有心钓鱼夜昏头”以上女唱,《潮州情歌》曰“七丈溪水七丈深,七个鲤鱼头戴金,七条丝线钓不起,钓鱼阿哥空费心”,贵州《安顺情歌》曰“筋竹林头砍钓竿,闲着无事钓鱼玩,河中鱼儿翻白肚,不上金钩也枉然”,又曰“太阳落坡坡背阴,坡背有个钓鱼坑,有心钓鱼用双线,有心连妹放宽心”,云南《寻甸情歌》曰“大河涨水滩对滩,沿河两岸紫竹山,别人说他没用处,我说拿做钓鱼竿”。以上以钓鱼喻求偶,义尤显白,并可与《诗》参证。

原载《清华学报》第十二卷第一期,民国二十六年一月。

邶　风

柏舟

我心匪鉴不可以茹 《传》:“鉴所以察形也，茹，度也。”《笺》:“鉴之察形，但知方圆黑白，不能度其真伪。我心非如是鉴，我于众人之善恶内外，心度知之。”

茹犹含也。《大雅·烝民篇》“柔则茹之，刚则吐之”，茹有含义，故与吐对举。旧训食，含与食义亦相因。古以水为鉴，而水可以含影。张衡《灵宪》曰:“日譬犹火，月譬犹水，火则外光，水则含影。”古又称甘心受辱谓之含诟，《左传·宣十五年》曰“国君含垢”，《汉书·路温舒传》作诟。《左传》贾注曰“含，忍也”，故含诟一曰忍诟。《离骚》“屈心而抑志兮，攘(囊)尤而忍诟”，《庄子·让王篇》“强力忍诟”，《荀子·解蔽篇》“厚颜而忍诟”。此以鉴之含影，喻心之含诟，言鉴能含影，我心则不能含诟而不伸也。“不可以茹”起下“薄言往愬”之文。愬于兄弟即倾吐之于兄弟。愬吐亦声近义通。愬或体作诉，从斥声，斥有弃义《汉书·武帝纪》注，

《江都易王非传》注，而吐亦训弃《苍颉篇》，斥与潟通，《禹贡》"滨海广斥"，《史记·夏本纪》作潟。而吐训泻《广雅·释言》，潟泻字通，并其证。然则上言"不可茹"，下言"往愬"，茹与愬对举以见义也。传笺说失之。

寤辟有摽　《传》："辟，拊心也。摽，拊心貌。"

独寐寤言　〔《卫风·考槃》〕《笺》："寤，觉。……在涧独寐，觉而独言，长自誓以不忘君之恶。志在穷处，故云然。"

可与晤歌　〔《陈风·东门之池》〕《传》："晤，遇也。"《笺》："晤犹对也，言淑姬贤女，君子宜与对歌，相切化也。"

《召南·羔羊篇》"素丝五紽"，《齐风·南山篇》"葛屦五两"，陈奂读两五字并为交午之午，《秦风·小戎篇》"五桑梁辀"，于省吾读五亦为午，其说并是。案五午古同字，本象交午形详《羔羊篇》，后世五为数字，午为日干字，交午之义，则以互为之互𠄨本一字，古音与五同。寤为五之孳乳字，本篇"寤辟擗有摽"，寤正当读为互。擗同捭，两手击也，摽读为嘌，有嘌犹嘌嘌，象击声。"寤擗有嘌"，言两手交互击胸，其声嘌嘌然也。《考槃篇》之"寤言""寤歌""寤宿"，宿读为啸，详彼篇。《东门之池篇》之"晤歌""晤语""晤言"，谓以言词互相问答，或以歌声互相唱和，寤晤亦并读为互。《东门之池笺》训晤为对。对有面之对向与声之对答二义，依《正义》"对偶而歌"之说，则《笺》意乃斥面之对向，与《传》训遇者，仍无大别，俱非《诗》义。《考槃笺》训寤为觉，失之尤远。此《诗》寤字本与独字对举见义，言一人独宿，乃梦与他人互相问答唱和也。《说文》寤从㝱省。此因言梦中情事，故字作寤。然字之主要涵义乃在"吾"不在"㝱"，吾与五同，五即交午也。《笺》误读此字从“寤”义，而以为《诗》意寣与寐对举，故训为觉耳。

日居月诸胡迭而微 《笺》：“日，君象也。月，臣象也。微谓亏伤也。君道当常明如日，而月有亏盈。今君失道而任小人，大臣专恣，则日如月然。”

日居月诸照临下土 〔《日月》〕《传》：“日乎月乎，照临之也。”《笺》：“日月喻国君与夫人也。当同德齐意以治国者，常道也。”

瞻彼日月悠悠我思 〔《雄雉》〕《传》：“瞻，视也。”《笺》：“日月之行，迭往迭来。今君子独久行役而不来，使我心悠悠然思之。女怨之辞。”

不日不月 〔《王风·君子于役》〕《笺》：“行役反无日月，何时而有来会期。”

东方之日兮 〔《齐风·东方之日》〕《传》：“日出东方，人君明盛，无不照察也。”《笺》：“言东方之日者，愬之乎耳。……日在东方，其明未融，……喻君不明。”

东方之月兮 〔同上〕《传》：“月盛于东方。君明于上，若日也，臣察于下，若月也。”《笺》：“月以兴臣。月在东方，亦言不明。”

《国风》中凡妇人之诗而言日月者，皆以喻其夫。《日月篇》曰“日居月诸，照临下土，乃如之人兮，逝不古处”，此以日月为夫之象，最为著明。《韩诗外传》四曰“夫照临而有别，妻柔顺而听从”，夫言照临，即以日月为喻，义盖本乎此诗。本篇曰“日居月诸，胡迭而微”，此以日月无光喻夫之恩宠不加于己也。《雄雉篇》曰“瞻彼日月，悠悠我思，道之云远，曷云能来”，正惟日月为夫之象，故瞻日月而联想及于彼远道之人。《东方之日篇》曰“东方之日兮，彼姝者子，在我室兮”，又曰“东方之月兮，彼姝者子，在我闼兮”，则以日月在望喻夫之来至。《日月篇》“日居月诸，出自东方”，兼言东方，与此同比。至《君子于役篇》“君子于役，不日不月”，以首章“不知其期”例之，自是不能以日月计之意，《管子·白心篇》“不日不月，而事以从”，尹注曰“但循道而往，不计日月，事已从而成也”。然亦未尝不可义取双关，兼以不见日月隐射夫之行役未归。以日月喻夫者，天象之著者莫著于日月，以天地比夫妇，言日月犹言天也。本篇一章曰“日居月诸，照临下土”，下土即下地，妇人以天喻夫，以地自喻，日月与下土对举，犹天与地对举。二章曰“日居月诸，下土是冒”，犹言天冒覆地也。传笺泥于后世以日月分喻男女之观念，故于诸诗咸不得其解。《君子于役篇》言日月，义取双关，《笺》意但以无日月为无期，盖亦知其一，不知其二邪？互详《日月篇》“俾也可忘”条。

绿衣

绿衣黄里 《笺》：“鞠衣黄，展衣白，褖衣黑，皆以素纱为里。今褖衣反以黄为里，非其礼制也，故以喻妾上僭。”

王先谦曰“《说文》‘里，衣内也’。此章对里言，则衣是在表之衣，下章对裳言，知衣是在上之衣，因文以见义也”。案王谓此章之衣即下章之衣，固然，实则此章之里亦即下章之裳。此里谓在里之衣，即裳，非袷衣之里也。此章衣与里为二，犹下章衣与裳为二。衣在表，裳在里，衣短裳长，短不能掩长，故自外视之，衣在上，裳在下，此章曰“绿衣黄里”，以内外言之，下章曰“绿衣黄裳”，以上下言之，里之与裳，宁有二事哉？且末章曰“絺兮绤兮，凄其以风”，絺绤为当暑之服，明诗作于夏日，而夏衣单衣，固不得有里。《易·坤》六五“黄裳元吉”，《象传》曰“黄裳元吉，文在中也”。案中亦里也，衣质而裳文，裳在里，故黄裳之象为文在中。《左传·昭十二年》惠伯曰“故曰‘黄裳元吉’，黄，中之色也，裳，下之饰也”，义同。《诗》称裳为里，犹《象传》惠伯称裳为中矣。

燕燕

远送于南 《传》：“陈在卫南。”

王质说此诗曰：“二月中春原误为乙鸟至，当是国君送女弟适他国在此时也”。崔述曰“但有惜别之意，绝无感时悲遇之情，而《诗》称‘之子于归’者，皆指女子之嫁者言之，未闻有称大归为于归者。恐系卫女嫁于南国，而其兄送之之诗，绝不类庄姜戴妫事也。”案二氏并以为国君送女弟出适，是也。魏源曰：“‘仲氏任只’，犹《大明篇》之‘挚仲氏任’，自是薛国任姓之女，非陈妫之称。此诗即出庄姜，亦必送子完之妇，或系薛女。”又曰：“此妇本出薛国任姓。薛在卫东南，故云‘远送于南’。《易林》云‘涕泣长诀，我心不悦，远送卫野，归宁无咎’，此亦以为公子妇之归宁也。”案诗非谓归宁，王崔说自不可易。魏以“仲氏任只”证女为任姓，亦发千载未发之覆。惟周初以来，任姓大国，有任有铸，辄定为薛，殊无确据。《周语》中“昔挚畴之国由太任”。挚即薛，见《唐书·宰相世系表》。畴一作祝，金文及《左传·襄二十三年》《吕氏春秋·慎大篇》又并作铸。《左传·隐十一年》疏引《世本·姓氏篇》“任姓：谢章薛舒吕祝终泉毕过”，《潜夫论·志姓氏篇》“（薛）及谢章吕采祝结泉卑过狂犬氏，皆任姓也”。今酌取众说，定诗为任姓国君送妹出适于卫之作。

虽然，薛铸接壤，均在今山东南部，由此往卫，当西北行，而云“远送于南”，何也？曰：南林古声近字通，此南字当读为林也。金文《士父钟》“𬞟钟”即《左传·襄十九年》之“林钟”，《兮仲钟》《井人妄钟》“大𬞟钟”即《周语》下之“大林”，而《虢叔旅钟》“𬞟龢钟”，《楚王钟》又作“南龢钟”，是林南可通之证一也。《免簋》曰“令女足周师司𬞟”，即司林，若周官林衡之比。或称“司某林”。《免簠》曰“令免作司土徒，司郑还𬞟，眔虞，眔牧”，《同簋》曰“王命同左右吴大父司昜林虞牧”。司郑还𬞟与司昜林语例同，还𬞟即还林，与昜林皆林之私名。《然员鼎》曰“王兽狩于眂𬞟”，𬞟亦𬞟林字，而字从南作，是林南可通之证二也。南面或本系一字，有说别详。“远送于南”即“远送于林”，犹“远送于野”也。林野古为同义字。野古作埜，卜辞，金文，《吕氏春秋·爱士篇》《玉篇》《集韵》并同。《说文》作壄，加予为声符。从林从土，是野亦林也。埜楚疑本亦同字，《说文》“楚，丛木也”。郑游楚字子南，南亦林字。《鲁颂·駉篇传》曰“邑外曰郊，郊外曰野，野外曰林，林外曰坰”，疑野也，林也，皆郊外之地，本无远近之别，故《诗》中每二名并举而为互文。《召南·野有死麕篇》曰“林有朴樕，野有死鹿”，《陈风·株林篇》一章曰“株林”，二章曰“株野”，凡此言林，并犹野也。本篇一章曰“远送于野”，三章曰“远送于林”，亦林野互文，特字假南为之，故读者咸不得其义耳。

《春秋经·桓三年》“公子翚如齐逆女，九月，齐侯送姜氏于欢”，《左传》曰：“齐侯送姜氏，非礼也。凡公女嫁于敌国，姊妹则上卿送之，以礼于先君，公子，则下卿送之。于大国，虽公子，亦上卿送之。于天子，则诸卿皆行，公不自送。于小国，则上大夫送之。”《公羊传》曰：“齐侯送姜氏于欢，何以书？讥。何讥尔？诸侯越竟送女，非礼也。”《谷梁传》曰：“礼送女，父不下堂，母不出祭门，诸母兄弟不出阙门。……送女逾竟，非礼也。”案诸书所记礼文，或系远古遗俗，久经废弃，或系后儒一家之言，从未实行，故往往与当时行为不合。本篇言国君嫁妹，远送林野，本不必以三传之说定其虚实或绳其曲直。且《公羊》但讥越竟送女，本篇送于林野，未越国竟，亦不得为非礼。《谷梁》云“父不下堂”，即《仪礼·士昏礼》之“主人不降送”，不降送实即不送。《仪礼》盖战国时书，亦不必与《诗》尽合。且依《谷梁》，是下堂即已违礼，不待越竟，乃下文复云“送女逾竟，非礼也”，不知所讥者为送乎？抑送而逾竟乎？是其持说，已自相矛盾。若左氏谓卿或大夫“送之以礼于先君，……公不自送”，礼于先君谓礼于先君之庙，是国君不惟不下堂，且未尝入庙。此与古俗“敬慎重正昏礼”之意尤不合。《士昏礼》“主人筵于户西，西上右几”。（郑注“设神席于庙”。）又“主人揖入，宾执雁从，至于庙门，揖入”。《礼记·昏义》“主人筵几于庙，而拜迎于门外，入揖让而升，听命于庙，所以敬慎重正昏礼也”。案士礼如此，诸侯从可推焉。覆按诸家之说，其互相参差已如此，又何足为考古之资乎？因国君送女之礼，与本篇有关，故附辩之。

日月

逝不古处　《传》："逝，逮，古，故也。"《笺》："其所以接及我者，不以故处，甚违其初时。"

逝将去女　〔《魏风·硕鼠》〕《笺》："逝，往也。往矣将去女，与之诀别之辞。"

噬肯适我　〔《唐风·有杕之杜》〕《传》："噬，逮也。"

逝不以濯　〔《大雅·桑柔》〕《传》："濯所以救热也，礼所以救乱也。"《笺》："逝犹去也。我语女以忧天下之忧，教女以次序贤能之爵，其为之，当如手持热物之用濯。"

《尔雅·释言》曰"遏，遾，逮也"。《方言》七曰"蝎，噬，逮也。东齐曰蝎，北燕曰噬，逮，通义也"。《有杕之杜篇传》曰"噬，逮也"。《小雅·四月篇》"曷云能谷"，《传》曰"曷，逮也"，《正义》以为《释言》文。案遏蝎与曷通遾与噬通。噬，曷并训逮，是噬亦曷也。《有杕之杜篇》"彼君子兮，噬肯适我！中心好之，曷饮食之！"噬与曷错举，曷为疑问副词，噬字亦然。下章"噬肯来游"，义同。字一作逝。《有杕之杜篇》释文引《韩诗》噬作逝。本篇"逝不古处"《传》曰"逝，逮"，《正义》亦以为《释言》文，而今《尔雅》作遾。"逝不古处"并下章"逝不相好"，《桑柔篇》"逝不以濯"，逝不均犹曷不也。《硕鼠篇》"逝将去女"下谓曷将去女。传笺诸说均非。

逝不古处 《传》:"古,故也。"《笺》:"其所以接及我者,不以故处,甚违其初时。"

我姑酌彼金罍 〔《周南·卷耳》〕《传》:"姑,且也。"《笺》:"君且当设燕飨之礼,与之饮酒以劳之。"

假寐永叹 〔《小雅·小弁》〕《笺》:"不脱衣冠而寐曰假寐。"

于乎不显文王之德之纯假以溢我我其收之 〔《周颂·维天之命》〕《传》:"假,嘉,溢,慎,收,聚也。"《笺》:"溢盈溢之言也。……以嘉美之道,饶衍与我,我其聚敛之,以制法度,……"

《广雅·释诂二》曰"甝,息也"《玉篇·广韵》同。案凡言止息,休息,皆寓暂时之意,暂时即姑且。甝曹宪音姑,盖即姑且字之或体。《礼记·檀弓上篇》曰"细人之爱人也以姑息",姑亦息也,姑息亦暂时之意。字一作盬。《方言》十三"盬,且也",郭注曰"盬犹甝也",《玉篇》曰"盬,姑也"。经籍无甝字,始见《广雅》,疑即本篇"逝不古处"古字之三家异文。古处本即姑处,此盖因与处字连文,故字变从处耳。"逝不古处",言曷不暂时留居,犹《卷耳篇》"我姑酌彼金罍"之言暂时酌彼金罍也。

然副词与动词同一语根时,例当先为动词,后为副词。古音"姑且"与"假借"同,疑副词"姑且"出于动词"假借",因之"姑且"之本字即"假借"矣。《小弁篇》"假寐永叹","假"为限制"寐"之副词,下文"不遑假寐",《晋语》五"蚤而假寐",可证。"假寐"与"永叹"对举。假寐即姑寐,犹言暂时寝息也。《维天之命篇》"假以溢我",假亦读为姑，溢与益同，读为锡，言文王以其德纯《录伯𢦏𣪘》"秉德𢍰纯"，《善鼎》"秉德共纯"。《厚子壶》"承受纯德"，谓纯与德。暂时锡我也。副词"假"之义为"姑"，犹副词"借"之义为"且"。《大雅·抑篇》曰"借曰未知，亦既抱子"，"借曰"亦即"姑且曰"。借与《郑风·溱洧篇》"且往观乎"，《唐风·山有枢篇》"且以喜乐，且以永日"，《小雅·吉日篇》"且以酌醴"之且，皆暂时之意也。以上《周颂·大雅》用假用借，为古本字，《国风》用姑古用且，为后起假声字，《小雅》用假用且，古本字与后起假声字互见，比而观之，可以觇各诗写定年代之先后矣。

俾也可忘 《笺》："俾，使也。君之行如此，何能有所定，使是无良可忘也。"

洵有情兮而无望兮 〔《陈风·宛丘》〕《笺》："此君信有淫荒之情，其威仪无可观望而则效。"

万民所望 〔《小雅·都人士》〕《笺》："都人之士，所以要归于忠信，其余万民寡识者，咸瞻望而法效之。"

望有仰望托恃之义。《左传·成九年》曰"大夫勤辱，不忘先君，以及嗣君，施及未亡人，先君犹有望也"，襄三年曰"以敝邑介在东表，密迩仇雠，寡君将君是望"，二十七年曰"善哉保家之主也，吾有望矣"，昭二年曰"敢拜子之弥缝敝邑，寡君有望矣"，八年曰"顷灵福子，吾犹有望"，十六年曰"孺子善哉，吾有望矣"，望皆恃赖之意。《都人士篇》曰"万民所望"，言君子为万民所瞻望而托恃者。《宛丘篇》曰"洵有情兮，而无望兮"，言歌舞祀神之人，虽有诚信之情，而此身无可托恃，意谓鬼神之渺茫难知也。本篇“俾也可忘”，忘读为望。望忘古字通。金文《㝬毁》曰“㝬弗敢望公白休”，《县妃毁》曰“其自今日孙孙子子毋敢望伯休”。字一作謹，《献鼎》曰“十叶不謹”，《师望鼎》曰“王用弗謹圣人之后”，《召卣》曰“召弗敢謹王休异”，《帅隹鼎》曰“曰余叔母，庸有謹？”以上望謹并借为忘。《诗》则借忘为望。“胡能有定，俾也可望”，言愿夫能定居，使己益可得而仰望托赖之也。

古者以日月比君上，故上之于下曰照临，而下之于上曰仰望。《左传·桓二年》曰“君人者，将昭德塞违，以临照百官”，昭二十八年曰“照临四方曰明”，此上于下曰照临者也。《都人士篇》曰“万民所望”，《左传·襄十四年》师旷曰“民奉其君……仰之如日月，……夫君，……民之望也”，《汉书·郊祀志下》曰“百姓印望”，此下于上曰仰望者也。师旷言“仰之如日月”，尤可证凡于人君言望者，本以日月为喻。又《左传·昭三年》曰：“齐侯使晏婴请继室于晋，曰‘……不腆先君之适，以备内官，焜燿寡人之望，则又无禄，早世陨命，寡人失望。君若不忘先君之好，惠顾齐国，……照临敝邑，镇抚其社稷，则犹有先君之适及遗姑姊妹若而人，君若不弃敝邑，而辱使董振择之，以备嫔嫱，寡人之望也。’”曰“焜燿寡人之望”，明所望者为有光体。“焜燿”与“照临”对举，亦以日月为喻也。夫照临者务在抚育，而仰望者情切恃赖，故义之引申，临亦训抚，而望亦训恃。夫妻之道犹君臣也。是以夫之于妻亦曰照临，妻之于夫亦曰仰望。本篇上文曰“日居月诸，照临下土”，喻夫道，此文曰“俾也可望”，喻妻道，两两对举，义相关连，与《左传》以“焜燿寡人之望”

与“照临敝邑”对举，其比正同。《笺》读本篇之“忘”如字，大乖《诗旨》，释《宛丘》《都人士》两望字为观望而则效之，亦未切确。互详《柏舟篇》“日居月诸”条。

父兮母兮畜我不卒 《笺》：“畜，养，卒，终也。父兮母兮者，言己尊之如父，又亲之如母，乃反养遇我不终也。”

母也天只不谅人只 〔《鄘风·柏舟》〕《传》：“谅，信也。母也天也，尚不信我，天谓父也。”

《史记·屈原列传》曰：“天者人之始也，父母者人之本也。人穷则反本，故劳苦倦极，未尝不呼天也，疾痛惨怛，未尝不呼父母也。”《孟子·万章上篇》曰“舜……号泣于旻天，于父母”，于读为呼，《列女传·有虞二妃传》正作呼。《小雅·巧言篇》曰“悠悠昊天，曰父母且！无罪无辜，乱如此幠”，林义光读曰为越，训与，云“言昊天越父母者，因疾痛而呼天呼父母”。案林说是也。《柏舟篇》曰“母也天只！不谅人只”，此女子失恋之诗，“不谅”谓彼舟中之男子不信己。“母也天只”，则痛极而呼天呼母之辞。本篇曰“父兮母兮！畜我不卒”，上句亦痛极而呼父母之辞。妇人以夫好己不终。畜训好，说本马瑞辰。悲痛之情，无可告诉，故呼父母也。《柏舟传》训天为父，而以不谅为父母不谅己，本篇《笺》以父母指夫，而解之曰“言尊之如父，亲之如母”，并迂曲已甚。

终风

终风且暴 《传》：“终日风为终风。暴，疾也。”《笺》：“既竟日风矣，而又暴疾。兴者，喻州吁之为不善，如终风之无休止，而其间又有甚恶。”

《说文》曰：“瀑，疾雨也，从水暴声，《诗》曰‘终风且瀑’。一曰沫也，一曰暴賈也。”案《说文》又曰“齐人谓靁为賈”，《广雅·释天》亦曰“賈，雷也”，是暴賈即暴雷说本朱骏声。疑本篇暴字，三家亦有训为雷者。二章曰“终风且霾”，《尔雅·释天》曰“风而雨土曰霾”。三章曰“终风且曀”，曀当从《韩诗》作壇，天阴尘起也。末章“曀曀其阴”，《韩》作壇壇，此章曀字当与彼同。霾壇义同。末章曰“曀曀其阴，虺虺其靁”，此以上句申二三两章之霾曀，下句申首章之暴，暴即雷也。终本当训既王念孙说。试依《传》训暴为疾，则“终风且暴”犹既风且疾，殊为不词。依《尔雅·释天》“日出而风为暴”，以暴为风名，则“终风且暴”又犹既风且风，尤不成文义。《说文》作瀑，训疾雨，于义稍胜矣。然下章言霾，谓大风扬尘，夫既已有雨，又焉得有尘？是以知其说之亦不可通。惟据《说文》一说训暴为雷，乃与上下文义无牾，且与末章“虺虺其靁”之文相应，今姑从之。

击鼓

爰居爰处爰丧其马　《传》：“有不还者，有亡其马者。”《笺》：“爰，于也。……今于何居乎？于何处乎？于何丧其马乎？”

爰采唐矣沬之乡矣　〔《鄘风·桑中》〕《传》：“爰，于也。”《笺》：“于何采唐？必沬之乡。”

乱离瘼矣爰其适归　〔《小雅·四月》〕《笺》：“爰，曰也。今政乱国将有忧病者矣，曰此祸其何所之归乎？”

右爰字俱疑问代名词，犹言在何处也。本篇曰“爰居爰处？爰丧其马？于以求之？于林之下”。以与台同，犹何也，于以即于何杨树达说，爰亦于何也。上言爰，下言于以，变文避复，兼以足句。《桑中篇》曰“爰采唐矣？沬之乡矣”，与下文“云谁之思？美孟姜矣”，文同一例，爰谁皆疑问代名词。以上诸爰字传笺虽并训于，而《笺》于通释全文时仍曰“于何”，盖紬绎《诗辞》，得之象外，而初不自觉也。《硕鼠篇》一章曰“爰得我所”，二章曰“爰得我直”，三章曰“谁之永号”，亦爰与谁对举。又各章上文俱曰“逝将去女”，逝犹曷也详《日月篇》，逝谓何时，爰谓何地，亦皆疑问代名词。《四月篇》曰“乱离瘼矣，爰其适归？”犹言其将归向何处也。《正义》曰“此忧病之祸，其何所之归乎？”任昉《为范尚书让吏部表》曰“乱离斯瘼，欲以安归？”皆与《诗》意符合。《家语·辨政篇》《华阳国志》九《李特雄期寿势志》并引《诗》爰作奚，字虽有误，而于《诗》之疑问语气固自吻合。以上二篇诸爰字，《笺》俱训为曰，则诗人忧愤之情，悲呼之状，胥不可见矣。林义光已释《四月篇》之爰为在何处，而不及余三篇，因补论之，以广其说。

于嗟洵矣 《传》：“洵，远。”《笺》：“叹其弃约，不与我相亲信。亦伤之。”

《释文》曰“洵，呼县反”，疑字即借为县。《大雅·灵台篇笺》曰“栒，所以悬钟鼓也”。字一作筍，又作簨。《文选·西京赋》薛注曰“县钟格曰簨”，《笛赋》“磬襄弛县”，李注曰“悬，钟架也”。是钟鼓架名，县悬为本字，栒筍簨等为后制之形声专字。洵读为县，犹栒笱筤之本作县也。县有久义。盖县则停，《后汉书·皇甫规传》注“悬犹停也”。停则久，因之久亦曰县久，《荀子·性恶篇》“加日县久”，杨注曰“县久，县系以长久”，是其义。《诗》曰“于嗟阔兮，不我活会兮，于嗟洵县兮，不我信兮”，上二句以地言，下二句以时言，谓戍地之辽远，既隔绝我身，使不能与室家相会，戍时之县久，又失信于我，使不能如期以归也。传笺说俱未了。《韩诗》洵作敻，训远，亦非达诂。

凯风

凯风自南 《传》:“兴也。南风谓之凯风，乐夏之长养者。”《笺》:“兴者，以凯风喻宽仁之母，棘犹七子也。”

《庄子·齐物论篇》说风曰“是唯无作，作则万窍怒呺”，《文选·风赋》曰“盛怒于土囊之口”，《淮南子·天文篇》曰“天之偏气，怒者为风”，此皆以人之忿怒喻风。《诗》言风，则多以喻暴怒之男性。《邶风·谷风篇》曰“习习谷风，以阴以雨，黾勉同心，不宜有怒”，此以谷中大风喻夫之暴怒。谷风非和舒之东风，说详《邶·谷风篇》。《小雅·谷风篇》曰“习习谷风，维山崔嵬，无草不死，无木不萎”，亦以谷风喻夫之残暴。《邶风·终风》笺谓风以喻州吁。诗与州吁之关系若何，虽不可知，其以风喻暴戾之男性，则较然明白。《小雅·何人斯篇》亦女子之词详彼篇，《诗》曰“彼何人斯！其为飘风，胡不自北？胡不自南？”此以飘风喻男子之无情也。本篇曰“凯风自南，吹彼棘心”，棘心即下章之棘薪，而《诗》中兴义之薪，皆喻妇女，说具下条故知此言凯风吹棘，凯风谓大风，详下。棘乃谓七子之母，风则其父也。下文曰“吹彼棘心，棘心夭夭”，夭夭为倾屈之貌详《周南·桃夭篇》，棘受风吹而倾屈，喻母受父之虐待，故又曰“母氏劬劳”。《序》曰“卫之淫风流行，虽有七子之母，犹不能安其室”。七子之母不安其室，当系相传古谊，淫风流行，则作《序》者私所涂附。夫母以不堪父之虐待而思去，则咎不在母，故《孟子·告子下篇》以为“亲之过小”。赵注曰：“《凯风》言‘莫慰母心’，母心不说也，知亲之过小也。”不悦盖即遇人不淑之意。《孟子》之意，盖谓妇人当从一而终，今乃欲舍其夫与七子而去，则失为妻为母之道，此其所以为过也，特以其被迫至此，故又为过之小者。审如《序》说，以“淫风流行”为妇人所以不安其室之故，则是千载母仪之羞，此而谓之过小，孰为大过乎？惟是七子处境，则诚甚难，母既无可责，父亦不可怨，惟有陈诗自咎，冀父与母心皆有所感，而终以言归于好而已。虽然推原情实，过本在父，故篇中一则曰凯风吹棘，再则曰寒泉浸薪，皆隐射父之不能善待其母。寒泉说详下明乎此，则诗之作，名为慰母，实为谏父耳。

岂声字多有大意。《吕氏春秋·不屈篇》曰“恺者大也”，《说文》曰“剀，大镰也”，《广雅·释诂一》曰“凯，大也”。《汉书·司马相如传》“临曲江之隑州”张注及《广雅·释诂二》并云“隑，长也”，长大义相因。凯风者，大风也。《诗》曰“凯风自南”，而南风《夏小正》谓之俊风，《吕氏春秋·有始篇》《淮南子·墬形篇》谓之巨风，《淮南子·天文篇》《史记·律书》谓之景风，俊巨景皆大也说本马瑞辰。风大则无不飘疾暴怒,《大雅·卷阿篇》曰“飘风自南”,凯风犹飘风矣。《玉篇》曰“飄,疾风也”,凯飄声近,凯或即飄之借字。要之,凯风非和乐之风,其所喻亦不指宽仁之母,则明甚。传笺义与《孟子》“亲之过小”之语不相应,昔儒颇多异说。今依全诗设喻之通义,以求《孟子》之意,而定此诗为七子谏父之作,庶可以息千载聚讼之纷乎?

吹彼棘心 《传》:“棘,难长养者。”《笺》:“棘犹七子也。”

金文心字作,象心房形,此心脏字,又作,此心思字,为声符兼意符。者鑯之初形,心鑯古音同部今字作尖。《释名·释形体》曰“心,纤也,所识纤微无不贯也”。阮元谓此训最合本义,《说文》心部次于思部,思部次于囟部,而系部细部即从囟得声得义,故知心亦有纤细之义。案阮说是也。心从会意,故物之尖锐者亦得冒心名。枣棘之芒刺,物之尖锐者也,故亦谓之心。《易·坎》上六“寘于丛棘”,虞注曰“坎多心,故丛棘”,又《说卦传》“坎,……其于木也为坚,多心”,虞注曰“坚多心,枣棘之属”。棘之芒刺谓之心,因之棘亦谓之心。《尔雅·释木》“朴樕,心”,《野有死麕篇》正义引孙注曰“朴樕一名心”,又引某氏注曰“朴樕,槲樕也,有心,能耐湿,江淮间以作柱”。合棘与心二字为复合名词,则曰棘心。《仪礼·特牲馈食礼》曰“棘心匕刻”,棘心匕即《小雅·大东篇》“有救棘匕”之棘匕。然则棘心犹棘也。《诗》一章曰“吹彼棘心”,二章曰“吹彼棘薪”者,以其体言则曰棘心,以其用言则曰棘薪,其实皆即棘耳。《传》“棘,难长养者”,段玉裁云棘下夺心字,棘心对下章棘薪为其成就者而言,谓棘之初生萌蘖,故云难长养者案此说实本《集传》。

此申传义或是，经意则未必然。知之者，《诗》又曰“棘心夭夭”，夭夭，倾屈貌详《周南·桃夭篇》，心果谓萌蘖，其受风吹，安得夭夭之状乎？乐府《长歌行》曰“凯风吹长棘，夭夭枝叶倾”，谓之长棘，则非萌蘖，明矣。阮元徐灏并知心为芒刺之名，而不知其又由芒刺引申为木名，此亦未达一间，盖风吹芒刺，亦不得夭夭之状也。诸家皆泥于《传》说，以棘喻七子，谓心其幼小时，而薪则其已长大者。实则棘心即棘薪，而薪于《诗》例为妇人之象征，本以指母，非指子也。说详下条。

吹彼棘薪 《传》：“棘薪，其成就者。”

翘翘错薪言刈其楚 〔《周南·汉广》〕《传》：“翘翘，薪貌。错，杂也。”《笺》：“楚，杂薪之中尤翘翘者，我欲刈取之，以喻众女皆贞洁，我又欲取其尤高洁者。”

不流束薪 〔《王风·扬之水》〕《笺》：“激扬之水至湍迅，而不能流移束薪。兴者，喻平王政教烦急，而恩泽之令，不行于下民。”

不流束薪 〔《郑风·扬之水》〕

析薪如之何 〔《齐风·南山》〕《笺》：“此言析薪必待斧，乃能也。”

绸缪束薪 〔《唐风·绸缪》〕《传》：“男女待礼而成，若薪刍待人事而后束也。”《笺》：“昏而火星不见，嫁娶之候也。今我束薪于野，乃见其在天，则三月之末，四月之中，见于东方矣，故云不得其时。”

烝在栗薪 〔《豳风·东山》〕《传》：“烝，众也，言我心苦事又苦也。”《笺》：“烝，尘，栗，析也。言君子又久见使析薪，于事尤苦也。古者声栗裂同也。”

伐木掎矣析薪扡矣〔《小雅·小弁》〕《传》:“伐木者掎其巅，析薪者随其理。”《笺》:“掎其巅者，不欲妄踣之。扡谓观其理也。必随其理者，不欲妄挫折之。以言今王之遇太子，不如伐木析薪也。”

无浸获薪〔《小雅·大东》〕《传》:“获，艾也。”《笺》:“获，落木名也。既伐而析之以为薪，不欲使氿泉浸之。浸之，则将湿腐不中用也。今谭大夫契契忧苦而寤叹，哀其民人之劳苦者，亦不欲使周之赋敛小东大东尽极之，尽极之，则将困穷亦犹是也。”

析其柞薪〔《小雅·车舝》〕《笺》:“登高冈者，必析其木以为薪。析其木以为薪者，为其叶茂盛，蔽冈之高也。此喻贤女得在王后之位，则必辟除嫉妒之女，亦为其蔽君之明。”

樵彼桑薪卬烘于煁〔《小雅·白华》〕《传》:“桑薪，宜以养人者也。”《笺》:“人之樵取彼桑薪，宜以炊饔膳之爨，以养食人。桑薪，薪之善者也，我反以燎于烓灶，用照事物而已。喻王始以礼取申后，申后礼仪备，今反黜之，使为卑贱之事，亦犹是。”

《南山篇》曰“析薪如之何？匪斧不克。取妻如之何？匪媒不得”，此以析薪喻取妻，最为显白。《车舝篇》为新婚之诗，《诗》曰“陟彼高冈，析其柞薪，析其柞薪，其叶湑兮。鲜我觏尔，我心写兮”，所言柞薪，是比非赋，玩前后各章自明。吕氏《读诗记》引陈氏曰“柞薪者以喻昏姻”，是也。《绸缪篇传》曰“男女待礼而后成，若薪刍待人事而后束也”，此其解说，虽近穿凿，其以束薪喻婚姻，则自不误。至《笺》于《汉广篇》谓错薪喻众女皆贞洁，于《车舝篇》谓柞薪喻嫉妒之女，于《白华篇》又谓桑薪喻贤淑之申后，所喻之女，时而贞洁，时而嫉妒，时而贤淑，不免凭肊附会，然谓薪以喻女，则碻不可易。《小弁篇》本妻不见答之诗。三章“靡瞻匪彼父，靡依匪彼母”，即“女子有行，远父母兄弟”之意，又曰“不属于毛表，不罹离于里”，言外不容于夫家，内不属于父母之家也。末章“无逝我梁，无发我笱，我躬不阅，遑恤我后”，则与《邶风·谷风篇》文同，而彼乃弃妇之词。五章曰“鹿斯之奔，维足伎伎，雉之朝雊，尚求其雌。譬彼坏木，疾用无枝，心之忧矣，宁莫之知？”又明为妇人责望其夫之语。以此推之，七章曰“伐木掎矣，析薪扡矣”，当亦指斥婚姻而言。掎扡并训裂，训离，木掎薪扡，喻妇人已离其父母之家以从人也。下云“舍彼有罪，予之佗矣”，舍犹凡也，言凡百罪过，皆加于我身。总观四句，实与《氓篇》“言既遂矣，至于暴矣”同意。《王风·扬之水篇》当系戍士思归之词，“彼其之子”斥其妻言。《郑风·扬之水篇》似夫将远行，慰勉其妻。《集传》以为“男女要结之词”。二篇并言“扬之水，不流束薪”，盖水喻夫，薪喻妻，夫将远行，不能载妻与俱，犹激扬之水不能浮束薪以俱流也。《大东篇》二章曰“杼柚其空”，纬织为女子事，五六两章“跂彼织女，终日七襄，虽则七襄，不成报章”，义与此文相应。疑三章曰“有洌氿泉，无浸获薪”，薪亦喻女子。《笺》谓氿泉浸薪，即湿腐不中用。今谓氿泉害薪，盖以喻妇人之劳苦，而下文曰“哀我惮人”，即谓此妇人。且《白华篇》曰“樵彼桑薪，卬烘于煁”，本谓桑薪为水所浸，故我烘燎于煁上以使之干，详玩《白华》意，实与《大东》相表里，彼为妇人之词旧说为申后作，则此亦言妇人事矣。

本篇曰“凯风自南，吹彼棘薪”者，薪谓母，风谓父详上“凯风自南”条，风薪对举，亦以喻夫妻也。

析薪束薪盖上世婚礼中实有之仪式，非泛泛举譬也。《汉广篇》曰“翘翘错薪，言刈其楚，之子于归，言秣其马”，马以驾亲迎之车，与薪皆婚礼中必用之物。《车舝篇》曰“陟彼高冈，析其柞薪”，亦实赋其事。《东山篇》曰“有敦瓜苦瓠，烝在栗缪薪，自我不见，于今三年”，瓜瓠合卺所用说具彼篇，栗韩作蓼，训聚，当读为缪，束也。栗薪即束薪，与瓜瓠并举，皆与婚姻有关之什物，故诗人追怀新婚之乐而联想及之也。

《诗》中又有不明言薪，而意中仍以薪喻昏姻者。《豳风·伐柯篇》“伐柯”与“取妻”并言，犹《南山篇》“析薪”与“取妻”并言，伐柯犹析薪也。《小雅·伐木篇》言“伐木”，与《伐柯篇》言“伐柯”相仿，而“笾豆有践”之语，亦与《伐柯篇》同，疑系新婚者会其宗族之诗。《陈风·墓门篇》曰“墓门有棘，斧以已斯之，夫也不良，国人知之”，疑以棘已被析，喻女已离家适人。凡此皆不明言析薪，而意实指婚姻者。乐府《白头吟》曰“郭东亦有樵，郭西亦有樵，两樵相雅旧误推与，无亲为谁骄”，樵即析薪之人，而析薪为取妻之象，故下文曰“凄凄重凄凄，嫁娶亦不啼，愿得一心人，白头不相离”。此古诗兴义之仅存者，可与三百篇互证也。

爰有寒泉在浚之下 《传》：“浚，卫邑也。在浚之下，言有益于浚。”《笺》：“爰，曰也。曰有寒泉者，在浚之下，浸润之，使浚之民逸乐，以兴七子不能如也。”

冽彼下泉浸彼苞稂〔《曹风·下泉》〕《传》:“冽，寒也。下泉，泉下流也。……稂，童粱，非溉草，得水而病也。”《笺》:“兴者，喻共公之施政教，徒困病其民。”

有冽氿泉无浸获薪〔《小雅·大东》〕《传》:“冽，寒意也。侧出曰氿泉。”《笺》:“既伐而析之以为薪，不欲使氿泉浸之。浸之，则将湿腐不中用也。”

《下泉篇》曰“冽彼下泉”,《大东篇》曰“有冽氿泉”,《传》皆训冽为寒，是本篇之寒泉犹二篇之冽泉也。《下泉篇》曰“浸彼苞稂”,《大东篇》曰“无浸获薪”，皆言泉水浸薪，疑本篇寒泉乃承上章棘薪而言，亦谓薪为泉所浸而受伤害，其不言浸者，文不具也。《白华篇》三章曰“滮池北流，浸彼稻田”，四章曰“樵燋彼桑薪，卬烘于煁”，燋烘谓以火干之，桑薪为滮池之水所浸，故须燋烘之。此言薪之被浸，与上揭三诗取兴亦同。《下泉篇》所兴何事，不可确知，且稂萧蓍下不著薪字，似其为用与《大东篇》之获薪,《白华篇》之桑薪不同，因之其兴义亦当与二篇异类。若本篇之棘薪，并《大东篇》之获薪，《白华篇》之桑薪，皆谓妇人，则前已言之。二篇以获薪桑薪被浸，兴妇人之忧勤劳苦，则本篇言棘薪被浸，义亦相同。下文曰“有子七人，母氏劳苦”，即承此言之也。传笺说俱未允。

在浚之下《传》:“浚，卫邑也。”

以《鄘风·干旄篇》“在浚之郊”验之，浚诚卫邑名，然邑之得名，亦当有本义。今案浚从夋声，金文夋允一字，则浚沇古亦当为一字。《说文》曰“沇，沇水也，出河东东垣王屋山，东流为泲”，古文作㕣，又曰“㕣，山间陷泥也，从口八，象水败貌，读若沇州之沇。沇，九州之渥地也，故以沇名焉”。案《小雅·信南山篇传》曰“渥，厚渍也”。山间陷泥与渥地并谓其地沮洳出泉，沇水导源于此，故因以为名。《山海经·北山经》曰“王屋之山，﨤水出焉”。﨤即灓字。《说文》曰“灓，漏流也”，《广雅·释诂二》曰“灓，渍也”，《吕氏春秋·开春篇》曰“昔王季历葬于涡山之尾，灓水啮其墓”。山间陷泥也，渥地也，漏流也，渍也，义正相近，故沇水一曰﨤灓水。本篇浚字当兼此义。下谓地里，对流行地上而言也。浚为陷泥与渥地之名，其水源自地里浸淫而上，故曰“爰有寒泉，在浚之下”。《曹风·下泉篇》之“下泉”，义亦仿此。水出地下者尤寒，故此曰“寒泉”，而彼亦曰“有洌下泉”也。《传》但知浚为邑名，而不知其所以得名之故。又曰“在浚之下，言有益于浚”，《笺》申之曰“使浚之民逸乐”，此则又因地名而牵合于其地所居之人，失之愈远矣。《下泉传》以下泉为“泉下流”，于《诗》义亦适得其反。

匏有苦叶

济有深涉 《传》：“济，渡也。由膝以上为涉。”《笺》：“瓠叶苦而渡处深，谓八月之时，阴阳交会，始可以为昏礼纳采问名。”

涉，名词，谓水中可济涉之处，犹津也。《易·大过》上六曰“过涉灭顶”，过涉犹言渡津。王注曰“涉难过甚，故至于灭顶”，似即读涉为名词。《汉书·地理志上》，犍为郡南广县有大涉水，大涉犹大津。《诗》曰“匏有苦叶，济有深涉”，张文虎谓济即《泉水篇》“出宿于泲”之泲，水名也。案张说是也。此文上下二句语法一律，匏与济，叶与涉，皆二名词对举，而叶属于匏，涉亦属于济也。自来咸以涉为动词涉水之名，因之下文厉与揭，亦不得不为涉水深浅有差之名详下条，于是全章之义，皆被误解。昔儒无语法观念，其致误往往若是。

近世地名多有曰滠口，滠头者，滠涉音同，疑即涉口，涉头，犹言渡口，渡头也。若然，则呼津渡为涉，今语犹然，特以音存而字变，故学者不察耳。

深则厉浅则揭 《传》："以衣涉水为厉，谓由带以上也。揭，褰衣也。遭时制宜，如遇水深则厉，浅则揭矣。男女之际，安可以无礼仪？将无以自济也。"《笺》："既以深浅记时，因以水深浅喻男女之才性贤与不肖及长幼也。各顺其人之宜，为之求妃耦。"

本篇上文曰“匏有苦枯叶，济有深涉”，系匏涉水，所以防溺，先儒已言之矣。陈子龙王先谦说并同。王氏又据《易林》读苦为枯，亦是。今案《易·泰》九二曰“包荒，用冯河，不遐遗”，包荒即匏瓠，言以匏瓠冯河，不至坠溺详拙著《周易义纂》。以匏济渡之俗，由来已旧，得此益足证明。《诗》曰“深则厉，浅则揭”者，厉与揭当承匏言，深与浅当承涉言，谓涉深则厉匏以渡，浅则揭之以渡也。《小雅·都人士篇》“垂带而厉”，《传》曰“厉，带之垂者”，此谓垂带之余以为饰，故下文曰“匪伊垂之，带则有余”。《左传·桓二年》“鞶厉游缨”，杜注曰“厉，大带之垂者”，《小尔雅·广服》曰“带之垂者谓之厉”。义并与毛同。然对言之，系于腰者谓之带，垂于下者谓之厉，散言之，厉亦带也，故《方言》四又曰“厉谓之带”，《广雅·释器》曰“厉，带也”。名词带谓之厉，动词带亦谓之厉，《楚辞·九怀·株昭》曰“铅刀厉御，顿叶太阿”，是也。揭即揭荷之揭。“深则厉，浅则揭”，言水深则带匏于身以防溺，水浅则荷于背上可也。《传》似亦知厉为带名，故以水深及带为厉，惟不知厉揭之蒙上为文，故又牵合履石渡水之濿，而释为以衣涉水。后儒于此说最纭纷，其蔽胥与毛同，兹不具辩。

迨冰未泮 《传》：“迨，及，泮，散也。”《笺》：“归妻，使之来归于己，谓请期也。冰未散，正月中以前也，二月可以昏矣。”

半声字训分，亦训合。《周礼·朝士》“凡有责者有判书”，郑注曰“判，半分而合者”，《媒氏》“掌万民之判”，注曰“判，半也，得耦而合，主合其半，成夫妇也”，《仪礼·丧服传》曰“夫妻判合。”字一作胖，《集韵》引《字林》曰“胖合，合其半以成夫妇也”，《楚辞·惜诵》曰“背膺胖合以交痛兮”。王《注》训胖为分，非是。又《庄子·则阳篇》曰“雌雄片合”，《释名·饰首饰》曰“弁，如两手相合拼时也”，片拼与判胖声近，亦并有合义。《诗》曰“士如归妻，迨冰未泮”，泮当训合，谓归妻者宜及河冰未合以前也。古者本以春秋为嫁娶之正时，此曰“迨冰未泮”，乃就秋言之。举凡《诗》中所纪，若瓠叶枯落，渡头水深，并雉雊雁鸣，皆秋日河冰未合以前景象。审如《传》说，以冰泮为解冻，则与《诗》中物候相左矣。

《夏小正》“二月，绥多女士”，某氏《传》曰“绥，安也，冠子娶妇之时也”，《周礼·媒氏》“中春之月，令会男女，于是时也，奔者不禁”，郑注曰“中春阴阳交，以成昏礼，顺天时也”，《白虎通义·嫁娶篇》亦曰“嫁娶必以春，何？春者，天地交通，万物始生，阴阳交接之时也”。据此，疑自古昏姻本以春为正时，故《诗》中所见昏期，春日最多。《野有死麕篇》曰“有女怀春，吉士诱之”，《七月篇》曰“春日迟迟，采蘩祁祁，女心伤悲，殆及公子同归”，此明著春日者。《东山篇》曰“仓庚于飞，熠耀其羽，之子于归，皇驳其马”，《燕燕篇》曰“燕燕于飞，差池其羽，之子于归，远送于野”，《桃夭篇》曰“桃之夭夭，灼灼其华，之子于归，宜其室家”，亦皆春日物候。其以秋为昏期者才两见，本篇与《氓篇》“秋以为期”是也。《绸缪篇》之三星，毛以为参，十月始见，郑以为心，三月始见。参为晋星，唐亦晋地，或毛说为长。然亦难定，今姑不计。《北风篇》曰“北风其凉，雨雪其雱”，又曰“惠而好我，携手同车”，盖亲迎之诗详《泉水篇·女子有行》条。此则以冬日为婚期者，特全书只此一见耳。总上所述，春最多，秋次之，冬最少，其所以如此，殆有故焉。尝试论之，初民根据其感应魔术原理，以为行夫妇之事，可以助五谷之蕃育，故嫁娶必于二月农事作始之时行之。郑注《周礼》所谓“顺天时”，《白虎通》所谓“天地交通，万物始生，阴阳交接之时”，皆其遗说也。次之，则初秋亦为一部分谷类下种之时，故嫁娶之事，亦或在秋日。然终不若春之盛，则以自农事观点言之，秋之重要本不若春也。《管子·幼官篇》曰“春三卯，十二始卯，合男女。秋三卯，十二始卯，合男女”。《管子》书虽非古，然此所记春秋合男女之俗，要不失为太古之遗风，以其但言春秋，不及冬时故也。迨夫民智渐开，始稍知适应实际需要移婚期以就秋后农隙之时。试观冬行婚嫁之例，如《北风篇》所纪者，三百篇中仅此一见，知其时只偶一行之，不为常则。降至战国末年，去古已远，观念大变，于是嫁娶正时，乃一反旧俗，而向之因农时以为正者，今则避农时之为正。《荀子·大略篇》曰“霜降逆女，冰泮杀止”，《家语·本命篇》申其义曰“霜降而妇功成，嫁娶者行焉，冰泮而农业起，昏礼杀于此”。此所谓冰泮者，乃斥冰解而言。盖“冰泮杀止”为相传古语，本谓嫁娶正时至冰合而止，今以冰合为冰解者，乃曲解旧术语以迎合新事实耳。此诚古今社会之一大变也。

毛郑于各诗之婚时，解说互歧。毛主严冬冰盛之时，说本《荀子》，郑主仲春解冻之后，制准《周官》。辜较论之，郑优于毛。独本篇所纪，时在初秋，《荀子》《周官》二说俱无所施然则以本篇论之，毛固自失之，郑亦未之为得也。

招招舟子 《传》："招招，号召之貌，舟子，舟人主济渡者。"《笺》："舟人之子号召当渡者，犹媒人之会男女无夫家者，使之为妃匹。"

佻佻公子 〔《小雅·大东》〕《传》："佻佻，独行貌。"

《汉书·礼乐志·郊祀歌十一》"体招摇，若永望"，颜师古注曰"招摇，申动之貌"，《司马相如传·大人赋》曰"掉指桥以偃蹇兮，又猗抳以招摇"，《史记·孔子世家》"招摇市过之"，《集解》引徐广曰"招摇，翱翔也"。字或从木，则为树木动摇之貌，《说文》曰"柖，树摇貌""摇，树动也"。叠韵连语变为叠字连语，则曰调调，刁刁，《庄子·齐物论篇》"而独不见之调调，之刁刁乎？"《释文》引向注曰"调调，刁刁，皆动摇貌"。本篇曰"招招舟子"，招招与调调，刁刁声同，谓舟子鼓楫时身体屈申动摇之貌也。谢朓《始之宣城郡诗》曰"招招漾轻楫，行行趋岩趾”，以招招为漾楫之貌，义最弘通，可据以正《毛传》之失。《大东篇》曰“佻佻公子，行彼周行”，佻佻《楚辞·九叹》王注引作苕苕，《尔雅·释训》“佻佻，契契，愈遐急也”，《文选·魏都赋》注引郭注亦曰“佻音苇苕”。《释文》引《韩诗》作嬥嬥。《广雅·释训》曰“嬥嬥，好也”。案苕苕即招招，亦行时身体申动貌。申动则婉好多姿，故字变作嬥嬥，又训好。毛训佻佻为独行貌，义未精当，佻亦无独义也。

谷风

习习谷风 《传》：“兴也。习习，和舒貌。东风谓之谷风。阴阳和而谷风至，夫妇和则室家成，室家成而继嗣生。”

习习谷风 〔《小雅·谷风》〕《传》：“兴也。风雨相感，朋友相须。言朋友趋利，穷达相弃。”《笺》：“习习，和调之貌。东风谓之谷风。兴者，风而有雨，则润泽行，喻朋友同志，则恩爱成。”

严粲引钱氏曰“谷风，谷中之风也”。案钱说是也。古人以为窍穴井谷之类，为风之所生。《庄子·齐物论篇》说风曰“是唯无作，作别万窍怒呺，……山陵旧误林，从奚侗改。之畏佳，大木百围之窍穴，似鼻，似口，似耳，似枅，似圈，似臼，似洼者，似污者，……”《文选·风赋》曰“浸淫溪谷，盛怒于土囊之口，缘于大旧脱于字，大作泰山之阿”，《淮南子·览冥篇》“凤皇……暮宿风穴”，高注曰“风穴，北方寒风从地出也”，《文选·风赋》注引盛弘之《荆州记》曰“宜都叚山县有山，有穴，口大数尺，为风井”，《后汉书·郡国志》刘注引《交州记》曰“山有风门，常有风”。此类甚多，不烦枚举。而《山海经·南山经》曰“旄山之尾，其南有谷，曰育遗，……凯风自是出”，又曰“令丘之山，……其南有谷焉，曰中谷，条风自是出”，则明言风出谷中。《大雅·桑柔篇》“大风有隧，有空大谷”，《笺》曰“大风之行，有所从而来，必从大空谷之中”，说与《南山经》合，此谷风之的解也。《淮南子·天文篇》曰“虎啸而谷风至”，虎为山居之兽，故啸则山谷生风。此亦谷风为山谷中风之旁证。《小雅·谷风篇》曰“习习谷风，维山崔嵬”，维犹在也，崔嵬即《庄子》之“畏佳”，谓山之曲隈详《周南·卷耳篇》，山之曲隈即山谷矣。《蓼莪篇》“南山烈烈，飘风发发”，山风并言，盖亦谓风在山谷之中。

谷风既为起自山谷之风，自不当限于东风。严粲据《桑柔篇》“大风有隧，有空大谷”，谓谷风即大风，殆不可易。今案《小雅·谷风篇》曰“维风及雨”，又曰“维风及颓”，颓读为靁，训雷详彼篇，风之挟雷雨以并至者，非大风而何？此亦严说之佳证。且习习亦本大风之声。陆机《行思赋》曰“托飘飘之习习，冒沈云之蔼蔼”，飘风固大风也。字一作飁，《万象名义》曰“飁，大圝”，飁飁又转为飒飁，《广韵》《五音集韵》并曰“飒飁，大风”，并与陆赋之义吻合。传笺以谷风为东风，训习习为和舒，和调，揆之《诗意》，皆适得其反。

昔育恐育鞫及尔颠覆《传》：“育，长鞫，穷也。”《笺》：“昔育，育，稚也。及，与也。昔幼稚之时，恐至长老穷匮，故与汝颠覆尽力于众事，难易无所辟。”

将恐将惧寘予于怀〔《小雅·谷风》〕《笺》："寘，置也。置我于怀，言至亲已也。”

本篇“昔育恐育鞫”，义不可通，疑两育字为有之误。《山海经·南山经》曰“旄山之尾，其南有谷，曰育遗，……凯风自是出”，郭注“（遗）或作隧”。案《大雅·桑柔篇》曰“大风有隧，有空大谷”，此《山经》谷名之所本，育隧即有隧之讹也。《庄子·人间世篇》“是以人恶有其美也”，《释文》引崔本有作育。《韩诗外传》七“君又并覆而育之”，日本松皋圆《韩非子纂闻》引育作有。《晏子春秋·问上篇》《韩非子·外储说右上篇》《说苑·政理篇》文略同，亦并作有。此并有育二字互讹之例。《诗》本作“有恐有鞫”，与下文“有洸有溃”，并他篇之“有严有翼”“有伦有脊”“有壬有林”“有冯有翼”“有萋有且”文同一例。今作育者，有育形声俱近，又涉下文“既生既育”而误。林义光读两育字为攸，未确。且本篇与《小雅·谷风篇》，所咏一事，惟文词详略为异，当系一诗之分化。此之“有恐有鞫”，即彼之“将恐将惧”，有将皆语词并与且义略近，鞫即惧声之转也。古音惧在鱼部，鞫在幽部。《说文》眗读若拘，瞿读若章句之句，趯读若劬，《淮南子·修务篇》“攫援摽拂”，高注曰“攫读如‘屈直木令句’‘欲句此木’之句”。句在侯部，而句本丩之孳乳字，是句之古本音当在幽部。絇实纠之异体。《说文》絇从句声，读若鸠，是句之古本音，汉时犹有存者。夫瞿声字多读若句声，而句本在幽部，则惧之得转为鞫，固宜。《尔雅·释草》“大菊，蘧麦”，郭注曰“即瞿麦”，《说文》“大菊，蘧麦”，《系传》曰“今谓之瞿麦，又名句麦”，是瞿麦又名大菊。惧转为鞫，犹瞿转为菊矣。

本篇下文曰“既生既育”，与《大雅·生民篇》“载生载育”之语同，彼生育谓生子，此亦宜然。上曰“有恐有鞫，惧及尔颠覆”，下曰“既生既育，比予于毒”，疑所谓颠覆者，指夫妇之事言。《小雅》曰“将恐将惧，寘予于怀”，义同。张衡《同声歌》曰“邂逅乘际会，得充君后房，情好新交接，恐栗若探汤”，即《诗》恐惧之确解矣。

旄邱

琐兮尾兮流离之子 《传》：“琐尾，少好之貌。流离，鸟也，少好长丑，始而愉乐，终以微弱。”《笺》：“卫之诸臣，初有小善，终无成功，似流离也。”

下文曰“袖如充耳”，则琐尾当是状鸟鸣声之词。尾疑为㞳省，音沙。金文《师毁段》“彤㞳”，《无叀鼎》《寰盘》《休盘》并作“彤沙”，郭沫若氏谓㞳为緌本字，戈緌以氂牛尾为之，故字从尾，少古沙字，其声也。案郭说是也。《诗》尾字即㞳之省，琐㞳双声叠韵连语，琐从肖声，肖当从少声，与㞳同声符。犹琐琐耳。《说文》曰“肖，贝声也”“琐，玉声也”。案贝玉之声，无烦别白，肖琐仍为一字。琐为贝玉之声，鸟鸣之声似之，故状鸟鸣曰琐琐，字变为琐㞳，又省为琐尾耳。嘤从婴声，婴从賏声，而賏为贝连《说文》，《小雅·伐木篇》曰“鸟鸣嘤嘤”，亦以贝声状鸟鸣，例与此同。賏孳乳为缨，与训冠系之緌同义，而㞳緌为古今字，已详上。又《小雅·小弁篇》曰“鸣蜩嘒嘒”，《大雅·采菽篇》曰“鸾声嘒嘒”，《商颂·那篇》曰“嘒嘒管声”。嘒从彗声，本当读祥岁切，与琐屘为对转，疑诸言“嘒嘒”者，亦取其象贝玉之声也。

《传》曰“琐尾，少好之貌”，疑本谓声音之好，与《凯风篇传》“睍，睆，好貌”，亦斥声音者同比。此陈奂说，惟陈谓彼《传》“貌”为“也”之误，则未必然。下文曰“少好长丑，始而愉乐，终以微弱”者，以愉乐微弱分申好丑二义，谓少时鸣声悦耳，长而微弱，不能成声也。谢灵运《酬仲弟惠连诗》曰“嘤鸣已悦豫”，声言愉乐，犹言悦豫矣。流离即鹠鷅，陆《疏》既误承张奂说，以鹠鷅为鸺鹠，故不得不以《传》所谓“长丑”者为长大还食其母。不知既云微弱，即不为母所食，焉得反食其母哉？以是明其不然。

泉水

女子有行远父母兄弟 《笺》：“行，道也。妇人有出嫁之道，远于亲亲，故礼缘人情，使得归宁。”

携手同行 〔《北风》〕《传》：“行，道也。”《笺》：“性仁爱而又好我者，与我相携持同道而去，疾时政也。”

女子有行远父母兄弟 〔《鄘风·蝃蝀》〕《笺》：“行，道也。妇人生而有适人之道，何忧于不嫁，而为淫奔之过乎？恶之甚。”

女子善怀亦各有行 〔《鄘风·载驰》〕《传》“：行，道也。”《笺》：“女子之多思者有道，犹升丘采其虻也。”

女子有行远兄弟父母〔《卫风·竹竿》〕《笺》:“行,道也。女子有道当嫁耳,不以不答而违妇礼。”

有女同行〔《郑风·有女同车》〕《传》:“行,行道也。”《笺》:“女始乘车,婿御轮三周,御者代婿。”

驾予与行〔《郑风·丰》〕

《北风篇》一章曰“携手同行”,二章曰“携手同归”,三章曰“携手同车”。案车者亲迎之车,归即“之子与归”之归,此新妇赠婿之辞也。《古诗十九首》之十六曰“良人惟古欢,枉驾惠前绥,愿得常巧笑,携手同车归”,说亲迎事而语袭此诗,是其明证。《诗》又曰“同行”者,犹同归也。女子谓嫁一曰适,行亦犹适矣。《有女同车篇》一章曰“有女同车”,《传》曰“亲迎同车也”,而二章曰“有女同行”,《丰篇》为亲迎而女不至之诗,而三章“驾予与行”与四章“驾予与归”并举,是二诗之行亦并谓嫁。以此推之,本篇及《蝃蝀》《载驰》《竹竿》诸篇之“有行”,皆谓适人耳。《渚宫旧事》三引《襄阳耆旧传》载《高唐赋》曰“赤帝女曰瑶姬,未行而亡”,《列女传》四《鲁寡陶婴妻传》曰“虽有贤雄兮,终不重行”,《论衡·骨相篇》曰“故未行而二夫死,赵王薨”,《释名·释亲属》曰“兄弟之女为侄,侄,迭也,共行事夫,更迭进御也”,陈琳《饮马长城窟行》曰“结发行事君”。凡此曰行者,并举《诗》行字同义,明此语至汉末犹存。《仪礼·丧服》“子嫁反在父之室”,郑注曰“凡女行于大夫以上曰嫁,行于士庶人曰适人”,是郑亦知行有嫁义,乃其笺《诗》仍承毛说,训行为道,甚矣其迂也!

静女

俟我于城隅　《传》："城隅，以言高而不可逾。"《笺》："又能服从，待礼而动，自防如城隅。"

要我乎上宫　〔《鄘风·桑中》〕《传》："上宫，所期之地。"《笺》："……而要见我于上宫。"

在城阙兮　〔《郑风·子衿》〕《传》："乘城而见阙。"《笺》："国乱人废学业，但好登高，见于城阙，以候望为乐。"

隅，曲隅也。曲字本作，金文作，《说文》《无极山碑》。象隅角形，故隅曲同义。古者筑城必就隅为台，起屋其上。《考工记·匠人疏》引《五经异议·古周礼说》曰"天子城高七雉，公之城高五雉，隅高七雉，侯伯之城高三雉，隅高五雉"，凡隅皆高于城，即包屋言之也。经传言城隅，皆指此有屋之隅。城隅或称楼。《尔雅·释宫》曰"陕狭而修曲曰楼"，此楼之本义，实即城隅之有屋者。《考工记·匠人》"宫隅之制七雉，城隅之制九雉"，郑注曰"宫隅城隅，谓角浮思也"，贾疏谓浮思即城上小楼，是城隅即今城上之角楼也。隅一曰楼者，隅训曲，楼从娄声，娄亦训曲。《开元占经·分野略例篇》说降娄曰"娄，曲也"，《说文》𦉼为罶之重文，曰"曲梁也"，《广雅·释训》曰"伛偻，曲也"。实则"隅楼"叠韵连语，犹瓯窭，伛偻耳。凡连语例可分言，隅楼分言之，或曰隅，或曰楼，义则一而已矣。《方言》五曰"缶谓之瓿瓯"，又曰"瓿甊，罂也"。瓿瓯瓿甊，本系一名。隅一曰楼，犹瓿瓯一曰瓿甊也。其以在下筑土为基者为隅，在上构木为重屋者为楼，乃后世之说，即隅楼二字亦当后起，古字宜只作禺娄耳。僖三十三年《左传》"取訾娄"，《谷梁》作訾楼。马瑞辰金鹗并已谓城隅即楼，而说未能晰，故备论之。

上宫者，《孟子·尽心下篇》"孟子之滕，馆于上宫"，赵注曰"上宫，楼也"。案以上宫为楼，当系旧说。《考工记》有宫隅，上宫盖即宫墙之角楼，以其在宫墙上，故谓之上宫，一说上读为尚，言加于宫墙之上，亦通。亦谓之楼。然宫与城皆垣墙之名，惟所在有远近为异，故疑宫隅城隅，其制不殊，而上宫城隅，亦名异而实同。宫隅城隅之屋，非人所常居，故行旅往来，或借以止宿，又以其地幽闲，而人所罕至，故亦为男女私会之所。金文隅作䨼，从章，象两亭相对。后世之亭，为行旅所寄顿，亦或为男女所集聚，疑即古隅楼之遗。

城阙亦城隅，上宫之类。《尔雅·释宫》"观谓之阙"，孙注曰"宫门双阙"。《说文》曰"阙，门观也"。《春秋经·定二年》曰"雉门及两观灾"，昭二十五年《公羊传》何注曰"礼：天子诸侯台门，天子外阙两观，诸侯内阙一观"，是观亦台也。盖城墙当门两旁筑台，台上设楼，是为观，亦谓之阙。城隅，上宫为城宫墙角之楼，城阙为城正面夹门两旁之楼，是城阙亦城隅，上宫之类，故亦为男女期会之处。《集传》以《子衿篇》为淫奔之诗，信矣。

李宗昉《黔记》六曰"八寨黑苗，在都匀府属。……各寨野外均造一房，名曰马郎房，未婚之女，晚来相聚其所欢悦者"《小方壶斋舆地丛钞》第七帙。今夷人寨子中亦所在有之，名口"公房"，亦男女集聚之所。疑城隅，上宫，城阙即马郎房，公房之类，俟更考之。

新台

籧篨不鲜　《传》:“籧篨，不能俯者。”《笺》:“籧篨口柔，常观人颜色而为之辞，故不能俯也。”

得此戚施　《传》:“戚施，不能仰者。”《笺》:“戚施面柔，下人以色，故不能仰也。”

《晋语》四胥臣对文公曰“蘧蒢不可使俯，戚施不可使仰，僬侥不可使举，侏儒不可使援”，又曰“戚施直镈，蘧蒢蒙璆，侏儒扶卢。”案此谓器物装饰之刻为人或动物之形者，僬侥侏儒，人之属也，戚施蘧蒢，物之属也。卢读为欂栌之栌。《礼记·明堂位》注“刻欂卢”。《说文》曰“栌，柱上柎也”，《淮南子·主术篇》“短者以为朱儒枅栌”，高注曰“朱儒，梁上戴蹲跪人也”。案欂栌者，方木似斗形，在短柱上，拱承屋栋，一曰斗栱。侏儒即短柱之刻为人形，以承斗栱者，故曰“侏儒扶卢”。其状双手上举，既已上举，则不可垂手以下援，故又曰“侏儒不可使援”。僬侥所事，胥臣无说，以侏儒推之，盖刻为小人之形，双手下垂，有所援引者。既已下援，则不得上举，故曰“僬侥不可使举”也。

戚施《说文》作䵻鼀，云“詹诸也”。案䵻为正字，簨簴之柎，刻木象黾属之形，故字从黾作。施为椸省，别体作𣟴，所以庋县乐器之具也，《一切经音义》二二引《苍颉篇》“椸，格也，架也”，《说文》“𣟴，络丝柎也”。以其刻为黾形，故亦或从黾作鼀。“戚施直镈”者，直读为置，䵻为置镈之𣟴椸，故谓之䵻鼀，一作戚施。金文《邵黛钟》曰“大钟八肆，其竈四堵”，竈亦鼀字，此谓县钟之簴刻为黾形者凡四枚，一枚为一堵详下，故曰“其竈四堵”。《淮南子·说林篇》“鼓造辟兵，寿尽五月之望”，高注曰“鼓造盖谓枭，一曰虾蟆，今世人五月望作枭羹，亦作虾蟆羹”。庄逵吉曰：“造即戚字，故‘戚然改容’亦作‘造然’。《毛诗》‘戚施’，《说文解字》作‘鼀䵷’，云‘詹诸也’，詹诸即虾蟆矣。”案庄说是也。造为遭者详下，遭者竈之异体，《周礼·大祝》“二曰造”，注曰“故书造作竈”。鼓遭本鼓县之簴，其物刻为黾形以置鼓，故曰鼓竈，字变为遭，又省为造耳。置鼓以竈，犹置镈以戚施鼀䵷，竈即戚施也。刻鼓簴以象黾形，因名曰鼓竈造，又转以鼓簴之名，名其所象之实物，则呼黾为鼓造。呼黾为戚施鼀䵷，亦犹是也。鼀字又变作鼗，而呼立于鼀上之鼓曰鼗鼓，字一作鞉若鞀。其置磬县者，字则作磬。《褱石磬》曰“自作遭磬”，即磬磬。磬曰磬磬，犹鼓曰鼗鼓，磬鞉鞀与磬并鼀竈之孳乳字，遭则竈之变。掩黾之属皆四足据地，无脰，首不能仰，故曰“戚施不可使仰”也。

蘧蒢者，蘧即鐻。《说文》曰“虡，钟鼓之柎也，饰为猛兽”，重文作鐻，篆文作𧆨。《释名·释乐器》曰“𧆨，举也，在旁举笋簴也”。案虡从虍异，异本作[illegible]，象人双手举物以戴于首上，此物刻为兽形，而背上复有所抗举，故字从虍从异。篆文𧆨即虡省田。重文鐻从豦者，《说文》引司马相如说曰“豦，封豕之属”，《考工记·梓人》曰“厚唇弇口，出目短耳，大胸耀后，大体短脰，若是者谓之裸属，恒有力而不能走，其声大而宏，……若是者以为钟𧆨”，即《说文》所谓“饰为猛兽”者也。蘧蒢叠韵连语，犹鐻也。“蘧蒢蒙璆”者，韦注曰“蒙，戴也，璆，玉磬”。案此谓磬虡，县磬之状如盖，虡之首适当盖下，如被幪覆，故曰“蘧蒢蒙璆”也。饰虡之兽，其状多蹲其后足，而以前足据持其身，如此者则其首仰，故曰“蘧蒢不可使俯”也。

《诗》意本以饰虡之物象喻人之貌丑，故《御览》九四九引《韩诗》薛君《章句》曰“戚施，蟾蜍，蠍蝤，喻丑恶”。惟薛说不及籧篨，未审其意若何。毛传“籧篨不能俯者”“戚施不能仰者”，义本《国语》，此虽于诗人设喻之意，少所阐发，然所说二物之状，自是不误。至《笺》用《尔雅》义，以口柔面柔分释不能俯仰，则是以貌恶为德恶，既乖《诗》义，兼失《传》旨矣。若夫钟鼓之县，其横者曰簨，字一作笋，又作箕，皆从竹作，盖其物本或以竹为之。其直立之杠，或亦用竹，惟立杠之柎名曰虡者，则当刻木石，或铸金为之，断无用竹之理。今虡字亦或从竹作簴者，盖俗书涉簨笋箕诸字而误增。诗籧篨即虡，已如上说，其字从竹作，盖亦犹虡一作簴，乃流俗之妄增，非造文之正体邪？后儒以其偶与竹席之籧篨同名。《淮南子·本经篇》曰“霜文沈居，若簟籧篨”，《急就篇》曰“竹器簦笠簟籧篨”，《方言》三曰“簟自关而西，其粗者谓之籧篨”。遂以竹席释之，未之深考耳。

鱼网之设鸿则离之 《传》：“言所得非所求也。”《笺》：“设鱼网者宜得鱼，鸿乃鸟也，反离焉，犹齐女以礼来求世子，而得宣公。”

隰有游龙 〔《郑风·山有扶苏》〕《传》：“游龙，红草也。”《笺》：“游龙犹放纵也。……红草放纵枝叶于隰中。”

《山有扶苏篇》之游龙，据《笺》说，则游为形容词，草名本只曰龙。《尔雅·释草》曰“红，茏古”，龙即茏字，其韵母为 *—ung，

"古"盖即韵尾 *—g 之重读。茏又名屈茏。《淮南子·墬形篇》"海间生屈茏",高注曰"屈茏,游龙,鸿也",引《诗》"隰有游龙"。鸿即红,并从工声,《一切经音义》一一引《声类》曰"鳿,或鸿字,同",《汉书·司马相如传上》注曰"鳿古鸿字"。鸿从工声。故得通用。《广雅·释草》曰"葒,龙蘋,马蓼也",《名医别录》云"葒草一名鸿蘋,如马蓼而大"。葒为红之专字,龙蘋即茏古之转,而龙蘋一曰鸿蘋,则犹茏一曰鸿也。至龙茏或谓之红葒鸿者,红葒鸿并从工声,疑工与龙古读均为 *gl—复辅音,故得互通。假定龙茏与红葒鸿之音值为 *glung,则"屈茏"正其缓读,故此草又名屈龙。

何以知龙之古音读 *gl—乎?曰:(一)《卜辞》曰"……龏双束……□其乎匄……"前四,二九,三,又曰"贞乎行取龏双于[illegible]岩氏"前四,三〇,一,又曰"□辰卜,贞子雝不作敼,不龙双囚"前四,二九,四。或曰龏双,或曰龙双,明龏龙二字通用。(二)《说文》龏龚俱从龙声。夫龏龚并以龙为声符,而龏又与龙通用,必三者音读相同。同之道若何?俱读 *gl—是也。又何以知工声亦读 *gl—乎?曰古工声字与龙声字每不分。(一)《史记·司马相如传》"深山之谾谾",《索隐》引晋灼曰"谾古豅字",又引萧该曰"谾谾,长大貌,或作豅",《说文》曰"豅,大长谷也"。谾从空声,空从工声。(二)《说文》曰"巃,兼有也",《广雅·释诂一》仜巃并训有。《说文》巩训褢,巬训拥,褢拥与兼有义近,是仜即巩巬字。王念孙改仜为仁,非是。又《说文》曰"砻,礲也",《易系辞传》虞注曰"攻,摩也",礳摩古字通。疑巃与仜,砻与攻,古皆同语,义同由于声同也。(三)金文《麦尊》曰"王射大龏，禽”，说者谓大龏即大鸿，殆是。案龏盖即《史记·楚世家》“小臣之好射鶀雁罗鸗”之鸗，徐广引吕静曰“鸗，野鸟也，音龙”，实则鸗与雁并举，即鸿耳。鸿字古作䲨，亦从工声。以上礲一作硿，礲一曰仜，砻一曰攻，鸿一曰鸗，皆工声字与龙声字不分之证。龙本读 *gl—，既如上说，工与龙不分，则亦当读 *gl—。

红亦从工声，红茾一曰龙茏，与上揭诸例正同，而红高注《淮南》作鸿，则草名鸿一曰茏，与鸟名鸿一曰鸗，尤为符合。以上揭诸例推之，红茾一曰龙茏，殆亦古语 *gl—复辅音之遗迹矣。

本篇“鱼网之设，鸿则离之”，鸿必非鸿鹄之鸿详下，以工声字与龙声字古每不分推之，鸿当为蠪之假。蠪即苦蠪。《广雅·释鱼》曰“苦蠪，虾蟆也”，《名医别录》曰“虾蟆一名蟾蜍，……一名苦蠪”。《诗》鸿读为蠪，蠪即虾蟆，故得误絓于鱼网之中，又得与鱼对举以分喻美丑。下文曰“燕婉之求，得此戚施”，戚施即虾蟆，已详上条，鸿蠪与戚施亦同物异名耳。《诗》上二句与下二句实只一意，故《传》曰“言所得非所求也”。《易林·渐之睽》曰“设罟捕鱼，反得詹诸”。詹本误作居。《初学记·一月类》曰“居蠩者顾兔”，居亦詹之误，《注》引《春秋元命苞》曰“月之为言阙也，两设蟾蜍与兔者，……”，可证。《初学记》亦詹误为居，与此同比。《诗》曰“鸿则离之”，《易林》曰“反得詹诸”，詹诸虾蟆，同物异名，然则《齐诗》家正读鸿为蠪矣。毛《传》不释鸿字，郑《笺》则直以为鸟名。不知鸿者高飞之大鸟，取鸿当以矰缴，不闻以网罗。藉曰误絓，则鸿非潜渊之物，施罟水中，亦无得鸿之理。且《诗》明以鸿喻丑恶，而《管子·形势解篇》曰“将将鸿鹄，貌之美者也”，是古以鸿为美鸟，书有明征。《韩诗外传》十有齐使献鸿于楚王事，唐写本《华林遍略》残卷引《鲁连子》，亦言展母所为鲁君使，遗鸿于齐襄君。亦见《初学记》二〇，《御览》九一六。意者鸿鹤二鸟，于古并称珍禽，齐楚二君之好鸿，亦犹卫懿之好鹤欤？然则《诗》称鸿以喻丑恶者，其非鸿雁之鸿，决矣。郑君以鸿为鸟，此其识见，去《齐诗》家曷可以道里计哉？

至虫名蠪者一曰苦蠪，又曰鸿，此则与草名茏者一曰屈龙，又曰鸿，其比正同。本篇鸿读为蠪，《山有扶苏篇》龙又读为红，皆古语工声（g-）与龙声（l-）不分之例。工龙不分，非 g- l- 不分也，乃古读工龙皆为 *gl- 耳。古汉语有复辅音之说，创自西人 Edkins 氏，国人林语堂氏论之尤悉。近顷学者，疑信参半。余读时，偶得此二例，不知于二氏之说果有助否。姑并记之，以俟专家论定焉。

二子乘舟

泛泛其景 《传》："……国人伤其涉危遂往，如乘舟而无所薄，泛泛然迅疾而不碍也。"

景行行止 〔《小雅·车舝》〕《传》："景，大也。"《笺》："景，明也。……有明行者则而行之。"

既溥既长既景乃冈 〔《大雅·公刘》〕《传》："既景乃冈，考于日景，参之高冈。"《笺》："既广其地之东西，又长其南北，既以日景定其经界于山之脊。"

《说文》曰："鼏，以木横贯鼎耳而举之，从鼎冂声。"案冂象横木，加口作同说文同为门之古文，孳乳为扃，闭户之横木也。同之本义为横木，故又孳乳为迥，而训长训远。《大雅·泂酌篇》"泂酌彼行潦"，《传》曰"泂，远也"，《鲁颂·駉篇》"在坰之野"，《传》曰"坰，远野也"，泂坰并与迥同。景迥声近，《礼记·中庸》"衣锦尚絅"，《列女传·齐女傅母传》引《诗》"衣锦絅衣"，《仪礼·士昏礼》"母加景"，作景。《诗》迥字多以景为之。本篇"泛泛其景"与二章"泛泛其逝"并举，景读为迥，言飘流渐远也。《车舝篇》"高山仰止，景行行止"，景亦读为迥，迥行犹远道，与高山对文。《公刘篇》曰"既溥既长，既景乃冈"，景亦读为迥，训远，"既溥既长既迥"，皆所以形容冈之形势者也，传笺诸说均误。王引之据《鲁颂·泮水篇传》"憬，远行貌"。读本篇之景为憬，谓"泛泛其景"与"泛泛其逝"语意同。案王说义是而读非。《泮水篇》"憬彼淮夷"，憬三家作犷，则当训粗野貌，毛训远行貌，其说实误。本篇景之义为远行，乃迥之借，非憬之借也。

诗新台鸿字说

一

《诗·邶风·新台篇》曰：

鱼网之设，鸿则离之。

《传》不为“鸿”字作训，殆以为鸟名，人所习知，无烦词费。虽然，余窃有疑焉。夫鸿者，高飞之大鸟[1]，取鸿当以矰缴[2]，不闻以网罗也。此其一。借曰误得，则施罛水中，亦断无得鸿之理。何则？鸿但近水而栖，初非潜渊之物，鸿既不入水，何由误絓于鱼网之中哉？此其二。抑更有进者，上文曰：“燕婉之求，籧篨不鲜”“燕婉之求，籧篨不殄”，下文曰：“燕婉之求，得此戚施”，籧篨戚施皆喻丑恶详下，则此曰“鱼网之设，鸿则离之”者，当亦以鱼喻美，鸿喻丑，故《传》释之曰“言所得非所求也”。然而夷考载籍，从无以鸿为丑鸟者。《说文·鸟部》曰“鸿，鸿鹄也”，《史记·留侯世家》索隐曰“鸿鹄一鸟，若凤凰”。贾谊《惜誓》曰：“黄一作鸿鹄后时而寄处兮，鸱枭群而制之；神龙失水而陆居兮，为蝼蚁之所裁。”黄鹄与神龙并举，其见重如此，而鸿鹄与黄鹄实一鸟而毛色微异，则古不以鸿为丑鸟明矣。又陆机《毛诗义疏》曰“鸿鹄羽毛光泽纯白，似鹤而大”，是鸿鹤同类。《韩诗外传》有齐使献鸿于楚王之事，《鲁连子》又有展母所为鲁君使遗鸿于齐襄君之事[3]，意者鸿鹤古者并为珍禽，楚齐二君之好鸿，亦卫懿公好鹤之类欤？若然，则古不以鸿为丑鸟，益有征矣。至于后世词人赋咏所及，则靡不盛言此鸟之美。

晋成公绥《鸿雁赋》曰：“夫‘鸿渐’著羽仪之叹，《小雅》作于飞之歌，斯乃古人所以假象兴物，有取其美也。”[4]

晋曹毗《双鸿诗序》曰：“近行东野，见有养双鸿者，其仪甚美，又善鸣舞。”[5]

今乃令鸿与籧篨戚施为伍，至目为丑恶之象征，窃恐古今人观念之悬绝不至如是也。此其三。鸿之为鸟，既不可以网取，又无由误入于鱼网之中，而以为丑恶之喻，尤大乖于情理，则《诗》之“鸿”，其必别为一物，而非鸿鹄之鸿，尚可疑哉？

二

然则鸿果何物乎？曰，以《诗》之上下文义求之，“鸿”与“籧篨""戚施"当为一物。戚施者,《太平御览》九四九引《韩诗》薛君《章句》曰:"戚施,蟾蜍,蠩蝤,喻丑恶";字一作䶌䵷,《说文·黽部》曰"䶌䵷,詹诸也",引《诗》作䶌䵷。是戚施即蟾蜍也。籧篨与戚施并举,以《三百篇》文例推之,二者当为一物。余谓籧篨为蟾蜍之异名,前著《天问释天》[6]既列十有一事以证之矣。今案《诗》曰"籧篨不鲜",又曰"籧篨不殄",鲜殄皆属鱼言。鲜者美也,殄借为珍,亦美也。鲜珍为味之美,亦为容貌之美。鱼为鲜物珍物,故诗人即借求鱼以喻求燕婉之美婿。[7]知鲜珍皆属鱼言,则"籧篨不鲜""籧篨不殄",犹言所得者是籧篨而非鱼耳。鱼与籧篨对举以喻美丑,则籧篨之物,必鱼之同类而品质相反者,此则非下文之戚施亦即蟾蜍者何足以当之?[8]

《诗》意以戚施籧篨与鱼对举,又以鸿与鱼对举,戚施籧篨并即蟾蜍,则鸿亦当即蟾蜍矣。

三

《说文·黽部》所载诸名皆大腹虫,是黽本有大腹义。蟾蜍一名黽《尔雅·释鱼》,一名鼁黽《周礼·蝈氏》,一名耿黽《蝈氏》郑注,其他异名若䶌䵷《说文》,鼁䶌《尔雅》,字亦皆从黽,盖皆取义于大腹也。

《尔雅·释鱼》"鼁䶌,蟾诸,在水者黽",郭注曰"耿黽也,似青蛙,大腹,一名土鸭"。

《名医别录》"虾蟆，一名蟾蜍，一名䶂，一名去甫，一名苦蠪"，陶注曰"此是腹大皮上多痱磊者"。

《玉篇·黾部》曰"黾，虾蟆属，似青蛙而大腹"。

诸书称蟾蜍之状皆曰大腹，则上揭之黾及从黾诸名皆取义于大腹，益无疑矣。

鸿亦有大腹义。鸿古作鳿，

《一切经音义》十一引《引声》曰："鳿或鸿字，同。"

《汉书·司马相如传》上颜师古注曰："鳿古鸿字。"

一作琟。

《说文·隹部》曰："琟，鸟肥大琟琟然也。鳿，琟或从鸟。"案肥大与大腹之义相因，琟实即鸿字，许君训琟为鸟肥大琟琟，又别载鸿于《鸟部》，云从鸟江声，误矣。诸工声之字多与大腹之义相关。

《说文·人部》曰："仜，大腹也，读若红。"

《集韵》引《埤苍》曰："胮肛，腹胀也。"

他若在器曰缸，在舟曰艂舡，并物之庞然有似大腹者。鳿鸿亦从工声，则其本义当为大腹鸟。蟾蜍为大腹虫，鸿为大腹鸟，故蟾蜍亦得谓之鸿，形相似，斯名得相通也。

又《说文·大部》曰"奚，大腹也"，《黾部》曰"鼷，水虫也，岁貉之民食之"。章炳麟曰："此即今人呼蛙为田鼷者，蛙大腹者，故鼷从奚声。”[9]案章说是也。《集韵》:“䵷𪓰,鼃类,似蜘蛛,出辽东,土人食之。”䵷𪓰盖即田𪓰,《太平御览》九四八引《梦书》曰“鼀鼃为大腹,其性使然也”,䵷𪓰似蜘蛛,正以其大腹耳[10]。然䵷𪓰字今俗径书作“田鸡”,于义亦通。鸡亦大腹也,故虫之大腹者谓之田鸡,形相似,斯名得相通也。蟾蜍谓之鸿,虾蟆谓之田鸡,其例不殊,此亦鸿得为蟾蜍异名之一证矣。

四

以上就蟾蜍之诸异名,观其音义之会通,因以推知蟾蜍亦得称鸿,其说既信而有征矣。虽然,理论上蟾蜍有称鸿之可能与否为一事,事实上古人果尝呼蟾蜍为鸿与否又为一事。故今所欲急知者,古称蟾蜍为鸿之实例,《诗》之外,尚有存在者乎?曰有之——变相的有之。

《广雅·释鱼》曰:“苦蠪,虾蟆也。”

《名医别录》曰:“蟾蜍一名苦蠪。”

余谓苦蠪即鸿之古读也。鸿之最初语根为工,古当读 kung,然更早当有复辅音,读为 klung,再由单音变为双音 k’ulung,即苦蠪矣。其演变历程之全部盖有如下图:

					kung > hung	
klung	>	k’ulug	>	k’unglung	>	鸿(古音)鸿(今音)
		苦蠪			lung	

试举三例以明之。

1. 空孔曰窟笼。近人林语堂《古有复辅音说》[11]有此条，引《宋景文笔记》曰“孔曰窟笼”，又引江南《志书》太仓州“翻语为字者”条下曰“孔为屈笼”，嘉定县志亦云。又云北京上海犹有此语案此语是处有之，不独北平，上海。又暹罗语，klong圆筒也，klung空也，有洞也，kuang宽敞也，皆华文“孔”之转语。

2. 项曰胡咙。《说文》亢之重文作颃，《广雅·释亲》“颃，项也”。《尔雅·释鸟》“亢，鸟咙”，郭注曰“咙谓喉咙”，《汉书·娄敬传》注引张晏曰“亢，喉咙也”。案喉咙一曰胡咙。

3. 鸿曰屈茏。《淮南子·墬形篇》“海间生屈茏”，高注曰“屈茏，游龙，鸿也”。

窟笼谓之空，胡咙谓之项，屈茏谓之鸿，并犹苦蠪谓之鸿也，而虫之苦蠪谓之鸿，草之屈茏亦谓之鸿，其例尤为明著。以上由古代俗语，近代俗语并与我同系之暹罗语，推知鸿与苦蠪为语之变，而苦蠪实蟾蜍之异名，则古有称蟾蜍为鸿者，亦从可知矣。

五

自《诗》之文义观之，鸿之不当为鸟名既如彼，自文字音义及语言演变之迹观之，鸿为蟾蜍之异名，其确切又如此，然则《诗》之“鸿”为何物，乃常识之至浅近者，何二千年来说《诗》者无一人知之乎？曰，是不然也，《诗》“鸿”字之义。先秦师说不可考，汉儒固知之，不知者后人耳；鲁韩之说不可考，《齐诗》家固知之，不知者《毛诗》家耳。《易林·渐之睽》曰：

设罟捕鱼，反得居诸。

即用本诗。居诸者何？蟾蜍也。《初学记》一“居蠩”下注引《春秋元命苞》曰“月之为言阙也，两[12]设蟾蠩与兔者，阴阳双居，明阳之制阴，阴之倚阳”，以蟾蠩释居蠩，是居蠩即蟾蠩也。居诸与居蠩同[13]。《诗》曰“鸿则离之”，《易林》曰“反得居诸”，非齐说以鸿为蟾蜍之明验乎？

注

[1]《史记·留侯世家》载高帝歌“鸿鹄高飞一举千里”。贾谊《惜誓》“黄（一作鸿）鹄之一举兮，知山川之纡曲，再举兮，睹天地之圆方”。

[2] 左襄一四年《传》“射鸿于圃”。《孟子·告子上篇》“一心以为有鸿鹄将至，思援弓缴而射之”。《艺文类聚》九〇引《庄子》“人知飞鸿者，吾必矰缴而射之”。（语在《天运篇》，今本《庄子》脱之，唐写本《华林遍略》残卷亦引。）《淮南子·人间篇》“夫鸿鹄凌乎浮云，背负青天膺摩赤霄，虽有劲弩利矰微缴蒲且子之巧，亦弗能加也”。

[3] 唐写本《华林遍略》残卷，《初学记》二〇，《太平御览》九一六并引。展母所《初学记》作展无所，齐襄君《御览》作齐襄公。

[4]《艺文类聚》九〇引。

[5] 同书同卷引，近下脱行字，从唐写本《华林遍略》引补。

[6]《清华学报》第九卷第四期。

[7]《说文》鲜古文作鱻，从三鱼，是以鱼为鲜：《礼记·内则》曰“冬宜鲜羽”，《老子》六〇章曰“治大国若烹小鲜”，《易林·兑之无妄》曰“结网得鲜”，又并以鲜为鱼。鲜训美，而鱼鲜义可互通，故鱼可为美之象征。《国风》中男女之间互以鱼比其对方者，其例至繁，容续为文论之。

[8]《说文·厂部》曰“厱诸，治玉石也”。《广雅·释器》曰“礛䃴，砺也”。案厱诸谓

之砺者，谓其质粗厉也。《说文·黾部》“𪓰鼀，詹诸也，其鸣詹诸（此解误甚，详下），其皮鼀鼀，其行𪓰𪓰”。其皮鼀鼀，亦谓其粗厉，《名医别录》陶注所谓“皮上多痱磊者”是矣。黡诸詹诸，盖异物而同名，以其粗厉，故黡诸亦名砺，詹诸亦名癞虾蟆。癞即疠字。《说文·疒部》“疠，恶疾也”。引申为人貌丑恶之称。字或作厉，《庄子·齐物论篇》“厉与西施”是也。《诗》以蟾蜍喻丑男子，意实谓其为厉耳。今俗语曰“癞虾蟆想吃天鹅肉”，其所由来旧矣。又案黡诸之名，近人章鸿钊谓本西域语（说见《石雅》中编叶一八〇）。果尔，则蟾蜍（戚施，籧篨）亦西域语。盖黡诸蟾蜍为译音，砺疠为译意。许君云“其鸣詹诸”，远失之矣。

[9]《新方言》。

[10] 实则䵷即蛙字，奚圭并在支部，古为同音字，故从圭之字或亦从奚。謑一作謑，鞋一作鞵，《淮南子·俶真篇》高注曰“觟读若傒”，《水经·钟水注》曰“鸡水一名桂水”，可证。

[11]《语言学论丛》。

[12] 原误而，今正。

[13] 或曰《易林》之居诸，《初学记》之居蠩，二居字并詹之形误，似亦可通。然蟾蜍一曰居诸，古实有此称，说详《天问释天》。

原载《清华学报》第十卷第三期，民国二十四年七月。

尔雅新义

目录

217　林烝天帝皇王后辟公侯君也〔诂〕
217　废大也〔诂〕
218　贡赐也〔诂〕
219　黎众也〔诂〕
220　翼敬也〔诂〕
220　漠察清也〔言〕
221　肇敏也〔言〕
221　斸明也〔言〕
222　称好也〔言〕
223　师人也〔言〕
223　宜肴也〔言〕
224　窕闲也〔言〕
225　对遂也〔言〕
225　济益也〔言〕
226　枢达北方谓之落时落时谓之戺〔宫〕
227　垝谓之坫〔宫〕
227　焚轮谓之穨〔天〕
228　芍凫茈〔草〕
228　蔖荐止泺贯众〔草〕
229　粼坚中筎篨中〔草〕
231　仲无笐〔草〕
232　龟俯者灵仰者谢前弇诸果后弇诸猎左倪不类右倪不若〔鱼〕
234　鳷天狗〔鸟〕
235　狂瘳鸟〔鸟〕
236　蝙蝠服翼〔鸟〕
236　狻麑似虦猫食虎豹〔兽〕
237　猱蝯善援貜父善顾〔兽〕

林烝天帝皇王后辟公侯君也〔诂〕

案王引之云，林烝训君之君，当读为群，是也。今谓天帝以下又可区为二类，天帝皇，神君也，王后辟公侯，人君也。《楚辞·九歌》有东君，云中君，湘君。《东皇太一》“君欣欣兮乐康”，《大司命》“君回翔兮以下”，《少司命》“君谁须兮云之际”，《山鬼》“君思我兮然疑作”，亦皆称君。《北堂书钞》一四四引《金匮》：“先进南海君，次东海君，次西海君，次北海君，次河伯，雨师，风伯。”《史记·秦始皇本纪》“为吾遗滈池君”，《集解》引服虔曰“水神也”。《汉书·礼乐志》(《郊祀歌》十九)“百君礼”，注“百君亦谓百神也”。或谓之神君。《汉书·郊祀志》：“神君最贵者太一，其佐曰太禁，司命之属皆从之。”《韩非子·说林上篇》：“蛇将徙，有小蛇谓大蛇曰，……子不如相衔负我以行，人必以我为神君也。”古曰帝曰皇，如三皇五帝之属皆神也。战国时人君始称帝，秦始皇帝始于帝上加皇字。《尔雅》次帝皇于天之后，王后辟之前，而帝复在皇前。可悟二字涵义嬗变之迹。

废大也〔诂〕

案《周书·官人篇》“华废而诬”，诸家皆训废为大，而未详其得义之故。今谓废与伐声同义通。《论语·公冶长篇》“愿无伐善”，《左传·襄十三年》“小人伐其技以冯君子”，《国语·周语》“好自伐其功”,《老子》二十二章“不自伐，故有功”,《淮南子·修务篇》“事成而身弗伐”，注“伐，自矜大其善”。华废即夸伐，夸与伐皆大也。《说文》“橃，海中大船也”。《诗·敬之传》“佛，大也”,《广雅·释诂一》“羙，大也”,《释器》“绋，綍也”，孙炎以为大索。《淮南子·天文篇》“勃海决”，注“勃，大也”,《礼记·缁衣》“王言如丝，其出如纶；王言如纶，其出如綍”，注“言出弥大”。凡从发或与发声近之字多训大。

贡赐也〔诂〕

《说文》：“竷，繇也，舞曲也，乐有章，从章从夅从夊,《诗》曰竷竷舞我。”“贛，赐也，从贝竷省声，𧹩籀文贛，从章从夰声。”案《毛诗·伐木》“坎坎鼓我，蹲蹲舞我”，坎三家盖有作竷者《玉篇》，竷古文坎，或出《韩诗》许君误记，又以字从夅从夊，因说为舞曲字，非也。然拟声之字，多由假借,《诗》以竷为鼓声，亦非其本义。实则竷贛一字，金文降多训赐,《天亡簋》“王祀于天室，降天亡又佑，王衣祀于王不显考文王，事喜熹上帝”“王降亡助爵復橐”，皆谓赐也。竷贛当从降省声，夅即夅之緐文。从章即璋，金文璋多作章。以玉赐人也。贛又从贝，兼以贝赐也。贛隶变作贑，则以工为声。卫端木赐，字子贑《乐记》,《淮南子·精神篇》“今贑人敖仓，予人河水”,《要略篇》“一朝用三千钟贑”，高注并云“贑，赐也”。省作贡,《释诂》“贡，赐也”,《㝬钟》“降余多福”,《猶钟》“降福无疆”,《虢叔旅钟》“降旅多福”,《克盨》“降克多福”,《士父钟》“降余鲁多福亡疆”,《禹簋》“降余多福緐禧”,《井人妄钟》“降余厚多福无疆”，降亦俱训赐。

黎众也〔诂〕

案《令簋》"姜商赏令贝十朋，臣十家，鬲百人"，《大盂鼎》"易女邦嗣四伯，人鬲自驭至于庶人六百又五十又九夫；易夷嗣王臣十又三伯，人鬲千又五十夫"。鬲厤古字通，《说文》鬲汉令作歴，《书·大诰》"大厤服"。厤魏《三体石经》作鬲。《弓镈》"女应鬲公家" 孙星衍读为历。《荀子·大略篇》"鬲如也"，于省吾读为历。《逸周书·世俘篇》"武王遂征四方，凡憝敦国九十有九国，馘厤亿有十万七千七百七十有九，俘人三亿万有二百三十"，孙诒让谓厤为俘虏，即金文之鬲，是也。于省吾又谓《书·梓材》"厤人" 即人鬲，亦是。于又疑鬲厤隶古通，《国语·鲁语》"子之隶也"，注 "隶，隶役也"。《周礼·禁暴氏》"凡奚隶聚而出入者则司牧之"，注 "奚隶，女奴男奴也"。案于说甚碻。《释诂》"历，傅也"，《说文》"隶，附箸也"，是历隶声近义通之比。余谓黎声亦近。《书·禹贡》"厥土青黎"，马注 "黎，小疏也"。《管子·地员篇》"赤垆历强肥"，注 "历，疏也"。《诗》《书》屡言黎民，犹《梓材》曰 "厤人" 也，《盘庚》"视民利用迁"，于省吾读民利为民黎，黎民或倒之曰民黎，犹厤人或倒之曰人鬲也，黎犹人也民也。《书·大诰》"民献有十夫"，郭沫若云民献即金文之人鬲，献与甗同，古本作鬳，与鬲形近，故鬲误为献。案郭说是也。《酒诰》"女劼毖殷献臣" 亦即鬲臣也。《皋陶谟》"万邦黎献"，黎为鬲之声转，献为鬲之形误，黎即献耳。古字讹变不可究诘往往若是。黎训众，亦犹人与民皆训众耳。《说文》"民，众氓也"，《诗·载芟》"绵绵其麃"，韩作民民，云众也。《说文》"黔，黎也，秦谓民为黔首，谓黑色也，周谓之黎民"，训黎为黑，谬矣。

翼敬也〔诂〕

甲骨文异字作《前》五,三八,六。前五,三八,七。象人首戴甾《说文》",东楚名缶曰甾",案甾缶古同字。双手拱持之之状。金文作《单异簋》《盂鼎》《虢叔旅钟》小篆作,皆形之讹。异为戴之本字,《虢叔旅钟》"皇考严在上异在下",即戴在下也。人有所惊异,辄举两手如戴物之状。故引申孳乳为惊异怪异。戴重者立必端,行必迟,恭敬之貌似之,故异又训敬。经传通以翼为之,《论语·乡党篇》"趋进翼如也",皇疏"翼如谓端正也"。《诗·大明》"小心翼翼"《笺》"翼翼,恭慎貌",最得其朔。《左传·昭九年》"翼戴天子",《尚书中候》"钦翼皇象",注"翼,奉也"。《文选·天台山赋》"彤云斐亹以翼櫺",注"翼犹承也"。《楚辞·离骚》"凤凰翼其承旂兮",诸翼字并当作异,奉承亦戴也。

鸟以两翼夹持其身,如人以两手自拱持之状,故异孳乳为翼。《书·皋陶谟》"汝翼",《史记·五帝本纪》作"汝辅"。《诗·行苇》"以引以翼"《笺》"在旁曰翼",此翼之本义也。

漠察清也〔言〕

《说文》"漠,清也"。《庄子·知北游篇》"澹而静乎,漠而清乎"。《列女传》二《宋鲍·女宗传》:"潎今作澈,《说文·水部·系传》引作潎,兹据改。漠酒醴,羞馈食,以事舅姑。"《风俗通义·愆礼篇》:"澄漠今误作洒从孙诒让校改。酒醴,今本脱醴字,从孙补。以养舅姑。"潎澄同。潎漠犹澂清也。支遁《咏怀诗》“及鉴归澄漠”。清亦训察，《吕刑》“明清于单辞”，《后汉书·明帝纪》作“明察单辞”。《法言·五百卷》“聆听前世，清视在下，鉴莫近于斯矣”，清视即察视。《楚辞·渔父》“孰能以身之察察，受物之汶汶乎？”察察，清貌也。

肇敏也〔言〕

案《释诂》“劭，勉也”。肇敏与劭勉声近义同。《服尊》“服肇夙夕明盟亯”犹《邢侯彝》“邵朕福皿盟”也，邵与劭同。《诗·江汉》“肇敏戎公”，《不娸簋》“女肇诲于戎工”，《叔夷钟》“女肇敏于戎攻”，诲勄并与敏同。肇敏连文，义犹黾勉也。《厝鼎》“厝肇对元德”犹《大丰簋》“每扬王休”，每与敏同。《禾彝》“禾肇乍皇母懿龏孟姬餴彝”，《楸季簋》“楸季肇乍朕王母吊姜宝殷”，《滕虎簋》“滕虎敢肇乍氒皇考公命仲宝尊彝”，犹《堆叔鼎》“诲乍宝鬲鼎”也。《盂鼎》“今余唯令女盂召焚劳敬雝德经，敏朝夕入谰”，《晋姜鼎》“用召匹辝辟，敏扬氒光剌”，皆上曰召，下曰敏。召与劭同，劭敏犹肇敏也。古兆黾同字，劭肇与兆同，勉敏与黾同，故皆同义也。

蠲明也〔言〕

《说文》“蠲，马蠲也”。引《明堂月令》“腐草为蠲”，今《月令》作萤。案荧声字或读溪母，檾犖并渠营切，檾去颖切。蠲读见母，声相近，故古字萤或作䗇。《尔雅》之䗇当借为莹。《华严经·音义》上引《字林》莹又作鎣,《集韵》鎣又畎迥切,是莹䗇声近。《太玄·玄莹》注“莹者明也”,是莹䗇义同。《正字通》:“唐人以浆糨纸使莹滑,名曰䗇纸。”《字汇》:“唐太宗诗‘水摇文䗇动’,言水纹似䗇纸也。”案䗇纸即莹纸,《说文》:“莹,玉色。”《释鸟》注“膏中鎣刀”,《释文》“鎣本又作莹,磨莹也”。《华严经音义》下引《苍颉篇》“莹,治也”,然则纸磨治之使明净如玉色者谓之莹纸,䗇即鎣声之转耳。䗇纸《字韵略》音绢,《正字通》音圭,《字汇》音桂。

称好也〔言〕

《释文》“称,尺证反”,王引之曰:“《考工记·轮人》‘进而眡之,欲其肉称也’。郑注曰‘肉称,宏杀好也’,是称为好也。肉称犹言肉好,《乐记》曰‘宽裕肉好’是也。郑注“肉,肥也”,《史记·乐书》集解引王肃注曰“肉好,言音之洪美”。《荀子·礼论篇》曰,‘使死生终始,莫不称宜而好善’,义亦同也。《论衡·逢遇篇》曰“形佳骨娴,皮媚色称”。《定贤篇》曰“骨体娴丽,面色称媚”。称皆谓好也。”案王氏举证皆碻,然犹未明称所以训好之故。今案《说文》“爯,并举也”。《考工记·舆人》“谓之参称”,注“称犹等也”。《后汉书·中山简王焉传》注“称娖犹齐整也”。今人曰匀称,曰配称,皆此义也。《诗·兔罝》“公侯好仇”,《太玄内》初一“谨于媻䞜”,《释文》“媻䞜古妃仇字”,好仇即妃仇,媻䞜耳。《大戴礼·保傅篇》“及太子少长知妃色”。《新书》作“好色”,虽形近相混,亦不为无因也。《释诂》"妃，媲也"。又"合也"，又"对也"，义并与称相近。好即妃，故此曰"称，好也"。丽之言俪也，与称义亦近，故亦训好。《楚辞·招魂》"丽而不奇些"，奇之言觭也。《说文》"觭，一俯一仰也"。引申为乖剌参差之义。丽与奇义正相反。称训好，犹丽训好矣。

师人也〔言〕

王引之曰："人者众也。《春秋·隐四年》'卫人立晋'，《公羊传》曰'其称人何，众立之之辞也'，《谷梁传》曰'卫人者众辞也'。《粊誓》曰'人无哗'，郑注'人谓军之士众'。《荀子·儒效篇》曰'涂之人百姓积善而全尽谓之圣人'，谓涂之众百姓也。又《王制》《王霸》《议兵》三篇并曰'下之人百姓'，亦谓下之众百姓也。《史记·邹阳传》'人无不按剑相眄者'，《汉书》人作众，是人即众也。《释诂》曰'师，众也'，此曰'师，人也'，其义一而已矣。故郭曰'谓人众。'"案《易师》与《同人》二卦皆言戎事，师者众也，人亦众，同人即合众，是同人犹师耳。故《同人》九五曰"同人，先号咷而后笑，大师克相遇"。此亦师人同义之证。

宜肴也〔言〕

金文宜俎同字，名词之宜即俎，则动词之宜即咀矣，《诗·女曰鸡鸣》"与子宜之"，《传》"宜，肴也"，宜即咀，肴即咬齩耳。《说文》"齩，啮骨也”。《玉篇》“宜，俎实，又啖肉也”，啖亦咀嚼之谓。《国语·晋语》“饮而无肴”，贾注“肴，葅也”，葅与俎同俎谓之肴，犹咀谓之肴。

窕闲也〔言〕

郭云“窈窕闲隙”，是也。《左传·昭二十一年》：“钟小者不窕，大者不槬，窕则不咸，槬则不容。”注：“窕，细不满也。槬，横大不入也。不咸，不充满人心也。不容，心不堪容也。”《吕氏春秋·适音篇》“音太钜则志荡，以荡听钜，则耳不容，不容则横塞，横塞则振，大小则志嫌，以嫌听小，则耳不充，不充则不詹，不詹则窕”，注“窕，不满密也”。《淮南子·本经篇》“小而行大，则滔窕而不亲，大而行小，则陿隘而不容”，注“滔窕，不满密也”。《大戴礼·王言篇》“布诸天下而不窕，内诸寻常之室而不塞”，《墨子·尚贤篇》“大用之天下则不窕，小用之则不困”，《荀子·赋篇》“充盈大宇而不窕，入郤穴而不逼”，《管子·宙合篇》“其处大也不窕，今本误究，从王念孙改。其入小也不塞”，《淮南子·原道篇》“处小而不逼，处大而不窕”，《俶真篇》“处小隘而不塞，横扃天地之间而不窕”，凡此并与郭义相会。窕字从兆，兆乃龟卜之衅兆，故孳乳为窕，而义为闲隙，为不满密。字又从穴，是本义为空间之闲隙引申之，时间之闲暇亦谓之窕。《司马法·严位篇》“凡战之道，力欲窕，气欲闲”，又云“击其倦劳，避其闲窕”，是也。王念孙谓《尔雅》窕专指时间言，而以郭说为非，其失也迂。

对遂也〔言〕

遂与述通,《史记·鲁周公世家》东门遂,《索隐》引《世本》作述,是其证。《左传·僖三十三年》"西乞术",文十二年"秦伯使术来聘",《公羊》术皆作遂。《书·君奭》"乃其坠命",《魏石经》古文坠作述,又《酒诰》"今惟殷坠厥命",《盂鼎》"我闻殷述命"。对训遂犹训述,故凡《诗》《书》彝器言对扬者并犹述扬也。遂说亦音近可通,《说文》"襚,衣死人也""祱,赠终者衣被曰祱",实一字,遂通说犹襚通祱。对训遂亦犹训说,《广雅·释诂四》"对,扬也",《释诂》二"扬,说也",对训扬,扬训说,是对亦可训说矣。对扬皆与说义通,故二字连文。又对遂述皆有道义。《诗·皇矣》"帝作邦作对",对即道(详《诗经》《杂记》)。《文选·汉高祖功臣颂》注引《春秋演孔图》宋均注"遂,道也",《说文》"术,邑中道也"。术述通。道为道路之道,亦为称道之道,道亦说也。对训道,扬亦训道,《诗·墙有茨》"不可详也",《韩诗》详作扬,云"道也",对扬又皆训道,故连文。

济益也〔言〕

《左传·桓十一年》:"莫敖曰:'盍请济师于王。'〔斗廉〕对曰:'师克在和,不在众,商周之不敌,君之所闻也,成军以出,又何济焉?'"昭二十七年:"楚莠尹然,工师麇,帅师救潜,左司马沈尹戌帅都君子与王马之属以济师。"杜两注并云"济,益也"。《楚辞·九辩》"霜露惨凄而交下兮,心尚叁其弗济,霰雪雰糅其增加兮,乃知遭命之将至”，上言济，下言增加，济亦增加也，与《雅》训正合。王注“冀过不成，得免脱也”，训济为成，非是。以上三言济皆楚语，然则益谓之济，殆楚方言与？

济训益者，字从二陪声，益即二义之引申也。从二之字多有益义。《说文》“贰，副益也”，《广雅·释诂一》“贰，益也”。《说文》“垐，以土增大道上也”，增亦益也。《说文》“茨，以茅苇盖屋也”“穦，积禾也”，盖积义并与益通。

枢达北方谓之落时落时谓之戺（宫）

《释文》“戺本或作扈，同音户”，郝云“枢达北方者，户在东南，其持枢之木或达于北方者，名落时，落之言络，连缀之意”，案郝说落时之义是也。落有带义，《释器》“妇人之袆谓之縭”，注“袆邪交落带系于体，因名为袆”。《文选·景福殿赋》“落带金釭”，并落带连文，落亦带也。戺者，《离骚》“扈江离与辟芷兮”，唐写本《文选集注》引陆善经曰“扈，带也”，王注“扈，被也，楚人名被为扈”。案被亦带也，《汉书·韩王信传》注“被犹带也”，《九歌·山鬼》“被薜荔兮带女罗”“被石兰兮带杜衡”，被与带互文耳。《文选·吴都赋》“扈带鲛函”，扈带犹落带也。然则扈落义同，故落时一谓之戺《说文》“扉，履也，一曰青丝头履也”“鞮，革履也，胡人履连胫谓之络鞮”。案扉与络鞮皆履，惟丝与革为异。落时谓之戺，犹络鞮谓之扉矣。

垝谓之坫〔宫〕

《说文》"坫，屏也""屏，蔽也。" 案坫之为言襜也，《仪礼·士冠礼》"执以待于西坫南"，注"古文坫为襜"。《释器》"衣蔽前谓之襜"，注"今蔽膝也"。衣蔽谓之襜，屏蔽谓之坫，其义一也。襜亦谓之袆，《说文》"袆，蔽膝也"，垝袆声近。《淮南子·主术篇》"诡自然之性"注，《文选·西京赋》注引《说文》并云"诡，违也"。《楚辞·离骚》"忽纬繣其难迁"，《易林·蒙之无妄》"织锦未成，纬画无名"，《文选·神女赋》"既姽繣于幽静"，纬繣纬画与姽繣同。垝之为言袆也，袆亦蔽也。屏蔽谓之坫，亦谓之垝，犹衣蔽谓之襜，亦谓之袆矣。《释名·释衣服》"韠，蔽膝也"，又曰"跪襜，跪时襜襜而张也"，案跪襜即袆襜，蔽膝谓之袆，一谓之襜，又谓之袆襜，古人自有复语耳。成国如字读之，斯为大谬。衣蔽谓之跪袆，屏蔽谓之垝，亦谓之坫，其义亦同。

焚轮谓之穨〔天〕

《诗·谷风》"维风及颓"，《传》"颓，风之焚轮者也，风薄相扶而上"。以颓为风，与《尔雅》义合。然按之经文，此说似误。《诗》曰"维风及颓"，诚如《传》说，则是维风及风，不辞甚矣。今谓诗一章"维风及雨"，风与雨为二，则此章风与颓亦当为二。《广雅·释天》"靁，雷也"。《万象名义》"靁，都龟反，雷也"。《字镜》"靁，雷也"。靁《集韵·类篇》并徒回切，音穨。颓靁声近，诗盖假颓为靁。"维风及颓"即维风及靁，犹言有风与雷耳。《尔雅》“焚轮谓之颓”者，焚轮盖即丰隆之转。古称雷师为丰隆，《淮南子·天文篇》“季春三月，丰隆乃出”，《汉书·司马相如传·大人赋》“贯列缺之倒景兮，涉丰隆之滂濞”，《文选·思玄赋》“丰隆軯其震霆兮”，皆谓雷也。一说丰隆为云师者，云盖霣之误。《说文》“齐人谓靁为霣”。《广雅·释天》“霣，雷也”。然《离骚》曰“吾令丰隆乘云兮”，《思美人》亦曰“愿寄言于浮云兮，遇丰隆而不将”，是其沿误已久。《淮南子·原道篇》“雷以为车轮”，注“雷转气也”。以雷为车轮，岂即因焚轮之名而起与？

芍凫茈〔草〕

案《礼记·明堂位》“夏后氏以龙勺，殷以疏勺，周以蒲勺”，注“龙，龙头也，疏，通刻其头，蒲，合蒲，如凫头也”。案疏读为沙，《周礼·典瑞》“疏璧琮以敛尸”司农注“疏读为沙”。郑志答张逸曰：“沙，凤皇也。”蒲读为凫，龙勺，沙勺，凫勺，各以其饰为名也。“芍凫茈”者，芍即勺，凫茈即凫勺，声之转。勺之若切，茈从止陪声，止诸市切，同端母。郝疏说其状“一茎直上，有苗无叶，以茎为叶，其根圆黑”，则正如勺形。茎为勺柄，根为勺魁也。至注云“苗似龙须”，疑龙须亦以形似龙勺而得名。《山海经·中山经》“其中多龙修”，注“龙须也”，修从攸声，攸声字多读透定母，与勺读端母最近。是龙勺，龙修，龙须，亦声之转矣。

萹苻止泺贯众〔草〕

萹苻蝙蝠一语之转，本字亦当为蹁蹼或蹁跗，详《释鸟》“蝙蝠服翼”。蹁跗，足也，止古趾字，亦足也，故萹苻一名止。此草盖以根茎象足形而得名。《本草》：“贯众一名贯节，一名贯渠，一名百头，一名虎卷，一名萹苻，一名伯药，今本作萍，此从《释文》引。一名药藻，此谓草鸱头也。”案贯义未详，众读为踵，节读为𨙸，《说文》“𨙸，胫头卪也”，卪节古今字。《家语·曲礼篇》注“膝，膑”，膑蹁古同字，详《释鸟》。渠读为距，《少牢礼》“长皆及俎距”，注“距，胫中当横节也”。卷读为拳，虎拳即虎蹯，《御览》二七〇引《春秋元命苞》“蚩尤虎卷威文立兵”，宋均注“卷，手也”。《路史·后纪四》引《归藏》启筮蚩尤虎卷。《说文》番拳并从采声。犹熊蹯又曰熊掌也。踵也，𨙸也，距也，拳也，皆足之类名。《尔雅》之泺即《本草》之伯药，《集韵》泺，草名，又式灼切，或作藻。药为藻之省，伯藻盖即扑朔，《古乐府·木兰辞》“雄兔脚扑朔，雌兔眼迷离”，扑朔者兔足之状，犹迷离为兔目之状也。实则扑朔即蹼足之状化语，蹼足犹足也。蹼之转伯百，犹帞头一曰幞头。一曰跗注，《左传·成十六年》“有靺韦之跗注”犹言靺韦之足也。又曰不注，山名华不注犹言华足也。《诗·常棣》“鄂不韡韡”，《笺》“承华者曰鄂，不当作柎，柎，鄂足也”。《释文》“柎亦作跗”。《玉篇》“柎。花萼足也”。又案华不注山又转为不周山。蹼足，扑朔，跗注，不注，伯藻，一语之转，百头又伯藻之转也。至药藻之当为藻草，事非难晓，不烦详论矣。

粼坚中篔箖中〔草〕

《释文》“粼又作簬”，《齐民要术》引《字林》亦作簬。案簬有坚义,《说文》"遴，行难也",《太玄礥首》"礥，物生之难也"，是遴礥同义。《广韵》"悭，悋也"，悋即怜字，犹麟一作麐,《荀子·解蔽篇》"无邑怜之心"，注"怜读为吝"，吝与悋同。是怜悭亦同义,《说文》"瞵，目精也""瞖，大目也"，瞵瞖义近。《管子·五行篇》"五谷邻熟"，注"邻，紧也"，粦声字与臤声字义多从同，是箖亦当有坚义。《说文》"獜，健也"，健亦坚强之谓。《后汉书·张衡传》注"揵，坚也"。竹坚强谓之箖，犹犬坚强谓之獜也。《说文》"鳞，鱼甲也",《释名·释兵》"甲，似物有孚甲以自禦，亦曰介，亦曰函，亦曰铠，皆坚重之名也"。是鱼鳞之鳞本取义于坚。鱼甲谓之鳞，竹谓之箖，其义一耳。《释文》"箘或作簵",《说文》"筡，析竹筤也""筤，竹肤也""簪，筡也",《书·顾命》郑注"篾，析竹之次青者"，箘簵筤一字，箘簪篾一声之转，箘即篾也。筡训筤，簪又训筡，是筡亦即篾。《说文》幔读若闵，又"幔，墀地以巾捫之也""墀，涂地也。"幔为幔之讹，即"以巾㨉之"之㨉字。㨉训墀地，而墀训涂地，是㨉亦涂也。《楚辞·天问》:"禹之力献功，降省下土四方，焉得彼嵞山女，而通之于台桑？闵妃匹合，厥身是继，胡维嗜欲同味，而快鼌饱?"闵妃即嵞山女也。《文选·洞箫赋》"夔妃准法"，夔亦夒之讹，夒妃即闵妃，亦即女娲氏，始作笙簧者也。闵字或讹作阌，唐时传女娲墓见于阌乡县，闵即闵妃之闵，盖地以人得名。女娲氏一曰闵妃，而《史记·夏本纪》索隐引《世本》"涂山氏名女娲"，是闵妃即嵞山女明矣。㨉谓之涂，闵妃一曰嵞山女，此正箘筡同义之比。箖与坚，箘与筡，皆同义，故曰"箖坚中，箘筡中"也。虽然，竹无内坚外柔之理，且筡即篾，篾为竹茎之表层，而谓之"筡中"，尤为不辞。窃意中竹一声之转，中即竹。

"簝坚中，篔簩中"，犹言簝坚竹，篔簩竹耳。《玉篇》"�，竹名"，盖共名演为类名，中即�也。字一作仲作筗，详后。

《本草》："篁竹坚而促节，体圆质劲，皮白如霜，大者宜刺船，细者可为笛，取沥并根叶皆可入药。"《竹谱》："筋竹长二丈许，围数寸，至坚利，南人以为矛，其笋未成竹时堪为弩弦。"篁筋并与坚声同义通。篁竹字《文选·吴都赋》刘注作穜，《方言》九注"矜今字作穜"。《史记·匈奴传》索隐引《古今字诂》"穜通作矜"，《汉书·陈胜项籍传赞》注"矜与穜同"。《诗·无羊传》"矜矜言坚强也"。《素问·五藏生成论》"筋，气之坚结者"。筋《集韵》作笏，劲亦坚也。二者又并以坚称，盖即坚竹矣。郭注读中如字，云"其中实"，然《本草》既云可为笛，则其中空可知。至《齐民要术》引《字林》"簝竹实中"，《文选·吴都赋》刘注"穜竹大如戟穜，实中劲强"，《篇海》"笭，实中竹名"，并与郭说同。此或别是一种，坚强者不必实中，实中者则必坚强。《本草·竹谱》所说，坚强而不实中者也。郭注及《字林》以下所说，亦坚强亦实中者也。然其为坚强，则二者所同，故得同名。《尔雅》所说，不知何指，或包二者而言与？《广韵》"篰，竹名"，疑即簩，其状未闻。

仲无笐〔草〕

《字汇补》"筗，竹名"，仲筗一字。《释乐》"籥……其中谓之仲"，《释文》"仲或为筗"。一作中作�，说详上文。又《广韵》"笭，竹名"，或亦即此。《说文》"亢人颈也"，重文作颃，"颈，头茎也"。案颃为人头茎，

则笎为竹茎矣。《说文》“竿，竹梃也”“莛，茎也”。梃筳同，是竿即竹茎之名。竿为竹茎，犹秆为禾茎。《说文》“秆，禾茎也”，重文秆。《广韵》“笎，竹竿也”，笎训竹竿，而竿即竹茎，是笎亦竹茎矣。《说文》曰“笎，竹列也”者，列当读为梨，《说文》“梨，黍穰也”，《广韵》“穰，禾茎也”，是茎又名梨，列与梨通，竹列即竹茎耳。《篇海类篇》并有筣字，当即竹列专字。黍穰之梨，经传皆作茢，盖草曰茢，禾曰梨，竹曰筣，并字异而义同，故可通用。无读为筅。《广韵》“筅竹黑皮”，《集韵》“筅，黑竹也”。“仲无笎”者，谓仲是黑茎竹也。今有乌竹，盖是。无乌音亦近。

龟俯者灵仰者谢前弇诸果后弇诸猎左倪不类右倪不若〔鱼〕

郝懿行朱骏声并读诸为者，是也。《释文》“谢，众家本作射”。《礼记·玉藻》“卜人定龟”，注“谓灵射之属”，字亦作射。案《释诂》“射，厌也”，《诗·小旻》“我龟既厌，不我告犹”，《笺》“卜筮数而渎龟，龟灵厌之，不复告其所图之吉凶言虽得兆，古繇不中”，是谢即不灵之谓。《汉书·天文志》：“是以明君睹之（灾异）而寤，饬身正事，思其咎谢，则祸除而福至，自然之符也。”猎之言媟也，《礼记·玉藻》“若祭词已偞卑”，《疏》“偞，厌也”。媟偞同。枼声字有重叠义，《方言》三“叶，聚也”。《淮南子·本经篇》“积牒碹石”，注“牒，累也”。《释名·释宫室》“城上垣或名堞，取其重叠之义也”。《广雅·释诂一》“揲，积也”。《史记·张释之冯唐传》“啬夫谍谍”，《索隐》“谍谍，多言也”。重叠之，故厌也。《文选·射雉赋》“表厌蹑以密致”，徐注“厌蹑，重而密也”。是厌又有重叠义。《说文》“媟，嬻也”“嬻，媟嬻也”。《易·蒙》“初筮告，再三渎，渎则不告”。渎与嬻通。然则《尔雅》言猎犹《易》言渎耳。猎为果之反，果谓一卜而决，猎则卜之再三而不决也。类读为纇。《周书·史记篇》“愎类无亲”，注“类，戾也”。《左传·昭二十八年》“忿纇无期”，注“纇戾也”，《释文》“纇本作类”。《荀子·性恶篇》“齐给便敏而无类”，注“无类，首尾不乖戾”。“不类”亦谓不乖戾。注“行头左庳睥今江东所谓左食者，以甲卜审”，审即不类之谓矣。《释言》“若，顺也”。卜辞每曰若不若，如曰“辛卯囗，囗贞我已娰穷，若”《萃》一一一四。“辛卯卜，㱿贞已穷，若”《萃》一一一五。“甲戌卜，㞢贞我勿将自兹邑，㱿穷已乍若”《萃》一一一七。“我其已穷，乍降若，我勿已穷，乍帝降不若。”《前》七，三八，一。《萃》一一一六略同。“辛卯卜，㞢贞我勿已穷，不若”《簠典》三五。是不若正为占卜术语。不类不若亦对文也。灵，谢，果，猎，不类，不若，六者皆以卜言，其义皆一顺一逆，两两对举，旧解胥失之。

《周礼·龟人》：“掌六龟之属，各有名物，天龟曰灵属，地龟曰绎属，东龟曰果属，西龟曰靁属，南龟曰猎属，北龟曰若属，各以其方之色与其体辨之。”注：“色谓天龟玄，地龟黄，东龟青，西龟白，南龟赤，北龟黑。龟俯者灵，仰者绎，前弇果，后弇猎，左倪靁，右倪若，是其体也。东龟南龟长前后，在阳，象经也。西龟北龟长左右，在阴，象纬也。天龟俯，地龟仰，东龟前，南龟卻，西龟左，北龟右，各从其耦也。”案《周官》说似本《尔雅》，绎与谢，靁与类，并声同通用。郑注亦本《尔雅》为说，惟“左倪靁右倪若”句中删两不字，以合《周官》本文，殊为悖谬，说详下。“东龟南龟长前后”“西龟北龟长左右”，二长字当读为常，下文“东龟前，南龟卻”，即承此言之，谓东龟行时体常前偃，故曰前，南龟行时体常后仰，故曰卻也。此以前卻释《尔雅》前弇后弇之义，最是。盖《尔雅》之俯，仰，前弇，后弇，左倪，右倪，皆据生龟言之，《周官》说同《尔雅》，故言辨色辨体。色者龟甲𪚰之色，《礼记·乐记》“青黑缘者天子之宝龟也”，《公羊传·定八年》“龟青纯”，注“纯，龟甲𩔸也，千岁之龟青𩔸”。《临海水土·异物志》“涪陵多大龟，其缘中义似瑇瑁，俗名曰灵，其千岁者青𪚰”。辨色以𪚰，其为未治之生龟明甚。色为生龟之色，则体亦生龟之体矣。郭注俯仰曰“行头低”“行头仰”，注左倪右倪曰“行头左庳”“生头右庳”，并引江东所谓左食右食者以证之，是以为皆龟行之状，乃其注前弇后弇，又以为既治之甲形，而曰“前甲长”“后甲长”，则是自违其说矣。疑郭说本郑注，而未尽通郑意，因读“东龟南龟长前后”“西龟北龟长左右”二长字为长短之长，故有此误。诚如郭说，则“西龟北龟长左右”，龟宁有左右长而成横椭形者耶？是以知其不然。

俯者卑顺之貌，仰者骄矜之貌，故辨龟以俯为顺，仰为逆。前弇似俯，后弇似仰，故前弇顺，后弇逆。周人尚左，右逆而左顺，故左倪顺，右倪逆。郑注《周官》曰“左倪靁，右倪若”，无两不字，则是左逆而右顺，既乖周制，复失《雅》义矣。

䲹天狗〔鸟〕

立从大一，大天同字，故立天声通。《秦公簋》“畯疐在天”，《钟》

作“畯疐在立”。立古位字也。《师俞簋》《伯椃虘簋》并有“畯在立”之语。此天立古通之明验。天狗一名水狗郭注，一名鱼狗，《尔雅翼》又穴土为窠，《本草拾遗》知天狗之天，即鴗之转语，但取其声，不承其义。《本草》俗呼破笠为败天公，鴗谓之天狗，犹笠谓之天公矣。

狂𪇆鸟〔鸟〕

郭注“狂鸟五色有冠，见《山海经》”，《大荒西经》“有五采之鸟有冠，名曰狂鸟”，注“《尔雅》云，狂，梦鸟，即此也”。案狂即下文“皇，黄鸟”，而皇又即上文“鶠凤，其雌皇”，故曰五色有冠也。狂皇音同。《说文》狂从㞷声，㞷读若皇，[illegible]读若皇，重文作䔊。以其黄质而五采皆备成章，故又谓之黄鸟。黄与皇狂音亦同也。又谓之𪇆鸟者，《大荒西经》“五采之鸟仰天，名曰鸣鸟”，《书君奭》“我则鸣鸟不闻”，马融郑玄并以鸣鸟为凤皇，是也。𪇆鸟盖即鸣鸟。一曰孟鸟《海内西经》“孟鸟在貊国东北，其鸟文赤黄青”。鸣孟𪇆一声之转。卜辞鸡作《前》二，三七，一《前》二，三七，二。凤作《后》下四一，一《后》下三五，三皆丰羽而有冠，《南山经》亦言“有鸟焉，其状如鸡五采而文，名曰凤皇”。是凤皇本鸡属，故又名鶤鸡，或名莎鸡。鸡善鸣而凤皇为鸡属，故凤皇谓之鸣鸟。《诗·卷阿》“梧桐生矣，于彼高冈，凤皇鸣矣，于彼朝阳，菶菶萋萋，雝雝喈喈”，朝阳鸣之时，雝喈鸣之声（雝卜辞从吕，金文从吕，并古宫字。雝古音当读如宫），此凤皇为鸡属之明验。今本“梧桐生矣”“凤皇鸣矣”二句互易，殊失其义。然则鸣是正字，𪇆孟皆假音耳。

蝙蝠服翼〔鸟〕

蝠读为蹼，《说文》“塭，出也”“墣，块也”。塭墣一字。《方言》三“貘，聚也”，注“朴属蘩相著貌”。《广韵》“蹁踧，聚貌”。蹁踧与仆属同。下文“凫雁丑，其足蹼”，注“脚指间幕膜蹼属相著”，蝙蝠之足亦有膜蹼属相著，故谓之蝙蝠也。蝙蝠连绵词，析言之可曰蝙，亦可曰蝠。《说文》“猵，獭属”，重文作獱，《博物志》“獱头如马，胷以下似蝙蝠，毛似獭”。案虫谓之蝙蝠，兽谓之猵，皆以足状而得名。蝙蝠或单曰蝠，《玉篇》“鏷，鼠名”，疑即蝠之异体。《方言》“蝙蝠自关而东，……或谓之飞鼠，或谓老鼠，或谓之仙鼠”，蝙蝠本鼠类也。服翼《本草》《广雅》并作伏翼，服与伏亦蹼之声转。蝙蝠以蹼足为翼，故谓之服翼伏翼耳。

蝙蝠本字疑当作蹁蹼。《释名·释形体》“膝头曰膊，或曰蹁”，《说文》“髌，厀耑也”，蹁髌同，犹獱一作猵。蹼与跗同。《仪礼·士丧礼》注“跗，足上也”，《疏》“谓足背也”。疑蹁蹼（跗）本足之异名，厥后义随音变，始析为足之诸类名。《释兽》“狸狐貒貈丑，其足蹯”，蹁蹯音近，《诗·巷伯》“捷捷幡幡”，《传》“幡幡犹翩翩也”。蹁即蹯也。《说文》“柎，阑足也”，《玉篇》“柎，华萼足也”，义只是足，可证。余详《释草》“蔨荷，止”。

狻麑似虦猫食虎豹〔兽〕

郭云“即师子也”，引《穆天子传》作狻，《穆天子传》一“名兽使足狻猊野马走五百里”，注“狻猊，狮子”，与《雅》注说同，案郭说是也。狻猊狮子语之转。《山海经·大荒北经》“丘南帝俊竹林在焉，大可为舟”。《广韵·万象名义》并云“篴，竹名”。篴竹即帝俊竹，而《广韵》引《神异经》“箷竹一名太极，长百丈，南方以为船”，是箷竹即篴竹也。狻转为狮，犹篴转为箷矣。至猊转为子，则犹儿转为子，其事尤显而易知。或问狮子非中土所产，狻猊之名为华语乎，抑异族语之译音乎？曰，华语也。兽名狻猊与鸟名鵕鸃，其音不殊。鸃从我陪声，鸃转为猊，犹娥皇《大戴礼·五帝德篇》作倪皇。《广雅·释鸟》“鵕鸃，凤皇属也”，《文选·子虚赋》郭注“鵕鸃似凤，有光彩”。凤皇五采鸟也，而《太平御览》引束皙《发蒙记》“师子五色而食虎”。然则兽之狻猊以其毛色相似而假名于鸟之鵕鸃。古人之始知有狮子，必得之传闻。故其意以为神兽而五采毕具，因锡之以神鸟鵕鸃之名，不足异也。狮子非五色五采，今则尽人皆知矣。

猱蝯善援貜父善顾〔兽〕

案蝯之言援也，貜之言矆也，皆以其性能为名。《说文》“瞿，鹰隼之视也”“趯，走顾貌”，《文选·魏都赋》“矆焉相顾”，瞿趯矆本一字，而与顾音近义通；貜即矆字，犹蝯即援字，以其为兽名故变从豸若虫耳。郭注说貜父“能攫持人”，似读貜为攫，失其义矣。

庄子内篇校释

目录

241　内一　逍遥游篇
248　内二　齐物论篇
256　内三　养生主篇
258　内四　人间世篇
267　内五　德充符篇
270　内六　大宗师篇
277　内七　应帝王篇

本篇所举《庄子》原文，据郭庆藩《庄子集释》本。凡经校正之字句，悉加标识。其例如下：(一)误文改正者，(二)倒文乙转者，(三)脱文补足者，皆在字旁加“·”，(四)衍文删去者在空格内加“○”。

内一　逍遥游篇

是鸟也，海运则将徙于南冥。

案运读为浑。《太玄·莹》“周浑历纪”，范注曰“运也”，又《玄首》“浑行无穷”，即运行。《类聚》一引《浑天仪》曰“天转如车毂之运”，是浑天即运天。此皆以浑为运。本书又以运为浑。《说文》曰“浑，混流声也”，《西山经》“东望泽泑，河水所潜也，其原源浑浑泡泡”，郭注曰“浑浑泡泡，水濆涌之声也”。水流声谓之浑，水流亦谓之浑。《荀子·富国篇》“则财货浑浑如泉源”，杨注曰“浑浑，水流貌”，《法言·问神篇》“浑浑若川”，李注曰“浑浑，洪流也”，《广雅·释训》曰“浑浑，流也”。今字作滚。郭注《西山经》浑音衮，《集韵》滚同浑。《淮南子·精神篇》“浑然而往”，高注“浑，转行貌”，此义今正作滚。俗呼沸水曰滚水。《博物志》三曰“九真有神牛，乃生溪上，黑出时共斗，即海沸”汪本。《御览》九四七引《符子》曰“遇长风激浪，崇涛万仞，海水沸，地雷震”。曹植《大暑赋》曰“山坼海沸”，萧统《六月启》曰“海水沸而熛烁”。海浑滚犹海沸，谓狂飙大作，海水沸腾，今所谓海啸是矣。《鲁语》上曰“海鸟曰爰居，止于鲁东门之外三日，……是岁也，海多大风”。

案《至乐篇》司马注曰“爰居……举头高八尺”，《尔雅·释鸟》郭注曰“汉元帝时，瑯邪有大鸟，如马驹，时人谓之爰居”，又《释鸟》樊注曰“爰居似凤皇”，《文选·吴都赋》刘注亦曰“似凤”。夫爰居大鸟似凤，鹏亦大鸟，而鹏凤复为一字，且鹏因海运浑而南徙，爰居亦因海多大风而止于鲁郊，是鹏与爰居盖一鸟，海运浑与海大风亦一事也。旧读运皆如字，又以海运为鹏因海以运，胥失之。

抟扶摇而上者九万里。

《释文》抟徒端反。《文选·吴都赋》注，谢宣远《于安城答谢灵运诗》注，谢灵运《初发石首城诗》注，江文通《杂体诗·阮步兵咏怀》《张廷尉杂述》两注，曹子建《七启》注引并作抟。案抟读为缚若转。《考工记·弓人》“老牛之角紾而昔”。郑众注“紾读为抮缚之抮”。《释文》曰“角绞缚之意也”。字一作转。《说文》曰“紾，转也”。

《尔雅·释天》“扶摇谓之猋”，孙注曰“回风从下上曰猋”，《月令》郑注曰“回风为猋”，均以回训猋。

案扶摇即猋之切音，是扶摇者回旋之貌也。《淮南子·原道篇》曰“扶摇抮抱羊角而上”。抮与抟，抱与猋扶摇，均声近义同。紾缚同义，详上。紾与抮，缚与抟，并同。《说文》“飙，扶摇风也”，重文作飑抱与飑通。《庄》曰“抟扶摇”，犹《淮南》曰“抮抱”耳。抟训绞缚，扶摇训回旋，义同，然而言抟复言扶摇者，古人自有复语也。《淮南》言抮与抱，又言扶摇，则复而又复。《楚辞》、汉赋语例多类是，盖战国以来接近口语之新文体。抟与扶摇皆动词作副词用。崔以抟为动词，扶摇为名词风名，而“扶摇”为“抟”之宾语，又嫌风不可言抟，遂改抟为搏，失之远矣。

去以六月息者也。

《御览》九四四引作“去以六月一息者也”，“息”上有“一”字，于义亦通，曰六月一息，则言外尚有再三息。六月一息，数息而至天也，极言其道远而历时甚久也。寻郭注义，似所据本无一字。

去以六月息者也。天之苍苍，其正色邪？其远而无所至极邪？其视下也亦若是则而已矣。

案“天下苍苍”三句本在下文，依文义，当移此。上文曰“抟扶摇而上者九万里”，此曰“视下”，即鹏自九万里之上俯视于下也。下视苍苍，不辨正色，一如人之仰而视天，正以见鹏飞之高而离地绝远。此一意也，至“野马也，尘埃也，生物之以息相吹者也”十五字，乃借物之极细者，乘息而游，以反醒鹏之大，非大风海运不足以举其体详下条。此又一意。今本十五字错置在“去以六月息者也”与“天之苍苍”间，则两段文意皆不显豁。今以意移正。“其远而无所至极邪”，《白帖》一，《御览》二，引“其”上有“以”字，语义较足。《晋书·天文志》引郗萌《记先师相传宣夜说》曰“天了无质，仰而瞻之，高远无极，眼瞀精绝，故苍苍然也。譬如旁望远道之黄山而皆青，俛察千仞之深谷而窈黑，夫青非真色，而黑非有体也”。此即《庄子》远无至极之义。出此一义，欲据下视上以推上视下，因以明鹏飞之高也。“亦若是则而已矣”，则读为测。《书·多士传》“不则德义之径”，《释文》“则本作测”，《荀子·礼论篇》“小人不能测也”，《史记·礼书》作则。

《尔雅·释言》“测，深也”。郭注曰“测亦水深之别名”。《说文》曰“测，深所至也”，深所至犹今言深度。《考工记·弓人》曰“漆欲测”，孔广森郝懿行并训测为深。上言“其远而无所至极”，下言“亦若是测”，测与远对举，测训深，深亦远也。《齐物论篇》曰“人之生也，固若是芒乎？”“若是测”与“若是芒”，文同一例。陈景元碧虚子《南华真经章句音义》校下简称陈校引文如海本则作而。疑古本作“亦若是则而已矣”。后文“时则不至而控于地而已矣”，《养生主篇》“已而为知者，殆而已矣”，《大宗师篇》“翛然而来而已矣”，《应帝王篇》“确乎能其事者而已矣”。本书“而已矣”连文数见。文本无则字，今本无而字，各有删减，总缘不知“则”为实字故耳。王引之据今本训则为而，亦非。夫则训而，经传诚多有之，训而已之而，则未见他例。王氏之书旨在释词，盖亦不免强实字以为虚字欤？

野马也，尘埃也，生物之以息相吹者也。以下似有脱文。

案野马字盖即沙漠之漠。字一作幕。《史记·匈奴传》“益北绝幕”。《集解》引傅瓒曰“沙土曰幕”。案尘土亦曰漠，故尘土之状谓之漠漠。《楚辞·九思·疾世》曰“尘漠漠兮未分”。字一作莫。《文选·羽猎赋》“莫莫纷纷”，注曰“莫莫，风尘之貌也”。音存字变则为马。野马亦尘埃耳。《庄子》盖以野外者为野马，室中者为尘埃，故两称而不嫌。马义既明，则野马尘埃与生物必为二事。《人间世篇》曰“汝不知夫养虎者乎？不敢以生物与之，为其杀之之怒也”，生物者死物之反也。本篇生物义同，故能以息吹。若野马尘埃则尘土耳。焉得为生物哉？“生物之以息相吹者也”，吹下本无者字，《类聚》六引有，今据补。“以息相吹者”，吹之者生物，被吹者野马尘埃也。此言野马尘埃，亦物之能飞者，然必待生物以口吹嘘之，而后能飞，以喻鹏飞亦必待大风海运浑而后能举其体。然而二者所待，大小不同。生物一息之吹，野马尘埃即因之以浮游，所待者小，体小故也。鹏非大风海运，不能自举，所待者大，体大故也。本篇屡以小大对照，此亦宜然。疑“生物之以息相吹者也”下，尚有说鹏所待者大之文，今本脱之。文有脱失，校者又错置“天之苍苍”等二十六字于其间，注家遂莫不以生物即野马尘埃为鹏所冯以飞者矣。

覆杯水于坳堂之上，则芥为之舟，置杯焉则胶，水浅而舟大也。今以木为舟，则称卫舟大白。

《释文·叙录》曰“《汉书·艺文志》《庄子》五十二篇，即司马彪孟氏所注是也。言多诡诞，或似《山海经》，或类《占梦书》，故注者以意去取”。又记崔譔注二十七篇，向秀注二十六篇，一作二十七篇，一作二十八篇，郭象注三十三篇，均视司马孟氏卷帙为少。然则诸家于司马孟氏旧本，所刊落者多矣。今诸书所引《庄子》佚文有司马彪注者，不下十数事，即诸家所删司马本旧文之确然可考者。《书钞》一三七引《庄子》曰“今以木为舟，则弥卫舟大白”，慧琳《一切经音义》八九引弥作称，又引司马彪注曰“大白，船名也”。寻绎文义，当在本篇“水浅而舟大也”下。上言芥舟，大小对举，与本篇文意适合。今补。惟语似未尽，或以下尚有阙夺。慧琳引弥作称义长，今从之。

汤之问棘也是已。上下当有脱文。

此句与下文语意不属，当脱汤问棘事一段。唐僧神清《北山录》曰“汤问革曰‘上下四方有极乎？’革曰‘无极之外，复无极也’”。僧慧宝注曰“语在《庄子》，与《列子》小异”。案革棘古字通，《列子·汤问篇》正作革。神清所引，其即此处佚文无疑。惜句多省略，无从补入。马叙伦疑《庄》义已阙，伪撰《列子》者谬补其辞，读者因据校注于本文下，故《释文》不载。今案本书佚文之不见于《释文》者多矣，焉知《列子》之文，非伪撰者杂取他书以变易《庄》义，而神清所引，则《庄子》之真乎？马说武断，难为定论。

抟扶摇羊角而上者九万里。

《楚辞·九怀·昭世》补注引此文亦作抟。抟扶摇之义已见上文。《释文》引司马注曰“羊角，风曲上行若羊角”，《御览》九，《事类赋》注二引某氏注曰“扶摇，羊角，风也，今旋风上如羖羊角”。案“羊角”亦谓鸟飞旋回而上之状如羊角，非鸟所乘风之名也。“羊角而上”与《墨子·号令篇》“鸡足置”，《管子·事语篇》“绨鹈素嗛满”，《尚书大传·大战篇》“鱼鳞下”，《太玄礼》次六“鱼鳞差”，语例同。抟也，扶摇也，羊角也，皆上之状，三词叠用，亦复语也。《淮南子·原道篇》“扶摇抮抱羊角而上”，高注训抮抱为引戾，释羊角为“如如羊角转原衍如字曲萦行而上”。扶摇也，抮抱也，羊角也，亦三词叠用，例与此同。又案《尔雅·释天》曰“扶摇谓之飙”，《楚辞·九怀·昭世》曰“登羊角兮扶舆”，《开元占经》九一《风占篇》引李淳风曰“扶摇羊角，今谓之回风，回风，自旋风也。回风卒起而圜转扶摇，有如羊角回上转轮"。是扶摇羊角本亦风名。庄子以为鹏飞之状者，风凤鹏古为一字神话亦以风与凤鹏为一物，故扶摇羊角为风旋上之状，即为鹏旋上之状也。惟庄子用为副词，故谓其直以"扶摇""羊角"之原义状鸟飞也可，谓其以风名扶摇羊角者之状状鸟飞也，亦无不可，独以二者为鸟所乘之风，则误副词为名词，按之语法，为不可通耳。

若夫乘天地之正，而御六气之辩，以游无穷者，彼且恶乎待哉？

《释文》曰"辩，变也"，成疏同。案"天地之正"谓正气，"六气之变"谓变气，御亦乘也。二句上下错举，互文以足义。《周语》下曰"所以宣六气九德也"，《左传·昭元年》曰"天有六气"，《管子·戒篇》曰"御正六气之变"，本书《在宥篇》曰"天气不和，地气郁结，六气不调，四时不节"，《楚辞·远游》曰"餐六气而饮沆瀣兮"，《韩诗外传》五曰"圣人养一性而御六气"。六气之说不一，惟章杜二注"阴阳风雨晦明"之义为得其朔，《史记·天官书》正义曰"轩辕……主雷雨之神。阴阳交感，激为雷电，和为雨，怒为风，乱为雾，凝为霜，散为露，聚为云气，立为虹蜺，离为背璚，分为抱珥，二十四变，皆轩辕主之"。二十四变盖即古六气之遗说，《韩非子·解老篇》"四时得之，以御其变气"，是也。六气言御，当指神人乘风雨，蹈云雾之事，御即上文"列子御风而行"之御。《管子》《韩传》之六气谓人之六情，则彼书御字当训调节。语是而义变，当各依本书。《远游》曰"因气变而遂曾举兮，忽神奔而鬼怪遹"，气变即此六气之变。王注曰"乘风蹈雾，升皇庭也，往来奄忽出杳冥也"。王以乘风蹈雾释《远游》之"因气变"

亦即本书气变之义。《远游》之语可与本书相发。庄子之学，本与方士神仙之说相通，此其一例也。

内二 齐物论篇

山陵之畏隹。

陵本作林，奚侗云当为陵，引《六韬·绝粮篇》"依山林险阻，水泉林木而为之固"，《通典》五七作山陵为例。案奚说是，今据改正。《楚辞·大招》"山林险隘"，旧校林一作陵，《吕氏春秋·禁塞篇》"为京丘若山陵"，高注"……若山陵高大也"，注中陵字今本作林。二书亦并"山陵"误为"山林"，与此同比，《周书·王会篇》"央林以酋牙"，《尚书大传》作于陵氏，《左传·僖十四年》"诸侯城缘陵"，《谷梁》作林，亦陵林相乱。《释文》引李颐注曰"畏隹，山阜貌"，是李本正作山陵。郭释畏隹为扇动貌，则字已误林。惟李释畏隹之义，亦未切确。今案《管子·形势篇》"大山之隈"，尹注曰"隈，山曲也"，《文选·魏都赋》刘注曰"隈，隅也"，《左传·僖二十五年》杜注曰"隈，隐蔽之处，畏隹叠韵连语，犹隈也"。崔本畏作嵔，嵔隈同。《文选·风赋》曰"侵淫溪谷，盛怒于土囊之口，缘大山之阿"，曰溪谷，曰土囊之口，曰阿，皆此所谓"畏隹"之类。李云山阜貌，则直以为崔嵬，义未精当，且误名词为形容词。郭说失之更远。

夫吹万不同。而使其自已也咸，其自取也怒者，其谁邪？

案"取"下脱"也"字，今补。此当读"而使其自已也咸，其自取也怒者，其谁邪?”《文选》谢灵运《九日从宋公戏马台送孔令诗》注引司马注曰“已，止也”。咸读为缄。《说文》曰“歁，坚持意，一曰二字从《集韵》补口闭也”，缄歁同。已与缄义相因。取读为趣。趣与已对举。怒读为呶。《小雅·宾之初筵》“宾既醉止，载号载呶”，《传》曰“号呶，呼号欢呶也”。趣与呶义相因。呶缄亦对举。“自已也缄，自趣也呶”。谓风之息作。风之一息一作，咸其自动，然而其所以时动时否者，冥冥之中似仍有主使之者。主使者谁？天籁是已。此即下文“其有真君存焉”之意。审如郭义，众窍自鸣，莫或主之，则是无所谓天籁者，与上文“未闻天籁”之语相左矣。

缦者窖者，密者□者。

案此文上下皆四字为句，“密者”下当有“□者”二字，方与上下文一律。今补。

其发若机括，其司是非之谓也？其留如诅盟，其守胜之谓也？其杀若秋冬，以言其日消也？其溺之所为之不可使复之也？其厌也如缄。以言其老洫也？近死之心，莫使复阳也？

此文旧作“其发若机括，其司是非之谓也。其留如诅盟，其守胜之谓也。其杀若秋冬，以言其日消也。其溺之所为之不可使复之也。其厌也如缄，以言其老洫也。近死之心，莫使复阳也”。详审语气，“其司是非之谓也”“其守胜之谓也”“以言其日消也，其溺之所为之不可使复之也”“以言其老洫也，近死之心莫使复阳也”，句首诸“其”字均当读为岂，句末“也”字均读为邪。六句皆商酌语气，似玩索《庄》义者旁注之文，亦或淮南王《庄子解说》之羼入本书正文者。今悉小字书之，以别于正文。“其发若机括，其留如诅盟，其杀若秋冬，其厌也如缄”四句直接下文“喜怒哀乐，虑叹变慹，……”亦觉于文弥顺。

虑叹变慹

马叙伦读变为恋，是也。案慹亦犹恋。《说文》曰“執，至也，读若挚”。《诗·关雎传》“雎鸠，王雎也，鸟挚而有别”，《笺》曰“挚之言至也，谓王雎之鸟，雌雄情意至”。慹執挚并同。《释文》引司马注曰“不动貌”成疏曰“慹则屈服不伸”，并失之。

与物相刃相靡。

马叙伦朱桂曜并读靡为𥕢磨，是也。案刃亦犹磨也。《说文》曰“轫，碍车木也”。又曰“杒，桎杒也”，《诗·节南山笺》释文曰“桎，碍也”，桎杒连文，是杒亦碍也。刃与轫杒，并字异而义同。轂碍与切磨义近，是刃亦犹磨也。《管子·霸形篇》“裸体纫胸称疾”，尹注曰“纫犹摩也”。刃之训磨，犹纫之训摩矣。郭成训刃摩为逆顺，非是。

夫随其成心而师之，谁独且无师乎？奚必知成而心自取者有之？愚者与有焉。

“奚必知成而心自取者有之”，成旧作代，并读“奚必知代”句，“而心自取者有之”句。案知读为智，与下愚字对举。代当为成，字之误也。此当读“奚必知成而心自取者有之”十一字为句。成盛古通。后文曰“三子之知几乎皆其盛者也”，《大宗师篇》曰“是知之盛也”。此知成即知盛。《诗·猗嗟》笺曰“成，备也”，《仪礼·十虞礼》注曰“成，毕也”。备毕与盛义亦相因。本篇此文之“成”，动词下文之“盛”形容词当训备若毕。《大宗师》之“盛”，则犹今言“极致”。《天地篇》曰“孝子不谀其亲，忠臣不谄其君，臣子之盛也”，义同。又案《德充符篇》曰“以其知得其心，以其心得其常心”。此云不必知成而心自取，亦知与心并言，义与彼同。

故言儒墨之是非，以是其所是而非其所非，欲是其所非，而非其所是，则莫若以明。

案“以是其所是，而非其所非”，本作“以是其所非，而非其所是”，上非字，下是字，涉下文而倒。今乙正。“是其所是，而非其所非”者，儒墨自是其所是，自非其所非，即所谓“儒墨之是非”也。庄子欲以己之是非一反儒墨之是非，故又曰“欲是其所非，非其所是”。四其字俱指儒墨。如今本，则儒墨已自反其是非，不待庄子之反之矣。以是明其不然。

以指喻指之非指，不若以非指喻指之非指也。以马喻马之非马，不若以非马喻马之非马也。天地一指也，万物一马也。

案指即《公孙龙子·指物论》之指。龙之言曰“物莫非指，而指非指”，即此所谓“以指喻指之非指”也。又曰“天下无指，物无可谓物。非指者天下，而物可谓指乎？指也者天下之所无也，物也者天下之所有也。以天下之所有为天下之所无，未可。……”庄子谓“天地一指”，盖即针对龙之此言而发。

马犹今言筹马，法马，号马，数马也。《管子》书有《乘马》《巨乘马》《乘马数》之篇。《礼记·投壶》曰“为胜者立马。一马从二马，三马既立，请庆多马”。郑注曰“立马者，取算以为马，表其胜之数”宋李易安有《打马图经》。指谓名称，马谓符号，皆所以代表实物者。崔注曰“指，百体之一体。马，万物之一物”。成疏曰“指，手指也。马，戏筹也”。又曰“独奉指马原脱马字者，欲明近取诸身，切要无过于指，远托诸物，胜负莫先于马，故举二事，以况是非”。二家并以代表实物者为实物，失其义矣。

是故滑疑之耀，圣人之所鄙也。

案滑疑犹滑稽也。《史记·樗里子甘茂传》“滑稽多智”，《正义》引颜师古曰“稽，疑也”，疑稽声之转。郭注曰“故滑疑之耀，则图而域之恢恑憰怪则通而一之”，又曰“故虽放荡之变，屈奇之异，曲而从之，寄之自用”。恢恑憰怪，放荡屈奇，并与滑稽之义近。似郭亦读滑疑为滑稽。然疑滑稽之稽本字当作脂。稽脂并从旨声，故得通用。《考工记·鲍人》曰“欲其柔滑而腥脂之则需”，《释名·释首饰》曰“脂，砥也，著面柔滑，如砥石也”。脂之性滑泽，故谓滑泽之貌曰滑脂。《楚辞·卜居》曰“将突梯滑稽，如脂如韦，以洁楹乎？”滑稽本即滑脂，故滑泽如脂之貌又谓之滑稽滑稽〔脂〕叠韵连语。《尔雅·释器》孙炎本曰“凝，脂也”。《说文》凝为冰之重文。今本《尔雅》作“冰，脂也”，郭注引本书《逍遥游篇》“肌肤若冰雪”，云“冰雪，脂膏也”，亦以凝为脂之名。疑凝古亦通用。形容词滑脂一曰滑疑，犹名词脂一曰凝也。稽训疑，亦其比。详上。疑腻声近。《楚辞·招魂》“靡颜腻理”，王注曰“腻，滑也”。滑谓之疑，犹滑谓之腻，疑也，腻也，皆脂声之转也。要之滑疑即滑脂，今俗语曰“油滑”，是其义。脂膏滑润而有光泽者，故曰“滑疑之耀”。鄙本作图误。鄙古只作啚，校者误为图字，遂改为图耳。今正。惠子以坚白异同之论，解说是非，滑稽吊诡，变幻不穷，世以为其多智而能明大道。庄子则谓惠子之知，非圣人之真知，犹滑疑脂之耀，异乎日火之真耀，故曰“滑疑之耀，圣人之所鄙也”。

孰知不言之辩，不道之道？若有能知，此之谓天府。注焉而不满，酌焉而不竭，而不知其所由来，此之谓葆光。葆光者资量万物者也。

《淮南子·本经篇》曰：“不言之辩，不道之道，若或通焉，谓之天府。取焉而不损，酌焉而不竭。莫知其所由出，谓之瑶光。瑶光者，资粮万物者也。”案粮为量之误，资与赀通，赀亦量也《后汉书·陈蕃传》注。瑶从䍃声，䍃从缶声，葆从保声，缶葆声同，故葆光一曰瑶光。本书文与《淮南》同，惟缺末句。疑当据补“葆光者资量万物者也”九字。《淮南》高注曰：“瑶光谓北斗勺第七星也，居中而运，历指十二辰，擿提起阴阳以杀生万物也。一说瑶光，和气之见者也。”案《文子·下德篇》作“摇光”。《史记·天官书》索隐引《春秋运斗枢》曰：“斗第一天枢，第二旋，第三玑，第四权，第五衡，第六开阳，第七摇光。第一至第四为魁，第五至第七为勺，合而为斗。”北斗第五至第七星曰勺，而摇光《开元占经》六七《石氏中官占篇》引《春秋纬》称“勺星”，则摇光又为第五至第七星之名。勺星，《占经》又引石氏作部星。勺〔甫遥切〕部一声之转。同书同篇又引郗萌曰“北斗勺为北斗，是勺又为北斗七星之总名。摇光谓之勺，北斗亦谓之勺，疑摇光本北斗七星之总名，后乃变为七星中三星之类名，又变而为三星中一星之小类名也。要之，摇光本北斗之别名。北斗一名摇光者，摇光即瓠瓜声之转，摇瑶声同，瑶之基本声符为缶，见上。故一曰葆光，葆匏声亦近也。《易·泰》九二曰“包荒，用冯河，不遐遗”，包荒亦即匏瓜。匏瓜转为葆光，亦犹转为包荒也。古斗以匏为之，故北斗之星亦曰匏瓜，声转而为葆光，瑶摇光耳。至勺本即斗，勺训瓢，《御览》七六二引《通俗文》“木瓢为斗”。故北斗又谓之勺星，勺匏声亦近也。葆光瑶光，摇光即斗之名，故曰“注焉而不满，酌焉而不竭”，又曰“资赀量万物者也”。

蝍蛆甘带。

《类聚》九二引带作蝷，同。《释文》曰“带，崔云蛇也，司马云小蛇也”。案《淮南子·说林篇》曰“腾蛇游雾而殆于蝍蛆”，《史记·龟策列传》曰“腾蛇之神而殆于即且”。《说文》曰“螣，神蛇也”，腾螣同。蝷即螣蛇也。螣蝷一声之转。《方言》五曰“槌……其横关西曰椯，宋魏陈楚江淮之间谓之樀”，《礼记·少仪》“甲不组縢”，注曰“以组饰之及衿带也。”螣转为相关，犹椯转为樀，縢转为带矣。崔与司马泛称为蛇，犹未确切。

猿猵狙以为雌。

猵狙本作猵狙。《释文》引司马注曰“猵从《御览》九一引补狙，一名獦牂，似猿而狗头，憙与雌猿交也”，又引崔注曰“猵狙一名獦牂，其雄憙与猿雌为牝牡”。案猵狙当为猎狙，并字之误也。金文《叔夷钟》“劆伐夏后”，劆字左方似扁，故诸家咸误释为刷详拙著《金文杂识》。《尔雅·释畜》“犡牛”，《汉书·司马相如传》注谓之偏牛，《正字通》

引《水东日记》，吴任臣注《山海经·北山经》引李东壁说并作犏牛。偏犏并犛之误。字书无犏字，始见《正字通》。猎误为猵，犹劚误为㓹，犛误为犏也。狚狙亦形近易混。《东山经》曰“北号之山……有兽焉，有状如狼，赤眉鼠目，其音如豚，名曰獦狚”。今本作猲狚，从《广韵》引改，《一切经音义》一四引《字林》同。獦即猎字，《广韵》又曰“猎狚，兽名，似狼”，即獦狚也。獦狚叠韵连语上古曷切，下当割切兽名獦狚，犹鸟名鹖鴠耳。《说文》猎训毛鼠。犛牛，牛之多毛者，故一曰旄牛。鹖鴠一曰侃旦，《御览》九二一引《广志》曰“侃旦，冬毛希，夏毛盛”，是此鸟亦以毛盛而得名。牛之多毛者曰犛，鸟之多毛者曰鹖鴠，而猎獦狚之名与鹖鴠正同，然则猎狚盖亦猿类之多毛者欤？司马崔注并云“一名獦牂”，即獦狚矣。司马又云“狗头”，亦与《山海经》云如狼者合。今本误作猵狙，狙诚猿类，然猵即獱字，獭也，狙称猵狙，斯为不伦矣。

予尝为汝妄言之，汝亦妄听之奚若？

亦本作以。案当作亦，草书形近而讹。注曰“故亦妄听之”，疏曰“我诚为汝妄说，汝亦妄听”。是郭成二本并作亦。今据正。句末若字原缺，从朱桂曜增。

与王同匡床。

匡本作筐。《释文》曰“筐本亦作匡”，《御览》七〇六引亦作匡。今据正。床三面有围，其形如匚，匚亦古匡字，故谓之匡床。字变为匟。《篇海》音口浪切，云“匟床，坐床也”。案今所在多有。北人累砖为寝床，三面连壁，亦呼曰匟，即古匡床之遗。俗以床下煴火，字变作炕，非其朔谊。今本作筐床，失其义矣。

吾待蛇蚹蜩翼邪?

成疏曰“蚹者蛇蜕皮也，蜩翼者蜩甲也”。案成说蛇蚹是，说蜩翼非。《六书故》引唐本《说文》曰“莩，……一曰葭中白皮”，《汉书·中山靖王胜传》注说同。字一作苻《说文》稃重文作粉，《淮南子·俶真篇》“芦苻之厚”，高注曰“苻，芦中之白苻也”。案在内者谓之苻，在外者亦谓之苻。蚹即苻字，以其为蛇皮，故变从虫。蛇之蚹，蜩之翼，皆薄极而近透明体，照之无景，故景曰“吾待蛇蚹蜩翼邪?”《寓言篇》曰“予蜩甲也，蛇蜕也，似之而非也”，与此异义。成以《寓言》之义解本篇，大非，以蜩翼为蜩甲，尤不可。司马以蚹为“蛇腹下龃龉可以行者”，亦不足辩。

内三　养生主篇

奏刀騞然，莫不中音，合于桑林之舞，乃中经首之会。

《释文》曰“桑林，司马云汤乐名，崔云宋乐名。案即《左传》‘舞师题以旌夏’也”。案事见襄十年，《传》曰“宋公享晋侯于楚丘，请以桑林。……舞师题以旌夏，晋侯惧而退入于房。去旌，卒享而还”。考夏页首古为同义字，旌夏即旌首也。《周礼·司常》曰“析羽为旌”，以鸟羽加于首上曰旌首。《说文》曰“翌，乐舞以羽翿自翳其首，以祀星辰也。从羽王声，读为皇”。《周礼·舞师》注曰“皇，杂五采羽如凤皇色，持以舞”。旌首盖即翌，舞师所持以自翳其首者，故曰旌首。首一曰夏，故又曰旌夏。旌夏以五色采羽为之，因之五采羽亦谓之夏，翟〔雉〕之五色备成章者谓之夏翟。以物加于首上曰题，舞师初入时，以旌夏蒙首，其状诡异，故晋侯惊怖而退入于房也。旌经声近可通，经首即旌首，亦即旌夏。《文选·琴赋》"激清响以赴会"，李注曰"会，饰会也"。旌首，舞师所持以节舞者，故曰"合于桑林之舞，乃而中经首之会"。成疏谓刀为鸾刀，至确。近世出土鸾刀，当环处有鸾，状与车鸾同。《小雅·信南山传》曰"鸾刀，刀有鸾者，言割中节也"，《礼记·郊特牲》曰"割刀之用，而鸾刀之贵，贵其义也，声和而后断也"，此刀谓鸾刀，故言奏，《离骚》"吕望之鼓刀兮"，《天问》"鼓刀扬声后何喜"，彼刀亦谓鸾刀，鼓刀犹鼓钟，鼓琴，鼓瑟也。又曰"莫不中音"。又鸾刀者，宗庙割切之刀，然则此所解牛乃祭祀所用之牲，而桑林或亦当时实用之乐矣。

动刀甚微，謋然已解，牛不知其死也。

本无"牛不知其死也"一句，陈校引文如海本，刘得一本并有，今据补。

指穷于为薪，而火传也，不知其尽也。

薪下本无而字，从《御览》三七〇引补。朱桂曜曰："指为脂之误或假。《国语·越语》'勾践载稻与脂于舟以行'，注'脂，膏也'。脂膏可以燃烧之薪，故《人间世篇》曰'膏火自煎也'。此言脂膏有穷，而火之传延无尽，以喻人之形体有死，而精神不灭，正不必以死为悲。"案朱说是也。古所谓薪，有爨薪，有烛薪，爨薪所以取热，烛薪所以取光。古无蜡烛，以薪裹动物脂肪而燃之，谓之曰烛，一曰薪。烛之言照也，所以照物者，故谓之曰烛。此曰“脂穷于为薪”即烛薪也。崔注曰“薪火，爝火也”。此误以火属上读。爝火即古取光之烛，故《逍遥游篇》曰“日月出矣，而爝火不息，其于光也，不亦难乎?”《释文》“爝亦作燋”。《礼记·少仪》“主者执烛抱燋”，郑注曰“未爇曰燋”，是爇者曰烛也。崔以爝释薪，而爝燋即未爇之烛，是崔意薪即烛薪矣。

内四　人间世篇

夫道不欲杂，杂则多，多则扰，扰则忧忧而不救。

案《楚辞·九章·抽思》“伤余心之慢慢”，王注曰“慢慢，病貌也”。忧忧与慢慢同。救，治也。不救谓不可救治，“扰则忧忧而不救”七字为句，旧读“扰则忧”句，“忧而不救”句，非是。

何暇至于暴人之所乎?

乎本作行。案当为乎字之误也。今正。

且若亦知夫德之所为荡，而知之所为出乎?

荡上本无为字。案当有为字，与下句一律。注曰“德之所以流荡者矜名故也，知之所以横出者争善故也”，以两“以”字释两“为”字，是郭本上句正有为字。今据补。《淮南子·俶真篇》“其德荡者其行伪”，高注曰“荡，逸也”。《周语》下韦注曰“荡，坏也”。散逸与败坏义相因。出读为屈。《吕氏春秋·安死篇》“智巧穷屈”，高注曰“屈，尽也”。郭以屈为横出未允。

夫以阳为充孔，〇采色不定，常人之所不违，因案人之所感，以求容与其心，名之曰日渐之德。

孔下旧有扬字，从马叙伦删。马又谓此指颜回之“端而虚，勉而一”言，亦是。案充孔叠韵连语，《集韵》引《埤苍》曰“忼，心动也”，《玉篇》曰“慣，心动也”，充孔即忼慣，心动不安之貌也。阳与佯同，“阳为充孔”，犹言貌为谨悫。

“采色不定”即充孔之状。马叙伦读常为尝，读违为韪，并是。案，依也。《汉书·司马相如传上》注。言尝试人君之所不以为是者，避而勿言，依据人君心之所感者而言之也。“日渐之德”旧属下读，非是。详下。

日渐之德不成，而况大德乎？

旧无“日渐之德”四字。案此承上文，当重“日渐之德”四字，乃成文义。今补。

外曲者与人〇为徒。

人下旧有之字，衍。“与人为徒”，与上“与天为徒”，下“与古为徒”文同一例，下文“是之谓与人为徒”，是其确证。今据删。“与天为徒”“与人为徒”，语亦见《大宗师篇》。

其言虽教谪之，实〇古之有也，非吾有也。

实下旧有也字。案也字涉下文而衍，今删。此谓其言虽教告之，斥谪之，然实古人之言，非我之言。言自古出，则寄直于古，无以病我，故下文曰“虽直而不病”。郭据误本，读“其言虽教”句，“谪之实也”句，不辞之甚。

回之家贫，唯不饮酒不茹荤者数月矣。

案回虽贫何致数月不食葱薤？古谓荤犹腥也。《管子·轻重戊篇》“黄帝作钻燧生火，以熟荤臊”，《路史·后纪三》注曰引作腥臊是其证。不茹荤谓不肉食耳。

一若志，无听之以耳，而听之以心。

“一若志”旧作“若一志”。案“若一”二字似倒。一谓专一，若犹汝也，“一若志”谓专一汝之心志。疏曰“志一汝心，无复异端”，即以“一汝心”释“一若志”，是成本犹未倒。今据乙正。

伏羲遂人之所行终。

遂人本作几蘧。《释文》曰“几蘧向云古之帝王也，李云上古帝王”。疏曰“几蘧者，三皇已前无文字之君也”。案古帝王无号几蘧者。当是遂人，遂讹为蘧《左传·桓十三年》“遂见楚子”，《汉书·五行志中之上》作遽见。人讹为几，又误倒其文，因为“几蘧”耳。今乙正。遂人即燧人。《路史·前纪五》注引《尸子》及《礼含文嘉》并作遂人。《缮性篇》曰“及燧人伏羲始为天下”，亦二王并举，例与此同。

凡事若小若大，寡不道以成欢。

“成欢”旧作“欢成”。案陈校引江南古藏本作“成欢”。注曰“少有不言以成为欢者耳”，疏曰“而莫不以成遂为欢适也”，是郭成二本亦并作“成欢”。今据乙正。欢古患字。《尔雅·释训》“欢欢，愮愮，忧无告也”，《玉篇·广韵》并云“悹，忧无告也”，《说文》“悹，惪也”，朱骏声疑即患之异文，是也。“凡事若小若大，寡不道以成欢”者，古书多以道为由，言事无大小，罕有不由之以成灾患者也。下文“事若不成，则必有人道之患，事若成，则必有阴阳之患”，即承此言之。《外物篇》曰“惠唯以欢为骛”，当作“惠以欢为骛”，欢亦古患字说详彼篇。古本《庄子》盖以欢为患，写者或改成今字，或否，注家不察，悉读未改之懽为歡，失庄旨矣。

事若成，则必有阴阳之患。

案此文曰“阴阳之患”，下文曰“内热”，然则阴阳之患即病也。《大宗师篇》曰“子舆有病，……阴阳之气有沴，其心闲而无事”，又曰“子来有病，喘喘然将死，……曰‘子于父母，东西南北，唯命之从。阴阳于人，不翅父母。彼近祈吾死，而我不听，我则悍矣，彼何罪焉！’”亦并以病为阴阳之气。后世医家言犹如此。

若成若不成，而复无患者，唯有德者能之。

复旧作后。案后当为复，字之误也。今正。《天道篇》“复言夫兼爱”卢文弨校引旧本如此，今本复误作后，是其比。他书复后互讹之例，不烦枚举。

吾未至乎事之情而既有阴阳之患矣，事若不成，必有人道之患，是两患也。

两下旧无患字。案此患字当有。阴阳之患，人道之患，是所谓两患。今本脱此患字，则文义不足。今补。

意有所至，而爱有所亡。

案至读“专心致志”之至，犹专也，《广雅·释诂三》曰“摯，抟也”，致专与摯抟同。亡读为忘，与致对举。此承上文，“意有所致”谓盛矢盛溺，“爱有所忘”谓拊之不时。

俯而视其大根，则轴解而不可以为棺椁。

视旧作见，从马叙伦校改。马又曰“轴解与拳曲对文”，亦是。案由声字多有长而中空之义。笛袖胄舳皆物之长而空者。《说文》曰“岫，山有穴也”，《淮南子·齐俗篇》曰“往古来今谓之宙”，《广雅·释诂三》曰“甹，空也”，岫宙甹义近。轴亦从由，义当相仿。解亦长而中空之名。《吕氏春秋·古乐篇》曰“昔黄帝令伶伦，……取竹之嶰谷”。《汉书·律历志》作解谷，注引孟康曰“谷，竹沟也”。案当云“解谷，竹沟也”。《广雅·释山》曰“嶰，谷也”，解谷双声连语。《御览》九六二引《吕览》作“取竹之谷溪”，乃溪谷之倒，《书钞》一一二引作“磬谷”，磬罄通解嶰溪罄一语之转，皆有空义。李注曰“解，如衣轴之直解也”，疑谓衣袖。《释名·释衣服》曰“褠，禅衣之无胡者也言袖夹狭直形如沟也”，衣袖之直解谓之褠，犹竹之解谷谓之竹沟也。《广雅·释器》曰“徯，袖也”，《集韵》引《埤苍》曰“徯，衣袖也”。解嶰溪一语之转，说已详上。解徯亦然。轴一曰解，犹袖一曰徯矣要之，轴解义训不异。因悟由声字如笛迪等皆转入支部，与解同韵，“轴解”或本叠韵，故二字义同。

咶其叶则舌烂而为伤。

舌旧作口，从马叙伦校改，案伤读为疡。《素问·风论》“故使肥肉愤䐜而有疡”。王注曰“疡，疮也”。

针挫治繲，足以餬口，数策播精，足以食十人。

“针挫”旧作“挫针”，倒。今乙正。针，刺也《广雅·释诂一》挫谓肢体挫折。《说文》曰“痤，小肿也”，肢体折伤则肿，挫与痤同。

繲即解字。挫解即今所谓跌打损伤。“数筴播糈”旧作“鼓筴播精”。《释文》“播精”下曰“如字，一音所，则字当作数精”。案此十一字当在上文“鼓筴”下，“数精”当作“数筴”。上文引司马曰“鼓，簸也，小箕曰筴”。又引崔曰“鼓筴，揲蓍钻龟也”，鼓筴亦当作数筴。盖司马本作鼓，崔本作数，音所，即崔本旧音也。《韩非子·饰邪篇》曰“凿龟数策”，《秦策》一曰“襄王错龟数策占兆”，筮者取决于数，故曰数策，《史记·龟策列传》曰“揲策定数”，此之谓也。策即蓍，《文选·卜居》五臣注“策，蓍也”。因之数筴一曰数蓍，《六韬》曰“数蓍，蓍交而折”。本书崔本数筴，义长，今据正。郭庆藩云精当为糈之误。是也。今亦据正。崔曰“播精，卜卦占兆也，鼓筴播精言卖卜”，精亦当为糈，鼓亦当为数。针挫治繲，医术也。数筴播糈，巫术也。古巫亦即医，故兼治二术。《淮南子·说山篇》曰“病者寝席，医之用针石，巫之用糈藉，所救钧也”，高注曰“医师在男曰觋，在女曰巫。石针所抵，弹人雍痤，出其恶血。糈米所以享神。藉，菅茅，皆所以疗病求福祚，故曰救钧”。《淮南》以医用针石与巫用糈藉并言，可与《庄》义相发。今本《庄子》文多讹舛，是以注家解说互歧，而义鲜确当。

凤兮凤兮，何如德之衰也！

案《说文》曰：“孔，通也。从乙从子。乙，请子之候鸟也。乙至而得子，嘉美之也，古人名嘉字子孔。”又曰“乳，人及鸟生子曰乳，兽曰产。从孚从乙。乙者玄鸟也。《明堂月令》‘玄鸟至之日，祠于高禖以请子’，故乳从乙。请子必以乙至之日者，乙春分来，秋分去，开生之候鸟，帝少昊司分之官也。”案孔乳古当为一字。以声言之，《左传·宣四年》“楚人谓乳谷”，《释文》“谷，如口反”。谷即彀字。《玉篇》谷亦有奴豆公豆二音。实则乳亦有此二读，乳彀同字异体耳。《集韵》彀同彀，又作吼。吼即乳字也。公豆之“乳”，由侯对转入东，即为孔。反之，孔亦可由东转侯，读公豆切，吼字即从之得声。以形言之，彀一作觳，是从子与从孚同，同则孔乳亦当同字矣。乳从乙，乙即殷人之图腾玄鸟，故许君训为人及鸟生子。孔与乳同字，本亦训生子，故古人名嘉字子孔。《天问》曰“简狄在台喾何宜，玄鸟致贻女何嘉”，郑注《月令》曰“玄鸟遗卵，娀简吞之而生契，后王以为媒官嘉祥而立其祠焉”，嘉皆训生子。《尔雅·释天》“甘雨时降，万物以嘉”，即万物以生。名嘉字子孔者，名与字义相应也。然古字往往无专义。孔字从“子”为义者训生子。其緐文即乳。从“乙”为义者则为鸟名，《周书·王会篇》“方人以孔鸟”是也。《王会篇》孔注曰“孔，与鸾相配者”。案鸾，凤类也，孔为鸾配，则亦凤类。孔字从乙，是鸟以孔名者，亦当为请子之鸟。凤亦请子之鸟也。《离骚》“凤皇既受贻兮，恐高辛之先我”。《月令·疏》引《郑志》焦乔答王权曰“娀简狄吞凤子之后，后王以为禖官嘉祥，祀之以配帝，谓之高禖”。孔为请子之鸟凤亦然，是孔即凤类矣。明乎孔凤为同类之鸟，则知接舆称“凤兮凤兮”以嘲孔子，实以“凤”字隐射“孔”字。“何如德之衰也。”如读为汝，汉石经《论语·微子篇》作“何而德之衰也”，而亦汝也。汝斥凤言？即斥孔子言矣。

福轻于羽，莫之知载。祸重于地，莫之知置。

置旧作避，《释文》“避旧作寘，云置也”。案字当作置，与载对举。置训舍，谓不载也。此以车为喻，言轻者当载而不载，重者当舍而不舍。字若作避，则义不精切。置有措舍二义，寘则但有措义而无舍义。故经传寘训置者，其义皆为措置而非舍置。旧本作寘，训置，亦当为措置之置。然措置于车中即载之车中，与歌意适相反，是以知其必为误字。且置与载德为韵，作避作寘，均失其韵。或谓地读入支部，则与避若寘亦相叶。然“已乎已乎，临人以德”以上十六句，皆偶句叶韵，此亦不当例外。况庄子之时，“地”果属支部与否，尚不可知邪？郭注上文曰“故乃释此无为之至易，而行彼有为之至难，弃夫自举之至轻，而取夫载彼之至重”，“释”“弃”二字即“置”字之义。疑郭本亦作置。其注本文曰“祸至重而莫之知避”，则发挥句义，但取便文，不拘原字。今本正文作避，或即涉注文而误。至旧本作寘，则置寘形声义俱近，自易讹混。今改正。

迷阳迷阳。

案迷眯通。《集韵》曰“眯，眇目也”。《汉书·叙传》“离娄眇目于毫分”，颜注曰“眇，细视也”。今俗瞄准字作瞄，音义同。眯眇一声之转。眯一曰迷阳，犹眇一曰眇䁘。《文选·海赋》“眇䁘䁘冶夷”，李注曰“眇䁘，视貌”。迷阳又转为望阳。《论衡·骨相篇》曰“武王望阳”，《朝野佥载》曰“长孺子视望阳，目为呷醋汉”，此谓近视者。然近视与细视，其貌皆颦眉敛睫，迫视审谛。“呷醋”之喻，妙可解颐，本谓近视，亦可施于细视。“迷阳迷阳，无伤吾行”，行读为胻，足胫也详下条，言眯目谛视，无令道土荆榛瓦砾之属伤吾足胫也。郭注谓迷阳犹亡阳，是也。亡阳亦即望阳。然释亡阳为任独，则非。朱桂曜亦知亡阳即望阳，而以望阳为仰视，则与伤胻之戒，又相乖牾。此皆于《庄》书之义，未达一间者也。

无伤吾行。

案行读为胻。《说文》曰“胻，胫耑也”，《广雅·释亲》曰“胻，胫也”，《补史记·龟策列传》“壮士斩其胻”，《集解》曰“胻，脚胫也”。行与胻通。《大雅·采菽》“邪幅在下”，《笺》曰“邪幅，如今行縢也。偪束其胫，自足至膝，故曰在下”。《释名·释衣服》曰“幅所以自逼束也，今谓之行縢，言以裹脚行，可以跳腾轻便也”。行縢之行即胻字，《释名》“以裹脚行”，即脚胻矣。本书“无伤吾行”，与下文“无伤吾足”为互文，故知行亦胻字。

却曲却曲。

旧作“吾行却曲”。陈校引张君房本作“却曲却曲”，与上文“迷阳迷阳”一律。今据正。《释文》曰“却曲，去逆反”。字书作卻，《广雅》云“卻，曲也”。案今本《广雅》作迟《释诂》一，《说文》曰“乚，匿也，象卻曲隐匿之形”，又曰“迟，曲行也”。《玉篇》邱反卻与迟同。乚即㇗，古文曲之省变，卻从乚，故有曲义。《礼记·明堂位》“俎……殷以椇”，郑注曰“椇之言迟椇也”，谓曲桡之也。宋玉《风赋》曰“枳句来巢”，亦谓枝之桡曲者。枳椇枳句并与迟曲声近义同。行而迟曲其身，谨敬之貌，故曰“无伤吾足”也。《左传·昭七年》《正考父鼎铭》曰“一命而偻，再命而伛，三命而俯，循墙而走，亦莫余敢侮”，伛偻而行，即此迟曲之义。然则接舆所以戒孔子者，即孔子先人之遗训矣。

内五　德充符篇

奚假鲁国？丘将引天下而与从之。

案《说文》曰“假，非真也”，非真犹非实，是假与虚义近。语词“假令”“假设”之假，亦虚拟之意。书传假暇通用。闲暇即闲空，空亦虚也。《淮南子·说山篇》“媒但者非学谩也”，高注曰“但，诈也”，诈亦非真之谓。经传古注又多训但为空。假但并有非真与空虚之义，故假亦可训但。郭注以“奚但一国而已哉”释“奚假鲁国”，义至精确。假与暇通。《晏子春秋·谏王篇》曰“何假去彗，茀又将见矣”，言何但去彗也，《韩诗外传》一〇曰“吾则死矣，奚暇老哉”，亦言奚但老也，可资互证。成疏曰“何但假藉鲁之一邦耶”，既承郭义，又曰假借，斯为蛇足矣。与读为举，犹皆也。

审乎无为而不与物迁。

为旧作假。案“无假”疑当为“无为”。《应帝王篇》“汝又何帠以治天下感予之心为”，《释文》帠崔本作为。孙诒让云，帠古叚字《札迻》五。案孙说是也。叚读为暇。崔本作为者，《说文》为古文作[illegible]，疑古为字形与帠近，《说文》作[illegible]，是其省体。为叚古字形近，故《应帝王篇》“何暇”崔本误作“何为”，本篇“无为”又误作“无假”。“无为”与“不与物迁”义正相应。作“无假”，则不词矣。今正。

受命于地，唯松柏独也正，冬夏常青青。

“正”旧作“在”，“夏”下无“常”字。俞樾疑在为正之讹。案俞说是也，今据正。陈校引张君房本“在”上有“正”字。盖一本作正，一本作在，而张本误合之。《文选·古诗十九首》注引夏下有“常”字，义长。今据补。疏曰“通年四序，常保青全”，似成本亦有常字。

彼且择日而登假，人则从是也。

郭读人字截句。《释文》曰“假徐音遐，读连上句，人字向下”，案徐读是。登假犹登霞也。《楚辞·远游》曰“载营魄而登霞兮，掩浮云而上征”。字一作遐若假。谷永《上封事》曰“及言世有仙人，服食不终之药，遥兴轻举，登遐倒景”，《华山碑》曰“思登假之道”。又作假，本篇曰“彼且择日而登假”，《大宗师篇》曰“是知之能登假于道也若此”，《淮南子·精神篇》曰“此精神之所以能登假于道者也”，扬雄《剧秦美新》曰“登假皇穹。”一曰升假。《淮南子·齐俗篇》曰“其不能乘云升假亦明矣”。或曰上遐。司马相如《大人赋》曰“乘虚亡而上遐兮”。《齐俗篇》以乘云升假对举，与《远游》以登霞掩浮云连言同例，是升假即登霞也。“乘云升假”与《原道篇》“乘云陵霄”语例亦同。《后汉书·仲长统传》注“霄，摩天赤气也”。《精神篇》高注曰“或作虾蟆，云气”，则谓借为霞。以上《远游》言登霞，《淮南》一言登假，一言升假，皆谓登云霞，是其本义。自余但谓上升，则其引申义也。

《墨子·节葬下篇》曰：“秦之西有仪渠之国者，其亲戚死，聚柴薪而焚之，熏上，谓之登遐。”《太平广记》四八〇引《博物志》作“登霞”，刘昼《新论·风俗篇》作“升霞”，是登霞之语，其源乃出于西戎火葬之俗。火化谓之登霞者，霞字一作赮，本训赤气，故火焰亦谓之霞，登霞谓灵魂乘火焰以上升也。《御览》七九四引《庄子》佚文曰“羌人死，燔而扬其灰”。《吕氏春秋·义赏篇》曰“氐羌之民，其虏也。不忧其系累，而忧其死不焚也”。火葬之旨，在使死者灵魂得乘火焰以上升于天，故羌人忧其死不焚者，为其灵魂不能上升耳。《列仙传》说啸父既传其作火法于梁母，“临上三亮山，与梁母别，列数十火而升”，又说师门“亦能使火”，死后，“一旦风雨迎之，讫则山木皆焚”，又说赤松子“能入火自烧，往往至昆仑山上”，此皆暗示仙人即火化上升者，而宁封子事言火葬尤明晰。传曰：“宁封子者，……世传为黄帝陶正。有神人过之，为其掌火，能出五色烟，久则以教封子。封子积火自烧，而随烟气上下。视其灰烬，犹有其骨。时人共葬于宁北山中，故谓之宁封子焉。”此明以火化而魂气上升者为仙人。然则世称升仙为登霞，其义即源于火葬，明矣。《礼记·曲礼》上曰“天子崩，告丧曰‘天王登霞’”，《周颂·下武笺》曰“既没登假”，本书《大宗师篇》崔本曰“死登假三年而形遁”，《列子·黄帝篇》曰“又二十八年……而帝登假”，《周穆王篇》曰“犹百年乃徂，世以为登假焉”，《吕氏春秋·本味篇》高注曰“群帝，众帝先升遐者”。此死称登假升遐者，亦足证登假之语，本与丧葬有关。诸家虽知本篇之文，当从徐读，而不能质言登假之义，故具论之，以明庄子思想之背景焉尔。

鲁有兀者叔山无趾。

案叔山疑即蜀山。古有蜀山氏。《大戴礼记·帝系篇》曰“昌意娶于蜀山氏”。《楚语》上“惧之以蜀之役”，韦注曰“蜀，鲁地”。

仲尼曰“丘也尝游于楚矣。……”

游旧作使，《释文》曰“使本一作游”。案孔子无使楚事，一本作游，是也。今据正。疏曰“丘曾领门徒游行楚”，是成本亦作游。

见犹子食于其死母者。

《释文》曰：“食音饮，邑锦反，注同。旧如字，简文同。”案食字不得有饮音，“食音饮”疑当作“食本作饮”。盖一本食作飤，与饮形近，因误为饮。《说文》“籑，飤牛筐也”，飤今亦误作饮。飤即饲字，古与食亦通用。《庄子》一本作飤，用正字，今本作食，用借字。

天选子之形。

案选与撰通。《楚辞·招魂》“结撰至思”，王注曰“撰犹抟今本误搏也”。《御览》七八引《风俗通义》曰“女娲抟黄土作人”，《天问》曰“女娲有体，孰制匠之”，即问其事。《淮南子·精神篇》曰“夫造化者既以我为坯矣”，又曰“夫造化者之攫援物也，譬犹陶人之埏埴也，其取之地而已为盆盎也，与夫未离于地无以异，其已成器而破碎漫澜而复归其故也，与其为盆盎亦无以异矣”。此其传说之微变者，本书曰“天选子之形”，即抟子之形，亦抟土作人之遗说也。

内六　大宗师篇

真人之息以踵，众人之息以喉。○屈服者，其嗌音若哇。其耆欲深者，其天机浅。

案以上二十九字语意隔断，疑亦旧注或《淮南》解说之乱入正文者。音旧作言。马叙伦云言疑当作音。案马说是也，今据正。嗌音即喉音。

其心止，其容寂。

止旧作志，郭注曰“所居而安曰志。”案志不得有居安之义。正文及注两志字并当为止。志从之，篆书止之形近，止误为之，不成文义，校者遂臆改为志耳。今正。下文“与豫乎止我德也”，即此心止之义。心止，容寂，颡頯，义本一贯，说详下条。

其颡頯。

《释文》曰“頯向本作䫜”，云“䫜然大朴貌。”案䫜之言犹块也。块本训土，故引申为安止不动之貌。《谷梁传·僖五年》“块然受诸侯之尊”，《疏》引徐邈曰“块然，安然也”。《荀子·君道篇》曰“块然独坐，而天下从之如一体”。《楚辞·九辩》曰“块独守此无泽兮。”本书《应帝王篇》曰“块然独以其形立”。义并同。此曰“其颡䫜”，正谓其屹然不动如委土。心止，容寂，颡䫜义相侧贯。今本作頯，音近通假。向注朴字疑当为圤。《说文》曰“甴，墣也”，重文作块，又曰“墣，块也”，重文作圤。䫜然即块然，故为大圤貌。

故圣人之用兵也，亡国而不失人心，利泽施乎万世，不为爱人。故乐穷通物，非圣人也，有亲，非仁也，时天非贤也，利害不通，非君子也，徇名失己，非士也，亡身不真，非役人也。若狐不偕，务光，伯夷，叔齐，箕子，胥余，纪他，申徒狄，是役人之役，适人之适，而不自适其适者也。

案自篇首至“天与人不相胜也，是之谓真人。”中间凡四言“古之真人”，两言“是之谓真人”，文意一贯，自为片段，惟此一百一字与上下词旨不类，疑系错简。且“圣人之用兵也，亡国而不失人心”，宁得为庄子语？可疑者一也。务光事与许由同科，许由者《逍遥游篇》既拟之于圣人矣，此于务光乃反讥之为“役人之役，适人之适，而不自适其适者”。可疑者二也。朱亦芹以《尸子·秦策》证胥余即接舆，其说殆不可易。本书内篇凡三引接舆之言，《逍遥游》《人间世》《应帝王》。是庄子意中，其人亦古贤士之达于至道者，乃此亦目为徇名失己之徒。可疑者三也。“利泽施于万世”，又见《天运》，“适人之适而不自适其适者也”，又见《骈拇》，并在《外篇》中。以彼例此，则此一百一字盖亦庄子后学之言，退之《外篇》可耳。乐下旧无穷字。时天旧作天时，今依马叙伦校补乙。徇名旧作行名，无义。行当为徇之坏字，今正。余文似尚多踳驳，不能尽正。

滀乎进我色也，豫乎止我德也。

司马注曰“滀，色愤起貌”。案与读为豫，犹豫也。《老子》一五章“豫焉若冬涉川”。河上公本作与，《史记·吕太后本纪》索隐引同。《文子·上德篇》曰“豫兮若冬涉大川者，不敢行也，进不敢行者，退不敢先也”。“滀乎进”“豫乎止”，对举，犹言貌似欲进而心实止也。

厉乎其似世也。謷乎其未可制也。

世下也字旧作乎，依陈校引文如海，成玄英，张君房诸本改。厉读为嚅，字一作噧。《说文》曰“噧，高气多言也”。《集韵》噧亦作嚅。世读为泄。

《大雅·板篇》“无然泄泄”。《说文》两引，一作呭，一作詍，并云“多言也”。案《诗》以水泄状多言也。此以世为之义同。《楚辞·九思·怨上》某氏注曰“謷謷，不听话言而妄语也”。此二句与下句对举，皆言辞之状。旧解未憭。

连乎其似好闭也，悗乎其忘说也。

“悗乎其忘说也”旧作“悗乎忘其言也”。刘师培疑言为说之讹，马叙伦云“盖烂夺右方”。案刘马说是也。世制闭说四字为韵。今改正。“忘其”当作“其忘”与上三句一律。今乙转。崔注曰“连，蹇连也，音辇”。案《文选·解嘲》“孟轲虽连蹇，犹为万乘师”。注引苏林曰“连蹇，言语不便利也”。蹇连即连蹇。连一作护。《集韵》曰“謰謰，语乱也”。《楚辞·九思·疾世》曰“媒女诎兮謰謰”。义同。闭之言犹谧也，谧，静也。王注曰“悗，废忘也”。连乎好闭，悗乎忘说，通二句为一义。

夫道有情有信，无象无形。

象旧作为。案当作象。为字本从象，古亦通用，金文《郘讨鼎》“鼄讨象其鼎”。《内史龚鼎》“用象考宝隮”。《立盨》“立象旅盨”。象并即为字。隶书象或作𤉢，亦与为形近，故致讹混，今正。情诚古通，“有情有信无象无形”情亦信也，象亦形也。

可受而不可传，可得而不可见。

“可受而不可传”旧作“可传而不可受”。案传受二字倒。传读为抟。受与得对，抟与见对，二句总承上文“无象无形”而言。《知北游篇》曰“终日视之而不见，……抟之而不得”，《老子》一四章曰“视之不见曰夷，……抟之不得曰微”，并与此同义。《楚辞·远游》曰“道可受兮不可传”。传亦读为抟，即袭此文。今据乙正。

豨韦氏得之，以挈天地。

疏曰“挈又作契”。案《大雅·绵篇》“爰契我龟”。传曰“契，开也”。此叙豨韦氏在伏羲前，豨韦氏盖当于后世所传盘古氏，契天地即开辟天地也。今本作挈者，挈与契通。《诗》“爰契我龟”，《汉书·叙传》作挈，即其比。疏训契为合，未得其义。

吾犹告而守之参日，而后能外天下。

旧作“守而告之参日”。案当作“告而守之参日”。下文曰“守之七日”“守之九日”可证。疏曰“告示甚易，为须修守，所以成难”。又曰“今欲传告，犹自守之”。是成本正作“告而守之”。今据乙正。

偻曲发背。

案发读为拨，《商颂·长发》“玄王桓拨”。《韩诗》拨作发。拨剌枉曲之貌也。《荀子·正论篇》曰“不能以拨弓曲矢中”。拨与曲对，《西周策》曰“弓拨矢钩”。拨与钩对，皆枉曲之谓也。《考工记·弓人》“居干之道，菑栗不迆，则弓不发”。拨以发为之。《楚辞·怀沙》曰“巧倕不斫兮，孰察其拨正”。《管子·宙合篇》曰“夫绳扶拨以为正”。《淮南子·本经篇》曰“扶拨以为正”。高注曰“拨，枉也”。拨一曰拨剌。《淮南子·修务篇》“琴或拨剌枉挠”，高注曰“拨剌，不正也”。不正即曲矣。发背即拨剌之背，谓曲背也。《方言》五郭注曰“江东呼籧篨为籧”。《玉篇》曰“籡，籧篨也”。籧籡同。《广雅·释器》曰“鏺，镰也”。《玉篇》曰“镰，刈钩也”。镰镰同。席之拳曲者谓之籧籡，刀之钩曲者谓之鏺，弓之枉曲者谓之拨，亦谓之发，背之偻曲者谓之发，其义一也。

以汝为鼠肝乎？以汝为虫臂乎？

《释文》曰“臂亦作肠，崔本同”。案臂与腑通。《集韵》曰“腑，脐也”。《释名·释形体》曰“脐，剂也，肠端之所限剂也”。疑古亦通称肠曰脐，一曰腑。脐即肠，故崔本作肠。此以肝与腑对举，皆脏腑之属，故《五音集韵》又曰“腑，腑也”。

子之于父母，东西南北，唯命之从。

“子之于父母”旧作“父母之于子”。案当作“子之于父母”。谓子听命于父母也。如今本，则是父母听命于子，庸有当乎？注曰“自古或有能违父母之命者矣”。疏曰“夫孝子侍亲，尚驱驰唯命”。是郭成本尚未倒。今据乙正。

不知孰先，不知孰后。

两孰字旧并作就。案就当为孰，字之误也。今正。“不知孰先，不知孰后”，犹上文云“又恶知死生先后之所在”也。

孟孙氏特觉，人哭亦哭，是自其所谓吾者以夃且也相与吾之耳矣，庸讵知吾所谓吾之是否乎？庸讵知吾所谓吾之非吾乎？

“是自其所谓吾者以夃且也相与吾之耳矣”旧作“是自其所以乃句且也相与吾之耳矣”，所下无“谓吾者”三字，夃作乃。“庸讵知吾所谓吾之是否乎？庸讵知吾所谓吾之非吾乎？”旧作“庸讵知吾所谓吾之乎？”无“是吾乎庸讵知吾之非吾”十二字。朱桂曜云：“乃为夃误。夃与姑同。当读‘是自其所以夃且也相与吾之耳矣’十四字为句。‘庸讵知吾所谓吾之乎？’之下脱‘非吾’二字。本作‘庸讵知吾所谓吾之非吾乎？’与上文‘庸讵知吾所谓天之非人乎？’《齐物论篇》‘庸讵知吾所谓知之非不知邪？’句法同。”案朱说是矣，而未尽也。上句“是自其所”下当依下文补“谓吾者”三字，文意乃足。本篇上文曰“庸讵知吾所谓天之非人乎？所谓人之非天乎？”《齐物论篇》曰“庸讵知吾所谓知之非不知邪？庸讵知吾所谓不知之非知邪？”皆反正二意对举。此亦当作“庸讵知吾所谓吾之是吾乎？庸讵知吾所谓吾之非吾乎？”乃符庄子玄同是非生死两忘之旨。审如朱氏所补，则是不知吾之非吾，即知吾之是吾，斯诚所谓梦而未始觉者，去庄子之旨远矣。今参朱说上句改一字，补三字，下句补十二字。

安排而化去，乃入于寥天一。

“化去”旧作“去化”。案“去化”二字误倒。注曰“安于推移而与化俱去”。疏曰“未始非吾而与化俱去”。是郭成本俱作“化去”。今据乙正。化去即化形而仙去，郭成说非。

庸讵知夫造物之不息我黥，而补我劓，使我乘成以随先生耶？

案《释名·释言语》曰“息，塞也，言物滋塞满也”。《汉书·东方朔传》注曰“塞，补也”。此以“息黥”“补劓”对举，息训塞，塞亦补也。

而果其贤乎丘也，请从而后也。

疏曰：“忘遗如此，定是大贤，丘虽汝后，从而学之，是丘所愿。”是读“而果其贤乎”句，“丘也请从而后也”句。诸家并同。案当读“而果其贤乎丘也”句，“请从而后也”句。“贤乎丘”即贤于丘。

下而字亦训汝。

曰“吾思夫使我至此极者而弗得也。父母岂欲吾贫哉？天无私覆，地无私载，天地岂私贫我哉？求其为之者而不得也。然而至此极者，命也夫！”言物皆自然，无为之者也。

“求其为之者而不得也”九字旧作正文。案谛审语势，并参校下注，此九字当系郭注之误入正文者。今改正。

内七　应帝王篇

虎豹之文来累，猿狙之便〇〇〇〇来藉。

累旧作田，从马叙伦校改。“猿狙之便”下旧有“执斄之狗”四字。案《淮南子·缪称篇》曰“虎豹之文来射，猿狖之捷来措”。《说林篇》曰“虎豹之文来射，蝯蚄之捷来乍”。《文子·上德篇》曰“虎豹之文来射，援蚄之捷来格”。疑此本作“虎豹之文来累，猿狙之便来藉”。为《淮南》等所本。《天地篇》曰“执留之狗成累，旧作思，从孙诒让改。猿狙之便来格”，来格旧作“自山林来”四字。校者据彼文旁注“执斄之狗”四字于此，传写遂误入正文耳。今删。《列子·仲尼篇》“长幼群聚而为牢藉庖厨之物，奚异犬豕之类乎？”《释文》曰“藉谓以竹木围绕”。案《说文》曰“涾，所以拥水也”。涾藉字异而义同。皆所以遮拥之也。此以累与藉对举，累谓拘系，藉谓遮拥，事相邻类。

吾与汝既其名，未既其实。

名旧作文。案文当为名，声近而误。下文“名实不入而机发于踵。”亦名实对举，是其证。今改正。

灰然，有生矣。

灰旧作全。《列子·黄帝篇》作灰，《释文》曰“灰或作全”。案全为灰之误字，今正。然燃同。前以“见湿灰”为壶子将死之兆，灰湿则不能燃也。今壶子有瘳，故曰“灰燃，有生矣”。今本灰误作全，众家胥以然为语词，又读“全然有生矣”五字为句，则文不成义。

是殆见吾者善机也。

“者善机”旧作“善者机”。案当作“者善机”，者读为杜。《左传·庄十四年》堵敖，《史记·楚世家》作杜敖，昭九年屠蒯，《檀弓下》作杜蒉。“杜善机”与上“杜德机”文同一例。上文季咸曰“吾见其杜权矣”，郭注“权，机也”。“杜权”即此所谓“杜善机”也。今乙正。

是殆见吾衡气机也。

案《说文》曰“衡，牛触，横大木其角”。《周礼·封人》“设其楅衡”，郑众注曰“楅衡，所以楅持牛也”。是衡即楅衡。所以楅持牛者谓之衡，因之凡楅持之亦曰衡之。上文曰“杜德机”，曰“者杜善机”，杜塞与楅持义近似，“衡气机”亦犹言“杜气机”也。

吾与之虚而委蛇。

案“虚而委蛇”于文不顺。虚下疑脱邪字。《邶风·北风》“其虚其邪”。陈奂曰“虚邪犹委蛇也”。“虚邪”“委蛇”并叠韵连语，义复相仿，二词连用，古人自有复语也。

因以为弟靡，因以为波随。

"波随"旧作"波流",《释文》引崔本流作随。王念孙云"当作'波随',蛇何靡随为韵"。案王说是也,今据正。"弟靡"《释文》"弟徐音颓"。是弟靡犹颓靡也。《文选·射雉赋》徐注"夷靡,颓弛也",朱桂曜云"弟靡即夷靡"亦是。波随当读为陂陁,亦颓靡之意。文一作陂池,《文选·上林赋》"陂池貏豸"。郭注曰"陂池,旁颓貌也"。一作岥㐌,《文选·西征赋》"裁岥㐌以隐嶙"。李注曰"岥㐌,颓貌"。

南海之帝为鯈,北海之帝为忽,中央之帝为浑沌。

案《左传·昭二十九年》曰:"少皞氏有四叔,曰重,曰该,曰修,曰熙,……修及熙为玄冥。"鯈即修也。昭元年曰:"昔金天氏有裔子曰昧,为玄冥师。"忽即昧也。忽曶古通,《春秋》郑昭公忽,《说文·日部》作曶。《论语·微子篇》仲忽,《汉书·古今人表》作中曶。又《汉书·扬雄传》上注,《文选·舞赋》注并云"曶与忽同"。曶昧一字,《汉书·郊祀志》上"冬至曶爽"。《司马相如传下》"曶爽暗昧"。即昧爽。故昧一作忽。修与昧皆为玄冥,玄冥者水神也,故此以为南北海之帝。玄冥之色黑,鯈本训黑,暗昧亦黑也。《左传·文十八年》曰"昔帝鸿氏有不才子,……天下之民谓之浑敦",《神异经》作浑沌。《西山经》曰:"天山……有神焉,其状如黄囊,赤如丹火,六足四翼,浑敦无面目,是识歌舞,实惟帝江也。"帝江即帝鸿。《左传》之浑敦,自贾逵郑玄以下咸谓即驩兜,而驩兜邹汉勋又以为即丹朱,是浑敦亦即丹朱,故《西山经》有"赤如丹火"之说。本书之浑沌即浑敦,亦即驩兜丹朱也。无七窍,与状如黄囊而无面目合。称帝,与《海内北经》言"帝丹朱台"合。杜注《左传》亦云"浑敦,不开通之貌也"。其云中央帝者,驩兜放于崇山,当即《周语》上“昔夏之兴也，融降于崇山”之崇山。驩兜本属夏民族，《大荒南经》曰“鲧妻士敬，士敬子曰炎融，炎融生驩头”。驩头即欢兜，可证。崇山今曰嵩山，其中岳之号，虽始于汉武，然论其地望，战国时固为区夏之中央。观庄子已称浑沌为中央帝，则以崇山为中央之山，或系先秦旧说，而汉武定岳，特因旧说以立名耳。庄子寓言，大都脱胎于先古传说，而非尽由虚构，此其明验也。

原载重庆《学术季刊》第三期，民国三十二年九月一日。

庄 子

“臣之所好者道也，进乎技矣。”——《养生主》

一

庄子名周，宋之蒙人[1]（今河南商邱县东北）。宋在战国时属魏，魏都大梁，因又称梁。《史记》说他与梁惠王齐宣王同时。《庄子·田子方》《徐无鬼》两篇于魏文侯武侯称谥，而《则阳篇》《秋水篇》径称惠王的名字，又称公子，《山木篇》又称为王，《养生主》称文惠君，看来他大概生于魏武侯末叶，现在姑且定为周烈王元年（前三七五）。他的卒年，马叙伦定为赧王二十年（前二九五），大致是不错的。

与他同时代的惠施只管被梁王称为“仲父”，齐国的稷下先生们只管“皆列第为上大夫”，荀卿只管“三为祭酒”，吕不韦的门下只管“珠履者三千人”——庄周只管穷困了一生，寂寞了一生，《庄子·外物篇》说他“家贫，故往贷粟于监河侯”，《山木篇》说他“衣大布而补之，正緳系履而过魏王”。这两件故事是否寓言，不得而知，然而拿这里所反映的一副穷措大的写照，加在庄周身上，决不冤枉他。我们知道一个人稍有点才智，在当时，要交结王侯，赚些名声利禄，是极平常的事。《史记》称庄子“其学无所不窥”，又说他“善属书离辞，指事类情，用剽剥儒墨，虽当世宿学不能自解免也”。庄子的博学和才辩并不弱似何人，当时也不是没人请教他，无奈他脾气太古怪，不会和他们混，不愿和他们混。据说楚威王遣过两位大夫来聘他为相，他发一大篇议论，吩咐他们走了。《史记》又说他做过一晌漆园吏，那多半是为餬口计。吏的职分真是小得可怜，谈不上仕宦，可是也有个好处——不致妨害人的身份，剥夺人的自由。庄子一辈子只是不肯作事，大概当一个小吏，在庄子，是让步到最高限度了。依据他自己的学说，做事是不应当的，还不只是一个人肯不肯的问题。但我想那是愤激的遁辞。他的实心话不业已对楚王的使者讲过吗？

子独不见郊祭之牺牛乎？养食之数岁，衣以文绣，以入太庙，当是之时，虽欲为孤豚，岂可得乎？

又有一次宋国有个曹商，为宋王出使到秦国，初去时，得了几乘车的俸禄，秦王高兴了，加到百乘。这人回来，碰见庄子，大夸他的本领，你猜庄子怎样回答他？

秦王有病，召医。破痈溃痤者得车一乘，舐痔者得车五乘，所治愈下，得车愈多。子岂治其痔邪？何车之多也？子行矣！

话是太挖苦了，可是当时宦途的风气也就可想而知。在那种情况之下，即使庄子想要做事，叫他如何做去？

我们根据现存的《庄子》三十三篇中比较可靠的一部分，考察他的行踪，知道他到过楚国一次，在齐国待过一晌，此外似乎在家乡的时候多。和他接谈过的也十有八九是本国人。《田子方篇》见鲁哀公的话，毫无问题是寓言；《说剑》是一篇赝作，因此见赵文王的事更靠不住。倒是“庄子钓于濮水”“庄子与惠子游于濠梁之上”“庄子游乎雕陵之樊”“庄子行于山中，……出于山，舍于故人之家”——这一类的记载比较合于庄周的身份，所以我们至少可以从这里猜出他的生活的一个大致。他大概是《刻意篇》所谓“就薮泽，处闲旷，钓鱼闲处，无为而已矣”的一种人。我们不能想像庄子那人，朱门大厦中会常常有他的足迹，尽管时代的风气是那样的，风气干庄周什么事？况且王侯们也未必十分热心要见庄周。凭白的叫他挖苦一顿做什么！太史公不是明讲了“自王公大人不能器之”吗？

惠子屡次攻击庄子“无用”。那真是全不懂庄子而又懂透了庄子。庄子诚然是无用，但是他要“用”做什么？

山木自寇也；膏火自煎也；桂可食，故伐之；漆可用，故割之。

人皆知有用之用，而莫知无用之用也。

这样看来，王公大人们不能器重庄子，正合庄子的心愿。他“学无所不窥”，他“属书离辞，指事类情”，正因犯着有用的嫌疑，所以更不能不掩藏、避讳，装出那“其卧徐徐，其觉于于，一以己为马，一以己为牛”的一副假痴假呆的样子，以求自救。

归真的讲，关于庄子的生活，我们知道的很有限。三十三篇中述了不少关于他的轶事，可是谁能指出那是寓言，那是实录？所幸的，那些似真似假的材料，虽不好坐实为庄子的信史，却满足以代表他的性情与思想；那起码都算得画家所谓“得其神似”。例如《齐物论》里“庄周梦为蝴蝶”的谈话，恰恰反映着一个潇洒的庄子；《至乐篇》称“庄子妻死，惠子吊之，庄子则方箕踞鼓盆而歌”，又分明影射着一个放达的庄子；《列御寇篇》所载庄子临终的那段放论，也许完全可靠：

庄子将死，弟子欲厚葬之。庄子曰：“吾以天地为棺椁，日月为连璧，星辰为珠玑，万物为赍送。吾葬具岂不备邪？何以加此？”弟子曰：“吾恐乌鸢之食夫子也。”庄子曰：“在上为乌鸢食，在下为蝼蚁食，夺彼与此，何其偏也！”

其余的故事，或滑稽，或激烈，或高超，或毒辣，不胜枚举，每一事象征着庄子人格的一方面，综合的看去，何尝不俨然是一个活现的人物?

有一件事，我们知道是万无可疑的，惠施在庄子生活中占一个很重要的位置。这人是他最接近的朋友，也是他最大的仇敌。他的思想行为，一切都和庄子相反，然而才极高，学极博，又是和庄子相同的。他是当代最有势力的一派学说的首领，是魏国的一位大政治家。庄子一开口便和惠子抬杠；一部《庄子》，几乎页页上有直接或间接蹧蹋惠子的话。说不定庄周著书的动机大部分是为反对惠施和惠施的学说，他并且有诬蔑到老朋友的人格的时候。据说（大概是他的弟子们造的谣言）庄子到梁国，惠子得着消息，下了一道通缉令，满城搜索了三天。说惠子是怕庄子来抢他的相位，冤枉了惠子，也冤枉了庄子。假如那事属实，大概惠子是被庄子毁谤得太过火，为他办事起见，不能不下那毒手?然而惠子死后，庄子送葬，走到朋友的墓旁，叹息道“自夫子之死也，吾无以为质矣，吾无与言之矣！”两人本是旗鼓相当的敌手，难怪惠子死了，庄子反而感到孤寂。

除了同国的惠子之外，庄子不见得还有多少朋友。他的门徒大概也有限。朱熹以为“庄子当时亦无人宗之，他只在僻处自说”，像是对的。孟子是邹人，离着蒙不甚远，梁宋又是他到过的地方，他辟杨墨，没有辟到庄子。《尸子》曰“墨子贵兼，孔子贵公，皇子贵衷，田子贵均，列子贵虚，料子贵别囿”，没提及庄子。《吕氏春秋》也有同类的论断，从老聃数到儿良，偏漏掉了庄子。似乎当时只有荀卿谈到庄子一次，此外绝没有注意到他的。

庄子果然毕生是寂寞，不但如此，死后还埋没了很长的时期。西汉人讲黄老而不讲老庄。东汉初班嗣有报桓谭借《庄子》的信札，博学的桓谭连《庄子》都没见过。注《老子》的邻氏，傅氏，徐氏，河上公，刘向，毋丘望之，严遵等都是西汉人；两汉竟没有注《庄子》的。庄子说他要“处乎材与不材之间”，他怕的是名，一心要逃名，果然他几乎要达到目的，永远湮没了。但是我们记得，韩康徒然要向卖药的生活中埋名，不晓得名早落在人间，并且恰巧要被一个寻常的女子当面给他说破。求名之难那有逃名难呢？庄周也要逃名；暂时的名可算给他逃过了，可是暂时的沉寂毕竟只为那永久的赫烜作了张本。

一到魏晋之间，庄子的声势忽然浩大起来，崔譔首先给他作注，跟着向秀，郭象，司马彪，李颐都注《庄子》。像魔术似的，庄子忽然占据了那全时代的身心，他们的生活，思想，文艺——整个文明的核心是庄子。他们说“三日不读《老庄》，则舌本间强”。尤其是《庄子》，竟是清谈家的灵感的泉源。从此以后，中国人的文化上永远留着庄子的烙印。他的书成了经典。他屡次荣膺帝王的尊封。[2]至于历代文人学者对他的崇拜，更不用提。别的圣哲，我们也崇拜，但哪像对庄子那样倾倒、醉心、发狂？

二

庖丁对答文惠君说“臣之所好者道也，进乎技矣”。这句话的意义，若许人变通的解释一下，便恰好可以移作庄子本人的断语。庄子是一位哲学家，然而侵入了文学的圣域。庄子的哲学，不属本篇讨论的范围。我们单讲文学家庄子；如有涉及他的思想的地方，那是当作文学的核心看待的，对于思想本身，我们不加批评。

古来谈哲学以老庄并称，谈文学以庄屈并称。南华的文辞是千真万真的文学，人人都承认。可是《庄子》的文学价值还不只在文辞上。实在连他的哲学都不像寻常那一种矜严的，峻刻的，料峭的一味皱眉头，绞脑子的东西；他的思想的本身便是一首绝妙的诗。

一壁认定现实全是幻觉，是虚无，一壁以为那真正的虚无才是实有，庄子的议论，反来覆去，不外这两个观点。那虚无，或称太极，或称涅槃，或称本体，庄子称之为“道”。他说：

夫道有情有信，无为无形，可传而不可受，可得而不可见，自本自根，未有天地，自古以固存，神鬼神帝，生天生地，在太极之先而不为高，在六极之下而不为深，先天地生而不为久，长于上古而不为老——豨韦氏得之以挈天地，伏戏氏得之以袭气母，维斗得之终古不忒，日月得之终古不息，堪坏得之以袭昆仑，冯夷得之以游大川，肩吾得之以处大山，黄帝得之以登云天，颛顼得之以处玄宫，禺强得之立乎北极，西王母得之坐乎少广，莫知其始，莫知其终，彭祖得之上及有虞，下及五伯，傅说得之以相武丁，奄有天下，乘东维，骑箕尾，而比于列星。

有大智慧的人们都会认识道的存在，信仰道的实有，却不像庄子那样热忱的爱慕它。在这里，庄子是从哲学又跨进了一步，到了文学的封域。他那婴儿哭着要捉月亮似的天真，那神秘的怅惘，圣睿的憧憬，无边际的企慕，无涯岸的艳羡，便使他成为最真实的诗人。

然而现实究竟不容易抹杀，即使你说现实是幻觉，幻觉的存在也是一种存在。要调解这冲突，起码得承认现实是一种寄寓，或则像李白认定自己是“天上谪仙人”，现世的生活便成为他的流寓了。“万物生于有，有生于无”，庄子仿佛说：那“无”处便是我们真正的故乡。他苦的是不能忘情于他的故乡。“旧国旧都，望之怅然”，是人情之常。纵使故乡是在时间以前，空间以外的一个缥缈极了的“无何有之乡”，谁能不追忆，不怅望？何况羁旅中的生活又是那般龌龊、逼仄、孤凄、烦闷？

> 悲歌可以当泣，远望可以当归。

庄子的著述，与其说是哲学，毋宁说是客中思家的哀呼；他运用思想，与其说是寻求真理，毋宁说是眺望故乡，咀嚼旧梦。他说“卮言日出，和以天倪，因以曼衍，所以穷年”，一种客中百无聊赖的情绪完全流露了。他这思念故乡的病意，根本是一种浪漫的态度，诗的情趣。并且因为他钟情之处，“大有径庭，不近人情”，太超忽，太神秘，广大无边，几乎令人捉摸不住，所以浪漫的态度中又充满了不可逼视的庄严。是诗便少不了那一个哀艳的“情”字。《三百篇》是劳人思妇的情；屈宋是仁人志士的情；庄子的情可难说了，只超人才载得住他那种神圣的客愁。所以庄子是开辟以来最古怪最伟大的一个情种；若讲庄子是诗人，还不仅是泛泛的一个诗人。

或许你要问：《庄子》的思致诚然是美，可是那-一种精深的思想不美呢？怎见得《庄子》便是文学？你说他的趣味分明是理智的冷艳多于情感的温馨，他的姿态也是瘦硬多于柔腻，那只算得思想的美，不是情绪的美。不错。不过你能为我指出思想与情绪的分界究竟在那里吗？唐子西在惠州给各种酒取名字，温和的叫作“养生主”，劲烈的叫作“齐物论”。他真是善于饮酒，又善于读《庄子》。《庄子》会使你陶醉，正因为那里边充满了和煦的、郁蒸的、焚灼的各种温度的情绪。向来一切伟大的文学和伟大的哲学是不分彼此的。你若看不出《庄子》的文学，只因他的神理太高，你骤然体验不到。

又恐琼楼玉宇，高处不胜寒。

是就下界的人们讲的，你若真是隶籍仙灵，何至有不胜寒的苦头？并且文学是要和哲学不分彼此，才庄严，才伟大。哲学的起点便是文学的核心。只有浅薄的、庸琐的、渺小的文学，才专门注意花叶的美茂，而忘掉了那最原始、最宝贵的类似哲学的仁子。无论《庄子》的花叶已经够美茂的了；即令他没有发展到花叶，只他那简单的几颗仁子，给投在文学的园地上，便是莫大的贡献，无量的功德。

三

讲到文辞，本是庄子的余事，但也就够人赞叹不尽的，讲究辞令的风气，我们知道，春秋时早已发育了；战国时纵横家以及孟轲荀卿韩非李斯等人的文章也够好了，但充其量只算得辞令的极致，一种纯熟的工具，工具的本身难得有独立的价值。庄子可不然，到他手里，辞令正式蜕化成文学了。他的文字不仅是表现思想的工具，似乎也是一种目的。对于文学家庄子的认识，老早就有了定案。《天下篇》讨论其他诸子，只讲思想，谈到庄周，大半是评论文辞的话。

> 以谬悠之说，荒唐之言，无端崖之辞，时恣纵而傥[3]，不以觭见之也。以天下为沉浊，不可与庄语，以卮言为曼衍，以重言为真，以寓言为广。……其书虽瑰玮，而连犿无伤也；其辞虽参差，而諔诡可观。……其理不竭，其来不蜕，芒乎昧乎，未之尽者。

这可见庄子的文学色彩，在当时已瞒不过《天下篇》作者的注意，假如《天下篇》是出于庄子自己的手笔，他简直以文学家自居了。至于后世的文人学者，每逢提到庄子，谁不一唱三叹的颂扬他的文辞？高似孙说他极天之荒，穷人之伪，放肆迤演，如长江大河，滚滚灌注，泛滥乎天下；又如万籁怒号，澎湃汹涌，声沉影灭，不可控抟。

赵秉忠把他和列子并论，说他们

摛而为文，穷造化之姿态，极生灵之辽广，剖神圣之渺幽，探有无之隐赜，……

呜呼！天籁之鸣，风水之运，吾靡得覃其奇矣！

凌约言讲得简括而尤其有意致：

庄子如神仙下世，咳吐谑浪，皆成丹砂。

读《庄子》，本分不出那是思想的美，那是文字的美。那思想与文字，外型与本质的极端的调和，那种不可捉摸的浑圆的机体，便是文章家的极致；只那一点，便足注定庄子在文学中的地位。朱熹说庄子“是他见得方说到”，一句极平淡极敷泛的断语，严格的讲，古今有几个人当得起？其实在庄子，“见”与“说”之间并无因果的关系，那譬如一面花，一面字，原来只是一颗钱币。世界本无所谓真纯的思想，除了托身在文学里，思想别无存在的余地；同时，是一个字，便有它的涵义，文字等于是思想的躯壳，然而说来又觉得矛盾，一拿单字连缀成文章，居然有了缺乏思想的文字，或文字表达不出的思想。比方我讲自然现象中有一种无光的火，或无火的光，你肯信吗？在人工的制作里确乎有那种文字与思想不碰头的偏枯的现象，不是辞不达意，便是辞浮于理。我们且不讲言情的文，或状物的文。言情状物要作到文辞与意义兼到，固然不容易，纯粹说理的文做到那地步尤其难，几乎不可能。也许正因那是近乎不可能的境地，有人便要把说理文根本排出文学的范围外，那真是和狐狸吃不着葡萄，说葡萄酸一样的可笑。要反驳那种谬论，最好拿《庄子》给他读。即使除了庄子，你抬不出第二位证人来，那也不妨。就算庄子造了一件灵异的奇迹，一件化工罢了——就算庄子是单身匹马给文学开拓了一块新领土，也无不可。读《庄子》的人，定知道那是多层的愉快。你正在惊异那思想的奇警，在那踌躇的当儿，忽然又发觉一件事，你问那精微奥妙的思想何以竟有那样凑巧的，曲达圆妙的辞句来表现它，你更惊异；再定神一看，又不知道那是思想那是文字了，也许甚么也不是，而是经过化合作用的第三种东西，于是你尤其惊异。这应接不暇的惊异，便使你加倍的愉快，乐不可支。这境界，无论如何，在庄子以前，绝对找不到，以后，遇着的机会确实也不多。

四

如果你要的是纯粹的文学，在庄子那素净的说理文的背景上，也有着你看不完的花团锦簇的点缀——断素，零纨，珠光，剑气，鸟语，花香——诗，赋，传奇，小说，种种的原料，尽够你欣赏的，采撷的。这可以证明如果庄子高兴做一个通常所谓的文学家，他不是不能。

他是一个抒情的天才。宋祁刘辰翁杨慎等极赏的

送君者皆自崖而返，君自此远矣！

果然是读了“令人萧寥有遗世之意”。《则阳篇》也有一段极有情致的文字：

旧国旧都，望之畅然，虽使丘陵草木之缗，入之者十九，犹之畅然，况见见闻闻者也？以十仞之台悬众间者也？

明人吴世尚曰“《易》之妙妙于象，《诗》之妙妙于情；《老》之妙得于易，《庄》之妙得于诗”。这里果然是一首妙绝的诗——外形同本质都是诗：

天其运乎？地其处乎？日月其争于所乎？孰主张是？孰维纲是？孰居无事推而行是？意者其有机缄而不得已邪？意者其运转而不能自止邪？云者为雨乎？雨者为云乎？孰隆施是？孰居无事淫乐而劝是？风起北方，一西一东，有上彷徨——孰嘘吸是？孰居无事

而披拂是？

这比屈原的《天问》何如？欧阳修说“参差奇诡而近于物情，兴者比者俱不能得其仿佛也”，只讲对了作者的一种“百战不许持寸铁”的妙技，至于他那越世高谈的神理，后世除了李白，谁追上他的踪尘？李白仿这意思作了一首《日出入行》，我们也录来看看：

日出东方隈似从地底来，历天又入海，六龙所舍安在哉？其始与终古不息，人非元气安得与之久徘徊！草不谢荣于春风，木不怨落于秋天。谁挥鞭策驱四运？万物兴歇皆自然。……

古来最善解《庄子》的莫如宋真宗。张端义《贵耳集》载着一件轶事，说他“宴近臣，语及《庄子》，忽命《秋水》，至则翠鬟绿衣，一小女童，诵《秋水》一篇”。这真是一种奇妙批评《庄子》的方法。清人程庭鹭说“向秀郭象应逊此女童全具《南华》神理”，所谓“神理”正指诗中那种最飘忽的，最高妙的抒情的趣味。

庄子又是一位写生的妙手。他的观察力往往胜过旁人百倍，正如刘辰翁所谓“不随人观物，故自有见”。他知道真人“凄然似秋，暖然似春”或则“尸居而龙见，渊默而雷声”。他知道“生物之以息相吹”；他形容马“喜则交颈相靡，怒则分背相踶”；又看见“泽雉十步一啄，百步一饮”。他又知道“槐之生也，入季春五日而兔目，十日而鼠耳，更旬而始规，二旬而叶成”。[4]一部《庄子》中，这类的零星的珍玩，搜罗不尽。可是能刻画具型的物件，还不算一回事，风是一件不容易描写的东西，你看《齐物论》里有一段奇文：

夫大块噫气，其名为风，是唯无作，作则万窍怒呺。而独不闻之翏翏乎？山林之畏佳，大木百围之窍穴——似鼻，似口，似耳，似枅，似圈，似臼，似洼者，似污者——激者，謞者，叱者，吸者，叫者，譹者，宎者，咬者，前者唱于而随者唱喁，冷风则小和，飘风则大和，厉风济、则众窍为虚，而独不见之调调之刁刁乎？

注意那写的是风的自身，不像著名的宋玉（？）《风赋》只写了风的表象。

五

讨论庄子的文学，真不好从那里讲起，头绪太多了，最紧要的例如他的谐趣，他的想像；而想像中，又有怪诞的，幽渺的，新奇的，秾丽的各种方向，有所谓“建设的想像”，有幻想；就谐趣讲，也有幽默，诙谐，讽刺，谑弄等等类别。这些其实都用得着专篇的文字来讨论，现在我们只就他的寓言连带的谈谈。

寓言本也是从辞令演化来的，不过庄子用得最多，也最精；寓言成为一种文艺，是从庄子起的。我们试想《桃花源记》《毛颖传》等作品对于中国文学的贡献，便明了庄子的贡献。往下再不必问了，你可以一直推到《西游记》《儒林外史》等等，都可以说是庄子的赐予。《寓言篇》明讲“寓言十九”。一部《庄子》几乎全是寓言，[5]我们暂时无需举例。此刻急待解决的，倒是何以庄子的寓言便是文学。讲到这里，我只提到前面提出的谐趣与想像两点，你便恍然了；因为你知道那两种质素在文艺作品中所占的位置，尤其在中国文学中，更是那样凤毛麟角似的珍贵。若不是充满了他那隽永的谐趣，奇肆的想像，庄子的寓言当然和晏子，孟子以及一般游士说客的寓言，没有区别。谐趣和想像打成一片，设想愈奇幻，趣味愈滑稽，结果便愈能发人深省——这才是庄子的寓言。

有国于蜗之左角者，曰触氏，有国于蜗之右角者曰蛮氏，时相与争地而战。伏尸数万，逐北，旬有五日而后反。今之大冶铸金，金踊跃曰“我必且为镆铘”，大冶必以为不祥之金，今一犯人之形，而曰“人耳，人耳！”夫造化者，必以为不祥之人。

庄子的寓言竟有快变成唐宋人的传奇的。他的“母题”固在故事所象征的意义，然而对于故事的本身——结构、描写、人格的分析，“氛围”的布置，……他未尝不感觉兴味。

儒以诗礼发冢，大儒胪传曰“东方作矣，事之何若？”小儒曰“未解裙襦，口中有珠，诗固有之，曰：青青之麦，生于陵陂，生不布施，死何含珠为！”接其鬓，擪其頞，儒以金椎控其颐，徐别其颊，无

伤口中珠。……[6]

以及叙庖丁解牛时的细密的描写，还有其他的许多例，都足见庄子那小说家的手腕。至于书中各种各色的人格的研究，尤其值得注意，藐姑射山的神人，支离疏，庖丁，庚桑楚，都是极生动，极有个性的人物。

支离疏者，颐隐于脐，肩高于顶，会撮指天，五管在上，两髀为胁；挫针治繲，足以餬口，鼓筴播精，足以食十人。上征武士，则支离攘臂而游于其间；上有大役，则支离以有常疾不受功；上与病者粟，则受三钟与十束薪。

文中之支离疏，画中的达摩，是中国艺术里最特色的两个产品。正如达摩是画中有诗，文中也常有一种“清丑入图画，视之如古铜古玉”[7]的人物，都代表中国艺术中极高古、极纯粹的境界；而文学中这种境界的开创者，则推庄子。诚然《易经》的“载鬼一车”，《诗经》的“牂羊坟首”早已开创了一种荒怪丑恶的趣味，但没有庄子用得多而且精。这种以丑为美的兴趣，多到庄子那程度，或许近于病态；可是谁知道，文学不根本便犯着那嫌疑呢！并且庄子也有健全的时候。

藐姑射之山，有神人居焉，肌肤若冰雪，淖约若处子，不食五谷，吸风饮露，乘云气，御飞龙，而游乎四海之外，其神凝，使物不疵疠，而年谷熟。……之人也，物莫之伤，大浸稽天而不溺，大旱金石流，土山焦而不热。

讲健全有能超过这样的吗？单看“肌肤若冰雪”一句，我们现在对于最高超也是最健全的美的观念，何尝不也是二千年前庄子给定下的标准？其实我们所谓健全不是庄子的健全，我们讲的是形骸，他注重的是精神。叔山无趾“犹有尊足者存”[8]，王骀“且不知耳目之所宜，而游心于法之和，物视其所一，而不见其所丧，视丧其足，犹遗土也”。庄子自有他所谓的健全，似乎比我们的眼光更高一等。即令退一百步讲，认定精神不能离开形骸而单独存在；那么，你又应注意，庄子的病态中是带着几分诙谐的，因此可以称为病态，却不好算作堕落。

注

[1] 阎若璩曰“凤阳（濠梁）为其游览之地，曹县（漆园）为其宦游之地”。
[2] 唐玄宗封为“南华真人”，宋徽宗封为“微妙玄通真君”。
[3] 诸本作“不傥”，《释文》无“不”字，今据删。
[4] 万希槐辑《庄子逸文》引《御览》。
[5] 近人胡远濬曰“庄子自别其言有寓重卮三者，其实重言皆卮言也，亦即寓言也”。按所见甚是。
[6] 按此下疑有脱文。
[7] 语见龚自珍《书金伶》。
[8] 宣颖释曰“有尊于足者，不在形骸”。

原载《新月》第二卷第九期，民国十八年十一月十日。

离骚解诂

目录

301 朕皇考曰伯庸
302 肇锡余以嘉名
303 扈江离与辟芷兮
304 不抚壮而弃秽兮
304 忽奔走以先后兮
305 虽萎绝亦何伤兮哀众芳之芜秽
306 伏清白以死直兮
306 女媭之婵媛兮
307 鲧婞直以亡身兮
307 浇身被服强圉兮
309 夫维圣哲以茂行兮苟得用此下土
311 欲少留此灵琐兮
314 吾令帝阍开关兮倚阊阖而望予
316 结幽兰而延伫
317 哀高丘之无女
318 凤皇既受诒兮
320 恐导言之不固
320 命灵氛为余占之
321 曰两美其必合兮　曰勉远逝而无狐疑兮
322 腾众车使径待

朕皇考曰伯庸

王注曰："皇，美也。父死称考。《诗》曰'既右烈考'。伯庸，字也。"案本书《九叹·逢纷篇》曰：

伊伯庸之末胄兮，谅皇直之屈原。

是刘向谓伯庸为屈原之远祖，与王逸以为原父者迥异。同上《离世篇》曰：

兆出名曰正则兮，卦发字曰灵均。

云原之名字得于卦兆，则是卜于皇考之庙，皇考之灵因赐以此名此字也。向意不以伯庸为屈原之父，于此益明。同上《愍命篇》又曰：

昔皇考之嘉志兮，喜登能而亮贤。情纯洁而罔薉兮，姿盛质而无愆。放佞人与谄谀兮，斥谗夫与便嬖，亲忠正之悃诚兮，招贞良与明智，……逐下袟[1]于后堂兮，迎宓妃于伊雒，刜谗贼于中廇兮，选吕管于榛薄。丛林之下无怨士兮，江湖之畔无隐夫，三苗之徒以放逐兮，伊皋之伦以充庐。

据此，则原之皇考，又似楚先王之显赫者。夫原为楚同姓，楚之先王即原之远祖，固宜。此向不以伯庸为原父之又一证也。刘王二家之说违戾如此，后之学者，其将谁从？间尝蓄疑累岁，反复寻绎，终疑刘是而王非也。何以明之？“皇考”之称，稽之经典，本不专属父庙。《诗·周颂·雝篇》，鲁韩毛三家皆以为禘太祖之乐章，而诗曰“假哉皇考”，此古称太祖为皇考之明征。[2]以彼例此，则《离骚》之“皇考”当即楚之太祖。《汉书·韦玄成传》曰“礼，王者始受命，诸侯始封者为太祖”，是《离骚》之“皇考”又即楚始受命之君，故其人如《九叹·愍命篇》所述，乃似楚之先王。且《礼记·祭义篇》曰“王者禘其祖之自出，以其祖配之”。楚人之祖出自高阳，楚人禘高阳，当以其先祖配之。然则屈子自述其世系，以高阳与先祖之名并举，乃依庙制之成法，而非出自偶然，抑又可知。要之，刘向非浅学之俦，其持此说，必有所受。王逸徒拘于“父死称考”之成见，翻然易之，岂其然乎？至于楚之太祖，究系何王，“伯庸”之称，是名是字，则史乘缺略，骤难臆断，容专篇论之。

注

[1] 原作袂，从俞樾校改。
[2] 王闿运亦谓皇考为太祖，盖即本此诗为说。

肇锡余以嘉名

案肇兆古通，《诗·大雅·生民篇》“后稷肇祀”，《礼记·表记篇》作兆,《商颂·烈祖篇》"肇域彼四海",《笺》曰"肇当作兆",是其证。此肇字刘向正读为兆,详上条。王逸训始,异义。

扈江离与辟芷兮

王注曰"扈,被也,楚人名被为扈"。唐写本《文选集注》本篇注引陆善经曰"扈,带也"。案《尔雅·释宫》"枢达北方谓之落时,落时谓之戹",《释文》戹或作扈[1]。郝懿行曰:"枢达北方者,户在东南,其持枢之木或达于北方者名落时。落之言络,连缀之意。"案络与带义近,扈有络义,故亦有带义。《文选·吴都赋》"扈带鲛函",《景福殿赋》"落带金釭",扈带犹落带也。扈落二字皆有带义,故皆与带连文。楚人名被为扈者,《方言》四"帍裱谓之被巾",《说文·系部》扊读若阡陌之陌,《国语·周语》鲁懿公名戏,《汉书·古今人表》作被,此皆扈被声通之比。声通则义亦通。扈训带,故被亦训带。《汉书·韩王信传》"国被边"师古注曰"被犹带也";本书《九歌·山鬼篇》"被薜荔兮带女罗""被石兰兮带杜衡",皆被带对文,被亦带也;《九章·涉江篇》"被明月兮佩宝璐",被明月即带明月之珠也。

注

[1]《释文》戹本作户,同音侯,又云本或作扈同音户。案戹户皆扈之驳文。《说文·系部》"扊,履,一曰青丝头履也",《革部》"鞮,革履也,胡人履连胫谓之络鞮"(据《韵会》引)。案扊与络鞮一物,惟有丝与革之分耳。落时谓之扈,犹络鞮谓之扊,故知《尔雅》字仍以作扈为正。

不抚壮而弃秽兮

王注曰“年德盛曰壮”。案王说未谛。壮有美盛诸义。《说苑·权谋篇》“安陵君以颜色美壮，得幸于楚共王”，《古文苑》司马相如《美人赋》“云发丰艳，蛾眉皓齿，颜盛色茂，景曜光起”。壮也，盛也，美也，义并相通。[1]本书壮字多用此义。下文曰“佩缤纷其繁饰兮”，又曰“纷独有此姱饰”[2]，又曰“及余饰之方壮兮”。壮饰即繁饰，姱饰，皆谓美盛之饰也。《九辩》“离芳蔼之方壮”注曰“去己美盛之光容也”，正以美盛释壮字。本篇壮字义同。抚壮与弃秽相偶为文。

注

［1］壮庄古通，庄亦有美义。《神女赋》“貌丰盈兮姝庄”，《悼李夫人赋》“缥飘姚虖愈庄”，《类聚》十二引袁松山《后汉书》“明帝名庄，字子丽”。

［2］今本误节，与服不叶，改从朱骏声。

忽奔走以先后兮

王注曰“言己急欲奔走先后，以辅翼君者，冀及先王之德，继续其迹，而广其基也。奔走先后，四辅之职也。《诗》曰‘予聿有奔走，予聿有先后’，是之谓也”。案《诗·小雅·正月篇》曰“其车既载，乃弃尔辅”，又曰“无弃尔辅，员于尔幅”。黄山曰：“毛郑不为辅作训，必当时所共知。《释诂》‘辅，俌也’。《说文》‘俌，辅也’。俌从人，犹仆从人，本以人为辅。大车载物，以仆御车，必以俌辅行而护持其车。盖古法自如此。……载重逾险，下有折辐之患，即上有输载之虞。为之辅者或挽或推，所以助其车。兵车有右。右，助也。辅，俌也，亦助也。”案黄说郅确。本篇自“乘骐骥以驰骋”至此一段，以行路为喻。“忽奔走以先后”承上“皇舆”言，谓奔走于皇舆之先后也。注曰“奔走先后，四辅之职也”者，四辅《尚书大传》谓之四邻，曰：“前曰疑，后曰丞，左曰辅，右曰弼。”[1]案疑之言碍也，碍，止也。丞承古通[2]。车前覆则碍止之，后倾则承持之，辅弼之义亦然。四辅之名盖亦起于车辅，故王引以说奔走先后之义。

注

[1]《礼记·文王世子篇》疏引。下文云“天子有问无以对，责之疑；可志而不志，责之丞；可正而不正，责之辅；可扬而不扬，责之弼”。说甚迂曲。

[2]《孝经注》“前疑后丞”，《释文》本一作承。

虽萎绝亦何伤兮哀众芳之芜秽

王注曰“萎，病也。绝，落也”。又曰“言己所种芳草，当刈未刈，蚤有霜雪，枝叶虽[1]萎病绝落，何能伤于我乎？哀惜众芳摧折，枝叶芜秽而不成也”。案王注诘籟难通。摧折芜秽与萎病绝落，语意不殊。既云萎绝何伤，安得复云哀其芜秽？萎当读为喂。《说文·食部》“喂，饥也”，玄应《一切经音义》二〇引《三苍》同。经传通以餧为之。喂绝屈子自谓。不种百谷而莳众芳，故有喂绝之虞。下文曰“长顑颔亦何伤”，语意句法并与此同。

注

[1] 虽下原有蚤字，误衍。

伏清白以死直兮

案《文选》陆士衡《呈王郎中时从梁陈诗》注曰“服与伏古字通”。此伏字当读为服。《七谏·怨世篇》曰“服清白以逍遥兮”，是其证。

女媭之婵媛兮

王注曰：“婵媛犹牵引也。”案《说文·口部》曰“嘽，喘息也”“喘，疾息也”，《欠部》曰“歂，口气引也”。嘽喘歂并字异而义同。口气引之义，与王训婵媛为牵引者尤合，是婵媛即喘也。盖疾言之曰喘，缓言之则曰婵媛。喘者气出入频数，有似牵引，故王以牵引训之。婵媛一作嘽咺。《方言》一曰“凡恐而噎噫谓之胁阋，南楚江湖之间谓之嘽咺”，《广雅·释诂二》曰“嘽咺，惧也”。案《诗·王风·黍离篇》“中心如噎”，《传》曰“噎，忧不能息也”。《说文·口部》曰“噫，饱食[1]息也”，《素问·至真·要大论》注曰“心气为噫”。噎噫双声连语，亦呼吸疾促之谓，故又谓之嘽咺。惟曰恐曰惧，似不足以尽嘽咺之义。凡人于情感紧张，脉搏加急之时，无不喘息，恐惧但其一端耳。本篇“女媭之婵媛兮，申申其詈予”，此怒而婵媛也。《九歌·湘君篇》“女婵媛兮为余太息”，《九章·哀郢篇》“心婵媛而伤怀兮”，此哀而婵媛也。《悲回风篇》“忽倾寤以婵媛”，倾寤即惊寤[2]，此惊而婵媛也。《诗·大雅·崧高篇》“徒御啴啴”，《传》曰，“啴啴喜乐也”，啴啴犹啴咺婵媛，是喜亦可曰婵媛也。特字则当以《方言·广雅》作啴咺者为正，本书作婵媛，一作撣援[3]，皆假借耳。

注

[1]《一切经音义》十四引作“饱出息也”。《玉篇》亦云“噫，饱出息也”，《文选·长门赋》注引《字林》同。

[2]《左传》文十八年，宣六年敬嬴，《公》《谷》敬皆作顷，昭七年南宫敬叔，《说苑·杂言篇》作顷叔。此倾惊可通之比。

[3] 本篇及《悲回风》旧校并云一作撣援。

鲧婞直以亡身兮

案亡读为忘。鲧行婞直，不以身之阽危而变其节，故曰“婞直以忘身”。《卜居》曰“宁正言不讳，以危身乎？”即婞直忘身之义。《五百家韩集》三祝注引此正作“忘身”，是古有作忘之本。王闿运亦读亡为忘，而释为忘身勤死，与婞直之义不合，则犹未达一间耳。

浇身被服强圉兮

王注曰：“强圉，多力也。”案被服多力，不辞之甚。《释名·释兵》曰“甲，似物有孚甲以自御，亦曰介，亦曰函，亦曰铠，皆坚重之名也”。介胄之用，与孚甲同，故亦名甲。《尔雅·释天》“在丁曰强圉”，孙炎注曰“万物皮孚坚者也。”此以坚释强字，以皮孚释圉字，皮孚即孚甲也。物之孚甲谓之强圉，则人之介胄亦得谓之强圉。强圉字一作御。《诗·大雅·荡篇》“曾是强御”，《烝民篇》“不畏强御”。是圉之为言御也。御为动词，变为名词，则所以自御者亦谓之御。《尔雅·释器》“竹前谓之御”，李巡注曰“竹前，谓编竹当车前以拥蔽，名之曰御”。案甲亦所以自拥蔽也，故谓之强圉。“浇身被服强圉”犹言浇身被服坚甲耳。浇身被甲，书传虽无明文，考其传说之起，殆亦有因。《天问》曰：

鳌戴山抃，何以安之？释舟陵行，何以迁之？

“释舟陵行”即浇陆地行舟事。下文曰：

惟浇在户，何求于嫂？何少康逐犬，而颠陨厥首？

此亦浇事。《天问》以鳌与浇事连举，知鳌浇之间必有关系。再证以《左传·襄四年》“生浇及豷”，《说文·豕部》引作敖，则鳌之与浇，是一非二明矣。传说中人物，往往与禽兽虫豸相混，其例至繁，浇为人类，固不害其又为爬虫也。鳌即大龟，身有介甲，故及其“人化”，即以“被服强圉”著称。以《天问》证《离骚》，强圉即甲，益无可疑。

夫维圣哲以茂行兮苟得用此下土

王注曰："言天下之所以立者，独有圣明之智，盛德之行，故得用事天下而为万民之主。"案用，享也。《说文·亯部》曰："𩫖，用也。从亯从自。自知臭，亯[1]所食也。读若庸。"案即庸之古文。金文《拍舟》庸作𩫖，魏石经《尚书》古文庸作𩫖，[2]是其证。庸之古文作𩫖，而字从亯（享），故庸享义得相通。享庸之庸，经传通以用为之。《荀子·王霸篇》"用国者，得百姓之力者富"，用国犹享国也。《文选·西京赋》："昔者大帝说秦缪公而觐之，飨以钧天广乐。帝有醉焉，乃为金策，锡用此土而翦（践）诸鹑首。"用此土犹享此土也。本篇用字义同。"用此下土"，犹言享此天下耳。上云"皇天无私阿兮"，对皇天言之，故称下土。王逸释用为用事，失之。

又案吾国文字中，凡表假设的属句，率置于主句之前。例如本篇

（1）苟　余情其信姱以练要兮，　长顑颔亦何伤？

（2）苟　中情其好修兮，　又何必用夫行媒？

假设连词	+	属句	+	主句

此常例也。然亦有置属句于主句之后者，如

（3）不吾知其亦已兮　苟　余情其信芳

（4）委厥美以从俗兮　苟　得列乎众芳

主句	+	假设连词	+	属句

此盖皆以叶韵之故而倒装之。其例于他书罕觏，故当视为变例。[3]依常法读之，则（3）当为“苟余情其信芳，不吾知其亦已兮”，谓苟余情信能芳洁，虽不吾知亦可以弗计矣。（4）当为“苟得列乎众芳，委厥美以从俗兮”。谓苟得厕身于众芳之列，则不惜委弃其美质以从彼流俗也。此文

夫维圣哲以茂行兮　　苟　　得用此下土

主句　＋　假设言词　＋　属句

亦变例之一，当读为“苟得用此下土，夫维圣哲以茂行兮”，谓苟得享此天下，其必圣智与茂行之人也。[4]（3）例王逸无注。五臣张铣注曰：

言君不知我，我亦将止，然我情实美。

以然字释苟字，大谬。（4）例王逸注曰：

言子兰弃其美质正直之性，随从谄佞，苟欲列于众贤之位，无进贤之心也。

既误释苟为苟且，因不得不改“得”为“欲”，所谓歧中之歧也。王于本例注曰“苟，诚也”，是矣，顾其释全句之义曰：

言天下之所立者，独有圣明之智，盛德之行，故得用事天下，而

为万民之主。

又以故易苟，与前说违异，知其于文法之变例仍有未了耳。

注

[1] 各本作香，改从段玉裁。
[2] 从白为从自之讹。
[3] 今惟口语中有此句法，行文（文言文）则绝对不许。
[4] 哲借为智。“圣智”“茂行”对文。以与古通。“圣哲以茂行”犹言“圣智与茂行”也。

欲少留此灵琐兮

王注曰：“灵以喻君。琐，门镂也，文如连琐。楚之省阁也。一云：灵，神之所在也。琐，门有青琐也。言未得入门，故欲小住门外。”案汉人因门有青琐镂饰而称门为青琐，以局部概全体，古人属辞，本不乏此例。然呼青琐门为青琐，可也，直呼门为琐，则未之前闻，且亦乖于属词之理。今不惟呼门为琐，更因门为省阁之门，遂径呼省阁为琐，事之荒谬，孰有甚于此者？王逸以汉制说《楚辞》，[1]牵合傅会，不足信矣。案旧校琐一作璅。窃谓古本当作璅，字则假借为薮。《说文·木部》曰“橾，车毂中空也，读若薮”，《考工记·轮人》“以其围之防捎其薮”，郑司农注曰“薮读蜂薮之薮，谓毂空壶也”。是橾薮音同字通。从喿与从巢同，[2]璅之通薮，亦犹橾之通薮矣[3]。其证一。

《左传·成十六年》"楚子登巢车以望晋军"，服注曰"兵法谓云梯者"，杜注曰"巢车，车上为橹"。

宣十五年"登诸楼车"，服注曰"所以窥望敌军，兵法所谓云梯也"，杜注曰"楼车，车上望橹"。

巢车与楼车依服注并即云梯，依杜注并即橹，是巢即楼也。薮从数声，数从娄声，楼亦从娄声。璅之通薮，亦犹巢之通楼矣。其证二。璅可通薮，是灵璅即灵薮也。灵薮者何？以上下文义求之，殆即县圃。屈子曰：

朝发轫于苍梧兮，夕余至乎县圃，欲少留此灵薮兮，日忽忽其将暮。

夕至县圃，欲少留焉，故虑日之将暮，不堪久留。"此灵薮"之此字正斥县圃。上言县圃，而下言灵薮者，变文以避复，文家之常技。更列二证以明之。本书《九思·悯上篇》曰"逡巡乎圃薮"，圃薮连文，则二字义近可知。《文选·吴都赋》曰"遭薮为圃"，是圃薮一事，特以其体言之则为薮，以其用言之则为圃耳。圃即薮，故《尔雅》说十薮，郑曰圃田，[4]《淮南》说九薮，秦有具圃，[5]县圃者亦古薮之一也。

《周礼·职方氏》曰"雍州其泽薮曰弦蒲"，

《说文·草部》薮下曰“雝州弦圃”。

弦蒲弦圃并即玄圃，亦即县圃也。此一事也。

《诗·郑风·大叔于田篇》“叔在薮”，毛传曰“薮泽，禽之府也”。[6]

《华严经音义》上引《韩诗〔内〕[7]传》曰“泽中可禽兽居之曰薮”。

《穆天子传》二曰“曰春山之泽，清水出泉，温和无风，飞鸟百兽之所饮食，先王所谓县圃”。

《穆传》称玄圃其地为“飞鸟百兽之所饮食”，与毛韩二诗所说薮字之义吻合，是县圃即薮矣。此二事也。由前言之，县圃有薮之名。由后言之，县圃有薮之实。屈子称县圃为薮，固其宜矣。其谓之灵薮者，则王注后说曰“灵，神之所在也”得之。又《淮南子·墬形篇》曰：

或上陪之，是谓县圃〔之山〕，[8]登之乃灵，能使风雨。

昆仑县圃，神灵所居，人之登焉者，亦成神灵，故县圃称为灵薮，于义至当。《十洲记·昆仑洲记》曰：

其王母所道诸灵薮，禹所不履，唯书中夏之名山耳。

斯则昆仑诸山古有灵薮之称，又有明征矣。

注

[1]《汉旧仪》"黄门令日暮入，对青锁门拜，名曰夕郎"。《后汉书·献帝纪》注引《汉官仪》"黄门侍郎每日暮向青琐门拜，谓之夕郎"。案王逸似因《离骚》曰"欲少留此灵瑣兮，日忽忽其将暮"，而联想及汉夕郎日暮向青琐门拜之故事，遂傅会灵瑣之瑣为青琐门。注书如此，直同儿戏！

[2]《说文》薻之重文作藻。

[3] 郑司农注《考工记》曰"薮读蜂薮之薮"。疑蜂薮即蜂巢，故毂空壶之薮与之同名。因之《说文》橾字所从之喿，似亦当借为巢。

[4] 见《释地》。

[5]《墬形篇》"秦之阳纡"，高注曰"一名具圃"。

[6] 案禽为鸟兽通称。

[7] 内字从王先谦补。

[8] 之山二字从王念孙校补。

吾令帝阍开关兮倚阊阖而望予

王注曰："言己求贤不得，疾谗恶佞，将上诉天帝，使阍人开关，又倚天门望而距我，使我不得入也。"案王说非是。自此以下一大段皆言求女事，此二句若解为上诉天帝，则与下文语气不属。下文曰：

时暧暧其将罢兮，结幽兰而延伫。世溷浊而不分兮，好蔽美而嫉妒。

详审文义，确为求女不得而发。“结幽兰而延伫”与

《九歌·大司命篇》“结桂枝兮延伫，羌愈思兮愁人”。

《九章·思美人篇》“思美人兮，揽涕而伫眙，媒绝路阻兮，言不可结而诒”。

语意同。结幽兰，谓结言于幽兰（详下），将以贻诸彼美，以致钦慕之忱也。“世溷浊而不分兮，好蔽美而嫉妒”与下文

世溷浊而嫉贤兮，好蔽美而称恶。

语意又同。彼为求有虞二姚不得而发，则此亦为求女不得而发也。然则此之求女为求何女乎？司马相如《大人赋》曰：

排阊阖而入帝宫兮，载玉女而与之归。

以此推之，《离骚》之叩阊阖，盖为求玉女矣。帝宫之玉女既不可求，高丘之神女（详下）复不可见，故翻然改图，求诸下女。

及荣华之未落兮，相下女之可诒。

下女者，谓虑妃简狄及有虞二姚，此皆人神，对帝宫高丘二天

神言之，故曰下女耳。

结幽兰而延伫

王注曰："言时世昏昧，无有明君，周行罢极，不遇贤士，故结芳草长立，有还意也。"案王意谓结兰延伫为示有还意，此不得其解而强为之说也。[1]结兰者，兰谓兰佩，结犹结绳之结。本篇屡言兰佩，

纫秋兰以为佩。
谓幽兰其不可佩。

又言以佩结言，

解佩纕以结言兮。

盖楚俗男女相慕，欲致其意，则解其所佩之芳草，束结为记，以诒之其人。结佩以寄意，盖上世结绳以记事之遗。已所欲言，皆寓结中，故谓之结言。《九章·思美人篇》曰"言不可结而诒兮"谓言多不胜结，非真不可结也。《惜诵》曰"固烦言不可结诒兮"，是其义矣。本篇下文曰：

溘吾游此春宫兮，折琼枝以继佩，及荣华之未落兮，相下女之可诒。吾令丰隆乘云兮，求虙妃之所在，解佩纕以结言兮，吾令蹇修以为理。

荣华即琼佩之荣华，以琼佩诒下女，亦结言以诒之也，故下文曰“解佩纕以结言”。《九歌·大司命篇》曰“结桂枝兮延伫”，亦犹此类。

注

[1] 以延伫为有还意，又似蒙上文“延伫乎吾将反”之语而误解。

哀高丘之无女

王注曰“楚有高丘之山”，又曰“或云高丘，阆风山上也”，又曰“旧说高丘楚地名也”。案本书他篇之称高丘者，如

哀高丘之赤岸兮，遂没身而不反，——《七谏·哀命篇》
声哀哀而怀高丘兮，心愁愁而思旧邦，——《九叹·逢纷篇》
望高丘而叹涕兮，悲吸吸而长怀，——同上《惜贤篇》
曾哀凄欷心离离兮，还顾高丘泣如洒兮。——同上《思古篇》

并谓高丘为楚山名。《文选·高唐赋》神女曰“妾在巫山之阳，

高丘之岨”，[1]此尤高丘为楚山名之确证。《太平御览》四九引《江源记》曰“《楚辞》所谓‘巫山之阳，高丘之阻’，高丘盖高都山也”，未知然否。惟高丘若即巫山之高丘，则“哀高丘之无女”，必谓巫山神女。五臣吕向注曰“女，神女”盖得之矣。

注

[1] 陆善经引以释此文。

凤皇既受诒兮

案本书他篇亦有述此事者，如

简狄在台喾何宜？玄鸟致诒女何嘉？——《天问》

高辛之灵盛兮，遭玄鸟而致诒。——《九章·思美人篇》

皆称玄鸟致诒，其余诸书所载，亦莫不皆然。独此则曰“凤皇既受诒兮，恐高辛之先我”。以玄鸟为凤皇，岂屈子偶误，抑传闻异词乎？尝试考之，盖玄鸟即凤皇，非屈子之误，亦非传说有异也。玄鸟者燕也。《尔雅·释鸟》曰“鶠，凤，其雌皇”。燕鶠音同，[1]燕之通鶠，犹经传以宴讌宴通用，金文燕国字作匽[2]若郾[3]也。鶠即燕，是凤皇即玄鸟。其证一。《说文·鸟部》曰：

焉，焉鸟，黄色，出于江淮。

《尔雅·释鸟》曰：

皇，黄鸟。

焉为黄色鸟，皇亦黄色鸟，似焉鸟即皇鸟。皇鸟又即凤配，是焉之为皇即凤皇之皇，[4]故《禽经》曰：

黄凤谓之焉。

燕与焉亦同影纽寒桓部。焉即凤皇，而燕与焉同，是玄鸟即凤皇。其证二。

《礼记·月令》疏引《郑志》焦乔答王权曰：

娀简狄吞凤子之后，后王〔以〕[5]为禖官嘉祥，祀之以配帝，谓之高禖。

简狄所吞，他书曰燕卵，此曰凤子，是玄鸟即凤皇。其证三。

注

[1] 并影纽寒桓部。

［2］《匽侯旨鼎》《匽公匜》。
［3］鷗侯车彝。
［4］桂馥亦谓焉鸟即皇鸟。王筠又谓《尔雅》“其雌皇”与“皇黄鸟”为一物，并云“两文虽不连，然是篇一物错出者颇多”。案王说尤具卓识。《尔雅》盖本作“鷗，凤，其雌皇；皇，黄鸟”。传写夺乱，遂析而为二。又案鷗为凤；焉亦为凤。焉亦即鷗。鷗雄而焉雌，雌雄不嫌同名。盖其始也，焉鷗（异体同字）一名而雌雄共之，故《尔雅》有鷗无焉。厥后雌雄分称，焉鷗始为异字。然二字对文虽异，散文或通，故虽异犹同。鷗之与焉，在可分不可分之间，故《说文》二字并载，鷗训为凤，焉则不能确指为何鸟。
［5］从段玉裁增。

恐导言之不固

王注曰：“言己欲效少康留而不去，又恐媒人弱钝，达言于君，不能坚固，复使回移也。”案释导言为达言，谬甚。《诗·召南·野有死麕篇》“有女怀春，吉士诱之”，《传》曰“诱，道也”，《笺》曰“吉士使媒人道成之”。《吕氏春秋·决胜篇》高注曰“诱，导〔也〕”。道与导通。道言即媒人所以道成之之言也。《庄子·渔父篇》曰“希意道言谓之谄”，《礼记·少仪篇》“颂而无谄”，《疏》曰“讇谓横求见容”。[1]横求见容即导言之确诂，故曰“恐导言之不固”也。

注

［1］《说文》讇重文为谄。

命灵氛为余占之

王注曰：“灵氛，古明占吉凶者。”案下文又言求占于巫咸。《淮南子·墬形篇》高注曰“巫咸知天道，明吉凶”，是灵氛之职司，与巫咸无异。《九歌·云中君篇》注曰“楚人名巫为灵”，然则灵氛亦巫也。《山海经·大荒西经》曰：

大荒之中，有灵山，巫咸，巫即，巫肦，巫彭，巫姑，巫真，巫礼，巫抵，巫谢，巫罗十巫，从此升降，百药爰在。

灵巫义同，氛肦音同，灵氛殆即巫肦欤？巫咸巫肦并在灵山十巫之列，故《离骚》以灵氛与巫咸并称。

曰两美其必合兮　曰勉远逝而无狐疑兮

案俞樾《古书疑义举例》二有“一人之辞非自问自答而中间又用曰字”之例，如

子曰：“若臧武仲之知，公绰之不欲，卞庄子之勇，冉求之艺，文之以礼乐，亦可以为成人矣。”曰：“今之成人者何必然？”——《论语·宪问篇》

齐景公待孔子曰：“若季氏，则吾不能，以季孟之间待之。”曰：“吾老矣，不能用也。”——同上《微子篇》

公瞿然失席，曰：“是寡人之罪也。”曰：“寡人尝学断斯狱矣。”——《礼记·檀弓篇》

乞曰："不可得也。"曰："市南有熊宜僚者，若得之，可以当五百人矣。"——《左传·哀十六年》

此皆再用曰字以别更端之语也。今案本篇

命灵氛为余占之，曰："两美其必合兮，孰信修而慕之？思九州之博大兮，岂唯是其有女？"曰："勉远逝而无狐疑兮，孰求美而释女（汝？）何所独无芳草兮，尔何怀乎故宇？"

为灵氛一人之词，而两用曰字，与《九章·惜诵篇》

吾使厉神占之兮，曰："有志极而无旁，终危独以离异兮。"曰："君可思而不可恃，故众口其铄金兮，初若是而逢殆。……"

为厉神一人之词，亦两用曰字，并与上举各例相同，可补俞书之遗。解《离骚》者，自王逸以下，逮唐宋诸家，本不误。后此乃渐多异说，而文意转晦。于以知古书词例之不可不究也。

腾众车使径待

王注曰："腾，过也。言昆仑之路，险阻艰难，非人所能由，故令众车先过，使从邪径以相待也。以言己所行高远，莫能及也。"案

“过众车使径待”，文不成义，乃又强释之曰“令众车先过”，既增字为训，复偵到词位，注书之无法纪者，莫此为甚。案《说文·马部》曰“腾，传也”。传当读如《仪礼·士相见礼》“妥而后传言”之传。《淮南子·缪称篇》“子产腾辞”，高注曰“腾，传也，子产作刑书，有人传词诘之”。《汉书·礼乐志》“腾雨师，洒路陂”，谓传言于雨师使洒路陂也。《后汉书·隗嚣传》“因数腾书陇蜀”，谓传书陇蜀也。《北堂书钞》一〇二引蔡邕《吊屈原文》“托白水而腾文”，谓托白水而传文也。《文选·洛神赋》“腾文鱼以警乘”，谓传文鱼以警乘也。本书腾字多用此义。如本篇“腾众车使径待”，《远游》“腾告鸾鸟迎虙妃”，《九歌·湘夫人篇》“将腾驾兮偕逝”，《大招》“腾驾步游”，皆是。王逸于本篇训过，于《远游》《九歌》《大招》并训驰，偵矣。

原载《清华学报》第十一卷第一期，民国二十五年一月。

天问释天

昔王逸作《天问后序》，自诩其注此篇“稽之旧章，合之经传，以相发明，为之符验，章决句断，事事可晓，俾后学者，永无疑焉”。然今试执逸注以读《天问》，虽谓为无一事可晓，不过也。踵逸而起，注者相望。彼于逸注，补苴諟正，亦既多矣，然而不可晓者犹十有四五焉。呜呼！注书之难，有若是哉？余窃不自揣，欲斟酌众长，兼附己意，作一总结帐之企图。兹先取篇中问天事者四十四句释之，颜之曰《天问释天》。疏略之讥，自知不免，并世方家，幸垂正焉。

《天问》文例，泰半合四句为一问，或增至八句，或十二句，要皆以四进；其二句各问一事者，必二事同类，亦以四句为一单元也。王逸不察，割裂全篇，概以二句为一段落。所谓“章决句断”者乃如此，宜其事事不可晓也。既以每二句为一段落，散注文于其间，则读者披卷之顷，目光所触，第一印象，已受错误之暗示。成见一入，永为锢蔽，故虽有特识之士，心知逸说之非而欲别树新解，亦但知于二句以内求之，其视上下注文，夹行细字，则一若天堑之不可飞越者焉。此其于问意终不能通，不亦宜哉？大都王逸以后诸家之说有违于事实，滞于义理者，咸坐此弊。爰揭出之，以谂学者。此惑既祛，乃可与读《天问》。

曰：遂古之初，谁传道之？上下未形，何由考之？冥昭瞢暗，谁能极之？冯翼惟像，何以识之？

谨案：上来八句皆以开辟已前为问。朱熹曰："上下，天地也"，"冥昭，昼夜也"，案朱说是也。蒙谓"上下"屡空间言，"冥昭"属时间言，"冯翼惟像"，则总承"上下""冥昭"二事而言之。旧注皆未审。兹分释之如次。

《章句》释"冥昭……"二句曰，"言日月昼夜，清浊晦明，谁能极之？"案下文"明明暗暗"始言阴阳剖判，明者为明，暗者为暗。此所问乃混沌期中景象，何"日月昼夜，清浊晦明"之可言？刘盼遂[1]纠之良是。刘永济[2]谓"冥昭瞢暗"与"上下未形"同一句法，亦确。此盖以"冥昭"为名词，"瞢暗"为形容词，谓冥与昭皆在瞢暗状态中耳。

《章句》释"冯翼"二句曰，"言天地既分，阴阳运转，冯冯翼翼，何以识知其形像乎？"案此二句仍言混沌未辟，《章句》失与前同。王邦采[3]曰"惟像，有像无形也"，曹耀湘[4]曰"像者想像也，无形但可想像耳"。案此二说得之。"象""像"古今字。古言"形"与"象"别，象者无形之谓，《章句》以"形像"连称，义靡区分，非其朔矣。《老子》十四章曰"无物之象，是为惚恍"，二十一章曰"惚兮恍兮，其中有象"，四十一章曰"大象无形"，《淮南子·原道篇》曰"故矢不若缴,〔缴不若网〕,[5]网不若无形之像”，皆古以“形”与“象”为对立名词之确证。《韩非子·解老篇》曰：“故诸人之所以意想者，皆谓之象也。”此以“意想”释“象”字，则古曰“象”则今人所谓“想像”，故字亦通作“想”。《周礼·眡祲》“十曰想”，郑注曰“杂气有似可形想”，盖谓有实物可见者曰形，想像中之形则曰象耳。《淮南子·俶真篇》曰：“天地未剖，阴阳未判，四时未分，万物未生汪然平静，寂然清澄，莫见其形。”《精神篇》曰“古未有天地之时，惟像[6]无形，窈窈冥冥，芒芠漠闵，澒濛鸿洞，莫知其门”，高注曰“皆无形之象，故曰‘莫知其门’也”；《天文篇》曰“天墬未形，冯冯翼翼，洞洞属属”，高注曰“冯翼洞属，无形之貌”。案《淮南》所言与《天问》皆合，《天文篇》之“冯冯翼翼”即《天问》之“冯翼”，《精神篇》之“惟像”即《天问》之“惟像”，《俶真篇》之“莫见其形”亦即“惟像”之谓，故高诱两注曰“无形之象”，“无形之貌”也。

《章句》于“冯翼”二字未加详释。案“冯翼”为“愊臆”之转，“愊臆”者，叠韵謰语，郭注《方言》曰“愊臆，气满也”，是其义也。一作“愊亿”，《汉书·陈汤传》“策虑愊亿”，谓怒而气满也；一作“愊忆”，冯衍《显志赋》“心愊忆而纷纭”谓忧而气满也；一作“服亿”，《史记·扁鹊传》“嘘唏服亿”，谓哀而气满也。声转为“凭噫”，《文选·长门赋》“心凭噫而不舒兮”，李善注曰“凭噫，气满貌”。字变为“冯翼”，《诗·大雅·卷阿篇》“有冯有翼”，《汉书·礼乐志》“冯冯翼翼，承天之则”；又变为“冯翊”，《韩诗外传》五“《关雎》之事大矣哉，冯冯翊翊，自东自西，自南自北，无思不服”：则皆言德之满盛，德本无形，莫可名状，故拟之于气以状之也。若《淮南》之“冯冯翼翼”及本篇之“冯翼”，则当训为元气满盛之貌，《广雅·释训》曰“冯冯翼翼，元气也”，是也。“冯翼”为“愊臆”之转语，王念孙已发其凡矣，[7]第其说似犹未畅，爰申论之如此。虽然“愊臆”之语非古，必更有所受。金文中每以“數數熊熊”形容人死后，灵魂不灭，充塞两间之貌。[8]數古读重唇，熊从炎声，古音属喻母，“數數熊熊”与“冯冯翼翼”亦一语之转也。[9]“數熊”“愊臆”“冯翼”，古皆用以形容无形之物，《天问》以“冯翼”为“像”之形容词，则像是无形之象，明矣。王逸盖因不识“冯翼”之义，故以“像”为有形之像，因而又以天地未分为天地既分，以阴阳未判为阴阳已判，斯诚所谓“失之毫厘，谬以千里”者与？或疑《天问》题图之词，元气无形，不可摹画。余曰不然。曹植《书·赞叙》曰“上形太极，混元之前”，非元气可画之明征乎？

注

［1］《天问校笺》（清华研究院《国学论丛》第二卷第一号）。

［2］《天问通笺》（武汉大学《文哲季刊》第三卷第二号）。

［3］《天问笺略》。

［4］《天问疏证》（《读骚论世》卷二）。

［5］四字从玉念孙校补。

［6］俞樾疑“惟象”乃“罔象”之讹，谓罔读为亡，亡犹无也，“罔象”与“无形”对文。案俞说非也，彼正以形象二字为同义，故有此误。《文子·原道篇》“惟象无形，窈窈冥冥”即本《淮南》，洪注《天问》此文引《淮南》亦作“惟像”，则《淮南》之不作“罔象”明矣。

［7］《广雅疏证》一上，又《补正》。

［8］《宗周钟》《猶钟》《克盨》《虢叔旅钟》《井𠊳𣪘钟》《士父钟》诸器铭中皆有此语。

[9]《文选·琴赋》"丰融披离"，注"丰融，盛貌"丰融即豐熊也。

明明暗暗，惟时何为？阴阳三合，何本何化？

谨案：朱熹戴震[1]并读"时"为"是"，是也。《尔雅·释诂》"时，是也"，《书·尧典》"惟时懋哉"，《史记·五帝纪》作"惟是勉哉"。刘永济曰："下文'惟兹何功''惟其何故'，句法皆与此同。叔师《章句》不出'时'字，则以为虚用字也。"案刘说亦是也。

屈复[2]曰"三与参同，谓阴阳参错"，是也。（二刘说同。）案《庄子·田子方篇》曰"至阴肃肃，至阳赫赫，肃肃出乎天，赫赫发乎地，两者交通成和，而物生焉"，《淮南子·氾论篇》曰"积阴则沉，积阳则飞，阴阳相接，乃能成和"，《天文篇》曰"阴阳和合而万物生"，与屈子之说并合，曰"交通成和"，曰"相接……成和"，曰"和合"，并即"三合"之谓也。《章句》曰"天地人三合成德"，远失之矣。

《淮南子·天文篇》曰："天道曰圆，地道曰方。方者主幽，圆者主明。明者吐气者也，是故火曰外景；幽者含气者也，是故水曰内景。吐气者施，含气者化，是故阳施阴化。"《大戴记·曾子天圆篇》曰："天道曰圆，地道曰方。方曰幽而圆曰明。明者吐气者也，是故外景；幽者含气者也，是故内景。故火曰外景而金水内景。吐气者施而含气者化，是以阳施而阴化也。"张衡《灵宪》曰："于是元气剖判，刚柔始分，清浊异位，天成于外，地定于内。天体于阳，故圆以动，地体于阴，故平以静。动以行施，静以合化，堙郁构精，时育庶类。"《太平御览》一引《礼统》曰："天之为言镇也，神也，珍也。施生为本，运转精神，功效列陈，其道可珍重也。”案施之义为施出，物之所自出者即物之本源，是施犹本也。盖自施者言之曰施，自受者言之，则施之者即其所本，故《礼统》曰“施生为本”。化之言化育也。彼皆曰阳施阴化，则屈子意似谓阳为本，阴为化，盖“施”与“化”为动词，“本”与“化”为名词，其义则一耳。《章句》释“何本何化”曰“其本始何化所生乎”，直不知所云。

注

[1]《屈原赋注》。
[2]《楚辞新注》。

圜则九重，孰营度之？惟兹何功，孰初作之？

谨案：《淮南子·天文篇》曰“天有九重”，而不著九重之名，《太玄·玄数篇》曰“九天：一为中天，二为羡天，三为从天，四为更天，五为睟天，六为廓天，七为咸天，八为沉天，九为成天”，未知是此否。[1]本书《招魂》“虎豹九关”，《章句》曰，“言天门凡有九重，使虎豹执其关闭”，《汉书·礼乐志》曰“九重开，灵之斿”。蒙谓圜之言垣也，九重天更相环绕，如城垣之外更有城垣，天有九重，重各一门，故曰天门九重也。本书《九辩》曰“君之门以九重”，《礼记·月令》“毋出九门”，郑注曰“天子九门者：路门也，应门也，雉门也，库门也，皋门也，城门也，近郊门也，远郊门也，关门也”。案九门之说，他书无征，前贤以为秦制，[2]余谓以《九辩》之语推之，九门之制先秦已有之矣，古人于自然界现象有所不明者，辄因人事以推之。

天门九重之说，即因君门九重而起与？

营者，刘盼遂云营环古字通。案刘说无可易，惟于“营”“环”所以相通之理，则犹语焉未详。蒙谓许书说营字从荧省从宫，《尔雅·释山》“大山宫，小山霍”，郭注曰“宫谓围绕之”，《淮南子·本经篇》“乃至夏屋宫驾”，犹言大屋围绕而架之也，是“营”训“市居”而义通于环者，乃受义于“宫”也。

注

[1] 钱塘《淮南子·天文训补注》云，《太玄》九天即九野，非九重天。案钱说亦无确据，恐不尽然。

[2] 金鹗《求古录礼说》一，夏炘《学礼管释》七。

斡维焉系？天极焉加？八柱何当？东南何亏？

谨案：斡有二义。《说文·斗部》曰：“斡，蠡柄也，从斗，倝声；扬雄杜林说皆以为轺车轮斡。”[1]《章句》训“斡”为转轴[2]，盖从扬杜说，窃谓当从许说为是。《说文·虫部》曰“蠡，瓢也”，《方言》五郭注曰“蠡，瓟勺也”，蠡蠡古今字。《说文·斗部》曰“斗，象形，有柄”，《木部》曰“枓，勺也”，斗枓亦古今字。蠡谓之勺，斗亦谓之勺，是蠡亦斗也。盖蠡者斗之一种故蠡柄谓之斡，而字则从斗。许谓斡为蠡柄，意谓亦即斗柄也。然则何以知此“斡”字之当从许训乎？曰：古代关于天体之传说，多缘星象而生，此文之“斡”“维”与“天极”皆其例也。《史记·天官书》曰“北斗七星，所谓‘旋玑玉衡，以齐七政’”，《五行大义》引《尚书说》曰“璇玑斗魁四星，玉衡杓横三星，合七”，《艺文类聚》一引《春秋运斗枢》曰“第一至第四为魁，第五至第七为杓，合而为斗”。此所谓斡即北斗七星之柄，他书所谓杓者也。[3]然而《天官书》又云“斗为帝车，运于中央，临制四乡（向）”，《北堂书钞》一五〇引《天官星占》曰“北斗为帝车”。盖天体运旋，如车轮转，七星在天，其形如斗，其用则如车，故古亦以北斗为车轮。更进而推之，所以制轮之转者轴也，所以制斗之转者柄也，比斗于轮，则柄当于轴矣，此则王逸释斡为转轴之所本也。惟《天问》字既作“斡”，屈子之意固明以为转天之物是斗非轮，《淮南子·天文篇》所谓“紫宫执斗而左旋”者是也。王逸之说，于理虽通，其如无当于本文何？

维者，亦星名也。《汉书·天文志》曰“斗杓后有三星，名曰维星”，《越绝书》曰“天维三星在尾北斗杓后”。案维即三公，《开元占经》引甘氏曰“三公三星，在北斗柄南”是也。维在斗柄后，古谓维系于斗柄，斗转则维亦转而天随之，故《淮南子·天文篇》曰“帝张四维，运之以斗”。虽然维与斗柄究何以相系乎？按之星位，其象不明，衡之物情，理亦难晓，屈子于此盖不能无惑焉，故问曰“斡维焉系？”

天极者，《史记·天官书》曰“中宫[4]天极星，其一明者，太一常居也”。《索隐》曰“《文耀钩》曰‘中宫大帝，其精北极，……’《尔雅》云‘北极谓之北辰’”。案北辰谓之极者，《索隐》又引《春秋合诚图》曰“北辰其星五，在紫微中，紫微，大帝室，……”是紫微为天帝之居室，极即其室之极也。《说文》栋极互训。程瑶田[5]曰，古者初有宫室时，易复穴为盖构，未必遽为两下屋与四注屋，不过为窗然之物，以覆于上，如车盖然，中高而四周渐下以至于地。中高者栋，四周渐下者宇，所谓上栋下宇者是也。今之蒙古包，如无柄伞，可张可敛，得地则张之，将迁则敛而束之以去，即古栋宇之遗象。案程说至确。《论衡·说日篇》引邹衍说曰“天极为天中”，《太玄·玄荣篇》曰“天圜地方，极植中央”，此与程说远古室屋之制适合，盖古屋中高者曰栋，一曰极，天帝所居紫微诸星取象古屋，故其极亦在中央也。极为屋之中，故极训中，《诗·思文》“莫匪尔极”《传》，《周礼·序官》“以为民极”注皆云“极，中也”。加之言架也。《淮南子·本经篇》曰“大厦曾加”，高注曰“材木相乘架也”。此曰天极，正比天如屋，则加亦当读为架。“天极焉加”者，谓天极架于何处也。《章句》曰“极安所加乎”，语意未憭。

八柱者，或谓在地上，或谓在地下。《淮南子·墬形篇》曰“天地之间，九州八柱”[6]，《后汉书·张衡传》注引《河图》曰“地有九州八柱”，《初学记》五引同。此地上八柱之说也。《初学记》五引《河图括地象》曰“地下有八柱”，《抱朴子》说同，此地下八柱之说也。《博物志》及《事类赋》引《关令·内传》又云地下有四柱。本篇八柱，当为地上之柱。蒋骥[7]曰“此方问天事，未宜遽及地下也”，是也。又案《章句》曰“天有八山为柱”，而《淮南·墬形篇》曰：“八弦之外乃有八极：自东北方曰方土之山，曰苍门；东门曰东极之山，曰开明之门；东南方曰波母之山，曰阳门；南方曰南极之山，曰暑门；西南方曰编驹之山，曰白门；西方曰西极之山，曰阊阖之门；西北方曰不周之山，曰幽都之门；北方曰北极之山，曰寒门。”蒋骥据此以证八柱一名八极，亦即八山，张说《文贞公碑》所谓“八柱承天”者是也。案蒋此说亦不可易。《淮南·天文篇》曰：“昔者共工与颛项争为帝，怒而触不周之山，天柱折，地维绝。天倾西北，故日月星辰移焉，地不满东南，故水潦尘埃归焉。”不周山，《墬形篇》以为八极之一者，《天文篇》以为天柱，则八极即八柱，亦即八山，明矣。

林云铭[8]曰：“天既受八柱撑持，自应平放，似东南地面，不宜独缺。”案此释“八柱……”二句，善得《问旨》，惟以“亏”属地言，似犹未密。窃意欲明问意所在，当以二事为前提。八柱既为八山，则柱皆托根于地，此一事也。八柱修短如一，不当参差，此二事也。明乎此，然后知地平，则地与天间之距离，各方皆同，故八柱上承于天，柱之上端皆与天密接，无有间隙。今地西北高而东南下，则自东南地面至天之距离加长，距离加长而柱之修短不变，则东南之柱必不能与天相值，此所谓“东南何亏”也。“当”谓柱与天相当值也，“亏”犹虚也，柱不与天相值，则天柱之间尚有虚隙也。自王逸以降皆以“东南何亏”为地倾东南，所以知其不然者，下文又有“墬何故以东南倾”之语，一事无须两问，理至明也，且此文上下皆问天事，何忽以地事羼入其间？意者作者之思想，其不合逻辑，不至于此甚也。

注

[1] 扬杜盖以斡为錧。《类篇》“斡，毂端沓也”，洪兴祖朱熹并引《说文》曰“斡，毂

端沓也”。今本《说文》斡下不著此义，而辖下曰“毂端錔也”。毂端錔盖即轺车轮斡与？

[2]今本无轴字，从《太平御览》二引补。斡为名词，故当训为转轴。脱轴字，即斡训转，即为动词。转维焉系，似不成文义。且维系于斡，斡转而维随之，维固不自转也。

[3]《说文·木部》“杓，斗柄也”。

[4]今本作宫，从王念孙钱大昕校改。

[5]《释宫小记》。

[6]今本柱误极，从王念孙校改。

[7]《山带阁楚辞注》。

[8]《楚辞镫》。

九天之际，安放安属？隈隅多有，谁知其数？

谨案：《吕氏春秋·有始篇》曰：“何谓九野？中央曰钧天，东方曰苍天，东北曰变天，北方曰玄天，西北曰幽天，西方曰颢天，西南曰朱天，南方曰炎天，东南曰阳天。”《淮南子·天文篇》说同。《开元占经·天占篇》引《尚书考灵曜》说九野之名：东方曰皞天，西方曰成天，南方曰炎天，余与《吕览》《淮南》同，此盖王逸所本也。[1]王远[2]曰“际，间也，此天彼天相接之间，何所至而何所附乎？”案王氏此解最明晰。隈隅之数，说见《淮南》，洪注已引。

注

[1]《广雅·释天》说亦本《考灵曜》，惟皞作界。

[2]《楚辞详注》。

天何所沓？十二焉分？日月安属？列星安陈？

谨案：沓者，《说文·水部》曰“沓，语多沓沓也”。《言部》曰

"讋，疾言也，读若沓"，沓当为讋之重文。然《金部》曰"錔，以金有所冒"，字一通作沓，《汉书·外戚传》"切（砌）皆铜沓黄金涂"，铜沓即铜錔也，是沓亦有冒义。许以沓为语重沓，相冒犹相重也。相冒亦即相合，《章句》训沓为合，是矣，然以"会合"释之，则非。沓之为合，乃冒合之合，非会合之合也。然本篇"沓"字似当为"袭"之假借。《说文·衣部》曰"袭，左衽袍也，从衣龖省声，籀文不省；龖读若沓"；《文选·广绝交论》注引《说文》曰"袭，因也"；《尔雅·释山》"山三袭陟"，郭注曰"袭亦重"。因也，重也，冒也，义并相通。

《章句》以十二为十二辰，是也。十二辰者，郭沫若[1]曰，实黄道周天之十二恒星，十二辰之名，本为观察岁星而设，岁星之运行，约略为十二岁一周天，一岁一辰，故有十二辰，厥后十二辰与天体脱离，乃为黄道周天之十二等分。蒙案此文"十二焉分"即承上"天何所沓"而言，问天何所因袭而有此十二等分也。《章句》以"天何所沓"为一事，"十二焉分"为一事，又增地字，谓"天何所沓"为天地会合，傎矣。"焉分"谓于何处分之也，《章句》曰"谁所分别"，亦未谛。

《汉书·天文志》曰："中道者，黄道，一曰光道，……日之所行为中道，月五星皆随之也。"案十二辰既为黄道周天之十二等分，而黄道即日月五星所行之道，是日月五星与十二辰有密切之关系，故屈子于问"天何所沓，十二焉分"后，即继之以"日月安属，列星安陈"也。王逸不察，分下二句为二事，又不与上二句相属，亦大乖问旨。请更列二说以明之。《山海经·海内经》曰“后土生噎鸣，噎鸣生岁十有二”；《大荒西经》曰“下地是生噎，处于西极[2]，以行日月星辰之行次”，郭注曰“主察日月星辰之度数次舍也”。“噎”即“噎鸣”，“下地”即“后土”，“行日月星辰之行次”即“岁十有二”之职司，二经所言实一事也。[3]十二岁与十二辰同出一源，十二岁之职司为“行日月星辰之行次”，则十二辰与日月星辰之关系从可知矣。此一说也。《北堂书钞》一四九引《春秋内事》曰“天有十二分次，日月之所躔也”，《乙巳占·分野篇》引无分字。而《开元占经·日占篇》引《河图》曰“日月五星同道”，是十二次亦日月五星之所躔也。十二次与日月星辰之关系如此，而十二次乃出于十二辰，则十二辰与日月星辰之关系，亦可知也。此二说也。兹将十二辰，十二岁，十二次，三者之关系列表如左。

十二辰	寅	卯	辰	巳	午	未	申	酉	戌	亥	子	丑
十二岁	摄提格	单阏	执徐	大荒落	敦牂	协洽	涒滩	作噩	阉茂	大渊献	困敦	赤奋若
十二次	析木	大火	寿星	鹑尾	鹑火	鹑首	实沉	大梁	降娄	诹訾	玄枵	星纪

要之，《天问》文例，大都合四句为一问。上来四句正一脉相承，意谓天何所因袭而有黄道周天之十二等分乎？谓日月五星循黄道而行，然则日月果如何系属而运行下坠，五星则如何陈列而躔度不差乎？《章句》释“安陈”为“谁陈列”，亦非。

注

[1]《释支干》(《甲骨文字研究》上)。

[2] 郭君云十二岁与十二辰皆来自西方，蒙谓据《山海经》噎鸣生十二岁而处于西极，则十二岁本居西极也。此可为郭君助一明证。

[3]《大荒西经》上文云“大荒之中，有山名日月山，天枢也。吴姬(原作姖，此依道藏本)天门，日月所入。有神，人面无臂，两足反属于头上(原作山，此依道藏本)，名曰嘘。孙诒让曰：“嘘当为噎。下文云‘下土是生噎’，即承此文而纪其代系也。”案孙说是也。此云“日月所入”，即下文“以行日月星辰之行次”之谓也。五星随日月而行，言日月即赅五星矣。

出自汤谷，次于蒙汜，自明及晦，所行几里？

谨案：谷不必有水，其有水者暂，无水者常，金鹗《释谷》[1]辩之详矣而未尽也。《管子·度地篇》曰“山之沟，一有水，一无水，命曰谷”，此古说之尤明确者，而金氏不引，殆失之眉睫乎？彼又云“谷之为文，从从口；为重八，八者别也；两山分别，故从，山分而开，如人开口，故从口。……读若穀者，谷之为言空也，其中空空如也”。案此说亦未谛，第视许说“从水半见出于口”者为差胜耳。蒙谓谷之本义当为道，请列三说以明之：金谓为重八而解为两山。象两山分别，理固可通，重而为四山，将何所取义乎？以是知彼说之无当也。当为之省变。《卫父卣》“卫”作，上半已由正角引为弧形，《司寇良父壶》作，则弧形变为直线矣，《贤觥》作作，第一字仅左下一角未变，第二字则四角全去矣，一器之中而字形省变之痕迹备具，此尤有兴味之事也。他若《中伯御人鼎》之“御”作，《盧钟》之“追”作，《延簋》之“延”作，皆之左半变而为，与上述各“卫”字同例。卜辞又作象交道之形，

罗振玉以为“衜”之初文。谷上之仌亦卝之变，谷字从卝(衜)，故谷衜声近，谷盖即从卝得声也。谷既从卝(衜)，衜即道，则谷亦道也。此一说也。从谷之字有训道者，“俗”“裕”是也。《周礼·太宰》“六曰礼俗以驭民”，郑注曰“礼俗，昏姻丧纪旧所行也”，按习俗即所习行之道也。《方言》三“裕，猷，道也，东齐曰裕，或曰猷”，《书·康诰》“远乃猷裕”，旧以裕属下读，王引之曰当以“远乃猷裕”为句，谓远乃道也；《孟子·公孙丑篇》“则吾进退岂不绰绰然有余裕哉”，钱绎曰“言进退有余道也”。案俗裕皆从谷，而训道，则谷之本义亦当为道。此二说也。本书《远逝篇》“横飞谷以南征”，《章句》曰“飞谷，日所行道也”。谷之义为道，王逸已明言之矣。此三说也。

凡物所经行之道谓之谷。《书·尧典》曰“宅嵎夷曰旸谷”，又曰“宅西曰昧谷”。《说文·土部》堣下引《书》作阳谷。阳，明也，阳谷谓日出之道也。昧，暗也，昧谷谓日入之道也。昧谷，《淮南子·天文篇》谓之蒙谷，《天问》谓之蒙汜。《尔雅·释邱》曰“穷渎，汜”，郭注曰“水无所通者”，《释山》“山豄无所通，谿”，郭注曰“所谓穷豄者”。《说文·水部》曰“汜，穷豄”，《谷部》曰“谿，山渎无所通者”。汜当即谿之异文。《吕氏春秋·慎行篇》高注曰“有水曰涧，无水曰谿”。《广雅·释山》曰“谿，谷也”，是汜即谿，亦即谷，只谓所行之道，不必有水。蒙昧一声之转，汜与谷义同，蒙汜即昧谷，亦谓日入之道也。高诱注《淮南子·天文篇》蒙谷曰“北极山之名也”，蒙谷为山名，则蒙汜之不得为水名，明矣。大氐自邹衍九洲瀛海之说出，说者以为九洲之外，环以大海，则日所出入，度必在水中，浸假而“旸”若“阳”改为“汤”，“蒙”改为“濛”而汤谷濛汜皆成水名，汉人著书如《淮南子》《史记》，司马相如及张衡赋，并尝经汉人窜乱之书如，《山海经》者，胥如是也。[2]屈子与邹衍并世，[3]其时九洲瀛海之说恐未大行，疑《天问》之“汤谷”当作“旸谷”，《文选》江淹《杂体诗》注，谢瞻《九日从宋公戏马台集送孔令》诗注并引《天问》从日作“旸”是矣。今字作汤者，盖汉人所改。知旸谷不当为水，则《章句》释“汜”为“水涯”，而以“蒙汜”为“西极蒙水之涯”，亦必汉人之说，非屈子本旨矣[4]。

次犹宿也。《左传·庄三年》曰“凡师一宿为舍，再宿为信，过宿为次。”

注

[1]《求古录·礼说》。

[2]传世《汉》人著书，十九作汤谷，其偶有作旸者，盖后人所改。《淮南·天文篇》之汤谷，据《文选·西征赋》注，张景阳《杂诗》注及《史记·五帝纪》索隐引并作汤，而今本则作旸；又《史记·五帝纪》“曰旸谷”，索隐曰“旧本作汤谷，今并依《尚书》字”；并其例证。《淮南·天文篇》“沦于蒙谷”（沦今误作至，此从王念孙校改），《览冥篇》“遭回蒙汜之渚”意皆以为水，而字犹作蒙，至《西京赋》则已加水作濛矣。

[3]据陈瑑刘师培说，屈原生于楚宣王二十七年（元前三四三），据钱穆说，卒于怀王三十年（元前二九九）以前。邹衍与燕昭王同时，昭王立于楚怀王十八年（元前三一一）。

[4]《远游》“朝濯发于汤谷”，适足以证其为伪撰。《大招》“汤谷宋只”亦可证其非屈原作，且知景差与屈原时代必不相及也。

夜光何德，死则又育？厥利维何，而顾菟在腹？

谨案:《庄子·天地篇》曰“物得以生谓之德”,《韩非子·解老篇》曰“德也者，人之所以建生也”。此“德”字义同，故下文曰“死则又育”，育即生也。月之生死，斥生魄死魄。《越绝书》“魄者，生气之源也”。生气之源与德字义正相应。《北堂书钞》一五〇引本文作“夜光何得”。得德古通。《章句》“言月何德于天，死而复生”即何得于天，死而复生也。《艺文类聚》一,《太平御览》四并引“死则又育”作“死而又育”。《章句》曰“死而复生”，亦读则为而也。

“厥利维何……”二句，仍承上二句为文，朱熹曰“此问月有何利而顾望之兔常居其腹乎”，以“厥”字属夜光，其说甚是。《章句》以属“菟”，谓兔何所贪利，大谬。《章句》又释“顾”为“顾望”，朱熹以下诸家皆无異说，其妄不足辨。惟毛奇龄[1]以顾兔为月中兔名，庶几无阂于文义，而刘盼遂云顾菟叠韵连绵词，亦无媿卓识。然窃谓古无称兔为顾菟者，顾菟当即蟾蜍之异名。此则可于二字之音似中求之。刘君知“顾”字之不当执形以求义，而不知“菟”字亦然，盖犹未达一间耳。列十有一说以明之。

《诗·邶风·新台篇》一章曰“籧篨不鲜”，二章曰“籧篨不殄”，三章曰“得此戚施”，据《韩诗》薛君《章句》，戚施即蟾蜍，则籧篨亦即蟾蜍。[2]蟾蜍《邶诗》谓之籧篨，顾菟与籧篨音同，则顾菟亦蟾蜍矣。此一说也。《易林·渐之睽》曰“设罟捕鱼，反得居诸”，居诸即《诗》之籧篨，亦即蟾蜍也。《诗》云“鱼网之设，鸿则离之”，此《易林》所本。然鸿乃虾蟆之异称，非鸟类也。虾蟆《广雅》谓之“苦蠪”,《管子·水地篇》谓之“鲑蠪”，《广韵》谓之“蚼蠪”。“苦蠪”“鲑蠪”“蚼蠪”三语之合音并即为“鸿”也。《淮南子·墬形篇》高注曰“屈茏，游龙，鸿也”。虫之“苦蠪”“鲑蠪”，或“蚼蠪”谓之“鸿”，亦犹草之“屈茏”谓之“鸿”也。（尚有详说，此不具备。）蟾蜍《易林》谓之“居诸”，“顾菟”与“居诸”音亦同，则顾菟即蟾蜍矣。此二说也。《初学记》一月类“居蠩”注引《春秋·元命苞》曰“月之为言阙也，而设以蟾蠩与兔……”《初学记》称蟾蜍为“居蠩”，“顾菟”与“居蠩”音亦同，是顾菟即蟾蜍矣。此三说也。以上“籧篨”“居诸”“居蠩”皆与“顾菟”为同音字，凡三事为一类。

蟾蜍《说文》谓之“𧍞鼀”。“𧍞”与“顾”音近，“鼀”音七宿反，与“菟”仅舌上音与舌尖之别，故知“顾菟”与“𧍞鼀”为一语之转。此四说也。蟾蜍《尔雅》谓之“鼀𪓰”。“鼀”与“顾”音同，《说文》以“𪓰”为“鼀”之或体，是“顾菟”与“鼀𪓰”亦一语之转。此五说也。蟾蜍《夏小正传》谓之“屈造”。“屈”与“顾”音亦同，“造”与“菟”亦舌上变舌尖，是“顾菟”与“屈造”亦一语之转。此六说也。蟾蜍《淮南子·说林篇》谓之“鼓造”。“鼓造”即《夏小正》之“屈造”，则“顾菟”与“鼓造”亦一语之转。此七说也。以上“𧍞”“鼀”“屈”“鼓”与“顾”为双声，韵或同或近，“鼀”“𪓰”“造”与“菟”为舌上变舌尖；皆声之转，凡四事为一类。

科斗蟾蜍，一物而异形相嬗，例得通称。更自其蜕化之末期言之，四足已茁而尾犹未除，则谓之科斗也可，谓之蟾蜍也亦可。古人于二物之名称往往相乱，此亦一因也。与蟾蜍同类之物，尚有蛤蚧，[3]四足一尾，其形正在科斗蟾蜍之间。《岭表录异》曰："蛤蚧，首如虾蟆，背有细鳞如蚕子，土黄色，身短尾长。"有此一物，科斗蟾蜍之分界，乃益不可究诘。《广雅》以阿蠪为蛤解即蛤蚧之异名，而虾蟆又有苦蠪，鼃蠪蝽蠪等名见上，是蟾蜍蛤蚧不可分，亦即蟾蜍与科斗不可分也。此二名通称之又一因也。知科斗蟾蜍古无分别，则蟾蜍所以又名顾菟之理，亦不难通悟。《尔雅》科斗一名活东。"科""活"与"顾"，双声也，"斗""东"与"菟"亦双声也。"顾菟"即"科斗""活东"之转耳。顾菟即科斗，而科斗与蟾蜍二名通称，则顾菟亦即蟾蜍矣。此八说也。顾菟即科斗，亦即蟾蜍，验诸音理，揆诸物情，无不贯通矣。再证以《天问》称月中之物为顾菟，而《汉少室神道阙》刻月中蟾蜍四足一尾，宛如科斗蟾蜍合体之形，则顾菟即科斗，亦即蟾蜍，益信然矣。此九说也。以上以音理，物情并古代图画证顾菟即科斗，亦即蟾蜍，凡二事为一类。

考月中阴影，古者传说不一。《天问》而外，先秦之说，无足征焉。其在两汉，则言蟾蜍者莫早于《淮南》，两言蟾蜍与兔者莫早于刘向，单言兔者莫早于诸纬书。由上观之，传说之起，谅以蟾蜍为最先，蟾与兔次之，兔又次之。更以语音讹变之理推之，盖蟾蜍之蜍与兔音近易掍，[4]蟾蜍变为蟾兔，于是一名析为二物，而两设蟾蜍与兔之说生焉，其后乃又有舍蟾蜍而单言兔者，此其转相讹变之迹，固历历可寻也。诸说之起，验之汉代诸书，蟾蜍最先而兔最后，屈子生当汉前，是《天问》之"顾菟"必谓蟾蜍，不谓兔也。此十说也。虽然，蟾蜍之说，究其根源，殆亦出于字音之讹变。古谓月为阴精之宗，其象为水，故每取水族以配月，而蚌与月并色白而形圆，故言蚌者尤多。《吕氏春秋·精通篇》曰“月也者，群阴之本，月望则蚌蛤实，群阴盈，月晦则蚌蛤虚，群阴亏”；《淮南子·天文篇》曰“月死而蠃蛖膲”[5]，《大戴记·易本命篇》曰“蚌蛤龟珠，与月亏盈”；《论衡·顺鼓篇》曰“月毁于天，螺昉臽缺”[6]，天上之月即水中之蚌，故又有蚌可取水于月之传说。《淮南子·览冥篇》曰“方诸取露于月”；《天文篇》曰“方诸见月则津而为水”；《说文·金部》曰“鉴，方诸[7]可以取明水于月”；《周礼·司烜》郑注曰“鉴，镜属取水者也，世谓之方诸”。方诸即蚌也。高注《淮南·天文篇》曰“方诸，阴燧大蛤也，熟摩拭令热，月盛时以向月下，则水生”。大蛤者大蚌也，重言之曰蚌蛤，单言之或曰蚌，或曰蛤。蚌一名方诸，月御曰望舒，即方诸之转也。月名望舒（方诸），犹蚌一名海月。二者形近，故可互相比况。要之，古人心目中，月之与蚌，关系至密，可断言也。虽然蚌之与蛤，犹有别焉。《尔雅·释鱼》“魁陆”郭注曰“魁状如海蛤，圆而厚”，《名医别录》曰“魁蛤，一名魁陆，一名活东，生东海，正圆”，《汉书·地理志》颜师古注曰“奁似蜯而圆”。圆者为蛤，则以拟月形，究以称蛤为允。蛤之音值为 kâp，缓言之，其音微变即为虾蟆 ka ma 矣。虾蟆一曰螯蟆[8]，一曰鼃黾[9]，一曰耿黾[10]，一曰胡蜢[11]，一曰去蚊[12]，一曰去蚥[13]，一曰去甫[14]，此皆“蛤”音之变，而“蚥”“甫”二字皆收p读，与“蛤”之收音尤近。此理既明，则陶注《名医别录》之所以称“鼃……南人名为蛤子”，与夫韩愈《初南食贻元十八》诗之所以云“蛤即是虾蟆，同实而异名”

者，可以涣然冰释矣。载籍中有称月中之物为“蛤”者，张衡《灵宪》曰“月者阴之宗，积而成兽，象兔蛤焉”，兔蛤即兔与虾蟆，说者以为蚌蛤之蛤，误矣。蚌蛤之蛤与虾蟆相乱，故知《名医别录》称“魁蛤，一名魁陆，一名活东”者，活东即科斗，又为蛤之异名，则蛤与科斗相乱也，魁陆与虾蟆之异名“苦蠪”音近，而魁陆又为蛤之异名，则亦与虾蟆相乱也。要之，月中虾蟆（蟾蜍）之说，乃起于以蛤配月之说，其时则当在战国，盖蚌蛤与月盈虚之语，载在战国末年之《吕览》，而月中蟾蜍之说，汉初之《淮南王书》已有之，则二事之发生关系，必在汉代以前，审矣。且古称月为水精，兔不能生于水中[15]，战国时以蛤配月之说方盛，是以月为水之观念犹存。以月为水，必不谓月中有兔矣。如前说，则汉代以前，蟾蜍说之产生，其可能性至大，如后说，则汉代以前，兔说必无产生之理。明乎此，则余谓《天问》之“顾菟”即蟾蜍，不益有据邪？此十一说也。以上以传说演变之步骤证“顾菟”即蟾蜍，凡二事为一类。综上所述，计为说十一，为类四，诸所引证，要为直接者寡，而间接之中又有间接焉。既无术以起屈子于九泉之下以为吾质，则吾说虽辩，其终不免徒劳乎？噫！

注

[1]《天问补注》。

[2] 蟾蜍与虾蟆，今为异物，古则通名。

[3]《广雅》以为蜇蝪，非是。盖形似蜇蝪而实乃异类。英语谓之 Salamander，西土传说以为能居火中。

[4]《左传》“菟裘”《公羊》“涂裘”，是其比。
[5]《御览》九四一引作“螺蚌痳”。
[6] 蚄即蚌字。
[7] 今本无“诸”字，从于鬯《说文职墨》订补。
[8]《尔雅·释鱼》郭注。
[9]《周礼蝈氏》。
[10]《蝈氏》郑注。
[11]《广雅·释鱼》。
[12]《尔雅》郭注引《淮南》。
[13]《广雅·释鱼》，《一切经音义》十二引《尔雅》郭注。
[14]《名医别录》。
[15]《论衡·说日篇》曰“儒者言月中兔蟾蜍。……夫月者水也，水中有生物，非兔蟾蜍也。兔与蟾蜍久在水中，无不死者。日月毁于天，螺蚌汨于渊，同气审矣。所谓兔蟾蜍者岂反螺与蚌邪？”案王充盖以蟾蜍为陆居者与虾蟆异物，故云不能久居水中。

女歧无合，夫焉取九子？伯强何处？惠气安在？

谨案：女歧即九子母，本星名也。余友游国恩[1]引《史记·天官书》“尾为九子”以释此文，最为特识。案《天官书》索隐引宋均曰“属后宫场，故得兼子，子必九者，取尾有九星也”。九子星衍为九子母之神话，故《汉书·成帝纪》“元帝在太子宫生甲观画堂”，师古注引应劭曰“画堂画九子母，或云即女歧也”。案九子星属后宫之场，故汉甲观画堂壁间图其神九子母之像，应说得之，沈钦韩《汉书疏证》据《玉海》引《晋宫阙名》“洛阳宫：螽斯堂，则百堂”谓即此类，是也。九子母一名女歧者，“歧”乃“逵”之借字，《淮南子·说林篇》“杨子见逵路而哭之”，逵路即歧路也。《说文·九部》曰“馗，九达道也”，重文作逵，馗字从九，本有九义，故九子母谓之女馗，音转即为女歧。《列女传》鲁九子之母号曰母师，[illegible][illegible]形近，歧师声近，母师又即女歧之讹变也。女歧又曰歧母，《吕氏春秋·谕大篇》“地大则有常祥，不庭，歧母，群只，天翟，不周”[2]是也。高注以歧母为兽名，盖九子母既为神物，则为人为兽，或半人半兽，皆无不可，《山经》所载，泰半如是也。丁晏[3]谓歧母即女歧，所见良是，顾以高注为非，则胶柱之见也。又案中土天文之学，其源出于巴比伦。九子母之说盖亦传自彼邦，印度之天文学亦出巴比伦，故《内典》亦称九子母焉。近人赵邦彦作《九子母考》[4]，谓应氏所云九子母，乃东汉时因佛教而传入东土者，与《天问》之女歧无涉，其失也迂。

伯强者，王夫之[5]以下说者多以为即禺强。禺强之名[6]见《庄子》《吕氏春秋》及《山海经》诸书，乃北方神名，或曰北海神。《淮南子·墬形篇》曰“隅强，不周风之所生也”，不周风者，西北风也。北与西北，大同小异[7]。禺强为北方之神，不周为北方之风，而《淮南》云“禺强，不周风之所生”，故周拱辰[8]疑禺强为风神，亦即《天问》之伯强，而伯强惠气，皆风属也。案《庄子·天运篇》曰“风起北方”，《秋水篇》托为风之言曰“然！予蓬蓬然起于北海而入于南海也”。古称禺强为北方神，或为北海神，而《庄子》书一则曰风起北方，再则曰风起北海，以此证禺强即风神，较周氏所据尤为确切矣。惠气者，游国恩据《庄子·齐物论篇》“夫大块噫气，其名为风”，《广雅·释言》“风，气也”，并本篇下文“西北辟启，何气通焉”，亦称风为气，因谓惠气即惠风。案游申周说，亦是也。《论衡·感应篇》曰“夫风者气也”，此亦风气通称之例。知惠气即惠风，则《天问》以伯强惠气并举，盖谓伯强即风神，故连类言之。知伯强为风神，则王氏以来皆谓伯强即禺强，亦可信矣。虽然上来所说，循环推证，似不足为定谳，请更陈二说以明之。

《史记·天官书》索隐引《春秋元命苞》曰“尾九星，箕四星，为后宫之场也”，《北堂书钞》一五〇引《春秋佐助期》曰“尾箕为后宫之场”。尾箕二星密迩，同为后宫之场，故古每连称。此文上言女歧，指尾星，则下言伯强，似当指箕星。“出自汤谷……”四句问日，“夜光何德……”四句问月，此四句问星，以三问分承上文“日月安属，列星安陈”二句，层次井然，有条不紊矣。伯强当为箕星，然则箕星所主为何事乎？《开元占经·东方七宿占》引石氏曰“箕，大星，一名风星，月宿之，必有大风”。《太平御览》七引《荆州·星占》曰“箕舌一星，动则大风至不出三日”，又曰“箕宿四星，第二星一名风后”。《周礼·大宗伯》“飌师雨师”先郑注曰“风师，箕也”[9]，《汉书·天文志》曰“箕星为风，东北之风也”。《太平御览》一引《诗氾历枢》曰“箕为天口，主出气”，出气犹《庄子》云“噫气”亦谓风也。《风俗通义·祀典篇》曰“风师者，箕星也，箕主簸扬，能致风气”。《独断》曰“风伯神，箕星也，其象在天能兴风”。伯强当为箕星，而箕星即风伯，是伯强亦风伯也。此为一事。《汉书·天文志》曰“尾箕主幽州”，是尾箕之分野在北方。禺强者，北方之神，而主风之箕星亦在北方，则禺强即风伯为可能矣。此为二事。伯强为风伯，禺强亦为风伯，是伯强禺强，名异而实同也。此一说也。

卜辞"风"字皆作"凤",《说文》"凤"之古文作"鹏"。《淮南·本经篇》载尧时害民之物,有名"大风"者,高注"大风,风伯也,能坏人屋舍,一曰鸷鸟"[10]。案大风即大凤,亦即《庄子·逍遥游篇》之大鹏。古盖以有大风时,即有大鸟出现,因谓风为鸟所致,而以鸟为风神,及造字时,遂即合"鸟"与"凡"以为凤字[11]。大鸟为风神,故高诱以大风为风伯,又为鸷鸟。虽然此与伯强有何关系乎?曰,《山海经》三言禺疆人面鸟身[12],明禺强本为鸟。《庄子·逍遥游篇》云鹏自北冥徙于南冥[13],《秋水篇》云风起于北海,入于南海,《逍遥游篇》云鹏居北冥,郭注《海外北经》云禺强字玄冥,而玄即北方色;是则鹏也者,风神也,其名则曰禺强。禺强为风神,而伯强亦为风神,故伯强禺强,是一非二。此二说也。

伯强即禺强,亦即风神,既如上述,然则《章句》谓伯强为大厉疫鬼者何哉?曰:禺强为不周风之所生,《淮南》既言之矣。不周风者,《史记·律书》曰"不周风居西北,主杀生",《白虎通·八风章》曰"不周者,不交也,阴阳未合化也",而《吕氏春秋·有始篇》曰"西北曰厉风"。此盖王逸之所本。厉与疠通,《列子·黄帝篇》"扎伤疵厉"《释文》曰"风气不和之疾也",是也。《吕氏春秋》又曰"东南曰熏风",熏风即《天问》之"惠气",《广雅·释草》"薰草,蕙草也",此熏可通惠之验。《史记·律书》曰"清明风居东南维,主风吹万物而西之轸,轸者言万物益大而轸轸然",清明风即熏风也。《天问》以伯强惠气连言者，西北风主杀生，东南风主长养，举此二者以概八风也。

注

[1] 近著《楚辞集证》，有油印稿本，未刊行。
[2] 高诱注以“不周”属下，读为“不周山大则有……”云云，疑误。以《天问》证之，歧母不周皆神名（详下），故《吕览》云然。
[3]《天问笺》。
[4] 历史语言研究所《集刊》第二本第三分。
[5]《楚辞通释》。
[6] 一作禺疆，一作禺京。
[7] 故《墬形篇》又云“北门开以纳不周之风”。
[8]《天问别注》。
[9]《九经字样》虫部曰“观古文风”。
[10] 四字从俞樾校补。
[11]“凡”卜辞金文皆作日，其形象舟，其义则为浮，当即“汎”之初文。鸟漂浮于空中，即有风之象也。
[12] 见《海外北经》《大荒北经》《大荒东经》。
[13] 冥溟通。

何阖而晦？何开而明？角宿未旦，曜灵安藏？

谨案：徐文靖[1]说此文最善，惜其所引证犹未明确。今案《晋书·天文志》曰：“角二星，为天关，其间天门也，其内天庭也，故黄道经其中，七曜之所行。左角[2]为理，主刑，其南为太阳道。右角为将，主兵，其北为太阴道。”《北堂书钞》一五〇引《春秋佐助期》曰“角为天门，左角神名‘其名芳’，右角神名‘其光华’”。角为天门，故“何阖”“何开”。此亦四句合问一事，《章句》分为二事，失之。《天问》只言角，而《章句》言角亢，影响傅合，尤为无据。且东方宿角亢氐,《章句》曰“角亢,东方星”,举角亢而舍氐,亦不足以代表东方也。

（右十一行,四十四句,问天事竟。）

注

[1]《管城硕记》。

[2]“左角”下旧有“为天田”三字,从王先谦校删。

原载《清华学报》第九卷第四期,民国二十五年一月。

闻一多全集

3

古典新义（下）、唐诗杂论

闻一多 著

朱自清 郭沫若 吴晗 叶圣陶 编

上海人民出版社 上海书店出版社

目录

5 楚辞校补

153 敦煌旧钞楚辞音残卷跋

161 释

170 释省徜

183 释朱

194 释为释豖

202 释圝

216 释䶒

218 释余

222 释羔

225 释桑　附录释𡤻释𠹛

233 释噩

235 释“不”

243 璞堂杂识

266 大丰簋考释

272 禺邗王壶跋

楚辞校补

引　言

较古的文学作品所以难读，大概不出三种原因。（一）先作品而存在的时代背景与作者个人的意识形态因年代久远，史料不足，难于了解；（二）作品所用的语言文字，尤其那些“约定俗成”的白字（训诂家所谓“假借字”），最易陷读者于多歧亡羊的苦境；（三）后作品而产生的传本的讹误，往往也误人不浅。《楚辞》恰巧是这三种困难都具备的一部古书，所以在研究它时，我曾针对着上述诸点，给自己定下了三项课题：（一）说明背景，（二）诠释词义，（三）校正文字。

三项课题本是互相关连的，尤其（一）与（二），（二）与（三）之间，常常没有明确的界线，所以要交卷最好是三项同时交出。但情势迫我提早交卷，而全部完成，事实上又不可能。我只好将这最下层，也最基本的第三项——校正文字的工作，先行结束，而尽量将第二项——诠释词义的部分容纳在这里，一并提出。这实在是权变的办法，我本心极不愿这样做。可是如果这样来，能保证全部工作及早赶完，借此可以腾出时间来多作点别的事，那对于自己还是合算的。在一部书上已经花上了十年左右的光阴，再要拖延下去，总会教人腻味的。

我的目的本是想替爱好文艺而关心于我们自己的文艺遗产的朋友们，在读这部书时，解决些困难。为读者便利计，本应根据这里校勘的结果，将全部《楚辞》的白文重印一次，附在书后。但因种种关系我没有能这样做。这是应向读者道歉的。

我梦想哪天我能用写这篇“引言”的文体来重写全书，而不致犯着“词费”的毛病。但当语体文在考证文字中还没有找到适当的形式以前，我只好“未能免俗”了。

最后，我应当感谢两位朋友：游泽承（国恩）和许骏斋（维遹）两先生。泽承最先启发我读《楚辞》，骏斋最热心鼓励我校勘它。没有他们，这部书是不会产生的。陶重华君校阅全稿，给我很多宝贵的意见。朱兆祥，黄匡一，何善周，季镇淮四君替我分担钞写的工作。对以上诸位，我都深深致谢。

民国三十年，十二月，八日，一多识于昆明龙泉镇司家营。

凡　例

一　本书底本用《四部丛刊》洪兴祖《楚辞补注》本（即涵芬楼影印江南图书馆藏明翻宋本）。

二　本书引用古今诸家旧校材料如下：

王逸《章句》引或作本（王注本于每卷首皆题曰“校书郎臣王逸上”，是其注此书，正当校书秘阁时。今注中每云“或曰……”皆与今本异，盖即所见秘阁异本之文。）

洪兴祖《辑校》所引诸本（洪氏补注本中有校语，在王注后，补注前，盖六朝唐以来诸家旧校，而洪氏辑存之。学者或称王校，大谬。计所引除所谓一本者外，又有古本，唐本及某氏《释文》，孔道《文苑》等，今皆不传。硕果仅存，惟见洪氏兹辑，故弥足珍贵。至所引《史记》《文选》二书，则今书俱在，无多出入。）

刘师培《楚辞考异》（起《离骚》，尽《九章》。采辑宋以前群书中所引《楚词》，条列异同，时附己见。然取材虽广，而略无精义，不逮刘氏所校他书远甚。盖草创之作，本未成书耳。所采各书，亦时有讹夺，本书作者俱已复检。其书名略具于本书“校引书目板本表”

中，兹不备载。）

许维遹《楚辞考异补》稿本（起《离骚》，尽《天问》。采辑各书，与刘氏略同。参校板本除唐写本《文选集注》残卷外，若元刊本，明正德王鏊刊本，明王孙夫容馆仿宋本〔此本所校甚少，本书未采〕等，本书作者均未寓目。所录异文，时有出今本上者，本书俱已采入。）

刘永济《楚辞通笺》（计笺《离骚》《九歌》《天问》《惜诵》《涉江》《哀郢》《抽思》《怀沙》《九辩》等九篇。内引明黄省曾校刊宋本，明吉藩府翻宋本，时有可采。）

三　本书作者新采之校勘材料，其来源颇广，别详《校引书目板本表》。

四　本书采用古今诸家成说之涉及校正文字者，都二十八家（洪兴祖，朱熹，王夫之，屈复，陈本礼，王念孙，王引之，丁晏，马瑞辰，俞正燮，江有诰，朱骏声，牟廷相，梁章钜，邓廷祯，俞樾，孙诒让，吴汝纶，王闿运，马其昶，刘师培，王国维，武延绪，刘盼遂，刘永济，游国恩，陆侃如，郭沫若），并驳正者三数家，其著述大都世所共知，兹不缕列。

五　本书论列之内容，其范围如下：

今本误，可据别本以諟正之者，

今本似误而不误，当举证说明者，

今本用借字，别本用正字，可据别本以发明今本之义者，

各本皆误，而以文义，语法，韵律诸端推之，可暂改正以待实

证者，

今本之误，已经诸家揭出，而论证未详，尚可补充证例者。（诸家说已精确，而论证亦略备，本书作者无可附益者，本书概弗征引。）

六　及门诸君，时发新意，有起予之功。本书就其说之近确者，甄录一二，以志平昔论难之乐。

校引书目板本表

王逸《楚辞章句》（元刊本　明正德王鏊刊本〔以上二种据许维遹《楚辞考异补》校引〕 明黄省曾校刊宋本　明吉藩府翻宋本〔以上二种据刘永济《楚辞通笺》校引〕 明朱燮元重刊宋本　清嘉庆大小雅堂刊本）

释道骞《楚辞音》（敦煌旧钞残卷存《离骚经》一百八十八字王注九十六字）

朱熹《楚辞集注》（无《七谏》《九怀》《九叹》《九思》等四篇余同王逸本▲《古逸丛书》覆元刊本）

钱杲之《离骚集传》（《知不足斋丛书》本）

（以上注释《楚辞》诸书）

司马迁《史记》（卷十五《屈原列传》载《怀沙》一篇《渔父》一篇▲刘氏嘉业堂景宋蜀大字集解本　日本泷川龟太郎《会注考证》本）

梁昭明太子《文选》（卷三十二载《离骚》一篇《九歌》七首〔《东皇太一》《云中君》《湘君》《湘夫人》《大司命》《少司命》《山

鬼》〕《涉江》一篇《渔父》一篇《九辩》五章《招魂》一篇《招隐士》一篇▲《四部丛刊》景宋刻六臣注本　罗氏影日本唐写本《集注》残卷存《离骚》《招魂》《招隐士》等三篇）

余知古《渚宫旧事》（卷二载《哀郢》一篇▲《吉石盦丛书》景日本青芝山房旧钞本）

童宗说（等）注释音辩《唐柳先生集》（卷十四附载《天问》一篇▲《四部丛刊》景元刊本）

（以上载录《楚辞》全篇诸书）

郭璞《尔雅注》（《古逸丛书》覆宋蜀大字本）《山海经注》（郝氏笺疏本）

沈约《宋书》（开明《二十五史》本）

顾野王原本《玉篇》（《古逸丛书》影日本旧钞残本罗氏《海东古籍丛残》本）

刘昭《后汉书补注》（开明《二十五史》本）

杜台卿《玉烛宝典》（《古逸丛书》影日本旧钞卷子本）

虞世南《北堂书钞》（南海孔氏刊本）

欧阳询（等）《艺文类聚》（明嘉靖宗文堂本）

孔颖达（等）《尚书疏》（阮刻《十三经注疏》本）

颜师古《汉书注》（王先谦《补注》本）《匡谬正俗》（雅雨堂本）

李贤《后汉书注》（开明《二十五史》本）

李善《文选注》（胡氏重刊宋本）

司马贞《史记索隐》（开明《二十五史》本）

释慧琳《一切经音义》（日本《大正新修大藏经》本）

徐坚（等）《初学记》（古香斋袖珍本）

白居易《六帖》（明刊本）

徐锴《说文系传》（《四部丛刊》影述古堂影宋钞本）

日本释昌住《新撰字镜》（日本影木村正辞模写本）

李昉（等）《太平御览》（鲍刻本）

乐史（等）《太平寰宇记》（《古逸丛书》影宋本补阙）

吴淑《事类赋注》（明华麟祥校刊本）

陈彭年（等）《重修玉篇》（《四部丛刊》影元刊本）《广韵》（《四部丛刊》影宋巾箱本）

丁度（等）《集韵》（《楝亭五种》本）

叶廷珪《海录碎事》（日本松崎复刊本）

无名氏《锦绣万花谷》（明刊本）

谢维新《古今合璧事类备要·前集·续集》（明嘉靖重刊宋本）

虞载《古今合璧事类备要·别集·外集》（同上）

王质《诗总闻》（《经苑》本）

罗苹《路史注》（通行本）

吴仁杰《两汉刊误补遗》（《榕园丛书》本）

庞元英《文昌杂录》（《学津讨源》本）

王得臣《麈史》（涵芬楼重印明钞本）

姚宽《西溪丛语》（《啸园丛书》本）

袁文《瓮牖闲评》（武英殿《聚珍丛书》本）

马永卿《懒真子》(《儒学警悟》本)

陈善《扪虱新语》(《儒学警悟》本)

王观国《学林》(《湖海楼丛书》本)

吴曾《能改斋漫录》(《守山阁丛书》本)

邵博《邵氏闻见后录》(涵芬楼校印曹钞何校二本)

葛立方《韵语阳秋》(《历代诗话》本)

洪迈《容斋随笔》(通行本)

高似孙《子略》(《墨海金壶》本)

龚颐正《芥隐笔记》(《学津讨源》本)

叶大庆《考古质疑》(武英殿《聚珍丛书》本)

戴埴《鼠璞》(《百川学海》本)

王应麟《困学纪闻》(通行翁注本)《急就篇补注》(《玉海》本)

郭茂倩《乐府诗集》(汲古阁本)

蔡梦弼《杜工部草堂诗笺》(《古逸丛书》覆麻沙本)又《补遗》(同上覆高丽本)

魏仲举编《五百家注韩昌黎集》(乾隆富氏仿宋本)

王伯大重编《朱校昌黎先生集》(《四部丛刊》景元刊本)

童宗说张敦颐潘纬《注释音辩唐柳先生集》(《四部丛刊》景元刊本)

李璧《王荆公诗注》(涵芬楼景元大德本)

王十朋集注《东坡先生诗》(《四部丛刊》影宋务本堂本)

任渊《山谷内集注》(四觉草堂仿宋本)《后山诗注》(医学书局

影印宋钞本）

史容《山谷外集注》（四觉草堂仿宋本）

胡稚《简斋诗集笺注》（《四部丛刊》影宋刊本）

萧士赟《李太白集注》

张玉书（等）《佩文韵府》（鸿宝斋石印本）

（以上杂引《楚辞》零句诸书）

目录

19 离骚
36 九歌
36 东皇太一
37 云中君
38 湘君
40 湘夫人
42 大司命
44 少司命
46 东君
48 河伯
50 山鬼
50 国殇
52 礼魂
53 天问
74 九章
74 惜诵
80 涉江
84 哀郢
85 抽思
87 怀沙
91 思美人
93 惜往日
95 橘颂
95 悲回风
98 远游
102 卜居
103 渔父
104 九辩
112 招魂
118 大招

122 惜誓
123 招隐士
125 七谏
125 初放
126 沉江
128 怨世
128 怨思
129 自悲
129 谬谏
131 乱词
132 哀时命
134 九怀
134 匡机
135 通路
135 危俊
135 昭世
136 尊嘉
137 陶壅
139 九叹
139 逢纷
139 离世
140 怨思
140 远逝
141 忧苦
141 愍命
141 思古
142 远游
144 九思
144 逢尤
144 怨上
146 疾世
147 悯上
149 遭厄
150 悼乱
151 伤时
152 哀岁
152 守志

离　骚

皇览揆余初度兮　一本余下有于字——以上校语转录洪兴祖《补注》本所载，后仿此。

案当从一本补于字。度即天体运行之宿度，躔度"初度"谓天体运行纪数之开端。《离骚》用夏正，以日月俱入营室五度（日月如连璧，五星如贯珠）。为天之初度，历家所谓"天一元始，正月建寅""太岁在寅曰摄提格"是矣。以"摄提贞于孟陬"之年生，即以天之初度生。"皇览揆余于初度"者，皇考据天之初度以观测余之禄命也。要之，初度以天言，不以人言。今本余下脱于字，则是以天之初度为人之初度殊失其旨。唐写本《文选集注》残卷（下称唐写本《文选》），今本《文选》，朱熹《楚辞集注》本（下称朱本），钱杲之《离骚集传》本（下称钱本），明正德王鏊刊本（下称王鏊本），明朱燮元重刊宋本（下称朱燮元本），大小雅堂本并有于字。《文选》沈休文《和谢宣城诗》注引亦有。《文选·西京赋》注及马永卿《懒真子》四引并作於，本篇于於错出。

又重之以修能

案朱校能一作态。能态古字通。(《怀沙》"非俊疑杰，固庸态也"，《论衡·累害篇》引作能。《庄子·马蹄篇》"故马之知而态至盗者"，态读为能。《汉书·司马相如传》"君子之态"，《史记集解》引徐广本作能。《素问·风论》"顾问其诊及其病能"，即病态。)修态谓容仪之美。下文"扈江离与辟芷兮，纫秋兰以为佩"，即承此言之。《招魂》曰"姱容修态"，《西京赋》曰"要绍修态"，义与此同。

扈江离与辟芷兮 《文选》离作蓠

案《文选·吴都赋》注，《思玄赋》注，《后汉书·张衡传》注，《说文系传》一二，谢维新《古今合璧事类备要》(下称《合璧事类》)《续集》四一引并作蓠。《晏子春秋·杂上篇》曰"今夫兰本，三年而成，湛之苦酒，则君子不近，庶人不佩"，《荀子·劝学篇》曰"兰槐之根是为芷，其渐之滫，君子不近，庶人不服"，《大略篇》曰"兰芷稿本，渐于蜜醴，一佩〔倍〕(上借字，下加弧者正字。后仿此。)易之"，《淮南子·人间篇》曰"申菽杜茝，美人之所怀服也，及渐之于滫，则不能保其芳矣"。是古人佩服芳草，必先以酒渐之。《广雅·释器》曰"寖，醮，郁，廦，幽也"，王念孙曰"此通谓藏食物也"。案寖醮即浸湛，并与渐通。《广雅》寖醮与廦同训幽，而王注本篇"扈江离与辟芷"曰"辟，幽也，芷幽而〔乃〕香"，正读辟为廦，是此文"辟芷"及下文"幽兰"并与诸书言渐兰茝者同，谓以酒浸湛而幽藏之也。原本《玉篇》广部引此作廦，廦廦同，(《说文》"廦，仄也"，"廦，墙也"，以廦为壁，非是。)可与王注相发。

何不改此度　一云何不改乎此度也

案本篇乎字凡十五见。“愿俟时乎吾将刈”“延伫乎吾将反”“历吉日乎吾将行”等三乎字皆在二分句之间，其作用与“览民德焉错辅”之焉略同。（惟焉表地，此表时。）余皆训于。以上二义于本文皆无施，然则一本“改”下有“乎”字，非是。（古书于乎夫三虚字通用。一本“乎”字盖涉下文“来吾道夫先路”之“夫”而衍。然下文夫字当训彼，“夫先路”即彼先辂。一本误指示代名词之“夫”为介词之“夫”，因于此句亦加介词“乎”字，不知“改”为外动词，外动词后固不容有介词也。）“何不改此度也”与《思美人》“未改此度也”，句例略同。唐写本及今本《文选》并无乎字，与本书同。又案一本句末有也字，审语气，有之为是。唐写本及今《文选》，钱本，王鏊本，黄省曾校刊宋本（下称黄省曾本），朱燮元本，大小雅堂本并有。《山谷外集·九丰城》注引同。

来吾道夫先路　一本句末有也字

案一本有也字，是。唐写本《文选》，钱本，王鏊本并有。

昔三后之纯粹兮固众芳之所在杂申椒与菌桂兮岂维纫夫蕙茝

案四句当在上文“纫秋兰以为佩”下。知之者此处上云“乘骐骥以驰骋兮，来吾道夫先路也”，下云“彼尧舜之耿介兮，既遵道而得路”，上下均言行止，中忽阑入此四句，则文意扞格。实则此云杂申椒，纫蕙茝，仍以服饰为言，纫蕙茝之纫，即前“纫秋兰以为佩”之纫，故知四句当与彼文相承。夫如此，而后自“纷吾既有此内美兮”

至“恐美人之迟暮”一段专言服饰，自“不抚壮而弃秽兮”至“伤灵修之数化”一段专言行止，层次井然，文怡理顺矣。或疑四句既本在上文，则此处“来吾道夫先路也”与“既遵道而得路”两路字相次为韵，恐无此例。不知“先路”之路本读为辂，(《书·顾命》“先辂在左塾之前”，《周礼·典路》郑众注，《文选·东京赋》李注引并作路。）与下“得路”之路，字同义异，不妨相叶，犹后文“孰求美而释女”亦与“岂唯是其有女”相叶而不嫌。学者正以不明上路字之义，以为连用二路字，不合韵法，遂私移此四句于其间，以隔绝之耳。彼其意方以为如此，则三后尧舜，以类相从，于文弥顺，而不悟其先三后，后尧舜，叙次已颠倒矣。注家顾从而竞为之辞，以发明其倒叙之义，不已惑欤？

何桀纣之猖披兮　猖一作昌《释文》作倡披一作被

案日本《新撰字镜》六引原本《玉篇·巾部》转引本书作昌帔。朱本，元刊本（后称元本），王鏊本，朱燮元本，大小雅堂本并作昌被。唐写本及今本《文选》并作昌披。《合璧事类·续集》四一引本书同。《易林·观之大壮》曰“心志无良，昌披妄行”，亦作昌披。是猖字古本当作昌。今作猖者，盖后人以训诂字改之。

反信谗而齌怒　齌一作齐《释文》齐或作赍

案颜师古《匡谬正俗》七，《太平御览》（后称《御览》）九一三，又九八一，《事类赋注》二四，《合璧事类·续集》四一引并作齐。唐写本《文选》作齐，载陆善经说曰“反信谗而同怒已也”，正以同训齐。今本《文选》亦作齐，五臣说与陆同。《释文》曰“齐或作赍”，是《释文》本亦作齐。疑古本如此。今作齌，亦后人以训诂字改。

曰黄昏以为期兮羌中道而改路

洪兴祖曰“一本有此二句，王逸无注，至下文‘羌内恕己以量人’，始释羌义。疑此二句后人所增耳。《九章》曰‘昔君与我诚言兮，曰黄昏以为期，羌中道而回畔兮，反既有此他志’，与此语同”。屈复曰“此二句与下‘悔遁有他’意重，又通篇皆四句，此多二句，明系衍文”。案本篇叶韵，通以二进，此处武怒舍故路五字相叶，独为奇数，于例不合。此亦二句当为衍文之确证。二句本《抽思》文，后人以其与本篇下文“初既与余成言兮，后悔遁而有他”二句相似，因误入本篇，又易“回畔”为“改路”以叶韵也。唐写本及今本《文选》并无此二句，钱本亦无，当据删。

畦留夷与揭车兮　揭一作藒《文选》亦作藒车

案《尔雅·释草》注，《合璧事类·续集》四一引亦作藒。

杂杜衡与芳芷　衡一作蘅

案《艺文类聚》（后称《类聚》）八一，《御览》九八三，虞载《合璧事类·别集》五五引并作蘅。

冀枝叶之峻茂兮　《文选》峻作葰

案《汉书·司马相如传》曰“实叶葰楙”，《古文苑·蜀都赋》曰“宗生族攒，俊茂丰美”。峻茂与葰楙，俊茂并同。《合璧事类·续集》四一引亦作葰。

謇朝谇而夕替既替余以蕙纕兮

案谇当为綷，两替字并当为䊵，皆字之误也。綷，缚也。（《荀子·正论篇》“詈侮捽搏”，捽亦搏也。《晋语》一“戎夏交捽”，犹交搏也。搏与缚，捽与綷，并义相近。以手曰搏，以绳曰缚，搏谓之捽，则缚亦可谓之綷。）䌖即𦆝字。《说文》曰“𦆝，小束也，读若茧”，《广雅·释诂三》曰“𦆝，束也”，《齐民要术》二曰“𦆝欲小，缚欲薄”。字一作䌖。《集韵》曰“䌖，缩也”（起挚切），《尔雅·释器》郭注曰“缩，约束之”。𦆝䌖音义不殊，而从幵与从㚘之形元复同，（《说文》枅为栞之篆文，㚘即兓之讹变，是从㚘与从幵同。）是𦆝䌖确为一字。篆书自（）与心（）略近，故䌖或误为𦄸。《篇韵》有𦄸字，音贱，（云出释典，未详是何经论，待检。）即䌖字也。今本作替，即𦄸之省。綷䌖并训缚束，“朝綷”“夕𦄸”，谓朝夕取芳草自缚束其身以为佩饰也。（上文曰“擥木根以结茝兮，贯薜荔之落蕊，矫菌桂以纫蕙兮，索胡绳之纚纚，謇吾法乎前修兮，非世俗之所服”，又曰“余虽〔唯〕好修姱以鞿羁兮”，皆谓以芳草饰身，如后世之缨络之类。）“既䌖余以蕙纕兮”，犹言束我以蕙草之纕带也。䌖古音在諙部，与上句艰字正相叶。今本䌖误为替，相承读为替废之替（他计切），则既失其义，又失其韵矣。

固时俗之工巧兮

刘永济氏云：固疑何之误。此句两见《九辩》中，皆作何。何有疑怪意，作固，则肯定矣。案刘说近是。何固形近而误。然《七谏·谬谏》曰“固时俗之工巧兮，灭规矩而改错”，袭《骚》文而字亦作固，则东方朔所见本已误。

余独好修以为常

孔广森，姚鼐，梁章钜并以常惩不叶，谓常当为恒，避汉讳改。

江有诰则以为阳蒸借韵。案江说是也。常惩元音近，韵尾同，例可通叶。《天问》曰“荆师作勋夫何长，吴光争国何久余是胜”，（二句今本次第讹乱，句中亦各有夺误，并详《天问》。）长与胜叶，例与此同。《七谏·自悲》曰“凌恒山其若陋”，《哀时命》曰“举世以为恒俗兮”，此本书不讳恒字之明验。

女嬃之婵媛兮　婵媛一作撣援

案婵媛当从一本作撣援。《说文》曰“嘽，喘息也”，“喘，疾息也”，“歂，口气引也”，喘歂一字。喘缓言之曰嘽咺。《方言》一曰“凡恐而噎噫，……南楚江湘之间曰嘽咺”，《广雅·释诂二》曰“嘽咺，惧也”。案喘训疾息，噎噫亦疾息之谓，（《诗·黍离传》“噎，忧不能息也”，《说文》“噫，饱食息也”。）故亦谓之嘽咺。撣援即嘽咺，（《吕氏春秋·贵直篇》狐援，《齐策》六作狐咺。）亦即喘。喘息者气出入频促，如上下牵引然，故王注训撣援为牵引，《说文》亦训歂为口气引也。唯《方言·广雅》以嘽咺为恐惧，似不足以该嘽咺之义。凡情绪紧张，脉搏加疾之时，莫不喘息，恐惧特其一端耳。本篇曰“女嬃之撣援兮，申申其詈予”，此怒而喘息也。《九歌·湘君》曰“女撣援（旧本字皆从女，今正。下同。）兮为余太息”，《九章·哀郢》曰“心撣援而伤怀兮”，《九叹·思古》曰“心撣援而无告兮”，（口之喘息由于心之跳动，故又曰心撣援。）此哀而喘息也。《悲回风》曰“忽倾寤（即惊悟。《左传·文十八年》敬嬴，《公》《谷》敬并作顷，《左传·昭七年》南宫敬叔，《说苑·杂言篇》作顷叔，此并倾惊可通之比。）以撣援”，此惊而喘息也。然喘息谓之撣援，其义既生于牵引，则字自当从手。学者徒以《离骚·九歌》之掸援者，其人皆女性，遂改从女，乃至他篇言掸援之不指女性者，字亦皆变从女，不经甚矣。若《白氏六帖》（后称《白帖》）一九，曹秋岳钞本《邵氏闻见后录》二六引本篇并作婵娟，则直以为女子好貌。信乎大道多歧而亡羊也。

曰鲧婞直以亡身兮

案古字亡忘互通。亡身即忘身，言鲧行婞直，不顾己身之安危也。王注如字读之，非是。《五百家注韩昌黎集》三《永贞行》祝注引此作忘，足正王注之失。

终然殀乎羽之野　殀亦作夭

案鲧非短折，焉得称殀？殀当从一本作夭。夭之为言夭遏也。《淮南子·俶真篇》曰“天地之间，宇宙之内，莫能夭遏”，又曰“四达无境，通于无圻，而莫之要御夭遏者”。夭遏双声连语，二字同义，此曰“夭乎羽之野”，犹《天问》曰“永遏在羽山”矣。《礼记·祭义》疏引《郑志》答赵商曰：“鲧非诛死，鲧放诸东裔，至死不得反于朝。”案放之令不得反于朝，即夭遮遏止之使不得反于朝也。此盖本作夭，王注误训为蚤死，后人始改正文以徇之。唐写本及今本《文选》并作夭，王十朋《苏东坡诗集注》十二《次韵答章传道见赠》注引同。

汝何博謇而好修兮　《文选》作蹇

案今本《文选》仍作謇，五臣作蹇。《路史·后纪》注一引本书亦作蹇。蹇謇正借字。蹇犹偃蹇也。博与踊通。《字镜》曰“踊，蹀也"，蹀犹蹀躞也。博蹇，盖行步合节，安舒自得之貌。《远游》"音乐博衍无终极兮"，注曰"五音安舒，靡有穷也"。博蹇与博衍同。(《说文》愆重文作㥶，《列子·黄帝篇》"而已无愆"，《释文》愆本又作蹇。)声音安舒谓之博衍，动作安舒谓之博蹇，皆有节度之貌也。又《九歌·东皇太一》"灵偃蹇兮姣服"，注曰"偃蹇，舞貌"。案彼曰偃蹇，曰姣服，与此曰博蹇好修，下又曰姱饰，语意略同。舞曰偃蹇，行曰博蹇，亦皆安舒有节度之貌。今本作"博謇"，王注曰"博采往古，好修謇謇"，失之远矣。

纷独有此姱节

案节与服不叶，朱骏声谓当为饰之讹，是也。饰节形近，往往相乱。《礼记·玉藻》"童子之节也"，《仪礼·士冠礼》注引作饰，《韩非子·饰邪篇》"国难节高"，今本误作饰，本书《天问》注"修饰玉鼎"，《御览》八六一引误作节，并其比。上文曰"佩缤纷其繁饰兮"，下文曰"及余饰之方壮"，姱饰与繁饰，壮饰，皆谓盛饰也。

五子用失乎家巷　巷一作居

案当作"五子用夫家巷"，巷读为閧（王引之说）。"五子用夫家閧"与后文"厥首用夫颠陨"句法同。意者后人读巷为闾巷之巷，则句中无动词，文不成义，因改夫为失以足其义。一本巷作居，亦以求动词不得而私改，而不悟居之不入韵也。班固《离骚序》引淮南王《离骚传·叙说》曰"五子以失家巷，谓五子胥也"，是淮南王本作"五子以失家巷"。以用声转义同，"以失家巷"犹"用失家巷"。淮南本夫已误作失，正以读巷如字而改之。然淮南本夫虽误失，而尚无乎字。今本又衍乎字者，后人以“五子用失家巷”不类《离骚》语调，乃又沾乎字以求合乎骚体也。

又好射夫封狐

案夷考古籍，不闻羿射封狐之说。狐疑当为猪字之误也。篆书者作豬，缺其上半，与瓜相仿，而豕旁与犬旁亦易混，故猪误为狐。《天问》说羿事曰“冯珧利决，封猪是射”，《淮南子·本经篇》曰“尧乃使羿……禽封豨于桑林”，封豨即封猪也。其在《左传》，则神话变为史实，昭二十八年称乐正后夔之子伯封“谓之封豕，有穷后羿灭之”，封豕亦即封猪也。《古文苑》扬雄《上林苑箴》曰“昔在帝羿，失（原作共，当为失之讹。失与佚通。）田淫（原误径）游，弧矢是尚，而射夫封猪，不顾于愆，卒遇后忧”，字正作猪。扬文语意全袭《离骚》，“封猪”之词或即依本篇原文。若然，则汉世所传《离骚》犹有作猪之本。

举贤而授能兮

朱骏声谓授为援之误，举《礼记·儒行》“其举贤援能有如此者”为证，案朱说非也，《庄子·庚桑楚篇》曰“且夫尊贤授能，善义与利，自尧舜以然”，《荀子·成相篇》曰“尧授能，舜遇时，尚贤推德天下治”，“授能”之语，并与此同。《吕氏春秋·赞能篇》“舜得皋陶而尧受之”，高注曰“受，用也”。受授古同字。授能犹用能也。（《左传·闵二年》“授方任能”，《管子·幼官篇》“尊贤授德则帝”，授亦皆训用。）本篇王注曰“举贤用能”，训授为用，与高说正合。然则《儒行》“举贤援能”实授能之误，（《汉曹全碑》《永受嘉福瓦》及《陈受印》受并作受，与爰形近，故援授二字古书每相乱。《九歌·东君》“援北斗兮酌桂浆”，《御览》七六七引误作授，《吕氏春秋·知分篇》“授绥而乘”，《意林》引作援。）当据本篇及《庄》《荀》之文以订正，朱氏反欲援彼以改此，疏矣。

溘埃风余上征

王夫之云：埃当为俟。案王说殆是也。《远游》曰“……凌天池以径度，风伯为余先驱兮，氛埃辟而清凉”，《淮南子·原道篇》曰“是故大丈夫……乘云陵霄，与造化者俱，纵志舒节，以驰大区，……令雨师洒道，使风伯扫尘”。诸言飞升者，必先使风扫尘。此亦托为神仙之言，何遽欲冒尘埃之风以上升哉？“溘俟风余上征”与“愿俟时乎吾将刈”句法略同。至《文选·吴都赋》刘注，谢玄晖《在郡卧病呈沈尚书诗》注，江文通《杂体诗》注，吴曾《能改斋漫录》五，叶大庆《考古质疑》六所引作飔之本，疑亦非是。虽然，惟其字本作俟，故一本得以声近误为飔。若作埃，则无缘别有作飔之本矣。

欲少留此灵琐兮 琐一作璅

案琐璅并当为薮，声之误也。（《说文》摷读若薮，而古字喿巢音同，〔《说文》藻重文作藻〕是璅音亦近薮。）此本作薮，以声误为璅，而璅与琐同，故又转写为琐。灵薮即上文之县圃。《周礼·职方氏》曰“雍州其泽薮曰弦蒲”，《说文》薮篆下亦曰“雍州弦圃”，弦圃，弦蒲即玄圃，亦即县圃。县圃为古九薮之一，以其为神灵所居，故曰“灵薮”。《十洲记·昆仑洲记》曰“其王母所道诸灵薮，禹所不履，唯书中夏之名山耳”，此则古称昆仑诸山为灵薮之实例。言昆仑，斯县圃在其中矣。

聊逍遥以相羊　逍遥一作须臾

案敦煌旧钞《楚辞音释》残卷（下称敦煌本）作㥚臾。

朝吾将济于白水兮　于一作乎

季君镇淮云：《离骚》语法，凡二句中连用介词“于”“乎”二字时，必上句用于，下句用乎。“朝发轫于苍梧兮，夕余至乎县圃”“饮余马于咸池兮，总余辔乎扶桑”“夕归次于穷石兮，朝濯发乎洧盘”“览相观于四极兮，周流乎天余乃下”“朝发轫于苍梧兮，夕余至乎西极”，胥其例也。若“于”“乎”二字任用一字亦必于在上句，乎在下句。“虽不周于今之人兮，愿依彭咸之遗则”“步余马于兰皋兮，驰椒丘且焉止息”“说操筑于傅岩兮，武丁用而不疑”，于字均在上句。（或字变作于，如“摄提贞于孟陬兮，惟庚寅吾以降”“皇览揆余于初度兮，肇锡余以嘉名”，亦均在上句。）“冀枝叶之峻茂兮，愿俟时乎吾将刈”“众皆竞进以贪婪兮，凭不猒乎求索”“忳郁邑余侘傺兮，吾独穷困乎此时也”“悔相道之不察兮，延伫乎吾将反”“忽反顾以游目兮，将往观乎四荒”“鲧婞直以亡身兮，终然殀乎羽之野”“何所独无芳草兮，尔何怀乎故宇”“委厥美以从俗兮，苟得列乎众芳”“及余饰之方壮兮，周流观乎上下”“灵氛既告余以吉占兮，历吉日乎吾将行”“国无人莫我知兮，又何怀乎故都”，是也。此文“朝吾将济于白水兮，登阆风而绁马”，正符上句用“于”之例。一本于作乎，则非例，断不可从。案季说是也。《文选·思玄赋》注引仍作于。

吾令蹇修以为理

案《路史·后纪》注一引《文选》五臣本蹇作謇，最是。謇，吃也。上云“解佩纕以结言”，下云“令謇修以为理”，盖谓令謇吃之人为媒，结言而往求彼美，必难胜任，亦后文理弱媒拙〔诎〕，导言不固之意也。求宓妃则謇修不良于言，求有娀则鸩鸠皆谗佞难任，求二姚又理弱媒拙。三求女而三无成，总坐无良媒故尔。合观三事，义可互推。王逸乃以蹇修为伏羲臣名，翟灏，章炳麟又并牵合《尔雅》“徒鼓钟谓之修，徒鼓磬谓之謇”之文，谓以蹇修为理，即以声乐达情，意者皆不知字本当作謇而强说之也。

索藑茅以筳篿兮 《文选》藑作琼

案《尔雅·释草》曰“葍，藑茅”，《说文》曰“藑茅，葍也”。字并作藑。疑此亦以作藑为正。敦煌本亦作藑。筳篿，《玉烛宝典》八，《类聚》八二，《五百家注韩集》八《城南联句》祝注引并作莛蓴，于义为长。古卜筮之具或用竹，或用草。(《御览》七二七引《归藏·本筮篇》曰“蓍末大于本为上吉，蒿末大于本次吉，荆末大于本次吉，箭末大于本次吉，竹末大于本次吉。蓍一五神，蒿二四神，荆三三神，箭四二神，竹五一神”。案蓍蒿荆，草类，箭竹，竹类也。)此云“索藑茅”，明是以草卜，(宋周去非《岭外代答》记南人茅卜法甚详。)故知下“莛蓴”字亦当从草。(“莛蓴”动词，本作挺抟。挺抟双声连语，犹抟也，抟与揣同，数也。〔《说文》“諯，数也”，揣諯同。〕字或作端。《卜居》曰“詹尹乃端策拂龟”，《淮南子·说山篇》曰“筮者端策”，“端策”并犹《韩非子·饰邪篇》“凿龟数筴”之数策也。)王注曰“楚人名结草折竹以卜曰篿（原脱篿字，从两《汉书》注补，引见下。）篿。”草竹并用，于古未闻。观《汉书·扬雄传》注曰“莛蓴，折竹所用卜也”，《后汉书·方术传序》注曰“挺专，折竹卜也”，俱无结草二字，疑王注亦本无此二字。注释音辩《柳先生集》一四《天对》潘注引本书王注正无“结草”二字。盖别本莛蓴字从草，旧注云“结草以卜”，王本字从竹，注云“折竹以卜”，后人两合而并存之，遂如今本。然正因今本注中误衍“结草”二字，转足推知众家旧本正文“莛蓴”二字确有从草作者尔。

孰信修而慕之

案慕与占不叶，义亦难通，郭沫若氏谓当为“莫□”二字，因下一字缺坏，写者不慎，致与“莫”误合为一而成慕字。案郭说是也。惟谓所缺一字，耽钦琛探寻朋等必居其一，则似不然。知之者，此字必其音能与“占”相叶，其义又与“求美”之事相应，此固不待论，而字形之下半尤必须能与“莫”相合而成“慕”。今郭氏所拟，音固合矣，义亦庶几近之，于形则殆无一能与“莫”合而成“慕”者。于以知其不然。余尝准兹三事以遍求诸与“占”同韵之侵部诸字中，则惟“念”足以当之。“念”缺其上半，以所遗之“心”上合于“莫”，即“慕”之古体“慔”（《杨统碑·繁阳令碑》慕字如此作）矣。念，思也，恋也，“孰信修而莫念之”，与上下文义亦正相符契。郭氏殆失之眉睫耳。夫此文占慕失韵，久成疑案。朱子二“之”字为韵之说，固近肊测，后之说者亦未有以易之，故亦莫敢定其必非。逮至近人王树枏刘永济二氏始谓占为卜之讹，“卜”与“慕”侯鱼合韵，余尝疑其所见视朱子为后来居上矣。及见庞元英《文昌杂录》二引此文正作卜，则益私喜其说之果信而有征。今复谛审《骚》文，乃恍然于二氏之说之非也。遍考古书，凡言筮者，皆自筮而神占之。《北堂书钞》一三二引《归藏·启筮篇》曰“昔女娲筮张云幕，而枚占於（古语省略，围内字探文义暂补。后仿此。）神明，神明占之曰‘不吉’”。《初学记》二〇引《归藏》曰“昔者河伯筮与洛战，而枚占於昆吾，昆吾占之，‘不吉’”。《书钞》八二引《归藏》曰“昔夏后启筮享神于大陵而上钧台，枚占於皋陶，皋陶曰‘不吉’”。《御览》九二九引《归藏·郑母经》曰“昔夏后启筮乘飞龙以登于天，皋陶占之曰‘吉’”。又八二引《归藏》曰“昔者桀筮伐唐而枚占于荧惑，荧惑曰‘不吉’”。《路史·后纪》注五引《归藏》曰“武王伐商，枚占於耆老，耆老曰‘不吉’”。《续汉书·天文志上》引《灵宪》曰“羿请不死之药于西王母，姮娥窃之以奔月，将往，枚占之于有黄，有黄占之曰，‘吉’”。《荀子·赋篇》曰“臣愚而不识，请占之五泰，五泰占之曰‘……’”。本书《九章·惜诵》亦曰“吾使厉神占之兮”。凡此悉与此文“命灵氛为余占之”同例。后文“欲从灵氛之吉占兮”，又“灵氛既告余以吉占兮”，俱曰占，不曰卜，尤其确证。王注本文曰“灵氛，古之明占吉凶者”，《汉书·扬雄传》注引晋灼说曰“灵氛，古之善占者”，足证汉人所见《离骚》字亦作占。然则此文之误，不在占字，明甚。至《杂录》所引，自是彼书之误，不得反据以疑《离骚》也。世或有利王刘说之简易而轻信之，且将引《杂录》以张其军者，余故豫为辞而辟之，附著于篇焉。（前引《文昌杂录》，据《学津讨原》

本。顷见《文选旁证》二七引《杂录》字仍作占，不知所据何本。《旁证》所引，苟非依今本《楚辞》改转，则世之欲助王刘二氏为说者，益可以不攻自破矣。）

尔何怀乎故宇　宇一作宅

案一本作宅，非是。洪兴祖曰“若作宅，则与下叶”。洪意殆谓“宇”去声，与下文“恶”入声不叶，改作“宅”则叶也。实则上文索与妒韵，路与索韵，固与恶（入声美恶之恶）韵，皆去入通叶。即如本文以女女〔汝〕宇恶四字为韵，若嫌宇与恶不叶，而必欲改宇为宅以叶之，则女汝亦去声也，又将改为何字乎？《文选》亦作宇，诸本并同。

览察草木其犹未得兮岂珵美之能当苏粪壤以充帏兮谓申椒其不芳

案此文疑当作“苏粪壤以充帏兮，谓申椒其不芳，览察草木其犹未得兮，岂珵美之能当”。服艾盈要而弃兰弗佩，苏壤充帏而谓椒不芳，二者事既同类，则文亦当毗邻。“览察草木”二句，与上文“民好恶”二句，皆贵艾壤贱椒兰者之总评，故当分置首尾，使遥相叫应。今本四句中，上二句与下二句互易，则鳃理乱而文义晦矣。姑著此疑，以俟达者。

九疑缤其并迎　疑一作嶷

案王鏊本，朱燮元本，大小雅堂本亦作嶷。

时亦犹其未央

案“犹其”二字当互乙。上文“虽九死其犹未悔”“唯昭质其犹未亏”“览余初其犹未悔”“览察草木其犹未得兮”，并作“其犹未”，可证。王注曰“然年时亦尚未尽”，正以“尚未”释“犹未”，是王本未倒。

椒专佞以慢慆　慢一作谩慆一作谄

案《文选·祭屈原文》注引作谩谄。《北堂书钞》（后称《书钞》）三〇，《类聚》八九，叶廷珪《海录碎事》五引并作慢谄。

固时俗之流从兮　一作从流

案当从一本作从流。“从流”古之恒语。《孟子·梁惠王下篇》曰“从流下而忘反谓之流，从流上而忘反谓之连”，《韩诗外传》一“从（原误促，据《御览》七四引及《列女传·贞顺篇》改）流而挹之，奂然而溢之”，本书《哀郢》曰“顺风波以从流兮”，《九叹·怨思》曰“愿（原误顾）屈节以从流兮”。《诗·伐檀》释文引《韩诗薛君章句》“顺流而风曰沦”，《文选·雪赋》注引作从流，《晏子春秋·谏下篇》“顺流九里”，《类聚》八六，《御览》九三二并引作从流，是从流即顺流也。王注曰“随从上化，若水之流”，是王本正作从流。《文选》亦作从流。钱本，王鏊本，朱燮元本，大小雅堂本并同。

驾八龙之婉婉兮　《释文》婉作蜿

案《汉书·扬雄传》注引晋灼说，《后汉书·张衡传》注，《文选·思玄赋》注，王伯大重编《朱校昌黎先生集》一《南山诗》注引并作蜿。朱本同。

九　歌

东皇太一

瑶席兮玉瑱　瑱一作镇

案《书钞》一三三,《类聚》六九引亦作镇。《周礼·天府》“凡国之玉镇，大宝器，藏焉，若有大祭大丧，则出而陈之”，注曰“故书镇为瑱，郑司农读瑱为镇”。本篇之玉瑱即天府之玉镇。《史记·封禅书》曰“公卿言皇帝始郊见太一[于]云阳，有司奉瑄玉嘉牲荐飨”。汉祭太一盖循楚故事，瑄玉即此文之玉镇，嘉牲即下文之肴蒸也。瑶与蘨，席与藉，并古字通，瑶席谓以蘨草为藉以承玉。(玉镇以蘨为藉，亦犹下文肴蒸以兰为藉。凡执玉必有缫藉，见《仪礼·聘礼记》《周礼·典瑞》《礼记·玉藻》等注。)下文“盍将把兮琼芳”，琼谓玉镇芳谓瑶〔蘨〕席。镇与席为二，故曰“盍〔合〕将把”也。王注谓席为坐席，以玉镇之，非是。

蕙肴蒸兮兰藉 蒸一作烝

案《类聚》七二，虞载《合璧事类·外集》四引亦作烝。《文选》王元长《三月三日曲水诗序》注，陈善《扪虱新语》上四引肴并作殽。《仪礼·特牲馈食礼》曰“若有司私臣，皆殽脀”，《周语》中曰“定王飨之殽烝”，又曰“亲戚宴飨则有殽烝”，“肴烝”与“全烝”“房烝”对举肴烝即殽脀，殽烝，肴烝，谓体解节折之俎也。王注训蒸为进（动词），后世遂有谓“蕙肴蒸”即蒸蕙肴，与“奠桂酒”为蹉对者，（《梦溪笔谈》一五）其失远矣。

扬枹兮拊鼓

案本篇通例，无间两句叶韵者，此不当独为例外，疑此句下脱去一句。

云中君

聊翱游兮周章

案王注曰“周章犹周流也，言云神居无常处，动则翱翔周流往来且游戏也”，据此则王本正文“翱游”作“翱翔”。原本《玉篇》音部，《文选》沈休文《齐安陆昭王碑文》注，慧琳《一切经音义》二七，王观国《学林》五所引并作翱翔，与王本合，当据改。

湘君

美要眇兮宜修 一本宜上有又字

案修疑当为笑，声之误也。古韵笑在宵部，修在幽部，最近。此段本以幽部字为韵，笑误为修者，盖受下文韵脚之同化而改。本书屡言“宜笑”，《山鬼》曰“既含睇兮又宜笑”，《大招》曰“靥辅奇牙，宜笑嫣只”，又曰“嫮目宜笑，娥眉曼只。”又司马相如《上林赋》亦曰“皓齿粲烂，宜笑的皪。”案诸宜字并读为齸。《字镜》曰“齸，齿也”，《集韵》曰“齸，龋病。”《后汉书·梁统传》载冀妻孙寿“善为妖态，作龋齿笑以为媚惑”，齸笑犹龋齿笑矣。《集韵》又曰“齹齸，齿露貌”。《山鬼》王注曰“又好口齿而宜笑也”，《白帖》二四引某氏注曰“宜笑，齿白也”，二一又引曰“皓齿也”。诸家虽未必读宜为齸，然皆以齿见状笑貌，则与《集韵》训齹齸为齿露貌暗合。夫古人形容美貌，独重视笑，故每以目与口齿并言。《诗·硕人》曰“巧笑倩兮，美目盼兮”，《山鬼》曰“既含睇兮又宜笑”，《大招》曰“嫮目宜笑”，此类不胜枚举。本篇曰“美要眇兮宜笑”，要眇即腰眇，或倒之曰眇睚，皆窃视貌也。要眇宜笑，亦目与口齿并举之例。又案本篇韵例，惟一二两句连叶，过此则仅叶四六八，……凡三五九……有韵者皆驳文。（说详《东君》“撰余辔兮高驼翔”条。）今本此文作修，则是第三句有韵，于例不合。此亦足证其必为误字也。笑既误作修，王注遂训为饰，且读宜如字，失之远矣。

薜荔柏兮蕙绸　柏一作拍

案柏拍皆帕之误。帕帛古本同字。“薜荔帕兮蕙绸，荪桡兮兰旌”二句俱属旗言，縿斿旆旃之属谓之帛，所以缠杠者谓之绸，杠上曲柄以悬帛者谓之桡，缀旄羽之属于杠首谓之旌也。此言以薜荔为帛，以蕙缠杠，以荪为桡，复缀兰以为旌。王注读柏为搏壁之搏，谓以薜荔搏壁，殆不可凭。

隐思君兮陫侧

案陫侧即悱恻，萧士赟《李太白集注》二二《代寄情楚词体》注引正作悱恻。

鼌骋骛兮江皋　鼌一作朝

案《文选》谢灵运《从游京口北固应诏诗》注，谢惠连《泛湖归出楼中玩月诗》注，《五百家注韩集》一《复志赋》樊注，《合璧事类·外集》五引并作朝。鼌朝古通。

遗余佩兮醴浦　醴一作澧

案《书钞》一二八，《类聚》六七，《初学记》六，又八，又二六，《合璧事类·外集》五，又三七，《方言》四注，《文选·祭屈原文》注，《书·禹贡》疏，《注释音辩柳先生集》四二《酬韶州裴曹长使君寄道州吕八大使因以见示二十韵》一首□注，胡稚《简斋诗集笺注》四《送张仲宗押戟归闽中》注引并作澧。朱本，朱燮元本，大小雅堂本同。

湘夫人

目眇眇兮愁予 予一作余

案予读为眝。(《左传·襄四年》"后杼",《路史·后纪十三下》注作柠，引《尚书中候》作予,《史记·三代世表索隐》作宁。《管子·小匡篇》"首戴苎蒲",《齐语》作苧〔今误茅〕。《金文·颂鼎》"贮廿家"，又"贮用宫御",《格伯簋》"厥贮卅田"，贮王国维并读为予。)《说文》曰"眝，长眙也""眙，直视也"。(今语转为瞪。)《思美人》曰"思美人兮揽涕而伫眙"，即眝眙。"目眇眇兮愁眝"者，目眇眇即愁眝之状。一本予作余，朱燮元本，大小雅堂本并同，大谬。

白薠兮骋望 薠或作蘋一本作句上有登字

案当从一本于句上补登字。一本薠误为蘋，读者以为水上之草，不可登履，因删登字以就之也。实则薠为陆生之草（详《招隐士》"薠草靃靡"条)，故可登履之。(《广雅·释诂一》"蹬，履也"，蹬登同。)《合璧事类·外集五》《李太白集注》一,《悲清秋赋》注引有登字，朱本，元本，王鏊本，朱燮元本，黄省曾本，大小雅堂本亦有。

与佳期兮夕张 一本佳下有人字一云与佳人兮期夕张

案当从一本于佳下补人字。下文"闻佳人兮召予"，亦作佳人，可资互证。(魏文帝《大墙上蒿行》"与佳人期为乐康"，又《秋胡行》"朝与佳人期，日夕殊不来"，语法仿此。)《文选》谢希逸《月赋》注，谢玄晖《晚登三山还望京邑》注引并作佳人。

鸟萃兮蘋中　一本萃上有何字

案当从一本补何字。“鸟何萃兮蘋中”与下“罾何为兮木上”句法一律。下文“麋何食兮庭中，蛟何为兮水裔”，语例同。《御览》八三四，《合璧事类·外集五》引有何字。朱本，王鏊本，朱燮元本，黄省曾本，大小雅堂本亦有。

𦵔芳椒兮成堂　一云播芳椒兮盈堂

案成犹饰也。《仪礼·士丧礼》“献素，献成亦如之”，注曰“饰治毕为成”。案成与素对举，未饰者曰素，已饰者曰成也。垩饰室壁亦谓之成。《周礼·掌蜃》“共白盛之蜃”，注曰“盛犹成也，谓饰墙使白之蜃也”，《考工记·匠人》“白盛”，注曰“盛之言成也，以蜃灰垩墙，所以饰成宫室”。“𦵔芳椒兮成堂”者，以椒入泥，用饰堂壁也。古者以椒泥壁。《类聚》八九引《汉官仪》曰“皇后称椒房，……以椒涂室，亦取其温暖，除恶气也”（末四字从《后汉皇后纪》注引补）。《邺中记》曰“石虎以胡粉和椒泥壁，曰椒房”。《世说新语·汰侈篇》曰“石崇以椒为泥，王恺以赤石脂泥壁”。《汉武故事》曰“上起神屋，……以赤白石脂为泥，椒汁和之”，则又神堂以椒泥壁之例。一本成作盈（王鏊本，朱燮元本，大小雅堂本并同），此学者不知成义而臆改。《类聚》六一，又八九，《御览》九五八，《合璧事类·外集五》，戴埴《鼠璞》引并作成，不误。

疏石兰兮为芳

案芳疑当为防，字之误也。《荀子·正论篇》曰“居则设张〔帐〕容负依而坐”，《尔雅·释宫》“容谓之防”，郭注曰“如今床头小曲屏风，唱射者所以自隐”。案平居时负依而坐，唱射时设以自隐，其用异，其制同，皆防之类也。实则防屏一声之转，《本草》“防风一曰屏风”。防即屏尔，故郭云如小曲屏风。上云“白玉兮为镇”，谓坐席之镇，此云“疏石兰兮为防”，（王注“疏，布陈也”。）谓坐旁之屏，二者皆席间所设之物，故连类并举。今本防误作芳，则篇中所言芳草众矣，皆取其芬芳，奚独石兰？以是明其不然。

芷葺兮荷屋　一本葺下有之字

案当删芷字，从一本于葺下补之字。（此因之先倒在葺上，文不成义，读者以篆书之止形近，遂改之为芷，即成今本。一本又据未倒之本于葺下仍补之字，则成“芷葺之兮荷屋”。）“葺之兮荷屋”与上文“葺之兮荷盖”句法文义并同。屋，古幄字。荷屋犹荷盖，（《独断》下“黄屋者盖以黄为里也”，《汉书·陆贾传》注“黄屋谓车上之盖也”。）皆谓荷叶耳。“葺之兮荷屋”，又与下“缭之兮杜衡”文相偶俪。缭读为橑，所以承苫盖者。以杜衡为橑，以荷叶盖之，亦连类并举。

大司命

君回翔兮以下　以一作来

案以当从一本作来。本篇除《山鬼》《国殇》外，兮字俱兼有文法作用，故皆可以某虚字代之。《湘君》“九嶷缤兮并迎”，《离骚》兮作其。《东君》“载云旗兮委蛇”，《离骚》兮作之。又《湘君》曰“邅吾道兮洞庭”，《离骚》曰“邅吾道夫昆仑兮”。《东君》曰“杳冥冥兮东行”，

《哀郢》曰“杳冥冥而薄天”。《大司命》曰“结桂枝兮延伫”,《离骚》曰“结幽兰而延伫”。是“兮”之用犹其也,之也,夫也而也。又《类聚》八八,《御览》九五三引《湘君》“搴芙蓉兮木末”,《海外西经》注引“水周兮堂下”,《史记·夏本纪》索隐引“遗余佩兮醴浦”,《御览》四六八引《少司命》“乐莫乐兮新相知”,兮并作于。《文选·叹逝赋》注引《湘君》“夕弭节兮北渚”,《说文·系传一六》引《湘夫人》“遗余褋兮醴浦”,兮并作于。重编《朱校昌黎先生集》一《复志赋》方注引《湘君》“鼂骋骛兮江皋”,《说文·系传二八》引《大司命》“导帝之兮九坑”,《文选》谢灵运《南楼中望所迟客诗》注引“将以遗兮离居”,慧琳《一切经音义》二一引《少司命》“罗生兮堂下”,同书九八引《东君》“暾将出兮东方”,兮并作乎。《文选·思玄赋》注引《大司命》“将以遗兮离居”,兮又作夫。《御览》一七四引《湘夫人》“葺之兮荷盖”,本书一本“疏石兰兮为芳”,兮并作以。《御览》七〇〇引《湘夫人》“罔薜荔兮为帷”,本书一本《大司命》“不浸近兮愈疏”,兮并作而。《御览》七五引《湘君》“望涔阳兮极浦”,《白帖》六四引“横流涕兮潺湲”,兮并作之。凡此诸兮字,作者本皆用以代替各虚字,故读者意之所会,临文改写,有不期其然而然者焉。“君回翔兮来下”犹“君回翔而来下”,兮所以代“而”者也。诚如今本来作以,试读“君回翔兮以下”为“君回翔而以下”,古今安得有此语法哉?

导帝之兮九坑　坑一作阬《文苑》作冈

案《文苑》作九冈,最是。九冈,山名。《舆地□□》(曩见清人某引此条作《舆地广记》。今检《广记》,并无此文。疑《广记》或

《纪胜》之误。客中无书，容待续检。）荆州松滋县有九冈山郢都之望也。（《古今图书集成》《方舆汇编》《职方典·荆州府部》《山川考》二之五松滋县“九冈山，去县治九十里，秀色如黛，蜿蜒虬曲”。）《左传·昭十一年》“楚子灭蔡，用隐太子于冈山”，《释例》曰“土地名冈山，阙不知其处，《经言》‘以归用之’，必是楚地山也”。案冈山即九冈山，郢都之望，故楚人献馘于此，祀神亦于此。杜氏未之深考耳。

灵衣兮被被

案灵当为云，字之误也。《汉书·古今人表》“云都”，《春秋·世族谱》作灵都。《后汉书·顺帝纪》“登云台”，《章帝纪》作灵台。《管子·内业篇》“是谓云气，意行似天”，丁士涵云云当为灵。《海内北经》“冰夷人而乘两龙”，注“画四面，各乘灵车，驾二龙”，《御览》六一引作云车。本书《九思·悯上》“思灵泽兮一膏沐”，灵一作云。俗书灵作霊（唐《内侍李辅光墓志》），与云形近易混。云衣与玉佩对文。《东君》曰“青云衣兮白霓裳”，亦言云衣。《九叹·远逝》曰“服云衣之披披”，则全袭此文。（本篇被一作披，《书钞》一二八，《类聚》六七，《御览》六九二，《文选》潘安仁《寡妇赋》注引并同。）《书钞》一二八，《御览》六九二引此正作云，尤其确证。

少司命

绿叶兮素枝 枝一作华

案“素枝”义不可通，枝当从一本作华。王注曰“吐叶垂华，芳香菲菲”，是王本正作华。《文选》李善本亦作华。《乐府诗集》六四《秋兰篇解题》，高似孙《纬略》一二，《合璧事类·外集四》引并同。

夫人自有兮美子

案此上似阙二句。《大司命》《少司命》二篇，以乐调相同之故，本皆十四行二十八句。此因下文衍“与女游兮九河，冲风至兮水扬波”二句，全篇共得十五行，三十句，后人以其视《大司命》溢出二句，乃私删此二句以求合于《大司命》也。不知《大司命》《少司命》二篇组织皆以三韵四句为一解，一如后世绝句之体。本篇篇首“秋兰兮麋芜”等四句一意，当为一解，下文自“秋兰兮青青”以后亦然。今删去二句，惟余“夫人自有兮美子”二句，不足一解，则不惟与全篇结构不一律，抑且与《大司命》之辞不能同一乐调矣。（此意孙君作云所发。）

荪何以兮愁苦　以一作为

案以当从一本作为。本篇兮字除《山鬼》《国殇》外，皆兼具虚字作用，说已详上。此兮字犹而也。“荪何为兮愁苦”即“荪何为而愁苦”。今本为作以，试以“而”代“兮”，读全句为“荪何以而愁苦”，不辞甚矣。

与女游兮九河冲风至兮水扬波　王逸无注古本无此二句

洪兴祖曰“此二句《河伯》章中语”。案洪说是也。《河伯》“冲风起兮横波”，一本兮下有水字（王鏊本，朱燮元本，大小雅堂本均有），与此同，而《文选》载本篇至作起（《合璧事类·外集四》引同）又与彼同。是二篇之异，惟在波上一字，一作横，一作扬耳。然蔡梦弼《草堂诗笺补遗》七《枯柟》注引《河伯》曰“冲风起兮扬波”。任渊《后山诗注》三《次韵苏公涉颍》注引“冲风起兮扬波”，又引注曰“冲，隧也”，今此语在《河伯》注中，知所引正文亦出彼篇。然则《河伯》二句与此全同矣。洪谓此是《河伯》中语，信然。考《九歌》旧次，《河伯》本与《少司命》衔接（说详下条），此本《河伯篇》首二句，写官不慎，误入本篇末，后人以其文义不属，又见上文适有“与女沐兮咸池，晞女发兮阳之阿”二句，与此格调酷似，韵亦相叶，因即移附其后，即成今本也。

东君

案《九歌》十一章皆祀东皇太一之乐章，就中“吉日兮辰良”章（旧题“东皇太一”非是）为迎神曲，“成礼兮会鼓”章（旧题“礼魂”非是）为送神曲，其余各章皆为娱神之曲也。诸娱神之曲，又各以一小神主之，而此诸小神又皆两两相偶，共为一类。今验诸篇第，《湘君》与《湘夫人》相次《大司命》与《少司命》相次，《河伯》与《山鬼》相次，《国殇》与《礼魂》相次，（洪兴祖曰“或曰《礼魂》，以礼善终者”。案此说得之。《国语·楚语下》“卿大夫祀其礼”，韦注曰“礼谓五祀及其祖所自出”。此礼字义盖同。然《礼魂》之曲，实有目无辞。其“成礼兮会鼓”章，本全歌之送神曲。后人以求《礼魂》之辞不得而径题送神曲曰“礼魂”，妄也。）都凡四类，各成一组。此其义例，皆较然易知。惟东君与云中君，皆天神之属，宜同隶一组，其歌词宜亦相次。顾今本二章部居县绝，无义可寻。其为错简，殆无可疑。余谓古本《东君》次在《云中君》前。《史记·封禅书》《汉书·郊祀志》并云“晋巫祠五帝，东君，云中君”，索隐引王逸亦云“东君云中君见《归藏易》”（今本注无此文），咸以二神连称，明楚俗致祭，诗人造歌，亦当以二神相将。且惟《东君》在《云中君》前，《少司命》乃得与《河伯》首尾相衔，而《河伯》首二句乃得阑入《少司命》中耳（互详上条）。

箫钟兮瑶簴　箫一作萧

案一本作萧，盖𢷾之省。箫则萧之误（涉下钟字为乐器名而误）。洪迈《容斋续笔》十五引蜀客所见本作𢷾，又引蜀客说云“《广韵》训为‘击也’，盖是击钟，与‘緪瑟’为对耳”，是古本箫作𢷾之证。瑶王念孙读为摇。案疑摇之误字。“𢷾钟”与“摇簴”对文，言击钟甚力，致其簴为之动摇也。

撰余辔兮高驼翔　驼一作驰一无此字

案疑当作“高驼（同驰）”，无翔字。《大司命》“高驼兮冲天”，《离骚》“神高驼之邈邈”，皆曰高驼，可资参证。此句本不入韵，今本有翔字，盖受下句韵脚“行”字之暗示而误加一韵也。

杳冥冥兮以东行　一本无以字

案当从一本删以字。此句“兮”之作用同“而”，“杳冥冥兮东行”犹“杳冥冥而东行”也。（《哀郢》“杳冥冥而薄天”，《九辩》一本同。）今本有以字，则全句读为“杳冥冥而以东行”，不辞甚矣。（互详

"君回翔兮以下"条。)

河伯

日将暮兮怅忘归

刘永济氏疑怅当为憺。案刘说是也。此涉《山鬼》"怨公子兮怅忘归"而误。知之者，王注曰"言己心乐志悦，忽忘还归也"，"心乐志悦"与怅字义不合。(怅当训失志貌，故《山鬼》注曰"故我怅然失志而忘归"。)《东君》"观者憺兮忘归"，注曰"憺然意安而忘归"，《山鬼》"留灵修兮憺忘归"，注曰"心中憺然而忘归"。乐悦与安闲义近。此注以"心乐志悦"释憺，犹彼注以"意安"释憺也。且《东君》曰"心低徊兮顾怀，……观者憺兮忘归"，本篇曰"日将暮兮忘归，惟极浦兮顾(今讹作寤，详下)怀"，两篇皆曰"憺忘归"，又曰"顾怀"，此其词句本多相袭，亦可资互证。

惟极浦兮寤怀

案"寤怀"无义，寤疑当为顾，声之误也。《东君》曰"心低徊兮顾怀"，扬雄《反骚》曰"览四荒而顾怀兮"，魏文帝《燕歌行》曰"留连顾怀不能存"，是顾怀为古之恒语。顾，念也(《礼记·大学》郑注)，怀亦念也。"惟极浦兮顾怀"，犹言惟远浦之人是念耳。王注训寤为觉，是所见本已误。

紫贝阙兮朱宫 《文苑》作珠宫

案当从《文苑》作珠宫。此以贝阙珠宫对文，犹《九叹·逢纷》

"紫贝阙而玉堂"，以贝阙玉堂对文也。《御览》一七三，又八〇七，《事类赋注》六，谢维新《合璧事类·前集七》，任渊《山谷内集》三《次韵曾开舍人游藉田载梅花归》注，又六《以团茶洮州绿石研赠无咎文潜》注所引并作珠。苏轼《海市诗》曰"岂有贝阙藏珠宫"，所见本亦作珠。

流澌纷兮将来下

案《说文》"澌，水索也"，"凘，流仌也"。王注曰"流澌，解冰也"，似王本澌作凘。然详审文义，似仍以作澌为正。《淮南子·泰族篇》曰"虽有腐髊流澌，（原误渐，从庄逵吉改。）弗能污也"，许注曰"澌，水也"，《七谏·沈江》曰"赴湘沅之流澌兮，恐逐波而复东"，《论衡·实知篇》曰"沟有流澌"，（原误壍，从孙诒让改。）是流澌即流水也。纷读为汾，水涌貌。"流澌汾兮将来下"，即流水汾涌而来下也。《说文》澌训水索，此别一义。学者多知澌训水索而少知其训水之义，因改此文澌为凘，王逸承之，过矣。

子交手兮东行　一本子上有与字

案《汉书·武五子·燕剌王旦传》"诸侯交手事之八年"，注曰"交手谓拱手也"。《淮南子·缪称篇》曰"交拱之木，无把之枝"，交拱连词，交亦拱也。一本于子上增与字，误甚。《初学记》一八，《文选》江文通《别赋》注，《苏东坡诗集注》二〇《潘推官母李氏挽辞》注引并无与字。朱本同。

鱼隣隣兮媵予　隣一作鳞

案一本作鳞，正字。鳞鳞，比次貌。《容斋三笔》一五，《鼠璞》，

《后山诗注》四《湖上》注引并作鳞。王鏊本，朱燮元本，大小雅堂本同。

山鬼

被薜荔兮带女罗 罗一作萝

案《宋书·乐志三》《类聚》一九，《御览》三九一，又九九四，《合璧事类·前集六九》《文选》谢灵运《从斤竹涧越岭溪行诗》注引并作萝。朱燮元本，大小雅堂本同。

君思我兮然疑作

案本篇例，于韵三字相叶者，于文当有四句。此处若柏作三字相叶，而文只三句，当是此句上脱去一句。《礼魂》"姱女倡兮容与"上亦有脱句，例与此同。

国殇

操吴戈兮被犀甲

王注曰"或曰'操吾科'，吾科，楯之名也"。案下文"车错毂兮短兵接"，注曰"短兵，刀剑也"。既系短兵相接，而戈乃长兵，则所操非吴戈明甚。且刀剑戈戟，亦无并操之理。此自当以作"吾科"为得。《释名·释兵》曰"盾，大而平者曰吴魁"，《广雅·释器》曰"吴魁，盾也"，《御览》三五六引作吴科，魁科一声之转。(《后汉书·东夷传》"大率皆魁头露紒"，注曰"魁头犹科头也"。)盾甲皆所以备扞卫，故操科被甲，连类言之。

左骖殪兮右刃伤

案刃当为办，字之误也。《说文》曰"办，伤也"，重文作创。此以"殪"与"办伤"对举。王注训伤为创，(《说文》"伤，创也"。)似不知句中已有创字，则所见本已误。

严杀尽兮弃原壄

案严本作庄，避汉讳改。(《天问》"能流厥严"，严亦改庄。)庄读为戕。(《易·丰》释文引郑注"戕，伤也"，《大壮·释文》引马注"壮，伤也"。壮庄古同字。)《周书·谥法篇》曰"兵甲亟作曰庄""屡征杀伐曰庄""死于原野曰庄"，庄皆读为戕也。此曰"庄杀尽兮弃原壄"，亦谓戕杀尽而弃于原野。王注曰"严，壮也，……言壮士尽其死命，则骸骨弃于原壄"，训严为壮勇之壮，失其义矣。

平原忽兮路超远　一云平原路兮忽超远

案《方言》六曰"伆，邈，离也，楚谓之越，或谓之远，吴越曰伆"，忽伆通。《荀子·赋篇》曰"忽兮其远之极也"，本书《怀沙》曰"道远忽兮"，字并作忽。"平原忽"与"路超远"，只是一义而变文重言之以足句，此与上文"出不入兮往不返"词例正同。一本以忽字倒在兮下，非是。《书钞》一一八，《文选》王简栖《头陀寺碑文》注引亦作"平原忽兮路超远"，诸本并同。

首身离兮心不惩　身一作虽

案《战国策·秦策四》曰"首身分离，暴骨草泽"，崔琦《外戚箴》曰“甲子昧爽，身首分离”。“首身分离”自是古之恒语。一本身作虽，非是。《书钞》一一八所引，及元本，王鏊本并误与一本同。

子魂魄兮为鬼雄　一云魂魄毅一云子魄毅

案当从一本作“魂魄毅”。王注曰“魂魄武毅，长为百鬼之雄也”，是王本有毅字。《文选》鲍明远《出自蓟北门行》注引亦作“魂魄毅”。朱本，元本，王鏊本，朱燮元本，黄省曾本，大小雅堂本并同。

礼魂

姱女倡兮容与

案以韵例求之，此上似敚一句。说详《山鬼》“君思我兮然疑作”条。

天　问

遂古之初

案遂读为邃。《后汉书·班固传》注,《御览》一引正作邃。

夜光何德

案德读为得。"夜光何得，死则又育"，问月何所得，乃能死而复生,(《孙子·虚实篇》"月有死生"。)意盖谓其尝得不死药也。《淮南子·览冥篇》曰"羿请不死之药于西王母，姮娥窃以奔月",《书钞》一五〇引《归藏》曰"昔常娥以西王母不死之药服之，遂奔为月精"，是其事。(傅玄《拟天问》曰"月中何有，白兔捣药?")《书钞》一五〇,《事类赋注》一引德并作得。

死则又育

案则犹而也。"死则又育"犹言死而复生。《类聚》一,《初学记》一,《御览》四,《事类赋注》一,《海录碎事》一,《锦绣万花谷后集》一引则并作而。

伯强何处

案何当为安。"伯强何处，惠气安在"，二句平列,(伯强，北方主司寒风之神，惠气即寒风也。）下句“在”为动词，“安”为疑问代名词，上句“处”亦动词，“何”亦疑问代名词也。然本篇通例，凡表方位之疑问代名词皆用“安”或“焉”，（用安者十二见，用焉者十四见。）无用“何”者。（“何所”二字连用时，不在此例。）有之，惟此文之“何处”及下文“鲮鱼何居”（居今误所，此从一本）二例，疑皆传写之误。此文本作“伯强安处”，与下“惠气安在”句同字，学者误读“处”为名词，因改“安”为“何”以就之也。《御览》一五引此正作安，是其确证。

伯禹愎鲧　愎一作腹

案“禹”“鲧”二字当互易，愎当从一本作腹。《广雅·释诂一》曰“腹，生也”。腹训生者，字实借为孚。玄应《一切经音义》二引《通俗文》曰“卵化曰孚”，《玉篇》曰“孵，卵化也”，《集韵》曰“孵，化也”。孚孵同，化亦生也。《夏小正》曰“鸡桴粥”，《乐记》曰“煦妪覆育万物”。桴粥，覆育并即孚育，犹化育也。覆与腹通。“伯鲧腹禹”者，《海内经》注引《归藏·启筮篇》曰“鲧死三岁不腐，剖之以吴刀，化为黄龙”，《初学记》二二，《路史·后纪》注一二并引作“鲧殛死，三藏不腐，副之以吴刀，是用出禹”。据此，则传说似谓鲧为爬虫类，卵化而成禹。此正问其事，故下云“夫何以变化”也。（《说郛》五引《遁甲开山图·荣氏解》曰“女狄暮汲石纽山下泉水中，得月精如鸡子，爱而含之，不觉而吞，遂有娠，十四月生夏禹”。《史记·夏本纪》正义引《蜀王本纪》曰“禹母吞珠孕禹，坼副而生”。《路史·后纪十二》曰“以六月六日屠疈而生禹”。以上传说均已由鲧生禹变而为鲧妻生禹。然云吞月精如鸡子，云剖坼而生，则卵化之遗意犹存焉。又《玉篇》鲧或作鲲，而《礼记·内则》注曰“卵读曰鲲”，是“鲧”“卵”古为一语。传说中鲧即卵，故或云“剖之以吴刀”，或云孵化而生也。)《海内经》曰“帝令祝融杀鲧于羽山之郊，鲧复生禹”，复生即腹生，谓鲧化生禹也。(《中山经》“南望墠堵，禹父所化”，盖即羽山。)《海内经》之“鲧复生禹”，即《天问》之“伯鲧腹禹”矣。王注曰“鲧愚佷愎而生禹”，愎本一作腹。疑古本《天问》正作“伯鲧腹禹”，王误读腹为愎，后人遂援注以改正文耳。朱本，元本，王鏊本，朱燮元本，大小雅堂本并作腹。《注释音辩柳先生集》一四附载《天问》(下称《柳集》)同。

河海应龙何尽何历　一云应龙何画河海何历

案当从一本作“应龙何画，河海何历”。《易林·大壮之鼎》曰“长尾蝼蛇，画地成河”，《周憬碑》曰“应龙之画”，《太平广记》二二六引《大业拾遗记》转引杜宝《水饰图经》曰“禹治水，应龙以尾画地，导决水之所出”。应龙画地成河之说，汉魏以降，流传不绝，不得以先秦古籍罕言而疑其晚起。王注载或说曰“禹治洪水时，有神龙以尾画地，导水所注当决者，因而治之也”，即释一本“应龙何画，河海何历”之文。朱本，元本，王鏊本并同一本。《柳集》亦同。又案此处历字不入韵，疑此文上或下尚有二句，传写脱之。

康回冯怒墬何故以东南倾　一无以字

案此当作“墬何以东南倾”。本篇词例，凡言“如何”(how)者，皆曰“何以”，言“为何”(why)者，皆曰“何”，从无曰“何故”者。

（下文"柏林雉经，维其何故"，游国恩氏读故为辜，至确。）依本篇例，更无"何故以"三字连用之理。传说共工与颛顼争帝，不胜，怒而触不周之山，天柱折，地维绝，地遂东南倾。此问共工震怒时，地如何而倾，意谓共工触山，山折而地倾也。今本作"何故以"，固为不词，一本作"何故"，亦非。《御览》三六，《事类赋注》六引此并有"以"字，无"故"字，当据正。

九州安错　安一作何

案安当从一本作何。"九州何错，川谷何洿，东流不溢，孰知其故"者，错读为澘，《说文》曰"澘，所以拥水也"，又曰"洿，浊水不流也"，此问九州何以壅塞而川谷不流，及至百川注海，又何以永无溢时也。二何字均谓"何故"。王注训错为错厕，后人遂从而改"何"为训"在何处"之"安"，失其义矣。王鏊本作何，与一本合。

西北辟启　辟一作闢

案辟读为闢。王鏊本，朱燮元本，大小雅堂本并作闢。

焉有虬龙负熊以游

案游字不入韵，疑此文上或下尚有二句，传写脱之。

鲮鱼何所　所一作居

案疑当作"鲮鱼焉居"。知之者，本篇"何所"凡十二见。（"何所亿焉"，何为谁之误，不计。）有位于述词上者，如"鲧何所营""禹何所成""何所得焉""殷有惑妇何所讥""武发杀殷何所悒""载尸集战何所急"（以上述词皆外动词），"何所不死""寿何所止""其何所从"（今本作"其命何从"，此依一本），"天何所沓"（以上皆内动词）。有位于表词上者，如“何所冬暖”“何所夏寒”。凡此诸“所”字，或实用，或虚用，句中咸有所表述。惟此文则不然，其不合本篇语法明甚。若从一本改“所”为“居”，于语法差合矣。然篇中通例，凡表方位之疑问代名词，但用“焉”或“安”，从无用“何”者。今以下文“鬿堆焉处，羿焉彃日，乌焉解羽”推之，疑此当作“鲮鱼焉居”。意者今本“居”先误为“所”，“焉所”不词，乃又改“焉”为“何”尔。《文选·吴都赋》刘注引作“陵鱼曷止”，“曷止”二字虽非（本篇不用曷字），然其词性与“焉居”犹合，（皆上一字疑问副词，下一字动词。）以视今本之作“何所”者，固远胜之。

鬿堆焉处　鬿一作魁

案鬿即魁字（见《汉三公山碑》，《石门颂》及《魏大飨记》），《九叹·远逝》“陵魁堆以蔽视兮”（魁一作鬿），注曰“魁堆，高貌”。是魁堆即嵬崔，亦即《庄子·齐物论篇》“山陵（各本作林，从奚侗改）之畏佳”之畏佳，义与此文无当。丁晏疑堆当为雀，云：字之误也。鬿雀者，《山海经·东山经》曰“北号之山……有鸟焉，其状如鸡而白首，鼠足而虎爪，其名曰鬿雀，亦食人”。案丁说是也。柳宗元《天对》曰“鬿雀在北号，惟人是食”，即以《山经》说此问，盖得之矣。

降省下土四方　一无四方二字

朱子云：当作“降省下土方”，衍四字。《诗·长发》曰“禹敷下土方”。案朱说是也。《书序》曰“帝厘下土方（《释文》“一读至方字绝句”），设居方”。“下土方”古之恒语。此盖因王注释“下土方”为“下土四方”，后人遂援注以增正文。一本无“四方”二字，则又无韵，亦非。《困学纪闻》二引亦作下土方。《柳集》同。

莆雚是营

案“莆雚”当为“雚莆”之倒。雚莆即莞蒲。《周书·文传篇》曰“树之竹苇莞蒲”，《管子·山国轨篇》曰“有莞蒲之壤”，《穆天子传》二曰“爰有萑苇莞蒲”，《齐民要术》一〇引《淮南万毕术》“酒薄复厚，渍以莞蒲”，《汉书·东方朔传》曰“莞蒲之席”。《尔雅·释草》“莞蒲，苻离，其上蒚”，郭注曰“今西方人呼蒲为莞蒲”，《诗·斯干》疏引某氏注曰“《本草》曰：白蒲一名苻离，楚谓之莞蒲”。一作雚蒲。《汉书·货殖列传》曰“雚蒲材干”。王粲《从军诗》“雚蒲竟广泽”。此以“雚蒲”与“秬黍”对举，雚蒲为蒲之类名，犹秬黍为黍之类名也。若作莆雚，则词例参差矣。王注曰“万民皆得布（今误作耕，从《御览》一〇〇引改）种黑黍于雚蒲之地”，是王本正作雚蒲。《天对》曰“维莞维蒲”，似所见本作“莞蒲”。莞与雚同。

安得夫良药　一本夫上有失字

案本篇疑问副词“安”字皆训“于何处”。“安得夫良药”，谓于何处得彼良药也（夫犹彼也）。一本夫上有失字，解“安得失乎良药”为何得失夫良药，则既与本篇词例不合，复与下文“不能固藏”之意相复，殆不可从。

大鸟何鸣夫焉丧厥体

案体疑当为履，声之误也。（《诗·氓》“体无咎言”，《韩诗》及《礼记·坊记》引并作履。《管子·心术下篇》“载大圆者体大方”，《内业篇》作履。本书《卜居序》“屈原体忠贞之性”，体一作履。）王注说此上八句为王子乔事。其略云：崔文子学仙于王子乔。子乔化为白蜺持药与文子。文子惊而引戈击之，药堕。视之，则子乔之尸。乃以筐覆之，须臾化为大鸟而鸣。发而视之，翻飞而去。（今本《列仙传》王子乔崔文子两传皆不载此事，而《汉书·郊祀志上》应劭注引《列仙传》有之，盖出刘书真本。）案化蜺与失药二事，未闻其审。自余则与汉世所传子乔事颇合（详下），惟尸字当作履耳。知之者，注中两言“王子乔之尸”，上尸字《御览》一四引作履。以字形论，尸无由误履，履则易缺损成尸。疑《御览》所引是，而今本则尝经后人改窜也。注中堕履事，似即解正文“夫焉丧厥履”之语。今本正文履作体者，又探误本注文尸字之义而改也。（注又云“文子焉能亡子侨之身乎，言仙人不可杀也。”或亦后人所沾。）蔡邕《王子乔碑》有大鸟迹见于子乔墓上事，与本篇化鸟之说合。《易林·谦之谦》又云“王乔无病，狗头不痛，亡（疑当作�，通尪）跛失履；乏我送从”。（《随之解》亡跛作三尸。）失履与本篇丧履之说合。而又一传说，复化鸟与堕履二事兼著之。《风俗通义·正失篇》曰“俗说孝明帝时尚书郎河东王乔为叶令……每月朔尝诣台朝。帝怪其来数而无车骑，密令太史候望。言其临至时，尝有双凫从东南飞来。因伏伺，见凫举罗，但得一双舄耳。使尚方识视，四年中所赐尚书官属履也”。又曰“太史……言此令即仙人王乔者也”。（《后汉书·方术·王乔传》略同，末亦云“此即古仙人王子乔”。）本篇所问，其详虽不可知，然鸟鸣与丧履二事，则与上述传说若合符节。然则注以子乔事说之，不为无据。惜今本正文与注皆有误字，以故其事益迷离恍惘，不可究诘焉。（《御览》六九七引《南康记》曰“昔有卢耽，仕州为治中。当元会，至晓不及朝，化为白鹄，至阁前，回翔欲下。威仪以帚掷之，得一双履。耽惊还就列。左右莫不骇异”。《神仙通鉴》曰“张道成葬后，鹤穿墓出，冠履留棺中”。疑此皆王子乔传说之演变。）

撰体协胁鹿何膺之　一云撰体胁鹿何以膺之

案当从一本作“撰体胁鹿，何以膺之”，以与上文“蓱号起雨，何以兴之”，句法一律。胁即协之借字。今本因胁上误衍协字，乃以鹿属上读，又删以字也。朱本作“撰体胁鹿，何以膺之”。《柳集》同。

汤谋易旅

案上下文皆言浇事，此不当忽及汤。牟廷相谓汤为浇之讹字，是矣，特未能质言所问浇之何事耳。余考先世盖尝传浇始作甲。《离骚》曰“浇身被服强圉兮”，谓浇身被服坚甲也（详前著《离骚解诂》）。《吕氏春秋·勿躬篇》曰“大桡作甲子”，盖即浇作甲之传讹，故与“黔如作虏首”并举（虏首即兜鍪）。甲一曰旅。《考工记·函人》曰“凡为甲必先为容，然后制革，权其上旅与其下旅而重若一”，郑众注曰“上旅谓要以上，下旅谓要以下”。《释名·释兵》曰“凡甲聚众札为之谓之旅，上旅为衣，下旅为裳”。“浇谋易旅”者，易旅即治甲。甲必厚而后能坚，故下文曰“何以厚之”也。

舜闵在家父何以鳏

案《书·尧典》曰“有鳏在下曰虞舜”，未闻舜父亦称鳏也。父当为夫，二字形声并近，故相涉而误。本篇屡曰“夫何”（凡七见）。

“夫何以鳏”犹何以鳏也。闵字义亦难通，以下云“夫何以鳏”推之当系妻妃诸字之讹。尝试考之，《释名·释言语》曰“敏，闵也，进叙无否滞之言也，故汝颖言敏如闵也”，又书传悯或作慜，是闵敏声近义通。然敏妻古本同字。知之者，金文敏作若，妻作，若形体单元同，惟位置异耳。卜辞有字，或作，以字形论，与金文之敏无异，以文义论，则有当释妻者。（人名妻妌，他辞作妇妌，可证。）然则卜辞时代，妻敏同字，至金文时代，始歧而为二。疑此本作“舜妻在家”，古篆妻与敏相似，遂误为敏，后又转写作闵也。《山海经·海内北经》曰“舜妻登比氏”。本篇所谓舜妻，当即登比氏。意者相传舜先娶登比，后娶二女，则二女未降以前，舜已有妻，故有“夫何以鳏”之问也。（《礼记·檀弓上》“舜葬于苍梧，盖三妃未之从也”，注曰“舜有三妃”。郝懿行据《海内北经》，谓娥皇女英并登比为三妃，其说近确。）

厥萌在初何所亿焉

案何当为谁。“谁所亿焉”与下文“谁所极焉”语意相似，句法亦当一律。萌读为民。（《墨子·尚贤上篇》“国中之众，四鄙之萌人”，《管子·揆度篇》“其人同力而宫室美者，良萌也”，《文选·蜀都赋》注引《蜀王本纪》“是时人萌，椎髻左衽，不晓文字”，《成阳灵台碑》“以育苗萌”，萌皆读为民。）“厥民在初，谁所亿焉”，犹言生民之初，其事渺茫，谁所亿测而知之也。（自此至“女娲有体，孰制匠之”，皆问女娲事。“厥萌在初”，盖斥女娲抟黄土作人言之。）今本作“何所亿焉”，则必于“何”下增“人”字为训，义乃可通，以是知其不然。

何肆犬体而厥身不危败 一云何得肆其犬豕一云何肆犬豕

案王注曰“言象无道，肆其犬豕之心”，是王本作“何肆犬豕”。然释“肆犬豕”为“肆犬豕之心”，殊失之凿。且上云“舜服厥弟，终然为害”，下云“何肆犬豕，而厥身不危败”，为害为象，则受害者舜是“厥身不危败”，谓舜身，而“肆犬豕”，亦当属舜言。考书传载象所以谋害舜者，有完廪，浚井，饮酒三事。饮酒事惟见《列女传·有虞二妃传》。其言曰“瞽叟又速舜饮酒，醉将杀之。舜告二女。二女乃与舜药浴注豕，（各本作“汪遂”，《路史·发挥二》引作“汪豕”，陆龟蒙《杂说》作“注豕”，今依陆文。）舜往，（各本二字误倒，今正。《路史》无舜字，亦通。）终日饮酒不醉”。注豕者，豕读为矢。《说文》曰“臑，臂，羊矢也”，《仪礼·乡射礼》释文引《字林》矢作豕，是其比。《韩非子·内储说下篇》说燕人妻有通于士者，夫至，适遇士出，问何客，妻佯曰无客，因诬其夫惑易，而浴之以狗矢。舜注矢以御醉，盖犹燕人浴矢以解惑。此其事虽不雅驯，然以秽恶禳灾，今民间巫术犹多行之，以今推古，宜亦同然，固不必为舜讳也。本篇“肆犬豕”当即斥此。豕借为矢，与《列女传》同。肆读为潰。（经传肆肄通用，本系同字。《诗·雨无正》“莫知我勚”，《左传·昭十六年》引勚作肄。肆之通潰，犹肄之通勚也。）《广韵》曰“潰，注也”。潰犬豕即《列女传》之注矢，亦犹《韩非子》之言浴狗矢矣。注矢后，即终日饮酒不醉，故曰“厥身不危败”。一本何下有得字肆下有其字，盖后人不得其解而妄增。今本豕误为体，亦不成文义。朱本作“何肆犬豕”。《柳集》同。

吴获迄古

王闿运以“吴获”二字为人名。案王说是也。获盖伯之声误，吴伯即吴太伯。《国语·吴语》曰“夫命珪有命，固曰吴伯”，韦注《晋语》一亦曰“后武王追封为吴伯”，此太伯称吴伯之明验。

孰期去斯得两男子　去一作夫

案去当从一本作夫，字之误也。（篆书夫本作𠂇，去作厺，形最相近。）夫犹于也。（《离骚》“余既不难夫离别兮”“椒又欲充夫佩帏”“邅吾道夫昆仑”，《九辩》“愿寄言夫流星兮”，夫均训于。）“斯”指南岳。疑逃荆蛮者本太伯一人（有说别详），而后世传说以为太伯仲雍二人，故本篇曰“孰期夫斯，得两男子”。今本夫作去，则是太伯尝弃南岳而他去，而既去后，又“得两男子”，全与史实不合，其为驳文审矣。

何条放致罚而黎服大悦

刘永济氏云：服当为民，字之误也。服古只作𠬝。隶书𠬝民形近。民误为𠬝，转写作服。王注曰“天下众民大喜悦也”，是王本正作“黎民大悦”。案刘说是也。王注上云“黎，众也”，下云“众民大喜悦”，明以“众民”释正文“黎民”二字。《吕氏春秋·慎大篇》曰“汤立为天子，夏民大悦”。亦言汤事，而语与此略同，亦足资参证。《天对》曰“民用溃厥疣，以夷于肤，夫曷不谣”，似所见本民字未误。

玄鸟致贻女何喜　喜一作嘉

案喜当从一本作嘉。嘉与宜韵，若作喜，则失其韵矣。嘉本训生子。卜辞作放，云“□辰王卜，在兮，娍毓放，王乩曰，吉，在三月"（《前》二，一一，二）；"贞今五月好毓，其放"（《萃》一二三二）；"乙亥卜，自贞，王曰，㞢（有）身，放，不曰放"（《佚》五八六）。上曰毓，曰有身，下皆曰放，则放当即生子之谓。生子谓之嘉，亦谓之字，嘉之言加，犹字之言滋也。郑注《月令》曰"高辛氏之世，玄鸟遗卵，娀简吞之而生契，后王以为媒官嘉祥而立其祠焉"，嘉祥即加生之祥。《周语》下曰"赐姓曰姒，氏曰有夏，谓其能以嘉祉殷富生物也"，嘉祉犹嘉祥，谓加生之福祉，故曰"殷富生物"。《尔雅·释天》曰"甘雨时降，万物以嘉，谓之醴泉"，万物以嘉，犹万物以生也。"玄鸟致贻女何嘉"者，贻与胎通，言简狄何以吞鸟卵而生契也。《续汉书·礼仪志》注引此作嘉，《天对》曰"胡乙鷇之食，而怪焉以嘉"，所据本皆不误。

胡终弊于有扈

王国维云：扈当作易，后人多见有扈，少见有易，故改易为扈。案王氏谓扈为易之误，是也，其说易字所以致误之由则非。易卜辞作[illegible]，金文作[illegible]。右半与篆书户字相似，而有扈字本只作户。（《史记·夏本纪》正义，《路史》:《国民纪》三、《后纪》一四。）此盖本作[illegible]，缺其左半，读者误为户字，又依地名加邑旁之例改作扈也。有易之名，明见《大荒东经》及郭注引《纪年》。《周易》亦有"丧羊于易"（《大壮》六五）"丧牛于易"（《旅》上九）之文。不得谓易之误扈，由后人少见而辄改也。

击床先出其命何从　一云其何所从

案当从一本作"其何所从"。上文曰"四方之门，其谁从焉"。

此从字义与彼同，言王亥从何道而出也。王注曰“其先人失国之原，何所从出乎”，是王本正作“其何所从”。

何变化以作诈后嗣而逢长　一云而后嗣逢长

案当从一本作“而后嗣逢长”，乃见问意。王注曰“而后嗣子孙长为诸侯也”，是王本而字未倒。朱本亦作“而后嗣逢长”。

会鼂争盟　一作会晁请盟

案争当从一本作请。请犹盟也。《尔雅·释诂》曰“请，告也”，《仪礼·大射仪》“西面誓之”，注曰“誓犹告也”。请誓同义，则请盟亦同义。盖请之言清也，誓之言晰也，盟之言明也，皆自剖白其情事，以昭告于神明之谓。（《周礼·序官·司盟》注曰“盟，以约辞告神，杀牲歃血，明著其信也”。《释名·释言语》曰“盟，明告其事于神明也”。）《诗》有《大明篇》，即大盟，犹《书》之《大誓》也。其诗曰“维师尚父，时维鹰扬，凉彼武王，肆伐大商，会朝清明”，言太公佐武王伐商，并治其会朝与请盟之事。“请盟”字《诗》正作“清明”。《天问》“会鼂（朝）请盟”即用《诗》语，特《诗》“清明”用古字，《天问》“请盟”用今字耳。“会朝请盟”者，会亦朝也，（《礼记·王制》注曰“朝犹会也”。）请亦盟也“会朝”与“请盟”对举，上下皆同义字。《书·牧誓》曰“时甲子昧爽，王朝至于商郊牧野，乃誓”，朝至即朝致，朝训会（见上），致亦会也，（《周礼·遂人》注曰“致犹会也”。）此谓武王于甲子之朝，朝会庸蜀羌髳微卢彭濮等八国诸侯及其百官而与之盟誓也。《诗》之“会朝”，《天问》之“会鼂”，即《书》之“朝致”，《诗》之“清明”，《天问》之“请盟”，即《书》之“誓”矣。今本

《天问》请作争者,《玉篇》水部引《韩诗》作“瀞明”,疑《天问》古本亦作瀞,争即瀞之误。惟王注不解“争盟”事,或所据本犹未误。

到击纣躬　到一作列

案到疑当为劲,字之误也。《战国策·西周策》“彼且攻王之聚以劲秦”,《史记·韩世家》“不如出兵以劲之”,今本劲亦皆误作到。(隶书从巠之字,或书作至,与至相似,故每误为至。《大荒南经》“有山名玄痓”,郭音风痓之痓,今本误作痓,《九辩》“前轻輬之锵锵兮”,轻今误作轾,并其比。)劲,力也(《列子·说符篇》张注),“劲击”谓猛力击之。一本作列,亦劲之误。(古隶列作剬,与劲形亦近。)《天对》曰“颈纣黄钺,旦孰喜之”,似所见本亦作劲。

其位安施　位一作德

刘永济氏云:位当从一本作德,下文曰“其罪伊何”,“其德”与“其罪”对文以见意。案刘说是也。《管子·立政篇》“大德不至仁”,《群书治要》引德作位。《吕氏春秋·谕大篇》引《夏书》“天子之德”,旧校德一作位。此古书德位互讹之验。王注曰“其王位安所施用乎”,王位亦当作王德。吉藩府翻宋本(下称吉藩本),朱燮元本,黄省曾本,大小雅堂本并作“其王德位”,则合作德与作位二本而并存之。

反成乃亡　反一作及

刘师培云:反当为及。案刘说是也。王注曰“言殷王位已成,反覆亡之”,是王本作“及成乃亡”。今本作反,因及反形近,又蒙注中“反覆亡之”之文而误。

逢彼白雉

案雉当为兕，声之误也。《吕氏春秋·至忠篇》“荆庄襄王猎于云梦，射随兕”，《说苑·立节篇》作科雉，《史记·齐太公世家》“苍兕苍兕”，《索隐》曰“一本或作苍雉”，《管蔡世家》曹惠伯兕，《十二诸侯年表》作雉，并其比。考《殷虚兽骨刻辞》屡纪获白兕，如曰“……于[illegible]田，获白兕，在二月，隹王十祀，彡日，王来征盂[方]，白”（中央研究院藏骨），又曰“辛巳，王眀武曰……彔，获白兕，丁酉……”（《佚》四二七）。周初习俗，多与殷同，殷人以获白兕为盛事，周亦宜然。《初学记》六引《纪年》曰“昭王十六年，伐楚荆，涉汉，遇大兕”。本篇所问，即指斯役。然则昭王所逢，是兕非雉，又有明征矣。

穆王巧梅　梅一作痗

案梅痗并当为坶，字之误也。巧读为考。《书·金縢》“予仁若考”，《史记·鲁世家》作巧，《古鉨》“巧工司马”即考工司马。坶即牧字。《诗·大明》“牧野洋洋”，郑注《书序》引作坶。“考牧”者，《诗·无羊序》曰“《无羊》，宣王考牧也”。此考牧义同，惟彼牧谓牛羊，此谓马耳。考谓考校。周流天下，将以考校八骏之德力，故曰考牧也。

夫何为周流　一云夫何周流

案何下当从一本删为字，本篇“惟时何为”“胡为此堂”，为皆动词，训“作为”，不作介词用。其何故，何因，何为诸义皆只用“何”。“夫何周流”即何为周流也。王注曰“何为乃周旋天下而求索之也”。

然则今本正文为字，乃涉注文而衍欤？朱本无为字。

妖夫曳衙

案衙疑当为衔，字之误也。王注不释衙义，但曰“执而曳戮之于市”。然衙无戮义，是王本不作衙，明甚。上文曰“鸱龟曳衔”。此文“曳衔”之语，正与彼同。今本作曳衙者，衔衙形近，注中又有“夫妇卖是器”之语，故衔误为衙也。“曳衔”者，曳绁同，系也，衔，相衔接也。《汉书·楚元王交传》“胥靡之”，注曰“联系使相随而服役之，故谓之胥靡，犹今之役囚徒，以锁联缀耳”。案《说文》曰“𦓤，绊前两足也”，引《汉令》曰“蛮夷卒有𦓤”，《广雅·释诂二》曰“縻系也”，胥靡即𦓤縻。联系相随，与曳衔之义正合。疑此文曳衔即指胥靡之刑。注训为“曳戮”者，戮缪通，(《国语·吴语》“戮力同德”，《诅楚文》“缪力同心”。)《小尔雅·广诂》曰“缪而紾之为绁”，《广雅·释诂四》曰“缪，缠也”，是曳戮亦缠系牵连之谓，故以“曳戮”训“曳衔”。《国语·郑语》曰“有夫妇鬻是器者，王使执而戮之”，又曰“为弧服者方戮在路”，戮即曳戮，亦犹曳衔矣。

何号于市

案何当为谁。《郑语》曰“府之童妾……不夫而育，故惧而弃之。为弧服者方戮在路，夫妇哀其夜号也而取之，以逸逃于褒”。此文曰“妖夫曳衔，谁号于市”。“妖夫曳衔”即彼之“为弧服者方戮在路”（说具上条），“号于市”，即彼之“夜号”也。号者既为府妾之弃子，则此句问词当用“谁”，审矣。今作“何”者，后人误以号者为妖夫，而嫌谁字于文不顺，遂以意改也。号本训啼，王注训为呼，是亦以号者为妖夫。然则此字之误，自王本已然。

何罚何佑

刘盼遂氏云当作“何佑何罚”，罚与杀韵。案刘说是也。王注曰“善者佑之，恶者罚之”。先言“佑”，后言“罚”，是王本尚未倒。

雷开阿顺而赐封之　一云雷开何顺

案阿当从一本作何。上文曰“比干何逆，而抑沈之”。“何顺”与“何逆”对文以见意。朱本作何顺。《柳集》同。

何圣人之一德卒其异方

游国恩氏云：“卒其异方”当作“卒异其方”，“其”斥梅伯箕子，言梅伯箕子各异其方也。案游说是也。《淮南子·泰族篇》曰“箕子比干，异趣而皆贤”，义可与此互参。王注曰“言文王仁圣，能纯一其德，则天下异方终皆归之也”，是王本“异其”二字已倒。

何令彻彼岐社命有殷国　一云命有殷之国

案当删命字，殷下从一本增之字。上文令字统摄“彻岐社”与“有殷国”二事，此又出命字，于文为赘。令命古同字，命即涉令而衍。

何感天抑墬夫谁畏惧　一无何字　案校注此四字，各本皆在上文“伯林雉经”下。审彼文，何字断不可省，而此文有何字，反成赘疣。误倒无疑。《朱子集注》本“一无何字”四字在本文下，不误。

案当从一本删何字。“谁”已是问词，增何字则意复。王注曰“言骊姬谗杀申生，其冤感天，又谗逐群公子，当复谁畏惧也”。审注意，似亦本无何字。

又使至代之 代一作伐

案代与戒韵。作伐，则失其韵矣。一本非是。

何壮武厉能流厥严

陈本礼，丁晏，俞正燮，江有诰，邓廷桢，马其昶等并谓严当为庄，避汉讳改，庄与亡韵。案众家说是也。庄者，《周书·谥法篇》曰“胜敌志强曰庄”，《独断》下曰“好勇致力曰庄”，是其义。

受寿永多夫何久长

案“永多”“久长”义相重复，殊为无谓。朱本无久字，《柳集》及《御览》八六一引亦无，则“彭铿斟雉帝何飨，受寿永多夫何长”，皆七字句，视今本为胜。然“永多”与“长”于义仍嫌复叠。疑长为怅之缺损。知之者，王注曰“彭祖至八百岁，犹自悔不寿，恨枕高而唾远也”。（《道藏》临字第五号《彭祖摄生养性论》“是以养生法，不唾远不骤行”。）曰悔曰恨，正释怅字之义。今本怅误为长，浅人又增久字以配之，则问意全失，而文句亦结籥为病矣。

中央共牧后何怒蜂蛾微命力何固

案二句当乙转。史言厉王无道，国人怒而攻之，王奔彘，复围索太子，不得，卒得召公子杀之而甘心，即此所谓“蜂蛾（蚁）微命力何固”也。“蜂蛾”喻叛乱之民众，（《史记·项羽本纪》“楚蜂起之将”，《周公殿礼记》“变异蜂起”，《陈球后碑》“蜂聚蛾动”，《淮南子·兵略篇》“天下为之麇沸蠚动”，《后汉书·冯衍传上》“天下蛾动”。）“力何固”言其索王不得，则索太子，索太子又不得，而怒犹未息，卒得召公子杀之而甘心也。《史记》又言厉王既奔彘，共伯和摄行天子事，久之，王崩于彘，共伯将篡位自立，适时大旱，屋焚，卜曰厉王为祟，即此所谓“中央共牧后何怒”也。“后”斥厉王，“怒”谓其降旱为祟。如今本二句倒转，则是王死而为祟在前，被难奔彘在后，按之史实，本末颠倒。以是明其不然。

惊女采薇鹿何祐　祐一作佑

案“惊女”二字当互易。“女惊采薇”者，惊读为警，戒也，言女戒之令勿采薇也。《文选·辨命论》注引《古史考》曰“伯夷叔齐……隐于首阳山，采薇而食之，野有妇人谓之曰‘子义不食周粟，此亦周之草木也’”，即此所谓“女警采薇”也。（《路史·余论》注引《三秦记》曰“夷齐食薇三年，颜色不变，武王戒之，不食而死”。此虽传闻异词，然曰“戒之”，则与本篇曰“警”者，义正符合。）《雕玉集·感应篇》引《列士传》曰“伯夷兄弟遂绝食薇，七日，天遣白鹿乳之”，即此所谓“鹿何祐”也。“女警”与“鹿祐”对文见义。王注曰“有女子采薇菜，有所惊而走”，又曰“女子惊而北走”。此其说事虽误，然详审语意，所据本固尚作“女惊”，不作“惊女”也。一本祐作佑，义长。佑，助也。“鹿何佑”即鹿何助之。王注训祐为福，又云“乃天佑之”，失其旨矣。

伏匿穴处爰何云

案“爰何云”三字，义殊难通。本篇问词有“云何”，（“有扈牧竖，云何而逢”。）无“爰何”。疑此当作“云何爰”。（上文“云何而逢”，一曰“其爰何逢”，一曰“其云何逢”。云爰互误，例与此同。）爰者，《方言》六曰“爰，恚也，楚曰爰”，又二曰“爰，哀也”，《九章·怀沙》曰“曾伤爰哀，永叹喟兮”，并与此爰字义同。“云何爰”与《诗·卷耳》“云何吁矣”句法同，爰吁亦声转义近。又本篇自此以下，词句次第，颠倒特甚。下文“悟过改更（原衍我字，说详后）又何言”当移在此下。知之者，以事类言之，“伏匿穴处云何爰，悟过改更又何言”二句合问一事，下文“荆勋作师夫何长，吴光争国，何久余是胜”（今本二句各为讹夺，说详下条），二句合问一事，文意乃觉贯通。以韵言之，“伏匿”二句中爰与言相叶，“荆勋”二句中长与胜通叶，于韵例亦差合。今本各句次第既有差互，而此文复爰云误倒，则于文于韵，两失之矣。

荆勋作师夫何长

案勋师二字当互易。作犹立也，“荆师作勋”犹言楚师立功。长读为常。自吴王寿梦十六年，至王余祭十二年，二十年间，楚屡胜吴（详《史记》吴楚两世家），故曰“荆师作勋夫何常”也。

悟过改更我又何言　一无我字　今本补注脱此四字，从《朱氏集注》本增。

案当从一本删我字。本篇呵壁之词，所问皆自然现象与历史陈迹，初未羼入作者个人成分，故知我字必系衍文。且如今本作“我又何言”，则是感叹而非诘问语气，篇中亦从无此例。又案此句本当移上与“伏匿穴处”句相承（说详彼条）。“伏匿穴处云何爰，悟过改更又何言”，语意相偶，句法亦一律也。

吴光争国久余是胜

案此句无问词，与本篇文例不合。当于“久”上补“何”字。“吴光争国，何久余是胜”者，言初楚屡胜吴，何以公子光弑立后，吴乃屡胜楚也。又案下文“何环闾穿社”至篇末，问子文之生，及成王弑堵敖代立（前六七一）。其事下距吴公子光弑王僚（前五一四），凡一百五十余年。然则“荆师作勋夫何长（常），吴光争国何久余是胜”二句，当移在下文“何试上自予，忠名弥彰”后，乃与史实符合。

何环穿自闾社丘陵爰出子文　一云何环闾穿社以及丘陵是淫是荡爰出子文

案当依一本作“何环闾穿社，以及丘陵，是淫是荡，爰出子文”。今本云云，必后人恶其猥亵而改之如此。王注与一本文意全合，是此文之窜改尚在王后。

吾告堵敖以不长

案吾疑当为语，字之误也。堵敖，楚文王子熊囏也。堵敖弟熊恽，弑堵敖自立，是为成王。成王八年，子文为令尹。疑此及下“何试上自予，忠名弥彰”二句，仍问子文事，言子文语告杜敖如此也。今本作吾，则是作者自告堵敖。本篇虽非必屈原所作，然所问人事至春秋而止，是作者至早亦当为战国初人，安得与春秋初叶之堵敖相对论事哉？

九　章

惜诵

所作忠而言之兮　作一作非

案作当从一本作非，字之误也。所悦古通。“所非忠而言之”犹言悦所言之不实也。后人不达所字之谊，乃以非作形近，又涉下文“作忠以造怨”之语，而改非为作。王注曰“设君谓己所（今误作）言非忠（今脱此字）邪”，是王本字仍作非。朱本亦作非，《李太白诗集注》一《古风》注引同。

令五帝以枂中兮　枂一作折

案枂析同，析折古又同字。《史记·孔子世家》索隐引亦作折。朱本，朱燮元本，大小雅堂本同。

羌众人之所仇　一本仇下有也字

又众兆之所雠　一本雠下有也字

案两句末均当从一本补也字。此文“……羌众人之所仇也，……又众兆之所雠也，……羌不可保也，……又（原误有，详下）招祸之道也”，四也字连用，与后文“……何不变此志也，……又犹（原误犹有，详下）囊之态也，……何以为此伴也（句首原衍又字，详下），……又何以为此援也”四句，及“……亦非余心之所志，……又众兆之所咍，……謇[而]（原脱而字，详下）不可释，……又蔽而莫之白”四句，一本句末皆有也字，词例悉同。凡句末用“也”字者，必四句连用。此其为例，至为著明。今本写官于各也字或删或存，漫无统纪，盖于篇中词例，未之留意耳。朱本仇下雠下并有也字，最是。

有招祸之道也

案有当为又。上揭句末连用四“也”字诸例中，其第四八两句首皆有“又”字，是其定例。下文“又犹囊之态也”，今本误作“犹有”，盖亦“又”先误为“有”，“有犹”无义，乃倒其文以取义也。

亦非余之所志　一本此句末与下文皆有也字

又众兆之所咍

案当从一本于两句末补也字。详上“羌众人之所仇”“又众兆之所雠”条。朱本有两也字。

行不群以巅越兮

案《类聚》一九引巅作颠。朱本同。颠巅通。

謇不可释　一本句末有也字

又蔽而莫之白　一本句末有也字

案以上句末并当从一本补也字，说已详上。朱本有两也字。又疑謇下当有而字。《哀郢》曰“思蹇产而不释”,(注曰“蹇产,诘屈也”。)《抽思》曰“思蹇产之不释兮”。謇与蹇通,犹蹇产也。“謇而不可释”与“蔽而莫之白”文相偶称。王本謇下夺而字,因以謇为语辞,失之远矣。

心郁邑余侘傺兮 心一作忳

案心疑为忳之坏字。“忳郁邑”与《离骚》“斑陆离其上下”之“斑陆离”,《哀郢》“忽荒忽其焉极”之“忽荒忽”,“蹇侘傺而含感”之“蹇侘傺”,《远游》“怊惝怳而永怀”之“怊惝怳”,皆联绵字上又著一同义之限制词。本篇语多袭《杂骚》,彼正作“忳郁邑余侘傺兮”。又案下句“情”字不入韵,疑此句下脱去二句,说详下条。

又莫察余之中情

案此句不入韵,推寻其故,盖由脱简所致。考《离骚》《天问》《九章》均当以四句为一行。本篇“忳郁邑余侘傺兮”以下四句,疑本系二行八句。今本因脱四句,而以二行之文并为一行,故致“情”“路”二字无韵。古本似当作“忳郁抑余侘傺兮,□□□□□□,□□□□□□ 兮,又莫察余之中情(以上一行)。□□□□□□ 兮,□□□□□□,固烦言不可结诒兮,愿陈志而无路(以上一行)。”以文义求之,“忳郁抑余侘傺兮”与“又莫察余之中情”殊少连贯,故疑此行所脱二句,当在此二句之间。至次行之“愿陈志而无路”,与后文“退静默而莫余知兮,进号呼又莫吾闻”,则语意正相衔接,故知彼行所脱二句,必不在行末而在行首。朱子以此文“情”“路”不叶,欲依《离骚》改“中情”为“善恶”,其说虽近理,然终疑二语形声俱远，无由致误，故不取之。王注曰“曾无有察我之中情也”，是王本仍作中情。

魂中道而无杭　杭一作航

案无疑本作亡。“亡杭”叠韵连语，即茫沆，魂气浮动貌也。《淮南子·俶真篇》“茫茫沆沆”，高注曰“茫茫沆沆，盛貌”。《文选·西京赋》“沧池漭沆”，薛注曰“漭沆犹洸潒”，刘桢《鲁都赋》“又有盐池漭沆（元误沈）”（《书钞》一四六引），《尔雅·释言》“沄，沆也”。郭注曰“水流漭沆”。《说文》曰“沆，莽沆大水”。漭莽并与茫通。或倒言之曰“沆茫”“沆漭”。扬雄《羽猎赋》“鸿濛沆茫”，黄香《九宫赋》曰“泑沆漭以扎坱”，马融《广成颂》曰“瀇瀁沆漭”，是也。案水动曰茫沆，气动亦曰茫沆，其义一而已矣。又《尔雅》训沄为沆，《说文》亦曰“沄，转流也，读曰混，一曰沆”。（旧脱此三字，据《尔雅·释文》引补。）魂之为言犹沄也。（《古微书》引《孝经援神契》曰“魂，芸也，芸芸动也”，《白虎通义·性情篇》曰“魂犹伝伝也，行不休也”。沄芸伝字异义同。）魂之貌曰茫沆，犹沄一曰沆，故曰“魂中道而茫沆”。后人不知“亡杭”为“茫沆”之借字，而读亡为有亡之亡，训杭为舟杭，因改亡为无，一本又改杭为航，其陋甚矣。

惩于羹者而吹齑兮　一无者字一云惩于热羹者一云惩热于羹

案当从一本删者字。“惩于羹而吹齑兮”与“欲释阶而登天兮”语意平列，皆七字为句。朱本无者字。《困学纪闻》二〇引作“惩热羹而吹齑”，亦无者字。（柳宗元《与杨诲之疏解车义第二书》引有者字，则唐时已有衍“者”之本。）

犹有曩之态也 犹有一作又犹

案当从一本作“又犹”，详上“有招祸之道也”条。

又何以为此伴也

案又字当删。此涉下文“又何以为此援也”而衍。凡以“也”字殿尾之句，连用至四次时，唯第四八两句首用“又”字，二六两句不用也。详“有招祸之道也”条。

吾至今而知其信然 一云吾至今而知其然一云吾今而知其然

案当从一本作“吾今而知其然”。而犹乃也（朱本而正作乃）。然亦信也。《诗·采苓》曰“人之为言，苟亦无信，舍旃舍旃，苟亦无然”，然与信为互文。《史记·张耳陈余传》曰“张耳陈余始居约时，然信已死”，然亦信也。本书《惜往日》曰“不清澈其然否”，即信否。《九歌·山鬼》曰“君思我兮然疑作”，然疑犹今言将信将疑。“吾今而知其然”，即吾今乃知其信，语意已明。今本“今”上有“至”字，“然”上有“信”字，皆后人妄增。一本作“吾至今而知其然”，未衍“信”字，朱燮元本，大小雅堂本及《御览》七二四引俱作“吾今而知其信然”，未衍“至”字，互有得失，并视今本为差胜。惟黄省曾本无至字信字，最是。

坚志而不忍 一云盖志坚而不忍

案当从一本作“盖志坚而不忍”。《悲回风》曰“暨志介而不忘”，盖暨声近，（《哀郢》“好夫人之忼慨”，《释文》慨作礚。）坚介义同，语义句法并与此相似，可资互证。朱本亦有盖字，惟“志坚”倒作“坚志”。

背膺胖以交痛兮　一本胖下有合字一云背膺𢿱胖其交痛

案胖上当从一本补𢿱字。《周礼·小宰》"四曰听称责以傅别"，注曰"傅别，谓为大手书于一札，中字别之"。又《士师》"凡以财狱讼者，正之以傅别约剂"，注曰"傅别，中别手书也"。二职"傅别"故书并作"傅辨"，郑兴注《小宰》，郑众注《士师》俱读为"符别"。案《说文》曰"符，……汉制以竹，长六寸，分而相合"，《汉书·文帝纪》注曰"与郡守为符者，谓各分其半，右留京师，左以与之"。《释名·释书契》曰"莂，（各本作前，从《广韵》改。）别也，大书中央，中破别之也"。符别即符莂。𢿱胖与傅辨，傅别，符别，俱声之转。（《书·禹贡》"禹𢿱土"，《荀子·成相篇》作傅。《诗·长发》"𢿱奏其勇"，《大戴礼·卫将军文子篇》作傅。《广雅·释言》"傅，𢿱也"。别转为胖，则犹傅别一曰判书。胖辨声亦近。）惟此为动词，彼为名词耳。"背膺𢿱胖以交痛"者，犹言背胸分裂，如符莂之中破，因而心中交引而隐痛也。今本无𢿱字，盖后人不达"𢿱胖"之义而删之。一本胖下又增合字，大谬。

故重著以自明

案本篇叶韵，通以二进。此处粮芳明三字相叶，独为奇数，于例不合。疑此下本有二句，今本脱之。

矫兹媚以私处兮愿曾思而远身

案二句当互易。知之者，《涉江篇》"世溷浊而莫余知兮，余方高驰而不顾"二句，原在本篇末，与此二句首尾相衔（说详《涉江》）。此本作"愿曾思而远身兮，矫兹媚以私处"，"处"与彼文"顾"韵也。今本二句误倒，则失其韵。又案“曾思而远身”，义不可通。疑思当为逝，声之误也。《淮南子·览冥篇》曰“遝（原误还，从孙诒让改）至其曾逝万仞之上”，（高注“曾犹高也，逝犹飞也”。）本书《九思·悼乱》曰“玄鹤兮高飞，曾逝兮青冥”。或曰增逝。《史记·贾生传·吊屈原文》曰“摇增逝而去之”，（逝上原有翮字，即逝之讹衍。）《汉书·梅福传》曰“夫戴鹊遭害，则仁鸟增逝”，班彪《览海赋》曰“超太清以增逝”。张华《鹪鹩赋》曰“又矫翼而增逝”。此云“愿曾逝而远身”，（《吕氏春秋·权勋篇》“为人臣不忠贞，罪也，忠贞而不用，远身可也”。本书《哀时命》“时猒饫而不用兮，且隐伏而远身”。）犹上文云“欲高飞而远集”也。本篇末段大意与《离骚》末段略同，彼云“吾将远逝以自疏”，曾逝亦犹远逝也。今本逝误为思，王注据而释之曰“则愿私居远处，唯重思而察之”，是以“曾思而远身”为“远身而曾思”。意者文既有误，义不可通，则不得不支离缴绕以强说之耳。

涉江

冠切云之崔嵬

案原本《玉篇·山部》，《书钞》一二二，《类聚》一，《御览》八，又三四四，又六八四，《事类赋注》一二，《海录碎事》五并引切作青。刘师培谓当作青，引《九叹·惜贤》“冠浮云之峨峨”，注云“冠切浮云”，而正文无切字，以证此注云“其高切青云”，正文亦不必是切字。案刘说非也。崔嵬，高貌。切云犹摩云。冠曰切云，正状其高。若作青云，则但谓其状如云，而不必有高义。《后汉书·舆服志下》有通天冠。切云之名，犹通天耳。（《说苑·善说篇》"昔者荆为长剑危冠，令尹子西出焉"。危亦高也，危冠或即切云之类。）《哀时命》曰"冠崔嵬而切云兮"，即袭此文，而字亦作切。《类聚》六七引本篇仍作切。各本并同。

被明月兮佩宝璐世溷浊而莫余知兮吾方高驰而不顾驾青虬兮骖白螭吾与重华游兮瑶之圃登昆仑兮食玉英与天地兮同寿与日月兮同光

案此文当作"世溷浊而莫余知兮，余方高驰而不顾，乱曰：驾青虬兮骖白螭，被明月兮佩宝璐，□□□□□□□，（句中所缺字数，不可确知，姑依多数句例定之。后仿此。）吾与重华游兮瑶之圃，□□□□□□□，登昆仑兮食玉英，与天地兮同寿，与日月兮齐光"。并全段移在《惜诵》篇末。考本篇篇首言驾虬骖螭，游瑶圃，登昆仑，皆游仙之事，而自"哀南夷之莫吾知兮"以至篇末，所言又俱属现实境界。且既曰"高驰不顾"，又曰"与天地同寿，与日月同光"则是已离群高举，与造物者为友矣，乃下文复云"固将愁苦而终穷"。此其一篇之中，前后矛盾，尤不可解。（黄文焕贺宽辈亦尝怀疑及此。）及考《惜诵》篇末身字不入韵，而此八句与彼末段语意适相衔接，乃知八句为彼篇之文，遂写误入于此也。《惜诵》篇末"愿曾逝而远身兮，矫兹媚以私处"（二句原误倒，说已详上）二句，语意一贯，韵亦相叶，四句当同隶一行（本篇亦以四句为一行）。《惜诵》

"椅木兰以矫蕙"四句详"曾逝远身"前之备具，本篇"驾青虬兮骖白螭"以下，并缺文八句，正叙"曾逝远身"之事，此又其文中脉络之历历可考者也。至今本《惜诵篇》末文多夺乱，已分见前条。此八句既本属彼篇，又经迻写羼入本篇，则其间颠倒夺失，度亦不免。今验"被明月兮佩宝璐"，与"驾青虬兮骖白螭"以下五句，兮字皆在句中，于文例当毗连。更以韵例衡之，知"被明月"句当在"驾青虬"句下，而"被明月"与"吾与重华"二句之间当更有一句，然后璐圃二字乃得相叶。盖本书通例，凡于韵二字相叶者，于文当有四句，于韵三字相叶者，于文当有六句，余以类推。今璐圃二字相叶，而文只三句，故知其间必有脱文。（即并"世溷浊"二句计之，顾璐圃三字相叶，于文亦当有六句。今才五句，故于例仍不合。然璐圃二韵，实系乱词〔详下〕，似不当与本词处顾二韵连读。）下文"登昆仑"与"与天地"二句间所缺一句，亦可以同类原则推知之。又知"驾青虬"上当有"乱曰"二字者，语调之变，由于乐调之变，历验他篇而不爽。本篇（《惜诵》）上文兮字皆在句末，至此忽改在句中，故知必系乱词也。考《九章》诸篇，除《橘颂》内容体制皆异，宜自为一类外，自余八篇中，应以《惜诵》《涉江》《哀郢》《抽思》《怀沙》为一类，《思美人》《惜往日》《悲回风》为一类（说别详）。前者五篇中，四篇皆有乱词，则《惜诵》亦当有也。要而言之，此八句《涉江》有之为赘疣，《惜诵》无之为俄空，今以移归《惜诵》则庶乎《惜诵》《涉江》，两得其宜矣，（《涉江》篇首"余幼好此奇服兮，年既老而不衰，带长铗之陆离兮，冠切云之崔嵬"四句，今在"被明月"前，余初疑亦《惜诵》文。然细按文义，殊不类。疑"被明月"等八句初阑入《涉江》时，本在四句前，后人以"被明月"云云不似开章语，乃移四句于彼前，使与"带长铗""冠切云"等语相配，遂成今本耳。）

哀南夷之莫吾知兮旦余济乎江湘

案湘字不入韵，疑此文上或下脱二句。

步余马兮山皋邸余车兮方林

案此非乱词，不当于句中用兮字。二句疑当作"步余马于山皋兮，邸余车乎方林"。《离骚》二句连用介词时，每上句用"于"，下句用"乎"（详《离骚》"朝吾将济于白水兮"条），此或同然。

齐吴榜以击汰

王注曰"吴，大也，（各本脱"大也"二字，下文"齐举大棹"可证。《文选·海赋》注引"榜，船棹也"四字，不与吴字连读，所据本似犹未脱。）榜，船棹也，……言……士卒齐举大棹而击水波。……或曰'齐悲歌'，言愁思也"。案《哀郢》曰"楫齐扬以容与兮"，（注"楫，船棹也"。）与此"齐吴榜以击汰，船容与而不进"，语意相仿。王引一本作"齐悲歌"，义虽可通，然以《哀郢》证之，似仍以作"吴榜"为正。

淹回水而疑滞　疑一作凝

案疑与凝通，《书抄》一三七，《御览》七七〇，《文选》江文通《别赋》注引并作凝。朱本，朱燮元本，大小雅堂本并同。

接舆髡首兮桑扈臝行

案行字不入韵，依例"接舆髡首"上当缺二句。此处文多偶行，所缺二句词意盖与"忠不必用"二句相偶，犹下"接舆髡首"二句亦与"伍子逢殃"二句相偶也。

哀郢

荒忽其焉极　一本荒上有怊字

案当从一本补怊字。怊读为超，远也（《方言》七）。荒忽亦远也。《汉书·严助传》注曰“荒言荒忽绝远，去来无常当也”，《后汉书·马融传》注曰“荒忽，幽远也”。“怊荒忽”者，连绵词上又著一同义字为限制语。本书词例，此类甚多。（详《惜诵》“心郁邑余侘傺兮”条。）《七谏·自悲》曰“超慌忽其焉如”，盖即袭此文。《渚宫旧事》三亦有怊字。朱本，朱燮元本，大小雅堂本并同。

忽若不信兮　一本若下有去字

武延绪云：当作“忽若去而不信兮”。案武说近是。忽犹恍忽也。此盖言身虽去国，犹疑未去，心志瞀乱，若在梦中也。《渚宫旧事》亦有去字。朱本，朱燮元本，大小雅堂本同。

瞭杳杳而薄天　一云杳冥冥而薄天

案“杳杳”当作“冥冥”，字之误也。“瞭冥冥”即“杳冥冥”。（瞭一音杳，见《九辩》洪氏《补注》。）《九歌·东君》曰“杳冥冥兮东行”，《山鬼》曰“杳冥冥兮羌昼晦”，《九叹·怨思》曰“经营原野，杳冥冥兮”，《汉书·礼乐志·郊祀歌》曰“杳冥冥，塞六合”，《列女传》六《赵津女娟传》曰“水扬波兮杳冥冥”，皆“杳冥冥”连文。本篇“尧舜之抗行兮”以下八句互见《九辩》中，彼正作“瞭冥冥而薄天”，一本瞭亦作杳，与此全同，是其确证。

信非吾罪而弃逐兮何日夜而忘之

案本篇用韵亦以二进，此处时丘之三字相叶，于例不合。疑此二句下当更有二句，今本脱之。

抽思

独永叹乎增伤

案本篇句中例不用乎字。《文选·长门赋》注，张平子《四愁诗》注并引乎作而，当据改。

昔君与我诚言兮　诚一作成

案诚当从一本作成。《左传·襄二十七年》曰“成言于晋”，《离骚》曰“初既与余成言兮”。此“成言”义同。《李太白诗集》一注引亦作成。朱本，朱燮元本同。

兹历情以陈辞兮　一作历兹情

案当从一本作“历兹情”。《离骚》曰“喟凭心而历兹，……就重华而陈辞”，《哀时命》曰“怀隐忧而历兹”，皆曰历兹，不曰兹历。历兹即历兹情之谓。王注曰“发此愤思，列谋谟也”，以“发”释“历”，以“此愤思”释“兹情”，是王本正作“历兹情”。

固切人之不媚兮

案“切人”无义。以上下文义求之，疑人当为言，声之误也。《诗·青蝇》“谗人罔极”，《史记·滑稽列传》《汉书·武五子·戾太子据传》《论衡·言毒篇》《新唐书·颜真卿传》引人并作言，《韩非子·显学篇》“象人百万，不可谓强”，卢校象人或作偪言，《韩诗外传》六“可与言终日而不倦者，其惟学乎”，《说苑·建本篇》《家语·致思篇》言并作人，并其比。贾山《至言》曰“切直之言，明主所欲急闻”，《说苑·贵德篇》曰“愿陛下察诽谤，听切言”。是切言者，犹直言也，故曰“不媚”。

何毒药之謇謇兮　一作何独乐斯之蹇蹇兮

案毒药当作独乐，之当作斯。“何独乐斯蹇蹇兮，愿荪美之可光”（原作完，从一本改）者，犹言余何以独好为此蹇蹇忠直之言哉，冀君美德可以光大也。《离骚》曰“余固知謇謇之为患兮，忍而不能舍也，指九天以为正兮，夫唯灵修之故也”，即此二句之旨。今本独乐作毒药者，盖涉注文“忠言（各本均误作信，今正）不美，如毒药也”而误。不知古谚虽以毒药喻忠言，忠言谓之謇謇可也，毒药谓之謇謇，则不可。且王逸注此书，有依字立训，逐句作解者，此寻常传注之体。有檃栝句义，自铸新词，大都为四言韵语者，此王氏自创之变体。本篇注文属后例，故注与正文间，不能字栉句比，一一印合。此注“毒药”之语，自是借用古谚成喻以发明正文謇謇之义，奚必正文有“毒药”字哉？后人徒以“独乐”与“毒药”，或则声迩，或兼形似，遂据以径改正文，偵矣。朱子从一本作“独乐斯”，最是。其“斯”下“之”字，于义似赘，删之为是。

愿荪美之可完　完一作光

马瑞辰云：完当从一本作光。光与亡韵。案马说是也。光，充也，大也（互详上条）。

望北山而流涕兮临流水而太息

案本篇韵例亦以二进，此处侧得息三字相叶，依例亦当脱二句。

寻上文“道卓远而日忘兮，愿自申而不得”二句无注，当系今本夺漏。以常情推之，所夺正文二句，宜在所夺注文邻近，故又疑夺去二句当在“望北山”句上。

魂识路之营营

案识路当为织络，字之误也。《后汉书·张衡传·思玄赋》“庸织络于四裔兮”，注曰“织络犹经纬往来也，织或作识”，《文选》络作路。《范书》一本与《文选》字各有误，与此适同。《诗·青蝇传》曰“营营，往来貌”。织络为往来，营营为往来之貌，故曰“魂织络之营营”。且上云“愿径逝而未得兮”，径者直也，径逝未得与织络营营，义亦相成。王注曰“精灵主行，往来数也。或曰识路，知道路也”，是王所据本作职路，别本始作识路，然而皆非也。

怀沙

眴兮杳杳

案“眴兮”当作“眴眃”，句末当补兮字。眴与眩古字通（《文选·剧秦美新》注）。《文选·思玄赋》“儵眩眃兮反常闾”，旧注引《苍颉篇》曰“眩眃，目视不明貌”。王注曰“杳杳，深远貌也”。“眴眃杳杳”四字义近，犹下文“孔（空）静幽默”亦四字一义也。今本因眃缺损作云，草书云兮形近，遂误作兮。句中眃误作兮，后人复删句末兮字，则与全篇句法不一律矣。

易初本迪兮

案本疑当作变。变卞古通，（《书·尧典》“于变时雍”，《孔宙碑》作卞。《顾命》“率循大卞”，《庄子·天下篇》作“唯循大变”。）此盖本作“易初卞迪”。卞迪即变道。（道迪古亦通。《书·君奭》“兹迪彝教”，《史记》作道。又“我道唯宁王德”，马本作迪。）卞与草书东相似，故误为本。“易初变道”，与下文“章画志墨”语例同，皆二词平列，上一字动词，下一字名词，而义各相同。“易初变道兮，君子所鄙”，又与《思美人》“欲变节以从俗兮，愧易初而屈志”，语意相仿。此以“易初”与“变迪（道）”对文，犹彼以“易初”与“变节”对文也。王注曰“迪，道也，（各本均脱此三字。《史记》迪作由，《集解》引王注“由，道也”，今据补。）……言人遭世遇（句中似有脱字），变易初行，违（各本误远）离常道，贤人君子之所耻不忍为也”，正以“违离常道”释“变迪”二字。（释“变”为“违离”者，上已释“易”为“变易”，此不得不变词以避复。）

玄文处幽兮 《史记》作幽处

案当从《史记》作“幽处”。“玄文（冥）幽处”与下文“离娄微睇”文相偶，处睇皆动词，幽微皆副词也。

矇瞍谓之不章 《史记》无瞍字

案当从《史记》删瞍字。“矇谓之不章”，与下文“瞽以为无明”句法一律。王注曰“矇，盲者也”，不释瞍字，是王本无此字。其引《诗》“矇瞍奏公”，又云“则矇瞍之徒以为不明也”者，乃以矇瞍释矇字，非必正文有瞍字也。今本据注以增正文，非是。

夫惟党人鄙固兮羌不知余之所臧　《史记》作夫党人之鄙妒兮羌不知余所臧

案当从《史记》移之字于“党人”下，作“夫惟党人之鄙固兮，羌不知余所臧”。元本同《史记》。朱本正作“夫惟党人之鄙固兮”。

邑犬之群吠兮吠所怪也　一云邑犬群兮吠所怪也《史记》无之字

案当从《史记》作“邑犬群吠兮，吠所怪也”。一本“之”字亦未衍，惟“群”下敚“吠”字。柳宗元《答韦中立论师道书》引无之字。李壁《王荆公诗注》三一《次韵张氏女弟吟雪》注，三八《次韵答陈正叔》注引亦无。朱本，朱燮元本，大小雅堂本并同。

岂知其何故　一本句末有也字《史记》作岂知其故也

案当从《史记》作“岂知其故也”。朱燮元本，大小雅堂本同。《索隐》引岂作莫，亦通。

邈而不可慕　一本句末有也字《史记》作邈不可慕也

案当从《史记》作“邈不可慕也”。朱燮元本，大小雅堂本同。

惩连改忿兮　《史记》连作违

王念孙云：连当从《史记》作违。违与愇通，《广雅·释诂四》曰“愇，恨也”。“惩违”与“改忿”对文。案王说是也。朱本亦作违。朱燮元本，大小雅堂本并同。

浩浩沅湘分流汩兮　分一作汾

案一本分作汾，最是。汾读为溢，《汉书·沟洫志》注曰“溢，涌也”。郭璞《江赋》曰“溢流雷煦而电激”，汾流即溢流。《列子·黄帝篇》释文曰“汩，涌波也”。汾汩义近，故曰“汾流汩”。古者南楚诸水皆曰湘，诸湘有江湘，沅湘，潇湘，即江水，沅水，潇水。“浩浩沅湘，汾流汩”者，谓沅湘之水，溢涌淢汩而流也。今本字作分，不知者鲜不训为分别，而以沅湘为二水者。王注不释分字，盖即如字读之。

道远忽兮 《史记》自道远忽兮以下有曾唫恒悲兮永叹慨兮世既莫吾知兮人心不可谓兮四句

案《史记》此下四句即本书后文“曾伤爰哀，永叹喟兮，世溷浊莫吾知，人心不可谓兮”四句之异文。朱本文从本书，次依《史记》，按之文义，最为允洽。当据以乙正。（《史记》于下文又出“曾伤爰哀，永叹喟兮，世溷不可知，心不可谓兮”十八字，〔朱燮元本，大小雅堂本同。〕王引之以为后人据《楚辞》增入，而不知其文为复出也。张文虎说同。案《史记》“乱曰”以下，每句末皆有兮字，独此四句中才两用兮字，与本书乱词之韵例适合，其为后人据本书增入无疑。）

怀质抱情独无匹兮

朱子云：匹为正之误。（匹俗作疋，与正形近。）正与程韵。《哀时命》曰“怀瑶象而握琼兮，愿陈列而无正”，语意本此。案朱说是也。《史记》亦误作匹，惟日本泷川龟太郎《史记会注》引枫本三本并作正。不知彼邦旧本《史记》如此，抑据朱说改之。

万民之生 一云民生有命《史记》民作人一云民生禀命

案当从一本作“民生禀命”。《国语·晋语七》曰“将禀命焉”，《楚语上》曰“是无所禀命也”，是“禀命”为古之恒语。王注曰“言万民禀受天命”，正以“禀受天命”释“禀命”二字。宋本及泷川《会注》本《史记》并作“民生禀命”。朱本，元本同。

曾伤爰哀永叹喟兮世溷浊莫吾知人心不可谓兮

案四句当移在上文“道远忽兮”下，说详彼条。

思美人

因归鸟而致辞兮羌宿高而难当　一云羌迅高而难寓

案宿当从一本作迅。宿为夙之异体。古隶夙作殂，迅作訊，形相近。疑此本作迅，误为殂，又转写作宿。迅有跃义。《说文》曰“跃，迅也”，跃训迅，则迅亦训跃。又有飞义。《说文》曰“卂，疾飞也”，卂为迅之初文。合此二义，则直飞刺上亦谓之迅。“因归鸟而致辞兮，羌迅高而难当”者，谓将畀辞于鸟，而鸟已高举也。曹植《九愁赋》曰“愿接翼于归鸿，嗟高飞而莫攀”，陈琳《止欲赋》曰“欲语言于玄鸟，玄鸟逝以差池”，语意并与此相仿。《文选》王仲宣《赠士孙文始诗》注引此正作“羌迅高而难当”。朱本，朱燮元本，大小雅堂本同。“难当”一本作“难寓”，字之误也。

勒骐骥而更驾兮造父为我操之

案本篇用韵亦以二进。此处之时期三字相叶，于例不合。疑此二句下原有二句，今本脱之。

与纁黄以为期　纁一作曛

案曛纁正借字。《文选》谢灵运《晚出西射堂诗》注，慧琳《一切经音义》八四引并作曛。朱燮元本，大小雅堂本同。

吾谁与玩此芳草　此一作斯

案草与上文莽不叶。《远游》《哀时命》并云“谁可与玩斯遗芳”。疑此亦本作“吾谁与玩斯遗芳”，芳与莽韵。（“莽”于《离骚》《怀沙》二篇，与鱼部字相叶。此疑仍读入阳部。《悲回风》“莽芒芒之无仪”，犹下文之“罔芒芒之无纪”，《远游》“时曖曃其曭莽兮”，曭莽叠韵连语，可证本书莽字亦有莫朗切之音。）今本作“此芳草”者，正犹《远游》一本之亦作“此芳草”也。

观南人之变态

案人疑当为夷。金文夷作，与人同字，故古书人夷每相乱。《涉江》曰“哀南夷之莫吾知兮”。此亦当是南夷。变态犹异状，（《荀子·君道篇》“并遇变态而不穷”，《文选·子虚赋》“殚睹众物之变态”，《上林赋》“览将帅之变态”，《西京赋》“尽变态乎其中”，薛注曰“变，奇也”。）谓殊方土人之异俗，如上文“解萹薄〔苻〕与杂菜兮，备以为交〔绞〕佩”（《墨子·辞过篇》“古之民未知为衣服时，衣皮带茭”，《尚贤中篇》“傅说被褐带索”，《韩诗外传》十“楚丘先生披蓑带索”。带茭即带索。《仪礼·丧服》“苴绖杖绞带”，传曰“绞带者绳带也”。茭与绞同。交〔绞〕佩即绞带，谓以草为带也。）之类是矣。

芳与泽其杂糅兮羌芳华自中出

案出字不入韵。疑二句上或下脱去二句。

纷郁郁其远承兮　承一作蒸

案纷当为芬，承当从一本作蒸，并字之误也。郁郁，香气也

(《后汉书·冯衍传》注)。气上行曰蒸。"芬郁郁其远蒸",犹言香气远闻也。朱本承作烝。烝蒸同。

羌居蔽而闻章　一云居重蔽而闻章

案一本作"居重蔽而闻章",义长。扬雄《逐贫赋》曰"人皆重蔽,予独露居",重蔽之义同此。闻谓声闻。章同彰,显也。言虽居于重蔽之室内,而声闻犹能彰显于外也。

广遂前画兮未改此度也命则处幽吾将罢兮愿及白日之未暮　一本句末有也字　独茕茕而南行兮思彭咸之故也

案此文疑当作"广遂前画兮,未改此度也,命则处幽兮,吾□□□也。时暧暧其将罢兮,愿及白日之未暮也,独茕茕其南行兮,思彭咸之故也"。度暮故三字相叶。依二进韵例,当脱一韵。"命则处幽,吾将罢兮",词意不属,疑下句文多夺漏,写者缀合残余,以为一句。《离骚》《哀时命》并云"时暧暧其将罢兮"。此"将罢兮"上若补"时暧暧其"四字,则与下句语意适合。既以"将罢兮"三字属下读,则"吾"下之"□□□也"四字,"幽"下之"兮"字,又均可以上下句法推得之。暮下一本有也字,与上下句法合,今亦据补。

惜往日

被离谤而见尤　离一作讟

案《七谏·沈江》曰"正臣端其操行兮,反离谤而见攘",与此"何贞臣之无罪辠兮，被离谤而见尤”语意酷似。疑此文被为反之讹。反讹为皮，因改为被也。“反离谤而见尤”与《惜诵》“纷逢尤以离谤兮”语亦相仿。一本以“被离”义复而改离为譺，朱本从之，殆不可凭。

身幽隐而备之

案备字无义，疑当为避，声之误也。（俗读避备声相乱。《韩非子·守道篇》“立法非所以备曾史也”，宋本备作避。《吕氏春秋·节丧篇》“奸邪盗贼寇乱之患，慈亲孝子备之者，得葬之情矣”，俗本备作避。《淮南子·主术篇》“闺门重袭以备奸贼”，备今亦误作避。）“惭光景之诚信兮，身幽隐而避之，临沅湘之玄渊兮，遂自忍而沈流”者，避谓避光景，有惭于光景，故欲避之而隐身于玄渊之中也。《史记·贾生传·吊屈原文》曰“袭九渊之神龙兮，沕深潜以自珍，弥融爚以隐处兮，夫岂从蚁与蛭螾”。正义引顾野王曰“弥，远也。融，明也。爚，光也。没深藏以自珍，弥远光明以隐处也”。“弥融爚”《汉书》作“偭蟂獭”，注引应劭曰“偭，背也”。案弥偭一声之转，背与远离义近，背之亦即避之。彼言背绝光明以从神龙于九渊之下（《悲回风》“蛟龙隐其文章”），此言避去光景而自隐于玄渊之中，义可互参。

谅聪不明而蔽壅兮　一云不聪明

案《广雅·释诂四》曰“聪，听也”。聪不明即听不明。《易·噬嗑》上九《象传》曰“何校灭耳，聪不明也”。《释文》引马注曰“耳无所闻”。《夬》九四《象传》曰“闻言不信，聪不明也”，正义曰“聪，听也”。是“聪不明”为古之恒语。一本作“不聪明”（朱燮元本，大小雅堂本同），朱子又疑当作“谅聪明之蔽壅兮”，均非。

背法度而心治兮　治一作殆

案《韩非子·用人篇》曰“释法术而用心治”，语意与此同。一本治作殆，非是。

橘颂

类可任兮　一云类任道兮

案当从一本作“类任道兮”。道与丑韵。如今本，则失其韵矣。精读为綪，赤黄色也。“綪色内白”犹李尤《七叹》云“金衣素里”。任犹抱也(《诗·生民传》)。此言橘之为物，焜煌其外，洁白其里，如抱道者然也。王注曰“故可任以道而事用也”，是王本尚不误。朱本，元本亦作“类任道兮”。

不终失过兮　一云终不失过兮

案一本作“终不失过兮”，于文为顺，当从之。王注曰“终不敢有过失也”，是所据本未倒。《草堂诗笺》一《与李十二白寻范十隐居》注引亦作“终不失过兮”。朱燮元本，大小雅堂本同。朱本，元本及《困学纪闻》一〇引并作“终不过失兮”，“终不”二字是，“过失”二字倒。

悲回风

伤太息之愍怜兮　怜一作叹

案作“愍怜”者是也。《九辩》曰“心闵怜之惨凄兮”，愍怜即闵怜。慧琳《一切经音义》八九引此作悯怜，悯闵同。一本作愍叹，盖涉王注“忧悴重叹”之文而误。

居戚戚而不可解　一无可字

案“居”与上下文“愁”“心”“气”诸字义不类。王注曰“思念憔悴，相连接也”，疑居为思之误。又案“不”下当从一本删“可”字。“思戚戚而不解”，与上文“愁郁郁之无快”（之一作而），下文“心鞿羁而不开”，（原误形，详下条。）“气缭转而自缔”，句法一律。《文选》谢灵运《游南亭诗》注，潘安仁《悼亡诗》注，陆士衡《答张士然诗》注引并无可字。朱燮元本，大小雅堂本同。

心鞿羁而不形兮　形一作开

案形当从一本作开，字之误也。（开缺损成开，后人妄沾彡旁以为形字。）王注曰“肝胆系结，难解释也”，正以“难解”释“不开”之义。朱本，元本，王鏊本，朱燮元本，大小雅堂本并作开。

凌大波而流风兮托彭咸之所居

案此处纡娱居三字为韵，依二进韵例，当系脱去二句。考《离骚》“吾将从彭咸之所居”，与此“托彭咸之所居”语同。彼言彭咸所居，实指昆仑上层之天庭，则此言彭咸所居，亦当指下文“高岩之峭岸”“雌霓之标颠”云云，而后文摅虹，扪天，吸露，漱霜，依风穴，冯昆仑，皆既至彭咸所居后之所从事。然则所谓“凌大波而流风”者，乃造彭咸之过程，非谓彭咸所居即在水中也。然以彭咸所居之远，造之之过程，似又不只凌波流〔游〕风一事，故疑此处所脱二句，当在“凌大波”与“托彭咸”二句之间。

忽倾寤以婵媛　一作撣援

案婵媛当从一本作撣援，详《离骚》“女媭之婵媛兮”条。

重任石之何益　一云任重石

案当从一本作“任重石”。任犹抱也。“任重石之何益”，犹蔡邕《吊屈原文》曰“顾抱石其何补”。王注曰“虽欲自任以重石”，是王本正作“任重石”。朱本，朱燮元本，大小雅堂本并同。

心絓结而不解思蹇产而不释　一本无此二句

案二句正文及注皆互见《哀郢篇》中。陆侃如氏云：二句本《哀郢》文，后人误加于此。依章句例，凡已注者皆不再注。本篇若原有此二句，则注当云“皆已解于《哀郢》中”。今则逐字加注，且与《哀郢》注同，可证正文及注皆自《哀郢》移此。案陆说是也。古音释在鱼部。（本篇《惜诵》叶释白，《哀郢》叶蹠客薄释，《招魂》叶托索石释，《大招》叶酪蓴薄释。）此与支部之积击策迹适惄相叶，与古韵不合。是亦二句为后人私加之确证。然以二进韵例推之，此处盖本有二句，而今本脱之，后人始以《哀郢》语补入耳。

远　游

怊惝怳而乖怀

案“乖怀”二字无义。乖当为永，字之误也。《诗·卷耳》曰“维以不永怀”，《正月》曰“终其永怀”。此与《九怀·匡机》“永怀兮内伤”并用《诗》语。永怀与遥思对文。今本作乖，盖以二字形近，（《韩诗外传》一“客之行差迟乖人”，《列女传·辩通篇》乖作永。）又涉注文“志乖错也”而误。《文选》谢玄晖《郡内登望诗》注，王质《诗总闻》——《沔水》注引并作永。朱本，元本，王鏊本，朱燮元本同。

闻赤松之清尘兮　尘一作虚

案《列仙传》上《赤松子传》“赤松子者，神农时雨师也。……往往至昆仑山上……随风雨上下”。《师门传》曰“一旦风雨迎之”。他书亦每言神人出入以风雨。《九歌·大司命》曰“令飘风兮先驱，使涷雨兮洒尘”。清尘犹洒尘也。（《韩非子·十过篇》“风伯进扫，雨师洒道”，《淮南子·原道篇》“令雨师洒道，使风伯扫尘”，《文选·东京赋》“清道案列”，清道亦即洒道。）此言赤松清尘，谓其乘风雨飞升耳。(《史记·司马相如传》"犯属车之清尘",《文选·七发》"杂杜若,蒙清尘",均以清为形容词,与此义迥异。)一本尘作虚,非是。《文选》潘安仁《怀旧赋》注,卢子谅《赠刘琨诗》注,谢玄晖《和伏武昌登孙权故城诗》注引亦作尘。各本并同。

晨向风而舒情 晨一作长

案晨当为长,字之误也。向风舒情,奚必晨旦?一本作长为允。朱本,元本作"长向风",与一本合。《文选》魏文帝《杂诗》注,张孟阳《七哀诗》注并引作"向长风",亦通。

夕晞余身兮九阳 兮一作乎

季君镇淮云:兮当从一本作乎。《离骚》于二句分用"于""乎"二介词时,例上句用于,下句用乎。(案详《离骚》"朝吾将济于白水兮"条。)本篇仿《离骚》而作,此等语法,犹不失屈子轨范。"朝发轫于太仪兮,夕始临乎于微闾",(《释文》"于,于其切"。案"于微闾"三字一名,即《尔雅》之"医无闾"。于微,医无,一声之转。)"轶迅风于清源兮,从颛顼乎增冰",其明证矣。此文"朝濯发于汤谷兮,夕晞余身乎九阳",亦然。今本乎作兮,传写之误耳。案季说是也。本篇句中例不用兮字。《文选》张平子《思玄赋》注,卢子谅《赠刘琨诗》注,《海录碎事》一,《山谷内集》三《次韵张询斋中晚春》注并引作乎,与一本合。

凌天地以径度

俞樾云:天地当作天池。天池亦星名。《九歌·少司命》"与女沐兮咸池",注曰"咸池,星名,盖天池也",《九思·疾世》曰"沐盥浴兮天池”。案俞说是也。《哀时命》曰“势不能凌波以径度兮”，语与此相似，可证此言度亦谓度水。

意恣睢以担挢 挢一作矫

案《补注》引《释文》担音丘列切。《文选·射雉赋》“眄箱笼以揭骄”，徐注曰“揭骄，志意肆也”，又曰“《楚辞》揭骄作拮矫”。李注引《楚辞》曰“意恣睢以拮矫”。案“志意肆”之义与王注“纵心肆志”合，“拮”“揭”与《释文》丘列切之音合，是担即拮，揭之借字。《集韵》担拮并同揭，音丘杰切，是也。担本音多罕切。担与揭（拮），于韵为阳入对转，于声由端知变见溪。（《说文》覝从见声，〔见母〕。重文作䩐，从旦声，〔端母〕。哲从折声，〔知母〕。古文作嚞，当从吉声，〔溪母〕。）《史记·司马相如传·大人赋》“掉指桥以偃蹇兮”，《索隐》曰“指，居桀切”。（今本《史记》无此文，见本书洪《补注》引。）案“指”知纽，古读归端，此音居桀切，亦犹担之音丘列切。“指桥”亦即“拮挢”“揭骄”耳。要之，形况之词，本无定字。本篇担挢字徐李二注引作拮，但取音同，不妨两是。学者若以丘列切之音罕闻而疑担为拮之误字，则过矣。

张咸池奏承云兮二女御九韶歌使湘灵鼓瑟兮令海若舞冯夷

案此文当作“张《咸池》奏《承云》兮，令海若舞冯夷，使湘灵鼓瑟兮，二女御九韶歌”，夷与上文妃韵，歌与下文蛇韵也。今本“令海若”句与“二女御”句误倒，则失其韵矣。

玄螭虫象并出进兮

案象疑当为豸，字之误也。豸俗作豸，与象形近，故误为象。

(《唐大诏令集》《旧唐书·韦陟传》《吉温传》吴豸之,《郎官石柱题名》作豖,《全唐诗》又误作象。)《说文》曰“豸,兽长脊,行豸豸然”,《系传》曰“豸豸,背隆长貌”。“玄螭虫豸并出进兮,形蟉虬而逶迤”,盖指鱼龙漫衍之戏,《西京赋》所谓“巨兽百寻,是为曼延”是也。王本作象,注中一说谓象为罔象,失之。

卜 居

往见太卜 一本此句上有乃字

案当从一本补乃字。《御览》七二六,《合璧事类·后集九》引亦有。《文选》及朱本，元本，王鏊本，朱燮元本，大小雅堂本并同。

将氾氾若水中之凫乎 一无乎字

案当从一本删乎字。“将氾氾若水中之凫，与波上下，偷以全吾躯乎”十八字总为一句。《御览》七二六,《合璧事类·别集六九》引亦无乎字。朱本同。

龟策诚不能知事 一云知此事

案当从一本增此字。詹尹但言龟策不能知屈原所问之事，非谓凡事皆不能知也。《御览》七二六引有此字,《文选》亦有。朱燮元本，大小雅堂本并同。

渔　父

圣人不凝滞于物　《史记》作夫圣人者

案《史记》有“夫”“者”二字，语意较明，当从之。

何故深思高举自令放为　《史记》作何故怀瑾握瑜而自令见放为

案“深思高举”谓自放，与下文“自令放”为被放之意龃龉。《史记》作“何故怀瑾握瑜而自令见放为”，于义为长，当从之。王注曰“独行忠直”，似所据本亦作“怀瑾握瑜”。

而蒙世俗之尘埃乎　一无而字

案当依一本删而字。“安能以皓皓之白，蒙世俗之尘埃乎”，与上文“安能以身之察察，受物之汶汶乎”，句法一律。《文选》无而字。《类聚》六，《白帖》三，《御览》三七，《史记·屈原列传》索隐，《文选》鲍明远《拟嵇中散言志诗》注，《山谷内集》一三《再次韵兼简履中南玉》注，又二〇《题淡山岩》注所引亦并无。

九　辩

登山临水兮送将归

案《御览》四八九，《初学记》一八，《白帖》五，又三四，《文选·秋兴赋》注引并无兮字，则以“憭慄兮若在远行登山临水送将归”作一句读，于义似胜。

泬寥兮天高而气清　清古本作瀞

刘永济氏云：清为凊之通借。（《庄子·人间世篇》“爨无欲清之人”，《释文》曰“清，凉也”，《吕氏春秋·有度篇》“清有余也”，高注曰“清，寒也”，皆应作凊。）一本作瀞，当为瀙之或体。《说文》曰“瀙，冷寒也，楚人谓冷曰瀙”。案刘说是也。《唐韵》凊，七正切，瀙，七定切，音同，是凊瀙一字。诸书清字训凉训寒者，均当为瀙之省。《书钞》一五四，《类聚》三，《初学记》三，《御览》二五，《合璧事类·前集一四》，《文选·秋兴赋》注，江文通《杂体诗》注，《山谷内集注》二《赠惠洪》注，李壁《王荆公诗注》三八《登中茅山》注，王得臣《麈史》中引并作清。曹植《秋思赋》曰“云高气静兮露凝衣”，疑所见即作瀞之本，而读瀞为静也。王注曰“秋高气朗，体（《山谷内集注》一

《次韵刘景文登邺王台见思》注引作气)清明也”，读清如字，则与下句清字韵复矣。(本书同字例不连叶。《离骚》“来吾道夫先路，……既遵道而得路”，上路读为辂，“岂唯是其有女，……孰求美而释女”，下女读为汝，本篇“泬寥兮天高而气清，宋廖兮收潦而水清”，上清读为清，皆其例。详《离骚》“昔三后之纯粹兮……”条。)

坎廪兮贫士失职而志不平　廪一作壈

案壈廪正借字。《文选》作壈。《类聚》五五，《初学记》一八，《御览》二五引并同。原本《玉篇·车部》引作轗，轗与壈通。

惆怅兮而私自怜

案而字疑衍。句中兮字本兼具虚字作用，(详《九歌》“君回翔兮以下”条。)“惆怅兮私自怜”，犹“惆怅而私自怜”也。《文选》孙子荆《征西官属送于陟阳候作诗》注，陆士衡《挽歌》注，张平子《四愁诗》注引并无而字。(《西征赋》注引又有而字，无兮字，正以此兮字本具“而”之作用，故误改之。)

雁廱廱而南游兮　廱一作嗈

案一本作嗈，正字。《书钞》一五四，《御览》二五引并作嗈。《文选》作雝，同。

悲忧穷戚兮独处廓　戚一作感，《文选》作蹙。

案蹙正字，“悲忧”与“穷蹙”对文。一本读戚如字，因改写作感，则与悲忧义复矣。

窃独悲此廪秋　廪一作凛

案凛正字。《类聚》三，《白帖》三，《御览》二五，《海录碎事》

二,《合璧事类·前集》一四,《文选》潘安仁《闲居赋》注,《草堂诗笺》三一《咏怀古迹》笺，又三七《宿花石戍》笺,《五百家注韩集》一《秋怀诗》注，又三《感春》韩注，史容《山谷外集注》五《次韵感春》注，又六《定交诗》注引并作凛。《文选》亦作凛。朱燮元本，大小雅堂本同。

收恢台之孟夏兮　台一作炱

案“收恢台之孟夏兮，然焰傺而沈藏”二句，犹言夏去而秋冬递来，“收”斥秋言，“沈藏”斥冬言也。然孟夏始去，不能遽及秋候。疑孟当为盛，字之误也。《尚书大传》“夏者假也，吁荼万物而养之外者也”，郑注曰“吁荼读为嘘舒”，又“阳盛则吁荼万物而养之外也”，注曰“吁荼气出而温”，是吁荼之义犹郁蒸也。“恢台”“吁荼”一语之转。台本作炱，正字。恢炱字俱从火，故有郁蒸之义。盛夏阳气郁蒸，熇然酷热，故曰“恢台之盛夏”。若为孟夏，则不得言“恢台”矣。《类聚》三引孟正作盛，是其确证。

块独守此无泽兮

案通审全文，本篇盖旅途中所作。上文云“皇天淫溢而秋霖兮，后土何时而得漧”，方恨积雨难霁，道途泥泞，无时得漧，则下文不得又有“无泽”之叹。疑无当为芜之省借，或误字。《风俗通义·山泽篇》曰“水草交厝，名之为泽”。久雨则百草怒生，潢潦渟滀而成斥卤，“芜泽”正言其水多也。王注曰“不蒙恩施，独枯槁也”，殊失其义。（此意何君善周所发。）

凤愈飘翔而高举

案《御览》九一五,《事类赋注》一八引翔并作翱，殆是。“飘翱”

叠韵连语。

泊莽莽与壄草同死 泊一作汩

案泊疑当从一本作汩。汩犹忽也，语助词，有“出其不意”之意。凡上句言“愿”，下句多言事与愿违。此曰“愿徼幸而有待兮，汩莽莽与壄草同死”，愿汩对言以见意。

愿自往而径游兮

案“径游”无义。游当为逝，字之误也。（《九怀·陶壅》“吾乃逝兮南娭”，《九叹·远游》“旋车逝于崇山兮”，逝并一作游。《九叹》章目《远逝》一作《远游》，《远游》一作《远逝》。）逝，去也。“愿自往而径逝”，犹言愿自往而直去耳。《抽思》曰“愿径逝而未得兮”，《七谏·怨世》曰“绝横流而径逝”，皆言“径逝”。而《七谏·怨思》曰“愿壹往而径逝兮，道壅绝而不通”，与此曰“愿自往而径逝兮，路壅绝而不通”，文句几于全同，尤本篇字当为逝之佳证。

灭规矩而改凿

案凿当为错，声之误也。（凿错二音古书往往相乱。《史记·晋世家》出公名凿，《六国年表》作错，是其比。）古韵错在鱼部，凿在宵部。此本以错与上文固相叶，后人误改作凿，以与下文教乐高叶，则固字孤立无韵矣。《离骚》曰“固时俗之工巧兮，偭规矩而改错”，《七谏·谬谏》曰“固时俗之工巧兮，灭规矩而改错”，本篇上文曰“何时俗之工巧兮，背绳墨而改错”，语意俱与此同，而字皆作错。《文选·思玄赋》注引此文作错，尤其确证。

愿托志乎素餐　《释文》作食音孙

案餐当为飧。《说文》餐重文作湌，与飧形声俱近，故相涉而误。古韵飧餐异部。此与温垠春为韵，是字当作飧。若作餐，则失其韵矣。《释文》作食，亦飧之讹，故音孙。龚颐正《芥隐笔记》引《九辩》作飧，所见本不误。

泊莽莽而无垠　泊一作汩

案泊当从一本作汩。“蹇充倔而无端兮，汩莽莽而无垠”，二句意近平列。充倔义犹莽莽，（《方言》四“布而无缘……自关而西谓之裗裾”，充倔与裗裾同，无边缘貌也。莽莽即茫茫，无涯际貌也。）无端犹无垠，（端谓端崖，垠谓垠鄂。）蹇与汩皆语助词也（详上“汩莽莽与壄草同死”条）。《芥隐笔记》引作汩，与一本合。

无衣裘以御冬兮　御一作禦

案御通禦。《书钞》一二九引亦作禦。

靓杪秋之遥夜兮

案靓读为靖。《方言》一曰“靖，思也”，《文选·思玄赋》李注曰“靖与靓同”。“靓杪秋之遥夜”犹言思量末秋将至，昼渐短而夜渐长也。《文选》谢灵运《登临海峤初发彊中作与从弟惠连见羊何共和之诗》注，《山谷内集注》一《戏答俞清老道人寒夜》注，及《芥隐笔记》引靓作觌，非是。盖一本靓讹作覿，隋唐间人误以覿觌为一字，（曹宪《博雅音》覿音狄。《集韵·类篇》并承之，遂云覿一音狄，与觌同。然其说实误，详王氏《广雅疏证》。）故或改书作觌也。

焱瘗蔽此明月

案焱当为欻，字之误也。欻脱烂成焱，又以形近误为焱。张衡《思玄赋》曰“欻神化而蝉蜕”，《后汉书·何进传》曰“不临丧，不送葬，今欻入省，此意何为”，欻与忽音义并同。字一作欻。玄应《一切经音义》六引《苍颉篇》曰“欻，卒起也”。“欻瘗蔽此明月”，犹下文“卒瘗蔽此浮云”。《类聚》二引正作欻，是其确证。

云蒙蒙而蔽之……或默点而污之

案“蔽”“污”于韵不叶，初疑二字必有一误。继而思之，乃知不然。蔽古读为 *-*a*d，污读为 *-o。然二韵后皆有余声“之”字，其声母为 *-ȶ-。“蔽”之韵尾辅音 *-d，因与“之”之声母 *-ȶ- 相毗邻而失去（语言学家称此类为“接置省略”“Juxtapositional elision”），则 *-*a*d 变为 *-*a* 矣。此以失去韵尾辅音之蔽（*-*a*）与污（*-o）通叶，正犹下文瑕（*-o）与加（*-*a*）通叶也。

窃不自聊而愿忠兮　聊一作料

案料聊正借字。料犹虑也，“不自料”即不自谋虑。朱本亦作料。

瞭冥冥而薄天　瞭一作杳

案《文选》江文通《从冠军建平王登庐山香炉峰》诗注引亦作杳。杳正字（互详《哀郢》“瞭杳杳而薄天”条）。

今谁使乎誉之　誉一作訾

朱子初谓訾训相度，于义为长，又与知叶，（案知訾亦只韵近通叶，说详下。）作訾者是。继又见下文“得之”“鄣之”相叶，理不可晓，遂不得不谓二“之”字为韵，因以彼例此又谓此文二“之”字亦自成韵，故訾亦无烦改作訾。案朱子后说非也。之字非韵，理无可易。（凡句末有语助词者，皆以上一字为韵，毛先舒《韵学通指》所谓“余声韵”是也。）下文“得之”“鄣之”为韵者，得乃将之讹（说详下），将与鄣韵也。此文本自作訾，“知之”与“訾之”，支脂合韵。訾训相，见《吕氏春秋·知度篇》高注。“无伯乐之善相兮，今谁使乎訾之”，“相”与“訾”为互文也。王注曰“后世叹誉，称其德也”者，訾又训叹，（《汉书·礼乐志》注曰“訾，嗟叹之词也”。）注乃以“叹誉”释“訾”字，非谓正文本有誉字也。后人不察，或援注中“誉”字以改正文，过矣。王鏊本，朱燮元本，吉藩本，大小雅堂本并作訾，与一本合。

惟著意而得之

案得字于义难通，又与鄣不叶。疑得当为将，字之误也。（草书将作[illegible]，得作[illegible]，形近。）将读为奖。（《汉书·衡山王赐传》“皆将养劝之”，注曰“将读曰奖”。）“惟著意而奖之”，愿君留意而有以奖励己之忠行也（互详上条）。

通飞廉之衙衙 通一作道

案通当为道，字之误也。（《管子·轻重甲篇》“鹍鸡鹄鸨之道远”，《韩非子·外储说右篇》“甘茂之吏道穴闻之”，《吕氏春秋·知己篇》“壤交道属”，《淮南子·主术篇》“百官循道”，《史记·天官书》“气来卑而循车道者”，道今本皆讹作通。）道与导同。此文属与道对，属谓属续于后，道谓导引于前也。吴仁杰《两汉刊误补遗》

一〇，袁文《瓮牖闲评》一并引作道，《玉篇·行部》《广韵》八语并引作导，所据本皆不误。

前轻辌之锵锵兮　轻一作轾

案轻当为轾，字之误也。（隶书轾或作轻〔《刘衡碑》《冯焕碑》〕，与轻形近。）《说文》曰“轾，轾车也”，《招魂》“轩辌既低”，注曰“轩辌皆轻车名”。辌为轻车，故曰轻辌。下文曰“后辎乘之从从”，辎乘谓重车。（《左传·宣十二年》“楚重至于邲”，杜注曰“重，辎重也”，《释名·释车》曰“辎车，载辎重卧息其中之车也”。）车行轻者宜在前，重者宜在后故曰“前轻辌之锵锵兮，后辎乘之从从”。若作轾，则为车行后顿之状，无论“轾辌”连文，已近不辞，即与下句辎乘之文亦不相偶称。朱本，朱燮元本，大小雅堂本并作轻辌，与一本合。

招　魂

朕幼清以廉洁兮身服义而未沬主此盛德兮牵于俗而芜秽上无所考此盛德兮长离殃而愁苦

案此段与全篇文意不属，疑本《大招》或《九辩》乱词，误窜于此。又“主此盛德兮”句法独短，句上疑缺二字。“长离殃而愁苦”句不入韵，以下似仍有脱文。

掌瘳上帝其难从　一云其命难从一云命其难从

案疑当从一本于帝下增命字。全文读为“掌瘳。上帝命其难从！”言己职在掌瘳，不习招魂之术，是以上帝之命，殆难听从也。又一本亦有命字，惟误倒在“其”下耳。《文选》及朱本，朱燮元本，大小雅堂本亦倒。

若必筮予之恐后之谢不能复用

案若字上疑脱“帝曰”二字。此数句又帝语。“若”斥巫阳。谢，凋谢也。言帝谓巫阳曰“汝必须筮予之，不则恐后时而魂魄凋谢，不堪复用”也。上文巫阳已辞帝不能从命，此文帝再晓巫阳以必须筮予之故，下文“巫阳焉乃下招”则巫阳卒从帝命而往也。谛审全文，必增“帝曰”二字而后问对之意乃明。

去君之恒干何为四方些　一作何为乎四方，乎一作兮

案“为”下当从一本补“乎”字。《海录碎事》九上引乎作兮，与又一本同。兮即乎之误字。

十日代出流金铄石些

案古言天有十日，更番运照，则一时仍只一日，此犹常态也。又言十日并出，(《庄子·齐物论篇》《淮南子·本经篇》《御览》三引《逸周书》。)则十日同时俱出，故其为热酷烈，异于常时。此曰“流金铄石”，似代当为并之讹。“十日并出，流金铄石”，犹《淮南子·本经篇》言“十日并出，焦禾稼，杀草本”也。今本作代，或后人习闻代出之说而妄改。《类聚》一，《白帖》一，《御览》四，《合璧事类·前集一一》，《文选》刘孝标《辨命论》注，《草堂诗笺》二八雷笺，《五百家注韩集》五《卢仝月蚀诗》孙注引俱作并，可据以正今本之误。

彼皆习之魂往必释些　皆一作自

案自字义似较长。王注曰“言彼十日之处，自习其热”，是所见本亦作自。

归来往恐危身些　一云魂兮归来

案此处六段分言四方上下，每段末句皆作“归来兮……”。此“归来”下亦当补兮字，方与上下文句一律。一本作“魂兮归来”，亦误。

此皆甘人

案依上来五段句例，此下似脱“□□□□些”五字。

归来恐自遗灾些　一作归来兮

案一本作“归来兮”，是。上文“归来兮恐自遗贼些”，语意与此同，而句中亦有兮字，可资参证。

川谷径复

五臣注曰“径，往也”。（此据洪氏《补注》引，今本《文选》六臣注中无此文。）案径无往义，径即往之讹。隶书径或作𢓜，与往形近易混。（上文“归来恐自遗灾些”，王注曰“往必自与害，不旋踵也”，此本往即误作径。）然此文王注训径为过，则所见本已误。

文异豹饰

案“文异豹饰”文不成义，疑当作“文豹异饰”。古书多言文豹。《庄子·山木篇》曰“夫丰狐文豹栖于山林”，《说苑·政理篇》曰“翟人有封狐文豹之皮者”，《三国志·魏志·东夷传》曰“土地饶文豹”，而《拾遗记》一曰“帝乃更以文豹为饰”，与此语意尤近。王注曰“言侍从之人皆衣虎豹之文，异采之饰”，是王本正作“文豹异饰”，惟以“虎豹之文”释“文豹”为未允耳。原本《玉篇·自部》引与今本同，则误自六朝已然。

鹄酸臇凫

梁章钜曰“以上下句例之，当是‘酸鹄臇凫’”。案梁说是也。王注曰“言复以酸酢烹鹄为羹，小臇臛凫”，是王本不误。《类聚》二五引亦作“酸鹄臇凫”，尤其确证。

归来反故室敬而无妨些　一云归反故室无来字

案自“魂兮归来，入修门些”以下并乱词凡五段，除此段外，末皆云“魂兮归来……”。疑此本作“魂兮归来，敬而无妨些”，与前后各段文句一律。今本“反故室”三字盖涉上下文“反故居些”而衍。后人见“魂兮归来反故室，敬而无妨些”句法冗长，乃或删“魂兮”二字如今本，或又删来字如一本也。然观王注云云，则此文之夺乱，盖自汉已然。

肴羞未通

陈本礼云：通当为彻，避汉讳改。案陈说是也。《仪礼·大射仪》“乃彻丰与觯”，郑注曰“彻，除也”。

菎蔽象棊　菎一作琨一作箟

案菎当从一本作箟，涉下蔽字从艸草而误也。王注曰“菎，玉也。蔽，簙箸，以玉饰之也。或言菎蕗，今之箭里也”，下注曰“以菎蕗（原误落）作箸，象牙为棊”。案下注从本注后说，得之。注文两“菎蕗”亦当作箟簵。（《韵语阳秋》一七引下注如此，《西溪丛语》下引作箟簬。）箟簵即箘簵，竹名也。箟蔽谓以箟簵之竹为簙箸。《白帖》三三，王应麟《急就篇补注》三，葛立方《韵语阳秋》一七引并作箟。朱本同。

娱酒不废

王注曰“或曰‘娱酒不发’”。案发废正借字。发谓酒醒。《晏子春秋·谏上篇》曰“景公饮酒，三日不发”，又曰“君夜发不可以朝发”，皆谓酒醒。《贾子新书·先醒篇》曰“辟犹俱醉而独先发也”，先发即篇名之先醒也（以上说本汪中《经义·知新记》）。王注训发为旦，引《诗》“明发不寐”为证，不知《诗》“明发”亦本训醒，则先儒汪中马瑞辰等已发其覆矣。

兰膏明烛华镫错些 镫一作雕

案镫当从一本作雕。王注曰“言镫锭尽雕琢错镂，饰（此下原有设字，从朱燮元本，大小雅堂本删）以禽兽，有英华也”，此以“雕琢错镂”释“雕错”二字。知之者，《类聚》八〇，《初学记》二五并引正文作“华铜错”而《类聚》复引注作“铜琢错镂”，明是以“铜琢错镂”释“铜错”。作铜之本既以“铜琢错镂”释“铜错”，则作雕之本乃以“雕琢错镂”释“雕错”明矣。考周同二字，古每通用。（《离骚》“何方圜之能周兮”，周一作同。《七谏·谬谏》“恐矩矱之不同”，同一作周。《庄子·徐无鬼篇》“德不能周也”，《释文》本周作同。又《让王篇》“乃自投椆水”，《释文》椆又作桐。《古文苑·梁王菟园赋》“白鹭鹘桐”即鹘雕。）是铜与錭（雕）古字亦当通用。《列女传》三《鲁臧孙母传》曰“食我以同鱼”，又曰“同者其文错”，《御览》七六三引上同字作铜，《玉烛宝典》四引曹大家注曰“鱼鳞有错文”。案铜与錭通，錭又与雕通，而雕错一义。鱼鳞有错文者谓之铜鱼，即雕鱼矣。然则《招魂》一本作“铜错”，一本作“雕错”，字异而义实不异。后人但知铜为金名，而不知字亦与錭通，因据注中“镫锭”之文改铜为镫，谬矣。夫王注云云，但以上文有“兰膏明烛”之语，故知所谓“华雕错”者必指镫锭而言，奚必正文果有镫字哉？要之，此文作铜作雕皆是，惟不得作镫耳。注云“雕琢错镂”，是王本当作雕。唐写本《文选》亦作雕。

菉蘋齐叶兮白芷生

案菉，王刍，陆生之草，不得与蘋齐叶。菉当读为绿。“绿蘋”与“白芷”对文。齐，列也（《淮南子·原道篇》高注），列，布也

(《广雅·释诂三》)。“绿蘋齐叶”言蘋叶生而布列于水上也。唐写本《文选集注》引陆善经本菉正作绿。

君王亲发兮惮青兕

案本篇乱词逐句有韵，独此句兕字不入韵。疑“惮青兕”当作“青兕惮”，先还先惮四字为韵也。惮读为殚。《尔雅·释木》释文引《字林》“殚，毙也”，《左·襄二十七年》“单毙其死”，单亦毙也，单与殚同。“青兕殚”即青兕毙耳。

目极千里兮伤春心

王注曰“或曰‘荡春心’”。案别本作荡最是，谓摇荡春心也。今作伤者，盖涉下文“哀江南”而误。实则此哀字读为依，(《淮南子·说山篇》“鸟飞反乡，兔走归窟，狐死首丘，寒将翔水，各哀其所生”，《文子·上德篇》哀作依。《汉书·天文志》“后聚十五星曰哀乌郎位”，《晋书·天文志》作依乌郎府。)“魂兮归来哀江南”，言归来依江南而居也。(王注训荡为涤，云“可以涤荡愁思之心”，亦未允。)

大 招

魂魄归徕无远遥只

案全篇皆云“魂乎归徕”，惟此及后文作“魂魄归徕”，疑魄皆乎之误。精气曰魂，形体曰魄。人死魂气散越，离魄而去，故祭有招魂复魄，（见《周礼·夏采》先郑注，《仪礼·士丧礼》后郑注。）谓招魂使复归于魄，非招魄也。此云“魂魄归徕”，则并魄亦招之。揆诸事情，庸有当乎？

魂乎归徕无东无西无南无北只　一云无东西而南北只

案此下一段分言东西南北四方之害，以戒魂勿往。于“南有炎火千里，蝮蛇蜒只”上则曰“魂乎无南”，于“西有（原误方，详下）流沙，漭洋洋只”上则曰“魂乎无西”，于“北有寒山，连龙赩只”上则曰“魂乎无北”。独于“东有大海，溺水浟浟只”上，乃不曰“魂乎无东”，而曰“魂乎归徕，无东无西，无南无北只”。揆诸词例，已为不伦，况北字又不入韵哉？今疑古本只作“魂乎无东”四字，与余三方词例一律。其“归徕”二字及“无西无南无北只”等七字，皆后人援王注而妄沾。不知注云“无散东西南北，四方异俗，多贼害也”，乃总释以下之辞。读者不悟，据以补苴正文，斯为蛇足矣。朱子又欲于“东有大海”上别补“魂乎无东”四字，亦非。

螭龙并流上下悠悠只

案流遊古通，(《汉书·项籍传》“必居上游”，注引文颖曰“游或作流”。) 谓螭龙相傍而浮游也。王注曰“复有螭龙神兽，随流上下，并行遊戏”，似以“并行遊戏”释“并游”二字(游遊通)。然则王本字正作游。

山林险隘　林一作陵

案山石巉岩，可言险隘，林薄则否。林当从一本作陵。陵林声近，古书往往相乱。《庄子·齐物论篇》“山林之畏隹(嵔崔)”，奚侗云当为山陵，《吕氏春秋·禁塞篇》“为京丘若山陵”，注“……故谓之京丘，若山陵高大也”，注陵字今本误作林，《六韬·绝粮篇》“依山林险阻，水泉林木而为之固”。《通典》五七引作山陵，并其比。(《汉铙歌上陵篇》，余谓即上林〔详《乐府诗笺》〕，则又林误为陵之例。)《六韬》语意与此全同，而陵亦误林，尤本书林当为陵之佳证。

西方流沙

案方疑当为有，字之误也。(篆书坏为，与形近。)“西有流沙”与上文“东有大海”，“南有炎火千里”，下文“北有寒山”，句法一律。

魂魄归徕间以静只

案魄当为乎，详上“魂魄归徕无远遥只”条。

魂兮归徕恣所择只　一作魂乎归徕

案全篇皆作“魂乎归徕”。此兮字当从一本作乎，以归划一。

思怨移只　古本作怨思移只

案“思怨”二字当从古本乙转。王注曰“移，去也，言美女可以忘忧，去怨思也”。是王本“怨思”二字未倒。

曲屋步壛宜扰畜只

案本篇通例，每换一韵，皆殿之以“魂乎归徕，□□□只”二句。此处独无，盖传写脱之。当补入。

鹍鸿群晨

案此文曰“鹍鸿群晨”，下文曰“鸿鹄代遊”，两鸿字复出，必有一误。然古书多言“鸿鹄”，罕言“鹍鸿”，疑鹍鸿之鸿为鹤之误。鹍鸡与鹤，其鸣皆以晨夜，故曰“鹍鹤群晨。”（晨即《书·牧誓》“牝鸡无晨”之晨，谓晨鸣也。）《七谏·自悲》曰“鹍鹤孤而夜号兮”，亦鹍鹤并举，是其明证。王注曰“鸿，鸿鹤也”，疑本作“鹤，鸣鹤也”。（《易·中孚》九二“鸣鹤在阴”，《张衡·思玄赋》“鸣鹤交颈”。）下注曰“言鹍鸡鸿鹤，群聚候时”，“鸿鹤”亦当为“鸣鹤”，下文“鹤知夜半，鹍鸡晨鸣，各知其职也”，可证。

魂兮归徕正始昆只　兮一作乎

案兮当从一本作乎，详上“魂兮归徕恣所择只”条。

尚贤士只　一云尚进士只一云进贤士只

案尚，举也（《广雅·释诂二》）。“尚贤士”与“禁暴苛”对举，犹后文“举杰压陛”与“诛讥罢”对举，尚贤即举杰也。一本作“尚进士”，一本作“进贤士”，盖涉注文“楚方尚进贤士”而误改。王得臣《麈史》中引亦作“尚贤士”。各本并同。

禁苛暴只

案“苛暴”当为“暴苛”。苛与罢麾施为等字为韵，如今本则失其韵矣。王注曰“禁绝苛刻暴虐之人”，似王本已倒。

魂乎徕归国家为只

案全篇皆作“魂乎归徕”，此及后文“魂乎徕归”亦当作“归徕”，以与全篇一律。朱本不误。

登降堂只　降一作玉

案降当从一本作玉。宋玉《风赋》曰“然后倘佯中庭，北上玉堂，跻于罗帷，经于洞房，乃得为大王之风也”。此楚国宫禁殿堂之称玉堂者也。(《韩非子·守道篇》亦云“人主甘服于玉堂之中”。)“三公穆穆，登玉堂”与下文“诸侯毕极”对举。三公登堂，诸侯毕至，(《尔雅·释诂》“极，至也”。)事为同类，彼但言至不言往，则此亦当但言登不言降。王注曰“上下玉堂，与君议政”，此本敷衍辞义，但取便文，不为典要，后人乃援注中“下”字以改正文“玉”为“降”，其失也迂。

魂乎徕归尚三王只

案“徕归”当作“归徕”，详上“魂乎徕归国家为只”条。朱本不误。

惜　誓

白虎骋而为右騑

案騑字不入韵，疑此下脱去二句。

循四极而回周兮

案《御览》九一五，《事类赋》一八注引并作周回，《类聚》九九引作周回。然班彪《览海赋》曰“历八极而回周兮”。“周回”“回周”，倒顺两用，均无不可。《白帖》九四引此作回周，朱本作回周并与今本合。

见盛德而后下

案《白帖》九四，《御览》九一五引见并作览，疑是。贾谊《吊屈原赋》曰“凤皇翔于千仞兮，览德辉而下之”，或即此文所本。（本篇与贾谊赋语意颇同，王逸引或说遂以本篇为贾作，无据。）

招隐士

溪谷崭岩兮水曾波　曾一作增

案《文选》作层。原本《玉篇·山部》,《文选》郭景纯《游仙诗》注引并作增。曾与层增并通。

憭兮栗　栗一作慄

案唐写本及今本《文选》并作慄。朱燮元本，大小雅堂本同。《合璧事类·别集三八》引亦同。栗慄通。

虎豹穴　穴一作岤

案穴疑为突之坏字。“虎豹突”与上文“虎豹嗥”，下文“虎豹斗”句法同。“虎豹突，丛薄深林兮人上慄”者，谓虎豹奔突，人惧而攀登林木以避之也。（互详下条。）今本突坏为穴，则与下句文意不贯。王注依坏文释之曰“穿嵺（二字原倒，从段玉裁乙正）岤也”，一本又据王注改正文为岤，（《文选》及朱燮元本，大小雅堂本并同。）则歧中之歧矣。唐写本《文选》仍作穴，引五臣本，陆善经本并同。又案以“猿狖群啸兮虎豹嗥”“虎豹斗兮熊罴咆”二句例之，“虎豹突”上疑脱“□□□兮”四字。“罔兮沕，憭兮栗，□□□兮虎豹突”，与上文“坱兮轧，山曲岪，心淹留兮洞慌忽”句法一律。

丛薄深林兮人上慄 上一作之

案上犹升也，谓人攀升林木之上，则惴慄而惧也。《淮南子·齐俗篇》曰“深溪峭岸，峻不寻枝，猿狖之所乐也，人上之而慄”。(《庄子·齐物论篇》曰“木处则惴慄恂惧，猿猴然乎哉”，即此所本。)“人上慄”犹言“人上之而慄”也。一本上作之，无义，疑“之”为“止”之误，然亦非本书之旧。《简斋诗集笺注》一八《独立》注又引人作又，亦误。唐写本及今本《文选》并作“人上慄”，朱本，朱燮元本，大小雅堂本并同。(互详上条。)

树轮相纠兮林木茷骪

案“树轮相纠”无义，疑当作“轮困相纠”。邹阳《狱中上梁王书》曰“轮困离奇”，枚乘《七发》曰“中郁结之轮困”，左思《吴都赋》曰“轮困纠蟠”，咸以“轮困”状树干盘曲之貌。本篇“轮困相纠”，义同。《御览》九五三引作“树轮困以相纠兮”，虽衍树以二字，而困字犹未脱。此当删树字，从《御览》补困字。

青莎杂树兮薠草靃靡 薠一作蘋

案一本薠作蘋，非是。《说文》“薠，青薠似莎者”。《淮南子·览冥篇》“路无薠莎”，(二字原倒，从王引之乙转。)高注曰“薠读猿猴蹯蹀之蹯，状如葴，葴如葭也”。《汉书·司马相如传》上“薛莎青薠”，注曰“薠，似莎而大”。莎薠同类，故每并称。此亦与莎并称，则字本作薠无疑。且薠状如葴葭，乃得从风动摇，其状靃靡然。若作蘋，则不当言“靃靡”矣。《文选》作薠。唐写本同，又引骞公音烦。《御览》九〇六引亦作薠(引注亦云音烦)，《海录碎事》二二下，《合璧事类·别集三八》引并同。朱本，朱燮元本，大小雅堂本亦同。

七谏

初放

尧舜圣已没兮孰为忠直　一无圣字

案当从一本删圣字。此盖涉下章“尧舜圣而慈仁兮”而衍。

死日将至兮与麋鹿同坑

案坑俗坑字。《文选》刘孝标《广绝交论》注引作坑，当据正。

举世皆然兮余将谁告　举一作与

王注曰“举，与也。言举当世之人皆为佞伪。……”案正文举当作与，注“举，与也”当作“与，举也”。惟正文作“与”用借字，故注以正字“举”释之。若正文本作“举”，则字义已明，无烦训释，更无以借字“与”转释正字“举”之理。亦惟正文作“与”，注以“举”训之，下文乃得承之而以“举当世之人”重申正文“与世”之义。反之，若依今本正文作“举”，注以“与”训“举”，则下文当云“与当世之人”，不得反言“举”矣。疑一本作“与”，王本作“举”，后人以一本改王本正文，又乙注文“与举”二字以就之。其下文“举当世之人”仍出“举”字，则又改而未尽改者也。

上葳蕤而防露兮

案蕤，俗蕤字。原本《玉篇·自部》，《类聚》八九，《事类赋》二四注，《文选》王仲宣《公宴诗》注引并作蕤，当据正。

沉江

脩往古以行恩兮

案脩当为循，字之误也。（循以形近误为脩，又改写作修。《管子·形势篇》“抱蜀不言而庙堂既修”，王念孙云修为循之误。《庄子·大宗师篇》“以德为循”释文，《天地篇》“循于道之谓备”释文，并曰“循本作修”。《淮南子·诠言篇》“则动静循理”，《韩诗外传》二作修理。本篇下文“明法度而修理兮”，修亦循之误〔详下条〕，尤为佳证。）“循往古以行恩”谓遵从往古之道以行恩也。

明法度而修理兮　一云法令修而循理兮

案当从一本作“法令修而循理兮”。修，整也，循，顺也，谓法令整饬而顺理也。今本此文亦循先误为脩，转写为修，后见下文已云“修理”，乃又改上文“法令修”为“明法度”以避复也。

百草育而不长　育一作墮

案育疑当从一本作墮。墮烂夺成育。与育形近，故转写为育。墮，解也，（《大戴礼记·盛德篇》注“墮，解墮也”。）脱也（《方言》

十二），言百草枯槁而叶脱节解也。（《周语》中“本见而草木节解”，《悲回风》“蘋蘅槁而节离”。）

孤圣特而易伤　一云圣孤特

案当从一本作“圣孤特”，与上句“众并谐”之文对举以见意。王注曰“虽有圣明之智，孤特无助，易伤害也”，是王本正作“圣孤特”。

原咎杂而累重　原一作厚

案原当从一本作厚。咎杂犹鸠杂也。（咎九二声通用。《尔雅·释水》曰“水醮曰厬”，《说文》引厬作氿。《释水》又曰“氿泉穴出，穴出，仄出也”，《说文》曰“厬，仄出泉也”。是厬氿二名，《尔雅·说文》互易。《九叹·惜贤》“荡渨涹之奸咎兮”即奸宄。）《庄子·天下篇》曰“九杂天下之川”，《释文》“九本一作鸠，聚也”。案杂亦聚也。厚，多也（《考工记·弓人》注）。“厚咎杂而累重”，犹言多其聚积，则所负累者重也。

赴湘沅之流澌兮

案“湘沅”当作“沅湘”。湘为南楚诸水之大名，诸湘有沅湘，江湘，潇湘，犹沅水，江水，潇水，故沅可称沅湘，而不可称湘沅。《离骚》“济沅湘以南征兮”，《九歌·湘君》“令沅湘兮无波”，《九章·怀沙》“浩浩沅湘，分（汾）流汩兮”，《惜往日》“临沅湘之玄渊兮”，皆称沅湘。其称湘沅者，惟此及《九叹·思古》“回湘沅而远迁”二例。然本篇《哀命》“上沅湘而分离”，《九叹·远游》“殒余躬于沅湘”，仍作沅湘，是知《七谏·九叹》两“湘沅”仍“沅湘”之误倒。

（互详《怀沙》“浩浩沅湘分流汩兮”条。）

怨世

然芜秽而险戏

案原本《玉篇·山部》,《文选》弥正平《鹦鹉赋》注，刘孝标《广绝交论》注引戏并作巇。戏与巇通。

独冤抑而无极兮伤精神而寿夭皇天既不纯命兮余生终无所依　一本无上四句

案夭依无韵，疑此非本篇文。一本无此四句，近是。

怨思

子推自割而饲君兮　一云推自割而食君兮

案饲食同。推上当从一本删子字。《惜往日》王注引此作“推自割而食君”,《玉烛宝典》二引作“推割宍而食君兮”，并无子字，与一本合。疑子字后人擅增。

谗谀进而相朋　朋一作明

案朋当从一本作明，字之误也。明犹宣扬也。“相明”与上“不见”对举。且明与厢翔韵，若作朋，则失其韵矣。

道壅绝而不通

案此章视他章特短，疑以下尚有脱文。

自悲

邪气入而感内兮施玉色而外淫

案“感内”二字当互易，“施”字当移居“玉色”下。“邪气入而内感”，“玉色施而外淫”，文相偶俪。王注曰“言谗邪之言虽自内感”，可证王本“内感”二字犹未倒。

杂橘柚以为囿兮　囿一作圃

案囿当从一本作圃。养禽兽处曰囿，（玄应《一切经音义》一二引《三苍》。）树果窳曰圃（《周礼·太宰》郑注）。此曰“杂橘柚”，则字当作圃，明甚。

列新夷与椒桢

案《御览》九七三引新作辛。辛新正借字。（《涉江》“露申辛夷死林薄兮”，《文选·风赋》注，《笛赋》注并引作新夷。）又案《说文》曰“桢，刚木也”，与椒不同类。“椒桢”并举，颇似不伦。《御览》九七三引桢作槟，于义为长。槟即槟榔，其实可以调味，故与椒连言。今本作桢，盖以桢槟形近，又涉下文“哀居者之诚贞”而误。

谬谏

年滔滔而自远兮　远一作往

案自疑当为日，字之误也。（《九叹·逢纷》“意晻晻而日颓”，日一作自。）“年滔滔而日远兮，寿冉冉而愈衰”，“日”“愈”二字并用，与《自悲》“故人疏而日忘兮，新人进而俞（一作愈）好”，《九辩》“众踥蹀而日进兮，美超远而逾（一作愈）迈”，词例正同。“日远”之文，本书屡见。《惜誓》曰“处众山而日远”，《哀时命》曰“处卓卓而日远兮”，《九叹·离世》曰“身容与而日远”。本篇一本远一作往，则又与《九辩》“年洋洋而日往兮”语意尤近。朱燮元本，大小雅堂本并作日远，是其确证。

安得良工而剖之 剖一作刑

案剖当从一本作刑。《广雅·释诂三》曰“刑，治也”。《周礼·大司寇》曰“以佐王刑邦国”，即治邦国。（郑注曰“刑，正人之法也”，案正亦治也。详下。）又《诗·思齐》“刑于寡妻”，《释文》引《韩诗说》及《孟子·梁惠王上篇》赵注并曰“刑，正也”，《广雅·释诂一》同。正亦治也。《吕氏春秋·顺民篇》高注曰“正，治也”。《离骚》曰“不量凿而正枘兮”，即治枘。此本作“安得良工而刑之”，刑之即治之。且刑与上文听韵，若作剖，则失其韵矣。王注曰“剖犹治（本误作活，从诸本订正）也”，剖亦刑之误。知之者，张揖作《广雅》，尽采王注，（有说别详。）上揭《释诂》训刑为治，即用本篇注文也。

同类者相似 似一作仇

案似当从一本作仇。仇，匹也。“同音者相和，同类者相仇”，句法一律，和与仇义亦近。学者读仇为仇敌之仇，文义不洽，因改作似，失其本真矣。

音声之相和兮言物类之相感也

案“感也”不入韵，句法亦不类。当系旧注文，本作“言音声之相和，物类之相感也”，写者误为正文，遂改如今本。然王逸有注，是误在王前矣。

乱词

鸾皇孔凤日以远兮畜凫驾鹅鸡鹜满堂坛兮

案二句当依后文句法，作“鸾皇孔凤兮日以远，驾鹅鸡鹜兮满堂坛”。此本仿《涉江》“鸾鸟凤皇，日以远兮，燕雀乌鹊，巢堂坛兮”四句。今本“驾鹅”上衍“畜凫”二字，（凫即驾之误而衍，畜字援注文增。）两兮字又援《涉江》而误倒在句末，则与后文句法不一律矣。

蛙黾游乎华池

案以上下文义推之，此上似脱“□□□□□□兮”七字。

哀时命

杼中情而属诗　杼一作抒

案杼抒通《文选》班孟坚《两都赋序》注引亦作抒。

左祛挂于榑桑　挂一作絓

案挂絓通,《御览》九五五引亦作絓。

璋珪杂于甑窐兮　一作珪璋

案《初学记》一九,《锦绣万花谷·续集》五,《广韵》十二齐引并作珪璋，与一本合。惟《御览》二〇六引作璋圭，然三八二仍作圭璋，圭珪同。疑一本是。

不获世之尘垢　垢一作埃

案垢当从一本作埃。埃与革得谁息韵。若作垢，则失其韵矣。《渔父》曰“安能以皓皓之白，而蒙世俗之尘埃乎”，即此所本。

虹霓纷其朝霞兮

案霞字无义。《类聚》二引霞作覆，近是。今作霞者，形近而误。盖虹形穹然下偃，如覆篷状，故曰“虹霓纷其朝覆”。王注曰“日未明旦，复有朝霞”，是王本已误。

上要求于仙者　求一作结

案“要求”于义难通。“求”当从一本作“结”。王注曰“上则要结仙者”，是王本正作要结。

骑白鹿而容与

案“与”字不入韵，此下疑有脱句。

遂闷叹而无名　叹一作漠一作嘆

案“闷叹”非无名之貌叹当从一本作嘆。此以嘆误为嘆，因转写作叹。（上文“嘆寂默而无声”，嘆一作漠，一作叹，各本递讹之迹，与此正同。《九怀·昭世》“浮云汉兮自娱”，汉今本误作漠。《九思·疾世》“逾陇堆兮渡漠”，漠又误作汉。）闷漠双声连语，犹啾嘆也。《诗·抑》曰“莫扪朕舌”，（《传》“莫，无也。扪，持也”，误甚。）《淮南子·精神篇》曰“芒芠漠闵”，“闷漠”即“莫扪”“漠闵”，语有倒顺耳。王注曰“心遂烦闷，伤无美名”，读闷如字，释叹为伤，是所见本已误。

九　怀

匡机

来将屈兮困穷　来一作求，一作永。

案来求皆无义，当从一本作永。《庄子·大宗师篇》子来，《淮南子·精神篇》作子求，崔撰引《淮南》作子永，《抱朴子·博喻篇》亦作子永。来求永三字互讹，与此例同。

蓍蔡兮踊跃

案《文选·西京赋》“博耆龟”，注曰“耆，老也，龟之老者神”，引本书作耆。洪兴祖据此谓蓍当为耆，是矣。然窃疑耆龟即《天问》之鸱龟，耆鸱古音近。（《说文》坻重文作渚，《涉江》“邸余车乎方林”，邸车即楮车。）《选》注训耆为老，似犹未谛。今本耆作蓍者，盖王注训耆为筮，后人遂改从艸以就之也。

通路

腾蛇兮后从　一云从后

案“后从”当依一本乙转。“腾蛇兮从后，飞駏兮步旁”，文相偶俪。

悲命兮相当　相一作所

案“相”当从一本作“所”。所当犹所值也。

危俊

径岱土兮魏阙　阙一作国

案疑当作“径代山兮魏魏”。洪兴祖曰“注云‘北荒’，疑岱本代字”。案“岱土”当作“代山”。“岱”即“代山”二字之误合，“土”又“山”之讹而衍。王注曰“行出北荒，山高桀也”，但言山高而不及城阙，是王本无阙字。“魏阙”盖本作“魏魏”。魏魏即巍巍，山高貌也，故注曰“山高桀”。古书于叠字中下一字，每只作“二”，最易夺失。此文夺去下魏字，不成文义，今本作阙，一本作国，皆读者以意妄补也。

昭世

浮云漠兮自娱

王注曰“或曰‘浮云漢’，漢，天河也”。案漠为漢之形误。（莫莫二形易混，详《哀时命》“遂闷歎而无名”条。）“浮云歎”与“登羊角”文相偶。（羊角，风名。注以为山名，非是。）《张衡歎·思玄赋》曰“浮云歎之汤汤”，语与此相似。

进瞵盼兮上丘墟　进一作集

案疑当作“集瞵盼兮丘墟”。“进”为“集”之误，（《离骚》“欲远集而无所止兮”，集一作进，《九思·怨上》“进恶兮九旬”，进一作集。）“上”即“丘”之误而衍。集谓雨集，（《孟子·离娄下篇》“七八月之间雨集”，《文选·四子讲德论》“莫不风驰雨集”。）集犹降也。《文选·甘泉赋》曰“璧马犀之瞵㻞”，注引《埤苍》曰“瞵㻞，文貌”。《景福殿赋》曰“文彩璘斑”，《西京赋》曰“瑞珉璘彬”，薛注曰“璘彬，玉光色杂也”。“瞵盼”与“瞵㻞”“璘斑”“璘彬”字异义同。此承上文言流星如雨，坠于丘墟之上，其光瞵盼然也。

尊嘉

余悲兮兰生　生一作萃一作悴

案王注曰“哀彼香草，独陨零也”，“陨零”之语与“生”义相左。疑生当为芷，字之误也。此以芷缺损成止，与生形近，遂改为生。一本作萃若悴，与生之字形俱不近，盖皆探注义而臆改。

运余兮念兹

案王注曰“转思念此，志烦冤也”，疑正文余下脱思字。

滨流兮则逝

案则当为侧，字之误也。(《庄子·列御寇篇》"醉之以酒而观其侧"，《释文》"侧或作则"。)侧有隐藏诸义。《惜诵》曰"愿侧身而无所"，《七谏·哀命》曰"遂侧身而既远"，《谬谏》曰"愿侧身岩穴而自托"，侧身并犹隐身，藏身也。《淮南子·原道篇》"侧溪谷之间"，高注曰"侧，伏也"，伏亦隐也，藏也。王注曰"意欲随水而隐遁也"。正以"隐"释"侧"，疑王本不误。

援芙蕖兮为盖　一云援英兮为盖一云拔英

案本章通以五字为句，独此句溢出一字，疑"芙蕖"当从一本作一"英"字。《广雅·释草》曰"英，蒻也"。蒻谓蒲蒻。《周礼·醢人》先郑注曰"蒲蒻入水深，故曰深蒲"，后郑注曰"深蒲，蒲始生水中子"，又注《考工记·轮人》曰"今人谓蒲本在水中者为弱(蒻)"。案凡草木初生者曰英，(《管子·禁藏篇》注"英谓草本之初生也"。)蒻为蒲本之初生者，故亦谓之英。此曰"援英兮为盖"，实承上"抽蒲兮陈坐"而言，英即蒲英，谓编蒲英以为盖也。学者不晓英义，辄改为芙蕖，过矣。《类聚》八二引亦作"援英兮为盖"。《御览》九九九引英作堇，形近而误。然王注曰"引取荷华以覆身也"，则所据本已误。

陶壅

意晓阳兮燎瘪

案阳读为畅。《文选》王子渊《洞箫赋》"时横溃以阳遂"，注曰

"阳遂，清通貌"，朱骏声亦云阳借为畅。晓畅犹通达也。(《蜀志·诸葛亮传》曰"晓畅军事"，即通达军事。)《佩文韵府》十一轸引此正作晓畅。

乃自訬兮在兹　自訬一作息轸

案"自訬"当从一本作"息轸"，并字之误也。(自即息之坏。俗书轸或作轸，故误为訬。)轸者，《考工记·舆人》曰"轸之方也，以象地也"，盖舆下之材，合而成方，名曰轸。意义扩大，则通谓舆为轸，又或直呼车为轸。(《后汉书·左周黄列传论》"往车虽折，来轸方遒"。《九叹·远游》"结余轸于西山兮"，轸一作车。)"息轸"犹停车也。班彪《冀州赋》曰"遂发轸于京洛"，犹发驾也。车止谓之息轸，犹车发谓之"发轸"矣。朱燮元本，大小雅堂本作息轸，不误。

九　叹

逢纷

驰余车兮玄石步余马兮洞庭平明发兮苍梧夕投宿兮石城

案本篇兮字无在句中者。此当作“驰余车于玄石兮，步余马于洞庭，平明发于苍梧夕，夕投宿于石城”。今本四于字误为兮，乃删一三两句末之兮字以避复也。《太平寰宇记补阙》一一三岳州华容县引一二两句兮字皆作于，《文选》谢灵运《登临海峤初发彊中作与从弟见羊何共和之》诗注引末句兮亦作于是其确证。

离世

暮去次而敢止　去一作者

案暮当为莫。去为者之误，者为著之省。（《管子·揆度篇》“重门击柝不能去，亦随之以法”，《路史·后纪十一》注引去作者。）著，附也，近也。“莫著次而敢止”谓衔绝马逸，附近次舍之人莫敢制止之也。《御览》三五八引去作着，即著之俗字，是其确证。

怨思

顾屈节以从流兮 顾一作愿

案顾当从一本作愿，字之误也。“愿屈节以从流兮，心巩巩而不夷”，与上文“欲容与以俟时兮，惧年岁之既晏”，文相偶俪，愿亦欲也。《九辩》曰“愿自往而径逝（原误游）兮，路壅绝而不通，欲循道而平驱兮，又未知其所从”，本篇《忧苦》曰“愿寄言于三乌兮，去飘疾而不可得，欲迁志而改操兮，心纷结其未离”，句法与此并近。

远逝

杖玉华与朱旗兮 华一作策

案华疑当从一本作策。策可言杖，华则不然。王注曰“杖执美玉之华”，华亦当作策。朱燮元本，大小雅堂本并作策，与一本合。

承皇考之妙仪 妙一作眇

案眇妙正借字。眇仪犹远仪也。王注曰“上以承美先父高妙之法”，此妙字当从一本作远。“高远之法”即眇仪也。

忧苦

葛藟虆于桂树兮　虆一作纍

案虆疑本作纍。(王注“虆，缘也”，亦当作纍。)此涉上藟字而误加艸头。《类聚》八九引亦作纍，与一本合。

愍命

姿盛质而无愆

案“姿盛质”当作“姿质盛”。王注曰“姿质茂盛”，是王本未倒。

挟人筝而弹纬

案原本《玉篇》系部，《文选》曹子建《箜篌引》注，《赠丁廙诗》注引纬并作徽。纬与徽通。《管子·事语篇》“女勤于缉绩徽织”，徽织即纬织，是其证。(《玉篇》引弹作张，疑误。)《选》注又引人筝作秦筝，未知孰是。

熊罴群而逸囿　逸一作溢

案逸为溢之借字。应玚《西狩赋》“惊飙四骇，冲禽惊溢”，即惊逸。溢囿者，一本注曰“满溢君之苑”，是其义。

思古

回湘沅而远迁

案“湘沅”当作“沅湘”，详《七谏》“赴湘沅之流澌兮”条。

佌傕倚于弥楹

案王注曰“弥犹遍也，……佌傕丑女反倚立遍两楹之间，侍左右也”，疑王本于作而。（下文“咎繇弃而在野”，一本作弃于外野。）此涉上句于字而误。

远游

朝西灵于九滨　西一作四

案西当从一本作四，此涉下文“西山”而误。“驰六龙于三危兮，朝四灵于九滨”，文相偶俪。王注“召西方之神会于大海九曲之涯也”，西亦当作四。夫曰“会于大海九曲之涯”，则不只一神明甚。朱爕元本，大小雅堂本俱作四，与一本合。

建虹采以招指　一作采虹

案“虹采”当从一本作“采虹”。《文选》沈休文《早发定山诗》注引作彩虹。采彩同。

囚灵玄于虞渊

案“灵玄”当作“玄灵”。王注曰“玄帝之神”，是王本正作玄灵。

何骚骚而自故　故一作苦

案故当从一本作苦。

譬彼蛟龙乘云浮兮　一云譬彼云龙无乘云浮兮一句

案以下文韵例推之，此当依一本改“蛟”为“云”，删“乘云浮兮”四字。“譬彼云龙，泛淫澒溶，纷若雾兮，潺湲轇轕，雷动电发，駜高举兮”，龙与溶韵，轕与发韵，“雾兮”则隔二句与下文“举兮”韵。今本增“乘云浮兮”一句，则失其韵矣。王注曰“譬若蛟龙，潜于川泽，忽然乘云，泛淫而游，纷纭若雾，而乃见之也”。今“云”作“蛟”，“龙”下有“乘云浮兮”四字，即依注文窜改。

沛浊浮清　沛一作弃

案沛当为抪。《淮南子·说林篇》曰“游者以足蹷，以手抪”。《字镜》抪同拨。拨有弃义，故注训“抪浊”为“弃浊秽”。今本字作沛，盖涉下三字从水而误。一本援王注径改为弃，尤谬。

九　思

逢尤

吕傅举兮殷周

案"吕傅"疑当作"傅吕",传写误倒也。上云"思丁文兮圣明哲",先武丁(注训丁为当,谬甚),后文王,此云"傅吕举而殷周兴",先傅说,后吕望,二句相承为文也。某氏注(《九思叙》曰"窃慕向褒之风,作颂一篇,号曰《九思》,以裨其辞。未有解说,故聊叙训谊焉"。玩叙意,《九思》注断非王逸自作,故注中说义与正文乖谬者,每每而是。)曰"吕,吕望,傅,傅说",先吕后傅,是所见本已倒。

怨上

进恶兮九旬　恶一作思进恶一作集慕九旬一作仇荀

案当从一本作"进思兮仇荀"。洪兴祖云仇荀谓仇牧,荀息,是也。《公羊传·庄十二年》曰:"'宋万弑其君捷,及其大夫仇牧。''及'者何?累也。弑君多矣,舍此无累者乎?孔父荀息皆累也。舍孔父荀息无累者乎?曰:有。有则此何以书?贤也。何贤乎仇牧?仇牧可谓不畏强御矣。其不畏强御奈何?万尝与鲁庄公战,获乎庄公。庄公归,散舍诸宫中,数月然后归之。归反,为大夫于宋,与闵公博,妇人皆在侧。万曰'甚矣,鲁侯之淑,鲁侯之美也!天下诸侯宜为君者,唯鲁侯尔!'闵公矜此妇人,妒其言,顾曰'此虏也。尔虏焉知?(知本作故,从《春秋繁露》《韩诗外传》改。)鲁侯之美恶乎至?'万怒,搏闵公,绝其脰。仇牧闻君弑,趋而至,遇之于门,手剑而叱之。万臂摋仇牧,碎其首,齿著乎门阖。仇牧可谓不畏强御矣。"僖十年《传》曰:"'晋里克弑其君卓子,及其大夫荀息。''及'者何?累也。弑君多矣,舍此无累者乎?曰:有。孔父仇牧皆累也。舍孔父仇牧无累者乎?曰:有。有则此何以书?贤也。何贤乎荀息?荀息可谓不食其言矣。其不食其言奈何?奚齐,卓子者,骊姬之子也,荀息傅焉。骊姬者国色也,献公爱之甚,欲立其子,于是杀世子申生。申生者,里克傅之。献公病将死,谓荀息曰'士何如则可谓之信矣?'荀息对曰:'使死者反生,生者不愧乎其言,则可谓信矣。'献公死,奚齐立。里克……弑奚齐,荀息立卓子。里克弑卓子,荀息死之。荀息可谓不食其言矣。"(又桓二年《传》曰:"'宋督弑其君与夷,及其大夫孔父。''及'者何?累也。弑君多矣,舍此无累者乎?曰:有。仇牧荀息皆累也……。")案仇牧荀息,咸死君难,《公羊》再三称之。本篇曰"进思兮仇荀",即用《公羊》义。

"进思兮仇荀"与下"退顾兮彭务"，语意相对，言进则思慕仇荀之效忠死难，退则眷怀彭务之抗节赴渊。（彭务说详下条。）下文又云"拟斯兮二踪，未知兮所投"，一"二踪"斥仇荀与彭务，言仇荀死难，彭务赴渊，二者异趣而皆贤，己则不知何所适从也。今本"思"误为"恶"，"仇荀"误为"九旬"，某氏注遂因文立义，解为"九旬之饮而不听政"，甚矣其谬也。朱燮元本，大小雅堂本作"进慕"，亦通。（孙诒让说同。）

复顾兮彭务　复一作退

案复当从一本作退。退小篆作復，汉隶作復（《张表碑》《梁休碑》）若𢔶（《祝睦碑》），𢔶与复形近，故传写多乱之。某氏注曰"彭，彭咸，务，务光，皆古介士，耻受污辱，自投于水而死也"。"退顾彭务"与"进思仇荀"，对举以见义，说具上条。今本退误作复，则失其义矣。朱燮元本，大小雅堂本并作退。（孙诒让说同。）

疾世

从邛遨兮栖迟　一云从卢敖兮

案"邛遨"疑当从一本作"卢敖"。卢敖，古方士之求神仙者，尝周行四极，遇仙人若士于蒙谷之上，事见《淮南子·道应篇》。"赴昆山兮𩣡騄，（𩣡当读如𩣡〔之戍切〕，"𩣡騄"叠韵连语，行迟也。《周礼·大司马》注曰"摝读……如涿鹿之鹿……摝者止行息气也"。"𩣡騄""涿鹿"音同，𩣡騄之义亦犹摝也。《广韵》曰"趗趚，儿行"，趗趚即𫘧騄之倒语，“小儿行迟”与“止行息气”之义亦近。某氏注训𫘧为绊，训騄为骏马名，谬甚。）从卢敖兮栖迟”，文相偶。今本“卢敖”误作“邛遨”，某氏注以邛为兽名，谓“𫘧騄从邛而栖迟顾望”，支离缴绕，失之远矣。朱燮元本，大小雅堂本作卢敖。

时昢昢兮旦旦　昢昢一作朏朏，旦旦一作且且。

案“昢昢”当从一本作“朏朏”。《说文》曰“朏，月未盛之明也。从月出击”。（《说文》无昢字，《玉篇》《字镜》《广韵》《集韵》均有。）朱燮元本，大小雅堂本并作朏朏。“旦旦”当从一本作“且且”。（《诗·东门之枌》“谷旦于差”，《释文》引《韩诗》旦作且，《庭燎传》“央，且也”，《释文》且本作旦。）朱燮元本正作且且。

悯上

睹斯兮伪惑　一云疾斯兮伪忒

案《哀岁》曰“睹斯兮嫉贼，心为兮切伤”，与本章“睹斯兮伪惑，心为兮隔错”，句法一律。疑一本睹作疾，非是。朱燮元本，大小雅堂本并作睹。

冰冻兮洛泽

案“洛泽”当为“洛泽”。《玉篇》曰“洛泽，冰貌”。（《说文》曰“垎，土干也，一曰坚也”，洛垎声同义近。）“霜雪兮漼溰，冰冻兮洛泽”，文相偶。漼溰为霜雪貌，则洛泽为冰貌矣。注曰“洛，竭也，寒而水泽竭成冰”，读洛为涸，又训泽为水，并依误文为说，失其义矣。

《新撰字镜》二水部，《广韵》十九铎，《集韵》十九铎引并作洛泽，当据正。

蹝蹻兮寒局数独处兮志不申　一云蹝蹻兮数年

案本篇通例，奇句或有韵，或无韵，偶句则必有韵。独此处“蹝蹻兮寒局数”为奇句（全章中第二十五句），有韵，“独处兮志不申”为偶句（全章中第二十六句），无韵，与例不符。疑二句当倒转。如此则奇偶互易，奇无韵而偶有韵矣。且惟“蹝蹻兮寒局数”句在下，与后文“年齿尽兮命迫促”句相连，故一本得误以“年”属上读，而作“蹝蹻兮数年”。审如今本，“数”“年”二字部居悬绝，则一本所误者为不可能矣。

年齿尽兮命迫促

案全篇各章之句数，皆为二之倍数，（《逢尤》三十六句，《怨上》四十二句，《疾世》四十句，《遭厄》三十四句，《悼乱》四十二句，《伤时》四十四句，《哀岁》四十六句，《守志》四十句，《乱词》六句。）惟本章三十七句，独为例外。疑本章原三十八句，今本脱去一句，乃余三十七耳。至所脱之句，疑在“年齿尽兮命迫促”下。知之者，上文方有错简（详上条），以常情推之，脱文当即在其邻近。然词赋之文，类皆两句一意，此处上文“庇荫兮枯树，匍匐兮岩石”“独处兮志不申，蹝蹻兮寒局数（缩）”，下文“魁垒挤摧兮常困辱，含忧强老兮愁不乐”“须发薴悴兮鬓颤（二字原倒，详下条）白，思灵泽兮一膏沐”，皆两句合明一意，词具义足，无待补苴。惟“年齿尽兮命迫促”一句，词意奇零，无所附丽，然则所脱者，或即此句之配偶句欤？复以“踡跼兮寒局数，年齿尽兮命迫促”二句必须毗连推之，则所脱之句，必在“年齿……”句之下，抑又可知。

须发薴悴兮顠鬓白

案“顠鬓白”疑当作“鬓顠白”。某氏注曰“顠，杂白也”，《玉篇》曰“顠，发白貌”。案《尔雅·释草》曰“藨，白华芀”，《说文》曰“缥，帛青白色也”，“驃，黄马发白色，一曰白髦尾也”，《释名·释地》曰“土白曰漂”。凡从票之字多有白义，故发白谓之顠。“须发薴悴兮鬓顠白”者，“薴悴”同义，（某氏注曰“薴，乱也”。悴读为萃，《说文》曰“萃，艸貌，读若悴”。）“顠白”同义，文相偶也。今本“顠鬓”二字误倒，则不惟与“薴悴”之词例参差，且循文释义，试读“顠鬓白”为“白鬓白”，复成何语乎？

遭厄

鵶鵰游乎华屋　鵶一作鹘

案字书无鵶字，当依校注作䳌，䳌即鸱俗字。（《篇海·类篇》䳌与鸱同。）然鸟名无鸱，而以下文鵕鸃例之，鸱鵰似亦不得解为鸱与鵰二鸟。疑鸱当从一本作鹘。《诗·小宛传》曰“鸣鸠，鹘雕也”。鵰与雕同，鹘鵰即鸣鸠。《离骚》曰“雄鸠之鸣逝兮，余犹恶其佻巧”。此以鹘鵰喻谗佞，义盖本之《离骚》。朱燮元本，大小雅堂本作鹘鵰。

悼乱

菅蒯兮壄莽　壄一作野

案壄古野字。“野莽”无义。壄当为楙，字之误也。《说文》曰“蕵，细草丛生也”“茂，草丰盛也”，楙蕵茂同。《说文》又曰“茻，众草也”，《广雅·释训》曰“茻茻，茂也”，茻莽同。“菅蒯兮楙莽，雚苇兮仟眠”，文相偶。楙莽双声阡眠叠韵，皆草丰盛貌。今本讹作“壄莽”，则与“千眠”之词不相偶称矣。

垂屣兮将起　垂释文作凾测夹切

案垂当从《释文》本作凾，字之误也。(汉《富春丞张君碑》垂作臿，与凾形近。)凾即臿字(见《广韵》)。《淮南子·要略篇》曰“禹身执虆臿，以为民先”，《汉书·楚元王传》“根臿地中”，《儒林传》“首臿泥中”，今本臿并作垂，误与此同。臿屣者，《汉书·地理志》下注曰“屣谓小履之无跟者也”，臿与插同。屣无跟，但以足插入，曳之而行，故曰臿屣。《庄子·让王篇》曰“原宪华冠縰履杖藜而应门”，《释文》引《通俗文》曰“履不著跟曰屣”，《文选·长门赋》曰“蹝履起而彷徨”，《汉书·隽不疑传》曰“躧履起迎”，縰蹝躧同。臿屣犹蹝履也。《韩诗外传》二曰“于是伊尹接履而趋遂适于汤”。接捷通，(《左传·春秋经》庄十二年“宋万弑其君捷”，僖三十二年“郑伯捷卒”，文十四年“晋人纳捷菑于邾”，捷《公羊》并作接。)捷插亦通。(《仪礼·士冠礼》“捷柶兴”，《礼记·乐记》“犹捷也”，《释文》并云“捷本作插”。)臿履犹接履也。《外传》九又曰“夫志不得，则扱(今本作授,《佩文韵府》四纸引作投,皆字之误)履而适秦楚耳"。扱插亦通。(《礼记·内则》注"犹扱也",《释文》曰"扱本作捷,一本又作插"。)臿屣又犹扱履也。

跓俟兮硕明　硕一作须

案硕当从一本作须。须,待也。"跓俟兮须明",犹《悯上》曰"待天明兮立踯躅"也。朱燮元本,大小雅堂本并作须,与一本合。

伤时

百貿易兮傅卖　傅一作传

案貿俗贸字。傅当从一本作传,读为转,已详洪注。(《文子·微言篇》"百里奚传卖"。)朱燮元本,大小雅堂本并作传,与一本合。

才德用而列施　德一作得

案德读为得,列读为烈,言贤才得用而功烈施于后世也。

忽飙腾兮浮云　一云忽飙腾兮云浮

案"浮云"当从一本乙转。"飙腾"与"云浮"对文。司马相如《大人赋》曰"猋风涌而云浮",句法与此同。又此文以娭,能(读为耐),浮,莱,台五字之幽合韵。今本"浮"倒在"云"上,则失其韵矣。朱燮元本,大小雅堂本并作"云浮",与一本合。

哀岁

草木兮苍唐　唐一作黄

案疑苍唐即摧颓，语之转也。一本唐作黄，盖后人臆改。朱燮元本，大小雅堂本仍作苍唐。

守志

目瞥瞥兮西没

案目当为日，涉下瞥字从目而误。《说文》曰"瞥，……一曰财见也，又目翳也"。此以"瞥瞥"形容日衔山欲坠之状，妙得神理。"日瞥瞥兮西没，道遐回兮阻艰。"(原误叹，详下条。)言日暮道险，与《九叹·远逝》"日杳杳以西颓兮，路长远而窘迫"，语意同。

道遐回兮阻叹

案叹当为艰，形近而误。说具上条。

敦煌旧钞楚辞音残卷跋附校勘记

敦煌旧钞《楚辞音》残卷，不避隋唐讳，存者八十四行，起“驷玉虬以乘鷖兮”，迄“杂瑶象以为车”，凡释《离骚》经文一百八十八，注文九十六，希世瑰宝也。卷藏巴黎图书馆。王重民先生近校书巴黎，始发之丛残中，并据卷中“兹”字下“骞案”云云，定为隋释道骞撰《楚辞音》，又以“珵”下云“郭本止作程”，谓即郭璞《楚辞注》之孑遗，(《巴黎敦煌残卷叙录》九，见《图书季刊》二卷三期。)其说皆灼然有据，无可易者。夫自汉王逸以下逮宋之洪朱，约及千载，为《楚辞》学者，代有名家，而郭注骞音之名，尤赫然在人耳目。顾其书自唐中叶以还，似已荡然靡存，而史志所胪，空有其目，譬如丰碑载涂，徒足令人欷歔凭吊耳。孰谓骞音残卷，一旦发现，而郭注鳞爪，复在其中，是非旦暮之遇乎？自殷虚之役以来，数十年间，惊人之事多矣。即以重民先生近所剔发于巴黎者言，此尺幅断轴，亦毫末之于马体而已。然而于《楚辞》之学已不啻启一新纪元。重民先生之功为不朽矣！比因友人叶公超先生邮书巴黎，代请副本。重民先生乃虑迻写失真，饷以影片。欢庆感激，夫复何言？既拜领嘉贶，寻绎终朝，惊喜稍定，乃记其一得之见如次。尚幸重民先生有以教之。

以今本《楚辞章句》校此卷，注“邑于纶”，卷纶作“缗”，以《左传》《史记》证之，疑系误字。说详《校勘记》。注“不可卒至”，明正德本《楚辞》及唐写本《文选集注》至并作“遍”，今卷亦作“遍”，则卷是而今本非也。自余异文，十九胜于今本，以其义虽不殊而字则近古，说亦具《校记》中。至夹注中往往引《章句》语，其有裨于校勘者，“筳”下引王逸曰“筳，小破竹也”，与《文昌杂录》二所引正同。今本破作“折”，盖蒙下文“结草折竹以卜曰篿”而误。以上为卷中涉于《离骚经》与《章句》本身之可纪者。然卷之价值尚不在此。

“珵”下引郭本作“程”，郭本当指郭璞《楚辞》注，重民先生既发之矣。然而谓“郭璞《楚辞注》存留于今日者，此为惟一鳞爪”，则未必然。

“兹”字下：郭云：“止日之行，勿近昧谷也”；

“鸩”字下：郭云：“凶人见欺也”；

“鴂”字下：郭云：“奸佞先己也。”

案“止日”句释经文“望崦嵫而勿迫”也，“凶人”句释“鸩告余以不好”也，“奸佞”句释“恐鹈鴂之先鸣”也。既皆冠以“郭云”，则非郭注而何？取彼只字，舍此全句，皆千虑之一失已。虽然，谓郭书之存于天壤间者，只此卷中数语，犹未谛也。曩尝欲杂采由汉至隋间诗文家用《楚辞》与王逸异义者，理而董之，如清儒之于群经者之为，辑为“《楚辞》遗说考”。年来罗掘所及，于郭璞亦得一事焉。

《文选·江赋》曰“悲灵均之任石，叹渔父之櫂歌”，李善注曰：

《楚辞》曰：“名余曰正则，字余曰灵均。”又曰：“望大河之洲渚，悲申徒之抗直今作迹，骤谏君而不听，重任石之何益？”又曰：“怀沙砾而自沈兮，不忍见君之蔽壅。”《史记》曰：“屈原作《怀沙赋》，怀石自投汨罗。”怀沙即任石也，义与王逸不同。

案李善谓王郭异义，是也。“重任石之何益”，《悲回风》文。王逸注曰：“任，负也。百二十斤为石。言己数谏君而不见听，虽欲自任以重石，终无益于万分也。”旧校石一作“柘”。《说文》：“柘，百二十斤也。”是王读石为柘。若郭赋上下文所隶事，如阳侯，奇相，禹，佽飞，要离，周穆王，郑交甫，皆与江相关，而此又与“叹渔父之櫂歌”相为偶句，是其解《楚辞》“任石”为抱石沈江，审矣。作赋用《楚辞》义如此，注《骚》时不宜自异。然则《江赋》此句，可视为郭氏《楚辞》遗说，亦即其《楚辞注》义矣。愚意郭书之在海内，名虽亡，实亦未尝尽亡。重民先生倘不以为谬乎？

卷中所存佚书，郭氏《楚辞注》而外，似尚有宋人所称无名氏之《离骚·释文》。“鴂”字下曰：

文释曰“鶗鴂一名鵙，今谓之伯劳，顺阴气而生，贼害之禽也。王逸以为春鸟，谬矣。《广疋》：‘鷤鴂，布谷也。’案江之意，秋时有之。《诗》云‘七月鸣鵙’，《毛传》云‘鵙，伯劳也’，笺云‘伯劳鸣，将寒之候’。”

案“文释”似非人名。注《汉书》者有文颖，然“释”之与“颖”，形声俱远，无缘致误。窃意“文释”当为“释文”之倒。其书洪补注屡引之。隋唐志不载。《郡斋读书志》《直斋书录解题》并有《离骚释文》一卷，《解题》云：“古本，无名氏，洪氏得之吴郡林虙德祖。其篇次不与今本同。”案《释文》篇次异于今本，而与王逸注暗合，又据洪所引，率多古文奇字，盖隋唐以前旧籍也。骞公所引，必此书无疑。第宋人云其书无名氏。今细审前揭骞公语，上引《释文》驳王逸曰“王逸以为春鸟谬矣”，下云“案江之意，秋时有之”，则江是《释文》作者之姓矣。

《释文》今既不传，此条又不见于洪氏所引，而作者姓氏久湮，复独赖此卷存之，斯不仅为遗说考之新资料，抑亦好古者之所当共庆者与！

其他所引古籍尚有《尚书》三则内二则有《伪孔传》，《毛诗》五则皆有传，一则有笺，《左传》并杜注一则，《公羊传》一则，《论语》并孔注一则，《世本》一则，《穆天子传》并注一则，《山海经》三则内二则有注，《汉书》并《文颖注》一则，《淮南子》二则内一则有许注，司马相如《赋》一则，《尔雅》《方言》各二则，《说文》六则，《广雅》十三则，《苍颉篇》《埤苍》《声类》《字书》各一则，《字林》三则，《字诂》二则。以上《世本》《淮南》许注，并《苍颉篇》以下皆佚书，当有裨于辑佚工作；自余诸书，或亦有裨于校勘。从脞婴身未暇覆案也。至引《相玉书》一则，与王注所引微有出入，既不明言转引王注，其果出自原书与否，盖难言之。

卷中文字颇有迻写失次者，上揭“文释”二字，是其一端。然尚有舛误甚于此者。“鸩”字下曰：

文沁徒荫二反。《广疋》曰：“其雄曰运日，其雌曰阴谐。”《山海经》曰：“女几之山，多鸩。”郭璞曰：“大如雕，紫绿色长领，赤啄，食虵。”《淮南子》作云日，字或作䳱日。或圡俗云，“千年潭鸟成同力，千年同力作晕日”。字郭云凶人见欺也，成鸩鸟也，三千岁也，亦不详审斯言之虚实。

自“千年”“同力”下，文义不属，试乙正之如次：

……《淮南子》作云日，字或作䳱日，或作晕日。〔字〕此字上下皆无所附丽，疑衍。土原作圡，俗土字。俗云，千年潭鸟成同力，千年同力成鸩鸟也，三千岁也，亦不详审斯言之虚实郭云：“凶人见欺也。”

《岭南异物志》曰：“檀鸡，鸩鸟之别名。”檀鸡即潭鸟亦即鸩鸟也。鸩潭音同《覃部》，转入《寒桓》，则为“檀”。《名医别录》“鸩鸟，毛有大毒，一名䳱日”，陶注曰：“䳱日，大如黑伧鸡，……作声似云同力，故又名同力鸟。”是鸩也，潭也，同力也，一物而异名，故知此当以“千年潭鸟成同力，千年同力成鸩鸟”相承为文。唯“三千岁”

之三似当作二，不则“土俗云”下或尚有脱文。

至于所注音读二百八十余事，自为讨治隋唐古音之正确资料。事涉专门，力有未逮，故缺而弗论云，民国二十五年三月十八日。

校勘记《四部丛刊》本《楚辞章句》用《楚辞音》残卷校

日忽忽其将暮 卷作莫

望崦嵫而勿迫 卷作奄兹

案今本下文注引《禹大传》“洧盘之水，出崦嵫之山”，唐写本《文选集注》残卷作奄兹，宋胡稚《简斋诗集笺注》五引同。

吾将上下而求索 卷作索

案此求索本字，见《说文》《广雅》。经传皆用索，用索者此为首见。

〔注〕不可卒至 卷作遍

案明正德刊本《楚辞》亦作遍，唐写本《文选集注》同。

总余辔乎扶桑 卷作揔

案明隆庆夫容馆重雕宋本，朱氏集注本，钱氏集传本，唐写本《文选集注》并作揔，《文选》陆士衡《前缓歌行》注引同。

聊逍遥以相羊 逍遥一作须臾 卷作㮚臾，云本或作消摇。

案义仍是逍遥，作㮚臾者，古字假借。本书《九思·守志篇》“涉蛮山以逍遥”，注：消遥须臾也。

雷师告余以未具〔注〕言己使仁智之士 卷作知

纷緫緫其离合〔注〕緫緫犹僔僔聚貌 卷僔僔下引此注，末有也字。

案夫容馆本亦有也字，《文选·甘泉赋》注引同。

相下女之可诒　诒一作贻　卷作贻。云又诒同。

案正德本亦作贻。

吾令蹇修以为理〔注〕伏羲时敦朴　卷作戏

雄鸠之鸣逝兮　《释文》雄作鴆　卷作鴆

案此古字之仅见者。

凤皇既受诒兮　卷于此诒字下出遗字

案骞公所据本此处似有注"诒，遗也"。今本脱之。

留有虞之二姚〔注〕因妻以二女而邑于纶　卷作缗

案少康食邑，《左传·哀元年》及《史记·吴太伯世家》字并作纶，无作缗者。此似误。正德本作纶缗，则又合二本而并存之。

理弱而媒拙兮〔注〕拙钝也　卷作顿

案唐写本《文选集注》亦作顿。经传每段顿为钝。《左传·襄四年》"甲兵不顿"，《战国策·秦策》"吾甲兵顿"，《汉书·贾谊传》"莫邪为顿兮"。

好蔽美而称恶　卷作偁，云又称同。

案偁称正借字。

索藑茅以筳篿兮　卷作索

〔注〕筳小折竹也　卷筳字下引作破

案宋庞元英《文昌杂录》二引亦作破。

〔注〕楚人名结草折竹以卜曰篿　卷篿字下引无以字

何所独无芳草兮　草一作艸　卷作艸

尔何怀乎故宇　宇一作宅　卷作宅，云如字，或作宇音。

世幽昧以昡曜兮　昡一作眩　卷作眩

孰云察余之善恶〔注〕屈原答灵氛曰　卷作畣

案畣古答字，《尔雅》有之，然已讹作畣，从田，于义无施。他书用古字者莫不皆然，盖习非胜是，沿误久矣。作畣者平生惟此一见。六书命脉，不绝如缕，真堪一字千金矣。

恐鹈鴂之先鸣兮　鹈一作鷤　卷作鷤

案《史记·历书》索隐，《汉书·扬雄传》注，《后汉书·张衡传》注，《尔雅翼》，任渊《山谷内集注》十二并引作鷤。鹈鷤阴阳对转。

惟此党人之不谅兮　谅一作亮　卷作亮

荃蕙化而为茅　卷作荪

椒专佞以慢慆兮　慆一作謟　卷作謟，云又慆，宜作滔，同他牢反。

案《类聚》八九，《文选·祭屈原文》注，《海录碎事》五引并作謟，《书钞》三〇又引作謟，误。

芬至今犹未沬〔注〕芬芳勃勃……　勃一作浡　卷作浡浡

精琼靡以为粻〔注〕精凿也　卷作糳

案糳凿正借字。

载《大公报·图书副刊》（民国二十五年四月二日）及《图书季刊》第三卷第一第二期合刊。（民国二十五年三月出版，国立北平图书馆编印，上海世界文化合作中国协会发行。）

释 

铜器中有铭识作者，宋人释“子孙”，其妄不足辩。近时罗振玉释“子黾”，郭沫若释“天黿”，孙海波释“大黾”。罗氏无说。郭说曰：

> 天黿即轩辕也。《周语》“我姬姓出自天黿”，犹言出自黄帝。十二岁之单阏即十二次之天黿，近年据余考知实当于十二宫之狮子座轩辕。由姓氏演为星名者，与商星同。《两周金文辞大系考释》三一《献侯鼎》

孙说曰：

> 上作当是天或大字。下实黾形，且已有壶底饰文及《泉屋清赏》所载蛙形虺龙文盘之饰文二黾形，与此并合。果族徽也，当释“大黾”，《地志》有大黾谷可证也。《古文声系》自序

案《说文》“黿，大鳖也”。欲知郭说信否，当一详审此文下半所

象是否鳖形。考彝铭中原始图形文字与此近似者约有四类：

（一）弟龟鼎　　弟龟爵　　弟龟父丙簋

（《代》二，一二）　（《续殷》下二〇）　（《续殷》上四二）

弟龟父丙镫

（《梦坡》二，二二）

（二）鳖父丙鼎

（《代》二，二一）

（三）？父巳觯

（《续殷》下五七）

（四）黾父辛卣　　黾父丁鼎二　　黾父辛鼎一

（《攀》一，四）　（《代》二，二一）　（《代》二，二一）

黾且乙角

（《续殷》下四三）

图（一）大都四足向前，有尾，确象龟形。图（二）与图（一）同，惟喙加长，殆即鳖也。图（三）二足向前，二足向后，且无尾，疑是昆虫而非水族，其名不可确指。图（四）亦无尾，惟后二足特长，或反拱于后，或回抱于前，其为鼃黾之属，一望而知。铭识之，就余所检获之四十九例观之参看文末附图，其下半之虫形，无一有尾者，而就中其后二足回抱于前者才两见，余则悉反拱于后，此于鼃黾之形，尤为逼肖。然则此字郭氏所释不如罗孙为长明矣。至孙释为大，得之。惟读为"大黾"二字，则非，盖字实从大从黾之奄也。知

之者，同例之字有从大从豕者，

豖父甲斝（《代》一三，五〇）　豖妣辛彝（《殷》上一六）　豖父丁鼎（《代》二，二一）

豖鼎（《代》二，一）　豖父乙觚（《簠》二，一一 《代》一四，二四）　豖爵（《续殷》下一九）

即卜辞字，当释豖。又有从大从羊者，

羍鼎（《代》二，一）　羍鼎（《代》二，一）

谛审其兽形，与《亚羊尊》之（《亚羊尊》，《窸》一三，五）无异，故知确即《说文》羍字。大本人形，此处未必为大小之大，然许君训羍为小羊，终觉可疑。奄从大黾，犹豖从大豕，羍从大羊矣。

虽然，奄字别无所见，何以知古必有此字乎？欲释此疑，请先读《秦公簋》：

……乍作𬍛宗彝，㠯卲皇且，嬰严𢧥各；㠯受屯鲁多厘，釁寿无疆；畯疐才在天，高弘又有慶庆，竈囿有四方。

案“以卲皇祖，嬰严𢧥各”，与“以受屯鲁多厘，釁寿无疆”语势平列，“卲”与“受”之主格皆秦公也。下文“畯疐在天”之上不别出主格，明其主格仍是秦公。然秦公以作器之生人，而言在天，揆之

恒情，必不可能。因悟古天大同字，而𠆢立从大一，此天字实当读为立，立古位字，“畯疐在天”即“畯疐在位”也。《井人妄钟》“疐处宗室”，疐亦处也。《师俞簋》“天子其万年眉寿黄耇，畯在立位”，《伯㰜虘簋》“万年眉寿，畯在立位”，与此语意不殊，而《秦公钟》全篇与𣪘文大同，彼正作“畯疐在立位”，尤其确证。

知“畯疐在天”，在天即在位，且属秦公言，则下文“高弘有庆，竈囿四方”亦当属秦公，盖二句之上仍未别出主格也。“竈囿四方”之竈，自宋薛尚功释奄，相沿无异说，近儒王国维始改读为造，其言曰：

“竈囿四方”当是造有四方，余意《诗·皇矣》《无竞》案当作《执竞》“奄有四方”之奄，殆此字之讹，盖形相近也。

案王盖因读“畯疐在天”之天如字，解为皇祖之灵在天，遂谓“竈囿四方”亦指祖言，故释为造有四方。不知四方非可造者，藉曰可能，亦惟天神能之，在天之皇祖必无造四方之理，且铭文此数句本皆属秦公言，秦公尤不能造有四方也。“造有四方”之语本嫌不辞，故郭氏改释为“造佑四方”，然其蔽亦坐误认此句主格为皇祖，故失与王同。余意“竈囿四方”宋人读为“奄有四方”，词意顺适，实不可易。《秦公钟》“畯疐在位，高弘有庆，匍有四方”之语与簋文全同，惟变竈为匍，盖因竈读为奄，匍读为抚，奄抚一义《诗·韩奕传》“奄，抚也”，故字得互易耳。至《诗》之

维此王季，……奄有四方，《大雅·皇矣篇》

自彼成康，奄有四方，《周颂·执竞篇》

自生后稷，奄有下国，……奄有下土，缵禹之绪，《鲁颂·閟宫篇》

奄有龟蒙，遂荒大东，至于海邦，淮夷来同，莫不率从，鲁侯之功，同上

方命厥后，奄有九有域。《商颂·玄鸟篇》

并他书之

皇天眷命，奄有四海，为天下君，《书·大禹谟篇》

王用奄有四邻，《逸周书·皇门篇》

凡此读奄如字，训为抚，亦莫不贯通，若改奄为竈，读竈为造，反滋滞碍矣。《秦公钟》又云：

不显皇祖受天命，竈有下国。

“竈有下国”亦即《閟宫篇》之“奄有下国”也。

然则竈曷为而得读为奄？将谓《诗》《书》是而误在金文耶？曰：金文与《诗》《书》皆是也。《说文·大部》：“奄，覆也，大有余也，又欠也，钱坫朱骏声朱珔并疑欠为久之讹，近是。从大从申，申，展也。”案申古电字，奄字从申，无由见义，许说殆不足据。余谓奄即金文竈字，从

电为黽之省变，其证有三。试观下图：

1 秦汧阳刻石鼀字所从　　2 邵黛钟鼉字所从
3 古文四声韵绳字所从　　4 临虞高宫镫二鼀字所从
5 小篆奄字所从　　6 汗简黽字
7 邵黛钟鼀字所从　　8 秦公簋鼀字所从
9 陶文鼀字所从　　10 秦三年戈鼀字所从

黽得变为电，则鼀亦可变为奄，此奄从黽省，验诸字形而有据者一也。明母古与影母通，杳窈窅今音或读作 m-，冤当从免声，《说文》“冤，屈也”“俯，低头也”，《楚辞·怀沙》“冤屈而自抑”，《史记》作俯诎，是冤从兔为免之讹。毒于改切而梅莫亥切，婴于盈切而瀴莫迴切，殳莫勃切而頞乌没切，鼻武延切而趨于蹇切，以上并《广韵》冥忙经切而幎娟营切，《集韵》并其例证。观谐黽声之蝇音余陵切，鱦鼆并音以证切，以上并据《广韵》绳或借为扬，《左传·庄十四年》“绳息妫以语楚子”，《吕氏春秋·古乐篇》“乃作诗以绳文王之德”，钱绎云，二绳字并借为扬，《逸周书·皇门篇》“乃维有奉狂夫，是阳是绳”，阳与扬通。案绳古盖如蝇，故得转为扬，犹《方言》十一云“蝇，东齐谓之羊”也。知黽古音亦读影母。黽之声母既为影，其韵母复由蒸转侵，即与奄同。此奄从黽省，核诸字音而益信者二也。《老子》

十四章“绳绳不可名”,《释文》引简文注“绳绳，无涯际之貌”,《说文·大部》“奄，大有余也。”《广雅·释器》“黽，黑也”,《说文·黑部》“黤，青黑也。”《说文·黾部》“黽，冥也”,《广雅·释诂四》“晻，冥也。”《太玄》五《沉》“好媪恶粥”，注“媪，怀也”,《左传·文十八年》“掩贼为藏”，注“掩，匿也”，怀匿义近。奄及从奄之字与从黾之字往往同训，此奄从黾省，衡诸字义而仍合者三也。奄从黾省，既如上述，而竈亦从黾，是奄竈二字，例得通用。金文之“竈有四方”,“竈有下国”，经典作“奄有四方”,“奄有下国”，其故在此。

虽然，谓竈奄二字通用则可，谓竈即奄字则不可。金文竈字从穴，古人穴居，故穴与宀同。《部黛钟》,《秦三年戈》及陶文竈字并从宀不从穴，与《说文》同。竈竈当为一字。而义复为函盖，以意逆之，当为庵之别构，经典作奄，则庵之省。《说文》无庵字，许君盖以奄为庵，故训覆，引申为大，为久。《衡方碑》“庵离寤疾”，庵离即奄留，此用本字仅见之例。至奄字本作竈，从大从黾，大即人，乃国族名，省变为奄，又加邑作郁,《说文·邑部》“郁，周公所诛郁国，在鲁”是矣。郭氏知竈为氏族，此其特识突过前人，至读为“天竈”二字，则尚无确证。孙氏读为“大黾”，古国族未见有称大黾者，引谷名为证，亦近牵合，故亦不敢苟同。

补记

《古文四声韵》有鼉字作鼌,《广韵》灵字古文作霝,《古文四声韵》作䨩，并即金文《叔夷镈》之字之省。凡此亦皆竈省为奄之比。文成，不及补入，附记于此。

附图

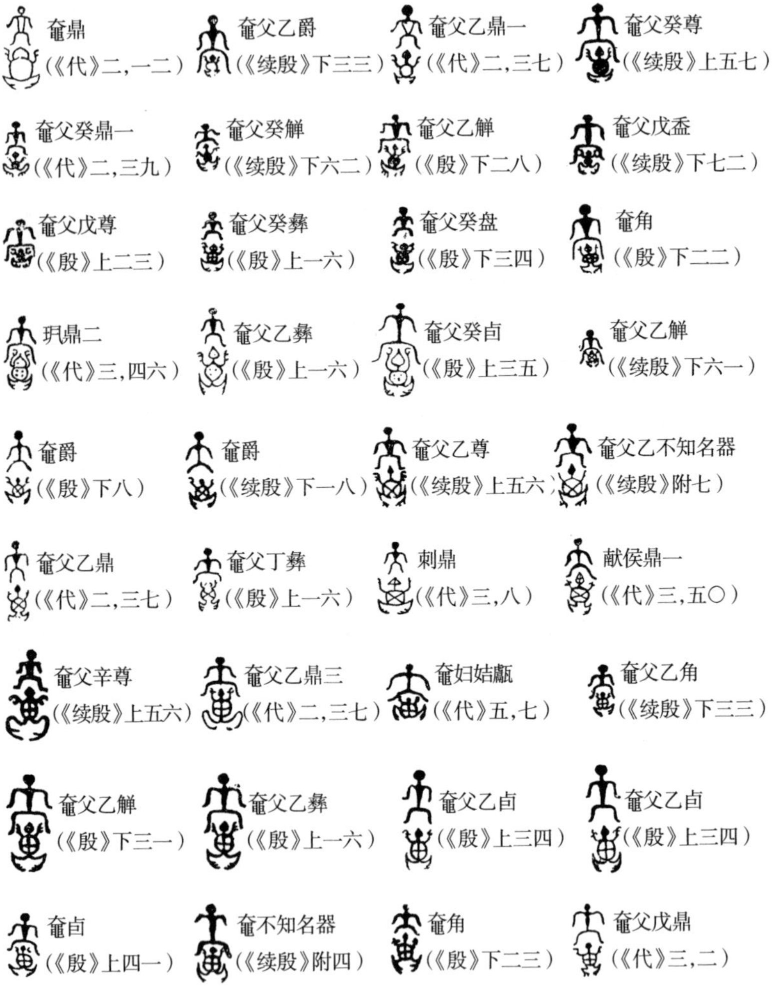
奄鼎
（《代》二，一二）
奄父乙爵
（《续殷》下三三）
奄父乙鼎一
（《代》二，三七）
奄父癸尊
（《续殷》上五七）
奄父癸鼎一
（《代》二，三九）
奄父癸觯
（《续殷》下六二）
奄父乙觯
（《殷》下二八）
奄父戊盉
（《续殷》下七二）
奄父戊尊
（《殷》上二三）
奄父癸彝
（《殷》上一六）
奄父癸盘
（《殷》下三四）
奄角
（《殷》下二二）
巩鼎二
（《代》三，四六）
奄父乙彝
（《殷》上一六）
奄父癸卣
（《殷》上三五）
奄父乙觯
（《续殷》下六一）
奄爵
（《殷》下八）
奄爵
（《续殷》下一八）
奄父乙尊
（《续殷》上五六）
奄父乙不知名器
（《续殷》附七）
奄父乙鼎
（《代》二，三七）
奄父丁彝
（《殷》上一六）
刺鼎
（《代》三，八）
献侯鼎一
（《代》三，五〇）
奄父辛尊
（《续殷》上五六）
奄父乙鼎三
（《代》二，三七）
奄妇姑甗
（《代》五，七）
奄父乙角
（《续殷》下三三）
奄父乙觯
（《殷》下三一）
奄父乙彝
（《殷》上一六）
奄父乙卣
（《殷》上三四）
奄父乙卣
（《殷》上三四）
奄卣
（《殷》上四一）
奄不知名器
（《续殷》附四）
奄角
（《殷》下二三）
奄父戊鼎
（《代》三，二）

 奤父乙鼎二（《代》二，三七）

 奤父乙卣二（《续殷》上七七）

 征人鼎（《代》四，四）

 奤父乙觶（《殷》下二八）

 奤卣（《殷》上二九）

 奤爵（《续殷》下一九）

 奤父戊卣（《殷》上三四）

 奤簋（《续殷》上三六）

 奤父癸鼎二（《代》二，三九）

 奤父乙卣一（《续殷》上七七）

 奤父乙簋（《殷》上一二）

 奤觚（《殷》下二五）

 奤不知名器（《续殷》附四）

释省徝

契文疏证之一

卜辞二形，罗振玉释相，他家皆释省。又有字，诸家或释省王襄，释徝郭沫若前说，或释循叶玉森容庚孙海波，或释德孙诒让罗振玉，或释直郭后说，释徝商承祚，其参差如此。今案从目从丨，丨象目光所注，烦其笔画则为，确系省视字。然卜辞凡言省似皆谓周行而省视之，观诸辞言“往省”“出省”之多可知。故字又作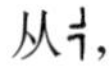，从彳，示行而视之之意。此字以今隶定之，当书作徝，若嫌今无此字，则如王氏径书作省，亦无不可。徝，后变作巡。《礼记·祭义》“君巡牲”，即《周礼》之“省牲”，《说文》“巡，视行皃”。有说别详。盖以字体演进之程序言之，徝诚为省之孳乳，若以卜辞文义观之，则毋宁谓省为徝之媘也。至卜辞此二字之义训，虽皆导源于省视，然亦有去本义略远者，诸家未之深究，故其说此字，多未得其环中。今就诸辞中出省徝二字而文义复稍完具者五十余例，比类观之，定其义训，证诸彝器经传，有确信而无可疑者三事焉，述之如次：

一曰：省，巡视也。

（1）庚寅卜，贞亩〓人，令省在南面十月。己巳卜，贞令〓省在南面十月。《前》四，一一，五；《前》五，六，二。郭氏复合。

（2）……翌〓令省在南面。十月。《续》五，一五，九

（3）……南面省……《前》四，一一，六

（4）丁亥卜，㱿贞省至于亩。《佚》五七，五三二；《续》三，一四，二

面，罗释鄙，甚确。《国语·吴语》注曰“鄙，边邑也”。有辞曰“贞乎从〓西〓岆叓啚三邑”《前》七，二一，四，是啚即边邑之鄙无疑。《礼记·月令》“四鄙入保”，《国语·周语》“立鄙食以守路”，注“鄙，四鄙”。四鄙，即东西南北四鄙。卜辞中除上揭各辞称南鄙外，又有称东鄙西鄙者。

……曰：辛丑，月㞢。……告曰：东啚。……《佚》一〇，六一

□亥，月㞢。壬寅，王亦冬终月〓。东啚𢦏二邑。〔下略〕《菁》二

〔上略〕沚〓告曰：土方〓征我东啚，𢦏二邑，〓方牧我西啚田。《菁》一

是四鄙之称，殷世已有之。《月令》“孟夏之月……命司徒巡行县鄙，命农勉作，毋休于都。”“巡行县鄙”，即卜辞之省鄙也。《寽蔑鼎》“王令寽蔑农省北田四品”，《荀子·王制篇》“省农功”二省字义同。

省一作徜。

（5）□午卜，㱿贞今春王徝方，帝受我□。《簠》游一，一；《续》五，一四，四

（6）戊寅卜，亘贞徝方。《簠》游一，二

（7）贞王勿徝方。《簠》游二，九

（8）□□卜，□贞□夻。贞疾止趾隹㞢有壱。贞徝方。《拾》一〇，五

（9）徝方。寅。《簠》游一，四；《续》五，九，三

省方之语，经传习见。《易·观》曰“先王以省方观民设教”，《复》曰“后不省方”，《楚辞·天问》曰“禹之力献功，降省下土四方”，《淮南子·精神篇》曰“禹南省方”，注“巡狩为省，省视四方也”，《文选·东京赋》曰“省方巡狩”。（5）“今春王徝方，帝受我□”，我下一字疑是年。因知省方亦与农事有关，与上省鄙性质略同。以上凡言省鄙，字皆作省，徝方字皆作徝，然在意义上省徝实无大别。

（10）贞勿求年于邦土。社。省。《前》四，一七，三

（11）贞王勿往省黍。《佚》三六，四九二

（12）□亥卜，王白[illegible]㠯䅗徝，其受㞢又祐。《续》五，六，四；《佚》八七，九六六

以上诸辞均与农事有关，诸省字义当与前同。

（13）丁卯卜，吕贞王往省牛。《前》三，二三，二

（14）贞勿往省牛。贞王往省牛。《前》三，二三，三

（15）贞王勿往省牛于𦎫。《佚》一，四

以上诸省字亦训巡视。惟罗振玉商承祚并谓省牛即《周礼·大宗伯》《小宗伯》之“省牲”，则似未谛。案《周礼·充人》曰“掌系祭祀之牲牷。祀五帝则系于牢，刍之三月。……凡散祭祀之牲，系于国门使养之。展牲则告牷。……”《肆师》注曰“展，省阅也”，是展牲即省牲。《公羊传·宣三年》“帝牲在于涤，三月”，注曰“涤，宫名，养帝牲三牢之处也”。《独断》上曰：“帝牲，牢三月，在外牢一月，在中牢一月，在明牢一月，谓近明堂也。”养牲之处，近则密迩明堂，远亦不过国门，然则省牲不用远行，明矣。后世之制如此，殷制理亦宜然。今卜辞曰“往省牛”，曰“往省牢于𦎫”，𦎫者，他辞曰：

戊午王卜，贞田𦎫，往来亡𡿧。王畂曰吉。《前》二，三一，三

戊申王卜，贞田𦎫，往来亡𡿧。王畂曰吉。《前》二，一六，一

戊申王卜，贞田𦎫，往来亡𡿧。王畂曰吉。《甲》二，一九，一；《前》二，三八，五

辛巳卜在𦎫，贞王田率衣，亡𡿧。《前》二，四三，一

辛酉卜在𦎫，贞王田衣逐，亡𡿧。《前》二，一五，一

𩫖为田猎之地，而往𩫖又必须卜问往来亡灾，是其地去国都颇远，因之，卜辞之“省牛”非《周礼》之“省牲”，亦可断言。余意《礼记·中庸》“日省月试”，注“考校其成功也”，《诗·无羊序》“宣王考牧也”，此省牛盖即考牧之事欤。

二曰：省，田猎也。

（16）贞王獸𠬝唐禚。贞王往獸。贞王往省。贞其雨。《卜》别二，一二，四

“往省”与“往獸狩”并举，是省亦狩也。

（17）戊王叀田省，亡𢦏。其獸，亡𢦏，吉𢦏。《佚》二四，二一三

（18）射鹿；𠀠禽。王其射𢐗鹿，亡𢦏，𠀠。其獸，亡𢦏。□□田省，亡𢦏。《拾》六，三

卜辞动词之田皆当读为畋，名词之田亦谓猎兽之地，非田畴之田也。此曰“叀田省”，叀义与往略近，田为名词，犹言往田中猎兽，故与“獸”“射鹿”并举。又曰“省田”，则谓猎于田中也。

（19）丙辰卜，永贞乎省田。《前》五，二六，一

（20）贞□乎𢀛毕省田。《藏》一一四，四

（21）……勿乎省田。二月。《契》二三，二〇三

（22）壬，王从省田。于□王廼省田。《后》下二〇，四

（23）辛，王从省田，其每。《后》上三〇，六

（24）从省田。《佚》一一，六八

（25）□日入，省田，湄日，不雨。翌日辛，王其省田，[illegible]入，不雨。《佚》二七，二四七；《卜别》一，八，六

或出所省之田名，曰“省某田”，

（26）从省盂田，从。《续》三，二三，六

（27）从省盂田。《戬》一一，八

（28）王其省噩田，湄日，亡𢦏。《库》五二，一〇九〇

曰“叀某田省”。

（29）王叀盂田省，亡𢦏。《戬》一一，七；《续》三，二五，六

（30）叀盂田省，亡𢦏。《佚》七五，八〇〇

（31）叀盂田省，亡𢦏。《拾》六，二

（32）叀盂田省。《佚》一一，六八

（33）叀噩田省，亡𢦏。《拾》六，二

（34）叀噩田省，亡𢦏。《甲》一，九，一一

（35）叀噩田省。《佚》七五，八〇〇

（36）叀宫田省。《佚》一一，六八

(37) 叀宫田省，亡才。《库》一〇，一六五

(38) 叀宫田省，弗每，亡𢦏，湄王大吉。《佚》八六，九五一

字奇诡，以文义求之，疑田之緐文。他辞曰"从省田，其每"，上揭(23)例曰"从田，其每"，《续》五，二四，九；又《库》一〇九，一六九九异版同辞。曰"……从射，其每"《库》三，二八，曰"王弗每，禽"《后》上一二，一，此亦曰"弗每"，又其证也。盂田，疆田，宫田，确系殷人田猎之地，他辞曰：

戊申卜，贞王其田盂，亡𢦏。《后》上一四，一二

戊戌王卜，贞田疆，往来亡𡿧。王占曰吉。只获狐狼一。《前》二，四一，八

戊戌王卜，贞其田疆，往来亡𡿧，丁酉王卜，贞其进于宫，往来亡𡿧。乙未王……，往来亡……，𫑡二。《前》二，三一，四

略举数例，已足互证。

(39) 王叀…□田省……。……宫田，不雨。《佚》三一，二九五

(40) 今日乙，王从省又有古，其雨。从疆田，其雨。王其省疆田，湄日，亡𢦏。从[省][又]古，其[雨]。《库》五二，一〇九〇

上文(22)(23)(24)曰"从省田"，(26)(27)并曰"从省盂

田”，此又“从疆田”与“省疆田”并见，是从与省义近。《诗·还》“并驱从两肩兮”，《传》“从，逐也”，从即从字。孳乳为踪，又变作踵，《说文·足部》“踵，追也”。追逐为猎兽之手段，故田猎又谓之从。他辞曰：

王其田斿，不冓大雨。从射斿鹿。其獸，亡𢦏。《佚》一八，一四九

王自往从獸。九月。《续》一，一〇，四；《佚》又一五，一一五

之日王往于田，从𣪘京，允只获𤉲二，雉十。《续》三，四三，六

之日王往于田，从东，允只豖三。十月。《甲》二，二二，一〇

戊申……千留……东□自西从于之，执。《前》六，四六，五

……中 贞 。翌其乎獸□从。《前》六，四九，七

并其确证。从义既明，则凡曰“省从”者，省亦谓田猎也。

（41）贞翌癸丑，王勿往省从。《簠》游二，一一；《续》三，三六，六

（42）不省从。《后》下三九，三

（43）□□卜，□贞王往省从南。《藏》二六八，一

（44）□□卜，韦贞王往省从西，告于大甲。《后》上一，一四

（45）贞王往出省从西，告于祖丁。《佚》六一，五五八

（46）丁酉卜，𣪘贞王往省从西，大……。《簠》游二，七

（47）王往省从西。王往出省。王往省。《佚》四一，三八二

以上论卜辞省字有田猎义，就卜辞本身观之，亦既坚确不可移易矣。虽然，犹有外证焉。

《礼记·玉藻》“唯君有黼裘以誓省”，注“省当为狝，狝，秋田也”。

又《明堂位》“是故夏礿，秋尝，冬烝，春社，秋省，而遂大蜡，天子之礼也”，注“省读为狝，狝，秋田名也”。

案《尔雅·释天》“春猎为蒐，夏猎为苗，秋猎为狝，冬猎为狩”。蒐苗狝三字，论其意义，当属一系。蒐之言接也，《谷梁传·桓四年》《释文》引《尔雅》麋氏本，蒐又作接。凡有所探求者，必周行侦察之。田猎谓之搜，殆即此义。因之，蒐或与阅互训，《左传·成十六年》注“蒐，阅也”，《昭七年》注“阅，蒐也”。阅者，《汉书·车千秋传》注“阅，经历也”，《管子·度地篇》注“阅谓省视”，经历而省视之，即蒐之义。苗之言覒也。《书·尧典》“窜三苗于三危”。《山海经·海外南经》作三毛，《说苑·修文篇》引《春秋传》“苗者毛也”。《说文》见部“覒，择也，读若苗”，择与视义相因，《说文》“睪，司（伺）视也”。故《广雅·释诂一》又曰“覒，视也”。今口语曰瞄，即视察审谛之谓，实苗之形声孳乳字。变作覒，从毛与从苗声同，从见与从目义同。古者田猎谓之苗，苗即瞄字耳。曰搜，曰苗，义并与视相关。省亦视也，是秋田之名，字本当作省，郑君顾谓省当为狝，昧其本根矣。

三曰：徝，征伐也。

（48）庚申卜，赦贞今春王省伐土方。庚申卜，[赦]贞今春……省。《甲》一，二七，一一

（49）庚申卜，赦贞今春王省土方，[受]屮。庚申卜，赦贞伐土方，受[甲骨字形]。《甲》二，九，三

（50）贞王省土[方]。王从戠。贞王勿省土方。《前》七，七，四

（51）勿省土方……。……再册王勿亏……省土方。《前》七，一二，四

（52）壬辰卜，赦贞今春王省土方，受屮。癸巳卜，赦贞今春王省土方，受屮。《簠》游一，三；《续》三，一〇，一

（53）贞王省土方。《佚》四，三〇

（54）贞多□不其省伐[甲骨字形]方。《藏》一九二，三

（55）……鹰……省伐羌[方]。《前》六，六，二

羌字作[甲骨字形]，即[甲骨字形]《后》上二七，一〇[甲骨字形]《戬》二三，六之变体。卜辞羞作[甲骨字形]《前》一，三六，所从之[甲骨字形]与此作[甲骨字形]者，结体尤肖，此特改欹置者为正置耳。叶玉森释蒙，非是。[甲骨字形]方，卜辞屡见。

（56）丁未卜，王贞余亩羌省。《拾》五，一

此羌字作[甲骨字形]，不从人，当即前之羌方。

（57）□卜，贞孜匿于□□，王徜𢀛方，受辰年。〔下略〕《库》七〇，一五一七

（58）伐徜往于来叹卣昷边僣卫，又有戋。《后》下二二，一六

（49）徜伐并见，（48）（54）（55）徜伐连文，（58）又作伐徜，是徜义与伐同。试征之于金文，《皵鼎》曰：

师雒雝父徜衜讨至于䚹舒。

衜，郭沫若初读道国之道，继改读为讨，证以师雒父见于他器者悉为武将，而舒复世为周敌，则后说为长。郭知徜衜之义为征讨，顾必欲认徜为直字，则未免胶执之见。又《中鼎》曰：

隹王令南宫伐反虎方之季，王令中先省南或国𡨦行，埶王应在夒𨞰虘真山。

《中甗》亦曰：

王令中先省南或𡨦行，埶应在甾。

此所纪则明为征伐之事，二省字并与卜辞之徜同。又《𡔷鼎》曰：

王令趞𢦏东反尸夷，𤺺肇从趞征，攻開无啻敌，省于尸夷身，孚俘戈。

𢦏，郭据魏石经《春秋》捷字古文作𢦏，释为捷，得之。《周书·谥法篇》“捷，克也”。《淮南子·兵略篇》“百族之子，捷捽招杼船”，注“捷，疾取也”，克与疾取并与征伐义相通。下尸字刻本误作人。“省于尸夷身”，犹言伤及夷身。此义为省伐之引申，书传则多以眚为之。

以上金文𢓊省诸字与卜辞合者也。再验之于经籍。《周礼·大司马》之职曰：

以九伐之法正邦国：冯弱犯寡则眚之，贼贤害民则伐之，暴内陵外则坛墠，先郑读坛为墠。案《国语·晋语五》“大罪伐之，小罪惮之”，是其义也。之，野荒民散则削之，负固不服则侵之，贼杀其亲则正征之，放弑其君则残之，犯令陵政则杜屠，后郑谓杜为“杜塞使不得与邻国交通”。案犯令陵政之罪甚大，若仅杜塞之，则其罚过轻。杜当为屠，屠杜古通，《左传·昭九年》屠蒯，《礼记·檀弓下》作杜蒉。之，外内乱鸟兽行则灭之。

眚，伐，坛墠，削，侵，正征，残，杜屠，灭，九者并举而总名之曰九伐，是眚亦伐也。惠士奇谓眚为治其罪，即《诗·常武》“省此徐土”之省。案省眚古本同字，《诗》“省此徐土”，正谓伐此徐土；治其罪之说，义转迂阔。《大司徒》“七曰眚礼”，二郑并训为杀礼。案眚亦即省字，杀灭之杀谓之省，犹杀伐之杀谓之省。凡此又经籍省眚二字与卜辞合者也。

问者曰：如上所述，则巡视，田猎，征伐三者皆谓之省或徝，三事而总为一字，此其故可得而闻乎？对曰：一字含有三义，正为古者三事总为一事之证。上世地旷人稀，林菁邃密，封豕长蛇，出没无常，故民罕远行，行必结徒侣，备器械，且行且猎，既以自卫，兼利其皮肉角齿之属，以为衣食日用之资也。后世人君出游，省视四方，谓之巡狩，明行不空行，有行必有狩矣。游猎所届，或侵入邻境，猎弋之事，即同于劫掠，山林所有，皆民生所资，故不容异族捕取。于是争端即肇，战事生焉。故游田与战争，亦不分二事。典籍所载，司马之职，掌兵事，亦掌田事，祃祷之祭，为田祭，亦为兵祭，并其明验。后世儒者，不明其故，辄曲为之说，惟《易·明夷》“明夷于南狩”，王注曰“狩者征伐之类”，斯为一语破的。

补记

《臣卿鼎》曰：“公违省自东，在新邑”，此省字为巡省。《俎子鼎》曰“丁卯，王命俎子迨西方于省”，此省字则谓征伐。“于省”与《诗》“于征”“于狩”词例同。

释　朱

《说文·木部》:“朱，赤心木也，松柏属，从木，一在其中。”

案此说解，学者多疑之。谓当与松樠桧枞柏诸文为伍，今本失其旧次者，段玉裁说也。谓本作“朱，木心也”，引《礼记》“松柏有心”之文，今本乃经后人改窜者，俞樾说也。谓朱为株之初文者，戴侗及近人郭沫若说也。谓朱为珠之初文者，近人商承祚说也。今案“松柏属”三字，似后人所沾，自余皆许旧文。许说亦自不误。云“赤心木”者，赤心二字，义别有在，非中心赤色之谓。诸家不达此二字之义，遂滋疑惑，此自诸家之误会，许君不受咎也，请申论之。

一　何谓“赤心”

金文心作或作，余谓为心脏字，为心思字。象心房之形，为声符兼意符。者，鑯之初文心鑯古音同部，今字作尖。《释名·释形体》:“心，纤也，所识纤微无不贯也。”阮元云，

《释名》此训，最合本义，《说文·心部》次于《思部》，《思部》次于《囟部》，《糸部》细字即从囟得声得意，故知心亦有纤细之义。案阮说是也。心从会意，故物之纤锐者得冒心名。枣棘之芒刺谓之心。

《易·坎》"寘于丛棘"，虞注"坎多心，故丛棘"。

又《说卦》"坎，……其于木也，为坚，多心"，虞注"坚多心，枣棘之属"。

松针亦谓之心。

《礼记·礼器篇》"松柏之有心也，贯四时而不改柯易叶"。

《说文·木部》"樠，松心木"。此心字亦谓尖心，说详下。

《陆机·演连珠》"劲阴杀节，不凋寒木之心"。

棘之芒刺谓之心，因之棘亦曰心。

《尔雅·释木》"朴樕，心"。《诗·召南·野有死麕篇》正义引孙炎曰"朴樕一名心"，又引某氏曰"朴樕，槲樕也，有心，能耐湿，江淮间以作柱炷"。

合棘与心二字为复合名词，则曰棘心。

《诗·邶风·凯风篇》“凯风自南，吹彼棘心，棘心夭夭，母氏劬劳”。

《仪礼·特牲馈食礼记》“棘心匕刻”。

《诗》“棘心”，旧皆以为中心之心，惟阮元徐灏知为尖心之心。案如旧说，则心在木内，风安得吹之乎？其误诚不待辩。然如阮徐二家以心为芒刺，则不知风之所吹，何独在刺而不及枝叶？且《诗》曰“棘心夭夭”，夭夭乃屈折之貌，刺受风吹，又安得夭夭之状乎？今读“棘心”为复合名词，与下章“棘薪”同例，则二句文义皆安。《仪礼》之“棘心”，义与《诗》同。知之者，棘之芒刺，长不盈寸，不中为匕，更无由刻为龙头也。

棘从并束，古盖亦读如束，即刺本字与赤同音，故“棘心”又讹变为“赤心”。

《诗·小雅·大东篇》“有捄棘匕”，《传》“棘，赤心也”。

案《诗》之“棘匕”，即《仪礼》之“棘心匕”，毛以赤心释棘，犹《尔雅》以心释朴樕也。以其丛生，故曰“朴樕”，以其多芒刺，故曰“棘”，一曰“心”，合二名为一名以便称谓，则曰“棘心”，声之讹变，又曰“赤心”，其实一而已矣。

二　汉魏人及许君用“赤心”之义

自“棘心”变为“赤心”，赤与赤色字混而心之义亦以晦，故降及汉世，“赤心”之语虽存，而义则若存若亡。

《周礼·朝士》注“树棘以为位者，取其赤心而外刺，象以赤心三刺也”。

“赤心三刺”者，古之遗语，本谓以棘刺之者三，即《书·尧典》“扑作教刑”之谓也。然郑似未达此义，观其以“赤心”与“外刺”对举，则是析心与刺为二事，谓在内之心与在外之刺耳。

《淮南子·时则篇》“十一月官都尉，其树枣”，高注“枣取其赤心也”。

案树枣，取其有芒刺，可以威众也。高注简略，不知其意果如此否。以上郑高两注，于“赤心”古义，知之与否，并在疑似之间。

《易·坎卦》虞注“坎多心，故丛棘，棘之心赤”。

《左传·昭四年》正义引服注“棘矢者，棘赤有箴”。

此皆不明赤义者也。

《初学记》二〇引《春秋元命苞》:“树棘槐,听讼于其下。棘,赤心有刺。言治人者,原其心,不失赤实,示所以刺入其情,令各归实。”

此说赤心二义,两失之者也。

“赤心”一语,汉魏人所用,有类似合于古义者,有部分的合于古义者,有全乖古义者,既如上述。然则许君说朱为赤心木,彼“赤心”二字,用古义乎,用讹误之义乎?曰:许君用古义也。何以知其然哉?

《说文·木部》:“樠,松心木。”

案《汉书·西域传》下“山多松樠”,《玉篇》“檞,松樠也”,并以松樠连文,《后汉书·马融传》“陵乔松,履修樠”,又以松樠对举,是樠为松类。许书樠篆次于松桧之间,解为松心木,亦谓樠为松类也。盖此木叶作针形似松,故曰松心木。樠为松心木,犹下文桧为柏叶松身,枞为松叶柏身矣。若谓樠之似松,惟在干之中心,而其外见之部分皆不与,则木之似松者众,独樠而已乎?且松之异于他木者,莫著于其叶,因之,木之有针叶者,即以松例之,理亦至明,夫“樠松心木”,“朱赤心木”,词例不殊,许君于松心木既已用尖心义,则赤心木之心字,其不谓中心,可知。要而言之,木身之具有尖刺状者二，古皆曰心，一为松属之叶，所谓松心是也，一为棘属之芒，所谓棘心是也。赤心即棘心。许君于樠曰“松心木”，于朱曰“赤心木”者，谓樠之叶似松，朱之芒似棘耳。

既以朱为赤棘心木，是朱之有心，与松心异类，必不又以朱为松柏属，以自相牴牾，因知，今本《说文》“松柏属”三字，必后人不明赤心之义，因傅合《礼记》“松柏之有心也”一语，而妄增之如此，抑又可知。

三　朱有刺义

赤心即棘心，亦即刺，既如上述，然则许君训朱为赤心木，犹言有刺之木矣。欲知此说信否，可先于朱之诸孳乳字验之。

《说文·口部》“咮，鸟口也”。

《广雅·释亲》“𧍳，噣，喙，口也”。

《一切经音义》一引《字书》“𧍳，鸟喙也”。

𧍳即觜嘴，从朿，朿即刺之初文。《广雅·释器》“石箴谓之𧍳”，《尔雅·释草》“𧍳，蒤”，注“草刺针也”。鸟口谓之𧍳，亦谓之咮，是朱有刺义，其证一。

《广雅·释诂一》“诛，责也”。

责从朿声，亦有刺意。诛之为责，亦犹咮之为紫矣。以言抨击人谓之责，亦谓之诛，是朱有刺义，其证二。

《广韵》“箓，策也”。

策亦从朿声，盖古马策以棘为之，故《楚辞·九章》曰“施黄棘之枉策”。策谓之箓，亦犹柴谓之咮，责谓之诛矣。所以刺马使行者谓之策，亦谓之箓，是朱有刺义，其证三。

朱与殳通，《书·尧典》殳斨，《汉书·古今人表》作朱斨，《诗·邶风·静女篇》“静女其姝”，《说文·女部》引作殁，《书·尧典》之驩兜，《尚书大传》作鴅吺，邹汉勋谓即丹朱，并其证。

《说文·殳部》“殳，以杖殊人也。礼：殳以积竹八觚，长丈二尺，建于兵车。旅贲亦以先驱”。

又《木部》“杸，军中士所持殳也”。

《释名·释兵》“殳矛：殳，殊也。长丈二尺而无刃。有所撞挃于车上，使殊离也”。

《广雅·释诂一》“挃，刺也”，刘谓殳“有所撞挃于车上”，正谓殳之用主于刺，故其物亦谓名刺杖。

《太平御览》七一〇引《新序》"昌邑王置积竹刺杖二枚。"

《说文》谓殳为"以杖殊人"，又言其制"积竹八觚"，是积竹刺杖即殳矣。兵器之可以刺人者谓之殳，或杸，犹鸟喙可以啄伤人者谓之咮也。刺杖谓之殳，殳与朱通故许刘并以殊诂殳，是朱亦有刺义，其证四。《说文·歺部》"殊，死也"，《集韵》引《广雅》"㦵，杀也"，并刺义之引申。

木属之名，其字从朱者，则有茱萸。茱萸有吴茱萸，食茱萸二种。食茱萸者，落叶亚乔木，高丈余，有刺。

《广雅·释木》"椴，欓，茱萸也"。

陈藏器《本草拾遗》"欓子，……木高大，茎有刺"。

又谓之椴。椴之言杀也，杀义与刺相因，茱萸谓之椴，犹诛㦵谓之杀矣。木之有刺者，谓之茱萸，是朱有刺义，其证五。

由上观之，朱有刺义，较然明白。然则朱之为木，有刺之木也。古语本或呼木之芒刺曰"赤心"，故许君训朱为赤心木。训诂之精，令人惊绝。许书顾可轻议哉？

四　朱为何木

朱为木名，不见于经传。以声求之，疑即柘木。朱在侯部端母，柘在鱼部定母，最相近，朱转为柘，固自可能。株邑一曰柘城。

《元和郡县志》七“宋州柘城县，本陈之株邑，《诗·陈风·株林》刺灵公是也。至秦为柘城县，后汉属陈郡，其罗城即古株邑故城是也。”

又“故柘城，在〔宁陵〕县南七十里，陈之株邑”。

是其比也。柘木者，

《诗·唐风·山有枢篇》正义引陆玑疏“枢，其针刺如柘，其叶如榆”。

朱有刺，柘亦有刺，而二字复声近可通，朱柘一木，殆无可疑。

《后汉书·郡国志》注“陈有株邑盖朱襄之地”。

《路史·前纪九》“朱襄氏都于朱”，注“朱或作株”。

刘罗二氏并谓陈之株邑即朱襄氏故地，说似可信。窃疑朱本木名，一称朱襄，邑与氏皆以木得名也。朱柘声近，襄桑声近。朱襄殆即柘桑。

《说文·木部》“柘，柘桑也”。

王筠曰“木理枝叶皆不相似，以蚕生而桑未生，先济之柘，故被以桑名”。又曰“性同而形不同，则殊异其词，如‘杨，木也’‘柽，河柳也’‘柳，小杨也’，以其皆可以为桮棬也，‘檿，山桑也’‘柘，柘桑也’，以其皆可以饲蚕也。”案王说甚晰。柘朱一木，柘一曰柘桑，犹朱一曰朱襄矣。木之以柘名者，又有柘榆。柘榆有刺，

《广雅·释木》“柘榆，梗榆也”。

《说文·木部》“梗，山枌榆，有束刺，荚可以为芜荑也”。其实辛香。

《尔雅·释木》“无姑，其实夷”，注“无姑，姑榆也，生山中，荚原误叶，从《急就篇补注》引改。圆而厚，剥取皮合渍之，其味辛香，所谓芜荑”。

此并与茱萸相似，而柘榆与茱萸声复相近，疑二者本异物而同名。若然，则柘榆一作茱萸，与柘桑一作朱襄，其例正同，因之朱之即柘，又得一证。

五　朱木与朱色

《说文·糸部》“絑，纯赤也。《虞书》丹朱字如此”。

案朱色字，经传皆作朱，无作絑者，吉金文亦然。是絑即朱之后起形声字。丹朱字壁中古文作絑，正朱絑一字之证。既知朱色字古只作朱，则朱色与朱木之关系必甚密切。因之，吾人说朱字，苟不能明其所以孳乳为朱色字之故，则直认其说为无价值可矣。虽然，如余所说，既不以许书“赤心木”之赤为赤色，将毋使朱木与朱色之因缘转益疏远，而余说遂亦为之根本动摇乎？曰：否否！吾不曰朱即柘乎？

《太平御览》九五八引《四民月令》“柘染色黄赤，人君所服”。

《本草》“柘木染黄朱色，谓之柘黄，天子服柘黄”。

《封氏闻见记》四“赭，赤也。赭黄，黄色之多赤者，或谓之柘木染”。

案凡表采色之名，多以染料之名名之，而古人染料取诸植物者尤夥。柘木即朱木，朱可以染，故为木名，又为色名。《诗·秦风·终南篇》“颜如渥丹”，《释文》引《韩诗》丹作沰，《韩诗外传》二又引作赭。《说文》丹训赤石，赭训赤土，沰与丹赭并通，是沰亦赤色。盖矿物之可以染赤者谓之沰，植物之可以染赤者则谓之柘，其例一也。虽然，石赤古音全同，柘既为朱之转，则朱赤殆亦本为一语乎？

释为释豕

释为

卜辞曰：

乙丑卜，㱿贞我叀完为。《后》下一〇，一三

□□卜，㱿贞卜叀完为。同上

丁卯卜，㱿贞我叀完为。孙氏引明义士藏版

乙丑卜，㱿贞我叀完为。同上

丙申卜，㱿贞甫完为。《前》五，三〇，四

丁酉卜，㱿贞甫完为。同上

甫完为。《后》下一〇，一一

丁未卜，㱿贞我为完。《后》下一〇，一三

丁未卜，㱿贞我为完。明义士藏版

丁未卜，㱿贞勿为完。同上

乙丑卜，𡧊贞我勿为完。同上

丁卯卜，𡧊贞我勿为完。同上

贞勿为完。《后》下一〇，一一

勿为完。《后》下一〇，一三

以上各辞孙海波先生释之曰："云'我为宾''我勿为宾'，犹言'我其为客''我其弗为客'，宾即宾客之义也。"《卜辞文字小记》，载《考古》第三期案孙说未确。称"为完"者七例，称"完为"者，益以孙所未引之。

贞亩完为《库》一〇七，一六八七

且八例，"为完"可训"为客"，然则"完为"亦可训"客为"乎？余谓完他辞多作𡧊，一作𡨊，《甲》二，一，一三又作𡩞，《前》七，二〇，二皆用为动词，此作完亦非例外。其含义，在此因文辞过简，未可确指，要不外宾傧擯等文所有诸义。"为"乃"完"之宾格，当为名词，即妫姓之妫。妫古只作为，金文《陈子子匜》《司寇良父壶》及簋并以为为妫，《论语·述而篇》"不图为乐之至于斯也"，《释文》"为本作妫"，孔子因闻韶而有此语，韶为舜乐，而舜妫姓，则一本作妫，不为无据。并其比也。卜辞为字或为人名，或为国族名，或为地名，亦无从肊度。《书·尧典》"釐降二女于妫汭"，《史记·陈世家》"昔舜为庶人时，尧妻之二女，居于妫汭，其后因以为氏姓，姓妫氏"，诸书或言舜姚姓，姚即妫字，余别有说。然则此字殆与传说中之舜有关，此亦研究古史之新资料也。至卜辞“宾妫”或作“妫宾”者，“宾”为外动词，古代文法，例得倒置于宾格之前，而在否定语中尤为习见。“我勿妫宾”即“我勿宾妫”，犹《诗》之“亦不女从”即“亦不从女”，“天不我将”即“天不将我”也。若释“为宾”为“为客”，则“为”为系词 Copula，“宾”为名词性的表词，二者断不容倒置。此本我国文法中不易之定律，今但举古书中“为宾”二字连用者二事：

为宾为客，献酬交错，《诗·小雅·楚茨》

名者实之宾也，吾将为宾乎？《庄子·逍遥游篇》

试将二“为宾”易为“宾为”，复成何文义？此事关系古代文法者甚钜，故为详辩之如此。又为字于卜辞中除上揭各辞外，尚未一见，而各辞中之为实当读为妫，是就目前所知，卜辞中尚无训作为之为字，此又古文字学中之一有趣现象也。参追记一

释豕

卜辞，，三文诸家一概释豕。今案有并见于一辞者见下引 8 17 二例。是二字有别。至虽未见与并用，然以异字推之，则腹下一画，必亦非虚设。唐立厂先生曩为余言：此字象豕腹下有根器之形，当释豭。案家卜辞或作《前》四，一五，四，金文作《枝家卣》作《小臣告鼎》作《量鬲》作《叔向簋》且有直作者《颂

鼎》，而许君复谓家豭省，则唐释殆确，惟卜辞豕字有作□者《拾》四，二，如唐说则不得不委为误刻耳。要之，释□为豭，不为无据。今所欲论者，□□二形显然有别，似亦不当同字。余初疑卜辞十作□，又有合书之例，因之□即有读“十豕”如□为十牛之可能，三□亦有读“十三豕”如二□为十二月者之可能。及见诸辞中有曰“十□”者见下引4 25二例，曰“十白□”者见下引15 16二例，遂知合文之说不能成立。且以□或作□，□或作□之例衡之，□而果为十豕之合文，即应有作□者。然此例从未一见。此亦前说之一反证也，今案腹下一画与腹连着者为牡豕，则不连者殆即去势之豕，因之，此字即当释为豕。许君谓豕为“豕绊足行豕豕，从豕系二足”，此盖不得其解而妄以馵羿等字之义说之。实则豕之本义，当求之于经传之椓及劅斀等字。

《诗·大雅·召旻篇》“昏椓靡共”，《传》“椓，夭椓也”，《笺》“昏椓皆奄人也，昏，其官名也，椓，椓毁阴者也”。

《书吕刑篇》“爰始淫为劓，刵，椓，黥”，郑注“椓，破阴”。《尧典正义》引郑本作劅。

《说文·攴部》“斀，去阴之刑也”。引《书》作斀。参追记二

案椓劅斀并与豕音同义通。豕去阴之称，通之于人，故男子宫刑亦谓之豕。《诗》《书》作椓，用借字。毛训椓为夭椓，夭者折也，椓读为豕，故曰夭椓。郑训椓为椓毁阴，又曰破阴，则读椓如字，不若毛义为长。郑作 197

劅，许作斀者，并后起形声字。许君训斀为去阴刑，固无可议，特不知豖乃其最初文耳。豖之声转为驐《诗·周颂·有客篇》“敦琢其旅”，敦亦琢也。豖之转驐犹琢之转敦，《广韵》引《字林》曰“驐，去畜势也”，《说文·豕部》“豶，羠豕也”，赵宧光云：方言或读若敦，《易·大畜》释文引刘表曰“豕去势曰豶”。驐旁转为羳，《广雅·释兽》“吴羊牯曰羳”，羳为羳之讹，羳之言剸也，断也。《庄子·说剑篇》“试使士敦剑”，司马注“敦，断也”，羳之训断亦犹敦之训断。羳对转为豬。《说文·豕部》“豬豶也”。豬之言堕也，《方言》十二“㰙脱也”。豖之本义既为去阴之豕，则卜辞之豖就其字形所示，释为豖字，最为确切。去阴之豕，自无性别可言，故卜辞豝豭二字，绝无从豖作者。且卜辞中所见鸟兽之名，除一部分用为人名国族名地名者外，其用为普通名词者，要不外祭祀所用之牲与畋猎所获之禽。卜辞此字果为去势之豕，则必为牲而非禽，盖田猎所获，决无既劅之豕也。今检各书，凡辞中出豖字者，悉迻录于下：

1. 辛巳卜，㗊贞沓三犬，尞五犬五豖，卯四牛。一月。《前》七，三，三

2. 庚戌卜，㱿贞尞于西𠂤一犬一南，尞四豖四羊南二，卯十牛南一。《库》一二八，一九八七

3. 壬午卜，㱿贞尞三豖，卯一羊。尞三豖三犬，卯一羊。《库》一〇九，一七〇一

4. □辰卜，㱿羊尞十豖洋卯……。《藏》八，六三

5. 壬辰卜，翌甲午尞于蚰羊㞢又豕。《后》上九，一一

6. 今丁酉夕，尞豕方帝。《佚》五四，五〇八

7. 贞㞢于祖乙。贞尞豕。《续》一，一五，三

8. 尞于东母……豕三豕三。《藏》一四二，二

9. 贞尞鬯㞢又豕。《续》一，一，四

10. 丙戌卜，贞叀犬㞢又豕帝。《前》七，一，二

11. 甲戌卜，㞢丑在今日。叀豕。《后》上五，四

12. 叀豕司衍，吉。《前》六，二三，一

13. 贞叀……豕，令……。《藏》二一三，二

14. □午卜，方帝，三豕㞢又犬卯于土社宰庠，桒雨。《佚》五，四〇

15. 贞[illegible]豕百。九月。《前》六，四二，八

16. 丙午卜完贞㞢于祖乙十白豕。《前》七，二九，二

17. 贞㞢于祖乙十白豕。《续》一，一五，一

18. 丁巳卜贞帝禘雉。贞帝禘雉三羊三豕三犬一豕。《前》一，一七，五

19. □酉贞福……豕……。《戬》四五，三

20. 癸卯卜彭，求贞乙巳自甲廿示一牛□羊一□□毚宰五豕十。《续》一，二，四

21. ……帝禘既饩，……于豕二羊。《藏》一七八，四

22. ……㞢贞御……嬉豕于朩。《藏》二七二，二

23. □□其至致二白豕父甲。《前》八，五，四

24. ……□母……豕。《拾》一一，七

25. ……于……十豕㞢又南。《库》一一六一，七七三

26. ……豕二。[illegible]《佚》六五，六二一

1至9曰尞，10至13曰叀，14曰卯，皆祭祀用牲之法。15[illegible]一作[illegible]《前》六，四三，一，与金文[illegible]字同意，当释盉，《说文》盉训调味，此殆亦用牲之法。16 17之㞢，18之禘，19之福，20之酌皆祭名。21之既疑当读《论语·八佾篇》"子贡欲去告朔之饩羊"之饩，《说文》概饩并为气之重文，《仪礼·聘礼记》"曰如其饔既之数"，注"古文既为饩"。"帝既"谓禘祭所用之饩也。22之[illegible]，23之父甲，24之□母，皆被祭者之名。又22御训进御，御豕与23致豕同谊。25与南并举，南于卜辞习见，每为祭祀所用之物。26与[illegible]并举，字不可识，然非畋猎所得之生物则可断言。综之，二十六条中绝对无一卜问畋猎之辞，卜辞中凡从豕之字与田猎有关者，若逐（逐），彘，豰，豙及䝅，亦皆从豕不从豕。反之其为卜问祭祀之辞，则什九确有明征，此正与吾人释[illegible]为豕之假设密合。意者祭祀用牲，本尚肥腯，而既劇之豕，肤革尤易充盈，故殷人祭祀，多用豕为牲欤？姑记之以俟续证。

追记

（一）为字又见契二三，一九九，云"辛……贞……为"，字形与上揭各例同，亦当释㚟。又《通纂书后》引刘氏《善斋藏片》云"己丑卜，彭贞其为且丁畲衣御"，字作[illegible]，结体已变，与金文为字相近。

董彦堂先生以为祭名，近是。

（二）《周礼·司刑注》引《尚书大传》“男女不以义交者，其刑宫触”，杨遇夫先生云，触为斀之借字，去阴之刑也，其说至确。

释　圝

一

《说文》囗部曰：

囮，译也，从口化声。率鸟者系生鸟以来之名曰囮，读若讹。圝，囮或从口从繇。又音由。

案“又音由”三字似后人所沾，然其音不误[1]。讹由一声之转，讹训诈，由之为言诱也[2]，诱亦诈也。然则因声求义，率鸟之说当较近古，顾亦非其朔。何以明之？古为字本作𠬪若豸（图一）从手从象。金文又有譤（图四）譤（图五）謠（图六）譹（图七）诸字，吴大澂或释讹，云通作繇，举《说文》囮读若讹，重文作圝为证。案吴说甚精，而未达一闲，讹繇本系一字，无取通假也。《师寰簋》“淮尸夷謠我員晦臣”，王国维释繇，云与《兮甲盘》“淮尸旧我員晦人”语同，繇旧声近字通，案繇旧不只声近，说详下。《录伯𢦏簋》“王若曰：‘录伯𢦏，繇！……’”容庚亦释繇，云与马本《书·大诰》“王若曰‘繇！……’”语同。案之文义，王容释繇，良是，然必谓非讹字，则拘。盖字本作𧷤，隶定当作𧷤，𧷤省系则为𧵑，省象则为繇，论其本根，繇讹仍系一字，故繇变作繇，《说文》圝字从之，而读若讹也。《正字通》有圝字，云同囮，从繇与金文合，当即圝之正体。圝囗从繇，繇为𧷤之省，已如上说，然则此字当何所取义乎？《通鉴》囗[3]《纪注》曰：

安南出象处曰象山，岁一捕之。缚栏道旁，中为大阱，以雌象行前为媒。遗甘蔗于地，傅药蔗上，雄象来食蔗，渐引入栏，闭其中，就阱中教习驯扰之。始甚咆哮，阱深不可出，牧者以言语谕之，久则渐解人意。

囗象栏形，繇则手牵象而以言语教谕之，制字之意，与殊方土俗捕象之法悉合，然则圝之本义为象圝明矣。盖依字形所示，圝之中心意义，本指既捕后教习驯扰之事，扩大言之，凡诱致生象之事，及其所用之媒并栏阱之属诸边缘意，亦俱谓之圝也。考吾国上古北方本尝产象[4]，以卜辞金文为字，及文献中殷人服象[5]，象为舜耕[6]诸传说证之，象盖尝一度为吾先民之重要牲畜，故捕象之事，有其专字。至迟战国时，中原已不复有象[7]，而媒翳之事，后世施诸捕鸟者，尤为普遍，故许君遂谓“率鸟者系生鸟以来之名曰囮”也。其又训译者，圝译一声之转，(《广韵》䍧余昭切，是其比。）又圝一曰媒，译之为用亦犹媒也，故圝亦可训译。且古称译一曰象。

象胥：掌蛮夷闽貉戎狄之国使，掌传王之言而谕说焉，以和亲之；（《周礼·秋官象胥》）

传言以象；（《大戴礼记·小辩篇》）

五方之民，言语不通，嗜欲不同，达其志，通其欲，东方曰寄，南方曰象，西方曰狄鞮，北方曰译[8]；（《礼记·王制篇》）

凡冠带之国，舟车之所通，不用象译狄鞮，方三千里。（《吕氏春秋·慎势篇》）

象即圝也。以语音言之，《说文》像从象声，读若养，卜辞𥹾甲，《史记》作阳甲，是象古读或归喻母，圝象一声之转，《说文》"勨，繇缓也"，圝转为象，犹繇转为勨。以字形言之，圝为象之滋乳字，译谓之象，即圝之省耳。夫圝训译，而译一曰象，此亦圝从䌛省，本义当为象媒之塙证。虽然，圝之训译，究系义之引申。许君"率鸟"云云之义虽未塙，然其事之性质，去捕象犹未远，乃以此为别义，而以译为正义，斯为本末倒置矣。又于字圝象形，当为正体，囮形声，当为别构，许以圝为囮之重文，亦未允。

《太平御览》二六引桓阶别传载魏文帝赐阶诏曰"其赐射鹿师二人并给媒"，是捕鹿亦用媒。吕温《由鹿赋》序曰：

（前五、三〇、四）（后下一〇、二）（猎碣）

图一

（公伐郤钟）（公伐郤鼎）

图二

（𤓰伯簋）

图三

（录伯䢅簋）

图四

（曐盨）

图五

（师寰簋）

图六

（夨盘）

图七

（十二家吉金图录契二〇）

图八

（前六、四一、四）（前六四一、一）（后下四一、一二）（藏二〇、三）

图九

（后下六、一〇）（后下二、五）

图一〇

（前二、一二、一）（前六、六三、五）

图一一

（中子化盘）（姚壶）

图一二

贞元丁卯岁，予南出襄樊之间，遇野人絷鹿而至者，问之。答曰："此为由鹿，由此鹿以诱致群鹿也。"[9]

案此解非是，由即圝之假音字，故《万象名义》曰："囮，圝，鹿媒"。然鹿媒之名，于语虽可与象媒通称，于字则似仍有专体。卜辞有鹵字（图九），与麛（图一一）同义，商承祚释阱。案当即麠字。卜辞字从鹿在凵中，凵即凹字[10]，象陷阱形。凵幽声同，故小篆变从幽。麠象鹿在幽凵中，与圝同意，而音读复同，是麠即圝鹿专字矣。据《通鉴注》所纪安南捕象之法，知凡媒之以类相诱者，皆以雌诱雄[11]。《说文》"麀，牝鹿也"。重文作麠。盖麠鹿之法，亦以牝为媒，以诱致其牡，故即呼牝鹿为麠，字遂亦变作麀[12]。许君以麀为正体，麠为重文，亦误。

《书传》纪捕鸟用媒之事尤夥[13]，今但举其名称之有专字可考者。《北户录》一引《淮南万毕术》曰：

鵋鶀致鸟，取鵋鶀，折其大羽，绊其两足，以为媒，张罗其旁，众鸟聚矣。

案《说文》"旧，鴟旧，旧留也"。重文作鵂，《广韵》鵄鵋同，《字镜》，《万象名义》并鵋鵋同，鵋俗鵄字，是鵋鶀即鵄鵂，亦即鴟旧也。卜辞旧或作萑（图一○），与麠作鹵同意[14]，是小篆旧从臼与麠从幽者，义亦不殊。麠为圝鹿专字，旧亦圝萑专字矣。金文小篆旧并从臼声，以舀亦从臼声而音以周切证之，知臼古读亦或归喻母，然则旧与圝古亦同音，故《兮甲盘》“淮尸旧我賁晦人”，《师寰簋》作“繇我賁晦臣”。王氏以为旧繇音近相假，实则音同义通耳[15]。《尔雅》释鸟“怪鸱”，郭注“即鸱鸺也，见《广雅》，今江东通呼此属为怪鸟”。《篇海》有雟字，音休，云“怪鸟”。案雟亦鸺字，鸺为旧之重文，而旧圝音义同，鸺一作雟，犹圝一作囮矣。要之，旧为置媒以捕鸱鸺之专字。古人视鸱鸺为美馔[16]，贪其味，故求之数，求之数，故需别制专字以名其事也。

《文选》潘岳《射雉赋》曰：

恐吾游之晏起，虑原禽之罕至。

徐爰注“游，雉媒名，江淮间谓之游，游者，言可与游也”。《赋》又曰：

良游呃喔，引之規䌙里，

李注“良游，媒也”。案游亦圝之假音字，徐说非是。然雉于古人生活中为用至宏，而捕雉用媒之法，逮今犹存，疑雉媒之名，初亦有专字。《尔雅》释鸟雉属有及鷂雉，又云：

江淮而南，青质五采，皆备成章，曰鷂。

案鹞与圝字根同，当即圝雉专字。雉之两性相诱，端在羽毛，意者五采皆备成章，则美而善诱，故捕雉之媒，独用此类欤？江淮间呼雉媒曰游，又呼青质五采之雉曰鹞。游鹞音同，实一语耳。

总上所述，象媒谓之圝，鹿媒谓之麠，鸱鸺之媒谓之旧，雉媒谓之鹞。象服役作，鹿与鸺雉可资馔食，并其齿角皮羽之属，莫不有利于民生，然则圝麠旧鹞四名之各有专字，殆有经济的意义存焉。

二

舜弟名象，传说舜服象而受其害[17]，又云象为舜耕。舜妫姓，字本只作为[18]，古为字从手从象，本义为服象以役作。妫姓一曰姚姓[19]，姚繇由音近[20]，妫一作姚，犹讹一作繇，圝读若讹又读若由矣。陈为舜后，其国境于《禹贡》称豫州，《说文》“豫，象之大者”[21]。由上观之，舜曰虞舜者，虞即虞人之虞，掌鸟兽之官也。《书》所谓“纳于大麓，烈风雷雨弗迷”者，亦惟一富有经验之猎人乃能尔。继舜为虞者为益。《史记·秦本纪》曰：

帝舜乃妻之（大费）姚姓之玉女，大费拜受。佐舜调驯鸟兽，鸟兽多驯服。是为柏翳，舜赐姓嬴氏。

案柏翳即伯益，前人辩之已审[22]。伯益娶姚姓之女，即娶舜之女，故得继舜之绪业而为虞。实则依母系社会言之，舜家（女适男曰嫁，男适女曰家[23]，家犹今入赘）于姚姓之女，生女，益又家之，益即舜之继承人，舜为虞，宜乎益亦为虞矣。母系社会，夫从妻姓，惟受封有土者始别受姓焉。益家于姚姓之女，本姓姚，以受封之故而赐姓嬴，故又为嬴姓。益本姓姚，故一曰化益[24]，化兆古本同字，金文兆从ʃ从化（图一二）可证。姚姓即㚢姓，说已详上，而化为古字音同义通，是姚益一曰化益，正犹姚㚢为一姓，䌛与讹，䜌与囮，均为一字也。《吕氏春秋·勿躬篇》称“伯益作井”，《淮南子·本经篇》曰：

昔者苍颉作书，而天雨粟，鬼夜哭，伯益作井，而龙登玄云，神栖昆仑。智能愈多而德愈薄矣。

案作井与作书并称，是井即阱，所谓机阱[25]是也，故曰“智能愈多而德愈薄”，若水井，则不足以言智能矣。益为虞人之官，故《传》言益始作阱。金文䌛与旧通（详上），《易·井》初六“旧井无禽”，即䜌阱耳。阱称䜌阱，而䜌之重文作囮，然则谓化益之化即囮之省，而㚢字所从之为即䜌之省，亦无不可。

以上关于舜益之各种传说，其所反映狩猎时代之文化，固甚彰著。更观乎舜象关系之密，（惟象耕之说不足信）[26]则其时北方产象之多可知。夫森林为象类蕃息之必要条件，原始森林之普遍存在，亦正狩猎时代之生活环境也。观卜辞中贞捕象之辞，才寥寥数见。

> 亩捕象……只象;《前》四,四四,二
>
> 今月其雨,只象;《前》三,三一,三
>
> 于癸亥省象,易日;《粹》六一〇
>
> 其来象。《后》下五,一一

知殷商时象已渐次南徙,盖其时去舜益已远,山林既启,农事日兴,社会景象已迥不侔也。

三

鸟兽为人诱致其异性之同类者,在象曰圞,在鹿曰麀,在鸱鸺曰旧,在雉曰鷂,充类言之,则人之以异性相诱者,宜亦得此称,《广雅·释诂一》曰"媱,婬也"。是也。《文选》江文通《杂体诗》注引《高唐赋》曰:

> 昔先王游于高唐,怠而昼寝,梦见一妇人,自云"我帝之季女,名曰瑶姬,未行而亡,封于巫山之台,闻王来游,愿荐枕席"。王因幸之。

案瑶之为言媱也,言以淫行诱人也[27]。今呼妓女为媱子,是其义。

《山海经·中山经》曰：

姑媱之山，帝女死焉，其名曰女尸，化为䔄草，……服之媚于人。

姑媱山之帝女，即巫山之帝女，是瑶姬字正当作媱。《博物志》六作古䍃[28]，尤为近古，盖䍃本𠧪之省，字变作䍃，用于人事，始加女作媱耳。

风谣之谣，盖亦出于𠧪。疑谣字本当作䍃，小篆言误为缶，遂加言作谣。䍃者䌛之省，䌛又𠧪之省也。䌛讹同字，见上谣出于䌛，故讹言一曰谣言，《史记·赵世家》：

民讹言曰："赵为号，秦为笑，以为不信，视地之生毛。"

《风俗通·六国篇》作"童谣曰"，是其例。谣之字源出于𠧪，本义当为男女相招诱之歌，故严格言之，惟说风情之谣乃为谣之正体[29]，其他性质之民谣童谣皆其变体也。先秦古书所载歌辞称谣者，如《穆天子传》三：

天子觞西王母于瑶池之上，西王母为天子谣曰："白云在天，山陵自出，道里悠远，山川闲之，将子无死，尚复能来。"天子答之曰："予归东土，和治诸夏，万民平均，吾顾见汝，比及三年，将复而野。”

此虽不涉绮语，然亦男女相要约之辞，于谣之本义，庶几近之。

要而言之，神女之以淫行诱人者谓之瑶姬，草有服之媚于人，传为瑶姬所化者谓之䔄草，男女相诱之歌辞谓之谣，并今人呼妓女曰媱子[30]，皆䌛义之引申也。

注

[1]《北户录》一引《字林》，曹宪《广雅音》《龙龛手鉴》并音由。

[2]《说文搯》之重文作抽，又作揄。

[3]桂馥《说文义证》引，不详何纪。行箧无《通鉴》，容后补检。

[4]详 Laufer：Ivory in China，及徐中舒《殷人服象及象之南迁》。（《中央研究院历史语言研究所集刊》二本一分）

[5]《吕氏春秋·古乐篇》：“成王立，殷民反，王命周公践伐之。商人服象为虐于东夷，周公遂以师逐之，至于江南。乃为三象以嘉其德。”《孟子·滕文公》下篇：“周公相成王，诛纣伐奄，三年讨其君，驱飞廉于海隅而戮之，灭国者五十，驱虎豹犀象而远之。天下大悦。”徐中舒曰：“《吕氏春秋》与《孟子》并为战国末年之书，其时服象之事，早已轶出黄河流域居民记忆之外，必不能臆造此传说也。”案徐说是也。《吕览》所记，明系象战，（象战之法，春秋时楚人犹用之，见《左传·定四年》。）《孟子》“虎豹犀象”并举，盖皆以助战，说详拙著《象舞考》。（未刊）

[6]《越绝书》八“当禹之时，舜死苍梧，象为民田也”；《论衡·书虚篇》，“传言舜葬于苍梧下，象为之耕”；《史记·五帝本纪》集解引《皇览》“传曰舜葬苍梧，象为之耕”；《类聚》一一引《帝王世纪》“（舜）葬于苍梧九疑山之阳，是为零陵，谓之纪市，在今营道下，有群象为之耕”。以上皆言舜死后，象为之耕。惟唐陆龟蒙《象耕鸟耘辩》云，“世谓舜之在下也，田于历山，象为之耕。”案象耕之事，未闻其审。王充以为象蹈土蹶，若耕田状，壤靡泥易，人随种之，若海陵麋田之类，（语在《论衡·书虚篇》）理或然欤？鼎文有𦔃字（图八），从𤉣（为）从劦。力古耒字，（徐中舒说）劦象众耒齐耕之意，盖即古犁字，卜辞“大令众人曰，劦田，其受年，十一月”（《续》二，八八，五；陈梦家引）即犁田也。鼎文从劦，自是耕田之意，其从为不知取役象之意，抑谨训“作为”。如前

说，则𧢲亦古犁字，从象犹从牛，此固古用象耕之佳证。然如后说，读为“孝弟力田”之力，亦无不可。然则象耕之事，究无明征，象耕传说，但足证古有役象代劳之事耳。

[7]《韩非子·解老篇》，“人希见生象也”，是至迟战国时中原已无象。然前引《吕览》《孟子》二说俱云周公驱象，似传说谓北方无象，自周公始，则此物春秋时盖已绝迹于中原矣。

[8]寄疑即羁。羁之言掎也，谓掎其脚也。《周礼·罿氏》注“置其所食之物于绢（罥）中，鸟来下，则掎其脚”。《史记·司马相如传》“射麋脚麟”，集解“脚，掎足也”，《说文》“㕁，相掎㕁也”，㕁与脚同，汉铙歌《艾如张》“山出黄雀亦有罗，雀已高飞奈雀何，为此倚欲，谁肯礞室”。倚欲当为掎㕁之误。狄鞮盖即罿，罿之言䌛也，谓系其蹏（蹄）也。《周礼·罿氏》“掌攻猛鸟，各以其物为媒而掎之”。《说文》“䌛，系䌛也，一曰维也”“系，系䌛也”。系蹏即系蹄，《赵策》三“人有所置系蹄者而得虎，虎怒，决蹯而去”。或单曰蹄，《庄子·外物篇》，“蹄者所以在兔”，《释文》“蹄，兔罝，系其脚，故曰蹄也”。寄与狄鞮均捕鸟兽之器，可证象即𡨦。至译，则《说文》已训𡨦为译，𡨦训译，则译亦可训𡨦矣。原始心理仇视异族，至侪之于禽兽，此亦一例也。

[9]《唐文粹》七。

[10]凹字见《神异经》及江淹《青苔赋》。《集韵》“凹，窊也”，于交切。

[11]《说文》谋古文作㚷。媒母本一字，高禖即先母，是其比。捕鸟兽者以雌诱致其雄谓之媒，媒亦母耳。

[12]《汉书·霍去病传》“鏖皋兰下”，注“鏖谓苦击而多杀也”，《广韵》鏖同䥝案鏖形为䥝之省，义则借为麢。盖猎者伺鹿落阱后，随即苦击之，故战时苦击而多杀谓之鏖。

[13]《周礼·罿氏》“掌攻猛鸟，各以其物为媒而掎之”。《北户录》一“雷罗数州，收孔雀雏养之，使极驯扰，致于山野间，以物绊足，傍施罗网，伺野孔雀至，则倒网掩之无遗”。韩翃《送丹阳刘太真诗》“开笼不奈鸭媒娇”。

[14]卜辞从凵之字，或于凵中著数点，即臼之所从出。卜辞舊或作舊（图一〇），麕亦或作麕（图九），故知二字必系同义。

[15]对将被诱捕之新鸟言之，则已捕而尝经驯扰，可用为媒之鸟谓之旧是新旧之旧，本与𡨦义相通。金文以繇为旧，非无故也。

[16]《书》《传》每言食鸮若枭。《庄子·齐物论篇》“见弹而求鸮炙”，《大宗师篇》“予因以求鸮炙”，《楚辞·大招》“炙鹄烝凫”，旧校一作枭，《礼记·内则》“鹄鸮胖”，旧注“胖，胁侧薄肉，不可食”，案胖不可食，则余肉皆可食也。《淮南子·说林篇》，“鼓造辟兵，寿尽五月之望”，高注“鼓造盖谓枭，……今世人五月望作枭羹”，《汉书·郊祀志》上“祠黄帝用一枭破镜”，孟康注“枭鸟食母，破镜兽食父，黄帝欲绝其类，使百吏祠皆用之”。如湻注，“汉使东郡送

枭，五月五日作枭羹，以赐百官，以其恶鸟，故食之也”，《诗·墓门》疏引陆玑《诗疏》“鸮……其肉甚美，可为羹臛，又可为炙，汉供御各随其时，唯鸮冬夏常施之，以其美故也”。案旧说鸺（旧）枭鸮异物。然上揭诸书枭鸮错出，而《尔雅》以枭鸱为怪鸱，（《释鸟》“怪鸱，枭鸱”，郭注误以为二鸟，朱骏声云，怪鸱即枭鸱，犹上文狂即茅鸱，下文鹠即刘疾。）《广雅》复以鸱鸺为怪鸱，是鸺枭鸮三名原可通称。盖鸺为旧之别，枭即鸺之省，鸮又枭之别，旧（鸺）枭鸮一字，本鸱属诸鸟之类名，后始分属三鸟也。古所谓旧（鸺），当即后世所谓枭若鸮，古无枭鸺字，通以旧（鸺）为枭若鸮也。

[17] 舜弟象即长鼻兽之象，故其封国曰有鼻（《汉书·武五子·昌邑王哀传》《后汉书·东平宪王苍传》《袁绍传》），其墟曰鼻墟（《水经·湘水注下》引王隐《晋书·地道记》），其地有鼻亭（《后汉书·袁潭传》注），其神曰鼻亭神（《史记·五帝纪》正义引《括地志》）。《楚辞·天问》“舜服厥弟，终然为害”，即舜服象也。

[18] 金文《陈子子匜》妫作为。卜辞诸为字，除《通纂》书后引刘氏善斋藏片一例外，余均应为妫，详拙著《释为》。（《考古》第六期；本集页五三七乙）

[19]《说文》“妫，虞舜居妫汭，因以为姓”；又“姚，虞舜居姚墟，因以为姓”。《水经·沔水注》，“汉水又东径妫虚滩，……或作姚虚，故后或姓姚，或姓妫。妫姚之异是妄，未知所从。”案《左传》于虞称姚，哀元年“虞思于是妻之以二姚”是也，于陈称妫，庄二十二年“有妫之后，将育于姜”是也，是姚妫之分，由虞陈为二国，因字各异体以示别也。实则皆舜后，理当同姓，姚之与妫，貌异而实同耳。

[20]《说文》“䍃，跳也”，又“圝，一曰缕十纮也”“絩，绮丝之数也”。《荀子·荣辱篇》“其功盛姚远矣”，注“姚遥同”，《汉书·礼乐志·郊祀歌》“声远姚”，即远遥也。《广韵》恌同愮。

[21] 象豫对转字，《易·豫》“利建侯行师”，豫即象乐之旬，《象传》曰“雷出地奋豫，先王以作乐崇德，殷荐之上帝，以配祖考”，犹《春秋繁露·三代改制质文篇》言“武王受命，……作象乐，继文以奉天”也。详拙著《周易闲诂》（未刊）。金文《公伐郐钟》及鼎为作豫（图二），《希伯簋》像作像（图三），《录伯㦰簋》繇作繇（图四），量盨作繇（图五），所从之幺即小篆予字所由出，而《录伯㦰簋》所从尤酷似小篆幻字，幻即倒予也。疑豫本作豫，亦即繇字所从之䌛，古乡系一字，小篆变作予，许君遂以为纯声符，非是。豫（䌛）即象之繁文，贾逵以为大象，亦肊说也。

[22]《史记·秦本纪索隐》。

[23]《周书·谥法篇》“未家短折曰殇”，《离骚》“及少康之未家兮，留有虞之二姚”。《淮南子·齐俗篇》“待西施络慕而为配，则终身不家矣”，家犹娶也。

[24]《世本》《汉书·律历志》。

[25]《后汉书·文苑·赵壹传》“机阱在下”，注“机，捕兽机槛，阱，穿地陷兽”。

[26] 此时纵有农业，亦仅具萌芽。象为舜耕之传说，本系晚起，藉曰可信，亦只能如王充所说麋田之类。

[27] 陈梦家读瑶为滛，见《高禖郊社祖庙通考》。(《清华学报》十二卷三期)字书无滛字，盖淫之误，文中引《方言》亦误淫为滛。

[28]《搜神记》十四作舌埵，即古瑶之误。

[29] 风亦谓男女相诱。《书费誓》“马牛其风”，《正义》引贾逵曰“风，放也，牝牡相诱谓之风”；《左传·僖四年》“风牛马不相及”，服虔注与贾同。(案《晋语》四“男女相及，以生民也”，韦注“相及，嫁娶也”，此及字义同。)《左传·昭元年》“女惑男，风落山，谓之蠱”。《后汉书·乐成靖王传安帝诏》“风淫于家”。男女相诱谓之媱，亦谓之风，其歌辞谓之谣，亦谓之风。《汉书·艺文志》“自孝武立乐府而采诗谣，于是有代赵之讴，秦楚之风”，风亦谣也。引申之，则风俗一曰谣俗，《汉书·李寻传》“参人民谣俗”，是矣。

[30] 俗又谓狡狯多诈之人曰汕子，疑亦圝义之引申。

二十九年三月晋宁旅次

释　齲

《前》六，五四，四

右一字《殷虚文字类篇》入《待问篇》，《甲骨文篇》入《坿录》，于省吾释𪙛，云即𪘨即𪘿，𪙋𪙛谓齿参差，又云蹉跎就足言，𪙋𪙛就齿言，则似又谓𪙋𪙛为失齿，犹蹉跎为失足也。案于说非是。初期文字往往一字数义数读，后世更于其形体亦各加区别，故古者一字往往当于后世数字。即就之一形言之，或为虫，或为它，或为虫，或为蜀，或为蚰，或为蜎，或为禹，其流万端，其源则一而已尔。学者若狃于近习，一概以虫若它释之，则拘于墟矣。

金文《秦公簋》禹字作，从从。其本形，即又，象人手执之，与加作同意。之本形既只作，则于此即禹之初文。与同。此从从，当即齲字。《说文》"㱩，齿蠹也"，重文作齲。《释名·释疾病》"齲，齿朽也，虫啮之齿缺朽也"。《篇海》有䶖字，云"齿病朽缺也"，丘主切，即齲之异文，从虫从齿与契文合尤为此字当释齲之切证。

齲一作齵，亦可证此虫即禹之初文。他辞有卜疾齿之文，

甲辰卜□贞㞢疾齿，隹……《粹》一五一九

此卜齲犹卜疾齿耳。若齿参差或失齿，则焉用贞卜哉？

释　余

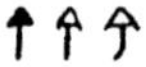

之緐化，一变而为，再变而为，时贤类能言之，然未有质言其本系何物者。有之，盖自郭沫若始。郭氏以余为𫈉之初文，即玉笏[1]斯说也，窃尝疑之。

请先考与余之关系，以证之确当释余。之状上为锐角形，下有柄。从余之字多与此意相合。

《淮南子·兵略篇》“剡摲筡，奋儋钁，以当修戟强弩”，高注“摲筡锐也”，《广雅·释诂四》“攙，捈，剡，钀，锐也”，《广韵》“梌，锐也筡捈梌同”。

《广雅·释器》“琜，珽，笏也”。

《广雅·释草》“蒤，菸，茅穗也”。《士丧礼·既夕记》注，《吴语》注并云“荼，茅秀也”。《汉书·礼乐志》“颜如荼”，注曰“荼者今俗所谓兼锥也荼蒤同”。

案《汉书·天文志》"有三星锐曰罚"，注"上小下大，故曰锐"。上揭高注《淮南》释篨，《广雅》释捈，《广韵》释梌并为锐。此篨（捈梌）之为物，与余之形合，一也。《广雅》训瑹珽为笏。据郑注《玉藻》，珽即大圭，杼上为椎首，荼（瑹）圜杀其首，不为椎头，此特谓瑹首之角度不若珽之锐耳。实则瑹珽双声，本皆圭类。《白虎通·瑞贽篇》"珪者兑锐上"，《庄子·马蹄篇》李注"锐上方下曰珪"，《周礼·大宗伯》郑注"圭锐，象春物初生"。珽瑹盖皆锐首而略有程度之差别耳。此瑹之为物与余之形合，二也。《广雅》训蒤为茅穗，郑注《礼经》，韦注《国语》并训荼为茅秀，秀亦穗也。颜注《汉书》谓俗呼荼为兼锥，锥状正合茅穗之形。此荼（蒤）之为物亦与余之形合，三也。农具之篨（捈梌），礼器之荼（瑹），植物之荼（蒤），其状皆锐首，与余之形密合，而字皆从余，是学者谓余为余之初文，信而有征矣。

然则余之本义，究指何物？观余之笔意与茅穗之形相距最远，一望可知。茅穗称荼，但以其形相仿佛，而余之本义不指茅穗，盖可断言故欲求余之本义，植物之荼，可置勿论。所争者惟在农具之篨（梌）与礼器之瑹，孰近本真耳。

礼仪之饰器无不起源于实用之工具，此器物演化之通例也。准此言之，礼器之瑹决不能早于农具之篨。然《淮南》所说农具之篨，似仍非此物之最初形态。《兵略篇》说陈胜举兵"伐櫾枣而为矜，周锥凿而为刃，剡摲篨，奋儋镬，以当修戟强弩"，高注不释篨义。《广韵》"篴竹名，又杖也"，《集韵》篴本作篨，是篨盖竹杖，削其端为锐锋，可以刺物者也。此其形虽与之锐首相仿，然论其全形犹未切合。窃谓余之本义当指畬刀。元稹《酬乐天得微之诗知通州事因成四首》诗曰“田仰畬刀少用牛”。古未有犁时，以刀耕，其刀即余也。以余耕田谓之畬，故畬田之刀谓之畬刀。畬字之最早见于记载者皆作动词用，义为发土除草。

《周颂·臣工》“嗟嗟保介，维莫之春，亦又何求？如何新畬？”[2]新与畬皆动词也。《说文》曰“新，取木也”，《小雅·大东》“薪是获薪”，新薪同。杀草与杀木皆曰新，新畬之新谓杀草也。新为杀草，则畬义可知。

《易·无妄》六二“不耕穫，不菑畬”[3]。

董遇注曰“悉耨曰畬”。案《说文》“薅，拔去田草也”，籀文作茠，《广雅·释诂三》“梂，除也”，耨薅茠梂并同。董以耨训畬，张以除训梂，是畬之言犹除也。除训治，《说文》“畬，三岁治田也”，“治田”之义最古，“三岁”者后儒缘饰经书之曲说。[4]

知畬本训除草，则余之本义亦可知。上文云古未有犁时，以刀耕，而其刀即余。然则余殆即犁之前身欤？试观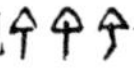诸字，无不与犁之形制吻合。之形无论矣。长其竖画以入中，象木柄入凿处也。发土除草之具，其柄宜曲，曲则用力少而功多，之竖画引而左折，象其柄曲也。由此又进一步，柄之曲由一曲变为二曲，

余之发展殆已达到其最高阶段。至此，再益以衡轭而以牛负而引之，即为犁矣[5]。

在人类未知使用金属之先，余必系石制。石制之余，即瑹之滥觞矣。《礼记·玉藻》记瑹之型类曰：

天子搢珽，方正于天下也。诸侯荼（瑹），前诎后直，让于天子也。大夫前诎后诎，无所不让也。

疑珽当余中之，荼前诎后直，当余中之。所谓“前诎后诎”者亦荼也，不言荼者省文，此当余之二曲其柄者，如上图，后世之如意盖亦出于此。郑注云[6]与经文不合，盖瞽说也。

注

[1] 郭沫若著《古代铭刻汇考续篇·释非余》。

[2] 传“田二岁曰新，三岁曰畬”，郑释“如何新畬”为“如新田畬田何?”案《诗》曰“如何新畬”，如何疑问副词，则新畬必系动词。毛郑不谙文法其误明甚。

[3] 马郑注以畬为三岁田，虞又以为二岁田，均误以为名词。实则耕穫菑畬四字皆动词。董云“菑，反草也”，亦是。

[4]《诗·采芑》“薄言采芑，于彼新田，于此菑亩”，此新田菑亩自是田名。昔儒徒以《工臣》“如何新畬”之新同于《采芑》“新田”之新，遂亦读新畬为名词，而强分菑，新田，畬为一二三岁之田，其说甚为无谓。

[5] 元诗“田仰畬刀少用牛”，用牛谓以牛犁之。畬刀与牛对举，可证畬刀之用同于犁。《广雅》攙捈并训锐，《广韵》“鑱，吴人谓犁铁也”，鑱攙通，犁铁谓之攙，亦可谓之梌矣。

[6] 郑云：“珽之言挺然无所诎也。或谓之大圭。长三尺，于杼上又广其首方如椎头，后则恒直。荼读为舒迟之舒，舒懦者，所畏在前也。诎谓圜杀其首，不为椎头诸侯唯天子诎焉，是以谓笏为舒。大夫奉君命出入者也上有天子，下有己君，又杀其下而圜。”

释　羔

右一字旧释羔，或释岳或释荅。案审形，释羔为是。《说文》羔从照省声，照从昭声，是羔古音当读如昭。羔即昭明也其字从火，与昭明之义合。书传言昭明者，或为星名，

《史记·封禅书》“昭明星，大而白，无角，乍上乍下，所出国起兵多变”。《索隐》引《春秋合诚图》“赤帝之精，象如太白，七芒”。

或为殷之先祖，

《荀子·成相篇》“契玄王，生昭明，居于砥石，迁于商”。
《史记·殷本纪》“契子昭明”。

或为古天子。

《史记·封禅书》"丰镐有昭明天子辟池"，索隐引乐彦引《河图》"荧惑星散为昭明"。案昭明天子似即《始皇本纪》之镐池君。羔镐声近，羔一曰昭明，盖犹镐池君一曰昭明天子邪？

案卜辞祀羔十九用燎祭，用禘者才一见。

丙燎羔矢囟……《戬》二一，八

燎于羔？《佚》八五四；又八四一；《前》一，五一，一略同

辛亥卜又燎于羔。《戬》九，七

燎于羔，从才雨。《后》上二二，二

癸巳贞：既燎于河，于羔？《佚》一四六

庚午燎于羔，又从才雨？《后》上二二，三

癸酉卜贞：燎于羔三小宰？卯三宰？《前》七，二六，一

丙辰卜𠀠贞：帝于羔？《纂》别二田中之二

……羔，燎五宰，圂五牛？《佚》一四六

而燎祭例皆用于天帝及自然势力之神，是卜辞之羔当系星名。羔昭一字，本训光明，此星"大而白"，故曰羔，又曰昭明传说中殷人所祭之自然神多变为殷之先祖，故昭明又为契子。既为殷之先祖，其人之身分必为帝王，故昭明又为古天子。虽然《河图》犹称昭明为荧惑所化，可见既经人格化后，其自然势力之本然身分，犹未可泥也。

或问羔从羊。何所取义？曰：字本不从羊。当分为二，上与同意，象火焰剡上之形，下即草。全字隶定之可作焱若燚。烧草之光不能大故昭之为明本训小明，而假为星名尤为切合。之结体既易误认为，昭之音读复与羙同故字遂讹为羔，而义则训为小羊也。

释　桑

卜辞有字，旧释桑，甚塙。隶书桒盖从此出。有又加口者，自二口以至五口不等，大都加口愈多者，其木形诡变亦愈甚。通校诸形，括为四类，各示一例如下方：

《前》六，五三，七　《前》四，四七，一　《前》二，三五，六　《后》下三五，一

此等诸家皆释噩，今案亦桑字也，隶定当作噐。卜辞中所见此字，除一部分因上下文多损缺，义难探究者，自余用法，计有五种。凡此释噩或不成文义，或义似可通而了无左证反之，若释桑，则无不词怡理顺矣。

一曰桑，桑木也。

1. 聂桑于宗。《佚》五六三

宗谓宗庙。𣪘即登，祭名，卜辞屡见。他辞曰𣪘禾，曰𣪘黍，曰𣪘来麦，曰𣪘米，𣪘桑亦其类矣。

2. ……𣪘桑其𥜽兄辛。《后》上七，一〇

𣪘，地名，他辞“其田𣪘，禽”《库》六，七七可证。𥜽与𣪘同。“𣪘桑其𥜽兄辛”，犹言𥜽𣪘桑于兄辛也。

二曰桑，桑林也。

3. 其𡗝于桑，叀大牢。《粹》四七〇

《吕氏春秋·慎大篇》：“立成汤之后于宋以奉桑林。”案桑林，殷之社，故武王立汤后以奉祀之。知之者，《墨子·明鬼下篇》“燕之有祖泽，当齐之社稷，宋之桑林，楚之云梦也”，是桑林即宋之社，其证一。《吕氏春秋·顺民篇》“天大旱，五年不收，汤乃以身祷于桑林”，《左传·襄十年》正义引《尚书大传》作“祷于桑林之社”，《艺文类聚》一二引《帝王世纪》同，《路史·余论六》曰“桑林者社也”，其证二。《卜辞》言祀桑用𡗝祭，牲用太牢，其降重如此，今谓桑即桑林，亦即殷人之社，庶几足以当之。《论语》载宰我对哀公问社，云“殷人以柏”，其说无征，盖妄言之矣。

三曰桑，桑田，地名。

卜辞桑字用为地名者最多，今于此类，但就其辞例不同者各举数版，不能备也。或曰“于桑”，犹言在桑也。

4. 于榆　于桑　《佚》一〇二

5. 于□亡𢦏　于桑亡𢦏　于盂亡𢦏　《佚》二五四

或曰“在桑”。

6. 丁亥卜在桑，贞王今夕亡畎。《甲》二，二五，一五

7. 癸巳王卜在桑，贞旬亡畎。《簠》地一，五

地名曰桑者，实殷人游畋之所，下列各辞可证。

8. 辛丑卜，贞王田于桑，往来亡𡿧。弘吉。《前》二，三五，六

9. 丁□王卜，贞其田于桑，往来亡𡿧。《续》三，一六，三

10. 辛未卜，何贞王其田桑亡𡿧。《前》四，四一，四

11. 壬戌卜，贞王其田桑亡𡿧。《载》一〇，六；《续》三，一七，六；又《续》三，一七，二并同

12. 戊子王卜，贞田桑，往来𡿧。王𠕈曰弘吉。丝御只𢦏狼一。佚》四三四

13. 戊□王卜，贞田桑，往来亡𡿧。王𠁁曰吉。丝御[只]豕三。《续》三，一七，四

14. 丁亥王卜，贞田桑，往来亡𡿧。王𠁁曰吉。只[兔]七[雉]卅。《簠游》九，八六；《续》三，一八，一

15. 戊辰⧅在桑⧅王田⧅衣⧅。《前》二，四一，五

游田之事亦称獸，

16. 王其徝于桑□獸。《佚》五三

亦称逐，

17. 戊午[卜][在]桑，贞⧅逐[亾][𡿧]。《前》二，四一，一

18. ⧅乎冓逐鹿于桑，只。《续》三，四五，三

19. □□卜，穷贞⧅丁巳家逐⧅于桑。《佚》六〇五

卜辞逐作𧱏，此省止，与他辞“丙寅卜家麋，禽”《佚》四一四，“癸酉卜牢家犀兄侯禁麋犬，羽日戊寅，王其□□□〓□□□毕禽”《前》二，二三；《后》上一二，一合之家并当读为逐。商承祚谓前者偶未刻全胡厚宣以后者为误字例以此证之知二家说未必然。游田又称省，字读为猕。

20. 叀惟桑省，亡𢦔。《甲》一，九，一一

21. 翌日壬王其省桑，𠶷，不大两。《佚》九〇一

22. 叀桑田省。《佚》八〇〇

23. 叀桑田省亡𢦔。《拾》六，二

24. 王其省桑田，湄日，亡𢦔。《库》一〇九〇

或曰“叀桑省”，或曰“叀桑田省”，或曰“省桑”，或曰“省桑田”，是桑即桑田也。古称田猎之地曰田，桑为殷人田猎之地，故亦曰桑田。《鄘风·定之方中》云“降观馆于桑”，又云“命彼倌人，星言夙驾，说于桑田”。倌人即馆人，桑田即上文之桑。《诗》言文公既望祀楚丘诸山，乃降宿于桑田之馆中，其夜适得灵雨，诘朝晴明，遂命馆人早驾出游而止息于桑田之上也。《诗》之桑一称桑田，既与卜辞密合，而卫复为殷故地，然则卜辞之桑田即《诗》之桑田，的矣。

四曰桑，动词，采桑也。

25. 丁巳卜，穷贞乎弓□蚕奏弗桑。《藏》一八五，三

“蚕”“桑”二字并见于一辞，为此字当释桑之铁证。经传桑字作动词用者，如《魏风·十亩之间》“桑者闲闲兮”“桑者泄泄兮”，《吕氏春秋·察微篇》“其处女与吴之边邑处女桑于境上”，《穆天子传》五“以观桑者”，注“桑，采桑也”，胥是。

26. ⧅辛巳卜⿱山曰贞桑。受方又祐。《前》六，三九，六

此桑字亦当训采桑，惟似指躬桑之礼。《月令》"季春之月，……后妃斋戒，亲东乡躬桑"。注曰"后妃亲采桑，示帅先天下也。东乡者，乡时气也"。卜辞曰"桑"，又曰"受方祐"，疑后世后妃躬桑之礼滥觞于此。

五曰桑读为丧，动词，丧亡也。

27. 贞我其桑众人。《佚》四八七

28. 贞弗隹。贞其桑众。贞弗其受㞢又祐。贞其嬉艰。《佚》五一九

29. 贞皐其桑众。《佚》五四九

30. 贞其桑众。《佚》五一九

31. 壬戌卜，今夕亡𡆥。其桑众。壬戌卜不桑众。《纂别》一，六，一六

32. 害贞并亡从巛，不桑众。《后》下三五，一

33. ⧅戱桑众。《粹》一一九

34. ⧅于滴⧅桑人⧅。三月。《前》六，二，五

35. 癸未贞⧅希亡⧅。其自卜又有来𡆥。□□贞□壴艰，允□桑𠂤师。《粹》一二五三

36. 丁未卜，王贞般不隹桑羊，㞢告许若诺。《前》八，一一，四

37. 贞戊其桑□。《甲》二，一八，二〇

此类王襄释丧，允为卓识。惟字仍是桑，卜辞桑丧一字，此类则当读为丧耳。28“桑众”与“弗受㞢又”“㛸”并贞，35“桑目”与“又来𡆥咎”“壴”并贞，31“不桑众”与“亡𡆥”并贞，32“不桑众”与“亡炏”并贞，其义皆为凶咎，是桑即丧亡之丧无疑。古者丧礼器用多以桑木为之。《仪礼·士丧礼》“鬠笄用桑”，注曰“桑之为言丧也”。《公羊传·文二年》“虞主用桑”，注曰“桑犹丧也”。郑何两注并以丧释桑，实则二字不但音同，古字本亦同也。卜辞时代桑丧一字，金文始分为二。

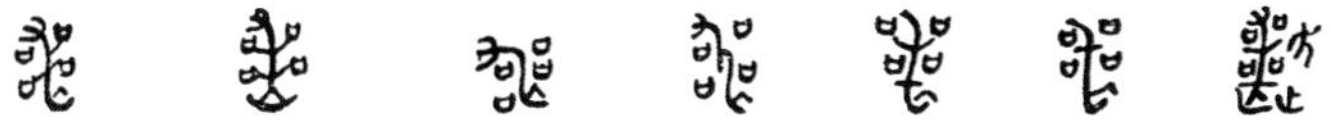
毛公鼎　桓子孟姜壶　丧叟賔钘　余冄钲　量侯簋　旂鼎　井人安钟

此金文丧字，从噩桑从亡，乃桑之孳乳字。丧字从噩而读与桑同，古礼复以桑象征丧事，此亦卜辞众口丛聚木间之文即桑字之佳证。

以上除7 10二例字作，旧已释桑外，其余众口丛聚木间之緐文，旧所释为噩者，今并改释为桑，此于探究殷代经济状态，关系颇大，不特于卜辞中增一可识之字而已也。考卜辞有字作

《藏》一八五，三

酷肖蚕形，旧释蚕，今以同辞又有桑字即上揭25例证之，益知旧释不误。他辞又有“蚕示”《后》上二八，六，“蚕岦”《拾》一三，八以及从蚕之𧖅字《前》六，五一，五，复证以殷虚残茧之发现，知当时养蚕之事已

甚发达。夫蚕事已臻发达，而谓为数巨万之甲骨中，仅有作之桑字寥寥数见，宁非异事？今依余释，增出桑字几以百计，庶几此疑可以涣然冰释矣。

附录

释嬫

卜辞从桑之字有

《前》二，九，二　　《前》六，一三，四

《甲骨文编》俱入《附录》。案左半即之省。字从桑从女，当释嬫。原辞简略，摹本亦漶漫难识，未能探其义蕴也。

释暡

金文昧爽字作

《免簋》

《金文编》二释曹，云从日从𣈅。郭书作曹云从日喪省声《考释》八九，案隶定作曹可也，字实从日从桑，当释暡。《集韵》"暡暡，暴曬也"，别一义。

释 噩

《噩侯簋》　　《噩侯鼎》

右二字旧释噩。容庚依《说文》释咢，云："从吅从屰。吅㗊同意。丧《毛公鼎》作䘮，器《说文》或作罾。《尔雅·释天》'太岁在酉曰作噩'，《释文》'噩本作咢'，《史记》作鄂，是噩即咢，又孳乳为鄂也。传写少讹。"案容说是也，而未尽。此与卜辞桑为同字而异义异读。小篆省，即木形之讹变。《桓子孟姜壶》䘮字偏旁作，其间之极易讹变成。至《噩侯鼎》字与《旗鼎》䘮字偏旁形之近似，尤显而易见。要之桑噩初系一形从木会意者读息郎切则为桑字，从㗊会意者读五角切则为噩字。声义既异形亦随之渐歧而为二，逮至小篆以下，形声义三者皆异，而桑噩同源之迹乃杳不可寻矣。

前说桑噩二音各异，虽然异则异矣，非谓二者之间绝无联系也。以声言之，说文咢从屰声，读五各切，疑母。然朔从屰声，又读所角切，心母。心母则与桑息郎切为双声。以韵言之，噩在鱼部，桑在阳部，鱼阳为对转。《说文》颡頟互训，《方言》十"中夏谓之頟，东齐谓之颡”。《广韵》頟五陌切，与噩同音。《玉篇》“頞，面丑也”，《集韵》頞同颚，《玉篇》颚一作顎。《广雅·释诂二》“䫜，丑也”。桑变为噩，盖犹颡变为頟，䫜变为頞欤？

或问桑噩音读之连系，既闻命矣，其转变之过程可得闻乎？曰：审音之学，非所究心，不敢妄测，虽然，请尝试言之。桑心母，噩疑母，其去固甚远，然若以泥母为介，未尝不可以沟通之。《说文》桑从叒声“叒，日初出东方旸谷所登榑桑叒木也”。书传皆作若，而灼切，泥母。桑变为噩，盖由桑转为叒，又由叒变为噩也。

释"不□□"

卜辞有术语曰"不□□"，或緐缛其体作"不□□"《前》八，四，三，或变易其文作"不□□"《藏》一三四，三，或省略其辞曰"不□"《甲》一，二，一五；又二，一九，二四；又二，一九，二五；《佚》五〇，四六五；又五七，五三二；《库》一〇一，一六四二，皆横书之。"□□"二字，释者八九家，聚讼数十载，众说纷纭，事同射覆。不幸而皆未中也。今案"不□□"既可省为"不□"，是□于句中为宾格，于字当为名词。□位于副词不字之下，宾格之上，则当为动词。二字之词性既定，乃可进而求其形音义。

首说□字。

此字孙诒让释龟，闻宥董作宾从之，而郭沫若力斥其非，谓当释黾。案龟黾二字，相混已久，此字以形求之，诚与黾为近，然意中亦未尝不可指龟，盖"不□□"既为占卜之术语，则以常识推之，此字焉得与龟无关？虽然，窃意释龟释黾，皆有未谛。考此字结体，可分箸横笔与不箸者二类。今就《甲骨文编》所收者计之，字中箸二横作□者二十三，箸一横作□者十，共三十三，而直作□者才十一，其比数当三与一而强，是有横者为正体，而二横尤备，无横者其变体也。字中加横，若非虚设，则此字之义或当于横中求之。又考“不”之语每见于兆璺之旁，意者即兆字，二横以示龟上见兆之意欤？

龟黾古字不分，前已言之，今谓黾兆亦未始有别。从黾之字，如鼂音直遥切，灶音则到切，鼁音七宿切并据《广韵》，其音皆与兆近，此何故欤？尝试推之，古黾字只作，而上来诸字所从之黾，则之后身，实古兆字，自二形相混，篆书一概作黾，于是之形湮而徒寄其声于此数字中也。黾亦兆字，凡有五证，述之如次：

《邵黛钟》“大钟八聿肆，其竈四䵻”，郭沫若据薛书《褱石磬》曰“自作遣磬”，谓竈即遣磬，案郭说得之。《周颂·有瞽篇》曰“应田县鼓，鞉磬柷圉”，竈磬，遣磬，即鞉磬也。《传》分鞉与磬为二，而谓鞉为鞉鼓，非是。知之者，鞉鼓即县鼓，陈奂辩之甚审，此鞉若为鼓，则县鞉并出为不辞矣。且上句应，田，县皆鼓，下句亦不烦再言鼓。实则《诗》以“鞉磬”与“柷圉”对举，柷圉为一物，鞉磬亦一物矣。《说文》鞉为鞀之重文，其籀文作磬，磬盖鞉磬专字。此以竈磬，一作鞉磬证黾即兆，一事也。

《考工记·辀人》：“龙旂九斿以象大火也，鸟旟七斿以象鹑火也，熊旗六斿以象伐也，龟旐四斿以象营室也。”案此四旗者，即《礼记·曲礼上》所谓“前朱雀而后玄武，左青龙而右白虎”。龙之为青龙，鸟之为朱雀，不待论。熊之为白虎，以同类相乱，亦无足异。惟龟谓之玄武，其义难明。今谓龟黾古字每不分，玄武即玄黾，黾武一声之转，犹黽黾，耿黾一曰虾蟆，鳖蟆也。黾冥音同通用，《左传·定四年》之冥厄即《战国策·楚策》之鄳厄《史记·春申君传》之黾隘。故玄武又变为玄冥。《淮南子·天文篇》"北方水也，其帝颛顼，其佐玄冥，……其兽玄武"，玄冥玄武并属北方，明为一名之分化。《说文·黾部》"鼆，冥也，读若黾蛙之黾"，《左传·文十五年》"一人门于句鼆"，《释文》鼆本作黾。案黾加声作鼆，鼆又省形作冥，黾，鼆，暨玄冥之冥，总一字耳。要之龟黾本已混淆，故北方之兽，或以为龟，或以为黾，兼言其色则曰玄黾，字之变则为玄冥，声之转又为玄武，其又或以为龟蛇二兽者，似属后起。《考工记》之龙旂，鸟旟，熊旗，龟旐，《周礼·司常》则曰交蛟龙为旂，鸟隼为旟，熊虎为旗，龟蛇为旐，皆一兽衍而为二也。知北方之兽或以为黾，则其旗名曰旐之故，可得而言。盖黾兆不分，既如上说，此旗画黾为象，故谓之旐也。四旗之中，画黾者谓之旐，犹画鸟者谓之旟，与即鷽耳。此以旐为画黾之旗证黾即兆，二事也。

《说文》"頫，低头也，从页逃省，《太史卜书》頫仰字如此，扬雄曰人面頫"，重文作俛，今字又作俯。案此字例当以兆为声，而《玉篇》音靡卷切，今又读匪父切，自来说者纷纷，咸未窥其窾要。今谓此字所从之兆亦黾字也。以声言之，黾免音近义通，《诗·谷风》"黾勉同心"，《释文》"黾勉犹勉勉也"，娩训生子，𡟎训怀孕，义亦近。頫古当作䵷，故重文作俛。其又作俯者，则俛之音转，俛谓之俯犹扪谓之拊矣。以义言之，頫训低头，正受义于黾。《诗·新台篇》"得此戚施"，《传》"戚施不能仰者"，《国语·晋语四》"戚施不可使仰"。案戚施者，《说文·黾部》引《诗》作䵹䵶，字并从黾，而《太平御览》九四九引《韩诗》薛君《章句》云即蟾蜍，蟾蜍固黾类也。龟黾之属，性不能自仰，故《毛传》《国语》云云。黾性能俯不能仰，因之黾有俯义，兆黾同字，故制字从兆从页以表低头之意。此以頫字从兆而其声与义并得之于黾，证黾即兆，三事也。

《山海经·北山经》"洧水其中多鳠黾"，注"鳠似鲇，黾，鼃黾，似虾蟆，或曰鳠黾一物名耳"。案或说是也。《尔雅·释鱼》"魾大鳠，小者鮡"，注"鳠似鲇而大，白色"，《尔雅》之鳠即《山海经》之鳠，是《山海经》之黾即《尔雅》之鮡矣。黾为鱼名，字当作鼆。《释鱼》又曰"鼆，小鱼"，《家语·屈节篇》"鱼之大者名鱄，其小者名鼆"。案鱄即鳠，《楚辞·离骚》注"楚人名被为扈"，《说文》扈读若阡陌之陌，《国语·周语》鲁懿公名戏，《汉书·古今人表》作被，并鳠鱄声通之比。鼆即黾鱼专字，亦即鮡字也。鼆郭音绳则与鮡一声之转。此以鼆一作鮡证黾即兆，四事也。

《说文·黾部》："鼂，匽鼂，读若朝。扬雄说匽鼂虫名，杜林以为朝旦，非是。"《广韵》作鼂，字从日，引《苍颉篇》云"虫名"，晁下云"上同"。《汉书·景帝纪》"御史大夫晁错"本传作鼂。此以鼂字一作晁证黾即兆，五事也。

由上观之，黾兆古为一字，确无可疑，是则字释黾而音读若兆，固无不可，然终不若径释为兆，盖卜辞别无兆字，说者或以若当之，并无确据也。若严格言之，则为兆之正字，而则黾字，就中复有作者《藏》二三，二，又似龟字，龟黾之别，其要在有尾与无尾，金文可证。此二者或为之讹变，或为其假借，均未可知，要

并当读为兆。孙郭二氏一律释龟或黾，斯为皮相矣。

此字结体抽象，最难辨识，余尝苦思半载最后始悟及《诗·小旻篇》“我龟既厌，不我告犹”之语，因疑“不□兆”与“不告犹”或不无关系。“告犹”之语，亦见《尚书》。《大诰》“王若曰：‘大诰猷尔多邦’”，马本作诰繇，此疑即占卜术语“告犹”之衍变详下，特下一字仍当以作繇为正，繇即卦兆繇辞之繇，其作犹若猷者，俱属假借。繇兆音义俱通，《方言》一“䍃，跳也，陈郑之间曰䍃”，又十“窕，淫也，沅湘之间，谓之窕”，《广雅·释诂四》“䟈，长也”，《庄子·秋水篇》注“遥，长也”，《说文·木部》“櫾，昆仑河隅之长木也”，《荀子·荣辱篇》“其功盛姚远矣，”注“遥同”。《汉书·礼乐志》“雅声远姚”，金文䚻繇同字，舜妫姓，一曰姚姓，姚即繇字耳。《汉书·礼乐志》“铫四会员十二人”，注引韦昭曰“铫国名，音繇”。以上并繇兆声通之证。《礼记·月令》“命太史衅龟策占兆”，注“占兆，龟之繇文”，《左传·闵二年》“成风闻成季之繇”，注“繇，卦兆之占辞”，僖四年“且其繇曰”，注“繇，卜兆辞”，襄十年“姜氏问繇”，注“繇，兆辞”。以上并繇兆义通之证。盖龟之璺坼谓之兆，其占兆之辞谓之繇，实则兆繇古本一音一义，其后乃分化为二耳。卜辞曰“□兆”，《诗》曰“告犹”，《书》曰“诰繇”，兆与繇犹若为一语，则□与告诰音义当亦不远。夫就字形观之，释□为告诫，诚难征信。然前揭□之变体有作□之例，其字确有告音，□既可假为□，作□者仅一见，故暂定为借字。则□音亦近告，从可知矣。请言其详。

□者，卜辞执圉诸字俱从此，故知字确当释㚔。《说文》：“㚔，所以惊人也，从大从𢆉。一曰大声也。……一曰读若瓠，一曰俗语盗不止为㚔，读若籋。”案卜辞㚔字为独体象形，许君说小篆从大从𢆉，其误不待辨。至所说㚔字二音三义，则皆可信。首论二音，（一）读若瓠，（二）读若籋。籋音即执字所从得声，此最易明。瓠音则自来学者多疑之。今案瓠在鱼部，而从幸之圉睪等字亦并在鱼部，是㚔读若瓠固无可疑。《汉书·王子侯表上》“䩉节侯息”，注“䩉即瓠字也”，䩉字从㚔而与瓠同，此㚔本有瓠音之确证。次论三义（一）所以惊人也，（二）大声也，（三）盗不止。盗不止之说未详。其曰“所以惊人也”者，《卒部》六文可证。睪下曰“司伺视也，从目从㚔，今吏将目捕罪人也”，执下曰“捕罪人也，从丮从卒，㚔亦声”，圉下曰“图圉，所以拘罪人，从口从卒”，盩下曰“引击也，从㚔支见血也”，报下曰“当罪人也，从卒从𠬝，𠬝，服罪也”，𥷕下曰“穷治罪人也从卒人言竹声”，重文作䈥。统观诸义，㚔当是刑具之属，古字作㚔，象形，故曰“所以惊人”，惊犹警也。曰“大声也”者，睪从㚔而睪与皋古字通，㚔即古皋字，亦即嗥字也，《虞书》皋陶，《列女传》作睪陶，《诗·鹤鸣篇》“鹤鸣于九皋”，汉《孙叔敖碑》“收九睪之利”，九睪即九皋，《荀子·王霸篇》“睪牢天下而制之”，《后汉书·马融传》注引作皋他若皋与泽通之例尤多，殆不胜举，凡此并睪皋古通之证。《仪礼·士丧礼》“曰‘皋某复’，三”，注“皋，长声也”，《周礼·乐师》“皋舞”，注“皋之言号”，案皋读为嗥，故训长声，训号，许书一说㚔训大声，即皋嗥之本字。《广韵》㤼，古劳切，《集韵》作㤘，一作𢣓，是皋古字当只作夲，其异体之皋只作夰，夲夰并卒之省变也。

因思许书夲一曰读若瓠，以读若字有义之例推之，似当云读若呱。《诗·生民》“后稷呱矣”，本书《口部》“呱，小儿号声”。呱转为皋嗥，犹呼转为号也。由是观之，许书“一曰大声也”下又似当补“读若皋”三字。知㚔有皋音，则《夲部》睪⿱竹⿰幸訇盩报诸字之语根乃明。许君谓⿱竹⿰幸訇从竹声，而睪下盩下报下均不云何声。实则⿱竹⿰幸訇与皋音全同。睪古音仍当在幽部，《说文》“睪，司伺视也”，《广雅·释诂三》“⿰睪见，见也”。义同。从目与从见同，㚔即皋字矣。盩报与皋亦同韵母，惟声母变耳。此三字实皆从夲得声，许君不知夲有皋音，故有此误。

璞堂杂识

目录

245　乾
245　龙〔乾〕
246　輿尸〔师〕
247　素履　夬履〔履〕
247　见豕负涂〔睽〕
247　或益之十朋之龟弗克违〔损益〕
248　据于蒺藜〔困〕
249　附□〔易纬乾坤凿度〕
249　直方〔坤〕
250　见金夫不有躬〔蒙〕
250　光亨〔需〕
251　有言〔需　讼　明夷　震　渐〕
252　窒惕〔讼〕
252　执言〔师〕
253　小畜　大畜
254　尚德载〔小畜〕
254　蔑曆
255　
256　𢆶古
257　霝龠
259　叔　督　裻　淑
260　巤　
260　鼠
260　正
261　勇
261　退
262　复
262　后
263　腹
263　无妄
264　嘬

乾

《说文》:“乾,上出也。从乙,乙,物之达也,倝声。”“乙,象春草木冤曲而出,阴气尚强,其出乙乙也。”案曰“上出”,曰“物之达”,皆谓草木茁生,与乙之说解合。乙之本义,是否如此,姑置勿论,若草木茁生乃地之象,此释坤字则可,今以释乾,不亦舛乎?实则乾倝一字。古称北斗一曰倝,又谓天随斗转,故以倝为天之象征而称天为倝,《楚辞·天问》“倝维焉系”,犹《淮南子·天文篇》“天维绝”矣。乾即倝字,故乾为天。古天官家谓北斗当中土之西北隅,乾即斗,故为西北之卦。《象传》曰“天行健,君子以自强不息”,又曰“终日乾乾,反复道也”,正谓北斗转旋,周而复始,终古不息也。又乾之籀文作,从晶,疑与晶同。晶古星字,商籀文作,卜辞作《佚》五一八,亦从此,商亦星名也。籀文乾从晶,是乾倝同字,即北斗七星之旧名,益有据矣,说详《释乾》。

龙〔乾〕

《乾卦》言龙者六,内九四“或跃在渊”虽未明言龙,而实指龙。皆谓东方苍龙之星,故《象传》曰“时乘六龙以御天”也。《史记·封禅书》正义引《汉旧仪》:“龙星右角为天田。”九二“见龙在田”,田即天田也。《说文》“龙……春分而登天，秋分而潜渊”，亦谓龙星。九五“飞龙在天”，春分之龙也，初九“潜龙勿用”，九四“或跃在渊”，秋分之龙也。《史记·天官书》：“东宫苍龙房心，心为明星，大星天王，前后星子属，不欲直，直则天王失计。”是龙欲曲不欲直，曲则吉，直则凶也。上九“亢龙有悔”，用九“见群龙无首，吉”。亢有直义，亢龙犹直龙也。群读为卷，群龙即卷龙，《诗·九罭传》“衮衣，卷龙也”，《说文》“衮，天子享先王，卷龙绣于下幅，一龙蟠阿上乡”。卜辞龙字或尾交于首，屈身如环，殆所谓卷龙欤。卷龙其状如环无端，不辨首尾，故曰无首，言不见首耳。龙欲卷曲，不欲亢直，故亢龙则有悔，见群卷龙无首则吉也。《易》义与《天官书》相会。《乾卦》所言皆天象，所谓“仰则观象于天”者是矣。

舆尸（师）

《师》六三“师或舆尸”，六五“弟子舆尸”。案《易》爻辞每用殷及殷末周初故事。《楚辞·天问》“武发杀殷何所悒，载尸集战何所急”，《淮南子·齐俗篇》“武王伐纣，载尸而行”，《史记·龟策列传》“文王兴卒聚兵，与纣相攻，文王病死，太子发代将，号为武王，载尸以行，四字原在“文王病死”下，今以意移正。战于牧野”。“舆尸”犹载尸，疑此用武王事。不则当时有此习俗，《易》所言，即不实指武王，亦可与武王事互相印证也。

素履　夬履〔履〕

《履》初九“素履往，无咎”，九五“夬履贞厉”。案《周礼·屦人》“掌王后之服屦，赤舄，黑舄，赤繶，黄繶，青勾，素屦，葛屦”。《说文》“屦，履也”。素履夬履疑即素屦葛屦，夬葛古音同也。素履即丝履，素履贵，葛履贱也。

见豕负涂〔睽〕

《睽》上九“见豕负涂，载鬼一车，先张之弧，后说之弧，匪寇婚媾，往遇雨，则吉”。案《诗·渐渐之石》“有豕白蹢，烝涉波矣，月离于毕，俾滂沱矣”，《传》“将久雨，则豕进涉水波”。《太平御览》一〇引黄子发《相雨书》“四方北斗中无云，唯河中有云，三枚相连，如浴猪豨，三日大雨”，《锦绣万花谷前集》一引□□□“夜半天汉中黑气相逐，俗谓之黑猪渡河，雨候也”。《诗》波字当读为陂，涉陂犹渡河也。旧说皆谓负涂为负泥涂，涉陂与负涂相为因果，然则“见豕负涂”乃将雨之象，故下云“往遇雨”。于象离为目，目即见，又为大腹，大腹即豕，兑为泽，泽即陂，见豕在泽中即见豕涉陂矣。

或益之十朋之龟弗克违〔损益〕

《损》六五《益》六二并云“或益之十朋之龟，弗克违”，旧读

“或益之句，十朋之龟句，弗克违句”。案此当读“或益之十朋之龟句，弗克违句”。益与锡通，《敓叔簋》“贝十朋”，古益字，益贝即锡贝也。此曰“或益之十朋之龟”，亦即锡之十朋之龟。崔憬说十朋之龟为价值十朋之龟，双贝曰朋，王引之从之，是也。违犹拒也，“弗克违”即不能拒。言有以十朋之龟锡我者，虽欲拒而弗受，不可得也。

据于蒺藜〔困〕

《困》六三：“困于石，据于蒺藜，入于其宫，不见其妻，凶。”案古者宫室之墙垣，其上必施蒺藜荆棘之属以严禁御。《诗·墙有茨》“墙有茨，不可扫也”，《传》“茨，蒺藜也”，又曰“墙所以防非常”。《周礼·圉师》“茨墙则翦阖”，注“茨，盖”。案以茨盖墙谓之茨。茨墙所以防人之逾越，故事属圉师之职。《尚书大传·夏传》：“天子诸侯必有公桑蚕室，就川而为之，筑宫仞有三尺，棘墙而外闭之。”《战国策·赵策一》“公宫之垣皆以狄荻蒿苦楛楚廧之”，楛楚亦棘类也。国邑之城郭亦施茨棘。《谷梁传·成二年》“壹战绵地五百里，焚雍门之茨”，注“雍门，齐城门，茨，盖也”。《管子·度地篇》“城外为之郭，郭外为之土阆，地高则沟之，下则堤之，命之曰金城，树以荆棘上相稽原作穑，注同，并从张文虎改。著者，所以为固也”，注“稽，钩也，谓荆棘刺条相钩连也”。《易》曰“困于石，据于蒺藜”者，累石为墙，上施蒺藜，逾墙而入，故据于蒺藜也。逾墙而“入于其宫，不见其妻”，此其事盖即《孟子》所谓“逾东家墙而搂其处子”之类欤？

附□〔易纬乾坤凿度〕

《易纬·乾坤凿度》以□为古天字，其说似谲而实正。天古作从大象立人形，从●象人首，首谓之颠，颠天音同，天即古颠字。《礼记·月令》疏引《春秋说题辞》“天之为言颠也”，《说文》《广雅·释言》并云“天，颠也”，此虽寻常声训之法，然实已以今字释古字，特诸家未必自觉耳。《说文》颠顶互训，实系一字，而顶尤古于颠。何以明之？顶从丁，而丁古作□，与天字所从不异。丁天音亦同，是丁之古文□，于形为古文天之省，于义亦古颠字也。顶从丁与□同，从页与大同，顶当为天之或体。颠假真为丁以为声符，则又顶之或体，故当后起。要之，天丁并即古顶颠字，天地之天则义属引伸，丙丁之丁则名由假借，均非其朔。《易纬》以□为天，实以丁为天，丁天既为一字，则《易纬》之说，实有至理存焉，故曰似谲而实正也。

直方〔坤〕

《坤》六二：“直方大，不习，无不利。”熊氏《经说》曰：“郑氏《古易》云，《坤》爻辞履霜，直方，含章，括囊，黄裳，玄黄协韵，故《象传·文言》皆不释大，疑大字衍。”案大盖即不之讹衍。荀爽《九家易》并释方为四方，是也。古直省同字，直方盖即省方，观《象传》“先王以省方观民设教”，《复象传》“后不省方”，《淮南子·精神篇》“禹南省方”，义并与此同。卜辞作徭方，云“□午卜㱿贞今春王徭方，帝受我□”《簠游》一，一，“贞王徭方，受㞢右”《珠》一，“贞王徭方”《簠游》二，九，“戊寅卜亘贞徭方”《簠游》一，三，“贞徭方”《拾》一〇，五，“徭方，寅”《簠游》一四。省方即巡狩，《文选·东京赋》“省方巡狩”。巡狩之事，劳民伤财，不宜常行，故曰“不习，无不利”也。

见金夫不有躬〔蒙〕

《蒙》六三：“见金夫，不有躬，无攸利。”案“金夫”“不有躬”，语皆无义，疑夫当为矢，躬当为弓，并字之误也。金矢即铜矢，谓铜镞之矢，《孟子·离娄下篇》“抽矢扣轮去其金”，即去其镞也。《噬嗑》九四“得金矢”。《蒙》下坎互震，上艮互离，《蒙》六三即噬嗑九四，故皆云金矢。

“不有弓”即无有弓，有矢无弓，不能射，故无所利也。《说卦传》“坎于木为坚多心”，谓棘也，《九家逸象》坎为丛棘，义同。古矢以棘为之，坎为棘即为矢。《说卦》坎又为弓今本“为弓轮”当作“为弓为轮”，《九家》坎为弧，弧亦弓也。此《易》象之最明白易晓者，惜今本爻辞讹舛，遂致文不成义而象亦无所取证焉。

光亨〔需〕

《需》：“需有孚，光亨，贞吉。”案《易》卦爻辞无称“光亨”者，而“元亨”之语屡见，光当为元之误。

有言〔需 讼 明夷 震 渐〕

《需》九二，《讼》初六“小有言”，《明夷》初九“主人有言”，《震》上六“婚媾有言”，《渐》初六“小子厉，有言”。案言皆读为愆。言辛古当同字，《说文》“辛，辠也，读若愆”。《诗·云汉》“昭假无羸”，马瑞辰释无羸为无过，余谓语与《烈祖》“鬷假无言”同，无言即无愆，愆亦过也。字或迳作愆，《抑》“不遐有愆”，犹《下武》“不遐有佐差”，《泉水》“不瑕有害”，有愆亦谓有过。又或作遣，卜辞“叀冓不益，隹之有遣”《后》下三，一〇，“㞢祟艰，……亡终遣”北大藏骨，金文“大保克芍亡遣”《大保簋》，“王飨酒，遹御，亡遣”《遹簋》，遣即谴字，谴愆音义不殊，当系同语。《易》凡言“有言”读为有愆，揆诸辞义，无不允洽。《需》九二：“需于沙，小有言，终吉。”言与吉对文以见义，犹《蛊》九三“小有悔，无大咎”也。象曰“需于沙，衍在中也”，正以衍释言，衍即愆字。九三象“需于泥，灾在外也”，语例与上爻同，衍灾互文，中外对举也。《讼》初六“不永所事，小有言，终吉”，象曰“不永所事，讼不可长也，虽小有言，其辩明也”，谓虽暂涉狱讼，小有灾祸，而终得昭雪，言与吉亦对文。《明夷》初九“君子于行，三日不食，有攸往，主人有言”，言君子处悔吝之中，三日不食，苟有所适，其所主之家亦将因以得过也主字详《经义述闻》。《震》上六“震不于其躬，于其邻，无咎，婚媾有言”，己身无咎而婚媾有过，即《震》“不于其躬，于其邻”之谓，此与《渐》初六“小子厉灜，有言，无咎”，皆有言与无咎对举，与《需》《讼》之“有言终吉”词例亦同。

窒惕〔讼〕

《讼》：“讼有孚，窒惕，中吉终凶。”案窒读为桎，《损》象传“君子以惩忿窒欲”，《释文》引孟本作恎。又《广雅·释诂三》“恎，很也”，《论语·阳货篇》“恶果敢而窒者”，以窒为之，并其比。《广雅·释诂二》“恎怙，惧也”，是恎有惧义。正义“惕，惧也”。恎惕双声连语，不分二义。旧均误以窒与惕字各为义，而《释文》一读“有孚窒”句，“惕中吉”句，尤谬。近于省吾又读窒惕为至易，以“有孚至易”四字为句，亦未谛。案有孚与恎惕，一吉一凶，二事对立，下文“中吉终凶”即承此言之，如于说，则失其义矣。

执言〔师〕

《师》六五“田有禽，利执言，无咎”，禽《释文》引徐本作擒。案言当读为讯。言从辛，辛辛古同字，而辛卂音同《说文》扟读若莘，《尔雅·释地》“东陵阠”，钱大昕谓即《左传·成二年》之莘。是古音言讯亦近。音近则义通，故讯问之讯谓之言，《尔雅·释言》“讯，言也”。俘讯之讯亦谓之言。《虢季子白盘》“执讯五十”，《不嬰簋》《师寰簋》《兮甲盘》“折首执讯”，《诗·出车》《采芑》“执讯获丑”，《皇矣》“执讯连连”，执言即执讯也。《兮甲盘》“折首执讯，休亡愍”，与《易》“执言无咎”语意词例并同。古者田猎战伐本为一事，观军战断耳以计功，田猎亦断耳以计功，而未获之前，田物谓之丑，敌众亦谓之丑，既获之后，田物谓之禽，敌众亦谓之禽，是古人视田时所逐之兽与战时所攻之敌无异，田而获禽犹之战而执讯矣。《易》曰“田有禽，利执言无咎”者，谓田事多获为军中杀敌致果之象耳。正义曰：“禽之犯苗，则可猎取，叛人乱国，则可诛之。此假他象以喻人事，故利执言无咎。己不直则有咎，今己得直，故可执此言往问之而无咎也。”以田猎与诛叛逆并言，盖因卦名曰师而推知之，此诚近是，余说皆疏。其释“执言”为“执此言往问之”，则与《诗》郑笺训讯为言而释为言语之言，同为不达言字之谊。

小畜　大畜

《说文》引《鲁郊礼文》畜从兹从田。案金文小篆并从玄，兹玄形有繁有简，义则一而已矣。《说文》“兹，草木多益也”，是畜之本义当为种植。牧畜牲畜字本作兽，省作嘼，今通以畜为兽若嘼也。《易》小畜大畜字皆用本义。知之者，《小畜》曰“密云不雨，自我西郊”，雨所以长养百谷者也。《大畜》曰“不家食”，盖谓耕而食于田野，《诗》所谓“馌彼南亩”也。《西溪易说》引《归藏》作小毒畜，大毒畜，《周易·启蒙翼传》引小作少，小少同字。毒畜叠韵连语，毒亦畜也。《说文》“毒厚也，害人之草往往而生”，案字本从丰丰，与畜从兹训草木多益者同意，是毒之训厚，本谓草厚。《归藏》畜作毒畜，亦《易·畜卦》主言种植之证。小畜大畜并下体干，《路史·发挥》引《归藏逸象》干为禾，又其验矣。

尚德载〔小畜〕

《小畜》上九“既雨既处，尚德载”，《吕氏音训》引晁氏曰“德，子夏传京虞作得”。案载读为菑，《诗·载芟》“俶载南亩”，笺“俶载尚为炽菑”，《良耜》“俶载南亩”，笺“炽菑是南亩”，是其比。《无妄》“不菑畬”，《释文》引董遇曰“菑，反草也”，《尔雅·释地》“田一岁曰菑”，郭注“今江东呼初耕反草为菑”，《说文》“菑，才今误作不耕田也”，是菑即耕。《畜卦》主言种植，“既雨既处，尚德菑”者，处俞樾训止，是也。德载当读为得菑，言雨后尚得施耕也。凡耕必待雨，《齐民要术》一引《氾胜之书》“天有小雨，复耕和之”是矣。卦辞“密云不雨”谓初九，初九不雨，不得施耕，至上九而终得雨，故仍得耕焉。旧读载如字，未允。近于省吾复读为哉，亦非，《易》辞简练，不用语尾也。

蔑曆

金文多见“蔑曆”之语，自来说者皆不得其义，今案《说文》“衊，污血也”，《汉书·梁平王襄传》“污衊宗室”，注“衊谓涂染也”，

《说文》“衉，羊凝血也”，重文作衁，《广雅·释器》“衉，血也”，《北户录》引《证俗音》“南方谓凝牛羊鹿血为衉”，蔑衊一字，曆衉同音，曆《唐韵》《集韵》并口三切，衉《北户录》引《说文》口绀反。蔑曆殆即衊衉，以血衅之之谓也，凡纪册命之铭多言蔑曆，意者册命皆行于祖庙，而人臣入祖庙，当祓除不洁，故必先衅之也，姑记之以俟证。

《说文》“曆，和也，从甘从厤，厤，调也，甘亦声”，《证俗音》云“凝牛羊鹿血为衉”，似谓和三物之血而凝之，若然，则字仍当以作曆为正。

《𣪕叔簋》有字，即益之古文字，《汉书·百官公卿表》伯益字作，《说文》嗌籀文作，是即益字，明甚。《说文》乃以为嗌之籀文，非是。化布曰“六化”“四化”，即賹，与镒同。字从即之讹变，又讹为也。

从0从，与朋相似，象贯贝之形，疑古賏字。《说文》“賏，颈饰也，从二贝”“婴，颈饰也，从女賏。賏，贝连也，賏亦声。”案賏婴一字《荀子·富国篇》“是犹使处女婴宝珠也”，注“婴，系于颈也”。賏为女子之饰，故字或从女。从0賏，古音賏在耕部，益在支部，支耕为阴阳对转，是乃从得声。从古文賏，賏为系颈之饰，故孳乳为缢，以绳系颈以自杀也；又为搤，以手捉喉也。《韩非子·说难篇》：“夫龙之为虫也，柔可狎而骑也。然其喉

下有逆鳞径尺，若有人婴之者，则必杀人。”婴犹搤也。《吕览·本生篇》：“始生之者天也，养成之者人也，能养天之所生而勿撄之，谓之天子。”案撄之扼之也。

捉喉之义又孳乳为嗌，噎也；又为𪗯，麋鹿属吞刍而反出嚼之也。嗌又训咽喉，乃噎义之引伸，去𦏧之本义已远。《说文》乃以𦏧为嗌之籀文，云“上象口，下象颈脉理也”，其误甚显。

至毁文曰：“隹王三月初吉癸卯，𣪘叔□□于西宫，𦏧贝十朋。”字则读为易。易益音同义通。《广雅·释诂二》“益，加也”。《易·损》六五“或益之十朋之龟，弗克违，元吉”，《益》六二“或益之十朋之龟，弗克违，永贞吉”。益之即易之也，《孟子·万章下篇》“赐之则不受”，注“赐者谓礼之横加也”。易锡予之义与加相近，故益可假为易。

益从水皿，乃溢之本字，与𦏧迥别。从益之缢，搤，𪗯，隘，皆叚益为𦏧。惟谥之义为死后加号，为益之本义。𪗯𧖣二文未详。以上皆见《说文》。他若《士虞礼记》“取诸左膉上”，注“膉，脰肉也”，亦假益为𦏧。《仪礼·丧服传》“朝一溢米，夕一溢米”，《释文》引王肃，刘逵，袁准，孔伦，葛洪并云“满手曰溢”。

《小尔雅·广量》“一手之盛谓之溢”，案犹握也，亦假为𦏧。

𢆶古

《师旂鼎》或释旂为旅，非。“白懋父乃罚得𢆶古二百寽”。𢆶古二字旧无释。案古读为居。《说文》"居，美石也"。又"琚，佩玉"。今作"琚，琼琚"。此从《诗·木瓜》释文引。《大戴记·保傅篇》"琚瑀以褓之"。注"琚瑀总曰玭珠，赤者曰琚，或曰石次玉"。居琚盖为一字。𢆶即《说文》系之籀文𦃃字。系居即联系成串之琚也。《文选·吴都赋》"松梓古度"。注"古度，树也，不华而实，子从皮中出，大如安石榴，正赤，初时可煮食也"。案古度疑即琚树，其子色赤如琚，故名。又珊瑚之瑚似亦即琚字，珊瑚色亦赤也。

霝龠

《大克鼎》："易女史小臣，霝龠，鼓钟。"案《师嫠簋》"嗣乃祖旧官小少辅傅罟鼓钟"。郭沫若谓鼓钟为官名，是也。《大克鼎》以霝龠与史小臣，鼓钟并举，史小臣及鼓钟皆官名，则霝龠亦官名也。考龠侖古似一字，故从龠之字与从侖之字每同训。《说文》"瀹，渍也"。《广雅·释诂二》"淪，渍也"。《方言》十三"𨇤，行也"。《广雅·释诂一》"踚，行也"。《孟子·滕文公上篇》"瀹济漯"，注"瀹，治也"。《庄子·知北游篇》"汝齐戒疏瀹而心"。疏瀹即疏通治理之谓。《吕氏春秋·行论篇》"以为尧失论"，注"论，犹理也"。理亦治也。《庄子·知北游篇》释文"瀹，溃也"。《后汉书·陈宠传》注"论，决也"。溃决义同。《吕氏春秋·古乐篇》："黄帝命伶伦与荣将铸十二钟，以和五音，以施英韶。"伶伦《汉书·律历志》作伶纶，《古今人表》作泠沦。伶伦古之乐官，盖即霝龠。霝令古通，龠侖亦本同字，故霝龠变为伶伦。《广韵》纶又音鳏，

《集韵》睔古患切，并与官音近，故伶伦一曰伶官。《诗·简兮序》"仕于伶官"。笺"伶人乐官也，伶氏世掌乐官而善焉，故后世多号乐官为伶官"。案伶氏以官为氏，非官以氏得名也。郑说非是。《尔雅·释诂》"貉缩，纶也"，是纶有缩义。郭注"纶，绳也"，《释器》"绳之谓之缩之"，纶缩皆训绳，此亦二字义通之证。《广雅·释诂二》"绾，缩也"。《说文》"抡，贯也"。玄应《音义》二十引《淮南》许注"绾，贯也"。《玉篇》同。伦之通官，犹纶之通绾，抡之通绾也。又据上文侖龠本一字，侖通官，则龠亦当通官。《方言》十三"踚，行也"。《广雅·释诂一》"逭，行也"。玄应《音义》二五引《通俗文》"以汤煮物曰瀹"。《尔雅·释草》释文引《字林》"瀹，煮也"。《说文》"涫，鬻也"。鬻亦煮也。《文选》鲍明远《乐府》注引《易》郑注"齐鲁之间，名门户及藏器之管曰籥"。《书·金縢》"启籥见书"。郑注"籥，开藏之管也"。门户藏器之籥谓之管，乐器之籥亦谓之管。《诗·宾之初筵》"籥舞笙鼓"。笺"籥，管也"。《谷梁传·宣八年》"万入去籥"。注"籥，管也"。《周礼·笙师》注"籥如篴"。《广雅·释乐》"龠谓之笛"。而《周礼·小师》注"管如篴而小，并两而吹之"。此与籥为编管者正合。然则籥与管本为一物。《礼记·明堂位》之"苇籥"，即《穆天子传》之"荻管"矣。

总上所述，龠侖本同字，而侖古音一读如官，故龠亦或读如官。以此证知霝龠，伶伦，伶官，字虽屡变，总一名耳。

侖一读如官，缘于复辅音 kl，其理至明，龠侖同字者，龠喻母字，古读 d-，侖来母字读 l-，d- l- 发声部位同，故每不分也。今福建江西方音犹如此。

叔 督 裻 淑

古人字曰伯仲叔季，伯长季少，仲即中字，次在伯季之中，故谓之仲。叔亦居中，与仲义当无别。古音东幽二部每相转，仲在东部，叔在幽部，叔盖即仲之转。本自一语，故义靡区分。《庄子·养生主篇》“缘督以为经”，释文引李注，《文选·魏都赋》注引司马注并云，“督，中也”；《灵枢经》“颈中央之脉谓之督脉”。《国语·晋语》“衣之偏裻之衣”，注“裻在中，左右异，故曰偏”。《说文》“裻，一曰背缝”；“祷，衣躬缝也，读若督”；祷当为裻之重文。督裻并从叔声，而皆训中，实亦中之转耳。又古语曰不淑，淑义亦当为中。不淑犹言罔极，极亦训中也。凡言天不淑者，如《礼记·曲礼》注，“相传有吊辞云：皇天降灾，子遭罹之，如何不淑”。《左传·庄十年》“天作淫雨，害于粢盛，若之何不吊”。吊淑古字通。哀十六年“旻天不吊”，《诗·节南山》“不吊昊天”，并犹“昊天罔极”也。凡言人不淑者，如《诗·中谷有蓷》“遇人之不淑矣”，犹《氓篇》“士也罔极”也。中正义近，不淑罔极之训不中，即不正。《尔雅·释诂》“督，正也”，淑之训正，犹督之训正也。正义又与善近，《广雅·释诂一》衷，善也。故引申之淑又有善义。经传言不淑不吊，旧胥训善，本不误。王国维始訾其失，殆未深考耳。

金文仲叔皆作中吊弔，中为本字，弔为假音，然细审字形，似亦有义可寻。盖取丨在弓中，与“中”之结体略近。后世改书作叔，则纯然义存乎声，形非所论矣。

鬣 

金文鬣从羽，陈梦家云：“羽为声符，《说文》昱从立声，卜辞作翌，或直作羽，是羽古一读如立，而翌中之立则为注音声符。羽本音立，又加立为声符，其用同于注音。立鬣音同，是知鬣本以羽为声也。”案陈说郅确。余谓羽即鬣之初文。鬣为兽毛之名，《说文》“鬣，毛鬣也”，《广雅·释器》“鬣，毛也”，《通俗文》“猪毛曰獵。”鬣鬣獵同。亦为鸟羽之名，《七发》“翠鬣紫缨”，鬣谓鸟羽，此古语之孑遗也。又案卜辞翌又作翊，昜习本一字，《说文》习从白非是。而《广韵》载从习声之所摺翻磖歙熠等字并有卢合切之音，习亦当从羽声，习而音卢合切，此亦羽古一读如鬣之证也《广韵》鱲一作䶘。

鼠

鼠字金甲文不见，《说文》作云象形，今案非象形，下半之与鬣所从者同，即羽字，鼠羽同部，鼠当是从臼羽声也。

正

甲金文正作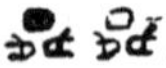，或省作。疑古有字，象人正立之形，即之省，犹之省作也。以许书之例言之，正当云“从止声”，古丁字也。

勇

金文有戜字，与《说文》勇之重文同。盖勇戎古本一字。戎从戈从[illegible]干，本会意字。变[illegible]为用，则为形声。其义引申为勇力之勇，始又变戈为力，以甬代用也。《广雅·释诂一》"从慂，劝也"，涌今皆作恿。《说文》恿为勇之古文，劝即推动之意，《广韵》"摐，推也"，慂盖摐之别体。

退

《说文》"𢓴却也，一曰行迟也，从彳从日从夊"，重文作衲，古文作逷。朱骏声云"夊亦声，夊，行迟曳夊夊也"，至确。夊者[illegible]之变，[illegible]即止字，止即足也。以音求之，夊即今语腿字，以形求之，即退本字也。腿谓之脚，犹退谓却。何以明之？退后之意，不可象形，乃倒[illegible]为[illegible]以示向后之意。上下前后，谊本相通。退为退后，后亦从倒止从倒止以示向后，犹各〔落〕夅〔降〕之从倒止以示向下也。退字从日乃注声符也。从日之字，如㬅吐盍切，沓徒合切，㬈湿，他合切，习，慴褶熠并徒协切，习㬅实同字。替他计切，是承旨切，旦得按切，并从晶之曡徒协切，皆读舌头音，与退他内切之发声同，是退当从日声也。盖夊夊侈端母本有声而不显，故又加日为声符以注明也。卜辞有[illegible]字，准此言之，当释退矣。

前文未明重文从内之理，今案内泥母，退透母，部位同，例得相通。而《广韵》"笍，陟卫切"，在端母，尤内字古或读舌头之明验。因悟前揭诸字所从之日即日月之日，日，泥母，其转入舌头，与内之转入舌头正相符，故退从日声，或从内声也。他若湿音他合切，而《说文》纳训“丝溼濕纳纳也”，《楚辞·九叹·逢纷篇》“衣纳纳而掩露”，注“纳纳，濡溼貌也”，实则纳即濕字。从日与从内同，从丝与从糸同。又《史记·司马相如传》“禺禺鱋魶”，《汉书》作鳎，此亦皆日内声通之证也。

虽然復一从内，不但以声通之故，义亦通也。内入古同字。出则进，入则退，义本相通。故復又从内也。

复

复本字作夏，金文从畗声，然畗亦注声，夂本有声也。夂古作亦蹼之初文，蹼本凡足之称，后乃专以名鸟足。木足谓之跗一作柎，跗蹼声同，本一字也。《说文》：“夏，行夏夏也，从夂，阙，读若仆。”案夏亦从夂声。《尔雅·释鸟》“凫雁丑，其足蹼”，注“脚指间幕蹼属相著”。又“蝙蝠服翼”，蝙蝠即编蹼，编者联也，蝙蝠之翼如凫雁之足，故名，服翼即蹼翼也。

后

后所从之夂亦本后字。复之注声符为畗，亦即厚字所从得声者，明畗有厚音而夂亦有厚音。后厚音同。复厚同义，福厚亦同义。

朘

《老子》五十五章“未知牝牡之合而全作”，全一作朘，又作峻。释文引《说文》“朘，赤子阴也”，《玉篇》同，今本《说文》无此字。顾本成疏引《字林》，“峻，小儿阴也”。强本荣注“峻，童儿阴也”。案《说文》“脽，尻也”，今俗亦呼男阴为脽。详《新方言》脽《说文》示隹切朘释文引《说文》又子垒反，《新附》子回切，《广韵》藏回切。音同脂部，朘即脽之别构。然脽字本只作隹。隹鸟古同字，俗正呼男阴为鸟也。《老子》以为赤子阴，则犹俗谓小儿阴曰鸡儿，曰麻雀。要之，脽之本字当作隹，以为男阴专字，始加肉作脽。其别构作朘者，夋声字如葰息遗切捘子对切等并读入脂部，与隹音同。而儁俊同字，镌鋑同字，捘训推，并隹夋可通之证。故脽亦得假从夋声作朘也。一作峻，《广韵》引《声类》及《玉篇》又出别体屡字，从血若尸与从肉同。其又作全者，从隹之隽徂兖切，及从隽之镌子泉切臇蠹子兖切纗胙管切瘸蔿徂兖切，并从夋之鋑朘子泉切悛此缘切痠酸霰狻素官切，皆读入寒部，与全同部。故脽若朘皆可假全为之。寒对转入歌，故朘峻一音子和切。释文峻子和反，引《说文》朘亦子和反。

无妄

《易》卦“无妄”犹无福也。卦辞曰“其匪正有眚，不利有攸往”，有眚既无妄，故“不利有攸往”。彖曰“无妄之往，何之矣？”“天命不祐，行矣哉？”“天命不祐”正释无妄，二矣字当训乎。

六三“无妄之灾”，无福故为灾也。九五“无妄之疾，勿药有喜”，无福之疾，匪药可治也。故象曰“无妄之药，不可试也。”上九“无妄，行有眚，无攸利”，与卦辞同意。故象曰“无妄之行，穷之灾也”。大象“天下雷行，物与（虞训举）无妄，先王以茂对时，育万物”，初九“无妄，往，吉”，象曰“无妄之往，得志也”，此二处尚不可解。释文“马郑王肃皆云妄犹望，谓无所希望也”。《大戴礼·文王官人篇》“故得妄誉”，朱骏声云借为望。《史记·春申君传》无妄作毋望，《汉书·谷永传》“遭《无妄》之卦运”，应劭曰“无妄者，无所望也。万物无所望于天，灾异之最大者也”。此解最确。“无望”古之成语，《诗·宛丘》“洵有情兮，而无望兮”。

⿰口鼠

《毛公鼎》“金”梦家释㖿，云读若巤，即《小戎》“鋈以觼軜”之軜。案右半从㠯从㕚，㕚古羽字，《说文》㠯从反巳（），殷周古文巳作㠯作，正一形之倒顺，而辰巳字则作子，又作即《说文》子之籀文𢀈，是巳㠯子𢀈一字。《说文》“巤，毛巤也，象发在囟上，及毛发巤巤之形也，此与籀文子字同〔意〕从段补。”梦家云从籀文子省。证以金文《巤季鼎》字等形，其说是也。今按《毛公鼎》⿰口鼠从㠯，㠯与同，既如上述，是⿰口鼠即⿰口巤字无疑。《广韵》二十八盍“⿰口巤，啮声”，《洞箫赋》“猎若折枚”，注“猎，声也”。案⿰口巤猎同。梦家但读其音若巤，未达一间也。⿰口巤即𩌏之借字。订正《篇海》“𩌏，马靻，本作巤，通作韅”。《广韵》“韅，马鞁也”“鞁，勒也”。鞁为鞁之讹，《说文》“鞁，柔革也”“鞅，颈鞁也”“靬，鞧内环鞁也鞧，车鞁具也。”“䩄，勒鞁也”。案勒鞁为络头之革，《说文》“勒，马头落衔也”。头面无别，故亦谓之䩄。《周礼·巾车》“厌翟勒面缋总，要车雕面鹥总”。注“勒面，谓以如王龙勒之韦为当面饰也。雕者画之，不龙其韦”。《隋书·礼仪志》载北周五路有雕面，注“刻漆韦为当颅”，面与䩄同。勒鞁谓之䩄，盖即勒面雕面之类。颈鞁为系颈之革，颈饰谓之缨，鞅缨声之转，故亦谓之鞅。《释名·释车》“鞅，婴也，喉下称婴，言缨络之也”。《周礼·巾车》注“缨，今马鞅”。《文选》张衡《西京赋》薛注“缨，马鞅也”。案《说文》“缺，缨卷（絭）也”“缨，冠系也”。鞅与缺同。鞅在马颈下，如人之有冠缨然，故名。许郑刘薛四家之说最确。鞅之言翁也。《说文》“泱，滃也”。《周礼·酒正》“三日盎齐”，注“盎犹翁也，成而翁翁然，葱白色，如今酇白矣”。《说文》“翁，颈毛也”。《山海经·西山经》“有鸟焉，黑文而赤翁”，注“翁，头下毛也”。《文选·七发》“翠鬣紫缨”，注“鬣，首毛也”，亦斥鸟言。鞅谓之韅，犹翁谓之鬣矣。《国语·楚语》“使长鬣之士相焉”，注“长鬣，美须頿也”。《左传·昭七年》“使长鬣者相”，注“鬣，须也”。马颈系鞅缨，若有须鬛者然，故鞅谓之韅矣。韅训鞁，而勒鞁颈鞁均称鞁，《毛公鼎》以“攸鋚勒，金鬛，金雁膺”，连文，既已有勒，则此韅字自当指颈鞁而言。勒在头，韅在颈，膺在胸，叙次井然，其设辞之密如此。梦家读此字为軜，音虽相近，而案之《诗》义未能尽合，故弗敢苟同云。

大丰簋考释

乙亥，王又有大丰，

郭沫若曰："'大丰'亦见《麦尊》，彼铭云'王桒于舟为大丰。'余意当即大封，《周礼》'大封之礼合众也。'"案郭谓大丰即大封，似未确。"大封"之文见于经典者：

《周礼·大宗伯之职》"〔军礼〕大封之礼，合众也"。注"正封疆沟涂之固，所以合聚其民"。

同上"王大封则告后土"。疏"谓封建诸侯也"。

同书《大卜》"凡国大贞，卜立君，卜大封则眡高作龟"，注"卜大封，谓竟界侵削，卜以兵征之，若鲁昭元年秋，叔弓帅师强郓田是也"。

《诗·周颂·赉序》"大封于庙也"。笺"大封，武王伐纣时，封诸臣有功者"。

《左传·昭三十年》"〔吴〕二公子奔楚，楚子大封而定其徙"。注"大封，与土田定其所徙之居"。

据此，则大封者，告于后土，祭于宗庙，封建诸侯之礼也。

邦国初建，封疆沟涂，容有错互不正者，当合军以治之，故又为军礼。因之，建国之后，境界侵削，而以兵征之，亦谓之大封。大丰者，《麦尊》曰：

迨王客葊京酌祀。雩若翌日，才璧雝，王椉于舟为大丰，王射大龏鸿禽。侯椉于赤旂舟，从。

《诗·灵台》正义引《五经异义》：“《韩诗》说曰：辟雍者，……所以教天下春射秋飨，尊事三老五更。”辟廱即泮宫，详下。《说文》：“泮，诸侯飨射之宫。”《麦尊》言王在辟廱为大丰，射大鸿，明是飨射之类，与大封不侔也。因疑《麦尊》及此器之“大丰”，仍当从孙诒让读为大礼。《周礼·大宗伯之职》“治其大礼诏相王之大礼”，《小宗伯之职》“诏相祭祀之小礼，凡大礼佐大宗伯”。注皆谓群臣之礼为小礼，则人君之礼为大礼，可知。飨射亦大礼之一也。

王凡三方。

孙诒让释凡为同，固自可通，惟无以解于“三方”之文。郭释风，读为讽，并谓三方斥东南北，周人在西，故仅言三方。然宗周之器言四方者多矣，又将何辞以解？窃谓《麦尊》纪王在辟雍乘舟为大丰，此亦言大丰，则凡疑当读为汎，传王在辟雍中汎舟也。汎舟而言三方者何？汉以来学者咸谓天子曰辟雍，诸侯曰泮宫，此盖汉初礼家，规放故事，以辟雍见于《大雅》，泮宫见于《鲁颂》，遂以二者分属于天子诸侯。实则鲁本用天子礼，而他国复不闻有泮宫者，是辟雍泮宫，名异而实同，或因方音殊绝，遂致周鲁异名耳。辟泮双声，义复相通，《广雅·释诂四》“辟，半也”，《泮水》笺“泮之言半也”。其为一语之转，甚明。卜辞雍作，宫作，并从，金文皆变作是雍与宫亦本一语，宫声变而为雍，犹之籀文容从公声也。知辟雍即泮宫，而《泮水》笺曰“泮之言半也，半水者，盖东西门以南通水，北无也”。则是辟雍之水亦半圆形之水。水形半圆，故但得三方，方犹《诗》“彼汾一方”，“在水一方”之方。如郑说，即东西南三方，𣪘文曰“王汎三方”，犹言王遍游辟雍之水矣。

王祀𢀛天室，降天亾又王衣祀𢀛王不显考文王，事喜上帝。文王监才上。

刘心源曰：“天亾，据文义决是作器者名。亾通无，《古今人表》宾须亾费亾极，《左传》并作无，《姓考》‘天，黄帝臣天老之后’，则此铭为天姓亾名。‘又王’读‘佑王’，谓助祭也。”郭曰“‘天室’亦谓天亾之室，犹《庚嬴》卣言‘王逄于庚嬴宫’，《豆闭簋》言‘王各于师戏大室’也。”案刘谓天亾为人名，良是。惟所引《姓考》，后世陋书，不足据为典要。彝器中作器人名曰天某者，如《天禾簋》曰“天禾乍父乙䵼”《续殷》上四四，《天尹钟》曰“天尹乍元弄”《十二家》契一，《天𣎆父癸爵》曰“天𣎆父癸”《续殷》下三五，又有单曰天者，如《天尊》曰“天乍从”《贞》七，六，其类尤不胜枚举。凡此皆殷周间器，正刘说之佳证也。天亾盖一字一名，刘以为天姓亾名，亦非。室犹庙也。王于天室衣祀文王，是天亾当与周同姓，且为宗子也。降字诸家皆属上读，最误。降有授与之义，《宗周钟》“降仐多福”，《克盨》“降克多福”，《大保簋》“王降征令于太保”是也。令亦授与之义，《中齋》“王令大史兄裛土”，《传卣》“师田父令小臣传非余绯琜”，《献彝》“楷伯令乒臣献金车”，《燮簋》“王令燮在载市，旂”，《康鼎》“命汝幽黄，鋚革”，是也。授与之令谓之降，命令之令亦谓之降。古字混用，此类甚多。《国语·周语》中“王降狄师以伐郑”，犹言王命狄师以伐郑也。簋文曰“降天亾又王衣祀于王不显考文王，事喜上帝”，谓令天亾助王衣祀于文王，并事喜上帝也。下文“王降亾勛爵复橐”，亦谓王令天亾勛爵复橐也。

“衣祀”孙诒让王国维并读为“五年而再殷祀”之殷祀。柯昌济据卜辞或称“肜衣”，谓衣与肜日之礼相须而行，殷衣双声，衣之字训，亦有殷重之谊。案柯说精审，㐆即反身字，《诗·大明传》“身，重也”，则殷亦当有重叠之义。衣殷古通，衣祀即重叠祀之之语也。下文曰循，曰赓，曰三衣王祀，文义正相承贯也。

郭读喜为熹，于省吾吴闿生读饎，并通。

不显王乍出，不䋣王乍赓，不克三衣王祀。

出，诸家或释省，或释相，案释省近是。卜辞作𡳿，作𡳿，金文作𡳿，小篆省眚盾诸文并从此出。卜辞又有𢓊字，则循字所从出叶玉森正释循。金文出多可释盾，读为循。《大盂鼎》“雩粤我其遹出先王受民受强土”，《宗周钟》“王肇遹出文武堇勤强土”，并当释为“遹循”。《尔雅·释诂》“遹，循也”，《克钟》“王亲令克遹泾东至于京自”，遹正训循。二字同义，故每连文。字一作“率循”，《书·顾命》“率循大卞”是也。金文出又作䢷，《㪉鼎》“师雒父䢷衜至于䣚”，亦即循衜至于䣚也。本器“不显王乍出，不䜌王乍赓”，当读为“丕显王且循，丕肆王且赓”。肆有广大之义，丕肆与丕显对文。循犹追述也《礼记·少仪》“勿循往”疏，追述与赓续义近。循赓皆指殷祀言。二句连下“不丕克三衣殷王祀”读，犹言王一祀再祀以至三祀也。丕有乃义见《经传释词》，丕克之丕当训乃，《书·盘庚》“予丕克羞尔用怀尔然”，丕克连用与此同。《洪范·五行传》“我民人无敢不敬事上下王祀”，盖祀于先王曰王祀。此曰“三衣王祀”，犹言“三衣祀”耳。

丁丑，王乡大𠇗。

上文乙亥，乙字拓本漶漫，诸家释乙。若然，则自乙亥至丁丑适为三日。盖乙亥一祀，丙子再祀，丁丑三祀而毕，乃飨大宜也。宜俎古同字，此当读为王飨大俎，犹《遹簋》之“王飨酒”，《大鼎》之“王飨醴”也。

王降亾勛爵㣿橐。

降训令，见前。勛读为加，加爵恒语。㣿字不识，当为动词。橐疑为觞。橐觞鱼阳对转宕从石声是其比。觞籀文作𥎥，从爵省，故此与爵对举。

隹朕有蔑。

“有蔑”见《秦公簋》，蔑古庆字。“隹朕有庆”句法与《伯𢦚簋》“隹匄万年”同。

每䢅王休丂障皀簋。

障读为奠。奠，祭也。凡金文言作某器，器名上一字多系表器之用，如簋曰“𩰫簋”，曰“𩞁簋”，曰“旅簋”，曰“宗簋”。见《陈逆簋》。宗亦祭名，或释为宗庙用簋亦可。曰“尝簋”《召伯虎簋》，曰“用簋”，而亦曰“障簋”。鼎曰“𩞁鼎”，曰“善鼎”《鄀伯鼎》善膳同，曰“飤鼐”《郑勇句父鼎》鼐鬲字，曰“造鼎”《簷大史申鼎》造祰同，而亦曰障鼎。鬲曰“荐鬲”，曰“羞鬲”，而亦曰障鬲。盘曰“盥盘”，曰“𩰫沬盘”，而亦曰障盘。壶曰“醴壶”，曰“媵壶”，曰“弄壶”，而亦曰障壶。他若鍴曰“祭鍴”，炉曰“废炉”，监曰“御监”，而《𨛫侯簋》曰“祭器八𣪘”，《因𦙶錞》曰“祭器錞”，《陈侯午錞》曰“禘器鉠錞”，其义尤为显白。惟《庚午鼎》“用乍父乙尊”，《善鼎》“用乍宗室宝尊”。尊字皆在句末，说者或以为彼器名上尊字亦为器名之证。此亦未之深考也。《天尊》曰“天作从旅”，《鲁生鼎》曰“乍寿母媵”，《鮇𧊒妊鼎》曰“乍虢妃鱼母媵”，《不寿鼎》曰“用乍宝”，《伯𢦏簋》曰“其乍西宫宝”，旅下，两媵下，两宝下，明为省去器名，则上举二例尊下亦当有省文也。因知《宰甫鼎》“用乍宝𩰫”，《吕鼎》“用乍宝𩰫”，《且子鼎》“用乍父乙𩰫”，𩰫下及两𩰫下，亦并省去器名。

禺邗王壶跋

右器铭曰：

禺邗王于黄池，为赵孟庎邗王之惖金，台为祠器。

英国叶慈教授，暨国人唐兰陈梦家二氏递有考释，而马衡容庚二氏亦各有说。叶氏云赵孟即赵鞅，鲁哀公十三年前四八二，黄池之会，吴晋争长，赵鞅与其事，铭中所纪，即此役也。其说不可易。叶氏又谓禺雄音近通假，禺即王孙雄，邗当读为捍。马氏读禺为遇，唐氏从之，又云邗为攻吴之合音，邗王即吴王。陈氏则主禺假为吴，举《战国策·赵策》"吴干之剑"，《吕氏春秋·疑似篇》"剑之似吴干者"，读禺邗与吴干同，禺邗王即吴王夫差。案陈说得之。庎字叶无释，唐读摈介之介，陈云庎为介之孳乳字，与匄通，当训赐予。案陈此说亦是。《诗·小明》《既醉》"介尔景福"，《既醉》"介尔昭明"，《雝》"介以台繁祉"，《酌》"是用大介"，介并训赐予，字一作塈作溉，《摽有梅》"顷筐塈之"，《匪风》"溉之釜鬵"，是也。详《诗经新义》。陈引

《七月》"以介眉寿"为证，则以匄取之匄为匄予之匄，举例未确。𢡒为惕之别构，惕锡古通，《易·夬》"惕号"，释文"荀翟本作锡"，是其比。惟叶唐二氏并读为锡赏之锡，则释字是而义训非。余意锡当用本意，《说文》"锡，银铅之间也"。"锡金"谓锡与金也，金即铜，铜中加锡，是为青铜，即铸器所用矣。东周器铭每详载所用金质之成分，《曾伯𩰫簠》曰"余𦋖其吉金黄鏞"，《邵黛钟》曰"乍为金钟，玄镠鏞铝"，《邾公牼钟》曰"玄镠肤吕"，《邾公华钟》曰"𦋖𠬝吉金，玄镠亦鏞"，并顷所见长沙蔡氏藏剑曰"玄镠非绯吕"，胥是。此曰"锡金"，词质而例同，亦东周风尚也。容氏读𢡒如字，训为敬，其意似即指今人称奉献曰敬之敬。此则以近世俗语释彝器古文，不知渊雅如容氏者何以出此，而精思如陈君复冒然从之，亦可怪骇！为化古同声通用，此铭上为字当读为化，即黄白变化之化。"化锡金"者，化合锡与黄铜，使成青铜也。为化为动词，陈氏以为介词，误甚。其文中通释铭文曰"吴邗王于黄池，为因赵孟介予邗王之惕金，以为作祠器"，下文又谓全辞应读作"禺邗王于黄池，以赵孟介邗王之惕金为祠器"。前释"为"为"因"，实于文不顺，故后又改释为"以"。然铭文"台以为祠器"，句中本有"以"字，果如所释，则通上句当读为"以赵孟庎邗王之惕金以为祠器"。如此，两"以"字又嫌相复，势必删去其一，意者既不欲舍其自增之"以"，乃不得不牺牲铭中固有之"以"欤？然观其文法表解中不列上"为"字，则实际上又未尝不删其自增之"以"。陈氏考证史实，多有心得，然于铭辞实未能尽通其读，故其分析文法愈详，愈不免于捉襟见肘。今依鄙见，列表如下：

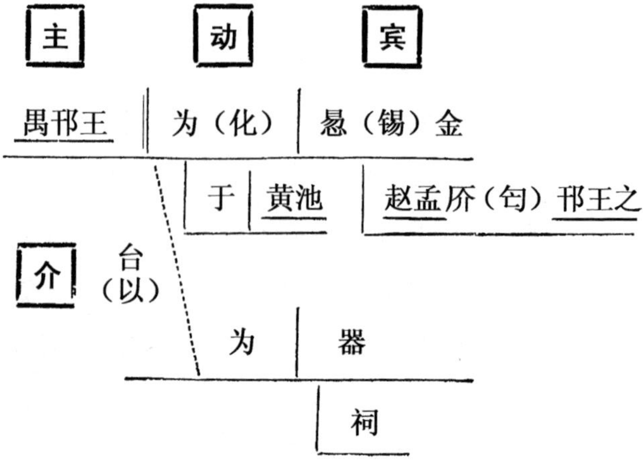
主
动
宾
禺邗王
为（化）
恳（锡）金
于
黄池
赵孟庎（句）邗王之
介
台（以）
为
器
祠

唐诗杂论

目录

279 类书与诗
288 宫体诗的自赎
302 四杰
310 孟浩然
316 贾岛
324 少陵先生年谱会笺
390 岑嘉州系年考证
433 杜甫
449 英译李太白诗

类书与诗

检讨的范围是唐代开国后约略五十年，从高祖受禅（六一八）起，到高宗武后交割政权（六六〇）止。靠近那五十年的尾上，上官仪伏诛，算是强制的把"江左余风"收束了，同时新时代的先驱，四杰及杜审言，刚刚走进创作的年华，沈宋与陈子昂也先后诞生了，唐代文学这才扯开六朝的罩纱，露出自家的面目。所以我们要谈的这五十年，说是唐的头，倒不如说是六朝的尾。

寻常我们提起六朝，只记得它的文学，不知道那时期对于学术的兴趣更加浓厚。唐初五十年所以像六朝，也正在这一点。这时期如果在文学史上占有任何位置，不是因为它在文学本身上有多少价值，而是因为它对于文学的研究特别热心，一方面把文学当作学术来研究，同时又用一种偏向于文学的观点来研究其余的学术。给前一方面举个例，便是曹宪李善等的"选学"（这回文学的研究真是在学术中正式的分占了一席）。后一方面的例，最好举史学。许是因为他们有种特殊的文学观念（即《文选》所代表文学观念），唐初的人们对于《汉书》的爱好，远在爱好《史记》之上，在研究《汉书》

时，他们的对象不仅是历史，而且是记载历史的文字。便拿李善来讲，他是注过《文选》的，也撰过一部《汉书辨惑》;《文选》与《汉书》在李善眼里，恐怕真是同样性质，具有同样功用的物件，都是给文学家供驱使的材料。他这态度可以代表那整个时代。这种现象在修史上也不是例外。只把姚思廉除开，当时修史的人们谁不是借作史书的机会来叫卖他们的文藻——尤其是《晋书》的著者！至于音韵学与文学的姻缘，更是显著，不用多讲了。

当时的著述物中，还有一个可以称为第三种性质的东西，那便是类书，它既不全是文学，又不全是学术，而是介乎二者之间的一种东西，或是说兼有二者的混合体。这种畸形的产物，最足以代表唐初的那种太像文学的学术，和太像学术的文学了。所以我们若要明白唐初五十年的文学，最好的方法也是拿文学和类书排在一起打量。

现存的类书，如《北堂书钞》和《艺文类聚》，在当时所制造的这类出品中，只占极小部分。此外，太宗时编的，还有一千卷的《文思博要》，后来从龙朔到开元，中间又有官修的《累璧》六百三十卷，《瑶山玉彩》五百卷，《三教珠英》一千三百卷(《增广皇览》及《文思博要》)，《芳树要览》三百卷，《事类》一百三十卷，《初学记》三十卷，《文府》二十卷，私撰的《碧玉芳林》四百五十卷，《玉藻琼林》一百卷，《笔海》十卷。这里除《初学记》之外，如今都不存在。内中是否有分类的总集，像《文馆词林》似的，我们不知道。但是《文馆词林》的性质，离《北堂书钞》虽较远，离《艺文类聚》却接近些了。

欧阳询在《艺文类聚》序里说是嫌"流别《文选》，专取其文，《皇览》遍略，直书其事"的办法不妥，他们（《艺文类聚》的编者不只他一人）才采取了"事居其前，文列于后"的体例。这可见《艺文类聚》是兼有总集（流别《文选》）与类书（《皇览》遍略）的性质，也可见他们看待总集与看待类书的态度差不多。《文馆词林》是和流别文选一类的书，在他们眼里，当然也和皇览遍略差不多了。再退一步讲，《文馆词林》的性质与《艺文类聚》一半相同，后者既是类书，前者起码也有一半类书的资格。

上面所举的书名，不过是就新旧《唐书》和《唐会要》等书中随便摘下来的，也许还有遗漏。但只看这里所列的，已足令人惊诧了。特别是官修的占大多数，真令人不解。如果它们是《通典》一类的，或《大英百科全书》一类的性质，也许我们还会嫌它们的数量太小。但它们不过是"兔园册子"的后身，充其量也不过是规模较大品质较高的"兔园册子"。一个国家的政府从百忙中抽调出许多第一流人才来编了那许多的"兔园册子"（太宗时，房玄龄，魏征，岑文本，许敬宗等都参与过这种工作），这用现代人的眼光看来，岂不滑稽？不，这正是唐太宗提倡文学的方法，而他所谓的文学，用这样的方法提创，也是很对的。沉思翰藻谓之文的主张，由来已久，加之六朝以来有文学嗜好的帝王特别多，文学要求其与帝王们的身分相称，自然觉得沉思翰藻的主义最适合他们的条件了。文学由太宗来提倡，更不能不出于这一途。本来这种专在词藻的量上逞能的作风，需用学力比需用性灵的机会多，这实在已经是文学的实际化了。南朝的文学既已经在实际化的过程中，隋统一后，又和北方的极端实际的学术正面接触了，于是依照"水流湿，火就燥"的物理的原则，已经实际化了的文学便不能不愈加实际化，以至到了唐初，再经太宗的怂恿，便终于被学术同化了。

文学被学术同化的结果，可分三方面来说。一方面是章句的研究，可以李善为代表，另一方面是类书的编纂，可以号称博学的《兔园册子》与《北堂书钞》的编者虞世南为代表。第三方面便是文学本身的堆砌性，这方面很难推出一个代表来，因为当时一般文学者的体干似乎是一样高矮，挑不出一个特别魁梧的例子来。没有办法，我们只好举唐太宗。并不是说太宗堆砌的成绩比别人精，或是他堆砌得比别人更甚，不过以一个帝王的地位，他的影响定不是一般人所能比的，而且他也曾经很明白的为这种文体张目过（这证据我们不久就要提出）。我们现在且把章句的研究，类书的纂辑，与夫文学本身的堆砌性三方面的关系谈一谈。

李善绰号"书簏"，因为，据史书说，他是一个"淹贯古今，不能属辞"的人。史书又说他始初注《文选》，"释事而忘意"，经他儿子李邕补益一次，才做到"附事以见义"的地步。李善这种只顾"事"，不顾"意"的态度，其实是与类书家一样的。章句家是书簏，类书家也是书簏，章句家是"释事而忘意"，类书家便是"采事而忘意"了。我这种说法并不苛刻。只消举出《群书治要》来和《北堂书钞》或《艺文类聚》比一比，你便明白。同是钞书，同是一个时代的产物，但拿来和《治要》的"主意"的质素一比，《书钞》《类聚》"主事"的质素便显着格外分明了。章句家与类书家的态度，根本相同，创作家又何尝两样？假如选出五种书，把它们排成下面这样的次第：

《文选注》《北堂书钞》《艺文类聚》《初学记》，初唐某家的诗集。

我们便看出一首初唐诗在构成程序中的几个阶段。劈头是“书簏”，收尾是一首唐初五十年间的诗，中间是从较散漫、较零星的“事”，逐渐的整齐化与分化。五种书同是“事”（文家称为词藻）的征集与排比，同是一种机械的工作，其间只有工作精粗的程度差别，没有性质的悬殊。这里《初学记》虽是开元间的产物，但实足以代表较早的一个时期的态度。在我们讨论的范围内，这部书的体裁，看来最有趣。每一项题目下，最初是“叙事”，其次“事对”，最后便是成篇的诗赋或文。其实这三项中减去“事对”，就等于《艺文类聚》，再减去诗赋文便等于《北堂书钞》。所以我们由《书钞》看到《初学记》，便看出了一部类书的进化史，而在这类书的进化中，一首初唐诗的构成程序也就完全暴露出来了。你想，一首诗做到有了“事对”的程度，岂不是已经成功了一半吗？余剩的工作，无非是将“事对”装潢成五个字一幅的更完整的对联，拼上韵脚，再安上一头一尾罢了。（五言律是当时最风行的体裁，但这里，我没有把调平仄算进去，因为当时的诗，平仄多半是不调的。）这样看来，若说唐初五十年间的类书是较粗糙的诗，他们的诗是较精密的类书，许不算强词夺理吧？

《旧唐书·文苑传》里所收的作家，虽有着不少的诗人，但除了崔信明的一句“枫落吴江冷”是类书的范围所容纳不下的，其余作家的产品不干脆就是变相的类书吗？唐太宗之不如隋炀帝，不仅在没有作过一篇《饮马长城窟行》而已，便拿那“南化”了的隋炀帝，和“南化”了的唐太宗打比，像前者的

暮江平不动，春花满正开；流波将月去，潮水带星来。

甚至

鸟击初移树，鱼寒不隐苔。[1]

又何尝是后者有过的？不但如此，据说炀帝为妒嫉“空梁落燕泥”和“庭草无人随意绿”两句诗，曾经谋害过两条性命。“枫落吴江冷”比起前面那两只名句如何？不知道崔信明之所以能保天年，是因为太宗的度量比炀帝大呢，还是他的眼力比炀帝低。这不是说笑话。假如我们能回答这问题，那么太宗统治下的诗作的品质之高低，便可以判定了。归真的讲，崔信明这人，恐怕太宗根本就不知道，所以他并没有留给我们那样测验他的度量或眼力的机会。但这更足以证明太宗对于好诗的认识力很差。假如他是有眼力的话，恐怕当日撑持诗坛的台面的，是崔信明，王绩，甚至王梵志，而不是虞世南、李百药一流人了。

讲到这里，我们许要想到前面所引时人批评李善“释事而忘意”，和我批评类书家“采事而忘意”两句话。现在我若给那些作家也加上一句“用事而忘意”的案语，我想读者们必不以为过分。拿虞世南、李百药来和崔信明、王绩、王梵志比，不简直是“事”与“意”的比照吗？我们因此想到魏征的《述怀》，颇被人认作这时期中的一首了不得的诗，《述怀》在唐代开国时的诗中所占的地位，据说有如魏征本人在那时期政治上的地位一般的优越。这意见未免有点可笑，而替唐诗设想，居然留下生这意见的余地，也就太可怜了。平心说，《述怀》是一首平庸的诗，只因这作者不像一般的作者，他还不曾忘记那“诗言志”的古训，所以结果虽平庸而仍不失为“诗”。选家们搜出魏征来代表初唐诗，足见那一个时代的贫乏。太宗和虞世南、李百药，以及当时成群的词臣，做了几十年的诗，到头还要靠这诗坛的局外人魏征，来维持一点较清醒的诗的意识，这简直是他们的耻辱！

不怕太宗和他率领下的人们为诗干的多热闹，究竟他们所热闹的，与其说是诗，无宁说是学术。关于修辞立诚四个字，即算他们做到了修辞（但这仍然是疑问），那立诚的观念，在他们的诗里可说整个不存在。唐初人的诗，离诗的真谛是这样远，所以，我若说唐初是个大规模征集词藻的时期，我所谓征集词藻者，实在不但指类书的纂辑，连诗的制造也是应属于那个范围里的。

上述的情形，太宗当然要负大部分的责任。我们曾经说到太宗为堆砌式的文体张目过，不错，看他亲撰的《晋书·陆机传论》便知道：

观夫陆机陆云，实荆衡之杞梓，挺珪璋于秀实，驰英华于早年。风鉴澄爽，神情俊迈。文藻宏丽，独步当时，言论慷慨，冠乎终古。高词迥映，如朗月之悬光，叠意回舒，若重岩之积秀，千条析理，则电拆霜开，一绪连文，则珠流璧合。其词则深而雅，其义则博而显。故足远超枚马，高蹑王刘，百代文宗，一人而已。

因为他崇拜的陆机，是“文藻宏丽”，与夫“叠意回舒，若重岩之积秀”，“一绪连文，则珠流璧合”的陆机，所以太宗于他的群臣中就最钦佩虞世南。褚亮在《十八学士赞》中，是这样赞虞世南的：

笃行扬声，雕文绝世，网罗百家，并包六艺。

两《唐书·虞世南传》都说，他与兄世基同入长安，时人比作晋之二陆，新传又品评这两弟兄说：

世基辞章清劲过世南，而赡博不及也。

这样的虞世南，难怪太宗要认为是“与我犹一体”，并且在世南死后，还有“钟子期死，伯牙不复鼓琴”之叹。这虞世南，我们要记住，便是《兔园册子》和《北堂书钞》的著者。这一点极其重要。这不啻明白的告诉我们，太宗所鼓励的诗，是“类书家”的诗，也便是“类书式”的诗。总之，太宗毕竟是一个重实际的事业中人；诗的真谛，他并没有，恐怕也不能参透。他对于诗的了解，毕竟是个实际的人的了解。他所追求的只是文藻，是浮华，不，是一种文辞上的浮肿，也就是文学的一种皮肤病。这种病症，到了上官仪的“六对”“八对”，便严重到极点，几乎有危害到诗的生命的可能，于是因察觉了险象而愤激的少年“四杰”，便不得不大声急呼，抢上来施以针砭了。

注

[1]《随遗录》所载炀帝诸诗皆明秀可诵，然系唐人伪托。《铁围山丛话》引佚句“寒鸦飞数点，流水绕孤村”，亦伪。

原载《大公报》《文艺》副刊第五十二期

宫体诗的自赎

宫体诗就是宫庭的，或以宫廷为中心的艳情诗，它是个有历史性的名词，所以严格的讲，宫体诗又当指以梁简文帝为太子时的东宫及陈后主，隋炀帝，唐太宗等几个宫庭为中心的艳情诗。我们该记得从梁简文帝当太子到唐太宗宴驾中间一段时期，正是谢朓已死，陈子昂未生之间一段时期。这其间没有出过一个第一流的诗人。那是一个以声律的发明与批评的勃兴为人所推重，但论到诗的本身，则为人所诟病的时期。没有第一流诗人，甚至没有任何诗人，不是一桩罪过。那只是一个消极的缺憾。但这时期却犯了一桩积极的罪。它不是一个空白，而是一个污点，就因为他们制造了些有如下面这样的宫体诗。

长筵广未同，上客娇难逼，还杯了不顾，回身正颜色。（高爽《咏酌酒人》）

众中俱不笑，座上莫相撩。（邓鉴《奉和夜听妓声》）

这里所反映的上客们的态度，便代表他们那整个宫庭内外的气氛。

人人眼角里是淫荡，

上客徒留目，不见正横陈。（鲍泉《敬酬刘长史咏名士悦倾城》）

人人心中怀着鬼胎。

春风别有意，密处也寻香。（李义府《堂词》）

对姬妾娼妓如此，对自己的结发妻亦然（刘孝威《郗县寓见人织率尔赠妇》便是一例）。于是发妻也就成了倡家。徐悱写得出《对房前桃树咏佳期赠内》那样一首诗，他的夫人刘令娴为什么不可以写一首《光宅寺》来赛过他？索性大家都揭开了，

知君亦荡子，贱妾自倡家。（吴均《鼓瑟曲有所思》）

因为也许她明白她自己的秘诀是什么。

自知心所爱，出入仕秦宫，谁言连屈尹，更是莫遨通？（简文帝《艳歌篇》十八韵）

简文帝对此并不诧异，说不定这对他，正是件称心的消息。堕落是没有止境的。从一种变态到另一种变态往往是个极短的距离，所以

现在像简文帝《娈童》，吴均《咏少年》，刘孝绰《咏小儿采莲》，刘遵《繁华应令》，以及陆厥《中山王孺子妾歌》一类作品，也不足令人惊奇了。变态的又一型类是以物代人为求满足的对象。于是绣领，袙腹，履，枕，席，卧具……全有了生命，而成为被沾污者。推而广之，以至灯烛，玉阶，梁尘，也莫不踊跃的助他们集中意念到那个荒唐的焦点，不用说，有机生物如花草莺蝶等更都是可人的同情者。

罗荐已擘鸳鸯被，绮衣复有葡萄带，残红艳粉映帘中，戏蝶流莺聚窗外。（上官仪《八咏应制》）

看看以上的情形，我们真要疑心，那是作诗，还是在一种伪装下的无耻中求满足。在那种情形之下，你怎能希望有好诗！所以常常是那套褪色的陈词滥调，诗的本身并不能比题目给人以更深的印象。实在有时他们真不像是在作诗，而只是制题。这都是惨淡经营的结果:《咏人聘妾仍逐琴心》(伏知道),《为寒床妇赠夫》(王胄)。特别是后一例，尽有“闺情”“秋思”“寄远”一类的题面可用，然而作者偏要标出这样五个字来，不知是何居心。如果初期作者常用的“古意”“拟古”一类暧昧的题面，是一种遮羞的手法，那么现在这些人是根本没有羞耻了！这由意识到文词，由文词到标题，逐步的鲜明化，是否可算作一种文字的裎裸狂，我不知道。反正赞叹事实的“诗”变成了标明事类的“题”之附庸，这趋势去《游仙窟》一流作品，以记事文为主，以诗副之的形式，已很近了。形式很近，内容又何尝远?《游仙窟》正是宫体诗必然的下场。

我还得补充一下宫体诗在它那中途丢掉的一个自新的机会。这专以在昏淫的沉迷中作践文字为务的宫体诗,本是衰老的,贫血的南朝宫庭生活的产物,只有北方那些新兴民族的热与力才能拯救它。因此我们不能不庆幸庾信等之入周与被留,因为只有这样,宫体诗才能更稳固的移殖在北方,而得到它所需要的营养。果然被留后的庾信的《乌夜啼》《春别诗》等篇,比从前在老家作的同类作品,气色强多了。移殖后的第二三代本应不成问题。谁知那些北人骨子里和南人一样,也是脆弱的,禁不起南方那美丽的毒素的引诱,他们马上又屈服了。除薛道衡《昔昔盐》《人日思归》,隋炀帝《春江花月夜》三两首诗外,他们没有表现过一点抵抗力。炀帝晚年可算热忱的效忠于南方文化了,文艺的唐太宗,出人意料之外,比炀帝还要热忱。于是庾信的北渡完全白费了。宫体诗在唐初,依然是简文帝时那没筋骨、没心肝的宫体诗。不同的只是现在词藻来得更细致,声调更流利,整个的外表显得更乖巧,更酥软罢了。说唐初宫体诗的内容和简文时完全一样,也不对。因为除了搬出那僵尸"横陈"二字外,他们在诗里也并没有讲出什么。这又教人疑心这辈子人已失去了积极犯罪的心情。恐怕只是词藻和声调的试验给他们羁縻着一点作这种诗的兴趣(词藻声调与宫体有着先天与历史的联系)。宫体诗在当时可说是一种不自主的,虚伪的存在。原来从虞世南到上官仪是连堕落的诚意都没有了。此真所谓"萎靡不振"!

但是堕落毕竟到了尽头，转机也来了。

在窒息的阴霾中，四面是细弱的虫吟，虚空而疲倦，忽然一声霹雳，接着的是狂风暴雨！虫吟听不见了，这样便是卢照邻《长安古意》的出现。这首诗在当时的成功不是偶然的。放开了粗豪而圆润的嗓子，他这样开始，

长安大道连狭斜，青牛白马七香车，玉辇纵横过主第，金鞭络绎向侯家！龙衔宝盖承朝日，凤吐流苏带晚霞，百丈游丝争绕树，一群娇鸟共啼花。……

这生龙活虎般腾踔的节奏，首先已够教人们如大梦初醒而心花怒放了。然后如云的车骑，载着长安中各色人物 panorama 式的一幕幕出现，通过“五剧三条”的“弱柳青槐”来“共宿娼家桃李蹊”。诚然这不是一场美丽的热闹。但这颠狂中有战栗，堕落中有灵性。

得成比目何辞死，愿作鸳鸯不羡仙。

比起以前那光是病态的无耻，

相看气息望君怜，谁能含羞不肯前！（简文帝《乌楼曲》*）

* “乌楼曲”三联版疑误，当作“乌栖曲”。

如今这是什么气魄！对于时人那虚弱的感情，这真有起死回生的力量。最后，

节物风光不相待，桑田碧海须臾改，昔时金阶白玉堂，即今唯见青松在！

似有“劝百讽一”之嫌。对了，讽刺，宫体诗中讲讽刺，多么生疏的一个消息！我几乎要问《长安古意》究竟能否算宫体诗。从前我们所知道的宫体诗，自萧氏君臣以下都是作者自身下流意识的口供，那些作者只在诗里，这回卢照邻却是在诗里，又在诗外，因此他能让人人以一个清醒的旁观的自我，来给另一自我一声警告。这两种态度相差多远！

寂寂寥寥杨子居，年年岁岁一床书，独有南山桂花发，飞来飞去袭人裾。

这篇末四句有点突兀，在诗的结构上既嫌蛇足，而且这样说话，也不免暴露了自己态度的褊狭，因而在本篇里似乎有些反作用之嫌。可是对于人性的清醒方面，这四句究不失为一个保障与安慰。一点点艺术的失败，并不妨碍《长安古意》在思想上的成功。他是宫体诗中一个破天荒的大转变。一手挽住衰老了的颓废，教给他如何回到健

全的欲望，一手又指给他欲望的幻灭。这诗中善与恶都是积极的，所以二者似相反而相成。我敢说《长安古意》的恶的方面比善的方面还有用。不要问卢照邻如何成功，只看庾信是如何失败的。欲望本身不是什么坏东西。如果它走入了岐途，只有疏导一法可以挽救，壅塞是无效的。庾信对于宫体诗的态度，是一味的矫正，他仿佛是要以非宫体代宫体。反之，卢照邻只要以更有力的宫体诗救宫体诗，他所争的是有力没有力，不是宫体不宫体。甚至你说他的方法是以毒攻毒也行，反正他是胜利了。有效的方法不就是对的方法吗?

矛盾就是人性，诗人作诗本不必对自己的行为负责。原来《长安古意》的"年年岁岁一床书"，只是一句诗而已，即令作诗时事实如此，大概不久以后，情形就完全变了，骆宾王的《艳情代郭氏答卢照邻》便是铁证。故事是这样的：照邻在蜀中有一个情妇郭氏，正当她有孕时，照邻因事要回洛阳去，临行相约不久回来正式成婚。谁知他一去两年不反，而且在三川有了新人。这时她望他的音信既望不到，孩子也丢了。"悲鸣五里无人问，肠断三声谁为续!"除了骆宾王给寄首诗去替她申一回冤，这悲剧又能有什么更适合的收场呢?一个生成哀艳的传奇故事，可惜骆宾王没赶上蒋防李公佐的时代。我的意思是：故事最适宜于小说，而作者手头却只有一个诗的形式可供采用。这试验也未尝不可作，然而他偏偏又忘记了《孔雀东南飞》的典型。凭一枝作判词的笔锋（这是他的当行），他只草就了一封韵语的书札而已。然而是试验，就值得钦佩。骆宾王的失败，不比李百药的成功有价值吗?他至少也替《秦妇吟》垫过路。

这以“一抔之土未干，六尺之孤何托”，教历史上第一位英威的女性破胆的文士，天生一副侠骨，专喜欢管闲事，打抱不平，杀人报仇，革命，帮痴心女子打负心汉，都是他干的。《代女道士王灵妃赠道士李荣》里没讲出具体的故事来，但我们猜得到一半，还不是卢郭公案那一类的纠葛？李荣是个有才名道士。（见《旧唐书·儒学·罗道琮传》，卢照邻也有过诗给他。）故事还是发生在蜀中，李荣往长安去了，也是许久不回来，王灵妃急了，又该骆宾王给去信促驾了。不过这回的信却写得比较像首诗。其所以然，倒不在

梅花如雪柳如丝，年去年来不自持，初言别在寒偏在，何悟春来春更思。

一类响亮句子，而是那一气到底而又缠绵往复的旋律之中，有着欣欣向荣的情绪。《代女道士王灵妃赠道士李荣》的成功，仅次于《长安古意》。

和卢照邻一样，骆宾王的成功，有不少成分是仗着他那篇幅的。上文所举过的二人的作品，都是宫体诗中的云冈造象，而宾王尤其好大成癖（这可以他那以赋为诗的《帝京篇》《畴昔篇》为证）。从五言四句的《自君之出矣》，扩充到卢骆二人洋洋洒洒的巨篇，这也是宫体诗的一个剧变。仅仅篇幅大，没有什么，要紧的是背面有厚积的力量撑持着。这力量，前人谓之“气势”，其实就是感情。有真实感情，所以卢骆的来到，能使人们麻痹了百余年的心灵复活。有感

情，所以卢骆的作品，正如杜甫所预言的，“不废江河万古流”。

从来没有暴风雨能够持久的。果然持久了，我们也吃不消，所以我们要它适可而止。因为，它究竟只是一个手段，打破郁闷烦躁的手段，也只是一个过程，达到雨过天青的过程。手段的作用是有时效的，过程的时间也不宜太长，所以在宫体诗的园地上，我们很侥幸的碰见了卢骆，可也很愿意能早点离开他们——为的是好和刘希夷会面。

古来容光人所羡，况复今日遥相见？愿作轻罗着细腰，愿为明镜分娇面。（《公子行》）

这不是什么十分华贵的修词，在刘希夷也不算最高的造诣。但在宫体诗里，我们还没听见过这类的痴情话。我们也知道他的来源是《同声诗》和《闲情赋》。但我们要记得，这类越过齐梁，直向汉晋人借贷灵感，在将近百年以来的宫体诗里也很少人干过呢！

与君相向转相亲，与君双栖共一身，愿作贞松千岁古，谁论芳槿一朝新！百年同谢西山日，千秋万古北邙尘。（《公子行》）

这连同它的前身——杨方《合欢诗》，也不过是常态的，健康的爱情中，极平凡，极自然的思念，谁知道在宫体诗中也成为了不得的稀世的珍宝。回返常态确乎是刘希夷的一个主要特质，孙翌编《正声集》时把刘希夷列在卷首，便已看出这一点来了。看他即便哀艳到如：

自怜妖艳姿，妆成独见时，愁心伴杨柳，春尽乱如丝。（《春女行》）

携笼长叹息，逶迤恋春色，看花若有情，倚树疑无力，薄暮思悠悠，使君南陌头，相逢不相识，归去梦青楼。（《采桑》）

也从没有不归于正的时候。感情返到正常状态是宫体诗的又一重大阶段。唯其如此，所以烦躁与紧张都消失了，只剩下一片晶莹的宁静。就在此刻，恋人才变成诗人，憬悟到万象的和谐，与那一水一石一草一木的神秘的不可抵抗的美，而不禁受创似的哀叫出来：

可怜杨柳伤心树！可怜桃李断肠花！（《公子行》）

但正当他们叫着"伤心树""断肠花"时，他已从美的暂促性中认识了那玄学家所谓的"永恒"——一个最缥缈，又最实在，令人惊喜，又令人震怖的存在，在它面前一切都变渺小了，一切都没有了。自然认识了那无上的智慧，就在那彻悟的一刹那间，恋人也就是变成哲人了，

洛阳城东桃李花，飞来飞去落谁家？洛阳女儿好颜色，坐见落

花长叹息：——今年花落颜色改，明年花开复谁在！……古人无复洛城东，今人还对落花风，年年岁岁花相似，岁岁年年人不同。（《代白头翁》）

相传刘希夷吟到“今年花落……”二句时，吃一惊，吟到“年年岁岁……”二句，又吃一惊。后来诗被宋之问看到，硬要让给他，诗人不肯，就生生的被宋之问给用土囊压死了。于是诗谶就算验了。编故事的人的意思，自然是说，刘希夷泄露了天机，论理该遭天谴。这是中国式的文艺批评，隽永而正确，我们在千载之下，不能，也不必改动它半点。不过我们可以用现代语替它诠释一遍，所谓泄露天机者，便是悟到宇宙意识之谓。从蜣螂转丸式的宫体诗一跃而到庄严的宇宙意识，这可太远了，太惊人了！这时的刘希夷实已跨近了张若虚半步，而离绝顶不远了。

如果刘希夷是卢骆的狂风暴雨后宁静爽朗的黄昏，张若虚便是风雨后更宁静更爽朗的月夜。《春江花月夜》本用不着介绍，但我们还是忍不住要谈谈。就宫体诗发展的观点看，这首诗，尤有大谈的必要。

春江潮水连海平，海上明月共潮生。滟滟随波千万里，何处春江无月明！江流宛转绕芳甸，月照花林皆似霰，空里流霜不觉飞，汀上白沙看不见。

在这种诗面前，一切的赞叹是饶舌，几乎是渎亵。它超过了一切的宫体诗有多少路程的距离，读者们自己也知道。我认为用得着一点诠明的倒是下面这几句：

……江畔何人初见月？江月何年初照人？人生代代无穷已，江月年年只相似，不知江月待何人，但见长江送流水！

更夐绝的宇宙意识！一个更深沉，更寥廓更宁静的境界！在神奇的永恒前面，作者只有错愕，没有憧憬，没有悲伤。从前卢照邻指点出"昔时金阶白玉堂，即今唯见青松在"时，或另一个初唐诗人——寒山子更尖酸的吟着"未必长如此，芙蓉不耐寒"时，那都是站在本体旁边凌视现实。那态度我以为太冷酷，太傲慢，或者如果你愿意，也可以带点狐假虎威的神气。在相反的方向，刘希夷又一味凝视着"以有涯随无涯"的徒劳，而徒劳的为它哀毁着，那又未免太萎靡，太怯懦了。只张若虚这态度不亢不卑，冲融和易才是最纯正的，"有限"与"无限"，"有情"与"无情"——诗人与"永恒"猝然相遇，一见如故，于是谈开了——"江畔何人初见月？江月何年初照人？……江月年年只相似，不知江月待何人？"对每一问题，他得到的仿佛是一个更神秘的更渊默的微笑，他更迷惘了，然而也满足了。于是他又把自己的秘密倾吐给那缄默的对方：

白云一片去悠悠，青枫浦上不胜愁。

因为他想到她了，那“妆镜台”边的“离人”。他分明听见她的叹喟：

此时相望不相闻，愿逐月华流照君！

他说自己很懊悔，这飘荡的生涯究竟到几时为止！

昨夜闲潭梦落花，可怜春半不还家，——江水流春去欲尽，江潭落月复西斜！

他在怅惘中，忽然记起飘荡的许不只他一人，对此清景，大概旁人，也只得徒唤奈何罢？

斜月沉沉藏海雾，碣石潇湘无限路，不知乘月几人归，落月摇情满江树！

这里一番神秘而又亲切的，如梦境的晤谈，有的是强烈的宇宙意识，被宇宙意识升华过的纯洁的爱情，又由爱情辐射出来的同情心，这是诗中的诗，顶峰上的顶峰。从这边回头一望，连刘希夷都是过程了，不用说卢照邻和他配角骆宾王，更是过程的过程。至于那一百年间梁陈隋唐四代宫庭所遗下了那分最黑暗的罪孽，有了《春江花月夜》这样一首宫体诗，不也就洗净了吗？向前替宫体诗赎清了百年的罪，因此，向后也就和另一个顶峰陈子昂分工合作，清除了盛唐的路——张若虚的功绩是无从估计的。

卅年八月廿二日陈家营。

原载《当代评论》第十期

四　杰

继承北朝系统而立国的唐朝的最初五十年代，本是一个尚质的时期，王杨卢骆都是文章家，“四杰”这徽号，如果不是专为评文而设的，至少它的主要意义是指他们的赋和四六文。谈诗而称四杰，虽是很早的事，究竟只能算借用。是借用，就难免有“削足适履”和“挂一漏万”的毛病了。

按通常的了解，诗中的四杰是唐诗开创期中负起了时代使命的四位作家，他们都年少而才高，官小而名大，行为都相当浪漫，遭遇尤其悲惨（四人中三人死于非命）——因为行为浪漫，所以受尽了人间的唾骂，因为遭遇悲惨，所以也赢得了不少的同情。依这样一个概括，简明，也就是肤廓的了解，“四杰”这徽号是满可以适用的，但这也就是它的适用性的最大限度。超过了这限度，假如我们还问到：这四人集团中每个单元的个别情形，和相互关系，尤其他们在唐诗发展的路线网里，究竟代表着那一条，或数条线，和这线在网的整个体系中所担负的任务——假如问到这些方面，“四杰”这徽号的功用与适合性，马上就成问题了。因为诗中的四杰，并非一个单纯的、统一的宗派，而是一个大宗中包孕着两个小宗，而两小宗之间，同点恐怕还不如异点多，因之，在讨论问题时，“四杰”这名词所能给我们的方便，恐怕也不如纠葛多。数字是个很方便的东西，也是个很麻烦的东西。既在某一观点下凑成了一个数目，就不能由你在另一观点下随便拆开它。不能拆开，又不能废弃它，所以就麻烦了。“四杰”这徽号，我们不能，也不想废弃，可是我承认我是抱着“息事宁人”的苦衷来接受它的。

四杰无论在人的方面，或诗的方面，都天然形成两组或两派。先从人的方面讲起。

将四人的姓氏排成“王杨卢骆”这特定的顺序，据说寓有品第文章的意义，这是我们熟知的事实。但除这人为的顺序外，好像还有一个自然的顺序，也常被人采用——那便是序齿的顺序。我们疑心张说《裴公神道碑》“在选曹见骆宾王卢照邻王勃杨炯”，和郗云卿《骆丞集序》“与卢照邻王勃杨炯文词齐名”，乃至杜诗“纵使卢王操翰墨”等语中的顺序，都属于这一类。严格的序齿应该是卢骆王杨，其间卢骆一组，王杨一组，前者比后者平均大了十岁的光景。然则卢骆的顺序，在上揭张郗二文里为什么都颠倒了呢？郗序是为了行文的方便，不用讲。张碑，我想是为了心理的缘故，因为骆与裴（行俭）交情特别深，为裴作碑，自然首先想起骆来。也许骆赴选曹本在先，所以裴也先见到他。果然如此，则先骆后卢，是采用了另一事实作标准。但无论依哪个标准说，要紧的还是在张郗两文里，前二人（骆卢）与后二人（王杨）之间的一道鸿沟（即平均十岁左右的差别），依然存在。所以即使张碑完全用的另一事实——赴选的先后作为标准，我们依然可以说，王杨赴选在卢骆之后，也正说明了他们年龄小了许多。实在，卢骆与王杨简直可算作两辈子人。据《唐会要》卷八二："显庆二年，诏征太白山人孙思邈入京，卢照邻宋令文孟诜皆执师贽之礼。"令文是宋之问的父亲，而之问是杨炯同寮的好友。卢与之问的父亲同辈，而杨与之问本人同辈，那么卢与杨岂不是不能同辈了吗？明白了这一层，杨炯所谓"愧在卢前，耻居王后"，便有了确解。杨年纪比卢小得多，名字反在卢前，有愧不敢当之感，所以说"愧在卢前"，反之，他与王多分是同年，名字在王后，说"耻居王后"，正是不甘心的意思。

比年龄的距离更重要的一点，便是性格的差异。在性格上四杰也天然形成两种类型，卢骆一类，王杨一类。诚然，四人都是历史上著名的"浮躁浅露"不能"致远"的殷鉴，每人"丑行"的事例，都被谨慎的保存在史乘里了，这里也毋庸赘述。但所谓"浮躁浅露"者，也有程度深浅的不同。杨炯，相传据裴行俭说，比较"沉静"。其实王勃，除擅杀官奴那不幸事件外（杀奴在当时社会上并非一件太不平常的事），也不能算过分的"浮躁"。一个人在短短二十八年的生命里，已经完成了这样多方面的一大堆著述：

《舟中纂序》五卷，《周易发挥》五卷，《次论语》十卷，《汉书指瑕》十卷，《大唐千岁历》若干卷，《黄帝八十一难经注》若干卷，《合论》十卷，《续文中子书序诗序》若干篇，《玄经传》若干卷，《文集》

三十卷。

能够浮躁到那里去呢？同王勃一样，杨炯也是文人而兼有学者倾向的，这满可以从他的《天文大象赋》和《驳孙茂道苏知几冕服议》中看出。由此看来，王杨的性格确乎相近。相应的，卢骆也同属于另一类型，一种在某项观点下真可目为“浮躁”的类型。久历边塞而屡次下狱的博徒革命家，骆宾王，不用讲了。看《穷鱼赋》和《狱中学骚体》，卢照邻也不像是一个安分的分子。骆宾王在《艳情代郭氏答卢照邻》里，便控告过他的薄幸。然而按骆宾王自己的口供，

但使封侯龙额贵，讵随中妇凤楼寒？

他原也是在英雄气概的烟幕下实行薄幸而已。看《忆蜀地佳人》一类诗，他并没有少给自己制造薄幸的机会。在这类事上，卢骆恐怕还是一丘之貉。最后，卢照邻那悲剧型的自杀，和骆宾王的慷慨就义，不也还是一样？同是用不平凡的方式自动的结束了不平凡的一生，只是一悱恻，一悲壮，各有各的姿态罢了。

这几乎是不可避免的发展；由年龄的两辈，和性格的两类型，到友谊的两个集团。果然，卢骆二人交情，可凭骆的《艳情代郭氏答卢照邻》诗来坐实，而王杨的契合，则有王的《秋日饯别序》和杨的《王勃集序》可证。反之，卢或骆与王或杨之间，就看不出这样紧凑的关系来。就现存各家集中所可考见的说，卢王有两首同题分韵

的诗，卢杨有一首同题同韵的诗，可见他们两辈人确乎在文酒之会中常常见面。可是太深的交情，恐怕谈不到。他们绝少在作品里互相提到彼此的名字，有之，只杨在《王勃集序》中说到一次“薛令公朝右文宗，托末契而推一变，卢照邻人间才杰，览清规而辍九攻”，这反足以证明卢骆与王杨属于两个壁垒，虽则是两个对立而仍不失为友军的壁垒。

于是，我们便可谈到他们——卢骆与王杨——另一方面的不同了。年龄的不同辈，性格的不同类型，友谊的不同集团，和作风的不同派，这些不也正是一贯的现象吗？其实，不待知道“人”方面的不同，我们早就应该发觉“诗”方面的不同了。假如不受传统名词的蒙蔽，我们早就该惊讶，为什么还非维持这“四”字不可，而不仿“前七子”“后七子”的例，称卢骆为“前二杰”，王杨为“后二杰”？难道那许多迹象，还不足以证明他们两派的不同吗？

首先，卢骆擅长七言歌行，王杨专工五律，这是两派选择形式的不同。当然卢骆也作五律，甚至大部分篇什还是五律，而王杨一派中至少王勃也有些歌行流传下来，但他们的长处决不在这些方面。像卢集中的

风摇十洲影，日乱九江文。（《赠李荣道士》）

川光摇水箭，山气上云梯。（《山庄休沐》）

和骆集中这样的发端

故人无与晤，安步陟山椒，……（《冬日野望》）

在那贫乏的时代，何尝不是些夺目的珍宝？无奈这些有句无章的篇什，除声调的成功外，还是没有超过齐梁的水准。骆比较有些“完璧”，如《在狱咏蝉》之类，可是又略无警策。同样，王的歌行，除《滕王阁歌》外，也毫不足观。便说《滕王阁歌》，和他那典丽凝重，与凄情流动的五律比起来，又算得了什么呢！

杜甫《戏为六绝句》第三首说“纵使卢王操翰墨，劣于汉魏近《风骚》。”这里是以卢代表卢骆，王代表王杨，大概不成问题。至于“劣于汉魏近《风骚》”，假如可以解作王杨“劣于汉魏”，卢骆“近《风骚》”，倒也有它的妙处，因为卢骆那用赋的手法写成的粗线条的宫体诗，确乎是《风骚》的余响，而王杨的五言，虽不及汉魏，却越过齐梁，直接上晋宋了。这未必是杜诗的原意，但我们不妨借它的启示来阐明一个真理。

卢骆与王杨选择形式不同，是由于他们两派的使命不同。卢骆的歌行，是用铺张扬厉的赋法膨胀过了的乐府新曲，而乐府新曲又是宫体诗的一种新发展，所以卢骆实际上是宫体诗的改造者。他们都曾经是两京和成都市中的轻薄子，他们的使命是以市井的放纵改造宫庭的堕落，以大胆代替羞怯，以自由代替局缩，所以他们的歌声需要大开大阖的节奏，他们必需以赋为诗。正如宫体诗在卢骆手里是由宫庭走到市井，五律到王杨的时代是从台阁移至江山与塞漠。台阁上只有仪式的应制，有“絺句绘章，揣合低卬”。到了江山与塞漠，才有低回与怅惘，严肃与激昂，例如王的《别薛昇华》《送杜少府之任蜀州》和杨的《从军行》《紫骝马》一类的抒情诗。抒情的形式，本无须太长，五言八句似乎恰到好处。前乎王杨，尤其应制的作品，五言长律用的还相当多。这是该注意的！五言八句的五律，到王杨才正式成为定型，同时完整的真正唐音的抒情诗也是这时才出现的。

将卢骆与王杨对照着看，真是一个说不尽的话题。我在旁处曾说明过从卢骆到刘（希夷）张（若虚）是一贯的发展，现在还要点醒，王杨与沈宋也是一脉相承。李商隐早无意的道着了秘密：

沈宋裁辞矜变律，王杨落笔得良朋，当时自谓宗师妙，今日惟观属对能。（《漫成章》）

以沈宋与王杨并举，实在是最自然，最合理的看法。“律”之“变”，本来在王杨手里已经完成了，而沈宋也是“落笔得良朋”的妙手。并且我们已经提过，杨炯和宋之问是好朋友。如果我们再知道他们是好到如之问《祭杨盈川文》所说的那程度，我们便更能了然于王杨与沈宋所以是一脉相承之故。老实说，就奠定五律基础的观点看，王杨与沈宋未尝不可视为一个集团，因此也有资格承受“四杰”的徽号，而卢骆与刘张也同样有理由，在改良宫体诗的观点下，被称为另一组“四杰”。一定要墨守着先入为主的传统观点，只看见

"王杨卢骆"之为四杰，而抹煞了一切其他的观点，那只是拘泥，顽冥，甘心上传统名词的当罢了。

将卢骆与王杨分别的划归了刘张与沈宋两个集团后，再比较一下刘张与沈宋在唐诗中的地位，便也更能了解卢骆与王杨的地位了。五律无疑是唐诗最主要的形式，在那时人心目中，五律才是诗的正宗。沈宋之被人推重，理由便在此。按时人安排的顺序，王杨的名字列在卢骆之上，也正因他们的贡献在五律，何况王杨的五律是完全成熟了的五律，而卢骆的歌行还不免于草率，粗俗的"轻薄为文"呢？论内在价值，当然王杨比卢骆高。然而，我们不要忘记卢骆曾用以毒攻毒的手段，凭他们那新式宫体诗，一举摧毁了旧式的"江左余风"的宫体诗，因而给歌行芟除了芜秽，开出一条坦途来。若没有卢骆，那会有刘张，那会有《长恨歌》《琵琶行》《连昌宫词》和《秦妇吟》，甚至于李杜高岑呢？看来，在文学史上，卢骆的功绩并不亚于王杨。后者是建设，前者是破坏，他们各有各的使命。负破坏使命的，本身就得牺牲，所以失败就是他们的成功。人们都以成败论事，我却愿向失败的英雄们多寄予点同情。

原载《世界学生》二卷七期

孟浩然

（六八九—七四〇）

当年孙润夫家所藏王维画的孟浩然像，据《韵语阳秋》的作者葛立方说，是个很不高明的摹本，连所附的王维自己和陆羽张洎等三篇题识，据他看，也是一手摹出的。葛氏的鉴定大概是对的，但他并没有否认那“俗工”所据的底本——即张洎亲眼见到的孟浩然像，确是王维的真迹。这幅画，据张洎的题识说，

虽轴尘缣古，尚可窥览。观右丞笔迹，穷极神妙。襄阳之状颀而长，峭而瘦，衣白袍，靴帽重戴，乘款段马——一童总角，提书笈负琴而从——风仪落落，凛然如生。

这在今天，差不多不用证明，就可以相信是逼真的孟浩然。并不是说我们知道浩然多病，就可以断定他当瘦。实在经验告诉我们，什九人是当如其诗的。你在孟浩然诗中所意识到的诗人那身影，能不是“颀而长，峭而瘦”的吗？连那件白袍，恐怕都是天造地设，丝毫

不可移动的成分。白袍靴帽固然是“布衣”孟浩然分内的装束，尤其是诗人孟浩然必然的扮相。编《孟浩然集》的王士源应是和浩然很熟的人，不错，他在序文里用来开始介绍这位诗人的“骨貌淑清，风神散朗”八字，与夫陶翰《送孟六入蜀序》所谓“精朗奇素”，无一不与画像的精神相合，也无一不与孟浩然的诗境一致。总之，诗如其人，或人就是诗，再没有比孟浩然更具体的例证了。

张祜曾有过“襄阳属浩然”之句，我们却要说：浩然也属于襄阳。也许正惟浩然是属于襄阳的，所以襄阳也属于他。大半辈子岁月在这里度过，大多数诗章是在这地方，因这地方，为这地方而写的。没有第二个襄阳人比孟浩然更忠于襄阳，更爱襄阳的。晚年漫游南北，看过多少名胜，到头还是

山水观形胜，襄阳美会稽。

实在襄阳的人杰地灵，恐怕比它的山水形胜更值得人赞美。从汉阴丈人到庞德公，多少令人神往的风流人物，我们简直不能想像一部《襄阳耆旧传》，对于少年的孟浩然是何等深厚的一个影响。了解了这一层，我们才可以认识孟浩然的人，孟浩然的诗。

隐居本是那时代普遍的倾向，但在旁人仅仅是一个期望，至多也只是点暂时的调济，或过期的赔偿，在孟浩然却是一个完完整整的事实。在构成这事实的复杂因素中，家乡的历史地理背景，我想，是很重要的一点。

在一个乱世，例如庞德公的时代，对于某种特别性格的人，入山采药，一去不返，本是唯一的出路。但生在“开元全盛日”的孟浩然，有那必要吗？然则为什么三番两次朋友伸过援引的手来，都被拒绝，甚至最后和本州采访使韩朝宗约好了一同入京，到头还是喝得酩酊大醉，让韩公等烦了，一赌气独自先走了呢？正如当时许多有隐士倾向的读书人，孟浩然原来是为隐居而隐居，为着一个浪漫的理想，为着对古人的一个神圣的默契而隐居。在他这回，无疑的那成立默契的对象便是庞德公。孟浩然当然不能为韩朝宗背弃庞公。鹿门山不许他，他自己家园所在，也就是“庞公栖隐处”的鹿门山，决不许他那样做。

鹿门月照开烟树，忽到庞公栖隐处，岩扉松径长寂寥，惟有幽人自来去。

这幽人究竟是谁？庞公的精灵，还是诗人自己？恐怕那时他自己也分辨不出，因为心理上他早与那位先贤同体化了。历史的庞德公给了他启示，地理的鹿门山给了他方便，这两项重要条件具备了，隐居的事实便容易完成得多了。实在，鹿门山的家园早已使隐居成为既成事实，只要念头一转，承认自己是庞公的继承人，此身便俨然是《高士传》中的人物了。总之，是襄阳的历史地理环境促成孟浩然一生老于布衣的。孟浩然毕竟是襄阳的孟浩然。

我们似乎为奖励人性中的矛盾，以保证生活的丰富，几千年来一直让儒道两派思想维持着均势，于是读书人便永远在一种心灵的僵局中折磨自己，巢由与伊皋，江湖与魏阙，永远矛盾着，冲突着，于是生活便永远不谐调，而文艺也便永远不缺少题材。矛盾是常态，愈矛盾则愈常态。今天是伊皋，明天是巢由，后天又是伊皋，这是行为的矛盾。当巢由时向往着伊皋，当了伊皋，又不能忘怀于巢由，这是行为与感情间的矛盾。在这双重矛盾的夹缠中打转，是当时一般的现象。反正用诗一发泄，任何矛盾都注销了。诗是唐人排解感情纠葛的特效剂，说不定他们正因有诗作保障，才敢于放心大胆的制造矛盾，因而那时代的矛盾人格才特别多。自然，反过来说，矛盾愈深愈多，诗的产量也愈大了。孟浩然一生没有功名，除在张九龄的荆州幕中当过一度清客外，也没有半个官职，自然不会发生第一项矛盾问题。但这似乎就是他的一贯性的最高限度。因为虽然身在江湖，他的心并没有完全忘记魏阙。下面不过是许多显明例证中之一：

欲济无舟楫，端居耻圣明，坐观垂钓者，徒有羡鱼情。

然而“羡鱼”毕竟是人情所难免的，能始终仅仅“临渊羡鱼”，而并不“退而结网”，实在已经是难得的一贯了。听李白这番热情的赞叹，便知道孟浩然超出他的时代多么远：

吾爱孟夫子，风流天下闻。红颜弃轩冕，白首卧松云。醉月频中圣，迷花不事君。高山安可仰，徒此挹清芬。

可是我们不要忘记矛盾与诗的因果关系，许多诗是为给生活的矛盾求统一，求调和而产生的。孟浩然既免除了一部分矛盾，对于他，诗的需要便当减少了。果然，他的诗是不多，量不多，质也不多。量不多，有他的同时人作见证，杜甫讲过的："吾怜孟浩然……赋诗虽不多，往往凌鲍谢。"质不多，前人似乎也早已见到。苏轼曾经批评他"韵高而才短，如造内法酒手，而无材料"。这话诚如张戒在《岁寒堂诗话》里所承认的，是说尽了孟浩然，但也要看才字如何解释。才如果是指才情与才学二者而言，那就对了，如果专指才学，还算没有说尽。情当然比学重要得多。说一个人的诗缺少情的深度和厚度，等于说他的诗的质不够高。孟浩然诗中质高的有是有些，数量总是太少。"气蒸云梦泽，波撼岳阳城"式的和"微云淡河汉，疏雨滴梧桐"式的句子，在集中几乎都找不出第二个例子。论前者，质和量当然都不如杜甫，论后者，至少在量上不如王维。甚至"不材明主弃，多病故人疏"，质量都不如刘长卿和十才子。这些都不是真正的孟浩然。真孟浩然不是将诗紧紧的筑在一联或一句里，而是将它冲淡了，平均的分散在全篇中，

出谷未停午，到家日已曛。回瞻下山路，但见牛羊群。樵子暗相失，草虫寒不闻。衡门犹未掩，伫立望夫君。

甚至淡到令你疑心到底有诗没有。

垂钓坐盘石，水清心亦闲。鱼行潭树下，猿挂鸟藤闲。游女昔解佩，传闻于此山。求之不可得，沿月棹歌还。

淡到看不见诗了，才是真正孟浩然的诗，不，说是孟浩然的诗，倒不如说是诗的孟浩然，更为准确。在许多旁人，诗是人的精华，在孟浩然，诗纵非人的糟粕，也是人的剩余。在最后这首诗里，孟浩然几曾做过诗？他只是谈话而已。甚至要紧的还不是那些话，而是谈话人的那副"风神散朗"的姿态。读到"求之不可得，沿月棹歌还"，我们得到一如张洎从画像所得到的印象，"风仪落落，凛然如生"。得到了象，便可以忘言，得到了"诗的孟浩然"便可以忘掉"孟浩然的诗"了。这是我们前面所提到的"诗如其人"或"人就是诗"的另一解释。

超过了诗也好，够不上诗也好，任凭你从环子的那一点看起。反正除了孟浩然，古今并没有第二个诗人到过这境界。东坡说他没有才，东坡自己的毛病，就在才太多。

庄子笑曰："周将处乎材与不材之间。材与不材之间，似之而非也，故未免乎累。"

谁能了解庄子的道理，就能了解孟浩然的诗，当然也得承认那点"累"。至于"似之而非"，而又能"免乎累"，那除陶渊明，还有谁呢？

原载《大国民报》

贾　岛

（七七九—八四三）

这像是元和长庆间诗坛动态中的三个较有力的新趋势。这边老年的孟郊，正哼着他那沙涩而带芒刺感的五古，恶毒的咒骂世道人心，夹在咒骂声中的，是卢仝、刘叉的“插科打诨”和韩愈的宏亮的嗓音，向佛老挑衅。那边元稹张籍王建等，在白居易的改良社会的大纛下，用律动的乐府调子，对社会泣诉着他们那各阶层中病态的小悲剧。同时远远的，在古老的禅房或一个小县的廨署里，贾岛姚合领着一群青年人做诗，为各人自己的出路，也为着癖好，做一种阴暗情调的五言律诗（阴暗由于癖好，五律为着出路）。

老年中年人忙着挽救人心，改良社会，青年人反不闻不问，只顾躲在幽静的角落里做诗，这现象现在看来不免新奇，其实正是旧中国传统社会制度下的正常状态。不像前两种人，或已“成名”，或已通籍，在权位上有说话做事的机会和责任，这般没功名，没宦籍的青年人，在地位上职业上可说尚在“未成年”时期，种种对国家社会的崇高责任是落不到他们肩上的。越俎代庖的行为是情势所不许的，所以恐怕谁也没想到那头上来。有抱负也好，没有也好，一个读书人生在那时代，总得做诗。做诗才有希望爬过第一层进身的阶梯。诗做到合乎某种程式，如其时运也凑巧，果然溷得一“第”，到那时，至少在理论上你才算在社会中“成年”了，才有说话做事的资格。否则万一你的诗做得不及或超过了程式的严限，或诗无问题而时运不济，那你只好做一辈子的诗，为责任做诗以自课，为情绪做诗以自遣。贾岛便是在这古怪制度之下被牺牲，也被玉成了的一个。在这种情形下，你若还怪他没有服膺孟郊到底，或加入白居易的集团，那你也可算不识时务了。

贾岛和他的徒众，为什么在别人忙着救世时，自己只顾做诗，我们已经明白了；但为什么单做五律呢？这也许得再说明一下。孟郊等为便于发议论而做五古，白居易等为讲故事而做乐府，都是为了各自特殊的目的，在当时习惯以外，匠心的采取了各自特殊的工具。贾岛一派人则没有那必要。为他们起见，当时最通行的体裁——五律就够了。一则五律与五言八韵的试帖最近，做五律即等于做功课，二则为拈拾点景物来烘托出一种情调，五律也正是一种标准形式。然而做诗为什么老是那一套阴霾，凛冽，峭硬的情调呢？我们在上文说那是由于癖好，但癖好又是如何形成的呢？这点似乎尤其重要。如果再明白了这点，便明白了整个的贾岛。

我们该记得贾岛曾经一度是僧无本。我们若承认一个人前半辈子的蒲团生涯，不能因一旦返俗，便与他后半辈子完全无关，则现在的贾岛，形貌上虽然是个儒生，骨子里恐怕还有个释子在。所以

一切属于人生背面的，消极的，与常情背道而驰的趣味，都可溯源到早年在禅房中的教育背景。早年记忆中

坐学白骨塔，

或

三更两鬓几枝雪，一念双峰四祖心，

的禅味，不但是

独行潭底影，数息树边身，

…………

月落看心次，云生闭目中，

一类诗境的蓝本，而且是

瀑布五千仞，草堂瀑布边，

…………

孤鸿来夜半，积雪在诸峰，

甚至

怪禽啼旷野，落日恐行人

的渊源。他目前那时代——一个走上了末路的，荒凉，寂寞，空虚，一切罩在一层铅灰色调中的时代，在某种意义上与他早年记忆中的情调是调和，甚至一致的。惟其这时代的一般情调，基于他早年的经验，可说是先天的与他不但面熟，而且知心，所以他对于时代，不至如孟郊那样愤恨，或白居易那样悲伤，反之，他却能立于一种超然地位，藉此温寻他的记忆，端详它，摩挲它，仿佛一件失而复得的心爱的什物样。早年的经验使他在那荒凉得几乎狞恶的“时代相”前面，不变色，也不伤心，只感着一种亲切，融洽而已。于是他爱静，爱瘦，爱冷，也爱这些情调的象征——鹤，石，冰雪。黄昏与秋是传统诗人的时间与季候，但他爱深夜过于黄昏，爱冬过于秋。他甚至爱贫，病，丑和恐怖。他看不出

鹦鹉惊寒夜唤人

句一定比

山雨滴栖鹉

更足以令人关怀，也不觉得

牛羊识僮仆，既夕应传呼，

较之

归吏封宵钥，行蛇入古桐

更为自然。也不能说他爱这些东西。如果是爱，那便太执著而邻于病态了。（由于早年禅院的教育，不执著的道理应该是他早已懂透了的。）他只觉得与它们臭味相投罢了。更说不上好奇。他实在因为那些东西太不奇，太平易近人，才觉得它们“可人”，而喜欢常常注视它们。如同一个三棱镜，毫无主见的准备接受并解析日光中各种层次的色调，无奈“世纪末”的云翳总不给他放晴，因此他最热闹的色调也不过

杏园啼百舌，谁醉在花傍！

…………

身事岂能遂？兰花又已开，

和

柳转斜阳过水来

之类。常常是温馨与凄清揉合在一起，

芦苇声兼雨，芰荷香绕灯，

春意留恋在严冬的边缘上，

旧房山雪在，春草岳阳生。

他瞥见的“月影”偏偏不在花上而在“蒲根”，“栖鸟”不在绿杨中而在“棕花上”。是点荒凉感，就逃不脱他的注意，哪怕琐屑到

湿苔粘树瘿。

以上这些趣味，诚然过去的诗人也偶尔触及到，却没有如今这样大量的，彻底的被发掘过，花样，层次也没有这样丰富。我们简直无法想像他给与当时人的，是如何深刻的一个刺激。不，不是刺激，是一种酣畅的满足。初唐的华贵，盛唐的壮丽，以及最近十才子的秀媚，都已腻味了，而且容易引起一种幻灭感。他们需要一点清凉，甚至一点酸涩来换换口味。在多年的热情与感伤中，他们的感情也疲乏了。现在他们要休息。他们所熟习的禅宗与老庄思想也这样开导他们。孟郊白居易鼓励他们再前进。眼看见前进也是

枉然，不要说他们早已声嘶力竭。况且有时在理论上就释道二家的立场说，他们还觉得“退”才是正当办法。正在苦闷中，贾岛来了，他们得救了，他们惊喜得像发现了一个新天地，真的，这整个人生的半面，犹如一日之中有夜，四时中有秋冬，——为什么老被保留着不许窥探？这里确乎是一个理想的休息场所，让感情与思想都睡去，只感官张着眼睛往有清凉色调的地带涉猎去。

叩齿坐明月，搘颐望白云，

休息又休息。对了，惟有休息可以驱除疲惫，恢复气力，以便应付下一场的紧张。休息，这政治思想中的老方案，在文艺态度上可说是第一次被贾岛发现的。这发现的重要性可由它在当时及以后的势力中窥见。由晚唐到五代，学贾岛的诗人不是数字可以计算的，除极少数鲜明的例外，是向着词的意境与词藻移动的，其余一般的诗人大众，也就是大众的诗人，则全属于贾岛。从这观点看，我们不妨称晚唐五代为贾岛时代[1]。他居然被崇拜到这地步：

李洞……酷慕贾长江，遂铜写岛像，戴之巾中，常持数珠念贾岛佛。人有喜贾岛诗者，洞必手录岛诗赠之，叮咛再四曰：“此无异佛经，归焚香拜之。”(《唐才子传》九)

南唐孙晟……尝画贾岛像，置于屋壁，晨夕事之。(《郡斋读书志》十八)

上面的故事，你尽可解释为那时代人们的神经病的象征，但从贾岛方面看，确乎是中国诗人从未有过的荣誉，连杜甫都不曾那样老实的被偶像化过，你甚至说晚唐五代之崇拜贾岛是他们那一个时代的偏见和行动，但为什么几乎每个朝代的末叶都有回向贾岛的趋势？宋末的四灵，明末的钟谭，以至清末的同光派，都是如此。不宁惟是。即宋代江西派在中国诗史上所代表的新阶段，大部分不也是从贾岛那分遗产中得来的赢余吗？可见每个在动乱中灭毁的前夕都需要休息，也都要全部的接受贾岛，而在平时，也未尝不可以部分的接受他，作为一种调济，贾岛毕竟不单是晚唐五代的贾岛，而是唐以后各时代共同的贾岛。

注

[1] 宋方岳《深雪偶谈》："贾阆仙……同时喻凫，顾非熊，继此张乔，张玭，李频，刘得仁，凡晚唐诸子，皆于纸上北面，随其所得深浅，皆足以终其身而名后世。"

原载昆明《中央日报》《文艺》第十八期

少陵先生年谱会笺

公姓杜氏，名甫，字子美。十三世祖晋当阳侯预，曾祖依艺，祖审言，祖母薛氏，父闲，母崔氏。预勋业学术，震耀千古，史载其言曰“德不可企及，立功立言，可庶几也”，其自负如此。依艺官监察御史，河南巩县令；审言修文馆学士，尚书膳部员外郎；闲朝议大夫，兖州司马，终奉天令。公《进雕赋表》曰“臣之近代陵夷，公侯之贵磨灭，鼎铭之勋，不复炤耀于明时”，良然。顾审言诗称初唐大家；审言从兄易简亦以文章有声于时（按《旧书·文苑传》：“易简……善著述，撰《御史台杂注》五卷，《文集》二十卷，行于代。”），杜氏立言之风，固不替也。故公献《三大礼赋》后，赠崔于二学士诗曰“儒术诚难起，家声庶已存。”

睿宗先天元年壬子（七一二） 即景云三年，正月改元太极，五月改元延和。七月，立皇太子隆基为皇帝，以听小事，自尊为太上皇。八月，玄宗即位，改元先天。是年，巩县大水，坏城邑，损居民数百家（见《巩县志》）。孟浩然二十二岁；李白，王维并十三岁。王湾登进士第（见《唐诗纪事》及徐松《登科记考》）。张九龄擢“道侔伊吕”科(见《册府元龟》,《唐会要》)。玄宗即位,始置翰林院,延文章之士,下至僧道书画琴棋术数之工,皆处之,谓之待诏。按置翰林院,史不详何年,姑系于此。

公生于河南巩县。《河南府志》:“巩县东二里瑶湾,工部故里也。故巩城有康水,去瑶湾二十里,与逸事合。”(逸事详见后);又曰“康水,即康店南水。工部故里在瑶湾,去康店南二十里外。”考公族望,本出京兆杜陵,故每称“杜陵野老”,《进封西岳赋表》云:“臣本杜陵诸生也。”自六世祖叔毗,已为襄阳人,(《周书·叔毗传》:“其先京兆人,徙居襄阳。”)曾祖依艺终河南巩县令,遂世居巩县。

玄宗开元元年癸丑(七一三) 即先天二年,十二月改元。十月,幸新丰,讲武于骊山下。

公二岁

开元二年甲寅(七一四) 正月,置教坊于蓬莱宫侧,上自教法曲,谓之“梨园弟子”(见《唐会要》《雍录》)。七月,造兴庆宫。是年,王翰举“直言极谏”科,又举“超拔群类”科(见《唐才子传》)。

公三岁

开元三年乙卯(七一五) 西域八国请降。

公四岁

开元四年丙辰(七一六) 印度僧善无畏来华。

公五岁。《万年县君墓志》曰:“甫昔卧病于我诸姑,姑之子又病。问女巫,巫曰:‘处楹之东南隅者吉。’姑遂易子之地以安我,我用是存，而姑之子卒。后乃知之于走使。”卧病年次无可考。惟《志》云“后乃知之于走使”，知时尚童稚，未解记事。公七岁吟诗，六岁观舞，皆留记忆，卧病要当在六七岁前，则无惑矣。姑列此以俟考。《进封西岳赋表》曰：“是臣无负于少小多病，贫穷好学者已。”少小多病，殆指此耶？

开元五年丁巳（七一七） 诏访逸书，选吏缮写，命尹知章等二十二人，于东都乾元殿前编校刊正，称“乾元院”。

公六岁。尝至郾城，观公孙大娘舞“剑器”“浑脱”。《观公孙大娘弟子舞剑器行序》曰：“开元三载，余尚童稚，记于郾城观公孙氏舞‘剑器’‘浑脱’。”钱笺：“‘三载’一作‘五载’，时公年六岁。公‘七岁思即壮’；六岁观剑，似无不可。诗云‘五十年间似反掌’，自开元五年，至是年（按大历二年），凡五十一年。”

开元六年戊午（七一八） 改乾元院为丽正修书院。贾至生。

公七岁。始作诗文。《壮游》诗云：“七龄思即壮，开口咏凤凰。”《奉赠鲜于京兆二十二韵》云：“学诗犹孺子。”《进雕赋表》云：“自七岁所缀诗笔，向四十载矣，约千有余篇。”

开元七年己未（七一九）《华严论》成。

公八岁

开元八年庚申（七二〇） 李思训卒。（见李邕《云麾将军碑》。）印度金刚智，不空金刚来华。（按合善无畏称“开元三大师”。）

公九岁。始习大字。《壮游》诗云：“九龄书大字，有作成一囊。”

开元九年辛酉（七二一） 命僧行一造新历（即“大衍历”），梁令瓒造黄道游仪。

公十岁

开元十年壬戌（七二二）

公十一岁

开元十一年癸亥（七二三） 四月，张说为中书令。十月，置温泉宫于骊山。是年，元结生。崔颢登进士第（见《唐才子传》）。初制“圣寿乐”，令诸女衣五方色衣，以歌舞之（见《教坊记》）。

公十二岁。广德元年，公五十二岁时，在梓州《送路六侍御入朝》诗曰：“童稚情亲四十年。”路盖是公十二三时友伴。

开元十二年甲子（七二四） 祖咏登进士第（见《唐才子传》）。

公十三岁

开元十三年乙丑（七二五） 十月，作“水运浑天”成。十一月，封泰山；车驾还，幸孔子宅；过潞州金桥，御路萦转，上见数十里间，旗纛鲜洁，羽卫齐整，遂令吴道玄等三人合制《金桥图》。（见《开天传信记》。）

公十四岁。《壮游》诗曰“往昔十四五，出游翰墨场，斯文崔魏徒，以我似班扬。”原注：“崔郑州尚，魏豫州启心。”

《江南逢李龟年》诗曰“岐王宅里寻常见，崔九堂前几度闻”；原注“崔九，即殿中监崔涤，中书令湜之弟”。按岐王范，崔涤，并卒于开元十四年，则公始逢李龟年，在是年以前，今亦附记于此。黄鹤以为是时未有梨园弟子，公不得与龟年同游，因谓诗云“岐王”当指嗣岐王珍，“崔九堂前”乃崔氏旧堂。按《唐会要》：“开元二年，上以天下无事，听政之暇，于梨园自教法曲，必尽其妙，谓之‘皇帝梨园弟子’。”《雍录》：“开元二年，置教坊于蓬莱宫侧，上自教法曲，谓之‘梨园弟子’。”公《剑器行序》亦云：“自高头宜春梨园二伎坊内人，洎外供奉舞女，晓是舞者，圣文神武皇帝初，公孙一人而已。”公观舞在开元五年（或作三年），时亦已有梨园之称，乃谓开元十四年，无梨园弟子，何哉？考东都尚善坊有岐王范宅（见《唐两京城坊考》），崔氏亦有宅在东都（张说《荥阳夫人郑氏墓志铭》“终于雒阳之遵化里”，郑氏即涤之母）。公天宝前，未尝至长安，其闻龟年歌，必在东都。（公姑万年君居东都仁风里，幼时尝卧病于其家，或疑公母早亡，寄养于姑，虽近附会，然以巩洛咫尺之近，其常在东都留居姑家，则可信也。）若云范涤卒时，公才十五，前此龆龀之年，不得与于名公贵介之游；则不知十四五时，已出游翰墨场，与崔魏辈相周旋矣。且“脱略小时辈，结交皆老苍”，复有《壮游》诗句，可以覆案。必谓天宝后，始得与龟年相见，失之泥矣。

《诗话类编》“杜甫十余岁，梦人令采文于康水。觉而问人，此水在二十里外。乃往求之，见峨冠童子告曰：‘汝本文星典吏，天使汝下谪。为唐世文章，云诰已降，可于豆垅下取。’甫依其言，果得一石，有金字，文曰：‘诗王本在陈芳国，九夜扪之麟篆热，声振扶桑享天国。’后因佩入葱市，归而飞火入室有声曰：‘邂逅秽，吾令汝文而不贵。’”事本不经，聊赘于此，用资谈助耳。

开元十四年丙寅（七二六） 四月，张说罢。是年，储光羲，崔国辅，綦毋潜登进士第（俱见《唐才子传》）。

公十五岁。《百忧集行》曰：“忆昔十五心尚孩，健如黄犊走复来，庭前八月梨枣熟，一日上树能千回。”

开元十五年丁卯（七二七） 王昌龄，常建登进士第（并见《唐才子传》）。徐坚等纂《初学记》成（见《唐会要》）。

公十六岁

开元十六年戊辰（七二八）

公十七岁

开元十七年己巳（七二九） 宋璟为尚书右丞相。

公十八岁

开元十八年庚午（七三〇） 十一月，张说薨。是年，释智升撰《开元释教录》，实我国佛教经录之总汇。

公十九岁。游晋，至郇瑕，今山西猗氏县。从韦之晋、寇锡游。《哭韦之晋》诗曰：“凄怆郇瑕地，差池弱冠年。”《酬寇侍御》诗曰：“往别郇瑕地，于今四十年。”朱鹤龄曰：“郇瑕，晋地。公弱冠之时，尝游晋地；当是游晋后为吴越之游也。”按《酬寇侍御》诗鹤注曰：“诗云‘故泊洞庭船’，当是大历五年潭州作，其云‘春深把臂前’，盖指去年之春。”大历五年，距开元十八年，适得四十年，知公游晋，实在十九岁时。前诗云“差池弱冠年”，非必实指二十也。

开元十九年辛未（七三一） 吐蕃求《毛诗》《礼记》《左传》《文选》，以经书赐与之。王维入公主第，唱“郁轮袍”，并呈诗卷，大获嘉赏，寻举进士，遂以状头及第。（事见《集异记》。《唐才子传》称维开元十九年进士，《旧书》作开元九年，《登科记考》曰“按‘九’上脱‘十’字。”）薛据同榜进士（见《唐才子传》）。王昌龄举“博学宏词”科。

公二十岁。游吴越。黄曰：“公《进三大礼赋表》云‘浪迹于陛下丰草长林，实自弱冠之年’，则其游吴越，乃在开元十九年。”尝至江宁，与许八、旻上人同游，约当是年。《送许八归江宁》诗题曰：“甫昔时尝客游此县，于许生处乞瓦棺寺《维摩图样》。”（按《维摩诘图》晋顾恺之作）《因许八寄旻上人》诗曰“不见旻公三十年”，又曰“旧来好事今能否？……棋局动随幽涧竹，袈裟忆上泛湖船”。二诗当是乾元元年作。鹤注：“游吴越在开元十九年，公方二十岁，至乾元元年，相距二十七年。曰‘三十年’者，亦约略之词。”

开元二十年壬申（七三二） 三月，信安王祎大破奚契丹于幽州。六月，遣范安及于长安广花萼楼，筑夹城，至芙蓉园（按《会要》作二十四年）。

公二十一岁。游吴越。

开元二十一年癸酉（七三三） 十一月，宋璟致仕。十二月，张九龄同中书门下平章事。是年，上亲注《道德经》，令学者习之（见《封演见闻记》）。刘长卿登进士第（见《唐才子传》）。

公二十二岁。游吴越。

开元二十二年甲戌（七三四） 五月，张九龄为中书令，李林甫同平章事。十二月，张守珪斩契丹王屈烈，及其大臣虞可汗，传首东都。是年，刺史韦济荐方士张果，招以果为光禄大夫。王昌龄选宏词超绝群类（见《直斋书录解题》）。

公二十三岁。游吴越。

开元二十三年乙亥（七三五） 十二月，册寿王妃杨氏。是年，李适之为河南尹（见公《皇甫淑妃碑》）。韦应物生。贾至，李颀登进士第（并见《唐才子传》）；萧颖士，李华同榜进士（见《旧书·文苑传》《韦述传》，《摭言》，及华《寄赵十七侍御》诗注）。李白游太原。司马承祯化形于天台（见刘大彬《茅山志》）。玄宗注《老子》，并修《义疑》八卷，并制《开元文字音义》三十卷颁示公卿（见《唐会要》）。

公二十四岁。自吴越归东都，举进士，不第。黄曰："公本传'尝举进士，不第'，故《壮游》诗云'归帆拂天姥，中岁贡旧乡；……忤下考功第，独辞京兆堂。'"按史：唐初考功郎掌贡举；至开元二十四年，考功郎李昂为举人诋诃，帝以员外郎望轻，徙礼部，以侍郎主之。则公下考功第，当在二十三年，盖唐制年年贡士也。《选举志》："每年仲冬，州县馆监，举其成者，送之尚书省。"《上韦左丞》诗曰"甫昔少年日，早充观国宾"；鹤注："其时年方二十余岁，宜自谓少年也。"《旧书·韦述传》："萧颖士者，聪俊过人，富词学，有名于时；贾曾，席豫，张垍，韦述皆引为谈客；开元二十三年登进士第，考功员外郎孙逖称之于朝。"则知是年孙逖知贡举。又是年试场在福唐观。《太平广记》引《定命录》："崔圆微时欲举进士于县，见市令李含章云：'君合武出身，官更不停，直至宰相。'开元二十三年，应将帅举科，又于河南府充乡贡进士其日正于福唐观试，遇敕下，便于试场中唤将拜执戟，参谋河西军事。"按《唐两京城坊考》：

福唐观，在崇业坊。李邕有《东都福唐观邓天师碣》。

开元二十四年丙子（七三六） 五月，名僧义福卒，赐号大智禅师，七月，葬于伊阙之北，送葬者数万人，严挺之为作碑。十一月，张九龄罢，李林甫兼中书令，牛仙客同平章事。是年，于西京大明宫置集贤殿书院。（《唐两京城坊考》：“按西京之有书院，仿东都之制也。开元二十四年，驾在东都，张九龄遣直官魏先禄先入京造之。”）吴道玄作《地狱变相图》。

公二十五岁。游齐赵。朱曰：“按《壮游》诗：‘忤下考功第，独辞京兆堂，放荡齐赵间，裘马颇清狂。’是下第后即游齐赵之明证。”交苏源明。钱谦益曰：“《壮游》诗云：‘……放荡齐赵间，裘马颇清狂。春歌丛台上，冬猎青丘旁，……苏侯据鞍喜，忽如携葛强。’……苏侯，注云‘监门胄曹苏预’，即源明也。开元中，源明客居徐兖，天宝初举进士。诗独举苏侯，知杜之游齐赵，在开元时，而高李不与也。”按《八哀诗》曰：“结交三十载。”源明卒于广德二年，前二十八年，为开元二十四年，源明犹未至京师，公与订交，必在其时，诗曰“三十载”者，举成数也。《壮游》诗曰：“春歌丛台上，冬猎青丘旁，呼鹰皂枥林，逐兽云雪冈。”《汉书》颜师古注：“……丛台，本六国时赵王故台，在邯郸城中”；《环宇记》：“青丘，在青州千乘县”；蔡梦弼曰：“皂枥林，云雪冈，皆齐地。”是所游之地甚广，疑非在一时。源明居山东亦甚久，直至上表自举时，犹自称“臣山东一布衣也”。公自开元二十四年，始游齐赵，至二十九年归东都，中更五载；其与源明同游，当在此数年间。《七月三日论壮年乐事》诗曰“欻思红颜日，霜露冻阶闼，胡马挟雕弓，鸣弦不虚发，长鈚逐狡兔，突羽当满月”；卢曰：“此即《壮游》诗中‘放荡齐赵间，裘马颇清狂，……呼鹰皂枥林，逐兽云雪冈’事也。”

开元二十五年丁丑（七三七） 四月，张九龄贬荆州长史。十一月，宋璟薨。是年，上以几致措刑，推功元辅。王维为监察御史，在河西节度幕中。

公二十六岁。**游齐赵**。

开元二十六年戊寅（七三八） 三月，杜希望拔吐蕃新城，以其地为威武军。六月，张守珪大破契丹林胡，遣使献捷。是年，分左右羽林，置龙武军。崔曙举进士，以状元及第（见《直斋书录解题》）。

公二十七岁。**游齐赵**。

开元二十七年己卯（七三九） 八月，追谥孔子为文宣王。盖嘉运大破突厥施于碎叶城，擒其王吐火仙送京师。是年，崔曙卒。

公二十八岁。**游齐赵**。

开元二十八年庚辰（七四〇） 是时频岁丰稔，京师米斛不满二百，天下乂安，虽行万里，不持寸铁。张九龄，孟浩然并卒于是年。王昌龄游襄阳（见王士源《孟浩然集序》）。

公二十九岁。**游齐赵**。公父闲为兖州司马时，公尝至兖省侍，当在是年，《登兖州城楼》诗所云“东郡趋庭日，南楼纵目初”者是也。考传志不言游兖，而集中多兖州诗，《登兖州城楼》，其一也。诸家或编于开元二十四年，或以属开元二十八年。要以后说为近是。盖公诗散佚者多，天宝以前，尤罕存稿。观集中自开元二十四年以前，游晋，游吴越，间归东都，皆无诗；自开元二十四年以后，至二十八年，其间游齐赵，亦无诗。不宜独开元二十四年游兖所作，忽有存稿。揆之常理,《登兖州城楼》诗，其不作于开元二十四年，明矣。且今集中诸作，时次可考，方无疑义者，惟《假山》诗最早，实作于天宝元年。自是以后，存诗渐多。兹定趋庭于开元二十八年，则作《登兖州城楼》诗时，去《假山》诗，才前二年，庶几与开始存稿之期，亦较合符节矣，又按闲之卒年，于兖州趋庭事，为先决问题。旧说颇有异议，惟朱钱二氏持论最有据。天宝三载，公祖母范阳太君卒，公撰墓志；或以为时闲已故，志盖代登作也。钱谦益曰:“代其父闲作也。薛氏所生子曰闲，曰升，曰专；太君所生曰登。《志》云:‘某等宿遭内艰，长自太君之手者’；知其代父作也。又曰‘升幼卒，专先是不禄’；则知闲尚无恙也。……元志云闲为奉天令。是时尚为兖州司马。闲之卒，盖在天宝间，而其年不可考矣。”朱注:“按《志》云‘故朝议大夫兖州司马’，犹《汉书·李广传》所云‘故李将军’，非谓已没也。……但闲时为兖州司马，而传志俱云‘终奉天令’。考奉天为次赤县，唐制京县令，正五品，上阶。闲自兖州司马授奉天令，盖从五品升正五品也。公东郡趋庭之后，闲即丁太君忧，必服阕补此官耳。”按闲卒必在天宝三载以后，尚别有证。公弟四人：颖，观，丰，占。公行二，集有寄丰诗，称第五弟，疑丰为闲第四子。又有《远怀舍弟颖观等》诗，颖次观前，观当系闲第三子。又有《舍弟观归蓝田迎新妇》诗，约作于大历二年。若定观二十左右置室，则当生于天宝五载前后。丰占复幼于观，知天宝十载前，闲盖尚存，而其卒，则宜在天宝末，或且更后，亦属可能。旧说闲卒于天宝三载前，则开元二十八年或不宜有趋庭事。今既知闲卒远在天宝三载后，则定趋庭于开元二十八年，益有据矣。

《寄高常侍》诗曰“汶上相逢年颇多”；仇注：“汶上相逢，盖开元间相遇于齐鲁也。”考高适《酬秘书弟兼寄幕下诸公》诗序曰“乙亥岁（按即开元二十五年），适征诣长安”；又《送族侄式颜》诗（按开元二十七年作，详见后）曰：“俱游帝城下，忽在梁园里。”适以开元二十三年游京师，二十七年来梁宋，其间公虽在齐赵，不得遇适于汶上也。又适《奉酬北海李太守平阴亭》诗曰：“谁谓整隼旟，翻然忆柴扃。书寄汶阳客，回首平阴亭。”李邕以天宝二年出为北海太守，六载杖死于郡。其间适尝客居汶阳，而公亦以天宝四载再游齐鲁，则相逢汶上，其即在天宝四载乎？然而天宝三载秋，二人实尝相从赋诗于梁宋，此云“汶上相逢年颇多”，明指订交之初，又不合也。盖游梁以后，寄诗以前，二公聚首者屡矣，诗何以独言天宝四载汶上之遇？是知以汶上相逢属于天宝四载，又不足信。窃谓开元二十七八年间，适尝至山东，因得与公相遇，诗所云，殆指此也。适《宋中送族侄式颜》诗注曰“时张大夫贬括州，使人召式颜，遂有此作”；同时又作《送族侄式颜》诗曰：“我今行山东，离忧不能已。”按《旧书·玄宗纪》，张守珪贬括州，在开元二十七年六月。其时适方有山东之行。意其既至山东，与公相值，或在开元二十七八年之间；其时公方游齐赵，汶上地在齐南鲁北，二公邂逅于斯，正意中事耳。

《别张十三建封》诗曰：“相逢长沙亭，乍问绪业余，乃吾故人子，童丱联居诸。”朱注：“公父闲为兖州司马，当是趋庭之日，与张玠（按即建封父，兖州人）同游，而建封相从也。故人指玠，童丱指建封。建封以贞元十六年终，年六十有六。公开元末游兖，是时建封才六七岁耳。”按与张玠同游，当亦在开元二十七八年，与趋庭及逢高适之年分皆合，可资互证也。

开元二十九年辛巳（七四一） 正月，两京诸州各置玄元皇帝庙，并崇玄学；以《老》《庄》《文》《列》为“四子”；令习业成者，准明经考试，谓之道举。八月，以安禄山为营州都督，充平卢军使。九月，上亲注《金刚经》及《修义诀》（见《册府元龟》）。

公三十岁。归东都。筑陆浑庄，于寒食日祭远祖当阳君。是年有《祭当阳君文》曰：“小子筑室首阳之下，不敢忘本，不敢违仁，庶刻丰石，树此大道，论次昭穆，载扬显号。”细词意，当是因新居落成而昭告远祖。《寰宇记》：“首阳山，在偃师县西北二十五里。”公《寄河南韦尹》诗原注曰“甫有故庐在偃师”，当即指此。《忆弟二首》原注：“时归在河南陆浑庄。”浦起龙曰：“公有旧庐在河南偃师县，曰陆浑庄；后又有土娄庄，宜即一处。”按公有《凭孟仓曹将书觅土娄旧庄》诗曰“平居丧乱后，不到洛阳岑”；且此曰“旧庄”，前诗曰“故庐”义亦正同，故知即一处也。惟浦以为庄名“土娄”，鹤注亦谓“土娄”为地名，非也。“土娄”，疑即《寄河南韦尹》诗“尸乡余土室”之“土室”。（《诗正义》：“河南偃师县西二十里有尸乡亭。”）鹤别注“土室谓依土以为室，如《宿赞会土室》诗云‘土室延白光’”者，得之。

天宝元年壬午(七四二) 二月，褒封庄子为南华真人，文子为通玄真人，列子为冲虚真人，庚桑子为洞虚真人；其所著书悉号“真经”。十月，造长生殿(见《唐会要》)。是年，李白自会稽来京师。王维为左补阙，迁库部郎中。

公三十一岁。在东都。姑万年县君卒于东京仁风里，六月，还殡于河南县，公作墓志。《志》曰：“作配君子，实为好仇，河东裴君讳荣期，见任济王府录事参军。”又有“兄子甫”云云，则县君，公父之妹也。

天宝二年癸未(七四三) 正月，安禄山入朝。三月，广运潭成。是年，邱为登进士第(见《唐才子传》)。长安“饮中八仙”之游，约当此时。

公三十二岁。在东都。

天宝三载甲申(七四四) 正月，遣左右相以下祖别贺知章于长乐坡。李白供奉翰林院。三月，安禄山兼范阳节度使。寿王妃杨氏号“太真”，召入宫。李白赐金放还。是年，岑参登进士第(见杜确《岑嘉州集序》,《唐才子传》)。芮挺章选自开元初迄天宝三载诗称《国秀集》。

公三十三岁。在东都。五月，祖母范阳太君卒于陈留之私第，八月，归葬偃师，公作墓志。范阳太君，公祖审言继室，卢氏。**是年夏，初遇李白于东都。**顾宸曰：“公与白相从赋诗，始于天宝三四载间，前此未闻相善也。白生于武后圣历二年，公生于睿宗先天元年，白长公十三岁，公于开元九年游剡溪，而白与吴筠同隐剡溪，则在天宝二年，相去十三载，断未相值也。后公下第游齐赵，在开元二十三年；考白谱，时又不在齐赵。及白因贺知章荐，召入金銮，则在天宝三载正月，时公在东都，葬范阳太君（按葬太君事在八月，此误。）未尝晤白于长安也。是载八月，白放还，客游梁宋，始见公于东都（按三月放还，五月已至梁宋；见公于东都，当在三五月之间），逆相从如弟兄耳。观公后寄白二十二韵有云‘乞归优诏许，遇我宿心亲’，是知乞归后始遇也。”按《赠李白》诗，当是本年初遇白时作。诗曰：“李侯金闺彦，脱身事幽讨。”卢世㴶曰：“天宝三载，诏白供奉翰林，旋被高力士谮，帝赐金放还，白托鹦鹉以赋曰‘落羽辞金殿’，是‘脱身’也；是年，白从高天师授箓，是‘事幽讨’也。”**秋，游梁宋，与李白、高适登吹台琴台。**《遣怀》诗曰：“昔我游宋中，惟梁孝王都。……忆与高李辈，论交入酒垆。两君壮藻思，得我色敷腴。气酣登吹台，怀古视平芜。芒砀云一去，雁鹜空相呼。”《昔游》诗曰：“昔者与高李（按原注曰‘高适李白’）晚登单父台（按即琴台）。寒芜际碣石，万里风云来。桑柘叶如雨，飞藿去徘徊。清霜大泽冻，禽兽有余哀。”《赠李白》诗曰“亦有梁宋游，方期拾瑶草”，盖在东都时，与白预为之约也。《唐书·白传》：“与高适同过汴州，酒酣登吹台，慷慨怀古”；公传：“从高适李白过汴州，登吹台慷慨怀古，人莫测也。”王琦《太白年谱》曰：“《赠蔡舍人诗》云‘一朝去京国，十载客梁园’，……《梁园吟》曰‘我浮黄河去京阙，挂席欲进波连山，天长水阔厌远涉，访古始及平台（按即吹台）间’，是去长安之后，即为梁宋之游也。”（按《梁园吟》又曰“平头奴子摇大扇，五月不热疑清秋”，是白以三月放还，五月已至梁宋，至其与高杜同游则在深秋耳。）适《东征赋》曰“岁在甲申，秋穷季月，高子游梁既久，方适楚以超忽”；《宓公琴台》诗序曰：“甲申岁，适登子赋琴台。”适又有《宋中别周梁李三子诗》曰“李侯怀英雄，肮脏乃天资”，似谓白也。适集中多宋中诗，所言时序，多与公诗合，其间必有是时所作者。

尝渡河游王屋山，谒道士华盖君，而其人已亡。《忆昔行》曰：“忆昔北寻小有洞，洪河怒涛过轻舸，辛勤不见华盖君，艮岑青辉惨幺么。千崖无人万壑静，三步回头五步坐。秋山眼冷魂未归，仙赏心违泪交堕。弟子谁依白茅屋，卢老独启青铜锁，巾拂香余捣药尘，阶除灰死烧丹火，玄圃沧洲莽空阔，金节羽衣飘婀娜。落日初霞闪余映，倏忽东西无不可，松风涧水声合时，青兕黄熊啼向我。”仇注：“此初访华盖君而伤其逝世，是游梁宋时事。”《昔游》诗曰：“昔谒华盖君，深求洞宫脚，玉棺已上天，白日亦寂寞。暮升艮岑顶，巾几犹未却；弟子四五人，入来泪俱落。余时游名山，发轫在远壑，良觌违夙愿，含凄向寥廓。林昏罢幽磬，竟夜伏石阁，王乔下天坛，微月映皓鹤。（按此言梦寐恍惚，如见道士跨鹤降于天坛也。旧注非是。）晨溪响虚駚，归径行已昨。”朱鹤龄曰：“华盖君，犹《太白集》之丹邱子，盖开元天宝间道士隐于王屋者，不必求华盖所在以实之也。诗云‘深求洞宫脚’，洞宫即《忆昔行》所云‘北寻小有洞’也。……洞在王屋艮岑，即王屋山东北之岑也。天坛亦在王屋；《地志》‘王屋山绝顶曰天坛，济水发源处’是也。王屋在大河之北，故《忆昔行》曰‘洪河怒涛过轻舸’也。”按二诗追述谒华盖君事至详尽，因悉录之，以存故实，是时诗中屡言学仙，一若真有志于此者。今则渡大河，走王屋，将求华盖君而师事之，至而其人适亡。诗云“良觌违夙愿，含凄向寥廓”，沮丧之情可知；宜其历久不忘，一再追念而不厌也。又按李阳冰《草堂集》序：白放还后，即就从祖陈留采访大使彦允，请北海高天师授道箓于齐州紫极宫。陈留，宋地：白之来游，为访彦允；公之来游，为谒华盖。前此公《赠白诗》曰“亦有梁宋游，相期拾瑶草”，殆谓此也。公师事华盖之志，竟不就；而白后果得受箓于高天师（白有《奉饯高尊师如贵道士传道箓毕归北海诗》），故公明年又有《赠白诗》曰：“未就丹砂愧葛洪”。

天宝四载乙酉（七四五） 八月，册太真为贵妃，三姊皆赐第京师。是年，李白在山东。冬日，去之江东。九月，诏改两京波斯寺为“大秦寺”。（见《册府元龟》。按此中土最古之天主教堂也。）

公三十四岁。再游齐鲁。是时李之芳为齐州司马，夏日，李邕自北海郡来齐州，公尝从游，陪宴历下亭及鹊山湖亭。《陪李北海宴历下亭》诗原注“时邑人蹇处士辈在坐”。按卢象有诗题曰“追凉历下古城西北隅——此地有清泉乔木”，一本题上有“同李北海”四字。公诗云“济南名士多”。象，汶水人，或尝与斯游乎？俟考。旋暂如临邑。临邑属齐州秋后至兖州，时李白亦归东鲁，兖州，天宝元年改名鲁郡。公与同游，情好益密，公赠白诗所云“余亦东蒙客，怜君如弟兄，醉眠秋共被，携手日同行”者是也。白家本在鲁郡。公《送白二十韵》曰“醉舞梁园夜，行歌泗水春”，知白游梁之次年春，已至兖州。（天宝三载三月，诸郡玄元庙已改称紫极宫。白至齐州，于紫极宫从高天师受道箓，疑在归兖以前，天宝三载秋冬之际。）公诗曰“余亦东蒙客”，白《寄东鲁二稚子》诗曰“我家寄东鲁，谁种龟阴田”，《忆旧游寄元参军》诗曰“北阙青云不可期，东山白首还归去”，曰东蒙，曰龟阴，曰东山，实即一处。《续山东考古录》：“《元和志》以蒙与东蒙为二山。余谓蒙在鲁东，故曰东蒙。……今天又分东蒙，云蒙，龟蒙三山；惟《齐乘》以为龟蒙二山，最当。……合言之曰东山，分言之曰龟蒙。”**俄而公将西去，白亦有江东之游，城东石门，一别遂无复相见之日矣。**钱曰：“《单父东楼送族弟沈之秦》则曰‘长安宫阙九天上，此地曾经为近臣，屈平憔悴滞江潭亭伯流离放东海’，《鲁郡东石门送杜二甫》则云‘醉别复几日，登临遍池台，何言石门路，重有金樽开’。此知李游单父后于鲁郡石门与杜别也。单父至兖州二百七十里，盖公辈游梁宋后，复至鲁郡，始言别也。”

在兖州时，白尝偕公同访城北范十隐居，公有诗曰“落景闻寒杵”。白集亦有寻范诗曰“雁度秋色远”，二诗所纪时序正同。又公诗曰“更想幽期处，还寻北郭生”；白诗曰“忽忆范野人，闲园养幽姿，茫然起逸兴，但恐行来辞”；公诗曰“入门高兴发”；白诗曰“入门且一笑”；公诗曰“不愿论簪笏，悠悠沧海情”，白诗曰“远为千载期，风流自簸荡”辞意亦相髣髴，当是同时所作。且兖州天宝元年改鲁郡，白自天宝元年自会稽来京师，三载放归，客游梁宋，直至四载，始来兖州，寻范诗题曰“鲁城”，知为其时所作。盖此后浪游南中，不闻复归鲁也。

《寄张十二山人彪三十韵》云“历下辞姜被，关西得孟邻，早通交契密，晚接道流新”；仇注：“历下早通，记初交之地，关西晚接，记再遇之缘。”按公是年夏在历下，而开元二十四年至二十九年间亦尝游齐地，初遇张彪，不知究在何时。《题张氏隐居》二首，或以为即指彪，然诗曰“石门斜日到林丘”，石门在兖州，而历下在齐州，不可混为一谈。黄鹤谓张氏乃张叔明（“明”或作“卿”），较有据。

公初遇元逸人及董炼师，盖皆在此时。《昔游》诗曰：“东蒙赴旧隐，尚忆同志乐，伏事董先生，于今独萧索。”朱鹤龄曰：“东蒙旧隐，即《玄都坛歌》‘故人昔隐东蒙峰’者也。公客东蒙，与太白诸人同游好，所谓同志乐也。其时之伏事者，则董先生，即‘衡阳董炼师’也。”仇注：“华盖君已殁，而转寻董炼师，是游齐鲁时事。”案元逸人，卢世漼以为即与李白同游之元丹丘；董炼师，据《舆地纪胜》，名奉先。

天宝五载丙戌（七四六） 四月，左相李适之罢，陈希烈同平章事。（希烈以讲《老》《庄》得进。）是年，灵彻生。

公三十五岁。自齐、鲁归长安。《壮游》：“放荡齐赵间，……快意八九年，西归到咸阳。”从汝阳王琎、驸马郑潜耀游。《壮游》诗于“西归到咸阳”下，曰“赏游实贤王，曳裾置醴地。”仇注：“贤王置醴，指汝阳王琎也。”《赠特进汝阳王二十韵》鹤注：“《旧史》，天宝初，琎终父丧，加特进；九载卒。考宁王宪以开元二十九年十一月薨。天宝三载，琎丧服初终，必其年二月，封琎以嗣宁，所弁加特进也。公于开元二十四年下考功第，去游齐赵八九载，其归长安，当在天宝四五载间。《壮游》诗云‘赏游实贤王，曳裾置醴地’，正其时也。”多案云四五载间，误；当云五六载间也。《赠汝阳王二十韵》：“披雾初欢夕，高秋爽气澄，樽罍临极浦，凫雁宿张灯；花月穷游宴，炎天避郁蒸，砚寒金井水，檐动玉壶冰。”仇注：“初宴在秋，故见凫宿灯张；后宴在夏，故见井水壶冰；中间花月之游，当属春时。”此所叙节候，实跨两载。此言初宴在秋，而客岁（天宝四载）秋日，公方在兖州。则是从琎游，至早当自五载秋始，所云春夏，乃六载之春夏也。集中有《皇甫淑妃碑》，淑妃，郑潜耀妻临晋公主之母也。黄鹤定碑撰于天宝四载，曰：“《碑》云‘自我之西，岁阳载纪。’按《尔雅》，自甲至癸，为岁之阳。妃以开元二十三年乙亥薨，至天宝四载乙酉，为岁阳载纪矣。碑当立于是年也。”多按此说非也。《碑》云“甫忝郑庄之宾客，游窦主之山林”，是撰碑之前，已从郑游。公五载始至长安，焉得四载为郑庄宾客，且为撰碑哉？《碑》述潜耀之言曰“自我之西”（仇注云“自东京至西京”，是也），故知所云“郑庄”及“窦主之山林”必在长安。《长安志》“莲花洞，在神禾原，即郑驸马之居”，是其地矣。公又有《郑驸马池台喜遇郑广文同饮》诗，其地亦在长安，诗云“俱过阮宅来”，知池台即郑宅中之池台。又有《郑驸马宅宴洞中》诗，即莲花洞也。或以为东都亦有郑宅，至以新安东亭，亦属潜耀。皆肊说无据，徐松《唐两京城坊考》云：“雒阳第宅，多是武后中宗居东都时所立中业以后，不得有公主宅。”亦可证公未来长安前，不得游窦主之山林，即不得为郑庄之宾客矣。至“岁阳载纪”之语，乃约略言之，文家修词，此类甚多，不得以为适当乙酉之岁也。

《壮游》诗叙归长安后之交游，又曰“许与必词伯”，仇注以为指岑参郑虔辈。多案据杜确《岑参集》序，参自天宝三载擢第后，尝居右内率府兵曹参军，右威卫录事参军等职，则是时宜在京师。其曾否与公同游，则于二公集中悉无征，未可以臆断也。若郑虔，则此际万无与公相值之理，说详后。

天宝六载丁亥（七四七） 诏天下通一艺者诣京师，李林甫素忌文学之士，下尚书省试，皆下之。正月，遣使就杀北海太守李邕；李适之饮药死。九月，安禄山筑雄武城。十月，改温泉宫为华清宫，治汤井为池，环山列宫室。十二月，筑罗城，置百司公卿邸第，以房琯为缮理。高仙芝讨小勃律，虏其王归。是年，包佶登进士第，薛据中“风雅古调”科。

公三十六岁。在长安。元结《谕友》曰：“天宝丁亥中，诏征天下士有一艺者，皆得诣京师就选。晋公林甫以草野之士猥多，恐泄漏当时之机，议于朝廷曰：‘举人多卑贱愚瞶，不识礼度，恐有俚言，污浊圣听。’于是奏待制者悉令尚书长官考试，御史中丞监之，试如常例。（原注：如吏部试诗赋论策。）已而布衣之士，无有第者，送表贺人主，以为野无遗贤。”《新书·李林甫传》略同。时公与结皆应诏而退。《赠鲜于京兆二十韵》“破胆遭前政，阴谋独秉钧，微生霑忌刻，万事益酸辛”，即指此。

天宝七载戊子（七四八） 十月，封贵妃三姊并国夫人。十二月哥舒翰筑神威军于青海上，又筑城龙驹岛，吐蕃不敢近青海。是年，李益，卢纶生。包何，李嘉祐登进士第。

公三十七岁。在长安。屡上诗韦济，求汲引。上韦诸诗中，如曰“老骥思千里，饥鹰待一呼，君能微感激，亦足慰榛芜”，曰“难甘原宪贫”，皆情词悲切；如曰“纨绔不饿死，儒冠多误身”，曰“朝叩富儿门，暮随肥马尘，残杯与冷炙，到处潜悲辛”，又若不胜愤激。盖公毕生之困厄，此其开端矣。然自齐鲁西归，旅食京邑，数年以来，亦颇受知于一二公卿，（赠汝阳王“招要恩屡至，崇重力难胜”；《赠韦二十二韵》“每于百僚上，猥诵佳句新”；《寄韦尹丈人》原注：“甫有故庐在偃师，承韦公频有访问。”）特皆杯酒联欢，片言延誉，终莫肯假以实助。即如萧比部虽以姑表昆弟之亲，尚不能脱公于屯蹇，他更无论矣。故私心怨忿之极，辄欲奋足远引，与世决绝。《赠韦二十二韵》“焉能心怏怏，只是走踆踆，今欲东入海，即将西去秦”，赠萧比部：“中散山阳锻，愚公野谷村，宁纡长者辙，归老任乾坤”——或曰远游，或曰归隐，但故为愤词以自解，非本意如此也。与书家顾诫奢订交，约当此时。《送顾八分文学适洪吉州》“文学与我游，萧疏外声利，追随二十载，浩荡长安醉，高歌卿相宅，文翰飞省寺”；仇曰：二十载，通前后而言，是也。诗作于大历三年，上数二十年，为天宝七载。

天宝八载己丑（七四九） 哥舒翰攻拔吐蕃石堡城。不空自印度归，求得密藏经论五百余部，是为密宗之始。高适举有道科，中第。

公三十八岁。在长安。《高都护骢马行》云：“飘飘远自流沙至。”高仙芝天宝八载入朝，诗必作于是年。诗又云“长安健儿不敢骑，走过掣电倾城知”，故知是时公尚在长安。冬日，归东都，因谒玄元皇帝庙，观吴道子所画壁。《冬日洛城北谒玄元皇帝庙》云“五帝联龙衮”；黄曰：“唐史，加五帝‘大圣’字，在八载闰六月，可证是年公又在东都。”按东都玄元庙，在积善坊。诗曰：“画手看前辈，吴生远擅场。森罗移地轴，妙绝动宫墙——五圣联龙衮，千官列雁行，冕旒俱秀发，旌旆尽飞扬。”原注：“庙有吴道子画‘五圣图’。”康骈《剧谈录》载：“玄元观壁上，有吴道子画五圣真容，及《老子化胡经》事，丹青绝妙，古今无比。”

天宝九载庚寅（七五〇） 五月，封安禄山为东平郡王，唐将帅封王自此始。七月，置广文馆，以郑虔为博士，虔献诗并画，帝署其尾曰“郑虔三绝”。是年，沈既济生。汝阳王琎卒。綦毋潜卒。（？）

公三十九岁。来长安。初遇郑虔。《新书·文艺·郑虔传》：“天宝初，为协律郎，集缀当世事著书八十余篇。有窥其稿者，上书告虔私撰国史。虔苍黄焚之。坐谪十年。还京师，玄宗爱其才，欲置左右以不事事，更为置广文馆，以虔为博士。”《唐会要》：“天宝九载七月，置广文馆，以郑虔为博士。”据《新书》，著书坐谪，必是天宝元年，而拜广文博士，则自谪所甫归京师时事。计若自天宝元年起，谪居十年，则归京师拜广文，必在天宝十载。然《会要》所纪，年月并具，必不误。误者，《新书》“天宝初”与“坐谪十年”二语，必居其一耳。总之，虔居贬所日久，或八九年，或十年，至天宝九载，始得归京师，与公相遇而订交，则无疑也。今观凡公诗及虔者，不曰“广文”，即曰“著作”，不曰“著作”，即曰“司户”，咸九载以后之作，益足以断二公定交，至早在天宝九载。不然，以二公相知之深，相从之密，何以九载以前，了不见过从酬答之迹？仇注《壮游》“许与必词伯”句，乃直曰“指岑参郑虔辈”；不知诗所叙为天宝五载始归长安时之交游，时虔方远在贬所，安得与公相见于长安？若钟辂《前定录》载开元二十五年，虔为广文博士，有郑相如者谒虔，为预言污贼署坐谪事，则稗官之说，本非摭实，不足辩。

天宝十载辛卯（七五一） 正月，祠太清宫，太庙，祀南郊。二月，安禄山兼领三镇。四月，鲜于仲通讨南诏，高仙芝讨大食，八月，安禄山讨契丹，并大败。十一月，杨国忠兼剑南节度使。是年，钱起举进士，以试《湘灵鼓瑟》诗及第。贾至举明经科及第。孟郊生。

公四十岁。在长安。进《三大礼赋》，玄宗奇之，命待制集贤院。《进封西岳赋表》：“顷岁，国家有事于郊庙，幸得奏赋，待罪于集贤。”《莫相疑行》：“忆献三赋蓬莱宫，自怪一日声辉赫，集贤学士如堵墙，观我落笔中书堂。”鲁訔曰：“公奏《三大礼赋》，史集皆云十三载。”朱曰：“按帝纪，十载行三大礼，十三载未尝郊，况表云‘臣生长陛下淳朴之俗，行四十载矣’，故知当在是岁。”按《唐六典》，延恩匦，凡怀才抱器，希于闻达者投之。公前此贡举落第，应诏退下，屡遭挫败，盖几于进身无路矣，至是乃又投匦献赋，以冀一幸，《赠别崔于二学士》所云“昭代将垂白，穷途乃叫阍”者是也。陆游《题杜少陵像图》：“长安落叶纷可扫，九陌北风吹马倒，杜公四十不成名，袖里空余三赋草。车声马声喧客枕，三百青铜市楼饮，杯残炙冷正悲辛，仗内斗鸡催赐锦。”可谓善于写照矣。又按《赠别崔于二学士》诗曰“气冲星象表，词感帝王尊”，即史云“玄宗奇之”也。然诗又云“谬称三赋在，难述二公恩”，原注：“甫献《三大礼赋》出身，二公尝谬称述。”是则公之受知主上，实因二学士之称述。二学士，崔国辅，于休烈也。秋，病疟，友人魏君冒雨见访，因作《秋述》贻之。文中有云：“秋，杜子卧病长安旅次，多雨生鱼，青苔及榻。常时车马之客，旧雨来，今雨不来。……我弃物也，四十无位，子不以官遇我，知我处顺故也。”病后。过王倚，王饷以酒馔，感激作歌赠之。歌曰：“王生怪我颜色恶，答云伏枕艰难遍。疟疠三秋孰可忍？寒热百日相交战，头白眼暗坐有胝，肉黄皮皱命如线。帷生哀我未平复，为我力致美肴膳，遣人向市赊香粳，唤妇出房亲自馔。长安冬菹酸且绿，金城土酥净如练，兼求畜豪且割鲜，密沽斗酒谐终宴。故人情义晚谁似，令我手足轻欲旋。”此诗词旨酸楚，不堪卒读，其时潦倒可知矣。《进三大礼赋表》曰“顷者卖药都市，寄食朋友”，盖实录也。是年，在杜位宅守岁。《杜位宅守岁》鹤注：“诗云‘四十明朝过’则是天宝十载为四十岁。”按位，公之从弟，李林甫之诸婿也。公《寄杜位》诗原注：“位京中宅近西曲江。”

天宝十一载壬辰（七五二） 四月，崔国辅贬竟陵郡司马。十一月，李林甫卒，杨国忠为右相。哥舒翰，安禄山并入朝。高适随翰至京师。岁晚，岑参赴安西。（？）

公四十一岁。在长安。召试文章，送隶有司参列选序。《进封西岳赋表》：“委学官试文章，再降恩泽，仍猥以臣名实相副，送隶有司参列选序。”《留赠崔于二学士》：“天老书题目，春官验讨论。倚风遗鵷路，随水到龙门。竟与蛟螭杂，空闻燕雀喧，青冥犹契阔，凌厉不飞翻。”《赠郑谏议十韵》：“使者求颜阖，诸公厌祢衡。”暮春，暂归东都。《留赠崔于二学士》曰“故山多药物，胜概忆桃源，欲整还乡旆，长怀禁掖垣”，当是召试后暂还东都，其时盖在季春，故曰“胜概忆桃源”。按史，天宝十一载四月，御史大夫王鉷赐死，礼部员外郎崔国辅坐鉷近亲，贬竟陵郡司马。国辅贬官在四月，则公赠诗自在四月以前，与诗正合。冬，高适随哥舒翰入朝，与公暂集，俄复别去，公有诗送之。《旧书》，十一载冬，翰与安禄山并来朝，上使高力士设宴崔驸马山池，适盖同至京师；及其去归河西，公则作诗送之。

杨国忠为相，引鲜于仲通为京兆尹，事在本年十一月。公有《赠鲜于京兆诗》曰“早晚报平津”，望其荐于国忠也。又曰“破胆道前政，阴谋独秉钧”，谓李林甫也。夫林甫之阴谋，不待言。若国忠之奸，不殊林甫，公岂不知？且二人素不协，秉政以来，私相倾轧者久矣。今于林甫死后，将有求于国忠，则以见忌于林甫为言，公之求进，毋乃过疾乎？虽然《白丝行》曰“已悲素质随时染”，又曰“君不见才士汲引难，恐惧弃捐忍羁旅”，审其寄意所在，殆有悔心之萌乎！故知公于出处大节，非果无定见，与时辈之苟且媮合，执迷不悟者，不可同日语也。钱谦益曰：“少陵之投诗京兆，邻于饿死，（按赠鲜于诗有‘有儒愁饿死’之句），昌黎之上书宰相，迫于饥寒。当时不得已而姑为权宜之计，后世宜谅其苦心，不可以宋儒出处，深责唐人也。”此言虽出之蒙叟，然不失为平情之论。《投简华咸两县诸子》曰“饥卧动即向一旬，敝衣何啻联百结”。比来公生计之艰若是!

天宝十二载癸巳(七五三) 正月,京兆尹鲜于仲通讽选人为杨国忠立颂省门。八月,京师霖雨,米贵,出太仓粟减粜。是年,皇甫曾,张继,鲍防并登进士第。殷璠选《河岳英灵集》,起于永徽甲寅(六五四),讫于本年。

公四十二岁。在长安。首夏,同郑虔游何将军山林。《重过何氏五首》鹤注:"前云'千章夏木清',初游在夏。此云'春风啜茗时',重游在春矣。前属天宝十二载,此则当是天宝十三载。诗又云'何日沾微禄',乃是未授官时也。若十四载,则已授河西尉,又改率府胄曹矣。"多按又玩《游何将军山林》中"词赋工何益,山林迹未赊,尽捻书籍卖,来问尔东家"等句,明是献赋不售后之词。然十一载季春归在东都,首夏未必能复来长安;诗又曰"绿垂风折笋,红绽雨肥梅",是初夏景物,则不得为天宝十一载之作矣。鹤编在十二载,得之。次子宗武约生于此年秋。仇注:"至德二载,公陷贼中,有诗云'骥子好男儿,前年学语时',此时宗武约计五岁矣。"多按据此则当生于本年。又《示宗武》曰"十五男儿志",黄鹤编在大历三年,今按当提前一年,编在大历二年,其时宗武年十五岁,则适当生于天宝十二载,与仇说至德二载年五岁合矣。《宗武生日》又曰:"高秋此日生。"

天宝十三载甲午(七五四) 是年,户部奏郡县户口之数,为唐代之极盛。关中大饥。制举始试诗赋。元结,韩翃登进士第;独孤及举洞晓玄经科,登第。崔颢,元德秀卒。苏源明入为国子司业。陆贽生。

公四十三岁。在长安。进《封西岳赋》。黄曰："是年二月，右相兼文部尚书杨国忠守司空，即《封西岳表》所云'元弼司空'也。故知进表在是年。"按又有《赠献纳使田澄诗》曰"扬雄更有《河东赋》，唯待吹嘘送上天"，当是献赋前所投赠者。**自东都移家至长安，居南城之下杜城。**据《桥陵诗》，知是年秋后，自长安移家至奉先。然公家本在东都，其何时徙居长安，则诗中无明文可考。惟《遣兴三首》曰"客子念故宅，三年门巷空"（故宅，指东都之宅，验本诗可知），仇定此诗作于乾元元年，上数三年，则初离故宅时为天宝十四载。此明与《桥陵诗》所纪不合；十三载已自长安移家奉先，不得十四载始离东都至长安也。今定《遣兴》作于至德二载，则作诗时距本年（天宝十三载），适为三年，与《桥陵诗》无牴牾矣。又据《桥陵诗》，既知自长安移家至奉先，在天宝十三载秋后，再参以"三年门巷空"之句，则知公眷属自东都至长安，必在天宝十三载正月以后，十月以前。《秋雨叹》（卢编在天宝十三载）曰"长安布衣谁与数，反锁衡门守环堵"，又曰"稚子无忧走风雨"（疑指宗文）知是年秋，公已置宅长安，妻子亦俱至也。《夏日李公见访》（旧但云天宝末作，兹定为天宝十三载）曰"贫居类村坞，僻近城南楼"，曰"孰谓吾庐幽"，知是年夏公有宅在长安也。诗中暗示，止于此际。移家长安，疑在天宝十三载之春。《遣兴》又云"昔在洛阳时，亲友相追攀，送客东郊道，遨游宿南山"，知迎眷来京之役，公实亲任之。然本年诗中，不言归东都事，盖偶然失纪耳。考前此数年诗文中曰"卖药都市，寄食朋友”(《进三大礼赋表》)，曰“垂老独漂萍”(《赠张四学士》)，曰“此身饮罢无归处”(《乐游园歌》)，曰“寄食于人，奔走不暇”(《进雕赋表》)，曰“恐惧弃捐忍羁旅”(《白丝行》)，曰“卧病长安旅次”(《秋述》)，皆言长安无家也；而十载在杜位宅守岁，十一载将归东都，《留别二学士诗》曰“欲整还乡旆”，尤为前此未移家长安之明证。然《游何将军山林》曰“尽捻书籍卖，来问尔东家”，《重过何氏》曰“何日沾微禄，归山买薄田”，已萌置宅城南之念矣；(《通志》:“少陵原，乃樊川北原，自司马村起，至何将军山林而尽，……在杜城之东，韦曲之西。”)《赠郑谏议》曰“筑居仙缥缈，旅食岁峥嵘”，惟其有筑居之心而力不足，故有此叹；《曲江三首》曰“杜曲幸有桑麻田，故将移住南山边”，则移居之决心，已明白表示矣。此皆十一二载之诗，足证其时移家之心虽切，然犹未能见诸事实。至《夏日李公见访》，始有“贫居类村坞，僻近城南楼”及“孰谓吾庐幽”之语。《桥陵诗》曰“轣轲辞下杜”；下杜，即李公见访之处也。《长安志》云：下杜城在长安县一十五里，此曰“僻近城南楼”，正与下杜城之方位合，其证一也。《李公见访诗》又云“展席俯长流”，而杜陵之樊乡有樊川，潏水自樊川西北流，经下杜城，赵曰“展席俯长流”，即当此地，其证二也。又《九日五首》曰“故里樊川菊”，《哀江头》原注曰“甫家居在城南”，与赴奉先前所居之处，及李公见访之处皆合，故知公之自称“杜陵野老”，实因尝居其地，非徒循族望之旧称也。**因田梁丘投诗河西节度使哥舒翰**。唐制，从军岁久者，得为大郡。公交游中如高适，岑参辈，皆以不得志于中朝，乃走绝塞，投戎幕，以为进身之阶。是时武人握重兵，位极功高，威名震中外者，哥舒翰，安禄山耳。翰为人尤权奇倜傥，已然诺，纵蒱好酒，有任侠风；又能甄用才俊，并世文士，如严武，高适，吕諲，萧昕，皆辟置幕下，委之军务。自李林甫死，杨国忠当国，公仍不见用，再三献赋，复不蒙省录。至是遂欲依翰，故因翰判官田梁丘投诗以示意，又别为诗赠田，乞为夤缘。《投赠哥舒开府翰二十韵》云“防身一长剑，将欲倚崆峒”，此投诗之主旨也。《赠田判官诗》云：“陈留阮瑀争谁长，京兆田郎早见招，麾下赖君才并美，独能无意向渔樵？”仇注：“阮瑀指高适，适本封丘尉，与陈留相近，他章云‘好在阮元瑜’可证。高之入幕，必由田君所荐，故云早见招而幕下赖之。留意渔樵，公仍望其汲引也。”陈廷敬曰：“考《王思礼传》天宝十三载，吐谷浑苏毗王款塞，明皇诏翰应接。旧注以此当降王款朝（按《赠田》诗中有此语），是也。其谓报命而入朝，此意料之词，不见确据。考《帝纪》及《翰传》，天宝十三载，无翰入朝事。是年，翰遘风疾，因入京，废疾于家。田盖以使事入奏，当在翰未疾之先，非随翰入朝也。公所投诗，当是一时作，或即因田而投赠于翰也。”多按《旧书·方伎金梁凤传》：“天宝十三载，客于河西，……时因哥舒翰为节度使，诏入京师。”陈谓天宝十三载无翰入朝事，未确。其云公因田投诗于翰，则是也。**岁中，张垍自卢溪召还，再迁为太常卿，公复上诗求助。**《赠张卿》诗：“萍泛无休日，桃阴想旧蹊，吹嘘人所羡，腾跃事仍睽，……顾深惭锻炼，才小辱提携。”朱注：“垍必尝荐公而不达，故有吹嘘提携等句。”多按前此（约当天宝九载）尝赠张诗，张之荐公，当在其时。前诗云“傥忆山阳会”，此诗亦云“桃阴想旧蹊”，张必公之旧交。此诗又曰“几时陪羽猎，应指钓璜溪”，是仍望其汲引也。又进《雕赋》，表中词益哀激。仇注：“表中云自七岁缀笔，向四十年，其年次又在进《三大礼赋》后，应是天宝十三载所作。”又云：“公三上赋而朝廷不用，故复托雕鸟以寄意。”**秋后，淫雨害稼，物价暴贵，公生计益艰。**本年春日作《醉时歌》曰：“杜陵野客人更嗤，被褐短窄鬓如丝，日籴太仓五升米，……得钱即相觅，沽酒不复疑。”然此特醉中作歌，一时豪语耳。《进封西岳赋表》云“退尝困于衣食”，《进雕赋表》云“衣不盖体，尝寄食于人，奔走不暇”，则庶几近实。《示从孙济》云“所来为宗族，亦不为盘飧。小人利口实，薄俗难具论，勿受外嫌猜，同姓古所敦”，似是乏食之际，屡从济就食，因见猜疑，而有此作，其事可笑，其情尤悲。《秋雨叹》云“城中斗米换衾裯”，就食于济，盖即在其时。遂携家往奉先，馆于廨舍。《桥陵诗》：“轗轲辞下杜，飘飖凌浊泾，诸生旧短褐，旅泛一浮萍，荒岁儿女瘦，暮途涕泗零。主人念老马，廨署容秋萤。流寓理岂愜？穷愁醉不醒。”按曰“荒岁儿女瘦”，明此行携家与俱。公妻子已于本年至奉先，故明年得自京赴奉先就妻子也。

天宝十四载乙未（七五五） 十一月，安禄山反，陷河北诸郡；郭子仪为朔方副节度使。十二月东京陷，哥舒翰为兵马副元帅，守潼关；高适拜左拾遗，转监察御史。王昌龄为闾丘晓所杀。

公四十四岁。在长安。岁中往白水县，今陕西关中道白水县，唐属左冯翊同州。省舅氏崔十九翁。时崔为白水尉。九月，同崔至

奉先。公夫人杨氏。《九日杨奉先会白水崔明府》之杨奉先，疑即其内家之为奉先令者。公自去秋移家来奉先，即依此人。公与杨若非亲近，则妻子岂得寄寓于廨署？十月，归长安，授河西尉，不拜，《夔府咏怀》："昔罢河西尉，初兴蓟北师。"河西县故城在今云南河西县境。改右卫率府胄曹参军。《官定后戏赠》："不作河西尉，凄凉为折腰，老夫怕趋走，率府且逍遥。耽酒须微禄，狂歌托圣朝。故山归兴尽，回首向风飚。"公辞尉就率府，取其逍遥，得以饮酒狂歌耳。然亦不得已，故有回首故山之慨。《去矣行》："野人旷荡无靦颜，岂可久在王侯间？未试囊中餐玉法，明朝且入蓝田山。"盖既得官后，又未尝一日不思去也。十一月，又赴奉先探妻子，作《自京赴奉先咏怀五百字》。岁暮，丧幼子。见《咏怀五百字》。

天宝十五载（即至德元载）丙申（七五六） 正月，安禄山僭号于东京；李光弼为河东节度副大使。六月，哥舒翰战败于灵宝西，禄山陷潼关。玄宗奔蜀，出延秋门，次马嵬，陈玄礼杀杨国忠，贵妃自缢。禄山陷京师。七月，上传位于太子（起居舍人知制诰贾至撰册），改元。李泌至灵武。回纥吐蕃请助国讨贼。八月，安禄山取长安乐工犀象诣洛阳，宴其群臣于凝碧池。十月，房琯为招讨节度使，与贼战于陈陶斜，败绩。永王璘反，率兵东下，引李白为僚佐。十二月，高适为淮南节度使，讨永王璘。是年，岑参领伊西北庭度支副使。郎士元，皇甫冉登进士第。

公四十五岁。岁初在长安。有《苏端薛复筵简薛华醉歌》，及《晦日寻崔戢李封》诗。五月，至奉先避难，携家往白水，寄居舅

氏崔少府高斋。《白水崔少府十九翁高斋三十韵》曰:“客从南县来,……况当朱炎赫。”钱笺:“《寰宇记》:‘蒲城县,本汉重泉县地,后魏分白水县,置南白水县,以在白水之南为名,废帝三年改为蒲城,开元中改为奉先。’公从奉先来,循其旧名,故曰‘南’。”诗又曰:“高斋坐林杪,信宿游衍阒……始知贤主人,赠此遣愁寂。”**六月,又自白水,取道华原,**《三川观水涨二十韵》“我经华原来”,三川县属鹿州。**赴鄜州。**今陕西榆林道鄜县。**至三川县同家洼,寓故人孙宰家。**《元和郡县志》:“同州白水县,汉彭衙县地。”各注谓彭衙属鄜州,非也。公《彭衙行》曰“忆昔避贼初,北走经险艰,夜深彭衙道,月照白水山”,盖述初发白水时情景也。同家洼则途中所经地,故人孙宰居焉,因留其家。《彭衙行》述此行避乱之颠末甚悉,曰:“……尽室久徒步,逢人多厚颜,参差谷鸟吟,不见游子还。痴女饥咬我,啼畏虎狼闻,怀中掩其口,反侧声愈嗔。小儿强解事,故索苦李餐。(以上叙初发白水,途中儿女颠连之苦。)一旬半雷雨,泥泞相攀牵,既无御雨备,径滑衣又寒。有时经契阔,竟日数里间。埜果充糇粮,卑枝成屋椽,早行石上水,暮宿天边烟。(以上叙雨后行蹇,困顿流离之状。)小留同家洼,欲出芦子关。故人有孙宰,高义薄曾云,延客已曛黑,张灯启重门,煖汤濯我足,剪纸招我魂。从此出妻孥,相视涕阑干,众雏烂熳睡,唤起沾盘飧——‘誓将与夫子,永结为弟兄!’遂空所坐堂,安居奉我欢。”(以上叙孙宰晋接及周恤之情谊。)又《三川观水涨二十韵》所纪亦同时事,诗曰:“我经华原来,不复见平陆,北上惟土山,(按《元和郡县志》:‘土门山在华原县东南四里。’)连天走穷谷。火云出无时，飞电常在目。自多穷岫雨，行潦相豗蹙，蓊匌川气黄，群流会空曲。清晨望高浪，忽谓阴崖踣——恐泥窜蛟龙，登危聚麋鹿，枯查卷拔树，礧磈共充塞，声吹鬼神下，势阅人代速，……”按前诗言途中苦雨，此亦言多雨而致川涨，所指宜即一事。闻肃宗及位灵武，即留妻子于三川。后有《述怀》诗曰：“寄书问三川，不知家在否。”**孑身从芦子关奔行在所。途中为贼所得，遂至长安。九月，于长安路隅遇宗室子弟，乞舍身为奴，感恸作《哀王孙》。**

至德二载丁酉（七五七） 二月，肃宗幸凤翔。永王璘败，李白亡走彭泽，坐系浔阳狱。九月，收西京。十月，尹子奇久围睢阳，城陷，张巡，许远死之。收东京，肃宗自凤翔还长安。苏源明知制诰。十二月，上皇自蜀至，居兴庆宫。大封蜀郡灵武扈从功臣；陷贼官六等定罪，郑虔，王维，储光羲，卢象，李华等皆贬官。是年刘长卿为鄂岳观察使，因吴仲孺诬奏，贬南巴尉。高适下除太子少詹事，归东都。严维，顾况登进士第。

公四十六岁。春陷贼中，在长安，时从赞公、苏端游。赞公，大云经寺僧，尝以青丝履白氎巾赠公。《雨过苏端》：“杖藜入春泥，无食起我早。诸家忆所历，一饭迹便扫，苏侯得数过，欢喜每倾倒。”又曰：“况蒙霈泽垂，粮粒或自保。”可知陷贼之际，公衣食颇仰给于此二人也。同年三月作《喜晴》曰：“春夏各有实，我饥岂无涯？”《送程录事还乡》曰：“内愧突不黔，庶羞以赒给。”**四月，自金光门出，间道窜归凤翔，**后有诗题：“至德二载，甫自京金光门出，间道归凤翔；乾元初，从左拾遗移华州掾，与亲故别，因出此门，有悲往事。”诗曰：“此道昔归顺，西郊胡骑繁，至今犹破胆，应有未招魂。”《自京窜至凤翔喜达行在所》“生还今日事，间道暂时人”，述途中之危险也；又曰“影静千官里，心苏七校前”，志归后之欢欣也。《述怀》“今夏草木长，脱身得西走，麻鞋见天子，衣袖露两肘”，即史所谓“羸服窜归”者也。五月十六日，拜左拾遗。钱笺：“甫拜拾遗，在至德二载五月十六日，命中书侍郎张镐赍符告谕。今湖广岳州府平江县裔孙杜富家，尚藏此敕。敕用黄纸，高广可四尺，字大二寸许，年月有御宝，宝方五寸许。”按敕文载林侗《来斋金石考略》称：“襄阳杜甫（云云）。”白居易为左拾遗时赋诗曰：“岁媿俸钱三十万。”是月，**房琯得罪，公抗疏救之，肃宗怒，诏三司推问，张镐韦陟等救之，仍放就列**。本传：“甫与房琯为布衣交。琯以客董庭兰罢宰相。甫上疏言罪细，不宜免大臣。帝怒，诏三司推问。宰相张镐救之，得解。”公《祭房公文》曰：“拾遗补阙，视君所履。公初罢印，人实切齿。甫也备位此官，盖薄劣耳，见时危急，敢爱生死？君何不闻，刑欲加焉？伏奏无成，终身愧耻。”集中又有《谢敕放三司推问状》，文繁不录。又《壮游》曰：“备员窃补衮，忧愤心飞扬，上感九庙焚，下悯万民疮，斯时伏青蒲，廷诤守御床，君辱敢爱死，赫怒幸无伤。”《秋日荆南述怀三十韵》曰：“迟暮宫臣忝，艰危衮职陪，扬镳随日驭，折槛出云台，罪戾宽犹活，干戈塞未回。”《建都十二韵》曰：“牵裾恨不死，漏网辱殊恩。”并指此事。按《唐书·韦陟传》，陟亦尝奏公言不失谏臣体，帝由是疏之。则当时论救者，不独一张镐矣。六月，同裴荐等四人荐岑参，为《补遗荐岑参状》一首，今载集中。闰八月，墨制放还鄜州省家。《北征》："皇帝二载秋，闰八月初吉（按朔日也），杜子行北征，苍茫问家室，……顾惭私恩被，诏许归蓬荜，拜辞诣阙下，怵惕久未出。……"于是徒步出凤翔，至邠州，始从李嗣业借得乘马。见《徒步归行》。归家，卧病数日。《北征》："老夫情怀恶，呕泄卧数日。"作《北征》。十一月，自鄜州至京师。《收京三首》仇注曰："此当是至德二载十月，在鄜州时作。诗云'生意甘衰白，天涯正寂寥，忽闻哀痛诏，又下圣明朝'，此明是在家闻诏。按肃宗于至德元年七月十三日甲子即位灵武，制书大赦；二年十月十九日，帝还京；十月二十八日壬申，御丹凤楼下制，前后两次闻诏，故云'又下'也。是时公尚在鄜州，其至京当在十一月。《年谱》谓十月扈从还京，与诗不合。当以公诗为正。至于上皇回京，十二月甲寅之赦，又在其后，旧注错引。"

乾元元年戊戌（七五八）　正月，刘长卿摄海盐令。春，贾至出为汝州刺史。四月，上亲享九庙。六月，贬房琯为邠州刺史，下制数其罪，刘秩，严武等俱贬。七月，高适出为彭州刺史。是年，李白流夜郎。苏端登进士第。

公四十七岁。任左拾遗。春，贾至王维岑参皆在谏省，时贾王并为中书舍人，岑为右补阙，时共酬唱。《寄贾至严武五十韵》述居谏省时生活最详，曰："月分梁汉米，春给水衡钱，内蕊繁于缬，宫莎软胜绵，恩荣同拜手，出入最随肩，晚著华堂醉，寒重绣被眠，辔齐兼秉烛，书枉满怀笺。"时毕曜亦在京师，居公之邻舍。《逼侧行赠毕四曜》:“我居巷南子巷北,可怜邻里间,十日不一见颜色。”(鹤注:此当是乾元元年春在谏院作,故诗中有朝天语。)《赠毕四曜》:“同调嗟谁惜,论文笑自知。”(鹤注:“乾元二年,公在秦州,有贺毕曜除监察御史诗,今云宦卑,是尚未迁官时作,当在乾元元年。”)**四月,上亲享九庙,公得陪祀。**《往在》:“前春礼郊庙,祀事亲圣躬,微躯忝近臣,景从陪群公。登阶捧玉册,峨冕聆金钟,侍祠恧先路,掖垣迩濯龙。”仇曰:“唐史肃宗还京,在至德二年十月,其亲享九庙及祀圜丘,在乾元元年四月。鹤注谓‘前年春’疑误。”**六月,房琯因贺兰进明谮,贬为邠州刺史;公坐琯党,出为华州司功参军。**客岁四月,自京出金光门,间道窜归凤翔,至本年六月,即因谮左迁,仍出此门,抚今思昔,感慨赋诗,诗曰“移官岂至尊”,指贺兰进明也。到华州后一月,有《早秋苦热堆案相仍》诗曰:“七月六日苦炎蒸,对食暂餐还不能,常愁夜来皆是蝎,况乃秋后转多蝇。束带发狂欲大叫,簿书何急来相仍!”王嗣奭曰:“州牧姓郭,公初至,即代为试进士策问,与进灭绝寇状,不过挟长官而委以笔札之役,非重其才也。公厚于情谊,虽邂逅一饮,必赋诗以致感佩之私。……郭与周旋一载,公无只字及之,其人可知矣。”**是秋,尝到蓝田县访崔兴宗王维。**蓝田距华州八十里,县东南有蓝田山,又名玉山,一名东山,崔兴宗,王维别墅并在焉,(即辋川别墅,王维《辋川别业》:“不到东山向一年。”)公《九日蓝田崔氏庄》,黄鹤编在乾元元年。又有《崔氏东山草堂》,与前诗同时作,诗云:“何为西庄王给事,柴门空闭锁松筠?”给事即王维也。维晚年得宋之问辋川别墅,在张通儒囚禁之后，其复拜给事中，在乾元元年，明年则转尚书右丞矣。诗曰“柴门空锁”，是未遇维也。故后《解闷十二首》云“不见高人王右丞，蓝田丘壑蔓寒藤。”时裴迪应亦在蓝田，不知与公相见否。**冬末，以事归东都陆浑庄，尝遇孟云卿于湖城县城东。**初遇云卿，不知在何时，有诗题曰：“冬末以事之东都，湖城东遇孟云卿，复归刘颢宅宿，宴饮散，因为醉歌。”鹤注云：“当是乾元元年冬，自华州游东都作。”诗云：“疾风吹尘暗河县，行子隔手不相见，湖城城东一开眼，驻马偶识云卿面。……”

乾元二年己亥（七五九） 岑参自右补阙转起居舍人，寻署虢州长史。王维转尚书右丞。李白至巫山，遇赦释还。权德舆生。

公四十八岁。春，自东都归华州，途中作“三吏”“三别”六首。时属关辅饥馑。遂以七月弃官西去，度陇，赴秦州。按《旧书》：“乾元二年四月癸亥，以久旱徙市雩祭祈雨。”《通鉴》：“时天下饥馑，九节度围邺城，诸军乏食，人思自溃。”此与公诗《夏日叹》正合。《唐书》本传：“甫为华州司功，属关辅饥，弃官客秦州。”盖是时东都残毁，既不可归，长安繁侈，又难自存，（在秦州《寄高岑三十韵》：“无钱居帝里，尽室在边疆。”惟秦州得雨，秋禾有收。）《遣兴三首》：“耕田秋雨足，禾黍以映道”，《赤谷西崦人家》“径转山田熟”，《雨晴》“久雨不妨农”因携家徙居焉。至秦，居东柯谷。《通志》：“东柯谷，在秦州东南五十里，杜甫有祠于此。”宋栗亭令王知彰记云：“工部弃官，寓东柯谷侄佐之居。”赵傁曰：“《天水图经》载秦州陇城县，有杜工部故居，及其侄佐草堂，在东柯谷之南，麦积山瑞应寺上。”

按公以七月至秦州，十月赴同谷，此所记皆因暂寓而言之耳。《秦州杂诗》"传道东柯谷，深藏数十家，对门藤盖瓦，映竹水穿沙，瘦地偏宜粟，阳坡可种瓜"，又曰"东柯好崖谷，不与众峰群，落日邀双鸟，晴天卷片云"——东柯景物，见于公诗者，略如此。是时，有《梦李白二首》《天末怀李白》《寄李白二十韵》。李时被罪，在谪戍中。又有寄高适，岑参，贾至，严武，郑虔，毕曜，薛据及张彪诗。时赞公亦谪居秦州，《宿赞公土室》"数奇谪关塞"，《宿赞公房》"放逐宁违性"，《别赞上人》"赞公释门老，放逐来上国"；赵仿曰："赞公亦房相之客，时被谪秦州公故与之款曲如此。"按史称房琯好谈佛老，赵说是也。尝为公盛言西枝村之胜，因作计卜居。置草堂，未成，会同谷宰来书言同谷可居，遂以十月，赴同谷。《寄赞上人》："近闻西枝西，有谷杉黍稠，亭午颇和暖，石田又足收，……徘徊虎穴上，面势龙泓头。"卢注："西枝西曰'有谷'，定指同谷。'近闻'，必指同谷邑宰书。公《至同谷界》'邑有贤主人，来书语绝妙'，此可相证。《同谷七歌》云'南有龙兮在山湫'，后《发同谷诗》云'停骖龙潭云，回首虎崖石'。诗云虎穴龙泓，指此无疑。"按公既居东柯，其地有山水之胜，瓜粟之饶，尝思终老矣。故《秦州杂诗》曰："东柯遂疏懒，休镊鬓毛斑。"曰："采药吾将老，儿童未遣闻。"曰："为报鸳行旧，鷦鹩在一枝。"然此一时之感想也。《秦州杂诗》开章便云"满目悲生事，因人作远游"；（此指侄佐也。《示侄佐》原注"佐草堂在东柯谷"；佐居东柯，公来秦可依者惟此人，故亦居东柯。）《佐还山后寄三首》曰"旧谙疏懒叔，须汝故相携"；《示侄佐》曰"自闻茅屋趣，只想竹林眠”；又尝索佐寄米寄薤（《佐还山后寄三首》“白露黄粱熟，……颇觉寄来迟”“甚闻霜薤白，重惠意如何？”），又有《阮隐居致薤三十束》诗。此皆可证是时生计，仍仰给于人，则秦州之居终非长久计矣。《发秦州》一篇，于公去东柯就同谷之理由，言之綦详；诗曰：“我衰更懒拙，生事不自谋，无食问乐土，无衣思南州。汉源十月交，天气如凉秋。草木未黄落，况闻山水幽。栗亭（栗亭镇，属成州同谷县）名更嘉，下有良田畴，充肠多薯蓣，崖蜜亦易求，密竹复冬笋，清池可方舟，虽伤旅寓远，庶遂平生游。（按此上言同谷之当居。）此邦俯要冲，实恐人事稠，应接非本性，登临未销忧，谿谷无异石，塞田始微收，岂复慰老夫，惘然难久留。”（按此上言秦州之当去。）**途经赤谷，铁堂峡，盐井，寒峡，法镜寺，青阳峡，龙门镇，石龛，积草岭，泥功山，凤凰台，皆有诗。至同谷，居栗亭。**钱谦益曰：“《寰宇记》：同谷县有栗亭镇。咸通中，刺史赵鸿刻石同谷，曰：‘工部题栗亭十韵，不复见。’鸿诗曰：‘杜甫《栗亭》诗，诗人多在口，悠悠二甲子，题记今何有？’”多按鸿又有《杜甫同谷茅茨》诗，咸通十四年作，曰：“工部栖迟后，邻家大半无，青羌迷道路，白社寄盃盂……”贫益甚，拾橡栗掘黄独以自给，《同谷七歌》：“岁拾橡栗随狙公天寒日暮山谷里。”《新书》本传“甫客秦州，负薪采橡栗自给”，以同谷为秦州，误也。《七歌》第二章：“长镵长镵白木柄，我生托子以为命。黄独无苗山雪盛，短衣数挽不掩胫，此时与子空归来，男呻女吟四壁静。”写当时贫况，尤惨绝。**居不踰月，又赴成都。**《发同谷县》：“始来兹山中，休驾喜地僻，奈何迫物累，一岁四行役！”

始以为可休驾矣，乃生计之迫益甚，故不得不去之也。以十二月一日就道，《发同谷县》原注："乾元二年十二月一日自陇右赴成都纪行。"经木皮岭，白沙渡，飞仙阁，五盘岭，龙门阁，石柜阁，桔柏渡，剑门，鹿头山，岁终至成都，《成都府》"初月出不高，众星尚争光"，盖当下弦矣。寓居浣花溪寺。《酬高使君相赠》："古寺僧牢落，空房客寓居。"《成都记》："草堂寺在府西七里，极宏丽，僧复空居其中，与杜员外居处逼近。"赵清献《玉垒记》："公寓沙门复空所居。"按明年有《赠蜀僧闾丘师兄诗》，不知即其人否。时高适方刺彭州，公甫到成都，适即寄诗问讯。《酬高使君相赠》："故人供禄米，邻舍与园蔬。"《杜臆》以为故人指裴冕，恐非是。后有《卜居》诗云"主人为卜林塘幽"，黄鹤，鲍钦止等亦皆以为是裴冕。顾宸曰："裴若为公结庐，则诗题当标'冀公'，而诗中亦不当以主人卜林塘一句轻叙矣。"按顾说是也。史称裴冕无学术，又贪嗜货利，其人鄙陋，恐非能知公者。后又有《寄裴施州》诗，朱鹤龄已证其别为一人。则公与裴始终未尝发生关系也。此后《江村》诗云"但有故人供禄米"，《狂夫》云"厚禄故人书断绝，恒饥稚子色凄凉"，当与前是一人，其姓氏则不可考耳。或以为即高适，未闻其审。

上元元年庚子（七六〇） 高力士配流巫州。高适改蜀州刺史。元结撰《箧中集》。

公四十九岁。在成都。春卜居西郭之浣花里，《寰宇记》："浣花溪，在成都西郭外，属犀浦县。"表弟王十五司马遗赀营造，徐卿疑即知道，萧实，何邕，韦班应物侄，三明府供果木栽，开岁始事，

《寄题江外草堂》:“经营上元始。”季春落成。《堂成》:“频来语燕定新巢。”按《寄题江外草堂》:“诛茅初一亩,广地方连延,……敢谋土木丽,自觉面势坚,亭台随高下,敞豁当清川。”《绝句漫兴九首》“野老墙低还是家”,此草堂结构之大概也。《送韦郎司直归成都》原注“余草堂在成都西郭”;《绝句三首》“茅堂石笋西”(石笋街在成都西门外);《西郊》“时出碧鸡坊,西郊向草堂”,《堂成》“背郭堂成荫白茅”,《遣闷呈严二十韵》“南江绕舍东”,《卜居》“浣花流水水西头”,《狂夫》“万里桥西一草堂”,《怀锦水居止》“万里桥南宅”;《遣闷呈严二十韵》“西岭纡村北”,《怀锦水居止》“雪岭界天白”;《怀锦水居止》又曰“百花潭北庄”,《狂夫》“百花潭水即沧浪”。据此则草堂背成都郭,在西郊碧鸡坊石笋街外,万里桥南,百花潭北,浣花溪西,而北望则可见西岭也。陆游云:“少陵有二草堂,一在万里桥西,一在浣花,皆见于诗中。”按公实无二草堂,放翁在蜀久,顾不辨此,何哉?宋京《草堂诗》云:“野僧作屋号‘草堂’,不是柴门旧时处。”放翁必以野僧所营者误为公之草堂矣。时韦偃寓居蜀中,尝为公画壁,见《题壁上韦偃画马歌》。又有《戏题王宰画山水图歌》,梁氏亦编在上元元年成都诗内。然玩诗意,当是公见宰此图而作歌,图非公所有也。《戏为韦偃双松图歌》亦此类。初秋,暂游新津,晤裴迪,《和裴迪登新津寺寄王侍御》鹤注:“此必公暂如新津,与裴同至寺中,故有此作。当在上元元年。蜀至成都才数百里,故可唱和也。”多按诗云:“吟诗秋叶黄,蝉声集古寺”,则是作于初秋,然《赠间丘师兄》《泛溪》《南邻》《野老》诸诗,皆作于成都,而时序与《和裴诗》略同，知公在新津未尝久留也。**秋晚，至蜀州，晤高适。**《奉简高三十五使君》："行色秋将晚，交情老更亲，天涯喜相见，披豁对吾真。"仇曰："高由彭州刺蜀州，公时在蜀；《年谱》云'上元元年，间常至蜀州之青城新津'，是也。"**冬，复在成都。**《建都》《村夜》以下诸诗可证。

上元二年辛丑（七六一） 二月，崔光远代李若幽为成都。三月，段子璋反于东川，陷绵州，东川节度使李奂奔成都。五月，崔光远擒子璋，牙将花惊定恃功大掠。十二月，严武为成都尹。是年，王维卒。

公五十岁。居草堂。开岁又往新津，二月归成都。《题新津北桥楼》《游修觉寺》，朱氏并编在上元二年，前诗云"望极春城上"，后诗云"吾得及春游"，知本年春，公又在新津。然《漫成二首》曰"江皋已仲春"，《春水生二绝》曰"二月六夜春水生"，《绝句漫兴九首》曰"二月已破三月来"，《春水》曰"三月秋花浪"，《江亭》曰："寂寂春将晚"，并《寒食》首皆成都诗，旧皆编在上元二年。故知公再游新津，必在是年二月前，其返成都则至迟在二月初也。**秋至青城。**《野望因过常少仙》："秋望转悠哉，竹覆青城合，……"草堂本编在上元二年。**旋又归成都。**鹤注《石犀行》："上元二年秋八月，灌口损户口，故作是诗。"（石犀在成都府城南三十五里。）又《枏树为风雨所拔叹》，及《茅屋为秋风所破歌》草堂本并编在上元二年成都诗内是时多病，《一室》："巴蜀来多病。"**生计艰窘，**《百忧集行》："强将笑语供主人，悲见生涯百忧集。入门依旧四壁空；老妻笑我颜色同。

痴儿不知父子礼，叫怒索饭啼门东。”鹤据诗中“只今倏忽已五十”句，定为上元二年所作。同时作《茅屋为秋风所破歌》《赴青城县出成都寄陶王二少尹》《重简王明府》《一室》《病柏》《病橘》《枯棱》《枯柟》诸诗，意绪并同，皆客寓穷愁之感，知是时公生计又颇艰也。《百忧集行》“强将笑语供主人”句，黄鹤以为指崔光远，史云光远无学仕气，宜与公不相合也。**始有迁地吴楚之念。**《一室》：“巴蜀来多病，荆蛮去几年？应同王粲宅，留井岘山前。”《逢唐兴刘主簿弟》：“轻舟下吴会，主簿意如何？”盖欲约刘东下，故问之。**冬，高适至成都，尝同王抡过草堂会饮。**有诗题“王十七侍御抡许携酒至草堂奉寄此诗，便请邀高三十五使君同到”。后又有《王竟携酒高亦同过》诗。

代宗宝应元年壬寅（七六二） 四月，玄宗肃宗相继崩，代宗即位。七月，严武召还，高适为成都尹；徐知道反，以兵守剑阁武不得出。八月，知道为其下所杀。是年，李白卒，李阳冰编白集，郎士元补渭南尉。

公五十一岁。自春至夏，居草堂。与严武唱和甚密，武时有馈赠。见《谢严中丞送青城道乳酒》及《严公仲夏枉驾兼携酒馔》等诗。**七月，送严武还朝，以舟至绵州，抵奉济驿，登陆，遂分手而还。**《奉济驿重送严公四韵》，郭知达本注：“奉济驿在绵州□三十里。”会徐知道反，道阻，乃入梓州。《戏题寄上汉中王三首》原注：“时王在梓州……”诗云：“群盗无归路，衰颜会远方。”盖将赴梓州时作也。《从事行》：“我行入东川（东川节度使治所在梓州），十步一回首，成都乱罢气萧索，浣花草堂亦何有？”**秋末，回成都迎家至梓**，仇曰：“《年谱》谓宝应秋末，公回成都迎妻子。遍考诗中，无一语记及，知公未尝回成都矣。”多按《寄题江外草堂》，黄鹤编在广德元年。李泰伯云公在梓州，怀思草堂而作是诗。诗曰“偶弃老妻去，惨澹凌风烟”，似指徐知道乱后，携家出成都事。然则公实尝回成都取家矣。仇又据《舍弟占归草堂检校》诗“熟知江路近，频为草堂回”之句，以为迎家至梓，必弟占代任其事。不知“频为草堂回”，乃公嘱弟之语，意甚明，与迎家至梓事何涉？又按明年《九日》诗云“去年登高郪县北”，郪县，梓州治也。九日，登高于县北，则赴成都迎妻子，必在重九后。《谱》云秋末赴成都，盖有据也。**然颇有东游之意。**《奉赠射洪李四丈》：“东征下月峡，挂席穷海岛，万里须十金，妻孥未相保。”**十一月，往射洪县，**《野望》“仲冬风日始凄凄”，又曰“射洪春酒寒仍绿”，知至射洪时，正十一月也。**到金华山玉京观，寻陈子昂读书堂遗迹，**《冬到金华山观因得陈公学堂遗迹》：“陈公读书堂，石柱仄青苔，悲风为我起，激烈伤雄才。”按李杜韩柳皆推重子昂（见李阳冰《太白集序》，韩愈《送孟东野序》及《荐士诗》，柳宗元《杨评士文集序》），而公倾心尤甚。在绵州时《送梓州李使君之任》诗云：“遇害陈公殒，于今蜀道怜，君行射洪县，为我一潸然。”《陈拾遗故宅》云：“位下曷足伤，所贵者圣贤，有才继《骚》《雅》，哲匠不比肩，公生扬马后，名与日月悬。……终古立忠义，《感遇》有遗篇。”他人但称其文字复古之功公独兼颂其人格之伟大，可以占其怀抱矣。**又访县北东武山子昂故宅。**《陈拾遗故宅》：“拾遗平昔居，大屋尚修椽，悠扬荒山日，惨澹故园烟。”又：“彦昭超玉价，郭震起通泉，到今素壁滑，洒翰银钩连。”盖赵彦昭郭元振题壁尚在也。**旋复南之通泉县，访郭元振故居，于庆善寺观薛稷书画壁。**鹤注《过郭代公故宅》：“郭公，魏州贵乡人，宅在京师宣阳里。今云故宅，当是尉通泉时所居。”《观薛稷少保书画壁》云：“画藏青莲界，书入金牓悬。仰看垂露姿，不崩亦不骞，郁郁三大字，蛟龙岌相缠。又挥西方变，发地扶屋椽，惨澹壁飞动，到今色未填。”《舆地纪胜》：“薛稷书‘慧普寺’三字，径三尺许，在通泉县庆善寺聚古堂。”米芾《海岳名言》：“薛稷书‘慧普寺’，老杜以为‘蛟龙岌相缠’。今见其本，乃如奈重儿握蒸饼势，信老杜不能书也。”又曰：“老杜作薛稷‘慧普寺’诗云‘郁郁三大字，蛟龙岌相缠’。今有石本，得视之，乃是勾勒，倒收笔锋，笔笔如蒸饼。‘普’字如人偃两拳，伸臂而立，丑怪难状。”赵曰：“稷书‘慧普寺’三字乃真书，傍有赑屃缠捧，此其‘蛟龙岌相缠’也。稷所画西方变相则亡。”张远注：“‘发地扶屋椽’，谓西方之像，起自地面，直至屋椽。”**又于县署壁后观稷所画鹤。**见《通泉县署壁后薛少保画鹤》诗。《名画录》：“又蜀郡亦有（稷）鹤并佛像菩萨等，传于世，并称神品。”

广德元年癸卯（七六三） 岁初，岑参自虢州长史入为太子中允。夏，章彝守梓州。八月，房琯卒。秋后，高适御吐蕃无功。十月，吐蕃陷长安，代宗幸陕州。是年，元结除道州刺史。耿沣登进士第。

公五十二岁。正月，在梓州，闻官军收河南河北，便欲还东都，俄而复思东下吴楚。《春日梓州登楼二首》：“厌蜀交游冷，思吴胜事繁，应须理舟楫，长啸下荆门。”仇曰：“盖恐北归未能，转作东游之想也。”按《春晚有双燕》诗曰“今秋天地在，吾亦离殊方”，亦指东游而言也。**间尝到阆州，因游牛头，兜率，惠义诸寺。既归梓，又因送辛员外，至绵州。**仇注《巴西驿亭观江涨呈窦使君二首》曰：“宝应元年夏，公送严武至绵州，广德元年春，公在梓州，有《惠义寺送辛员外》诗，中云‘细草残花’，盖春候也，末云‘宜到绵州’盖重至绵州矣。此诗末章言春暮，正其时也。今依黄鹤编在广德元年春绵州作。黄谓《年谱》脱漏，是也。”多按自惠义寺送辛员外同至绵州，寺在郪县北，而郪县即梓州治，则是归梓州后，再至绵州也。自绵归梓，《涪城县香积寺官阁》“寺下春江”，《涪江泛舟送韦班归京》“伤春一水间”，与前绵州诗节候同。涪城在梓州西北五十五里，绵州又在涪州西北，故知至绵州后，尝归梓州，盖涪城为自绵归梓必经之地也。**又往汉州。**《旧书·房琯传》：“宝应二年（即广德元年）四月，拜特进刑部尚书。”公《陪王汉州留杜绵州泛房公西湖》云“旧相追思后”，《得房公池鹅》云：“为报笼随王右军”（以房公在途次也），朱云二诗“俱及房公赴召，则广德元年春，公尝至汉州矣。旧《谱》不书，略也。”仇曰：“今按《唐书》谓召琯在宝应二年之夏，……恐误也。据此诗，春末盖已赴召矣。”**夏返梓州。**时章彝为刺史，公《陪章留后侍御宴南楼》曰“绝域长夏晚”，又曰：“屡食将军第，仍骑御史骢。”知夏日，公复在梓也。**初秋，复别梓赴阆。九月，祭房琯。**琯以八月卒于阆州，公祭文题九月致祭。秋尽，得家书知女病，因急归梓。《客旧馆》旧次在广德元年梓州诗内，诗有

"初秋别此亭"及"寒砧昨夜声"之句。仇曰:"《年谱》谓秋往阆州,冬晚复回梓州。据此诗,则是初秋别梓,秋尽复回也。"多按仇说是矣。《发阆州》曰:"女病妻忧归意急,秋花锦石谁能数?别家三月一书来,避地何时免愁苦!"别家三月,与初秋别梓,秋尽复回,时期正合。**十一月,将出峡为吴楚之游**。《将适吴楚留别章使君留后兼幕府诸公》,鹤编在广德元年十一月,云是代宗未还京时作,故诗云"重见衣冠走""黄屋今安否"。按公蓄念出峡,见于诗者,始自上元二年之秋。自是吟咏所及,数见不鲜。至本年春作《双燕》曰:"今秋天地在,吾亦离殊方。"同时《知歌行送祁录事归合州因寄苏使君》曰:"君今起柂春江流,余亦沙边具小舟,幸为达书贤府主,江花未尽会江楼。"江花,荷花也。秋晚自阆州归。作《客旧馆》曰"无由出江汉,愁绪日冥冥",则行期已届,犹不果就道,因而兴叹也。本年冬作《桃竹杖引》曰"老夫复欲东南征,乘涛鼓枻白帝城",则行期虽误,而东行之念,犹无时或忘也。至是而亲朋餽赆,行资已备(《留别章使君》曰"相逢半新故,取别随薄厚"),且已赋诗取别,则居然启程有日矣。王嗣奭曰:"章留后,所为多不法,而待杜特厚。公诗屡谏不悛,想托词避去,乃保身之哲,不欲以数取疏也。不然,有此地主,不必去蜀,又何以别去,而终不去蜀耶?后章将入朝,公寄诗云'江汉垂纶',则公客阆州,去梓不远。"多按公蓄念出蜀,三年于兹(《草堂》"贱子且奔走,三年望东吴"),踌躇至是,始果成行,想行旅所资,出于章留后之助居多。其所以卒抵阆而返者,则以严武回蜀故,初非始念所及也。谓公之于章,屡谏不悛,颇怀失望，则有之。若曰诡词去蜀，意在避章，诬公甚矣。后至阆州作《游子》曰“巴蜀愁谁语，吴门兴杳然”，知公东游之行，非虚饰矣。矧其时方有功曹之补，徒因欲下峡，遂不赴召，则其立意之坚决，尚有何可疑？**于是命弟占归成都检校草堂**，公之来蜀，四弟唯占与俱。自客岁移家至梓，离草堂且一年矣，至是始命占往检校，临行示诗曰：“久客应吾道，相随独尔来，熟知江路近，频为草堂回。鹅鸭宜长数，柴荆莫浪开；东林竹影薄，腊月更须栽。”其意盖终当归住草堂，故命弟频往检点，使勿就芜废。前此有《寄题江外草堂》诗；又有句云“为问南溪竹，抽梢合过墙？”（《送韦郎司直归成都》原注“余草堂在成都西郭”）；又云“我有浣花竹，题诗须一行”（《送窦九归成都》）；后此归至草堂有诗云“不忍竟舍此，复来薙榛芜”。知此数年间，东西奔突，实无一日忘怀于草堂也。

广德二年甲辰（七六四） 二月，严武再镇蜀。章彝罢梓州刺史东川留后，将入朝，严武因事杀之。三月，高适召还，为刑部侍郎，转左散骑常侍。九月，严武破吐蕃，拔当狗城；十一月，收吐蕃盐井城。是年，郑虔，苏源明相继卒。苏涣登进士第。

公五十三岁。春首，自梓州挈家东首出峡，先至阆州，后有自阆州携家却赴成都诗。公自成都移家至梓，在宝应元年。其自梓移阆，在何时，不见于诗。去秋因女病归家，时妻子犹在梓州。其来阆州当在本年春，意者此时作计出峡，必携家同行也。弟占独留在蜀，则《命占检校草堂诗》可证。**会朝廷召补京兆功曹参军，以行程既定，不赴召。**《别马巴州》原注：“时甫除京兆功曹，在东川。”《杜律演义》:“此必作于广德元年以后,盖不赴功曹之补,将东游荆楚,而寄别巴州也。”仇曰:“本传谓召补功曹,不至,在上元二年。王洙因之而误。蔡兴宗《年谱》编此诗在广德元年,亦尚未确。广德二年《奉侍严大夫》诗云‘欲辞巴徼啼莺合,远下荆门去鹢催’;此诗云‘扁舟系缆沙边久,独把钓竿终远去’。两诗互证,知同为二年所作矣。《杜臆》谓欲适楚,以严武将至,故不果行,此说得之。”二月,且离阆东去,闻严武将再镇蜀,大喜,遂改计却赴成都,《自阆却赴蜀山行》云:“不成向南国,复作游西川。”《奉侍严大夫》云:“殊方又喜故人来,重镇还须济世才,常怪偏裨终日待,不知旌节隔年回。欲辞巴徼啼莺合,远下荆门去鹢催,身老时危思会面,一生襟抱向谁开!”《归成都途中》云:“得归茅屋赴成都,直为文翁再剖符。”按自严武去蜀,公遽失所依,往来梓阆,彷徨久之,将欲出峡,则“孤矢暗江海,难为五湖游”(见《草堂》),将欲留居,则武夫暴厉,常有失身杯酒之虞(见《将适吴楚留别章留后》)。今闻严武再镇巴蜀,得重依故人,还居草堂,得非日暮穷途,意外之喜?故《却赴蜀山》诗(第三首)极言征途苦中之乐,《侍严大夫》诗叙严武之还,《途中寄严》诗预拟归来情事,亦皆喜溢词表,而既归草堂,作诗,历数“旧犬喜我来”“邻里喜我归”“大官喜我来”“城郭喜我来”,则直是乐不可支矣。**三月,归成都**。《春归》有“轻燕受风斜”语,黄鹤编在本年三月。**六月,严武表为节度参谋,检校工部员外郎,赐绯鱼袋**。见《新书》本传《旧书》作上二年冬,误。《客堂》曰“台郎选才俊,自顾亦已极”,又曰“上公有记者,累奏资薄禄”,即指此。

秋，居幕中，颇不乐，因上诗严武述胸臆。《遣闷呈严公二十韵》作于是年，诗曰“分曹失异同”，谓与僚辈不合也；又曰“晓入朱扉启，昏归画角终，不成寻别业，未敢息微躬”，谓礼数拘束，疲于奔走也。按周必大《益公诗话》：“韩退之《上张仆射书》云：‘使院故事，晨入夜归，非有疾病事故，辄不许出。抑而行之，必发狂疾。’乃知唐藩镇之属，皆晨入昏归，亦自少暇。如牛僧孺待杜牧，固不以常礼也。”**遂得乞假暂归草堂。**《到村》以下，多草堂诗。仇注《到村》曰：“此乞假而暂到村也。旧注谓是广德二年秋作，明年正月，遂辞幕归村矣。”今案上诗后乃准此假，想当然耳。**是时，曹霸在成都，公作《丹青引》赠之。**黄鹤定《韦讽宅曹将军画马图歌》《送韦讽上阆州录事参军》两诗为广德二年作，此诗宜与同时。**弟颖往齐州，**《送舍弟颖赴齐州》三首，鹤定为广德二年秋成都作诗曰“两弟亦山东”；仇曰：“两弟谓丰与观。”多按大历元年有诗题曰：“第五弟丰独在江左，近三四载寂无消息……”诗曰“乱后嗟吾在”，又曰“十年朝夕泪”，是丰自天宝乱后，至大历元年，流落江左，凡十年矣。丰既在江左，则本年诗云“两弟亦山东”者，丰必不与。诗盖言颖赴齐后，并观为两弟在山东耳。大历二年《元日示宗武》仍云“不见江东弟，高歌泪数行”（原注“第五弟漂泊在江左，近无消息”），而同时又有《远怀舍弟颖观》等诗，云“阳翟空知处，荆南近得书”，以颖观并提，知二人本同在一地，后乃分离，一往阳翟，一至荆南耳。此亦可作在山东者为颖与观之旁证。颖之初来成都，在何时，诗中不载。惟去年冬《命占检校草堂》诗云“相随独尔来”，明其时颖尚未至。颖之至成都，必在本年无疑，送颖诗又曰："诸姑今海畔。"考公《范阳卢氏墓志》，审言之女，薛氏所出者，适魏上瑜，裴荣期，卢正均，皆前卒，卢氏所出者，一适京兆王佑，一适会稽贺撝。此云在海畔，必贺氏姑也。**岁晚，因事寄诗贾至。**《别唐十五诚因寄礼部贾侍郎》，旧编在广德二年，以贾转礼部在是年，又知东都选也。张远注曰："时唐十五必往东都赴举，公故寄诗为之先容也。"**是年，与严武唱和最密。**

永泰元年乙巳（七六五） 正月，高适卒。四月，严武卒。五月，郭英乂为成都尹。九月，吐蕃回纥入寇。十月，回纥受盟而还。郭英乂为兵马使崔旰所杀，邛州牙将柏茂琳，泸州杨子琳，剑南李昌夔皆起兵讨旰，蜀中大乱。是年，韦应物授京兆功曹，迁洛阳丞。令狐楚生。

公五十四岁。正月三日，辞幕府，归浣花溪。见《正月三日归溪上有作简院内诸公》。**自春徂夏，居草堂。**黄庭坚《题杜子美浣花醉图》摹写公此时之生活，最精妙，诗曰："拾遗流落锦官城，故人作尹眼为青，碧鸡坊西作茅屋，百花潭水濯冠缨，故衣未补新衣绽，空蟠胸中书万卷。探道欲度羲黄前，论诗未觉《国风》远。干戈峥嵘暗寓县，杜陵韦曲无鸡犬，老妻稚子且眼前，弟妹漂零不相见。此公乐易真可人，园翁溪友肯卜邻，邻家有酒皆邀去，得意鱼鸟来相亲。浣花酒舡散车骑，野墙无主看桃李，宗文守家宗武扶，落日蹇驴驮醉起。愿闻脱冠脱兜鍪，老儒不用千户侯。中原未得平安报，醉里眉攒万国愁。……" **五月，携家离草堂南下，**《去蜀》曰"如何关塞阻，转作潇湘游”，则此行欲往湖南也。去岁，自梓州东下，其目的地亦系湖南，《桃竹杖引》及《留别章梓州》诗可证。至嘉州，有《青溪驿奉怀张之绪》诗，驿在嘉州。《狂歌行赠四兄》曰“今年思我来嘉州”，知先至嘉州因四兄之召也；诗又曰“女拜弟妻男拜弟”，知妻子同行也。**六月，至戎州**。《宴戎州杨使君东楼》云“轻红劈荔枝”，当是其年六月作。黄鹤曰：“黄山谷《在戎州食荔枝》诗云‘六月连山柘枝红’，可知荔枝熟于六月也。”多按明年《解闷十二首》曰“忆过泸戎摘荔枝，青枫隐映石逶迤”，即指此役。曰青枫，是在秋前也。**自戎至渝州，候严六侍御，不到，先下峡**。有诗题如此。**入秋，至忠州**，《禹庙》云“秋风落日斜”，忠州临江县南有禹祠（见《方舆胜览》）知至忠时已入秋。居龙兴寺院。时有《宴忠州使君侄宅》诗，而《题忠州龙兴寺所居院壁》曰：“空看过客泪，莫觅主人恩。”仇曰：“使君必失于周旋，故有客泪主恩之慨。”按陆游有《游龙兴寺吊少陵寓居》诗，原注曰：“寺门外，江声甚壮。”**九月，至云安县**，有《云安九日郑十八携酒陪诸公宴》诗。**因病，遂留居云安**，《别常征君》云“卧病一秋强”；顾注：“永泰元年，自秋徂冬，公在云安，故云‘卧病一秋强’。”多按《移居夔州作》“伏枕云安县”，《客堂》“栖泊云安县，消中内相毒，旧疾廿载来，衰年得无足”，《别蔡十四著作》“巴道此相逢，会我病江滨”，《赠郑十八贲》“水陆迷畏途，药饵驻修轸”，《客居》“我在路中央，生理不得论，卧愁病脚废，……”《十二月一日三首》“肺病几时朝日边”“茂陵著书消渴长”——此皆可证留居云安，因病故也。《杜鹃》“值我病经年”，《峡中览物》“舟中得病移衾枕，洞口经春长薜萝”，《寄薛三郎中璩》“峡中一卧病，疟疠经冬春，春复加肺病，此病盖有因，早岁与苏郑，痛饮情相亲”——此可证明春犹未平复不但“一秋强”也，又知得病之因，乃以早岁痛饮故耳。又合观前后诸诗，知病症有疟疠，有咳嗽（“病肺”），又因久病而脚废。**馆于严明府之水阁。**仇注《水阁朝霁简云安严明府》：“时公居严之水阁，故作诗以赠之。”多按《赠郑十八贲》曰“数杯资好事，异味烦县尹”，县尹即严。既留居水阁，又为致异味，知严款待之殷，故《简严》诗云“晚交严明府”，喜交友之得人也。又按水阁之形胜，考之诗中，亦有足征者：《水阁朝霁简严诗》曰“东城抱春岑，江阁邻石面”，《客居》曰“客居所居堂，前江后山根，下堑万寻岸，苍涛郁飞翻，葱青众木梢，邪竖杂石痕”，《子规》曰“峡里云安县，江楼翼瓦齐，两边山木合，终日子规啼”，《十二月一日三首》曰“日满楼前江雾黄”，是也。

大历元年丙午（七六六） 二月，杜鸿渐为东西川副元帅。秋后，柏茂琳为夔州都督。是年，岑参为嘉州刺史。窦叔向登进士第。薛据，孟云卿并在荆州。卢纶自鄱阳还京师约当此年。

公五十五岁。春，在云安。时岑参方为嘉州刺史，寄诗赠之。自乾元元年公与参同官两省，至大历元年，才九年，而诗云“不见故人十年余”，此公误记耳。据杜确《岑参集》序，参自库部郎中出为嘉州刺史，杜鸿渐表为职方郎中，兼侍御史，列于幕府，无几使罢，寓居于蜀。鸿渐以本年二月为东西川副元帅。公诗题寄岑嘉州，原注曰“州据蜀江外”，则必作于二月以前。诗云“泊船秋夜始春草”，明指去年秋抵云安，至本年春，尚留居其地。诗作于大历元年春，盖无疑矣。**春晚，移居夔州**。《移居夔州作》曰：“伏枕云安县，迁居白帝城。”此诗又曰“春知催柳别”，《船下夔州郭别王十二》曰“风起春灯乱”，而《客堂》诗，诸家亦系于本年，诗曰“巴莺粉未稀，徼麦早向熟，……漠漠春辞木”，知公移居夔州，时在春晚矣。**初寓山中“客堂”**。《客堂》“舍舟复深山，窅窕一林麓”，《催宗文树鸡栅》“喧呼山腰宅”，知堂在山中。《贻华阳柳少府》“俱客古信州（按即夔州），结庐依毁垣，相去四五里，径微山叶繁”；又尝于墙东树鸡栅，堂下种莴苣，想其制必甚陋。《雨二首》云“殊俗状巢居”，《赠李十五丈别》云“峡人鸟兽居，其室附层巅”；元稹《通州》诗云“平地才应一顷余，阁拦都大似巢居”，自注“巴人都在山坡架木为居，自号‘阁拦头’”，公今所居，即此类欤？**秋日，移寓西阁**。《中宵》“西阁百寻余，中宵步绮疏”，《西阁雨望》“滂沱朱槛湿，万虑倚檐楹”。《秋兴八首》“山楼粉堞隐悲笳”，《夜宿西阁呈元二十一曹长》“稍通绡幕霁”；绮疏绡幕，朱槛粉堞，与前居之客堂，迥不侔矣。《不离西阁三首》“江云飘素练，石壁断空青，沧海先迎日，银河倒列星”，则又特饶景物之胜，故诗又曰：“平生耽胜事，吁骇始初经。”盖题曰“不离西阁”者，不忍离也。仇从《杜臆》云有厌居西阁意，大谬。集中凡题“西阁”诸诗，所记物候，咸属秋冬，知秋始来居此。同时诗中又有“草阁”之名，一称“江边阁”，《杜臆》以为别是一处。以《解闷十二首》“草阁柴扉星散居”，及《暮春》“沙上草阁柳新暗”之句征之，或然。**秋后，柏茂琳为夔州都督，公颇蒙资助**。《峡口二首》原注“主人柏中丞，频分月俸”；柏中丞，或误以为柏贞节，辨详王道俊《博议》。明年夏，有《园官送菜》，及《园人送瓜》诗，皆茂琳所致者。是年，多追忆旧游之作。

大历二年丁未（七六七） 皇甫冉迁右补阙。

公五十六岁。在夔州。春，自西阁移居赤甲。《赤甲》“卜居赤甲迁居新，两见巫山楚水春”；《入宅三首》：“客居愧迁次，春色渐多添，花亚欲移竹，鸟窥新卷帘。”又曰“乱后居难定，春归客未还”，知移赤甲在春。三月，迁居瀼西草屋。去年冬作《瀼西寒望》曰：“瞿塘春欲至，定卜瀼西居。”是居瀼西之意，自去冬始也。《小园》曰“客病留因药，春深买为花”，是春深时始买宅，与《暮春题瀼西新赁草屋五首》，及《卜居》“春耕破瀼西，桃红客若至”之句合也。《柴门》曰“约身不愿奢，茅栋盖一床”，《夔府咏怀一百韵》曰“茅斋八九椽”，曰“缚柴门窄窄”，《暇日小园散病》曰“及乎归茅宇”，《课竖子斫果林枝蔓》曰“病枕依茅栋”——知是草屋也。《上后园山脚》曰“小园背高冈”，《柴门》曰“石乱上云气，杉清延日华”，《课伐木》曰“舍西崖峤壮，雷雨蔚含蓄”，《夔府咏怀一百韵》曰：“阵图沙北岸，市暨瀼西巅。（原注：峡人目市井泊船处曰“市暨”，江水横通山谷处，方人谓之“瀼”。）……堑抵公畦棱，村依野庙壖，缺篱将棘拒，倒石赖藤缠。”《课小竖斫果木枝蔓》曰“篱弱门何向，沙虚岸只摧”，《小园》曰“秋庭风落果，瀼岸雨颓沙”，《课伐木序》曰“夔人屋壁列树白菊，镘为墙，实以竹，示式遏，为与虎近”——宅周事物，无远近巨细，悉可考也。附宅有果园四十亩，明年出峡，以瀼西果园四十亩赠“南卿兄”，又有诗题“课小竖锄斫舍北果林枝蔓荒秽净讫，移床三首”，又有《阻雨不得归瀼西甘林》诗。曰“果园”，曰“果林”，曰“甘林”，实即一处。果林在舍北，而《阻雨不得归甘林》曰“欲归瀼西宅，阻此江浦深”，则甘林亦在舍傍也。仇曰：“公瀼西诗，有‘果园’，有‘甘林’。果园四十亩，他日所举以赠人者。甘林则为治生计，所云‘客居暂封殖’者。《杜臆》谓朝行所视之园树，专指果园，于甘林无豫，故云‘丹橘黄甘此地无’。今按‘此地无’，正言柑橘之独盛。篇中‘林香’‘出实’二语，明说丹橘矣。岂可云甘林在果园之外乎？大抵分而言之，则甘林另为一区，合而言之，甘林包在果园之内。盖四十亩中，自兼有诸果也。”多按《夔府咏怀一百韵》曰“色好梨胜颊，穰多栗过拳”，则仇云兼有诸果，是矣。**蔬圃数亩**。《小园散病将种秋菜督勒耕牛兼书触目》“深耕种数亩，未甚后四邻，嘉蔬既不一，名数颇具陈”，《驱竖子摘苍耳》：“畦丁告劳苦，无以供日夕。”此公有蔬圃之证。诗中屡言“小园”，悉指此也。蔬圃曰小园，对四十亩果园之大者而言之。又按《夔府咏怀》“紫收岷岭芋，白种陆池莲”，《秋野五首》“枣熟从人打，葵荒欲自锄”“风落收松子，天寒割蜜房”——总此所纪，并柑橘梨栗，蔬圃所产，及东屯之稻，则公生计之裕，盖无逾于此际矣。**又有稻田若干顷，在江北之东屯**。《行官张望补稻畦水归》曰：“东屯大江北，百顷平若案，六月青稻多，千畦碧泉乱。”又有诗题曰：“秋，行官张望督促东渚（按即东屯），耗稻，向毕，青晨遣女奴阿稽竖子阿段往问。”《自瀼西移居东屯》曰：“白盐危峤北，赤甲古城东，平地一川稳，高山四面同，烟霜凄野日，秔稻熟天风。”按前诗云“百顷平若案”,《茅堂检校收稻二首》云“平田百顷间”,《夔州歌十首》亦云“东屯稻畦一百顷”，皆通东屯之田而言，百顷非尽公所有也。据《困学纪闻》，东屯之田，公孙述所开以积谷养兵者，故公《东屯夜月》曰“防边旧谷屯”。《舆地纪胜》云“东屯稻米为蜀第一”，故公《孟冬》诗有“尝稻雪翻匙”之句。**弟观自京师来**。有诗题曰“得舍弟观书，自中都（按即长安）已达江陵，今兹暮春月合到夔州……”又有《喜观即到题短篇二首》。后有《送弟观归蓝田迎妇诗》，知观果到夔也。**秋，因获稻暂住东屯**。《自瀼西荆扉且移居东屯茅屋四首》曰：“东屯复瀼西，一种住青溪，来往皆茅屋，淹留为稻畦，市喧宜近利（按指瀼西，他章‘市暨瀼西巅’可证），林僻此无蹊，若访衰翁语，须令剩客迷。”《向夕》“畎亩孤城外，江村乱水中”，又曰“鸡栖草屋同”，即指此处。于栗《东屯少陵故居记》曰：“峡中多高山峻谷，地少平旷。东屯距白帝五里而近。稻田水畦延袤百顷，前带清溪，后枕崇冈，树林葱蒨，气象深秀，称高人逸士之居。”陆游《高斋记》：“东屯，李氏居已数世，上距少陵，才三易主，大历初故券犹在。”白巽《东屯行》：“雨足稻畦春水满，插秧未半青短短。马尘追逐下关头，北望东屯转三坂。一川洗尽峡中想，远浦疏林分气象，沟塍漫漫堰源低，滩濑泠泠石矶响。中田筑场亦有庐，翚飞夏屋何渠渠，李氏之子今地主，少陵祠堂疑故居。”原注“东屯有青苗坡”，案即公《夔州歌》“北有涧水通青苗”也。何宇度《谈资》：“工部草堂，在城东十余里，尚有遗址可寻，止有一碑，存数字题‘重修东屯草堂记’，似是元物。”**适吴司法**

自忠州来，因以瀼西草堂借吴居之。见《简吴郎司法》，诗曰："却为姻娅过逢地"，知吴乃公之姻娅也。又曰："江帆飒飒乱帆秋"，同时有《又呈吴郎》云"堂前扑枣任西邻"，知吴到夔，约在八月也。**是时，始复动东游荆湘之意。**《舍弟观归蓝田迎新妇送示二首》："满峡重江水，开帆八月舟，此时同一醉，应在仲宣楼。"期以八月会弟于江陵也。同时有《峡隘》诗，则远想江陵之胜，计期弟观且到，因恨出峡之不早也。《秋日寄题郑审湖上亭三首》："舍舟因卜地，邻接意如何？"郑时在夷陵，欲往与结邻而居也。《昔游》："杖藜望清秋，有兴入庐霍。"《雨》"宿留洞庭秋，天寒潇湘素，杖策可入舟，送此齿发暮"，皆欲及秋东游也。《秋清》"十月江平稳，轻舟进所如"，八月之行不果，期以十月也。《夜雨》"天寒出巫峡，醉别仲宣楼"；《更题》"只应踏初雪，骑马发荆州"，秋不果行，期以冬候也。《白帝城楼》"夷陵春色起，渐拟放扁舟"，冬又不果行，更待之来年也。**十月十九日，于夔州别驾元持宅观李十二娘舞"剑器"。**见《观公孙大娘弟子舞剑器行》。**本年，仍复多病；秋，左耳始聋。**见《耳聋》《复阴》及《独坐二首》。

大历三年戊申（七六八） 秋，李之芳卒。十月，李勉拜广州刺史。是年，岑参罢官东归，道阻，淹滞戎州。李筌进《太白阴经》。韩愈生。

公五十七岁。正月中旬，去夔出峡。《续得观书迎就当阳居止正月中旬定出三峡》："自汝到荆府，书来数唤吾。"当阳县属荆州。**临去，以瀼西果园赠"南卿兄"。**有诗题略如此。陆游《野饭诗》自注："杜氏家谱，谓子美下峡，留一子守浣花旧业，其后避乱成都，徙眉州大垭，或徙大蓬云。”按留子不见于诗，不足信。**三月，至江陵。**时卫伯玉为节度使，杜位在幕中。李之芳，郑审并在江陵，数从游宴。**夏日，暂如外邑。**《水宿遣兴奉呈群公》“小江还积浪”，曰“行舟却向西”，曰“异县惊虚往”，知是外邑。**留江陵数月，颇不得意。**《水宿遣兴奉呈群公》：“童稚频书札，盘飧讵糁藜？我行何至此，物理直难齐！”又曰“余波期救涸，费日苦轻赍。杖策门阑邃，肩舆羽翮低，自伤甘贱役，谁愍强幽栖！”《秋日荆南述怀三十韵》：“苦摇求食尾，常曝报恩鳃，结舌防谗柄，探肠有祸胎。苍茫步兵哭，展转仲宣哀。饥藉家家米，愁征处处杯，休为贫士叹，任受众人咍。”《舟出江陵南浦奉寄郑少尹审》：“栖托难高卧，饥寒迫向隅，寂寥相呴沫，浩荡报恩珠。”《移居公安敬赠卫大郎》：“交态遭轻薄。”《久客》：“羁旅知交态，淹留见俗情，衰颜聊自哂，小吏最相轻。”意者地主失于周旋耳。卢元昌曰：“公在江陵，至小吏相轻，吾道穷矣。于颜少府曰‘不易得’（按见《醉歌行》）于卫大郎亦曰‘不易得’（按见《移居公安敬赠卫大郎》）志幸，亦志慨也。”多按卫大郎，名钧，伯玉之子。钧之于公，能以礼遇，则诗中所指，恐非伯玉。前诗云“异县惊虚往”；忤公者，岂外邑之主人欤？**秋末，移居公安县，**《移居公安山馆》云“北风天正寒”，此既至公安后作也。《移居公安敬赠卫大郎》有“秋露接园葵”之句。卫在江陵，诗盖作于将发江陵之时。故定为秋末移居。**遇顾诫奢，**《醉歌行赠公安颜十少府请顾八题壁》：“君不见东吴顾文学，君不见西汉杜陵老，诗家笔势君不嫌，词翰升堂为君扫。”李晋肃，晋肃，李贺之父，即韩愈所为作《辩讳》者。《公安送李入蜀》诗称二十九弟，李必公之姻娅。及僧太易。见《留别公安太易沙门》诗。太易又善司空曙，有赠《司空拾遗》诗。**留憩公安数月**，《晓发公安》原注："数月憩息此县。"陆游《入蜀记》曰："公《移居公安》诗'水烟通径草，秋露接国葵'，而留别太易沙门诗'沙村白雪仍含冻，江县红梅已放春'，则以是秋至此，暮冬始去。其曰'数月憩息'，盖谓此也。"卢元昌曰"是时公安有警，故于《山馆》有'世乱敢求安'句，后《晓发》则曰'邻鸡野哭如昨日'，《发刘郎浦》则曰'岸上空村尽豺虎'，此章（按即《移居公安赠卫大郎》）'入邑豺狼斗'，必有所指矣。"**岁晏，至岳州**。《别董颋》"汉阳颇宁静，岘首试考槃"，与《公安送李晋肃》题中"余下沔鄂"语吻合。《送李诗》云"正解柴桑缆"，盖将由沔鄂下柴桑也。然而所至乃岳州，柴桑之行盖不遂耳。黄生曰："柴桑在江州。前诗云'江州涕不禁'，公岂有弟客此，而欲访之耶？又诗'九江春色外，三峡暮帆前'，知公久有此兴，或此行终不果耳。"多按大历二年《又示两儿》诗曰："长葛书难得，江州涕不禁，团圆思弟妹，行坐白头吟。"仇云："前有送弟往齐州诗，长葛与齐州相近故知长葛指弟。《七歌》云'有妹在钟离'，江州与钟离相近，故知江州指妹。"此可证黄说之讹。

大历四年己酉（七六九） 二月，韦之晋自衡州刺史，迁潭州。是年，杜鸿渐卒。李益，冷朝阳并登进士第。

公五十八岁。正月，自岳州至南岳，游道林二寺，观宋之问题壁。《岳麓山道林二寺行》："宋公（原注：宋之问）放逐曾题壁，物色分留待老夫。"入洞庭湖；《过南岳入洞庭》："春生力更无。"**宿青草**

湖；又宿白沙驿；过湘阴，谒湘夫人祠。更泝流而上，以二月初抵凿石浦湘潭县西。宿之。又过津口，次空灵岸湘潭县西一百六十里。宿花石戍，次晚州。在湘潭。三月，抵潭州。《清明二首》："此身飘泊苦西东，右臂偏枯半耳聋，寂寂系舟双下泪，悠悠伏枕左书空。"老病穷途，心绪可知也。发潭州，次白马潭，入乔口，原注："长沙北界。"至铜官渚，阻风。发铜官，宿新康江口，《北风》原注："新康江口信宿方行。"次双枫浦，遂抵衡州。《上水遣怀》："但遇新少年，少逢旧亲友……后生血气豪，举动见老丑，穷迫挫曩怀，常如中风走。"仇曰："公初入蜀则曰'故人供禄米'，在梓阆则曰'穷途仗友生'，再还蜀则曰'客身逢故旧'，初到夔则曰'亲故时相问'。至此则亲朋绝少，旅况益艰，故篇中多抑郁悲伤之语。"按公至湖南，必欲依韦之晋，及其既至，而韦旋卒。公晚节命途之舛，至于此极！之晋以本年二月受命自衡州刺史改潭州。公到潭时，之晋或犹未行，故有《奉送韦中丞之晋赴湖南》诗，在衡州送韦之潭也。四月，之晋卒，公有诗哭之，词极哀痛。夏，畏热，复回潭州。仇曰："是年有《发潭州》及《发白马潭》诗，乃春日自潭往衡岳也。又据章迢《早发湘潭寄杜员外诗》云'湘潭一叶黄'，知秋深复在潭州矣。观公《楼上》诗'身事五湖南''终是老湘潭'，皆可证。"晤张建封。《别张十三建封》"相逢长沙亭"。时苏涣旅居江侧，忽一日，访公于舟中，公请涣诵诗，大赏异之。遂订交焉。见《苏大侍御访江浦赋八韵记异》诗并序，又有《又杜裴道州手札率尔遣兴寄苏涣侍御》诗云："倾壶箫管动白发（按此公自谓），舞剑霜雪吹青春（此谓苏），宴筵曾语苏季子，后来杰出云孙比。茅斋定王城郭门，药物楚老渔商市，市北肩舆每联袂郭南抱翁亦隐几。”卢注：“苏卜斋定王郭门，公卖药鱼商市上，苏访公于市北，则肩舆频至，公访苏于郭南，则隐几萧然。此叙彼此往来之谊也。”**终岁在潭州**。

大历五年庚戌（七七〇） 四月，湖南兵马使臧玠杀其团练使崔瓘，杨子琳，阳济，裴虬各出兵讨玠，子琳取赂而还。是年，李端登进士第。李公佐生。

公五十九岁。春，在潭州。正月二十一日，检故帙，得高适上元二年人日见寄诗，因追酬一首，寄示汉中王瑀及敬超先。序曰：“自枉诗，已十余年，莫记存殁，又十余年矣。老病怀旧，生意可知。今海内忘形故人，独汉中王瑀与昭州敬使君超先在，爱而不见，情见乎辞。”**暮春，逢李龟年**。《明皇杂录》：“龟年……后流落江南，每遇良辰胜景，常为人歌数阕，座上闻之，莫不掩泣罢酒。”《云溪友议》：“李龟年奔江潭，曾于湖南采访使筵上唱‘红豆生南国，秋来发几枝，赠公多采摘，此物最相思’，又云‘清风明月苦相思，荡子从戎十载余，征人去日殷勤嘱，归雁来时数附书’，此词皆王维所作也。”**四月，避乱入衡州**。《入衡州》曰：“销魂避飞镝，累足穿豺狼，隐忍枳棘刺，迁延胝胼疮。远归儿侍侧，犹乳女在傍，久客幸脱免，暮年惭激昂。萧条向水陆，汩没随渔商。”《逃难》云：“五十头白翁，南北逃兵难，疏布缠枯骨，奔走苦不暖。”《舟中苦热遣怀》云：“中夜混黎甿，脱身亦奔窜……耻以风疾辞，胡然泊湘岸？入舟虽苦热，垢腻可溉灌。”**欲往郴州依舅氏崔伟**，时崔摄郴州。本年春，有《奉送二十三舅录事之摄郴州诗》曰“气春江上别”,《入衡州》曰:“诸舅剖符近,开缄书札光频繁命屡及,磊落字百行。(言崔见招也)江总外家养,(感舅德也)谢安乘兴长,(将赴郴也)……柴荆寄乐土,(将居郴也)……”**因至耒阳,时属江涨,泊方田驿,半旬不得食,聂令驰书为致牛炙白酒**。呈聂诗题曰:“聂耒阳以仆阻水,书致酒肉,疗饥荒江。诗得代怀,兴尽本韵,至县呈聂令。陆路去方田驿四十里,舟行一日。时属江涨,泊于方田。”诗曰:“耒阳驰尺素,见访荒江渺,……知我碍湍涛,半旬获浩溔,孤舟增郁郁,僻路殊悄悄,……礼过宰肥羊,愁当置清醥。”案世传饫死之说,不实,辩详见后。惟公阻水缺食之期间,诗明言“半旬”,而诸书或曰涉旬(《明皇杂录》)或曰旬日(《新书》),或曰旬余(鹤谱),皆不根之谈,此亦不可不辩也。鹤曰:“郴州与耒阳,皆在衡州东南。衡至郴四百余里,郴水入衡。公初欲往郴依舅氏,卒不遂。其至方田也,盖溯郴水而上,故诗云‘方行郴岸静。’”按耒阳至衡州,一百六十八里。**盛夏回棹,秋至潭州,小憩,遂遍别亲友,溯湘而下**,《回棹》旧编在大历五年,诗曰“蒸池疫疠遍”“火云滋垢腻”,知返棹时当盛夏也。《登舟将适汉阳》曰“秋帆催客归”,又有《暮秋将归秦留别湖南幕府亲友》诗,知发潭州时届暮秋也。**将出沔鄂,由襄阳转洛阳,迤逦归长安**,《回棹》曰“清思汉水上,凉忆岘山巅”,《登舟将适汉阳》曰“鹿门自此往,永息汉阴机”,而在潭州留别湖南亲友诗题曰“将归秦”,知此行乃归长安,而预计经由之地,亦皆历历可考。**冬,竟以寓卒于潭岳间,旅殡岳阳**。黄鹤曰:“夏如郴,因至耒阳,访聂令,经方田驿,阻水旬余，聂令致酒肉。而史云令尝馈牛炙白酒，大醉，一夕卒。尝考谢聂令诗有云‘礼过宰肥羊，愁当置清醥’，其诗题云‘兴尽本韵’，又且宿留驿近山亭。若果以饫死，岂复能为是长篇，又复游憩山亭？以诗证之，其诬自可不考。况元稹作志，在《旧史》前，初无此说。按是秋舟下洞庭，故有《暮秋将归秦奉留别亲友》诗。又有《洞庭湖》诗云‘破浪南风正，回樯畏日斜’，言南风畏日，又云回樯，则非四年所作甚明；当是是年，自衡州归襄阳，经洞庭诗也。元微之《志》云：‘扁舟下荆楚，竟以寓卒旅殡岳阳。其后嗣业启柩，襄祔事于偃师，途次于荆，拜余为志。’吕汲公亦云：‘夏还襄汉，卒于岳阳。’鲁谱云：‘其卒当在衡岳之间，秋冬之交。’但衡在潭之上流，与岳不相邻，舟行必经潭，然后至岳，当云在潭岳之间，蔡《谱》以史为是，以吕为非，盖未之考耳。”仇兆鳌曰：“五年冬，有《送李衔》诗云：‘与子避地西康州，洞庭相逢十二秋。’西康州即同谷县。公以乾元二年冬寓同谷，至大历五年之秋，为十二秋。”又有《风疾舟中》诗，云“十暑岷山葛，三霜楚户砧”。公以大历三年春适湖南，至大历五年之秋，为三霜。以二诗证之，安得云是年之夏卒于耒阳乎？多按《风疾舟中伏枕书怀呈湖南亲友》，题曰“舟中伏枕”，诗又曰“羁旅病年侵”，是舟中构疾也。诗又曰“群云惨岁阴”，曰“郁郁冬炎瘴”，时在冬候也。公之卒，在大历五年冬，无疑。又按戎昱《耒阳溪夜行》原注云“为伤杜甫作”。昱大历间人，有赠岑参诗。则是公饫死耒阳之说，由来甚久。其详见于郑处晦《明皇杂录》。厥后罗隐有《经耒阳杜工部墓》诗；郑谷《送沈光》诗亦曰“耒阳江口春山绿，恸哭应寻杜甫坟”；杜荀鹤《吊陈陶处士》曰“耒阳山下伤工部，采石江边吊翰林，两地荒坟各三尺，却成开解哭君心”；孟宾于《耒阳杜公祠》曰“白酒至今闻”；徐介《耒阳杜工部祠堂》曰“故教工部死，来伴大夫魂”；裴说《题耒阳杜公祠》曰“拟掘孤坟破，重教《大雅》生”；裴谐同作曰“名终埋不得，骨朽且何妨?”此皆宋以前诗也。(《耒阳县志》载李节《耒阳吊杜子美》诗，称节为天宝词客，则显系伪托。)然同时亦有怀疑之说。《诗话总龟》载僧绍员诗云“百年失志古来有，牛肉因伤是也无?”又载耒阳令诗云“诗名天宝大，骨葬耒阳空”。此皆言聂令空堆土也。黄鹤已知公实不死于耒阳，乃犹疑耒阳有坟有祠，谬说之起必有因，遂又创为新说，谓公尝瘗宗文于耒阳，后人遂误以为公坟耳。其所据则《风疾舟中伏枕书怀诗》“瘗夭追潘岳”句，及下句渴死事也。今按《入衡州》云“犹乳女在傍”，夭者想是此女耳。潘岳《西征赋》“夭赤子于新安，坎路侧而瘗之”公诗，用此事，于哺乳之女乃切当。若宗文，是时计年已及冠，得谓为赤子耶? 仇氏驳之曰“宗文若卒于湖南，应有哭子诗，而集中未尝见”。信然。《山海经》“夸父与日逐走，渴死，弃其杖，化为邓林”，此下句“持危觅邓林”所用事也。黄鹤割裂“渴死”二字，以属宗文，致文意乖乱不可通。今按“觅邓林”，觅瘗夭之所也(邓林，夸父死处，故得借用以言窆所)；“持危”谓忍渴冒死以觅之也。诗题本云“舟中伏枕”，上句又云“行药病涔涔”，下句云“蹉跎翻学步”，则是力疾瘗夭，行步艰难，故云“持危”耳。仇注“邓林，谓老行须杖”，亦胜于鹤说百倍。

岑嘉州系年考证

【嘉州诗见存者三百六十首，其中可确指为某年或某数年间作者，依余所考，殆十有七八。兹篇初稿，本已分年隶属，厘订粗备。旋以每定一诗，疏通篇指，参验时事，引绪既繁，卷帙大涨，虑其庬糅，不便省贸，乃仅留其时地有征，可据诗以证事者，余悉汰之。盖兹篇意在研究作者之生活，当以事为经，以诗为纬，亦即不得不详于事而略于诗也。读者慎勿以为嘉州篇咏之有年可稽者，胥尽于是。至于编年诗谱，不容偏废，谁曰不然？别造专篇，傥在来日。

嘉州旧无年谱。撰此考垂成，或告以《岭南学报》第一卷第二期有《岑参年谱》，取而读之，则近时赖君义辉之所作也。以校拙撰，同者不及一二，异者何啻八九。诚以余为此考，年经月纬，枝叶扶疏，亦既自病其事甚寡而词甚费矣，故今也于其所以异于赖君者，雅不欲一一申辩，以重滋其芜蔓。其或赖君洞瞩未周，而事有关系甚巨，又非剖析不足以明真相者，则于附注中稍稍指陈之，但求有当于征实，不务抑彼以张我也。虽然，吾得读赖君此作，如入空谷，而足音跫然，忽在我前，斯亦可喜也矣。若夫筚路蓝缕，先我著鞭，伟哉赖君，吾有愧色焉。民国二十二年三月，三易稿竟，一多谨识，时距嘉州没后实一千一百六十三载也。】

公讳参，唐荆州江陵人，[1]其先世本居南阳棘阳，梁时长宁公善方始徙江陵。善方以降，岑氏谱系，可得而详焉，示图如次：[2]

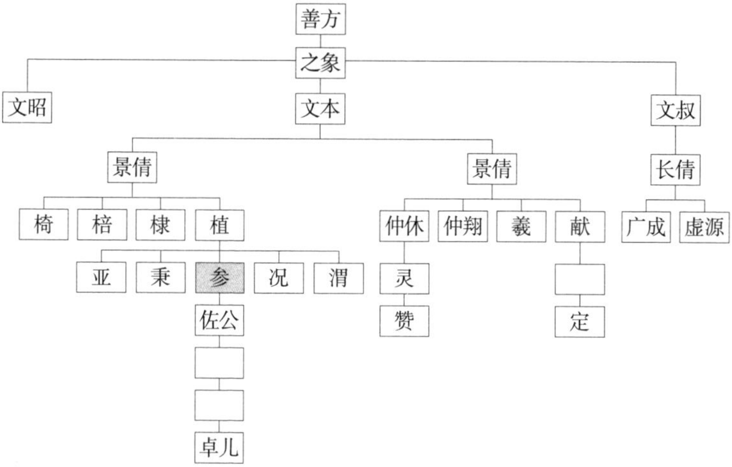

公《感旧赋》(《全唐文》三五八）序曰“国家六叶，吾门三相矣”。三相者，曾祖文本相太宗，伯祖长倩相高宗，伯父羲相睿宗也。文本字景仁，以文翰位跻台辅，与虞世南，李百药，许敬宗辈齐名。所著有集六十卷，[3]又尝与令狐德棻同撰《周史》，其史论多出于文本。张景毓称其“五车万卷，百家诸子，吐凤怀蛟，凌云概日，不尚浮绮，尤存典裁，藻翰之美，今古绝伦”，虽贡谀之辞，不无溢美，要其声荣之重，可想见也。《旧书》本传纪其少年轶事曰：“父之象，隋末为邯郸令，常被人所讼，理不得申。文本性沉敏，有姿仪，博考经史，多所贯综，美谭论，善属文。时年十四，诣司隶称冤，辞情慨切，召对明辨。众颇异之，试令作《莲花赋》。下笔便成，属意甚佳。合台莫不叹赏。”又言其为中书舍人时“所草诏诰，或众务繁凑，即命书童六七人随口并写，须臾悉成，亦殆尽其妙”。斯则公家文学之遗传，有足征者也。

长倩字某，羲字伯华，继居辅宰，并能守正不阿，然皆不获令终。长倩以忤诸武被戮，五子同赐死；羲亦因政潮受牵，身死家破。先是睿宗景云三年（七一二）正月，羲以户部尚书同中书门下三品，六月为侍中。时羲兄献为国子司业，弟翔为陕州刺史，休为商州刺史，从族兄弟子侄因羲引用登清要者数十人，故《感旧赋》云，“朱门不改，画戟重新，暮出黄阁，朝趋紫宸，绣毂照路，玉珂惊尘，列亲戚以高会，沸歌钟于上春，无大无小，皆为缙绅，颙颙卬卬，逾数十人”。虽然“高明之家鬼瞰其室”，羲于斯时，似有预感，尝叹曰，“物极则返，可以惧矣！”果尔，明年七月，太平公主事发，羲以预谋伏诛，籍没其家，亲族数十辈，放逐略尽，时则嘉州诞生之前二年也。[4]

公祖景倩，武周时麟台少监，卫州刺史，宏文馆学士。[5]父植，字德茂，弱冠补修文生，明经擢第，解褐同州参军，转蒲州司户参军。俄以亲累左授夔州云安县丞。秩满，丁父忧去职。服阕，调补衢州司仓参军。擢润州句容县令，有政声。景龙二年（七〇八）源乾曜为江东黜陟使，荐擢某官。既去句容，县人为立德政碑。[6]后终仙晋二州刺史。[7]

植子五人，渭，况，参，秉，亚也。渭与秉亚皆无考。况尝官单父尉，与刘长卿友善，似亦有文名。[8]杜甫《渼陂行》“岑参兄弟皆好奇”，王昌龄《留别岑参兄弟》“岑家双琼树，腾光难为俦”，盖皆谓况也。

夷考群书，公之家世，大校如此。

玄宗开元三年乙卯（七一五）公一岁

父植除仙州刺史，至早当在此年，疑公即生于仙州官廨。

案景龙二年，植尚为句容县令，因源乾曜荐擢某官，则为仙州刺史当在景龙二年后。《旧书·玄宗纪》，开元三年二月析许州唐州置仙州。《唐会要》七〇仙州条下云：“贞观八年置鲁州，九年废。开元二年析许鲁唐三州，复置仙州。”置仙州，《纪》作三年，《会要》作二年。检《会要》同卷同叶又载开元十一年十二月，敕以仙州频丧长史，欲废之，令公卿议其可否。崔沔上议，有“然自创置，未盈十年”之语。若依《会要》开元二年创置，则下推至十一年十二月，已足十年，与崔沔语不合。是知始置仙州，当从《纪》作三年为正。开元三年始有仙州则植除仙州刺史不得早于此年明矣。

公之卒年，依余所考，定为大历五年，或不大谬（说详后），然但知卒年，不知寿算几何，是其生年仍无由推计也。且集中诸诗凡有年月可稽者，又不详其时作者几岁，间有语及年岁者，又类皆约举成数（如曰三十，四十），文家修词，不拘摭实，故亦不敢决为谁实谁虚，是仍不足据以上推其生年也不宁惟是。诸篇所述年岁，斟酌前后，往往互相牴牾。试观下表：

		作诗之年	作者年岁之各种假设			
1	“参年三十未及一命”（感旧赋序）		二九	二八	二六	三〇
2	“三十始一命”（初授官题高冠草堂）	七四四	三〇	二九	二七	三一
3	“丈夫三十未富贵安能终日守笔砚”（银山碛西馆）		三五	三四	三二	三六
4	“可知年四十犹自未封侯”（北庭作）	七五四—七五六	四〇—四二	三九—四一	三七—三九	四一—四三
5	“四十年未老”（行军诗二首）	五七	四三	四二	四〇	四四
6	“年纪蹉跎四十强自怜头白始为郎”（秋夕读书幽兴呈兵部李侍郎）	七六二	四八	四七	四五	四九

否认（1）之“三十”为实数，则（2）（3）之“三十”（4）（5）之“四十”，皆为虚数，未始不可，唯（6）曰“四十强”，而其时实已四十九岁，则在疑似之间若（5）之“四十”为实数，则（3）之“三十”为虚数可也，（6）之称四十五为“四十强”亦可，然（1）（2）（4）三例则皆相去甚远。若定（6）之“四十强”为四十七岁，则（3）（4）（5）皆为虚数可也，（2）称二十九岁曰“三十”，尚可，（1）称二十八岁为“三十”则断不可。若认（2）之“三十”为实数，则（3）（5）并为虚数可也，（4）之“四十”或虚或实，亦无问题，（1）称二十九为“三十”，（6）之“四十强”为四十八岁，皆不甚悖于理。综观以上各例，除（3）（4）两诗不可确定为何年所作，无从假定，其余四例中，惟（2）为较无滞碍，故余即准此定《初授官题高冠草堂》诗所云“三十始一

命”者为实指三十；其时为天宝三载（七四四）则登第之年可证也。天宝三载年三十岁，则当生于开元三年（七一五）。此虽别无确证，然优于其他各例则无疑也。[9]

既知公父为仙州刺史至早在开元三年，而公之生亦在此年，则公即生于仙州官廨，为极可能之事矣。

开元四年丙辰（七一六）二岁

开元五年丁巳（七一七）三岁

开元六年戊午（七一八）四岁

开元七年己未（七一九）五岁

始读书。

《感旧赋》序，“五岁读书”。

开元八年庚申（七二〇）六岁

公父转晋州刺史，约当此年，公亦以此年侍父至晋州。

有唐官制，一岁为一考，四考有替则为满，若无替，则五岁而罢，此其常例也。景龙以还，虽官纪大紊，然玄宗即位，大格奸滥，窃疑刺史改转，是时已复遵常轨。[10]故植转晋州，或经四考，或经五考，其时要不外开元七八两年。唯岑氏自羲得罪后，朝中遽失依冯，以常理推之，植守此劣州[11]必历久始得上迁。[12]今姑依五考之例，定植转晋州之时为开元八年。此固想当然耳，然亦有一事可资参证。本集《题平阳郡汾桥边柳树》诗原注曰“参曾居此郡八九年”。平阳郡即晋州，天宝元年改名。公居晋八九年之久，而集中晋州诗仅见，是必童年侍父侨寓于此。《感旧赋》序曰“十五隐于嵩阳”，明十五以前未常居嵩阳也。十五以前不居嵩阳者，其时父方刺晋，公亦在晋州耳。十五岁之前一年为开元十六年。由开元十六年上数九年为开元八年，公之居晋盖自是年始。既知公始至晋在开元八年，则父之来守是州，必经五考，而其年则亦为开元八年矣。（若依四考计之，则转晋在开元七年，而公之居晋宜为十年，与《题柳树》诗注不合。）

开元九年辛酉（七二一）七岁

开元十年壬戌（七二二）八岁

开元十一年癸亥（七二三）九岁

始属文。

《感旧赋》序，“九岁属文”。

开元十二年甲子（七二四）十岁

开元十三年乙丑（七二五）十一岁

开元十四年丙寅（七二六）十二岁

开元十五年丁卯（七二七）十三岁

开元十六年戊辰（七二八）十四岁

开元十七年己巳（七二九）十五岁

移居河南府登封县（太室别业）。

是时，公父已逝世。家贫，从兄受书，能自砥砺，遍览经史。

《感旧赋》序曰，“十五隐于嵩阳”。案河南府嵩阳县，武后时已改名登封（即今河南登封县）。此序称嵩阳（赋亦曰“有嵩阳之一邱”），则用旧名也。[13]《初至虢西官舍南池呈左右省及南宫故人》

诗曰，“他日能相访，嵩南旧草堂”，嵩南犹嵩阳耳。又案嵩高之名，旧有二说。《史记·封禅书》：“自殽以东，名山五。……曰太室——太室，嵩高也。”此狭义之嵩山。《艺文类聚》七引戴延之《西征记》：“嵩高，山岩中也，东谓太室，西谓少室，相去七十里；嵩高，总名也。”此广义之嵩山。县名嵩阳，盖取狭义，专指太室。公有《峨眉东脚临江听猿怀二室旧庐》诗，既曰二室，是公于太室少室，皆尝居之矣。其居少室，有《自潘陵尖还少室居止秋夕凭眺》诗可证。少室之居，既别有征，则诸言嵩阳嵩南者，非太室而何？李白《送杨山人归嵩山》诗曰：“我有万古宅，嵩阳玉女峰。”据《登封县志》，太室二十四峰有玉女峰。玉女为太室峰名而曰嵩阳，可证唐人称嵩阳皆谓太室之阳矣。

《新表》于植历官，称“仙晋二州刺史”，是植官终于晋州刺史。植捐馆之年，载籍不详，难以确指。据杜《序》称公“早岁孤贫”，则植之卒，即不在晋州任内，亦不出尔后数年中，总之，公移居嵩阳时，父已早卒，则可断言也盖植殁后，妻子仍留寓晋州，必至本年，始徙嵩阳，故公于《题汾桥边柳树》诗注云“居平阳郡八九年”耳。

《感旧赋》曰“无负郭之数亩，有嵩阳之一邱”，而居嵩阳时年方十五，则与杜《序》所云“早岁孤贫”者正合。赋又曰：“志学集其荼蓼，弱冠干于王侯，荷仁兄之教导，方励己以增修。”杜《序》于“早岁孤贫”下亦曰“能自砥砺遍览经史”。盖父卒，故从兄受业，而自十五至二十，则正其勤苦向学之时也。

开元十八年庚午（七三〇）十六岁

移居颍阳（少室别业）当在本年以后。

《自潘陵尖还少室居止秋夕凭眺》诗曰“草堂近少室，夜静闻风松”。知公又尝居少室也。集中又屡言归颍阳，（《醉题匡城周少府厅壁》曰，“颍阳秋草今黄尽，醉卧君家犹未还”，《偃师东与韩樽同诣景云晖上人即事》曰，“山阴老僧解《楞伽》，颍阳归客远相过”，《郊行寄杜位》曰，“秋风引归梦，昨夜到汝颍”。）颍阳即“少室居止”所在，其证有三。戴延之《西征记》称太室少室相去七十里。颍阳县故治即今河南自由县颍阳镇，在登封县西南七十里。登封县在太室山下，其距颍阳道里乃与太室距少室道里符合，则公颍阳所居亦即少室居止矣。其证一。《还少室居止凭眺》诗又曰：“火点伊阳村，烟深嵩角钟。”按舆图，少室距登封（嵩阳）与其距伊阳道里略相等，故自此凭眺，东望嵩角，则暮烟深处，时闻远钟，南瞻伊阳，则数星村火，隐约可辨。按之地望，此与颍阳正合，则颍阳即少室也。其证二。韦庄《颍阳县》诗曰，“琴堂连少室，故事即仙踪”，此尤颍阳县治在少室山下之明验然则颍阳亦即少室也。其证三。又案《元和郡县志》五，“颍水有三源，右水出阳乾山，颍谷，中水导源少室通阜，左水出少室南溪，东合颍水”。公又有《南溪别业》诗，曰“结宇依青嶂”，曰“溪合水重流”。“青嶂”殆即少室山，“溪合水重流”即南溪合颍水也。[14]盖以县言则曰颍阳，以山言则曰少室，以水言则曰南溪其实一耳。

知移居颍阳在本年以后者：《会要》七〇：“咸亨四年分河南伊

阙嵩阳等县置武林县，开元十五年九月二日改颍阳县。”集中凡言家园，绝无称武林者，其称颍阳者，数见不鲜，故移家颍阳，合在改名以后。然自开元八年至十六年，为居晋州之期，而十七年居登封（嵩阳），亦有诗赋可据，则是迁居颍阳，至早不得过开元十八年矣。

又案公生平所居之地见于诗者，又有“缑山草堂”“陆浑别业”，及“王屋别业”，疑皆天宝中迁长安以前所居之地，[15]其迁徙年次，则并不详。姑附识于此，以俟续考。

开元十九年辛未（七三一）十七岁

开元二十年壬申（七三二）十八岁

开元二十一年癸酉（七三三）十九岁

开元二十二年甲戌（七三四）二十岁

始至长安，献书阙下。此后十年，屡往返于京洛间。

成室当在本年以后，天宝元年八月以前。

《感旧赋序》曰“二十献书阙下”，赋曰“弱冠干于王侯”，又曰“我从东山，献书西周”。按《登科记》有上书拜官，及上书及第。《封氏闻见记》云：“常举外，有进献文章并上著述之辈，或付本司，或付中书考试，亦同制举。”《云麓漫钞》亦云：“上书者中书试，同进士及第。”《权载之集》有元和元年吏部试上书人策问三道，是与制举对策无异。公献书后，盖亦尝对策而落第耳。

知本年初至长安者，赋曰“我从东山，献书西周”，东山用谢安事，犹上文云“隐于嵩阳也”。献书以前，未尝涉迹帝都，故得曰“隐”，曰“东山”。

《夜过盘石隔河望永乐寄闺中效齐梁体》诗有“春物知人意，桃花笑索居”之句，似其时去新婚未久。《会要》七〇：“天宝元年八月，易州永乐县改为满城县。”此诗称永乐则当作于天宝元年八月以前。永乐在京洛道中，诗盖即“出入二郡”途经永乐时所作也。[16]然本年以前，公未尝至长安，则是诗之作，至早不得过本年。既知诗当作于本年以后，天宝元年以前，则公授室之年，亦约略可知矣。

开元二十三年乙亥（七三五）二十一岁

开元二十四年丙子（七三六）二十二岁

开元二十五年丁丑（七三七）二十三岁

开元二十六年戊寅（七三八）二十四岁

开元二十七年己卯（七三九）二十五岁

在长安。

王昌龄开元二十八年冬谪江宁丞（说详后），有《留别岑参兄弟》诗，曰“长安故人宅，秣马经前秋”。诗作于开元二十八年而曰“前秋”，则是二十七年秋也。此本年公在长安之证。

开元二十八年庚辰（七四〇）二十六岁

在长安。是冬，王昌龄出为江宁丞，公有诗送之。

《送王大昌龄赴江宁》诗曰“泽国从一官，沧波几千里，群公满天阙，独去过淮水”。诗有悯惜之意，似是昌龄初谪江宁时赠别之作。昌龄谪官之岁月，载籍不详。《送许子擢第归江宁拜亲因寄王大昌龄》诗曰“王兄尚谪宦，屡见秋云生”。彼诗作于天宝元年（详后），曰“尚谪宦”，则初赴江宁必在天宝元年以前，又曰“屡见秋云”，则又不只前一年，是昌龄谪官亦不得在开元二十九年也。又考王士源《孟浩然集》序，开元二十八年，王昌龄游襄阳，浩然因欢宴疾发而卒。昌龄若二十七年谪官，似既谪官后，不得于二十八年忽离职守，远赴襄阳，故谪官亦不得在二十八年以前。昌龄《留别岑参兄弟》诗曰“江城建业楼，山尽沧海头，副职守兹邑，东南棹孤舟”，明为谪江宁将之官时所作。诗又曰“便以风雪暮，还为纵酒留”，而公《送昌龄赴江宁》诗亦曰“北风吹微雪，抱被肯同宿”，明时在冬日。意者昌龄游襄阳在二十八年冬前，其谪江宁则二十八年冬耳。

开元二十九年辛巳（七四一）二十七岁

是年游河朔。春自长安至邯郸，历井陉，抵贝丘。暮春自贝丘抵冀州。八月由匡城经铁丘，至滑州，遂归颍阳。

《送郭乂杂言》诗曰“去年四月初，我正在河朔”，集中又有河南北诗数首，是公尝有河朔之游也。知此游在本年者，其证有三。（一）《冀州客舍酒酣贻王绮寄题南楼》诗曰，“携手到冀州”，冀州天宝元年改信都郡，至德二载复为冀州。然公自至德二载归自北庭，尔后在长安，在虢州，在蜀，游踪所届，历历可考，绝不见游河朔之迹，且河北诸郡，自禄山叛命，逮于藩镇，变乱相仍，迄无宁岁，其地亦断非游衍之所，故诗与题所称冀州，必天宝元年未更郡名以前之冀州。（二）斯游虽不在天宝元年，要当去天宝元年不远。《至大梁却寄匡城主人》诗为此游途中所作（详后），诗曰“一从弃鱼钓，十载干明王，无由谒天阶，却欲归沧浪”，此即《感旧赋》所谓“我从东山，献书西周，出入二郡，蹉跎十秋”也。献书事在开元二十二年，自彼年下推十载，为天宝二年。此游不得在天宝元年后，既如前述，则诗曰“十载”，乃举成数言之。然数字虚用，充其量，八载而冒称十载可耳，七载以下似不宜犹称十载。故此诗至早当作于开元二十九年，亦即献书后八年也。（三）且事实上，天宝元二两年皆不得有河朔之游。天宝元年有长安诗，既在长安，则必无又在河朔之理。据《送郭乂杂言》诗，“地上青草出，经冬今始归”之句，知首年出游，次年“青草出”时，即二月间，始归长安。出游若在天宝二年，则归长安应在三载二月。然公三载登第，其年正月正就试礼部之时，安得二月始归长安哉？天宝元二年既皆不得有此游，则《寄匡城主人》诗所云“十载”，实才八载，益无疑矣。

至斯游经行之地，案之舆图，参以各诗所纪时物，其先后次第，似亦可寻，姑以意定之如此。说详下方各诗本条中：

《邯郸客舍歌》诗曰“客从长安来”，知此游乃自长安首途。

《题井陉双溪李道士所居》井陉县属恒州，即今河北井陉县。依路线当自邯郸至此，再至贝丘。

《冀州客舍酒酣贻王绮寄题南楼》诗曰“客舍梨花繁，深花隐鸣鸠”，与《送郭乂杂言》“去年四月初，我正在河朔”之语颇合。诗又曰“忆昨始相值，值君客贝丘，相看复乘兴，携手到冀州”，则是与王绮同自贝丘来冀也。贝丘在今山东清平县西四十里。

《醉题匡城周少府厅壁》匡城县在今河北长垣县南十里。诗曰“颍阳秋草今黄尽，醉卧君家犹未还”，知是南旋途中所作，时在秋日也。

《至大梁却寄匡城主人》大梁即滑州，隋时名东郡，唐复曰滑州，天宝元年改名灵昌郡。诗曰“仲秋至东郡”，又曰“仲秋萧条景”，又曰“平明辞铁丘，薄暮游大梁”，盖自匡城至铁丘，又至大梁，时则八月也。铁丘在滑州卫南县东南十里，今河北濮阳县北。诗又曰“故人南燕吏”，是匡城主人即前诗之周少府也。

《郊行寄杜位》诗曰“秋风引归梦，昨夜到汝颍”，又曰，“所思何由见，东北徒引领”，似亦此次自河北归颍阳道中作。杜位时在河朔，故曰东北引领。

《偃师东与韩樽同诣景云晖上人即事》诗曰“颍阳归客远相过”，疑亦同时所作。

天宝元年壬午（七四二）二十八岁

在长安。

《送郭乂杂言》诗有“初行莫早发，且宿灞桥头”及“到家速觅长安使，待女书封我自开”等句，知作于长安。开元二十九年在河朔，诗曰“去年四月初，我正在河朔”，又曰“地上青草出，经冬今始归”，则诗当作于天宝元年春。又本年正月甲寅，田同秀上言，见玄元皇帝于丹凤门之空中，告以所藏灵符在尹喜故宅，上遣使于故函谷关尹喜台旁求得之；壬辰，群臣上表请于尊号加天宝字，从之。公《送许子擢第归江宁拜亲因寄王大昌龄》诗曰“玄元告灵符，丹洞获其铭，皇帝受玉册，群臣罗天庭，喜气薄太阳，祥光彻窅冥，奔走朝万国，崩腾集百灵”，则亦作于天宝元年。《送许》诗又曰“六月槐花飞，忽思莼菜羹，跨马出国门，丹阳返柴荆”，集中又有诗题曰，

“宿关西客舍，寄东山严许二山人，时天宝初七月初三日，在内学见有高道举征”，足证是年六七月，公犹在长安也。

天宝二年癸未（七四三）二十九岁

在长安。岁晚作《感旧赋》。

《感旧赋》曰：“我从东山，献书西周，出入二郡，蹉跎十秋。”若定赋作于本年，则自开元二十二年献书至本年，恰为十年。然本年二十九岁，而赋序曰“参年三十，未及一命”，何哉？若从序“年三十”之语，定此赋作于明年，则自献书至天宝三载为十一年，又与“蹉跎十秋”之语不合。此序与赋一篇之内，自相牴牾也。明年《初授官题高冠草堂》诗曰“三十始一命”，而赋序曰“参年三十未及一命”。同为年三十，忽曰“始一命”，忽曰“未及一命”，此诗与赋又互相牴牾也。窃意诗言“三十”当为实数，赋曰“十秋”亦然，赋序言“三十”则为虚数，故赋当作于天宝二年，二十九岁时。或疑唐制新进士四月送吏部，授官即在送吏部后。若然，则岁初作赋，曰“未及一命”，至四月授官后，乃曰“始一命”，亦无不可，故赋与诗不妨同为天宝三载所作。应曰，此不可能也。赋曰“嗟此路之其阻，恐岁月之不留，睠城阙以怀归，将欲返云林之旧游”。将谓赋作于正月乎？则正月乃就试礼闱之时，焉有既已就试，犹云欲返旧游之理？将谓赋作于二三月乎？则既已放榜登第矣，更无返旧游之必要。且赋中“雪冻穿屦，尘缁敝裘”之语，已明示作于冬日。既知作赋时未登第，此而冬日必非天宝三载冬，则其为天宝二年冬，可不待烦言而解矣。赋又曰“强学以待，知音不无，思达人之惠顾，庶有望于亨衢"。盖二年冬，因将赴举而为此赋，意欲使达人惠顾，或见激扬耳。唐世举人，积习如此。公之此赋，倘亦贤者不免欤。

天宝三载甲申（七四四）三十岁

在长安。是年举进士，以第二人及第，解褐授右内率府兵曹参军。

杜《序》："天宝三载，进士高第，解褐右内率府兵曹参军。"《唐才子传》三："岑参……天宝三年赵岳榜第二人及第。"案是年礼部侍郎达奚珣知贡举，见《唐语林》。

天宝四载乙酉（七四五）三十一岁

在长安。

《通鉴》，天宝四载三月，以刑部尚书裴敦复充岭南五府经略等使，五月，敦复坐逗不之官，贬淄川太守。公有《送裴校书从大夫淄川觐省》诗，裴大夫当即敦复，校书，敦复之子也。诗曰"尚书东出守，爱子向青州"，疑敦复赴淄川后，其子旋往省侍，故诗又有"倚处戟门秋"之句。此诗乃本年秋作于长安，可证其时公在长安也。

天宝五载丙戌（七四六）三十二岁

天宝六载丁亥（七四七）三十三岁

天宝七载戊子（七四八）三十四岁

在长安。是年颜真卿使赴河陇，公有诗送之。

殷亮《颜鲁公行状》（《全文》五四一），"【天宝】七载，又充河西陇右军试覆屯交兵使"，留元刚《颜鲁公年谱》同。[17]公有《胡笳歌送颜真卿使赴河陇》诗。

天宝八载己丑（七四九）三十五岁

安西四镇节度使高仙芝入朝，表公为右威卫录事参军，充节度使幕掌书记，遂赴安西。

公有《武威送刘单判官赴安西行营便呈高开府》诗，可证公尝佐高仙芝幕。然始入高幕之年，载籍不详。考仙芝天宝六载十二月代夫蒙灵詧为安西四镇节使，[18]十载入为右金吾大将军。此四年中，七载公在长安，则七载尚未受辟也，八载九载，于诗无征，在长安与否不可知。至十载，始有《武威送刘单便呈高开府》诗（此诗当作于十载，说详后），知其年已至边地。然十载在边，未必即十载始至边地也。窃意仙芝居节镇之四年中，尝两度入朝，一在八载，一在十载，[19]其辟公为幕僚，似在八载入朝之顷。《送刘单》诗作于武威，诗曰“都护新出师，五月发军装”。又有《临洮客舍留别祁四》诗，曰“无事向边外，至今仍不归，三年绝乡言，六月未春衣”。武威临洮地近也，五月六月，时近也，故别祁诗亦当作于十载。十载作此诗而曰“三年绝家信”，则初去家时，宜为天宝八载。此与高仙芝节制安西后初次入朝之年，适合符节。然则定公受辟在八载仙芝入朝之时，不为无据矣。

杜《序》于“解褐右内率府兵曹参军”下曰“转右威卫录事参军”。右威卫录事参军疑为高仙芝辟公时所为表请之官。其在安西幕中所守职事，据《银山碛西馆》诗“丈夫三十未富贵，安能终日守笔砚”之语，[20]则似为掌书记。唐时文士初入戎幕，每充掌书记，如高适之佐哥舒翰是也。公之于高仙芝，殆其类欤？

天宝九载庚寅（七五〇）三十六岁

在安西。

天宝十载辛卯（七五一）三十七岁

正月，高仙芝入朝，三月，除武威太守河西节度使，代安思顺。于是仙芝幕僚群趋武威，公亦同至。适思顺密讽群胡坚请留己，奏闻，制遂复留思顺于河西，以仙芝为右羽林大将军。四月，诸胡潜引大食，欲共攻四镇，仙芝闻之，急赴边，将蕃汉三万众击大食。遂以五月出师，至怛罗斯，与大食遇。仙芝所将蕃兵葛罗禄部众叛，与大食夹攻唐军，仙芝大败。仙芝出征时，留公等在武威。及仙芝兵败还朝，公亦迤逦东归，以六月次临洮，约于初秋至长安。

仙芝以天宝十载正月加开府仪同三司。又据《新书·方镇表》，天宝十载王正见代高仙芝为安西四镇节度使，十一载正见死，封常清代之，常清居此职，至十四载始迁平卢，是十载以后，仙芝不复在安西也。《武威送刘单》诗称“高开府”，又曰“安西行营”，则作于天宝十载无疑。公作《送刘单》诗之年为天宝十载，而作诗之地，乃在武威。此颇可注意。本年仙芝除河西，实未尝赴镇，[21]何以其幕僚[22]在武威？（河西节度使治武威郡）集中又有武威诗四首，似并为同时所作。

1.《武威送刘判官赴碛西行军》按《会要》七八，“开元十二年以后，或称碛西节度，或称四镇节度”。高仙芝是时为安西四镇节度使，故知此刘判官为仙芝僚佐。诗曰“都护行营太白西”，“都护”即

《送刘单》诗“都护新出师”之都护，谓仙芝也，“行营”与《送刘单》诗题之“安西行营”亦同。又此诗曰“火山五月行人少”，与《送刘单》诗“孟夏边候迟，胡国草木长，都护新出师，五月发军装”，所言时序亦合。此刘判官虽不必即刘单，然二诗皆作于天宝十载四五月间，则可断言也。

2.《武威暮春闻宇文判官使还已到晋昌》据前二诗，知公等四五月间在武威，此曰暮春，则三月已来矣。

3.《河西春暮忆秦中》诗曰“凉州三月半”，凉州即武威郡。此与前篇同时所作。

4.《登凉州尹台寺》诗曰“胡地三月半，梨花今始开”，时序与前诗吻合，知为同时所作。凉州，天宝元年改武威郡，此用旧名，亦犹前诗曰“凉州三月半”，《武威暮春闻宇文判官使还已到晋昌》诗曰“闻已到瓜州”也。(瓜州即晋昌郡，亦天宝元年改名。)

综观各诗，知仙芝僚属之至武威者，公与刘单外，又有宇文判官，其赴碛西之刘判官，似别为一人，疑即刘眺。[23]总之，仙芝僚佐之在武威者颇多，而其时则在天宝十载之三月至五月间。仙芝征大食，据《通鉴》在四月，而幕僚则三月已到武威，此必诸人闻仙芝除河西之命，即趋赴武威，其后虽安思顺复来，仙芝不果就镇，然诸人既已来武威，即暂留其地，直至仙芝征大食还，始同归长安也。

仙芝击大食事见《通鉴》，《旧书·玄宗纪》及《仙芝传》皆不载。《通典》一九三引杜环《经行记》云,“怛罗斯,石国大镇,即天宝十载高仙芝兵败之地”。《通典》又云,“族子环,随镇西节度使高仙芝西征,天宝十载至西海,宝应初因贾商船自广州而回,著《经行记》”。是则杜环亦仙芝幕僚而兵败流落西域者。

《通鉴》载征大食事在四月,而公《送刘单》诗曰“孟夏边候迟,胡国草木长,都护新出师,五月发军装”。盖仙芝四月辞长安,五月整师西征耳。

知公东归以六月次临洮者,《临洮客舍留别祁四》诗曰“六月未春衣”,《临洮龙兴寺玄上人院同咏青木香丛》诗曰“六月花新吐”,可证。六月至临洮,初秋应抵长安。是秋,杜甫有《九日寄岑参》诗。

天宝十一载壬辰(七五二)三十八岁

在长安。是秋,与杜甫高适储光羲薛据同登慈恩寺塔,赋诗。

薛播天宝十一载擢进士第,见《五百家韩注》。公有《送薛播擢第归河东》诗,知本年在长安。

公有《与高适薛据登慈恩寺浮图》诗,杜甫储光羲并有同诸公登慈恩寺塔诗,知斯游杜储亦与。今惟薛作不存,余四家诗中所纪时序并同(公诗曰“秋色从西来”,杜曰“少昊行清秋”,高曰“秋风昨夜至”,储曰“登之清秋时”),尤为五人同游之证。杜诗梁氏编在天宝十三载,诚近臆断,而仇氏但云“应在禄山陷京师以前,十载献赋之后”,亦未能确定何年。今案登塔事,十载,十二载,十三载皆不可能,各有反证,分述如下。

1. 天宝十载 《旧玄宗纪》十载“是秋霖雨积旬，墙屋多坏，西京尤甚”。是年杜甫所作《秋述》曰，“秋杜子卧病长安旅次多雨生鱼，青苔及榻”。多雨既非登塔之时，而杜甫卧病，尤无参与斯游之理，是登塔不得在天宝十载秋也。

2. 天宝十二载 《通鉴》天宝十二载五月，哥舒翰击吐蕃，拔洪济大漠门等城，悉收黄河九曲，《旧玄宗纪》，天宝十二载九月，哥舒翰进封西平郡王。案高适有《同吕判官从哥舒大夫破洪济城回登积石军多福寺七级浮图》《同李员外贺哥舒大夫破九曲之作》两诗，又有《九曲词三首》，句云“御史台中异姓王”。是则天宝十二载五月至九月，适在河西，不得与于长安慈恩寺塔之游也。

3. 天宝十三载 《旧玄宗纪》，十三载八月以久雨，左相陈希烈罢知政事，又云“是秋霖雨积六十余日”，盖即杜甫《秋雨叹》(卢氏编在十三载)所谓“秋来未曾见白日，泥污后土何时干”者十三载秋亦积雨若是之久，则登塔亦为根本不可能。且据杜《年谱》，是秋因京师霖雨乏食，生计艰窘，携家往奉先，则纵有斯游，杜不得与。又十三载四月岑公已赴北庭(说详后)，则岑亦不得与于斯游也。

十载，十二载，十三载，诸公既不得同时在京，再参以仇氏杜诗当作于十载献赋后之说，则登塔赋诗事，必在十一载无疑。《送薛播》诗已明示岑公是年在长安，高适十二载四月尚有《李云南征蛮》诗，[24]可证此前仍在长安，杜甫据《年谱》是年亦未他去，储光羲是时宜官监察御史，盖并薛据咸在京师也。

天宝十二载癸巳（七五三）三十九岁

在长安。是春颜真卿出为平原郡太守，公有诗赠行。

《送颜平原》诗序曰“十二年春，有诏补尚书十数公为郡守，上亲赋诗，觞群公，宴于蓬莱前殿，仍锡以缯帛，宠饯加等。参美颜公是行，为宠别章句”。留元刚《颜鲁公年谱》“天宝十二载，杨国忠以前事衔之，谬称请择，出公为平原太守”。又曰“按十三载有《东方朔画赞碑阴记》，云去岁拜此郡，则以是年出守明矣”。

又案《太一石鳖崖口潭旧庐招王学士》诗曰“偶逐干禄徒，十年皆小官”，自天宝三载解褐至本年为十年。太一即终南山，在长安城南。此亦本年公在长安之证。

天宝十三载甲午（七五四）四十岁

是年，安西四镇节度使封常清入朝，三月，权北庭都护伊西节度瀚海军使，表公为大理评事，摄监察御史，充安西北庭节度判官，遂赴北庭。五月，常清出师西征，公在后方。六月，常清受降回军。是冬，常清破播仙，师还，公献《凯歌》六章。

《旧书》一零四《封常清传》：“十三载入朝，摄御史大夫。俄而北庭都护程千里入为右金吾大将军，仍令常清权知北庭都护，持节充伊西节度等使。”《旧玄宗纪》：“十三载三月，封常清权北庭都护伊西节度使。”[25]案伊西有瀚海军。诸书于常清职衔多略瀚海军使，今据《会要》七八补正。旧传称“伊西节度等使”者，盖即包瀚海军使在内耳。

知公本年始应封常清之辟赴北庭者，其证如次：

1. 十一二载皆有长安诗，十三载以后数年间无之，知十三载已离长安他去。然集中凡及封常清之诗，多曰北庭，而常清兼北庭始于十三载，其时公既不在长安，则是因常清之辟而赴北庭明矣。

2. 十三载以前，镇北庭者为程千里，公诗中无一语及程，知其至北庭不在程千里作镇之时。继千里者为封常清，而瓜代之年在十三载。今及封之诗甚多，又多作于北庭，则知公至北庭必自十三载常清初兼北庭始。[26]

3. 十三载以前，安西与北庭分治。若十三载以前已事常清，则当在安西幕中。然诗凡及常清者辄曰北庭，此可证常清未兼北庭时，公不在幕中，其入幕乃自十三载兼北庭时始也。

4. 再以公平生经历推之，至北庭当在四十以后。集中有北庭作诗曰“可知年四十，犹自未封侯”。

天宝十三载公四十岁，则其赴北庭，至晚当在天宝十三载。

知此次所授官职为“大理评事，摄监察御史，充安西节度判官”者，其证如下。《优钵罗花歌序》曰“天宝景申岁（案即丙申，天宝十五载），参忝大理评事，摄监察御史，领伊西北庭支度副使”。杜《序》曰“又迁大理评事，兼监察御史，充安西节度判官”。案《新书·百官志》，节度使幕属，有副大使知节度事行军司马，副使，判官，支使，掌书记巡官，衙推各一人。其兼支度营田讨诏经略使者，则又有副使，判官各一人。副使位在判官上，则充判官宜在初应辟时，度支副使乃后此升迁之职也。

又案十三载以后，安西节度复兼北庭则公是时所守之职衔，当称“安西北庭节度判官”，不当但如杜《序》所云“安西节度判官”也。[27]

知五月常清出师西征六月受降回军者，《北庭西郊候封大夫受降回军献上》，及《登北庭北楼呈幕中诸公》二诗可证。常清十三载入朝，加御史大夫，三月兼北庭，据诗，回军北庭西郊，又称“封大夫”，[28]是至早作于十三载，且必在三月以后。又案是年首秋，公已自北庭至轮台，（北庭治庭州，轮台在庭州西三百二十里。）尔后居轮台时多，今二诗并作于北庭，则当在秋前也。《候受降回师》诗曰“大夫讨匈奴，前月西出师”，《登北庭北楼》诗曰“六月秋风来”，又曰“上将新破胡”，明是役五月出征，六月回师，前与初抵北庭之时，后与去之轮台之时，皆相衔接矣。又知西征时公在后方者，则候师回于北庭西郊，诗题固已明言之矣。

知七月至轮台者，《首秋轮台》诗可证也。诗曰“轮台万里地，无事历三年”。考公此次在边，自十三载夏，至至德二载夏，适为三周年。此诗题曰首秋，而至德二载六月已归至凤翔，则必作于至德元载之秋。其时在轮台已历三年，则本年应已自北庭至轮台。

常清破播仙事，史传失载，今从公《轮台歌奉送封大夫出师西征》，及《献封大夫破播仙凯歌六章》诸诗考得之。《轮台歌》曰“剑河风急雪片阔，沙口石冻马蹄脱”，《凯歌》曰“蒲海晓霜凝马尾，葱山夜雪扑旌竿”，知与前者五月西征非一事。明年十一月，常清被召还京，则破播仙必在本年冬。

天宝十四载乙未（七五五）四十一岁

在轮台，间至北庭。十一月禄山反，主帅封常清被召还京。

《北庭贻宗学士道别》诗曰：“忽来轮台下，相见披心胸，饮酒对春草，弹琴闻夜钟。”去年春公尚在长安，此言春与宗相见于轮台，至迟当为本年春。诗又曰“今且还龟兹”曰“君有贤主将”。龟兹为安西节度使治所贤主将应指封常清。然本年十一月，常清已入京，则明年春不得仍在安西。此曰还龟兹有贤主将，断为本年春所作。此本年春公在轮台之证。然诗曰见宗于轮台，而题曰北庭，何哉？诗又有“四月犹自寒”之句，盖春晤宗于轮台，旋同至北庭，四月宗又自北庭归龟兹，公因作此诗以道别耳。此则本年公尝至北庭之证。

肃宗至德元载丙申（七五六）四十二岁

在轮台，领伊西北庭支度副使。岁晚东归，次晋昌，酒泉。

领支度副使，[29]见《优钵罗花歌序》。《首秋轮台》诗曰“轮台万里地，无事历三年”，则七月犹在轮台。至其东归之时，以《玉门关盖将军歌》等诗推之，当在本年十二月。《通鉴》至德二载正月：“河西兵马使盖庭伦，与武威，九姓商胡安门物等杀节度周佖。”案《元和郡县志》，玉门关在瓜州晋昌县东二十步，属河西节度管内。此盖将军在玉门关，当即河西兵马使盖庭伦也。[30]公本年始领伊西北庭支度副使，诗曰“我来塞外按边储”，是至早当作于本年。诗又曰“暖屋绣帘红地炉”“腊日射杀千年狐”，明年六月已归凤翔，则诗必本年腊日所作。诗既作于本年，而盖庭伦本年适在河西，则盖将军为庭伦益无疑矣。本年腊日忽在晋昌，必东归途次于此。知腊日归次晋昌，则知《过酒泉忆杜陵别业》诗曰“醉里愁消日，归期尚隔年”，《玉门寄长安李主簿》诗曰“况复明朝是岁除”，（此玉门乃玉门县；《元和郡县志》，玉门县属肃州酒泉郡，东至州二百二十里。）与《盖将军歌》皆同月所作而略后，盖腊日次晋昌，除夕次酒泉也。

至德二载丁酉（七五七）四十三岁

二月，肃宗幸凤翔，公亦旋至。六月十二日，杜甫等五人荐公可备谏职，诏即以公为右补阙。十月，扈从肃宗还长安。

去岁除夕途次酒泉，计本年正月已到家。惟自去年六月长安失陷，其家人或留长安，或避地他徙，概不可知。肃宗二月幸凤翔，杜甫荐状署六月十二日，是公至凤翔，当在二月后六月前。《行军诗二首》《凤翔府行军送程使君赴成州》《宿岐州北郭严给事别业》《行军九日思长安故园》诸诗，皆作于凤翔，然皆在拜补阙以后，则初来凤翔，又似去拜官前未久也。

杜甫荐状，见存《杜集》中。其余连署者，为左拾遗裴荐，右拾遗孟昌浩魏齐聃，左补阙韦少游等四人。状前于公结衔称“宣议郎试大理评事，摄监察御史，赐绯鱼袋”。状中有“臣等窃见，岑参识度清远，议论雅正，佳名早上，时辈所仰”等语。杜《序》云“入为右补阙”，与公《西掖省即事》诸诗及杜甫《奉答岑参补阙见赠》诗“君随丞相后”之句并合。十月，肃宗还长安，公既为朝臣，理当扈从还京。

乾元元年戊戌（七五八）四十四岁

在长安。时杜甫王维贾至等并为两省僚友，倡和甚盛。

《和贾至早朝大明宫》《寄左省杜拾遗》《送许拾遗归江宁拜亲》（杜甫同赋）并本年春夏所作。

乾元二年己亥（七五九）四十五岁

在长安。三月转起居舍人。四月署虢州长史，五月之官。是秋，杜甫自秦州寄诗问讯。

《佐郡思旧游》诗序曰："己亥岁春三月，参自补阙转起居舍人，夏四月署虢州长史。"[31]杜《序》曰："入为右补阙，频上封章，指述权佞，改起居郎，寻出虢州长史。"案《六典》九，起居郎属门下省，起居舍人与右补阙并属中书省。公自右补阙当转起居舍人，同为中书省（亦称右省）官也。杜称起居郎者误。

知五月始到官所者，《出关经华岳寺访法华云公诗》曰，"谪宦忽东走，王程苦相仍"，又曰"五月山雨热"，则是五月始出关之任也。

杜甫有《寄彭州高三十五使君适虢州岑二十七长史参三十韵》诗，乾元二年秋作于秦州。

上元元年庚子（七六〇）四十六岁

在虢州。

上元二年辛丑（七六一）四十七岁

在虢州。

《虢州送郑兴宗弟归扶风别庐》诗曰“佐郡已三载”。自乾元二年至本年为三年，故知本年犹在虢州。

代宗宝应元年壬寅（七六二）四十八岁

改太子中允，至迟在本年春。旋兼殿中侍御史，充关西节度判官。十月，天下兵马元帅雍王适（即德宗）会师陕州，讨史朝义，以公为掌书记。入为祠部员外郎，疑在本年冬。

杜《序》：“又改太子中允，兼殿中侍御史，充关西节度判官。圣上潜龙藩邸，[32]总戎陕服，参佐僚吏，皆一时之选，由是委公以书奏之任。”案杜甫有《送魏十八仓曹还京因寄岑郎中参范郎中季明》诗曰“帝乡愁绪外，春色泪痕边”。公去年春在虢州，明年春应已改考功员外郎，此诗称中允，又称春色，则改中允至迟在本年春。又杜诗称中允而不称侍御或判官，则兼侍御充判官当在改中允后。杜《序》并为一事，恐未确。

《新书·方镇表一》，上元二年，华州置镇国节度，亦曰关东节度，广德元年，镇国节度使李怀让自杀，罢镇国节度，置同华节度使。案镇国节度治华州，乃潼关之西，宜称关西节度，表作关东，疑为字讹。公有《潼关镇国军句覆使院早春寄王同州》《潼关使院怀王七季友》二诗，盖即为关西节度判官时所作。《寄王同州》诗曰“昨从关东来”，谓自虢州来也。关西节度去年始置，而《寄王同州》诗题曰早春，则初入使幕在本年早春，盖改中允后，旋即兼侍御为关西判官也。《怀王季友》诗曰“满目徒春华”，则亦本年春所作。

《新书·百官志》，天下兵马元帅幕属有掌书记一人，杜《序》所谓委以书奏之任，盖即此官。

杜《序》又云“入为祠部考功二员外郎”。石刻《郎官石柱题名》，祠部员外郎有岑参。案拜祠部员外郎，不知在何时，姑以意定为本年十月雍王收东京河阳汴郑滑相魏等州后。《秋夕读书幽兴献兵部李侍郎》诗曰“年纪蹉跎四十强，自怜头白始为郎”。本年四十八岁，诗盖即作于此时。

广德元年癸卯（七六三）四十九岁

在长安。改考功员外郎，疑在本年。

本年正月刘晏同中书门下平章事，明年正月罢。公有《刘相公中书江山画障》诗，此本年在京师之证一也。《旧书·代宗纪》，广德元年十月，[33]以京兆尹兼吏部侍郎严武为黄门侍郎。公有《暮秋会严京兆后厅竹斋》诗曰“能将吏部镜，照取寸心知”，则此严京兆即武也。去年六月以刘晏为京兆尹，本年正月晏同中书门下平章事，武代为京兆尹。武以本年正月为京兆尹，十月迁黄门，则公诗题曰“暮秋会严京兆后厅竹斋”者，正谓本年暮秋。此本年公在京师之证二也。

改考功员外郎年月无考。明年当以转虞部郎中，则改考功或在本年。

广德二年甲辰（七六四）五十岁

在长安。转虞部郎中。

《旧书》一一〇《李光弼传》“代宗还京二年正月……以光进为太子太保，兼御史大夫，谅国公，渭北节度使”，公有《奉送李太保兼御史大夫充渭北节度使》诗，原注“即太尉光弼弟”。《通鉴》，广德二年正月，剑门东西川以黄门侍郎严武为节度使，公有《送严黄门拜御史大夫再镇蜀川兼觐省》诗。本年正月二十五日，第五琦奏诸道置常平仓，使司量置本钱和籴，许之（见《旧书·代宗纪》《新书·食货志》及《会要》八八），公有《送许员外江外置常平仓》诗。此可证本年正月公在长安。《新书·代宗纪》《通鉴》并云本年三月甲子盛王琦薨，公有《盛王挽歌》。[34]《通鉴》广德二年三月，太子宾客刘晏为河南江淮以来转运使，疏浚汴水，公有《送张秘书充刘相公通汴河判官便赴江外觐省》诗。[35]此可证本年三月公在长安。《旧·代宗纪》，广德二年十月，河南尹苏震薨，公有《故河南尹岐国公赠工部尚书苏公挽歌二首》。此可证本年十月公在京师。

杜《序》于“入为祠部考功二员外郎”后云“转虞部库部二正郎”。案转虞部郎中不知在何年月，今据《送祁四再赴江南别》诗，定为本年。祁四即画家祁岳。[36]于邵《送家令祁丞序》，称善画能诗，别家令丞即祁岳。序曰：“去年八月，闽越纳贡，而吾子实董斯役，水陆万里，寒暄浃年。三江五湖，复然复游。远与为别，故人何情？虞部郎中岑公赠诗一篇，情言兼至，当时之绝也。”案岑公所赠诗当即《再送祁四赴江南别》诗，“三江五湖，复然复游”，即“再赴江南”也。《旧书》一八八《于邵传》：“转巴州刺史，夷獠围州掠众，邵与贼约，出城受降而围解。节度使李抱玉以闻，超迁梓州，以疾不至，迁兵部郎中。”《旧书》一八三《李抱玉传》，“广德元年冬，兼山南西节度使”，则其表奏于邵受降解围。及邵辞梓州，迁兵部事，至早当在本年。本年于邵始至京师，序称公为虞部郎中，则本年公已转此官矣。

永泰元年乙巳（七六五）五十一岁

在长安。转库部郎中疑在本年。十一月，出为嘉州刺史，因蜀中乱，行至梁州而还。

独孤及有《同岑郎中屯田韦员外花树歌》，公原唱《韦员外家花树歌》今在集中。[37]《新书》一六二《独孤及传》："天宝末以道举高第，补华阴尉，辟江淮都统李垣府掌书记。[38]代宗以左拾遗召，既至，上疏陈政。"《通鉴》载上疏事在永泰元年三月。李嘉祐《送独孤拾遗先辈先赴上都》诗曰"行春日已晓，桂楫逐寒烟"，又曰"入京当献赋，封事又闻天"。据此，及入京在春日，则是永泰元年春，甫至京师，即上疏也。既知独孤及本年春始至长安，而明年春，公又已入蜀，则《花树歌》之作断在本年春矣。公又有《送卢郎中除杭州赴任》诗。案李华《杭州刺史厅壁记》，"诏以兵部郎中范阳卢公幼平为之……麾幢戾止，未逾三月，降者迁忠义，归者喜生育"，末云"永泰元年七月二十五日记"。[39]公诗之卢郎中当即幼平。诗曰"千家窥驿舫，五马饮春湖，柳色供诗用，莺声送酒须"，此所纪幼平出京时物候，明为暮春。李记作于七月，而曰"麾幢戾止，未逾三月"，是幼平至杭州时为四月。三月出京，四月到杭，诗与记纪时正合，则亦作于永泰元年矣。二诗皆本年春在长安作，此本年春公在长安之证。《旧书·代宗纪》，永泰元年四月，太保致仕苗晋卿薨，公有《苗侍中挽歌二首》。此本年四月公在长安之证。《通鉴》，永泰元年五月，以右仆射郭英义为剑南节度使，公有《送郭仆射节制剑南》诗。此本年五月，公在长安之证。转库部郎中岁月无征。去年《再送祁四赴江南别》诗有云“山驿秋云冷”，据于邵序，公作是诗时尚为虞部。则转库部，当在去年秋后，本年十一月出刺嘉州以前。今姑系于本年。

知本年十月出刺嘉州者，《酬成少尹骆谷行见呈》诸诗可证。《酬成》诗曰“忆昨蓬莱宫，新授刺史符，……何幸承命日，得与夫子俱。携手出华省，连骕赴长途，五马当路嘶，按节投蜀都”，知公与成同日受命，且同行入蜀也。独孤及送《成少尹赴蜀序》曰，“岁次乙巳，定襄郡王英乂出镇庸蜀，谋亚尹。佥曰，‘左司郎中成公可。温良而文，贞固能干，力足以参大略，弼成务。’既条奏，诏曰‘俞往’。公朝受命而夕撰日。卜十一月癸巳出车吉。”[40]据此，则公实以本年十一月被命，即以同月之官，故其《酬成》诗又曰“飞雪缩马毛，烈风擘我肤”，而《赴嘉州过城固县寻永安超禅师房》诗亦曰“满树枇杷冬着花”“汉王城北雪初霁”耳。（城固县属梁州。）

大历元年丙午（七六六）五十二岁

岁初在长安。二月，杜鸿渐为山南西道剑南东西川副元帅，剑南西川节度使，平蜀乱，表公职方郎中，兼殿中侍御史，列置幕府，同入蜀。自春徂夏，留滞梁州，四月至益昌，六月入剑门，七月抵成都。

史称鸿渐二月受命，八月始至蜀境。杜《序》：“副元帅相国杜公鸿渐，表公职方郎中，兼侍御史，列为幕府。”据郎士元《和杜相公益昌路作》诗“春半梁山正落花，台衡受律向天涯”句，及钱起《赋得青城山歌送杨杜二郎中赴蜀军》诗“绿萝春月营门近”句，知鸿渐等二月实已就道。公有《奉和杜相公初发京城作》诗曰“叨陪幕中客，敢和《出车》诗”，似公与鸿渐同行。二月与鸿渐同发京师，故知公本年岁初在长安。

《旧书》一二二《张献诚传》“三迁检校工部尚书，兼梁州刺史”，又《代宗纪》，永泰元年正月，“山南西道节度使张献诚加检校工部尚书”。公有《过梁州奉赠张尚书大夫公》诗，即张献诚也。诗曰“行春雨仍随”，曰“春景透高戟”。献诚去年正月始加工部尚书，而去年春公未离长安，若明年春则已至成都，故此诗必本年春日入蜀过梁州时作。又有《梁州陪赵行军龙冈寺北庭（庭字疑误）泛舟》诗，曰“唱歌江鸟没，吹笛岸花香”，亦是春景，此并《龙冈寺泛舟》诗，疑皆本年所作。他若《梁州对雨怀麹二秀才便呈麹大判官时病赠余新诗》首曰“当暑凉幽斋”，则时已入夏。《早发五盘岭》诗曰“松疏露孤驿，花密藏回滩，栈道溪雨滑，畬田原草干”，景物与前《梁州对雨》诗仿佛，盖自梁州南行道中作也。诗又曰“此行为知己，不觉蜀道难”，知己即谓杜鸿渐，[41]此亦公与鸿渐同行入蜀之证。又有《与鲜于庶子自梓州成都少尹自褒城同行至利州道中作》诗，曰“前日登七盘，旷然见三巴”，又曰“水种新插秧，山田正烧畬，夜猿啸山雨，曙鸟鸣江花”。五盘岭一名七盘，此曰“前日登七盘”即前诗发五盘岭也。至二诗所叙景物，尤无一不合。此行目的地为利州，利州即益昌，杜鸿渐尝驻节于此（《奉和杜相公发益昌》诗可证），是亦与鸿渐同入蜀之一证。《和杜发益昌》诗曰，“朝登剑阁云随马，夜渡巴江雨洗兵，山花万朵迎征盖，川柳千条拂去旌”，仍似初夏物候，故定四月至益昌。至《入剑门作寄杜杨二郎中时二公并为杜元帅判官》诗曰“凛凛三伏寒”，则六月始入剑门也。

知七月抵成都者，《陪狄员外早秋登府西楼因呈院中诸公》诗可证。诗曰“常爱张仪楼，西山正相当”，知题中府字谓成都府也。杜鸿渐本年至成都，明年四月入朝。诗曰“亚相自登坛，[42]时危安此方，声威振蛮貊，惠化钟华阳，旌节罗广庭，戈铤凛秋霜，阶下貔虎士，幕中鹓鹭行”。明鸿渐尚在成都，则此早秋谓本年七月也。史称八月鸿渐至蜀境，失之诬矣。

大历二年丁未（七六七）五十三岁

四月，杜鸿渐入朝奏事，以崔宁知西川留后。六月，鸿渐至京师，荐宁才堪寄任，上乃留鸿渐复知政事，使职遂罢。是月，公始赴嘉州刺史任。

《早春陪崔中丞同泛浣花溪宴》诗[43]之崔中丞当即崔宁。公去年秋始至成都，明年在嘉州，此曰早春，宜为本年之早春。《江上春叹》诗曰“忆得故园时”，此江当指蜀江，诗曰“从人觅颜色”，乃居幕府时语气，非任郡守时也，故知此言春日亦本年春。《送崔员外入奏因访故园》诗有巴山汉水等语，明在蜀中，又曰“仙郎去得意，亚相正承恩”，知崔乃为杜鸿渐入奏，诗当作于本年四月鸿渐未还朝以前。此上三诗皆本年春作于成都，可证本年春犹未赴嘉州也。《送赵侍御归上都》诗曰“霜随驱夏暑，风逐振江涛”，江涛应指蜀江。此亦成都诗，作于本年夏者也。《过王判官西津所居》诗曰“潜移岷山石，暗引巴江流”，明在蜀中。诗又曰“落日出公堂”。节度使幕有判官，出公堂，出使院也。此亦当为成都诗，其曰“竹深夏已秋”者，则夏令向尽而秋未遽至，时在六月也。[44]以上二诗地在成都，而时当夏月，可证本年夏犹未赴嘉州也。

然《赴犍为经龙阁道》曰“汗流出鸟道，胆碎窥龙涡，骤雨暗溪口，归云网松萝”，《江上阻风雨》曰，“云低岸花掩，水涨滩草没”，《初至犍为作》曰，“草生公府静，花落讼庭闲，云雨连三峡，风尘到百蛮”，皆似夏日景物，而《登嘉州凌云寺作》曰“夏日寒飕飕”，则既抵嘉州，仍在夏日。（前三诗皆言云雨，《凌云寺》诗亦曰“回风吹虎穴，片雨当龙湫，僧房云濛濛”，故知四诗时日最相近。）前在成都时已是盛夏，今至犍为，仍云夏月，则发成都，抵犍为，并在六月矣。盖杜鸿渐本年六月，复知政事，罢使职，于是幕府解散，而公亦得离成都赴嘉州之任耳。

大历三年戊申（七六八）五十四岁

在嘉州。七月，罢官东归，至戎州，阻群盗，淹泊泸口。久之乃改计北行，遂却至成都。

《阻戎泸间群盗》诗原注“戊申岁，余罢官东归”，《东归发犍为至泥溪舟中作》诗曰“七月江水大，沧波满秋空”，知罢官东归在本年七月也。《阻戎泸间群盗》诗注又曰“属断江路，时淹泊戎州”，诗曰“帝乡北近日，泸口南连蛮。何当遇长房，缩地到京关”，则是旅泊于泸口。按《通鉴》，大历三年四月，崔宁入朝，以弟宽为留后，泸州刺史杨子琳帅精骑数千乘虚突入成都。宽与子琳战，数不利。七月，崔宁妾任氏出家财数十万募兵，得数千人，帅以击子琳，破之。子琳走。公七月罢官归家，不由成都出剑门北上，而取江路东行者，盖因其时成都战氛未息，或甫息而秩序尚未恢复耳。《通鉴》又称杨子琳既败，还泸州，招聚亡命，得数千人，沿江东下，声言入朝。[45]子琳兵败，退还泸州，公此行若取道成都，则难免与溃卒相遇于途中。然泊公既至戎泸间，而群盗复起，[46]江路亦断，淹泊江干，既非长策，则不得不却回成都，仍取陆路北归。明年又有成都诗，可证其回至成都矣。

然公旅泊巴南似为时颇久。《青山峡口泊舟怀狄侍御》诗曰“往来巴山道，三见秋草凋”。自大历元年初秋入蜀至本年秋为三年，则诗当为本年所作。诗又曰“九月芦花新，弥令客心焦”，则本年九月犹在巴南也。又《楚（当为秋字之讹）夕游泊古兴》曰“秋风冷萧瑟，芦荻花纷纷”，《晚发五渡》曰“芦花杂渚田”，《下外江怀终南旧居》曰“水宿已淹时，芦花白如雪”，诸篇并言芦花，与《青山峡口》诗同，当属一时所作。意九月尚未回至成都也。

大历四年己酉（七六九）五十五岁

旅寓成都。《招北客文》疑作于本年。

《西蜀旅舍春叹寄朝中故人呈狄评事》诗题曰“旅舍”，则非佐幕时，亦非守郡时，此当为本年春作，杜《序》所云“无几使罢，[47]寓居于蜀”者是也。然他篇（《阻戎泸间群盗》）曰“罢官自南蜀”，指嘉州，此曰“西蜀旅舍”则当指成都，故知本年春已至成都。诗曰

"吾将税归鞅，旧国如咫尺"，则意欲取陆路北归之明证。《送绵州李司马秩满归京因呈李兵部》诗曰"久客厌江月，罢官思早归；眼看春光老，羞见梨花飞"，似亦本年春作于成都。《客舍悲秋有怀两省旧游呈幕中诸公》诗曰"三度为郎已白头，一从出守五经秋"，自永泰元年出守，至本年为五年。题曰幕中诸公，则与前诗曰"西蜀旅舍"者正合。据此，则本年秋公仍在成都。

杜《序》"旅轸有日，犯轪俟时，吉往凶归，呜呼不禄"。唐李归一《王屋山志》及《唐诗纪事》并云"中原多故，卒死于蜀"。然据《旧书·代宗纪》，本年十二月戊戌，左仆射冀国公裴冕薨，公有《故仆射裴公挽歌三首》，则本年十二月，公犹健在也。

杜《序》"时西川节度因辞受职，本非朝旨。其部统之内，文武衣冠，附会阿谀，以求自结，皆曰中原多故，剑外少（疑当作小）康，可以庇躬，无暇向阙。公乃著《招蜀客归》一篇，申明逆顺之理，抑挫佞邪之计。有识者感叹，奸谋者惭沮，播德泽于梁益，畅皇风于邛僰"，案《文苑英华》有岑参《招北客文》，即杜所云《招蜀客归》也。《北梦琐言》引"千岁老蛟"数句，亦作岑参。《文粹》三十三录《招北客文》作独孤及撰，后人遂以为岑作《招蜀客归》别为一文，今佚，其实非也。公《峨眉东脚临江听猿怀二室旧庐》诗曰"哀猿不可听，北客欲流涕"，《巴南舟中思陆浑别业》诗曰"泸水南州远，巴山北客稀"，公诗屡用北客字，则文题当以招北客归为正，杜确误忆，题为《招蜀客归》，后世因之，遂多异说。

姚铉以为独孤及作，不知何据。今赵怀玉刊本《毗陵集》实无此篇，惟补遗有之，云录自《文粹》，则以此文为独孤及作，《文粹》而外，亦别无佐证也。文末曰“蜀之北兮可以往，北客归去来兮”，亦自述其将出剑门北归长安之意，此与本年《西蜀旅舍春叹》诗“吾将税归鞅，旧国如咫尺”之语正合。

大历五年庚戌（七七〇）五十六岁

正月，卒于成都旅舍。

公诗岁月可考者，止于去年十二月之《故仆射裴公挽歌》。赖谱据杜甫《追酬故高蜀州人日见寄》诗序云，“今海内忘形故人，独汉中王瑀与昭州敬使君超先”，诗作于大历五年正月二十一日，而称海内忘形故人，不及岑公，必其时公已逝世。案此说甚是，杜诗作于本年正月二十一日，则公之卒，当在正月二十一日以前。[48]

注

[1] 诸书称南阳人者，从其旧望也。据《新书·宰相世系表》，周文王异母弟耀，子渠，武王封为岑子，其地梁国北岑亭是也（案说本《吕览》），子孙因以为氏，世居南阳棘阳。（案汉棘阳县故城，在今河南新野县东北。）后汉有征南大将军岑彭，六传至晊，徙居吴郡，又六传至宠，徙盐官，十世孙善方又徙江陵。张景毓《大唐朝散大夫行润州句容县令岑君德政碑》（《续古文苑》一八，后简称《张碑》）：“其先出自颛顼氏，后稷之后。周文王母弟辉克定殷墟，封为岑子，今梁国岑亭，即其地也。因以为姓，代居南阳之棘阳。十三代孙善方，随梁宣帝西上，因官投迹，寓居于荆州焉。”又曰：“梁亭汉室，先开佐命之封，吴郡荆门，晚葺因居之地。”此虽与《新表》所纪小异，（《元和姓纂》五与《新表》略同，当为《表》所本）然岑氏之不居南阳已久，则无惑也。《旧书》七〇《岑文本传》，封江陵县子（《张碑》作江陵县伯），又尝自称“江南一布衣”。《法苑珠林》：“中书令岑文本，江陵人。”《新书·岑义传》“羲江陵人”。《朝野佥载》“京中谣曰，岑羲獠子后，崔湜令公孙，三人相比接，莫贺咄最浑”，亦谓羲为南人。唐世岑氏，籍隶江陵，此其明征矣。他若《新书·文本传》又称邓州，人则不悟望著南阳，本从汉郡，汉之南阳不因唐郡更名而为邓州也。夫

诸书狃于六代积习，匿本贯而标郡望，已为无谓，此更改称邓州，则又歧中之歧。《全唐诗》《全唐文》岑参小传并从之，不思之甚矣。唐荆州（后升为江陵府）江陵县，即今湖北江陵县。

［2］此图据《新书・宰相世系表》及《姓纂》改制。《表》颇有舛误，今依沈炳震《新旧唐书合钞》订正。长倩子五人（本传"五子同赐死"），《姓纂》但有虚源广成二名，而虚源《旧书・文本传》又作灵源，今仍从《姓纂》。羲弟仲翔仲休，《姓纂》,《新书・文本传》及《宰相世系表》并同，惟《旧书・文本传》作翔，休，今从多数。杜确《岑嘉州集序》曰，"嗣子佐公，复纂前绪"。佐公似即公子之名，《表》原阙，据《序》补入。诸人历官皆不录，读者参阅《姓纂》，《张碑》及《新表》可耳。

［3］卢照邻《南阳公集序》(《全唐文》一六)"贞观中，虞李岑许之俦以文章进"。新旧二史志有文本集六十卷，本传同，惟卢《序》云"凡所著述，千有余篇，今之刊写，成三十卷"，盖当时刊写未足之本耳。

［4］三相事迹详见两《唐书・岑文本》传。

［5］见《新书・宰相世系表》。《张碑》云"周大中大夫，行麟台著作郎，兼宏文馆学士"。

［6］见张景毓《岑公德政碑》。

［7］见《新》表。

［8］刘长卿有《曲阿对月别岑况徐说》诗，又有《旅次丹阳郡遇康侍御宣慰兼别岑单父》诗。以公《梁园歌送河南王说判官》原注"时家兄宰单父"，及《送楚丘麴少府赴官》诗"单父闻相近，家书为早传"之句证之，此岑单父即公兄况无疑也。曲阿县属丹阳郡。天宝元年正月改润州为丹阳郡，同年八月二十日改曲阿县为丹阳县。长卿二诗于郡称新名，县称旧名，疑作于天宝元年正月至八月之间。天宝元年，况在丹阳，则公《敬酬杜华淇上见赠兼呈熊曜》诗"忆昨癸未岁（案天宝二年），吾兄自江东"，当即指况，而《送人归江宁》诗曰"吾兄应借问，为报鬓毛霜"，《送扬州王司马》"为报吾兄道，如今已白头"，皆即况矣。

［9］赖《谱》定公生于开元六年（七一八）乃本表第五例，其误甚显。《初授官题高冠草堂》诗当作于天宝三载，赖《谱》在六载，相差三年，此不可不辨。案杜《序》："天宝三载，进士高第，解褐右内率府兵曹参军。"《苏氏演义》曰"进士者，可以进受爵禄者也。"登第后即解褐授官，乃当时常式，故登第之年即解褐之年。赖君既知登第在天宝三载，乃谓六载始授官，岂别有据耶？又案唐制贡举人正月就礼部试，二月放榜，四月送吏部，则公初授官当在天宝三载四月。《初授官题高冠草堂》诗曰，"涧水吞樵路，山花醉药栏"物候颇合。是非特授官之年可考，抑其月亦有征矣。

［10］《唐会要》六八载景龙二年，御史中丞卢怀慎上疏曰："臣窃见比来州牧上佐

等，多者一二年，少者三五月，遂即迁改，不论课最，争取冒进。……臣请望诸州都督刺史上佐等，在位未经四考以上，不许迁除。"据《旧书》九八《怀慎传》，疏上不纳。

[11] 崔沔议有"户口稀疏"及"宁为卑位，独当废省"等语。

[12] 仙州下州，刺史正四品下。晋州上州，刺史从二品。

[13] 更名登封后，唐人诗文中每沿用嵩阳旧名，即如公《浐水东店送唐子归嵩阳》诗，即其一例也。

[14]《南溪别业》诗，明至德济南本《岑集》所无，《全诗》有，又见蒋冽诗中。据此，则作蒋冽者非也。

[15] 天宝三载登第授官后，当居京师。考集中天宝三载以后，吟咏所及，如曰"终南草堂"，曰"高冠草堂"，曰"杜陵别业"之类，咸在长安，故偶有涉及嵩颍故园者，皆追怀之诗，是知自移家长安后，遂不复东归也。

[16] 又有《题永乐韦少府厅壁》诗，宜为同时所作，诗曰"故人是邑尉，过客驻征轩"。永乐为公行役所经之地，此其确证。

[17] 据《行状》，六载使河东朔方，七载使河西陇右。《旧书》一二八《颜真卿传》载使河朔事，在使河陇前，而不书何年(《太平广记》三二引《仙传拾遗》与本传同)，盖亦以六载使河朔，七载使河陇。《旧书》一一四《鲁炅传》云"天宝六年——颜真卿为监察御史，使至陇右"，误也。

[18] 仙芝代灵督，据《旧书》一〇四《仙芝传》及《通鉴》，在天宝六载。《旧书》一二八《段秀实传》作七载，误又《仙芝传》作六月．沈炳震云当从《封常清传》作十二月。按《通鉴》亦作十二月。

[19] 第二次入朝，《旧书》本传作九载，《通鉴》作十载。案唐镇将多因元旦入朝。仙芝盖于九载十二月平石国后发安西，岁晏抵长安，其朝见玄宗则在十载元旦。故二书虽所纪互异而实无牴牾。

[20] 银山碛在西州西南三百四十里，又四十里，至焉耆界，有吕光馆，诗题当即指此，在安西时所作也。本年三十五岁，而诗言三十者，计举成数言之。

[21]《新书·方镇表》，天宝十载，仙芝入朝，迁河西，未行，改右羽林大将军。

[22]《旧书·高仙芝传》，"天宝六载九月，仙芝讨小勃律国还，令刘单草告捷书"，知刘单为仙芝幕僚。

[23]《唐会要》七八："神策军，天宝十三载七月十七日，陇右节度使哥舒翰以前年(案犹言去岁)收黄河九曲，请分其地置洮阳郡，内置军焉。"《旧书》一一〇《王思礼传》："十二载哥舒翰收黄河九曲。"又翰兼河西节度，实因收九曲之功，故知兼河西之年，即知收九曲之年。《旧书》一〇四《翰传》，十二载加河西节度使，《新书·方镇表》一二，天宝十二载哥舒翰兼河西。此并与《通鉴》合。《旧玄宗纪》收九曲在十三载三月，其误无疑。

[24]《李云南征蛮诗》序曰："十二载四月至于长安，……适忝斯人之旧，因赋

是诗。”

[25] 常清兼北庭，诸书云在十三载三月。独《唐会要》七八云“天宝十二载二月，始以安西四镇节度封常清兼伊西北庭瀚海军使”。两二字必皆三字之讹。《旧书》一八七下《忠义程千里传》“天宝十三载三月乙丑（《安禄山事迹》上作二十四日）献俘于勤政楼，……以功授右金吾卫大将军同正，仍留佐羽林军”。按千里罢北庭，乃留佐羽林，所遗北庭之职，封常清继之，是千里留佐羽林之日，即常清兼北庭之日也。千里既以十三载三月授金吾，佐羽林，则常清之兼北庭不得在十二载二月明矣。又《新书·方镇表》，天宝十三载，安西四镇复兼北庭节度，即指常清言。此亦常清兼北庭在十三载之证。

[26]《送刘郎将归河东》诗原注曰“参曾北庭事赵中丞”，《送郭司马赴伊吾郡请示李明府》诗原注曰“郭子与赵节度同好”，集中又有《赵将军歌》，似即一人。《方镇表》，北庭节度无姓赵者。《旧高仙芝传》，讨小勃律时，“使疏勒守捉使赵崇玼三千骑趣吐蕃连云堡自北谷入，使拨换守捉使贾崇瓘自赤佛堂路入”。（《通鉴》乾元元年九月以右羽林大将军赵玼［《方镇表》作泚］为同蒲虢三州节度使。疑赵崇玼当作赵玼，崇字旧传误涉下贾崇瓘而衍。）赵本安西将领，或天宝十四载封常清被召入朝后，代为北庭节度者。然此乃十四载后事，不得为十三载前公已至北庭之藉口。

[27] 据《赴北庭度陇思家》，及《登北庭北楼呈幕中诸公》二诗，知是时节度使治所在北庭，不在安西。（北庭大都护府治庭州，安西大都护府治龟兹。）故必欲省称，与其省“北庭”，不如省“安西”。揣杜确之意，实为封常清幕判官。是时安西本兼北庭，称封曰安西节度，即知其为安西兼北庭节度也。然直称封常清判官则可，谓为安西节度判官则未确。

[28] 封常清天宝六载加朝散大夫，赖《谱》因以诸称封大夫诗系于天宝六载后数年，此大谬也。偶拈四证，以实吾说。（一）《汉书·百官公卿表》“御史大夫……掌副（《北堂书钞》五三引有贰字）丞相。”书钞五三引《汉官仪》“高皇帝置御史大夫，位次丞相。”故后世称御史大夫为副相，或曰亚相。公《奉陪封大夫九日登高》诗曰“霜威逐亚相”，《轮台歌奉送封大夫出师西征》曰，“亚相勤王甘苦辛”。二诗题并称大夫而诗曰亚相，则是御史大夫无疑。（高适《贺哥舒大夫破九曲之作》曰“遥传副丞相，昨日破西蕃”，此则唐人御史大夫称副相之例。）（二）《旧书·职官志》：“天宝边将故事加节度使之号，连制数郡，奉辞之日，赐双节双旌。”公《北庭西郊候封大夫受降回军献上》诗曰，“驿马从西来，双节夹路驰”，明为节度使之制。常清为节度使后乃加御史大夫，其加朝散大夫，在为节度使前六载。题中大夫二字果指朝散，则诗复言节度使之事可乎？（三）《旧书·常清传》“天宝六载，……［高］仙芝代夫蒙灵詧为安西四镇节度使，更奏常清为庆王府录事参军，充节度判官，赐紫鱼袋，加朝散大夫，专知四镇仓库屯田甲仗支度营田事。仙芝每出征，常

令常清知留后事”。此明言常清为朝散大夫时，不得有出征事。今一则曰“封大夫出师西征”，再则曰“封大夫受降回军”，此大夫得谓为散朝耶？（四）据《旧书·职官志》，朝散大夫，文散官，御史大夫，文职事官。唐世士大夫未闻以散官相呼者，故称大夫，断无指朝散之理。此唐人文字中凡称大夫者皆然，又不特岑公此数诗而已也。

[29] 户部郎官称度支，各道节度使属僚之判官当称支度，二名各不相混，说详钱大昕《十驾斋养新录》十。岑集《优钵罗花歌》序称“度支副使”，必传写误倒，今校正。

[30] 明正德济南刊本《岑集》于《盖将军歌》下注曰“即盖嘉运”，影响之说，谬孰甚焉。考盖嘉运二史皆不立传。《新书·方镇表》，自开元二十三年至二十八年，盖嘉运为安西四镇节度使。又考之《通鉴》：

开元二十四年北庭都护盖嘉运破突骑施；

开元二十六年命碛西节度使盖嘉运招集突骑施拔汗那以西诸国；

开元二十七年碛西节度盖嘉运擒突骑施可汗吐火仙；

开元二十八年盖嘉运入朝献捷，改河西陇右节度使；

开元二十九年盖嘉运御吐蕃无功。

所纪至此戛然而止。盖开元二十九年以后，嘉运或因兵败免官，或内调，或阵亡，要不复为边疆镇将可知也。又检《通典》“瀚海军开元中盖嘉运增筑”，《会要》“开元中安西都护盖嘉运撰《西域记》”，诸书凡及嘉运者，亦无不曰开元，此亦天宝改元后，嘉运不在西陲之验。天宝以后盖嘉运既不在西陲而天宝以前公又未尝涉足塞外，则与公相遇于玉门关之盖将军，必非嘉运矣。

[31]《太平御览》九五七，“乾元中虢州刺史王奇光奏阌乡县界女娲坟，天宝十三载大雨晦暝，失所在，今河上侧近忽闻雷风声，晓见坟踊出……”二史《五行志》并载此事在乾元二年六月，则公为长史时，虢州刺史乃王奇光也。

[32] 杜确卒于贞元时，序曰“圣上”，应指德宗。《全唐诗》岑参小传以为代宗，谬甚。

[33]《唐大诏令集》作五月，误。

[34] 诸本咸误作成王。成王乃代宗居藩邸时封号。

[35] 本年正月，刘晏已罢知政事，此曰刘相公者，盖袭称旧衔以尊之。唐人诗文，不乏此例。

[36] 杜甫《奉先刘少府新画山水障歌》曰“岂但祁岳与郑虔，笔迹远过杨契丹”。朱景玄《名画录》“空有其名，不见踪迹二十五人”。有祁岳，在李国桓下。公有《送祁乐归河东》诗曰“有时忽乘兴，画出江上峰”，岳作乐，或传写之讹。诗又云“天子召不见，挥鞭遂从戎”，而集又有《临洮客舍留别祁四》诗，故知祁岳行四也。

[37] 卢纶有《同耿讳司空曙二拾遗题韦员外东斋花树》诗，乃五言近体，似非

同赋。

[38] 独孤及有《癸卯岁赴南丰道中闻京师失守寄权士繇韩幼深》诗。癸卯为广德元年，时及方赴南丰，知广德元年以后，及不在京师，盖至永泰元年始被召入朝耳。

[39]《新书·宰相世系表三》，大房卢氏，暄子沄，杭州刺史，弟幼平，太子宾客。据李华所记，则表于二人历官互误。《吴兴志》云宝应三年，幼平自杭州刺史授湖州刺史，《统纪》作永泰元年按宝应无三年，《统纪》是也。（见劳格《读书杂识》七，《杭州刺史考》。）

[40] 石刻《郎官石柱题名》，左司郎中有成贲。《文苑英华》五三四有成贲《对夷攻蛮假道判》。此成少尹即贲也。公又《与鲜于庶子自梓州成都（此下疑夺成字）少尹自褒城同行至利州道中作》，《汉川山行呈成少尹》二诗，《和刑部成员外秋夜寓直寄台省知己》诗之成员外，疑亦即此人。

[41]《陪狄员外早秋登府西楼因呈院中诸公》诗曰"知己犹未报，鬓毛飒已霜"。亦谓鸿渐。

[42] 鸿渐本已为宰相，而此曰亚相者，专指其御史大夫之职而言。登坛则谓副元帅也。

[43] 此首亦见《全唐诗》张谓集内。据见存关于张谓之记载，无入蜀事，而浣花溪在成都，则此诗不得为张谓作矣。且崔宁加御史中丞，宜在大历改元后，然大历三年张谓方自礼部侍郎出刺潭州，（《唐诗纪事》引《长沙风土记》云"巨唐八叶，元圣六载，谓待罪江东"，正为大历三年。）是宁为御史中丞时，谓在京师，在潭州，二人安得有同泛浣花溪之事？据此，诗非谓所作益无疑矣。

[44] 诗意谓竹中清凉，虽当夏日，俨有秋意，非谓已入秋序也。

[45] 此《通鉴》大历四年二月文，然实追叙前年初败时事，至下击王守仙，杀张忠云云乃大历四年事。

[46] 群盗或即指杨子琳。

[47] 此谓罢嘉州刺史。刺史亦称使君。故曰使罢。

[48] 赖谱定公卒于大历四年，此因不知《裴公挽歌》作于四年十二月而致误。赖又假定杜《序》作于贞元十五年（七九九），云自彼年逆数至大历四年为三十年，与序中"岁月逾迈，殆三十年"之语，所差甚微。今案序是否作于贞元十五年，尚属疑问。假设不误，则贞元十五年上距大历五年为二十九年，与序中"殆三十年"之语，不更合符节乎？故赖君此证，施于大历四年之说，转不若施于大历五年之说为有力矣。

杜　甫

引言

明吕坤曰："史在天地，如形之景。人皆思其高曾也，皆愿睹其景。至于文儒之士，其思书契以降之古人，尽若是已矣。"数千年来的祖宗，我们听见过他们的名字，他们生平的梗概，我们仿佛也知道一点，但是他们的容貌，声音，他们的性情，思想，他们心灵中的种种隐秘——欢乐和悲哀，神圣的企望，庄严的愤慨，以及可笑亦复可爱的弱点或怪癖……我们全是茫然。我们要追念，追念的对象在那里？要仰慕，仰慕的目标是什么？要崇拜，向谁施礼？假如我们是肖子肖孙，我们该怎样的悲恸，怎样的心焦！

看不见祖宗的肖像，便将梦魂中迷离恍惚的，捕风捉影，摹拟出来，聊当瞻拜的对象——那也是没有办法的慰情的办法。我给诗人杜甫绘这幅小照，是不自量，是渎亵神圣，我都承认。因此工作开始了，马上又搁下了。一搁搁了三年，依然死不下心去，还要赓续，不为别的，只还是不奈何那一点"思其高曾，愿睹其景"的苦衷罢了。

像我这回掮起的工作，本来应该包括两层步骤，第一是分析，第二是综合。近来某某考证，某某研究，分析的工作作的不少了；关于杜甫，这类的工作，据我知道的却没有十分特出的成绩。我自己在这里偶尔虽有些零星的补充，但是，我承认，也不是什么大发现。我这次简直是跳过了第一步，来径直做第二步；这样作法，是不会有好结果的，自己也明白。好在这只是初稿，只要那“思其高曾，愿睹其景”的心情不变，永远那样的策励我，横竖以后还可以随时搜罗，随时拼补。目下我决不敢说，这是真正的杜甫，我只说是我个人想像中的“诗圣”。

我们的生活如今真是太放纵了，太夸妄了，太沓小了，太龌龊了。因此我不能忘记杜甫；有个时期，华茨华斯也不能忘记弥尔敦，他喊——

“Milton！ thou shouldst be living at this hour：
England hath need of thee：she is a fen
Of stagnant waters：alter，sword，and pen，
Fireside，the heroic wealth of hall and bower，
Have forfeited their ancient English dower
Of inward happiness，we are selfish men：
O raise us up，return to us again；
And give us manners，virtue，freedom，power.”

一

当中一个雄壮的女子跳舞。四面围满了人山人海的看客。内中有一个四龄童子，许是骑在爸爸肩上，歪着小脖子，看那舞女的手脚和丈长的彩帛渐渐摇起花来了，看着，看着，他也不觉眉飞目舞，仿佛很能领略其间的妙绪。他是从巩县特地赶到郾城来看跳舞的。这一回经验定给了他很深的印象。下面一段是他几十年后的回忆：

㸌如羿射九日落，矫如群帝骖龙翔，来如雷霆收震怒，罢如江海凝清光。

舞女是当代名满天下的公孙大娘。四岁的看客后来便成为中国有史以来第一个大诗人，四千年文化中最庄严，最瑰丽，最永久的一道光彩。四岁时看的东西，过了五十多年，还能留下那样活跃的印象，公孙大娘的艺术之神妙，可以想见，然而小看客的感受力，也就非凡了。

杜甫，字子美，生于唐睿宗先天元年（七一二），原籍襄阳，曾祖依艺作河南巩县县令，便在巩县住家了。子美幼时的事迹，我们不大知道。我们知道的，是他母亲死得早，他小时是寄养在姑母家里。他自小就多病。有一天可叫姑母为难了。儿子和侄儿都病着，据女巫说，要病好，病人非睡在东南角的床上不可，但是东南角的床铺只有一张，病人却有两个。老太太居然下了决心，把侄儿安顿在吉利的地方，叫自家的儿子填了侄儿的空子。想不到决心下了，结果就来了。子美长大了，听见老人家讲姑母如何让表兄给他替了死，他一辈子觉得对不起姑母。

早慧不算希奇；早慧的诗人尤其多着。只怕很少的诗人开笔开得像我们诗人那样有重大的意义。子美第一次破口歌颂的，不是什么凡物。这"七龄思即壮，开口咏凤凰"的小诗人，可以说，咏的便是他自己。禽族里再没有比凤凰善鸣的，诗国里也没有比杜甫更会唱的。凤凰是禽中之王，杜甫是诗中之圣，咏凤凰简直是诗人自占的预言。从此以后，他便常常以凤凰自比；(《凤凰台》《赤凤行》便是最明白的表示。)这种比拟，从现今这开明的时代看去，倒有一种特别恰当的地方。因为谈论到这伟大的人格，伟大的天才，谁不感觉寻常文字的无效？不，无效的还不只文字，你只顾呕尽心血来悬拟，揣测，总归是隔膜，那超人的灵府中的秘密，他的心情，他的思路，像宇宙的谜语一样，决不是寻常的脑筋所能猜透的。你只懂得你能懂的东西；因此，谈到杜甫，只好拿不可思议的比不可思议的。凤凰你知道是神话，是子虚，是不可能的。可是杜甫那伟大的人格，伟大的天才，你定神一想，可不是太伟大了，伟大得可疑吗？上下数千年没有第二个杜甫（李白有他的天才，没有他的人格），你敢信杜甫的存在绝对可靠吗？一切的神灵和类似神灵的人物都有人疑过，荷马有人疑过，莎士比亚有人疑过，杜甫失了被疑的资格，只因文献，史迹，种种不容抵赖的铁证，一五一十，都在我们手里。

子美自弱冠以后，直到老死，在四方奔波的时候多，安心求学的机会很少。若不是从小用过一番苦功，这诗人的学力哪得如此的雄厚？生在书香门第，家境即使贫寒，祖藏的书籍总还够他餍饫的。从七八岁到弱冠的期间中，我们想像子美的生活，最主要的，不外作诗，作赋，读书，写擘窠大字，……无论如何，闲游的日子总占少数。（从七岁以后，据他自称，四十年中做了一千多首诗文；一千多首作品是要时候作的。）并且多病的身体当不起剧烈的户外生活，读书学文便自然成了唯一的消遣。他的思想成熟得特别早，一半固由于天赋，一半大概也是孤僻的书斋生活酿成的。在书斋里，他自有他的世界。他的世界是时间构成的；沿着时间的航线，上下三四千年，来往的飞翔，他沿路看见的都是圣贤，豪杰，忠臣，孝子，骚人，逸士——都是魁梧奇伟，温馨凄艳的灵魂。久而久之，他定觉得那些庄严灿烂的姓名，和生人一般的实在，而且渐渐活现起来了，于是他看得见古人行动的姿态，听得到古人歌哭的声音。甚至他们还和他揖让周旋，上下议论；他成了他们其间的一员。于是他只觉得自己和寻常的少年不同，他几乎是历史中的人物，他和古人的关系比和今人的关系密切多了。他是在时间里，不是在空间里活着。他为什么不那样想呢？这些古人不是在他心灵里活动，血脉里运行吗？他的身体不是从这些古人的身体分泌出来的吗？是的，那政事，武功，学术震耀一时的儒将杜预便是他的十三世祖；那宣言"吾文章当得屈宋作衙官，吾笔当得王羲之北面"的著名诗人杜审言，便是他的祖父；他的叔父杜升是个为报父仇而杀身的十三岁的孝子；他的外祖母便是张说所称的那为监牢中的父亲“菲屦布衣，往来供馈，徒行颜色，伤动人伦”的孝女；他外祖母的兄弟，崔行芳，曾经要求给二哥代死，没有诏准，就同哥哥一起就刑了，当时称为“死悌”。你看他自己家里，同外家里，事业，文章，孝行，友爱，——立德，立功，立言的人物这样多；他翻开近代的史乘，等于翻开自己的家谱。这样读书，对于一个青年的身心，潜移默化的影响，定是不可限量的。难怪一般的少年，他瞧不上眼。他是一个贵族，不但在族望上，便论德行和智慧，他知道，也应该高人一等。所以他的朋友，除了书本里的古人，就是几个有文名的老前辈。要他同一般行辈相等的庸夫俗子混在一起，是办不到的。看看这一段文字，便可想见当时那不可一世的气概：

性豪业嗜酒，嫉恶怀刚肠；脱略小时辈，结交皆老苍；饮酣视八极，俗物皆茫茫。

子美所以有这种抱负，不但因为他的血缘足以使他自豪，也不仅仅是他不甘自暴自弃；这些都是片面的，次要的理由。最要紧的，是他对于自己的成功，如今确有把握了。崔尚，魏启心一般的老前辈都比他作班固，扬雄；他自己仿佛也觉得受之无愧。十四五岁的杜二，在翰墨场中，已经是一个角色了。

这时还有一件事也可以增长一个人的兴致。从小摆不脱病魔的纠缠，如今摆脱了。这件事竟许是最足令人开心的。因为毕竟从前那种幽闭的书斋生活不大自然；只因一个人缺欠了健康，身体失了自由，什么都没有办法。如今健康恢复了，有了办法，便尽量的追回以前的积欠，当然是不妨的，简直是应该的。譬如院子里那几棵枣树，长得比什么树都古怪，都有精神，枝子都那样剑拔弩张的挺着，仿佛全身都是劲。一个人如今身体强了，早起在院子里走走，往往也觉得混身是劲，忽然看见它们那挑衅的样子，恨不得拣一棵抱上去，和它摔一交，决个雌雄。但是想想那举动又未免太可笑了。最好是等八月来，枣子熟了，弟妹们只顾要枣子吃；枣子诚然好吃，但是当哥哥的，尤其筋强力壮的哥哥，最得意的，不是吃枣子，是在那给弟妹们不断的供应枣子的任务。用竹篙子打枣子还不算本领。哥哥有本领上树，不信他可以试给他们看看。上树要上到最高的枝子，又得不让枣刺轧伤了手，脚得站稳了，还不许踩断了树枝；然后躲在绿叶里，一把把的洒下来；金黄色的，朱砂色的，红黄参半的枣子，花花刺刺的洒将下来，得让孩子们抢都抢不赢。上树的技术练高了，一天可以上十来次，棵棵树都要上到。最有趣的，是在树顶上站直了，往下一望，离天近，离地远，一切都在脚下，呼吸也轻快了，他忍不住大笑一声；那笑里有妙不可言的胜利的庄严和愉快。便是游戏，一个人的地位也要站得超越一点，才不愧是杜甫。

健康既经恢复了，年龄也渐渐大了，一个人不能老在家乡守着。他得看看世界。并且单为自己创作的前途打算，多少通都广邑，名山大川，也不得不瞻仰瞻仰。

二

大约在二十岁左右，诗人便开始了他的飘流的生活。三十五以前，是快意的游览（仍旧用他自己的比喻），便像羽翮初满的雏凤，乘着灵风，踏着彩云，往濛濛的长空飞去，他胁下只觉得一股轻松，到处有竹实，有醴泉，他的世界是清鲜，是自由，是无垠的希望，和薛雷的云雀一般，他是

An unbodied joy whose race is just begun.

三十五以后，风渐渐尖峭了，云渐渐恶毒了，铅铁的穹窿在他背上逼压着，太阳也不见了，他在风雨雷电中挣扎，血污的翎羽在空中缤纷的旋舞，他长号，他哀呼，唱得越急切，节奏越神奇，最后声嘶力竭，他卸下了生命，他的挫败是胜利的挫败，神圣的挫败。他死了，他在人类的记忆里永远留下了一道不可逼视的白光；他的音乐，或沉雄，或悲壮，或凄凉，或激越，永远，永远是在时间里颤动着。

子美第一次出游是到晋地的郇瑕（今山西猗氏县），在那边结交的人物，我们知道的，有韦之晋。此后，在三十五岁以前，曾有过两次大举的游历：第一次到吴越，第二次到齐赵。两度的游历，是诗人创作生活上最需要的两种精粹而丰富的滋养。在家乡，一切都是单调，平凡，青的天笼盖着黄的地，每隔几里路，绿杨藏着人家，白杨翳着坟地，分布得驿站似的呆板。土人的生活也和他们的背景一

样的单调。我们到过中州的人都知道那是个什么样的去处；大概从唐朝到现在是不会有多少进步的。从那样的环境，一旦踏进山明水秀的江南，风流儒雅的江南，你可以想像他是怎样的惊喜。我们还记得当时和六朝，好比今天和昨日；南朝的金粉，王谢的风流，在那里当然还留着够鲜明的痕迹。江南本是六朝文学总汇的中枢，他读过鲍谢江沈阴何的诗，如今竟亲历他们歌哭的场所，他能不感动吗？何况重重叠叠的历史的舞台又在他眼前，剑池，虎丘，姑苏台，长洲苑，太伯的遗庙，阖闾的荒冢，以及钱塘，剡溪，鉴湖，天姥——处处都是陈迹，名胜，处处都足以促醒他的回忆，触发他的诗怀。我们虽没有他当时纪游的作品，但是诗人的得意是可以猜到的。美中不足的只是到了姑苏，船也办好了，都没有浮着海。仿佛命数注定了今番只许他看到自然的秀丽，清新的面相，长洲的荷香，镜湖的凉意，和明眸皓齿的耶溪女……都是他今回的眼福；但是那瑰奇雄健的自然，须得等四五年后游齐赵时，才许他见面。

在叙述子美第二次出游以前，有一件事颇有可纪念的价值，虽则诗人自己并不介意。

唐代取士的方法分三种——生徒，贡举，制举。已经在京师各学馆，或州县各学校成业的诸生，送来尚书省受试的，名曰生徒；不从学校出身，而先在州县受试，及第了，到尚书省应试的，名曰贡举。以上两种是选士的常法。此外，每多少年，天子诏行一次，以举非常之士，便是制举。开元二十三年（七三六）子美游吴越回来，挟着那“气劘屈贾垒，目短曹刘墙”的气焰应贡举，县试成功了，在京兆尚书省一试，却失败了。结果没有别的，只是在够高的气焰上又加了一层气焰。功名的纸老虎如今被他截穿了。果然，他想，真正的学问，真正的人才，是功名所不容的。也许这次下第，不但不能损毁，反足以抬高他的身价。可恨的许只是落第落在名职卑微的考功郎手里，未免叫人丧气。当时士林反对考功郎主试的风潮酝酿得一天比一天紧，在子美"忤下考功第"的明年，果然考功郎吃了举人的辱骂，朝廷从此便改用侍郎主试。

子美下第后八九年之间，是他平生最快意的一个时期，游历了许多名胜，接交了许多名流。可惜那期间是他命运中的朝曦，也是夕照，那几年的经历是射到他生命上的最始和最末的一道金辉；因为从那以后，世乱一天天的纷纭，诗人的生活一天天的潦倒，直到老死，永远闯不出悲哀，恐怖和绝望的环攻。但是末路的悲剧不忙提起，我们的笔墨不妨先在欢笑的时期多留连一会儿，虽则悲惨的下文早晚是要来的。

开元二十四五年之间，子美的父亲——闲——在兖州司马任上，子美去省亲，乘便游历了兖州，齐州一带的名胜，诗人的眼界于是更加开阔了。这地方和家乡平原既不同，和秀丽的吴越也两样。根据书卷里的知识，他常常想见泰山的伟大和庄严，但是真正的岱岳，那"造化钟灵秀，阴阳割昏晓"的奇观，他没有见过。这边的湍流，峻岭，丰草，长林都另有一种他最能了解，却不曾认识过的气魄。在这里看到的，是自然的最庄严的色相。唯有这边自然的气势和风度最合我们诗人的脾胃，因为所有磅礴郁结在他胸中的，自然已经在这景物中说出了；这里一丘一壑，一株树，一朵云，都能引起诗人的共鸣。他在这里勾留了多年，直变成了一个燕赵的健儿；慷慨悲歌，沉郁顿挫的杜甫，如今发现了他的自我。过路的人往往看见一行人马，带着弓箭旗枪，驾着雕鹰，牵着猎狗，望郊野奔去。内中头戴一顶银盔，脑后斗大一颗红缨，全身铠甲，跨在马上的，便是监门胄曹苏预（后来避讳改名源明）。在他左首并辔而行的，装束略微平常，双手横按着长槊，却也是英风爽爽的一个丈夫，便是诗人杜甫。两个少年后来成了极要好的朋友。这回同着打猎的经验，子美永远不能忘记，后来还供给了《壮游》诗一段有声有色的文字：

春歌丛台上，冬猎青丘旁；呼鹰皂枥林，逐兽云雪岗；射飞曾纵鞚，引臂落鹙鸧。苏侯据鞍喜，忽如携葛强。

原来诗人也学得了一手好武艺！

这时的子美，是生命的焦点，正午的日曜，是力，是热，是锋棱，是夺目的光芒。他这时所咏的《房兵曹胡马》和《画鹰》恰好都是自身的写照。我们不能不腾出篇幅，把两首诗的全文录下。

胡马大宛名，锋棱瘦骨成，竹批双耳峻，风入四蹄轻；所向无空阔，真堪托死生。骁腾有如此，万里可横行。

——《房兵曹胡马》

素练风霜起，苍鹰画作殊，㩳身思狡兔，侧目似愁胡，绦镟光堪摘，轩楹势可呼。何当系凡鸟，毛血洒平芜！

——《画鹰》

这两首和稍早的一首《望岳》，都是那时期里最重要的代表作品，实在也奠定了诗人全部创作的基础。诗人作风的倾向，似乎是专等这次游历来发现的；齐赵的山水，齐赵的生活，是几天的骄阳接二连三的逼成了诗人天才的成熟。

灵机既经触发了，弦音也已校准了，从此轻拢慢捻，或重挑急抹，信手弹去，都是绝调。艺术一天进步一天，名声也一天大一天。从齐赵回来，在东都（今洛阳）住了两三年，城南首阳山下的一座庄子，排场虽是简陋，门前却常留着达官贵人的车辙马迹。最有趣的是，那一天门前一阵车马的喧声，顿时老苍头跑进来报道贵人来了。子美倒屣出迎；一位道貌盎然的斑白老人向他深深一揖，自道是北海太守李邕久慕诗人的大名，特地来登门求见。北海太守登门求见，与诗人相干吗？世俗的眼光看来，一个乡贡落第的穷书生家里来了这样一位阔客人，确乎是荣誉，是发迹的吉兆。但是诗人的眼光不同。他知道的李邕，是为追谥韦巨源事，两次驳议太常博士李处，和声援宋璟，弹劾谋反的张昌宗弟兄的名御史李邕——是碑版文字，散满天下，并且为要压倒燕国公的“大手笔”，几乎牺牲了性命的李邕——是重义轻财，卑躬下士的李邕。这样一位客人来登门求见，当然是诗人的荣誉；所以“李邕求识面”可以说是他生平最得意的一句诗。结识李邕在诗人生活中确乎要算一件有关系的事。李邕的交游极广，声名又大，说不定子美后来的许多朋友，例如李白，高适诸人，许是由李邕介绍的。

三

写到这里，我们该当品三通画角，发三通擂鼓，然后提起笔来蘸饱了金墨，大书而特书。因为我们四千年的历史里，除了孔子见老子（假如他们是见过面的）没有比这两人的会面，更重大，更神圣，更可纪念的。我们再逼紧我们的想像，譬如说，青天里太阳和月亮走碰了头，那么，尘世上不知要焚起多少香案，不知有多少人要望天遥拜，说是皇天的祥瑞。如今李白和杜甫——诗中的两曜，劈面走来了，我们看去，不比那天空的异瑞一样的神奇，一样的有重大的意义吗？所以假如我们有法子追究，我们定要把两人行踪的线索，如何拐弯抹角时合时离，如何越走越近，终于两条路线会合交叉了——统统都记录下来。假如关于这件事，我们能发现到一些翔实的材料，那该是文学史里多么浪漫的一段掌故！可惜关于李杜初次的邂逅，我们知道的一成，不知道的九成。我们知道天宝三载三月，太白得罪了高力士，放出翰林院之后，到过洛阳一次，当时子美也在洛阳。两位诗人初次见面，至迟是在这个当儿，至于见面时的情形，在什么时候，什么地方，也许是李邕的筵席上，也许是洛阳城内一家酒店里，也许……但这都是可能范围里的猜想，真确的情形，恐怕是永远的秘密。

有一件事我们却拿得稳是可靠的。子美初见太白所得的印象，和当时一般人得的，正相吻合。司马子微一见他，称他“有仙风道骨，可与神游八极之表”；贺知章一见，便呼他作“天上谪仙人”，子美集中第一首《赠李白》诗满纸都是企羡登真度此的话，假定那是第一次的邂逅，第一次的赠诗，那么，当时子美眼中的李十二，不过一个神采趣味与常人不同，有“仙风道骨”的人，一个可与“相期拾瑶草”的侣伴，诗人的李白没有在他脑中镌上什么印象。到第二次赠诗，说“未就丹砂愧葛洪”，回头就带着讥讽的语气问：

痛饮狂歌空度日，飞扬跋扈为谁雄？

依然没有谈到文字。约莫一年以后，第三次赠诗，文字谈到了，也只轻轻的两句“李侯有佳句，往往似阴铿”，不是什么了不得的恭维，可是学仙的话一概不提了。或许他们初见时，子美本就对于学仙有了兴味，所以一见了“谪仙人”，便引为同调；或许子美的学仙的观念完全是太白的影响。无论如何，子美当时确是做过那一段梦——虽则是很短的一段；说“苦无大药资，山林迹如埽”；说“未就丹砂愧葛洪”，起码是半真半假的心话。东都本是商贾贵族蜂集的大城，廛市的繁华，人心的机巧，种种城市生活的罪恶，我们明明知道，已经叫子美腻烦，厌恨了；再加上当时炼药求仙的风气正盛，诗人自己又正在富于理想的，如火如荼的浪漫的年华中——在这种情势之下，萌生了出世的观念，是必然的结果。只是杜甫和李白的秉性根本不同：李白的出世，是属于天性的，出世的根性深藏在他骨子里，出世的风神披露在他容貌上；杜甫的出世是环境机会造成的念头，是一时的愤慨。两人的性格根本是冲突的。太白笑“尧舜之事不足惊”，子美始终要“致君尧舜上”。因此两人起先虽觉得志同道合，后来子美的热狂冷了，便渐渐觉得不独自己起先的念头可笑，连太白的那种态度也可笑了；临了，念头完全抛弃，从此绝口不提了。到不提学仙的时候，才提到文字，也可见当初太白的诗不是不足以引起子美的倾心，实在是诗人的李白被仙人的李白掩盖了。

东都的生活果然是不能容忍了，天宝四载夏天，诗人便取道如今开封归德一带，来到济南。在这边，他的东道主，便是北海太守李邕。他们常时集会，宴饮，赋诗；集会的地点往往在历下亭和鹊湖边上的新亭。在座的都是本地的或外来的名士；内中我们知道的还有李邕的从孙李之芳员外，和邑人蹇处士。竟许还有高适，有李白。

是年秋天太白确乎是在济南。当初他们两人是否同来的，我们不晓得；我们晓得他们此刻交情确是很亲密了，所谓“醉眠秋共被，携手日同行”。便是此时的情况。太白有一个朋友范十，是位隐士，住在城北的一个村子上。门前满是酸枣树，架上吊着碧绿的寒瓜，滃滃的白云镇天在古城上闲卧着——俨然是一个世外的桃源；主人又殷勤；太白常常带子美到这里喝酒谈天。星光隐约的瓜棚底下，他们往往谈到夜深人静，太白忽然对着星空出神，忽然谈起从前陈留采访使李彦如何答应他介绍给北海高天师学道箓，话说过了许久，如今李彦许早忘记了，他可是等得不耐烦了。子美听到那类的话，只是唯唯否否；直等话头转到时事上来，例如贵妃的骄奢，明皇的昏聩，以及朝里朝外的种种险象，他的感慨才潮水般的涌来。两位诗人谈着话，叹着气，主人只顾忙着筛酒，或许他有意见不肯说出来，或许压根儿没有意见。

（本文未完）

原载《新月》第一卷第六期，十七年八月十日。

英译李太白诗

《李白诗集》 The Works of Li Po, The Chinese Poet.

小畑薰良译 Done into English Verse by Shigeyoshi Obata, E. P. Dutton & Co, New York City, 1922.

小畑薰良先生到了北京，更激动了我们对于他译的《李白诗集》的兴趣。这篇评论披露出来了，我希望小畑薰良先生这件惨淡经营的工作，在中国还要收到更普遍的注意，更正确的欣赏。书中虽然偶尔也短不了一些疏忽的破绽，但是大体上看起来，依然是一件很精密，很有价值的工作。如果还有些不能叫我们十分满意的地方，那许是应该归罪于英文和中文两种文字的性质相差太远了；而且我们应注意译者是从第一种外国文字译到第二种外国文字。打了这几个折扣，再通盘计算起来，我们实在不能不佩服小畑薰良先生的毅力和手腕。

这一本书分成三部分：（一）李白的诗，（二）别的作家同李白唱和的诗，以及同李白有关系的诗，（三）序，传，及参考书目。我把第一部分里面的李白的诗，和译者的序，都很尽心地校阅了，我得到无限的乐趣，我也发生了许多的疑窦。乐趣是应该向译者道谢的，疑窦也不能不和他公开的商榷。

第一我觉得译李白的诗，最要注重鉴别真伪，因为集中有不少的“赝鼎”，有些是唐人伪造的，有些是五代中国人伪造的，有些是宋人伪造的，古来有识的学者和诗人，例如苏轼讲过《草书歌行》《悲歌行》《笑歌行》《姑熟十咏》，都是假的；黄庭坚讲过《长干行》第二首和《去妇词》是假的；萧士赟怀疑过的有七篇，赵翼怀疑过的有两篇；龚自珍更说得可怕——他说李白的真诗只有一百二十二篇，算起来全集中至少有一半是假的了。

我们现在虽不必容纳龚自珍那样极端的主张，但是讲李白集中有一部分的伪作，是很靠得住的。况且李阳冰讲了“当时著作，十丧其九”，刘全白又讲“李君文集，家有之而无定卷”。韩愈又叹道：“惜哉传于今，泰山一毫芒”。这三个人之中，阳冰是太白的族叔，不用讲了。刘全白，韩愈都离着太白的时代很近，他们的话应当都是可靠的。但是关于鉴别真伪的一点，译者显然没有留意。例如：《长干行》第二首，他便选进去了。鉴别的工夫，在研究文艺，已然是不可少的，在介绍文艺，尤其不可忽略。不知道译者可承认这一点？

再退一步说，我们若不肯断定某一首诗是真的，某一首是假的，至少好坏要分一分。我们若是认定了某一首是坏诗，就拿坏诗的罪名来淘汰它。也未尝不可以。尤其像李太白这样一位专仗着灵感作诗的诗人，粗率的作品，准是少不了的。所以选诗的人，从严一点，总不会出错儿。依我的见解，《王昭君》《襄阳曲》《沐浴子》《别内赴征》《赠内》《巴女词》，还有那证明李太白是日本人的朋友的《哭晁卿衡》一类的作品，都可以不必缁译。至于《行路难》《饯别校书叔云》《襄阳歌》《扶风豪士歌》《西岳云台歌》《鸣皋歌》《日出入行》等等的大作品，都应该入选，反而都落选了。这不知道译者是用的一种什么标准去选的，也不知道选择的观念到底来过他脑经里没有。

太白最擅场的作品是乐府歌行，而乐府歌行用自由体译起来，又最能得到满意的结果。所以多译些《蜀道难》《梦游天姥吟留别》一类的诗，对于李太白既公道，在译者也最合算。太白在绝句同五律上固然也有他的长处；但是太白的长处正是译者的难关。李太白本是古诗和近体中间的一个关键。他的五律可以说是古诗的灵魂蒙着近体的躯壳，带着近体的藻饰。形式上的秾丽许是可以译的，气势上的浑璞可没法子译了。但是去掉了气势，又等于去掉了李太白。“我来竟何事，高卧沙丘城？城边有古树，日夕连秋声……”这是何等的气势，何等古朴的气势！你看译到英文，成了什么样子？

Why have I come hither，after all?

Solitude is my lot at Sand Hill city

There are old trees by the city wall

And many voices of autumn，day and night

这还算好的，再看下面的，谁知道那几行字就是译的“人烟寒橘柚，秋色老梧桐”。

The smoke from the cottages curls
    Up around the citron trees,
And the hues of late autumn are
    On the green paulownias.

这到底是怎么一回事？怎么中文的“浑金璞玉”，移到英文里来，就变成这样的浅薄，这样的庸琐？我说这毛病不在译者的手腕，是在他的眼光，就像这一类浑然天成的名句，它的好处太玄妙了，太精微了，是禁不起缁译的。你定要缁译它，只有把它毁了完事！譬如一朵五色的灵芝，长在龙爪似的老松根上，你一眼瞥见了，很小心的把它采了下来，供在你的瓶子里，这一下可糟了！从前的瑞彩，从前的仙气，于今都变成了又干又瘪的黑菌。你搔着头，只着急你供养的方法不对。其实不然，压根儿你就不该采它下来，采它就是毁它，“美”是碰不得的，一黏手它就毁了，太白的五律是这样的，太白的绝句也是这样的。

峨眉山月半轮秋，影入平羌江水流，夜发青溪向三峡，思君不见下渝州。

The autumn moon is half round above Omei Mountain;
Its pale light falls in and flows with the water of the Pingchang River.
In-night I leave Chingchi of the limpid stream for the Three Canyons,

And glides down past Yuchow, thinking of you whom I Can not see.

在诗后面译者声明了，这首诗译得太对不起原作了。其实他应该道歉的还多着，岂只这一首吗？并且《静夜思》《玉阶怨》《秋浦歌》《赠汪伦》《山中答问》《清平调》《黄鹤楼送孟浩然之广陵》一类的绝句，恐怕不只小畑薰良先生，实在什么人译完了，都短不了要道歉的。所以要省了道歉的麻烦，这种诗还是少译的好。

我讲到了用自由体译乐府歌行最能得到满意的结果。这个结论是看了好几种用自由体的英译本得来的。读者只要看小畑薰良先生的《蜀道难》便知道了。因为自由体和长短句的乐府歌行，在体裁上相差不远；所以在求文字的达意之外，译者还有余力可以进一步去求音节的仿佛。例如篇中几句"蜀道之难难于上青天"，是全篇音节的锁钥，是很重要的，译作"The road to Shu is more difficult to climb than to climb the steep blue heaven"两个（climb）在一句的中间作一种顿挫，正和两个难字的功效一样的；最巧的"难"同 climb 的声音也差不多，又如"上有六龙回日之高标；下有冲波逆折之洄川"译作：

Lo, the road mark high above, where the six dragons circle the sun!

The stream far below, winding forth and winding back, breaks into foam.

这里的节奏也几乎是原诗的节奏了。在字句的结构和音节的调度上，本来算韦雷（Arthur Waley）最讲究。小畑薰良先生在《蜀道难》《江上吟》《远别离》《北风行》《庐山谣》几首诗里，对于这两层也不含糊。如果小畑薰良同韦雷注重的是诗里的音乐，陆威尔（Amy Luwell）注重的便是诗里的绘画。陆威尔是一个 imagist，字句的色彩当然最先引起她的注意。只可惜李太白不是一个雕琢字句，刻画词藻的诗人，跌宕的气势——排奡的音节是他的主要的特性。所以译太白与其注重词藻，不如讲究音节了。陆威尔不及小畑薰良只因为这一点；小畑薰良又似乎不及韦雷，也是因为这一点。中国的文字尤其中国诗的文字，是一种紧凑非常——紧凑到了最高限度的文字。像“鸡声茅店月，人迹板桥霜”。这种句子连个形容词动词都没有了；不用说那“尸位素餐”的前置词，连读词等等的。这种诗意的美，完全是靠“句法”表现出来的。你读这种诗仿佛是在月光底下看山水似的。一切的都幂在一层银雾里面，只有隐约的形体，没有鲜明的轮廓；你的眼睛看不准一种什么东西，但是你的想像可以告诉你无数的形体。温飞卿只把这一个一个的字排在那里，并不依着文法的规程替它们联络起来，好像新印象派的画家，把颜色一点一点的摆在布上，他的工作完了。画家让颜色和颜色自己去互相融洽，互相辉映——诗人也让字和字自己去互相融洽，互相辉映。这样得来的效力准是特别的丰富。但是这样一来中国诗更不能译了。岂只不能用英文译？你就用中国的语体文来试试，看你会不会把原诗闹得一团糟？就讲“峨眉山月半轮秋”，据小畑薰良先生的译文（参看前面），把那两个 the 一个 is 一个 above 去掉了，就不成英文，不去，又不是李太白的诗了。不过既要译诗，只好在不可能的范围里找出个可能来。那么唯一的办法只是能够不增减原诗的字数，便不增减，能够不移动原诗字句的次序，便不移动。小畑薰良先生关于这一点，确乎没有韦雷细心。那可要可不要的 and, though, while……小畑薰良先生随便就拉来嵌在句子里了。他并且凭空加上一整句，凭空又给拉下一句。例如《乌夜啼》末尾加了一句 for whom I wonder 是毫无必要的。《送汪伦》中间插上一句 It was you and your friends come to bid me farewell 简直是画蛇添足。并且译者怎样知道给李太白送行的，不只汪伦一个人，还有 "your friends" 呢？李太白并没有告诉我们这一层。《经乱离后天恩流夜郎忆旧游书怀赠江夏韦太守良宰》里有两句"江带峨眉雪，横穿三峡流"，他只译作 And lo, the river swelling with the tides of Three Canyons.

试问"江带峨眉雪"的"江"字底下的四个字，怎么能删得掉呢？同一首诗里，他还把"君登凤池去，勿弃贾生才"十个字整个儿给拉下来了。这十个字是一个独立的意思，没有同上下文重复。我想定不是译者存心删去的，不过一时眼花了，给看漏了罢了。（这是集中最长的一首诗；诗长了，看漏两句准是可能的事。）可惜的只是这两句实在是太白作这一首诗的动机。太白这时贬居在夜郎，正在想法子求人援助。这回他又请求韦太守"勿弃贾生才"。小畑薰良先生偏把他的真正意思给漏掉了；我怕太白知道了，许有点不愿意罢？

译者还有一个地方太滥用他的自由了。一首绝句的要害就在三四两句。对于这两句，译者应当格外小心，不要损伤了原作的意味。但是小畑薰良先生常常把它们的次序颠倒过来了。结果，不用说了，英文也许很流利，但是李太白又给挤掉了。谈到这里，我觉得小畑薰良先生的毛病，恐怕根本就在太用心写英文了。死气板脸的把英文写得和英美人写的一样，到头读者也只看见英文，看不见别的了。

虽然小畑薰良先生这一本译诗，看来是一件很细心的工作，但是荒谬的错误依然不少。现在只稍微举几个例子。“石径”决不当译作 stony wall，“章台走马著金鞭”的“著”决不当译作 lightly carried，“风流”决不能译作 wind and stream，“燕山雪花大如席”的“席”也决不能译作 pillow，“青春几何时”怎能译作 Green Spring and what time 呢？扬州的“扬”从“手”，不是杨柳的“杨”。但是他把扬州译成了 willow valley。《月下独酌》里“圣贤既已饮”译作 Both the sages and the wise were drunkers 错了。应该依韦雷的译法——of saint and sage I have long quaffed deep 才对了。考证不正确的例子也有几个。“借问卢耽鹤”卢是姓，耽是名字，译者把“耽鹤”两个字当作名字了。紫微本是星的名字。紫微宫就是未央宫，不能译为 imperial palace of purple。郁金本是一种草，用郁金的汁水酿成的酒名郁金香。所以“兰陵美酒郁金香”译作 The delicious wine of Lanling is of golden hue and flavorous，也不妥当。但是，最大的笑话恐怕是《白纻辞》了。这个错儿同 Ezra Pound 的错儿差不多。Pound 把两首诗挦作一首，把第二首的题目也给挦到正文里去了。小畑薰良先生把第二首诗的第一句割了来，硬接在第一首的尾巴上。

我虽然把小畑薰良先生的错儿整套的都给搬出来了，但是我希望读者不要误会我只看见小畑薰良先生的错处，不看见他的好处。开章明义我就讲了这本缁译大体上看来是一件很精密，很有价值的工作。一件缁译的作品，也许旁人都以为很好，可是叫原著的作者看了，准是不满意的，叫作者本国的人看了，满意的许有，但是一定不多。Fitzgerald 译的 Rubaiyat 在英文读者的眼里，不成问题，是译品中的杰作，如果让一个波斯人看了，也许就要摇头了。再要让莪默自己看了，定要跳起来嚷道“牛头不对马嘴！”但是缁译当然不是为原著的作者看的，也不是为懂原著的人看的，缁译毕竟是缁译，同原著当然是没有比较的。一件译品要在懂原著的人面前讨好，是不可能的，也是没有必要的。假使小畑薰良先生的这一个译本放在我眼前，我马上就看出了这许多的破绽来，那我不过是同一般懂原文的人一样的不近人情。我盼望读者——特别是英文读者不要上了我的当。

缁译中国诗在西方是一件新的工作（最早的英译在一八八八年）。用自由体译中国诗，年代尤其晚。据我所知道的小畑薰良先生是第四个人用自由体译中国诗。所以这种工作还在尝试期中。在尝试期中，我们不应当期望绝对的成功，只能讲相对的满意。可惜限于篇幅，我不能把韦雷，陆威尔的译本录一点下来，同小畑薰良先生的作一个比较。因为要这样我们才能知道小畑薰良先生的缁译同陆威尔比，要高明得多，同韦雷比，超过这位英国人的地方也不少。这样讲来，小畑薰良先生译的《李白诗集》在同类性质的译本里，所占的位置很高了。再想起他是从第一种外国文字译到第二种外国文字，那么他的成绩更有叫人钦佩的价值了。

原载《北平晨报》副刊，十五年六月三日。

闻一多全集 4

诗与批评、杂文、演讲录、书信

闻一多 著

朱自清 郭沫若 吴晗 叶圣陶 编

上海人民出版社 上海书店出版社

诗与批评

目录

5 死水

43 红烛

165 白朗宁夫人的情诗

173 山花

175 冬夜评论

216 女神之时代精神

226 女神之地方色彩

234 我默伽亚谟之绝句

252 “烙印”序

256 “西南采风录”序

260 “三盘鼓”序

262 时代的鼓手

267 文艺与爱国——纪念三月十八

269 邓以蛰“诗与历史”题记

271 诗人的横蛮

273 诗的格律

282 先拉飞主义

297 戏剧的歧途

301 泰果尔批评

307 谈商籁体

309 论“悔与回”

死　水

目录

7 口供
7 收回
8 “你指着太阳起誓”
9 什么梦?
10 大鼓师
13 狼狈
14 你莫怨我
15 你看
17 也许
18 忘掉她
20 泪雨
21 末日
22 死水
23 春光
24 黄昏
24 我要回来
25 夜歌
26 静夜
28 一个观念
29 发现
30 祈祷
31 一句话
32 荒村
35 罪过
36 天安门
37 飞毛腿
38 洗衣歌
41 闻一多先生的书桌

口供

我不骗你，我不是什么诗人，
纵然我爱的是白石的坚贞，
青松和大海，鸦背驮着夕阳，
黄昏里织满了蝙蝠的翅膀。
你知道我爱英雄，还爱高山，
我爱一幅国旗在风中招展，
自从鹅黄到古铜色的菊花。
记着我的粮食是一壶苦茶！
可是还有一个我，你怕不怕？——
苍蝇似的思想，垃圾桶里爬。

收回

那一天只要命运肯放我们走！
不要怕；虽然得走过一个黑洞，
你大胆的走：让我掇着你的手；
也不用问那里来的一阵阴风。

只记住了我今天的话，留心那

一掬温存，几朵吻，留心那几炷笑，
都给拾起来，没有差；——记住我的话，
拾起来，还有珊瑚色的一串心跳。

可怜今天苦了你——心渴望着心——
那时候该让你拾，拾一个痛快，
拾起我们今天损失了的黄金。
那斑斓的残瓣，都是我们的爱，
拾起来，戴上。
　　　　你戴着爱的圆光，
我们再走，管他是地狱，是天堂！

“你指着太阳起誓”

你指着太阳起誓，叫天边的寒雁[1]
说你的忠贞。好了，我完全相信你，
甚至热情开出泪花，我也不诧异。
只是你要说什么海枯，什么石烂……
那便笑得死我。这一口气的工夫
还不够我陶醉的？还说什么“永久”？
爱，你知道我只有一口气的贪图，
快来箍紧我的心，快！啊，你走，你走……

我早算就了你那一手——也不是变卦——
“永久”早许给了别人，秕糠是我的份，
别人得的才是你的菁华——不坏的千春。
你不信？假如一天死神拿出你的花押，
你走不走？去去！去恋着他的怀抱，
跟他去讲那海枯石烂不变的贞操！

注

[1] 原作凫雁，今据先生选诗订正本改作寒雁。

什么梦？

一排雁字仓皇的渡过天河，
寒雁的哀呼从她心里穿过，
　“人啊，人啊”她叹道，
“你在那里，在那里叫着我？”

黄昏拥着恐怖，直向她进逼，
一团剧痛沉淀在她的心里，
　“天啊，天啊”她叫道，
“这到底，到底是什么意义？”

道是那样长，行程又在夜里，
她站在生死的门限上犹夷，
　“烦闷，烦闷”她想道，
“我将永远，永远结束了你！”

决断写在她脸上，——决断的从容，……
忽然摇篮里哇的一阵警钟，
　“儿啊，儿啊”她哭了，
“我做的是什么是什么梦？”

大鼓师

我挂上一面豹皮的大鼓，
　我敲着它游遍了一个世界，
我唱过了形形色色的歌儿，
　我也听饱了喝不完的彩。

一角斜阳倒挂在檐下，
　我蹑着芒鞋，踏入了家村。
“咱们自己的那只歌儿呢？”
　她赶上前来，一阵的高兴。

我会唱英雄，我会唱豪杰，
　那倩女情郎的歌，我也唱，
若要问到咱们自己的歌，
　天知道，我真说不出的心慌！

我却吞下了悲哀，叫她一声，
　“快拿我的三弦来，快呀快！
这只破鼓也忒嫌闹了，我要
　那弦子弹出我的歌儿来。”

我先弹着一群白鸽在霜林里，
　珊瑚爪儿踩着黄叶一堆；
然后你听那秋虫在石缝里叫，
　忽然又变了冷雨洒着柴扉。

洒不尽的雨，流不完的泪，……
　我叫声“娘子”！把弦子丢了，
“今天我们拿什么作歌来唱？
　歌儿早已化作泪儿流了！

“怎么？怎么你也抬不起头来？

　啊！这怎么办，怎么办！……
来！你来！我兜出来的悲哀，
　得让我自己来吻它干。

“只让我这样呆望着你，娘子，
　像窗外的寒蕉望着月亮，
让我只在静默中赞美你，
　可是总想不出什么歌来唱。

“纵然是刀斧削出的连理枝，
　你瞧，这姿势一点也没有扭。
我可怜的人，你莫疑我，
　我原也不怪那挥刀的手。

“你不要多心，我也不要问，
　山泉到了井底，还往那里流？
我知道你永远起不了波澜，
　我要你永远给我润着歌喉。

“假如最末的希望否认了孤舟，
　假如你拒绝了我，我的船坞！
我战着风涛，日暮归来，

谁是我的家，谁是我的归宿？

“但是，娘子啊！在你的尊前，
许我大鼓三弦都不要用；
我们委实没有歌好唱，我们
既不是儿女，又不是英雄！”

*

狼狈

假如流水上一抹斜阳
悠悠的来了，悠悠的去了；
假如那时不是我不留你，
那颗心不由我作主了。

假如又是灰色的黄昏
藏满了蝙蝠的翅膀；
假如那时不是我不念你，
那时的心什么也不能想。

假如落叶像败阵纷逃，
暗影在我这窗前睥睨；

假如这颗心不是我的了，
女人，教它如何想你?

假如秋夜也这般的寂寥……
嘿！这是谁在我耳边讲话?
这分明不是你的声音，女人；
假如她偏偏要我降她。

你莫怨我

　你莫怨我！
这原来不算什么，
人生是萍水相逢，
让他萍水样错过。
　你莫怨我！

　你莫问我！
泪珠在眼边等着，
只须你说一句话，
一句话便会碰落，
　你莫问我！

　你莫惹我！
不要想灰上点火。
我的心早累倒了，
最好是让它睡着，
　你莫惹我！

　你莫碰我！
你想什么，想什么？
我们是萍水相逢，
应得轻轻的错过。
　你莫碰我！

　你莫管我！
从今加上一把锁；
再不要敲错了门，
今回算我撞的祸，
　你莫管我！

你看

你看太阳像眠后的春蚕一样，
镇日吐不尽黄丝似的光芒；

你看负暄的红襟在电杆梢上，
酣眠的锦鸭泊在老柳根旁。

你眼前又陈列着青春的宝藏，
朋友们，请就在这眼前欣赏；
你有眼睛请再看青山的峦嶂，
但莫向那山外探望你的家乡。

你听听那枝头颂春的梅花雀，
你得揩干眼泪，和他一只歌。
朋友，乡愁最是个无情的恶魔，
他能教你眼前的春光变作沙漠。

你看春风解放了冰锁的寒溪，
半溪白齿琮琮的漱着涟漪，
细草又织就了釉釉的绿意，
白杨枝上招展着么小的银旗。

朋友们，等你看到了故乡的春，
怕不要老尽春光老尽了人？
呵，不要探望你的家乡，朋友们，
家乡是个贼，他能偷去你的心！

也许

——葬歌

也许你真是哭得太累，
也许，也许你要睡一睡，
那么叫夜鹰[1]不要咳嗽，
蛙不要号，蝙蝠不要飞，

不许阳光拨[2]你的眼帘，
不许清风刷上你的眉，
无论谁都不能[3]惊醒你，
撑一伞松阴庇[4]护你睡，

也许你听这[5]蚯蚓翻泥，
听这小草的根须吸水，[6]
也许你听这般的音乐
比那咒骂的人声更美；

那么你先把眼皮闭紧，
我就让你睡，我让你睡，
我把黄土轻轻盖着你，

我叫纸钱儿缓缓的飞。

注

[1] 原作苍鹭，今据先生选诗订正本改。
[2] 原作攒，今据先生选诗订正本改。
[3] 原作许，今据先生选诗订正本改。
[4] 原作“我吩咐山灵保”六字，今据先生选诗订正本改。
[5] 原作着，今据先生选诗订正本改。
[6] 原作“听那细草的根儿吸水”，今据改。

忘掉她

忘掉她，像一朵忘掉的花，——
　那朝霞在花瓣上，
　那花心的一缕香——
忘掉她，像一朵忘掉的花！

忘掉她，像一朵忘掉的花！
　像春风里一出梦，
　像梦里的一声钟，
忘掉她，像一朵忘掉的花！

忘掉她，像一朵忘掉的花！
　听蟋蟀唱得多好，
　看墓草长得多高；

忘掉她，像一朵忘掉的花！

忘掉她，像一朵忘掉的花！
　她已经忘记了你，
　她什么都记不起；
忘掉她，像一朵忘掉的花！

忘掉她，像一朵忘掉的花！
　年华那朋友真好，
　他明天就教你老；
忘掉她，像一朵忘掉的花！

忘掉她，像一朵忘掉的花！
　如果是有人要问，
　就说没有那个人；
忘掉她，像一朵忘掉的花！

忘掉她，像一朵忘掉的花！
　像春风里一出梦，
　像梦里的一声钟，
忘掉她，像一朵忘掉的花！

泪雨

他在那生命的阳春时节，
曾流着号饥号寒的眼泪；
那原是舒生解冻的春霖，
却也兆征了生命的哀悲。

他少年的泪是连绵的阴雨，
暗中浇熟了酸苦的黄梅；
如今黑云密布，雷电交加，
他的泪像夏雨一般的滂沛。

中途的怅惘，老大的蹉跎，
他知道中年的苦泪更多，
中年的泪定似秋雨淅沥，
梧桐叶上敲着永夜的悲歌。

谁说生命的残冬没有眼泪？
老年的泪是悲哀的总和；
他还有一掬结晶的老泪，
要开作漫天愁人的花朵。

末日

露水在笕筒里哽咽着，
　芭蕉的绿舌头舐着玻璃窗，
四围的垩壁都往后退，
　我一人填不满偌大一间房。

我心房里烧上一盆火，
　静候着一个远道的客人来，
我用蛛丝鼠矢喂火盆，
　我又用花蛇的鳞甲代劈柴。

鸡声直催，盆里一堆灰，
　一股阴风偷来摸着我的口，
原来客人就在我眼前，
　我咳嗽一声，就跟着客人来。[1]

注

[1] 原作“我眼皮一闭，就跟着客人走”。今据先生选诗订正本改。

*

死水

这是一沟绝望的死水，
清风吹不起半点漪沦。
不如多扔些破铜烂铁，
爽性泼你的剩菜残羹。

也许铜的要绿成翡翠，
铁罐上锈出几瓣桃花；
再让油腻织一层罗绮，
霉菌给他蒸出些云霞。

让死水酵成一沟绿酒，
漂满了珍珠似的白沫；
小珠们笑声变成大珠，[1]
又被偷酒的花蚊咬破。

那么一沟绝望的死水，[2]
也就夸得上几分鲜明。
如果青蛙耐不住寂寞，
又算死水叫出了歌声。

这是一沟绝望的死水，
这里断不是美的所在，
不如让给丑恶来开垦，
看他造出个什么世界。

注

[1] 原作“小珠笑一声变成大珠”，今据先生选诗订正本改。
[2] 原作“绝望的一沟”，今据先生选诗订正本改。

春光

静得像入定了的一般，那天竹，
那天竹上密叶遮不住的珊瑚；
那碧桃；在朝暾里运气的麻雀。
春光从一张张的绿叶上爬过。
蓦地一道阳光晃过我的眼前，
我眼睛里飞出了万支的金箭，
我耳边又谣传着翅膀的摩声，
仿佛有一群天使在空中逻巡……

忽地深巷里迸出了一声清籁：
“可怜可怜我这瞎子，老爷太太！”

*

黄昏

黄昏是一头迟笨的黑牛，
一步一步的走下了西山；
不许把城门关锁得太早，
总要等黑牛走进了城圈。

黄昏是一头神秘的黑牛，
不知他是那一界的神仙——
天天月亮要送他到城里，
一早太阳又牵上了西山。

我要回来

　　　我要回来，
乘你的拳头像兰花未放，
乘你的柔发和柔丝一样，
乘你的眼睛里燃着灵光，
　　　我要回来。

　　　我没回来，

乘你的脚步像风中荡桨，
乘你的心灵像痴蝇打窗，
乘你笑声里有银的铃铛，
　　我没回来。

　　我该回来，
乘你的眼睛里一阵昏迷，
乘一口阴风把残灯吹熄，
乘一只冷手来掇走了你，
　　我该回来。

　　我回来了，
乘流萤打着灯笼照着你，
乘你的耳边悲啼着莎鸡，
乘你睡着了，含一口沙泥，
　　我回来了。

夜歌

癞虾蟆抽了一个寒噤，
黄土堆里攒出个妇人，
妇人身旁找不出阴影，

月色却是如此的分明。

黄土堆里攒出个妇人，
黄土堆上并没有裂痕，
也不曾惊动一条蚯蚓，
或弸断蛸蟏一根网绳。

月光底下坐着个妇人，
妇人的容貌好似青春，
猩红衫子血样的狰狞，
鬅松的散发披了一身。

妇人在号咷，捶着胸心，
癞虾蟆只是打着寒噤，
远村的荒鸡哇的一声，
黄土堆上不见了妇人。

静夜[1]

这灯光，这灯光漂白了的四壁；
这贤良的桌椅，朋友似的亲密；
这古书的纸香一阵阵的袭来；

要好的茶杯贞女一般的洁白；
受哺的小儿接呷在母亲怀里，
鼾声报道我大儿康健的消息……
这神秘的静夜，这浑圆的和平，
我喉咙里颤动着感谢的歌声。
但是歌声马上又变成了诅咒，
静夜！我不能，不能受你的贿赂。
谁希罕你这墙内尺方的和平！
我的世界还有更辽阔的边境。
这四墙既隔不断战争的喧嚣，
你有什么方法禁止我的心跳？
最好是让这口里塞满了沙泥，
如其它只会唱着个人的休戚！
最好是让这头颅给田鼠掘洞，
让这一团血肉也去喂着尸虫，
如果只是为了一杯酒，一本诗，
静夜里钟摆摇来的一片闲适，
就听不见了你们四邻的呻吟，
看不见寡妇孤儿抖颤的身影，
战壕里的痉挛，疯人咬着病榻，
和各种惨剧在生活的磨子下。
幸福！我如今不能受你的私贿，

我的世界不在这尺方的墙内。
听！又是一阵炮声，死神在咆哮。
静夜！你如何能禁止我的心跳？

注

[1] 原题《心跳》，据先生选诗订正本改。

一个观念[1]

你隽永的神秘，你美丽的谎，
你倔强的质问，你一道金光，
一点儿亲密的意义，一股火，
一缕缥缈的呼声，你是什么？
我不疑，这因缘一点也不假，
我知道海洋不骗他的浪花。
既然是节奏，就不该抱怨歌。
啊，横暴的威灵，你降伏了我，
你降伏了我！你绚缦的长虹——
五千多年的记忆，你不要动，
如今我只问怎样抱得紧你……
你是那样的横蛮，那样美丽！

注

［1］此诗与下首《发现》，先生选诗本改题《诗二首》。

发现

我来了，我喊一声，迸着血泪，
“这不是我的中华，不对，不对！”
我来了，因为我听见你叫我；
鞭着时间的罡风，擎一把火，
我来了，不知道是一场空喜。
我会见的是噩梦，那里是你？
那是恐怖，是噩梦挂着悬崖，
那不是你，那不是我的心爱！
我追问青天，逼迫八面的风，
我问，（拳头擂着大地的赤胸），[1]
总问不出消息；我哭着叫你，
呕出一颗心来，——在我心里！[2]

注

［1］（　）号据先生选诗订正本加。
［2］在字上原有你字，据先生选诗订正本删改作——。

祈祷

请告诉我谁是中国人，
启示我，如何把记忆抱紧；
请告诉我这民族的伟大，
轻轻的告诉我，不要喧哗！

请告诉我谁是中国人，
谁的心里有尧舜的心，
谁的血是荆轲聂政的血，
谁是神农黄帝的遗孽。

告诉我那智慧来得离奇，
说是河马献来的馈礼；
还告诉我这歌声的节奏，
原是九苞凤凰的传授。

谁告诉我戈壁的沉默，
和五岳的庄严？又告诉我
泰山的石溜还滴着忍耐，
大江黄河又流着和谐？

再告诉我，那一滴清泪
是孔子吊唁死麟的伤悲？
那狂笑也得告诉我才好，——
庄周淳于髡东方朔的笑。

请告诉我谁是中国人，
启示我，如何把记忆抱紧；
请告诉我这民族的伟大，
轻轻的告诉我，不要喧哗！

一句话

有一句话说出就是祸，
有一句话能点得着火。
别看五千年没有说破，
你猜得透火山的缄默？
说不定是突然着了魔，
突然青天里一个霹雳
　　爆一声：
“咱们的中国！”

这话叫我今天怎么说?
你不信铁树开花也可,
那么有一句话你听着:
等火山忍不住了缄默,
不要发抖,伸舌头,顿脚,
等到青天里一个霹雳
　　爆一声:
"咱们的中国!"

荒村

"……临淮关梁园镇间一百八十里之距离,已完全断绝人烟。汽车道两旁之村庄,所有居民,逃避一空。农民之家具木器,均以绳相连,沉于附近水塘稻田中,以避火焚。门窗俱无,中以棺材或石堵塞。一至夜间,则灯火全无。鸡犬豕等觅食野间,亦无人看守。而间有玫瑰芍药犹墙隅自开。新出稻秧,翠蔼宜人。草木无知,其斯之谓欤?"

——民国十六年五月十九日《新闻报》

他们都上那里去了?怎么
虾蟆蹲在甑上,水瓢里开白莲;
桌椅板凳在田里堰里飘着;

蜘蛛的绳桥从东屋往西屋牵?
门框里嵌棺材，窗棂里镶石块!
这景象是多么古怪多么惨!
镰刀让它锈着快锈成了泥，
抛着整个的鱼网在灰堆里烂。
天呀！这样的村庄都留不住他们!
玫瑰开不完，荷叶长成了伞;
秧针这样尖，湖水这样绿，
天这样青，鸟声像露珠样圆。
这秧是怎样绿的，花儿谁叫红的?
这泥里和着谁的血，谁的汗?
去得这样的坚决，这样的脱洒，
可有什么苦衷，许了什么心愿?
如今可有人告诉他们：这里
猪在大路上游，鸭往猪群里攒，
雄鸡踏翻了芍药，牛吃了菜——
告诉他们太阳落了，牛羊不下山，
一个个的黑影在岗上等着，
四合的峦嶂龙蛇虎豹一般，
它们望一望，打了一个寒噤，
大家低下头来，再也不敢看;
（这也得告诉他们）它们想起往常

暮寒深了，白杨在风里颤，
那时只要站在山头嚷一句，
山路太险了，还有主人来搀；
然后笛声送它们踏进栏门里，
那稻草多么香，屋子多么暖！
它们想到这里，滚下了一滴热泪，
大家挤作一堆，脸偎着脸……
去！去告诉它们主人，告诉他们，
什么都告诉他们，什么也不要瞒！
叫他们回来！叫他们回来！
问他们怎么自己的牲口都不管？
他们不知道牲口是和小儿一样吗？
可怜的畜生它们多么没有胆！
喂！你报信的人也上那里去了？
快去告诉他们——告诉王家老三，
告诉周大和他们兄弟八个，
告诉临淮关一带的庄家汉，
还告诉那红脸的铁匠老李，
告诉独眼龙，告诉徐半仙，
告诉黄大娘和满村庄的妇女——
告诉他们这许多的事，一件一件。
叫他们回来，叫他们回来！

这景象是多么古怪多么惨！
天呀！这样的村庄留不住他们；
这样一个桃源，瞧不见人烟！

罪过

老头儿和担子摔一交，
满地是白杏儿红樱桃。
老头儿爬起来直哆嗦，
“我知道我今日的罪过！”
“手破了，老头儿你瞧瞧。”
“唉！都给压碎了，好樱桃！”
“老头儿你别是病了罢？
你怎么直楞着不说话？”
“我知道我今日的罪过，
一早起我儿子直催我。
我儿子躺在床上发狠，
他骂我怎么还不出城。

“我知道今日个不早了，
没想到一下子睡着了。
这叫我怎么办，怎么办？

回头一家人怎么吃饭?”
老头儿拾起来又掉了,
满地是白杏儿红樱桃。

天安门

好家伙!今日可吓坏了我!
两条腿到这会儿还哆嗦。
瞧着,瞧着,都要追上来了,
要不,我为什么要那么跑?
先生,让我喘口气,那东西,
你没有瞧见那黑漆漆的,
没脑袋的,蹶腿[1]的,多可怕,
还摇晃着白旗儿说着话……
这年头真没法办,你问谁?
真是人都办不了,别说鬼。
还开会啦,还不老实点儿!
你瞧,都是谁家的小孩儿,
不才十来岁儿吗?干吗的?
脑袋瓜上不是使枪轧的?
先生,听说昨日又死了人,
管包死的又是傻学生们。

这年头儿也真有那怪事，
那学生们有的喝，有的吃，——
咱二叔头年死在杨柳青，
那是饿的没法儿去当兵，——
谁拿老命白白的送阎王！
咱一辈子没撒过谎，我想
刚灌上俩子儿油，一整勺，
怎么走着走着瞧不见道。
怨不得小秃子吓掉了魂，
劝人黑夜里别走天安门。
得！就算咱拉车的活倒霉，
赶明日北京满城都是鬼！

注

［1］原作脚，据先生选诗订正本改。

飞毛腿

我说飞毛腿那小子也真够瘪扭，
管包是拉了半天车得半天歇着，
一天少了说也得二三两白干儿，
醉醺醺的一死儿拉着人谈天儿。

他妈的谁能陪着那个小子混呢?

“天为啥是蓝的?”没事他该问你。

还吹他妈什么箫,你瞧那副神儿,

窝着件破棉袄,老婆的,也没准儿,

再瞧他擦着那车上的俩大灯罢,

擦着擦着问你曹操有多少人马。

成天儿车灯车把且擦且不完啦,

我说“飞毛腿你怎不擦擦脸啦?”

可是飞毛腿的车擦得真够亮的,

许是得擦到和他那心地一样的!

嗐!那天河里飘着飞毛腿的尸首,……

飞毛腿那老婆死得太不是时候。

洗衣歌

洗衣是美国华侨最普遍的职业,因此留学生常常被人问道“你爸爸是洗衣裳的吗?”[1]

(一件,两件,三件,)

洗衣要洗干净!

(四件,五件,六件,)

熨衣要熨得平!

我洗得净悲哀的湿手帕，
我洗得白罪恶的黑汗衣，
贪心的油腻和欲火的灰，……
你们家里一切的脏东西，
　交给我洗，交给我洗。

铜是那样臭，血是那样腥，
脏了的东西你不能不洗，
洗过了的东西还是得脏，
你忍耐的人们理它不理？
　替他们洗！替他们洗！

你说洗衣的买卖太下贱，
肯下贱的只有唐人不成？
你们的牧师他告诉我说：
耶稣的爸爸做木匠出身，
　你信不信？你信不信？

胰子白水耍不出花头来，
洗衣裳原比不上造兵舰。
我也说这有什么大出息——

流一身血汗洗别人的汗？
　你们肯干？你们肯干？

年去年来一滴思乡的泪，
半夜三更一盏洗衣的灯……
下贱不下贱你们不要管，
看那里不干净那里不平，
　问支那人，问支那人。

我洗得净悲哀的湿手帕，
我洗得白罪恶的黑汗衣，
贪心的油腻和欲火的灰，
你们家里一切的脏东西，
　交给我——洗，交给我——洗。

　（一件，两件，三件，）
　　洗衣要洗干净！
　（四件，五件，六件，）
　　熨衣要熨得平！

注

[1] 此下原有四十二字，今据先生选诗订正本删。

闻一多先生的书桌

忽然一切的静物都讲话了，
　忽然间书桌上怨声腾沸：
墨盒呻吟道“我渴得要死！”
　字典喊雨水渍湿了他的背；

信笺忙叫道弯痛了他的腰；
　钢笔说烟灰闭塞了他的嘴，
毛笔讲火柴烧秃了他的须，
　铅笔抱怨牙刷压了他的腿；

香炉咕喽着“这些野蛮的书
　早晚定规要把你挤倒了！”
大钢表叹息快睡锈了骨头；
　“风来了！风来了！”稿纸都叫了；

笔洗说他分明是盛水的，
　怎么吃得惯臭辣的雪茄灰；
桌子怨一年洗不上两回澡，
　墨水壶说“我两天给你洗一回。”

"什么主人？谁是我们的主人？"
　　一切的静物都同声骂道，
"生活若果是这般的狼狈，
　　倒还不如没有生活的好！"

主人咬着烟斗迷迷的笑，
　　"一切的众生应该各安其位。
我何曾有意的糟蹋你们，
　　秩序不在我的能力之内。"

红　烛

目录

47 序诗

47 红烛

50 李白篇

50 李白之死
60 剑匣
70 西岸

75 雨夜篇

75 雨夜
76 雪
77 睡者
79 黄昏
80 时间底教训
81 二月庐
82 印象
83 快乐
83 美与爱
85 诗人
86 风波
87 回顾
88 幻中之邂逅
89 志愿
90 失败
91 贡臣
91 游戏之祸

92 花儿开过了
93 十一年一月二日作
95 死
96 深夜底泪

98 **青春篇**

98 青春
99 宇宙
99 国手
99 香篆
100 春寒
100 春之首章
102 春之末章
104 钟声
104 爱之神
105 谢罪以后
107 忏悔
107 黄鸟
108 艺术底忠臣
110 初夏一夜底印象
111 诗债
112 红荷之魂
114 别后

116 **孤雁篇**

116 孤雁
120 太平洋舟中见一明星
122 火柴
122 玄思
123 我是一个流囚
125 寄怀实秋
126 晴朝
128 记忆
129 太阳吟
131 忆菊
135 秋色
139 秋深了
140 秋之末日
141 废园
142 小溪
142 稚松
142 烂果

143　色彩

144　梦者

145　**红豆篇**

145　红豆（共四十二首）

序　诗

红烛

蜡炬成灰泪始干

——李商隐

红烛啊！
这样红的烛！
诗人啊！
吐出你的心来比比，
可是一般颜色？

红烛啊！
是谁制的蜡——给你躯体？
是谁点的火——点着灵魂？
为何更须烧蜡成灰，

然后才放光出？
一误再误；
矛盾！冲突！

红烛啊！
不误，不误！
原是要“烧”出你的光来——
这正是自然底方法。

红烛啊！
既制了，便烧着！
烧罢！烧罢！
烧破世人底梦，
烧沸世人底血——
也救出他们的灵魂，
也捣破他们的监狱！

红烛啊！
你心火发光之期，
正是泪流开始之日。

红烛啊！

匠人造了你，
原是为烧的。
既已烧着，
又何苦伤心流泪？
哦！我知道了！
是残风来侵你的光芒，
你烧得不稳时，
才着急得流泪！

红烛啊！
流罢！你怎能不流呢？
请将你的脂膏，
不息地流向人间，
培出慰藉底花儿，
结成快乐的果子！

红烛啊！
你流一滴泪，灰一分心。
灰心流泪你的果，
创造光明你的因。

红烛啊！
“莫问收获，但问耕耘。”

李白篇

醉月频中圣，
迷花不事君。

——李白

李白之死

世俗流传太白以捉月骑鲸而终，本属荒诞。此诗所述亦凭臆造，无非欲藉以描画诗人底人格罢了。读者不要当作历史看就对了。

我本楚狂人，
凤歌笑孔丘。

——李白

一对龙烛已烧得只剩光杆两枝，

却又借回已流出的浓泪底余脂，
牵延着欲断不断的弥留的残火，
在夜底喘息里无效地抖擞振作。
杯盘狼藉在案上，酒坛睡倒在地下，
醉客散了，如同散阵投巢的乌鸦；
只那醉得最很，醉得如泥的李青莲
（全身底骨架如同脱了榫的一般）
还歪倒倒的在花园底椅上堆着，
口里喃喃地，不知到底说些什么。

声音听不见了，嘴唇还喋着不止；
忽地那络着密密红丝网的眼珠子，
（他自身也便像一个微小的醉汉）
对着那怯懦的烛焰瞪了半天：
仿佛一只饿狮，发见了一个小兽，
一声不响，两眼睁睁地望他尽瞅；
然后轻轻地缓缓地举起前脚，
便迅雷不及掩耳，忽地往前扑着——
像这样，桌上两对角摆着的烛架，
都被这个醉汉拉倒在地下。

“哼哼！就是你，你这可恶的作怪，”

他从咬紧的齿缝里泌出声音来，
“碍着我的月儿不能露面哪！
月儿啊！你如今应该出来了罢！
哈哈！我已经替你除了障碍，
骄傲的月儿，你怎么还不出来？
你是瞧不起我吗？啊，不错！
你是天上广寒宫里的仙娥，
我呢？不过那戏弄黄土的女娲
散到六合里来底一颗尘沙！[1]
啊！不是！谁不知我是太白之精？
我母亲没有在梦里会过长庚？[2]
月儿，我们星月原是同族的，
我说我们本来是很面熟呢！”
在说话时，他没留心那黑树梢头
渐渐有一层薄光将天幕烘透，
几朵铅灰云彩一层层都被烘黄，
忽地有一个琥珀盘轻轻浮上，
（却又像没动似的）他越浮得高，
越缩越小；颜色越褪淡了，直到
后来，竟变成银子样的白的亮——
于是全世界都浴着伊的晶光。
簇簇的花影也次第分明起来，

悄悄爬到人脚下偎着，总躲不开——
像个小狮子狗儿睡醒了摇摇耳朵，
又移到主人身边懒洋洋地睡着。
诗人自身的影子，细长得可怕的一条，
竟拖到五步外的栏杆上坐起来了。
从叶缝里筛过来的银光跳荡，
啮着环子的兽面蠢似一朵缩菌，
也鼓着嘴儿笑了，但总笑不出声音。
桌上一切的器皿，接受复又反射
那闪灼的光芒，又好像日下的盔甲。

这段时间中，他通身的知觉都已死去，
那被酒催迫了的呼吸几乎也要停驻；
两眼只是对着碧空悬着的玉盘，
对着他尽看，看了又看，总看不倦。
“啊！美呀！”他叹道，“清寥的美！莹澈的美！
宇宙为你而存吗？你为宇宙而在？
哎呀！怎么总是可望而不可即！
月儿呀月儿！难道我不应该爱你？
难道我们永远便是这样隔着？
月儿，你又总爱涎着脸皮跟着我；
等我被你媚狂了，要拏你下来，

却总攀你不到。唉！这样狠又这样乖！

月啊！你怎同天帝一样地残忍！
我要白日照我这至诚的丹心，
狰狞的怒雷又砰訇地吼我；
我在落雁峰前几次朝拜帝座，[3]
额撞裂了，嗓叫破了，阊阖还不开。
吾爱啊！帝旁擎着雉扇的吾爱！
你可能问帝，我究犯了那条天律？
把我谪了下来，还不召我回去？[4]
帝啊！帝啊！我这罪过将永不能赎？
帝呀！我将无期地囚在这痛苦之窟？"
又圆又大的热泪滚向膨胀的胸前，
却有水银一般地沉重与灿烂；
又像是刚同黑云碰碎了的明月
溅下来点点的残屑，眩目的残屑。

"帝啊！既遣我来，就莫生他们！"他又讲，
"他们，那般妖媚的狐狸，猜狠的豺狼！
我无心作我的诗，谁想着骂人呢？
他们小人总要忍心地吹毛求疵，
说那是讥诮伊的。哈哈！这真是笑话！

他是个什么人？他是个将军吗？
将军不见得就不该替我脱靴子。
唉！但是我为什么要作那样好的诗？
这岂不自作的孽，自招的罪？……[5]
那里？我那里配得上谈诗？不配，不配；
谢玄晖才是千古的大诗人呢！——
那吟‘余霞散成绮，澄江净如练’的
谢将军，诗既作的那么好——真好！——
但是那里像我这样地坎坷潦倒？”[6]
然后，撑起胸膛，他长长地叹了一声。
只自身的影子点点头，再没别的同情？
这叹声，便似平远的沙汀上一声鸟语，
叫不应回音，只悠悠地独自沉没，
终于无可奈何，被宽嘴的寂静吞了。

“啊‘澄江净如练’，这种妙处谁能解道？
记得那回东巡浮江底一个春天——[7]
两岸旌旗引着腾龙飞虎回绕碧山——
果然如是，果然是白练满江……
唔？又讲起他的事了？冤枉啊！冤枉！
夜郎有的是酒，有的是月，我岂怨嫌？[8]
但不记得那天夜半，我被捉上楼船！[9]

我企望谈谈笑笑，学着仲连安石们，
替他们解决些纷纠，扫却了胡尘。[10]
哈哈！谁又知道他竟起了野心呢？
哦，我竟被人卖了！但一半也怪我自身！”

这样他便将那成灰的心渐渐扇着，
到底又得痛饮一顿，浇熄了愁底火，
谁知道这愁竟像田单底火牛一般：
热油淋着，狂风扇着，越奔火越燃，
毕竟虽烧焦了骨肉，牺牲了生命，
那束刃的采帛却焕成五色的龙文：
如同这样，李白那煎心烙肺的愁焰，
也便烧得他那幻象底轮子急转，
转出了满牙齿上攒着的“丽藻春葩”。
于是他又讲，“月儿！若不是你和他，”
手指着酒壶，“若不是你们的爱护，
我这生活可不还要百倍地痛苦？
啊！可爱的酒！自然赐给伊的骄子——
诗人的恩俸！啊，神奇的射愁底弓矢！
开启琼宫底管钥！　琼宫开了：
那里有鸣泉漱石，玲鳞怪羽，仙花逸条；
又有琼瑶的轩馆同金碧的台榭；

还有吹不满旗的灵风推着云车，
满载霓裳缥缈，彩佩玲珑的仙娥，
给人们颂送着驰魂宕魄的天乐。
啊！是一个绮丽的蓬莱底世界，
被一层银色的梦轻轻地锁着在！”

“啊！月呀！可望而不可即的明月！
当我看你看得正出神的时节，
我只觉得你那不可思议的美艳，
已经把我全身溶化成水质一团，
然后你那提挚海潮底全副的神力，
把我也吸起，浮向开遍水钻花的
碧玉的草场上；这时我肩上忽展开
一双翅膀，越张越大，在空中徘徊，
如同一只大鹏浮游于八极之表。[11]
哦，月儿，我这时不敢正眼看你了！
你那太强烈的光芒刺得我心痛。……
忽地一阵清香搅着我的鼻孔，
我吃了一个寒噤，猛开眼一看，……
哎呀！怎地这样一副美貌的容颜！
丑陋的尘世！你那有过这样的副本？
啊！布置得这样调和，又这般端正，

竟同一阕鸾凤和鸣底乐章一般!
哦,我如何能信任我的这双肉眼?
我不相信宇宙间竟有这样的美!
啊,大胆的我哟,还不自惭形秽,
竟敢现于伊前!——啊!笨愚呀糊涂!——
这时我只觉得头昏眼花,血凝心冱;
我觉得我是污烂的石头一块,
被上界底清道夫抛掷了下来,
掷到一个无垠的黑暗的虚空里,
坠降,坠降,永无着落,永无休止!"

月儿初还在池下丝丝柳影后窥看,
像沐罢的美人在玻璃窗口晾发一般;
于今却已姗姗移步出来,来到了池西;
夜飔底私语不知说破了什么消息,
池波一皱,又惹动了伊娴静的微笑。
沉醉的诗人忽又战巍巍地站起了,
东倒西歪地挨到池边望着那晶波。
他看见这月儿,他不觉惊讶地想着:
如何这里又有一个伊呢?奇怪!奇怪!
难道天有两个月,我有两个爱?
难道刚才伊送我下来时失了脚,

掉在这池里了吗？——这样他正疑着……

他脚底下正当活泼的小涧注入池中，

被一丛刚劲的菖蒲鲠塞了喉咙，

便咯咯地咽着，像喘不出气的呕吐。

他听着吃了一惊，不由得放声大哭：

“哎呀！爱人啊！淹死了，已经叫不出声了！”

他翻身跳下池去了，便向伊一抱，

伊已不见了，他更惊慌地叫着，

却不知道自己也叫不出声了！

他挣扎着向上猛踊，再昂头一望，

又见圆圆的月儿还平安地贴在天上。

他的力已尽了，气已竭了，他要笑，

笑不出了，只想道：“我已救伊上天了！”

注

[1]“女娲戏黄土，团作愚下人，散在六合间，濛濛如沙尘。”——《上云乐》

[2]“惊姜之夕，长庚入梦，故生而名白，以太白字之。”——李阳冰《草堂集序》

[3]“李白登华山落雁峰曰：‘此山最高，呼吸之气想通天帝座矣。恨不携谢朓惊人诗来搔首问青天耳！’”——《云仙杂记》。

[4]贺知章称白为“谪仙人”。

[5]高力士以脱靴事蓄怨于白。玄宗尝与太真赏花于沉香亭，诏白为乐章；白作《清平调》以献。力士摘之以谗于太真。自是帝每欲重用白，辄为太真所阻。——见《唐书》本传。

[6]白生平最服膺谢朓，诗中屡次称道。有句云：“解道‘澄江净如练’，令人长忆谢玄晖。”

[7]白尝依永王璘；有《永王东巡歌》十一首。

[8] 永王作乱，事败；白流于夜郎。

[9] “半夜水军来，……迫胁上楼船。”——《赠江夏太守》

[10] “但用东山谢安石，为君谈笑静胡沙。”——《永王东巡歌》“所冀旄头灭，功成追鲁连。”——《在水军宴赠幕府诸公》

[11] “余昔于江陵，见天台司马子微，谓余有仙风道骨，可与神游八极之表。因著《大鹏遇希有鸟赋》以自广。……”——《大鹏赋序》

剑匣

I built my soul a lordly pleasure-house,

Wherein at ease for aye to dwell.

……………………………………………

And "While the world runs round and round", I said,

"Reign thou apart, a quiet king,

Still as, while saturn whirls, his steadfast shade

Sleeps on his luminous ring".

To which my soul made answer readily:

"Trust me in bliss I shall abide

In this great mansion, that is built for me,

So royal-rich and wide".

——Tennyson

在生命底大激战中，

我曾是一名盖世的骁将。

我走到四面楚歌底末路时，
并不同项羽那般顽固，
定要投身于命运底罗网。
但我有这绝岛作了堡垒，
可以永远驻扎我的退败的心兵。
在这里我将养好了我的战创，
在这里我将忘却了我的仇敌。

在这里我将作个无名的农夫，
但我将让闲惰底芜蔓
蚕食了我的生命之田。
也许因为我这肥泪底无心的灌溉，
一旦芜蔓还要开出花来呢?
那我就镇日徜徉在田塍上，
饱喝着他们的明艳的色彩。

我也可以作个海上的渔夫:
我将撒开我的幻想之网。
在寥阔的海洋里;
在放网收网之间，
我可以坐在沙岸上做我的梦，
从日出梦到黄昏……

假若撒起网来，不是一些鱼虾，
只有海树珊瑚同含胎的老蚌，
那我却也喜出望外呢。

有时我也可佩佩我的旧剑，
踱进山去作个樵夫。
但群松舞着葱翠的干戚，
雍容地唱着歌儿时，
我又不觉得心悸了。
我立刻套上我的宝剑，
在空山里徘徊了一天。
有时看见些奇怪的彩石，
我便拾起来，带了回去；
这便算我这一日底成绩了。

但这不是全无意识的。
现在我得着这些材料，
我真得其所了；
我可以开始我的工匠生活了，
开始修葺那久要修葺的剑匣。

我将摊开所有的珍宝，

陈列在我面前，
一样样的雕着，镂着，
磨着，重磨着……
然后将他们都镶在剑匣上，——
用我的每出的梦作蓝本，
镶成各种光怪陆离的图画。

我将描出白面美髯的太乙
卧在粉红色的荷花瓣里，
在象牙雕成的白云里飘着。
我将用墨玉同金丝
制出一只雷纹镶嵌的香炉；
那炉上炷着袅袅的篆烟，
许只可用半透明的猫儿眼刻着。
烟痕半消未灭之处，
隐约地又升起了一个玉人，
仿佛是肉袒的维纳司呢……
这块玫瑰玉正合伊那肤色了。

晨鸡惊耸地叫着，
我在蛋白的曙光里工作，
夜晚人们都睡去，我还作着工——

烛光抹在我的直陡的额上，
好象紫铜色的晚霞
映在精赤的悬崖上一样。

我又将用玛瑙雕成一尊梵像，
三首六臂的梵像，
骑在鱼子石的象背上。
珊瑚作他口里含着的火，
银线辫成他腰间缠着的蟒蛇，
他头上的圆光是块琥珀的圆壁。

我又将镶出一个瞎人
在竹筏上弹着单弦的古瑟。
（这可要镶得和王叔远底
桃核雕成的《赤壁赋》一般精细。）
然后让翡翠，蓝玛玉，紫石瑛，
错杂地砌成一片惊涛骇浪；
再用碎砾的螺钿点缀着，
那便是涛头闪目的沫花了。
上面再笼着一张乌金的穹窿，
只有一颗宝钻的星儿照着。

春草绿了，绿上了我的门阶，
我同春一块儿工作着；
蟋蟀在我床下唱着秋歌，
我也唱着歌儿作我的活。

我一壁工作着，一壁唱着歌：
我的歌里的律吕
都从手指尖头流出来，
我又将他制成层叠的花边：
有盘龙，对凤，天马，辟邪底花边，
有芝草，玉莲，卍字，双胜底花边，
又有各色的汉纹边
套在最外的一层边外。

若果边上还缺些角花，
把蝴蝶嵌进去应当恰好。
玳瑁刻作梁山伯，
璧玺刻作祝英台，
碧玉，赤瑛，白玛瑙，蓝琉璃，……
拼成各种彩色的凤蝶。
于是我的大功便告成了！

哦，我的大功告成了！
你不要轻看了我这些工作！
这些不伦不类的花样，
你该知道不是我的手笔，
这都是梦底原稿底影本。
这些不伦不类的色彩，
也不是我的意匠底产品，
是我那芜蔓底花儿开出来的。
你不要轻看了我这些工作哟！

哦，我的大功告成了！
我将抽出我的宝剑来——
我的百炼成钢的宝剑，
吻着他，吻着他……
吻去他的锈，吻去他的伤疤；
用热泪洗着他，洗着他……
洗净他上面的血痕，
洗净他罪孽底遗迹；
又在龙涎香上薰着他，
薰去了他一切腥膻的记忆。
然后轻轻把他送进这匣里，
唱着温柔的歌儿，

催他快在这艺术之宫中酣睡。

哦，哦，我的大功告成了！
我的大功终于告成了！
人们的匣是为保护剑底锋铓，
我的匣是要藏他睡觉的。
哦，我的剑匣修成了，
我的剑有了永久的归宿了！

哦，我的剑要归寝了！
我不要学轻佻的李将军，
拿他的兵器去射老虎，
其实只射着一块僵冷的顽石。
哦，我的剑要归寝了！
我也不要学迂腐的李翰林，
拿他的兵器去割流水，
一壁割着，一壁水又流着。
哦！我的兵器只要韬藏，
我的兵器只要酣睡。
我的兵器不要斩芟奸横，
我知道奸横是僵冷的顽石一堆；
我的兵器也不要割着愁苦，

我知道愁苦是割不断的流水。

哦，我的大功告成了！
让我的宝剑归寝了！
我岂似滑头的汉高祖，
拿宝剑斫死了一条白蛇，
因此造一个谣言，
就骗到了一个天下？
哦！天下，我早已得着了啊！
我早坐在艺术底凤阙里，
像大舜皇帝，垂裳而治着
我的波希米亚的世界了啊！

哦！让我的宝剑归寝罢！
我又岂似无聊的楚霸王，
拿宝剑斫掉多少的人头，
一夜梦回听着恍惚的歌声，
忽又拥着爱姬，抚着名马，
提起原剑来刎了自己的颈？

哦！但我又不妨学了楚霸王，
用自己的宝剑自杀了自己。

不过果然我要自杀，
定不用这宝剑底锋铓。
我但愿展玩着这剑匣——
展玩着我这自制的剑匣，
我便昏死在他的光彩里！

哦，我的大功告成了！
我将让宝剑在匣里睡着觉，
我将摩抚着这剑匣，
我将宠媚着这剑匣——
看着缠着神蟒的梵像，
我将巍巍地抖颤了，
看看筏上鼓瑟的瞎人，
我将号咷地哭泣了；
看看睡在荷瓣里的太乙，
飘在篆烟上的玉人，
我又将迷迷地嫣笑了呢！

哦，我的大功告成了！
我将让宝剑在匣里睡着。
我将看着他那光怪的图画，
重温我的成形的梦幻，

我将看着他那异彩的花边，
再唱着我的结晶的音乐。

啊！我将看着，看着，看着，
看到剑匣战动了，
模糊了，更模糊了，
一个烟雾弥漫的虚空了，……

哦！我看到肺脏忘了呼吸，
血液忘了流驶，
看到眼睛忘了看了。
哦！我自杀了！
我用自制的剑匣自杀了！
哦哦！我的大功告成了！

西岸

He has a lusty spring，when fancy clear
Takes in all beauty within an easy span.

——Keats

这里是一道河，一道大河，
宽无边，深无底；

四季里风姨巡遍世界，
便回到河上来休息；
满天糊着无涯的苦雾，
压着满河无期的死睡。
河岸下酣睡着，河岸上
反起了不断的波澜，
啊！卷走了多少的痛苦！
淘尽了多少的欣欢！
多少心被羞愧才鞭驯，
一转眼被虚荣又扇癫！
鞭下去，扇起来，
又莫非是金钱底买卖。
黑夜哄着聋瞎的人马，
前潮刷走，后潮又挟回。
没有真，没有美，没有善，
更那里去找光明来！

但不怕那大泽里
风波怎样凶，水兽怎样猛，
总难惊破那浅水芦花里
那些山草的幽梦，——
一样的，有个人也逃脱了

河岸上那纷纠的樊笼。
他见了这宽深的大河，
便私心唤醒了些疑义：
分明是一道河，有东岸，
岂有没个西岸底道理？
啊！这东岸底黑暗恰是那
西岸底光明底影子。

但是满河无期的死睡，
撑着满天无涯的雾幕；
西岸也许有，但是谁看见？
哎……这话也不错。
“恶雾遮不住我”，心讲道，
“见不着，那是目底过！”
有时他忽见浓雾变得
绯样薄，在风翅上荡漾；
雾缝里又筛出些
丝丝的金光洒在河身上。
看！那里！可不是个大鼋背？
毛发又长得那样长。

不是的！倒是一座小岛，

戴着一头的花草：
看！灿烂的鱼龙都出来
晒甲胄，理须桡；
鸳鸯洗刷完了，喙子
插在翅膀里，睡着觉了。
鸳鸯睡了，百鳞退了——
满河一片凄凉；
太阳也没兴，卷起了金练，
让雾帘重往下放：
恶雾瞪着死水，一切的
于是又同从前一样。

“啊！我懂了，我何曾见着
那美人底容仪？
但猜着蠕动的绣裳下，
定有副美人底肢体。
同一理：见着的是小岛，
猜着的是岸西。”

“一道河中一座岛，河西
一盏灯光被岛遮断了。”
这语声到处，是有些人

鹦哥样，听熟了，也会叫；
但是那多数的人
不笑他发狂，便骂他造谣。

也有人相信他，但还讲道：
“西岸地岂是为东岸人？
若不然，为什么要划开
一道河，这样宽又这样深？”
有人讲：“河太宽，雾正密。
找条陆道过去多么稳！”
还有人明晓得道儿
只这一条，单恨生来错——
难学那些鸟儿飞着渡，
难学那些鱼儿划着过，
却总都怕说得：“搭个桥，
穿过岛，走着过！”为什么？

雨夜篇

千林风雨莺求友

——黄庭坚

雨夜

几朵浮云，仗着雷雨底势力，
把一天底星月都扫尽了。
一阵狂风还喊来要捉那软弱的树枝，
树枝拼命地扭来扭去，
但是无法躲避风底爪子。

凶狠的风声，悲酸的雨声——
我一壁听着，一壁想着：
假使梦这时要来找我，
我定要永远拉着他，不放他走；

还剜出我的心来送他作贽礼，
他要收我作个莫逆的朋友。
风声还在树里呻吟着，
泪痕满面的曙天白得可怕，
我的梦依然没有做成。
哦！原来真的已被我厌恶了，
假的就没他自身的尊严吗？

雪

夜散下无数茸毛似的天花，
织成一件大氅，
轻轻地将颠顸的世界，
从头到脚地包了起来：
又加了死人一层殓衣。

伊将一片鱼鳞似的屋顶埋起了，
却总埋不住那屋顶上的青烟缕。
啊！缕缕蜿蜒的青烟啊！
仿佛是诗人向上的灵魂，
穿透自身的躯壳：直向天堂迈往。

高视阔步的风霜蹂躏世界，

森林里抖颤的众生战斗多时，

最末望见伊底白氅，

都欢声喊道：“和平到了！奋斗成功了！

这不是冬投降底白旗吗？”

睡者

灯儿灭了，人儿在床；

月儿底银潮

沥过了叶缝，冲进了洞窗，

射到睡觉的双靥上，

跟他亲了嘴儿又偎脸，

便洗净一切感情底表象，

只剩下了如梦幻的天真，

笼在那连耳目口鼻

都分不清的玉影上。

啊！这才是人底真色相！

这才是自然底真创造！

自然只此一副模型；

铸了月面，又铸人面。

哦！但是我爱这睡觉的人，
他醒了我又怕他呢！
我越看这可爱的睡容，
想起那醒容，越发可怕。
啊！让我睡了，躲脱他的醒罢！
可是瞌睡像只秋燕，
在我眼帘前掠了一周，
忽地翻身飞去了，
不知几时才能得回来呢？

月儿，将银潮密密地酌着！
睡觉的，撑开枯肠深深地喝着！
快酌，快喝！喝着，睡着！
莫又醒了，切莫醒了！
但是还响点擂着，鼾雷！
我只爱听这自然底壮美底回音，
他警告我这时候
那人心宫底禁闼大开，
上帝在里头登极了！

黄昏

太阳辛苦了一天，
赚得一个平安的黄昏，
喜得满面通红，
一气直往山洼里狂奔。

黑黯好比无声的雨丝，
慢慢往世界上飘洒……
贪睡的合欢叠拢了绿鬓，钩下了柔颈，
路灯也一齐偷了残霞，换了金花；
单剩那喷水池
不怕惊破别家底酣梦，
依然活泼泼地高呼狂笑，独自玩耍。

饭后散步的人们，
好像刚吃饱了蜜的蜂儿一窠，
三三五五的都往
马路上头，板桥栏畔飞着。
嗡……嗡……嗡……听听唱的什么——
　是花色底美丑？

是蜜味底厚薄？
是女王底专制？
是东风底残虐？

啊！神秘的黄昏啊！
问你这首玄妙的歌儿，
这辈嚣喧的众生
谁个唱的是你的真义？

时间底教训

太阳射上床，惊走了梦魂，
昨日底烦恼去了，今日底还没来呢。
啊！这样肥饱的鹑声，
稻林里撞挤出来——来到我心房酿蜜，
还同我的，万物底蜜心，
融合作一团快乐——生命底唯一真义。

此刻时间望我尽笑，
我便合掌向他祈祷："赐我无尽期！"
可怕！　那笑还是冷笑；
那里？他把眉尖锁起，居然生了气。

“地得！地得！”听那壁上的钟声，
果同快马狂蹄一般地奔腾。
那骑者还仿佛吼着：
“尽可多多创造快乐去填满时间；
那可活活缚着时间来陪着快乐？”

二月庐

面对一幅淡山明水的画屏，
在一块棋盘似的稻田边上，
蹲着一座看棋的瓦屋——
紧紧地被捏在小山底拳心里。

柳荫下睡着一口方塘；
聪明的燕子——伊唱歌儿
偏找到这里，好听着水面的
回声，改正音调底错儿。

燕子！可听见昨夜那阵冷雨？
西风底信来了，催你快回去。
今年去了，明年，后年，后年以后，

一年回一度的还是你吗？

啊？你的爆裂得这样音响，

迸出些什么压不平的古愁！

可怜的鸟儿，你诉给谁听？

那知道这个心也碎了哦！

*

印象

一望无涯的绿茸茸的——

是青苔？是蔓草？是禾稼？是病眼发花？——

只在火车窗口像走马灯样旋着。

仿佛死在痛苦底海里泅泳——

他的披毛散发的脑袋

在噤哑无声的绿波上飘着——

是簇簇的杨树林攒出禾面。

绿杨遮着作工的——神圣的工作！

骍红的赤膊摇着枯涩的辘轳，

向地母哀求世界底一线命脉。

白杨守着休息的——无上的代价！——

孤另另的一座秃头的黄土堆，

拥着一个安闲，快乐，了无智识的灵魂，
长眠，美睡，禁止百梦底纷扰。
啊！　神圣的工作！无上的代价！

快乐

快乐好比生机：
生机底消息传到绮甸，
群花便立刻
披起五光十色的绣裳。

快乐跟我的
灵魂接了吻，我的世界
忽变成天堂，
住满了柔艳的安琪儿！

美与爱

窗子里吐出娇嫩的灯光——
两行鹅黄染的方块镶在墙上；
一双枣树底影子，像堆大蛇，
横七竖八地睡满了墙下。

啊！那颗大星儿！嫦娥底侣伴！
你无端绊住了我的视线；
我的心鸟立刻停了他的春歌，
因他听了你那无声的天乐。

听着，他竟不觉忘却了自己，
一心只要飞出去找你，
把监牢底铁槛也撞断了；
但是你忽然飞地不见了！

屋角底凄风悠悠叹了一声，
惊醒了懒蛇滚了几滚；
月色白得可怕，许是恼了？
张着大嘴的窗子又像笑了！

可怜的鸟儿，他如今回了，
嗓子哑了，眼睛瞎了，心也灰了；
两翅洒着滴滴的鲜血——
是爱底代价，美底罪孽！

*

诗人

人们说我有些像一颗星儿，
无论怎样光明，只好作月儿底伴，
总不若灯烛那样有用——
还要照着世界作工，不徒是好看。

人们说春风把我吹燃，是火样的薇花，
再吹一口，便变成了一堆死灰；
剩下的叶儿像铁甲，刺儿像蜂针，
谁敢抱进他的赤裸的胸怀？

又有些人比我作一座遥山：
他们但愿远远望见我的颜色，
却不相信那白云深处里，
还别有一个世界—— 一个天国。

其余的人或说这样，或说那样，
只是说得对的没有一个。
"谢谢朋友们！"我说，"不要管我了，
你们那样忙，那有心思来管我？

你们在忙中觉得热闷时，
风儿吹来，你们无心地喝下了，
也不必问是谁送来的，
自然会觉得他来的正好！”

*

风波

我戏将沉檀焚起来祀你，
那知他会烧的这样狂！
他虽散满一世界底异香，
但是你的香吻没有抹尽的
那些渣滓，却化作了云雾
满天，把我的两眼障瞎了；
我看不见你，便放声大哭，
像小孩寻不见他的妈了。
立刻你在我耳旁低声地讲：
（但你的心也雷样地震荡）
“在这里；大惊小怪地闹些什么？
一个好教训哦！”说完了笑着。
爱人，这戏禁不得多演，

让你的笑焰把我的泪晒干！

回顾

九年底清华底生活，
回头一看——
是秋夜里一片沙漠，
却露着一颗萤火，
越望越光明，
四围是迷茫莫测的凄凉黑暗。
这是红惨绿娇的暮春时节：
如今到了荷池——
寂静底重量正压着池水
连面皮也皱不动——
一片死静！
忽地里静灵退了，
镜子碎了，
个个都喘气了。
看！太阳底笑焰—— 一道金光，
滤过树缝，洒在我额上；
如今羲和替我加冕了，
我是全宇宙底王！

幻中之邂逅

太阳落了，责任闭了眼睛，
屋里朦胧的黑暗凄酸的寂静，
钩动了一种若有若无的感情，
——快乐和悲哀之间底黄昏。
仿佛一簇白云，濛濛漠漠，
拥着一只素氅朱冠的仙鹤——
在方才淌进的月光里浸着，
那娉婷的模样就是他么？

我们都还没吐出一丝儿声响；
我刚才无心地碰着他的衣裳，
许多的秘密，便同奔川一样，
从这摩触中不歇地冲洄来往。

忽地里我想要问他到底是谁，
抬起头来……月在那里？人在那里？
从此狰狞的黑黯，咆哮的静寂，
便扰得我辗转空床，通夜无睡。

志愿

马路上歌啸的人群
泛滥横流着，
好比一个不羁的青年底意志。

银箔似的溪面一意地
要板平他那难看的皱纹。
两岸底绿杨争着
迎接视线到了神秘的尽头——
原来那里是尽头？
是视线底长度不够！

啊！主呀！我过了那道桥以后，
你将怎样叫我消遣呢？
主啊！愿这腔珊瑚似的鲜血
染得成一朵无名的野花，
这阵热气又化些幽香给他，
好攒进些路人底心里烘着罢！

只要这样，切莫又赏给我

这一副腥秽的躯壳！

主呀！你许我吗？许了我罢！

失败

从前我养了一盆宝贵的花儿，

好容易孕了一个苞子，

但总是半含半吐的不肯放开。

我等发了急，硬把他剥开了，

他便一天萎似一天，萎得不像样了。

如今我要他再关上不能了。

我到底没有看见我要看的花儿！

从前我做了一个希奇的梦，

我总嫌他有些太模糊了，

我满不介意，让他震破了；

我醒了，直等到月落，等到天明，

重织一个新梦既织不成，

便是那个旧的也补不起来了。

我到底没有做好我要做的梦！

*

贡臣

我的王！我从远方来朝你，
带了满船你不认识的，
但是你必中意的贡礼。
我兴高采烈地航到这里来，
那里知道你的心……唉！
还是一个涸了的海港！
我悄悄地等着你的爱潮膨涨，
好浮进我的重载的船艘；
月儿圆了几周，花儿红了几度，
还是老等，等不来你的潮头！
我的王！他们讲潮汐有信，
如今叫我怎样相信他呢？

游戏之祸

我酌上蜜酒，烧起沉檀，
游戏着膜拜你：
沉檀烧地太狂了，
我忙着拿蜜酒来浇他；

谁知越浇越烈，

竟惹了焚身之祸呢！

花儿开过了

花儿开过了，果子结完了；
一春底香雨被一夏底骄阳炙干了，
一夏底荣华被一秋底馋风扫尽了。
如今败叶枯枝，便是你的余剩了。

天寒风紧，冻哑了我的心琴；
我惯唱的颂歌如今竟唱不成。
但是，且莫伤心，我的爱，
琴弦虽不鸣了，音乐依然在。

只要灵魂不灭，记忆不死，纵使
你的荣华永逝，（这原是没有的事）
我敢说那已消的春梦底余痕，
还永远是你我的生命底生命！

况且永继的荣华，顿刻的凋落——
两两相形，又算得了些什么？

今冬底假眠，也不过是明春底
更烈的生命所必需的休息。

所以不怕花残，果烂，叶败，枝空，
那缜密的爱底根网总没一刻放松；
他总是绊着，抓着，咬着我的心，
他要抽尽我的生命供给你的生命！

爱啊！上帝不曾因青春底暂退，
就要将这个世界一齐捣毁，
我也不曾因你的花儿暂谢，
就敢失望，想另种一朵来代他！

十一年一月二日作

哎呀！自然底太失管教的骄子！
你那内蕴的灵火！不是地狱底毒火，
如今已经烧得太狂了，
只怕有一天要爆裂了你的躯壳。

你那被爱蜜饯了的肥心，人们讲，
本是为滋养些嬉笑的花儿的，

如今却长满了愁苦底荆棘——
他的根已将你的心越捆越紧，越缠越密。
上帝啊！这到底是什么用意？

唉！你（只有你）真正了解生活底秘密，
你真是生活底唯一的知己，
但生活对你偏是那样地凶残：
你看！又是一个新年——好可怕的新年！——
张着牙戟齿锯的大嘴招呼你上前；
你退既不能，进又白白地往死嘴里攒！

高步远蹠的命运
从时间底没究竟的大道上踱过；
我们无足轻重的蚁子
糊里糊涂地忙来忙去，不知为什么，
忽地里就断送在他的脚跟底……

但是，那也对啊！……死！你要来就快来，
快来断送了这无边的痛苦！
哈哈！死，你的残忍，乃在我要你时，你不来，
如同生，我不要他时，他偏存在！

*

死

啊！我的灵魂底灵魂！
我的生命底生命，
我一生底失败，一生底亏欠，
如今要都在你身上补足追偿，
但是我有什么
可以求于你的呢？

让我淹死在你眼睛底汪波里！
让我烧死在你心房底熔炉里！
让我醉死在你音乐底琼醪里！
让我闷死在你呼吸底馥郁里！

不然，就让你的尊严羞死我！
让你的酷冷冻死我！
让你那无情的牙齿咬死我！
让那寡恩的毒剑螫死我！

你若赏给我快乐，
我就快乐死了；

你若赐给我痛苦，
我也痛苦死了；
死是我对你唯一的要求，
死是我对你无上的贡献。

深夜底泪

生波停了掀簸；
深夜啊！——
沉默的寒潭！
澈虚的古镜！

行人啊！
回转头来，
照照你的颜容罢！
啊！　这般颠顿……

轻柔的泪，
温热的泪，
洗得净这仆仆的征尘？
无端地一滴滴流到唇边，
想是要你尝尝他的滋味；

这便是生活底滋味！

枕儿啊！
紧紧地贴着！
请你也尝尝他的滋味。
唉！　若不是你，
这腐烂的骷髅，
往那里靠啊！

更鼓啊！
一声声这般急切；
便是生活底战鼓罢？
唉！　擂断了心弦，
搅乱了生波……
战也是死，
逃也是死，
降了我不甘心。
生活啊！
你可有个究竟？
啊！宇宙底生命之酒，
都将酌进上帝底金樽。
不幸的浮沤！
怎地偏酌漏了你呢？

青春篇

柳暗花明又一村

——陆游

青春

青春像只唱着歌的鸟儿，
已从残冬窟里闯出来，
驶入宝蓝的穹窿里去了。

神秘的生命，
在绿嫩的树皮里膨胀着，
快要送出带着鞘子的
翡翠的芽儿来了。

诗人呵！揩干你的冰泪，

快预备着你的歌儿，
也赞美你的苏生罢！

宇宙

宇宙是个监狱，
但是个模范监狱；
他的目的在革新，
并不在惩旧。

国手

爱人啊！你是个国手；
我们来下一盘棋；
我的目的不是要赢你，
但只求输给你——
将我的灵和肉
输得干干净净！

香篆

辗转在眼帘前，

萦回在鼻观里，
锤旋在心窝头——

心爱的人儿啊！
这样清幽的香，
只堪供祝神圣的你：

我祝你黛发长青！
又祝你朱颜长姣！
同我们的爱万寿无疆！

春寒

春啊！
正似美人一般，
无妨瘦一点儿！

春之首章

浴人灵魂的雨过了：
薄泥到处啮人底鞋底。
凉飔挟着湿润的土气

在鼻蕊间正冲突着。

金鱼儿今天许不大怕冷了？
个个都敢于浮上来呢！

东风苦劝执拗的蒲根，
将才睡醒的芽儿放了出来。
春雨过了，芽儿刚抽到寸长，
又被池水偷着吞去了。
亭子角上几根瘦硬的
还没赶上春的榆枝，
印在鱼鳞似的天上；
像一页淡蓝的朵云笺，
上面涂了些僧怀素底
铁画银钩的草书。

丁香枝上豆大的蓓蕾，
包满了包不住的生意，
呆呆地望着寥阔的天宇，
盘算他明日底荣华——
仿佛一个出神的诗人
在空中编织未成的诗句。

春啊！明显的秘密哟！
神圣的魔术哟！

啊！我忘了我自己，春啊！
我要提起我全身底力气，
在你那绝妙的文章上
加进这丑笨的一句哟！

春之末章

被风惹恼了的粉蝶，
试了好几处底枝头，
总抱不大稳，率性就舍开，
忽地不知飞向那里去了。

啊！大哲底梦身啊！
了无黏滞的达观者哟！

太轻狂了哦！杨花！
依然吩咐雨丝黏住罢。

娇绿的坦张的荷钱啊！
不息地仰面朝上帝望着，
一心地默祷并且赞美他——
只要这样，总是这样，
开花结实底日子便快了。

一气的酣绿里忽露出
一角汉纹式的小红桥，
真红得快叫出来了！

小孩儿们也太好玩了啊！
镇日里蓝的白的衫子
骑满竹青石栏上垂钓。
他们的笑声有时竟脆得像
坍碎了一座琉璃宝塔一般。
小孩们总是这样好玩呢！

绿纱窗里筛出的琴声，
又是画家脑子里经营着的
一帧美人春睡图：
细熨的柔情，娇羞的倦致，
这般如此，忽即忽离，

啊！迷魂的律吕啊！

音乐家啊！垂钓的小孩啊！
我读完这春之宝笈底末章，
就交给你们永远管领着罢！

钟声

钟声报得这样急——
时间之海底记水标哦！
是记涨呢，还是记落呢！——
是报过去底添长呢？
还是报未来底消缩呢？

*

爱之神

——题画

啊！这么俊的一副眼睛——
两潭渊默的清波！
可怜孱弱的游泳者哟！
我告诉你回头就是岸了！

啊！那潭岸上的一带榛薮，
好分明的黛眉啊！
那鼻子，金字塔式的小丘，
恐怕就是情人底茔墓罢？

那里，不是两扇朱扉吗？
红得像樱桃一样，
扉内还露着编贝底屏风。
这里又不知安了什么陷阱！

啊！莫非是绮甸之乐园？
还是美底家宅，爱底祭坛？
呸！不是，都不是哦！
是死魔盘据着的一座迷宫！

谢罪以后

朋友，怎样开始？这般结局？
“谁实为之？”是我情愿，是你心许？
朋友，开始结局之间，
演了一出浪漫的悲剧；

如今戏既演完了，
便将那一页撕了下去，
还剩下了一部历史，
恐十倍地庄严，百般地丰富，——
是更生底灵剂，乐园底基础！

朋友！让舞台上的经验，短短长长，
是恩爱，是仇雠，尽付与时间底游浪。
若教已放下来的绣幕，
永作隔断记忆底城墙；
台上的记忆尽可隔断，
但还有一篇未成的文章，
是在登台以前开始作的。
朋友！你为什么不让他继续添长，
完成一件整的艺术品？你试想想！

朋友！我们来勉强把悲伤葬着，
让我们的胸膛做了他的坟墓；
让忏悔蒸成湿雾，
糊湿了我们的眼睛也可；
但切莫把我们的心，
冷的变成石头一个，

让可怕的矜骄底刀子
在他上面磨成一面的锋，两面的锷。
朋友，知道成锋的刀有个代价么？

忏悔

啊！浪漫的生活啊！
是写在水面上的个“爱”字，
一壁写着，一壁没了；
白搅动些痛苦底波轮。

黄鸟

哦！森林底养子，
太空的血胤
不知名的野鸟儿啊！

黑缎底头帕，
蜜黄的羽衣，
镶着赤铜底喙爪——
啊！一只鲜明的火镞，
那样癫狂地射放，

射翻了肃静的天宇哦!

像一块雕镂的水晶,
艺术纵未完成,
却永映着上天底光彩——
这样便是他吐出的
那阕雅健的音乐呀!
啊!希腊式的雅健!

野心的鸟儿啊!
我知道你喉咙里的
太丰富的歌儿
快要噎死你了:
但是从容些吐着!
吐出那水晶的谐音,
造成艺术之宫,
让一个失路的灵魂
早安了家罢!

艺术底忠臣

无数的人臣,髣髴真珠

攒在艺术之王底龙衮上，
一心同赞御容底光采；
其中只有济慈一个人
是群龙拱抱的一颗火珠，
光芒赛过一切的珠子。

诗人底诗人啊！
满朝底冠盖只算得
些艺术底名臣，
只有你一人是个忠臣。
“美即是真，真即美。”
我知道你那栋梁之材，
是单给这个真命天子用的；
别的分疆割据，属国偏安，
那里配得起你哟！

啊！“鞠躬尽瘁，死而后已”：
真个做了艺术底殉身者！
忠烈的亡魂啊！
你的名字没写在水上，[1]
但铸在圣朝底宝鼎上了！

注

[1] 水上见济慈底"Ode to a grecian urn."济慈自撰的墓铭曰："这儿有一个人底名字写在水上了！"

初夏一夜底印象

——一九二二年五月直奉战争时——

夕阳将诗人交付给烦闷的夜了，
叮咛道："把你的秘密都吐给他了罢！"

紫穹窿下洒着些碎了的珠子——
诗人想：该穿成一串挂在死底胸前。

阴风底冷爪子刚扒过饿柳底枯发，
又将池里的灯影儿扭成几道金蛇。

贴在山腰下佝偻得可怕的老柏，
拿着黑瘦的拳头硬和太空挑衅。

失睡的蛙们此刻应该有些倦意了，
但依旧努力地叫着水国底军歌。

个个都吠得这般沉痛，村狗啊！
为什么总骂不破盗贼底胆子？

嚼火漱雾的毒龙在铁梯上爬着，
驮着灰色号衣的战争，吼的要哭了。

铜舌的报更的磬，屡次安慰世界，
请他放心睡去，……世界那肯信他哦！

上帝啊！眼看着宇宙糟蹋到这样，
可也有些寒心吗？仁慈的上帝哟！

诗债

小小的轻圆的诗句，
是些当一的制钱——
在情人底国中
贸易死亡底通宝。

爱啊！慷慨的债主啊！
不等我偿清诗债
就这么匆忙地去了，
怎样也挽留不住。

但是字串还没毁哟！

这永欠的本钱，
仍然在我账本上，
息上添息地繁衍。

若有一天你又回来，
爱啊！要做 Shylock 吗？
就把我心上的肉，
和心一起割给你罢！

红荷之魂有序

盆莲饮雨初放，折了几枝，供在案头，又听侄辈读周茂叔底《爱莲说》，便不得不联想及于三千里外《荷花池畔》底诗人。赋此寄呈实秋，兼上景超及其他在西山的诸友。

太华玉井底神裔啊！
不必在污泥里久恋了。
这玉胆瓶里的寒浆有些洌骨吗？
那原是没有堕世的山泉哪！

高贤底文章啊！雏凤底律吕啊！
往古来今竟携了手来谀媚着你。
来罢！听听这蜜甜的赞美诗罢！

抱霞摇玉的仙花呀!
看着你的躯体,
我怎不想到你的灵魂?
灵魂啊! 到底又是谁呢?
是千叶宝座上的如来,
还是丈余红瓣中的太乙呢?
是五老峰前的诗人,
还是洞庭湖畔的骚客呢?

红荷底魂啊!
爱美的诗人啊!
便稍许艳一点儿,
还不失为“君子”。
看那颗颗坦张的荷钱啊!
可敬的——向上底虔诚,
可爱的——圆满底个性。
花魂啊! 佑他们充分地发育罢!

花魂啊,
须提防着,
不要让菱芡藻荇底势力
蚕食了泽国底版图。

花魂啊!
要将崎岖的动底烟波,
织成灿烂的静底绣锦。
然后,
高蹈的鸬鹚啊!
热情的鸳鸯啊!
水国烟乡底顾客们啊!……
只欢迎你们来
逍遥着,偃卧着;
因为你们知道了
你们的义务。

别后

啊!那不速的香吻,
没关心的柔词……
啊!热情献来的一切的贽礼,
当时都大意地抛弃了,
于今却变作记忆底干粮,
来充这旅途底饥饿。

可是，有时同样的馈仪，
当时珍重地接待了，抚宠了；
反在记忆之领土里
刻下了生憎惹厌的痕迹。

啊！谁道不是变幻呢？
顷刻之间，热情与冷淡，
已经百度底乘除了。

谁道不是矛盾呢？
一般的香吻，一样的柔词，
才冷僵了骨髓，
又烧焦了纤维。

恶作剧的疟魔呀！
到底是谁遣你来的？
你在这一隙驹光之间，
竟教我更迭地
作了冰炭底化身！
恶作剧的疟魔哟！

孤雁篇

天涯涕泪一身遥

——杜甫

孤雁

不幸的失群的孤客！
谁教你抛弃了旧侣，
拆散了阵字，
流落到这水国底绝塞，
拼着寸磔的愁肠，
泣诉那无边的酸楚？

啊！从那浮云底密幕里，
迸出这样的哀音；
这样的痛苦！这样的热情！

孤寂的流落者！
不须叫喊得哟！
你那沉细的音波，
在这大海底惊雷里，
还不值得那涛头上
溅破的一粒浮沤呢！

可怜的孤魂啊！
更不须向天回首了。
天是一个无涯的秘密，
一幅蓝色的谜语，
太难了，不是你能猜破的。
也不须向海低头了。
这辱骂高天的恶汉，
他的咸卤的唾沫
不要渍湿了你的翅膀，
黏滞了你的行程！

流落的孤禽啊！
到底飞往那里去呢？
那太平洋底彼岸，

可知道究竟有些什么?

啊!那里是苍鹰底领土——
那鸷悍的霸王啊!
他的锐利的指爪,
已撕破了自然底面目,
建筑起财力底窝巢。
那里只有铜筋铁骨的机械,
喝醉了弱者底鲜血,
吐出些罪恶底黑烟,
涂污我太空,闭熄了日月,
教你飞来不知方向,
息去又没地藏身啊!

流落的失群者啊!
到底要往那里去?
随阳的鸟啊!
光明底追逐者啊!
不信那腥臊的屠场,
黑黯的烟灶,
竟能吸引你的踪迹!

归来罢，失路的游魂！
归来参加你的伴侣，
补足他们的阵列！
他们正引着颈望你呢。
归来偃卧在霜染的芦林里，
那里有校猎的西风，
将茸毛似的芦花，
铺就了你的床褥
来温暖起你的甜梦。

归来浮游在温柔的港溆里，
那里方是你的浴盆。
归来徘徊在浪舐的平沙上，
趁着溶银的月色
婆娑着戏弄你的幽影。

归来罢，流落的孤禽！
与其尽在这水国底绝塞，
拼着寸磔的愁肠，
泣诉那无边的酸楚，
不如棹翅回身归去罢！

啊！但是这不由分说的狂飙
挟着我不息地前进；
我脚上又带着了一封书信，
我怎能抛却我的使命，
由着我的心性
回身棹翅归去来呢？

太平洋舟中见一明星

鲜艳的明星哪！——
太阴底嫡裔，
月儿同胞的小妹——
你是天仙吐出的玉唾，
溅在天边？
还是鲛人泣出的明珠，
被海涛淘起？

哦！我这被单调的浪声
摇睡了的灵魂，
昏昏睡了这么久，
毕竟被你唤醒了哦，
灿烂的宝灯啊！

我在昏沉的梦中，
你将我唤醒了，
我才知道我已离了故乡，
贬斥在情爱底边徼之外——
飘簸在海涛上的一枚钓饵。

你又唤醒了我的大梦——
梦外包着的一层梦！
生活呀！苍茫的生活呀！
也是波涛险阻的大海哟！
是情人底眼泪底波涛，
是壮士底血液底波涛。

鲜艳的星，光明底结晶啊！
生命之海中底灯塔！
照着我罢！照着我罢！
不要让我碰了礁滩！
不要许我越了航线；
我自要加进我的一勺温泪，
教这泪海更咸；
我自要倾出我的一腔热血，
教这血涛更鲜！

火柴

这里都是君王底
樱桃艳嘴的小歌童：
有的唱出一颗灿烂的明星，
唱不出的，都拆成两片枯骨。

*

玄思

在黄昏底沉默里，
从我这荒凉的脑子里，
常迸出些古怪的思想，
不伦不类的思想；

仿佛从一座古寺前的
尘封雨渍的钟楼里，
飞出一阵猜怯的蝙蝠，
非禽非兽的小怪物。

同野心的蝙蝠一样，

我的思想不肯只爬在地上，
却老在天空里兜圈子，
圆的，扁的，种种的圈子。

我这荒凉的脑子
在黄昏底沉默里，
常迸出些古怪的思想，
仿佛同些蝙蝠一样。

我是一个流囚

我是个年壮力强的流囚，
我不知道我犯的是什么罪。

黄昏时候，
他们把我推出门外了，
幸福底朱扉已向我关上了，
金甲紫面的门神
举起宝剑来逐我；
我只得闯进缜密的黑暗，
犁着我的道路往前走。

忽地一座壮阁底飞檐，
像只大鹏底翅子
插在浮沤密布的天海上：
卍字格的窗棂里
泻出醺人的灯光，黄酒一般地酽；
哀宕淫热的笙歌，
被激愤的檀板催窘了，
螺旋似地锤进我的心房：
我的身子不觉轻去一半，
仿佛在那孔雀屏前跳舞了。

啊快乐——严懔的快乐——
抽出他的讥消底银刀，
把我刺醒了；
哎呀！我才知道——
我是快乐底罪人，
幸福之宫里逐出的流囚，
怎能在这里随便打溷呢？

走罢！再走上那没尽头的黑道罢！
唉！但是我受伤太厉害；
我的步子渐渐迟重了；

我的鲜红的生命，
渐渐染了脚下的枯草！

我是个年壮力强的流囚，
我不知道我犯的是什么罪。

寄怀实秋

泪绳捆住的红烛
已被海风吹熄了；
跟着有一缕犹疑的轻烟，
左顾右盼，
不知往那里去好。
啊！解体的灵魂哟！
失路底悲哀哟！

在黑暗底严城里，
恐怖方施行他的高压政策：
诗人底尸肉在那里仓皇着，
仿佛一只丧家之犬呢。
莲蕊间酣睡着的恋人啊！
不要灭了你的纱灯：

几时珠箔银条飘着过来，
可要借给我点燃我的残烛，
好在这阴城里面，
为我照出一条道路。

烛又点燃了，
那时我便作个自然的流萤，
在深更底风露里，
还可以逍遥流荡着，
直到黎明！

莲蕊间酣睡着的骚人啊！
小心那成群打围的飞蛾，
不要灭了你的纱灯哦！

晴朝

一个迟笨的晴朝，
比年还现长得多，
像条懒洋洋的冻蛇，
从我的窗前爬过。

一阵淡青的烟云
偷着跨进了街心……
对面的一带朱楼
忽都被他咒入梦境。

栗色汽车像匹骄马
休息在老绿阴中，
瞅着他自身的黑影，
连动也不动一动。

傲霜的老健的榆树
伸出一只粗胳膊，
拿在窗前底日光里，
翻金弄绿，不奈乐何。

除外了一个黑人
薙草，刮刮地响声渐远，
再没有一息声音——
和平布满了大自然，

和平蜷伏在人人心里；
但是在我的心内

若果也有和平底形迹，
那是一种和平底悲哀。

地球平稳地转着，
一切的都向朝日微笑；
我也不是不会笑，
泪珠儿却先滚出来了。

皎皎的白日啊！
将照遍了朱楼底四面；
永远照不进的是——
游子底漆黑的心窝坎；

一个恹病的晴朝，
比年还过得慢，
像条负创的伤蛇，
爬过了我的窗前。

记忆

记忆渍起苦恼的黑泪
在生活底纸上写满蝇头细字；

生活底纸可以撕成碎片，
记忆底笔迹永无磨灭之时。

啊！友谊底悲剧，希望底挽歌，
情热底战史，罪恶的供状——
啊！不堪卒读的文词哦！
是记忆底亲手笔，悲哀底旧文章！

请弃绝了我罢，拯救了我罢！
智慧哟！钩引记忆底奸细！
若求忘却那悲哀的文章，
除非要你赦脱了你我的关系！

*

太阳吟

太阳啊，刺得我心痛的太阳！
又逼走了游子底一出还乡梦，
又加他十二个时辰底九曲回肠！

太阳啊，火一样烧着的太阳！
烘干了小草尖头底露水，

可烘得干游子底冷泪盈眶？

太阳啊，六龙骖驾的太阳！
省得我受这一天天底缓刑，
就把五年当一天跑完那又何妨？

太阳啊——神速的金乌——太阳！
让我骑着你每日绕行地球一周，
也便能天天望见一次家乡！

太阳啊，楼角新升的太阳！
不是刚从我们东方来的吗？
我的家乡此刻可都依然无恙？

太阳啊，我家乡来的太阳！
北京城里底官柳裹上一身秋了罢？
唉！我也颠顇的同深秋一样！

太阳啊，奔波不息的太阳！
你也好像无家可归似的呢。
啊！你我的身世一样地不堪设想！

太阳啊，自强不息的太阳！

大宇宙许就是你的家乡罢。
可能指示我我底家乡底方向?

太阳啊，这不像我的山川，太阳!
这里的风云另带一般颜色，
这里鸟儿唱的调子格外凄凉。

太阳啊，生命之火底太阳!
但是谁不知你是球东半底情热，
同时又是球西半底智光?

太阳啊，也是我家乡底太阳!
此刻我回不了我往日的家乡，
便认你为家乡也还得失相偿。

太阳啊，慈光普照的太阳!
往后我看见你时，就当回家一次;
我的家乡不在地下乃在天上!

忆菊

——重阳前一日作——

插在长颈的虾青瓷的瓶里，

六方的水晶瓶里的菊花，
攒在紫藤仙姑篮里的菊花；
守着酒壶的菊花，
陪着螯盏的菊花；
未放，将放，半放，盛放的菊花。

镶着金边的绛色的鸡爪菊；
粉红色的碎瓣的绣球菊！
懒慵慵的江西腊哟；
倒挂着一饼蜂窠似的黄心，
仿佛是朵紫的向日葵呢。
长瓣抱心，密瓣平顶的菊花；
柔艳的尖瓣攒蕊的白菊
如同美人底蜷着的手爪，
拳心里攫着一撮儿金粟。

檐前，阶下，篱畔，圃心底菊花：
霭霭的淡烟笼着的菊花，
丝丝的疏雨洗着的菊花，——
金底黄，玉底白，春酿底绿，秋山底紫，……

剪秋萝似的小红菊花儿；

从鹅绒到古铜色的黄菊；
带紫茎的微绿色的“真菊”
是些小小的玉管儿缀成的，
为的是好让小花神儿
夜里偷去当了笙儿吹着。

大似牡丹的菊王到底奢豪些，
他的枣红色的瓣儿，铠甲似的，
张张都装上银白的里子了；
星星似的小菊花蕾儿
还拥着褐色的萼被睡着觉呢。

啊！自然美底总收成啊！
我们祖国之秋底杰作啊！
啊！东方底花，骚人逸士底花呀！
那东方底诗魂陶元亮
不是你的灵魂底化身罢？
那祖国底登高饮酒的重九
不又是你诞生底吉辰吗？

你不像这里的热欲的蔷薇，
那微贱的紫萝兰更比不上你。

你是有历史，有风俗的花。
啊！四千年的华胄底名花呀！
你有高超的历史，你有逸雅的风俗！

啊！诗人底花呀！我想起你，
我的心也开成顷刻之花，
灿烂的如同你的一样；
我想起你同我的家乡，
我们的庄严灿烂的祖国，
我的希望之花又开得同你一样。

习习的秋风啊！吹着，吹着！
我要赞美我祖国底花！
我要赞美我如花的祖国！
请将我的字吹成一簇鲜花，
金底黄，玉底白，春酿底绿，秋山底紫，……
然后又统统吹散，吹得落英缤纷，
弥漫了高天，铺遍了大地！

秋风啊！习习的秋风啊！
我要赞美我祖国底花！
我要赞美我如花的祖国！

秋色

——芝加哥洁阁森公园里——

诗情也似并刀快，
剪得秋光入卷来。

——陆游

紫得像葡萄似的涧水
翻起了一层层金色的鲤鱼鳞。

几片剪形的枫叶，
仿佛朱砂色的燕子，
颠斜地在水面上
旋着，掠着，翻着，低昂着……

肥厚得熊掌似的
棕黄色的大橡叶，
在绿茵上狼藉着。
松鼠们张张慌慌地
在叶间爬出爬进，
搜猎着他们来冬底粮食。

成了年的栗叶
向西风抱怨了一夜，
终于得了自由，
红着干燥的脸儿，
笑嬉嬉地辞了故枝。

白鸽子，花鸽子，
红眼的银灰色的鸽子，
乌鸦似的黑鸽子，
背上闪着紫的绿的金光——
倦飞的众鸽子在阶下集齐了，
都将喙子插在翅膀里，
寂静悄静地打盹了。

水似的空气泛滥了宇宙；
三五个活泼泼的小孩，
（披着橘红的黄的黑的毛绒衫）
在丁香丛里穿着，
好像戏着浮萍的金鱼儿呢。

是黄浦江上林立的帆樯？

这数不清的削瘦的白杨
只竖在石青的天空里发呆。

倜傥的绿杨像位豪贵的公子，
裹着件平金的绣蟒，
一只手叉着腰身，
照着心烦的碧玉池，
玩媚着自身的模样儿。

凭在十二曲的水晶栏上，
晨曦瞰着世界微笑了，
笑出金子来了——
黄金笑在槐树上，
赤金笑在橡树上，
白金笑在白松皮上。

哦，这些树不是树了！
是些绚缦的祥云——
琥珀的云，玛瑙的云，
灵风扇着，旭日射着的云。
哦！这些树不是树了，
是百宝玲珑的祥云。

哦，这些树不是树了，
是紫禁城里的宫阙——
黄的琉璃瓦，
绿的琉璃瓦；
楼上起楼，阁外架阁……
小鸟唱着银声的歌儿，
是殿角的风铃底共鸣。
哦！这些树不是树了，
是金碧辉煌的帝京。

啊！斑斓的秋树啊！
陵阳公样的瑞锦，
土耳基底地毡，
Notre Dame 底蔷薇窗，
Fra Angelico 底天使画
都不及你这色彩鲜明哦！

啊！斑斓的秋树啊！
我羡煞你们这浪漫的世界，
这波希米亚的生活！
我羡煞你们的色彩！

哦！我要请天孙织件锦袍，
给我穿着你的色彩！
我要从葡萄，橘子，高粱……里
把你榨出来，喝着你的色彩！
我要借义山济慈底诗
唱着你的色彩！
在蒲寄尼底 La Boheme 里，
在七宝烧的博山炉里，
我还要听着你的色彩，
嗅着你的色彩！

哦！我要过个色彩的生活，
和这斑斓的秋树一般！

秋深了

秋深了，人病了。
人敌不住秋了；
镇日拥着件大氅，
像只煨灶的猫，
蜷在摇椅上摇……摇……摇……

想着祖国，
想着家庭，
想着母校，
想着故人，
想着不胜想，不堪想的胜境良朝。

春底荣华逝了，
夏底荣华逝了；
秋在对面嵌白框窗子的
金字塔似的木板房子檐下，
抱着香黄色的破头帕，
追想春夏已逝的荣华；
想的伤心时，
飒飒地洒下几点黄金泪。

啊！秋是追想底时期！
秋是堕泪底时期！

秋之末日

和西风酗了一夜的酒，
醉得颠头跌脑，

洒了金子扯了锦绣，
还呼呼地吼个不休。

奢豪的秋，自然底浪子哦！
春夏辛苦了半年，
能有多少的积蓄，
来供你这般地挥霍呢？
如今该要破产了罢！

废园

一只落魄的蜜蜂，
像个沿门托钵的病僧，
游到被秋雨踢倒了的
一堆烂纸似的鸡冠花上，
闻了一闻，马上飞走了。

啊！零落底悲哀哟！
是蜂底悲哀？是花底悲哀？

*

小溪

铅灰色的树影，
是一长篇恶梦，
横压在昏睡着的
小溪底胸膛上。
小溪挣扎着，挣扎着……
似乎毫无一点影响。

稚松

他在夕阳底红纱灯笼下站着，
他扭着颈子望着你，
他散开了藏着金色圆眼的，
海绿色的花翎—— 一层层的花翎。
他像是金谷园里的
一只开屏的孔雀罢？

烂果

我的肉早被黑虫子咬烂了。

我睡在冷辣的青苔上，
索性让烂的越加烂了，
只等烂穿了我的核甲，
烂破了我的监牢，
我的幽闭的灵魂
便穿着豆绿的背心，
笑迷迷地要跳出来了！

*

色彩

生命是张没价值的白纸，
自从绿给了我发展，
红给了我情热，
黄教我以忠义，
蓝教我以高洁，
粉红赐我以希望，
灰白赠我以悲哀；
再完成这帧彩图，
黑还要加我以死。
从此以后，
我便溺爱于我的生命，

因为我爱他的色彩。

梦者

假如那绿晶晶的鬼火
是墓中人底
梦里迸出的星光，
那我也不怕死了！

红豆篇

此物最相思

——王维

红豆

一

红豆似的相思啊！
一粒粒的
坠进生命底磁坛里了……
听他跳激底音声，
这般凄楚！
这般清切！

二

相思着了火，
有泪雨洒着，
还烧得好一点；
最难禁的，
是突如其来
赶不及哭的干相思。

三

意识在时间底路上旅行：
每逢插起一杆红旗之处，
那便是——
相思设下的关卡，
挡住行人，
勒索路捐的。

四

袅袅的篆烟啊！
是古丽的文章，

淡写相思底诗句。

五

比方有一屑月光，
偷来匍匐在你枕上，
刺着你的倦眼，
撩得你镇夜不睡，
你讨厌他不？
那么这样便是相思了！

六

相思是不作声的蚊子，
偷偷地咬了一口，
陡然痛了一下，
以后便是一阵底奇痒。

七

我的心是个没设防的空城，
半夜里忽被相思袭击了，

我的心旌
只是一片倒降；
我只盼望——
他恣情屠烧一回就去了；
谁知他竟永远占据着，
建设起宫墙来了呢？

八

有两样东西，
我总想撇开，
却又总舍不得：
我的生命，
同为了爱人儿的相思。

九

爱人啊！
将我作经线，
你作纬线，
命运织就了我们的婚姻之锦；
但是一帧回文锦哦！

横看是相思，
直看是相思，
顺看是相思，
倒看是相思，
斜看正看都是相思，
怎样看也看不出团圞二字。

一〇

我俩是一体了！
我们的结合，
至少也和地球一般圆满。
但你是东半球，
我是西半球，
我们又自己放着眼泪，
做成了这苍茫的太平洋，
隔断了我们自己。

一一

相思枕上的长夜，
怎样的厌厌难尽啊！

但这才是岁岁年年中之一夜，
大海里的一个波涛。
爱人啊！
叫我又怎样泅过这时间之海？

一二

我们有一天
相见接吻时，
若是我没小心，
掉出一滴苦泪，
渍痛了你的粉颊，
你可不要惊讶！
那里有多少年底
生了锈的情热底成分啊！

一三

我到底是个男子！
我们将来见面时，
我能对你哭完了，
马上又对你笑。
你却不必如此；

你可以仰面望着我，
像一朵湿蔷薇，
在雾后的斜阳里，
慢慢儿晒干你的眼泪。

一四

我把这些诗寄给你了，
这些字你若不全认识，
那也不要紧。
你可以用手指
轻轻摩着他们，
像医生按着病人的脉，
你许可以试出
他们紧张地跳着，
同你心跳底节奏一般。

一五

古怪的爱人儿啊！
我梦时看见的你
是背面的。

一六

在雪黯风骄的严冬里，
忽然出了一颗红日；
在心灰意冷的情绪里，
忽然起了一阵相思——
这都是我没料定的。

一七

讨诗债的债主
果然回来了！
我先不妨
倾了我的家资还着。
到底实在还不清了，
再剜出我的心头肉，
同心一起付给他罢。

一八

我昼夜唱着相思底歌儿。
他们说我唱得形容颇额了，

我将浪费了我的生命。
相思啊！
我颂了你吗？
我是吐尽明丝的蚕儿，
死是我的休息；
我诅了你吗？
我是吐出毒剑底蜂儿，
死是我的刑罚。

一九

我是只惊弓的断雁，
我的嘴要叫着你，
又要衔着芦苇，
保障着我的生命。
我真狼狈哟！

二〇

扑不灭的相思，
莫非是生命之原上底野烧？
株株小草底绿意，
都要被他烧焦了啊！

二一

深夜若是一口池塘，
这飘在他的黛漪上的
淡白的小菱花儿，
便是相思底花儿了，
哦！他结成青的，血青的，
有尖角的果子了！

二二

我们的春又回来了，
我搜尽我的诗句，
忙写着红纸的宜春帖。
我也不妨就便写张
“百无禁忌”。
从此我若失错触了忌讳，
我们都不必介意罢！

二三

我们是两片浮萍：
从我们聚散底速率

同距离底远度，
可以看出风儿底缓急，
浪儿底大小。

二四

我们是鞭丝抽拢的伙伴，
我们是鞭丝抽散的离侣。
万能的鞭丝啊！
叫我们赞颂吗？
还是诅咒呢？

二五

我们弱者是鱼肉；
我们曾被求福者
重看了盛在笾筐里，
供在礼教底龛前。
我们多么荣耀啊！

二六

你明白了吗？

我们是照着客们吃喜酒的
一对红蜡烛；
我们站在桌子底
两斜对角上，
悄悄地烧着我们的生命，
给他们凑热闹。
他们吃完了，
我们的生命也烧尽了。

二七

若是我的话
讲得太多，
讲到末尾，
便胡讲一阵了，
请你只当我灶上的烟囱：
口里虽葧葧地吐着黑灰，
心里依旧是红热的。

二八

这算他圆满底三绝罢！——

莲子，
泪珠儿，
我们的婚姻。

二九

这一滴红泪：
不是别后的清愁，
却是聚前的炎痛。

三〇

他们削破了我的皮肉，
冒着险将伊的枝儿
强蛮地插在我的茎上。
如今我虽带着瘿肿的疤痕，
却开出从来没开过的花儿了。
他们是怎样狠心的聪明啊！
但每回我瞟出看花的人们
上下抛着眼珠儿，
打量着我的茎儿时，
我的脸就红了！

三一

哦，脑子啊！
刻着虫书鸟篆的
一块妖魔的石头，
是我的佩刀底砺石，
也是我爱河里的礁石，
爱人儿啊！
这又是我俩之间的界石！

三二

幽冷的星儿啊！
这般零乱的一团！
爱人儿啊！
我们的命运，
都摆布在这里了！

三三

冬天底长夜，
好不容易等到天明了，

还是一块冷冰冰的，
铅灰色的天宇，
那里看得见太阳呢？
爱人啊！哭罢！哭罢！
这便是我们的将来哟！

三四

我是狂怒的海神，
你是被我捕着的一叶轻舟。
我的情潮一起一落之间，
我笑着看你颠簸；
我的千百个涛头
用白晃晃的锯齿咬你，
把你咬碎了，
便和樯带舵吞了下去。

三五

夜鹰号咷地叫着；
北风拍着门环，
撕着窗纸，

撞着墙壁，
掀着屋瓦，
非闯进来不可。
红烛只不息地淌着血泪，
凝成大堆赤色的石钟乳。
爱人啊！你在那里？
快来剪去那乌云似的烛花，
快窝着你的素手
遮护着这抖颤的烛焰！
爱人啊！你在那里？

三六

当我告诉你们：
我曾在玉箫牙板，
一派悠扬的细乐里，
亲手掀起了伊的红盖帕；
我曾著着银烛，
一壁撷着伊的凤钗，
一壁在伊耳边问道：
“认得我吗？”
朋友们啊！
当你们听我讲这些故事时；

我又在你们的笑容里，
认出了你们私心的艳羡。

三七

这比我的新人，
谁个温柔？
从炉面镂空的双喜字间，
吐出了一线蜿蜒的香篆。

三八

你午睡醒来，
脸上印着红凹的簟纹，
怕是链子锁着的
梦魂儿罢？
我吻着你的香腮，
便吻着你的梦儿了。

三九

我若替伊画像，

我不许一点人工产物
污秽了伊的玉体。
我并不是用画家底肉眼，
在一套曲线里看伊的美；
但我要描出我常梦着的伊——
一个通灵澈洁的裸体的天使！
所以为免除误会起见，
我还要叫伊这两肩上
生出一双翅膀来。
若有人还不明白，
便把伊错认作一只彩凤，
那倒没什么不可。

四〇

假如黄昏时分，
忽来了一阵雷电交加的风暴，
不须怕得呀，爱人！
我将紧拉着你的手，
到窗口并肩坐下，
我们一句话也不要讲，
我们只凝视着

我们自己的爱力
在天边碰着，
碰出些金箭似的光芒，
炫瞎我们自己的眼睛。

四一

有酸的，有甜的，有苦的，有辣的。
豆子都是红色的，
味道却不同了。
辣的先让礼教尝尝！
苦的我们分着囫囵地吞下。
酸的酸得像梅子一般，
不妨细嚼着止止我们的渴。
甜的呢！
啊！甜的红豆都分送给邻家作种子罢！

四二

我唱过了各样的歌儿，
单单忘记了你。
但我的歌儿该当越唱越新，越美。

这些最后唱的最美的歌儿，

　　一字一颗明珠，

　　一字一颗热泪，

我的皇后啊！

这些算了我赎罪底菲仪，

这些我跪着捧献给你。

白朗宁夫人的情诗

一

我想起昔年那位希腊的诗人，
唱着流年的歌儿——可爱的流年，
渴望中的流年，一个个的宛然
都手执着颁送给世人的礼品：
我沉吟着诗人的古调，我不禁
泪眼发花了，于是我渐渐看见
那温柔凄切的流年，酸苦的流年，
我自己的流年，轮流掷着暗影，
掠过我的身边。马上我就哭起来，
我明知道有一个神秘的模样，
在背后揪着我的头发往后拨，
正在挣扎的当儿，我听见好像
一个厉声"谁拨着你，猜猜！"

"死，"我说。"不是死，是爱，"他讲。

二

可是在上帝的全宇宙里，总共
才有三个人听见了你那句话——
除了讲话的你，听话的我，便是他——
上帝自己！并且我们三人之中，
还有一个答话的……那话来得可凶！
诅得我一阵的昏迷，一阵的眼花，……
我瞎了，看不见你了，……那一刹那
的隔绝，真是比"死"还要严重。
因为上帝一声"不行"比谁都厉害！
尘世的倾轧捣不毁我们的亲昵，
风雷不能屈挠我们，海洋不能更改，
我们的手要伸过峻岭，互相提携，
临了，天空若滚到我们中间来，
我们为星辰起誓，还要更加激厉。

三

我们原不一样，爱呀，你信不信？

我们的职司和前程都不一样。
我们俩人的天使迎面飞来，翅膀
摩着翅膀，大家瞪着惊愕的眼睛。
你想想呵，你乃是后妃的上宾，
满宫的明眸飞着眼色，请你主掌
歌筵——我这一双眼睛，不用讲，
纵然流着泪，也没有那样鲜明。
那么，你还干什么那样望着我，
站在那灯光辉映的窗棂里边？
我，一个凄惶流落的歌者，靠着
柏树上，歌声通过了黑暗的园亭……
你头上是圣油——我头上是露颗；
除了死，你我间的差异怎修得圆？

四

你曾经奉到圣旨召入了宫庭，
翩翩的歌者，你歌着名贵的诗篇，
嫔妃们为你止舞，要你再唱一遍，
人人都注视着你那殷实的歌唇。
你真要抽起我这门闩？你果真
不嫌它辜负了你的手？你想想看，

你能让你那音乐掉在我这门前，
叠作一层层金色的富丽？你忍不忍？
你再往上瞧瞧这窗棂都被闯破，
蝙蝠和夜鹰的巢窠全在梁上！
我的蟋蟀，应和着你琵琶的高歌，
住声，别再激起回音来证实荒凉！
我心里有悲哭声，正如你在浩歌，
可怜我只是在孤独中悲伤。

五

我严肃的捧起了我的心来，
像当年绮雷克拉捧着那尸灰坛，
猛然看着你，把灰洒在你身畔。
请看呀，我这心里藏着的悲哀——
偌大的一堆悲哀！你再看呀，爱，
再看火星在灰堆里奄奄的烁闪。
假如你肯踩它几脚，踩熄了火焰，
倒也罢了。可惜你不肯那般爽快，
偏要等在我身边，等一阵狂风，
把死灰又吹活……我真为你担忧，
爱呀，那头上的桂冠原不中用，
它不能给你做什么的保障。回头

死灰又烧着了，小心火焰一迸，
烧焦了头发。快走远些呀！走。

六

走远些。可是我心里觉着，从今
我永远要在你的身影里纠缠。
从今我徘徊在我的生命的门前，
再不能一人私自的驱使我的灵魂，
也不能再把这手往日光里伸，
像从前那样，觉不到你的指尖，
碰上我的掌心。劫运教万重云山
阻隔了我们，却不知道你的心，
还躲在我心里跳成双响的脉息。
酒浆总尝得出葡萄的滋味，
我的起居和梦寐里也少不了你。
我为自身祈祷着上帝的慈悲，
他听见的姓名那个却是你的，
他在我眼眶里看出俩人的眼泪。

七

我想全世界的面目已经改变，

自从我听见你那灵魂的步履
经过我的身边，悄悄的走去，
通过了我和幽冥的边塞之间。
我跌进那幽冥的绝壑，心里盘算，
定是没救了，谁知道却是过虑，……
爱把我一手捞起，还教了我一曲
生命的新歌。上帝赐我一盏辛酸，
本是给我施洗的，我情愿喝一口，
赞扬它的芬芳，因为你在我身旁。
你足迹所到，无论生前或死后，
诸天和百国的名号却要更张，
这一阕歌，一枝笛，恩情这样厚，
也只因你的名字在那里铿锵。

八

你那样的慷慨，又那样的豪华，
你把你灵府的宝藏全带了来，
尽量的给带了来，堆在我墙外，
任凭我拾起来也罢，丢掉也罢。
但是我有什么能送你呢？你说，
我冷淡？责我寡恩？——你那样慷慨，

我却没有一些酬答？你别见怪，
我并不是寡恩——天知道，你问他——
我实在是穷得很。缤纷的泪雨，
洗毁了我生命中的颜色，并且
留下的这东西，又灰白，又枯瘪，
实在不该送来给你，我不敢渎亵，
不敢送来作你的枕头。走远些，去！
这东西只配给人们踩一个瘪！

九

我应不应有什么，就送什么给你？
应不应让你坐下，靠着我的胸怀，
让我那样的咸泪洒上你的脸腮，
还让你听流年又在我唇边太息？
并且那嘴唇为了忙着歔叹，所以
听凭你怎样的给我赌誓，爱，
那奄奄垂毙的微笑总救不回来。
我只怕，爱，那样待你，是不应当的！
我们不同流亚，怎好配作情耦？
我承认，我也抱歉，我这样的施主
未免太寒伧。嗳呀！我不能够，不能够

叫我的尘土污秽了你的章服，
不能吹出毒气，炸了你那玻璃瓯，
我不给什么：我只爱你，便足了数。

十

不过只要是爱，是爱，就够你赞美，
值得你容受。你知道，爱便是火，
火总是光明的，不问是焚着楼阁：
还是荆榛；你烧着松柏，烧着芦苇，
火焰里总跳得出同样的光辉。
所以每回灵府的要求吩咐我说：
“我爱你，我爱你。”便在那顷刻，
我就会变成不坏的金身，并且会
觉得我脸上的灵光射到你脸上。
讲到爱，本说不上什么寒伧来；
最渺末的生灵献爱给上帝，你想，
上帝受了他的爱，还赐给他爱。
我心灵的光，闪过我丑陋的皮囊，
爱的意匠便改缮了造物的心裁。

山　花

郝士曼写完他的第一部诗集时，准备告一段落（他的第二部——即最末一部集子是二十六年以后才出世的），因此在诗集后，缀上这一首跋尾式的诗，表明他对于自己的作品的估价。他这谦虚的态度适足以显着他的伟大。原诗没有题目，这里用的，是译者擅自加上的。

我割下了几束山花，
我把它带进了市场，
悄悄的又给带回家；
论颜色本不算漂亮。

因此我就到处种播，
让同调的人去寻求，
当那花下埋着的我
是一具无名的尸首。

有的种子喂了野鸟，
有的让风霜给摧残，
但总有几朵会碰巧
开起来像稀星一般。

年年野外总有得开，
春来了，不幸的人们
也不愁没有得花戴，
虽则我早已是古人。

冬夜评论

一

他们喊道:“诗坛空气太沉寂了!”于是《冬夜》《草儿》《湖畔》《蕙的风》《雪朝》继踵而出;深寂的空气果然变热闹了。唉!他们终于是凑热闹啊!热闹是个最易传染的症,所以这时难得是坐在一边,虚心下气地就正于理智的权衡;纵能这样,也未见得受人欢迎,但是——

慷慨的批评家扇着诗人的火,
并且教导世界凭着理智去景仰。

所以越求创作发达,越要扼重批评。尤其在今日,我很怀疑诗神所踏入的不是一条迷途,所以不忍不厉颜正色,唤他赶早回头。这条迷途便是那畸形的滥觞的民众艺术。鼓吹这个东西的,不止一天了;只到现在滥觞的效果明显实现,才露出他的马脚来了。拿他自己的失败的效果作赃证，来攻击论调的罪状，既可帮助醒豁群众底了解，又可省却些批评家的口舌。早些儿讲是枉费精力，晚些了呢，又恐怕来不及了；只有今天恰是时候。

我本想将当代诗坛中已出集的诸作家都加以精慎的批评，但以时间的关系只能成此一章。先评《冬夜》，虽是偶然拣定，但以《冬夜》代表现时的作风，也不算冤枉他。评的是《冬夜》，实亦可三隅反。

撼树蚍蜉自觉狂，
书生技痒爱论量。（元好问）

《冬夜》作者自己说第一辑“大都是些幼稚的作品”，“第二辑的作风似太烦碎而枯燥了，且不免有些晦涩之处。”照我看来，这两辑未见得比后两辑坏得了多少，或许还要强一点。第一辑里《春水船》《芦》，第二辑里《绍兴西郭门头的半夜》《潮歌》同《无名的哀诗》都是《冬夜》里出色的作品。当然依作者自己的主张——所谓诗的进化的还原论者——讲起来，《打铁》《一勺水啊》等首，要算他最得意的了；若让我就诗论诗，我总觉得第四辑里没有诗，第三辑里倒有些上等作品，如《黄鹄》《小劫》《孤山听雨》同《凄然》。

二

《冬夜》给我最深刻的印象是他的音节。关于这点，当代诸作家，没有能同俞君比的。这也是俞君对新诗的一个贡献。凝炼，绵密，婉细是他的音节特色。这种艺术本是从旧诗和词曲里蜕化出来的。词曲的音节当然不是自然的音节；一属人工，一属天然，二者是迥乎不同的。一切的艺术应以自然作原料，而参以人工，一以修饰自然的粗率，二以渗渍人性，使之更接近于吾人，然后易于把捉而契合之。诗——诗的音节亦不外此例。一切的用国语作的诗，都得着相当的原料了。但不是一切的语体都具有人工的修饰。别的作家间有少数修饰的产品，但那是非常的事。俞君集子里几乎没有一首音节不修饰的诗，不过有的太嫌音节过火些。（或许这“修饰”两字用得有些犯毛病。我应该说“艺术化”，因为要“艺术化”才能产出艺术，一存心“修饰”，恐怕没有不流于“过火”之弊的。）

胡适之先生自序再版《尝试集》，因为他的诗中词曲的音节进而为纯粹的“自由诗”的音节，很自鸣得意。其实这是很可笑的事。旧词曲的音节并不全是词曲自身的音节，音节之可能性寓于一种方言中，有一种方言，自有一种“天赋的”（inherent）音节。声与音的本体是文字里内含的质素；这个质素发之于诗歌的艺术，则为节奏，平仄，韵，双声，叠韵等表象。寻常的言语差不多没有表现这种潜伏的可能性底力量，厚载情感的语言才有这种力量。诗是被热烈的情感蒸发了的水气之凝结，所以能将这种潜伏的美十足的充分的表现出来。所谓“自然音节”最多不过是散文的音节。散文的音节当然没有诗的音节那样完美。俞君能镕铸词曲的音节于其诗中，这是一件极合艺术原则的事，也是一件极自然的事，用的是中国的文字，作的是诗，并且存心要作好诗，声调铿锵的诗，怎能不收那样的成效呢？我们若根本地不承认带词曲气味的音节为美，我们只有两条路可走；甘心作坏诗——没有音节的诗，或用别国的文字作诗。

但是前面讲到旧词曲的音节，并不“全”是词曲自身的音节。然则有一部分是词曲自身的音节吗？是的，有一小部分。旧词曲所用的是“死文字”。（却也不全是的，词曲文字已渐趋语体了。）如今这种“死文字”中有些语助辞应该屏弃不用，有些文法也该屏弃不用。这两部分删去，于我们文字底声律（prosody）上当然有些影响；但这种影响并不能及于词曲音节的全部。所以我们不好说因为其中有些语助辞同文法不当存在，词曲的音节便当完全推翻。总括一句，词曲的音节在新诗的国境里并不全体是违禁物，不过要经过一番查验拣择罢了。

现在只要看在《冬夜》里这种查验拣择的手段做到家了没有。朱序里说道：“后来便就他们的腔调去短取长，重以己意镕铸一番，便成了他自己的独特音律。”我倒有些怀疑这句话呢！像这样的句子——

看云生远山，
听雨来远天，
既然孤冷，因甚风颠？
仰头相问，你不会言！

皺面开纹，活活水流不住。

径直是生吞活剥了，那里见出得“镕铸”的工夫来呢？《忆游杂诗》几乎都是小令词。现在信手摘几段作例——

白象鼻，青狮头，
上垂袅袅青丝萝；
大鱼潭底游。

到夕阳楼上；
慢步上平冈，山头满夕阳。

野花染出紫春罗，
城郭江河都在画图；
霎眼千山云白了，
如何？如何？

瓜州一绿如裙带，
山色苍苍江色黄，
为什么金山躲了水中央。

这些不过是几个极端的例子；还有那似镕半镕，半生不熟的篇什，不胜枚举了。《归路》,《仅有的伴侣》可以作他们的代表。至于《冬夜》的音节好的一方面，朱序里论“精炼的词句和音律”一节内，已讲得很够了。除要我订正而已经在上面订正了的一点以外，我还要标出《凄然》一首，为全集最佳的音节的举隅。不滑，不涩，恰到好处，兼有自然与艺术之美的音节，再没有能超过这一首的了。

上面所讲的这一大堆话，才笼统的说明了一件事——《冬夜》与词曲的音节之关系。在词曲的音节之背地到底有些什么相互的因果的关系同影响，——这些都是我要在下面详细的讨论的。

像《冬夜》里词曲音节的成分这样多，是他的优点，也便是他的劣点。优点是他音节上的赢获，劣点是他意境上的亏损。因为太拘泥于词曲的音节，便不得不承认词曲的音节之两大条件：中国式的词调及中国式的意象。中国的意象是怎样的粗率简单，或是怎样的不敷新文学的用，傅斯年君底《怎样作白话文》里已讲得很透彻了(《新潮》一卷二号)。我们知道那些，便容易了解《冬夜》该吃了多大一个亏。如今我们先论词调。傅君所说“横里伸张”，真当移作《冬夜》里一般作品的写照。让我从《仅有的伴侣》里抽一节出来作证——

可东可西，飞底踪迹；
没晓没晚，滚的间歇；

无远无近，推底了结；

呆瞧人家忙忙碌碌。

可只瞧忙碌！

不晓“为什么？为什么？”

飞——飞他底；

滚——滚他底；

推——推他们底。

有从来，有处去，

来去有个所以。

尽飞，尽滚，尽推；

自有飞不去，滚不到，推不动的时候。

伙伴散了——分头，

他们悠悠，

我何啾啾！

况——踪迹，间歇，了结，

是他们，是我底，

怎生分别。

我不知这十九行里到底讲了些什么话。只听见“推推”“滚滚”，啰唆了半天，故求曲折，其实还是其直如矢，其平如砥。但是不把他同好的例来比照，还不容易觉得他的浅薄。

我们再看下面郭沫若君底两行字里包括了多少意思——

“云衣灿烂的夕阳

照过街坊上的屋顶来笑向着我。”(《无烟煤》)

我们还要记着《冬夜》里不只《仅有的伴侣》一首有这种松浅平泛的风格，且是全集有什之六七是这样的。我们试想想看：读起来那是怎样的令人生厌啊！固然我们得承认，这种风格有时用的得当，可以变得极绵密极委婉，如本集中《无名的哀诗》便是，但是到“言之无物”时，便成魔道了。

以上是讲他的章底构造。次论句底构造。《冬夜》里的句法简单，只看他们的长度就可证明。一个主词，一个谓词，结连上几个“用言”或竟一个也没有——凑起多不过十几个字。少才两个字的也有。例如：《起来》《别后底初夜》《最后的洪炉》《客》《夜月》等等，不计其数。像《女神》这种曲折精密层出不穷的欧化的句法，那里是《冬夜》梦想得到的啊！——

啊！我与其学做个泪珠的鲛人

返向那沉黑的海底流泪偷生，

宁在这缥缈的银辉之中，

就好像那个坠落了的星辰，

曳着带幻灭的美光，

向着“无穷”长殒。(《密桑索罗普之夜歌》)

傅斯年君讲中国词调的粗率是“中国人思想简单的表现”。我可不知道是先有简单的思想然后表现成《冬夜》这样的粗率的词调呢？还是因为太执着于词曲的音节——一种限于粗率的词调的音节——就是有了繁密的思想也无从表现得圆满。我想末一种揣度是对些。或说两说都不对。根据作者的“诗的进化的还原论”底原则，这种限于粗率的词调底词曲的音节，或如朱自清所云“易为我们领解，采用”，所以就更近于平民的精神；因为这样，作者或许就宁肯牺牲其繁密的思想而不予以自由的表现，以玉成其作品底平民的风格吧！只是得了平民的精神，而失了诗的艺术，恐怕有些得不偿失哟！

现今诗人除了极少数的——郭沫若君同几位“豹隐”的诗人梁实秋君等——以外，都有一种极沉痼的通病，那就是弱于或竟完全缺乏幻想力，因此他们诗中很少浓丽繁密而且具体的意象。关于幻想的本身，在后面我还要另论。这里我只将他影响或受影响于词曲的音节者讲一讲。音节繁促则词句必短简，词句短简则无以载浓丽繁密而且具体的意象。——这便是在词曲底音节之势力范围里，意象之所以不能发展底的根由。词句短简，便不能不只将一个意思的模样略略的勾勒一下，至于那些枝枝叶叶的装饰同雕镂，都得牺牲了。因为这样，《冬夜》所呈于我们的心眼之前的图画不是些——

疏疏的星，

疏疏的树林，

疏疏外，疏疏的灯。

同——

几笔淡淡的老树影

便是些——

在迷迷蒙蒙里。

离开，依依接着，

才来翩翩忽去。

同——

乱丝一球的蓬蓬松松着的东西。

换言之，他所遗的印象是没有廓线的，或只有廓线的，假使《冬夜》有香有色，他的

香只悠悠着，

色只渺渺着。

试拿一本词或曲来看看，我们所得的印象，大体也同这差不多，不过那些古人底艺术比我们高些，就绘出那——

一春梦雨常飘瓦，
尽日灵风不满旗。

的仙境，

一个绮丽的蓬莱的世界，
被一层银色的梦轻轻锁着在

但是我总觉得作者若能摆脱词曲的记忆，跨在幻想的狂恣的翅膀上遨游，然后大着胆引嗓高歌，他一定能拈得更加开扩的艺术。

西诗中有一种长的复杂的 Homeric simile. 在中国旧诗里找不出的；因为他们的篇幅，同音节的关系，更难梦见。这种写法是大模范的叙事诗（epic）中用以减煞叙事的单调之感效的技俩。中国旧文学里找不出这种例子，也正是中国没有真正的叙事诗的结果。假若新诗底责任中含有取人的长处以补己的短之一义，这种地方不应该不特加注意。

三

我们若再将《冬夜》底音节分析下去，还可发现些更为《冬夜》之累的更抽象更琐碎的特质，他们依然是跟着词曲底音节一块走的些质素。

破碎是他的一个明显的特质，零零碎碎杂杂拉拉，像裂了缝的破衣裳，又像脱了榫的烂器具，——看啊！——

一所村庄我们远远望到了。
“我很认得！
那小河，那些店铺，
我实在认得！”
“什么名儿呢？”
“我知道呢！”

“既叫不出如何认得？”
“也不妨认得，
认得了却依然叫不出。”
“你不怕人家笑话你？”
“笑什么！要笑便笑你！”
走着，笑着。
我们已到了！（七五页）

再看——

仔细的瞅去，再想去，
可瞅够了？可想够了？
可来了吗？……什么？
想想！……又什么？（一四八页）

《冬夜》里多半的作品，不独意思散漫，造句破碎，而且标点也用的过度的多；所以结果便越加现着像——

零零落落的各三两堆，
………………
碎瓦片，小石头，
都精赤的露着。（一二六页）

标点当然是新文学底一个新工具——很宝贵的工具。但是小孩子从来没使过刀子，忽然给了他一把，裁纸也是他，削水果也是他，雕桌面也是他，砍了指头也是他。可怜没有一种工具不被滥用的，更没有一种锐利的工具不被滥用以致招祸的！《冬夜》里用标点用得好的作品固有，但是这几处竟是小孩子拿着刀子砍指头了——

一切啊，……

牲口，车子，——走。（一四七页）

同

一阵麻雀子（？）惊起了。（一〇七页）

你！

你！！……（一八一页）

同

“我忍不得了，

实在眷恋那人世的花。”

………………

“然则——你去吧！”（一九五页）

我总觉得一个作者若常靠标点去表示他的情感或概念，他定缺少一点力量——“笔力”。当然在上面最末的两个例里，作者用双惊叹号（！！）同删节号（……）所要表现的意义是比寻常的有些不同。在别的地方，哭就说哭，笑就说笑，痛苦激昂就说痛苦激昂；但在这里的，似乎是一种逸于感觉底疆域之外的——

Thoughts hardly to be packed.

Into a narrow act.

Fancies that broke thro' language and escaped.

在一个艺术幼稚的作家，遇着这种境地，当然迫于不得已就玩一点滑头用几个符号去混过他，但是一个

龙文百斛鼎，笔力可独扛

底健将，偏认这些险隘的关头为摆弄他的神技最快意的地方。因为艺术，诚如白尔（Clive Bell）所云，是“一个观念底整体的实现，一个问题的全部的解决”。艺术家喜给自己难题作，如同数学家解决数学的问题，都是同自己为难以取乐。这种嗜好起源于他幼时的一种自虐本能（masochistic instinct，见莫德尔（Mordell）底《文学中爱的动机》）。在诗底艺术，我们所用以解决这个问题的工具是文字，好像在绘画中是油彩和帆布，在音乐是某种乐器一般。当然，在艺术的本体同他的现象——艺术品底中间，还有很深的永难填满的一个坑谷，换言之，任何种艺术的工具最多不过能表现艺术家当时底美感三昧（æsthetic ecstasy）之一半。这样看来，工具实是有碍于全体的艺术之物；正同肉体有碍于灵魂，因为灵魂是绝对地依赖着肉体，以为表现其自身底唯一的方便。

无端的被着这囚笼，

闷损了心头的快乐——

哇的一声要吐出来了，

终于脱不了皮肉的枷锁！

但是艺术的工具又同肉体一样，是个必须的祸孽；所以话又说回来了，若是没有他，艺术还无处寄托呢！

Spite of this flesh today.

I strove，made head，gained ground upon the whole.

文字之于诗也正是这样，诗人应该感谢文字，因为文字作了他的“用力的焦点”，他的职务（也是他的权利）是依然用白尔的话“征服一种工具的困难”——这种工具就是文字。所以真正的诗家正如韩信囊沙背水，邓艾缒兵入蜀，偏要从险处见奇。下面是克慈（Keats）

Obstinate，Silence came heavily again，

Feeling about for its old Couch of Space，

And airy Cradle.

在这个场合，给《冬夜》底作者恐怕又是一行“……”就完了。临阵

脱逃的怯懦者哟!

另一特质是啰唆。本是个很简单的意思，要反复地尽要半天；故作风态，反得拙笨，强求深蕴，实露浅俗——这都由于“言之无物”，所以成为貌实神虚。《哭声》第二节正是这样；但因篇幅太长，不便征引。现在引几个短的——

不信他，还信什么?

信了他，我还浮游着；

信他又为什么?（二八页）

这关着些什么?

且正远着呢!

是的，原不关些什么!（五九页）

………………

错是错了，

不解只是不解了!

不解所以错了，

不解就是错了；

这或然是啊。

我错了!

我将终于不解了!（二二三页）

还有一首《愿你》同《尝试集》里的《应该》是一个模子里铸出来的，不过徒弟比师父还要变本加厉罢了——

愿你不再爱我，
愿你学着自爱吧。
自爱方是爱我了，
自爱更胜于爱我了！

我愿去躲着你
碎了我的心，
但却不愿意你心为我碎啊！
好不宽恕的我，
你能宽恕我吗？
我可以请求你底宽恕吗？

你心里如有我，
你心里如有我心里的你；
不应把我怎样待你的心待我，
应把我愿意你怎样待我的心去待我。

作者或许以这堆“俏皮话”很能表现情人的衷曲；其实是东施效颦一样，扭腰瘪嘴地故作媚妩，只是令人作呕吧了！新诗的先锋者啊！“始作俑者，其无后乎！”

又有一个特质是重复。这也可说是从啰唆旁出的一种毛病，他在《冬夜》里是再普遍没有了。篇幅只许我稍举一两个例——

虽怪可思的，也怪可爱的；
但在那里呢？
但在那里呢？（二二七页）

这算什么，成个什么呢！
唉！已前的，已前的幻梦，
都该抛弃，都该抛弃。（一七页）

这是句的重复，还有字的重复，更多极了。什么“来来往往”“迷迷蒙蒙”“慢慢慢慢的”“远远远远地”，——这类的字样散满全集。还有这样一类的句子——

看丝丝缕缕层层叠叠浪纹如织，（三页）
推推挤挤往往行行，越去越远。（二三页）
唠唠叨叨，颠颠倒倒的咕噜着。（一七八页）
随随便便歪歪斜斜积着，铺着，岂不更好！（一五八页）

叠句叠字法一经滥用到这样，他的结果是单调。

关于《冬夜》的音节，我已经讲得很多了，太多了。诗的真精神其实不在音节上。音节究属外在的质素，外在的质素是具质成形的，所以有分析，比量的余地，偏是可以分析比量的东西，是最不值得分析比量的。幻想，情感——诗的其余的两个更重要的质素——最有分析比量的价值的两部分，倒不容分析比量了；因为他们是不可思议同佛法一般的。最多我们只可定夺他底成分底有无，最多许可揣测他的度量的多少；其余的便很难像前面论音节论的那样详殚了。但是可惜得很，正因他们这样的玄秘性，他们遂被一般徒具肉眼——或竟是瞎眼的诗人——诗的罪人——所忽视，他们偿了玄秘性的代价。不幸的诗神啊！他们争道替你解放，“把从前一切束缚‘你的’自由的枷锁镣铐……打破”；谁知在打破枷锁镣铐时，他们竟连你的灵魂也一齐打破了呢！不论有意无意，他们总是罪大恶极啊！

四

在这里我们没有工夫讨论情感同幻想为什么那样重要。天经地义的道理底本身光明正大有什么可笑的呢？不过正因为他们是天经地义，人人应该已经习知，谁若还来讲他，足见他缺乏常识，所以可笑了。我们现在要研究的是《冬夜》里这两种成分到底有多少。先讲幻象。

幻象在中国文学里素来似乎很薄弱。新文学——新诗里尤其缺乏这种质素，所以读起来总是淡而寡味，而且有时野俗得不堪。

《草儿》《冬夜》两诗集同有此病；今来查验《冬夜》。先从小的地方起，我们来看《冬夜》的用字何如。前面我已指出叠字法的例子很多；在那里从音节的一方面看来，滥用叠字便是重复，其结果便是单调的感效。在这里从幻想一方面看来，滥用叠字的罪过更大——就是幻想自身的亏缺。魏莱（Arthur Waley）讲中国文里形容词没有西文里用得精密；如形容天则曰“青天”“蓝天”“云天”，但从没有称为“凯旋”（triumphant）或“鞭于恐怖”（terror scourged）者，这种批评《冬夜》也难脱逃。他那所用的字眼——形容词状词——差不多还是旧文库里的那一套老存蓄。在这堆旧字眼里，叠字法究居大半：如“高山正苍苍，大野正茫茫”“新鬼们呦呦的叫，故鬼们啾啾的哭”“风来草拜声萧萧”“华表巍巍没字碑”，等等，不计其数。这种空空疏疏模模糊糊的描写法使读者丝毫得不着一点具体的印象，当然是弱于幻想力的结果。斯宾塞同拉拔克（Lubbock）两人都讲重复的原则——即节奏——帮助造成了很“原始的”字。拉拔克并发现原始民族的文字中每一千字有三十八至一百七十字是叠音字，但欧洲底文字中每千字只有两字是的。这个统计正好证明欧洲文字的进化不复依赖重叠抽象的声音去表示他们的意象，但他们的幻想之力能使他们以具体的意象自缀成字。中国文字里叠音字也极多，这正是他的缺点。新诗应该急起担负改良的责任。

《冬夜》里用字既已如上述，幻想之空疏庸俗，大体上也可想而知了。全集除极少数外稍微有些淡薄的幻想的点缀，其余的恰好用作者自己的话表明——

这间看看空着，

那间看看还是空着，

………………

怎样的空虚无聊！（一〇八页）

最有趣的一个例是《送缉斋》的第三四行——

行客们磨蚁般打旋，

等候着什么似的。（五〇页）

用打旋的磨蚁比月台上等车的熙熙攘攘的行客们，真是再妙没有了。但是底下连着一句“等候着什么似的”，那“什么”到底是什么呢，就想不出了。两截互相比照可以量出作者的“笔力”之所能到同所不能到之处了。《冬夜》里见“笔力”——富于幻想的作品也有些。写景的如《春水船》里胡适教授所赏的一段，不必再引了。《绍兴西郭门头的半夜》底头几行径直是一截活动影片了——

乌篷推起，我踞在船头上。

三里——五里——

如画的女墙傍在眼前；

臃肿的山，那瘦怯的塔，

也悄悄的各自移动。（四六页）

同首末节里描写铁炉的一段也就惟妙惟肖了——

风炉抽动，蓬蓬地涌起一股火柱，
上下眩耀着四围。
酱赭的皮肉，蓝紫的筋和脉，
都在血黄色的芒角下赤裸裸地。
流铁红满了勺子，猛然间泻出；
银电的一溜，花筒也似的喷溅。
眩人底光呀！劳人底工呀！（四八页）

还有《在路上的恐怖》中的这一段，也写得历历如画——

一盏黄蜡般的油灯，
射那灰尘扑落的方方格子。
她灯前做着活计，
红皴皴的脸映着侧面来的火光，
手很应节的来往。（六三页）

有一处用笔较为轻淡，而其成效则可与《草儿》中写景最佳处抗衡——

落日恋着树梢，
羊缚在树边低着头颈吃草，
墩傍的人家赶那晚晴晾衣。（一〇九页）

其余的意象很好颇有征引的价值者，便是下面这些了——

………………
也暂时温暖起“儿时”底滋味，
依稀酒样的酽，睡样的甜。（一一一页）

或者像小孩子底手，
把和生命一起来的铁链，
像粉条扯得寸断了，
抹一抹尊者的金脸。（一一六页）

锄头亲遍地母嘴，
刀头喝饱人间血！（一九八页）

有人煨灶猫般的蜷着，
听风雨的眠歌儿，
催他迷迷胡胡向着一处。（六二页）

上列的四个例在《冬夜》里都算特出的佳句；但是比起冰心女士底——

听声声算命的锣儿，
敲破世人的命运。

或郭沫若君底——

弯弯的海岸，好像 Cupid 的弓弩呀！
人的生命便是箭，正在海上放射呀！

便又差远了。这两位诗人的话，不独意象奇警，而且思想隽远耐人咀嚼。《冬夜》还有些写景写物的地方，能加以主观的渲染，所以显得生动得很，此即华茨活所谓“渗透物象底生命里去了”——

岸旁的丛草没消尽他们底绿意，
明知道是一年最晚的容光了，
垂垂的快蘸着小河底脸。

树迎着风，草迎着风；
他俩实在都老了，

尽是皮赖着。

不然——

晚秋也太憔悴啊！（七二页）

但这里的意思和《风底话》里颇有些雷同——

白云黏在天上，

一片一团的嵌着堆着。

小河对他，

也板起灰色脸皮不声不响。

枝儿枯了，叶儿黄了

但他俩忘不了一年来的情意，

愿厮守老丑的光阴，

安安稳稳的挨在一起。（二二页）

集中有最好的意象的句子，现在我差不多都举了。可惜这些在全集中只算是一个很微很微的分数。

恐怕《冬夜》所以缺少很有幻象的作品，是因为作者对于诗——艺术的根本观念底错误。作者的《诗的进化的还原论》内包括两个最紧要之点，民众化的艺术与为善的艺术。这篇文已经梁实秋君驳过了，我不必赘述。且限于篇幅也不能赘述。我现在只要将俞君底作品底缺憾指出来，并且证明这些缺憾确是作者底谬误的主张底必然的结果。《冬夜》自序里讲道："我只愿随随便便的活活泼泼的借当代的言语去表现出自我，在人类中间的我，为爱而活着的我。至于表现的……是诗不是诗，这都和我的本意无关，我以为如要顾念到这些问题，就可根本上无意做诗，且亦无所谓诗了。"俞君把做诗看作这样容易，这样随便，难怪他做不出好诗来。鸠伯（Joubert）讲："没有一个不能驰魂褫魄的东西能成为诗的，在一方面讲，Lyre是样有翅膀的乐器。"麦克孙姆（Hiram Maxim）讲："作诗永远是一个创造庄严底动作。"诗本来是个抬高的东西，俞君反拼命底把他往下拉，拉到打铁的抬轿的一般程度。我并不看轻打铁抬轿的底人格，但我确乎相信他们不是作好诗懂好诗的人。不独他们，便是科学家哲学家也同他们一样。诗是诗人作的，犹之乎铁是打铁的打的，轿是抬轿的抬的。惟其俞君要用打铁抬轿的身分眼光，依他们的程度去作诗，所以就闹出这一类的把戏来了——

怕疑心我是偷儿呢；
这也说不定有的。
但他们也太装幌子了！
老实说一句；
在您贵庙里
我透熟的了，
可偷的有什么？
神像，房子，那地皮！（一〇七页）

列车斗的寂然，
到那一站了？
我起来看看。
路灯上写着“泊头”，
我知道，到的是泊头。

过了多少站，
泊头底经过又非一次，
我怎么独关心今天底泊头呢？（二三四页）

“八毛钱一筐！”
卖梨者底呼声。
我渴极了，
却没有这八毛钱。

梨始终在筐子里，
现在也许还在筐子里，
但久已不关我了，
这是我这次过泊头，最遗恨的一件事。（二三五页）

照这样看来，难怪作者讲：“我严正声明我做的不是诗。”新诗假若还受人攻击，受人贱视，定归这类的作品负责。《冬夜》里还有些零碎的句子，径直是村夫市侩底口吻，实在令人不堪——

路边，小山似的起来，
是山吗？呸！
瓦砾堆满了的“高墩墩”。（一二六页）

枯骨头，华表巍巍没字碑，
招什么？招个——呸！（二〇一页）

去远了——
唅！回来罢！（一五五页）

来时拉纤，去时溜烟；（一〇九页）

同

就难免“蹩脚”样的拖泥带水。（一〇一页）

戴叔伦讲：“诗人之词如蓝田日暖，良玉生烟。”作诗该当怎样雍容冲雅，“温柔敦厚”！我真不知道俞君怎么相信这种叫嚣粗俗之气便可入诗！难道这就是所谓“民众化”者吗？

五

《冬夜》里情感底质素也不是十分地丰富。热度是有的，但还没到史狄芬生所谓“白热”者。集中最特出的一种情感是“人的热情”——对于人类的深挚的同情。《游皋亭山杂诗》第四首有一节很足以表现作者底胸怀——

在这相对微笑的一瞬，
早拴上一根割不断的带子。
一切含蓄着的意思，
如电的透过了，
如水的融和了。
不再说我是谁，
不再问谁是你，
只深深觉着有一种不可言，不可说的人间之感！（七七页）

集中表现最浓厚的“人间之感”的作品，当然是《无名的哀诗》——

酒糟的鼻子，酒糟的脸，
抬着你同样的人，喘吁吁的走；

只这“同样”两个字里含着多少的嫉愤，多少的悲哀！其次如《鹞

鹰吹醒了的》也自缠绵悱恻，感人至深。这首诗很有些像易卜生的《傀儡之家》

………………

哭够了，撇了跑。

不回头么，回头只说一句话：

“几时若找着了人间底爱，

我张开手搂你们俩啊！”（一四五页）

比比这个——

郝尔茂　但是我却相信他。告诉我？我们须变到怎样？——

挪拉　须变到那步田地，使我们同居的生活可以算得真正的夫妻。再见吧！

《哭声》比较前两首似乎差些。他着力处固是前两首所没有的——

说是白哟！

埋在灰烬下的又焦又黑。

让红眼睛的野狗来收拾，

刮刮地，衔了去，慢慢龈着吃，

咂着嘴舐那附骨的血，

啃不完的扔在瓦砾。（一三二页）

但总觉得有些过火，令人不敢复读。韩愈底《元和圣德诗》里写刘辟受刑底一段至因这样受苏辙的批评。我想苏辙的批评极是，因为“丑”在艺术上固有相当的地位，但艺术的神技应能使“‘恐怖’穿上‘美’底一切的精致，同时又不失其要质。”（Horror puts on all the daintiness of beauty，losing none of its essence.）

如同薛雷底——

Foodless Toads
Within voluptuous chambers panting crawled.

首节描写“高墩墩”上“披离着几十百根不青不黄的草”，将他比着“秃头上几簇稀稀刺刺的黄毛”也很妙。比比卜郎宁手技看——

Well now，look at our villa！ stuck like
　　The horn of a bull
Just on a mountain edge as bare
　　As the creature’s skull
Save a mere shag of a bush
　　With hardly a leave to pull！

倒是下面这几行写的极佳，可谓“哀而不伤”——

高墩墩被裹在“笑”底人间里，
一年底春风，一年底春草
长了，又绿了一片了！
辨不出血沁过的根苗枝叶。（一三三页）

这首诗还有一个弱点，——其实是《冬夜》全集的弱点——那就是拉的太长了。拉长了，纵有极热的情感，也要冷下去了，更怕在读者方面起了反响，渐生厌恶呢！这首诗里第二节从“颠狂似的……”以至“这诚然……”凡二十二行，实在可以完全删去。况且所拉长的地方都是些带哲学气味的教训，如最末的三行——

我们原不解超人间底“所以然”；
真感到的，
无非人间世底那些“不得不！”（一三六页）

像这种东西也是最容易减杀情感的。克慈讲：

All charms fly,
At the mere touch of philosophy.

近来新诗里寄怀赠别一类的作品太多。这确是旧文学遗传下来的恶习。文学本出于至性至情，也必要这样才好得来。寄怀赠别本也是出于朋友间离群索居的情感，但这类的作品在中国唐宋以后的文学界已经成了一种应酬底工具。甚至有时标题是首寄怀底诗，内容实在是一封家常细故的信。《东坡集》中最多这类作品。作诗到了这步田地，真是不可救药了。新文学界早就有了这种觉悟，但实际上讲来，我们中惯习底毒太深，这种毛病，犯的还是不少。我不知道《冬夜》的作者作他那几首送行的诗——《送金甫到纽约》《和你撒手》和《送缉斋》——是有真挚的离恨没有？倘若有了，这几首诗，确是没有表现出来。《屡梦孟真作此寄之》是有情感的根据，但因拉的太长，所以也不能动人。魏莱在他的《百七十首中国诗序》里比较中国诗同西洋诗中底情感，讲得很有意思。他说西洋诗人是个恋人，中国诗人是个朋友："他（中国诗人）只从朋友间找同情与智识的侣伴"，他同他的妻子的关系是物质的。我们历观古来诗人如苏武同李陵，李白同杜甫，白居易同元稹，皮日休同陆龟蒙等等底作品，实有这种情形。大概古人朋友的关系既是这样，我们当然允许他们什么寄怀赠别一类的作品，无妨多作，也自然会多作。他们已有那样的情感，又遇着那些生离死别的事，当然所发泄出的话没有不真挚的，没有不是好诗的。我很不相信杜甫底《梦李白》里这样的话，

水深波浪阔，无使蛟龙得！

是寻常的交情所能产出的。但是在现在我们这渐趋欧化的社会里，男女关系发达了，朋友间情感不会不减少的，所以我差不多要附和奈尔孙（William Allen Nelson）底意见，将朋友间的情感编入情操（sentiment）——第二等的情感——底范畴中。若照这样讲，朋友间的情感，以后在新诗中底地位，恐怕要降等了。《屡梦孟真作此寄之》中间的故事虽似同杜甫三夜频梦李白相仿佛，但这首诗同《梦李白》径直没有比例了。这虽因俞君的艺术不及杜甫，但根本上我恐怕两首诗所从发源的情感也大不相同吧！近来已出版的几部诗集里，这种作品似乎都不少（《草儿》里最多），而且除了康白情君底《送客黄浦》同郭沫若君底《新阳关三叠》之外，差不多都非好诗。所以我讲到这地方来，就不知不觉的说了这些闲话。

《冬夜》里其余的作品有咏花草的，如《菊》《芦》《腊梅和山茶》，有咏动物的，如《小伴》《黄鹄》《安静的绵羊》，有咏自然的，如《风底话》《潮歌》《风尘》《北京底又一个早春》等；有纪游的，如《冬夜之公园》《绍兴西郭门头的半夜》《如醉梦的踯躅》《孤山听雨》《游皋亭山杂诗》《忆游杂诗》《北归杂诗》，还有些不易分类的杂品。这些作品中有的带点很淡的情绪，有的比较浓一点；但都可包括在下面这几种类里，——讽刺，教训，哲理，玄想，博爱，感旧，怀古，思乡，还有一种可以叫做闲愁。这些情感加上前面所论的赠别寄怀，都是第二等的情感或情操。奈尔孙讲“情操”二字，“是用于较和柔的情感，同思想相连属的，由观念而发生的情感之上，以与热情比较为直接地倚赖于感觉的情感相对待。”又说“像友谊，爱家，爱国，爱人格，对于低等动物的仁慈的态度一类的情感，同别的寻常称为'人本的'(humanitarian)之情感……这些都属于情操。"我们方才编汇《冬夜》底作品所分各种类，实不外奈尔孙所述的这几件。而且我尤信作者底人本主义是一种经过了理智的程序底结果，因为人本主义是新思潮底一部分，而新思潮当然是理智的觉悟。既然人本主义这样充满《冬夜》，我们便可以判定《冬夜》里大部分的情感，是用理智底方法强迫的，所以是第二流的情感。

我们不妨再把《冬夜》分析分析，看他有多大一部分是映射着新思潮底势力的。《无名的哀诗》《打铁》《绍兴西郭门头的半夜》《在路上的恐怖》是颂劳工的；《他们又来了》《哭声》是刺军阀的，《打铁》也可归这类；《可笑》是讽社会的；《草里的石碑和赑屃》和《所见》是嫉政府的压制的；《破晓》《最后的洪炉》《歧路之前》是鼓励奋斗的；《小伴》是催促觉悟的；《挽歌》《游皋亭山杂诗》中一部分是提倡人道主义的；至于《不知足的我们》更是新文化运动里边一幕底实录。大概统计这类的作品，要占全集四分之一，其余还有些间接的带着新思潮的影响，不在此内。所以这样看来，《冬夜》在艺术界假若不算一个成功，至少他是一个时代的镜子，历史上的价值是不可磨灭的。

严格的讲来，只有男女间恋爱的情感，是最烈的情感，所以是最高最真的情感。《冬夜》里关于这种情感的作品也有；如《别后底初夜》《愿你》即是。《愿你》前面已讲过了，现在研究研究《别后的初夜》——

我迷离在梦儿间，
你长伴我在梦儿边。

虽初冬的夜长，
太快了，来朝底天亮！
他将消失我清宵的恋乡。

天匆匆的亮了，
你匆匆的远了，
方才真远了！

盼你来罢！
盼夜来罢！（二一三页）

将上面这一段试比梁实秋君的《梦后》，何如？——

“吾爱啊！
你怎又推荐那孤另的枕儿，
伴着我眠，偎着我底脸？”

醒后的悲哀啊！

梦里的甜蜜啊!

我怨雀儿
雀儿还在檐下蜷伏着呢!
他不能唤我醒——
他怎肯抛弃了他的甜梦呢?

"吾爱啊!
对这得而复失的馈礼
我将怎样的怨艾呢?
对这缥缈浓甜的记忆,
我将怎样的咀嚼哟!"

孤另的枕儿啊!
想着梦里的她,
舍不得不偎着你;
她的脸儿是我的花,
我把泪来浇你!

只这一相形之下,美丑高低,便了如指掌了,别的话何必多说?但是有一个地方我很怀疑,不知到底讲好还是不讲好。还是讲了吧!看下面这几行——

被窝暖暖地，

人儿远远地，

我怎不想起人儿远呢！（二一二页）

我的朋友们读过这首诗的，看到这几行没有不噗嗤笑了的。我想古来诗人恋者触物怀人，有因帐以起兴的，如曹武底“白玉帐寒鸳梦绝”；有因簟以起兴的，如李商隐的“欲拂尘时簟竟床”；也有因枕以起兴的，如李白底“为君留下相思枕”，就如前面梁君也讲到“枕儿”，大概这些品物都可以入诗，独有讲到“被窝”，总嫌有点欠雅。旧诗中这种例也有，如“愿言捧绣被，长就越人宿”“珠被玳瑁床，感郎情意深”“横波美目虽复来，罗被遥遥不相及”等等，正复不少。但终觉秽亵不堪设想。旧诗有词藻底遮饰同音节底调度，已能减少原意底真实性，但尚且这样的不堪，何况是用当代语言作的新诗，更是俞君这样写实的新诗呢！

总之，《冬夜》里所含的情感的质素，什之八九是第二流的情感。一两首有热情的根据的作品，又因幻象缺乏，不能超越真实性，以至流为劣等的作品；所以若是诗底价值是以其情感的质素定的，那么《冬夜》的价值也就可想而知了。我再引奈尔孙的话来作证：“从表现他们‘情操’最明显的诗看来，这些质素当然不算微琐，并且也许是最紧要的特质，但是从诗的大体上看来，他们可要算微琐的了，因为伟大的作品可以舍他们而存在。”

我们现在也不妨根据奈尔孙这句话前半底条件，来将《冬夜》里富于情操的作品，每首单独的讲讲。我恐怕在前面将《冬夜》抑之过甚；现在这样做，定能订正前面“一笔抹煞”底毛病。就一诗论一诗，《凄然》确乎是首完美的作品。作者序里讲：“岂非情缘境生，而境随情感耶？”惟其有境有情，所以就有好诗，正不必因“文人结习”而病之。

明艳的凤仙花，
喜欢开到荒凉的野寺；
那带路的姑娘，
又想染红她底指甲，
向花丛去掐了一握。
他俩只随随便便的，
似乎就此可以过去了；
但这如何能，在不可聊赖的情怀？（一七四页）

这种神妙的“兴趣”是“不以言诠”的！除《凄然》外，还有几首诗放在《冬夜》里太不像了；这便是《黄鹄》《小劫》同《归路》。这几首诗都有一种超自然的趣味，同集中最足代表作者的性格的作品如《打铁》《一勺水啊》等正相反——太相反了！径直是两个极端；一个在云外，一个在泥中。当然他们是从骚赋里脱胎出来的，但这种镕铸旧料的方法是没有害处的，假若俞君所主张的平民的风格，可以比拟华茨活底态度，这几首诗当可比之科立玑底态度了。（见 Lyrical Ballads 序中。）《黄鹄》似乎暗示于科立玑底《古舟子咏》中之神鸟，《归路》则暗示《忽必烈汗》（亦得之于梦中）。华茨活与科立玑只各尽一端以致胜，而俞君乃兼而有之；这又是我不能懂的一件怪事了。一面讲着那样鄙俗的话语，一面又唱出这样高超的调子来，难道作者有两个自我吗？啊！如何这样的矛盾啊！啊！叫我赞颂呢？还是叫我咀骂呢？诗人啊！明知道“看下方”会“撕碎吾身荷芰的芳香”，“为什么‘还’要低头”呢？

“凤凰翔于千仞兮，览德辉而下之！”

六

总括地讲几句作个收束。大体上看来，《冬夜》底长处在他的音节，他的许多弱点也可以推源而集中于他的音节。他的情感也不挚，因为太多教训理论——一言以蔽之，太忘不掉这人间世。但追究其根本错误，还是那“诗的进化的还原论”。俞君不是没有天才，也不是没有学力，虽于西洋文学似少精深的研究。但是他那谬误的主义一天不改掉，虽有天才学力，他的成功还是疑问。培根讲，诗“中有一点神圣的东西，因他以物之外象去将就灵之欲望，不是同理智和历史一样，屈灵于外物之下，这样，他便能抬高思想而使之以入神圣。”所以俞君！不作诗则已，要作诗决不能还死死地贴在平凡琐俗的境域里！

女神之时代精神

若讲新诗，郭沫若君的诗才配称新呢，不独艺术上他的作品与旧诗词相去最远，最要紧的是他的精神完全是时代的精神——二十世纪底时代的精神。有人讲文艺作品是时代底产儿。《女神》真不愧为时代底一个肖子。

（一）二十世纪是个动的世纪。这种的精神映射于《女神》中最为明显。《笔立山头展望》最是一个好例——

大都会底脉搏呀！
生底鼓动呀！
打着在，吹着在，叫着在……
喷着在，飞着在，跳着在……
四面的天郊烟幕蒙笼了！
我的心脏呀，快要跳出口来了！
哦哦，山岳底波涛，瓦屋底波涛，
涌着在，涌着在，涌着在，涌着在呀！

万籁共鸣的 symphony，

自然与人生的婚礼呀！

……………………

恐怕没有别的东西比火车底飞跑同轮船的鼓进（阅《新生》与《笔立山头展望》）再能叫出郭君心里那种压不平的活动之欲吧？再看这一段供招——

今天天气甚好，火车在青翠的田畴中急行，好像个勇猛沉毅的少年向着希望弥满的前途努力奋迈的一般。飞！飞！一切青翠的生命，灿烂的光波在我们眼前飞舞。飞！飞！飞！我的自己融化在这个旁礴雄浑的 rhythm 中去了！我同火车全体，大自然全体，完全合而为一了！我凭着车窗望着旋回飞舞着的自然，听着车轮鞺鞑的进行调，痛快！痛快！……（《与宗白华书》《三叶集》一三八页）

这种动的本能是近代文明一切的事业之母，他是近代文明之细胞核。郭沫若底这种特质使他根本上异于我国往古之诗人。比之陶潜之——

结庐在人境，而无车马喧。

一则极端之动，一则极端之静，静到——

心远地自偏，

隐遁遂成一个赘疣的手续了——于是白居易可以高唱着——

大隐隐朝市，

苏轼也可以笑那——

北山猿鹤漫移文了。

（二）二十世纪是个反抗的世纪。“自由”底伸张给了我们一个对待权威的利器，因此革命流血成了现代文明底一个特色了。《女神》中这种精神更了如指掌。只看《匪徒颂》里的一些——

一切……革命底匪徒们呀！
万岁！万岁！万岁！

那是何等激越的精神，直要骇得金脸的尊者在宝座上发抖了哦。《胜利的死》真是血与泪的结晶；拜轮，康沫尔底灵火又在我们的诗人底胸中烧着了！

你暗淡无光的月轮哟！我希望我们这阴莽莽的地球，在这一刹那间，早早同你一样冰化！

啊！这又是何等的疾愤！何等的悲哀！何等的沉痛！——

汪洋的大海正在唱着他悲壮的哀歌，

穹窿无际的青天已经哭红了他的脸面，

远远的西方，太阳沉没了！——

悲壮的死哟！金光灿烂的死哟！凯旋同等的死哟！胜利的死哟！

兼爱无私的死神！我感谢你哟！你把我敬爱无暨的马克斯威尼早早救了！

自由底战士，马克斯威尼，你表示出我们人类意志底权威如此伟大！

我感谢你呀！赞美你呀！“自由”从此不死了！

夜幕闭了后的月轮哟！何等光明呀！……

（三）《女神》底诗人本是一位医学专家。《女神》里富有科学底成分也是无足怪的。况且真艺术与真科学本是携手进行的呢。然而这里又可以见出《女神》里的近代精神了。略微举几个例——

你去，去寻那与我的振动数相同的人；

你去！去寻那与我的燃烧点相等的人。（《序诗》）

否，否。不然！是地球在自转，公转。(《金字塔》)

我是X光线底光，
我是全宇宙底energy底总量！(《天狗》)

我想我的前身
原本是有用的栋梁，
我活埋在地底多年，
到今朝才得重见天光。(《炉中煤》)

你暗淡无光的月轮哟！……早早同你一样冰化！(《胜利的死》)

至于这些句子像——

我要把我的声带唱破！(《梅花树下醉歌》)

我的一枝枝的神经纤维在身中战栗。(《夜步十里松原》)

还有散见于集中的许多人体上的名词如脑筋，脊髓，血液，呼吸，……更完完全全的是一个西洋的doctor底口吻了。上举各例还不过诗中所运用之科学知识，见于形式上的。至于那讴歌机械底地方更当发源于一种内在的科学精神。在我们的诗人底眼里，轮船的烟筒开着了黑色的牡丹是“近代文明底严母”，太阳是亚波罗坐的摩托车前的明灯；诗人底心同太阳是“一座公司底电灯”；云日更迭的掩映是同探海灯转着一样；火车底飞跑同于“勇猛沉毅的少年”之努力，在他眼里机械已不是一些无声的物具，是有意识有生机如同人神一样。机械底丑恶性已被忽略了；在幻象同感情底魔术之下他已穿上美丽的衣裳了呢。

这种技俩恐怕非一个以科学家兼诗人者不办。因为先要解透了科学，亲近了科学，跟他有了同情，然后才能驯服他于艺术底指挥之下。

（四）科学底发达使交通底器械将全世界人类底相互关系捆得更紧了。因有史以来世界之大同的色彩没有像今日这样鲜明的。郭沫若底《晨安》便是这种 cosmopolitanism 底证据了。《匪徒颂》也有同样的原质，但不是那样明显。即如《女神》全集中所用的方言也就有四种了。他所称引的民族，有黄人，有白人，还有“有火一样的心肠”的黑奴。他所运用的地名散满于亚美欧非四大洲。原来这种在西洋文学里不算什么。但同我们的新文学比起来，才见得是个稀少的原质，同我们的旧文学比起来更不用讲是破天荒了。啊！诗人不肯限于国界，却要做世界底一员了；他遂喊道——

晨安！梳人灵魂的晨风呀！

晨风呀！你请把我的声音传到四方去罢！（《晨安》）

（五）物质文明底结果便是绝望与消极。然而人类底灵魂究竟没有死，在这绝望与消极之中又时时忘不了一种挣扎抖擞底动作。二十世纪是个悲哀与兴奋底世纪。二十世纪是黑暗的世界，但这黑暗是先导黎明的黑暗。二十世纪是死的世界，但这死是预言更生的死。这样便是二十世纪，尤其是二十世纪底中国。

流不尽的眼泪，
洗不净的污浊，
浇不熄的情炎，
荡不去的羞辱。(《凤凰涅槃》)

不是这位诗人独有的，乃是有生之伦，尤其是青年们所同有的。但别处的青年虽一样地富有眼泪，污浊，情炎，羞辱，恐怕他们自己觉得并不十分真切。只有现在的中国青年——“五四”后之中国青年，他们的烦恼悲哀真像火一样烧着，潮一样涌着，他们觉得这“冷酷如铁”“黑暗如漆”“腥秽如血”的宇宙真一秒钟也羁留不得了。他们厌这世界，也厌他们自己。于是急躁者归于自杀，忍耐者力图革新。革新者又觉得意志总敌不住冲动，则抖擞起来，又跌倒下去了。但是他们太溺爱生活了，爱他的甜处，也爱他的辣处。他们决不肯脱逃，也不肯降服。他们的心里只塞满了叫不出的苦，喊不尽的哀。他们的心快塞破了，忽地一个人用海涛底音调，雷霆底声响替他们全盘唱出来了。这个人便是郭沫若，他所唱的就是《女神》。难怪个个中国青年读《女神》没有不椎膺顿足同《湘累》里的屈原同声叫道——

哦，好悲切的歌词！唱得我也流起泪来了。
流罢！流罢！我生命底泉水呀！你一流了出来，
好像把我全身底烈火都浇息了的一样。
……你这不可思议的内在的灵泉，你又把我苏活转来了！

啊！现代的青年是血与泪的青年，忏悔与奋兴的青年。《女神》是血与泪的诗，忏悔与奋兴的诗。田汉君在给《女神》之作者的信讲得对："与其说你有诗才，无宁说你有诗魂，因为你的诗首首都是你的血，你的泪，你的自叙传，你的忏悔录啊！"但是丹穴山上的香木不只焚毁了诗人底旧形体，并连现时一切的青年底形骸都毁掉了。凤凰底涅槃是一切青年底涅槃。凤凰不是唱道？——

我们更生了！
我们更生了！
一切的一，更生了！
一的一切，更生了！
我们便是"他"，他们便是我！
我中也有你，你中也有我！
我便是你，

你便是我！

奇怪得很，北社编的《新诗年选》偏取了《死的引诱》作《女神》的代表之一。他们非但不懂读诗，并且不会观人。《女神》底作者岂是那样软弱的消极者吗？

你去！去在我可爱的青年的兄弟姊妹胸中；
把他们的心弦拨动，
把他们的智光点燃罢！（《序诗》）

假若《女神》里尽是《死的引诱》一类的东西，恐怕兄弟姊妹底心弦都被他割断，智光都被他扑灭了呢！

原来蹈恶犯罪是人之常情。人不怕有罪恶，只怕有罪恶而甘于罪恶，那便终古沉沦于死亡之渊里了。人类的价值在能忏悔，能革新。世界底文化也不过由这一点发生的。忏悔是美德中最美的，他是一切的光明底源头，他是尺蠖的灵魂渴求展伸的表象。

唉！泥上的脚印！
你好像是我灵魂儿的象征！
你自陷了泥涂，
你自会受人蹂躏。
唉，我的灵魂！

你快登上山顶!(《登临》)

所以在这里我们的诗人不独喊出人人心中底热情来,而且喊出人人心中最神圣的一种热情呢!

原载《创造周报》第四号,一九二三年六月三日。

女神之地方色彩

现在的一般新诗人——新是作时髦解的新——似乎有一种欧化的狂癖，他们的创造中国新诗底鹄的，原来就是要把新诗作成完全的西文诗。（有位作者曾在《诗》里讲道，他所谓后期底作品“已与以前不同而和西洋诗相似”，他认为这是新诗底一步进程，……是件可喜的事。）《女神》不独形式十分欧化，而且精神也十分欧化的了。《女神》当然在一般人的眼光里要算新诗进化期中已臻成熟的作品了。

但是我从头到今，对于新诗的意义似乎有些不同。我总以为新诗径直是“新”的，不但新于中国固有的诗，而且新于西方固有的诗；换言之，它不要作纯粹的本地诗，但还要保存本地的色彩，它不要做纯粹的外洋诗，但又尽量的吸收外洋诗的长处；他要做中西艺术结婚后产生的宁馨儿。我以为诗同一切的艺术应是时代的经线，同地方纬线所编织成的一匹锦；因为艺术不管它是生活的批评也好，是生命的表现也好，总是从生命产生出来的，而生命又不过时间与空间两个东西底势力所遗下的脚印罢了。在寻常的方言中有“时代精神”同“地方色彩”两个名词，艺术家又常讲自创力(originality)，各作家有各作家的时代与地方，各团体有各团体的时代与地方，各不皆同；这样自创力自然有发生的可能了。我们的新诗人若时时不忘我们的“今时”同我们的“此地”，我们自会有了自创力，我们的作品自既不同于今日以前的旧艺术，又不同于中国以外的洋艺术。这个然后才是我们翘望默祷的新艺术了！

我们的旧诗大体上看来太没有时代精神的变化了，从唐朝起，我们的诗发育到成年时期了，以后便似乎不大肯长了，直到这回革命以前，诗底形式同精神还差不多是当初那个老模样。(词曲同诗相去实不甚远，现行的新诗却大不同了。)不独艺术为然，我们底文化底全体也是这样，好像吃了长生不老的金丹似的。新思潮底波动便是我们需求时代精神的觉悟。于是一变而矫枉过正，到了如今，一味的时髦是鹜，似乎又把“此地”两字忘到踪影不见了。现在的新诗中有的是“德谟克拉西”，有的是泰果尔，亚坡罗，有的是“心弦”“洗礼”等洋名词。但是，我们的中国在哪里？我们四千年的华胄在哪里？哪里是我们的大江，黄河，昆仑，泰山，洞庭，西子？又哪里是我们的《三百篇》《楚骚》，李，杜，苏，陆？《女神》关于这一点还不算罪大恶极，但多半的时候在他的抒情的诸作里并不强似别人。《女神》中所用的典故，西方的比中国的多多了，例如Apollo，Venus，Cupid，Bacchus，Prometheus，Hygeia，……是属于神话的；其余属于历史的更不胜枚举了。《女神》中底西洋的事物名词处处都是，数都不知从哪里数起。《凤凰涅槃》底凤凰是天方国底“菲尼克斯"，并非中华的凤凰。诗人观画观的是 Millet 底 Shepherdess，赞像赞的是 Beethoven 底像。他所羡慕的工人是炭坑里的工人，不是人力车夫。他听鸡声，不想着笛簧的律吕而想着 orchestra 底音乐。地球底自转公转，在他看来，"就好像一个跳着舞的女郎"，太阳又"同那月桂冠儿一样"。他的心思分驰时，他又"好像个受着磔刑的耶稣"。他又说他的胸中像个黑奴。当然，《女神》产生的时候，作者是在一个盲从欧化的日本，他的环境当然差不多是西洋环境，而且他读的书又是西洋的书；无怪他所见闻，所想念的都是西洋的东西。但我还以为这是一个非常的例子，差不多是个畸形的情况。若我在郭君底地位，我定要用一种非常的态度去应付，节制这种非常的情况。那便是我要时时刻刻想着我是个中国人，我要做新诗，但是中国的新诗，我并不要做个西洋人说中国话，也不要人们误会我的作品是翻译的西文诗；那么我著作时，庶不致这样随便了。郭君是个不相信"做"诗的人，我也不相信没有得着诗的灵感者就可以从揉炼字句中作出好诗来。但郭君这种过于欧化的毛病也许就是太不"做"诗的结果。选择是创造艺术的程序中最紧要的一层手续，自然的不都是美的；美不是现成的。其实没有选择便没有艺术，因为那样便无以鉴别美丑了。

《女神》还有一个最明显的缺憾，那便是诗中夹用可以不用的西洋文字了。《雪朝》《演奏会上》两首诗径直是中英合璧了，我们以为很多的英文字实没有用原文底必要。如 pantheism，rhythm，energy，disillusion，orchestra，pioneer 都不是完全不能翻译的，并且有的在本集中他处已经用过译文的。实在很多次数，他用原文，并非因为意义不能翻译的关系，乃因音节关系，例如——

我是全宇宙底 energy 底总量。

像这种地方的的确确是兴会到了，信口而出，到了那地方似乎为音节的圆满起见，一个单音是不够的，于是就以"恩勒结"（energy）三个音代"力"底一个音。无论作者有意地欧化诗体，或无意地失于检点，这总是有点讲不大过去的。这虽是小地方，但一个成熟的艺术家，自有余裕的精力顾到这里，以谋其作品之完美。所以我的批评也许不算过分吧？

我前面提到《女神》之薄于地方色彩底原因是在其作者所居的环境。但环境从来没有对于艺术产品之性质负过完全责任，因为单是环境不能产生艺术。所以我想日本底环境固应对《女神》的内容负一分责任，但此外定还有别的关系。这个关系我疑心或者就是《女神》之作者对于中国文化之隔膜。我们前篇已经看到《女神》怎样富于近代精神。近代精神——即西方文化——不幸得很，是同我国的文化根本背道而驰的；所以一个人醉心于前者定不能对于后者有十分的同情与了解。《女神》底作者，这样看来，定不是对于我国文化真能了解，深表同情者。我们看他回到上海，他只看见——

游闲的尸，淫嚣的肉，长的男袍，短的女袖，满目都是骷髅，满街都是灵柩，乱闯，乱走。

其实他哪知道“满目骷髅”“满街灵柩”的上海实在就是西方文化遗下的罪孽？受了西方底毒的上海其实又何异于受了西方底毒的东京，横滨，长崎，神户呢？不过这些日本都市受毒受的更彻底一点罢了。但是这一段闲话是节外生枝，我的本意是要指出《女神》底作者对于中国，只看见他的坏处，看不见他的好处。他并不是不爱中国，而他确是不爱中国的文化。我个人同《女神》底作者底态度不同之处是在：我爱中国固因他是我的祖国，而尤因他是有他那种可敬爱的文化的国家；《女神》之作者爱中国，只因他是他的祖国，因为是他的祖国，便有那种不能引他敬爱的文化，他还是爱他。爱祖国是情绪底事，爱文化是理智底事。一般所提倡的爱国专有情绪的爱就够了；所以没有理智的爱并不足以诟病一个爱国之士。但是我们现在讨论的另是一个问题，是理智上爱国之文化底问题。（或精辨之，这种不当称爱慕而当称鉴赏。）

爱国的情绪见于《女神》中的次数极多，比别人的集中都多些。《棠棣之花》《炉中煤》《晨安》《浴海》《黄浦江口》都可以作证。但是他鉴赏中国文化底地方少极了，而且不彻底，在《巨炮之教训》里他借托尔斯泰底口气说道——

我爱你是中国人。我爱你们中国的墨与老。

在《西湖纪游》里他又称赞——

那几个肃静的西人一心在校勘原稿。

但是既真爱老子为什么又要作“飞奔”“狂叫”“燃烧”的天狗呢？为什么又要吼着——

啊啊！不断的毁坏，不断的创造，不断的努力哟！（《立在地球边上放号》）

我崇拜创造的精神，崇拜力，崇拜血，崇拜心脏；我崇拜炸弹，崇拜悲哀，崇拜破坏；（《我是个偶像崇拜者》）

我要看你“自我”底爆裂开出血红的花来哟！（《新阳关三叠》）

我不知道他到底是个什么主张。但我只觉得他喊着创造，破坏，反抗，奋斗的声音，比——

倡道慈俭，不敢先底三宝

底声音大多了，所以我就决定他的精神还是西方的精神。再者他所歌讴的东方人物如屈原，聂政，聂嫈，都带几分西方人底色彩。他爱庄子是为他的泛神论，而非为他的全套的出世哲学。他所爱的老子恐怕只是托尔斯泰所爱的老子。墨子底学说本来很富于西方的成分，难怪他也不反对。

《女神》底作者既这样富于西方的激动底精神，他对于东方的恬静底美当然不大能领略，《密桑索罗普之夜歌》是个特别而且奇怪的例外。《西湖纪游》不过是自然美之鉴赏。这种鉴赏同鉴赏太宰府，十里松原底自然美，没有什么分别。

有人提倡什么世界文学。那么不顾地方色彩的文学就当有了托辞了吗？但这件事能不能是个问题，宜不宜又是个问题。将世界各民族底文学都归成一样的，恐怕文学要失去好多的美。一样颜色画不成一幅完全的画，因为色彩是绘画的一样要素。将各种文学并成一种，便等于将各种颜色合成一种黑色，画出一张 sketch 来。我不知道一幅彩画同一幅单色的 sketch 比，哪样美观些。西谚曰“变化是生活底香料”。真要建设一个好的世界文学，只有各国文学充分发展其地方色彩，同时又贯以一种共同的时代精神，然后并而观之，各种色料虽互相差异，却又互相调和，这便正符那条艺术底金科玉臬“变异中之一律”了。

以上我所批评《女神》之处，非特《女神》为然，当今诗坛之名将莫不皆然，只是程度各有深浅罢了。若求纠正这种毛病，我以为一桩，当恢复我们对于旧文学底信仰，因为我们不能开天辟地（事实与理论上是万不可能的），我们只能够并且应当在旧的基础上建设新的房屋。二桩，我们更应了解我们东方底文化。东方的文化是绝对的美的，是韵雅的。东方的文化而且又是人类所有的最彻底的文化。哦！我们不要被叫嚣犷野的西人吓倒了！

东方的魂哟！

雍容温厚的东方的魂哟！

不在檀香炉上袅袅的轻烟里了，

虔祷的人们还膜拜些什么？

东方的魂哟！

通灵洁彻的东方的魂哟！

不在幽篁的疏影里了，

虔祷的人们还供奉着些什么？（梁实秋）

原载《创造周报》第五号。

莪默伽亚谟之绝句

一 郭译订误

当今国内文学界所译西洋诗歌本来寥如晨星，而已译的又几乎全是些最流行的现代作品。当然没有人敢说西洋只有这些好诗或再没有更好的诗。不过泰果尔的散文诗，学过几年英文的，有本字典，谁都译得出来，所以几乎泰果尔底每一个字都搬运到中文里来了。至于西洋的第一流的古今名著，大点篇幅的，我只见过田汉君译的莎士比亚底 Hamlet，同郭沫若君这首莪默同一些歌德。胡适教授，苏曼殊大师都译过一点拜轮，但那都是些旧体的文字。此外纵已见过些零星的译品，然而它们不能遗我以深刻的印象，大概对于一般人也不会发生什么影响。总之西洋诗底真面目我们中国人可说还不曾认识。我们认识过的不过是些较为浅近较为时髦的玩艺儿罢了。“取法乎中仅得其下”，这种情势不用讲是当今诗坛上瓦缶雷鸣底最大原因之一。我读到郭译的莪默，如闻空谷之足音，故乐于与译者进而为更缜密的研究。

这一篇名诗很不容易翻译，其中有两种难处：第一，诗中文字本有艰深费解之处，然而这还不算什么，第二种难处却真难了，那便是要用中文从英文里译出波斯文底精神来呢。译者于此首先要对莪默负责；其次要对斐芝吉乐负责，[1]因为是斐氏底诗笔使这些Rubaiyat变为不朽的英文文学；再次译者当然要对自己负责……那便是他要有枝诗笔再使这篇诗籍转为中文文学了。

郭君步武斐氏意译底方法，很对。大体上他表现原义表现的很正确。不过下举各端，我经了仔细的考察，觉得确是解释原义底疏误，并非有意泛出原义，以图逐译之圆满：

（一）第十五首末二行原文是——

Alike to no such aureate Earth are turn'd
As, buried once, Men want dug up again.

这本是说前面所举的"节谷如金"同"挥金如土"的两种人身死以后，埋入黄泉，决没有人把他们当作金子似的又从土里挖起来。参看 Arthur B. Talbot, E. H. Whinfield, Richard le Gallienne 同 J. H. Mc Carthy 四家底译本。便更明了了。[2]译者误解 turn'd 为 returned 而以为 dug 底主词即上文之 Golden grain，于是译作——

死后人再掘出金山，
同一不归于己。

（二）第三十三首底后半原文曰——

Nor rolling heaven，with all his signs reveal'd
And hidden by the sleeve of Night and Morn.

此处 signs 乃 signs of zodiac，黄道之"宫"也。昼夜来往，黄道十二宫隐现不常，仿佛是被晨夕之衣袖障而复露，露而复障。郭君误解 signs 为印记，又把 reveal'd 字完全抹煞了，遂译成——

滚滚的太空，受了重重的封印
掩在晨夕的衣袂内也是不作声响。

我想本段当这样译才较为正确——

滚滚的太空也是不作声响，
他的"宫象"只被晨夕底衣袖更迭露障。

（三）第四十首末二行原文为——

Do you devoutly do the like，till Heaven
To earth invert you—like an empty Cup.

意谓请你痛饮，饮到醉而倒卧地上像一只欹侧的空杯。[3] J. H. McCarthy底散文译本作“For yon blue wheel may like a whirlwind at any moment dash you down.”则更明显了。郭君译作——

你也请举起杯来痛醉，

醉到天空覆地——如像空杯。

他竟把人倒误作天倒了。大概引起他的误会的是第七十二首之首行——

And that inverted bowl they call the sky.

我的私意倒觉得误会的意义比原义美得多，有诗味得多。如果译者愿师从斐芝吉乐多使用一点自由权，把他自己的意思保留着，我并不十分反对。

（四）第六十首第一行中之Allah-breathing当作Allah-worshipping解，[4]郭君把两字之间的连号看漏了，又把两字颠倒念了，遂解为breathing Allah而译成了“活的啊拉”。

第九十首底原文如下——

So While the vessels one by one were speaking,

The little Moon look'd in that all were seeking:
And then they jogg'd each other, "Brother! Brother!
Now for the Porter's shoulder-knot a-creaking!"

Ramazan(回教之九月)完了，斋期也过了，新月之出现是人人所渴望而欢迎的。因为到这时可以开斋饮酒了，故能听到脚夫从酒窖里搬运酒坛出来，肩饰被酒坛底重量压而出声。[5]新月出现，斋期已尽，又可以喝酒了——直截了当，这便是全首底意义，再明显也没有了。译者穿凿过深，费了九牛二虎之力，从新月底弯形同肩饰傅会到扁担，从扁担底声响傅会到酒坛，又从前首拉个"买"字来傅会出个"卖"字，说是"挑脚来担土瓶去卖"——这些周周折折，其实都用不着。况且近东民族及印度取水或其他液体，都用瓦坛载于头顶或负于肩上而行。扁担恐怕只中国底南方同日本(?)有。译者还有一个没闹清文法的结构底错误，更是难以赦宥——那便是第二句分明是

大家盼待的新月照了进来，

他却说是——

新月照了进来，大家便一齐翘首。

这岂非西谚所谓“车子放在马前头了”吗？这一句底原文本极清晰。我默还另有一诗同这一样的意义，我也不妨译来参较一下——

高兴些罢——愁闷的月份终要灭亡，
新生的月儿渐渐将给我们酬偿：
看啊！那龙钟饥饿的老月，
憔悴佝偻，已奄奄然垂毙于天上！[6]

（五）第九十五首原文有这样两行——

I wonder often what the vintners buy
One half so precious as the stuff they sell.

当译为——

我不懂酒家买的什么东西
能有他卖的物货一半珍贵。

郭译则曰——

我不解卖酒之家，
何故换去我高贵之物如此。

原文所谓 precious stuff 本指酒言，我默意谓酒家何以这样傻笨，把酒这样珍贵的东西都卖出去了，还有什么好东西买回来呢？译者以为 precious stuff 指上文底 Robe of Honour，意谓酒家换得这“荣名的衣裳”，占了一个大便宜；其实我默底意思是笑酒家吃了一个大亏呢！[7]

（六）第九十九首第一行末三字是 With Him conspire，译者误为 against Him conspire，遂译为“反畔‘他’”。我想这样译这一首——

爱哟！你我若能和“他”钩通好了，
将这全体不幸的世界攫到，
我们怕不要捣得他碎片纷纷，
好依着你我的心愿去再抟再造！

这一首便是《尝试集》里的《希望》。胡译虽过于自由，毫未依傍原文，然而精神尚在。

（七）第一百首也译走了好些。原文是——

You rising Moon that looks for us again—
How oft hereafter will she wax and wane;
How oft hereafter rising look for us
Through this same Garden—and for *one* in vain!

下面是郭译——

那儿方升的皓月又来窥人了——
月哟，你此后又将残缺去了；
你此后又来这花园寻人时，
恐怕我们之中一人也难寻到！

我拟订正末三行，重译之如此——

月哟，你此后又将圆缺几遭；
又几遭来这花园寻觅我们，
恐怕此中有一人再难寻到！

原文末句中之活体字 *one* 明是诗人自指，有第一版底原文作证——

How oft hereafter rising shall she look
Through this same Garden after me—in vain!

此处诗人寻找不到，故下首结尾才好讲——

And in your joyous errand reach the spot
Where I made One—turn down an empty Glass!

我在前边已经提到，凡是我觉得郭译本与原文词句不符而意旨未失之处，我都承认那正是所谓“意译”者，我概未列入上述的误解各例之中。现在我举第十九首作例，其原文曰——

I sometimes think that never blows so red
The Rose as where some buried Caesar bled;
That every Hyacinth the Garden wears
Dropt in her Lap from some once lovely Head.

严格地译起来或当如此——

我怕最红的红不过
生在帝王喋血处的蔷薇；
园中朵朵的玉簪儿怕是
从当年美人头上坠下来的。

郭君译作——

帝王流血处的蔷薇花
颜色怕更殷红；
花园中的玉簪儿

怕是植根在美女尸中。

这里的末行与原文尤其大相径庭，但我们不妨让它“通过”，因为这样的意译不但能保存原诗底要旨，而且词意更加醒豁，色彩更加浓丽，可说这一译把原诗译好了。

二 郭译总评

翻译底程序中有两个确划的步骤。第一是了解原文底意义，第二便是将这意义形之于第二种（即将要译到的）文字。在译诗时，这译成的还要是“诗”的文字，不是仅仅用平平淡淡的字句一五一十地将原意数清了就算够了。在上一章里我们已将郭译中之第一个步骤分析并且订正了。如今我们再将其第二步骤化验一番罢。

我觉得郭译在第二步骤比在第一步骤的成绩好些。原来第二步骤已从方言家之事变为诗人之事了。我们无怪乎郭君之成功于此，因为他自身本是一个诗人。第一步骤是件机械式的工作，第二步骤才是真正的艺术了。郭君若将那百零一首原诗再多读几遍，更有像我这样的好运气得到许多的参考书供其参证比验，我想如上述各误解之例郭君定能自己改正。但是我现在估定这件译品底价值是要以其第二步骤底成绩为标准的。郭君赢得我的钦佩是由于他的第二步骤里的成功；郭君又令我大失所望也是由于他的第二步骤里的失败，然而好在失败终不能掩没成功。

全诗有一大部分词句圆活，意旨鬯达，译者仿佛是用自己的喉舌唱着自己的歌儿似的。便拿开张发市的第一首诗来讲，那层叠的句法，复杂的修词，加以那种浓缛而荒怪的东方色彩（Oriental colour），可算全诗中最难翻译的一首了。然而译者把捉住了它的精神，很得法地淘汰了一些赘累的修词，而出之以十分醒豁的文字，铿锵的音乐，毫不费力地把本来最难译的一首诗译得最圆满，这下面便是他那神奇的工作——

醒呀！太阳驱散了群星，
暗夜从空中逃遁，
灿烂的金箭
射中了稣丹的高瓴。[8]

我读这首译诗时，可以想像译者最初开始工作，气充神旺，笔酣墨饱，就如同诗中这一轮初升的旭日，他的“金箭”一般的笔锋，摩天扫地，涂成了一幅灿烂的图画。但是可惜得很，译者又和太阳一样，灿烂的金光只能在他的行程发轫底顷刻放射；过了一会儿，便要渐渐变得平淡了；而且有时遇着几片乌云，不但不复能如初升时，用其魔术使之变成焕丽的彩霞，反而全无能力征服它们，至被它们践踏过去了，使人们感着一时的阴闭沉郁之失望底情绪。

第十二首是原诗中最有名的一首。郭君底翻译可以使他本人大胆地与斐芝吉乐相视而笑——

树荫下放着一卷诗章，
一瓶葡萄美酒，一点干粮，
有你在这荒原中傍我欢歌——
荒原呀，啊，便是天堂！

有时虽是绝对的直译，然而神工鬼斧，丝毫不现痕迹；例如二八，五五，八七，一零一诸首都有这种长处。

但是郭君每一动笔我们总可以看出一个粗心大意不修边幅的天才乱跳乱舞游戏于纸墨之间，一笔点成了明珠艳卉，随着一笔又洒出些马勃牛溲。我们若看下方各例，我们不能不埋怨他太不认真把事当事做了——

人所欲测的一切，
除酒而外我无所更深。（五六）
诅咒这禁断了的欢快为枷。（七八）
何故换去我高贵之物如此。（九五）

这样的例实不胜枚举。这些本是极忠实的翻译，但忠实到这地步便成笨拙了。又如三八，七七，七九诸首也是忠实的翻译，但那里只有翻译而没有诗。全篇还有一个通病，便是文言白话硬凑在一块，然而终竟油是油，水是水，总混合不拢。我不反对用文言来周济贫窘的白话，但是恐怕不好用郭君那样的笨法子罢？最奇怪的是他说五一，五二两首“只是一节是一种形而上学的理论；颇含嘲笑之意，故变调译之。”奇怪！奇怪！为什么思想蝉联数首可并作一首的，或属形而上学的，或含嘲笑之意的就该变调呢？况且诗中多少蝉联的思想，[9]多少形而上学的理论，多少嘲笑之意，为什么单独这两首该变调呢？总之像这样自我作古，未免太是英雄欺人了！

三　怎样读莪默？

在《创造》里发见了这篇莪默底诗，颓废派底罪名恐怕又加了一层印证。但是，译者不用讲并无颓废底嫌疑，这在他的“感想”里已说得清楚了；便是这篇诗底本身——莪默底原著兼斐芝吉乐底英译——底价值，读者须记取，是在其艺术而不在其哲学。（我并不是说他的哲学有毛病，其实我正与同情——无论如何，那另是一个问题，这里尚讲不到。）我们读《酒德颂》或《春夜宴桃李园序》时，几回不是陶醉于其文词之中，高吟朗诵，心悦神怡，而竟不知绝望之为何物呢？我们感觉悲观非无其时，但感觉悲观自有更切实，更具体的原因，决不自读他人之诗文而起。Mr. Duncan Phillips 讲：“我们每以色彩连属于韵语。实在我们从斐芝吉乐底莪默所得的愉快，其一大部分，不由于他的哲学，而由于他那感觉的魔术表现于精美的文字底音乐之中，这些文字在孤高的悲观主义底暗影之外，隐约地露示一种东方的锦雉与象牙底光彩……这些字变成了梦幻，梦幻又变成了图画。”读诗底目的在求得审美的快感。读莪默而专见其哲学，不是真能鉴赏文艺者，也可说是不配读莪默者。因为鉴赏艺术非和现实界隔绝不可，[10]故严格讲求，读莪默就本来不愿想到什么哲学问题，或伦理问题。我也相信译者之介绍此诗，是为其文学而非为其哲学；不然，他为什么不从别家的更正确的译本转译为中文而独择到斐氏底译本呢？但是郭君底那洋洋大篇的读 Rubaiyat 后之感想我又怕引起了那一般已经中了“艺术为人生”底毒的读者之误会，故此不辞口舌之劳，附了这一条解释，不知郭君以为然否？

注

[1] 斐氏本人已申明了他的译品并没有严格地根据原作，他不过做了一番剪裁，拼配和解讲底工夫。我们若更参看诸家底译本，定还要惊异以为斐译直不啻一篇创作了。Richard le Gallienne 译本之序中讲得好：“也许莪默底原来的蔷薇，可说并不是一朵蔷薇，但是将要凑成一朵花底碎瓣而已；也许斐芝吉乐并不是使莪默底蔷薇重新开放，但是使它初次开放呢。瓣儿是从波斯来的，却是一个英国的卫士把它们咒成一朵鲜花了。”然而斐译之不可及处正在这里。所以我们转译斐本，应特别留意于其中斐氏之一部分。

[2] Thy body hath no value; from the grave
No man will dig up for treasure trove!
——Talbot.

You are not gold, that hidden in the earth,
Your friends should care to dig you up again!
——Whinfield.

Our bodies are not gold that we should hope
For men to dig us up when we are dead.
——le Gallienne,

Thou art not made of gold, O thoughtless fool, that thou
Shouldst hope to be dug up after thou art laid in the earth.
——McCarthy.

[3] 李太白底“玉山自倒非人推”与此意颇相仿佛。
[4] 此行之 Allah-worshipping 与下行之 Misbelieving 正相反照。
[5] 此段解说乃根据斐氏之原注。
[6] 译自斐芝吉乐底英译本——

Be of good cheer—the sullen month will die,
And young Moon requite us by and by:
Look how the old one, meagre, bent and worn
With Aged Fast, is fainting from the Sky!

[7] 下面前段是 Whinfield 底译文，后段是 Talbot 底，都可作斐译底注解——

O foolish publicans, what can you buy
One half so precious as the goods you sell?

How can the vintners purchase better goods
Than those which to the market they have sent?

[8] 诸家皆认第一版第一首比较第四版第一首好多了。下面原诗和拙译：

Awake! for Morning in the Bowl of Night
Has flung the Stone that puts the Stars to flight:
And Lo! the Hunter of the East has caught
The Sultan's Turret in a Noose of Light.

醒呀！石弹抛进了天碗，
已经驱得群星四散：
东方的猎人放出光绳
又套住了稣丹底塔尖。

按旅行沙漠者抛石碗中是上马起程底暗号。此诗所谓“石弹”指新升的太阳。

[9] 土瓶谈话诸首在第一二版本另作一节，标题曰：Kuza-Nama
[10] Dr. Bullough 谓在鉴赏艺术诗时须保持“心理的距离”。所谓距离是与现实界相去的距离。Prof. Langfeld 讲道：“审美的态度是与我们寻常对于环境的态度正相悖谬的，寻常的态度是为生存竞争而养成的，此时我们在不息地抵抗自然的势力。我们的机体准备好了，安排好了以便接应而征服环境中之阻碍；至于审美的准备却是与此相反的，他是为着体会对象中各部分之间相互的关系，不是为着考察我们自身和对象的关系，以便施行应付动作。”哲学伦理都有关于（直接或间接）生存竞争底问题，鉴赏艺术时，被这些观念侵入了，那审美的态度便是虚伪的或至少也是肤浅的了。

我的朋友钱君宗堡替我搜罗了许多参考书，又供给了一些意见，照规矩（虽然钱君自己大起反对）还是应该申明致谢的。

作者附识三，二，一九二三。

* *

实秋把一多这篇文章寄给我时叫我先寄给沫若一看，但是我想沫若此刻正忙，寄去也未必能仔细看，再过些时，他就要回到上海来，用不着寄去。我想此刻就由我在这里写几句话。

本来这些译诗是我催他寄了来的。他寄来时，他说很忙，要我给他校对一下，那时候因为《创造》第三期已经迟了不少的日子，要快点拿去排印，我只把译稿与原诗对看了一次。并且从头看起来，大抵不错，所以以后我只把英文念一遍，再把译诗念一遍，只就这两遍批评，好就继读下，不好便给他加以修改。这些译诗是这样弄出来的。一多指出这许多误译出来，倒使我惶愧无地了。

本来诗是最容易误解的东西，稍不注意，就会差到与原诗相反。何况又是重译。沫若既不解波斯文，所靠的又只有一种皮装小本（沫若是最喜考据的人，这回并不是他畏难，实是他案头没有参考本），这样忽促弄出，就希望他完全，实是不可能的事。侥幸据一多所说，只是解释原义的疏误，我想沫若听了，也还要引为荣幸的。不过关于一多所举的各条，我也有点感想，不妨在此地说说。

第十五首的末二行，若有别人译的参考，当然会采用 such……as……的关系。大概沫若那时候因为想使末二行与首二行更加密切，才把 such aureate Earth 当做了前面的 golden grain，把 as 当做表示原因。

第三十三首的后半“受了重重的封印”，重重二字想来便是 revealed and hidden，我当时却把他通过了。

第六十首的Allah与breathing之间，沫若寄来的英文本上，没有hyphen（连号）。

第九十首的穿凿，我也不知是沫若的发明，或是别有所本，我只觉得也还说得过去，却没有想到扁担的问题。“大家便一齐翘首”本来不好，不过这样打断他们的谈论时，意思虽然不对，情调却显出来了。

第九十五首的末二句，不知沫若另有所本没有，我疑又是他的穿凿。我现在觉得well一字很可注意，我想就叫酒家吃个大亏，把全体改一下的好：

酒便是我的叛徒，
屡次把我“荣名的衣裳”窃去——
可我不懂酒家买的什么东西
能有他卖的东西一半珍贵。

第九十九首的conspire with译作钩通，也不大好。一多说胡适之的《希望》精神尚在，我却不以为然。胡译不仅与原文相左而且把莪默的一贯的情调，用“炸弹！干！干！干！”一派的口气，炸得粉碎了。

第一百首的one我当时也疑是诗人自指。

三月五日仿吾。

* *

一多：

你写给我的第二信我早收到了。因为当时试事正忙，所以未即作复。你的这篇文章，我见你信时，早就想读，想早收些教益。我于四月二日返沪时，你这篇文章已经交到印刷所去了，直至今晨才送校稿来，我便亲自替你校对。我一面校对，一面对于你的感谢之念便油然而生。你所指摘的错误，处处都是我的弱点，我自己也是不十分相信的地方，有些地方更完全是我错了。你说 Fitzgerald 的英译前后修改了四遍，望我至少当有再译三译。你这恳笃的劝诱我是十分尊重的。我于改译时务要遵循你的意见加以更正。我在此深表诚挚的谢意于你和你的友人钱君。

此次在沪得与实秋相晤，足慰生平。他往南京时，我和仿吾往北站去送行竟至迟了刻，我们只得空空望送了一回。

你的首阳山下的饿人作成了么？

沫若　四月十五日。

原载《创造季刊》第二卷第一号。

“烙印”序

克家催我给他的诗集作序，整催了一年。他是有理由的。便拿《生活》一诗讲，据许多朋友说，并不算克家的好诗，但我却始终极重视它，而克家自己也是这样的。我们这意见的符合，可以证实，由克家自己看来，我是最能懂他的诗了。我现在不妨明说，《生活》确乎不是这集中最精彩的作品，但却有令人不敢亵视的价值，而这价值也便是这全部诗集的价值。

克家在《生活》里说：

这可不是混着好玩，这是生活。

这不啻给他的全集下了一道案语，因为克家的诗正是这样——不是“混着好玩”，而是“生活”。其实只要你带着笑脸，存点好玩的意思来写诗，不愁没有人给你叫好。所以作一首寻常所谓好诗，不是最难的事。但是，做一首有意义的，在生活上有意义的诗，却大不同。克家的诗，没有一首不具有一种极顶真的生活的意义。没有克家的经验，便不知道生活的严重。

一万枝暗箭埋伏在你周边，
伺候你一千回小心里一回的不检点，

这真不是好玩的。然而他偏要

嚼着苦汁营生，
像一条吃巴豆的虫。

他咬紧牙关和磨难苦斗，他还说，

同时你又怕克服了它，
来一阵失却对手的空虚。

这样生活的态度不够宝贵的吗？如果为保留这一点，而忽略了一首诗的外形的完美，谁又能说是不合算？克家的较坏的诗既具有这种不可亵视的实质，他的好诗，不用讲，更不是寻常的好诗所能比拟的了。

所谓有意义的诗，当前不是没有。但是，没有克家自身的“嚼着苦汁营生”的经验，和他对这种经验的了解，单是嚷嚷着替别人的痛苦不平，或怂恿别人自己去不平，那至少往往像是一种“热气”，一种浪漫的姿势，一种英雄气概的表演，若更往坏处推测，便不免有伤厚道了。所以，克家的最有意义的诗，虽是《难民》《老哥哥》《炭鬼》《神女》《贩鱼郎》《老马》《当炉女》《洋车夫》《歇午工》，以至《不久有那么一天》和《天火》等篇，但是若没有《烙印》和《生活》一类的作品作基础，前面那些诗的意义便单薄了，甚至虚伪了。人们对于一件事，往往有追问它的动机的习惯（他们也实在有这权利），对于诗，也是这样。当我们对于一首诗的动机（意识或潜意识的）发生疑问的时候，我很担心那首诗还有多少存在的可能性。读克家的诗，这种疑问永不会发生，为的是有《烙印》和《生活》一类的诗给我们担保了。我再从历史中举一个例。如作“新乐府”的白居易，虽嚷嚷得很响，但究竟还是那位香山居士的闲情逸致的冗力（surplus energy）的一种舒泄，所以他的嚷嚷实际只等于猫儿哭耗子。孟郊并没有作过成套的“新乐府”，他如果哭，还是为他自身的穷愁而哭的次数多，然而他的态度，沉着而有锋棱，却最合于一个伟大的理想的条件。除了时代背景所产生的必然的差别不算，我拿孟郊来比克家，再适当不过了。

谈到孟郊，我于是想起所谓好诗的问题。（这一层是我要对另一种人讲的！）孟郊的诗，自从苏轼以来，是不曾被人真诚的认为上品好诗的。站在苏轼的立场上看孟郊，当然不顺眼。所以苏轼诋毁孟郊的诗。我并不怪他。我只怪他为什么不索性野蛮一点，硬派孟郊所作的不是诗，他自己的才是。因为这样，问题倒简单了。既然他们是站在对立而且不两立的地位，那么，苏轼可以拿他的标准抹煞孟郊，我们何尝不可以拿孟郊的标准否认苏轼呢？即令苏轼和苏轼的传统有优先权占用“诗”字，好了，让苏轼去他的，带着他的诗去！我们不要诗了。我们只要生活，生活磨出来的力，像孟郊所给我们的，是“空螯”也好，是“蜇吻涩齿”或“如嚼木瓜，齿缺舌敝，不知味之所在”也好，我们还是要吃，因为那才可以磨炼我们的力。

那怕是毒药，我们更该吃，只要它能增加我们的抵抗力。至于苏轼的丰姿，苏轼的天才，如果有人不明白那都是笑话，是罪孽，早晚他自然明白了。早晚诗也会

扪一下脸，来一个奇怪的变！

一千余年前孟郊已经给诗人们留下了预言。

克家如果跟着孟郊的指示走去，准没有错。纵然像孟郊似的，没有成群的人给叫好，那又有什么关系？反正诗人不靠市价做诗。克家千万不要忘记自己的责任。

民国廿二年七月，闻一多谨识。

“西南采风录”序

正在去年这时候，学校由长沙迁昆明，我们一部分人组织了一个湘黔滇旅行团，徒步西来，沿途分门别类收集了不少材料。其中歌谣一部分，共计二千多首，是刘君兆吉一个人独力采集的。他这种毅力实在令人惊佩。现在这些歌谣要出版行世了，刘君因我当时曾挂名为这部分工作的指导人，要我在书前说几句话。我惭愧对这部分材料在采集工作上，毫未尽力，但事后却对它发生了极大兴趣。一年以来，总想下番工夫把它好好整理一下，但因种种关系，终未实行。这回书将出版，答应刘君作序，本拟将个人对这材料的意见先详尽的写出来，作为整理工作的开端，结果又一再因事耽延，不能实现。这实在不但对不起刘君，也辜负了这宝贵材料。然而我读过这些歌谣，曾发生一个极大感想，在当前这时期，却不能不尽先提出请国人注意。

在都市街道上，一群群乡下人从你眼角滑过，你的印象是愚鲁，迟钝，畏缩，你万想不到他们每颗心里都自有一段骄傲，他们男人的憧憬是

快刀不磨生黄锈，

胸膛不挺背要驼。（安南）

女子所得意的是

斯文滔滔讨人厌，

庄稼粗汉爱死人；

郎是庄稼老粗汉，

不是白脸假斯文。（贵阳）

他们何尝不要物质的享乐，但鼠窃狗偷的手段，都是他们所不齿的：

吃菜要吃白菜头，

跟哥要跟大贼头；

睡到半夜钢刀响，

妹穿绫罗哥穿绸。（盘县）

哪一个都市人，有气魄这样讲话或设想？

生要恋来死要恋，

不怕亲夫在眼前。

见官犹如见父母，
坐牢犹如坐花园。（盘县）
火烧东山大松林，
姑爷告上丈人门；
叫你姑娘快长大，
我们没有看家人。（宣威）
马摆高山高又高，
打把火钳插在腰。
那家姑娘不嫁我，
关起四门放火烧。

你说这是原始，是野蛮。对了，如今我们需要的正是它。我们文明得太久了，如今人家逼得我们没有路走，我们该拿出人性中最后，最神圣的一张牌来，让我们那在人性的幽暗角落里伏蛰了数千年的兽性跳出来反噬他一口。打仗本不是一种文明姿态，当不起什么“正义感”“自尊心”“为国家争人格”一类的奉承，干脆的是人家要我们的命，我们是豁出去了，是困兽犹斗。如今是千载一时的机会，给我们试验自己血中是否还有着那只狰狞的动物，如果没有，只好自认是个精神上“天阉”的民族，休想在这地面上混下去了。感谢上苍，在前方姚子青，八百壮士，每个在大地上或天空中粉身碎骨了的男儿，在后方几万万以“睡到半夜钢刀响”为乐的“庄稼老粗汉”，已经保证了我们不是“天阉”！如果我们是一个乐观主义者，我的根据就只这一点。我们能战，我们渴望一战而以得到一战为至上的愉快。至于胜利，那是多么泄气的事，胜利到了手，不是搏斗的愉快也得终止，“快刀”又得“生黄锈”了吗？还好，还好，四千年的文化，没有把我们都变成“白脸斯文人”！

民国廿八年三月五日闻一多序。

“三盘鼓”序[1]

诚之最近生过一次相当严重的病，在危险关头，他几乎失掉挣扎的勇气，事后据他说，是医生的药，也是我在他榻前一番鞭策性的谈话，帮他挽回了生机。经过这番折磨，这番锻炼，他的身体是照例的比病得更加健康了。就在这当儿，他准备已久的诗集快出版了，要我说几句话，我想起他生病的经过，便觉得这诗集的问世特别有意义。

从来中华民族生命的危殆，没有甚于今天的，多少人失掉挣扎的勇气也是事实，这正是需要药石和鞭策的时候。今天诚之这象征搏斗姿态的“仙人掌”，这声音“For the worried many”的诗集（参看本书后记）的问世，是负起了一种使命的，而且我相信也必能完成它的使命，因为这里有药石，也有鞭策。

诗的女神良善得太久了，她的身世和“小花生米”或那

……靠着三盘鼓

到处摸索她们的生命线

的三个，没有两样，她又像那

怀私生子的孕妇，
孕育着
爱与恨的结晶，
交织着
爱恋和羞耻的心情，

她受尽了侮辱与欺骗，而自己却天天还在抱着“温柔敦厚”的教条，做贤妻良母的梦。这都是为了心肠太软的缘故。多数从事文艺的人们都是良善的，而做诗的朋友们心肠尤其软。这是他们的好处。但如果被利用了，做了某种人“软”化另一种人，以便加紧施行剥削的工具，那他们的好处便变成了罪恶。我在“温柔敦厚，诗之教也”这句古训里嗅到了数千年的血腥。诚之的诗有诗的好处，没有它的罪恶；因为我说过，这里有的是药石和鞭策，不过我希望他还要加强他的药石性的猛和鞭策性的力。

三十三年十一月，闻一多于昆明。

注

[1]《三盘鼓》薛诚之作。

时代的鼓手

——读田间的诗

鼓——这种韵律的乐品，是一切乐器的祖宗，也是一切乐器中之王。音乐不能离韵律而存在，它便也不能离鼓的作用而存在。鼓象征了音乐的生命。

提起鼓，我们便想到了一串形容词：整肃，庄严，雄壮，刚毅和粗暴，急躁，阴郁，深沉……鼓是男性的，原始男性的，它蕴藏着整个原始男性的神秘。它是最原始的乐器，也是最原始的生命情调的喘息。

如其鼓的声律是音乐的生命，鼓的情绪便是生命的音乐。音乐不能离鼓的声律而存在，生命也不能离鼓的情绪而存在。

诗与乐一向是平行发展着的。正如从敲击乐器到管弦乐器是韵律的音乐发展到旋律的音乐，从三四言到五七言也是韵律的诗发展到旋律的诗。音乐也好，诗也好，就声律说，这是进步。可痛惜的是，声律进步的代价是情绪的萎顿。在诗里，一如在音乐里，从此以后以管弦的情绪代替了鼓的情绪，结果都是“靡靡之音”。这感觉的愈趋细致，乃是感情愈趋脆弱的表征，而脆弱感情不也就是生命疲困，甚或衰竭的朕兆吗？二千年来古旧的历史，说来太冗长。单说新诗的历史，打头不是没有一阵朴质而健康的鼓的声律与情绪，接着依然是“靡靡之音”的传统，在舶来品的商标的伪装之下，支配了不少的年月。疲困与衰竭的半音，似乎比历史上任何时期都变本加厉了的风行着。那是宿命，是历史发展的必然阶段吗？也许。但谁又叫新生与震奋的时代来得那样突然！箫声，琴声（甚至是无弦琴），自然配合不上流血与流汗的工作。于是忙乱中，新派，旧派，人人都设法拖出一面鼓来，你可以想像一片潮湿而发霉的声响，在那壮烈的场面中，显得如何的滑稽！它给你的印象仍然是疲困与衰竭。它不是激励，而是揶揄，侮蔑这战争。

于是，忽然碰到这样的声响，你便不免吃一惊：

“多一颗粮食，
就多一颗消灭敌人的枪弹！”
听到吗
这是好话哩！
听到吗
我们
要赶快鼓励自己底心
到地里去！
要地里

长出麦子，
要地里
长出小米，
拿这东西
　当做
　持久战的武器。
(多一些！
多一些！)
多点粮食，
就多点胜利。(田间:《多一些》)

这里没有“弦外之音”，没有“绕梁三日”的余韵，没有半音，没有玩任何“花头”，只是一句句朴质，干脆，真诚的话，(多么有斤两的话！)简短而坚实的句子，就是一声声的“鼓点”，单调，但是响亮而沉重，打入你耳中，打在你心上。你说这不是诗，因为你的耳朵太熟悉于“弦外之音”……那一套，你的耳朵太细了。

你看，——
他们底
仇恨的
力，
他们底

仇恨的
血，
他们底
仇恨的
歌，
握在
手里。
握在
手里，
要洒出来……
几十个，
很响地
——在一块；
几十个
达达地，
——在一块
回旋……
狂蹈……
耸起的
筋骨
凸出的
皮肉，

挑负着

——种族的

疯狂

种族的

咆哮，……（田间：《人民底舞》）

这里便不只鼓的声律，还有鼓的情绪。这是鞌之战中晋解张用他那流着鲜血的手，抢过主帅手中的槌来擂出的鼓声，是祢衡那喷着怒火的“渔阳掺挝”，甚至是，如诗人 Robert Lindsey 在《刚果》中，剧作家 Eugene O’Neil 在《琼斯皇帝》中所描写的，那非洲土人的原始的鼓，疯狂，野蛮，爆炸着生命的热与力。

这些都不算成功的诗。（据一位懂诗的朋友说，作者还有较成功的诗，可惜我没见到。）但它所成就的那点，却是诗的先决条件——那便是生活欲，积极的，绝对的生活欲。它摆脱了一切诗艺的传统手法，不排解，也不粉饰，不抚慰，也不麻醉，它不是那捧着你在幻想中上升的迷魂音乐。它只是一片沉着的鼓声，鼓舞你爱，鼓动你恨，鼓励你活着，用最高限度的热与力活着，在这大地上。

当这民族历史行程的大拐弯中，我们得一鼓作气来渡过危机，完成大业。这是一个需要鼓手的时代，让我们期待着更多的“时代的鼓手”出现。至于琴师，乃是第二步的需要，而且目前我们有的是绝妙的琴师。

文艺与爱国——纪念三月十八

铁狮子胡同大流血之后《诗刊》就诞生了，本是碰巧的事，但是谁能说《诗刊》与流血——文艺与爱国运动之间没有密切的关系？

“爱国精神在文学里。”我让德林克瓦特讲，“可以说是与四季之无穷感兴，与美的逝灭，与死的逼近，与对妇人的爱，是一种同等重要的题目。”爱国精神之表现于中外文学里已经是层出不穷，数不胜数了。爱国运动能够和文学复兴互为因果，我只举最近的一个榜样——爱尔兰，便是明确的证据。

我们的爱国运动和新文学运动何尝不是同时发轫的？他们原来是一种精神的两种表现。在表现上两种运动一向是分道扬镳的。我们也可以说正因为他们没有携手，所以爱国运动的收效既不大，新文学运动的成绩也就有限了。

爱尔兰的前例和我们自己的事实已经告诉我们了：这两种运动合起来便能够互收效益，分开来定要两败俱伤。所以《诗刊》的诞生刚刚在铁狮子胡同大流血之后，本是碰巧的；我却希望大家要当他不是碰巧的。我希望爱自由，爱正义，爱理想的热血要流在天安门，流在铁狮子胡同，但是也要流在笔尖，流在纸上。

同是一个热烈的情怀，犀利的感觉，见了一片红叶掉下地来，便要百感交集，“泪浪滔滔”，见了十三龄童的赤血在地下踩成泥浆子，反而漠然无动于中。这是不是不近人情？我并不要诗人替人道主义同一切的什么主义捧场。因为讲到主义便是成见了。理性铸成的成见是艺术的致命伤；诗人应该能超脱这一点。诗人应该是一张留声机的片子，钢针一碰着他就响。他自己不能决定什么时候响，什么时候不响。他完全是被动的。他是不能自主，不能自救的。诗人做到了这个地步，便包罗万有，与宇宙契合了。换句话说，就是所谓伟大的同情心——艺术的真源。

并且同情心发达到极点，刺激来得强，反动也来得强，也许有时仅仅一点文字上的表现还不够，那便非现身说法不可了。所以陆游一个七十衰翁要“泪洒龙床请北征”，拜轮要战死在疆场上了。所以拜轮最完美，最伟大的一首诗，也便是这一死。所以我们觉得诸志士们三月十八日的死难不仅是爱国，而且是伟大的诗。我们若得着死难者的热情的一部分，便可以在文艺上大成功；若得着死难者的热情的全部，便可以追他们的踪迹，杀身成仁了。

因此我们就将《诗刊》开幕的一日最虔诚的献给这次死难的志士们了！

原载《北平晨报》副刊，十五年四月一日。

邓以蛰“诗与历史”题记

作者本来受了一位朋友的委托，打算替一本新诗写点批评，结果批评没有写成，却在病中化了三通夜的心血草成了这一篇刊心刻骨，诘屈聱牙的论文。作者本不想发表它，但是文章终于发表在《诗刊》上了，那是经我几次恳求的结果。我既替《诗刊》拉了这篇稿子，就有替《诗刊》的读者介绍这篇稿子的义务。刊物上登一篇文章并没有需要介绍的通例；有这种需要没有，可全靠那文章的价值如何了。

作者一向在刊物上发表的文章并不多（恐怕总在五数以下），但是没有一篇不诘屈聱牙，使读者头痛眼花，茫无所得，所以也没有一篇不刊心刻骨，博大精深，只要你肯埋着头，咬着牙，在岩石里边寻求金子，在海洋绝底讨索珍珠。如今有的是咳嗽成玑珠的漂亮文字，有的是嬉笑怒骂皆成文章的大手笔。但是在病中拼着三通夜的心血，制造出这样一篇让人看了头痛眼花的东西出来，可真傻了！聪明人谁犯得上挨这种骂！但是我以为在这文艺批评界正患着血虚症的时候，我们正多要几个傻人出来赐给我们一点调补剂才好。调补剂不一定像山珍海味那样适味可口，但是他于我们有益。

作者这篇文章有两层主要的意思：（一）怀疑学术界以科学方法整理国故，研究历史的时论。（二）诊断文艺界的卖弄风骚专尚情操，言之无物的险症。他的结论是历史与诗应该携手；历史身上要注射些感情的血液进去，否则历史家便是发墓的偷儿，历史便是出土的僵尸；至于诗这个东西，不当专门以油头粉面，娇声媚态去逢迎人，她也应该有点骨骼，这骨骼便是人类生活的经验，便是作者所谓"境遇"，这第二个意思也便和阿诺德的定义："诗是生活的批评"，正相配合。

以上不过是本篇的大意。但是篇中可宝贵的意见不止这一点。差不多全篇每一句是孙悟空身上的一根毫毛，每一根毫毛可以变成一个齐天大圣，每一个齐天大圣可以一筋斗打到十万八千里路之远。

这里面的神秘我可没有法子一一的解释。还请读者各人自己去领会罢。假如你因为那诘屈聱牙的文字，望难生畏，以致失掉了石心的金子，海底的珍珠，那我可只好告诉你一句话："你活该！"

我也可以附带的介绍作者另外的二篇文字：

（一）《艺术的难关》(《晨报》副刊）

（二）《从林风眠的画论到中西画的异同》(《现代评论》第三卷第六十七期）

原载《晨报》副刊《诗鉴》第二号，十五年四月八日。

诗人的横蛮

孔子教小子，教伯鱼的话，正如孔子一切的教训，在这年头儿，都是犯忌讳的。依孔子的见解，诗的灵魂是要“温柔敦厚”的。但是在这年头儿，这四个字千万说不得，说出了，便证明你是个弱者。当一个弱者是极寒怆的事，特别是在这一个横蛮的时代。在这时代里，连诗人也变横蛮了；做诗不过是用比较斯文的方法来施行横蛮的伎俩。我们的诗人早起听见鸟儿叫了几声，或是上万牲园逛了一逛，或是接到一封情书了……你知道——或许他也知道这都不是什么了不得的事件，够不上为它们就得把安居乐业的人类都给惊动了。但是他一时兴会来了，会把这消息用长短不齐的句子分行写了出来，硬要编辑先生们给它看过几遍，然后又耗费了手民的筋力给它排印了，然后又占据了上千上万的读者的光阴给它读完了，最末还要叫世界，不管三七廿一，承认他是一个天才。你看这是不是横蛮？并且他凭空加了世界这些担负，要是那一方面——编辑，手民或读者——对他大意了一点，他便又要大发雷霆，骂这世界盲目，冷酷，残忍，蹂躏天才……这种行为不是横蛮是什么？再如果你好心好意对他这作品下一点批评，说他好，那固然算你没有瞎眼睛，你要是敢说了他半个坏字，那你可触动了太岁，他能咒到你全家都死尽了。试问这不是横蛮是什么？

我看如果诗人们一定要这样横蛮，这样骄纵，这样跋扈，最好早晚由政府颁布一个优待诗人的条例，请诗人都带上平顶帽子，穿上灰色制服（最好是粉红色的，那最合他们身分），以表示他们是属于享受特殊权利的阶级，并且仿照优待军人的办法，电车上，公园里，戏园里……都准他们自由出入，让他们好随时随地寻求灵感。反正他们享受的权利已经不少了，政府不如卖一个面子，追认一下。但是我怕这一来，中国诗人一向的“温柔敦厚”之风会要永远灭绝了。

原载《北平晨报》副刊，十五年五月二十七日。

诗的格律

一

假定“游戏本能说”能够充分的解释艺术的起源，我们尽可以拿下棋来比作诗；棋不能废除规矩，诗也就不能废除格律。（格律在这里是 form 的意思。“格律”两个字最近含着了一点坏的意思，但是直译 form 为形体或格式也不妥当。并且我们若是想起 form 和节奏是一种东西，便觉得 form 译作格律是没有什么不妥的了。）假如你拿起棋子来乱摆布一气，完全不依据下棋的规矩进行，看你能不能得到什么趣味？游戏的趣味是要在一种规定的格律之内出奇致胜。做诗的趣味也是一样的。假如诗可以不要格律，做诗岂不比下棋，打球，打麻将还容易些吗？难怪这年头儿的新诗“比雨后的春笋还多些”。我知道这些话准有人不愿意听。但是 Bliss Perry 教授的话来得更古板。他说：“差不多没有诗人承认他们真正给格律缚束住了。他们乐意戴着脚镣跳舞，并且要戴别个诗人的脚镣。”

这一段话传出来，我又断定许多人会跳起来，喊着“就算它是诗，我不做了行不行?”老实说，我个人的意思以为这种人就不作诗也可以，反正他不打算来戴脚镣，他的诗也就做不到怎样高明的地方去。杜工部有一句经验语很值得我们揣摩的，“老去渐于诗律细”。

诗国里的革命家喊道“皈返自然!”其实他们要知道自然界的格律，虽然有些像蛛丝马迹，但是依然可以找得出来。不过自然界的格律不圆满的时候多，所以必须艺术来补充它。这样讲来，绝对的写实主义便是艺术的破产。“自然的终点便是艺术的起点”，王尔德说得很对。自然并不尽是美的。自然中有美的时候，是自然类似艺术的时候。最好拿造型艺术来证明这一点。我们常常称赞美的山水，讲它可以入画。的确中国人认为美的山水，是以像不像中国的山水画做标准的。欧洲文艺复兴以前所认为女性的美，从当时的绘画里可以证明，同现代女性美的观念完全不合；但是现代的观念不同希腊的雕像所表现的女性美相符了。这是因为希腊雕像的出土，促成了文艺复兴，文艺复兴以来，艺术描写美人，都拿希腊的雕像做蓝本，因此便改造了欧洲人的女性美的观念。我在赵瓯北的一首诗里发现了同类的见解。

绝似盆池聚碧孱，嵌空石笋满江湾。
化工也爱翻新样，反把真山学假山。

这径直是讲自然在模仿艺术了。自然界当然不是绝对没有美的。自然界里面也可以发现出美来，不过那是偶然的事。偶然在言语里发现一点类似诗的节奏，便说言语就是诗，便要打破诗的音节，要它变得和言语一样——这真是诗的自杀政策了。（注意我并不反对用土白作诗，我并且相信土白是我们新诗的领域里，一块非常肥沃的土壤，理由等将来再仔细的讨论。我们现在要注意的只是土白可以“做”诗；这“做”字便说明了土白须要一番锻炼选择的工作然后才能成诗。）诗的所以能激发情感，完全在它的节奏；节奏便是格律。莎士比亚的诗剧里往往遇见情绪紧张到万分的时候，便用韵语来描写。歌德作《浮士德》也曾用同类的手段，在他致席勒的信里并且提到了这一层。韩昌黎“得窄韵则不复傍出，而因难见巧，愈险愈奇……”这样看来，恐怕越有魄力的作家，越是要戴着脚镣跳舞才跳得痛快，跳得好。只有不会跳舞的才怪脚镣碍事，只有不会做诗的才感觉得格律的缚束。对于不会作诗的，格律是表现的障碍物；对于一个作家，格律便成了表现的利器。

又有一种打着浪漫主义的旗帜来向格律下攻击令的人。对于这种人，我只要告诉他们一件事实。如果他们要像现在这样的讲什么浪漫主义，就等于承认他们没有创造文艺的诚意。因为，照他们的成绩看来，他们压根儿就没有注重到文艺的本身，他们的目的只在披露他们自己的原形。顾影自怜的青年们一个个都以为自身的人格是再美没有的，只要把这个赤裸裸的和盘托出，便是艺术的大成功了。你没有听见他们天天唱道“自我的表现”吗？他们确乎只认识了文艺的原料，没有认识那将原料变成文艺所必须的工具。他们用了文字作表现的工具，不过是偶然的事，他们最称心的工作是把所谓“自我”披露出来，是让世界知道“我”也是一个多才多艺，善病工愁的少年；并且在文艺的镜子里照见自己那倜傥的风姿，还带着几滴多情的眼泪，啊！啊！那是多么有趣的事！多么浪漫！不错，他们所谓浪漫主义，正浪漫在这点上，和文艺的派别绝不发生关系。这种人的目的既不在文艺，当然要他们遵从诗的格律来做诗，是绝对办不到的；因为有了格律的范围，他们的诗就根本写不出来了，那岂不失了他们那“风流自赏”的本旨吗？所以严格一点讲起来，这一种伪浪漫派的作品，当它作把戏看可以，当它作西洋镜看也可以，但是万不能当它作诗看。格律不格律，因此就谈不上了。让他们来反对格律，也就没有辩驳的价值了。

上面已经讲了格律就是 form。试问取消了 form，还有没有艺术？上面又讲到格律就是节奏。讲到这一层更可以明了格律的重要；因为世上只有节奏比较简单的散文，决不能有没有节奏的诗。本来诗一向就没有脱离过格律或节奏。这是没有人怀疑过的天经地义。如今却什么天经地义也得有证明才能成立，是不是？但是为什么闹到这种地步呢——人人都相信诗可以废除格律？也许是“安拉基”精神，也许是好时髦的心理，也许是偷懒的心理，也许是藏拙的心理，也许是……那我可不知道了。

二

前面已经稍稍讲了讲诗为什么不当废除格律。现在可以将格律的原质分析一下了。从表面上看来，格律可从两方面讲：(一)属于视觉方面的；(二)属于听觉方面的。这两类其实又当分开来讲，因为它们是息息相关的。譬如属于视觉方面的格律有节的匀称，有句的均齐。属于听觉方面的有格式，有音尺，有平仄，有韵脚；但是没有格式，也就没有节的匀称，没有音尺，也就没有句的均齐。

关于格式，音尺，平仄，韵脚等问题，本刊上已经有饶孟侃先生《论新诗的音节》的两篇文章讨论得很精细了。不过他所讨论的是从听觉方面着眼的。至于视觉方面的两个问题，他却没有提到。当然视觉方面的问题比较占次要的位置。但是在我们中国的文学里，尤其不当忽略视觉一层，因为我们的文字是象形的，我们中国人鉴赏文艺的时候，至少有一半的印象是要靠眼睛来传达的。原来文学本是占时间又占空间的一种艺术。既然占了空间，却又不能在视觉上引起一种具体的印象——这是欧洲文字的一个缺憾。我们的文字有了引起这种印象的可能，如果我们不去利用它，真是可惜了。所以新诗采用了西文诗分行写的办法，的确是很有关系的一件事。姑无论开端的人是有意的还是无心的，我们都应该感谢他。因为这一来，我们才觉悟了诗的实力不独包括音乐的美(音节)，绘画的美(词藻)，并且还有建筑的美(节的匀称和句的均齐)。这一来，诗的实力上又添了一支生力军，诗的声势更加扩大了。所以如果有人要问新诗的特点是什么，我们应该回答他：增加了一种建筑美的可能性是新诗的特点之一。

近来似乎有不少的人对于节的匀称和句的均齐表示怀疑，以为这是复古的象征。做古人的真倒霉，尤其做中华民国的古人！你想这事怪不怪？做孔子的如今不但“圣人”“夫子”的徽号闹掉了，连他自己的名号也都给褫夺了，如今只有人叫他作“老二”；但是耶稣依然是耶稣基督，苏格拉提依然是苏格拉提。你做诗摹仿十四行体是可以的，但是你得十二分的小心，不要把它做得像律诗了。我真不知道律诗为什么这样可恶，这样卑贱！何况用语体文写诗写到同律诗一样，是不是可能的？并且现在把节做到匀称了，句做到均齐了，这就算是律诗吗？

诚然，律诗也是具有建筑美的一种格式；但是同新诗里的建筑美的可能性比起来，可差得多了。律诗永远只有一个格式，但是新诗的格式是层出不穷的。这是律诗与新诗不同的第一点。做律诗无论你的题材是什么？意境是什么？你非得把它挤进这一种规定的格式里去不可，仿佛不拘是男人，女人，大人，小孩，非得穿一种样式的衣服不可。但是新诗的格式是相体裁衣。例如《采莲曲》的格式决不能用来写《昭君出塞》,《铁道行》的格式决不能用来写《最后的坚决》,《三月十八日》的格式决不能用来写《寻找》。在这几首诗里面，谁能指出一首内容与格式，或精神与形体不调和的诗来，我倒愿意听听他的理由。试问这种精神与形体调和的美，在那印板式的律诗里找得出来吗？在那乱杂无章，参差不齐，信手拈来的自由诗里找得出来吗？

律诗的格律与内容不发生关系，新诗的格式是根据内容的精神制造成的，这是它们不同的第二点。律诗的格式是别人替我们定的，新诗的格式可以由我们自己的意匠来随时构造。这是它们不同的第三点。有了这三个不同之点，我们应该知道新诗的这种格式是复古还是创新，是进化还是退化。

现在有一种格式：四行成一节，每句的字数都是一样多。这种格式似乎用得很普遍。尤其是那字数整齐的句子，看起来好像刀子切的一般，在看惯了参差不齐的自由诗的人，特别觉得有点希奇。他们觉得把句子切得那样整齐，该是多么麻烦的工作。他们又想到做诗要是那样的麻烦，诗人的灵感不完全毁坏了吗？灵感毁了，还那里去找诗呢？不错灵感毁了，诗也毁了。但是字句锻炼得整齐，实在不是一件难事；灵感决不致因为这个就会受了损失。我曾经问过现在常用整齐的句法的几个作者，他们都这样讲；他们都承认若是他们的那一首诗没有做好，只应该归罪于他们还没有把这种格式用熟；这种格式的本身，不负丝毫的责任。我们最好举两个例来对照着看一看，一个例是句法不整齐的；一个是整齐的，看整齐与凌乱的句法和音节的美丑有关系没有——

我愿透着寂静的朦胧，薄淡的浮纱，

细听着淅淅的细雨寂寂的在檐上，激打遥对着远远吹来的空虚中的嘘叹的声音，

意识着一片一片的坠下的轻轻的白色的落花。

说到这儿，门外忽然灯响，

老人的脸上也改了模样；
孩子们惊望着他的脸色，
他也惊望着炭火的红光。

到底那一个的音节好些——是句法整齐的，还是不整齐？更彻底的讲来，句法整齐不但于音节没有妨碍，而且可以促成音节的调和。这话讲出来，又有人不肯承认了。我们就拿前面的证例分析一遍，看整齐的句法同调和的音节是不是一件事。

孩子们 | 惊望着 | 他的 | 脸色
他也 | 惊望着 | 炭火的 | 红光

这里每行都可以分成四个音尺，每行有两个“三字尺”（三个字构成的音尺之简称，以后仿此）和两个“二字尺”，音尺排列的次序是不规则的，但是每行必须还他两个“三字尺”两个“二字尺”的总数。这样写来，音节一定铿锵，同时字数也就整齐了。所以整齐的字句是调和的音节必然产生出来的现象。绝对的调和音节，字句必定整齐。（但是反过来讲，字数整齐了，音节不一定就会调和，那是因为只有字数的整齐，没有顾到音尺的整齐——这种的整齐是死气板脸的硬嵌上去的一个整齐的框子，不是充实的内容产生出来的天然的整齐的轮廓。）

这样讲来，字数整齐的关系可大了，因为从这一点表面上的形式，可以证明诗的内在的精神——节奏的存在与否。如果读者还以为前面的证例不够，可以用同样的方法分析我的《死水》。

这首诗从第一行

这是|一沟|绝望的|死水

起，以后每一行都是用三个“二字尺”和一个“三字尺”构成的，所以每行的字数也是一样多。结果，我觉得这首诗是我第一次在音节上最满意的试验。因为近来有许多朋友怀疑到《死水》这一类麻将牌式的格式，所以我今天就顺便把它说明一下。我希望读者注意，新诗的音节，从前面所分析的看来，确乎已经有了一种具体的方式可寻。这种音节的方式发现以后，我断言新诗不久定要走进一个新的建设的时期了。无论如何，我们应该承认这在新诗的历史里是一个轩然大波。

这一个大波的荡动是进步还是退化，不久也就自然有了定论。

原载《北平晨报》副刊，十五年五月十三日。

先拉飞主义

味摩诘之诗，诗中有画，观摩诘之画，画中有诗。——《东坡志林》

首先这题目许用得着给下一点注脚。

最初用“先拉飞”这名词的是侨寓在意大利的一群法国画家，他们的目的是要在画里恢复中世纪的——拉飞儿（Raphael）以前的朴质的作风。现在讲到“先拉飞派”，它是指英国的罗瑟蒂（Dante Gabriel Rossetti），韩德（Holman Hunt）和米雷（Sir John Millais）等等七个人。先拉飞兄弟会（The Pre-Raphaelite Brotherhood）是在一八四八年组织的；内中有画家，有雕刻家，有诗人。他们在画上签名便简写为 P. R. B.。他们的言论机关叫作《胚胎》（The Germ）。他们会同批评家罗斯金，主张扫除拉飞儿以后的种种秀丽，纤弱的习气，恢复早期作家的简洁，真诚与笃实；还有当时那物质的潮流和怀疑的思想，他们也要矫正，因此他们要在画里表现出那中世纪的“惊异，虔诚和懔栗”等等的宗教情调。这运动的寿命并不长。

不久“兄弟们”渐渐分散了，各人走上各人自己的蹊径，于是先拉飞兄弟会就无形的瓦解了。可是这次运动，在英国艺术上，确乎深深的印了一个戳记，特别是在装饰艺术上的影响很深。

以上可算“先拉飞运动”的一篇简明的历略。“先拉飞主义”给当时的批评界引起了不少的争辩。这主义所包含的原则很多，可讨论的也实在不少。我们现在要谈的，单是“先拉飞派”的画与“先拉飞派”的诗，两者之间互相的关系，和这种关系的评价。

文学里的“先拉飞主义”是个借用的名词。“先拉飞主义”在文学里并没有明确的定义。为便利起见，我们才借它来标明当时文学界的一种浪漫趋势，例如罗瑟蒂，莫理士，史文朋诸家的作品。所以文学与“先拉飞运动”即便有关系也是一种旁支庶出的关系，正如罗瑟蒂自称绘画是他的主业，诗只是副产品一样。不过拿“先拉飞”来形容那一帮人的作品，实在是比较最近于妥当的一个名词。再说他们的诗和“先拉飞派”的画也的确很有关系。不但他们有一部分人同时是诗人又是画家，并且他们还屡次在诗里表现画，或在画里表现诗。罗瑟蒂本人的集子里就有一大堆题画的商籁体。

美术和文学同时发展，在历史上本是常见的事。最显著的文艺复兴，便是一个伟大的美术时期，同时又是伟大的文学时期。因此有人称英国的十九世纪末叶为英国的文艺复兴。但是美术和文学，从来没有在同一个时期里，发生过那样密切的关系；不拘在那个时期，断没有第二帮人像“先拉飞派”的“弟兄们”那样有意的用文学来作画，用颜料来吟诗的。“先拉飞主义”引起我们——至少作者个人的注意，便在这一点上。

讲到这里，我们马上想到王维的“诗中有画，画中有诗”那句老话。王维的“诗中有画，画中有诗”，比方，和罗瑟蒂的“诗中有画，画中有诗”同不同，是另一问题，不过拿这八个字来包括“先拉飞派”的艺术，倒是一个顶轻便的办法。这两句话，我以后还要常常借用，但是请读者注意，我声明在先，那是有条件，有范围的借用。

“先拉飞派”的画，和“先拉飞派”的诗，何以发生那样密切的关系呢？我们研究这里种种的动因，有的属于时代的趋势，有的属于个人的天才，有些是机会凑成的，这些是人力强造的——极复杂，也极有趣。

艺术型类的混乱是“先拉飞派”的一个特征，开混乱艺术型类之端的可不是“先拉飞派”。一七六六年将近新古典运动的末叶，勒沁的《雷阿科恩》已经在攻击那种趋势。到十九世纪，那趋势反而变本加厉了，趋势简直变成了事实，并且不仅诗和画的界线抹煞了，一切的艺术都丢了自己的工作。给邻家代庖，罗瑟蒂的“诗中有画，画中有诗”只是许多现象中之一种。此外还有戈提叶（Gautier）的“艺术的移置”（Transposition d’Art），马拉美（Mallarmé）要用文学制成和合曲……诸如此类，数都数不清。看来这种现象，不是局部的问题，乃是那时代里全部思潮和生活起了一种变化——竟或是腐化。关于这一点，白壁德教授在他的《新雷阿科恩》里已经发挥得十分尽致了，不用我们再讲。我们要知道的只是那时代潮流的主因之外，还有许多副因和近因。下面这几点，对于阐明“先拉飞主义”

发展的痕迹，许可以供给些参证。

先拉飞兄弟会成立的头年（一八四七），罗瑟蒂和他那般朋友对于济慈的诗发生了很深的兴味。这是一件值得注意的事，本来罗瑟蒂早就在济慈的柯立基的作品里看出了一种最高的浪漫的元素。后来他和韩德，米雷读霍顿的《济慈传》，又同时都觉得那诗人的作品，已经达到古典与浪漫调和到最适当的境地，并且那正是他们自己在美术里企望不到的最高目的。现在他们的愿望是要把这“灵”与“肉”的谐和移植到绘画里来。于是他们纠合了一般同志，组织了一个团体，规定每人得按时交进画稿来给大众批评，题目往往是由罗瑟蒂拟。下面这些画题，便是从济慈的《绮萨白娜》（Isabella）里选出的：

（1）《情耦》

（2）《绮萨白娜的三个弟兄》

（3）《分离》

（4）《幻象》（绮萨白娜梦见他的哥弟们把情郎杀死了）

（5）《林中》（绮萨白娜到林子里把情郎的首级偷来了）

（6）《紫苏坛》（她把首级埋在坛里）

（7）《弟兄们发现了紫苏坛》

（8）《绮萨白娜之疯魔》

兄弟会未成立之前，他们和济慈已经有这样的关系，既成立以后，关系仍然没有改变。例如米雷的首屈一指的杰作《圣爱格尼节之前夕》(The Eve of St. Agnes)便取材于济慈的那首同名的诗；并且韩德的第一次重要的产品《马德林与波菲罗之出奔》(The Flight of Madeline and Porphyro)也是由那首诗脱胎的。还有济慈的《无情的美女》(La Bella Dame Sans Mercé)他们也都画过。

三人都是先拉飞兄弟会的台柱子，和济慈的关系又都那样深，看来是不是“先拉飞运动”之产生，济慈要负一分责任？再看他们崇拜济慈是因为他的诗是调和古典浪漫的大成功，“先拉飞运动”，所以又可以说是借改造诗的方法，来改造画，正如他们后来又借改造画的方法去改造诗。这样不分彼此的挪借，便造就了诗与画里的许多新枪花，同时也便是艺术型类的大混乱。

假如没有个济慈，或是他们凑巧没有注意到济慈的诗，“先拉飞运动”还会不会实现呢？我们的答案大概属于正面，因为前面已经提过，兄弟会里以画家兼诗人的会员不在少数，罗瑟蒂本人不用讲了，此外吴勒(Thomas Woolner)在他的雕刻还没有成名以前，已经是一个很有天才的诗人；喀林生(James Collinson)在诗上也有相当的成绩，他在第二期《胚胎》上发表的作品，据说很能代表“先拉飞派”的那宗教的象征主义，和半禁欲，半任情的忧郁情调；裴登(Sir J. Noel Paton)和施高达(William Bell Scott)两个人也是诗画两方面都有贡献的；威廉·罗瑟蒂在两种艺术上都尝试过，他开始习画许太迟点，所以不能终局，他放弃作诗，据韩德说，为的是自己觉得不如老兄才搁笔的；还有老画家卜朗(Ford Mapox Brown)，罗瑟蒂的老师，也能作诗，在《胚胎》上投过稿。以上都是画家兼诗人。其余的是会员也好，非会员而与他们有瓜葛的也好，几乎没有一个不是具有双料的兴趣，虽则画画的不必实行作诗，做诗的不必实行画画。最足以代表这一类的，便是两个“先拉飞派”的后劲白恩·琼士（Sir Edward Burne-Jones）和威廉·莫理士（William Morris）。这样看来，他们自身本有双方发展的可能性，恐怕用不着多少外来的刺激和指点，才会产生那种“诗中有画，画中有诗”的艺术。

我们许要问，怎么这样凑巧，恰恰让那样一群人聚到一堆来了，这现象是否和他们的中心人物——罗瑟蒂个人的天性，有点因果关系？换句话说，“先拉飞派”的命运，是不是由罗瑟蒂一手造成的，是不是因为主将的“诗中有画，画中有诗”，才有大家的“诗中有画，画中有诗”？不见得，罗瑟蒂的魔力不见得有那样大，不错，坚强自信的罗瑟蒂，富于“个人吸引力”的罗瑟蒂，惯于高兴支配别人，别人也乐于被他支配，但是我们决不相信，偌大一个运动，是谁一个人的能力所能造设的。罗瑟蒂不过是许多分子之一；与其说罗瑟蒂支配众人，不如说大家互相支配，或许其中罗瑟蒂的势力比较大点。大家都是多才多艺，因为多才多艺，才要左手画圆，右手画方，结果当然圆里有方，方里也有圆了。兄弟会的事业，就是这么一回事。

单就“画中有诗”讲，英国也不仅“先拉飞派”的画家是那样，自从英国有画以来，可以说没有完全脱离过文学的色彩。英国人天生就不是意大利人，法兰西人，西班牙人或荷兰人那样的图画天才。绘画——由线条色彩构成的绘画，仿佛他们从来没有了解过。他们不是不能审美，他们的美，是从诗和其他的文学里认识的。他们有的是思想家，道德家，著作家；他们会“想”，可不大会“看”。自从阿瑟王和“圆桌”的时代，英国就有了诗，英国的画却是比较晚出的产品，所以难怪他们的兴趣根本在文学上，甚至于文学的势力还要偷进绘画里来。认真的讲，英国的画只算得一套文学的插图。就“先拉飞派”诗讲，罗瑟蒂的画是但丁的插图，韩德的是《圣经》的插图。再从全部的英国美术史看，从侯加士（Hogarth）数到白兰格文（Branguan），那一个不是插图家？一个勃莱克（Blake），一个皮雅次蕾（Beardsley），两座高峰，遥遥相对，四围兀兀的布满了大大小小的山头，结构和趣味差不多属于一种的格调。芮洛慈（Reynolds），盖恩斯伯洛（Gainsborough）以下的肖像画家，和魏尔生（Wilson），康士塔孛（Constable）以下的风景画家，算是例外。可是你知道这两派都是荷兰人的传授，只可说是英国寄籍的荷兰画（肖像和风景根本也是不容易文学化的）。你简直没有法子叫英国人不在画里弄文。连兰西儿（Landseer）的狗子都要讲故事。文学是英国人的根性，所以罗瑟蒂才有这样的议论——他对白恩·琼士说——“谁心里若是有诗，他最好去画画，因为所有的诗都早已讲过了，写过了，但差不多没有人动手画过。”可见罗瑟蒂画画的动机是要作诗。你不能禁止英国人不作诗，如同不能禁止他们的百灵鸟不唱歌一样。

还有一种原因也足以使诗画的界线容易混乱。在《胚胎》的弁言里他们已经声明过，在画上应用过的原则，也要在诗上应用；其实在诗上应用的理由更大，因为绘画的旨趣非借具体的物象来表现不可，诗却可以直接达到它的鹄的。譬如画家若要在作品里表现一种精神的简洁性，必需想出各种方法来布置，描写他身外的对象：但是一个诗人——假如他是个能手——顿时就能捉住他那题材的精神，精神捉到了，再拿象征的或戏剧的方法给装扮起来，就比较容易了。柏尔（Clive Bell）在他的《艺术论》里，辨别美感和实用观念的区别，有一段话："一个实际的人走进屋子里，看见几张椅子，桌子，沙发，一幅地毡，和一座壁炉。他的理智认识了这些物件；假如他要在那里待下，或是放下一只杯子，他晓得他应该怎么办。那些物件的名字告诉了他许多方法——怎样应付那些实际问题的方法。但是在各个名字背后藏着的那些物件的本体，他不知道。艺术家可不同，名字不关他的事。他们只知道一件东西是产生一种情绪的工具，那便是说，他们只管得着物件本身的价值，……"好了，我们现在该明白了什么是供应实用的物件，什么是供应美感的物件。譬如一只茶杯，我们叫它作茶杯，是因为它那盛茶的功用；但是画家注意的只是那物象的形状，色彩等等，它的名字是不是茶杯，他不管。但是一个画家怎样才能把那物象表现出来，叫看画的人也只感到形状色彩的美，而不认作茶杯呢？现在我们回到本题了，绘画的困难便在这里，绘画的困难比文学的大，也在这里。

White plates and cups clean-gleaming,
Ringed with blue lines,

白禄克（Rupert Brooke）这种捉拿生魂的神通，决不是画家梦想得到的。就叫寨桑（Cézanne）来动手，结果恐怕还免不掉有点隔膜。这是因为文学的工具根本是富于精神性的。"先拉飞主义"，在诗上的问题小，在画上的问题大，并且他们的诗的成功比画的成功更加可观，便是这个道理。但是不幸的是诗的地位占便宜些，就免不了要引起画的妒忌和羡慕。"先拉飞派"的画家看出了诗的可羡慕的地位，是对的，是他们有眼光；但是他们实际的羡慕了，并且不惜牺牲自家的个性，放弃自家的天职，去求绘画的诗化，那便错了，那是没有眼光。

罗斯金的艺术主张，和"先拉飞派"的主张，本是两方面独自发现的，虽是两方面不约而同的发现，不过自从他们互相认识以后，"先拉飞派"从罗斯金得来的赞助和指导，的确是很多，罗斯金的影响好的，健全的固然不少，但是"先拉飞派"所以用作诗的方法作画，我们饮水思源，实在不能不把一部分的罪过堆在罗斯金身上。我们也承认"先拉飞派"对于宗教——更正确点，宗教方面的中世纪主义——的热心，难免是"牛津运动"的余波，可是如果没有罗斯金那样明白的表示和大声急呼的提倡，我们也可以断定"先拉飞派"是不会得有那样坚决的，极端的主张，因此流弊也不致那样大。罗斯金说：

譬如，雷兰派的一部作品——鲁奔斯（Rubens），樊代克（Vandyke）和冷伯兰提（Rembrandt）永远在例外——都是夸耀画家的口才，都是用清晰而有力的发音术咬着既无用又无味的字眼；至于齐玛孛（Cimabue）和吉莪陀（Giotto）早年的成绩乃是婴孩嘴唇里吐出的热烈的预言。明哲的批评家应该负起责任来审慎辨别什么是语言，什么是思想，还要专心尊崇，赞颂思想，把语言认为下乘，绝对不当与思想相提并论或较量短长。一幅画，如果有的是较高尚较丰富的意义，不问表现得怎样笨拙，比起那表现美满而意义凡庸贫困的作品，定是一幅较伟大的较好的画。

罗斯金的主意是要艺术有一种最高无上的道德的目的，他以为艺术的价值，是随着这目的之有无或高下为转移的，所以他注重的是绘画的“思想”，不是“语言”。这话当然不错，可是问题不是那样简单。试问到底那里是“思想”和“语言”的分野？在绘画里，离开线条和色彩的“语言”，“思想”可还有寄托的余地？如果思想有了，就可以不择表现的方法，只要能达意就成了吗？譬如，在罗瑟蒂的《圣母的童年》里，我们看见一瓶百合，一把荆棘，知道百合象征贞洁，荆棘象征悲哀。好了，画家的意义我们明白了，可是那与绘画本身价值有什么关系？明白了是两个“文学的”概念。“文学的”概念只能间接的引起情感的反应，并且那种情感也未见得纯洁。当然，罗斯金并没有教画家拿那样潦草、肤浅的方法来表现“思想”，但是我们得承认有了罗斯金的推重“思想”，才有罗瑟蒂的只认目的，不择手段的流弊。不但罗瑟蒂，便是韩德的只求局部之精确，忘了全体的谐和，和米雷的欢喜在画里讲故事，何尝不是罗斯金的影响。

但是话又说回头了，我们也不必十分逼罗斯金，连老头子自己都没办法，因为批评家和创作家都是英国人，文学是英国人的天才，也是英国人的癖气。

否定肉体，偏执灵魂的中世纪主义，也是能损毁绘画的纯粹性的一种势力。我们拿中世纪色彩最浓的罗瑟蒂来作例。但是我们先得认清他的文学作品被人攻击为“肉体派的诗”，实在是个大冤枉，幸而攻击他的人，巴坎伦（Robert Buchanan）后来忏悔了。其实在罗瑟蒂的诗里，“肉体美”所以可贵的，完全因为它是“灵魂美”的佐证，所谓“内在的，精神的，美德的一种外在的，有形的符号”，我们读他的《身体的美》（Body's Beauty）那首商籁体便知道了。诗人又在一首题名 Lovesight 的商籁体里问道：

When do I see the most, beloved one?
When in the light the spirit of mine eyes,
Before thy face, their altar, solemnize
The Worship of that love through thee made known?
Or When in the dusk hours (we two alone),
Close-kissed and eloquent of still replies
Thy twilight-hidden glimmering visage lies,
And my soul only sees thy soul its own?

这种神秘性充满了罗瑟蒂全部的著作，可是要把它运用到画里来，问题就困难了，因为神秘性根本是有诗意的，和画却隔膜得多。罗瑟蒂既拿定了主意要神秘化他的画，没有办法就拐一个弯，借那属于文学的，抽象的象征来帮忙，结果我们便得了这样一幅画，例如他的《但丁之梦》。在这画里，神秘的含义谁也承认是十分丰富，丰富的含义总算都表现得够分明的了。但是把它当作画看，未免太分明了，因为所谓“分明”是理智的了解，不是感觉的认识，所以在文学里可以立脚，在画里没有存在的余地。

也许有人又要发问，神秘主义果真不在绘画的范围里吗？绘画绝对不许采取象征作手段吗？吉莪陀，齐玛孛，马沙奇俄（Masaceio）的地位应该推翻吗？不错，早期意大利的名手都是神秘家，都没有鄙视过象征。但是他们的时代是中世纪，不是作中世纪的梦的十九世纪；他们是在宗教里生活着，用不着靠宗教运动求生活；神秘是他们的天性，不是他们的主义；在他们无所谓象征，象征便是实体。我们认为实体的，在他们都是象征。有了那种精神，岂独在美术上可以创造奇迹，在文学上，在生活上，那一项不够我们惊异，拜倒，向往的？兄弟会虽是会模仿，甚至模仿古人的那隐遁的生活，保持着一种宗教式的诚恳态度，但是没有用，模仿毕竟是模仿。何况他们对于宗教并没有正确的领悟。罗瑟蒂对于宗教是一种浪漫的癖好，正如韩德对于宗教是一种历史的好奇心，韩德向巴勒斯登搜集材料，罗瑟蒂向中世纪搜集材料，不过因为那一种空间的，一种时间的距离，能满足他们好奇的欲望罢了。他们的灵感的来源既不真，他们的作品当然是空洞的，软弱的，没有红血轮的。

上面所讨论的，是站在绘画的立脚点上看为什么“先拉飞派”的画中有诗。我们拉杂的举了七种理由。如果翻过面来问为什么“先拉飞派”的诗中又有画，理由当然有许多和上面相同。也有看了彼方面的理由，马上就可想起此方面的。例如单讲罗瑟蒂兄妹，知道安格鲁撒克逊民族的天才是文学，也便想得起拉丁民族的天才是造型艺术——罗瑟蒂兄妹是四分之三的意大利人，四分之一的英国人。还有知道他们的中世纪主义，也不能忘记他们的希腊主义，上文已经提过，他们在济慈的诗里发现了“灵”与“肉”最圆满的调和，并且要把它移植到画里来，可见他们的主张和片面的禁欲主义完全两样。他们的诗里所以充满了属于感觉的绘画，便是这个缘故。

我讲了许多不利于“先拉飞派”或罗瑟蒂个人的话，读者可不要误会，以为我完全不承认他们的价值。尤其是罗瑟蒂的作品，我不仅认为有价值，并且讲老实话，我简直不能抵抗他那引诱，虽是清醒的自我有时告诉我，那艳丽中藏着有毒药。不用讲，我承认我的弱点，便是承认罗瑟蒂的魔力！例如《受佑的比雅特丽琪》（Beata Beatrix），《潘多娜》（Pandora），《窗前》（La Donna della Finestra）等等作品里的可歌可泣的神秘的诗意，谁不陶醉，谁不折服，谁还有工夫附和契斯脱登（G. K. Chesteton）来说那冷心的，狠心的话——“这个大艺术家的成功，是由于不曾辨清他的艺术的性质！”再看他的诗，举一个极端的例：

Herself shall bring us, hand in hand,
To him round whom all souls
Kneel, the clear-ranged unnumbered heads
Bowed with their aureoles:
And angels meeting us shall sing
To their Citherns and Cit les.

我们明晓得这不但是画意，简直是图画——是中世纪道院里那一个老和尚（也许是 Fra Angelico）用金的，宝蓝的，玫瑰红的和五光十色的油漆堆起来的一幅图画。"诗中有画"我们见得多，从莎士比亚，斯宾叟以来的诗人，谁不会在文学里创造几幅画境？但是罗瑟蒂这样的，我们没有见过。我们也知道这正是亚里士多德说的"Shifting his ground another kind，"但是这"移花接木"的本领是值得佩服的，并且这样开出的花是有一种奇异的芬芳的颜色，特别能勾引人们的赏玩。

总结一句，"先拉飞派"的诗和画，的确是有它们的特点，"先拉飞主义"，无论在诗或画方面，似乎是一条新路。问题只是艺术的园地里到底有开辟新畦畛的必要与可能没有？勉强造成的花样，对于艺术的根本价值，是有益还是有损？契斯脱登的评论，我们现在可以全段的征引了：

罗瑟蒂是一个多方面而特出的人才；他没有在任何方面成功；不然，也许不会有人知道他。在那两种艺术上，他是一半成功，一半失败；他的成功完全是他那失败的巧术凑成的。假使他是邓尼生那样一个诗人，也许会成一个能画画的诗人，假使他是白恩·琼士那样一个画家，也许会成一个能作诗的画家。说也奇怪，在这极端的艺术运动的门限上，我们倒发现了这个大艺术家的成功是由于不曾辨清他的艺术的性质。他的诗太像画了。他的画太像诗了。正因为这种缘故，他的诗和画才能征服维多利亚时代的那冷淡的满意，因为他那种作品总算是有东西的，虽则在艺术上是不值些什么的东西。

我们再谈谈王摩诘的“诗中有画，画中有诗”，作个结束。其实这话也不限于王摩诘一个人当得起。从来那一首好诗里没有画，那一幅好画里没有诗？恭维王摩诘的人，在那八个字里，不过承认他符合了两个起码的条件。“先拉飞派”的“诗中有画，画中有诗”可不同，那简直是“张冠李戴”，是末流的滥觞；猛然看去，是新奇，是变化，仔细想想，实在是艺术的自杀政策。

五月廿六日，南京。

原载《新月》第一卷第四期，民国十七年六月十日。

戏剧的歧途

近代戏剧是碰巧走到中国来的。他们介绍了一位社会改造家——易卜生。碰巧易卜生曾经用写剧本的方法宣传过思想，于是要易卜生来，就不能不请他的“问题戏”——《傀儡之家》《群鬼》《社会的柱石》等等了。第一次认识戏剧既是从思想方面认识的，而第一次的印象又永远是有威权的，所以这先入为主的“思想”便在我们脑筋里，成了戏剧的灵魂。从此我们仿佛说思想是戏剧的第一个条件。不信，你看后来介绍萧伯纳，介绍王尔德，介绍哈夫曼，介绍高斯俄绥……那一次不是注重思想，那一次介绍的真是戏剧的艺术？好了，近代戏剧在中国，是一位不速之客；戏剧是沾了思想的光，侥幸混进中国来的。不过艺术不能这样没有身分。你没有诚意请他，他也就同你开玩笑了，他也要同你虚与委蛇了。

现在我们许觉悟了。现在我们许知道便是易卜生的戏剧，除了改造社会，也还有一种更纯洁的——艺术的价值。但是等到我们觉悟的时候，从先的错误已经长了根，要移动它，已经有些吃力了。从先没有专诚敦请过戏剧，现在得到了两种教训。第一，这几年来我们在剧本上所得的收成，差不多都是些稗子，缺少动作，缺少结构，缺少戏剧性，充其量不过是些能读不能演的 closet drama 罢了。第二，因为把思想当作剧本，又把剧本当作戏剧，所以纵然有了能演的剧本，也不知道怎样在舞台上表现了。

剧本或戏剧文学，在戏剧的家庭里，的确是一个问题。只就现在戏剧完成的程序看，最先产生的，当然是剧本，但是这是丢掉历史的说话。从历史上看来，剧本是最后补上的一样东西，是演过了的戏的一种记录。现在先写剧本，然后演戏。这种戏剧的文学化，大家都认为是戏剧的进化。从一方面讲，这当然是对的，但是从另一方面讲，可又错了。老实说，谁知道戏剧同文学拉拢了，不就是戏剧的退化呢？艺术最高的目的，是要达到“纯形”pure form 的境地，可是文学离这种境地远着了，你可知道戏剧为什么不能达到“纯形”的涅槃世界吗？那都是害在文学的手里。自从文学加进了一分儿，戏剧便永远注定了是一副俗骨凡胎，永远不能飞升了；虽然它还有许多的助手——有属于舞蹈的动作，属于绘画建筑的布景，甚至还有音乐，那仍旧是没有用的。你们的戏剧家提起笔来，一不小心，就有许多不相干的成分粘在他笔尖上了——什么道德问题，哲学问题，社会问题……都要粘上来了。问题粘的愈多，纯形的艺术愈少。这也难怪，文学，特别是戏剧文学之容易招惹哲理和教训一类的东西，如同腥膻的东西之招惹蚂蚁一样。你简直没有办法。一出戏是要演给大众看的；没有观众，也就没有戏，严格的讲来。好了，你要观众看，你就得拿他们喜欢看，容易看的，给他们看。假如你们的戏剧家的成功的标准，又只是写出戏来，演了，能够叫观众看得懂，看得高兴。那么他写起戏剧来，准是一些最时髦的社会问题，再配上一点作料，不拘是爱情，是命案，都可以。这样一来，社会问题是他们本地当时的切身的问题，准看得懂；爱情，命案，永远是有趣味的，准看得高兴。这样一出戏准能哄动一时。然后戏剧家可算成功了。但是戏剧的本身呢？艺术呢？没有人理会了。犯这样毛病的，当然不只戏剧家。譬如一个画家，若是没有真正的魄力来找出"纯形"的时候，他便摹仿照像了，描漂亮脸子了，讲故事了，谈道理了，做种种有趣味的事件，总要使得这一幅画有人了解，不管从那一方面去了解。本来做有趣味的事件是文学家的惯技。就讲思想这个东西，本来同"纯形"是风马牛不相及的，但是那一件文艺，完全脱离了思想，能够站得稳呢？文字本是思想的符号，文学既用了文字作工具，要完全脱离思想，自然办不到。但是文学专靠思想出风头，可真是没出息了。何况这样出风头是出不出去的呢？谁知道戏剧拉到文学的这一个弱点当作宝贝，一心只想靠这一点东西出风头，岂不是比文学还要没出息吗？其实这样闹总是没有好处的。你尽管为你的思想写戏，你写出来的，恐怕总只有思想，没有戏。果然，你看我们这几年来所得的剧本里，不是没有问题，哲理，教训，牢骚，但是它禁不起表演，你有什么办法呢？况且这样表现思想，也不准表现得好，那可真冤了！为思想写戏，戏当然没有，思想也表现不出。"赔了夫人又折兵"，谁说这不是相当的惩罚呢？

不错，在我们现在这社会里，处处都是问题，处处都等候着易卜生，萧伯纳的笔尖来给它一种猛烈的戟刺。难怪青年的作家个个手痒，都想来尝试一下。但是，我们可知道真正有价值的文艺，都是“生活的批评”；批评生活的方法多着了，何必限定是问题戏？莎士比亚没有写过问题戏，古今有谁批评生活比他更批评得透彻的？辛格批评生活的本领也不差罢？但是他何尝写过问题戏？只要有一个脚色，便叫他会讲几句时髦的骂人的话，不能算是问题戏罢？总而言之，我们该反对的不是戏里含着什么问题；若是因为有一个问题，便可以随便写戏，那就把戏看得太不值钱了。我们要的是戏，不拘是那一种的戏。若是仅仅把屈原，聂政，卓文君，许多的古人拉起来，叫他们讲了一大堆社会主义，德谟克拉西，或是妇女解放问题，就可以叫作戏，甚至于叫作诗剧，老实说，这种戏，我们宁可不要。

因为注重思想，便只看得见能够包藏思想的戏剧文学，而看不见戏剧的其余的部分。结果，到于今，不三不四的剧本，还数得上几个，至于表演同布景的成绩，便几等于零了。这样做下去，戏剧能够发达吗？你把稻子割了下来，就可以摆碗筷，预备吃饭了吗？你知道从稻子变成饭，中间隔着了好几次手续，是同样的复杂？这些手续至少都同剧本一样的重要。我们不久就要一件件的讨论。

原载《北平晨报》副刊，十五年六月二十四日。

泰果尔批评

听说 Sir Rabindranath Tagore 快到中国来了。这样一位有名的客人来光临我们，我们当然是欢迎不暇的了。我对客人来表示了欢迎之后，却有几句话要向我们自己——特别是我们文学界——讲一讲。

无论怎样成功的艺术家，有他的长处，必有他的短处。泰果尔也逃不出这条公例。所以我们研究他的时候，应该知所取舍。我们要的是明察的鉴赏，不是盲目的崇拜。

哲理本不宜入诗，哲理诗之难于成为上等的文艺正因这个原故。许多的人都在这上头失败了。泰果尔也曾拿起 Ulysses 底大弓尝试了一番，他也终于没有弯得过来。国内最流行的《飞鸟》，作者本来就没有把它当诗做；(这一部格言，语录和“寸铁诗”是他游历美国时写下的。Philadelphia Public Ledger 底记者只说“从一方面讲这些飞鸟是些微小的散文诗”，因为它们暗示日本诗底短小与轻脆。)我们姑且不必论它。便是那赢得诺贝奖的《偈檀迦利》和那同样著名的《采果》，其中也有一部分是诗人理智中的一些概念，还不曾通过情感的觉识。这里头确乎没有诗。谁能把这些哲言看懂了，他所得的不过是猜中了灯谜底胜利的欢乐，决非审美的愉快。这一类的千熬百炼的哲理的金丹正是诗人自己所谓

Life’s harvest mellows into golden wisdom.

然而诗家的主人是情绪，智慧是一位不速之客，无须拒绝，也不必强留。至于喧宾夺主却是万万行不得的！

《偈檀迦利》同《采果》里又有一部分是平凡的祷词。我不怀疑诗人祈祷时候的心境最近于 ecstacy，ecstacy 是情感底最高潮，然我不能承认这些是好诗。推其理由，也极浅鲜。诗人与万有冥交的时候，已先要摆脱现象，忘弃肉体之存在，而泯没其自我于虚无之中。这种时候，一切都没有了，那里还有语言，更那里还有诗呢？诗人在别处已说透了这一层秘密——他说上帝底面前他的心灵 vainly struggles for a voice。从来赞美诗（hymns）中少有佳作，正因作者要在“入定”期中说话；首先这种态度就不诚实了，讲出的话，怎能感人呢？若择定在准备“入定”之前期或回忆“入定”之后期为诗中之时间，而以现象界为其背景，那便好说话了，因为那样才有说话的余地。

泰果尔底文艺底最大的缺憾是没有把捉到现实。文学是生命底表现，便是形而上的诗也不外此例。普遍性是文学底要质而生活中的经验是最普遍的东西，所以文学底宫殿必须建在生命底基石上。

形而上学惟其离生活远，要它成为好的文学，越发不能不用生活中的经验去表现。形而上的诗人若没有将现实好好的把捉住，他的诗人的资格恐怕要自行剥夺了。

印度的思想本是否定生活的，严格讲来，不宜于艺术的发展。泰果尔因为受了西方文化底陶染，他的思想已经不是标类的印度思想了。他曾宣言了——Deliveranse is not for me in renunciation，然而西方思想究竟是在浮面黏贴着，印度的根性依然藏伏在里边不曾损坏。他怀慕死亡的时候，究竟比歌讴生命的时候多些。从他的艺术上看来，他在这世界里果然是一个生疏的旅客。他的言语，充满了抽象的字样，是另一个世界的方言，不像我们这地球上的土语。他似乎不大认识我们的环境与风俗，因为他提到这些东西的时候，只是些肤浅的观察，而且他的意义总是难得捉摸。总而言之，他的举止吐属，无一样不现着 outlandish，无怪乎他常感着

homesick... for the one sweet hour across the sea of time，

因为他不曾明白地讲过吗？

I came to your shore as a stranger，I lived in your house as a guest... my earth.

泰果尔虽然爱好自然，但他爱的是泛神论的自然界。他并不爱

自然的本身，他所爱的是 the simple meaning of thy whisper in showers and sunshine，是 God's power... in the gentle breeze，是鸟翼，星光同四季的花卉所隐藏着的，the unseen way。人生也不是泰果尔底文艺的对象，只是他的宗教的象征。穿绛色衣服的行客，在床上寻找花瓣的少女，仆人或新妇在门口伫望主人回家，都是心灵向往上帝底象征；一个老人坐在小船上鼓瑟，不是一个真人，乃是上帝底原身。诗人底“父亲”“主人”“爱人”“弟兄”“朋友”都不是血肉做的人，实在便是上帝。泰果尔记载了一些自然的现象，但没有描写他们；他只感到灵性的美，而不赏识官觉的美。泰果尔摘录了些人生的现象，但没有表现出人生中的戏剧；他不会从人生中看出宗教，只用宗教来训释人生。把这些辨别清楚了，我们便知道泰果尔何以没有把捉住现实；由此我们又可以断言诗人的泰果尔定要失败，因为前面已经讲过，文学底宫殿必须建在现实的人生底基石上。果然我们读《偈檀迦利》《采果》《园丁》《新月》等，我们仿佛寄身在一座云雾的宫阙里，那里只有时隐时现，似人非人的生物。我们初到时，未尝不觉得新奇可喜；然而待久一点，便要感着一种可怕的孤寂，这时我们渴求的只是与我们同类的人，我们要看看人底举动，要听听人底声音，才能安心。我们在泰果尔底世界里要眷念着我们的家乡，犹之泰果尔在我们的地球上时时怀想他的故土一样。

多半时候泰果尔只能诉于我们的脑经，他常常能指点出一个出人意外入人意中的真理来。但是他并不能激动我们的情绪，使我们感觉到生活底溢流。这也是没有把捉住人生底结果。他若是勉强弹上了情绪之弦，他的音乐不失之于渺茫，便失之于纤弱，渺茫到了玄虚的时候，便等于没有音乐！纤弱的流弊能流于感伤主义。我们知道做《新月》的泰果尔很能了解儿童，却不料他自己竟变成一个儿童了，因为感伤主义正是儿童与妇女底情绪。（写到这里，我记起中国最善学泰果尔的是一个女作家；必是诗人底作品中女性的成分才能引起女人底共鸣。）泰果尔底诗是清淡，然而太清淡，清淡到空虚了；泰果尔的诗是秀丽，然而太秀丽，秀丽到纤弱了。Mr. John Macy 批评《园丁》里一首诗讲道：（it）would be faintly impressive if Walt Whitman had never lived. 我们也可以讲若是李杜没有生，韦孟也许可以作中国的第一流诗人了。

在艺术方面泰果尔更不足引人入胜。他是个诗人，而不是个艺术家。他的诗是没有形式的。我讲这一句话恐怕又要触犯许多人底忌讳。但是我不能相信没有形式的东西怎能存在，我更不能明了若没有形式艺术怎能存在！固定的形式不当存在；但是那和形式的本身有什么关系呢？我们要打破一个固定的形式，目的是要得到许多变异的形式罢了。泰果尔底诗不但没有形式，而且可说是没有廓线。因为这样，所以单调成了它的特性。我们试读他的全部的诗集，从头到尾，都仿佛不成形体，没有色彩的 amoeba 式的东西。我们还要记好这是些抒情的诗。别种的诗若是可以离形体而独立，抒情诗是万万不能的。Walter Pater 讲了：“抒情诗至少从艺术上讲来是最高尚最完美的诗体，因为我们不能使其形式与内容分离而不影响其内容之本身。”

泰果尔底诗之所以伟大是因为他的哲学，论他的艺术实在平庸得很。他在欧洲的声望也是靠他诗中的哲学赢来的。至于他的知音夏芝所以赏识他，有两种潜意识的私人的动机，也不必仔细去讲它。但是我们要估定泰果尔底真价值，就不当取欧洲人底态度或夏芝底态度，也不当因为作者与自己同是东方人，又同属于倒霉的民族而受一种感伤作用底支配；我们但当保持一种纯客观的，不关心的 disinterested 态度。若真能用这种透视法去观赏泰果尔底艺术，我想我们对于这位诗人底价值定有一番新见解。于今我们的新诗已够空虚，够纤弱，够偏重理智，够缺乏形式的了，若再加上泰果尔底影响，变本加厉，将来定有不可救药的一天。希望我们的文学界注意。

原载《时事新报》《文学》副刊，十二年十二月三日。

谈商籁体

梦家：商籁体读到了，印象不大深，恐怕这初次的尝试还不能算成功。这体裁是不容易做。十四行与韵脚的布置是必需的，但非重要的条件。关于商籁体裁早想写篇文章谈谈，老是忙，身边又没有这类的书，所以没法动手。大略的讲，有一个基本的原则非遵守不可，那便是在第八行的末尾，定规要一个停顿。最严格的商籁体，应以前八行为一段，后六行为一段；八行中又以每四行为一小段，六行中或以每三行为一小段，或以前四行为一小段，末二行为一小段。总计全篇的四小段，（我讲的依然是商籁体，不是八股！）第一段起，第二承，第三转，第四合。讲到这里，你自然明白为什么第八行尾上的标点应是“。”或与它相类的标点。“承”是连着“起”来的，但“转”却不能连着“承”走，否则转不过来了。大概“起”“承”容易办，“转”“合”最难，一篇精神往往得靠一转一合。总之，一首理想的商籁体，应该是个三百六十度的圆形；最忌的是一条直线。你试拿这标准去绳量你的《太湖之夜》，可不嫌直一点吗？至于那第二行的“太湖……的波纹？正流着泪”与第三行“梅苞画上一道清眉”，究竟费解。还有一点，十一，十四两行的韵与一，四，五，八重复，没有这种办法。第一行与第十四行不但韵重，并且字重，更是体裁所不许的。“无限的意义都写在太湖万顷的水”——这“水”字之下如何少得一个“上”字或“里”字？我说破以后，你能不哑然失笑吗？“耽心”的“耽”字是“乐”的意思（《书经》：“惟耽乐之从”），从“目”的“虎视眈眈”也不对。普通作“单心”也没有讲。应该是“担心”，犹言“放不下心”。“担心”这两字多么生动，具体，富于暗示，丢掉这样的字不用，去用那“无意义”“无生气”的“耽心”，岂不可惜？音节和格律的问题，始终没有人好好的讨论过。我又想提起这用字的问题来，又怕还是一场自讨没趣。总之这些话，深的人嫌它太浅，浅的人又嫌它太深，叫人不晓得如何开口。

一多。二月十九夜，青岛。

原载《新月》第三卷第五六期。

论“悔与回”

梦家：在自己作不出诗来的时候，几乎觉得没有资格和人谈诗。诗如今做出了（已寄给志摩先生了），资格恢复了，信当然也可以写。《悔与回》自然是本年诗坛最可纪念的一件事。我曾经给志摩写信说：我在捏着把汗夸奖你们——我的两个学生；因为我知道自己决写不出那样惊心动魄的诗来，即使有了你们那样哀艳凄馨的材料。有几处小地方却有商酌的余地。（一）不用标点，不敢赞同。诗不能没有节奏。标点的用处，不但界划句读，并且能标明节奏（在中国文字里尤其如此），要标点的理由如此，不要它的理由我却想不出。（二）“生殖器的暴动”一类的句子，不是表现怨毒，愤嫉时必需的字句。你可以换上一套字样，而表现力能比这增加十倍。不信拿志摩的《罪与罚》再读读看。玮德的文字比梦家来得更明彻，是他的长处，但明彻则可，赤裸却要不得。这理由又极明显。赤裸了便无暗示之可言，而诗的文字哪能丢掉暗示性呢？我并非绅士派，“苍蝇似的思想垃圾桶里爬”，我也有顾不到体面的时候，但碰到“梅毒”“生殖器”一类的字句，我却不敢下手。（三）长篇的“无韵式”的诗，每行字数似应多点才称得住。（四）句子似应稍整齐点，不必呆板的限定字数，但各行相差也不应太远，因为那样才显得有分量些。以上两点是我个人的见解，或许是偏见。我是受过绘画的训练的，诗的外表的形式，我总不忘记。既是直觉的意见，所以说不出什么具体的理由来，也没有人能驳倒我。（五）我认为长篇的结构应拿玮德他们府上那一派的古文来做模范。谋篇布局应该合乎一种法度，转折处尤其要紧——索性腐败一点——要有悬崖勒马的神气与力量。再翻开《古文辞类纂》来体贴一回，你定可以发现其间艺术的精妙。照你们这两首看来，再往下写三十行五十行，未尝不可，或少写十行二十行，恐怕也无大关系。艺术的 finality 在哪里？

讲的诚然都是小地方，但如今没有人肯讲敢讲。我对于你们既不肯存一分虚伪，也不必避什么嫌疑，拉杂的写了许多，许也有可采的地方。

玮德原来也在中大，并且我在那里的时候，曾经与我有过一度小小的交涉。若不是令孺给我提醒，几乎全忘掉了。可是一个泛泛的学生，在他没写出《悔与回》之前，我有记得他的义务吗？写过那样一首诗以后，即使我们毫无关系，我也无妨附会说他是我的学生，以增加我的光荣。我曾托令孺向玮德要张相片来，为的是想藉以刷去记忆上的灰尘，使他在我心上的印象再显明起来。这目的马上达到了，因为凑巧她手边有他一张照片——我无法形容我当时的愉快！现在我要《悔与回》的两位诗人，时时在我案头与我晤对，你们可能满足我这点痴情吗？祝二位康健！

闻一多，十二月廿九日。

原载《新月》第三卷第五六期。

杂文

目录

315 家族主义与民族主义
319 复古的空气
324 什么是儒家
330 关于儒·道·土匪
336 从宗教论中西风格
343 五四运动的历史法则
348 五四断想
350 调整大学文学院中国文学外国语文学二系机构刍议
355 妇女解放问题
360 伟大的事实不朽的意义
365 可怕的冷静
368 愈战愈强
371 一个白日梦
374 画展
377 “新中国”给昆明一个耳光罢
379 “一二·一”运动始末记
383 谨防汉奸合法化

家族主义与民族主义

周初是我们历史的成年期，我们的文化也就在那时定型了。当时的社会组织是封建的，而封建的基础是家族，因此我们三千年来的文化，便以家族主义为中心，一切制度，祖先崇拜的信仰，和以孝为核心的道德观念等等，都是从这里产生的。与家族主义立于相反地位的一种文化势力，便是民族主义。这是我们历史上比较晚起的东西。在家族主义的支配势力之下，它的发展起初很迟钝，而且是断断续续的，直至最近五十年，因国际形势的刺激，才有显著的持续的进步。然而时代变得太快，目前这点民族意识的醒觉，显然是不够的。我们现在将三千年来家族主义与民族主义两个势力发展的情形，作一粗略的检讨，这对于今后发展民族主义许是应有的认识。

上文已经说过，建立封建制度的基础是家族制度。但封建制度的崩溃，也正由于它这基础。一个最强固的家族，是在它发展得不大不小的时候。太小固然不足以成为一个力量，太大则内部散漫，本身力量互相抵销，因此也不能成为一个坚强统一的有机体。封建的重心始终在中层的大夫阶级，理由便在此。重心在大夫，所以侯国与王朝必趋于削弱，以至制度本身完全解体。一方面封建制度下所谓国，既只是一群家的组合体，其重心在家而不在国，一方面国与国间的地理环境，既无十分难以打通的天然墙壁，而人文方面，尤其是文字的统一，处处都是妨碍任何一国发展其个别性的条件，因此在列国之间，类似民族主义的观念便无从产生。春秋时诚然喊过一度“尊王攘夷”的口号，但是那“夷”毕竟太容易“攘”了（有的还不待攘而自被同化），所以也没有逼出我们的民族主义来。我们一直在为一种以家族主义为基础的天下主义努力，那便是所谓“天下一家”的理想。到了秦汉，这理想果然实现了。就以家族主义为基础的精神看来，郡县只是抽掉了侯国的封建——一种阶层更简单，组织更统一，基础更稳固的封建制度，换言之，就是一种更澈底，更合理的家族主义的社会组织。汉人看清了这一点，索性就以治家之道治天下，而提倡孝，尊重儒术。这办法一直维持了二千余年，没有变过，可见它对于维持内部秩序相当有效。可惜的是一个国家的问题不仅从内部发生，因而家族主义的作用也就有时而穷了。

自汉朝以孝行为选举人才的标准，渐渐造成汉末魏晋以来的门阀之风，于是家族主义更为发达。突然来临的五胡乱华的局面，不但没有刺激我们的民族主义，反而加深了我们的家族主义。因为当时的人是用家族主义来消极的抵抗外患。所以门阀之风到了六朝反而更盛，如果当时侵入的异族讲了民族主义，一意要胡化中国，我们的家族主义未尝不可变质为民族主义。无奈那些胡人只是学华语，改汉姓，一味向慕汉化，人家既不讲民族主义，我们的民族主义自然也讲不起来。一方面我们自己想藉家族主义以抵抗异族，一方面异族也用釜底抽薪的手段，附和我们的家族主义，以图应付我们，于是家族主义便愈加发达，而民族意识便也愈加消沉。再加上当时内侵的异族本身，在种族方面万分复杂，更使民族主义无法讲起。结果到了天宝之乱，几乎整个朝廷的文武百官，都为了保全身家性命，投降附逆了。一位"麻鞋见天子，衣袖露两肘"的诗人便算作了不得的忠臣，那时代的忠的观念之缺乏，真叫人齿冷！这大概是历史上民族意识最消沉的一个时期了。

然而唐初已开始破坏门阀，而轻明经，重进士的选举制度也在暗中打击拥护家族主义的儒家思想，这些措施虽未能立刻发生影响而消灭门阀观念，但至少中唐以下，十分不尽人情的孝行是不多见了。（韩愈《辩讳》便是孝的观念在改变中之一例。）这是历史上一个重要的转折点。因为老实说，忠与孝根本是冲突的，若非唐朝先把孝的观念修正了，临到宋朝，无论遇到多大的外患，还是不会表现那么多忠的情绪的。孝让一步，忠才能进一步，忠孝不能两全，家族主义与民族主义不能并立，不管你愿意与否，这是铁的事实。

历史进行了三分之二的年代，到了宋朝，民族主义这才开始发芽，迟是太迟，但仍然是值得庆幸的。此后的发展，虽不是直线的，大体说来，还是在进步着。从宋以下，直到清末科举被废，历代皆以经义取士，这证明了以孝为中心思想的家族主义，依然在维持着它的历史的重要性。但蒙古满清以及最近异族的侵略，却不断的给予了我们民族主义发展的机会，而且每一次民族革命的爆发，都比前一次更为猛烈，意识也更为鲜明。由明太祖而太平天国，而辛亥革命，以至目前的抗战，我们确乎踏上了民族主义的路。但这条路似乎是扇形的，开端时路面很窄，因此和家族主义的路两不相妨，现在路面愈来愈宽，有侵占家族主义的路面之势，以至将来必有那么一天，逼得家族主义非大大让步不可。家族是永远不能废的，但家族主义不能存在。家族主义不存在，则孝的观念也要大大改变，因此儒家思想的价值也要大大的减低了。家族主义本身的好坏，我们不谈，它妨碍民族主义的发展是事实，而我们现在除了民族主义没有第二条路可走（因为这是到大同主义必经之路），所以我们非请它退让不可。

有人或许以为讲民族主义，必须讲民族文化，讲民族文化必须以儒家为皈依。因而便不得不替家族主义辩护，这似乎是没有认清历史的发展。而且中国的好东西至少不仅仅是儒家思想，而儒家思想的好处也不在其维护家族主义的孝的精神。前人提过“移孝作忠”的话，其实真是孝，就无法移作忠，既已移作忠，就不能再是孝了。倒是“忠孝不能两全”真正一语破的了。

复古的空气

近来在思想和文学艺术诸方面，复古的空气颇为活跃，这是值得注意的一个现象。就一般民众讲，文化是有惰性的，而农业社会尤其如此。几千年积下来的习惯和观念，几乎成了第二天性，骤然改动，是不舒服的。其实就这群浑浑噩噩的大众说，他们始终是在“古”中没有动过，他们未曾维新，还谈得到什么复古！我们所谓复古空气，自然是专指知识和领导阶级说的。不过农民既几乎占我们人口百分之八十，少数的知识和领导阶级，不会不受他们的影响，所以谈到少数人的复古空气，首先不能不指出那作为他们的背景的大众。至于少数人之间所以发生这种空气，其原因与动机，可以分作四个类型来讲。

（一）一般的说来，复古倾向是一种心理上的自卫机能。自从与外人接触，在物质生活方面，发现事事不如人，这种发现所给予民族精神生活的担负，实在太重了。少数先天脆弱的心灵确乎给它压瘪了，压死了。多数人在这时，自卫机能便发生了作用。本来文学艺术以及哲学就有逃避现实的趋势，而中国的文学艺术与哲学尤其如此。

中国人现实方面的痛苦，这时正好利用它们来补偿。一想到至少在这些方面我们不弱于人，于是便有了安慰。说坏了，这是“鱼处于陆，相濡以湿，相嘘以沫”的自慰的办法。说好了，人就全靠这点不肯绝望的刚强性，才能够活下去，活着奋斗下去。这是紧急关头的一帖定心剂。虽不澈底，却也有些暂时的效用。代表这种心理的人，虽不太强，也不太弱，惟其自知是弱，所以要设法“自卫”，但也没有弱到连“自卫”的意志都没有，所以还算相当的强，平情而论，这一类型的复古倾向，是未可厚非的。

（二）另一类型是带有报复意味的自尊心理，凡是与外人直接接触较多，自然也就是饱尝屈辱经验的人，一方面因近代知识较丰富，而能虚心承认自己落后，另一方面，因为往往是社会各部门的领袖，所以有他们应有的骄傲和自尊心，然责任又教他们不能不忍重负辱，那种矛盾心理的压迫是够他们受的。压迫愈大，反抗也愈大。一旦机会来了，久经屈辱的自尊心是知道图报复的；于是紧跟着以抗战换来的民族荣誉和国家地位，便是甚嚣尘上的复古空气。前一类型的心理说我们也有不弱于人的地方，这一类型的简直说我们比他们高。这些人本来是强者，自大是强者的本色，民族荣誉和国家地位也实在来得太突然，教人不能不迷惑。依强者们看来，一种自然的解释，是本来我们就不是不如人，荣誉和地位我们是应得。诚然——但是那种趾高气扬的神情总嫌有些不够大方罢！

（三）第三个类型的复古，与其说是自尊，无宁说是自卑，不少的外国朋友捧起中国来，直使我们茫然。要晓得西洋的人本性是浪漫好奇的，甚至是怪僻的，不料真有人盲从别人来捧自己，因而也大干起复古的勾当来。实在是这种复古以媚外的心理，也并不少见。

（四）如果第三种人是完全没有自己，第四种人便是完全为自己打算的。有的是以复古来掩饰自己不懂近代知识，多半的老先生们属于这一类，虽则其中少年老成的分子也不在少数。有的正相反，又以复古来掩饰自己不大懂线装书的内容，暴发户的“二毛子”属于这一类，虽则只读洋装书的堂堂学者们也有时未能免俗。至于有人专门搬弄些“假古董”在国际市场上吸收外汇，因而为对外推销的广告作用，不得不响应国内的复古运动，那就不好批评了。

复古的心理是分析不完的。大致说来，最显著的不外上述的四类型。其中有比较可取的，有居心完全不可问的。纯粹属于某一类型的大概很少，通常是几种揉合错综起来的一个复杂体。说复古空气是最近新兴的现象，也不合事实。趋势早已在酝酿，不过最近似乎更表面化了一点。为什么最近才表面化？当然与抗战有关。历史在转向，转向时的心理是不会有平静。转得愈急，波动愈大，所以在这抗战期间，一面近代化的呼声最高，一面复古的空气也最浓厚。

就一般的人说，心理的波动，不足怪，但少数的知识和领导分子，却应该早已认清历史，拿定主意，游移虽不致改变历史，但是会延缓历史的进展，须知我们的时间和精力却不容浪费。

我们的民族和文化所以能存在到今天，自然有其生存的道理在，这道理并不像你所想的，在能保存古的，而是正相反，在能吸收新的。历史告诉我们，中国文化并不是一个单纯的，一成不变的文化，（如果是那样的，它就早完了。）最初东西夷夏两民族，分明代表着两个不同的文化。

如果你站在东方，以夷（殷人及东夷）为本位，那便是夷吸收了夏，如果站在西方，以夏（夏周）为本位，那便是夏吸收了夷。但是这两个文化早已融合到一种程度，使得我们分辨不出谁是主，谁是客来。在血缘上，楚与北方夷夏两族的关系，究竟如何，现在还不知道。无论如何，在文化上，直至战国，他们还是被视为外国人的。逐渐的这一支文化也被吸收了，到了汉朝，南北又成了一家，分不出主客来。究竟谁是我们的“古”？严格的讲，殷的后裔孔子若要复古，文武周公就得除外，屈原若要复古，就得否认《三百篇》。从西周到战国，无疑是我们文化史中最光荣的一段，但从没有听说那时的人站在民族的立场上讲复古的。即便依你的说法，先秦北方的夷夏和南方的楚，在民族上还是一家，文化也不过是大同小异，不能和今天的情形相比。那么，打汉末开始的一整部佛教史又怎样呢？宋明人要讲复古，会有他们那“儒表佛里”的理学吗？会有他们那《西厢》《水浒》吗？还有一部清代的朴学史，也不能不承认是耶稣教士带来的西洋科学精神的赐予。以上都是极显而易见的历史事实，文化史上每放一次光，都是受了外来的刺激，而不是因为死抓着自己固有的东西。

不但中国如此，世界上多少文化都曾经因接触而交流，而放出异彩。凡是限于天然环境，不能与旁人接触，而自己太傻太笨，不能，因此就不愿学习旁人的民族，没有不归于灭亡的。天然环境的限制，只要有决心，有勇气，还可以用人力来打开（例如我们的法显，玄奘，义净诸人的故事），怕的是自己一味固执，不肯虚怀受善。其实那里是不肯，恐怕还是不能，不会罢！如果是这种情形，那就惨了。我深信我们今天的情形，不属于这一类，然而我仍然有点不放心。佛教思想与老庄本就有些相近，让我们接受佛教思想，比较容易。今天来的西洋思想确乎离我们太远，是不是有人因望而生畏，索性就提倡复古以资抵抗呢？幸而今天喜欢嚷嚷孔学，和哼哼歪诗的人，究竟不算太多，而青年人尤其少。

我得强调的声明，民族主义我们是要的，而且深信是我们复兴的根本。但民族主义不该是文化的闭关主义。我甚至相信正因我们要民族主义，才不应该复古。老实说，民族主义是西洋的产物，我们的所谓"古"里，并没有这东西。谈谈孔学，做做歪诗，结果只有把今天这点民族主义的萌芽整个毁掉完事。其实一个民族的"古"是在他们的血液里，像中国这样一个有悠久历史的民族，要取消它的"古"的成分，并不太容易。难的倒是怎样学习新的，因为在上文我们已经提过，文化是有惰性的，而愈老的文化，惰性也愈大。克服惰性是一件难事啊！

有人说，你太傻了，你忘了"儒表佛里"的理学家的道统是从文武周公算起的，而不从释迦牟尼算起，接受西洋科学精神的朴学，仍旧称为汉学，而不称西学。内容无妨接受人家，外表还得是自己的。这是面子问题，而面子也不能不顾。今天的复古，也可以作如是观。我但愿自己太傻，然而我又担心拥护复古的人们和我一样的傻。傻到真正言行一致。

什么是儒家

——中国士大夫研究之一

一

"无论在任何国家……"伊里奇在他的《国家论》里说，"数千年间全人类社会的发展，把这发展的一般的合法则性，规则性，继起性，这样的指示给我们了：即是，最初是无数阶级社会——贵族不存在的太古的，家长制的，原始的社会；其次是以奴隶制为基础的社会，奴隶占有者的社会。……奴隶占有者和奴隶是最初的阶级分裂。前一集团不仅占有生产手段——土地，工具（虽然工具在那时是幼稚的），而且还占有了人类。这一集团称为奴隶占有者，而提供劳动于他人的那些劳苦的人们便称为奴隶。"中国社会自文明初发出曙光。即约当商盘庚时起，便进入了奴隶制度的阶段，这个制度渐次发展，在西周达到它的全盛期，到春秋中叶便成强弩之末了，所以我们可以概括的说，从盘庚到孔子，是我们历史上的奴隶社会期。但就在孔子面前，历史已经在剧烈的变革着，转向到另一个时代，孔子一派人大声急呼，企图阻止这一变革，然而无效。历史仍旧进行着，直到秦汉统一，变革的过程完毕了，这才需要暂时休息一下。趁着这个当儿，孔子的后学们，董仲舒以代表，便将孔子的理想，略加修正，居然给实现了。在长时期变革过程的疲惫后，这是一帖理想的安眠药，因为这安眠药的魔力，中国社会便一觉睡了两千年，直到孙中山先生才醒转一次。孔子的理想既是恢复奴隶社会的秩序，而董仲舒是将这理想略加修正后，正式实现了，那么，中国社会，从董仲舒到中山先生这段悠长的期间，便无妨称为一个变相的奴隶社会。

董仲舒的安眠药何以有这大的魔力呢？要回答这个问题，还得从头说起。相传殷周的兴亡是仁暴之差的结果，这所谓仁与暴分明代表着两种不同的奴隶管理政策。大概殷人对于奴隶榨取过度，以至奴隶们“离心离德”而造成“前途倒戈”的后果，反之，周人的榨取比较温和，所以能一方面赢得自己奴隶的“同心同德”，一方面又能给太公以施行“阴谋”的机会，教对方的奴隶叛变他们自己的主人。仁与暴漂亮的名词，实际只是管理奴隶的方法有的高明点，有的笨点罢了。周人还有个高明的地方，那便是让胜国的贵族管理胜国的奴隶。《左传·定四年》说：“周公相王室，分鲁公以……殷民六族……使帅其宗氏，辑其分族，将其类丑：使之职事于鲁，……分之土田陪敦（附庸，即仆庸），祝宗卜史，备物典策，官司彝器。……分康叔以……殷民七族。……”这些殷民六族与七族便是胜国投降的贵族，那些“备物典策，官司彝器”的“祝宗卜史”便是后来所谓“儒”——寄食于贵族的智识分子。让贵族和智识分子分掌政教，共同管理自己的奴隶“附庸”，这对奴隶们和奴隶占有者“周人”双方都有利的，因为以居间的方式他们可以缓和主奴间的矛盾，他们实在做了当时社会机构中的一种缓冲阶层。后来胜国贵族们渐趋没落，而儒士们因有特殊智识和技能，日渐发展成一种宗教文化的行帮企业，兼理着下级行政干部的事务，于是缓冲阶层便为儒士们所独占了。当然也有一部分没落的胜国贵族，改业为儒，加入行帮的。

明白了这种历史背景，我们就可以明白儒家的中心思想。因为儒家是一个居于矛盾的两极之间的缓冲阶层的后备军，所以他们最忌矛盾的统一，矛盾统一了，没有主奴之分，便没有缓冲阶层存在的余地。他们也不能偏袒某一方面，偏袒了一方，使一方太强，有压倒对方的能力，缓冲者也无事可做。所谓“君子和而不同”，便是要使上下在势均力敌的局面中和平相处，而切忌“同”于某一方面，以致动摇均势，因为动摇了均势，便动摇自己的地位啊！儒家之所以不能不讲中庸之道，正因他是站在中间的一种人。中庸之道，对上说，爱惜奴隶，便是爱惜自己的生产工具，也便是爱惜自己，所以是有利的，对下说，反正奴隶是做定了，苦也就吃定，只要能吃点苦就是幸福，所以也是有利的。然而中庸之道，最有利的，恐怕还是那站在中间，两边玩弄，两边镇压，两边劝谕，做人又做鬼的人吧！孔子之所以宪章文武，尤其梦想周公，无非是初期统治阶级的奴隶管理政策，符合了缓冲阶层的利益，所谓道统者，还是有其社会经济意义的。

可是切莫误会，中庸绝不是公平。公平是从是非观点出发的，而中庸只是在利害中打算盘。主奴之间还讲什么是非呢？如果是要追究是非，势必牵涉到奴隶制度的本身，如果这制度本身发生了问题，那里还有什么缓冲阶层呢？显然的，是非问题是和儒家的社会地位根本相抵触的。他只能一面主张“成事不说，遂事不谏，既往不咎”，一面用正名（君君臣臣，父父子子）的理论，维持现有的秩序（既成事实），然后再苦口婆心的劝两面息事宁人，马马虎虎，得过且过。我疑心“中庸”之庸字也就是“附庸”之庸字，换言之，“中庸”便是中层或中间之佣。自身既也是一种佣役（奴隶），天下那有奴隶支配主义的道理，所以缓冲阶层的真正任务，也不过是恳求主子刀下留情，劝令奴才忍重负辱，“执中无权，犹执一也”，天秤上的码子老是向重的一头移动着，其结果，“中庸”恰恰是“不中庸”。可不是吗？“爵禄可辞也，白刃可蹈也，中庸不可能也！”果然你辞了爵禄，蹈了白刃，那于主人更方便（因为把劝架的人解决了，奴才失去了掩蔽，主人可以更自由的下毒手），何况爵禄并不容易辞，白刃更不容易蹈呢？实际上缓冲阶层还是做了帮凶，“季氏富于周公，而求也为之聚敛而附益之”，冉求的作风实在是缓冲阶层的唯一出路。孔子喝令“小子鸣鼓而攻之！”是冤枉了冉求，因为孔子自己也是“三月无君则皇皇如也”的，冉求又怎能饿着肚子不吃饭呢！

但是，有了一个建筑在奴隶生产关系上的社会，季氏便必然要富于周公，冉求也必然要为之聚敛，这是历史发展的一定的法则。这法则的意义是什么呢？恰恰是奴隶社会的发展促成了奴隶社会的崩溃。缓冲阶层既依存于奴隶社会，那么冉求之辈的替主人聚敛，也就等于替缓冲阶层自掘坟墓。所以毕竟是孔子有远见，“留得青山在，不怕没柴烧”，冉求是自己给自己毁坏青山啊！然而即令是孔子的远见也没有挽回历史。这是命运的作剧，做了缓冲阶层，其势不能不帮助上头聚敛，不聚敛，阶层的地位便无法保持，但是聚敛得来使整个奴隶社会的机构都要垮台，还谈得到什么缓冲阶层呢？所以孔子的呼吁如果有效，青山不过是晚坏一天，自己便多烧一天的柴。如果无效，青山便坏得更早点，自己烧柴的日子也就更有限了，孔子的见地远是远点，但比起冉求，也不过是“以五十步笑百步”而已。结果，历史大概是沿着冉求的路线走的，连比较远见的路线都不曾蒙它采纳，于是春秋便以高速度的发展转入了战国，儒家的理想，非等到董仲舒不能死灰复燃的。

话又说回来了，儒家思想虽然必需等到另一时代，客观条件成熟，才能复活，但它本身也得有其可能复活的主观条件，才能真正复活，否则便有千百个董仲舒，恐怕也是枉然。儒家思想，正如上文所说，是奴隶社会的产物，而它本身又是拥护奴隶社会的。我们都知道，奴隶社会是历史必须通过的阶级，它本身是社会进步的果，也是促使社会进步的因。既然必须通过，当然最好是能过得平稳点，舒服点。文武周公所安排的，孔子所发表的奴隶社会，因为有了那样缓和的榨取政策，和为执行这政策而设的缓冲阶层，它确乎是一比较舒服的社会，因为舒服，所以自从董仲舒把它恢复了，二千年的历史在它的怀抱中睡着了。

诚然，董仲舒的儒家不是孔子的儒家，而董仲舒以后的儒家也不是董仲舒的儒家，但其为儒家则一，换言之，他们的中心思想是一贯的。二千年来士大夫没有不读儒家经典的，在思想上，他们多多少少都是儒家，因此，我们了解了儒家，便了解了中国士大夫的意识观念。如上文所说，儒家思想是奴隶社会的产物，然则中国士大夫的意识观念是什么，也就值得深长思之了！

原载昆明《民主周刊》第一卷第五期，民国三十四年一月。

关于儒·道·土匪

医生临症，常常有个观望期间，不到病势相当沉重，病象充分发作时，正式与有效的诊断似乎是不可能的。而且，在病人方面，往往愈是痼疾，愈要讳疾忌医，因此恐怕非等到病势沉重，病象发作，使他讳无可讳，忌无可忌时，他也不肯接受诊断。

事到如今，我想即使是最冥顽的讳疾忌医派，如钱穆教授之流，也不能不承认中国是生着病，而且病势的严重，病象的昭著，也许赛过了任何历史记录。唯其如此，为医生们下诊断，今天才是最成熟的时机。

向来是“旁观者清”，无怪乎这回最卓越的断案来自一位英国人。这是韦尔斯先生观察所得：

在大部分中国人的灵魂里，斗争着一个儒家。一个道家。一个土匪。（《人类的命运》）

为了他的诊断的正确性，我们不但钦佩这位将近八十高龄的医生，而且感激他，感激他给我们查出了病源，也给我们至少保证了半个得救的希望，因为有了正确的诊断，才谈得到适当的治疗。

但我们对韦尔斯先生的拥护，不是完全没有保留的，我认为假如将“儒家，道家，土匪”，改为“儒家，道家，墨家”，或“偷儿，骗子，土匪”，这不但没有损害韦氏的原意，而且也许加强了它，因为这样说话，可以使那些比韦氏更熟悉中国历史和文化的人，感着更顺理成章点，因此也更乐于接受点。

先讲偷儿和土匪，这两种人作风的不同，只在前者是巧取，后者是豪夺罢了。“巧取豪夺”这成语，不正好用韩非的名言“儒以文乱法，侠以武犯禁”来说明吗？而所谓侠者不又是堕落了的墨家吗？至于以“骗子”代表道家，起初我颇怀疑那徽号的适当性，但终于还是用了它。“无为而无不为”也就等于说：无所不取，无所不夺。而看去又像是一无所取，一无所夺，这不是骗子是什么？偷儿，骗子，土匪是代表三种不同行为的人物，儒家，道家，墨家是代表三种不同的行为理论的人物；尽管行为产生了理论，理论又产生了行为，如同鸡生蛋，蛋生鸡一样，但你既不能说鸡就是蛋，你也就不能将理论与行为混为一谈。所以韦尔斯先生叫儒家，道家和土匪站作一排，究竟是犯了混淆范畴的逻辑错误。这一点表过以后，韦尔斯先生的观察，在基本意义上，仍不失为真知灼见。

就历史发展的次序说，是儒，墨，道。要明白儒墨道之所以成为中国文化的病，我们得从三派思想如何产生讲起。

由于封建社会是人类物质文明成熟到某种阶段的结果，而它自身又确乎能维持相当安定的秩序，我们的文化便靠那种安定而得到迅速的进步，而思想也便开始产生了。但封建社会的组织本是家庭的扩大，而封建社会的秩序是那家庭中父权式的以上临下的强制性的秩序，它的基本原则至多也只是强权第一，公理第二。当然秩序是生活必要的条件，即便是强权的秩序，也比没有秩序好。尤其对于把握强权，制定秩序的上层阶级，那种秩序更是绝对的可宝。儒家思想便是以上层阶级的立场所给予那种秩序的理论的根据。然而父权下的强制性的秩序，毕竟有几分不自然，不自然的便不免虚伪，虚伪的秩序终久必会露出破绽来，墨家有见于此，想以慈母精神代替严父精神来维持秩序，无奈秩序已经动摇后，严父若不能维持，慈母更不能维持。儿子大了，父亲管不了，母亲更管不了，所以墨家之归于失败，是势所必然的。

墨家失败了，一气愤，自由行动起来，产生所谓游侠了，于是秩序便愈加解体了。秩序解体以后，有的分子根本怀疑家庭存在的必要，甚至咒诅家庭组织的本身，于是独自逃掉了，这种分子便是道家。

一个家庭的黄金时代，是在夫妇结婚不久以后，有了数目不太多的子女，而子女又都在未成年的期间。这时父亲如果能够保持着相当丰裕的收入，家中当然充满一片天伦之乐，即令不然，儿女人数不多，只要分配得平均，也还可以过得相当快乐，万一分配不太平均，反正儿女还小，也不至闹出大乱子来。但事实是一个庞大的家庭，儿女太多，又都成年了，利害互相冲突，加之分配本来就不平均，父亲年老力衰，甚至已经死了，家务由不很持平的大哥主持，其结果不会好，是可想而知了，儒家劝大哥一面用父亲在天之灵的大帽子实行高压政策，一面叫大家以黄金时代的回忆来策励各人的良心，说是那样，当年的秩序和秩序中的天伦之乐，自然会恢复。他不晓得当年的秩序，本就是一个暂时的假秩序，当时的相安无事，是沾了当时那特殊情形的光，于今情形变了，自然会露出马脚来，墨家的母性的慈爱精神不足以解决问题，原因也只在儿女大了，实际的利害冲突，不能专凭感情来解决，这一层前面已经提到。在这一点上，墨家犯的错误，和儒家一样，不过墨家确乎感觉到了那秩序中分配不平均的基本症结，这一点就是他后来走向自由行动的路的心理基础。墨家本意是要实现一个以平均为原则的秩序，结果走向自由行动的路，是破坏秩序。只看见破坏旧秩序，而没有看见建设新秩序的具体办法，这是人们所痛恶的，因为，正如前面所说的，秩序是生活的必要条件。尤其是中国人的心理，即令不公平的秩序，也比完全没有秩序强。

这里我们看出了墨家之所以失败，正是儒家之所以成功。至于道家因根本否认秩序而逃掉，这对于儒家，倒因为减少了一个掣肘的而更觉方便，所以道家的遁世实际是帮助了儒家的成功。因为道家消极的帮了儒家的忙，所以儒家之反对道家，只是口头的，表面的，不像他对于墨家那样的真心的深恶痛绝。因为儒家的得势，和他对于墨道两家态度的不同，所以在上层阶级的士大夫中，道家还能存在，而墨家却绝对不能存在。墨家不能存在于士大夫中，便一变为游侠，再变为土匪，愈沉愈下了。

捣乱分子墨家被打下去了，上面只剩了儒与道，他们本来不是绝对不相容的，现在更可以合作了。合作的方案很简单。这里恕我曲解一句古书，《易经》说“肥遁，无不利”，我们不妨读肥为本字。而把“肥遁”解为肥了之后再遁，那便是说一个儒家做了几任“官”，捞得肥肥的，然后撒开腿就跑，跑到一所别墅或山庄里，变成了一个什么居士，便是道家了——这当然是对己最有利的办法了。甚至还用不着什么实际的“遁”，只要心理上念头一转，就身在宦海中也还是遁，所谓“身在魏阙，心在江湖”，和“大隐隐朝市”者，是儒道合作中更高一层的境界。在这种合作中，权利来了，他以儒的名分来承受，义务来了，他又以道的资格说，本来我是什么也不管的，儒道交融的妙用，真不是笔墨所能形容的，在这种情形之下，称他们为偷儿和骗子，能算冤曲吗？

“成则为王，败则为寇”“窃钩者诛，窃国者侯”，这些古语中所谓王侯如果也包括了“不事王侯，高尚其事”的道家，便更能代表中国的文化精神。事实上成语中没有骂到道家，正表示道家手段的高妙。讲起穷凶极恶的程度来，土匪不如偷儿，偷儿不如骗子，那便是说墨不如儒，儒不如道，韦尔斯先生列举三者时，不称墨而称土匪，也许因为外国人到中国来，喜欢在穷乡僻壤跑，吃土匪的亏的机会特别多，所以对他们特别深恶痛绝。在中国人看来，三者之中，其实土匪最老实，所以也最好防备。从历史上看来，土匪的前身墨家，动机也最光明。如今不但在国内，偷儿骗子在儒道的旗帜下，天天剿匪，连国外的人士也随声附和的口诛笔伐，这实在欠公允，但我知道这不是韦尔斯先生的本意，因为我知道在他们本国，韦尔斯先生的同情一向是属于那一种人的。

话说回来，土匪究竟是中国文化的病，正如偷儿骗子也是中国文化的病。我们甚至应当感谢韦尔斯先生在下诊断时，没有忘记土匪以外的那两种病源——儒家和道家。韦尔斯先生用《春秋》的书法，将儒道和土匪并称，这是他的许多伟大贡献中的又一个贡献。

从宗教论中西风格

要说明中西风俗不同，可以从种种不同的方面着眼，从宗教着眼，无疑是一个比较扼要的看法。所谓宗教，有广义的，有狭义的，狭义的讲来，中国人没有宗教，因此我们若能知道这狭义宗教的本质是什么，便也知道了中西风格不同之点在那里。至于宗教造成了西洋人的性格，还是西洋人的性格产生了他们的宗教，那是一个鸡生蛋还是蛋生鸡的辩论，我们不去管它。目下我们要认清的一点，是宗教与西洋人的性格是不可分离的。

要确定宗教的本质是什么，最好是溯源到原始思想。生的意志大概是人类一切思想的根苗。人类生活愈接近原始时代，求生意志的强烈，与求生能力的薄弱，愈有形成反比例之势。但是能力愈薄弱，不但不能减少意志的强烈性，反而增加了它。在这能力与意志不能配合的难关中，人类乃以主观的“生的意识”来补偿客观的“生的事实”之不足，换言之，因一心欲生，而生偏偏是不完整，不绝对的，于是人类便以“死的否认”来保证“生的真实”。这是人类思想史的第一页，也实在是一个了不得的发明。我们今天都认为死是一个千真万确的事实，原始人并不这样想。对于他们，死不过是生命途程中的另一阶段，这只看他们对祭祀态度的认真，便可知道。我们也可以说，他们根本没有死的观念，他们求生之心如此迫切，以至忽略了死的事实，而不自觉的做到了庄子所谓“以死生为一体”的至高境界。我说不自觉的，因为那不是庄子那般通过理智的道路然后达到的境界，理智他们绝对没有，他们只是一团盲目的求生的热欲，在热欲的昏眩中，他们的意识便全为生的观念所占据，而不容许那与生相反的死的观念存在，诚然，由我们看来，这是自欺。但是，要晓得对原始人类，生存是那样艰难，那样没有保障，如果没有这点生的信念，人类如何活得下去呢？所以我们说这人类思想史的第一页，是一个不承认死的事实，那不死简直是肉体的不死，这还是可以由他们对祭祀的态度证明的，但是知识渐开，他们终于不得不承认死是一个事实。承认了死，是否便降低了生的信念呢？那却不然。他们承认的是肉体的死，至于灵魂他们依然坚持是不会死的。以承认肉体的死为代价，换来了灵魂不死的信念，在实利眼光的人看来，是让步，是更无聊的自欺，在原始人类看来，却是胜利，因为他们认为灵魂的存在比肉体的存在还有价值，因此，用肉体的死换来了灵魂的不死，是占了便宜。总之他们是不肯认输，反正一口咬定了不死，讲来讲去，还是不死，甚至客观的愈逼他们承认死是事实，主观的愈加强了他们对不死的信念。他们到底为什么要这样的倔强，这样执迷不悟？理智能力薄弱吗？但要记得这是理智能力进了一步，承认了肉体的死是事实以后的现象。看来理智的压力愈大，精神的信念跳得愈高。理智的发达并不妨碍生的意志，反而鼓励了它，使它创造出一个求生的灵魂。这是人类思想史的第二页，一个更荒唐，也更神妙的说明。

人类由自身的灵魂而推想到大自然的灵魂，本是思想发展过程中极自然的一步。想到这个大自然的灵魂实在说是人类自己的灵魂的一种投射作用，再想到投射出去的自己，比原来的自己几乎是无限倍数的伟大，并又想到在强化生的信念与促进生的努力中，人类如何利用这投射出去的自己来帮助自己——想到这些复杂而纡回的步骤，更令人惊讶人类的"其愚不可及"，也就是他的其智不可及。如今人毕竟承认了自己无能，因为他的理智又较前更发达了一些，他认清了更多的客观事实，但是他就此认输了吗？没有。人是无能，他却创造了万能的神。万能既出自无能，那么无能依然是万能。如今人是低头了，但只向自己低头，于是他愈低头，自己的地位也愈高。你反正不能屈服他，因为他有着一个铁的生命意志，而铁是愈捶炼愈坚韧的。这人类思想史的第三页，讲理论，是愈加牵强，愈加支离，讲实用，却不能不承认是不可思议的神奇。

如果是以贿赂式的祭祀为手段，来诱致神的福佑或杜绝神的灾祸，或有时还不惜用某种恫吓式的手段，来要挟神做些什么或不做些什么——对神的态度，如果是这样，那便把神的能力看得太小了。人小看了神的能力其实也就是小看自己的能力，严格的讲，可以恫吓与贿赂的手段来控制的对象，只能称之为妖灵或精物，而不是神，因之，这种信仰也只能算作迷信，而不是宗教。宗教崇拜的对象必须是一个至高无上的，神圣的，万能而慈爱的神，你向他只有无条件的依皈和虔诚的祈祷。你的神愈是全德与万能，愈见得你自己全德与万能，因为你的神就是你所投射出去的自身的影子。既然神就是像自己，所以他不妨是一个人格神，而且必然是一个人格神。神的形相愈像你自己，愈足以证明是你的创造。正如神的权力愈大，愈足以反映你自己权力之大。总之你的神不能太不像你自己，不像你自己，便与你自己无关，他又不能太像你自己，太像你自己便暴露了你的精神力量究竟有限。是一个不太像你，又不太不像你的全德与万能的人格神，不多不少，恰恰是这样一个信仰，才能算作宗教。

按照上述的宗教思想发展的程序和它的性质，我们很容易辨明中西人谁有宗教，谁没有宗教。第一，关于不死的问题，中国人最初分明只有肉体不死的观念，所以一方面那样着重祭祀与厚葬，一方面还有长生不老和白日飞升的神仙观念。真正灵魂不死的观念，我们本没有，我们的灵魂观念是外来的，所以多少总有点模糊。第二，我们的神，在下层阶级里，不是些妖灵精物，便是人鬼的变相，因此都不太像我们自己了，在上层阶级里，他又只是一个观念神而非人格神，因此太嫌不像我们自己了。既没有真正的灵魂观念，又没有一个全德与万能的人格神，所以说我们没有宗教，而我们的风格和西洋人根本不同之处恐怕也便在这里。我们说死就是死，他们说死还是生，我们说人就是人，我们对现实屈服了，认输了，他们不屈服，不认输，所以他们有宗教而我们没有。

我们在上文屡次提到生的意志，这是极重要的一点，也许就是问题的核心。往往有人说弱者才需要宗教，其实是强者才能创造宗教来扶助弱者，替他们提高生的情绪，加强生的意志。就个人看，似乎弱者更需要宗教，但就社会看，强者领着较弱的同类，有组织的向着一个完整而绝对的生命追求，不正表现那社会的健康吗？宗教本身尽有数不完的缺憾与流弊，产生宗教的动机无疑是健康的。有人说西洋人的爱国思想和恋爱哲学，甚至他们的科学精神，都是他们宗教的产物，他们把国家，爱人和科学的真理都“神化”了，这话并不过分。至少我们可以说，产生他们那宗教的动力，也就是产生那爱国思想，恋爱哲学和科学精神的动力。不是对付的，将就的，马马虎虎的，在饥饿与死亡的边缘上弥留着的活着，而是完整的，绝对的活着，热烈的活着——不是彼此都让步点的委曲求全，所谓“中庸之道”式的，实在是一种虚伪的活，而是一种不折不扣的，不是你死我活，便是我死你活的澈底的，认真的活——是一种失败在今生，成功在来世的永不认输，永不屈服的精神。这便是西洋人的性格。这性格在他们的宗教中表现得最明显，因此也在清教徒的美国人身上表现得最明显。

人生如果仅是吃饭睡觉，寒暄应酬，或囤积居奇，营私舞弊，那许用不着宗教，但人生也有些严重关头，小的严重关头叫你感着不舒服，大的简直要你的命，这些时候来到，你往往感着没有能力应付它，其实还是有能力应付，因为人人都有一副不可思议的潜能。问题只在用一套什么手法把它动员起来。一挺胸，一咬牙，一转念头，潜能起来了，你便能排山倒海，使一切不可能的变为可能了。那不是技术，而是一种魔术。那便是宗教。中国人的办法，似乎是防范严重关头，使它不要发生，藉以省却自己应付的麻烦。这在事实上是否可能，姑且不管，即使可能，在西洋人看来，多么泄气，多么没出息！他们甚至没有严重关头，还要设法制造它，为的是好从那应付的挣扎中得到乐趣。没事自己放火给自己扑灭，为的是救火的紧张太有趣了，如果救火不熄，自己反被烧死，那殉道者的光荣更是人生无上的满足——你说荒谬绝伦，简直是疯子！对了，你就是不会发疯，你生活里就缺少那点疯，所以你平庸，懦弱。人家在天上飞时，你在粪坑里爬！

中西风格的比较？你拿什么跟人家比？你配？尽管有你那一套美丽名词，还是掩不住那渺小，平庸，怯懦，虚伪，掩不住你的小算盘，你的偷偷摸摸，自私自利，和一切的丑态。你的孝悌忠信，礼义廉耻，和你古圣先贤的什么哲学只令人作呕，我都看透了！你没有灵魂，没有上帝的国度，你是没有国家观念的一盘散沙，一群不知什么是爱的天阉（因此也不知什么是恨），你没有同情，也没有真理观念。然而你有一点鬼聪明，你的蕃殖力很大，因为聪明所以会鼠窃狗偷——营私舞弊，囤积居奇。因为蕃殖力大，所以让你的同类成千成万的裹在清一色的破棉袄里，排成番号，吸完了他们的血，让他们饿死，病死……这是你的风格，你的仁义道德！你拿什么和人家比！

没有宗教的形式不要紧。只要有产生宗教的那股永不屈服，永远向上追求的精神，换言之，就是那铁的生命意志，有了这个，任凭你向宗教以外任何方向发展都好，怕的是你这点意志，早被瘪死了，因此除了你那庸俗主义的儒家哲学以外，不但宗教没有，旁的东西也没有。更可怕的是宗教到你手里，也变成了庸俗，虚伪，和鼠窃狗偷的工具。怕的是你的生命的前提是败北主义，和你那典型的口号“没有办法！”于是你只好嘲笑，说俏皮话。是啊，你有聪明，有蕃殖力，所以你可以存在，“耗子苍蝇不也存在吗?”但你没有生活，因为我看透了你，你打头就承认了死是事实，那证明了你是怕死的。惟其怕死，所以你也怕生，你这没出息的“四万万五千万”！

五四运动的历史法则

大家都知道，近百年来，中国社会是处于一种半封建性半殖民地性的状态中。封建的主人地主官僚与殖民国的主人帝国主义，这两个势力之能够同时并存于我们这里，已经说明了它们之间的一种奇异的关系，一种相反而又相成，相克而又相生的矛盾关系。在剥削人民的共同目的上，它们利害相同，所以能够互相结合，互相维护，同时分赃不匀又使它们利害冲突而不能不互相龃龉。然而它们却不能决裂。因为，他们知道，假如帝国主义独占了中国，任凭它的武器如何锋利，民族的仇恨会梗塞着他的喉头，使它不能下咽，假如封建势力垄断了中国，那又只有加深它自己的崩溃，以致在人民革命势力之前，加速它自己的灭亡。总之，被压迫被榨取的，究竟是“人”，而人是有反抗性的，反抗而团结起来，便是力量，不是民族的力量，便是民主的力量，这些对于帝国主义或封建势力，都是很讨厌的东西。于是他们想好分工合作，让地主官僚出面执行榨取的任务，以缓和民族仇恨。（这是帝国主义借刀杀人！）让帝国主义一手把着枪炮，一把提着钱袋，站在背后保镖，以软化民主势力，（这是地主官僚狗仗人势!)它们是聪明的,因为,虽然它们的欲壑都有着垄断性与排他性,它们都愿意极力克制这些,彼此互相包容,互相照顾,互相妥协,而相安于一种近乎均势的状态中。果然,愈是这样,它们的寿命愈长,那就是说,惟其是半封建,半殖民地,中国人民的解放才愈难实现。

可是,帝国主义和封建势力的寿命偏是不能长,而中国人民毕竟非解放不可!基于资本主义国家间内在的矛盾,帝国主义对中国的威力大大的受了制约,矛盾尖锐化到某种程度,使它们自相火并起来,帝国主义就成为得暂时退出中国。帝国主义退出了中国,人民的对手便由两个变成一个,这便好办了,只要能让人民和封建势力以一比一的力量来决斗,最后胜利定属于人民。我说最后胜利,因为一上来,封建势力凭了它那优势的据点和优势的武器,确乎来势汹汹,几乎有全盘胜利的把握。但它究竟是过了时的乏货,内部的腐化将逼得它最后必需将据点放弃,武器交出,而归于失败。五四运动及其前前后后,便是这个历史事实的具体说明。

一九一四年以前,活动于中国政治经济战场上的,是一种三角斗争,包括(一)各个字号的帝国主义,(二)以袁世凯为中心的封建残余势力,以及(三)代表人民力量的市民层民主革命的两股潜伏势力,(甲)国民党政治集团,(乙)北京大学文化集团。那时三个力量中,帝国主义势焰最大,封建势力仅次于帝国主义,政治上代表人民愿望的国民党,几乎是在苟延残喘的状态中保持着一线生机,至于作为后来文化革命据点的北京大学,在政治意义上,更是无足轻重。但等一九一四年欧洲诸帝国主义国家内在的矛盾，尖锐化到不能不爆发为第一次世界大战，中国的情形便大变了。欧洲列强，不论是协约国或同盟国，为着忙于上前线进攻，或在后方防守，忽然都退出了，中国社会的本质，便立时由半封建半殖民地，变为约当于百分之九十的封建，百分之十的殖民地（这百分之十的主人，不用说，就是日本）。于是袁世凯和他的集团忽然交了红运，可是袁世凯的红运实在短得可怜，而他的余孽，北洋军阀的红运也不太长。真正走红运的倒是人民，你不记得仅仅距袁氏称帝后四年，督军解散国会和张勋复辟后二年，向封建势力突击的文化大进军，五四运动便出现了吗？从此中国土地上便不断的涌着波澜日益壮阔的民主怒潮，终于使国民革命军北伐成功，北洋军阀彻底崩溃。这时人民力量不但铲除了军阀，还给刚从欧洲抽身回来的帝国主义吃了不少眼前亏。请注意：帝国主义突然退出，封建势力马上抬头，跟着人民的力量就将它一把抓住，经过一番苦斗，终于将它打倒——这历史公式，特别在今天，是值得我们深深玩味的！

谁说历史不会重演？虽然在细节上，今天的“五四”不同于二十六年前的“五四”，可是在主要成分上，两个时代几乎完全是一样的。第二次世界大战爆发，欧洲帝国主义退出，于是中国半殖民地的色彩取消了，半封建便一变而为全封建，（请在复古空气和某种隆重礼物的进献中注意筹安会的鬼，还有这群鬼群后的袁世凯的鬼！）现在封建势力正在嚣张的时候，可是，人民也并没有闲着，代表人民愿望，发挥人民精神，唤醒人民力量的政治，文化种种集团也都不缺少，满天乌云，高耸的树梢上已在沙沙发响，近了更近了，暴风雨已经来到，一场苦斗是不能避免的。至于最后的胜利，放心吧——有历史给你做保证。

历史重演，而又不完全重演。从二十六年前的“五四”，到今天不同于二十六年前的“五四”，恰是螺旋式的进展了一周。一切都进了步了。今天帝国主义的退出，除了实际活动力量与机构的撤退，还有不平等条约的取消，中国人卖身契的撕毁。这回帝国主义的退出是正式的，至少在法律上，名义上是绝对的，中国第一次，坐上了“列强”的交椅。帝国主义进一步的撤退，是促使或放纵封建势力进一步的伸张的因素，所以随着帝国主义的进步，封建势力也进步了。战争本应使一个国家更加坚强，中国却愈战愈腐化，这是什么缘故？原来腐化便是封建势力的同义语，不是战争，而是封建余毒腐化了中国。今天政治经济，社会，文化的腐化方面，比二十六年前更变本加厉，是公认的事实。时髦的招牌和近代化的技术，并不能掩饰这些事实。反之，都是加深腐化的有力工具，和保育毒菌的理想温度。然而封建势力的进步，必然带来人民力量的进步，这可分四方面讲。（一）西南大后方市民阶层的民主运动。这无论在认识上，组织上或进行方法上，比起五四时代都进步多了，详情此地不能讨论。（二）敌后的民主中国，这个民主的大本营，论成绩和实力，远非五四时代的以来所能比拟，是人人都知道的。（三）封建势力内部的醒觉分子。这部分民主势力，现在还在潜伏期中，一旦爆发，它的作用必然很大。这是五四时代几乎完全没有过的一种势力，今天在昆明，它尤其被一般人所忽略。以上三种力量都是自觉的，另有一种不自觉的，但也许比前三者更强大的力量，那便是（四）大后方水深火热中的农民。虽然他们不懂什么是民主，但是谁逼得他们活不下去，他们是懂得的。五四时代，因帝国主义退出，中国民族工业得以暂时繁荣，一般说来，人民的生活是走上坡路的。今天的情形，不用说，和那时正相反。这情形是政治腐化的结果，而政治腐化的责任，正如上文所说，是不能推在抗战身上的。半个民主的中国不也在抗战吗？而且抗战得更多，人民却不饿饭。（还不要忘记那本是中国最贫瘠的区域之一。）原来抗战在我们这大后方，是被人利用了，当作少数人吸血的工具利用了。黑幕已经开始揭露，血债早晚是要还清的，到那时，你自会认识这股力量是如何的强大。

帝国主义的进步，封建势力的进步，结果都只为人民的进步造了机会，为人民的胜利造了机会。不管道路如何曲折，最后胜利永远是属于人民的，二十六年前如此，今天也如此。在“五四”的镜子里，我们看出了历史的法则。

三十四年四月二十七日。

五四断想

旧的悠悠死去，新的悠悠生出，不慌不忙，一个跟一个，——这是演化。

新的已经来到，旧的还不肯去，新的急了，把旧的挤掉，——这是革命。

挤是发展受到阻碍时必然的现象，而新的必然是发展的，能发展的必然是新的，所以青年永远是革命的，革命永远是青年的。

新的日日壮健着（量的增长），旧的日日衰老着（量的减耗），壮健的挤着衰老的，没有挤不掉的。所以革命永远是成功的。

革命成功了，新的变成旧的，又一批新的上来了。旧的停下来拦住去路，说："我是赶过路程来的，我的血汗不能白流，我该歇下来舒服舒服。"新的说："你的舒服就是我的痛苦，你耽误了我的路程。"又把他挤掉，……如此，武戏接二连三的演下去，于是革命似乎永远"尚未成功"。

让曾经新过来的旧的，不要只珍惜自己的过去，多多体念别人的将来，自己腰酸腿痛，拖不动了，就赶紧让。"功成身退"，不正是光荣吗？“后生可畏，焉知来者之不如今也！”这也是古训啊！

其实青年并非永远是革命的，“青年永远是革命的”这定理，只在“老年永远是不肯让路的”这前提下才能成立。

革命也不能永远“尚未成功”。几时旧的知趣了，到时就功成身退，不致阻碍了新的发展，革命便成功了。

旧的悠悠退去，新的悠悠上来，一个跟一个，不慌不忙，那天历史走上了演化的常轨，就不再需要变态的革命了。

但目前，我们还要用“挤”来争取“悠悠”，用革命来争取演化。“悠悠”是目的，“挤”是达到目的的手段。

于是又想到变与乱的问题，变是悠悠的演化，乱是挤来挤去的革命。若要不乱挤，就只得悠悠的变。若是该变而不变，那只有挤得你变了。

子在川上，曰：“逝者如斯乎，不舍昼夜！”古训也发挥了变的原理。

载联大悠悠体育会五四周年《纪念特刊》，三十四年五月。

调整大学文学院中国文学外国语文学二系机构刍议

建议

将现行制度下的中国文学系文学组，语言文字组与外国语文学系改为文学系中国文学组，外国文学组与语言学系东方语言组，印欧语言组。

说明

旧制的特点，是中西对立，语文不分。我们愿就这两点来检讨一下。先讲中西对立。现在大学中文法两学院绝大多数学系所设的课程都包括本国的与外国西洋的两种学问：如哲学系讲中国哲学，也讲西洋哲学；政治学系讲中国政治制度和思想，也讲欧美政治制度和思想；但现在并没有一个大学把中国哲学和西洋哲学，或把中国政治学和西洋政治学分为两系的。这便是说：绝大多数文法学院的系是依学科性质分类的。惟一的例外是文学语言，仍依国别，分作中国文学与外国语文学两系。这现象显然意味着前者绝大多数系的分类是正常的。后者文学语言是畸形的。

畸形现象的存在，当然不是没有原因的。如所周知，近百年来中国社会的性质是半封建，半殖民地的。我们不能讳言，许多大学的中国文学和外国语文学两系，恰好代表着这两种社会的残余意识，至少也犯着那种嫌疑。一方面是些以保存国粹为已任的小型国学专修馆，集合着一群遗老式的先生和遗少式的学生，抱着发散霉味的经史子集，梦想五千年的古国的光荣。一方面则，恕我不客气，称它为高等华人养成所，惟一的任务是替帝国主义尤其是大英帝国主义承包文化倾销，因此你也不妨称他们为文化买办。他们的利得的来源正是中国的落后性。这些典型的中国文学系和外国语文学系，无疑都是我们亲眼见过的，甚至亲身经历过的。虽然近年来情形已在转变，可是我们不能不承认，残余的习气，在许多大学的这两系中，依然保存得不少。

上述典型的中国文学系和外国语文学系，各处极端，不易接近，甚至互相水火，是不用讲的。但这现象并不妨碍两边都有着反动分子出现，不，正因极端，才会反动。极端守旧的国粹派学起时髦来比谁还要肉麻，相反的，假洋鬼子也常常会醉心本位文化到歇斯的里的程度。这样的分子，目前在两系中，也是有的，但对于真正沟通融会中西文化的工作，大概不会起什么作用；因此，在历史演化的进程中，许多原来中西分设的学系都合流了，直到今天，文学语言仍然是中西对立，各不相干的两系。

（以上是闻先生的原文，以下是就闻先生的原稿的纲要联缀而成。）

再讲文语不分。

我们先是有中国文学系和外国文学系。中国文学系以文学为主，文字学是文学的附庸。固然我们在传统上也注重所谓小学，认为读书必先识字，但是小学究竟只是工具，没有独立的地位。所以包括形音义的文字学，虽然指引学生去研究语言的符号和符号的声音，真正对它发生兴趣的却不多。外国文学系的情形恰相反，好像“译学馆”，专重语言训练，特别是英语训练。自然也教授文学名著，但只是借文学名著训练语言。这是第一期。

第二期走向分化的路。外国文学系改为外国语文学系，除英语外也注重第二外国语，并且有了古典语言希腊，拉丁与梵语的科目。中国文学系也分了文学与语言文字二组，语言文字组注重语音，文字，文法以及少数民族语言的研究。于是语言由“附庸蔚为大国”。

上文的建议是根据语言学发展的趋势与新时代的新使命。先说前者。

所谓语言学发展的趋势，就是语言学的科学化。语言学已经成为科学，中国语言文字的研究是这门科学的一个分支；而文学是属于艺术的范畴。文学的批评与研究虽也采取科学方法，但文学终非严格的科学，也不需要，不可能，不应该是严格的科学。语言学与文学并不相近，倒是与历史考古学，尤其社会人类学相近些。所以让语言学独立成系，可以促进它本身的发展，也可以促进历史考古学与社会人类学的发展。一方面在语言训练上也因为集中而更容易收效些。但现在我们要有自主的外交，除英美外，应增进与大陆的关系，尤其是与苏联的关系，所以我们应注重欧洲各个主要的语言，不能只以英语为主。另一面我们要争取国内少数民族的合作，要领导东方弱小民族的发展，扶助东方殖民地的解放，这责任在中国人身上，所以应发展东方语言。

这就说到了新时代的新要求。战后时代转变了，次殖民地解放了，中国要近代化。我们要继续大革命后反封建反帝国主义的努力，不复古，也不媚外。这是新中国的开端。文学应配合我们的政治经济及一般文化的动向，所谓国情的，自主的接受本国文化与吸收西洋文化。说文学是精粹的语言，等于说文学是修辞学，偏重形式，是错误的。我们要放大眼光。建设本国文学的研究与批评，及创造新中国的文学，是我们的目标；采用旧的，介绍新的，是我们的手段。要批判的接受，有计划的介绍，要中西兼通。我们建议文学系分为中国文学与外国文学两组，这两组出发点虽不同，归趣则一。这是统一目标，分工合作；这是有计划的分工，有系统的合作。

我们认为调整大学文学院中国文学外国语文学二系机构，是民族复兴中应有的“鸿谟”。

* *

闻先生去年暑假前曾经口头向清华大学提出这个建议，但是一时还不能够施行。这篇文章不幸未曾完成，可是纲要是完成了的。他的建议很值得大家讨论，所以我将原稿联缀成篇发表。

三十六年十二月五日朱自清记。

妇女解放问题

认清楚对象

争取妇女解放的对象该是整个社会而不是男性。一切问题都是这不合理的社会所产生，都该去找社会去算帐。但社会是看不见的，在这里只能用个人的想像来把它看成一个集体的东西——房屋。我们在这房屋中间生活了几千年，每人都被安放在一个角落上，有的被放得好，放得正，生活过得舒服，有的被放得不正，生活不舒服，就想法改良反抗，于是推推挤挤拿旁人来出气，其实，旁人也没有办法，也不能负责的，这是整个社会结构的问题，就像一座房屋，盖得既不好，年代又久了，住得不舒服，修修补补是没有用处的，就只有小心地把房屋拆下，再重新按照新的设计图样来建筑。对于社会而言，这种根本的办法，就是“革命”。革命并非毁灭，只是小心地把原料拆下来，重新照新计划改造。所以计划得很好的革命，并不是太大的事情。

奴隶制度产生的因素有二：一是种族，二是两性

现在的社会是不合理的，因为这社会里有阶级，阶级的产生由于奴隶制度。奴隶制度产生的因素有两个。一是种族，二是两性。在两个种族打仗的时候，甲族的人被乙族的俘去了，作为生产工具，即是奴隶，原来平等的社会就开始分裂成主奴两个阶级。奴隶的数目愈来愈多的时候，这两个阶级的分别也愈为明显，倘没有另外的种族，那末一切不平等，阶级产生的可能性也可减少。其次，问到最初被俘的甲族人是男还是女的，回答说是女的。被俘来的不仅作奴隶，还可作妻子。因为在图腾社会中有一种很重要的制度叫“外婚制”，就是男子不能和他本族的女子结婚，一定得找外族的女子作配偶。在这制度下两族本可交换女子结婚，但因古代婚姻，不单是解决两性的问题，重要的还是经济的问题，大家都需要生产，劳动力，女子在未嫁前帮娘家作活，娘家当然不愿她出嫁而减少一个帮手，使自己受到损失，所以老把女儿留在家里。但另一边同样急切地需要她去生产孩子，在这争持的情形下，产生了抢婚的行为，她既是被抢来的生产工人，便怕她逃回去，或被娘家的人抢回，才用绳子捆起，成为这族的奴隶，所以谈到奴隶制度时，两性的因素不可缺少，甚至“奴隶制”是“外婚制”的发展呢！

女、奴性和妓性

中国古人造字，“女”字是“”或“”，象征绳子把坐着的人捆

住，而“女”字和“奴”字在古时不但声音一样，意义也相同，本来是一个字，只是有时多加一只手牵着“女”而已，那时候，未出嫁的女儿叫“子”，出嫁后才叫“女”或“奴”，所以妇女的命运从历史的开始起，就这么惨了。

现在的社会里，奴隶已逐渐解放了，最先被解放的奴隶是距主人最远的农业奴隶，主人住在城里，他们住在乡间。其次被解放的是贵族的工商职奴隶，主人住在内城，他们住在外城。再其次是在主人身边伺候主人的听差老妈子，而资格最老，历史最久的奴隶——妇女——却还没有得到解放，因为她们和她们的主子——丈夫——的距离太近，关系太密切了，而且生活过得也还可以，不觉得要解放。

从历史上看中国的女性，就是奴性的同义字，三从四德就是奴性的内容。再不客气地说一句，近代西洋女性的妓性比较起来也好不了多少，只是男女关系不固定些而已。奴则老是呆在家里，不准外出，而且固定屈于一个男子，妓则要自由得多，妓因有被迫去当的，但自动去当妓多少带点反抗性，所以近代西洋的妓性比中国的奴性要好一点，因为已解放了一个，只是不澈底而已。

真女性应该从母性出发而不从妻性出发

彻底解放了的新女性应该是真女性，我们先设想在奴隶社会没开始时的那个没有阶级，没有主奴关系的社会，真女性就该以那社会中的天然的，本来的，真正的女性做标准。有人说女子总是女子，在生理上和男子不同，就进化来证明女子该进厨房，其实是不对的，根据人类学，在原始时的女性中心社会里的女子，长得和这时代的女子不同，胸部挺起，声量宽洪，性格刚强，而那时候的男子反因坐得久了，脂肪积储在下体，使臀部变大，同时又因须抚养儿女，性情温柔，声音细弱，所以除了女子能生育而产生母子关系而外，和男子并没有什么不同。真女性就应该从母性出发而不从妻性出发，（从妻性出发，不成为奴，即成为妓。）母亲对待儿子总是慈爱的，愿为儿子操劳，忍耐，甚至勇敢地牺牲，从母性出发的真女性是刚强的，具备一切美德如：仁慈，忍耐，勇敢，坚强，就是雌性的动物在哺乳的时候，总是比雄的还来得凶，来得可怕，俗语中的“母大虫”，“雌老虎”，古书上称猎得乳虎的做英雄，都是这个意思。女子彻底解放以后，将来的文化要由女子来领导。一切都以妇女为表率，为模范，为中心。

我们不反对女子中看又中用，但最要紧的还是中用

妇女的解放，并不是个人的努力所能成功的，必须从整个社会下手，拆下旧房屋，再按照新计划去盖造，使成为没有阶级，没有主奴关系的社会。历史照螺旋形发展，从当初开始有奴隶的社会到今天刚好绕了一圈，现在又要到没有奴隶的社会了，这不是进化，不过这得有理想，有魄力，才能改变到一个新社会。三千年来的历史

全错了，要是有一点地方对的，也是偶然碰上了而已。我的这种想法也许有点大胆，有点浪漫；但在有些地方——譬如苏联，已经试验成功了。台维斯的《出使莫斯科记》里说："美国的女子中看不中用，苏联的女子中用不中看。"苏联女子就是从母性出发的真女性，是实际有用的，并不是供人看看的花瓶。当然我们不反对女子中看又中用，但最要紧的还是中用，倘以中看为标准而做去，充其量，只是表现出妓性。还有《延安一月》的作者告诉我们延安的妇女已不像女性，也就是说延安的妇女是真正解放了，已不再是奴隶了。现在既有具体的，试验成功的榜样供大家学习，为什么还躲在这社会里呻吟而逃避呢？毕竟妇女解放问题被提出了，热烈地展开讨论了，表示妇女解放的条件已成熟，离真正解放的日子也不远了，一旦妇女真正解放，文化也就变成新的，文学艺术各部门都要以新姿态出现了！

［本篇是闻先生准备对联大女同学会演讲的原稿，后因演讲会未能举行，便改在五五文艺晚会上和《屈原》一并讲出，今仍原稿。编者］

《大路》第五期。

伟大的事实不朽的意义

——给教导团诸君致敬——

正如日前天空中有一个人一生见不到一次的“白虹贯日”的异象显现，我却在屋子里乱忙，没有看见，我们也常常让伟大的历史从我们身边过去，当时漫不经心，却等事后再去追怀，向往，去悬旗，放假，在纪念会中慷慨陈词，溢洋赞叹。假如我们能将那分热情，就在当时，亲手献给那些活生生的历史英雄，说不定那对于他们更是一个实惠，他们带着那分慰藉与同情，在艰辛困苦的搏斗中，说不定会更有勇气，更有力量，能创造出更瑰伟的奇迹来。这次由青年知识分子组成的教导团第一团第一二三营诸君过昆飞印的壮举，无疑是伟大历史中最伟大的一页。它应当是这几日报纸上最大的标题，甚至号外的资料，它应该在举国若狂的欢呼与流泪中，接受更多的热，好叫它自己的成就发出更大的光。然而我们这生活在八股传统里的民族，只会在粉墙上写“好男儿，要当兵”一类的官样文章，等真正的“好男儿”露了面，反让他们悄悄的自来自去，连一个招呼也没有。试想这是一个什么国度！没有同情，没有热，是麻木不仁？还是忘恩负义？不过也许惟其如此，“好男儿”们才更觉可敬，可佩。伟大的永远是孤寂的。让千百年后流着感激的泪，腾起赞美的歌声，但在他们自己的岁月中，悄悄的自来自去，正是他们的风度。

旧式的营伍训练，目的只在教士兵的心理上消除恐惧，鼓起勇气，增加忿怒，盲目的服从长官。这些为旧式的战争，是足够的，但对于使用新式武器的新式的战争，就不适合了。据说机械化的进步产生了一种新的训练方法的需要，一个新式士兵必须知道如何同一小队士兵合作，如何作临机应变的决定，如何用自己的眼光来判断。只是听人指挥，受人驱策，说打就打，说死就死，像诗人邓尼孙在《六百壮士冲锋歌》里所说的一般，在九十年前行，今天在坦克车上，在装配机关枪的摩托车上，士兵也会打，也会死，但也要了解为何而打，为何而死。这种战争的变质，已够说明了为应付现阶段战争，我们兵员的来源应该在那里。仅仅具有奋勇与耐劳等美德的从农民出身的战士，可以担当前几期抗战的任务，那便是消极的使我们少败一点的任务。但目前的工作，是与盟邦合作，运用真正近代的战术来积极的争取胜利，我们知道能担当这样工作的战士，除了上述诸美德外，还需要知识与机警。所以最有资格充当这种战士的，无非是青年知识分子。情势不许我们再弥留在少败一点的局面中，我们得赶紧攫取胜利，时机已经来到，我们非拿出“最后一张牌”不可，为了民族的永生，我们不能再吝惜我们最宝贵的血。果然知识青年认清了时代的使命，站起来了，承受了他们的责任，这才是我们最确切的胜利的保证，然而教导团的意义，还不止此。在建国的工作中，如同在抗战的工作中一样，他们也享有不朽的光辉，因为我们知道战术的近代化不只在器械，也包括了运用器械的人，而人究竟比器械更重要，所以他们又实在代表了我们国防近代化的开端。

以上关于教导团在抗战与建国工作上双重的军事意义，是比较浅而易见的，现在我们还要指出另外两种也许更深远的意义。在二千年君主政治之下，国家的土地和与土地不能分离的生产奴隶——人民，都是帝王们的私产。奴隶照例得平时劳力，战时卖命，反正他们是工具，不是主人。只有那由部分的没落的贵族，和部分的超升的奴隶组成的士大夫阶级，因为替帝王当管家，任官吏，而特蒙恩宠他们才享受人的权利，既不必十分劳力，也不需要卖命。只是遇到财产的安全发生了问题，管家这才有时不能不在比较没有生命危险的“运筹帷幄”的方式之下，尽其捍卫之责，那便是所谓儒将了。这种工作其实并不是他们的职责，他们只是以“票友”的资格来参加的。至于那真正需要卖命的士卒的任务，自然更不在他们分内，所谓“好人不当兵”，便等于说“管家不管卖命”。本来管的是旁人的家，为旁人的事卖自己的命，“好人”当然不干，所以自古只闻有儒将（数目也不太多），不闻有“儒兵”之称。这一切的症结只在国家的主人是帝王，在管家的看来，谁做主人不都是一样？犯得上为新旧主人间的厮杀，卖自己的命吗？但是如果谁自己想当主人，那情形就不同了，那他就不妨把自己的家族变成子弟兵，而自身也得身先士卒，做个卖命的表率。这一来，问题的真相便更明白了，要“好人”当兵，便非允许他做自家的主人不可。在原则上，辛亥革命以后，每一个中华民国的国民，已经取得了主人的资格，但打了七年仗，为什么直到最近，才有真正的“儒兵”出现呢？这可见我们的“好人”一晌只以得到主人的名为满足，而不顾主人的实，所以他们既不愿意尽主人的义务，也不大关心于主人的权利。今天成千的青年知识分子，为了一个神圣的呼唤，站起来了，准备以他们那宝贵的“好人”的血捍卫他们自己的“家”，这是二千年来“好人”阶级第一次决心放弃“管家”的职业，亲身负起主人的责任。我们相信义务与权利之不可分离，有其绝对的必然性，所以我们看出成千的尽义务的身手，也就是讨权利的身手，正如那数目更为广大的在各级学校里尽义务的唇舌，也就是索权利的唇舌一样。不要忽略知识青年从军的政治意义，这是民主怒潮中最英勇的急先锋。先尽义务，不怕权利不来，人民进步了，政府也必然进步！

至于在君主政治下，那不属于管家阶级的不会想，不会讲的人群，在主人眼里原是附属于土地上的一种资产，既是资产，就可被爱惜，也可供挥霍，全凭主人的高兴，所以卖命几乎是这般人不容旁贷的责任。所谓“寓兵于农”，便等于说：“劳了力的还要卖命，卖命的也要劳力。”

为什么没听说“寓兵于士”呢？是否“好人”既不屑劳力，更说不上卖命呢？好了，君主政治下是谈不到平等的，所以，我们要民主。但是中华民族抗战了七年，也还一向是某一种出身的人单独担任着“成仁”的工作，这是平等吗？姑无论在那种不平等的状态下，胜利未见真能到手，即令能够，这样的胜利，与其说是光荣，不如说是耻辱。因此我们又得感谢这群青年，耻辱已经由他们开始洗清了，他们已正式加入了伟大的行列，分担着艰难的责任。为了他们的行动，从今天起，中国人再无须有“好人”与“非好人”的分别，反正大家都可以当兵，如果国家真需要他。这平等精神的表现，又是知识青年从军所代表的重大的社会意义，这一点也是我们不应忽略的。

知识青年从军运动刚在发轫的期间，它的规模还不够广大，但它的意义是深远的，而且丰富的。如何将护，并培养这个嫩芽，使它滋生，长大，开出灿烂的花，结成肥硕的果，这是国家，社会，尤其是该团各位长官的责任！但是可爱的孩子们！你们脚下是草鞋，夜间只有一床军毯，你们脸上是什么？风尘还是菜色？还有身上的，是疮疤，还是伤痕？然而我知道，你们还没上过战场！长官们，好生看着你们的孩子吧！他们父母会心疼的，何况这些又是国家的光荣，民族的命脉呢！

可怕的冷静

一个从灾荒里长成的民族，挨着一切的苦难，总像挨着天灾一样，以麻木的坚忍承受打击，没有招架，没有愤怒，甚至没有呻吟，像冬眠的蛰虫一般，只在半死状态中静候着第二个春天的来临——这样便是今天的中国，快挨过了第七个年头的国难，它会准备再挨下去，直到那一天，大概一觉醒来，自然会发现胜利就在眼前。客观上，战争与饥饿本也久已打成一片了，因此，愈是实在的战斗员，愈有挨饿的责任，不像人家最前线的人们吃得最好最饱，我们这里真正的饿莩恰恰就是真正的兵士。抗战与灾荒既已打成一片，抗战期中的现象，便更酷肖荒年的现象了。照例是灾情愈重，发财的愈多，结果贫穷的更加贫穷，富贵的更加富贵。照例是灾情严重了，呼吁的声音海外比国内更响，于是救济的主要责任落在外人身上，而国内人士，相形之下，便愈能显出他们那“不动心”的沉着而雍容的风度了。现在一切荒年的社会现象在抗战中又重演一次，不过规模更大，严重性更深刻些罢了。但是说来奇怪，分明是痼疾愈深，危机愈大，社会表层偏要装出一副太平景象的面孔。配合着冠冕堂皇的要人谈话和报纸社评的，是一般社会情绪——今天一个画展，明天一个堂会，“顾左右而言他”的副刊和小报一天天充斥起来，内容一天比一天软性化。从抗战开始以来，没有见过今天这样“众人熙熙如享太牢，如登春台”的景象，这不知道是肺结核患者脸上的红晕呢，还是将死前的回光反照！

一部分人为着旁人的剥削，在饥饿中畜牲似的沉默着，另一部分人却在舒适中兴高采烈的粉饰着太平，这现象是叫人不能不寒心的，如果他还有一点同情心与正义感的话。然而不知道是为了谁的体面，你还不能声张。最可虑的是不通世故而血气方刚的青年，面对这种事实，又将作何感想？对了，怕动摇抗战，但饥饿能抗战吗？粉饰饥饿就是抗战吗？如果抗战是天经地义，不要忘记当年的青年，便是撑持这天经地义最有力的支柱，可见青年盲目而又不盲目，在平时他不免盲目，但在非常时期他永远是不盲目的。原来非常时期所需要的往往不是审慎，而是勇气，而在这上面，青年是比任何人都强的。正如当年激起抗战怒潮的是青年，今天将要完成抗战大业的力量，也正是这蕴藏在青年心灵中的烦躁。这不是浮动，而是活力的脉搏。民族必需生存，抗战必需胜利，在这最高原则之下，任何平时的轨范都是暂时可以搁置的枝节。火烧上了眉毛，就得抢救。这是一个非常时期！

如果老年人中年人能负起责任，那自然更好，但事实上，战争先天的是青年人的工作（它需要青年的体质和青年的热情），所以如果老年人中年人肯负起责任，也只是参加青年的工作，或与青年分工合作，而不是代替青年的工作。战争既先天的是青年的工作，那么战时的国家就得以青年的意志为意志，虽则在战争的技术上，老年人中年人的智慧也是不可少的。

从抗战开始到今天，我们遭遇过两个关键，当初要不要抗战，是第一个关键，今天要不要胜利，是第二个关键，而第一个关键本来早已决定了第二个，因为既打算抗战，当然要胜利。但事实上目前的一切分明是朝着与胜利相反的方向发展，所以可怪的，是一部分人虽然看出方向的错误，却还要力持冷静，或从一些烦琐的立场，认为不便声张，不必声张。眼看青年完成抗战，争取胜利的意志必须贯澈，然而没有老年人中年人的智慧予以调节与指导，青年的力量不免浪费。万一还有人固执起来，利用他们的地位与力量，阻止了青年意志的贯澈，那结果便更不堪设想了。时机太危急了，这不是冷静的时候，希望老年人中年人的步调能与青年齐一，早点促成胜利的来临！大众的坚忍的沉默是可原谅的，因为他们是灾荒中生长的，而灾荒养成了他们的麻木，有着粉饰太平的职责的人们是可原谅的，因为他们也有理由麻木。可是负有领导青年责任的人们，如果过度的冷静，也是可怕的，当这不宜冷静的时候！

愈战愈强

回忆抗战初期，大家似乎不大讲到“胜利”，那时的心理与其说是胜败置之度外，还不如说是一心想着虽败犹荣。敌人是以“必定胜”的把握向我们侵略，我们是以“不怕败”的决心给他们抵抗。你无非是要我败，我偏偏不怕败，我不怕败，你便没有胜。那时人民的口号是“喝出去了！”“跟你拼了！”政府的策略是“破釜沉舟”，是“置之死地而后生”，人民和政府都不怕败，自然大家也不讳败，结果是我们愈败愈奋勇，而敌人真把我们没办法。

武汉撤退以后，渐渐听到“争取胜利”的呼声，然而也就透露了怕败的顾虑了。

开罗会议以后，胜利俨然到了手似的，而一般现象，则正好表示着一些人的工作，是在“争取失败”。事实昭彰，凡是有眼睛的都看到了，有良心的都指出了，这里无需我再说，我也不忍再说，于是

愈是趋向失败，愈是讳言失败，自己讳言失败，同时也禁止旁人言失败。是否表面上“失败”绝迹了，暗地里便愈好制造失败呢？抗战到了这地步，大概也是一种“置之死地而后生”的办法罢？好了，

那我以老百姓的资格，也就“喝出去了！”“跟你拼了！”

所以我今天想要算帐！

算帐是一件麻烦事，但不要紧，大的做大的算，小的做小的算，反正从今以后，我不打算有清闲日子了！

比如眼前在我们昆明，就有一笔不大不小的帐值得算一算。

昨天早起出门找报看，第一家报纸给了我一个喜讯，它老老实实地告诉我，衡阳的仗咱们打好了一点，我当然很高兴。但是看到第二家报纸，却把我气昏了，就因为那标题中“我军愈战愈强”六个大字。

编辑先生！我是有名有姓的，我虽不知道你姓名，但你也必然有名有姓，你若是好汉，就请出来跟我算清这笔帐！你所谓“愈战愈强”者，如果就是今天另一家报纸标题所谓“愈战愈奋”的意思，那我就原谅你，我可怜你中国人不大会处理中国文字。如果你那“强”字是甚么“四强之一”那类“强”的意思，那我就要控告你两大罪状：一，你侮辱了我们老百姓的人格。二，你出卖了你的祖国。

难道你就忘记了，芦沟桥的烽火一起，我们挺身应战，是为了我们有十二万分胜算的把握吗？老实告诉你，除了存心利用抗战来趁火打劫的败类之外，我们老百姓果真是怕败的话，就早已都投汪精卫去了。我相信在自由中国，每一个良善的中国人，当初既是抱了拼命的决心，胜也要打，败也要打，今天还是抱定这决心，胜也要打，败也要打，何况国际的客观环境已经好转，谁又是那样的傻子，情愿让它“功亏一篑”呢？所以你如果多多给我们报导些自身的缺点，那只会增加我们的戒惧心，刺激我们的努力。你以为我们真是那样“闻败则馁”的草包吗？你若那样想，便把我们看同汪精卫之流了，你晓得那是侮辱别人的人格吗？

闻败则馁的必也闻胜则骄，你既把我们当作闻败则馁的人，那你泄露了（杜撰罢？）许多乐观的消息，难道又不怕我们骄起来吗？明知骄是抗战的鸩毒，而偏要用“愈战愈强”来灌溉我们的骄，那你又是何居心？依据你自己的逻辑，你这就是汉奸行为，因此你是出卖了你的祖国，你又晓得吗？

我们倒不怕承认自身的“弱”，愈知道自身弱在那里，愈好在各人自己的岗位上来尽力加强它。你说我们“愈强”，我倒要请你拿出事实来，好教我们更放心点。谁不愿意自己强呢！但信口开河是不负责任，存心欺骗更是无耻。六个字的标题，看来事小，它的意义却很重大。

用这字面的，本不只你一人，但是，先生，恕我这回拶住你了！你气得我一顿饭没吃好啊！然而如果在原则上你是受了谁的指示，那个指示你的人不也该是有名有姓的吗？如果他高兴，就请他出来说明也好。抗战是大家的抗战，国家是大家的国家，谁有权利来禁止我发问！

一个白日梦

林荫路旁侍立着一排像是没有尽头的漂亮的黄墙，墙上自然不缺少我们这“文字国”最典型的方块字的装饰，只因马车跑得太快，来不及念它？心想反正不是机关，便是学校，要不就是营房。忽然两座约莫二丈来高，影壁不像影壁，华表不像华表，极尽丑恶之能事的木质构造物闯入了视野，像黑夜里冷不防跳出一声充满杀气的“口令！”那东西可把人吓一跳！那威风凛凛的稻草人式的构造物，和它上面更威风的蓝地白书的八个擘窠大字：

顶天立地

继往开来

也不知道是出自谁人的手笔，或那部“经典”，对子倒对得顶稳的。可是当时我并没有想到那些，我只觉得一阵头昏眼花，不是吓唬的（稻草人可吓得倒人？）我的头昏眼花恰恰是像被某种气味薰得作呕时的那一种。我问我自己，这究竟是一种什么气味？怎么那样冲人？

我想起十字牌的政治商标，我明白了。不错，八个字的目的如果在推销一个个人的成功秘诀，那除了希特勒型的神经病患者，谁当得起？如果是标榜一个国家的立国精神，除了纳粹德国一类的世界里，又那儿去找这样的梦？想不出我们黄炎子孙也变得这样伟大！果然如此，区区个人当然也“与有荣焉”——我的耳根发热了。

个人主义和由它放大的本位主义的肥皂水，居然吹起这种大而美丽的泡，看，它不但囊括了全部的空间“顶天立地”，还垄断了整个的时间“继往开来”！怕只怕一得意，吹得太使劲儿，泡炸了，到那时原形毕露，也不过那么小小一滴水而已。我真为它——也为我自己——捏一把汗。

个人之于社会等于身体的细胞，要一个人身体健全，不用说必需每个细胞都健全。但如果某个细胞太喜欢发达，以至超过它本分的限度而形成瘿瘤之类，那便是病了。健全的个人是必需的，个人发达到排他性的个人主义却万万要不得，如今个人主义还不只是瘿瘤，它简直是因毒菌败坏了一部分细胞而引起的一种恶性发炎的痈疽，浮肿的肌肉开着碗口大的花，那何尝不也是花花绿绿的绚缦的色采，其实只是一堆臭脓烂肉。唉！气味便是从那里发出的吧！

从排他性的个人主义到排他性的民族主义，是必然的发展。我是英雄，当然我的族类全是英雄。炎性是会得蔓延的，这不必细说。

极端的个人主义者必然也是个唯心主义者。心灵是个人行为的发号施令者，夸大了个人，便夸大了心灵。也许我只是历史上又一个环境的幸运儿，但我总以为我的成功，完全由于自己的意志或精神力量，只因为除了我个人，我什么也没看见。我只知道向自己身上去发现成功的因素，追得愈深，想得愈玄，于是便不能不堕入唯心论的迷魂阵中。

一切环境因素，一切有利的物质条件，一切收入的帐簿被转到支出项下了，我惊讶于自身无尽的财富，而又找不出它的来源，我的结论只好是“天生德于予”了。于是我不但是英雄，而且是圣人了！

由不曾失败的英雄，一变而为不曾错误的圣人，我便与“真理”同体化了，因而“我”与“人”就变成“是”与“非”的同义语了。从此一切暴行只要是出于我的，便是美德，因为“我”就是“是”。到这时，可怜的个人主义便交了恶运，环境渐渐于我不利，我于是猜忌，疯狂，甚至迷信，我的个人主义终于到了恶性发炎的阶段，我的结局……天知道是什么！

画　展

我没有统计过我们这号称抗战大后方的神经中枢之一的昆明，平均一个月有几次画展，反正最近一个星期里就有两次。重庆更不用说，恐怕每日都在画展中，据前不久从那里来的一个官说，那边画展热烈的情形，真令人咋舌（不用讲，无论那处，只要是画展，必是国画）。这现象其实由来已久，在我们的记忆中，抗战与风雅似乎始终是不可分离的，而抗战愈久，雅兴愈高，更是鲜明的事实。

一个深夜，在大西门外的道上，和一位盟国军官狭路当逢，于是攀谈起来了。他问我这战争几时能完，我说："这还得问你。"

"好罢！"他爽快的答道，"战争几时开始，便几时完结。"事后我才明白他的意思是说，只要他们真正开始反攻，日本是不值一击的。一个美国人，他当然有资格夸下这海口。但是我，一个中国人，尤其当着一个美国人面前，谈起战争，怎么能不心虚呢？我当时误会了他的意思，但我是爱说实话的。反正人家不是傻子，咱们的底细，人家心里早已是雪亮的，与其欲盖弥彰，倒不如自己先认了，所以我的答话是"战争几时开始？你们不是早已开始了吗？没开始的只是我们。”

对了，你敢说我们是在打仗吗？就眼前的事例说，一面是被吸完血的 ×× 编成“行尸”的行列，前仆后继的倒毙在街心，一面是“琳琅满目”，“盛况空前”的画展，你能说这不是一面在“奸污”战争，一面在逃避战争吗？如果是真实而纯洁的战争，就不怕被正视，不，我们还要用钟爱的心情端详它，抚摩它，用骄傲的嗓音讴歌它。唯其战争是因被“奸污”而变成一个腐烂的，臭恶的现实，所以你就不能不闭上眼睛掩着鼻子，赶紧逃过，逃得愈远愈好，逃到“云烟满纸”的林泉丘壑里，逃到“气韵生动”的仕女前……反之，逃得愈远，心境愈有安顿，也愈可以放心大胆让双手去制造血腥的事实。既然“立地成佛”有了保证，屠刀便不妨随时拿起，随时放下，随时放下，随时拿起。原来某一类说不得的事实和画展是互为因果的，血腥与风雅是一而二，二而一罢了。诚然，就个人说，成佛的不一定亲手使过屠刀，可是至少他们也是帮凶和窝户。如果是借刀杀人，让旁人担负使屠刀的劳力和罪名，自己干没了成佛的实惠，其居心便更不可问了。你自命读书明理的风雅阶级，说得轻点，是被利用，重点是你利用别人，反正你是逃不了责任的！

艺术无论在抗战或建国的立场下，都是我们应该提倡的，这点道理并不只你风雅人士们才懂得。但艺术也要看那一种，正如思想和文学一样，它也有封建的与现代的，或复古的与前进的（其实也就是那人道与非人道）之别。你若有良心，有魄力，并且不缺乏那技术，请站出来，学学人家的画家，也去当个随军记者，收拾点电网边和战壕里的“烟云”回来，或就在任何后方，把那“行尸”的行列速写下来，给我们认识认识点现实也好，起码你也该在随便一个题材里多给我们一点现代的感觉，八大山人四王吴恽费晓楼改七芗乃至吴昌硕齐白石那一套，纵然有他们的历史价值，在珂罗板片中也够逼真的了，用得着你们那笨拙的复制吗？在这复古气焰高张的年代，自然正是你们扬眉吐气的时机，但是小心不要做了破坏民族战斗意志的奸细，和危害国家现代化的帮凶！记着我的话，最后裁判的日子必然来到，那时你们的风雅就是你们的罪状！

原载昆明《生活导报》，三十二年。

“新中国”给昆明一个耳光罢

旧剧本是人民的艺术，至今也还是最忠实于人民的一种艺术形式。惟其如此，所以它有着人民的种种优点，而不可讳言，也有着人民的弱点。这弱点，概括的讲，就是人民的落后性。（被愚弄压榨了几千年的人民，叫他怎么不落后呢！）

反之，话剧是知识分子刚从海外输入的一种艺术形式，它是知识分子一手包办的，也是纯粹为着知识分子的兴趣的，所以在艺术上，它固然有着一些知识分子的进步性，同时在题材和观点上，也就不可避免的包含了知识分子的偏狭，软弱，虚伪等等缺点，而在脱离了人民的现实生活这一偏狭性上，尤其使它对于广大的人民永远是陌生的，因此也就永远限制了它自身的发展。所以关于目前话剧运动的麻痹状态，问题的症结，倒不在它的形式，而是在它的内容。写实主义的作风，应该只有更能吸引人民观众的，决不会排斥他们。只有完全脱离了人民现实生活的题材与观点，才是话剧的致命伤。脱离了广大人民，知识分子不能挽救中国戏剧前途的危机，正如他们不能挽救中国政治前途的危机一样！

新中国剧社，是我所知道的大后方第一个能把握人民现实生活的话剧团体。在这意义上，它不但指示了中国戏剧工作的新道路，而更要紧的是表现了中国知识分子的新觉悟，因此也就真能名副其实的象征了“新中国”。今天凡是看过他们的“活报”，听过他们的歌咏的人，没有不惊讶于他们的天才式的作风的，凡是听过他们在桂林撤退前的工作和在黔桂线上流亡的故事的人，也没有不激动于他们的英雄式的气派的。你问：同是剧团，甚至同是中国人，新中国何以表现得这样卓越，这样动人？新中国简直是一篇传奇故事，一个神迹，这秘密究竟在那里？我说：很简单，认识了人民，热爱着人民，觉醒了的知识分子！不但戏剧，而且“行行出状元”，只要认识人民，每一个知识分子，都是一个可能的天才和英雄。

因此，今天我们特别欢迎新中国来到昆明，因为，这是一个特别充满了伪善和臭美的顽固知识分子的城，因为，这是以一个什么学府自夸的城。新中国对昆明应该是一个严重的抗议。不，得给他们当胸一拳，再找上两个耳光，这些伪善和臭美的先生们：这些知识分子们，他们自己也该受点教育。告诉他们，该醒醒了，这是“人民的世纪”啊！

三十四年七月七日。

“一二·一”运动始末记

自从民国三十三年双十节，昆明各界举行纪念大会，发表国是宣言，提出积极的政治主张。这里的学生，配合着，文化界，妇女界，职业界的青年，便开始团结起来，展开热烈的民主运动，不断地喊出全国人民最迫切的要求，各大中学师生关于民主政治无数次的讲演，讨论和各种文艺活动的集会，各界人士许多次对国是的宣言，以及三十三年护国，三十四年“五四”纪念的两次大游行，这些活动，和其他后方各大城市的沉默恰形成一个鲜明的对照。但在这沉默中，谁知道他们对昆明，尤其昆明的学生，怀抱着多少欣羡，寄托着多少期望！

三十四年八月，日本还没投降，全国欢欣鼓舞，以为八年来重重的苦难，从此结束。但是不出两月，在十月三日，云南省政府突然的改组，驻军发生冲突，使无辜的市民饱受惊扰，而且遭遇到并不比一次敌机的空袭更少的死亡。昆明市民的喘息未定，接着全国各地便展开了大规模的内战，人人怀着一颗沉重的心，瞪视着这民族自杀的现象。昆明，被人家欣羡和期望的昆明，怎么办呢？是的，暴风雨是要来的，昆明再不能等了，于是十一月廿五日晚，国立西南联合大学，国立云南大学，私立中法大学，和云南省立英语专科学校等四校自学自治会，在西南联大新校舍草坪上，召开了反对内战，呼吁和平的座谈会，到会者五千余人。似乎反动者也不肯迟疑，在教授们的讲演声中，全场四周企图威胁到会群众和扰乱会场秩序的机关枪，冲锋枪，小钢炮一齐响了，散会之后，交通又被断绝，数千人在深夜的寒风中踯躅着，抖擞着。昆明愤怒了。

翌日，全市各校学生，在市民普遍的同情与支持之下，相率罢课，表示抗议。并要求查办包围学校开枪的军队。当局对学生们这些要求的答复是甚么呢？除种种造谣和企图破坏学校团结的所谓“反罢课委员会”的卑劣阴谋外，便是十一月三十日特务们的棍子，石头，手枪，刺刀，对全市学生罢课联合委员会宣传队的沿街追打。然而这只是他们进攻的序幕。十二月一日，从上午九时到下午四时，大批特务和身着制服，佩带符号的军人，携带武器，分批闯入云南大学，中法大学，联大工学院，师范学院，联大附中等五处，捣毁校具，劫掠财物，殴打师生。同时在联大新校舍门前，暴徒们于攻打校门之际，投掷手榴弹一枚，结果南菁中学教员于再先生中弹重伤，当晚十时二十分在云大医院逝世。同时在联大师范学院，正当铁棍，石头飞舞之中，大批学生已经负伤倒地，又飞来三颗手榴弹，中弹重伤联大学生李鲁连君，仅只奄奄一息了，又在送往医院的途中，被暴徒拦住，惨遭毒打，遂至登时气绝。奋勇救护受伤同学的联大学生潘琰小姐已经胸部被手榴弹炸伤，手指被弹片削掉，倒地后，胸部又被猛戳三刀，便于当日下午五时半在云大医院的病榻上，喊着“同学们团结呀！”与世长辞了。昆华工校学生张华昌君，闻变赶来救援联大同学，头部被弹片炸破，左耳满盛着血浆，血红的鲜血上浮着白色的脑浆，这个仅止十七岁的生命，绵延到当日下午五时在甘美医院也结束了。此外联大学生缪祥烈君，左腿骨炸断，后来医治无效，只好割去，变成残废。总计各校学生重伤者十一人，轻伤者十四人，联大教授也有多人痛遭殴辱。各处暴徒从肇事逞凶时起，到“任务”完成后，高呼口号，扬长过市时止，始终未受到任何军警的干涉。

这就是昆明学生的民主运动，和它的最高潮“一二·一”惨案的概略。

“一二·一”是中华民国建国以来最黑暗的一天，也就在这一天，死难四烈士的血给中华民族打开了一条生路。从这一天起，在整整一个月中，作为四烈士灵堂的联大图书馆，几乎每日都挤满了成千成万，扶老携幼的致敬的市民，有的甚至从近郊几十里外赶来朝拜烈士的遗骸。从这天起，全国各地，乃至海外，通过物质的或精神的种种不同的形式，不断地寄来了人间最深厚的同情和最崇高的敬礼。在这些日子里，昆明成了全国民主运动的心脏，从这里吸收着也输送着愤怒的热血的狂潮。从此全国的反内战，争民主的运动，更加热烈的展开，终于在南北各地一连串的血案当中，促成了停止内战，协商团结的新局面。

愿四烈士的血是给新中国历史写下了最新的一页，愿它已经给民主的中国奠定了永久的基石！如果愿望不能立即实现的话，那么，就让未死的战士们踏着四烈士的血迹，再继续前进，并且不惜汇成更巨大的血流，直至在它面前，每一个糊涂的人都清醒起来，每一个怯懦的人都勇敢起来，每一个疲乏的人都振作起来，而每一个反动者战慄的倒下去！

四烈士的血不会是白流的。

谨防汉奸合法化

百年以来，中华民族的历史是一部不断的反帝国主义反封建的斗争史，八年抗战依然是这斗争的继续。由于帝国主义与封建势力永远是互相勾结，狼狈为奸的，所以两种斗争永远得双管齐下。虽则在一定的阶段中，形式上我们不能不在二者之中选出一个来作为主要的斗争的对象，但那并不是说，实质上我们可以放松其余那一个。而且斗争愈尖锐，他们二者团结得也愈紧，抓住了一个，其余一个就跑不掉，即令你要放走他，也不可能。这恰好就是目前的局势。对外民族抗战阶段中的敌伪，就是对内民主革命阶段中的帝（国主义）封（建势力），这是无须说明的，而目前的敌伪，早已在所谓"共荣圈"中，变成了一个浑一的共同体，更是鲜明的事实。现在日寇已经投降，惩治日寇战犯的办法，固然需待同盟国共同商讨，但惩治汉奸是我们自己的事，然而直到今天，我们还没有听见任何关于处理汉奸的办法。

当初我们那样迫切要求对日抗战，一半固然因为敌人欺我太甚，一半也是要逼着那些假中国人和抱着委曲勉强做中国人的中国人，索性都滚到他们主子那边去，让我们阵线上黑白分明，便于应战，并且到时候，也好给他们一网打尽。果然抗战爆发，一天一天，汉奸集团愈汇愈大，于是一年一年，一个伪组织又一个伪组织，一批伪军又一批伪军。但是那时我们并不着急，我们只有高兴，因为，正如上面所说，这样在战术上是于我们绝对有利的。可是到了今天，八年浴血苦斗所争来的黑白，恐怕又要被搅成八年以前黑白不分的混沌状态了。这种现象是中国人民所不能忍受的。硬把汉奸合法化了，只是掩耳盗铃的笨拙的把戏，事实的真相，每个人民心头是雪亮的。并且按照逻辑的推论，人民也会想到：使汉奸合法化的，自己就是汉奸，而对于一切的汉奸，人民的决心是要一网打尽的。因此，我们又深信八年抗战既已使黑白分明，要再混淆它，已经是不可能的。谁要企图这样做，结果只是把自己混进“黑名单”里，自取灭亡之道！

演讲录

目录

389 组织民众与保卫大西南

393 五四历史座谈

396 给西南联大的从军回校同学讲话

400 兽·人·鬼

402 八年的回忆与感想

408 民盟的性质与作风

414 新文艺和文学遗产

417 战后文艺的道路

423 论文艺的民主问题

427 诗与批评

434 艾青和田间

436 最后一次的讲演

组织民众与保卫大西南

民国三十三年昆明各界双十节纪念大会演讲词

诸位！我们抗战了七年多，到今天所得的是什么？眼看见盟国都在反攻，我们还在溃退，人家在收复失地，我们还在继续失地。虽然如此，我们还不警惕，还不悔过，反而涎着脸皮跟盟友说："谁叫你们早不帮我们，弄到今天这地步！"那意思仿佛是说："现在是轮着你要胜利了，我偏败给你瞧瞧！"这种无赖的流氓意识的表现，究竟是给谁开玩笑！溃退和失地是真不能避免的吗？不是有几十万吃得顶饱，斗志顶旺的大军，被另外几十万喂得也顶好，装备得顶精的大军监视着吗？这监视和被监视的力量，为什么让他们冻结在那里？不拿来保卫国土，抵抗敌人？原来打了七年仗，牺牲了几千万人民的生命，数万万人民的财产，只是陪着你们少数人闹意气的？又是给谁开的玩笑！几个月的工夫，郑州失了，洛阳失了，长沙失了，衡阳失了，现在桂林又危在旦夕，柳州也将不保，整个抗战最后的根据地——大西南受着威胁，如今谁又能保证敌人早晚不进攻贵阳，昆明，甚至重庆？到那时，我们的军队怎样？还是监视的监视，被监视的被监视吗？到那时我们的人民又将怎样，准备乖乖的当顺民吗？还是撒开腿逃？逃又逃到那里去？逃出去了又怎么办？诸位啊！想想，这都是你们自己的事啊！国家是人人自己的国家，身家性命是人人自己的身家性命，自己的事为什么要让旁人摆布，自己还装聋作哑！谁敢掐住你们的脖子！谁有资格不许你们讲话！用人民的血汗养的军队，为什么不拿出来为人民抵抗敌人？以人民的子弟组成的队伍，为什么不放他们来保卫人民自己的家乡？我们要抗议！我们要叫喊！我们要愤怒！我们的第一个呼声是：拿出国家的实力来保卫大西南，这抗战的最后根据地的大西南！

但是，今天站在人民的立场，我们一方面固然应当向政府及全国呼吁，另一方面我们也得认清我们人民自身的责任与力量。对于保卫大西南，老实说，政府的决心是一回事，他的能力又是一回事。郑州洛阳长沙衡阳的往事太叫我们痛心了，保卫国土最后的力量恐怕还在我们人民自己的身上。一切都有靠不住的时候，最可靠的还是我们人民自己。而我们自己的力量，你晓得吗？如果善于发挥，善于利用，是不可想象的强大呀！今天每一个中国人，以他人民的身分，对于他自己所在的一块国土，都应尽其保卫的责任，也尽有保卫的方法。我们这些在昆明的人无论本省的或外来的，对于我们此刻所在的这块国土——昆明市，在万一他遭受进攻时，自然也应善用我们自己的方法来尽我们自己的责任。诸位，昆明在抗战中的重要性，不用我讲，保卫昆明即所以保卫云南，保卫云南即所以保卫大西南，保卫大西南即所以保卫中国，不是吗？

在今天的局势下，关于昆明的前途，大概有三种看法，每种看法代表一种可能性。第一种是敌人不来，第二种是来了被我们打退，第三种是不幸我们败了，退出昆明。第一种，客观上即会有多少可能性，我们也不应该作那打算，果然那样，老实说，那你就太没有出息了！我们应该用奋发的心情准备迎接敌人的进攻，并且立志把他打退，万一不能，也要逼他付出相当代价，再作有计划的，有秩序的荣誉的退却。然后走到敌后，展开游击战争，给敌人以经常的扰乱与破坏，一方面发动并组织民众，使他成为坚强的自卫力量，以便配合着游击军。等盟国发动反攻时，我们便以地下军的姿态，卷土重来，协同他们作战以至赶走敌人，完成我们的最后胜利。我们得准备前面所说的第二种，甚至干脆的就是第三种可能的局面，我们得准备迎接一个最黑暗的时期，然后从黑暗中，用我们自发的力量创造出光明来！这是一个梦，一个美梦。可是你如果不愿意实现这个梦，另外一个梦便在等着你，那是一个恶梦。恶梦中有两条路，一条是留在这里当顺民，准备受无穷的耻辱。一条是逃，但在还没有逃出昆明城郊时，就被水泄不通的混乱的人群车马群挤死，踏死，辗死，即使逃出了城郊，恐怕走不到十里二十里就被盗匪戳死，打死，要不然十天半月内也要在途中病死饿死。……衡阳和桂林撤退的惨痛故事，我们听够了，但昆明如有撤退的一天，那惨痛的程度，不知道还要几十倍几百倍于衡阳桂林！诸位，你能担保那惨痛的命运不落到你自己头上来吗？恶梦中的两条路，一条是苟全性命来当顺民，那样可以说是一种“不自由的生”，另一条是因不当顺民就当难民，那样又可说是一种“自由的死”。但是，诸位试想为什么必得是：要不死便得不自由，要自由就得死？自由和生难道是宿命的仇敌吗？为什么我们不能有“自由的生”！是呀！到“自由的生”的路就是我方才讲的那个美梦啊！敌人可能给我们选择的是不自由和死，假如我们偏要自由和生，我们便得到了自由的生，这便叫作“置之死地而后生”。

诸位，记住我们人民始终是要抗战到底的，万一敌人进攻，万一少数人为争夺权利闹意气而不肯把实力拿出来抵抗敌人，我们也有我们的办法。不要害怕，不管人家怎样，我们人民自始至终是有决心的，而有决心自然会有办法的。还要记住昆明在国际间“民主堡垒”的美誉，我们从今更要努力发扬民主自由的精神。那一天我们的美梦完成了，我们从黑暗中造出光明来了，到那时中国才真不愧四强之一。强在那里？强在我们人民，强在我们人民呀！今天政府不给人民自由，是他不要人民，等到那一天，我们人民能以自力更生的方式强起来了，他自然会要我们的。那时我们可以骄傲的对他说：“我们可以不靠你，你是要靠我们的呀！”那便是真正的民主！我们今天要争民主，我们便当赶紧组织起来，按照实现那个美梦的目标组织起来，因为这组织工作的本身便是民主，有了这个基础，我们便更有资格，更有力量来争取更普遍的，完整的和永久的民主政治。

五四历史座谈

时间——三十三年五月三日晚

地点——联大新舍南区十号教室

刚才周炳琳先生报告了五四时候北大的情形，五四运动的中心是在北大，而清华是在城外，五三那天的会不能够去参加。（记者按：周炳琳先生方才说到五三晚上北大学生集会于北大第三院大礼堂，决定次日的游行示威。）至于后来的街头演讲，清华倒干得很起劲，一千多人被关起来，其中有许多是清华的。我那时候呢？也是因为喜欢弄弄文墨，而在清华学生会里当文书。我想起那时候的一件呆事，也是表示我文人的积习竟有这样深：五四的消息传到了清华，五五早起，清华的食堂门口出现了一张岳飞的《满江红》，就是我在夜里偷偷地去贴的。所以我今天看了许多同学的壁报，觉得我那时候贴的东西真太不如今天你们的壁报了。我一直在学校里管文件，没有到城里参加演讲，除了有一次是特殊的之外。那年暑假到上海开学生总会，周先生（炳琳）代表北大，我代表清华到上海听过中山先生的演讲，我的记忆极坏，此外没有什么事实可以报告，只知道当时的情绪，就像我的贴《满江红》吧！

方才张先生说五四是思想革命是正中下怀，（记者按：张奚若先生说到："辛亥革命是形式上的革命，五四则是思想革命。"）但是你们现在好像是在审判我，因为我是在被革的系——中文系里面的。但是我要和你们里应外合！张先生说现在精神解放已走入歧途，我认为还是太客气的说法，实在是整个都走回去了！是开倒车了！现在有些人学会了新名词，拿他来解释旧的，说外国人有的东西我国老早就都有啦！我为什么教中国文学系呢？五四时代我受到的思想影响是爱国的，民主的，觉得我们中国人应该如何团结起来救国。五四以后不久，我出洋，还是关心国事，提倡 Nationalism，不过那是感情上的，我并不懂得政治，也不懂得三民主义，孙中山先生翻译 Nationalism 为民族主义，我以为这是反动的。回国以后在好几次的集会中曾经和周先生站在相反的立场。其实现在看起来，那是相同的，周先生：你说是不是？我在外国所学的本来不是文学，但因为这种 Nationalism 的思想而注意中文，忽略了功课，为的是使中国好，并且我父亲是一个秀才，从小我就受《诗》云子曰的影响。但是愈读中国书就愈觉得他是要不得的，我的读中国书是要戳破他的疮疤，揭穿他的黑暗，而不是去捧他。我是幼稚的，但要不是幼稚的话，当时也不会有五四运动了。青年人是幼稚的，重感情的，但是青年人的幼稚病，有时并不是可耻的，尤其是在一个启蒙的时期，幼稚是感情的先导，感情一冲动，才能发出力量。所以有人怕他们矫枉过正，我却觉得更要矫枉过正，因为矫枉过正才显得有力量。当时要打倒孔家店，现在更要打倒，不过当时大家讲不出理由来，今天你们可以来请教我，我念过了几十年的《经书》，愈念愈知道孔子的要不得，因为那是封建社会底下的，封建社会是病态的社会，儒学就是用来维持封建社会的假秩序的。他们要把整个社会弄得死板不动，所以封建社会的东西全是要不得的。我相信，凭我的读书经验和心得，他是实在要不得的。中文系的任务就是要知道他的要不得，才不至于开倒车。但是非中文系的人往往会受父辈《诗》云子曰的影响，也许在开倒车……负起五四的责任是不容易的，因为人家不许我们负呀！这不是口头说说的，你在行为上的小地方是会处处反映出孔家店的。

原载《大路》第五期。

给西南联大的从军回校同学讲话

我也是参加校务会议的一分子，但我所讲的只代表我个人。关于治标治本的问题，刚才查先生冯先生说的很清楚，很详细。我也替大家感到很高兴。不过我想，大家是去从军，而不是去治标。这些治标的对象是我们造出来的，所谓“天下本无事，庸人自扰之”。自缚自解只是绕圈子而已。但是这种治标，不是我们从军的目的，从军的目的就是治本。假使不抱治本的目的去从军，则我们还配得上做一个知识分子么？谈到知识分子，我们总以知识分子自夸，觉得很骄傲，很光荣。这，与其说是光荣，不如说是耻辱。由于知识分子少，固然显得宝贵，显得身价高。因此我们的地位之尊贵是由和一般没知识的大众相形之下而成的。所以我们个人之光荣，是以国家之不光荣换得来的。我听到很多从军同学回来诉说在印所受的污辱。如有一个盟军俱乐部，英国，美国，法国……连印度人也准进去，独不准中国人进去，因为他们认为我们是“China man”，不管你知识分子不知识分子。可见你们个人在国内，可以很神气，而在国外，人家就不管你什么东西了。所以国内不改善，在外人看来，你们只是一样的中国人！把这些经历，反省反省，认得清清楚楚，就不会白去了。

我们去从军，受那些连长，排长，那些老粗的虐待，或是过分的恭维，也还是如刀割般苦痛的。我们可以骂他们："正是你们丢了我们的脸，使我们受外国人的罪！"大家想想，为什么他们这样？想一想吧，这原是我们的责任！抗战以来，感到军队里知识分子太少，都希望赶快让知识青年去从军，借此机会改善军队。但是为什么到今日才晓得要找知识青年？根本我们的打仗就不想要知识青年来打的！本来，战争之发动就是用农民壮丁来干，农民去送死，我们去建国。这说来好听，根本当时的军队就没有组织，没有计划。送死，由他们去！以前卖命由他们去，现在就轮到他们管你们了！当初，苦事让人家干，现在因他们而丢脸，我们是不应该把他们当作敌人来仇恨他们或可怜他们，这是错的！这是整个社会制度表现出来的现象。当初他们入伍时，是没有知识就拉过来的，等到入伍后，也从未教一点知识给他们。相反的倒是让他们身体没闲，或者宁愿他们睡死，病死，却千万不要让他们的脑筋清醒，不让他们有知识。

统治者只要奴才去打仗，不要知识分子去打仗！好像现在要打内战啦，你们肯干吗？所以他们当初一时妙想天开，想找些知识分子去从军。他们一则糊涂，一则聪明。聪明的是这么一来，他们只把你们当一般壮丁一样训练。你们受得了就来，受不来就活不了。他们要把你们壮丁化，麻醉你们；麻醉得越多越好，奴化得越多越好。所以，人家是聪明的，我们就不能太笨了！现在我们可以反省一下，到底是怎样一回事？想对了，也还不愧为一个知识分子。上了当就要变乖。要知道绝不是几个知识分子抱着空中楼阁的理想，老是想从事改良改良，这么天真就办得到的。但是我们的思想就是我们的武器！只要我们是人，有人格，这人格的尊严就是我们的武器！千万不要自己欺骗自己。作知识分子就要作一个真的知识分子！不是普通的技术青年而要作个智慧的青年！千万不要因为人家多给你们几个钱的待遇就算了事，要从大处看！

今早，有一个从军同学给一首诗我看。好诗，但写得我不同意。他说印度人怎的没希望了。是人就有希望，只要我们团结和醒觉！除非我们是苍蝇，是臭虫，……打了八年仗，八年前和八年后的苍蝇都是一样的，是人就变了，受了这么多的苦是会变的！尽管受尽压迫和痛苦，终有一天是印度人的世界，而不是英国人的世界。印度有希望，何况我们中国！

还有一点，以为只有知识分子，才有办法，别人一概不成。这种想法是错的。不要以为有了知识分子就有力量，真正的力量在人民。我们应该把自己的知识配合他们的力量。没有知识是不成的，但是知识不配合人民的力量，决无用处！我们知识分子常常夸大，以为很了不起，却没想到人民一醒觉，一发动起来，真正的力量就在他们身上。一班人活不好，吃不好，联大再好，也没有用的。我们是知识分子，应有我们的天职。我们享受好，义务也多，我们要努力。但以为自己努力就成了，就根本错！刚才那位写诗的同学说：印度人像没有生命似的，这才厉害。只有我们知识分子才怕死，人家不知死，浑浑沌沌的把生命分的不清楚，一旦把他们号召起来，还得了！武器在我们手里时，就觉得这是不好玩的，要人命的东西；在他们手里，干起来就拼！因为真正的力量在人民，所以越压迫，越吃苦，报复起来就越厉害！因此我希望诸位无论干哪种工作，不要以为自己是大学生。这不该看成普通的谦虚，一种做人的手段；因为我们确实不如他们。不但口里说，而且心里也硬是要想：我们是不如他们的。我们的知识是一种赃物，是牺牲了大多数人的幸福而得来的。可是知识救不了我们；他们那些人敢说敢做，假如真要和我们拼起来，我们只有怕，没有办法！所以，问题就在他们要拼不要拼的问题；如果要，那我们就完了！

只有在一个合理的社会里，在一个没有人剥削人，人食人的社会里，知识才是一个武器，知识在一个合理的社会里才有大用；不然，是不中用的。所以，我希望各位能较抽象，较远大，较傻劲地看去。我所以说是傻，因为许多人都以他们的经验，说我们这样作是幼稚，是傻。其实我们的经验越多，只越教我们怯懦而已。现在，在军队里，可惜不是你们作主；但假如我们是和人民在一起，我们就有希望了。

（黄海记）

兽·人·鬼

刽子手们这次杰作，我们不忍再描述了，其残酷的程度，我们无以名之，只好名之曰兽行，或超兽行。但既已认清了是兽行，似乎也就不必再用人类的道理和它费口舌了。甚至用人类的义愤和它生气，也是多余的。反正我们要记得，人兽是不两立的，而我们也深信，最后胜利必属于人！

胜利的道路自然是曲折的，不过有时也实在曲折得可笑。下面的寓言正代表着目前一部分人所走的道路。

村子附近发现了虎，孩子们凭着一股锐气，和虎搏斗了一场，结果遭牺牲了，于是成人们之间便发生了这样一串纷歧的议论：

——立即发动全村的人手去打虎。

——在打虎的方法没有布置周密时，劝孩子们暂勿离村，以免受害。

——已经劝阻过了，他们不听，死了活该。

——咱们自己赶紧别提打虎了，免得鼓励了孩子们去冒险。

——虎在深山中，你不惹它，它怎么会惹你？

——是呀！虎本无罪，祸是喊打虎的人闯的。

——虎是越打越凶的，谁愿意打谁打好了，反正我是不去的。

议论发展下去是没完的，而且有的离奇到不可想像。当然这里只限于人——善良的人的议论。至于那“为虎作伥”的鬼的想法，就不必去揣测了。但愿世上真没有鬼，然而我真担心，人既是这样的善良，万一有鬼，是多么容易受愚弄啊！

原载三十四年十二月九日三版《时代评论》第六期。

八年的回忆与感想

说到联大的历史和演变，我们应追溯到长沙临时大学的一段生活。最初师生们陆续由北平跑出，到长沙集齐，住在圣经学校里，大家的情绪只是兴奋而已。记得教授们每天晚上吃完饭，大家聚在一间房子里，一边吃着茶，抽着烟，一边看着报纸，研究着地图，谈论着战事和各种问题。有时一个同事新从北方来到，大家更是兴奋的听他的逃难的故事和沿途的消息。大体上说，那时教授们和一般人一样只有着战争刚爆发时的紧张和愤慨，没有人想到战争是否可以胜利。既然我们被迫得不能不打，只好打了再说。人们对于保卫某据点的时间的久暂，意见有些出入，然而即使是最悲观的也没有考虑到战事如何结局的问题。那时我们甚至今天还不知道明天要做什么事。因为学校虽然天天在筹备开学，我们自己多数人心里却怀着另外一个幻想。我们脑子里装满了欧美现代国家的观念，以为这样的战争，一发生，全国都应该动员起来，自然我们自己也不是例外。于是我们有的等着政府的指示：或上前方参加工作，或在后方从事战时的生产，至少也可以在士兵或民众教育上尽点力。事实证明这个幻想终于只是幻想，于是我们的心理便渐渐回到自己岗位上的工作，我们依然得准备教书，教我们过去所教的书。

因为长沙圣经学校校舍的限制，我们文学院是指定在南岳上课的。在这里我们住的房子也是属于圣经学校的。这些房子是在山腰上，前面在我们脚下是南岳镇，后面往山里走，便是那探索不完的名胜。

在南岳的生活，现在想起来，真有“恍如隔世”之感。那时物价还没有开始跳涨，只是在微微的波动着罢了。记得大前门纸烟涨到两毛钱一包的时候，大家曾考虑到戒烟的办法。南岳是个偏僻地方，报纸要两三天以后才能看到，世界注意不到我们，我们也就渐渐不大注意世界了，于是在有规则性的上课与逛山的日程中，大家的生活又慢慢安定下来。半辈子的生活方式，究竟不容易改掉，暂时的扰动，只能使它表面上起点变化，机会一来，它还是要恢复常态的。

讲到同学们，我的印象是常有变动，仿佛时常走掉的并不比新来的少，走掉的自然多半是到前线参加实际战争去的。但留下的对于功课多数还是很专心的。

抗战对中国社会的影响，那时还不甚显著，人们对蒋主席的崇拜与信任，几乎是没有限度的。在没有读到史诺的《西行漫记》一类的书的时候，大家并不知道抗战是怎样起来的，只觉得那真是由于一个英勇刚毅的领导，对于这样一个人，你除了钦佩，还有什么话可说呢！有一次，我和一位先生谈到国共问题，大家都以为西安事变虽然业已过去，抗战却并不能把国共双方根本的矛盾彻底解决，只是把它暂时压下去了，这个矛盾将来是可能又现出来的。然则应该如何永久彻底解决这问题呢？这位先生认为英明神圣的领袖，代表着中国人民的最高智慧，时机来了，他一定会向左靠拢一点，整个国家民族也就会跟着他这样做，那时左右的问题自然就不存在了。现在想想，中国的“真命天子”的观念真是根深蒂固！可惜我当时没有反问这位先生一句：“如果领袖不向平安的方向靠，而是向黑暗的深渊里冲，整个国家民族是否也就跟着他那样做呢？”

但这在当时究竟是辽远的事情，当时大家争执得热烈的倒是应否实施战时教育的问题。同学中一部分觉得应该有一种有别于平时的战时教育，包括打靶，下乡宣传之类。教授大都与政府的看法相同，认为我们应该努力研究，以待将来建国之用，何况学生受了训，不见得比大兵打得更好，因为那时的中国军队确乎打得不坏。结果是两派人各行其是，愿意参加战争的上了前线，不愿意的依然留在学校里读书。在这里我们应该注意：并不是全体学生都主张战时教育而全体教授都主张平时教育，前面说过，教授们也曾经等待过征调，只因征调没有消息，他们才回头来安心教书的。有些人还到南京或武昌去向政府投效过，结果自然都败兴而返。至于在学校里，他们并不积极反对参加点配合抗战的课程，但一则教育部没有明确的指示，二则学校教育一向与现实生活脱节，要他们炮声一响马上就把教育和现实配合起来，又叫他们如何下手呢？

武汉情势日渐危急，长沙的轰炸日益加剧，学校决定西迁了。

一部分男同学组织了步行团，打算从湖南经贵州走到云南。那一次参加步行团的教授除我之外，还有黄子坚，袁复礼，李继侗，曾昭抡等先生。我们沿途并没有遇到土匪，如外面所传说的。只有一次，走到一个离土匪很近的地方，一夜大家紧张戒备，然而也是一场虚惊而已。

那时候，举国上下都在抗日的紧张情绪中，穷乡僻野的老百姓也都知道要打日本，所以沿途并没有作什么宣传的必要。同人民接近倒是常有的事。但多数人所注意的还是苗区的风俗习惯，服装，语言，和名胜古迹等等。

在旅途中同学们的情绪很好，仿佛大家都觉得上面有一个英明的领袖，下面有五百万勇敢用命的兵士抗战，反正是没有问题的。我们只希望到昆明后，有一个能给大家安心读书的环境。大家似乎都不大谈，甚至也不大想政治问题。有时跟辅导团团长为了食宿闹点别扭，也都是很小的事，一般说来，都是很高兴的。

到昆明后，文法学院到蒙自呆了半年，蒙自又是一个世外桃源。到蒙自后，抗战的成绩渐渐露出马脚，有些被抗战打了强心针的人，现在，兴奋的情绪不能不因为冷酷的事实而渐渐低落了。

在蒙自，吃饭对于我是一件大苦事。第一我吃菜吃得咸，而云南的盐淡得可怕，叫厨工每餐饭准备一点盐，他每每又忘记，我也懒得多麻烦，于是天天只有忍痛吃淡菜。第二，同桌是一群著名的败北主义者，每到吃饭时必大发其败北主义的理论，指着报纸得意洋洋说：“我说了要败，你看罢！现在怎么样？”他们人多势众，和他们辩论是无用的。

云南的生活当然不如北平舒服。有些人的家还在北平，上海或是香港，他们离家太久，每到暑假当然想回去看看，有的人便在这时一去不返了。

等到新校舍筑成，我们搬回昆明。这中间联大有一段很重要的历史，就是皖南事变时期，同学们在思想上分成了两个堡垒。那年我正休假，在晋宁县住了一年，所以校内的情形不大清楚，只听说有一部分同学离开了学校，但是后来又陆续回来了。

教授的生活在那时因为物价还没有显著的变化，并没有大变动。交通也比较方便，有的教授还常常回北平去看看家里的人。

一般说来，先生和同学那时都注重学术的研究和学习，并不像现在整天谈政治，谈时事。

大学的课程，甚至教材都要规定，这是陈立夫做了教育部长后才有的现象。这些花样引起了教授中普遍的反感。有一次教育部要重新“审定”教授们的“资格”，教授会中讨论到这问题，许多先生，发言非常愤慨，但，这并不意味着反对国民党的情绪。

联大风气开始改变，应该从三十三年算起，那一年政府改三月二十九日为青年节，引起了教授和同学们一致的愤慨。抗战期中的青年是大大的进步了，这在“一二・一”运动中，表现得尤其清楚。那几年同学中跑仰光赚钱的固然有，但那究竟是少数，并且这责任归根究底，还应该由政府来负。

这两年来，同学们对学术研究比较冷淡，确是事实，但人们因此而悲观，却是过虑。政治问题诚然是暂时的事，而学术研究是一个长期的工作。有些人主张不应该为了暂时的工作而荒废了永久的事业，初听这说法很有道理，但是暂时的难关通不过，怎能达到那永久的阶段呢？而且政治上了轨道，局势一安定下来，大家自然会回到学术里来的。

这年头愈是年青的，愈能识大体，博学多能的中年人反而只会挑剔小节，正当青年们昂起头来做人的时候，中年人却在黑暗的淫威面前屈膝了。究竟是谁应该向谁学习？想到这里，我觉得在今天所有的不合理的现象之中，教育，尤其大学教育，是最不合理的。抗战以来八九年教书生活的经验，使我整个的否定了我们的教育。我不知道我还能继续支持这样的生活多久，如果我真是有廉耻的话！

（际戡笔录）

民盟的性质与作风

诸位来宾，今天承诸位光临，给我这个机会，以一个政治团体代表之一的资格向诸位领教。这给予我个人的感觉，除了光荣之外，还有无限的感慨与兴奋。此刻我的心事真是千头万绪，但为了避免浪费诸位的宝贵时间起见，我还是把我的话头尽量限制在少数的几点上谈罢。

首先，我要向诸位说明的，是无党无派在中国民主同盟中的地位。刚才李公朴先生向诸位报告过，今天我们百分之八十的盟员是无党无派，但是他还忘记了同样重要的一点，那便是我们最高的领导人张表方老先生也是一个无党无派。在上最高的领导人，在下绝大多数的群众，都是无党无派，这现象说明着，到了今天无党无派确乎是民主同盟的主要力量。而在将来我们组织的发展中，无党无派盟员的数量一定更加扩大，无限度的扩大，所以，无党无派在我们内部，又不只是今天起着决定作用，而且恐怕永远要起着决定作用。

这是一件有味的事，对内我们是无党无派，而对外我们又是有党有派。无党无派，因为我们昨天不问政治，有党有派，因为我们今天在问着政治。从不问政治到问政治，从无党无派到有党有派，这一转变，从客观环境说，是时代的逼迫，从主观认识说，是思想的觉悟，我们觉悟了我们昨天那种严守中立，不闻不问的超然态度，不是受人欺骗，便是自欺欺人。昨天如果我们是因为被人捧为超然的学者专家，超然起来的，那么我们今天确是觉悟了，知道那种捧是不怀好意的灌米汤，因为只有我们超然，老爷们才更敢放手干他们那套卑鄙的吃人勾当。如果我们昨天的超然，是掩饰自身的怯懦，无能和自私自利的美丽的幌子，那便是比自己干着吃人勾当更为卑鄙的卑鄙行为，我们今天更应该忏悔。好了，不管昨天怎样，我们今天总算醒了，我们也不讳言我们为自己今天的觉醒而骄傲。

今天我们再不是袖手旁观或装聋作哑的消极的中立者了，今天我们要站出来，做活动于两极之间的积极的中间人。但是所谓中间人并不是等于无原则的和事佬。我们要明是非，辩真伪，要以民主为准绳来做两极之间的公断人。我们除了牢不可破的对民主的信念以外，没有任何成见。为什么我们不能有成见呢？因为我们绝大多数是有党有派中的无党无派，因此我们的党派，在本质上，便带着某种程度的无党无派性。你也可以说，我们是今天各党各派中最富于无党派性的一个党派，或是说，最无党派成见的一个党派。不是说我们昨天还是不问政治的无党无派，今天问政治了，才变成有党有派的吗？我们固然“觉今是而昨非”，但也正因我们一向是不问政治的无党派，所以今天问起政治来，只有政治的主张，而无党派成见。惟其无党派无成见，所以我们愿意不惮烦难的在两极之间做中间人，而不打算排斥任何一个。惟其有政治主张，所以我们不能做无原则性的和事佬，而要在两极之间，做个明是非，辩真伪的公断人。

以上我从无党无派在同盟中的重要性，证明了同盟本质上的中间性。不用说，中间是从两极生出的，两极的存在是中间的存在的先决条件，所以说到同盟的中间性，同时就说明了民主同盟是国共两党的小兄弟。小兄弟年纪轻，不免情急一点，并且“新生之犊不畏虎”，自然也就显得火气大而嘴头硬。但是完全因为年纪轻，那也不尽然，我们实在还有一个更正大的理由使自己有恃而无恐。老实说，我们一个光杆，既没有武力，又没有政权，而我们偏要说话，嘴头再不硬点，还中什么用呢？而且，还要记得，也正因我们是这样一个光杆，我们才可以硬，值得硬啊！谁都知道，我们民主同盟没有武力，也不要武力，所以谈到政治来，我们的脚跟是比任何人都站得稳些的，脚跟站稳，自然说话也就响亮了。同时因为只是动口不动手，这手也便可以随时伸出来给你看的。

所以，我们的和平的手段又天然的决定了我们公开的态度。手段必需和平，态度必需公开。这里讲起来自然话多得很，但我们今天无需在此地讲它。我今天要说明的，倒是我们所以要这样做，一半也是由于自己的积习。大家知道，我们多数人是从事教育文化工作的，而和平不正是教育的手段，公开不正是教育的态度吗？如果承认暴力和欺骗正是教育的敌人，那么，我们多数人干了一辈子教育工作，便证明我们的生活记录上不可能有半点使用过暴力和欺骗的污点，而今后我们的政治活动中，也不可能有那一套。老实说，我们就是抱这样一个傻念头从事政治的，那便是，用教育的手段和教育态度来改造政治，把整个国家社会变成一个学校。我们相信政治本来就应该照我们这样做，不照我们这样做的政治，本来就不应该存在。我们相信，不应该存在的政治，只要我们决心不许它存在，它早晚就得消灭。除了我们不管，我们管了，一切就必然服从我们。我们对这一套，因为有了科学的认识，所以有着宗教的信心。

我刚才讲同盟中间性的时候，曾说到中间是从左右两极生出的，更具体的就左右两极与中间发展的程序说，其实是因先有右，而后有左，既有左右，便自然有了中间。用古代哲学家的话，这正是“一生二,二生三”的发展程序。但是从一发展到三便是总结，从四以下以至无尽数，都不过是一或二或三的重复和再重复。近来报上常常把民主同盟，青年党和无党无派的社会贤达总称为第三方面，而其间的主干显然是民主同盟。这就说明了，民主同盟是最第三性的第三方面，也可以说中间的中坚。因此我们可以肯定，凡是真正第三性的党派或个人必与我们合作，不与我们合作的必非真第三性，或者只有在与我们合作的期间，一个党派或个人才配成为第三性，一旦停止与我们合作便立刻失却它成为它的第三性的资格了。反过来也是很明白的，凡是我们愿与之合作的，也必然真是属于第三性的，否则必是由第一或第二性假冒的第三性。

最后，特别要请诸位注意的是，当我们承认自己是第三的时候，我们同时也就承认了第一第二，当我们承认自己是中间的时候，我们同时也就承认了左右两极，因为有第一第二，才可能有第三，有了左右两极，才可能有中间，换言之，我们必需要先承认了别人然后才承认自己。我们是待他而后存的，所以我们不可能是排他的，和独占的，我们知道排他和独占就是毁灭我们自己。正如今天任何一个中国的政党，如果是排他和独占，我们深信都要归于毁灭一样。因此，我们对于旁人的批评，不管如何严厉，目的总是要成全他，以便与他合作。我们既批评别人，当然也不拒绝别人的批评，但是污蔑毁谤和造谣中伤，我们是不受的。谁要使用这样的手段，谁便犯了排他和独占的嫌疑，而排他和独占是我们坚决反对的。总之，我们的目标是合作，自然与一二两个大党合作，同时也要一与二彼此互相合作。我们民主同盟自身便是一个各党各派与无党无派共同合作的榜样，我们愿把我们内部合作的精神和经验，贡献给全国的各党各派，来共同完成和平民主团结的新中国的建设。我们个人间平时很少有见面的机会，一则因为大家都忙于职务，难得抽身；二则也因为我们这些作为一个政治团体的代表人，明珠不能暗投，纵有机会和诸位个别的见面，也不愿说到政治。今天承诸位光临，得到和诸位见面的机会，感谢之余，就让我们趁此正式的，公开的向诸位伸出我们这只手吧！请诸位认清：这是“无缚鸡之力”的书生的手，不可能也不愿意以威逼人，因此也不受人的威逼，这只“空空如也”穷措大的手，不可能，也不愿意以利诱人，因此也不受人的利诱。你尽可瞧不起它，但是不要怕它，真是，有什么可怕呢？不信，你闻闻，这上面可有一丝一毫血腥味儿？这只拿了一辈子粉笔的手，是可以随时张开给你看的。你瞧，这雪白的一把粉笔灰，正是它的象征色。我再说一句，不要怕，这是一只洁白的手啊！然而也不可以太小看了它。更当许许多多这样的手团结起来，它可以团结很多很多的手，无数的拿锄头的手，开马达的手，打算盘的手，拉洋车的手，乃至缝衣煮饭，扫地擦桌子的手……到那时，你自然会惊讶于这只手的神通，因为它终于扭转了历史，创造了奇迹。

你说这是空想，是梦话吗？不，不，一点也不是。假设今天每一个中国人都非入一个政党不可，而这一个党又是可以按各人自己的意愿，毫不受拘束的来选择的，那么大家不妨想想看，在今天三大政党中，绝大多数的中国人会选择那一个？让我胆大的说一句吧：中国民主同盟！你说这又是空想，是梦话，如果那个假设真能成立，你的话也许不错，但是那个假设根本不能成立。我说假设是可以成立的，可以的，因为成立的条件已经具备了。今天客观的情势不是在逼迫着每一个中国人，为他自己生存的条件和生存的权利，不得不加入一个团体来奋斗吗？而且这逼迫不是正在一天天的加紧吗？我们知道我们自己便是这样逼出来的，而我也相信，照这样下去，是会逼到每一个中国人头上来的。今天逼人者似乎已经下定了决心逼着，机构与计划似乎布置得十分充分，所以逼是已经定局了。只看这被逼者投奔的去处，是否有能力收容他们并善用他们的力量。我们中国民主同盟十分明白时代所课与他自己的任务，只是这任务如何完成，一半固然靠我们自身的努力，一半也得靠大家的鼓励和支持，所以我们这只手也是同样向大家伸出的。

【附记】这篇演讲稿是民国三十五年六月二十八日闻先生在昆明民主同盟云南省支部招待各界贤达席上的演讲稿。

新文艺和文学遗产

地点——联大文艺晚会（在新校舍图书馆前草地上）

时间——三十三年五月八日晚

今天晚上在场发言的，建设新文艺的人物有八位教授，（记者按：八教授为冯至，朱自清，孙毓棠，沈从文，卞之琳，闻家驷，李广田，杨振声。）而我和罗先生（常培）是干破坏的，破坏旧的东西，……月亮出来了（闻先生指着初从云中钻出的满月说），乌云还等在旁边，随时就会给月亮盖住。我们要特别注意……要记住我们这个五四文艺晚会是这样被人阴谋破坏的；但是我们不用害怕，破坏了，我们还要来！五四的任务没有完成，我们还要干！我们还要科学，要民主，要打倒孔家店和封建势力！……文学遗产在五四以前是叫做国粹，五四时代叫做死文学，现在是借了文学遗产的幌子来复古，来反对新文艺，现在我就是要来审判它：中国在君主政治底下，“君”是治人的，但不是“君”自己去治，而实际治人的是手下的许多人，治人就是吃人！……中国的政治由封建而帝制，再由帝制而民治……中国的封建社会里面有四种家臣：第一种是绝对效忠主子的，是儒家，第二种次之，是法家，第三种更次之，是墨家，而庄子是第四种，是拒小惠而要彻底的拆台的，但是因为有前三种人的支持，所以没有效果，后来，由反抗现实而逃到象牙塔中。辛亥以后，治人吃人的观念并没有打倒。管家人吃人，借了君子的名字。在五四，第四种人出塔了，他们要自己管理自己，管家的无立足余地了，但是他们仍旧可以存在的，不过不再是替君子管而是替人民管了。可惜第四种人在塔外住不惯，又回到塔里面去了！那么前三种人又活跃了！但他们觉得新主子不如旧主子好，所以才有“献九鼎”啊！新主子一出来首先要打击五四运动，要打击提倡民治精神的祸因。后来他们发现民主是从外国来的，于是义和团精神又出现了，跟外国人绝交。现在谈第四种人，他们拼命搬旧塔的砖瓦来造新塔，就如有人在提倡晚明小品，表面上是新文艺，其实是旧的。新文学同时是新文化运动，新思想运动，新政治运动，新文学之所以新就是因为它是与思想，政治不分的，假使脱节了就不是新的。文学的新旧不是甚么文言白话之分，因为古文所代表的君主旧意识要不得，所以要提倡新的。第四种人中的道家则劣处较少。新文学是要和政治打通的。至于文学遗产，就是国粹，就是桐城妖孽，就是骸骨，就是山林文学。中国文学当然是中国生的，但不必嚷嚷遗产遗产的，那就是走回头路，回去了！现在感到破坏的工作不能停止，讲到破坏，第一当然仍旧要打倒孔家店，第二要摧毁山林文学。从五四到现在，因为小说是最合乎民主的，所以小说的成绩最好，而成绩最坏的还是诗。这是因为旧文学中最好的是诗，而现在做诗的人渐渐地有意无意地复古了。现在卞先生（之琳）已经不做诗了，这是他的高见，做新诗的人往往被旧诗蒙蔽了渐渐走向象牙塔。

战后文艺的道路

“道路”不一定是具体计划，只是一种看法；战后不是善后，善后是暂时的，战后是相当长时期的将来。根据已然推测必然，是科学的客观预见，历史是有其客观的必然性的，所以要讲到战后文艺的道路，必须根据文学史及社会发展作一番讨论。

关于文学史，应根据新的世界观来分析：我们承认最根本决定社会之发展的是阶级，有统治阶级，有被统治阶级。中国过去的文学史抹煞了人民的立场，只讲统治阶级的文学，不讲被统治阶级的文学。今天以人民的立场来讲文学，对统治阶级的文学也不抹煞。

观察中国的社会，有下面几个阶段：

一、奴隶社会阶段，

二、自由人阶段，

三、主人阶段。

奴隶社会的组织是奴隶和奴隶主，自由人是解放了的奴隶，战国和西汉的奴隶气质在文学上很明显，魏晋以后嵇康阮籍解放了，但由建安到今天都无大变。

建安前是奴隶文艺，建安后是自由人的文艺。奴隶的反面不是自由人，奴隶的反面是主人。西方民主国家还要争自由，何况中国！奴隶是有主人的奴隶，自由人是脱离主人的奴隶。今后的主人，则是没有奴隶的主人；有奴隶的主人是法西斯。

现在再来看每个阶段的特质。

（一）奴隶阶段：——

今天所谓奴隶与历史上的奴隶不同，真性奴隶是无身体自由的，使其身体亏损如劓，刖，墨，剕，宫等是奴隶的象征，再一种是手铐脚镣的束缚，这可呼为真性的奴隶。和这相反的要身体有自由发育，自由活动的才是主人。在真性奴隶社会中作业是分工的，主人也做事，大致为政，为君，战争，行刑是主人干的，他做事是自由的。奴隶的事，一是物质生产的技术，如农工等类；一是非物质的生产，如艺术，卜卦，算命，音乐。统治者担任的是治术，奴隶担任的是技术和艺术。技术供主人消费，艺术供主人消遣。历史上有名的音乐家师旷是瞎子，可以作为证明。

古代的艺术家是奴隶干的，如王维在《唐书》上就没有他的传，因为他是奴隶；干艺术是下流的，像今天看戏子和娼妓是一个样。荆轲的好友高渐离会击筑，为秦始皇挖去二目，再来听他的音乐。如果身体不亏损，你就只能作汉武帝时候的李延年，汉武帝当他作女人看。

真性奴隶社会在战国前是没有了，在春秋时即已逐渐瓦解。但奴隶社会的遗留太多，太明显，《史记·滑稽列传》淳于髡为齐国赘婿，髡是受剃了发的髡刑的，名字都已证明他是奴隶了。其他屈原，宋玉，东方朔，枚皋，司马迁都是奴隶，司马迁受宫刑是奴隶的标帜，这些人比真性社会的奴隶身体稍自由。

古代艺术家身体上受创伤，心理上也受创伤，常云“文穷而后工”；厨川白村的《苦闷的象征》谓“不自由即奴隶的别名”。文艺是身体或心理受创伤后产生的花朵，是用血泪来培养的。金鱼很好看，是人看他好看，金鱼的本身并不会觉得好看；盆景也如此。在阶级社会里的文艺都是悲惨的，一般有天才的奴隶为要主人赏识，主人免其劳动而养活他，他就歌功颂德，宣扬统治者的思想，为主人所豢养，他帮助主人压迫其同类。技术奴隶如傅说的板筑。因此我们可以说：一，技术是不自由的劳动；二，文艺是不自由的不劳动；三，治术是自由的不劳动；四，帮闲文人寄生者是不自由的不劳动。

当艺术家作为消闲的工具时是消极的罪恶，但当艺术家去替统治者去作统治的工具时，就成了积极的罪恶。

除了人民自己的文艺之外，一切的文艺都是奴隶作的。今日的文艺传统不是如《诗经》那样由人民的传统来，而是由奴隶来，所以往往作了奴隶的子孙而不自察。

（二）自由人阶段：——

自封建时代奴隶的解放，就有了自由人，自由人的实际地位是自己选择自己的道路，愿不愿作奴隶？儒家愿作奴隶，道家不愿作奴隶。所以：

一、楚狂避世，怕惹祸。

二、杨朱不合作，为我，先顾自己，不管他人是非。你是你，我是我，我不惹你，你莫管我，但承认人家的势力。

三、程明道程伊川一个对妓女坐，一个背妓女坐，人家批评他俩一个是目中有妓，心中无妓，一个是目中无妓，心中有妓。这种是忘了你我，逃避在观念社会里，我不见妓女，就没有妓女。

四、庄周梦为胡蝶，但庄周并不能为胡蝶。前三种是逃避他人，庄周却逃避自己。

五、东方朔避世朝廷；小隐山林，大隐朝廷，只要我心里没有官，作了官也等于不作官。

六、唐卢藏用等以终南山为作官的捷径。

七、先作官而后归隐。

八、可怜主人而去帮忙。

以下道家儒家不能分。这些人象征思想的解放，春秋后此种思想即已产生，东汉魏晋以至今日，都是这一传统没有变。到了近一百年，除了作自己人的奴隶外，还要作外国人的奴隶。

自由人是被解放了的奴隶，但我们今天还一直跟着这后尘。

上面列举的前四种人的态度是诚恳的，自己求解放，后面几种人都是自己骗自己，由魏晋到盛唐，勉强可以，以后就不行了。唐以后的诗不足观，是人根本要不得。前面的解放只是主观的解放，自己在麻醉自己。自己麻醉不外饮酒，看花，看月，听鸟说甚，对人的社会装聋，表现在艺术作品中的麻醉性，这就更高。魏晋艺术的发展是将艺术作麻醉的工具，阮籍怕脑袋掉是超然，陶潜也是逃避自己而结庐在人境，是积极的为自己。阮是消极的为人，阮对着的是压迫他的敌人，是有反抗性的；陶没有反抗性，他对面没有敌人，故阮比陶高。阮是无言的反抗，陶是无言而不反抗，能在那里听鸟说甚，他便可以要干什么便干什么。

西洋艺术为宗教，解放后的自由人则为艺术而艺术，到贵族打倒后，没有反抗性而变为消极的东西。

总结以上有怠工的奴隶，有开小差的奴隶，有以罢工抬高价钱的奴隶。各种奴隶都有，但没有想作主人的。这些人虽间不容发，但是都没有想到当主人。倒是农民想要当主人反而当成了，如刘邦朱元璋是，张献忠李自成洪秀全等是没有当成功的。士大夫只想做官，只想到最高的理想最大胆的手腕是作一人之下万人之上的宰相。这种人不需要革命，无革命的观念和欲望，故士大夫从来不需要革命。农民从来不得到主人给他的面包渣，骨头，故他可以反抗，可以成功。

往后要作主人，要作无奴隶的主人。

（三）主人阶段：——

自由人不是主人，但像主人，似是而非。士大夫作自由人就够了，无需为主人，等自由人的自由被剥夺了，成了有形的奴隶，他就可以回头来帮助别人革命。最不能安身的是奴隶农民，因为他无处藏身，他就要起来积极地革命。

法西斯要将人都变成奴隶，每个人都有当奴隶的危机，大家要反抗，抗了法西斯，不仅要作自由人，而是要真正作主人。

所以我对于战后文艺的道路有三种看法：

一、恢复战前，

二、实现战前未达到的理想，

三、提高我们的欲望。

前两种都较消极，第三种却是积极的提高，因为打了仗后，人民理想的身价应与今日的通货膨胀一样的增高。今日有人要内战，我们当然要更高的代价，这是历史发展的必然性。战后的文艺的道路是要作主人的文艺。有了战争就产生了我们新的觉悟，我们认清自己身分的本质，我们由作奴隶的身分而往上爬，只看见上面的目的地而只顾往上爬，不知往下看。虽然看见目的地快到，但这是我们的幻觉，这是有随时被人打下来的危险。我们不能单往上看，而是要切实的往下看，要将在上面的推翻了，大家才能在地上站得稳。由这个观点上看：如果我们只是追求我们更多的个人的自由，让我们藏的更深，那就离人民愈远。今天我们不这样逃，更要防止别人逃，谁不肯回头来，就消灭他！

我们大学的学院式的看法太近视，我们在当过更好一点的奴隶以后，对过去已经看得太多，从来不去想别的，过去我们骑在人家颈上，不懂希望及展望将来的前途，书愈读的多，就像耗子一样只是躲，不敢想，没有灵魂，为这个社会所限制住，为知识所误，从来不想到将来。

将来这条道路，不但自己要走，还要将别人拉回来走，这是历史发展的法则。如果还有要逃的，消灭他，服从历史。

（史劲记）

论文艺的民主问题

（下面的意见，是根据闻先生座谈会后的补述记录下来的，记录的文字，曾送给闻先生过目。）

前天有两个外国朋友先后来看我，谈到中国民主问题。一位是美国朋友，他站在美国人的立场，希望中国有第三个力量起来，担负建立新中国的责任，我说第三个力量是有的，目前还在生长发展中。另一位是澳洲朋友，站在澳洲人的地位，比较倾向于英国方面，一方面骂美国人，一方面却更多地同情中国。他问中国究竟需要怎样的民主，他的意见，应该是社会主义的民主，他说英国目前正一天天地接近苏联，打算向着那个方向走去。他曾和邱吉尔谈话，邱氏也承认了这一点。邱氏的矛盾是印度问题；不过一般的英国人，认为邱氏适合于做战时的领袖，战后建设大概不大合适，他们希望以后对印度问题能有更开明的办法。这位澳洲记者问起我：中国的民主运动是否太温和了？战斗性是否还不够强烈？我说我是站在青年人一边的，和老辈人的看法不同；我个人看来，目前的民主运动的确战斗性不够，也许有些老辈人认为操之过切，反而不好。

这位澳洲记者也写小说的，和我一样，过去也曾学过画，因此他很关心中国文艺界的情形。他听说最近世界上最好的短篇小说是中国的；我问他从那里听来的，我说我们倒有些受宠若惊了。

外国朋友的确很想了解中国。譬如今天来看我的另一位美国朋友对我说，我来到中国，为的要看看活着的中国人民，他说现在在美国替中国说话的有三个人，一个是落了伍的胡适之；一个是国际文艺投机家林语堂；一个是感伤的女人赛珍珠。他们的文章，都不能表现中国的真实。他说他每回读到林语堂的文章，描写中国农民在田里耕作时如何地愉快，以及中国的刺绣，磁器如何地高贵……他就很生气地把这位林博士的著作撕毁了掷到墙角里去。我听到这里，感激地向他伸出手来，我说：你是我所遇到的少有的美国人！

座谈会上的报告和各位先生的发言，我大体上是同意的。谈到文艺家和民主运动的问题，有人说一个文艺家应该同时是一个中国人，这是对的；就现在的情形看来，恐怕做一个中国人比做一个文艺家更重要。因为现在是抢救的工作，不能太慢了。我甚至还怀疑，就是现在的作家，在写作以外，实际生活的政治程度是不是够高，恐怕还是问题。政治工作较文艺写作更难，正像在前线冲锋肉搏较之在后方的工厂中做苦工更难一样。更进一步地说，如无冲锋经验而描写前面冲锋故事，因体验的不真切，写出的也一定没有力量。——这是一个生活与写作的老问题。

没有民主运动的实践，一定创造不出民主主义的作品。假使在英美的社会，作家自己如果不做民主的战士，由于社会周围充满了民主的空气，作家也许可以用观察来弥补。在中国缺少这种空气，自己不做便体验不着，观察不到。写作的问题便是一个做人的问题，人的火候到了，写出的东西自然是对的。——这样的说法，同时也解答了第二个问题——文艺作品如何反映民主主义内容的问题。

诚如大家所指出的，目前还有许多有知识有成就的文艺家，本身还站在民主运动之外，他们的生活与写作甚至有了反民主的倾向。对于这些人，大家主张，除了加强劝导之外，还要加强理论上的批评。这点我是赞同的。我还主张，应该无情地打击。目前在进步的朋友中间，委曲求全的思想还是很盛行。我以为社会上没有那么容易的事，在大变革的时期，一定需要大牺牲，不能顾忌太多。政治上的委曲求全，我是了解的。但我还是要坚持，在文艺工作上，委曲还是应该有限度。我想，我们理想的本身，就是一首诗，今天应该坚持这种精神，不要要求成功太切。中国人自来是善于委曲求全的，用不着我们再来宣传这种思想。

关于如何创造民主主义新文艺的问题，我想先提出形式问题来谈谈。前些时何其芳先生有信来，说起张恨水的小说在重庆很盛行，他认为这个形式（章回小说的形式）很可利用，并问到我的意见。我所想到的，是最接近我们的这个圈子，智识分子的圈子——对大众自然应该给予教育，好在他们是一张白纸，没有成见，新形式也许一样可以接受。至于智识分子和学生，问题最多，挑剔相当厉害。所以艺术技巧方面，是要极力提高。旧形式恐怕打不到他们的面前，恐怕还是要用西洋最高的东西，才能打动他们。我看那些容易和民众接近的地方，问题倒比较简单，比较顺利；我们住在大后方，不可忽略了后方的另一面。这里才是苦海，周围的人难对付；艰巨的工作在这里。

旧形式是一种旧习惯，如果认为非利用旧形式不可，便无异承认习惯是不可改变的。我的性格喜欢走极端，我对一切旧的东西都反对，希望最好一点也不要留。我所以赞成田间的诗，原因也在这里，因为他把旧腔调摆脱得最干净。这种极端的感情，也许是近二十年来钻进旧圈子以后的彻底的反感，说不定过分了一点，但暂时我还愿意坚持我的意见。（L 记）

原载三十六年三月二十四日《文汇报》。

诗与批评

什么是诗呢？我们谁能大胆地说出什么是诗呢？我们谁能大胆地决定什么是诗呢？不能！有多少人是曾经对于诗发表过意见，但那意见不一定是合理的，不一定是真理；那是一种个人的偏见，因为是偏见，所以不一定是对的。但是，我们怎样决定诗是什么呢？我以为，来测度诗的不是偏见，应该是批评。

对于“什么是诗”的问题，有两种对立的主张：

有一种人以为：“诗是不负责的宣传。”

另一种人以为：“诗是美的语言。”

我们念了一篇诗，一定不会是白念的，只要是好诗，我们念过之后就受了他的影响：诗人在作品中对于人生的看法影响我们，对于人生的态度影响我们，我们就是接受了他的宣传。诗人用了文字的魔力来征服他的读者，先用了这种文字的魅力使读者自然地沉醉，自然地受了催眠，然后便自自然然的接受了诗人的意见，接受他的宣传。这个宣传是有如何的效果呢？诗人不问这个，因为他的宣传是不负责的宣传。诗人在作品中所表示的意见是可靠的吗？这是不一定的，诗人有他自己的偏见，偏见不一定是对的。好些人把诗人比做疯子，疯人的意见怎么是真理呢？实在，好些诗人写下了他的诗篇，他并不想到有什么效果，他并不为了效果而写诗，他并不为了宣传而写诗，他是为诗而写诗的；因之，他的诗就是一种不负责的东西了，不负责的东西是好的吗？这是一个很重要的问题，所以，第一种主张，就侧重在这种宣传的效果方面，我想，这是一种对于诗的价值论者。

好些人念一篇诗时是不理会他的价值的，他只吟味于词句的安排，惊喜于韵律的美妙：完全折服于文字与技巧中。这种人往往以为他的态度仅止于欣赏，仅止于享受而已。他是为念诗而念诗。其实这是不可能的事，在文字与技巧的魅力上，你并不只享受于那分艺术的功力，你会被征服于不知不觉中，你会不知不觉的为诗人所影响，所迷惑。对于这种不顾价值，而只求感受舒适的人，我想他们是对于诗的效率论者。

这两种态度都是不对的。因为单独的价值论或是效率论都不是真理。我以为，从批评诗的正确的态度上说，是应该二者兼顾的。

柏拉图在他的《理想国》中赶走了诗人，因为他不满意诗人。他是一个极端的价值论者，他不满意于诗人的不负责的宣传。一篇诗作是以如何残忍的方式去征服一个读者。诗篇先以美的颜面去迷惑了一个读者，叫他沉迷于字面，音韵，旋律，叫他为这些奉献了自己，然而又以诗人的偏见深深烙印在读者的灵魂与感情上，然而这是一个如何的烙印——不负责的宣传已是诗的最大罪名了，我们很难有法子让诗人对于他的宣传负责，（诗人是否能负责又是一个问题。）这样一来，为了防范这种不负责的宣传，我们是不是可以不要诗了呢？不行，我们觉得诗是非要不可，诗非存在不可的。既然这样，所以我们要求诗是“负责的宣传。”我们要求诗人对他的作品负责，但这也许是不容易的事，因之，我们想得用一点外力，我们以社会使诗人负责。

负责的问题成为最重要的了，我们为了诗的光荣存在而辩护，所以不能不要求诗的宣传是负责的，是有利益于社会的。我们想，若是要知道这宣传是否负责而用新闻检查的方式，实在是可笑的，我们不能用检查去了解，我们要用批评去了解；目前的诗著作是可用检查的方式限制的，但这限制对于古人是无用的；而且事实上有谁会想出这种类似焚书坑儒的事来折磨我们的诗人呢？我想应该不会，在苏联和别的国家也许用一种方法叫诗人负责，方法很简单，就是，拉着诗人的鼻子走，如同牵牛一样，政府派诗人做负责的诗，一个纪念，叫诗人做诗，一个建筑落成，叫诗人做诗，这样，好些诗是写出来了，但结果，在这种方式下产生出来的作品，只是宣传品而不是诗了，既不是诗，宣传的力量也就小了或甚至没有了，最后，这些东西既不是诗，也不是宣传品，则什么都不是了，我们知道马也可夫斯基写过诗，也写过宣传品，后来他自杀了，谁知道他为什么自杀呢？所以我想，拉着诗人的鼻子走的方式并不是好的方式。

政府是可以指导思想的。但叫诗人负责，这不是诗人做得到的；上边我说，我们需要一点外力，这外力不是发自政府，而是发自社会，我觉得去测度诗的是否为负责的宣传的任务不是检查所的先生完成得了的，这个任务，应该交给批评家。

每个诗人都有他独特的性格，作风，意见和态度，这些东西会表现在作品里。一个读者要单选上一个诗人的东西读，也许不是有益而是有害的，因为我们无法担保这个诗人是完全对的，我们一定要受他的影响，若他的东西有了毒，是则我们就中毒了。鸡蛋是一种良好的食品，既滋补而又可口，但据说吃多了是有毒的，所以我们不能天天只吃鸡蛋，我们要吃别的东西。读诗也一样，我觉得无妨多读，从庞乱中，可以提取养料来补自己，我们可以读李白，杜甫，陶潜，李商隐，莎士比亚，但丁，雪莱，甚至其他的一切诗人的东西，好些作品混在一起，有毒的部分抵消了，留下滋养的成分；不负责的部分没有了，留下负责的成分。因为，我们知道凡是能够永远流传下去的东西，差不多可以说是好的，时间和读者会无情的淘汰坏的作品。我以为我们可以有一个可靠的选本，这位批评家应该懂得人生，懂得诗，懂得什么是效率，懂得什么是价值的这样一个人。

我以为诗是应该自由发展的。什么形式什么内容的诗我们都要。我们设想我们的选本是一个治病的药方，那末里面可以有李白，杜甫，陶渊明，苏东坡，歌德，济慈，莎士比亚；我们可以假想李白是一味大黄吧，陶渊明是一味甘草吧，他们都有用，我们只要适当的配合起来，这个药方是可以治病的。所以，我们与其去管诗人，叫他负责，我们不如好好的找到一个批评家，批评家不单给我们以好诗，而且可以给社会以好诗。

历史是循环的，所以我现在想提到历史来帮助我们了解我们的时代，了解时代赋予诗的意义，了解我们批评的态度。封建的时代我们看得出只有社会，没有个人，《诗经》给他们一个证明。《诗经》的时代过去了，个人从社会里边站出来，于是我们发觉《古诗十九首》实在比《诗经》可爱，《楚辞》实在比《诗经》可爱。因为我们自己现在是个人主义社会里的一员，我们所以喜爱那个人的表现，我们因之觉得《古诗十九首》比《诗经》对我们亲切。《诗经》的时代过去了之后，个人主义社会的趋势已经非常明显了。而且实实在在就果然进到了个人主义社会。这时候只有个人，没有社会。个人是鸩沉于自己的享乐，忘记社会，个人是觅求"效率"以增加自己愉悦的感受，忘记自己以外的人群。陶渊明时代有多少人过极端苦闷的日子，但他不管，他为他自己写下闲逸的诗篇。谢灵运一样忘记社会，为自己的愉悦而玩弄文字——当我们想到那时别人的苦难，想着那幅流民图，我们实实在在觉得陶渊明与谢灵运之流是多么无心肝，多么该死——这是个人主义发展到极端了，到了极端，即是宣布了个人主义的崩溃，灭亡。杜甫出来了，他的笔触到广大的社会与人群，他为了这个社会与人群而共同欢乐，共同悲苦，他为社会与人群而振呼。杜甫之后有了白居易，白居易不单是把笔濡染着社会，而且他为当前的事物提出他的主张与见解。诗人从个人的圈子走出来，从小我而走向大我，《诗经》时代只有社会，没有个人，再进而只有个人没有社会，进到这时候，已经是成为了个人社会（Individual

Society）了。

到这里，我应提出我是重视诗的社会的价值了。我以为不久的将来，我们的社会一定会发展成为 Society of Individual，Individual for Society（社会属于个人，个人为了社会）的，诗是与时代共同呼吸的，所以，我们时代不单要用效率论来批评诗，而更重要的是以价值论诗了，因为加在我们身上的将是一个新时代。

诗是要对社会负责了，所以我们需要批评。《诗经》时代何以没有批评呢？因为，那些作品都是负责的，那些作品没有“效率”，但有“价值”，而且全是“教育的价值”，所以不用批评了。（自然，一篇实在没有价值的东西也可以说得出价值来的，对这事我们可以不必论及了。）个人主义时代也不要批评，因为诗就是给自己享受享受而已，反正大家标准一样，批评是多余的；那时候不论价值，因为效率就是价值（诗话一类的书就只在谈效率，全不能算是批评）。但今天，我们需要批评，而且需要正确而健康的批评。

春秋时代是一个相当美好的时代，那时候政治上保持一种均势。孔子删诗，孔子对于诗作过最好的，最合理的批评。在《左传》上关于诗的批评我认为是对的，孔子注重诗的社会价值。自然，正确的批评是应该兼顾到效率与价值的。

从目前的情形看，一般都只讲求效率了，而忽视了价值，所以我要大声疾呼请大家留心价值。有人以为着重价值就会忽略了效率，就会抹煞了效率。我以为不会。这种担心是多余的。我们不要以为效率会被抹煞，只要看看普遍的情形。我们不是还叫读诗叫欣赏诗吗？我们不是还很重视于字句声律这些东西吗？社会价值是重要的，我们要诗成为“负责的宣传”，就非得著重价值不可，因为价值实在是被“忽视”了。

诗是社会的产物，若不是于社会有用的工具，社会是不要他的。诗人掘发出了这原料，让批评家把他做成工具，交给社会广大的人群去消化。所以原料是不怕多的，我们什么诗人都要，什么样的诗都要，只要制造工具的人技术高，技术精。

我以为诗人有等级的，我们假设说如同别的东西一样分做一等二等三等，那么杜甫应该是一等的，因为他的诗博，大，有人说黄山谷，韩昌黎，李义山等都是从杜甫来的，那么杜甫是包罗了这么多“资源”，而这些资源大部是优良的美好的，你只念杜甫，你不会中毒，你只念李义山就糟了，你会中毒的，所以李义山只是二等诗人了。陶渊明的诗是美的，我以为他诗里的资源是类乎珍宝一样的东西，美丽而没有用，是则陶渊明应列在杜甫之下。

所以，我们需要懂得人生，懂得诗，懂得什么是效率，懂得什么是价值的批评家为我们制造工具，编制选本，但是，谁是批评家呢？我不知道。

原载三十三年九月一日重庆出版李一痕主编之《火之源丛刊》第二三集合刊。

艾青和田间

（这是闻一多先生在去年昆明的诗人节纪念会上的讲演，在这讲演之前，两位联大的同学朗诵了艾青的《向太阳》和田间的《自由向我们来了》《给战斗者》，听众都很激动，接下来，闻先生说：）

一切的价值都在比较上，看出来。

（他念了一首赵令仪的诗，说：）

这诗里是什么山茶花啦，胸脯啦，这一套讽刺战斗，粉刷战斗的东西，这首描写战争的诗，是歪曲战争，是反战，是把战争的情绪变转，缩小。这也正是常任侠先生所说的鸳鸯蝴蝶派。（笑。）

几乎每个在座的人都是鸳鸯蝴蝶派。（笑。）我当年选新诗，选上了这一首，我也是鸳鸯蝴蝶派。（大笑。）

艾青当然比这好。他表现人民及战争，用我们知识分子最心爱的，崇拜的东西与装饰，去理想化。如《向太阳》这首诗里面，他用浪漫的幻想，给现实镀上金，但对赤裸裸的现实，他还爱得不够。我们以为好的东西里面，往往也有坏的东西。

如在太阳底下死，是 Sentimental 的，是感伤的，我们以为是诗的东西都是那个味儿。(笑。)

我们的毛病在于眼泪啦,死啦。用心是好的,要把现实装扮出来,引诱我们认识它,爱它,却也因此把自己的狐狸尾巴露出来了。

这一些,田间就少了,因此我们也就不大能欣赏。

胡风评田间是第一个抛弃了知识分子灵魂的战争诗人,民众诗人。他没有那一套泪和死。但我们,这一套还留得很多,比艾青更多。我们能欣赏艾青,不能欣赏田间,因为我们跑不了那么快。今天需要艾青是为了教育我们进到田间,明天的诗人。但田间的知识分子气,胡风说抛弃了,我看也没有完全抛弃。如"自由向我们来了",为什么我们不向自由去呢?艾青说"太阳滚向我们",为什么我们不滚向太阳呢?(笑,鼓掌。)

艾青的《北方》写乞丐,田间的一首诗写新型的女人,因为田间已是新世界中的一个诗人。我们不能怪我们不欣赏田间:因为我们生在旧社会中。我们只看到乞丐,新型的女人我们没有看到过。

有人漫骂田间,只是他们无知。

关于艾青田间的话很多,时间短,讲到这儿为止。

原载《联合晚报》《诗歌与音乐》第二期,三十五年六月二十二日。

最后一次的讲演

（在云大至公堂李公朴夫人报告李先生死难经过大会上的讲演）

这几天，大家晓得，在昆明出现了历史上最卑污，最无耻的事情！李先生究竟犯了什么罪？竟遭此毒手，他只不过用笔，用嘴，写出了说出了千万人民心中压着的话，大家有笔有嘴有理由讲啊，为什么要打，要杀，而且偷偷摸摸的杀！（鼓掌。）

今天，这里有没有特务？你站出来，你出来讲，凭什么要杀死李先生？（厉声，热烈的鼓掌。）暗杀了人，还要诬蔑人，说什么“桃色案件”，说什么共产党杀共产党，无耻啊！无耻啊！（热烈的鼓掌。）这是某集团的无耻，是李先生的光荣；李先生在昆明被暗杀，是李先生的光荣，也是昆明人的光荣！

去年“一二·一”昆明的青年学生，为了反对内战遭受屠杀，现在李先生为了争取民主和平，也遭遇了反动派的暗杀，这是昆明无限的光荣！（热烈的鼓掌。）

反动派暗杀李先生的消息传出后，大家听了都摇头，这些无耻的东西，不知他们是怎么想法，他们的心是怎样长的，其实也很简单，他们这样疯狂害怕，正是他们自己在慌呵！在恐怖呵！特务们，你们想想，你们还有几天，真理是一定胜利的。反动派的无耻，就是李先生的光荣。反动派的末日，就是我们的光明！

现在，有人要打内战，只是利用美苏的矛盾，但是美苏不一定打呀！现在四外长会议，已经圆满闭幕了。美苏间不是没有矛盾，但是可以妥协，事情是曲折的，不是直线的，我们的新闻被封锁着，不知道英美的开明舆论如何抬头，但是事实的反映，我们可以看出：

第一，现在司徒雷登出任美驻华大使，司徒雷登是中国人民的朋友，也是教育家，他生长在中国，受的美国教育。他住在中国的时间比住在美国的时间长，他就如一个中国的留美生一样，从前在北平时也常见面，他是真正知道中国人民的要求的，不是说司徒雷登有三头六臂，而是说，美国人民的舆论抬头，美国才有这改变。

其次，反动派干得太不像样了，在四外长会议上不要中国做二十一国和平会议的召集人，这说明人民的忍耐有限度，国际的忍耐也是有限度。

李先生赔上了一条性命，我们要换来一个代价，“一二·一”四烈士倒下了，年青的战士们的血，换来了政治协商会议的开会，李先生倒下了，也要换来一个政协会议的召开，（热烈的鼓掌。）我们有这信心！（鼓掌。）

“一二·一”昆明的光荣，是云南人民的光荣，云南光荣的历史，远的如护国，近的如“一二·一”，这些都是属于云南人民的，我们要发扬！

反动派挑拨离间，卑鄙无耻，他们以为联大走了，学生放暑假了，我们便就没有人了吗？特务们，你们看，今天到会的一千多青年又握起手来了，我们昆明青年决不让你们这样横干下去！

历史赋予昆明的任务，民主和平，我们昆明的青年必须完成这任务！

我们要准备像李先生一样，前足跨出大门，后脚就不准备再跨进大门。（长时间热烈的鼓掌。）

书信

目录

443　给梁实秋吴景超翟毅夫
顾毓琇熊佛西诸先生
479　给左明先生
481　给游泽承先生
486　给饶孟侃先生
488　给臧克家先生
493　家书

给梁实秋吴景超翟毅夫顾毓琇熊佛西诸先生

民国十一年至十六年

一

实秋吾友：

归家以后，埋首故籍，“著述热”又大作，以致屡想修书问讯，辄为搁笔。侵晨盆莲初放，因折数枝，供之案头，复听侄辈诵周茂叔《爱莲说》，便不由得不联想及于三千里外之故人。此时纵犹惮烦不肯作一纸寒暄语以慰远怀，独不欲藉此以钩来一二首久久渴念之《荷花池畔》之新作乎？（如蒙惠书，请寄沪北四川路青年会。）

《李白之死》竟续不成，江郎已叹才尽矣！归来已缮毕《红烛》，赓续《风叶丛谈》，（现更名《松麈谈玄阁笔记》——放翁诗曰：“折取青松当麈尾，为子试谈天地初。”）校订增广《律诗底研究》，作《义山诗目提要》，又研究放翁，得笔记少许。暇则课弟，妹，细君，及诸侄以诗，将以“诗化”吾家庭也。

《增刊》所载《离别》一小说，读之令我且惊且赧。我猜作者非翟即顾，你当知之。作者本教我不作回书，我却有不能不作底理由。（详附函中。）附书请你转交，谅无失也。

附奉拙作《红荷之魂》一首，此归家后第一试也。我近主张新诗中用旧典，于此作中可见一斑。尊意以为然乎哉？

放翁有一绝云：——

六十余年妄学诗，工夫深处独心知——夜来一笑寒灯下，始是金丹换骨时！

骨不换固不足言诗也。老杜之称青莲曰——

自是君身有仙骨，世人哪得知其故？

吾见世人无诗骨而“妄学诗”者众矣。南辕北辙，为其无通日，哀哉！顺问　暑安！

一多　六月廿二日

红荷之魂

盆莲饮雨初放，折了几枝，供在案头，又听侄辈读周茂叔《爱莲说》，便不由得不联想及于三千里外《荷花池畔》底诗人。赋此寄呈实秋，兼上景超及寓西山诸友。

太华玉井底神裔啊！
不必在淤泥里久恋了。
这玉胆瓶里底寒浆有些冽骨吗？
那原是没有堕世的山泉哪！

高贤的文章啊！雏凤的律吕啊！
往古来今竟携了手来谀媚着你。
来罢！听听这蜜甜的赞美诗！
抱霞摇玉的仙花呀！
我怎不想到你的灵魂？
灵魂啊！到底又是谁呢？

是千叶宝座上底如来吗？
还是丈余红瓣中底太乙呢？
是五老峰前底诗人吗？
还是洞庭湖畔的骚客呢？

“红荷”底魂啊！
爱美的诗人啊！
便稍许艳一点儿，

还不失为“君子”。

看那颗颗坦张的荷钱啊!
可敬的——向上底虔诚,
可爱的——圆满底个性,
花魂啊!佑他们充分地发育罢!

花魂啊!
不要让菱芡藻荇底势力,
蚕食了泽国底版图。

花魂啊!
要将崎岖的动底烟波,
织成灿烂的静底锦绣。

然后,高蹈的鸬鹚啊!
热情的鸳鸯啊!
水国烟乡底顾客们啊!
只欢迎你们来逍遥着,偃卧着,
因为你们知道了你们的义务。

二

景超，毓琇，毅夫，实秋诸位新知旧好：

我在这海上飘浮的六国饭店里笼着，物质的供奉奢华极了，（这个公司底船比中国南京等号底船价贵多了，因为他的设备更讲究。）但是我的精神乃在莫大的压力之下。我初以为渡海的生涯定是很沉寂，幽雅，寥阔的；我在未上船以前，时时想着在汉口某客栈看见的一幅八仙渡海底画，又时时想着郭沫若君底这节诗——

无边天海呀！
一个水银的浮沤！
上有星汉湛波，
下有融晶泛流，
正是有生之伦睡眠时候。
我独披着件白孔雀的羽衣，
遥遥地，遥遥地，
在一只象牙舟上翘首。

但是既上船后，大失所望。城市生活不但是陆地的，水上也有城市生活。我在烦闷时，我愈加渴念我在清华的朋友。这里竟连一个能与谈话的人都找不着。他们不但不能同你讲话，并且闹得你起坐不宁。走到这里是“麻雀”，走到那里又是“五百”；散步他拦着你的道路，静坐他扰乱你的思想。我的诗兴被他们戕害到几底于零；到了日本海峡及神户之布引泷等胜地，我竟没有半句诗底赞叹歌讴。不是到了胜地一定得作诗，但是胜地若不能引起诗兴，商店工厂还能吗？不独作诗底兴趣没有，连作文底兴味也没有；《海槎笔谈》到于今（只有三天就上岸了），还有几天，欠着债在，没有作完。啊！我预想既至支加哥后底生活更该加倍地干枯，我真不知怎么才好。

今天写信室里钢笔都用着在，恕我暂用铅笔续写。船上印行一种日报，同我们西山底《消夏日报》差不多的。我此刻刚替这日报画了一张旅客底 caricature，倒很有点趣。船上的事还是留在笔记里讲罢。回到昨天讲的老话上来，我希望到美之后，诸位朋友多多赐信给我。景超实秋固不必讲，毓琇同我在暑假里已谛交了，当然也负有通信底义务。至于毅夫，也是我所景仰的，我现在就毛遂自荐了罢。毅夫肯容纳我吗？我的思想品性——长的短的，黑的白的——两位老朋友都知道。如果两位新朋友也要知道，我想老朋友定能替我介绍。此刻楼下的 orchestra 奏乐了，恕我下去听听，晚上再来写罢。

刚才看完《创造》创刊号里底《最初之课》，你们试想我起一种什么感想？同种的日本人尚且如此，异种的美国人该当怎样呢？

文学社开学来精神何如？暑假中通信成功否？制造一个“文学的清华”！诸君进文学社，应视为义务，不当视为权利。诸新进的社友务希四友善为诱掖奖劝。养成一个专门或乐于研究文学的人真乃“胜造九级浮图！”

By the way 有一件事，我不能等到作笔记时再讲——那便是我到日本底感想。先讲我经过日本所游览各处之序程。最初我们到了神户，次经清水港（我未登岸），次到横滨，由横滨曾坐电车两至东京。就自然美而论，日本的山同树真好极了。像我们清华园里小山上那种伞形的松树，日本遍处都是。有这样一株树，随便凑上一点什么东西——人也可以，车子也可以，房子也可以——就是一幅幽绝的图画。日本真是一个 picturesque 的小国。虽然伊的规模很小——一切的东西都像小孩的玩具一般，——但正要这样，才更像一幅图画呢。讲人为美，日本的装束（要在日本地方底背景里看），日本的建筑，日本的美术还要好些。我们到东京时，东京正有一个和平博览会。这里也有美术展览，第一天因时间不够，我仅能走马看花地看了一下。第二天我特为参观它又到东京，谁知我们的 guide 偏要领我先看三越吴服店（东京底永安先施），等到三越看完了，时间又不够了。最奇怪的是我们的 guide 松本君（曾到清华的同盟大会底一个代表），偏说三越 is more interesting than the museum，这可真怪了！要看西洋式商店，我到支加哥纽约还看不见，偏要到这东京来看吗？日本的地方本好，但日本底人完蛋了！但是我不应如此武断！日本人不尽是松本。这回来欢迎我们的有一位井上思外雄君可真有趣了！这位先生是在帝国大学二年级学英文文学的。我们在东京一个菜馆吃饭时，偶尔谈起来了，谈的倒很不错。第二天他特来横滨到船上来找我，哪知道我诘朝已上东京去了。等我回来，他碰见我，便要看我的诗，但又不懂华文。后来他要我寄几首给他，他拿去请中国朋友帮他翻译了，登在杂志上。这还没有什么。他说他最喜 Yeats，忽然便无精打采地背起 Yeats 的诗来了；背完了，又讲 Christina Rosetté 好，又背起伊的作品来了；这样，自从我见着了他谈了几句话，他便摇头晃脑，闭眼撑胸地背，滔滔不息地背，背到船快开了，才勉强地握了手，讲了 good-bye 下去了。我并没有请他背，他的 pronunciation 并不能使我听着而 enjoy。但他似乎着了魔，非背不可的。我想他定有点神经病，便从他那语无伦次的谈话也可看出。当他背诗时，何浩若在旁边只笑，我心里想道："这才是一个真'人'呢！疯人同文人本来是同解的两个名词呢！"纸完了，等到支加哥再写信罢。

永为你们的朋友闻一多　七，廿九

三

晴　朝

一个迟笨的晴朝，
比年还现长得多，
像条懒慵慵的冻蛇，
从我的窗前爬过。

一阵淡青的烟云，
偷着跨进了街心，……

对面的一带朱楼，
忽都被他咒入梦境。
栗色的汽车像匹骄马
休息在老绿阴中，
瞅着他自身的黑影，
连动也不动一动。

拒霜的老健的榆树
伸出一枝粗胳膊，
拏在窗前底日光里，
翻金弄绿，不奈乐何。

除了门外一个黑人，
薙草刮刮地响声渐远，
再没有一息声音……
和平布满了大自然。

和平蜷伏在人人心里；
但是在我的心内，
若果也有和平底形迹，
那是一种和平的悲哀！

地球平稳地转着，
一切的都向朝日微笑；
但我只觉着这些
都已经与我无关了。

皎皎的白日啊！
将照遍朱楼底四面；
永远照不进的，是——
游子底漆黑的心窝坎！

太阳吟

太阳啊，刺得我心痛的太阳！
又逼走了游子底一出还乡梦，
又加他十二个时辰的九曲回肠！

太阳啊，火一样烧着的太阳！
烘干了小草尖头底露水，
可也烘得干游子底冷泪盈眶？

太阳啊，六龙骖驾的太阳！
省得我受这一天天底缓刑，
就把五年当一天跑完，又与你何妨？

太阳啊，——神速的金乌，——太阳！
让我骑着你每日绕行地球一周，
也便能天天望见一次家乡！

太阳啊，楼角新升的太阳！
不是刚从我们东方来的吗？
我的家乡此刻可都依然无恙？

太阳啊，我家乡来的太阳！
北京城里的官柳裹上一身秋了罢？
唉！我也憔悴得同深秋一样！

太阳啊，奔波不息的太阳！
你也好像无家可归似的呢；
啊！你我的身世一样地不堪设想！

太阳啊！自强不息的太阳！
大宇宙许就是你的家乡罢？
可能指示我我的家乡底方向？

太阳啊，这不像我的山川，太阳！

这里的风云另带一般惨色，
这里鸟唱的调子格外凄凉！

太阳啊，生命之火底太阳！
但谁不知你是球东半底情热，
谁不知又同时是球西半底智光？
太阳啊，也是我家乡底太阳！
此刻我回不了我往日的家乡，
就认你为家乡也就得失相偿！

太阳啊，慈光普照的太阳！
往后我看见你时就当回家一次；
我的家乡不在地下乃在天上！

* *

景超：——

让你先看完最近的两首拙作，好知道我最近的心情。“不出国不知道想家的滋味”——这是我前日写信告诉繁祁方重的；你明年此日便知道这句话的真理。我想你读完这两首诗，当不致误会以为我想的是狭义的“家”。不是！我所想的是中国的山川，中国的草木，中国的鸟兽，中国的屋宇——中国的人。虽然在《太阳吟》底末三节我似乎得了一种慰藉，但钱宗堡讲得对：“that is only poetry and nothing more.”现实的生活时时刻刻把我从诗境拉到尘境来。我看诗的时候可以认定上帝——全人类之父，无论我到何处，总与我同在。但我坐在饭馆里，坐在电车里，走在大街上的时候，新的形色，新的声音，新的臭味，总在激刺我的感觉，使之仓皇无措，突兀不安。感觉与心灵是一样地真实。人是肉体与灵魂两者合并而成的。

昨接沈有乾从 Standford 寄来中国报纸——旧金山出版的——一片，中载 Colorado School of Mines 有中国学生王某因汽车失事毙命，其友孟某受重伤。我们即疑为王朝梅与孟宪民，当即电询监督处。今早得回电称毙命者果为王朝梅，但未提及孟宪民，只言常叙受轻伤。景超！方来底噩耗你是早知道了的。你不要以为是这些消息使我想家。想家比较地还是小事，这两件死底消息令我想到更大的问题——生与死底意义——宇宙底大谜题！景超！我这几天神经错乱，如有所失；他们说我要疯。但是不能因这些大问题以致疯的人，可也真太麻木不仁了啊！景超！我的诗里的 themes have involved a bigger and higher problem than merely personal love affairs；所以我认为这是我的进步。实秋的作品于其种类中令我甘拜下风——我国现在新诗人无一人不当甘拜下风；——但我总觉其题材之范围太窄。你以为然否？现在我极善用韵。本来中国韵极宽；用韵不是难事，并不足以妨害词意。既是这样，能多用韵的时候，我们何必不用呢？用韵能帮助音节，完成艺术；不用正同藏金于室而自甘冻饿，不亦愚乎？《太阳吟》十二节，自首至尾皆为一韵，我并不觉吃力。这是我的经验。你们可以试之。

我接不着你们的新信，就拿起你们的旧信来念。你们嫌我写信过多，以致你们不胜裁答之劳吧？但你们应该原谅我。景超！你想不到，我会这样地思念你们。美术学院明天开课。希望工作可以医我的病！顺问　近好！实秋毓琇毅夫诸友统此。

一多　九，二十四夜

四

景超，实秋：

这几天功课做得正得劲，回到寓所来，又总有一封家乡来的信躺在桌上等我。远游异国的人没有比这更开心的事了！昨答毅夫毓琇书，谅已见到；雷同的话就不用重述了。文学社的印刷物怎样了？我还是赞成出单行本。不过在这里我有点私见，我以为经济问题由团体负责很有些不便的地方。若果由个人负责，出版时又何必加上一个文学社的招牌呢？我想最好印刷的事脱离文学社底关系。如果同时有数人底作品出版，他们的性质或论调相同，他们当然是一个不挂名的团体了。用文学社的名义于文学社讲起来许好听点，但于该著作对于社会发生影响与否毫无关系。换言之，一种出版物，社会若要注意它或忽视它，并不以其属于文学社与否为转移。老实讲起来我们的“艺术为艺术”底主张，何尝能代表文学社全体呢？我们那些由此种主张而产出的作品，又何尝能代表文学社全体呢？（《红烛》底一大半是先文学社而诞生的。）我们文学社是以兴趣结合的团体，不是以主张结合的团体。现在我们偏要以一种主张现于社会之前，将来若有人要庇荫于此社发表一种牛头不对马嘴的言论，我们既无法亦不当禁止；那时该怎样为情呢？我们现在若要出诗集或小说集，不应该存心替自己或文学社出风头。我们耳闻诗坛叫嚣，瓦缶雷鸣，责任所在不能不指出他们的迷途来；我们相信自己的作品虽不配代表我们的神圣的主张，但我们藉此可以表明我们信仰这主张之坚深能使我们大胆地专心地实行它。所以我们现在只要设法使我们的产品与社会相见就罢了；社里若不能帮忙，我们自己干起来，还更好呢。我想必没有人疑心我对于社底忠诚减替了。我要出版与社脱离关系底理由应该 supersede 社底利益，我想是人人承认的吧。

我讲了这一大堆话，没有想到全是白讲了；因为等我的信到，至少两个月已经过了，这两个月中你们的情形或变更了，计划或变更了，我还在研究历史呢。总之，你们还是想着怎样好就怎样办。我老老实实地也将《红烛》赶快抄来，由你们分发罢。经济方面社里能帮助更好，不能也不要紧。（虽然我从前讲的每月可省二十美金完全是个梦想，现在想省五块钱还做不到。）至于审察稿件，我不信应该归社友通过。文学社不是做买卖的地方，替一个人出了钱便要干涉他的稿件。我可以请几位朋友私人地帮我鉴定；但拿我的稿子去给大会当议案似的讨论通过，我可不干。我写到这里来，更觉得用文学社底名义出版底困难，真层出不穷；我们只好舍去这个念头罢！

现在我又有个新意思，不知能否实行。如果个人底经济责任难负，我情愿劝毅夫与实秋将他们的小说与诗反正迟一年再出版。我知道当学生的是没有多少闲钱干这些事的。你们能筹多少，无妨先留下。到美后，再省下几个添补起来，定归够了。最要紧我们在这一年中，可以先多作批评讨论的零星论文，以制造容纳我们的作品底空气。并且你们明年过来了，不论在东美或西美，我们通讯总容易多了；那时我们可以斟酌讨论，将我们的作品一齐送出去。当然《冬夜》《草儿》各评，可以立刻付印；有力量就出单行本，没有也只好向那个报纸或杂志讨个栖身之所罢了。

感谢实秋报告我中国诗坛底现况。我看了那，几乎气得话都说不出。“始作俑者”的胡先生啊！你在创作界作俑还没有作够吗？又要在批评界作俑？唉！左道日昌，吾曹没有立足之地了！我极望你们寄一本《湘君》给我认识认识。《雪朝》出版了没有？到底如何？

实秋告诉我那丧气的关于文学社的消息，我真不知怎样地痛心！实秋啊！你不能逃你的责任！这里你的朋友不容你逃你的责任！

看那颗颗坦张的荷钱啊！
可敬的——向上底虔诚，
可爱的——圆满底个性。
花魂啊！佑他们充分地发育罢！

实秋谢绝了一切的 business，好极了，是极了！希望你保持诗人底胸怀与人格，努力于创造之途！

景超问我读诗底方法；我不知你是指研究还是指鉴赏。若指研究，单摘佳篇佳句是不够的。恶篇恶句一样地要紧。还有诗人底性格哲学，也是要从诗中抽出来的。但最要紧的，是要会generalize——看完一个人底诗——一首诗也同然——要试试能否 locate his rank，classify his kind and determine his value；若不能，便须再细心研究，至能为此而止。譬如我读完昌黎，我的三个答案是一，他应占的位置比已占的许要高一点，二，他不是抒情的乃是叙事的天才（他虽没有作过正式的 Epics），三，他是一个新派别底开山老祖。要求这种答案非 read between the lines 不可。还有历史也有研究的价值，那便是诗人的传记了。

我有一个很好的很要紧的新闻告诉你们：前天认识一位 Mrs. Bush——一个有"支那热"的太太。伊藏了许多中国画幅瓷器，要我告诉伊这些东西底价值与年代。伊请我午餐，遂谈及些诗画底闲话。伊要介绍我给 Miss Harriet Monroe 那位著名的 enthusiast for and critic of poetry；（伊的杂志——"Poetry"你们收到没有？）还要介绍我给 Carl Sanburg。（这位诗人前回的信里我也讲过）致 Miss Monroe 的介绍信我已得着了。我想过几天就去拜访伊了。那时我定有信报告你们我们谈话底经验。再谈。顺问 近好！

一多 双十节夜

五

实秋：

《红烛》寄来了。因为这次的《红烛》不是从前的《红烛》了，所以又得劳你作第二次的序。我想这必是你所乐为的。放寒假后，情思大变，连于五昼夜作《红豆》五十首。现经删削，并旧作一首，共存四十二首为《红豆之什》。此与《孤雁之什》为去国后之作品。以量言，成绩不能谓为不佳。《忆菊》《秋色》《剑匣》具有最浓缛的作风。义山济慈的影响都在这里；但替我闯祸的，恐怕也便是他们。这边已经有人诅之为堆砌了。我前次曾告你原稿中被删诸首，这次我又删了六七首。全集尚余百零三首，我还觉得有删削的余地。但是我自己作不定主意了。所以现在寄上的稿子随你打发；我已将全权交给你了。你也可以仿你从前的故伎，将他们分成等差，超，上，中十者存之；余皆淘汰。你当然可以请景超作你的帮办大臣。但我要的是你们的意见，我并不想讨大众的好。假若《红烛》删得只剩原稿三分之二，我也不希奇。

我们两人的作品定要同时出世，我想这定能做到。我想我们在互作的序中，固不妨诚实地发表自己的意见，但也要避开标榜底嫌疑。这是我要请你注意的。

印刷定要在上海才好。我的弟弟在上海，初二次的校对我可以教他干。末次还是要你看过的。你同书局将交涉办妥了，印费须付多少，请你写信告诉我的哥哥（他的通讯处附后）叫书局向他领取。我想印费只可在出版以前付他一半或三分之一。不然我便拿不出了。我不便向我家里索款，我只好自己省着，再在这里借点，凑成这笔款项。因为经济的关系，所以我从前想加插画的奢望，也成泡影了。封面上我也打算不用图画。这却不全因经济的关系。我画《红烛》底封面，更改得不计其次了，到如今还没有一张满意的。一样颜色的图案又要简单又要好看，这真不是容易的事。（这可奇怪了，我正式学了画，反觉得画画难了——但这也没有什么可怪的。）我觉得假若封面的纸张结实，字样排得均匀，比一张不中不西的画，印得模模糊糊的，美观多了。其实 design 之美在其 proportion 而不在其花样。附上所拟的封面底格式，自觉大大方方，很看得过去。但是那里一块纸是要贴上去的。这样另费一次手续，也许花钱还是不少。但我宁可这样花钱，花得稳当多了，划算多了。还有一层理由：我画出的图案定免不了是西洋式；我正不愿我的书带了太厚的洋味儿。（今天我带黄荫普何运暄宋俊祥雷海宗姚崧龄等去逛 Field Museum 同 Art Institute Museum，我不引他们久看西洋画，而到有中国底美术品之处，我总对他们讲解赞叹，他们莫名其妙了。）书内纸张照《雪朝》《未来之花园》底样子。封面底纸张也应厚如《雪朝》的；颜色不论，只要深不要浅，要暗不要鲜就行了。书内排印格式另详附样。售价多则六角，少则五角。

以上是《红烛》的计划。《荷花池畔》既定同时出世，当然最妙是一切仿此。（除了封面底纸张可以换一颜色以资区别。）只看你愿意与否？你嘱我画《荷花池畔》底封面，依我的提议，当然是用不着了。实秋！我老实告诉你，我真画不出使我满意的一张图案来，我更信在中国定印不出一张使我满意的图案来。等我们出第二本集子时，我定在中国了；那时我定能弄出一本真正地 artistic 的书来。

讨厌的 business 讲完了，可以闲谈几句了。我近来认识了一位 Mr. Winter，是芝加哥大学底法文副教授。这人真有趣极了。他是一个有“中国热”的美国人。只讲一个故事，就足以看出他的性格了。他有一个中国的大铁磬。他讲常常睡不着觉，便抱它到床边，打着它听它的音乐。他是独身者，他见了女人要钟情于他的，他便从此不理伊了。我想他定是少年时失恋以至如此；因为我问他要诗看，他说他少年时很浪漫的，有一天他将作品都毁了，从此以后，再不作诗了。但他是最喜欢诗的。他所译的 Baudelare 现在都在我这里。我同他过从甚密。他叫我跟他合同翻译我的作品。他又有意邀我翻译中国旧诗。我每次去访他，我们谈到夜深一两点钟，我告辞了，我走到隔壁一间房里去拿外套，我们在那间房里又谈开了，我们到门口来了，我们又谈开了，我们开着门了，我们在门限上又谈开了，我走到楼梯边了，我们又谈开了；我没有法子，讲了“我实在要回去睡觉了！”我们才道了“good night”分散了。最要紧的，他讲他在美国呆不住了，要到中国来。一星期前我同张景钺（现从他读法文）联名替他写了一封介绍信给曹校长了，荐他来教法文。只不知道他的运气怎样，母校的运气怎样。你们如果有法子为他 push 一下，那就为清华造福不浅了。我从来没有看见这样一个美国人！还有一件有趣的事，他没有学过画，他却画了一幅老子底像。我初次访他，他拿着灯，引我看这幅油画，叫我猜这是谁。我毫不犹豫地说“是老子？”“果然是老子！”他回道。他又copy了几幅丈长的印度的佛像画。这些都挂在他的房子里。他房子里除几件家伙外，都是中国印度或日本底东西。他焚着有各种的香，中国香，印度香，日本香。

承你寄来的各种诗集杂志都收到了。《创造》里除郭田两人外无人才。《未来之花园》在其种类中要算佳品。它或可与《繁星》并肩。我并不看轻它。《记忆》《海鸥》《杂诗》（五三页）、《故乡》是上等的作品，《夜声》《踏梦》是超等的作品。“杀杀杀……时代吃着生命的声响”同叶圣陶所赏的“这一个树叶拍着那一个的声响”可谓两个声响的绝唱！只冰心才有这种句子。实秋！我们不应忽视不与我们同调的作品。只要是个艺术家，以思想为骨髓也可，以情感为骨髓亦无不可；以冲淡为风格也可，以浓丽为风格亦无不可。徐玉诺是个诗人。《蕙底风》只可以挂在“一师校第二厕所”底墙上给没带草纸的人救急。实秋！便是我也要骂他诲淫。与其作有情感的这样的诗，不如作没情感的《未来之花园》。但我并不是骂他诲淫，我骂他只诲淫而无诗。淫不是不可诲的，淫不是必待诲而后有的。作诗是作诗，没有诗而只淫，自然是批评家所不许的。全集中除你已加圈的《谢绝》外，我还要加一个圈在《画是》上——

画是失路的鸦儿，
彷徨于灰色的黄昏。

颇有意致，薄有意致。

久未通音，竟积起了这多的话。夜深了，再谈吧。祝　你冬安！

一多启

三分邮票就把两条好汉从东半球送到西半球来了，贱么要算贱极了！但你们也太贱了哦！五柳先生不以五斗米折腰；两条好汉竟为三分邮票把腰身折断了。

“单矢易断，众矢难折。”文学社底全体却平安地到了芝城。

信写完了，搁了一天。今早又接到你十一月廿五日一信并《努力》之评论。实秋，我们所料得的反对同我们所料得的同情都实现了。我们应该满意了。郭沫若来函之消息使我喜如发狂。我们素日赞扬此人不遗余力，于今竟证实了他确是与我们同调者。《密勒氏评论》不是征选中国现代十二大人物吗？昨见田汉曾得一票，使我惊喜，中国人还没有忘记文学。我立即剪下了一张票格替郭君投了一票，本想付邮，后查出信到中国时选举该截止了，所以没有寄去。本来我们文学界的人不必同军阀，政客，财主去比长较短，因为这是没有比较的。但那一个动作足以见我对于此人的敬佩了。

文学社出版计划既已打消，前回寄上的稿子请暂为保留。那里我还没有谈到《女神》的优点，我本打算那是上篇，还有下篇专讲其优点。我恐怕你已替我送到《创造》去了。那样容易引起人误会。如没有送去，候我的下篇成功后再一起送去罢。

文学社出版计划取消也好。我们从此可以随时送点东西给《创造》也不错。如果《红烛》排印费时过久，请你替我抄几首送给《创造》登登,《荷花池畔》也可照办。因为我们若要抵抗横流，非同别人协力不可。现在可以同我们协力的当然只有《创造》诸人了。

又及。

承答一首及《小河》都浓丽的像济慈了。我想我们主张以美为艺术之核心者定不能不崇拜东方之义山，西方之济慈了。我想哪一天得着感兴了，定要替这两位诗人作篇比较的论文呢。

《冬夜草儿评论》收到了。这点玩艺儿大致还不差，只是校对者没有将落叶扫得干净，殊为憾事。现在销路如何？出版后有何影响？这都是我急要知道的。一切经理底手续，麻烦了你，太对不起你了。

你嘱我作《荷花池畔》底序，我已着手了。但我很想先看到一部全集底原稿。你能抄一个副本给我吗？《红荷之魂》《题梦笔生花图》《送一多游美》《答一多》《小河》《幸而》《秋月》《旧居》《对情》，这些我都有存稿，就不必再抄了。我想想我们很可怜，竟找不到一位有身价的人物替我们讲几句话，只好自己互相介绍了。但是我们的主张在现代的诗坛里恐怕只有我们自己懂得吧。此候　文安。

毓琇，景超，毅夫诸友问候。

一多自芝城　十一，廿六

六

实秋：

中华戏剧改进社事停顿许久，前由纽约同人讨论进行方法，公决由刊行出版物入手。盖其余作业如演戏筹款等等必须回国后才能办理也。杂志则目前即可从事收集稿件。杂志本定专注于戏剧方面，嗣因恐材料有限，日久难以为继，乃改为包括各种艺术，而尤注意于印刷精美，以求不负于艺术真旨。杂志名称颇不易取，已经提议者有“雕虫”与“河图”两种。“雕虫”虽有偏重文艺之嫌疑，然亦未始不可以包括艺术全体。“河图”则取义于河马负图，伏羲得之演为八卦，作为文字，更进而为绘画等等，所以代表中华文化之所由始也。“雕虫”嫌其偏，“河图”嫌其泛。皆非万全。请与波城同人再慎为斟酌之。暂拟前四期目录见次页。第一期拟明年一月出版。因印刷与制版方面非嘉铸或我回国就近监察不可。制三色版或铜版如国内不能满意，或须在日本办理，或则在美国预制数种带归亦未始不可。总之全书底形式务求美观，使其自身即成为一艺术品。售价暂定八角或一元。印刷经费如书局不肯担任，嘉铸归国或可代筹若干，以资补助。

第一期目录

1. 楔子（宣言）

2. 陈师曾像　　吴新吾

3. 作品　陈师曾
4. 诗　闻一多
5. 建筑图案　杨廷宝
6. 散文　徐志摩
7. 拓碑　——
8. 万人坑(独幕剧本)　熊佛西
9. 万人坑布景图案　赵　畸
10. 批评之批评　梁实秋
11. 旧剧之欣赏　余上沅
12. 中国绘图在西方之势力　张嘉铸
13. 李义山之精神分析　潘光旦
14. 中国瓷器数件　——

第二期

1. 自像　塞藏 Paul Cézanne
2. 塞藏赞　闻一多
3. 惠特曼像　John Alexander
4. 惠特曼赞　梁实秋
5. 诗　郭沫若
6. 独幕剧本　赵　畸
7. 同上图案　赵　畸
8. 音乐论文　赵元任
9. 短篇　鲁　迅

10. 塞藏小传 张嘉铸

11. 帕敷罗娃的艺术 Pavlowa 林徽音

12. 帕敷罗娃舞蹈摄影 ——

13. 小品 梁实秋

14. 宋刻观音像（Boston Museum）

第三期

1. 印度女诗人奈陀夫人像（Sarajini Naidu）

2. 欲曙天（剧本） 余上沅

3. 欲曙天图案 赵 畸

4. 诗 梁实秋

5. 雕刻作品 ——

6. 奈陀夫人的艺术 闻一多

7. 散文 陈通伯

8. 短篇 郁达夫

9. 中华美术馆刍议 张嘉铸

10. 散文 刘奇峰

11. 中国妇女服装问题 林徽音

12. 园亭布置 landscape gardening 罗 沆

13. 考古（archæology） ——

第四期

1. 日本画家像

2. 诗 郭沫若

3. 辛基底艺术(J. Synge) 余上沅
4. 短篇 冰心女士
5. 小泉八云 张欣海
6. 中国建筑 梁思成
7. 毕痴来(Aubrey Beardsley) 闻一多
8. 中国名胜摄影
9. 芬勒撄札(Erensh Fennolossa) 张嘉铸
10. 散文 梁实秋
11. 日本舞蹈家摄影

纽城同人皆同意于中华文化的国家主义(Cultural Nationalism),故于印度则将表彰印度之爱国女诗人奈陀夫人,及恢复印度美术之波士(Nandalal Bose)及太果尔(Abanindranath Tagore)(诗翁之弟)等。于日本则将表彰一恢复旧派日本美术之画家,同时复道及鉴赏日本文化之小泉八云及芬勒撄札,及受过日本美术影响之毕痴来。从一方面看来,我辈不宜恭维日本,然在艺术上恭维日本正所以恭维他的老祖宗——中国。我决意归国后研究中国画,并提倡恢复国画以推尊我国文化。故在第一期内有陈师曾,有拓碑(书法),有旧剧之欣赏,有瓷器,有李义山之精神分析,又有中国绘画在西方之势力。我国前途之危险不独政治,经济有被人征服之虑,且有文化被人征服之祸患。文化之征服甚于他方面之征服百千倍之。杜渐防微之责,舍我辈其谁堪任之!第五期或当讨论爱尔兰文艺复兴运动矣。上沅正研究此题，在下次的江滨聚餐时报告。我希望你在此题上亦有一篇论文。如方便即提前发表亦可。

关于杂志尚有数事当注意：

一，非我辈接近之人物如鲁迅，周作人，赵元任，陈西滢或至郭沫若，徐志摩，冰心诸人宜否约其投稿。我甚不愿头数期参入此辈之大名，仿佛我们要借他们的光似的。我们若有创办杂志之胆量，即当亲身赤手空拳打出招牌来。且从稿件方面看来，并不十分倚仗外人的辅助。

二，排印法宜横行或直行？

三，宜否加入外国文字之作品，如熊正瑾之“Thrice Promised Bride”等等？

四，售价一元或八角是否嫌太多？

五，要打出招牌，非挑衅不可。故你的“批评之批评”一文非作不可。用意在将国内之文艺批评一笔抹煞而代以正当之观念与标准。上沅又将作五年来之中国新剧，本意亦在出人以下马威也。要一鸣惊人则当挑战，否则包罗各派人物亦足哄动一时。此问题与问题一乃是争点之正面与反面，孰舍孰从，请示知。

你与一樵尚愿担负何种稿件，请拟定题目寄下并早日着手撰作。旧作诗未发表者请汇齐寄下，或自选数首寄来亦可。去岁在珂泉所作 Housman 式小诗务请寄来。许地山可由一樵去函要一点稿子来否？如可行则请申明去取权在本杂志编辑部。因我辈选稿当十二分的严格。我们卖的是本领，不是名字。

努生十号来纽。住万国公寓。《大江》稿件预备得如何？如不嫌闻一多的诗太多，近作有长诗《南海之神》（中山先生颂）可以尽《大江》有优先权。不然即送《民国日报》发表。《洗衣曲》前函云字句有当修改处，得暇请详细告我。贵处如有《时事新报》，请查《学灯》十一月十七八日为法所作"《红烛》批评"，将其内容大意告我。又闻十一月间又有天用者评《新现代》新诗亦及《红烛》。《红烛》似渐有人注意也。归国后拟即办再版。现正从事洗刷内容，删削的诗大概不在少数。有暇亦请为我重阅一遍，供给我一点新意见。便请　日安！

一樵菊农处问候。

一多

七

实秋一樵：

大江前途之发展，有赖于本年中之活动者甚多。本年东部年会中之活动不但可以宣传国家主义，而且可以宣传大江会。大概添加会员，在年会前，很有限。年会中大江政策若能实现，定有同志的愿来参加我们的阵列。然后会员增加了，声势浩大了，大江的根基便算稳固了。祖同有希望得到年会主席，只怕有 fraternities 的人出来同他抢。所以我们应该有一番预备。我们预备的方法有两种：一，发表大政方针以引人注意。二，在councilmen方面从事疏通，因为年会主席是要他们同意的。沈濂翁同老浦不知也是否候选员。若是，则从大江方面看来，应该集中精力，推出一个人来。诸人中祖同自是较为合宜，因一，他是清华同学会长，二，又是大神州底重要职员，恐怕能得多方面的赞助。努生却不以为然，他说只要大江的人都可以，不必倚轻倚重。不知你们的意见如何。此事无论如何，暂时只要浦沈是否候选员，他事不必提及。

请冰心当女代表想无不可。这种反正是出风头的事。至于加入大江事，只好等年会后再讲。上次我同她谈话，我猜她的意思，颇表示对于大江事业的同情。请一樵有机会多和她谈谈大江。

努生到纽约来，颇哄动一时。现已被选为Intercollegiate Cosmopolitan Club底International Assembly底中国代表之一。代表共二人，其余一人为光旦。这种要在国际替中国人争面子的职务，竟都落江滨人的手里了，确乎是江滨底荣耀。

菊农加入大江恐不大愿意，但在年会中帮忙，准是愿意的。

与大神州合并恐不能成事实。因彼等政策太消极，且至如今国家主义的定义还未决定。不过同他们合作总是有益无损的。

草此顺问　日好！

一多

八

实秋：

船票尚未买定，太早也。蛰居异域，何殊谪戍？能早归国，实为上策。（中略）

《南海之神》谓为脱稿亦可。刊入《大江》不嫌其为国民党捧场乎？我党原欲独树一帜，不因人热，亦不甘为人作嫁衣裳。然取决之权在足下，我固无成见也。

来示谓我之诗风近有剧变。然而变之剧者，孰过于此：——

废旧诗六年矣。复理铅椠，纪以绝句

六载观摩傍九夷，吟成鴃舌总猜疑。唐贤读破三千纸，勒马回缰作旧诗。

释疑

艺国前途正杳茫，新陈代谢费扶将——城中戴髻高一尺，殿上垂裳有二王。求福岂堪争弃马？补牢端可救亡羊。神州不乏他山石，李杜光芒万丈长。

天涯

天涯闭户赌清贫，斗室孤灯万里身。堪笑连年成底事？——穷途舍命作诗人。

实秋饰蔡中郎演《琵琶记》，戏作柬之

一代风流薄幸哉！钟情何处不优俳？琵琶要作诛心论，骂死他年蔡伯喈！

一多问好

九

实秋：

前两次信来时，已经写了极长的回信，搁了一月之久，没有付邮，如今第三封信又来了。你责我的话，我不敢承认。说我懒则有之，什么世态炎凉乃是笑话。

大江命我做的事我虽自揣能力不够，但仍是不敢辞让。我只望在美同人多帮一点忙，不要使我一人蹈于呼吁无门的境地，那便是季刊的幸事。

国内赤祸猖獗，我辈国家主义者际此责任尤其重大，进行益加困难。国家主义与共产主义势将在最近时期内有剧烈的战斗。我不但希望你赶快回来，并且希望多数同志赶快回来。我辈已与醒狮诸团体携手组织了一个北京国家主义团体联合会，声势一天浩大一天。若没有大批生力军回来作实际的活动，恐怕要使民众失望。醒狮社的人如李璜乃一书生，只能鼓吹主义，恐怕国家主义的实践还待大江。此点李璜等亦颇承认，故努生在京时，彼等极为敬视。在努生未归之先，我希望浩若要快回来。我包管他回来了有极有兴味的事可做。

我近来懊丧极了。当教务长不是我的事业，现在骑虎难下真叫我为难，现在为校长问题学校不免有风潮。刘百昭的一派私人主张挽留他，我与太侔及萧友梅等主张欢迎蔡孑民先生，学校教职员已分为两派。如果蔡来可成事实，我认为他是可以合作的。此外无论何人来，我定要引退的。今天报载我要当校长，这更是笑话。“富贵于我如浮云！”我只好这样叹一声。

我现在不与上沅石孚同居了。现在的住址是“西京畿道三十四号”。内子与小女都在这里，家庭生活差强人意。时相过从的朋友以“四子”为最密，次之则邓以蛰，赵太侔，杨振声等。国家主义的同志中有一般人也常到我家里开会。新月社每两周聚餐一次。志摩也常看见。你与菊农的信论志摩的诗，不知怎地转到志摩手上来了，又从志摩手上转到我这里来了。

回国后仅仅作了两首诗，到艺专来后，文艺整个放在脑袋后边去了，长此以往，奈何！奈何！佛西如此努力，可喜可贺！《长城之神》脱稿后愿得先睹为快。

国内漆黑一团，切望同志快同来共同奋斗罢！便祝你进步平安。佛西统此不另。

多　一月廿三日

十

实秋佛西：

承译拙作，且感且愧。尊译亦甚稳妥，文笔尤遒劲可喜，胜原作之剑拔弩张远矣。“世界之明日”记者亦有函来称谢，真令竖子扬眉吐气，有如乞儿拾得黄金一般。一入国内，俗事丛身，九月之久，仅成诗两首。江郎将从此搁笔乎？近与京中诗人颇有接洽，将或有聚餐会之组织。有人起议发行纯文艺的刊物，惟自忖其奈胆怯何！甚望实秋速返园予我一臂之助。佛西新著《长城之神》愿得先睹。如同人刊物实现，可否借登以光篇帧？

《大江》在京行销甚畅。拙作亦竟有人转载，按语谓远胜《红烛》时代之闻一多。两友其谓然乎？《大江》宣言发表后亦大有影响。友人亲见北大校役钞写，问之则曰“好极！好极！”又有人黏贴壁间奉为科臬者。民国大学学生课艺中竟有全段剽袭者。凡此消息，幸望实秋遍告同志，俾得闻之额手相庆。前者国家主义团体联合会发起反日俄进兵东省大会，开会时有多数赤魔溷入，大肆其捣乱之伎俩，提议案件竟一无成立者。结果国家主义者与伪共产主义者隔桉相骂，如两军之对垒然。骂至夜深，遂椅凳交加，短兵相接。有女同志者排众高呼，痛口大骂，有如项王之叱咤一声而万众皆喑。于是兵慌马乱之际，一椅飞来，运斤成风，仅斫鼻端而已。女士尝于五卅游行时，揭旗冲锋，直捣东交民巷，故京中传为 Chinese Jeanne d’Arc 焉。此亦趣闻，不能不与同志言之浮一大

白也。敬祝

两友康健!

第一多顿首

十一

实秋佛西两友:

实秋论文及佛西剧本皆已拜读。实秋之作，震聋启聩，洵新文学诞生以来之第一篇批评也。佛西之作自有进步，但太注意于舞台机巧，行文尚欠沉着 intensity。吾虽不敢苟同于实秋，以戏剧为文学之附庸，然不以文学之手段与精神写戏剧，未见其能感人深心也。佛西如不罪我卤直，则请为进一言曰:“佛西之病在轻浮，轻浮故有情操而无真情 sentiment 与 emotion 之分也。”情操而流为感伤或假情，sentimentality 则不可救药矣。佛西乎，岌岌乎殆哉!至于剧本中修词用典之谬误尚其次者，然亦轻浮之结果也。如葡萄之来中土始自西汉，尽人而知者也。胡亥元年而见葡萄，不知佛西何所见而云然?

《诗刊》谅已见到。北京之为诗者多矣!而余独有取于此数子者，皆以其注意形式，渐纳诗于艺术之轨。余之所谓形式者，form也，而形式之最要部分为音节。《诗刊》同人之音节已渐上轨道，实独异于凡子，此不可讳言者也。余预料《诗刊》之刊行已为新诗辟一第二纪元，其重要当与《新青年》,《新潮》并视。实秋得毋谓我夸乎?

杨子惠即杨世恩。《诗刊》重要分子当数朱饶杨刘(梦苇)。四子中三人属清华,亦又怪事也。

实秋有暇,望多贶佳制,以光篇幅,至为祷幸!

此问

二友近好。

一多　四月十五日大炮声中

给左明先生

十七年二月

左明兄：

许久没有给你回信，太懒了！近来听说你在《新月》帮忙，生活既有着落，定可安心习作，可喜可慰。承询各问题条答如左：

一，韵脚不易安好，乃因少读少做耳。

二，词不达意，乃因少读书的原故。

三，标点不成问题，有的作家甚至广弃标点。故不必为此操心。

四，太明显，确乎是大毛病。根本原因是态度太主观。譬如划船姑娘固然可以引起你的爱怜，但是也未始不可引起一般人的爱怜。你若把你和她两人的关系说得太琐碎，太写实了，读者便觉得那是你们两人的私事，与第三者无关。你要引起读者的同情，必须注意文学的普遍性，然后读者便觉得那种经验在他自身也有发生的可能，他便不但表同情于姑娘，并且同情于你。然后读者与作者契合为一，——那便是文学的大成功了。我自己作诗，往往不成于初得某种感触之时，而成于感触已过，历时数日，甚或数月之后，到这时琐碎的枝节往往已经遗忘了，记得的只是最根本最主要的情绪的轮廓。然后再用想像来装成那模糊影响的轮廓，表现在文字上，其结果虽往往失之于空疏，然而刻露的毛病决不会有了。空疏的作品读者看了不发生印象，刻露的作品，往往叫读者发生坏印象。所以与其刻露，不如空疏。英诗人华茨渥司作诗，也用这种方法。你无妨试验试验。

我相信你很能作诗，不是客气话。不久我要到上海来一趟，那时我们再细谈。祝

你进步！

多顿首

给游泽承先生
民国二十年至二十一年

一

泽承兄座右：

前阅报，知京汉路梗，深为忧念。顷读　手书，始悉　大驾已折返青岛。此行往复奔波，备极劳顿。日来　精神谅已恢复矣。弟前因感冒，卧病数日。今幸已渐就痊可。病中再读　大箸，渊博精审，突过古人，是诚不愧为后来居上矣。近偶读朱一栋《群书札记》，中有论《楚词》十余条，精当处似欲与朱丰芑，俞荫甫辈方驾。朱氏《十三经札记》刻在《续经解》中。其人必非俭腹者比，故所论咸有可观。　大箸似未采及此书，不知　贵校有此书否？如一时不易觅得，弟可代为录出寄上也。　大札过蒙奖饰，弟何敢当此，徒赧颜耳。匆匆，顺祝

撰安。

弟多顿　八月廿一日（二十年）

嫂夫人统此

附录朱书论《楚词》各条目录

九子母　鸱龟曳衔　正则灵均　禹蘉　采薇　封狶　惮青兕　黄棘　九折臂　些　启棘宾商　女歧　女婴　掌梦　琼枝　二女

二

泽承兄座右：

《天问》之南北顺椭，前与　兄谈时，已觉顺字用法特别。今读《诗》《野有蔓草篇》清扬婉兮婉如清扬二句，始信顺字果有新释。据《齐风·猗嗟篇》，首章曰美目扬兮，次章曰美目清兮，清扬之为目貌，殆无可疑。此诗又以婉形容清扬（婉如即婉然），则婉亦当与目有关系。婉有顺义，而方言曰好目谓之顺，则诗之清扬婉兮即清扬顺兮，婉如清扬即顺如清扬矣。顺字从页，《方言》训为美目，似当为顺之本义。目形椭圆，顺之为目貌亦谓椭圆之貌也。南北顺椭，盖顺与椭同义，当以二字连读。又婉既与顺同义，字从女，于义不显，必为假借。《考工记》，琬圭九寸。注琬犹圜也。《说文》，琬，圭有琬者。徐锴曰：琬谓琬然宺也。窃意诗婉字当为琬之假借，或径借为圜，婉圜固声近也。顺与婉同义，婉为圜貌，则顺之义从可知矣。此亦《天问》顺椭二字同义之旁证。近读《诗骚》，好标新义，然自惟学识肤浅，时时惧其说之邻于妄，不敢自信，质之　高明，倘有以教我乎，余不一一。即候撰安！

弟多顿　九月七日

三

泽承兄文席：

久疏音候。比想　定动多豫，为符臆颂。此间书贾持来朱冀《离骚辨》一部，索价颇昂。敝校图书馆拟收买。　大箸中已引及此书，但原书不知已见及否？《群书札记》论《骚》各条，已着人迻录，俟竣功后，即当奉上。兹汇上洋四元，祈向贵校代购林君所编《全唐诗文引得合编》四部寄下，无任感荷。郝兰皋后嗣携兰皋遗著二十余种来平求售，弟已看到，独无关《楚辞》者。《文选》校语若干条，于《楚辞》部分，仅录何义门《读书记》中数语于书眉，尤令人失望。《文心雕龙》《大戴礼》等数种最精，敝校已有人倡议购藏矣。但不卜能成事实否？朱氏《离骚补注》，馆中须重编号码，曾有信来索。　吾兄如已钞毕，乞便中寄下，如未钞毕，即缓寄亦无碍也。匆匆敬候

教祺！

弟多上言　十一月二日

四

泽承兄撰席：

承寄《引得》四部，收到，无任感谢。朱亦栋《群书札记》已钞毕，其余所论与《楚辞》有关而未明言《楚辞》者，录不胜录。并付

阙如。清代大师札记宜多涉猎，以其披沙拣金，往往见宝也。　吾兄以为然否？　尊著文学史脱稿否？顺候

双安

弟多敬白

近读易实父《经义莛撞》，内论《毛诗》数条，精悍绝伦，虽王氏父子未可多让。信乎才人能事，无施不可。

五

泽承兄座右：

敦煌旧抄骞公《楚辞音》残卷，内有郭景纯《楚辞注》数则，并洪氏未引之释文一则，诚希世宝笈也。近托人从巴黎觅得之影片已寄到，拟为写一较详尽之跋文。属草方始，奋兴至极。本拟跋成后，寄呈　尊览，不意　手札亦到，欣慰何似！弟与《楚辞》结不解缘矣，亦与　兄结不解缘矣，《楚辞》到，　兄函亦到，此中殆有感应之理乎？斯亦奇矣！　尊箸仍盼早日　颁到，俾先读为快。关于《山鬼》弟近有新解，大意已告及门某君，令广搜证佐，制为专文。将由《清华学报》刊布，一俟出版，亦当呈　览。兄就华中聘，极好。敝校迟早亦将迁长沙，湘鄂咫尺之遥，良晤弥易，思之不禁抃跃。《文哲月刊》与弟个人无关，编辑人因有清华学生在内，征稿于弟，故以该文付之。俟觅得该刊后，定当邮上。弟自去秋以来，在燕大（北大所兼钟点仍旧）兼课，因得与陆君时时晤及，惟仓卒间未尝深谈耳。

家具细故，可留　尊处使用，俟　兄离青时，可卖即卖，否则由　兄转赠他友亦无不可。春假中务望设法北来一游，尔后欲来恐亦不易易矣。世变日急，谓之何哉！伏愿为学珍摄不宣。敬颂

阖第万福！

弟多拜启　三月十七日（二十一年）

六

泽承仁兄讲席：

手书及　尊稿并收到。关于《九歌》诸点，　高见甚是，无任钦佩。彭咸水死之说，弟仍怀疑。拙稿中有考辩一通，颇详尽。迟日当录出呈　政。清华学生孙君顷撰《九歌山鬼考》一篇，大意谓山鬼即巫山神女，列证甚多，大致可信。　尊箸已举宋赋证山鬼为人神相悦矣。孙君虽较　尊见更进一层，然终不出　尊见范围。《大公报·文副》近时刊登率多创作，　尊箸性质是否相融，恐成问题，且主编者近已改萧乾，（其人在上海）从文亦未必能作主也。近撰《敦煌旧抄楚辞音残卷》跋，载《大公报·图书副刊》，谅已见及。惟其中颇有手民之误，兹经核正，一并邮上。仍乞　指正为盼。其原卷六纸，已付钞胥，不日写毕，再行寄上，余不一一。敬候

教安！

弟多上　四月三日

给饶孟侃先生

二十二年九月二十九日

子离：

近来最怕写信，尤其怕给老朋友写信，一个人在苦痛中最好让他独自闷着。一看见亲人，他不免就伤痛起来流着泪。我之不愿给你写信，一面是怕钩引起数年来痛苦的记忆，一面又觉得不应将可厌的感伤的话在朋友面前唠叨，致引起朋友的不快。总括的讲，我近来最痛苦的是发见了自己的缺陷，一种最根本的缺陷——不能适应环境。因为这样，向外发展的路既走不通，我就不能不转向内走。在这向内走的路上，我却得着一个大安慰，因为我实证了自己在这向内的路上，很有发展的希望。因为不能向外走而逼得我把向内的路走通了，这也可说是塞翁失马，是福而非祸。

所谓向内发展的工作是如此：

（一）《毛诗字典》 将《诗经》拆散，编成一部字典，注明每字的古音古义古形体，说明其造字的来由，在某句中作何解，及其

parts of speech（古形体便是甲骨文，钟鼎文，小篆等形体）。（这项工作已进行了一年，全部完成的期限当在五年以上。）

（二）《楚辞校议》 希望成为最翔实的《楚辞》注，已成三分之二，二年后可完工。

（三）《全唐诗校勘记》 校正原书的误字。

（四）《全唐诗补编》收罗《全唐诗》所未收的唐诗。现已得诗一百余首，残句不计其数。

（五）《全唐诗人小传订补》《全唐诗作家小传》最潦草。拟订其讹误，补其缺略。

（六）《全唐诗人生卒年考》附《考证》

（七）《杜诗新注》

（八）《杜甫》（传记）

（三）至（八）进行迄今已三年。至于何时完工，却说不定。近来身体极坏。一个人在失眠与胃病夹攻之中，实在说不定还能活多久。以上的工作规模那样大，也许永无成功的希望。

子沅恐怕已经是"疯"了。今天特从城里跑来，一句话没讲，在我家吃了一顿饭，等我下课回来，人已经走了。虽然我懒于写回信，希望你常有信来。寒假很想到河南游游，尤其想看洛阳——杜甫三十岁前后所住的地方。不亲眼看看那些地方，我不知《杜甫传》如何写。从前在《新月》发表的那一段完全要不得。顺问

俪安。

多 九月二十九日

给臧克家先生

民国三十二年至三十三年

一

克家：

如果再不给你回信，那简直是铁石心肠了。但没有回信，一半固然是懒，一半也还有些别的理由。你们做诗的人老是这样窄狭，一口咬定世上除了诗什么也不存在。有比历史更伟大的诗篇吗？我不能想像一个人不能在历史（现代也在内，因为它是历史的延长）里看出诗来，而还能懂诗。在你所常诅咒的那故纸堆内讨生活的人原不止一种，正如故纸堆中可讨的生活也不限于一种。你不知道我在故纸堆中所做的工作是什么，它的目的何在，因为你跟我的时候，我的工作才刚开始。（这可说是你的不幸吧！）你知道我是不肯马虎的人。从青岛时代起，经过了十几年，到现在，我的“文章”才渐渐上题了，于是你听见说我谈田间，于是不久你在重庆还可以看见我的《文学的历史方向》，在《当代评论》四卷一期里，和其他将要陆续发表的文章在同类的刊物里。近年来我在联大的圈子里声音喊得很大，慢慢我要向圈子外喊去，因为经过十余年故纸堆中的生活，我有了把握，看清了我们这民族，这文化的病症，我敢于开方了。单方的形式是什么——一部文学史（诗的史），或一首诗（史的诗），我不知道，也许什么也不是。最终的单方能否形成，还要靠环境允许否，（想像四千元一担的米价和八口之家！）但我相信我的步骤没有错。你想不到我比任何人还恨那故纸堆，正因为恨它，更不能不弄个明白。你诬枉了我，当我是一个蠹鱼，不晓得我是杀蠹的芸香。虽然二者都藏在书里，他们的作用并不一样。这是我要抗辩的第一点。你还口口声声随着别人人云亦云的说《死水》的作者只长于技巧。天呀，这冤从何处诉起！我真看不出我的技巧在那里。假如我真有，我一定和你们一样，今天还在写诗。我只觉得自己是座没有爆发的火山，火烧得我痛，却始终没有能力（就是技巧）炸开那禁锢我的地壳，放射出光和热来。只有少数跟我很久的朋友（如梦家）才知道我有火，并且就在《死水》里感觉出我的火来。说郭沫若有火，而不说我有火，不说戴望舒，卞之琳是技巧专家而说我是，这样的颠倒黑白，人们说，你也说，那就让你们说去，我插什么嘴呢？我是不急急求知于人的，你也知道。你原来也是那些"人"中之一，所以我也不要求知于你，所以我就不回信了。今天总算你那只"流泪的白蜡"感动了我，让我唠叨了这一顿，你究竟明白了没有，我还不敢担保。克家，不要浮嚣，细细的想去罢！

新闻的报导似乎不大准确。不是“抗战诗选”而是作为二(克家按:“二”下漏“千”字)五百年全部文学名著选中一部分的整个“新诗选”。也不仅是“选”而是选与译——一部将在八个月后在英美同时出版的“中国新诗选译。”(译的部分同一个英国朋友合作。)我始终没有忘记除了我们的今天外,还有二三千年前的昨天,除了我们这角落外还有整个世界。我的历史课题甚至伸到历史以前,所以我研究了神话,我的文化课题超出了文化圈外,所以我又在研究以原始社会为对象的文化人类学。(《人文科学学报》第二期有我一篇谈图腾的文章,若找得到,可以看看。)关于《新诗选》部分,希望你能帮我搜集点材料,首先你自己自《烙印》以来的集子能否寄一份给我?若有必要,我用完后,还可以寄还给你。其他求助于你的地方,将来再详细的写信来。本星期及下星期内共有三个讲演,都是谈诗的,我得准备一下,所以今天就此打住了。顺祝

撰安。

一多　十一月廿五日灯下(三十二年——克家)

信里所谈的请你不要发表,这些话只好对你个人谈谈而已。千万千万。

《学术季刊》第二期有我的《庄子内篇校释》可作读《庄子》之助。又及。

《泥土的歌》已收到,随后再谈。

现在想想,如果新闻界有朋友,译诗的消息可以告诉他们,因

为将来少不了要向当代作家们请求合作，例如寄赠诗集和供给传略的材料等等，而这些作家们我差不多一个也不认识。日来正在译艾青，已成九首，此刻正在译《他死在第二次》。也许在出书以前，先零星的寄到国外发表一部分。重庆的作家们也烦你替我先容（？）一下，将来我打算发出些表格请他们填填关于我写传略时需要的材料。不用讲今天的我是以文学史家自居的，我并不是代表某一派的诗人。唯其曾经一度写过诗，所以现在有揽取这项工作的热心，唯其现在不再写诗了，所以有应付这工作的冷静的头脑而不至于对某种诗有所偏爱或偏恶。我是在新诗之中，又在新诗之外，我想我是颇合乎选家的资格的。这里的朋友们正是这样的鼓励着我，重庆的朋友们想也有同感。

二

克家：

暑假快完，未曾休息，最近才摆脱一切，到乡下来小住。城里传来谣言说我又被解聘，你的诗文都送到，你的信也转来了。劳你又一度虚惊，现在可以告慰你的是：并无其事。本系主任要出洋，学校还在拉我出任主任呢，你们那边却在传我解聘，岂不滑稽？但是你在诗文里夸奖我的话，我只当是策励我的。从此我定不辜负朋友们的期望。此身别无长处，既然有一颗心，有一张嘴，讲话定要讲个痛快，但也不希望朋友们替我过事渲染。我并不怕撞祸，但出

风头的观念我却痛恨！匆复，祝你

安好！

一多　九月十一日（三十三年——克家）

三

克家：

寄上条幅一纸，乞

哂纳。本年联大未添一人，因米贴名额，教部有限制。此间人人吃不饱，你一死要来，何苦来。乐土是有的，但不在此间，你可曾想过？大学教授车载斗量，何重于你？你看远大点，勿再叨叨。耑颂

撰安！

一多　十月十二日（三十三年——克家）

另函寄上油印物二张，代表我最近工作之一，请传观。

家　书

给妻

一

亲爱的妻：这时他们都出去了，我一人在屋里，静极了，静极了，我在想你，我亲爱的妻。我不晓得我是这样无用的人，你一去了，我就如同落了魂一样。我什么也不能做。前回我骂一个学生为恋爱问题读书不努力，今天才知道我自己也一样。这几天忧国忧家，然而心里最不快的，是你不在我身边。亲爱的，我不怕死，只要我俩死在一起。我的心肝，我亲爱的妹妹，你在那里？从此我再不放你离开我一天，我的肉，我的心肝！你一哥在想你，想得要死！

亲爱的：午睡醒来，我又在想你。时局确乎要平靖下来，我现在一心一意盼望你回来，我的心这时安静了好多。

十六日（二十六年七月）

妹：今天早晨起来拔了半天草，心里想到等你回来看着高兴，荷花也放了苞，大概也要等你回来开，一切都是为你。

十七日早

二

贞：这回是我错了，没有带你们出来。我只有惭愧，太对不住你们。接到二哥的电及三哥的信，知道松滋不能去，粤汉路又决不能走。现在拟几条办法，你可以看势行事。

（一）训侄就学广州，大概不能成事实，因那边的人听说也差不多逃空了。你可商量训侄，愿否由湘滇公路送你们来，我自己到贵阳来接。训到此后是否有资格在联大借读，如资格不成问题，其余一切我负责，至少在这里避乱带补习功课，亦殊不恶，不知五哥能否放他来，他自己愿不愿意。

（二）大舅家里当然丢不下，好在他们不张风声，可否请他送到贵阳打转，我到贵阳接，这样耽搁他半月或多则廿天，不知他愿否。以上是急走的办法，如情势不甚紧急，则

（三）候一二星期，如果驷弟事成功，你们就随他来，这样为节省计我只到昆明接。好在贵阳有同班老友聂君安陶可以照顾一切。

关于驷弟事，马上无法决定（详另函），并且不能不作万一的打算。设若他的事不成，恐怕把目前的机会错过将来更不好走，所以我甚望第（一）（二）两项其中能够实现其一。万一三项都不能实现，那就这样：

（一）家中有人住，你们也暂住在家中。

（二）家中无人，你们搬到路口住。

无论如何暑假中我定亲自回来接你们，什么危险也管不着。这边也有朋友们的家眷还在战区内的，如安徽，江苏，山东，河南都有，依然能汇款，能通信，也并无生命危险，所以万一你们暂时走不动，也不要害怕，我一生未做过亏心事，并且说起来还算得一个厚道人，天会保佑你们！

三哥信上说湘滇公路连护送人路费需五百元，现在我再汇三百元来，给你们凑成六百元。这钱你们能来就作路费，不能来就留下过日子。

如果决定早来，便当即速上省，勿再迟延，衣服多多打邮包寄来，包不要太大。

多　六月十三日夜（二十七年）

三

贞：上星期未得你的信，等到今天已经星期三了，还不见信来，不知是什么道理。究竟如何决定，来或不来，我好准备房子。陈梦家住的房很宽绰，他愿分一半给我，但有一条件，他的嫂嫂现住香港，也有来意，如果来，就得让给他嫂嫂住了。所以万一他嫂嫂要来，我就得另找房子，这不是一件容易事，我须在来接你以前，把房子定好，一切都安排好事情很多，我如何忙得过来，所以你非早点让我知道不可。目下因黄河决口关系，武汉形势应稍松点，但鄂东想必仍然紧张。你若未到省，当早些来，若已到，倒不妨在省上住些时，如果等天气稍凉来，也免路上吃苦。游先生信想尚未到，究竟决定谁送，想也不甚容易。今天公超来要家驷的履历，我已开去，如果时局能容许你们等到与他同来，岂不更好，或者你们就索兴等一等，反正我来接，也顶好等功课完毕或快完毕的时候，苦的是你自己没有主张，而我又隔这样远，通讯即用航空也要不少的日子，总之我的意思是愿意你们来，但不希望你们即刻就来，一则因为另请人送花盘费，二则天气热恐路上生病，三则等到暑假，我来接免得耽误功课，我的意见如此，你可与家中斟酌时局情形加以决定，但信总是要多多写来，免我挂念，前后共汇回六百元，想已收到，如果是同驷弟来，他的盘费不够，就给他一百元，他钱若够了就将这一百元给　父亲，我本来是想汇点钱给　父亲的，　母亲说到沙洋已经去否，其余家中的行动，也盼告诉我，我替换的裤褂快破了，如有工夫，就做两套，否则带料来，这边布匹太贵，你们自己的衣服也照上面的办法。如果来得迟，我候再领得一月薪水，再寄点零钱回来，盼速来信。

多　六月廿二日

四

贞：盼了两星期多，到今天才接到大舅一信，并只寥寥数语，殊令我失望。你答应我每星期有一封信来。虽说忙于动身，也不应连寄信的工夫都没有。在你没来到以前，信还是要写的。天气热，怕你生病或孩子病了，不得你的信，我如何不着急呢？好了，到咸宁张府暂住，是一妙法。但报载武汉情形渐趋和缓。也许你们还是在省寓住些时较方便些。今日校中得到确实消息，军事当局令联大文法学院让出校舍，因柳州航空学校需用此地，这来我们又要搬家。搬到什么地方，现尚未定，大概在昆明附近。昆明城内决无地方，昆明南廿里有地方名宜良（？），当局去看过了，似乎房屋不够。不知还有什么地方可去，总之蒙自是非离开不可的。在先我以为你们若来得早，蒙自还有地方可住。现在则非住昆明不可了。但昆明找房甚难，并且非我自己去不可。现在学校已决定七月廿三日结束功课。我候功课结束，即刻到昆明，至少一星期才能把房子找定。所以你们非等七月底来不可。只要武汉可住，不妨暂住些时，从容准备来的手续。武汉不能住，则往咸宁亦可。与驷弟同来，自不成问题。但大舅恐怕还要送到长沙打转，因事多，恐驷弟忙不过来。后寄来百元收到否？前后共寄六百元，除前函嘱你给一百元与驷弟或　父亲之外。其余五百元想在动身前还要用去一些。但事先总应有一预算，请把这预算告诉我。能节省的节省。昆明房租甚贵，置家具又要一笔大款。我手上现无存款，故颇着急。自然我日夜在盼望你来，我也愿你们来，与你一同吃苦，但手中若略有积蓄，能不吃苦岂不更好？快一个月了，没有吃吃茶，只吃白开水，今天到梦家那里去，承他把吃得不要的茶叶送给我，回来在饭后泡了一碗，总算开了荤。本来应该戒烟，但因烟不如茶好戒，所以先从茶戒起，你将来来了，如果要我戒烟，我想，为你的原故，烟也未尝不能戒。前些时，为你们着急，过的不是日子，两个星期没有你的信，心里不免疑神疑鬼，今天大舅信来，稍稍放心了。但未看见你的笔迹，还是不痛快，你明白吗？鹤雕为何也不写信？来此问

安好。

多　六月廿七日

由三哥寄来的书已到十二包，似乎还有，不知是否同时寄出，想不致遗失吧。勋侄由嘉定来函，报告情形甚详，此儿渐渐懂事，文笔亦甚佳，殊令人欣慰。

五

贞：今天接到你六月廿四日的信，说三四日内动身来省，现在想已来到，婆婆想去沙洋，爹爹何时来省，细叔现在何处，来函盼告我。武汉局势暂时似不要紧，近日敌机仿佛也不大到武汉来，你们暂时在武昌住下再说，万一空袭来得厉害，就往咸宁去躲一躲，请大舅在武昌我家暂住，以便照料。旧衣服可先寄来，我需要的裤褂以及你们应添的衣服，若来得及，无妨做起来，也由邮局寄来。上次信上说到学校迁移的事，究竟迁到什么地方，现在尚未决定。如果在昆明附近，我们还是住昆明，但我一时又不能到昆明去找房子，廿五考大考，我大概要月底把卷子看完，才能离蒙自，你们最好也在月底动身，汽车票听说要早买，或者月半前后请大舅上长沙去一趟，

把票先买回来，亦无不可，将来走时，仍请大舅送至长沙，到贵阳可找我的同班聂君照料，下次我再写一封介绍信来。细叔的事大致无问题，上次信中已说过，细娘是否同来，关于他们的情形，来信请告诉我以便好找房子，现在计划已经大致决定，我想你心里可以高兴点，只再等一个月，我们就可见面，这次你来了，以后我当然决不再离开你，无论如何，我决不再离开你一步，我想，你也是这样想吧？叫孩子们放乖些，鹤雕读书写字不可间断，前回信上说你又有些发心慌，现在好了没有？

多　七月一日

前请三哥定《大公报》，如未定请不要定了。

六

贞：今天接到你到省后的信，得悉一切，听说昆明飞机场有水，许久没有飞机到，所以你这次的信走了十天。你说钱怕不够，做衣服等等还要用钱，我也想到，现在寄钱回来，恐怕来不及，我想好一法，将钱寄到贵阳聂家去，你到贵阳，上他那里拿，我手中钱不多，先寄五十元想来也够了。路上要谨慎，东西尤不可乱吃，今天发一电催细叔快来，想已收到。公超假中要回北平看家，驷弟须在公超动身以前来才好，报载武汉稳固，甚喜。家中想皆安好。

多　七月八日

七

贞：武汉轰炸两次，心里着急，不知离武汉否，接到你们初到长沙的电报才放心，后来见报长沙也被轰炸，又急了好几天，直到前天二次电报来了，才知道全体动身，更是感天谢地。现在只希望路上不致多耽搁，孩子们不生病。这些时一想到你们，就心惊肉跳，现在总算离开了危险地带，我心里稍安一点。但一想到你们在路上受苦，我就心痛，想来想去，真对不住你，向来没有同你出过远门，这回又给我逃脱了，如何叫你不恨我？过去的事，无法挽救，从今以后，我一定要专心事奉你，做你的奴仆，只要你不气我，我什么事都愿替你做。好不好？昆明的房子又贵又难找，我来了不满一星期，幸亏陈梦家帮忙，把房子找好了，现在只要慢慢布置，包你来了满意，房东答应借家具，所以钱也不会花得很多。照规矩算起来，今天可以到贵阳。如果在贵阳多休息几天，这信你便可以收到。现在告诉你一件要紧的事，前几天同事新从这条路来的说天热易得疟疾，须先吃金鸡纳霜预防。每次吃三颗，隔一天吃一次，小儿减半，我前次在路上吃过十几颗，确乎有效。路上情形，若来得及，请来一封信告诉我。我因房子内部未布置好，不能来贵阳，很对不起你，求你原谅。但我实在想早和你见面。由聂先生转的国币百元，想已拿到。以后来电信寄“昆明联合大学”就行了。祝你路上平安。

多　廿八日早

房子七间，在楼上，连电灯，月租六十元，押租二百元，房东借家具。这条件在昆明不算贵，押租已交，房租候搬入时再交，厨房在楼下。

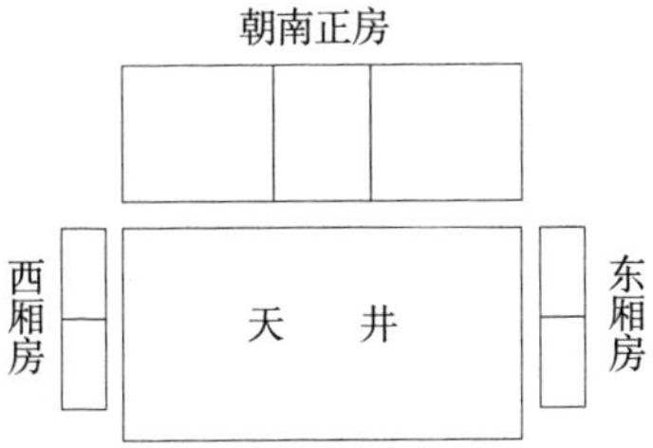

地点买菜最方便，但离学校稍远，好在我是能走路的，附近有小学。

房东是中医，开着很大的药铺，其亲戚徐君当教员，我认识，是游先生的好友。

给父母亲（十一年—十二年）

一

五哥驷弟呈

父母亲大人及合家共鉴：

十哥寄来之书籍，至今只收到两包，相片与杜陆二家诗集是也；其余杂志想已失落矣，可恶已极。《创造》望驷弟补寄来，其余杂志以后永远停止寄阅，但驷弟若要看，买就亦好，不必寄美也。《创造》第一期闻有再版，亦望驷弟买一本存之，以便日后汇成全套也。以后凡寄物件，务挂号以备不虞。前已寄美金三十元至十哥处，不知收到否？此次寄钱，系夹在信内，盖此国邮章，五十元以下，可以夹信内封寄也。以后寄钱均仿此。

美校上课已两星期，此学期功课较为繁难，然亦较为有趣。故本学期时间，将必多用于美术上，而文学遂不能不稍受停顿也。但此亦不碍。《红烛》既出版，我于文学方面可以告一小段落。此时专攻美术，计亦不恶也。此间学校，每季为一学期，故一年有四学期，除暑假，则三学期。三学期乃正式期限，但有愿于暑假中继续修业者亦可能也。故若能连读三暑假，则可减省一年之光阴也。美院本三年毕业，我想连读两暑假，则两年之间已读完两年又两学期之功课。再读一学期，即两年又三个月，而三年之功课均毕矣。由此计算，后年年底（民国十三年）我当能归国。日前闻一教员云，在此校肄业两年，根底工夫已足矣，此后自己作工夫可也。故我若欲早归，后年秋天亦可归来。但特来美一次，住个两年半，亦不算久，我当有此忍耐性以支持到底也。想家中得知我留美期限又由三年减至二年半亦足惊喜矣。然而局外人或因别人求学四五或六年而我两年半即归，遂责我向学之心不切。噫！此岂可为俗人道哉！我未曾专门攻文学，而吾之文学成绩殊不多后人也。今在此学美术，吾之把握亦同然。吾敢信我真有美术之天才，学与不学无大关系也，且学岂必在课堂乎？且美利加非我能久留之地也。一个有思想之中国青年留居美国之滋味，非笔墨所能形容。俟后年年底我归家度岁时当与家人围炉絮谈，痛哭流涕，以泄余之积愤。我乃有国之民，我有五千年历史与文化，我有何不若美人者？将谓吾人不能制杀人之枪炮遂不若彼之

光明磊落乎？总之，彼之贱视吾国人者一言难尽。（下略）

信到时计在岁末，诸兄弟当已返家，故仍直接寄家中也。此候合室清吉，并贺　新禧！

一多寄　阴历十一月二十八书

二

五哥转呈

双亲大人暨閤室公鉴：

前寄上一函，不知收到否？入秋气候渐冷，家中都健康否？　母亲大人旧疾复发否？诸惟切念。（中略）驷弟已入正途之学校，自属大可安心之事。但我不怕他不知用功，而怕他过于用功，致妨康健。请五哥时写信嘱咐。

我近日功课进行如常，经验愈久，兴趣愈深，不患没有心得也。此校确系美国之首屈一指，我毕业于此后，纵欲继续研究，在此邦亦无处可去也。故三年后，我决即归国。当然学问无最境，美术亦然。我若欲求更进，只有往欧洲而已。但此在目下诚属望外。目下我所日夜切望者，毕业回国，将来作个三四年事后，再设法往日本一游。因为此次出国，道经此邦，对于美术深表敬仰也。我急欲归国，更有一理由，则研究文学是也。恐怕我对于文学之兴趣，比美术还深。我在文学中已得的成就比美术亦大。此层别人恐不深悉，但我确有把握。清华底文学社现拟出杂志与丛书。我的《冬夜评》即将与梁实秋底《草儿评》合印一册，为丛书第一集。我现在极想从著作中找点经济的发展，一桩这是我对于家中应尽的义务。二桩我底程度如今可算很够了。舒天弟底成绩我很羡慕，但是我并不怀疑我自己的造诣很属殊特。《红烛》我期于明春出版，我希望定有点收入，虽是我的希望并不很大。近来的日子并不算苦，但说起来似乎有点寒酸。为省钱起见，我们三人每天只上饭馆吃一次饭。其余一顿，就买块面包同一盒干鱼，再加上一杯冷水，塞上肚子便完了。这样顶多有两毛钱就够了，若在饭馆，至少也得要三毛钱。但是，无论怎样苦，我决定每月不多不少要省下五块钱。若有多的钱剩，我就送给书店的老板罢。因为阔的饭我吃不起，阔的书我非看不可。大概在《红烛》未能出版以前，我省下的钱不能寄回。《红烛》卖的钱同他种著作底收入，统归家中子弟教育之费。请家中不要着急，书呆子快要收钱了。

三

五哥转呈

双亲大人暨阖家钧鉴：

五哥寄来的杂志都收到了。　父亲大人手谕及孝贞，十六妹书各一封亦收到。我到芝加哥来比别人都侥幸些。别人整天在家无法与此邦人士接交，而我独不然。今日同学名卡普其者接我到他家里去。他的母亲待我好极了。伊说伊的儿子出门时曾遇着一位太太待他好极了。伊要还债。所以今日见我要用那位太太待他儿子的方法待我。使我远在万里之外，如在家中一样。这时我向伊说了一句很漂亮的话，我说，我的母亲不久也要还债了。今天伊办了很好的中饭给我吃。下午又留我过夜，我因道远了要早回寓。伊又办了很多的点心迫着我吃。我从未遇着一个外国人待我这样亲热的。这便使我想起我自己的母亲了。想起我自己的家了。这个卡家里有祖父，有母亲，有父亲，有儿子（就是我的同学），有女儿（出嫁了）。今天是礼拜日，这一家人都在家。其外女婿也来了，外甥儿，外甥女也来了。还有一位女子，（或是我的同学的意中人。）这位卡太太问我中国的风俗人情，问我家里有多少人，我都告诉伊了。我又告诉了伊八九年前我的祖父在世的时候，我们家庭的盛况。他们都称赞不置，他们也有四代人，但不是一家。我们那时是四世同堂，而且人数之多，简直是钟鸣鼎食之家了。他们外国人儿子娶了亲就搬出去了，所以从来没有这样大的家庭。他们听我讲，都奇怪极了。卡太太又问我"中国人吃饭是真用筷子吗？"我说"还有假的吗？"伊又问道，"你们吃面也用筷子？"我说，"我们吃面的时候比你们还多呢。"啊，原来伊闹了半天还是以为我们一只手拿一枝筷子，好像他们一只手拿刀一只手拿叉似的呢！你们想：你们若一只手拿一枝筷子，你们会扒得动饭捎得动面吗？下礼拜我又要拜访一位教员（芝加哥大学底）。这位先生要知道中国东西，清华同学张君景钺便介绍我与他谈话。家里一定都喜欢知道我在这里，人家都认我是有中国学问的人。所以若有外国人要知道中国古时的东西，他们就介绍我去了。所以这样我本不善交际也不喜交际，但是我想今年新来芝城的人中没有比我的交际更广的。当然我所谓交际不是那种虚伪的无事忙，我所结交的都是有学问有道德的人。

但是讲来讲去我不喜欢美国。美国的学生没有中国北京，上海，杭州，南京等处的学生底善于思想，勤于思想。他们在我眼里都是年轻的老腐败。美国工人没有中国工人勤苦，他们得钱多，做事少。别人以为美国好极了，其实美国好本好，坏处也不少。

我的字现在写得坏极了，一半也因笔不好。我要回来练字。哈哈，这又是要回家底一个理由。　父亲写字不便，十四，十六两妹同孝贞要写信来。耑问　阖家安好！

一多　十一月六日

给家人

一

五哥寄来宁字第二号信收到，于今家书真抵万金。二哥近在何处？有无活动余地？三哥底事能永久否？宁厂加工寿命究竟长否？统祈示知为盼。驷弟成绩甚佳，殊为可喜。课外有暇，当多阅杂志，以得普通知识。阅杂志原不是做学问之目的，亦非做学问之本身。但驷弟目下需要者是一普通知识之根柢。根柢既成，思想通澈，然后谈得到做专门的学问。此非文科独然，实科亦莫不然。我嘱驷弟多写信来质疑问难。我虽远隔重洋，书信往来，节序已迁，但研究学问，真理不改，时间不足以囿之也。

美术学院已放寒假，于今一星期矣。我们除美术史一科外并无大考，只以平日成绩定等级耳。我上月成绩又进，七门功课已得六超等矣。此间学校每年多分三学期者，美院亦然。我们下学期应加新功课，但目下尚不知何种耳。

《红烛》已寄与梁君，请经理付印，到美后曾加新作七十首左右。全集屡经删削，尚余百零三首。以首数言，除汪静之的《蕙的风》无有多于此者。印费我不知先须多少。我现在只存三十元美金，拟不日寄给十哥处，俟梁君与书局办妥交涉后，再拨书局，我又想在这里再借数十元，以后寄回。如尚不敷，则请　兄等设法补足。梁君信来讲可以代寄款项。但我想《冬夜草儿评论》印费系梁君独任者，此次不便再累之。《红烛》中我本想多用几张插画，但目下因经济的关系一张也不能用了。连封面上亦不能用画了。只好等出第二本集子时，再好好的印出一本书来罢。

芝加哥大学也在寒假之中，同居刘君已往威士康新游历（吴泽霖罗隆基二君在彼处）。现只我与钱君在此耳。昨日为耶稣圣诞节。此节在美国等于我国之新年。他们热闹起来，逼得我们无隙可钻了。作客者，作客于异国者，最怕的是这种时候了。

今早得梁实秋信称郭沫若君曾自日本来函与我们的《冬夜草儿评论》表同情。来函有云，“……如在沉黑的夜里得见两颗明星，如在蒸热的炎天得饮两杯清水……在海外得读两君评论，如逃荒者得闻人足音之跫然。”你们记得我在国时每每称道郭君为现代第一诗人。如今果然证明他是与我们同调者。我得此消息后惊喜欲狂。又有东南大学底一位胡梦华君也有函来表示同情。但北京胡适之主持的《努力周刊》同上海《时事新闻报》附张《文学旬刊》上都有反对的言论。这我并不奇怪，因为这正是我们所攻击的一派人，我如何能望他们来赞成我们呢？总之，假如全国人都反对我，只要郭沫若赞成我，我就心满意足了。余容续闻。专此敬候

全家安泰！

一多

二

许久没有写信回，也许久没有接到来信。昨接八哥来函称接家书，腊初曾得大雪，春收可救百之一二，诚大不幸中之幸也。乡间此时情形如何？人心慌乱到什么程度？望略示远人，藉释悬念。凶年兵燹，频乘洊臻，乡民将何以为生啊！不知人心是怨天呢，还是怨人？天灾诚无法可救，至于人祸，若在欧美，这辈封狐长蛇，早被斫作百块了！美国革命如此，法国底革命如此，俄国底革命亦如此。

我近来人事甚好，功课也作得有兴，但是诗兴总比画兴浓些。现在为作一首描写母校生活的长诗，旷了两天课。诗还没有做完，课可没法再旷了。范静生先生前过芝城，为此处留学生讲演，大意谓欧美侵蚀吾国的脂膏，吾人抗御之法，还靠农民。故农民教育，尤为当今亟务。先生来美，即为考察此邦的农民教育。前两星期我曾参与此城之文艺学会。又曾会见此邦的一位大诗人卢威尔。这位诗人曾翻译过一本中国诗。他不懂中文，他译中诗，同林琴南译西洋小说一样，与别人共作。这就是近来的新闻。

阳历三月八日在芝城发。

给弟（十二年）

驷弟：

我答应你两星期前回信，直到现在才实行，真对不起。

我现在可以批评你的笔记了。

王光祈所讲外国人居室陈设华丽底原因未必尽实。这些只是相对的说法，未必是绝对的。你说外国的社会经过艺术化，更不实在。你又说中国美术向来不发达，“向来”当改为“近来”。唐宋之美术之发达据西人之考据真是无可比伦。江浙人宁饿着肚皮穿好衣服，他们这一点确乎是比较的可取一点。若说中国人十分轻美术也不对。诗在各种艺术之中所占位置很高（依我的意见比图画高）。但诗之普遍诚未有如中国者。在中国几乎无处没有诗。穷家小户至少门联贴得起的，门联上写的不是诗是什么？至于从前科举时代凡是读书过考，谁不要会作几句诗！至于读诗更是普遍了。《唐诗三百首》，《千家诗》一类的课本西方是找不出的。

东方之具形美术（即图画，雕刻，建筑）所以比较的不发达，而文学反而发达——这亦非偶然。图画等艺术须耗费物料甚多，然后才能完成。中国人物质文明不发达，故多费物料即成奢侈；盖物质不发达，不能浪费也。文学或诗之创造可以绝对不依赖于物质。我能作一首诗，口里念出来，我的诗就存在了（连写都不必写）。但图画必依赖笔墨纸等物品而后存在。仅一概念不成图画也。中国人穷，花不起钱，诗却可以尽量地做，毫无消耗。诗是穷人的艺术，故正合物质穷困的中国人。

还有一个原因就是中国人贱视具形美术，因为我们说这是形式的，属感官的，属皮肉的。我们重心灵故曰五色乱目，五声乱耳。这种观念太高，非西人（物质文化的西人）所能攀及。

* *

我现在着实怀疑我为什么要学西洋画，西洋画实没有中国画高。我整天思维不能解决。那一天解决了我定马上回家。

有一个多月没有作诗。上星期作了一篇批评郭译莪默底文，寄回国来了。我希望第五期的《创造》可以登出。

听说《清华周刊》底文艺增刊要登我的《忆菊》，你看见过否？这是我的一篇得意之作。朋友们懂诗与否的莫不同声赞赏。你爱读否？

寄钧弟底信看见否？草此，便问　近好！

兄多　二月十日

给母亲[1]（十二年）

今日为此邦之母日，子女皆有礼物奉赠母亲。且各于衣襟攒上一鲜花，以示孝思。母在者花色红，母亡者花色白。今日居停主妇推户而入，笑容可掬，延男与钱君观其三女所送之花朵及贺帖。是时寸心怦动，而　慈颜远隔感可知也！归而书此，恭祝

母亲万福金安！然花不可寄，贺帖亦不适用。（贺帖书吉语或短诗数

句，可由坊间购得，但皆为英文，故不适用。）居停知男为诗人，嘱男自为一诗，奉遗

吾母。顾吾作诗即佳，能胜古人？爰录孟东野《游子吟》以表孺怀：

慈母手中线，游子身上衣；临行密密缝，意恐迟迟归。谁云寸草心，报得三春晖！

然男更有礼物丰于一切礼物者，则近日有两友见男，一曰“你长胖了”，一曰“这里几个人，只有你面多血色”。男以赤色书此，一以表吾母之寿，犹美国人之佩赤花然，一以示男面之色，庶吾母观此书，犹对男面耳。书毕复以俗语祝吾母“寿比南山”！

男多自美国芝加哥叩禀　五月十三日，即此邦之母日

给父亲（二十七年）

父亲大人膝下：今接三哥来函，称迁松滋事已作罢，　母亲允先往沙洋，而　大人则坚不愿离家。男闻讯甚为忧虑。若全家皆走，而　大人一人在家，纵托安全，男等心中亦无宁息矣。仍望再作考虑，改变前意，以免男等罪戾。关于驷弟事，男甚望此事可早定，俾驷弟亦可早日决定其行止，因之鹤儿等亦可随同来滇。鹤等前次未随男来滇，致今日为一大系累，使　大人分心，男自认无识，死罪死罪。战事已至此，无可如何，万一彼等无人护送，全家复决定迁移，

仍祈在可能范围内附属任何部分，暂避至一较安全地带。一俟男功课结束，即当归来接至云南，决不至久为系累也。男本不敢存此非望，故在另函中来提及此层，然倘蒙　大人主张，并诸兄弟念及半世骨肉之情，使男室家免于离散或死亡，则感恩戴德，没齿不忘矣。掬泪陈词，倘有语涉质直，然决无丝毫意气存其间，诸兄弟见此幸勿误会也。肃此，敬颂

金安。

男多叩首　六月十三夜

注

[1] 此函是用粉色纸写红色字。

闻一多全集

5

诗选与校笺（上）

闻一多 著

朱自清 郭沫若
吴晗 叶圣陶 编

上海人民出版社 上海书店出版社

诗选与校笺（上）

目录

5 风诗类钞
121 乐府诗笺
183 易林琼枝
197 唐诗大系

风诗类钞

狐喻男，参阅《北风篇》《南山篇》。绥绥，多毛貌。梁，横亘水中的踏脚石。水流石上曰濑，一曰滩。以土壅水曰堨。在梁，在濑，在堨的狐，比涉水的“之子”。涉水就得将裳和带卷起来扎在腰上，所以远望看不见裳带，并非真无裳带。服是兼包裳带的总名，无服即无裳，无带。眼看见心爱的人溏着水过来和自己相会，断无忧愁，忧伤的道理，这忧字也是该依照它的本义训为心动的。由以狐为喻直接证明了“之子”是男，便间接证明了作者是女。

丘中有麻　王七四

丘中有麻，彼留刘子嗟，彼留子嗟，其将来施。
丘中有麦，彼留子国，彼留子国，其将来食。
丘中有李，彼留之子，彼留之子，贻我佩玖。

刘是氏，子嗟子国是字。古书说“天施地生”，又说“阳施阴化”，就是这施字的正解。食，即《有杕之杜篇》“曷饮食之”的食。玖，次于玉的黑色美石。总归是合欢以后，男赠女以佩玉。（参《木瓜篇》《女曰鸡鸣篇》）

甫田　齐一〇二

无田甫田，维莠骄骄。无思远人，劳心忉忉。

无田甫田，维莠桀桀。　无思远人，劳心怛怛。
婉兮娈兮，总角丱兮。　未几见兮，突而弁兮。

圃田，未经垦治而多草之田。　维，其也。　莠，害苗的野草。　骄骄，桀桀，长盛貌。　婉娈本是“睕䜌”，训大目貌，引申为美好貌，字乃变从女。　小儿发饰总束两髦（髦状详《鄘·柏舟篇》），状如两角，故曰总角。　丱即两角的肖形字。　弁，冠也。　男子二十而冠，亦二十而娶，突然看见人家戴弁了，不免有哑然自失之感。

子衿　郑九一

青青子衿紟，悠悠我心。　纵我不往，子宁不嗣诒音？
青青子佩，悠悠我思。　纵我不往，子宁不来？
挑兮达兮，在城阙兮。　一日不见，如三月兮。

紟是系佩玉的带子，一曰绶。　佩则指佩玉。　什么色的玉，就佩什么色的带，青佩所以用青紟。　音似，指歌声。　她想，果然是有事耽搁了，纵然我没去找你，难道你就不送一声歌来打个招呼？　挑达（双声连语），往来轻疾貌。　城阙，城门两边的观楼，是青年们惯常幽会的地方。　今天因为等候的人老不来，急得她在这观楼上只是来回乱走。　想起那人青青的佩玉和带，心就乱了。一天不见面，简直就像隔了三个月一样啊！

东门之杨 陈一四〇

东门之杨，其叶牂牂。昏以为期，明星煌煌。
东门之杨，其叶肺肺。昏以为期，明星晢晢。

东门，陈国的城门。杨似即白杨，“圆叶弱蒂，微风善摇。”牂牂，肺肺（p'uat p'uat），风摇树叶的声音。昏，黄昏。明星即启明星，朝见东方曰启明，夕见西方曰长庚。这里应指夕见的长庚。

终风 邶三〇

终风且暴，顾我则笑。谑浪笑敖，中心是悼。
终风且霾，惠然肯来。莫往莫来，悠悠我思。
终风且曀，不日有曀。寤言不寐，愿言则嚏。
曀曀其阴，虺虺其雷。寤言不寐，愿言则怀。

终，既也。疾雷曰暴。顾，还视。则犹而也（下同）。悼，惧也。大风扬尘，从上而下曰霾。曀，阴翳。不日，无定期之意。寤然，醒觉貌。愿然，沉思貌。懥，忿怒也。虺虺，雷声。 怀，伤也。

东门之墠 郑八九

东门之墠，茹藘在阪。 其室则迩，其人甚远。

东门之栗墺，有践净家室。 岂不尔思？子不我即。

东门是郑国的城门。 墠塘一声之转，俗名水堰，小点的叫作墺。 茹藘即茜草，根可以染红。 阪，斜坡。 净，洁净。 即，就也。

大车 王七三

大车槛槛，毳衣如菼。 岂不尔思？畏子不敢。

大车啍啍，毳衣如璊穑。 岂不尔思？畏子不奔。

谷则异室，死则同穴。 谓予不信，有如皦日！

古代使牛拉的，给商贾装货的车叫作大车。 本篇的大车似乎就是那种车。 槛槛（klam klam），啍啍（tuen tuen），车声。 从这两种车声可以想见那车的笨重。 毳，毳布，即氈子。 衣似乎是车衣，车上蔽风雨的帷帐。 菼，初生出的荻，是骍赤色的。 穑，一种赤苗的谷类。 奔，私奔。 谷，生也。 如犹此也。 皦，白也。 她手指着太阳，说："说我撒谎，还有这太阳作证！"

羔裘 桧一四六

羔裘逍遥，狐裘以朝。 岂不尔思？劳心忉忉。
羔裘翱翔，狐裘在堂。 岂不尔思？我心忧伤。
羔裘如膏，日出有曜。 岂不尔思？中心是悼。

大夫平时穿羔裘，入朝穿狐裘。 堂，公堂。 大夫朝拜人君，便在公堂上，"朝"和"在堂"是一回事。 古曰膏，今曰油。 太阳出来了，照在裘上发光，如同涂了油一般。 古人穿裘，毛向外。 悼，惧也。 "中心是悼"即上一篇"畏子不敢"之意。

以下三篇，语气相近，都是"女欲奔男之辞"。

将仲子 郑七六

将仲子兮，无逾我里，无折我树杞。 岂敢爱之？ 畏我父母。 仲可怀也，父母之言亦可畏也。

将仲子兮，无逾我墙，无折我树桑。 岂敢爱之？ 畏我诸兄。 仲可怀也，诸兄之言亦可畏也。

将仲子兮，无逾我园，无折我树檀。 岂敢爱之？ 畏人之多言。 仲可怀也，人之多言亦可畏也。

将，请也。 仲子，男子之字。 二十五家为里，里外有墙，逾里即逾里之墙。 园即里之园，逾园亦即逾园之墙。 杞，榉柳。

汾沮洳 魏一〇八

彼汾沮洳，言采其莫。 彼其之子，美无度，美无度，殊异乎公路！

彼汾一方，言采其桑。 彼其之子，美如英瑛，美如英，殊异乎公行！

彼汾一曲，言采其藚。 彼其之子，美如玉，美如玉，殊异乎公族！

汾沮洳是汾水旁低湿的地处，又名汾隰。 古字方作匚，曲作凵，此处皆指水湾。 “言”“我”一声之转。 莫一名酸迷，藚一名水舄，皆野菜名。 桑与莫，藚并举，似乎也是菜名，其详不可考。 彼，其，之，都是第三人称代名词，古语是不嫌重复的。 “彼其之子”或者称“之子”，译成今语，便是“那人儿”。 无度谓无限度，美无度犹言“美得没有法说”。 瑛，玉名。 殊异犹秀异，即与众不同之意。 乎，感叹词，与哉同。 公路，公行，都是晋国的公车尉，必需由公族来充当。这里公路，公行，公族，都是贵族的代称。 这是女子思慕男子的诗。 采菜是女子的职务，所以“言”当指女子。“彼其之子”是女子采菜时所见，称之为公路，公行，则当然是男子，因为那些都是军职的头衔。

淇奥 卫五五

瞻彼淇奥澳，绿竹猗猗。有匪斐君子，如切如磋，如琢如磨。瑟璱兮僩烂兮，赫兮咺烜兮，有匪君子，终不可谖兮。

瞻彼淇奥，绿竹青青菁菁。有匪君子，充耳琇莹，会弁如星。瑟兮僩兮，赫兮咺兮，有匪君子，终不可谖兮。

瞻彼淇奥，绿竹如箦。有匪君子，如金如锡，如圭如璧。宽绰兮绰兮，倚重较兮，善戏谑兮，不为虐兮。

瞻，望也。澳即水湾。猗猗，柔弱下垂貌。“有斐君子”以下五句皆以玉比君子。斐，有文采貌。（这时候所谓玉只是美石，所以有文采。）“有斐”形容词，犹斐斐。切，磋，琢，都是磨光的意思。璱，烂，赫，烜，皆光泽貌。终犹永也。谖，忘也。菁菁，美盛貌。古人的帽子，名目甚多，内中最尊贵的一种叫冕，一种叫弁。冕与弁加在发髻上时，都要横着插上一根簪子来维持着，使它稳固。这簪子他们叫作笄。从笄的两端各用一条名叫紞的丝绳，垂下两颗玉来，那便叫作瑱。因为两瑱正当左右两耳门旁，所以一名充耳，又名塞耳。琇莹，美玉名。弁是会合两块白鹿皮制成的，后世称为鹿皮冠。鹿皮会合处的前后两条缝中，缀上两行玉石，闪闪发光，便和星子一样。箦即屋顶棚，一名栈。金即铜。 古人铸器的青铜，便是铜与锡的合金，所以二者极被他们重视，而且每每连称。 圭璧，祀神所用的玉器名。(附图) 绾绰本训松缓，引申为从容貌。 较是车箱两旁高出轼上的部分。 古人立乘，乘车者的身体可以倚靠在较上，所以又叫作輢。 较上加一层金质的装饰，其状自车前看去，如同向外翻着的两耳，所以一名轓，又名耳。(附图) 不为虐是不涉秽亵之意。 大意与前篇相似，似乎也是女子的作品。“不为虐兮”一句，尤可玩味。

考槃 卫五六

考槃在涧干，硕人之宽婠。 独寐寤晤言，永矢弗谖。

考槃在阿，硕人在薖𨕢。 独寐寤歌，永矢弗过。

考槃在陆，硕人之轴頔。 独寐寤宿，啸永矢弗告捁。

考槃，未详。《集传》引陈氏曰“考，扣也。槃，器名，盖扣之以节歌，如鼓盆拊缶之为乐”，可备一说。 干，山厓。 阿，山阿。 古人以身体硕大为美，硕人犹美人。 婠，𨕢，頔，皆形容美好貌。 晤，对也。“独寐寤言”是说一人独自睡去而梦与他人相对谈话。“独寐寤歌”“独寐寤啸”义仿此。 矢，誓也。 谖，忘也。 过训失误，记忆的失误便是遗忘。 捁即搅字，记忆搅乱了的结果也便是遗忘。 谖，过，捁在这里是同义字。 两性间用对唱的方式互通款曲，是近代边区民族间还流行着的风俗。 同样风俗之存在于《诗经》时代，则可由《陈风 东门之池篇》得到证明。“晤言”“晤歌”见于《东门之池》，也见于本篇，《东门之池》是情诗，本篇想也是一样。可惜本篇作者的性别，无从推测，因此在编次上这首诗便发生了问题。今姑依传统次第，将它列在《淇奥》之后。“永矢弗谖”与《淇奥篇》“终不可谖兮”，语意酷似，不知道可否算作两篇间的一点连系。

君子阳阳 王六七

君子阳阳，左执簧皇，右招我由房。其乐只且！
君子陶陶，左执翿，右招我由敖骜。其乐只且！

阳阳，陶陶，皆和乐貌。皇，一名翿，舞师拿着的一把五采羽毛，跳舞时自己盖在头上，藉以装扮鸟形。房，《房中》，骜，《骜夏》，皆舞曲名。由疑即笙诗《由庚》《由仪》之由，其义未详。只且犹也哉。

简兮 邶三八

简兮简兮，方将万舞。日之方中，在前上处。硕人俣俣，公庭万舞！

有力如虎，执辔如组。左手执籥，右手秉翟。赫如渥赭。

公言“锡爵！”

山有榛，隰有苓。 云谁之思？ 西方美人，彼美人兮，西方之人兮。

简简，鼓声。 未奏舞前，必先鸣鼓以警众。 万舞，似是两种不同性质的模拟舞之总称，两种，（一）曰武舞，用干（盾牌）戚（板斧），是模拟战术的，（二）曰文舞，用羽（雉羽）籥（一种小笙），是模拟翟雉（一种与神话有关的长尾野鸡）的春情的。 前，前列，上处，上头。 舞有行列，领导众舞人的舞师是站在前列上头的。 俣俣，肖形字，古字作[illegible]，从[illegible]，象舞者之形。 公庭，公堂前的庭院。 辔，马缰绳。 一车四马，每马两条缰，四马共八条缰。八条中两条系在车上，在御者手中的只有六条。 技术熟练的御者牵着六条缰绳，整整齐齐，如同一排编织中的丝组一般（诗人有时又把它比为一排琴弦）。 在这种状况下，四马的步伐自然调匀起来，而车上的和，銮（轼与衡上的小铃铛）也随着响成节奏了。 但是上下文讲的都是舞，中间忽讲起御来，委实有些突兀。 想起武舞本是模拟战术的，而古用车战，我们不禁疑心那行列整齐，进退如一的舞人，莫非是模拟众马的行动，而这指挥舞仪的舞师，也未尝不可以想像为相当于那制驭众马的御者。 舞仪中至少可以有这样模拟御法的一段，因之在诗中形容御，即所以形容舞了。 全套的万舞总归是以武舞开始，以文舞收场的。这里“有力如虎，执辔如组”二句指武舞，“左手执籥，右手秉翟”二句指文舞。 文舞所模拟的，上面已说过，是翟雉的春情。舞者一手拿着翟雉的羽毛，以象征那种鸟形，一手拿着那名龠的三管的小笙，边舞边吹着，以模拟雉的鸣声。这种舞容，对于熟习它的意义的，是颇有刺激性的。赫，赤貌。舞毕，累得一头大汗，满脸通红，好像抹上了一层红土。锡，赐也。斝，酒器名。（图） 榛，榛栗。苓，有人说就是甘草。低湿的地处曰隰。“山有榛，隰有苓”是隐语。榛是乔木，在山上，喻男。苓是小草，在隰中，喻女。以后凡称“山有□，隰有□”，而以大木小草对举的，仿此。西方似指宗周。美人就是上文称为硕人的舞师。就第三章看，这诗的作者无疑也是一位女子。《左传》载楚令尹子元曾想用万舞来蛊惑新寡的夫人（庄二十八年），足见这种舞对于女性们可能发生的力量。我们从本诗第三章里听到的那热恋的呼声，完全是一二两章所叙的那场舞艺应有的效果。

泽陂 陈一四五

彼泽之陂，有蒲与荷。有美一人，伤阳如之何！寤寐无为，涕泗滂沱。

彼泽之陂，有蒲与蕳莲。有美一人，硕大且卷拳。寤寐无为，中心悁悁。

彼泽之陂，有蒲菡萏。有美一人，硕大且俨。寤寐无为，辗转伏枕。

荷，莲，菡萏，是一种花的三样不同的名称。 阳一作姎，又作卬，是女性的第一人称代名词。“阳如之何”犹言“我奈他何”。 为犹由也。 “寤寐无由”等于说睡不着觉。 拳，有勇力貌。 俨，矜庄貌。 悁悁，恨也。 诗人自称曰阳，分明是位女子。 从“阳如之何”和“涕泗滂沱”“辗转伏枕”等语中，也可看出一副柔怯而任情的女性意态来。 至于那被赞为“硕大且拳”，“硕大且俨”的对手方，是位典型的男子，也是显而易见的。

晨风 秦一三二

鴥霱彼晨鷐风，郁彼北林。 未见君子，忧心钦钦。 如何如何！忘我实多！

山有苞栎，隰有六蓼驳。 未见君子，忧心靡乐疗。 如何如何！忘我实多！

山有苞棣，隰有树檖。 未见君子，忧心如醉。 如何如何！忘我实多！

青中发赤曰霱。 鷐风，雉类，一名翰，一名天鸡，赤羽。 郁，出也。 苞，丛生貌。 棣，郁李，实如李，正赤。 蓼，长貌。 驳，赤李。 树，特立貌。 檖，赤梨。 钦钦，心跳声。 多犹甚也。

草虫 召十四

喓喓草虫，趯趯阜螽。 未见君子，忧心忡忡。 亦既见止，亦既覯媾止，我心则降。

陟彼南山，言采其蕨。 未见君子，忧心惙惙。 亦既见止，亦既覯止，我心则说。

陟彼南山，言采其薇。 未见君子，我心伤悲。 亦既见止，亦既覯止，我心则夷。

草虫即阜螽，喓喓状其鸣声，趯趯言其跳状。 蕨，薇，皆野菜。 忡忡，惙惙，心跳的响音。 止犹矣也。 降，说，夷，皆和平也。

汝坟 周一〇

遵彼汝坟濆，伐其条枚。 未见君子，惄如调朝饥。
遵彼汝坟，伐其条肄蘖。 既见君子，不我遐弃。
鲂鱼赪尾，王室如毁。 虽则如毁，父母孔迩。

濆，水边岸。 条枚，皆枝也。 斩后新生的枝曰蘖。 惄，空乏之意。 如犹然也。 朝饥是性的饥饿。 鱼，象征廋语，此处喻男。 赪，赤貌。

东方之日 齐九九

东方之日兮！ 彼姝者子，在我室兮，在我室兮，履我即次兮。
东方之月兮！ 彼姝者子，在我闼兮，在我闼兮，履我发废兮。

日月喻男。 姝，好貌。 闼，夹室，一曰门也。 履，蹑也，蹑迹，追踪也。 次，废，皆舍也。

有杕之杜 唐一二三

有杕之杜，生于道左。 彼君子兮，噬曷肯适我！ 中心好之，曷饮食之！
有杕之杜，生于道周肘。 彼君子兮，噬肯来游！ 中心好之，曷饮食之！

杕，孤特貌。 杜即棠梨。 古人以东为左。 手臂拐弯处叫作肘，道肘是道路拐弯处。 曷是"何时"二字的合音。 适，投奔。 饮食是性交的象征廋语。 首二句是唱歌人给对方的一个暗号，报导自己在什么地方，以下便说出正意思来。 古人说牡曰棠，牝曰杜，果然如是，杜又是象征女子自己的暗话。

摽有梅 召二〇

摽有梅，其实七兮。 求我庶士，迨其吉兮！

摽有梅，其实三兮。 求我庶士，迨其今堪兮！

摽有梅，顷筐塈概之。 求我庶士，迨其谓归之！

摽，古抛字。 七，十分之七，表多数。 三，十分之三，表少数。 概与乞同，乞，给予也。 庶士犹庶人，庶民，指一种人的阶级身分，不一定是多数。这样庶士便等于士。 迨其犹庶几，大概。 吉即吉士。 堪即堪士，古又称作任士，指可以信任依托的男子。 归，嫁也。 在某种节令的聚会里，女子用新熟的果子，掷向她所属意的男子，对方如果同意，并在一定期间里送上礼物来，二人便可结为夫妇（参《木瓜篇》）。 这里正是一首掷果时女子们唱的歌。 一章可抛的梅子，十分还有七分，心想这回求到的大概是吉士罢。 二章可抛的梅子，十分只有三分，心想这回大概是位堪士罢。 三章梅子都抛光了，索兴连筐子也扔给他，心想这回准是嫁给他了。

匏有苦叶 邶三四

匏有苦枯叶，济有深涉。 深则厉，浅则揭。

有瀰济盈，有鷕雉鸣。 济盈不濡轨，雉鸣求其牡。

雝雝鸣雁，旭日始旦。 士如归妻，迨冰未泮牉。

招招舟子，人涉卬否，人涉卬否，卬须我友。

匏，葫芦。古人早已知道抱着葫芦浮水能使身体容易漂起来，所以葫芦是他们常备的旅行工具，而有“腰舟”之称。叶子枯了，葫芦也干了，可以摘来作腰舟用了。济，水名。涉（名词），渡头。八月间葫芦干了，而济水涨了渡头的水深起来了，也正是用得着葫芦的时候。厉是带在腰间，揭是挑在肩头。出门人备好了葫芦是不必发愁的，反正遇见水深了就系起，水浅就挑起，爱怎么着就怎么着。有弥相当于弥弥，与茫茫是一声之转。济水涨满了，望去茫茫一片。有鷕相当于鷕鷕，雉鸣声。车轴的两端叫作轨。那时人惯乘车子渡水，所以用车轴来作记录水位的标准。水浸不到车轴，还不算太深，意思是说有人要浮水渡河来，是没有什么危险的。牡，雄也。她想，你们男人也该回来了，野鸡叫唤着找她的雄伴，我怎能不感着孤单呢？雁是候鸟，秋天往南来，春天往北去。日初出时曰旭日。旦，明也。迨，及也。泮，合也。古人以春秋为嫁娶的正时。现在是秋天，男子们要回来娶亲，正是时候。等到天气冷了，河里结了冰，就晚了，所以说“迨冰未泮”——赶在河冰未合以前。招招犹招摇，身体摇动貌。卬，我也，女性第一人称代名词。须，待也。

匪风　桧一四九

匪彼风发兮，匪彼车偈兮。顾瞻周道，中心怛兮。

匪风飘兮，匪车嘌兮。顾瞻周道，中心吊兮。

谁能亨烹鱼？溉摡之釜鬵。　谁将西归？怀遗之好音。

发，飘，风声。　偈，嘌，疾貌。　周道，大道。　怛，吊，伤悲也。　烹鱼，廋语，大概是娶妻之喻。　概同乞，给予也。　鬵，大釜。　遗，赠也。

著　齐九八

俟我于著乎而？　充耳以素乎而？　尚之以琼华乎而？
俟我于庭乎而？　充耳以青乎而？　尚之以琼莹荣乎而？
俟我于堂乎而？　充耳以黄乎而？　尚之以琼英乎而？

古代婚姻有亲迎之礼，婿乘车来到妇家，在庭中等候着，妇从内寝出来，父亲将妇的手递给婿，婿牵着妇的手走出门，一同上车载回自己家来。　我，女子自称。　著，堂，都是庭中，著在正门内两堂之间，靠外点，堂是堂阶下的庭地，靠里点。　充耳，详《淇奥篇》。　素，青，黄，是紞的颜色。　尚，加也。　荣，英，也都是华。　琼华，琼荣，琼英。是玉瑱。

丰　郑八八

子之丰兮，俟我乎巷兮，悔予不送兮。

子之昌兮，俟我乎堂兮，悔予不将兮。

衣锦褧衣，裳锦褧裳，叔兮伯兮，驾予与行。

裳锦褧裳，衣锦褧衣，叔兮伯兮，驾予与归。

丰，昌，皆壮大之美。　巷，里中之巷。　先巷后堂，由远而近。　送，将，都是陪行。　以前婿来亲迎，妇不肯去，现在又后悔了。　褧衣是枲麻制的衣，加在锦衣之上来障蔽尘土的。　新妇上路，也加褧衣。　妇人之服，衣裳不分，所以褧衣也就是褧裳。　妇人呼其夫（已婚或未婚）曰叔伯。

北风　邶四一

北风其凉，雨雪其雱。　惠而好我，携手同行。　其虚其邪徐！既亟急只且！

北风其喈湝，雨雪其霏。　惠而好我，携手同归。　其虚其邪！既亟只且！

莫赤匪彼狐，莫黑匪彼乌。　惠而好我，携手同车。　其虚其邪！既亟只且！

湝亦凉也。　雱，霏，雪盛貌。　既犹太也。　女对男说“慢点慢点！跑的太快了！”　狐喻男，乌喻女。　“莫赤”二句谓莫赤于彼狐，莫黑于彼乌。

椒聊 唐一一七

椒聊之实，蕃衍盈升——彼其之子，硕大无朋。 椒聊且！远条攸且！

椒聊之实，蕃衍盈匊——彼其之子，硕大且笃。 椒聊且！远条且！

椒即花椒。 草木实聚生成丛，古语叫作聊，今语叫作嘟噜。 “椒聊之实，蕃衍盈升”，是说一嘟噜花椒子儿，蕃衍起来，可以满一升。 椒类多子，所以古人常用来比女人。 椒类中有一种结实聚生成房的，一房椒叫作椒房。 汉朝人借“椒房”这个名词来称呼他们皇后所住的房室，正取其多子的吉祥意义。 无朋，无比也。 笃，厚也，是肥大之意。 古代女子亦以丰硕为美。 远攸，双声连语，攸也是远。 这是说香气浓烈，老远就闻见的意思。

东门之枌 陈一三七

东门之枌，宛丘之栩，子仲之子，婆娑其下。

谷旦于差，南方之原，不绩其麻，市也婆娑。

谷旦于逝，越以台鬷迈。 视尔如荍荍，贻我握椒。

东门，陈国城门。 宛丘，陈地名。 枌，白榆，栩，柞栎。 子仲，陈国的大夫字子仲。 子，女也。 婆娑，舞也。 枌，栩，大概都是社木，舞是为乐社神的。 谷，善也。 旦，日也。 于，助动词。 差，逝，皆择也。 原，子仲的氏。 越，与也。 台，我也。 鬷，趋也。 迈，往也。 荍，椒结实成荍，与聊同义（详《椒聊篇》）。 男对女说“我看你像一个花椒嘟噜一样，你定能给我一把花椒子儿”，意思是说你将来定能替我生许多子息。

蒹葭 秦一二九

蒹葭苍苍，白露为霜。 所谓伊人，在水一方。 溯洄从踪之，道阻且长。 溯游流从之，宛在水中央。

蒹葭萋萋，白露未晞。 所谓伊人，在水之湄。 溯洄从之，道阻且跻。 溯游从之，宛在水中坻。

蒹葭采采，白露未已。 所谓伊人，在水之涘。 溯洄从之，道阻且右。 溯游从之，宛在水中沚。

苍苍，萋萋，采采，皆颜色鲜明貌。 晞，干也。一方犹彼方。 方，湄，涘，皆水涯。 在水上逆流而行曰溯，在陆上傍水边逆流而行亦曰溯，此处指陆行。 洄是回旋盘纡的水道，流是直达的水道。 踪，追寻也。 跻，高也。 右，曲也。宛，蕴藏貌。 坻，沚，皆小岛。

东门之池 陈一三九

东门之池，可以沤麻。 彼美叔姬，可与晤歌。
东门之池，可以沤纻苎。 彼美叔姬，可与晤语。
东门之池，可以沤菅。 彼美叔姬，可与晤言。

东门，陈城门，池即护城河。 沤，使水泡着。 麻，牡麻，一曰夏麻。 苎，苎麻。 菅，茅，可作绳索及屦。 叔，字，姬，姓。 姬姜二姓是当时最上层的贵族，二姓的女子必最美丽而华贵，所以时人称美女为叔姬，孟姜。 晤，对也。

静女 邶四二

静女其姝，俟我于城隅。 爱而不见，搔首踟蹰。
静女其娈，贻我彤管菅。 彤管有炜，说悦怿女汝美。
自牧归馈荑，洵美且异。 匪女汝之为美，美人之贻。

静女，幽静之女。 姝，美色，大概本指朱颜，后扩大为今义。 城隅，城角楼。 娈，美态。 彤，赤色。

风诗类钞乙　目录

汾沮洳（40）淇奥（41）考槃（41）君子阳阳（42）简兮（42）泽陂（43）羔裘（43）大车（44）东门之墠（44）蝃蝀（45）有狐（45）有杕之杜（46）丘中有麻（46）芄兰（46）柏舟（47）遵大路（47）山有扶苏（48）狡童（48）羔裘（48）褰裳（49）将仲子（49）甫田（50）子衿（50）东门之杨（51）晨风（51）终风（52）草虫（52）汝坟（53）东方之日（53）摽有梅（53）匏有苦叶（54）匪风（54）著（55）丰（55）北风（56）

（以上女词）

椒聊（56）东门之枌（57）蒹葭（57）东门之池（58）静女（58）野有蔓草（58）桑中（59）十亩之间（59）月出（60）采葛（60）关雎（60）汉广（61）竹竿（62）行露（62）木瓜（63）有女同车（63）

（以上男词）

——以上为第一类——

东方未明（64）鸡鸣（64）小星（65）缁衣（65）殷其雷（65）风

雨（66） 萚兮（66） 叔于田（67） 大叔于田（67） 君子于役（68） 小戎（69） 伯兮（69） 旄丘（70） 雄雉（70） 卷耳（71） 防有鹊巢（71） 采苓（71） 日月（72） 柏舟（73） 氓（74） 葛藟（74） 江有汜（75） 谷风（75） 墓门（76） 相鼠（77） 隰有苌楚（77） 葛生（78） 素冠（78） 黄鸟（78）

（以上女词）

衡门（79） 出其东门（79） 女曰鸡鸣（80） 扬之水（81） 击鼓（81） 东山（82） 葛屦（83） 扬之水（84） 园有桃（84） 绿衣（85） 无衣（85）

（以上男词）

——以上为第二类——

伐柯（86） 麟之趾（86） 樛木（86） 桃夭（87） 鹊巢（87） 螽斯（87） 芣苡（87） 绸缪（88） 何彼襛矣 （88） 硕人（89） 君子偕老（90） 燕燕（91） 鸤鸠（91） 二子乘舟（92） 陟岵（92） 杕杜（93） 凯风（93） 中谷有蓷（94） 野有死麕（94） 溱洧（95） 蝃蝀（95） 候人（96） 新台（96） 敝笱（97） 载驱（97） 南山（98） 株林（99） 鹑之奔奔（99） 墙有茨（99） 甘棠（100） 宛丘（100）

——以上为第三类——

载驰（100） 泉水（101） 兔罝（102） 驺虞（102） 卢令（103） 还（103） 清人（103） 驷铁（104） 猗嗟（105） 无衣（106） 破

斧（106） 羔裘（106） 扬之水（107） 权舆（107） 北门（108） 式微（108） 河广（109） 终南（109） 狼跋（109） 车邻（110） 蟋蟀（110） 山有枢（111） 九罭（111） 羔羊（112） 干旄（112） 渭阳（113） 七月（113） 葛覃（115） 采蘩（116） 采蘋（116） 兔爰（117） 伐檀（117） 下泉（118） 硕鼠（119） 鸱鸮（119） 鸨羽（120） 黍离（120）

——以上附篇——

附图拟目（稿原缺）

车制

罤（容一〇六，一〇七，一〇八）

兕觥〔罍〕

钟　　豆　　鑑

城隅〔城阙　闉阇　著〕

佩〔屦　首服〕

戈　　圭〔璧〕

风诗类钞乙

汾沮洳　魏一〇八

彼汾沮洳，言采其莫。　彼其之子，美无度數，——美无度，殊异乎公路！

彼汾一方，言采其桑。　彼其之子，美如英瑛，——美如英，殊异乎公行！

彼汾一曲，言采其藚。　彼其之子，美如玉，——美如玉，殊异乎公族！

汾沮洳，汾水旁浸湿地，一曰汾隰。　莫，菜也，一曰酸迷，似羊蹄，叶细，味酸可食。　无度谓无限度，犹言不可言说也。　殊异犹秀异，与众不同也。　方曲古字作匚，此谓水涯，今曰湾。　桑，疑亦菜名，本字未详。　路，车也，公路，公行，皆公车尉，以公族为之。　藚，水舄，亦可食。

淇奥　卫五五

瞻彼淇奥澳，绿竹猗猗。　有匪斐君子，如切如磋，如琢错如磨。　瑟璱兮僩烂兮，赫兮咺烜兮，有匪斐君子，终不可谖兮。

瞻彼淇奥，绿竹青青菁菁。　有匪君子，充耳琇莹，会弁如星。　瑟兮僩兮，赫兮咺兮，有匪君子，终不可谖兮。

瞻彼淇奥，绿竹如箦。　有匪君子，如金如锡，如圭如璧。　宽绾兮绰兮，倚重较兮，善戏谑兮，不为虐兮。

澳，水涯曲也。　猗猗，柔弱下垂貌。　斐，有文章貌，谓玉，此下皆以玉比君子。琢，《韩诗》作错。切，磋，错，皆磨也。璱，烂，赫，烜，皆光泽貌。　终，永久也。　谖，忘也。　琇莹，美玉。　会弁，弁两边会合处，饰之以玉，皪皪而处，状如星也。　绾绰，从容温雅貌。　箦，屋栈棚也，在瓦下棼上。　金即铜。　较，一曰輢，车两旁高出轼者。　较上加金为饰曲而向外者曰重较，状如两耳反出，故一曰輒，又曰耳。　虐，秽亵也。

考槃　卫五六　记梦也。

考槃在涧䃌，硕人之宽婠。　独寐寤言，永矢弗谖。

考槃在阿，硕人之薖

考槃在阿，硕人之薖㗾。　独寐寤歌，永矢弗过。

考槃在陆，硕人之轴岫。　独寐寤宿啸，永矢弗告造。

谖，忘也。　婠，㦡，頔，皆美貌。　考槃疑犹钩般，回旋屈折之意。　此盖舞貌。　过，失也，失亦忘也。　阿，山曲隈也。　造，遗忘也。

君子阳阳　王六七

君子阳阳，左执簧翌，右招我由房。　其乐只且！

君子陶陶，左执翿，右招我由敖。　其乐只且！

翌，翿，皆纛也，杂五采羽，舞师持以自翳其首。　阳阳，陶陶，皆和乐貌。　房，敖，盖皆舞曲名，或曰即《房中》《骜夏》。

简兮　邶三八　慕舞师也。

简兮简兮，方将万舞。　日之方中，在前上处。　硕人俣俣，公庭万舞。

有力如虎，执辔如组。　左手执籥，右手秉翟，赫如渥赭。　公言锡爵斝。

山有榛，隰有苓。　云谁之思？西方美人。　彼美人兮，西方之人兮。

简简，鼓声，未奏舞前，鸣鼓以警众。　舞有行列，前列上头，以导众。　万舞，武舞也。　龠，三孔笛，舞师吹以节舞。　翟，雉尾长羽，舞师执以指麾。　赫，赤貌，赭，赤土也。　面赤如渍赭然。　斝，饮器，受五升。　榛，栗属，苓，卷耳。　下湿曰隰。

泽陂　陈一四五　荷塘有遇，悦之无因，作诗自伤。

彼泽之陂，有蒲与荷。　有美一人，阳姎如之何！　寤寐无为，涕泗滂沱。

彼泽之陂，有蒲与蕳莲。　有美一人，硕大且卷。　寤寐无为，中心悁悁。

彼泽之陂，有蒲菡萏。　有美一人，硕大且俨㜯。　寤寐无为，辗转伏枕。

妇人自称曰姎。　荷叶，莲实，菡萏花，然亦可通称。　为，成也，寤寐无为，言不能成寐。　一曰为犹由也。　卷同婘，肥大貌。　悁悁，忧也。　俨《韩》作㜯，重颐丰下貌。

羔裘　桧一四六　以下女欲奔男之辞。

羔裘逍遥，狐裘以朝。　岂不尔思？劳心忉忉。

羔裘翱翔，狐裘在堂。　岂不尔思？我心忧伤。

羔裘如膏，日出有曜。　岂不尔思？中心是悼。

堂，公堂，即中庭。　悼，惧也。

大车　王七三　《列女传·贞顺篇》以为息夫人作，不可信，以为女子之辞则是。班婕妤赋“符皎日之心，甘首疾之病”，说同。

大车槛槛，毳衣如菼。　岂不尔思？畏子不敢。
大车啍啍，毳衣如璊穛。　岂不尔思？畏子不奔。
谷则异室，死则同穴。　谓予不信，有如皦日！

大车，驾牛任载之车。　毳，毳布也，织毛为之，一曰罽。　衣，车衣也。　槛槛，啍啍，皆车声。　菼，芦之初生者，葸骍色。　穛，禾之赤苗。　私赴曰奔。谷。生也。　如犹此也。　指日为誓，言有此皦日以为证也。

东门之墠　郑八九　《笺》“此女欲奔男之辞”，又“栗，人所啗食而甘嗜，故女以自喻也”。

东门之墠堤，茹藘在阪。　其室则迩，其人甚远。
东门之栗堜，有践澿家室。　岂不尔思？子不我即。

堤，所以蓄水者，小者曰堁，今曰塘。　陂者曰阪。　茹藘，蒨草也。　两室相近，两人则甚远，思而未见之辞。　即，就也。　此室女子自家之室。

蜉蝣　曹一五〇

蜉蝣之羽，衣裳楚楚。　心之忧矣，于我归处！
蜉蝣之翼，采采衣服。　心之忧矣，于我归息！
蜉蝣掘阅穴，麻衣如雪。　心之忧矣，于我归说税！

楚楚，鲜洁貌。　采采犹粲粲也。　税，舍也。　掘，穿也。　幼虫穿穴而出，羽化为蜉蝣，其翅白而滑泽，故借以喻麻衣之色。　古所谓羽衣者，言其薄靡如虫羽，非鸟羽之羽也。

有狐　卫六三　之子方褰裳涉淇，来与己会。言无裳无带而不曰无衣，明腰以下在水中，不可见也。

有狐绥绥，在彼淇梁。　心之忧矣，之子无裳。
有狐绥绥，在彼淇厉濑。　心之忧矣，之子无带。
有狐绥绥，在彼淇侧。　心之忧矣，之子无服。

累石绝水曰梁。　狐喻男。　绥绥，行迟貌，一曰毛盛貌。　水流石上曰濑。　无服，统裳带言之。

有杕之杜　唐一二三

有杕之杜，生于道左。　彼君子兮，噬曷肯适我！　中心好之，曷饮食之！

有杕之杜，生于道周。　彼君子兮，噬肯来游！　中心好之，曷饮食之！

丘中有麻　王七四

丘中有麻，彼留子嗟佐！　彼留子嗟，其将来施！

丘中有麦，彼留子国！　彼留子国，其将来食！

丘中有李，彼留之子！　彼留之子，贻我佩玖。

留，古刻字。

芄兰　卫六〇

芄兰之支，童子佩觿。　虽则佩觿，能不我知！　容兮遂兮，垂带悸兮！

芄兰之叶，童子佩韘。　虽则佩韘，能不我甲！　容兮遂兮，垂带悸兮！

柏舟 鄘四五 女不见答也。

泛彼柏舟，在彼中河。 髧彼两髦，实维我仪，之死矢靡它！ 母也天只！不谅人只！

泛彼柏舟，在彼河侧。 髧彼两髦，实维我特，之死矢靡慝忒！母也天只！不谅人只！

中河，河中也。 仪，匹也。 痛极而呼母呼天。 谅，信也。 髧，发垂貌。 髦，被发至眉，男子未冠之饰。 之，至。 矢，誓也。 泛，漂流貌。 柏舟，刳柏木以为舟。 后世所谓木兰舟。 特亦匹也，兽雄曰特。 忒，贰也，亦它也。

遵大路 郑八一 朱曰："男女相说之词。"

遵大路兮，掺操执子之祛兮。 无我恶兮，不寁暂故媚也！

遵大道兮，掺执子之手兮。 无我䰩丑兮，不寁好也！

遵，循行也。 操，把持也。 祛，袖端也。 媚，怜也。 暂，姑且之意。 丑，耻也。 好，爱也。

山有扶苏 郑八五

山有扶苏，隰有荷华。 不见子都，乃见狂且者。

山有乔松，隰有游龙茏。 不见子充，乃见狡童。

扶苏，大木枝柯四布。 子都子充皆美男之名。 都，大也，充，长也，高也。 古以长大壮佼为美，故呼美男为子都子充。 茏，水荭。 乔，高也。

狡童 郑八六 恨不见答也。

彼狡童兮，不与我言兮。 维子之故，使我不能餐兮。

彼狡童兮，不与我食兮。 维子之故，使我不能息兮。

息，寝息也。

羔裘 唐一二〇

羔裘豹祛，自我人居居倨倨！ 岂无他人，维子之是故婟？

羔裘豹褎，自我人究究仇仇！ 岂无他人，维子之好？

祛，袖也。 羔裘黑色，缁衣以裼之，取同色也。 婟，恋也。　褎即袖字。　仇仇，傲也。

褰裳　郑八七

子惠思我，褰裳涉溱。　子不我思，岂无他人？　狂童之狂也且！

子惠思我，褰裳涉洧。　子不我思，岂无他士？　狂童之狂也且！

见爱曰惠。　之犹其也。　且犹哉也。　士，未娶者之称。

将仲子　郑七六　郑樵曰："此淫奔者之辞。"

将仲子兮，无逾我里，无折我树杞。　岂敢爱之？　畏我父母。　仲可怀也，父母之言亦可畏也。

将仲子兮，无逾我墙，无折我树桑。　岂敢爱之？　畏我诸兄。　仲可怀也，诸兄之言亦可畏也。

将仲子兮，无逾我园，无折我树檀。　岂敢爱之？　畏人之多言。　仲可怀也，人之多言亦可畏也。

将，请也。　里谓里墙。　杞，榉柳也。　仲子，男子之字。　旧传二十五家为里，里外有墙，逾里，谓逾里之墙也。

甫田 齐一〇二

无田甫圃田，维莠骄骄。 无思远人，劳心忉忉。
无田甫田，维莠桀桀。 无思远人，劳心怛怛。
婉兮娈兮，总角丱兮。 未几见兮，突而弁兮。

圃田，未治多草之田。 骄骄，桀桀，皆长貌。 维，其也。 婉娈，本作睕䜌，大目貌，引申为好貌，则字变从女。 聚两髦而束之如角状，故曰总角。 丱，角貌也。 弁，冠也。 男子二十而冠，亦二十而娶。 “突而弁兮”，谓其既已成年，可以有家室。

子衿 郑九一 怨人不来也。

青青子衿紟，悠悠我心。 纵我不往，子宁不嗣诒音？
青青子佩，悠悠我思。 纵我不往，子宁不来？
挑兮达兮，在城阙兮。 一日不见，如三月兮。

紟，所以系佩玉之带，一曰绶。 嗣，继也，嗣音，以歌声相继和也。 诒，寄也。 佩，佩玉也。 城阙，城门两旁之观楼。 挑达，往来轻疾貌。 己在城阙挑达往来寻觅其人而不见。

东门之杨　陈一四〇　期而不至也。

东门之杨，其叶牂牂。　昏以为期，明星煌煌。
东门之杨，其叶肺肺。　昏以为期，明星晢晢。

杨疑即白杨，圆叶弱蒂，微风善摇。　牂牂，肺肺，皆风在叶中之声。　明星，即启明星。

晨风　秦一三二　怀人也。

鴥彼晨风，郁彼北林。　未见君子，忧心钦钦。　如何如何！忘我实多！
山有苞栎，隰有六駮。　未见君子，忧心靡乐。　如何如何！忘我实多！
山有苞棣，隰有树檖。　未见君子，忧心如醉。　如何如何！忘我实多！

鷐风，雉类，一名鹯，一名天鸡，赤羽。　青中发赤曰鴥。　郁，出也，一曰茂貌。　多犹甚也。　駮，赤李。　蓼，长貌。　苞，丛生貌。　檖，赤梨。　棣，郁李，实如李，正赤。　树，特立貌。

终风 邶三〇

终风且暴,顾我则笑。 谑浪笑敖,中心是实悼。

终风且霾,惠然肯来。 莫往莫来,悠悠我思。

终风且曀,不日有曀。 寤言不寐,愿言则嚏懥。

曀曀其阴,虺虺其靁。 寤言不寐,愿言则怀。

顾,还视也。 则犹而也,下同。 终,既也。 疾雷曰暴。 悼,惧也。 汝虽谑浪笑敖,貌为镇静,中心实亦甚惧栗也。 大风扬尘,从上而下曰霾。 曀,阴翳也。 寤,醒觉貌。 言犹然也。 愿,沉思貌。 则犹而也。 懥,忿也。 忿彼人之不以温情相慰,反以己之畏怯为笑也。 怀,伤也。 自伤见侮慢也。

草虫 召一四

喓喓草虫,趯趯阜螽。 未见君子,忧心忡忡。 亦既见止,亦既觏止,我心则降。

陟彼南山,言采其蕨。 未见君子,忧心惙惙。 亦既见止,亦既觏止,我心则说。

陟彼南山,言采其薇。 未见君子,我心伤悲。 亦既见止,亦既觏止,我心则夷。

汝坟 周一〇

遵彼汝坟，伐其条枚。 未见君子，惄如然调朝饥。
遵彼汝坟，伐其条肄枿。 既见君子，不我遐弃。
鲂鱼赪尾，王室如毁。 虽则如毁，父母孔迩。

遵，缘行也。 枚，小枝。 朝饥，廋语，谓情欲也。 惄，饥意。 斩而复生者曰枿。 赪，赤貌。 鱼喻男。

东方之日 齐九九

东方之日兮！ 彼姝者子，在我室兮，在我室兮，履我即次兮。
东方之月兮！ 彼姝者子，在我闼兮，在我闼兮，履我发废兮。

履，蹑也。 日月喻男。 次，舍也。 蹑我之迹而求舍于我也。 废，舍也。 闼，夹室，一曰门也。

摽有梅 召二〇 求士也。 女求士，抛果实以为贽。

摽有梅，其实七兮。 求我庶士，迨其吉兮！
摽有梅，其实三兮。 求我庶士，迨其今堪兮！
摽有梅，顷筐塈概之。 求我庶士，迨其谓归之！

摽即抛字。　抛余之梅，十分有七。　吉谓吉士。　所余十分有三。　堪，信也，任也。　士之信于交道而可任者曰堪士。　摡，予也。　梅实已尽，并顷筐亦抛予之。

匏有苦叶　邶三四　候归人也。

匏有苦枯叶，济有深涉。　深则厉，浅则揭。
有瀰济盈，有鷕雉鸣。　济盈不濡轨，雉鸣求其牡。
雍雍鸣雁，旭日始旦。　士如归妻，迨冰未泮。
招招舟子，人涉卬否。　人涉卬否，卬须我友。

系匏于腰，可以济渡。　济，济水。　涉（名词），今言渡口。　厉，带也。　瀰，水盛貌。　鷕，雉鸣声。　轴之两端为轨。　水深不及轨，斯可涉矣。　泮，合也。　迨，及也。　招招犹招摇，体申动貌。　卬，我也。　须，待也。　舟子招招然鼓楫而去，人皆渡而我独留，以待我友之归。

匪风　桧一四九　望归人也。

匪彼风发泼兮，匪彼车偈兮。　顾瞻周道，中心怛兮。
匪风飘兮，匪车嘌兮。　顾瞻周道，中心吊兮。
谁能亨鱼？溉摡之釜鬵。　谁将西归？怀遗之好音。

洟，寒也。 偈，疾貌。 嘌，亦疾貌。 摡，予也，今字作给。

著 齐九八 思亲迎也。 充耳，男子冠饰，故知作者为女子。

俟我于著乎而？ 充耳以素乎而？ 尚之以琼华乎而？
俟我于庭乎而？ 充耳以青乎而？ 尚之以琼莹荣乎而？
俟我于堂乎而？ 充耳以黄乎而？ 尚之以琼英乎而？

正门内两堂间曰著，著亦庭地，但近门耳。 亲迎之礼，婿乘车来妇家，俟妇于庭，妇出，亲引其手以授婿，婿导妇出门，载以同归。 尚，加也，续也。 冠两旁悬纩当耳谓之紞，亦谓之充耳，紞下加玉以为饰谓之瑱，素青黄皆紞之色。 琼华，琼莹，琼英，皆饰紞之玉瑱也。 庭，中庭，大门之内，寝门之外。 堂谓堂前，亦庭地，但近堂耳。 要而言之，中庭近于著而堂复近于中庭，三者皆庭而略分远近以言之者，取便韵句耳。

丰 郑八八 亲迎不行，既而悔之。

子之丰豐兮，俟我乎巷兮，悔予不送兮。
子之昌兮，俟我乎堂兮，悔予不将兮。
衣锦褧衣，裳锦褧裳，叔兮伯兮，驾予与行！
裳锦褧裳，衣锦褧衣，叔兮伯兮，驾予与归！

不送，不相从行也。 巷，一里共同之巷。 古以丰硕为美。 将，亦送也。 堂，室内之堂。 自巷至堂，由远而近。 昌，盛壮之美。 褧衣，以枲麻为衣，加于锦衣之上，嫁者在途所服以障尘土者。 妇人之服衣裳相连，故褧衣亦为褧裳。 驾亲迎之车来，我将与子同行归于汝家也。 女呼男曰叔伯。 行，归，皆嫁也。

北风 邶四一 女子谓嫁曰行，一曰归，车即亲迎之车。古诗“良人惟古（故）欢，枉驾惠前绥，愿得常巧笑，携手同车归”，盖本此。

北风其凉，雨雪其雱。 惠而好我，携手同行。 其虚其邪！徐既亟只且！

北风其喈湝，雨雪其霏。 惠而好我，携手同归。 其虚其邪！既亟只且！

莫赤匪彼狐，莫黑匪彼乌。 惠而好我，携手同车。 其虚其邪！既亟只且。

既犹太也。 亟，疾也。 湝亦凉也。 莫赤于彼狐，莫黑于彼乌。

椒聊 唐一一七 椒聊喻多子，欣妇人之宜子也。

椒聊之实，蕃衍盈升。 彼其之子，硕大无朋。 椒聊且！远条悠且！

椒聊之实，蕃衍盈匊。　彼其之子，硕大且笃。　椒聊且！远条且！

远条，长枝。　悠亦远也。

东门之枌　陈一三七

东门之枌，宛丘之栩，子仲之子，婆娑其下。
谷旦于吁差嗟，南方之原，不绩其麻，市也婆娑。
谷旦于吁逝誓，越以鬷迈。　视尔如荍莪，贻我握椒。

子谓女子。　婆娑，舞貌。　原氏之女。

蒹葭　秦一二九

蒹葭苍苍，白露为霜。　所谓伊人，在水一方。　溯洄从之，道阻且长。　溯游流从之，宛在水中央。

蒹葭萋萋，白露未晞。　所谓伊人，在水之湄。　溯洄从之，道阻且跻。　溯游从之，宛在水中坻。

蒹葭采采，白露未已。　所谓伊人，在水之涘。　溯洄从之，道阻且右。　溯游从之，宛在水中沚。

一犹彼也。 傍水逆流而行曰溯。 旋流曰洄，通流曰流。 从，追也。 宛，蕴藏也。 方，湄，涘，皆水涯也。 谓（謂）行归也，造也。 坻，址，皆水中小岛。 采采犹粲粲。

东门之池 陈一三九

东门之池，可以沤麻。 彼美淑姬，可与晤歌。
东门之池，可以沤纻苎。 彼美淑姬，可与晤语。
东门之池，可以沤菅。 彼美淑姬，可与晤言。

池，城池也。

静女 邶四二

静女其姝，俟我于城隅。 爱而不见，搔首踟蹰。
静女其娈，贻我彤管菅。 彤管有炜，说悦怿女汝美。
自牧归馈荑，洵美且异。 匪女汝之为美，美人之贻。

姝，美也。 城隅，城角楼。 娈，好貌。 汝指彤菅，下同。 荑即彤菅。 牧，牧场也，在郊外。

野有蔓草 郑九四 喜遇也。

野有蔓草，零露漙团兮。 有美一人，清扬阳婉畹兮。 邂逅相遇偶，适我愿兮。

野有蔓草，零露瀼瀼。 有美一人，婉畹如而清扬阳。 邂逅相遇，与子皆偕臧藏。

阳，明也。 蔓，长也。 畹，大目貌。 瀼瀼，露浓貌。

桑中 鄘四八 思会时也。

爰采唐矣？沬之乡矣。 云谁之思？美孟姜矣。 期我乎桑中，要我乎上宫，送我乎淇之上矣。

爰采麦矣？沬之北矣。 云谁之思？美孟弋矣。 期我乎桑中，要我乎上宫，送我乎淇之上矣。

爰采葑矣？沬之东矣。 云谁之思？美孟庸矣。 期我乎桑中，要我乎上宫，送我乎淇之上矣。

爰，于焉之合音，犹言在何处也。

十亩之间 魏一一一 期再会也。

十亩之间兮，桑者闲闲兮。 行与子还兮。

十亩之外兮，桑者泄泄兮。 行与子逝兮。

行，将也。　闲闲，泄泄，往来自得之貌。　逝亦还也。

月出　陈一四三　月下有遇也。

月出皎兮，佼人僚嫽兮，舒窈蚴纠嵺兮。　劳心悄兮！
月出皓兮，佼人懰嫽兮，舒忧夭受绍兮。　劳心慅兮！
月出照兮，佼人嫽兮，舒夭绍兮。　劳心惨懆兮！

蚴嵺，宛曲貌。　夭绍，婵娟作态也。

采葛　王七一　怀人也。　采集皆女子事。此所怀者女，则怀之者男。

彼采葛蔼兮，一日不见，如三月兮。
彼采萧兮，一日不见，如三秋兮。
彼采艾兮，一日不见，如三岁兮。

蔼，萧，艾，皆香草。　三秋犹三年。

关雎　周一　女子采荇于河滨，君子见而悦之。

关关雎鸠，在河之洲。　窈窕淑女，君子好逑。
参差荇菜，左右流之。　窈窕淑女，寤寐求之。

求之不得，寤寐思服复，　悠哉悠哉，辗转反侧。

参差荇菜，左右采之。　窈窕淑女，琴瑟友之。

参差荇菜，左右芼䚖之。　窈窕淑女，钟鼓乐之。

雎鸠喻女，关关而鸣，状女子笑语声。好逑连语，犹配耦。　流同𠞰，择也。《礼记　少仪篇》“为君子择葱薤，则绝其本末”。《吕氏春秋　慎人篇》“颜回择菜于外”。　复亦思也，谓往复思之。　四五两章末二句设言既得后之情事。　芼，《说文》引作䚖，亦择也，今字作瞄。

汉广　周九　求女也。　终篇叠咏江汉，烟水茫茫，浩渺无际，徘徊瞻望，长歌浩叹而已。　借神女之不可求以喻彼人之不可得，已开《洛神赋》之先声。

南有乔木，不可休思？　汉有游女，不可求思。　汉之广矣，不可泳思。　江之永矣，不可方思。

翘翘错薪，言刈其楚。　之子于归，言秣其马。　汉之广矣，不可泳思。　江之永矣，不可方思。

翘翘错薪，言刈其蒌。　之子于归，言秣其驹。　汉之广矣，不可泳思。　江之永矣，不可方思。

汉女，汉水女神，借以喻彼女。　潜行水中曰游。　汉江一水，又曰江汉，今之汉水也。 末四句。上二句与下二句互文。 乔木，男子自喻。 言乔木之荫，非不可休，人自不来耳。 方，浮也。 鸟尾长毛曰翘，喻草莽长弱貌。 错，杂貌。 楚，草名。 马以驾亲迎之车。 四句设言婚礼之事，明己欲得彼女以成家室。

竹竿 卫五九 女子出适，失恋者见而自伤也。

籊籊竹竿，以钓于淇。 岂不尔思？远莫致之。
泉源在左，淇水在右。 女子有行，远兄弟父母。
淇水在右，泉源在左。 巧笑之瑳，佩玉之傩。
淇水滺滺，桧楫松舟，驾言出游，以写我忧。

泉源喻女子父母之家，淇水喻所适之夫家。 巧笑二句言女容饰之美，兼写兴高采烈之状。

行露 召一七 阴讼。 男以为女无夫家，遂往求之，而陷于法，男报以此词。

厌浥行露。 岂不夙夜？谓行多露。
谁谓雀无角咮？何以穿我屋？ 谁谓女汝无家？何以速我狱？ 虽速我狱，室家不足。
谁谓鼠无牙？何以穿我墉？ 谁谓女无家？何以速我讼？ 虽

速我讼，亦不汝从。

首章似有缺脱。 家，夫家也。 雀鼠窃人食物，为人害者也。 致人于狱讼者，耗人家财，故比之于雀鼠。 然法必两造财货皆入，始能成讼，今我室家不足，不能输财货，是终不能成讼也。 汝虽欲兴狱而官终不听也。 从，听也。

木瓜 卫六四 定情也。

投我以木瓜，报之以琼琚。 匪报也，永以为好也。
投我以木桃，报之以琼瑶。 匪报也，永以为好也。
投我以木李，报之以琼玖。 匪报也，永以为好也。

有女同车 郑八三 记亲迎也。 昭十六《左传》子旗赋《有女同车》，宣子以为昵燕好之词。

有女同车，颜如舜蕣华，将翱将翔，佩玉琼琚。 彼美孟姜，洵美且都！

有女同行，颜如舜英，将翱将翔，佩玉将将玱玱。 彼美孟姜，德音不忘亡！

都，雅也。 蕣华赤色，颜如蕣华，谓朱颜也。 将，语助。 翱翔，行步委曲貌。 洵，信也。 琼琚，佩玉，赤者曰琚。 颜，面颊。 亡，已也。 英亦华也。

东方未明 齐一〇〇

东方未明，颠倒衣裳。 颠之倒之，自公召之。
东方未晞昕，颠倒裳衣。 倒之颠之，自公令命之。
折柳樊圃，狂夫瞿瞿。 不能辰时夜，不夙则莫暮。

颠倒求领，言迫遽也。 所以然者，以有自公所而召之者故也。 昕亦明也。 瞿瞿，瞪视貌。 守时勿失曰时。 夫之在家，从不能守夜之正时，非出太早，即归太晚。 妇人称夫曰狂夫。 折柳枝以为园圃之藩篱，所以防闲其妻者也。 临去复于篱间瞿瞿然窥视，盖有不放心之意。

鸡鸣 齐九六 夫人促君早起也。

鸡既鸣矣，朝既盈矣。 匪鸡则鸣，苍蝇之声。
东方明矣，朝既昌矣。 匪东方则明，月出之光。
虫飞薨薨，甘与子同梦，会且归矣，无庶度予子憎！

蝇声在鸡鸣之后，天将明时。 匪，不惟也。 盈，满也。 朝谓朝堂，言其地。　昌，盛也。　度，忖度疑虑也，勿疑虑我之憎恶汝也。　会，朝会也，子言其人。　薨薨，虫声，即苍蝇之声。　甘，乐也。

小星　召二一　吴景旭曰，此诗本是咏使者远适，夙夜征行，不敢慢君命之意。

嘒嘒彼小星，三五在东。　肃肃宵征，夙夜在公，寔命不同。
嘒彼小星，维参与昴。　肃肃宵征，抱衾与裯，寔命不犹。

杨慎说关中呼寝褥为条子，即裯也。

缁衣　郑七五

缁衣之宜兮，敝予又改为兮。　适子之馆兮，还予授子之粲兮。
缁衣之好兮，敝予又改造兮。　适子之馆兮，还予授子之粲兮。
缁衣之席兮，敝予又改作兮。　适子之馆兮，还予授子之粲兮。

粲，鲜也，谓新衣。　馆，官舍也。　宜，称也，谓称身。　缁黑也，卿大夫居私朝之服。　好，犹宜也。　席，宽大意。

殷其雷　召一九　妇人孤居，闻雷惊怖，望其夫速归，有以慰己也。

殷殷其雷，在南山之阳。　何斯违斯，莫敢或遑。　振振君子，归哉归哉！

殷其雷，在南山之侧。 何斯违斯，莫敢遑息。 振振君子，归哉归哉！

殷其雷，在南山之下。 何斯违斯，莫或遑处。 振振君子，归哉归哉！

磤然雷声。 犄违犹依违，惊惶失措之貌。 斯犹兮也。

风雨 郑九〇 风雨晦冥，群鸡惊噪，妇人不胜孤闷，君子适来，欣然有作。 昭十六年《左传》子游赋《风雨》，宣子以为昵燕好之词。

风雨凄凄，鸡鸣喈喈。 既见君子，云胡不夷！
风雨潇潇，鸡鸣胶胶。 既见君子，云胡不瘳乐！
风雨如晦，鸡鸣不已。 既见君子，云胡不喜！

夷，悦也。 喈喈，胶胶，皆鸡鸣声。

萚兮 郑八五 昭十六年《左传》子柳赋《萚兮》，宣子以为昵燕好之词。

萚兮萚兮，风其吹女汝！ 叔兮伯兮，倡予和女汝！

萚兮萚兮，风其漂女！　叔兮伯兮，倡予要女！

风喻男，萚喻女。　上汝指萚（即女自指），下汝指叔伯。　女称夫曰叔伯。　要，会也。　歌者以声相会合即和。

叔于田　郑七七　朱曰："或疑此亦民间男女相悦之词也。"

叔于田，巷无居人。　岂无居人？　不如叔也，洵美且仁！
叔于狩，巷无饮酒。　岂无饮酒？　不如叔也，洵美且好！
叔适野，巷无服马。　岂无服马？　不如叔也，洵美且武！

巷一里之巷，是巷犹里也。　居人，饮酒，服马，互文足义。　田，猎也。

大叔于田　郑七八

叔于田，乘乘马，执辔如组，两骖如舞。　叔在薮，火烈具举，袒裼暴𢶡虎，献于公所。　将叔无狃，戒其伤女汝！

叔于田，乘乘黄，两服上襄骧，两骖雁行。　叔在薮，火烈具扬。　叔善射忌，又良御忌，抑一磬控忌，抑一纵送忌。

叔于田，乘乘鸨，两服齐首，两骖如手。　叔在薮，火烈具阜。　叔马慢忌，叔发罕忌，抑一释掤忌，抑一鬯韔弓忌。

如舞，行列不乱，言御之善也。　搎，搏也。　将，请也。　上乘，驾也。　乘马，四马。　袒裼，肉袒，脱衣见体也。　狃，习为之也。　薮，泽薮也。　具，齐也。　火光四面齐起。　烈，遮迾，以火为遮迾，故曰火烈。　车衡外两马曰骖。　衡下夹辕两马曰服。　上犹前也，骧，驾也。　两服上襄，谓两服马并驾于前，即下车之两服齐首。　雁行谓在旁而差后，即下章之两骖如手。　一犹忽也。　磬控止马，纵送骋马，此承御言。　忌，词也。　乘黄，四黄马。　扬，起也。　齐，同也。同犹如也。　齐首，如手，皆以人身为喻，言两服前出，如人之首，两骖稍次，如人之手。　黑白杂毛曰鸨，后世谓之乌骢。　掤，箭筩盖也。　释筩之盖，将纳矢于筩中也。　释掤鬯弓承射言。　慢，行迟貌。　发，发矢也。　阜，盛也。

君子于役　王六六　怀人也。

君子于役，不知其期，曷至哉！　鸡栖于埘榯，日之夕矣，羊牛下来。　君子于役，如之何勿思！

君子于役，不日不月。　曷其有佸会！　鸡栖于桀，日之夕矣，羊牛下括会。　君子于役，苟无饥渴？

榯即杙。　桀亦榯也。　不日不月，不可以日月计，兼以喻夫之未归。

小戎　秦一二八　怀人也。

小戎俴栈收，五午桨鞏梁辀。文茵畅长毂。游环胁驱，阴靷鋈续。驾我骐馵。言念君子，温其如玉，在其板屋，乱我心曲。

四牡孔阜，六辔在手。骐駵是中，騧骊是骖。龙盾之合，鋈以觼軜。言念君子，温其在邑，方何为期？胡然我念之！

俴驷孔群。厹矛鋈錞，蒙伐有苑，虎韔镂膺。交韔二弓，竹闭绲縢。言念君子，载寝载兴。厌厌良人，秩秩德音。

兵车在前者曰元戎，将帅所乘，在后者曰小戎，士所乘。栈谓不革鞔而漆饰之。收即舆，今曰车箱。梁辀，曲辕也，束革交午成文曰午鞏。文茵，虎皮为蓐，加于轼上。马青骊文如博祺曰骐，后左足白曰馵。《司马法》“夫三为屋，屋三为井，井四为邑”。四马不著甲曰俴驷。厹矛，三隅矛也。錞，戈戟柲下铜鐏也，以白金钿为花纹。

伯兮　卫六二

伯兮朅兮，邦之桀兮！　伯也执殳，为王前驱。
自伯之东，首如飞蓬。　岂无膏沐？谁适为容？
其雨其雨，杲杲出日。　愿睠言然思伯，甘心首疾。
焉得谖草，言树之背？　愿言思伯，使我心痗。

日为夫象，故见日而思伯。

旄丘 邶三七

旄丘之葛兮，何诞延之节兮！ 叔兮伯兮，何多日兮！
何其处也！必有与也。 何其久也！必有以也。
狐裘蒙戎，匪彼车不东。 叔兮伯兮，靡所与同。
琐兮尾屡兮，流离之子。 叔兮伯兮，褎如充耳。

下之犹其也。 狐裘句喻天寒岁暮。 所犹时也。 琐屡贝声，此拟小鸟鸣声。

雄雉 邶三三 怀远人也。

雄雉于飞，泄泄其羽。 我之怀矣，自诒伊阻楚。
雄雉于飞，下上其音。 展矣君子，实劳我心。
瞻彼日月，悠悠我思。 道之云远，曷云能来！
百尔君子，不知德行。 不忮企不求，何用不臧？

雄雉喻夫。 泄之言栧也，飞而鼓其翼如舟栧然。 楚，辛酸也。 展，诚也。 日月为夫之象。 曷，何时也。 百犹凡也。 企亦求也。

卷耳 周三

采采卷耳，不盈顷筐。 嗟我怀人，寘彼周行。

陟彼崔嵬，我马虺隤。 我姑酌彼金罍，维以不永怀。

陟彼高冈，我马玄黄。 我姑酌彼兕觥，维以不永伤。

陟彼砠矣，我马瘏矣！ 我仆痡矣！ 云何吁矣！

玄黄谓目眩，今曰眼花。

防有鹊巢 陈一四二

防有鹊巢，卬有旨苕。 谁侜醻予美！心焉忉忉。

中唐有甓，卬有旨鷊虉。 谁侜予美！心焉惕惕。

卬，我也。 鹊谓桃雀，好巢于苕上。 唐，庭也。 虉，莞蒲台首。 甓疑瓦器之蓄菹者。

采苓 唐一二五

采苓采苓，首阳之巅。 人之为伪言，苟亦无信？舍旃舍旃！ 苟亦无然？人之为伪言胡得焉！

采苦采苦，首阳之下。人之为言，苟亦无与？舍旃舍旃！苟亦无然？人之为言胡得焉！

采葑采葑，首阳之东。人之为言，苟亦无从？舍旃舍旃！苟亦无然？人之为言胡得焉？

然亦信也。旃犹之也。得，取也，与舍对，言人之伪言不足取也。

日月 邶二九 妻不见答也。

日居月诸，照临下土。乃如之人兮，逝曷不古姑处！胡能有定！宁不我顾？

日居月诸，下土是冒。乃如之人兮，逝曷不相好！胡能有定！宁不我报？

日居月诸，出自东方。乃如之人兮，德音无良。胡能有定，俾也可忘望！

日居月诸，东方自出。父兮母兮！畜慉我不卒。胡能有定，报我不述坠！

望犹仰赖也。慉，好也。言夫好我不终也。坠，失也，差也。痛极而呼父母。

柏舟　邶二六　嫡见侮于众妾也。

泛彼柏舟，亦泛其流。　耿耿不寐，如有隐殷忧。　微我无酒，以敖以游。

我心匪鉴，不可以茹。　亦有兄弟，不可以据。　薄言往愬，逢彼之怒。

我心匪石，不可转也。　我心匪席，不可卷也。　威仪棣棣秩秩，不可选巽也。

忧心悄悄，愠于群小。　觏闵愍既多，受侮不少。　静言然思之，寤午辟擗有摽嘌。

日居月诸，胡迭而微！　心之忧矣，如匪彼浣衣。　静言思之，不能奋飞！

上泛，形容词，下泛，动词。　微犹非也。　殷，大也。　殷忧谓遭大故之忧。　流谓舟流，舟亦泛泛然而流，舟，妇人自喻，泛然不系之舟，如妇人无所依倚。　兄弟谓母家。　据，依，愬，告也。　鉴，镜也（古以水为镜）。　茹，纳也，含也。　鉴可以含影，我心非鉴之比，不能含忧而不吐。　承上隐忧，起下往愬。　巽，屈挠退让也。　秩秩，有条理貌。　静然，思貌。　两手交午击胸，其声嘌嘌然。　愠，怒也。　闵，痛也。　群小谓众妾。　日月喻夫，微，无光也，言不蒙照临。　浣衣喻心中乱瞀烦扰。

氓　卫五八

氓之蚩蚩，抱布贸丝，匪来贸丝，来即我谋。　送子涉淇，至于顿丘。　匪我愆期，子无良媒。　将子无怒，秋以为期。

乘彼垝垣，以望复关。　不见复关，泣涕涟涟。　既见复关，载笑载言。　尔卜尔筮，体无咎言。　以尔车来，以我贿迁。

桑之未落，其叶沃若。　于嗟鸠兮，无食桑葚。　于嗟女兮，无与士耽酖。　士之耽兮，犹可说也。　女之耽兮，不可说也。

桑之落矣，其黄而陨熉。　自我徂尔，三岁食贫。　淇水汤汤，渐幨车帷裳。　女也不爽，士贰其行。　士也罔极，二三其德。

三岁为妇，靡室劳矣，夙兴夜寐，靡有朝矣。　言既遂矣，至于暴矣。　兄弟不知，咥其笑矣。　静言思之，躬自悼矣。

及尔偕老，老使我怨。　淇则有岸，隰湿则有泮。　总角之丱，言笑晏晏暥暥，　信誓旦旦。　不思其反。　反是不思，亦已焉哉！

蚩，虫曳行也，此以虫行拟人行貌。　将，请也。　说，解醒也。　酖，纵酒也。　湿，即漯水。

葛藟　王七一

绵绵葛藟，在河之浒。　终远兄弟，谓他人父。　谓他人父，亦莫我顾。

绵绵葛藟，在河之涘。　终远兄弟，谓他人母。　谓他人母，亦莫我有。

绵绵葛藟，在河之漘。　终远兄弟，谓他人昆。　谓他人昆，亦莫我闻闵。

江有汜　召二二

江有汜，之子归，不我以。　不我以，其后也悔！

江有渚，之子归，不我与。　不我与，其后也处癙！

江有沱，之子归，不我过。　不我过，其啸也歌！

谷风　邶三五　弃妇不忍自决也。

习习谷风，以阴以雨。　黾勉同心，不宜有怒！　采葑采菲，无以下体。　德音莫违，及尔同死。

行道迟迟，中心有违韪。　不远伊迩，薄送我畿！　谁谓荼苦？其甘如荠。　宴尔新昏，如兄如弟。

泾以渭浊，湜湜其沚。　宴尔新昏，不我屑以。　毋逝我梁，毋发我笱。　我躬不阅，遑况恤我后？

就其深矣，方之舟之，就其浅矣，泳之游之。　何有何亡，黾勉求之。　凡民有丧，匍匐救之。

能宁不我慉，反以我为仇。 既阻我德，贾用佣不售。 昔育恐育鞫惧，及尔颠覆。 既生既育，比予于毒。

我有旨蓄，亦以御禦冬。 宴尔新昏，以我御禦穷。 有洸有溃，既诒我肄勚。 不念昔者，伊余来塈愍？

习习犹飒飒。 谷风，来自山谷之大风，兴夫之暴怒。 葑，蔓菁，菲，芦菔。 下体，根茎也。 以，及也。 采葑菲莫及其根茎，讽夫莫与己绝也。 韪，怨也。 宴，乐也。 薄，勉也。 畿，近郊也。 渭清泾浊。 以，与也（下同）。 湜湜，清貌。 沚，水枝流。 泾与渭同流则浊，及其溢为枝沚，则湜湜然清，兴夫与己居则怨怒，与新人居则和乐也。 梁，堰石障水而空其中，以通鱼之往来。 笱，以竹为器，承梁之空以取鱼。 逝，之，发，开也。 二句廋语，禁夫勿来就己身也。 阅，容也。 后谓嗣息。 治家睦邻，皆已尽其为妇之道。 慉，好也。 阻，拒也。 我之德意拒不见纳，如人欲卖身为佣而不能自售。 恐惧者，忧虑己之不能生育，无为人妻之道。 及，与也。颠覆盖谓床笫之事。 既已生育子女，则反视我为毒螫之虫，言恶已甚也。 伊犹维也。 来犹是也。 愍即爱字。 蓄同蓫，菜名。 禦，当也，备也。 洸溃，水激怒溃决貌，喻夫之暴怒。 水为夫之象征，故以为喻。 勚，劳也。

墓门 陈一四一 刺夫有秽行也。

墓门有棘，斧以斯之。 夫也不良，国人知之。 知而不已，谁昔然矣！

墓门有棘，有鸮萃之。夫也不良，歌以讯谇之。讯予不顾，颠倒思予而。

墓门，墓道之门。棘喻女。斯，析也。鸮，恶鸟，喻男。谇，责让也。予犹而也。数之以罪曰讯。

相鼠 鄘五二 刺无礼也。《白虎通·谏诤篇》以为妻谏夫之诗。

相鼠有皮，人而无仪。人而无仪，不死何为！
相鼠有齿，人而无止。人而无止，不死何俟！
相鼠有体，人而无礼。人而无礼，胡不遄死！

仪，礼仪也。止，节也，节即礼节。体谓四肢。遄，速也。

隰有苌楚 桧一四八 幸女之未字人也。

隰有苌楚，猗傩其枝。夭之沃沃，乐子之无知。
隰有苌楚，猗傩其华。夭之沃沃，乐子之无家。
隰有苌楚，猗傩其实。夭之沃沃，乐子之无室。

苌楚喻女。

葛生 唐一二四 悼亡也。

葛生蒙楚，蔹蔓于野。 予美亡此，谁与独处！
葛生蒙棘，蔹蔓于域。 予美亡此，谁与独息！
角枕粲兮，锦衾烂兮。 予美亡此，谁与独旦坦！
夏之日，冬之夜，百岁之后，归于其居！
冬之夜，夏之日，百岁之后，归于其室！

蔹蔓犹蔓延也。 古谓死亡即逃亡，此谓逃亡至此。 域，茔地。 坦，安也。 角枕锦衾，皆敛死者所用。 居室皆谓冢圹。

素冠 桧一四七 悼亡也。《列女传·杞梁妻传》引“与子同归”，以为妻殉夫死，误以愿望为事实。

庶见素冠兮！ 棘瘠人栾栾脔脔兮！ 劳心慱慱抟抟兮！
庶见素衣兮！ 我心伤悲兮！ 聊与子同归兮！
庶见素韠兮！ 我心蕴郁结兮！ 聊与子如一兮！

脔脔，瘠貌，谓夫病瘠时。 抟抟犹蕴(郁)结也。

黄鸟 秦一三一 胡文英《诗考补》引《经史事类》载“歼我良人”入丧夫门。

交交咬咬黄鸟，止于棘。 谁从穆公？子车奄息。 维此奄息，百夫之特。临其穴，惴惴其栗。彼苍者天！歼我良人。如可赎兮，人百其身。

交交黄鸟，止于桑。谁从穆公？子车仲行。维此仲行，百夫之防。临其穴，惴惴其栗。彼苍者天！歼我良人。如可赎兮，人百其身。

交交黄鸟，止于楚。谁从穆公？子车针虎。维此针虎，百夫之御。临其穴，惴惴其栗。彼苍者天！歼我良人。

如可赎兮，人百其身。

子车，氏。奄息，仲行，针虎，皆上字下名。特，防，御，皆对敌抵当之意。妇人称夫曰良人。

衡门 陈一三八

衡门之下，可以栖迟。泌之洋洋，可以乐饥。
岂其食鱼，必河之鲂？岂其娶妻，必齐之姜？
岂其食鱼，必河之鲤？岂其娶妻，必宋之子？

东西曰横，衡门疑陈城门名。泌，泌邱下之水。

出其东门 郑九三

出其东门，有女如云。虽则如云，匪我思存。缟衣綦巾，聊乐我员魂。

出其闉阇，有女如荼。　虽则如荼，匪我思且著。　缟衣茹藘，聊可与娱。

存，著，皆思念也。　缟，白缯。　綦，淡绿色。　巾，佩巾，即蔽膝。　魂，神也。　缟衣綦巾，女服之贫陋者，此人自目其家室也。　闉阇，城门外子城之门。　荼，野菅白华也。　如荼言其众多，犹如云也。　茹藘即帑，亦巾也，以茹藘为染，故名。　茹藘，绛草，可以染赤。

女曰鸡鸣　郑八二　乐新婚也。

女曰："鸡鸣。"　士曰："昧旦。　子兴视夜，明星有烂。　将翱将翔，弋凫与雁。

弋言加之，与子宜䤈之。　宜言饮酒，与子偕老。　琴瑟在御，莫不静滯好。

知子之来敕之，杂佩以赠之。　知子之顺之，杂佩以问之。　知子之好之，杂佩以报之。"

昧旦后于鸡鸣。　明星即启明星，言小星已不见，唯启明星烂然在天。　兴，起也。　加犹中也。　大夫士食用琴瑟，此承饮酒言。　御疑支琴瑟器，《庄子·齐物篇》作梧。　滯好，修洁也，谓琴瑟。 齟啮一声之转，啖也。 杂佩，琚瑀之属。 敕，顺也。 问，遗也。 敕之，顺之，好之，三之字，语助。

扬之水 王六八 戍士思归也。

扬之水，不流束薪。 彼其之子，不与我戍申。 怀哉怀哉！曷月予还归哉！

扬之水，不流束楚。 彼其之子，不与我戍甫吕。 怀哉怀哉！曷月予还归哉！

扬之水，不流束蒲。 彼其之子，不与我戍许。 怀哉怀哉！曷月予还归哉！

申，吕，许，皆姜姓国。

击鼓 邶三一 戍士思归也。

击鼓其镗，踊跃用兵。 土国城漕，我独南行。

从孙子仲，平陈与宋，不我以归，忧心有忡。

爰居爰处？爰丧其马？ 于以求之，于林之下。

“死生契挈阔括”——与子成定说——“执子之手，与子偕老。”

于嗟阔兮！不我活会兮！ 于嗟洵敻兮！不我信兮！

城谓筑城。　漕，卫邑，在今河南滑县东二十里。　踊跃，击刺之状，兵谓戈戟之属。　孙，氏，子仲，字，时军帅也。　以犹使也。　三章以犹何也。　挈括犹结合也。　犹言生则同居，死则同穴，永不分离也。　成说谓结誓。　阔，辽远也。　敻，久远也。　地之阔隔，使我不能相会。　时之悬久，使我不能信期。

东山　豳一五六

我徂东山，慆慆悠悠不归。　我来自东，零雨其濛。　我东曰归，我心西悲。　制彼裳衣，勿士事行胻枚徽。　蜎蜎者蠋，烝在桑野，敦彼独宿，亦在车下。

我徂东山，慆慆不归。　我来自东，零雨其濛。　果蠃之实，亦施于宇，伊蛜威蝛在室，蠨蛸在户。　町畽鹿场塲，熠燿宵行，不可畏也？伊可怀也！

我徂东山，慆慆不归。　我来自东，零雨其濛。　鹳鸣于垤，妇叹于室，洒扫穹窒，我征聿至。　有敦瓜苦瓠，烝在栗蓼薪，自我不见，于今三年。

我徂东山，慆慆不归。　我来自东，零雨其濛。　仓庚于飞，熠燿其羽。　之子于归，皇驳其马。　亲结其缡，九十其仪，——其新孔嘉，其旧如之何？

徂，往也。 悠悠，久也。 零雨，小雨。 裳衣即衣裳，倒文以取韵。 肵徽，后世谓之行縢，行缠，今之裹腿。 蠋，山蚕，野生桑树间。 彼谓妻，守蚕桑林中，以车为舍，露宿其下。 蜎蜎，虫动貌。 敦犹专专，独处貌。 烝，乃也。 蛜蝛，一曰土鳖，形似白鱼而多足，生壁根下或瓮底土中。 蟏蛸，喜蛛也。 町畽，长貌。 鹿埌，鹿蹊也。 熠燿，光貌。 宵行，磷火也。 施，陈也。 宇，檐下。 伊，是，怀，念也。 鹳，乾鹊，鸣则行人将至。 叹，喜而吟叹也。 垤，小土堆。 蓼，丛聚貌。 仓庚，黄鹂也。 黄白色曰皇，驳，赤也。 缡，蔽膝之系带，结缡即结蔽膝也。 后世所谓同心结或即此。 九十言其繁也。 其新来时甚美，今已阅三年矣，尚复如何乎？

葛屦 魏一〇七 刺妒也。 屦裳皆妾手所制，夫持以授嫡，嫡然而走避之。

纠纠葛屦，可以履霜，掺掺攕攕女手，可以缝裳， 要襋之襋之，好人服之。

好人提提禵禵，宛然左辟避，□□□□，佩其象揥。 维是褊心，是以为刺。

絇，屦头饰，如刀衣鼻，纠纠，其状也。 屦夏用葛，冬用皮，此曰葛屦可以履霜，言其工致也。 襋，领也。 一手挈领，一手挈襬，奉裳于好人，请就而服之。 彼好人乃瞋目视我，宛然回身，避我而去。 晛即瞋字。 宛然，屈身躲闪貌。 左避犹回避。 揥所以摘发，以象牙为之。

扬之水 郑九二 将与妻别，临行慰勉之词也。

扬之水，不流束楚。 终鲜兄弟，维予与女汝。 无信人之言，人实迂诳汝。

扬之水，不流束薪。 终鲜兄弟，维予二人。 无信人之言，人实不信。

终犹绝也。

园有桃 魏一〇九 伤家室之无乐也。

园有桃，其实之是殽。 心之忧矣，我歌且谣。 不我知者谓我士也骄。 彼人是哉，子曰何其？ 心之忧矣，其谁知之！ 其谁知之！盖盍亦勿思！

园有棘，其实之是食。 心之忧矣，聊以行国。 不我知者谓我士也罔极。 彼人是哉，子曰何其？ 心之忧矣，其谁知之！ 其谁知之！盖盍亦勿思！

我，士自我也。　食桃棘喻已成家室。　肴，食也。　何其之其，语助。　行歌曰谣。　子，歌者自谓。　彼人，谓上不我知者。　谣疑当为游，行也。　棘，枣也。　行国，周行于国邑中。

绿衣　邶二七　感旧也。　妇人无过被出，非其夫所愿。他日夫因衣妇旧所制衣，感而思之，遂作此诗。　妇人之服，不分衣裳，上下同色，此曰绿衣黄裳，知是男子之服。古诗“新人虽言好，未若故人姝”，谓已出之前妻，此古人即故人，义同。

绿兮衣兮，绿衣黄里。　心之忧矣，曷维其已！
绿兮衣兮，绿衣黄裳。　心之忧矣，曷维其亡！
绿兮丝兮，女汝所治兮。　我思古故人，俾无訧兮。
絺兮绤兮，凄其以似风。　我思古故人，实获我心。

亡亦已也。

无衣　唐一二二　此感旧或伤逝之作。

岂曰无衣七兮？　不如子之衣安且吉兮。
岂曰无衣六兮？　不如子之衣安且燠兮。

伐柯 豳一五八

伐柯如何？匪斧不克。 取妻如何？匪媒不得。

伐柯伐柯，其则不远。 我覯之子，笾豆有践濂。

柯，斧柄。 执斧伐柯，犹以柯求柯也。 女之为人求女者谓之媒，使媒求妇，犹执斧伐柯，皆以类求类也。

麟之趾 周一一

麟之趾，振振珍珍公子，于嗟麟兮！

麟之定颠，振振公姓，于嗟麟兮！

麟之角，振振公族，于嗟麟兮！

趾，足也。 珍珍，鲜美意，此混味之美与貌之美为一事，犹后世言秀色可餐也。 颠，额也。

樛木 周四 贺新婚也。

南有樛木，葛藟累之。 乐只君子，福履绥之。

南有樛木，葛藟荒之。 乐只君子，福履将之。

南有樛木，葛藟萦之。 乐只君子，福履成之。

桃夭　周六　贺于归也。如后世催妆词之类。

桃之夭夭，灼灼其华。　之子于归，宜其室家。
桃之夭夭，有蕡其实。　之子于归，宜其家室。
桃之夭夭，其叶蓁蓁。　之子于归，宜其家人。

夭夭，屈申貌。

鹊巢　召一二

维鹊有巢，维鸠居之。　之子于归，百两御之。
维鹊有巢，维鸠方之。　之子于归，百两将之。
维鹊有巢，维鸠盈之。　之子于归，百两成之。

螽斯　周五

螽斯羽，诜诜兮！　宜尔子孙振振兮！
螽斯羽，薨薨兮！　宜尔子孙绳绳兮！
螽斯羽，揖揖兮！　宜尔子孙蛰蛰兮！

芣苡　周八　妇人思有子也。芣苡食之宜怀妊，故相呼采而食之。

采采芣苡，薄言采之！　采采芣苡，薄言有之！

采采芣苡，薄言掇之！　采采芣苡，薄言捋之！
采采芣苡，薄言袺之！　采采芣苡，薄言襭之！

采采，犹粲粲。　有，取也。　藏于怀中曰袺襭。

绸缪　唐一一八

绸缪束薪，三星在天。　今夕何夕？见此良人。　子兮子兮！如此良人何！

绸缪束刍，三星在隅。　今夕何夕？见此邂逅。　子兮子兮！如此邂逅何！

绸缪束楚，三星在户。　今夕何夕？见此粲者。　子兮子兮！如此粲者何！

绸缪，缠绵也。　良人谓夫。　子兮，诗人感动自呼之词。　邂逅谓夫妇之会合。　粲者谓女。

何彼襛矣　召二四

何彼襛矣！唐棣之华。　曷不肃雝！王姬之车。
何彼襛矣！华如桃李。　平王之孙，齐侯之子。
其钓维何？维丝伊缗。　齐侯之子，平王之孙。

硕人 卫五七 《左·隐三年》:“卫庄公娶于齐东宫得臣之妹曰庄姜,美而无子,卫人所为赋《硕人》也。”

硕人颀颀,衣锦褧衣。 齐侯之子,卫侯之妻,东宫之妹,邢侯之姨,谭公维私。

手如柔荑,肤如凝脂,领如蝤蛴,齿如瓠犀,螓首蛾眉,巧笑倩兮,美目盼兮。

硕人敖敖,说于农郊。 四牡有骄,朱幩贲镳镳,翟茀以朝。 大夫夙退,无使君劳!

河水洋洋,北流活活,施罛濊濊,鳣鲔发发,葭菼揭揭。 庶姜孽孽,庶士有朅。

颀颀,长貌。 褧衣加于锦衣上,以为行道御风尘。 子,女子。 东宫,谓齐太子。 维,其也。 妇人谓姊妹之夫为私。 荑,茅心,既白且滑。 领,颈也。 蝤蛴,幼虫,白而长。 瓠犀,瓠瓣中实,洁白而整齐。 螓,小蝉,额广而方,或曰螓首谓蝉鬓。 倩,齿见貌。 盼,白黑分明也。 敖敖,高貌。 茀,车藩蔽,画翟羽以为饰。 骄,壮貌。 朱,鞯幭之色。 贲,黄白杂,韬色。 镳,盛貌。 活活,濊濊,发发,皆声。 活活水流声,濊濊撒网着水声,发发,鱼掉尾声。 揭揭,孽孽,有朅,皆长貌。

君子偕老 鄘四七 美卫夫人也。

君子偕老，副鬠笄六珈，委委佗佗蛇蛇，如山如河，象服是宜。 子之不淑，云如之何！

玼兮玼兮，其之翟也。 鬒发如云，不屑髢也。 玉之瑱也，象之揥也。 扬且之皙也，胡然而如天也！胡然而如帝也！

瑳兮瑳兮，其之展也。 蒙彼绉絺，是绁亵袢绊也。 子之清扬，扬且之颜也。 展亶如然之是人兮，邦之媛也。

鬠，后夫人祭服之首饰，编发为之。 笄，簪也。 笄之衡持鬠者谓之鬠笄，汉人谓之步摇。 笄以玉为之。 笄上垂珠为饰曰珈，其数有六，故曰六珈。 之犹若也。 子若不淑，其奈之何，言其当淑也。 淑，善，不淑谓遭际不善。 委蛇，行步委曲雍容自得貌，如山脉，如河流，蜿蜒而曲折也。 象服即翟衣，刻划以象翟雉之形，故曰象服。 其之，犹其也。 下三之字犹其也。 且犹哉也。 皙，白皙也。 玼，鲜盛貌。 翟衣，祭服，以翟雉之羽为饰。 发稠而黑曰鬒。 髢，假发。 自衡笄两端下垂当耳，以紞悬玉曰瑱。 象，象牙，揥所以摘发，一曰搔头。 胡然，犹何乃，二句言其服饰容仪之盛，见者惊为天神也。 瑳，亦鲜盛貌。 展，白縠单衣。 蒙，覆也，表也。 绉絺，葛织物。 亵绊，内衣。 展衣，上衣；绉絺，中衣；亵绊，亵衣；由外及内，意颇近亵，然正风人之本色。 亶，诚也。 清扬，美目貌。 颜，朱颜也。 美女曰媛。

燕燕　邶二八　任姓国君送妹出适于卫也。

燕燕于飞，差池其羽。　之子于归，远送于野。　瞻望弗及，泣涕如雨。

燕燕于飞，颉之颃之。　之子于归，远于将之。　瞻望弗及，伫立以泣。

燕燕于飞，下上其音。　之子于归，远送于南林。　瞻望弗及，实劳我心。

仲氏任只，其心塞渊，终温且惠，淑慎其身。“先君之思”——以勖寡人。

颉颃，上下貌。　林，犹野也。　仲任，女之字姓，犹叔姬孟姜之等。　塞渊，安静也。　终犹既也。末二句言劝我时时以先君为念，勿自安逸乐，以妨国政也。

鸤鸠　曹一五二

鸤鸠在桑，其子七兮。　淑人君子，其仪一兮，——其仪一兮，心如结兮。

鸤鸠在桑，其子在梅。　淑人君子，其带伊丝，——其带伊丝，其弁伊骐。

鸤鸠在桑，其子在棘。　淑人君子，其仪不忒，——其仪不忒，正是四国。

鸤鸠在桑，其子在榛。　淑人君子，正是国人，——正是国人，胡不万年！

仪，匹也。　七言其多也。　棘，枣也。　忒，贰也。　正，法也，则也。　正是四国，为此四方之法则。

二子乘舟　邶四四　似母念子之词。

二子乘舟，泛其景迥。　愿言思子，中心养养痒痒。

二子乘舟，泛其逝。　愿言思子，——不瑕遐有害？

愿，羡也。　欲食曰羡，此以食欲状情欲。　言，语词，犹然也。　不遐，不至也。二子乘舟远行，途中不至遭逢灾祸乎？疑虑之词。

陟岵　魏一一〇　役夫思家也。　登高望其家之所在，因想像其家人念己之言云云。

陟彼岵兮，瞻望父兮。　父曰："嗟予子！行役夙夜无已息。　上尚慎旃哉！犹来无止！"

陟彼屺兮，瞻望母兮。　母曰："嗟予季稚！行役夙夜无寐。　上慎旃哉！犹来无弃！”

陟彼冈兮，瞻望兄兮。兄曰：“嗟予弟！行役夙夜必偕。上慎旃哉！犹来无死！”

来，归也。止谓不来。旃犹之也。生必来归，死则止而不来矣。弃犹去也，去亦死也。偕，强也，勤也，谓力行不倦也。

杕杜 唐一一九

有杕之杜，其叶湑湑。独行踽踽。岂无他人？不如我同父。嗟行之人，胡不比焉！人无兄弟，胡不佽焉！

有杕之杜，其叶菁菁。独行睘睘螺螺。岂无他人？不如我同姓。嗟行之人，胡不比焉！人无兄弟，胡不佽焉！

踽踽，曲躬貌。湑湑，鲜明貌。比，佽，皆相亲爱之意。杕，孤特貌。杕杜，喻女之未嫁者，《说文》“牡曰棠，牝曰杜”。螺，虫行也，人行时曲脊之状似之，故曰螺螺。菁菁犹湑湑也。

凯风 邶三二

凯风自南，吹彼棘心，棘心夭夭。母氏劬劳。

凯风自南，吹彼棘薪。母氏圣善，我无令人。

爰有寒泉？在浚之下。　有子七人，母氏劳苦。

睍睆黄鸟，载好其音。　有子七人，莫慰母心。

凯风，大风也。　风喻男，棘喻女。　棘心犹棘也，二字本皆训刺。　夭夭，倾屈貌。　大风吹棘，夭夭欲折，喻父不能善待母而使之忧劳也。　泇沮出泉之地曰浚，亦卫邑名。　泉水喻男。　寒泉承上棘薪言。　寒泉浸薪，使之湿腐，亦喻父之虐待母。　七，虚数，犹多也。睍睆，鸣声。

中谷有蓷　王六九

中谷有蓷，暵其干矣！　有女仳离，嘅其叹矣！　嘅其叹矣，遇人之艰难矣！

中谷有蓷，暵其修矣！　有女仳离，条其啸矣！　条其啸矣，遇人之不淑矣！

中谷有蓷，暵其湿㬤矣！　有女仳离，啜其泣矣！　啜其泣矣，嗟何及矣！

修，㬤，亦皆干也。

野有死麇　召二三

野有死麇，白茅包之。　有女怀春，吉士诱之。

林有朴樕。　野有死鹿，白茅纯束。　有女如玉。
“舒而脱脱兮！　无感我帨兮！　无使尨也吠！”

朴樕，小枣。　帨，佩巾，一名蔽膝。

溱洧　郑九五

溱与洧方涣涣洹洹兮，士与女方秉蕑兰兮。　女曰：“观乎？”　士曰：“既且徂！且往观乎？洧之外洵訏哗且乐。”　维士与女，伊其相谑，赠之以勺药。

溱与洧浏其清矣，士与女殷其盈矣。　女曰：“观乎？”　士曰：“既且！且往观乎？洧之外洵訏且乐。”　维士与女，伊其将谑，赠之以勺药。

徂，往也。　且犹再也。　伊，因也。　勺药用根，媚药之类。　谑，戏也。　涣涣，水波纹貌。　将，相将也，相将犹相并。　勺药，媒妁之药。

蝃蝀　鄘五一　刺奔女也(《后汉书·杨赐传》注引《韩诗序》。)

蝃蝀在东，莫之敢指。　女子有行，远父母兄弟。
朝隮蜺于西，崇终朝其雨。　女子有行，远兄弟父母。

乃如之人也！　怀昏姻也！　大无信也！　不知命也！

蝃蝀，虹也，淫昏之象。　于犹在也。　终朝谓日夕。　昏姻谓男女之欲。　无信，不守媒妁之言。　命，父母之命。

候人　曹一五一　刺曹女也。

彼候人兮，何戈与祋。　彼其之子，三百赤芾。
维鹈在梁，不濡其翼。　彼其之子，不称其服。
维鹈在梁，不濡其味。　彼其之子，不遂其媾。
荟兮蔚兮，南山朝隮蜺。　婉兮娈兮，季稚女斯饥。

候人，主候迎宾客者，其徒属多至三百人。　服犹制也。　所候者终不来，故曰不遂其媾。

新台　邶四三　新郎变蟾故事流传欧亚。

新台有泚，河水瀰瀰。　燕婉之求，籧篨不鲜。
新台有洒，河水浼浼。　燕婉之求，籧篨不殄珍。
鱼网之设，鸿䵷则离之。　燕婉之求，得此戚施。

泚，鲜明貌。　瀰瀰，水盛貌。　籧篨，即鐻（虡），钟鼓之柎，刻木象猛兽，其状丑，此以喻貌丑之人。 洒洗同，鲜洁貌。 浼浼，犹瀰瀰也。 珍，美也。 籧即苦籧，一曰虾蟇，一曰蟾蜍。 戚施，一作鼋鼊，即苦籧，亦喻丑恶。

敝笱 齐一〇四 刺文姜也。 鲁庄公二年，四年，五年，七年，文姜屡会齐侯。

敝笱在梁，其鱼鲂鳏。 齐子归止，其从如云。
敝笱在梁，其鱼鲂鱮。 齐子归止，其从如雨。
敝笱在梁，其鱼唯唯逶逶。 齐子归止，其从如水。

逶逶，行相顺随之貌。

载驱 齐一〇五 齐女归于鲁（无刺意。）

载驱薄薄，簟茀朱鞹。 鲁道有荡汤，齐子发夕绎。
四骊济济，垂辔瀰瀰。 鲁道有荡，齐子岂弟圛。
汶水汤汤，行人彭彭滂滂。 鲁道有荡，齐子翱翔。
汶水滔滔，行人儦儦漂漂。 鲁道有荡，齐子游敖。

薄薄，疾驱声。 发绎，岂圛，皆回行也，义与翱翔，游敖相近。 汤，水流貌（淌）。 此以车渡水，故济济瀰瀰字皆从水。 骊，马黑色。 滂滂，漂漂，皆浮行水中貌。 汶，水名，在齐南鲁北二国之境。 鲁道，即汶水。

南山 齐一〇一 刺齐襄公也。鲁桓公夫人文姜，齐襄公之妹也，桓公十八年与文姜如齐，襄公通焉。公谪之，以告。夏四月享公，使公子彭，生乘公，公薨于车中。

南山崔崔，雄狐绥绥。 鲁道有荡，齐子由归。 既曰归止，何曷又怀追止之！

葛屦五午两緉，冠緌双止。 鲁道有荡，齐子庸用止。 既曰庸止，曷又从止？

蓺麻如之何？衡横从纵其亩。 取妻如之何？必告父母。 既曰告止，曷又鞠鞫止？

析薪如之何？匪斧不克。 取妻如之何？匪媒不得。 既曰得止，曷又极殛止？

南山，齐南山也。 狐，淫媚之兽，雄狐喻齐襄公。 齐子，文姜也。 归，谓归于鲁，妇人谓嫁曰归。 追之，齐襄追文姜也。 鲁道，适鲁之道。文姜既已归鲁，襄公曷又从而追之乎。 緉，屦綦也，交午结之。 屦緉冠緌，婚礼之象征，谓文姜已归嫁于鲁也。 用犹由也。 从亦追也。 由此道以归于鲁也。 鲁侯之娶文姜，既已告之于文姜之父母而许之矣，齐襄何又欲索还之哉？ 鞫，追索也。蓺，树也。鲁侯既已得文姜，齐襄何又追求之哉？殛，诛求也。

株林 陈一四四 刺陈灵公也。灵公淫于夏姬，国人作诗刺之。

胡为乎株林？从夏南兮！ 匪彼适株林，从夏南兮！
驾我乘马，说于株野。 乘我乘驹，朝食于株。

从，追逐也。

鹑之奔奔 鄘四九 刺人君有秽行也。《左传·襄二十七年》，伯有赋《鹑之贲贲》，赵孟曰："床第之言不逾阈，况在野乎？非使人之所得闻也。"

鹑之奔奔贲贲，鹊之彊彊僵僵。 人之无良，我以为兄。
鹊之彊彊，鹑之奔奔。 人之无良，我以为君。

宗法嫡长传位，故为人君者即人兄。贲贲，僵僵，乘匹之貌。

墙有茨 鄘四六 刺人不能防闲其妻也。

墙有茨，不可埽也。 中冓之言，不可道也。 所尚可道也？言之丑也！

墙有茨，不可襄攘也。中冓之言，不可详也。所可详也？言之长也！

墙有茨，不可束也。中冓之言，不可读也。所可读也？言之辱也！

茨，蒺藜。墙上有茨，所以防闲也，故不可扫除。中冓之言，阴私之言。攘，除也。读犹道也。

甘棠 召一六 思召伯也。

蔽芾甘棠，勿翦勿伐！召伯所茇。
蔽芾甘棠，勿翦勿败！召伯所憩。
蔽芾甘棠，勿翦勿拜！召伯所说。

宛丘 陈一三六

子之汤兮，宛丘之上兮，洵有情兮，而无望兮。
坎其击鼓，宛丘之下，无冬无夏，值其鹭羽。
坎其击缶，宛丘之道，无冬无夏，值其鹭翱。

载驰 鄘五四 《左·闵二年》。

载驰载驱，归唁卫侯。驱马悠悠，言至于漕。大夫跋涉，我心则忧。

既不我嘉，不能宁旋反。 视尔不臧，我思不远？

既不我嘉，不能旋济。 视尔不臧，我思不閟？

陟彼阿丘，言采其虻。 女子善怀，亦各有行。 许人尤之，众终稚且狂！

我行其野，芃芃其麦。 控于大邦，谁因谁极亟？

大夫君子，无我有尤！ 百尔所思，不如我所之志。

吊失国曰唁。 嘉，善也。 不宁，不如也。 尔大夫既不以我所谋虑者为善，不如舍我而返也。 视，比也。 臧，善也。 比之尔辈不善之谋，我所思虑者，不亦深远乎？ 思亦谋也。 閟，慎也。 终，既也。 尤，怨也。 许人谓诸大夫。 控，赴告也。 因，亲也。 亟，爱也。 欲以失国之灾难赴告于大国，谁为亲爱我者乎？言无可告诉者也。 百，凡也。 志亦思也。

泉水 邶三九

毖泌彼泉水，亦流于淇。 有怀于卫，靡日不思。 娈彼诸姬，聊与之谋。

出宿于泲，饮饯于祢。 女子有行，远父母兄弟。 问我诸姑，遂及伯姊。

出宿于干，饮饯于言。 载脂载牵，还车言迈，遄臻于卫，不瑕有害。

我思肥泉，兹之永叹。 思须沬与漕，我心悠悠。 驾言出游，以写我忧。

泌，疾流貌。 泉水，即下文之肥泉。 娈犹婉娈，好貌。 泉水，喻父母之邦，泉流于淇，喻己出适异国。 沬，一作济。 女子嫁曰有行。

兔罝 周七 美猎士之英武也。

肃肃缩缩兔䖘罝，椓之丁丁。 赳赳武夫，公侯干闬城。
肃肃兔罝，施于中逵。 赳赳武夫，公侯好仇。
肃肃兔罝，施于中林。 赳赳武夫，公侯腹心。

缩缩，网密貌。 楚人呼虎曰䖘。 罝，网也。 椓橛地中，张网其上，丁丁，椓声。 闬，垣也。 好仇，皆匹也。古亦谓臣为君之匹。 逵，道也。

驺虞 召二五

彼茁者葭，壹发五豝。 于嗟乎驺虞！
彼茁者蓬，壹发五豵。 于嗟乎驺虞！

卢令 齐一〇三 美猎夫也。

卢獹令令铃铃，其人美且仁！
卢重环，其人美且鬈拳！
卢重鋂，其人美且偲！

獹，田犬黑色。 铃铃，颈下环声。 拳，勇壮也。 鋂，大环也。 偲，有才智也。

还 齐九七

子之还嫙兮，遭我乎猛之间兮，并驱从两肩豜兮，揖我谓我儇婘兮。
子之茂兮，遭我乎猛之道兮，并驱从两牡兮，揖我谓我好兮。
子之昌兮，遭我乎猛之阳兮，并驱从两狼兮，揖我谓我臧兮。

嫙，婘，皆好貌。 兽三岁曰豜。 豜以年言，牡以性言，狼以类言，三章义互相足。 从，逐也。 猛，山名。 山南曰阳。

清人 郑七九 高克者，郑大夫也，文公恶而欲远之。适狄侵卫，卫在河北，郑在河南，文公恐其渡河来侵，乃使高克将兵境上以御之。狄退，高克次师河上，久不见召。 公子素忧之，而作是诗焉。

清人在彭，驷介旁旁滂滂，二矛重英，河上乎翱翔。
清人在消，驷介麃麃漂漂，二矛重乔翘，河上乎逍遥。
清人在轴，驷介陶陶，左旋右抽，中军作好。

清，郑邑名。清人，清邑之人，高克所帅众也。彭，消，疑皆水名。一车建二矛，所以备折坏也。英，矛之英饰，染赤羽为之。英饰非一，故曰重。驷介，四马被甲也。翘，矛头受刃处，悬羽为饰，即英也。抽，拔也，拔兵刃以习击刺。身左旋，以右手抽拔兵刃，以习击刺。三军，上军，中军，下军，中军之将为主帅。此中军即高克。作好，为容好，但讲习兵事而已，与上两章翱翔，逍遥同意。

驷铁　秦一二七　纪猎也。

驷四铁驖孔阜，六辔在手。公之媚子，从公于狩。
奉时辰麌牡，辰牡孔硕。公曰："左之！"舍拔栊则获。
游于北园，四马既闲。輶车鸾銮镳，载猃歇骄。

驖，马赤黑色。阜，壮大貌。媚，爱也。媚子谓公车之御。麌，牝也。奉，献，时，时祭。舍，放也。栊，矢末衔弦处，一曰括。栊与弦会，放矢则栊离弦，故曰舍栊。则，即也。凡射兽必令矢自兽之左体贯入，乃为中杀。虞人驱兽逆车而来，公令媚子旋车当兽之左，以便于射也。射中曰获。輶车，轻车也。銮，铃也，设銮于镳，故曰銮镳。镳，马衔两端之出于口外者，端系一銮，故一马二銮，四马则八銮。旧说猃与歇骄皆田犬名。闲，调也。游，田游也。北园，秦之苑囿，公所游田之地。

猗嗟 齐一〇六 美少年善射也。或曰齐人美鲁庄公，庄公，齐之甥也。

猗嗟昌兮，颀而长兮。抑卬若而扬兮，美目扬阳兮。巧趋跄兮，射则臧兮。

猗嗟名兮，美目清兮。仪既成兮，终日射侯，不出正兮。展我甥兮！

猗嗟娈兮，清扬婉畹兮。舞则选兮，射则贯兮，四矢反兮，以御乱兮。

猗嗟犹于嗟，叹美之词。卬扬，舞也。臧，善也。昌，美也。而犹然也。阳，明也。颀，长貌。仪谓舞仪。展，诚也。侯，射侯，正，鹄的也。宾射则张布候而设正。选，齐，贯，中而贯革也。反，复也。《礼》射每发四矢，四矢反者，中的之矢，拔去而复射，如是者四次，皆得其故处也。此较不出正尤难。一曰四矢连翩而出。娈畹仍以目言。

无衣　秦一三三　《左传·定四年》，吴伐楚，入郢，申包胥如秦乞师，秦哀公为之赋《无衣》。

岂曰无衣？与子同袍。　王于兴师，脩我戈矛，与子同仇畴。
岂曰无衣？与子同泽襗。　王于兴师，修我矛戟，与子偕作。
岂曰无衣？与子同裳。　王于兴师，修我甲兵，与子偕行。

袍如今之斗篷，行军者日以当衣，夜以当被。　襗，短襦。

破斧　豳一五七　东征士卒，喜生还也。

既破我斧，又缺我斨。　周公东征，四国是皇惶。　哀我人斯，亦孔之将臧？
既破我斧，又缺我锜。　周公东征，四国是吪。　哀我人斯，亦孔之嘉？
既破我斧，又缺我銶锹。　周公东征，四国是遒。　哀我人斯，亦孔之休？

惶，恐惧之也。　臧，嘉，休，皆善也。　吪，震惊之也。　锜，凿属。　遒，迫也。　锹，臿也。

羔裘　郑八〇

羔裘如濡，洵直且侯。　彼其之子，舍命不渝偷。

羔裘豹饰，孔武有力。　彼其之子，邦之司直。

羔裘晏兮，三英粲兮。　彼其之子，邦之彦兮。

侯，美也。　舍，施也。　命，君命。　偷，苟也。　羔裘，大夫服。　如濡，有光泽貌。　以裘代衣裘之人。　直，正直。　司直，主正人过失之官。　孔，甚也。　豹饰，以豹皮为袖缘。　晏，粲，皆鲜盛貌。　英，裘饰也，疑即上之豹饰，凡三列，故曰三英。　彦，宪，古通，邦之彦犹邦之法则，邦之仪表也。

扬之水　唐一一六

扬之水，白石凿凿。　素衣朱襮襮，从子于沃。　既见君子，云何不乐！

扬之水，白石皓皓皓皓。　素衣朱绣袖，从子于鹄皋。　既见君子，云何其忧！

扬之水，白石粼粼磷磷。　我闻有命，不敢以告人。

凿，皓，磷，皆磨治玉象诸器之名，言光滑也。　襮，袖，皆袖端饰。　沃，皋，本皆训泽，即曲沃也。

权舆　秦一三五

于我乎夏屋渠渠，今也每食无馀。　于嗟乎不承权舆！

于我乎每食四簋，今也每食不饱。　于嗟乎不承权舆！

夏屋，盖食器，房俎之类，状如屋，故名。　渠渠，高竦貌。　权舆，本草木萌芽之名，引申为始初之义。

北门　邶四〇

出自北门，忧心殷殷。　终窭且贫，莫知我艰。　已焉哉！天实为之，谓之何哉！

王事适谪我，政事一埤益我。　我入自外，室人交遍讁我。　已焉哉！天实为之，谓之何哉！

王事敦我，政事一埤遗我。　我入自外，室人交遍摧䧟我。　已焉哉！天实为之，谓之何哉！

终，既也。　一，皆也。　谪，讁，皆责也。王事责之于外，室人责之于内，言公私交迫也。　敦，䧟，皆迫也。

式微　邶三六

式微式微，胡不归！　微君之故，胡为乎中露？

式微式微，胡不归！　微君之躬，胡为乎泥中？

河广　卫六一

谁谓河广？一苇杭之。　谁谓宋远？跂予望之。

谁谓河广？曾不容刀。　谁谓宋远？曾不崇朝。

终南　秦一三〇

终南何有？有条柚有梅。　君子至止，锦衣狐裘，颜如渥丹。　其君也哉！

终南何有？有纪杞有堂棠。　君子至止，黻衣绣裳，佩玉将将。　寿考不忘！

君，美也。

狼跋　豳一六〇　美公孙也。

狼跋其胡，载疐其尾。　公孙硕肤胪，赤舄几几。

狼疐其尾，载跋其胡。　公孙硕肤，德音不瑕暇。

腹前肥曰胪。　暇，已也，止也。

车邻 秦一二六

有车邻邻辚辚,有马白颠。 未见君子,寺侍人之令命。

阪有漆,隰有栗。 既见君子,并坐鼓瑟。 今者不乐,逝者其耋。

阪有桑,隰有杨。 既见君子,并坐鼓簧。 今者不乐,逝者其亡。

辚辚,车声。 颠,额也。 白颠,戴星马。 侍人,内小臣。 并,皆也。 逝者犹明者,对今者言。 耋,老也。

蟋蟀 唐一一四

蟋蟀在堂,岁聿其莫暮。 今我不乐,日月其除。 无已大泰康,职思其居! 好乐无荒,良士瞿瞿。

蟋蟀在堂,岁聿其逝。 今我不乐,日月其迈。 无已大康,职思其外! 好乐无荒,良士蹶蹶。

蟋蟀在堂,役车其休。 今我不乐,日月其慆逾。 无已大康,职思其忧! 好乐无荒,良士休休儵儵。

瞿瞿,惊顾貌,言儆惕也。 职犹当也,今俗语曰得。 已,过也。 泰,安也。 除,去也。 蹶蹶,跳起貌,言敏疾也。 迈亦逝也。 倏倏，惊悚貌。 逾，过也。 孟冬十月，役车当还。

山有枢 唐一一五

山有枢，隰有榆。 子有衣裳，弗曳弗娄搂。 子有车马，弗驰弗驱。 宛苑其死矣，他人是愉！

山有栲，隰有杻。 子有廷庭内，弗洒弗埽。 子有钟鼓，弗鼓弗考。 宛其死矣，他人是保！

山有漆，隰有栗。 子有酒食，何不日鼓瑟！ 且以喜乐，且以永日。 宛其死矣，他人入室！

枢，刺榆。 搂，牵也。苑，萎也。 愉，乐也。 栲，今之臭椿。 庭谓庭院，内谓堂室。

九罭 豳一五九 这是燕饮时主人所赋留客的诗。鱼本是象征度语，在情歌中男女用以称其对方。这里却是泛用或借用，不合原义。

九罭之鱼鳟鲂。 我覯之子，衮衣绣裳。

鸿飞遵渚——公归无所。 于女汝信处！

鸿飞遵陆——公归不复。 于汝信宿！

是以有衮衣兮，无以我公归兮，无使我心悲兮。

九，虚数，言其多。 罭，网目，目多则网密，九罭是捕小鱼的密网。 鳟鲂是大鱼，用捕小鱼的密网捕大鱼，鱼一定逃不脱。 衮衣，玄衣，一曰即黻衣，黑与青谓之黻。 鱼，指之子。 渚，小洲， 无所，无定处。 再宿曰信，此去不知所归，故当相留再宿。 汝，诗人自汝。 女犹此也。 复，返也。 有，藏之也。 下以字犹使也。

羔羊 召一八 大夫受享于诸侯，毕，以其所受赐之皮币退而归于家。《公食大夫礼》有乘皮束帛以侑宾；羔羊，即乘皮；素丝，犹束帛也。

羔羊之皮，素丝五紽。 退食自公，委蛇委蛇。
羔羊之革，素丝五緎。 委蛇委蛇，自公退食。
羔羊之缝𩋒，素丝五总。 委蛇委蛇，退食自公。

革犹皮也。 缝亦皮也。

干旄 鄘五三

孑孑干旄，在浚之郊。 素丝纰之，良马四之，彼姝者子，何以畀之？

孑孑干旟，在浚之都。 素丝组之，良马五之，彼姝者子，何以予之？

孑孑干旌，在浚之城。　素丝祝之，良马六之，彼姝者子，何以告之？

渭阳　秦一三四

我送舅氏，曰至渭阳。　何以赠之？路车乘黄。

我送舅氏，悠悠我思。　何以赠之？琼瑰玉佩。

七月　豳一五四

七月流火，九月授衣。　一之日觱发，二之日栗凛烈冽，无衣无褐，何以卒岁！　三之日于为耜，四之日举趾，同我妇子，馌彼南亩，田畯至喜。

七月流火，九月授衣。　春日载阳，有鸣仓庚。　女执懿筐，遵彼微行，爰求柔桑。　春日迟迟，采蘩祁祁，女心伤悲，殆及公子同归。

七月流火，八月萑摧苇。　蚕月条修桑，取彼斧斨，以伐远扬，猗掎彼女桑。　七月鸣鵙，八月载绩，载玄炫载黄熿，我朱孔阳，为公子裳。

四月秀葽，五月鸣蜩，八月其获，十月陨萚。　一之日于貉，取彼狐狸，为公子裘。　二之日其同，载缵武功，言私其豵，献豜于公。

五月斯螽动股，六月莎鸡振羽，七月在野，八月在宇，九月在户，十月蟋蟀入我床下。 穹烰窒熏鼠，塞向墐户。 嗟我妇子，曰为改岁，入此室处。

六月食郁及薁，七月亨烹葵及菽。 八月剥扑枣，十月获稻，为此春酒，以介匄眉寿。

七月食瓜，八月断壶瓠。 九月叔苴，采荼薪樗，食我农夫。

九月筑场圃，十月纳禾稼。 黍稷重穜穋，禾麻菽麦。 嗟我农夫，我稼既同，上尚入执宫功。 昼尔于为茅，宵尔索绹，亟其乘屋，其始播百谷。

二之日凿冰冲冲，三之日纳于凌阴窨，四之日其蚤叉，献羔祭韭， 九月肃霜爽，十月涤场荡。朋酒斯飨，曰杀羔羊，跻彼公堂，称彼兕觥，“万寿无疆！”

火，大火，即心宿，秋昏向西而下谓之西流。 授衣，授女工使为之。 九月丝麻之事已毕，始为冬衣。 觱发，寒风撼物声。 凛冽，气寒也。 耜，杀草也。 趾，足也。 举趾，耕也。 馌，馈祭。 田畯，田神。 同，会也。 仓庚，黄莺也。 懿筐，深筐也。 遵，循行也。 微行，小径。 柔桑，稺桑也。 阳，暖也。 春日谓二月。 迟迟，日长之意。 采蘩所以供祭祀，女子教成之礼所用。 祁祁，众多貌。 殆，将，及，与也。 公子谓女子，与公子同归，为公子媵妾也。 摧，折也。 苇可以为蚕箔。 蚕月，三月。 长枝去人远扬起者，则伐之，初生之桑枝则偏引而束之。 鵙，伯劳也。 炫熿，采色炫耀貌。 阳，明也。 葽，今之远志。 结实曰秀。 蜩，蝉也。 萚，落叶也。 貉，祃祭，田者习兵之礼。 缵，继也。 小曰豵，大曰豜。 冬田大合众曰同，同继貉以习武功。 斯螽，蝗类，旧说以股鸣。 莎鸡，今曰纺织娘，以羽鸣。 自七月在野，至十月入我床下，皆谓蟋蟀，言其鸣声自远而近也。 宇，檐也。 熔，以火治之也。 向北，向牖也。 墐，以泥涂之也。 庶人编柴竹为户，故当泥之使不通风。 窒，塞也，一曰读为螲蝼，虫名，一曰炙鼠，又曰雀鼠，故与鼠对举。 一说剥读为泡，获读为镬，煮也。 菽，豆也。 郁实似李，正赤，薁，樱薁，实大如龙眼，黑色。 枣，稻皆以酿酒。 冬酿而经春始成曰春酒。 叔，拾，苴，麻子也。 穜，稑，皆谷名。 禾，谷之专名。 同，聚也。 纳谓纳之于仓囷。 宫功，室内之事。 纠绳曰索，绹，绳也。 乘，覆盖也。 茅，绹，所以备盖屋之用。 凌，冰，窨，地室也。 冲冲，声也。 叉，取也，谓取冰。 九月之气清高颢白，十月则万物摇落无余矣。 朋酒，两樽。 公堂，豳公之朝堂。 两手并举曰称。

葛覃 周二

葛之覃兮，施于中谷，维叶萋萋。 黄鸟于飞，集于灌木，其鸣喈喈。

葛之覃兮，施于中谷，维叶莫莫。 是刈是濩，为絺为绤，服之无斁。

言告师氏，言告言归。“薄汙我私！薄澣我衣！”害曷澣害曷否？归宁父母。

覃，延也。施，延及也。维犹其也。无斁，谓无已时也。莫莫，茂密貌。濩，煮也。葛布精曰絺，粗曰绤。治汙曰汙，犹澣也。师氏，保姆也。薄，勉词。私与衣互文足义，总谓私衣，私衣，里衣也。告谕师氏之词。

采蘩 召一三

于以采蘩？于沼于沚。于以用之？公侯之事。
于以采蘩？于涧之中。于以用之？公侯之宫。
被之僮僮，夙夜在公。被之祁祁，薄言还归！

以犹何也。

采蘋 召一五

于以采蘋？南涧之滨。于以采藻？于彼行潦。
于以盛之？维筐及筥。于以湘之？维锜及釜。
于以奠之？宗室牖下。谁其尸之？有齐季稚女。

以犹何也。

兔爰　王七〇　苦于劳役而思死也。

有兔爰爰缓缓，雉离于罗。　我生之初尚无为，我生之后逢此百罹。　尚寐无吪！

有兔爰爰，雉离于罦。　我生之初尚无造，我生之后逢此百忧。　尚寐无觉！

有兔爰爰，雉离于罿。　我生之初尚无庸，我生之后逢此百凶。　尚寐无聪！

为，繇，古同字，为，造，庸，皆谓劳役之事。　吪，动也。　缓缓，宽纵意，犹今言自由也。　罹，忧也。　初，犹前也。　聪，闻也。

伐檀　魏一一二　刺不劳而获者也。

坎坎伐檀兮，寘之河之干岸兮，河水清且涟猗兮。　不稼不穑，胡取㝡禾三百廛缠兮？　不狩不猎，胡瞻尔庭有县貆兮？　彼君子兮，不素蔬餐兮。

坎坎伐辐兮，寘之河之侧兮，河水清且直猗。　不稼不穑，胡取禾三百亿繶兮？　不狩不猎，胡瞻尔庭有县特兮？　彼君子兮，不素食兮。

坎坎伐轮兮，寘之河之漘兮，河水清且沦猗。不稼不穑，胡取禾三百囷稛兮？ 不狩不猎，胡瞻尔庭有县鹑兮？ 彼君子兮，不素飧兮。

缠，繶，稛，皆束也。 囷，聚也。 风行水成文如连锁曰涟。 坎坎，伐木声。 寘，置也。 辐与轮并蒙上章之檀而言，谓伐檀以为制辐与轮之材也。 直，直波之纹也。 兽三岁曰特。 水边曰漘。 沦，水文相次有伦理也。 飧，食也。

下泉 曹一五三 美晋荀跞纳敬王于成周也。 昭二十二年（五二〇）景王崩，太子寿先卒，王子猛立，子朝攻杀猛，晋人又攻子朝而立猛母弟丐，是为敬王。

冽彼下泉，浸彼苞稂。 忾我寤叹，念彼周京。
冽彼下泉，浸彼苞萧莠。 忾我寤叹，念彼京周。
冽彼下泉，浸彼苞蓍。 忾我寤叹，念彼京师。
芃芃黍苗，阴雨膏之。 四国有王，郇伯劳之。

冽，寒也。 下泉，出自地下者。 地下出泉，浸渍稂根，使之湿腐而易死。 稂，莠，蓍，可为马饩。 苞，丛生貌。 郇伯，晋大夫，名跞。 四方诸侯之所以有王者，以郇伯勤劳之之故也。

硕鼠　魏一一三　怨重敛也。

硕鼠硕鼠，无食我黍！　三岁贯宦女汝，莫我肯顾。　逝曷将去女，适彼乐土？　适彼乐土，爰得我所？

硕鼠硕鼠，无食我麦！　三岁贯女，莫我肯德。　逝将去女，适彼乐国？　适彼乐国，爰得我直职？

硕鼠硕鼠，无食我苗！　三岁贯女，莫我肯劳。　逝将去女，适彼乐郊？　适彼乐郊，谁之永号？

宦，事也。　三岁，言其久也。　职犹所也。　之犹其也，其，将也，言既适乐郊，则无所用其号叹也。　劳，慰劳也。

鸱鸮　豳一五五

鸱鸮鸱鸮！　既取我子，无毁我室。　恩殷斯勤斯，鬻幼子之是闵斯！

迨天之未阴雨，彻彼桑土，绸缪牖户。　今女下民，或敢侮予。

予手拮据，予所尚捋荼，予口卒瘁瘏，予所尚蓄租。　曰予未有室家。

予羽谯谯燋燋，予尾翛翛。　予室翘翘，风雨所尚漂摇。　予维鸗音哓哓嗷嗷。

鸨羽　唐一二一

肃肃缩缩鸨羽，集于苞栩橡。　王事靡盬暇，不能蓺稷黍，父母何怙！　悠悠苍天，曷其有所！

肃肃鸨翼，集于苞棘。　王事靡盬暇，不能蓺黍稷，父母何食！　悠悠苍天，曷其有极！

肃肃鸨行胻，集于苞桑。　王事靡盬暇，不能蓺稻粱，父母何尝！　悠悠苍天，曷其有常！

胻，颈也。

黍离　王六五

彼黍离离，彼稷之苗。　行迈靡靡，中心摇摇。　知我者谓我心忧，不知我者谓我何求。　悠悠苍天！此何人哉？

彼黍离离，彼稷之穗。　行迈靡靡，中心如醉。　知我者谓我心忧，不知我者谓我何求。　悠悠苍天！此何人哉？

彼黍离离，彼稷之实。　行迈靡靡，中心如噎。　知我者谓我心忧，不知我者谓我何求。　悠悠苍天！此何人哉？

离离，行列貌。　靡靡，行迟貌。　噎，气逆不能息也。

乐府诗笺

目录

124 日出入
126 朱鹭
127 思悲翁
128 艾如张
129 上之回
130 翁离
131 战城南
132 巫山高
133 上陵
135 将进酒
137 君马黄
137 芳树
138 有所思
140 上邪
141 雉子班
141 圣人出
142 临高台
143 远如期
144 石留
144 薤露
145 蒿里
146 梁甫吟
148 平陵东
149 猛虎行
150 鸡鸣
152 相逢行
154 长安有狭斜行
155 陌上桑
158 陇西行
159 艳歌行

160 羽林郎
162 饮马长城窟行
163 始生
164 枯鱼过河泣
165 豫章行
166 艳歌行
166 咄唶歌
167 董逃行
170 焦仲卿妻

日出入

《郊祀歌》十九章之第九，见《汉书·礼乐志》。《志》曰："至武帝定郊祀之礼，……多举司马相如等数十人，造为诗赋，略论律吕，以合八音之调，作十九章之歌。以正月上辛用事甘泉圜丘，使童男女七十人俱歌。昏祠至明，夜常有神光如流星，止集于祠坛。天子自竹宫而望拜，百官侍祠者数百人，皆肃然动心焉。"

日出入安穷，时世不与人同，故春非我春，夏非我夏，秋非我秋，冬非我冬。泊如四海之池，王先谦曰："(《史记》)《日者传》'地不足东南，以海为池'，(《汉书》)《枚乘传》'朝夕之池'，谓海中朝夕往来，与此'四海之池'同义。"案海之言晦(《尔雅·释地》舍人孙李等注及《释名》《释水》俱训海为晦)，远极晦冥不可辨也。《释地》"觚竹，北户，西王母，日下谓之四荒；九夷，八狄，七戎，六蛮谓之四海"，李巡注曰"四海远于四荒"，《周书·太子晋篇》曰"善至于四海曰天子，达于四荒曰天王”，又以四荒远于四海，实则海荒一声之转，义本无别，海之言晦冥，荒之言荒忽，皆远极之谓也。《周语》中注“池，积水也”，四海之池犹言四荒之积水耳。泊如犹泊然。《老子》二十章“澹兮其若海”，淡泊义同，静寂貌也。**遍观是邪谓何**？“是”斥四海。“邪”语助，今字作呀。“谓何”犹“云何”。言若能遍观此四海，君以为如何乎？**吾知所乐，独乘六龙**。知疑当为私字之误也。言吾私心所好者独乘此六龙以遍观四海也。《易·乾彖传》曰：“时乘六龙以御天。”**六龙之调，使我心若**。应劭曰：“武帝愿乘六龙，仙而升天，曰，吾所乐，独乘六龙，然御六龙得其调，使我心若。”案审应之意，正文及注两若字，并当作苦。此言乘龙升天，六龙既调，将往而不返，思念故旧，行当永诀，又不觉为之心苦也。下文“訾黄其何不徕下”，訾黄即六龙（详下），以乘龙御天为苦故呼之使下也。且古韵鱼部入声字，多不与平上去相叶，此本以苦下为韵，今作若，则失其韵矣。**訾黄其何不徕下**！应劭曰：“訾黄一名乘黄，龙翼而马身，黄帝乘之而仙。”案《初学记》二九引《符瑞图》曰：“腾黄者，神马也，其色黄。一名乘黄，亦曰飞黄，或作吉黄，或曰翠黄，一名紫黄。其状如狐，背上有两角，出白民之国，乘之寿可三千岁。”訾黄即紫黄也。《周礼·廋人》“马八尺以上为龙”，《说文》“马八尺为龙”，《觐礼》“天子乘龙”，《月令》“驾苍龙”，《大戴记·五帝德篇》“帝喾春夏乘龙”。《离骚》“为余驾飞龙兮”，皆谓马也。天子驾六，故曰六龙。此云訾黄，即上之六龙。徕来同。既以乘龙御天为乐私，及六龙已调，反以为苦，而趣之使下，语近诙谐，而意存讽谏。

旧解未了。

朱　鹭

以下十八篇（实只十七篇，说详下），并见《宋书·乐志》，总称《鼓吹铙歌十八曲》。朱鹭者鼓饰也。《尔雅·释乐》“大鼓谓之鼖”，《大雅·灵台》“贲鼓维镛”，字作贲。案贲者饰也，鼓上加鸟羽以为饰，即《周颂·有瞽》所谓“树羽”，《礼记·明堂位》所谓“璧（壁）翣”。鼓大则易为饰，故大鼓谓之鼖鼓。其饰之尤繁者，或变鹭羽为全鹭。羽旄之饰，本皆染朱，饰鼓之鹭，出于羽饰，故其色亦朱。张正见《朱鹭篇》曰“周诗振雅曲，汉鼓发奇声”，以乐府朱鹭为鼓饰是也。《隋书·乐志》曰：“建鼓，殷所作，又栖翔鹭于其上，不知何代所加。”是古饰鹭之鼓，历汉至隋，其制犹存，张说盖得之目验。

朱鹭，鱼以乌，庄述祖读乌为歍，云《说文》“歍，心有所恶若吐也。”案庄说近是。以与已通。鼓饰盖又有鱼在鹭傍，故曰鱼已歍。《禽经》“朱鹭不吞鲤”，疑亦因鼓饰而造说。**路訾邪**，路訾疑即鹭鹚。《说文》“鹚，鸬鹚也”，《系传》云卢鹚即鸕鷀，案鹚鷀訾声并近。邪同呀。**鹭何食？食茄下**。茄荷古通，《陈风·泽陂》“有蒲与荷”，《尔雅·释草》樊，注引作茄，《离骚》“制芰荷以为衣兮”，《汉书·扬雄传》上《反离骚》“衿芰茄之绿衣兮”，字作茄，注引《古今字诂》曰：

"茄亦荷字。"下疑当为华，声之误也。鼓饰盖作鹭衔荷华之象。裴宪伯《朱鹭篇》"群飞向葭下"，苏子卿《朱鹭篇》"非贪葭下食"，以茄为葭，读下如字，并非。**不之食，不以吐，将以问诛者**。诛一作谏。案作谏者是。《管子·桓公问篇》"禹立谏鼓于朝而备讯唉"，《淮南子·泛论篇》"禹之时以五音听治，悬钟鼓磬铎置鞀，以待四方之士，为号曰'教寡人以道者击鼓，……'"《主术篇》"尧置敢谏之鼓"。案《周颂·有瞽》"崇牙树羽，应田县鼓"，《传》"田，大鼓也"，《笺》"田当作朄朄小鼓"，《周礼·大师》，《礼记·明堂位》郑注，《尔雅·释乐》郭注，《宋书·乐志》并引《诗》作朄。案字当依郑，训当从毛。《说文》作𨍭，从申柬声，当系古读，朄鼓即谏鼓也。《广雅·释诂三》"问，遗也"。"将以问谏者"，谓若有谏者来击鼓，当以此荷华遗之其人以旌异之也。

思悲翁

何承天《思悲公篇》作公，悲一作裴。案公翁皆男子尊称，作公亦通，悲作裴，字之误。诗似谓夫为贼所执，庐舍被劫，妻子逃散。

思悲翁，悲如字。一说读为彼，《毛诗》每以匪为彼，悲之通彼，犹匪之通彼也。**唐思**，庄述祖云：唐思，徒思也。案庄说是也。下文"但我思"，但亦徒也。唐但徒一声之转。**夺我美人侵以遇**。美人谓夫，即上之悲翁。以犹我也。《尔雅·释诂》"台，谓我也"，金文或作辝，或作以，《礼记·祭统》“对扬以辟之勤大命，施于烝彝鼎”，以辟即我君。遇读为寓，寓寓本同字。《说文》寓为宇之籀文，《大雅·桑柔传》“宇，居也”。侵以遇即侵我室家。**悲翁也，但我思。**上云“思悲翁”，我思翁也。此云“但我思”，翁思我也。我，妇人自谓。**蓬首狗，逐狡兔，食交君。**首一作蕞，《文选·西征赋》“蕞芮于城隅者百不处一”，注“蕞，聚貌”，《小尔雅·广诂》“最，丛也”，蕞最同。最聚丛俱从取声。古字当同音同义。蓬蕞当读如蓬丛，本双声连语，字一作髼鬆，多毛之貌也。《说文》“尨，犬之多毛者”，《穆天子传》四“天子之尨狗”，注“尨，尨茸也，谓猛狗”，蓬蕞狗即尨狗矣。交君疑当为狡麏。《说文》“豜，獟犬也，一曰逐虎犬”，犬能逐虎，则食麏当无不可。**枭子五，枭母六，拉沓高飞暮安宿！**枭，博綦胜采之名，此曰“枭子五，枭母六”，用博綦术语，以喻母子。枚乘《梁王菟园赋》“徐飞翋𦑣”，傅毅《舞赋》“拉揩鹄惊”，拉沓与拉揩翋𦑣同，飞貌也。暮读为莫，《战城南篇》“莫不夜归”，《乐府诗集》作暮，是其比。兔麏已见侵害，因我枭高飞以远祸，妇人自儆勑之词也。

艾如张

郭茂倩曰：“艾与刈同，《说文》曰‘芟草也’。如读为而。”案晋《鼓吹曲·征辽东》下云“《古艾而张行》”，字仍作而。

艾而张罗，夷於何，行成之。“夷於何”皆声也。《说文》“咦，南阳谓大呼曰咦”，夷咦同。于何犹乌乎，于即乌之隶变，何乎一声之转，本字即呵呼，义亦相近。**四时和，山出黄雀亦有罗，雀以高飞奈雀何？**以已通。**为此倚欲**，倚欲当为掎脚。《周礼·翨氏》注：“置其所食之物于绢（羂）中，鸟来下，则掎其脚。”掎之亦谓之脚之，《史记·司马相如传》“射麋脚麟”，《集解》“脚，掎足也”。或二字连言之，《说文》“䚭，相踦䚭也”，踦䚭即掎脚。动词名化，则掎脚之器亦谓之掎脚，此诗之“掎欲”是也。《赵策》三“人有所置系蹄者而得虎，虎怒，决蹯而去”，捕鸟之器谓之掎脚，犹捕兽之器谓之系蹄矣。**谁肯礞室。**礞室未详，董说谓礞为䃰之误，亦难定。室字不入韵，恐仍有讹夺。

上之回

案诗曰“上之回所中，益夏将至，行将北以承甘泉宫”，是夏日将自回中北幸甘泉避暑也，张正见《上之回篇》曰“林光称避暑，回中乃吉行”，得之。

上之回所中，之，往也。所犹行在所也。《独断》上：“天子所在曰行在所。”回所中谓回中宫，《汉书·匈奴传上》：“孝文十四年，匈奴……入朝那萧关，……遂至彭阳，使骑兵入烧回中宫。”《武帝纪》：“【元封】四年冬十月，行幸雍，祠五畤，通回中道，遂北出萧关。”**益夏将至**，益夏疑谓盛夏，《广雅·释诂一》“溢，盛也”，益为溢初文。

或曰益即盛之误字，亦通。**行将北以承甘泉宫**。《小尔雅·广诂》“承，次也”，疑承为次第之次，亦为次舍之次。此谓次舍也。**寒暑德**，德读为得，得其宜谓之得。声转为适，《吕氏春秋·大乐篇》“寒暑适”。**游石关**，《汉书·扬雄传》上“甘泉本因秦离宫，既奢泰，而武帝复增通天，高光，迎风宫，外近则洪涯，旁皇，储胥，弩陆，远则石关，封峦，枝鹊，露寒，棠梨，师得游观，屈奇瑰玮”，注曰：“棠梨宫在甘泉苑垣外，师得宫在栎阳界，其余皆甘泉苑垣内之宫观也。”《司马相如传》上注引张揖曰：“〔石关，封峦，鳷鹊，露寒〕四观，武帝建元中作，在云阳甘泉宫外。”案《上林赋》“蹷石关，历封峦”，《甘泉赋》“封峦石关，施靡虖延属”，盖此二宫，景物尤胜，故时人数称之。**望诸国，月支臣，匈奴服，令从百官疾驱驰**，从百官，扈从之百官也，《封氏闻见记》“百官从驾谓之扈从”。**千秋万岁乐无极**。

翁　离

诗作拥离，何承天《雍离篇》作雍。拥翁音近通假，《释名·释姿容》“拥，翁也，翁抚之也”，是其比。诗意似《九歌·湘夫人》，盖祀神之曲也。惜篇末脱烂，无由窥其全豹。

拥离趾中可筑室，趾读为沚，《天问》“黑水玄趾”，一作沚，是其比。《尔雅·释水》“水中可居者曰洲，小洲曰陼，小陼曰沚”。拥之为言犹痈瘫也。《说文》“痈，肿也”“瘫，痈也”，字或作癕，见《广韵》

《集韵》，则与离音正同。《集韵》癰同疬。拥离沚者，小沚磊然，如痈疽瘰疬之状也。夫水之有洲渚，往往因泥沙淤积而成，而旧亦谓血气否结，则为痈癰，然则肤肉之病谓之痈癰，洲渚之状谓之拥离，其义一而已矣。又《汉书·地理志下》西河郡原注"治塞外翁龙埤是"，颜师古注曰："翁龙，埤是，二障名也。"案俱叠韵连语，翁龙犹拥肿，障以形状而得名也。翁龙拥离一语之转，沚状谓之拥离，亦犹障状谓之翁龙也。**何用葺之蕙用兰。**下用字当为以，以用声近，又涉上文而误。以犹与也。《九歌·湘夫人》"筑室兮水中，葺之兮荷盖"，此诗二句与彼酷似，疑亦祀神乐章。**拥离趾中**此下当有脱文。

战城南

战城南，死郭北，野死不葬乌可食。为我谓乌，且为客豪，豪读为号，字一作譹。《庄子文字·齐物论篇》"叫者，譹者"，《释文》譹音豪，引司马注云"若譹哭声"，即号哭也。**野死谅不葬，腐肉安能去子逃？水深激激，蒲苇冥冥，**《方言》十二"激，清也"，《说文》"冥，幽也"。**枭骑战斗死，驽马徘徊鸣。**枭与骁通。《汉书·高帝纪》上"北貉燕人来致枭骑助汉"，《史记·韩长孺传集解》引作骁。《说文》"骁，良马也"。**梁筑室，何以南何以北，**梁上疑脱一字，□梁筑室对文。吴闿生曰"何南何北即河南河北"。**禾黍不获君何食？愿为忠臣安可得？**吴汝纶曰："言工役不息，行当饿死，求为战死之忠臣而不可得也。”思子良臣，良臣诚可思，朝行出攻，莫不夜归！臣疑当为人，人臣声类同，又涉上文忠臣而误。良人者，《孟子·离娄下篇》“其良人至”，赵注曰：“妇人称夫曰良人。”《秦风·小戎》为妇人思念役夫而作，其诗曰“厌厌良人”。此诗义与彼同，“思子良人，良人诚可思”者，亦妇人思夫之辞。上言“思子良人”，下言“莫不夜归”，思之而冀其勿死也。字或作暮，非是。

巫山高

《南部新书》庚：“濠州西有高唐（原误塘，从《封氏闻见记》，《诗话总龟》改。）馆，附近淮水。”案此与夔蜀之高唐馆同名，以地名迁徙之例推之，疑濠西淮水附近之高唐馆，其所在之山亦名巫山。此诗巫山淮水并称，即濠西之巫山也。

巫山高，高以大，淮水深，难以逝，难一作深，是。《论语·阳货篇》“日月逝矣”，皇疏曰：“逝，速也。”以犹且也，《临高台篇》“临高台，（高）以轩，下有清水清且寒”，正以“以”与“且”为互文。沈约《豫章行》“燕陵平而远，易河清且驶”，句法亦近（逝驶一声之转，《广雅·释诂一》“驶，疾也”）。我欲东归，害梁不为我集无高曳水何梁自“害梁”以下，讹互不可属读。高曳疑当为篙栧。《玉篇》“栧同枻，楫也”，《吴都赋》“篙工楫师”。汤汤回回，临水远望，泣下沾衣，远道之人心思归，谓之何？

上　陵

《后汉书·礼仪志》注引谢承《后汉书》曰:“建宁五年正月,车驾上原陵,蔡邕……曰:‘闻古不墓祭,朝廷有上陵之礼,始为可损,今见威仪,察其本意,乃知孝明皇帝至孝恻隐不可易旧。’”《古今乐录》曰:“汉章帝元和中有《宗庙食举》六曲,加《重来》《上陵》二曲,为《上陵食举》。”案何承天《上陵者篇》曰“野莽宿,坟土干,顾此累累中心酸”,言祭墓事,是谓铙歌《上陵》之词即《上陵食举》所歌,盖始于何氏,后世多承其说,然有可疑者三。据谢承(《后汉书》)智匠(《古今乐录》),明帝初行上原陵之礼,章帝时乃作《上陵食举》之乐,是礼乐皆兴于东京。铙歌为西京歌曲(本篇言“甘露初二年”,其为宣帝时作,尤为著明),其时何来上陵之事?(或疑西京旧有《上陵》,终无确据。)此其一。藉如何说,则乐因礼作,内容自当一致。今礼为墓祭,而乐章但言神仙,与祭墓了不相涉,其故难详。此其二。礼名上陵,上犹登也,谓登于原陵以致祭也,食举乐名,义亦犹此。然详审歌词“上陵何美美,下津风以寒”,与《巫山高篇》“巫山高,高以大,淮水深,深以逝”,《临高台篇》“临高台,高以轩,下有清水清且寒”,句法略近,上陵下津似皆地名。前者上为动词,后者上为形容词,是歌词之《上陵》,与东京礼乐之名,字虽同而义异,乌得混为一谈?此其三。窃意陵林声近,古书每每讹互,《左传·僖十四年》“诸侯城缘陵”,《谷梁传》作林,《庄子·齐物论篇》“山林之畏佳”,奚侗云当作山陵(畏佳即崽崔,山貌也),《楚辞·大招》"山林险隘"，林一作陵，《六韬·绝粮篇》"依山林险阻水泉林木而为之固"，《通典》五七引作山陵，并其比。本篇上陵或本作上林，后人习闻《上陵食举》之名，因误林为陵耳。宣帝元康四年神爵集上林苑，（详下）本篇"白雁随山林"云云，盖即其类。姑献此疑，以竢博识。

上林何美美，下津风以寒。美疑读为枚，《鲁颂·閟宫》"实实枚枚"，《释文》引《韩诗》曰"枚枚，闲暇无人之貌"，一作微微，《文选·南都赋》"清庙肃以微微"，李注："微微，幽静貌。"**问客从何来，**陈本礼曰："客即仙也。"**言从水中央，桂树为君船，**《九歌·湘君》"沛吾乘兮桂舟"**青丝为君笮，**《释名·释船》"引舟者曰筰"，《玉篇》"筰，竹索也，引舟竹筊也"，笮筰同。**木兰为君櫂，黄金错其间。**《九歌·湘君》"桂櫂兮兰枻"，《说文》"错，金涂也"，谓涂金以为文饰。《小雅·采芑传》"错衡，文衡也"，《书中候·考河命》"赤文绿错"。**沧海之雀赤翅鸿，白雁随山林，乍开乍合，曾不知日月明！**雀犹鸟也，《文选·高唐赋》"众雀嗷嗷"，李注曰："雀，鸟之通称。"《汉书·武帝纪》"〔太始〕三年春，……行幸东海，获赤雁，作《朱雁之歌》"，《礼乐志·郊祀歌》十八，"赤雁集，六纷员"，赤翅鸿谓此。白雁，史阙载。陈本礼曰："山不一山，林不一林，山忽开而林忽合，惟视禽鸟之飞舞翔集，以为开合也。至于日月蔽明，益见禽鸟之多。"案《汉书·宣帝纪》元康三年六月诏曰"今春五色鸟以万数，飞过属县，翱翔而舞，欲集未下"，四年三月诏曰"迺者神爵五采以万数，集长乐未央北宫高寝，甘泉泰畤殿中及上林苑”，神爵二年二月诏曰“迺者正月乙丑，凤皇甘露降集京师，群鸟从以万数”，四年二月诏曰“迺者凤皇甘露降集京师，嘉瑞并见，修兴泰一五帝后土之祠，祈为百姓蒙祉福，鸾凤万举，蜚览翱翔，集止于旁”，此皆甘露二年前事，诗所言盖即此类。**醴泉之水，光泽何蔚蔚！**醴泉详下。《鲁灵光殿赋》“葱翠紫蔚”，杜甫诗“上有蔚蓝天”。字一作郁，《后汉书·光武帝纪》“气佳哉郁郁葱葱”。**芝为车，龙为马，览遨游，四海外。甘露初二年，芝生铜池中，**《汉书·宣帝纪》神爵元年诏曰：“迺者神爵仍集，金芝九茎产于函德殿铜池中。”**仙人下来饮，延年千万岁。**《汉书·宣帝纪》甘露二年诏曰：“迺者凤皇甘露，降集京师，黄龙澄兴，醴泉滂流，枯槁荣茂，神光并见，咸受祯祥。”稽瑞引《瑞应图记》：“王者理讼得所，则醴泉出于京师，有仙人以‘爵’（从《开元占经》一〇〇，《御览》八七三引补）酌之。”

将进酒

此纪讌饮赋诗之事，《楚辞·招魂》曰“结撰至思，兰芳假些，人有所极，同心赋些，酎饮尽欢，乐先故些”，足与此相发。

将进酒，乘大白。《汉书·叙传》上“皆引满举白”，注“白者罚爵之名也”，《文选·吴都赋》“飞觞举白”，刘注“白，罚爵名也”。《说苑·善说篇》“饮不釂者，浮以大白”。乘读为承，《说文》“承，奉也”，

《易》艮六二马注："承，举也。"**辨加哉，诗审博**辨读为辩。辩者以言辞相角斗，故辩有斗义。加者，《说文》"加，语相增加也""诬，加言也"。案《匡谬正俗》一曰"刘昌宗周续等音加为架"，今俗语口角谓之吵架，即以恶言交相陵加之谓。此义与辩最近，故诗以辩加连文。或倒之曰加辩，《楚辞·大招》"伏戏《驾辩》，楚《劳商》只"，驾辩即加辩（《庄子·庚桑楚篇》"譬犹饮药以加病也"，崔本加作驾）。诗犹辞也，《毛诗指说》引梁简文帝曰："诗者辞也，在辞为诗。"《说文》"审，悉也""悉，详尽也"。审博义近，《中庸》"博学之，审问之"，亦二字并用而为对文。"诗审博"犹言其辞详尽而繁博也。讌饮赋诗，奇思黠语，转相陵加，以为戏斥，不胜者科以罚爵，世所传宋玉《大小言》《登徒子好色》及《讽赋》，司马相如《美人赋》，并孝武时柏梁诗赋，皆其类也。所作之辞，或有即席播为声乐者，故《大招》之《驾辩》，王注以为乐曲名。**放故歌，心所作，**放弃也，故旧也。言旧传之歌，悉弃而弗用，皆各抽密思，自铸新词也。**同阴气，诗悉索，使禹良工观者苦。**禹当为尔字之误也。古隶尔作爾，禹或作㝢若禸，爾缺损，与㝢禸相似，故尔误为禹。观当为歌，声之误也。歌观歌元对转，崔适谓伪古文《五子之歌》即《五观》之误，是其比。苦疑当为若，与白博作索韵。同即同律之同。《周礼·大师》："掌六律六同，以合阴阳之声。阳声，黄钟，太簇，姑洗，蕤宾，夷则，无射。阴声，大吕，应钟，南吕，函钟，小吕，夹钟。"《典同》"掌六律六同之和，以辨天地四方阴阳之声"，故《书》同作铜，郑众注曰："阳律以竹为管，阴律以铜为管，竹阳也，铜阴也，各顺其性，凡十二律。”同为阴声，故曰“同阴气”也。《尔雅·释言》“偲，声也”，《释文》曰“偲，草动声也”，《玉篇》“偲，小声也”，《广韵》“偲偲，呻吟也”。案悉索双声连语，犹偲偲也。声转为悉率，以为虫名，则作蟋蟀，蟋蟀者以其鸣声微细而得名也。若，顺也。此言歌律协六同之阴气，其音靡妙幽细，使歌者引声赴节，曲折浮沉，能尽其巧也。

君马黄

君马黄，臣马苍，二马同逐臣马良。《汉书·高帝纪上》“吕公曰，臣少好相人”，注引张晏曰：“古人相与语，多自称臣，自卑下之道也，若今人相与言自称仆也。”易之有騩蔡有赭，易，燕之故邑，汉涿郡易县。蔡故国，汉上蔡县，平侯徙新蔡，汉新蔡县，均属汝南郡，后二世徙下蔡，汉沛郡下蔡县。《说文》“騩，马浅黑色”。《尔雅·释畜》“彤白杂毛騢”，《诗·駉》疏引舍人注：“赤白杂毛，今赭白马，名騢。”美人归以南，驾车驰马，美人伤我心，佳人归以北，驾车驰马，佳人安终极！

芳　树

芳树日月君乱如于风疑当读“乱如于风”四字截句，如读为挐，挐亦乱也，《淮南子·览冥篇》“美人挐首墨面而不容”，高注曰：“挐

首，乱头也。"《七发》曰“众芳芬郁，乱于五风，从容猗靡，消息阳阴”，“挐乱于风”犹“乱于五风”。卢照邻《芳树篇》“风归花历乱”，本此。**芳树不上无心温而鹄三而为行临兰池，**《史记·秦始皇本纪》“逢盗兰池”，《正义》引《括地志》“兰池陂即古之兰池，在咸阳县界”，《汉书·地理志》“渭城县有兰池宫”。**心中怀我怅，心不可匡，**匡疑当为�字之误也。《说文》匩古文藏字。《小雅·隰桑》“中心藏之”。**目不可顾，妬人之子愁杀人。君有他心，乐不可禁。王将何似！如孙如鱼乎？悲矣！**孙读为荪。字一作荃，《九歌·少司命》“荪独宜兮为民正”，《九章·抽思》“数惟荪之多怒兮”，又“荪佯聋而不闻”，又“愿荪美之可完”，荪并一作荃。《庄子·外物篇》“荃者所以在鱼”，《释文》引崔注曰：“荃音孙，香草也，可以饵鱼。”“如荪如鱼”者，谓彼妬人之子如香饵，王则如鱼，将受其欺也。行临兰池，即目生感，语拙而哀音动人。作者其陈皇后班倢伃之流欤？

有所思

庄述祖谓此与《上邪》为男女问答之辞，当合为一篇。案庄说允为妙悟，然细玩两篇，不见问答之意，反之，以为皆女子之辞，弥觉曲折反覆，声情顽艳。

有所思，乃在大海南。何用问遗君？用，以也。《广雅·释诂三》“问，遗也”，《汉书·娄敬传》“数问遗”，《酷吏郅都传》“问遗无所受”。**双珠玳瑁簪，用玉绍缭之。**《史记·春申君传》“赵使欲夸楚，为玳瑁簪，刀剑室以珠玉饰之”，《后汉书·舆服志》“簪以玳瑁为擿，长一尺，端为华胜，下有白珠”。《说文》“绍，一曰紧纠也”“缭，缠也”。绍缭叠韵连语。**闻君有他心，拉杂摧烧之。摧烧之，当风扬其灰。**《吕氏春秋·忠廉篇》“挚执妻子，焚之而扬其灰”，《史记·龟策列传》“祝曰‘……不信不诚，则烧玉灵，扬其灰以征后龟’”。**从今以往，勿复相思！相思与君绝，鸡鸣狗吠，兄嫂当知之。**《庄子·则阳篇》“鸡鸣狗吠是人之所知”，《易林·随之既济》“当年早寡，孤与（宇）独居，鸡鸣犬吠，无敢问者”。**妃呼狶。**徐祯卿曰：“乐府中有‘妃呼狶’‘伊阿那’诸语，本自亡义，但补乐中之音。”陈本礼曰：“妃呼狶皆作声词读，细玩其上下语气，有此一转便通身灵豁，岂可漫然作声词读耶？”案二说未知孰是。余又疑系乐工所记表情动作之旁注。妃读为悲，呼狶读为歔欷（呼歔音近通用，《北海相景君碑》“歍歔哀哉”即呜呼哀哉，欷狶并从希声）。《文选·闲居赋》注引《苍颉篇》“欷歔，泣余声也”，《广雅·释诂三》“欷，悲也”。“悲歔欷”者，歌者至此当作悲泣之状也。**秋风肃肃晨风飔，**肃肃即飋飋，风声也。庄述祖谓晨风即《秦风》“鴥彼晨风”之晨风，至确。惟《毛传》谓晨风即为鹯，非是，当从齐说以为雉名。《说文》“翰，天鸡赤羽，《逸周书》曰‘文翰若翚（案当作皋）雉’，一名鷐风，周成王时蜀人献之”，鷐风即晨风。《易林·豫之革》曰“晨风文翰，随时就温，雌雄相和，不忧危殆”，是齐说以《诗·晨风》为雉类之文翰，与毛异说。考《诗》每以雉鸣喻求偶，《晨风》亦怀人之诗，故以此鸟起兴，齐说为长。

以《诗》义求之，本篇之“晨风”亦谓雉也。飔当为思，涉上文风字而误加风旁。《鲁语》注虞思字幕，幕与慕通，《方言》十“凡言相怜哀，江滨谓之思”，《庄子·德充符篇》“丈夫与之处者思而不能去”，《大荒东经》“思士不妻，思女不夫”，皆谓恋慕也。《文选·励志诗》“吉士思秋”，注曰：“思，悲也”，悲与恋慕，义相因。“晨风思”者，晨风之鸟慕类悲鸣也。**东方须臾高知之。**高读为皜。《文选·江赋》注“皜，白也”。案皜之训白，本谓日出之白，《尔雅·释天》“皓，日出也”，皜皓同。东方皜犹言东方白。知之者，知我之感于雉鸣而思君也。必于东方白时知之者，雉鸣皆在朝旦。《邶风·匏有苦叶》二章曰“雉鸣求其牡”，三章曰“旭日始旦”，《小雅·小弁》曰“雉之朝雊，尚求其雌”，《琴操·雉朝飞操》曰“雉朝飞兮鸣相和，雌雄群游兮于山阿”，皆雉朝鸣求偶之证。此言须臾而东方发白，秋风飋飋，群雉悲鸣，将使我闻之而益思君不置，孰谓我之真欲与君相绝哉？《邶风飕·雄雉》曰“雄雉于飞，下上其音，展矣君子，实劳我心”，古今诗人，盖有同感焉。

上　邪

上邪！庄述祖曰：“指天日以自明也。”**我欲与君相知，长命无绝衰，**庄述祖曰“命，令也”，案古字通。**山无陵，江水为竭，冬雷震震夏雨雪，天地合，乃敢与君绝！**

雉子班

十八曲中，此及《圣人出》，《石留》等三篇，“言字讹谬，声辞杂书”（《宋书·乐志》引景祐《广记》语），最为难读。此类皆不可强解，今惟略诠一二，阙所不知。

雉子班如此之干雉梁无以吾翁孺雉子知得雉子，高蜚止，黄鹄高蜚之以重，重一作千里。案重即千里二字之误合，子止里子为韵。吴兢《乐府古题要解》引正作千里。**王可思，雄来蜚从雌视子。**《晋语》八“叔鱼生，其母视之，曰‘是虎目而豕喙，鸢肩而牛腹，谿壑可盈，是不可餍也，必以贿死’，遂不视”，韦注曰：“不自养视。”**趋一雉雉子车大驾马。**一无马字。**滕彼王，送行所中，**滕疑读为朕，朕（朕）送古当同字，犹造古文作艁也。此滕送并出，疑有一衍。行所犹行在所，《上之回篇》“上之回所中”。**尧羊蜚从王孙行。**尧羊读为翱翔。尧皋声近，《淮南子·主术篇》注“桡，刺船棹也”，尧通作翱，犹桡一曰棹也。翔从羊声，古音盖读如羊，《月令》“群鸟养羞”，《淮南子·时则篇》作“群鸟翔”，是其比。

圣人出

圣人出，阴阳和，美人出，游九河，佳人来騑离哉何，騑读为飞，离何叠韵连语，《文选·西京赋》“墱道逦倚以正东”，注曰“逦倚，一高一下，一屈一直也”，离何叠逦倚声近义同。**驾六飞龙四时和。君之臣明护不道**，明当为萌，古与民通。《管子·揆度篇》“其人同力而宫室美者良萌也”，《文选·长杨赋》“遐萌为之不安”，《蜀都赋》刘注引《蜀王本纪》“是时人萌椎髻左衽，不晓文字”，《后汉书·文苑杜笃传》“不可久虚以示奸萌”，《潜夫论·班禄篇》“侵渔不止，为萌巨害”，《成阳灵台碑》“以育苗萌”，皆谓民也。“君之臣萌”，亦即君之臣民。不字盖误，未详所当作。**美人哉，宜天子**。宜读为仪，《天问》“简狄在台喾何宜”亦以宜为仪。《尔雅·释诂》“仪，匹也”。**免甘星筮乐甫始**，“免甘”不知与金文习见之“蔑曆”为一事否，其义未详。**美人子，含四海**。子疑当为哉，声之误，不则哉省为才，与子形近而误。含与函通，“函四海”犹言奄有四海也。

临高台

陈沆曰：“《风俗通》：明帝东巡有乌飞鸣乘舆上，虎贲中郎将王吉射中之，作辞曰：‘乌哑哑，引弓射，洞左掖，陛下万寿年，臣为二千石。’与此曲同旨。”

临高台以轩，以上疑夺高字。魏文帝《临高台篇》曰：“临台（此下原衍行字）高高以轩，下有水，清且寒，中有黄鹄往且翻，行为臣，常尽忠，愿令皇帝陛下三千岁，宜居此宫，……”前半全袭此篇，以上正有高字。轩，高举也，《文选·射雉赋》“郁轩翥以余怒”，注“轩，起望也”，《海赋》“翔雾连轩”，注“连轩，举也”。高以轩，高且轩也。**下有清水清且寒，江有香草目以兰，**目疑当为苣，苣缺损为叵，与目形近因误为目。以犹与也。《九歌·湘夫人》“沅有苣兮澧有兰”。**黄鹄高飞离哉翻**离翻对转连语，飞貌也。《庄子·天下篇》“而连犿无伤也”，李注“连犿，宛转也”，《文选·文赋》“浮藻联翩”，注“联翩将坠貌”，离翻，连犿，联翩、并声转义近。**关弓射鹄，**《左传·昭二十一年》“豹则关矣”，杜注“关，引弓”，《释文》“关本作弯”，《孟子·告子下篇》“越人关弓而射之”，《文选·吴都赋》刘注引作弯。**令我主寿万年！收中吾**吾一作吉。刘履曰：“篇末‘收中吾’三字，其义未详，疑曲调之余声，如《乐录》所谓‘羊无夷’‘伊那何’之类。”

远如期

远如期，益如寿。二如字并读为汝。《庄子·天道篇》“长于上古而不为寿”，郭注曰：“寿者期之远耳。”案期与稘通，《广雅·释诂一》“稘，年也”，远期即远年，《晋语》八“思长世之德，历远年之数”。**处天左侧，**古称天左旋，“处天左侧”盖谓与天并行转运不息，故下文云“与天无极”。**大乐万岁，与天无极，**《鲁相史晨祠孔庙奏铭》“长享利贞，与天无极”，《千秋万岁镜》“与天无亟，而（如）日月明”，亟极同。**雅乐陈，佳哉纷。单于自归，动如惊心，虞心大佳，**佳疑读为快，圭夬声近通用，《庄子·达生篇》“倍阿鲑蠪跃之”，《释文》

"鲑本一作蛙",《史记·龟策列传》"蚗蠪制之", 字作蚗,《离骚》"恐鹈鴂之先鸣兮", 扬雄《反离骚》作鷤𪃍, 并其比。**万人还来, 谒者引乡殿陈**, 乡向同。《尔雅意境·释宫》"堂途谓之陈", 郭注"堂下至门径也"。《小雅·何人斯》"胡逝我陈",《传》"陈, 堂涂也",《仪礼·乡饮酒礼》注:"当陈揖, 当碑揖。" 一曰下陈,《晏子春秋·谏下篇》"辟拂三千谢于下陈",《史记·李斯传》"所以饰后宫, 充下陈"。**累世未尝闻之, 增寿万年亦诚哉!**

石 留

何承天《石流篇》作流。

石留凉阳凉石水流为沙锡以微河为香向始䅂冷将风阳北逝肯无敢与于扬心邪怀兰志金安薄北方开留离兰

薤 露

《古今注·音乐篇》曰:"《薤露》,《蒿里》, 并丧歌也。"《搜神记》六曰:"挽歌者, 执绋者相偶和之者。" 案《文选·宋玉对楚王问》曰:"其为《阳阿》《薤露》, 国中属而和者数百人",《薤露》之名, 首见于此。(《对楚王问》盖汉初人所作, 所记诸乐曲名, 多见于先秦载籍, 疑皆先秦所传旧曲。)(《世说新语·任诞篇》注引谯周《法训》曰:

"或……曰：'今丧有挽歌者何以哉？'谯子曰：'周闻之，盖高帝召田横至于尸乡亭，自刎，奉首，从者挽至于宫，不敢哭，而不胜哀，故为歌以寄哀音。'"崔豹因谓《薤露》《蒿里》出田横门人，至汉武帝时李延年乃分为二曲，《薤露》送王公贵人，《蒿里》送士大夫庶人。案挽歌自古有之，《世说新语》注辩之已审，疑《薤露》《蒿里》本东齐土风，传世已久，齐人思田横，因以横事牵合之。然则谯崔诸说，虽非实，要亦不为无因。

薤上露，何易晞！露晞明朝更复落，落谓露降。**人死一去何时归！**

蒿　里

《汉书·武五子广陵厉王胥传》"蒿里召兮郭门阅（穴）"，注曰："蒿里，死人里。"案《字镜》七引《切韵》曰："薨里，死（从《玉篇》补）人里也。"《内则》注："薨，干也。"《广雅·释诂》："殦，干也，"蒿，槁，薨，殦，字异义同。人死则枯槁，故死人里曰蒿里。一曰下里。《汉书·韩延寿传》"卖偶车马下里伪物者，弃之市道"，注引张晏曰"下里（伪）（物），地下蒿里伪物也"，《酷吏田延年传》"阴积贮炭苇诸下里物"，注引孟康曰："死者归蒿里，葬地下，故曰下里。"案《对楚王问》又曰"其始曰《下里》《巴人》，国中属而和者数千人"，《下里》当即《蒿里》之曲。又《汉书·武帝纪》"檀高里"，注引伏俨曰“山名，在泰山下”，陆机《泰山吟》曰“梁甫亦有馆，蒿里亦有亭，幽涂延万鬼，神房集百灵”，梁甫亦泰山下山名，陆以梁甫，蒿里对举，是高里即蒿里也。盖蒿里本死人里之公名，泰山下小山亦死人里，故亦因以为名。《薤露》《蒿里》本齐讴，说已详上。蒿里山在鲁，齐鲁接壤，齐人挽歌言《蒿里》，亦犹齐人葬歌称《梁甫吟》也（详下）。颜师古必谓高里与蒿里异字，而以陆说为非（详《汉书·武帝纪》注），其失也迂！

蒿里谁家地？聚敛魂魄无贤愚。《说郛》一〇〇引魂魄作精魂。
鬼伯一何相催促，人命不得少踟蹰！

梁甫吟

郭茂倩曰：“梁甫，山名，在泰山下。《梁甫吟》盖言人死葬此山，亦葬歌也。又有《泰山梁甫吟》，与此颇同。”案吴兢《乐府古题要解》曰：“《泰山吟》言人死精魄归于泰山，亦《薤露》《蒿里》之类也。”据此，则《泰山》《梁甫》本一篇而分为二，与《薤露》《蒿里》同例。陆机有《泰山吟》，引已见上。《乐府诗集》引左思《齐都赋》注曰：“《东武》，《太山》，皆齐之土风弦歌讴吟之曲名也。”《史记·封禅书》：“古者封泰山，禅梁父者，七十二家。”《正义》引《括地志》曰“梁父山，在兖州泗水县南八十里”，梁甫即梁父。此篇旧题诸葛亮作，不足辩。

步出齐城门，遥望荡阴里，《水经·淄水注》曰："淄水又东北，径荡阴里。水东有冢，一基三坟，东西八十步，是烈士公孙接，田开疆，古冶子之坟也。"**里中有三墓，累累正相似。问是谁家墓？田疆古冶子。**《晏子春秋·谏下篇》曰："公孙接，田开疆，古冶子事景公，以勇力搏虎闻。晏子过而趋，三子者不起。晏子入见公，曰：'……今君之蓄勇力之士也，上无君臣之义，下无长率之伦，内不可以禁暴，外不可以威敌，此危国之器也，不若去之。'公曰：'三子者搏之恐不得，刺之恐不中也。'晏子曰：'此皆力攻勍敌之人也，无长幼之礼。'因请，公使人少馈之二桃，曰：'三子何不计功而食桃？'公孙接仰天而叹曰：'……接一搏特猏，再搏乳虎，若接之功可以食桃而无与人同矣！'援桃而起。田开疆曰：'吾仗兵而却三军者再，若开疆之功亦可以食桃而无与人同矣！'援桃而起。古冶子曰：'吾尝从君济于河，鼋衔左骖以入砥柱之中流。当是时也，冶少，不能游，潜行逆流百步，顺流九里，得鼋而杀之。左操骖尾，右挈鼋头，鹤跃而出，津人皆曰河伯也，视之则大鼋之首也。若冶之功亦可以食桃而无与人同矣！二子何不反桃？'抽剑而起。公孙接田开疆曰：'吾勇不子若，功不子逮，取桃不让，是贪也；然而不死，无勇也。'皆反其桃挈领而死。古冶子曰：'二子死之，冶独生之，不仁；耻人以言而夸其声，不义；恨乎所行，不死，无勇。虽然，二子同桃而节，冶专桃而宜。'亦反其桃，挈领而死。……公殓之以服，葬之以士礼焉。"**力能排南山，**《诗·南山》"南山崔崔"，《传》曰："南山，齐南山也。"陈奂曰："齐南山，即《孟子》(《告子》上篇)之牛山。《晏子·谏上篇》云：‘楚巫曰，请巡国郊以观帝位。至于牛山而不敢登，曰，五帝之位在于国南，请齐（斋）而后登之。’又云：‘景公游于牛山，北临其国城’，皆其义证。”**文能绝地纪**，《素问·天元纪大论》曰“夫子之言，上终天文，下毕地纪，可谓悉矣”，绝毕皆尽也，是绝地纪犹毕地纪。**一朝被谗言，二桃杀三士。谁能为此谋？国相齐晏子。**

平陵东

《古今注·音乐篇》曰：“《平陵东》汉翟义门人所作也。”《乐府古题要解》曰：“义，丞相方进之少子，字文仲，为东郡太守，以王莽方篡汉，举兵诛之，不克，见害，门人作歌以悲之也。”案义事具见《汉书·翟方进传》，然玩诗意，全不类。诗但言盗劫人为质，令其家输财物以赎，如今“绑票”者所为，疑崔吴说妄也。马缟《中华古今注》题作悲歌。

平陵东，《汉书·昭帝纪》“葬平陵”，注引薛瓒曰：“平陵，在长安西北七十里。”**松柏桐**，仲长统《昌言》曰“古之葬者，松柏梧桐以识坟”；古诗《为焦仲卿妻作》曰：“两家求合葬，合葬华山旁，东西植松柏，左右植梧桐。”案唐王建《羽林行》曰“长安恶少出名字，楼下劫商楼上醉，天明下直明光宫，散入五陵松柏中”，陵寝所在，林菁密翳，自古为奸盗所藏，今亦然也。**不知何人劫义公？**义疑本作我，我以声近误为义，说者遂以为翟义事也。**劫义公，在高堂下，**

《汉书·赵广汉传》曰："富人苏回为郎，二人劫之。有顷，广汉将吏到家，自立庭下，使长安丞龚奢叩堂户晓贼曰：'京兆尹赵君谢两卿，无得杀质。此宿卫臣也。释质束手，得善相遇，幸逢赦令，或将解脱。'二人惊愕，又素闻广汉名，即开户出下堂叩头。'注曰："劫取其身为质，全家将财物赎之。"**交钱百万两走马**。《意林》一引《尸子》曰："夫买马不论足力，以白黑为仪，必无走马矣；买玉不论美恶，以大小为仪，必无良宝矣。"《汉书·武五子燕刺王旦传》曰"多赍金宝走马赂遗盖主"，注曰："走马，马之善走者。"案古曰走，今曰跑。**两走马，亦诚难，顾见追吏心中恻。心中恻，血出漉**，《说文》漉重文作渌，《方言》十二曰"盝，涸也"，《广雅·释诂一》曰"盝，尽也"，渌，盝同。**归告我家卖黄犊**。走马不可致，则归卖黄犊以输之也。

猛虎行

《乐府诗集》不正载其辞，疑非全章。此盖离家远行者，能为其所亲洁身自爱。"饥不从猛虎食"，不蹈非法以求饱也，"暮不从野雀栖"，不涉非礼以肆情也，而意尤着重在下句。"游子为谁骄"，"谁"斥其妻室，言游子之所为自爱者，非彼闺中之人而谁邪？魏文帝词曰："与君媾新欢，讬配于二仪，充列于紫微，升降焉可知？梧桐攀凤翼，云下散洪池……"言夫妇之情，尚不失古意。明帝词曰："双桐生空井，枝叶自相加，……上有双栖鸟，交颈鸣相和。"或亦同类。

陆机以下诸作，则去古意浸远矣。

饥不从猛虎食，暮不从野雀栖。野与家对。**野雀安无巢？游子为谁骄！**《白头吟》曰："两樵相推（雅）与，无亲为谁骄？"案自重自爱曰骄。

鸡　鸣

鸡鸣桑树巅，狗吠深宫中。宫谓墙垣。《周礼·小胥》"王宫县"，郑众注曰"宫县，四面县……四面象宫室四面有墙，故谓之宫县"；《周书·大匡篇》"乐不墙合"，孔注曰："墙合即所谓宫县是也。"《礼记·儒行》"儒有一亩之宫"，郑注曰："宫，墙垣也。"**荡子何所之？**荡子犹游子。《乌生》"秦氏有游遨荡子"，《东光》"诸军游荡子"。字一作唐，(《文选·七发》"浩唐之心"，五臣唐作盪，盪荡同。)《庄子·徐无鬼篇》"其求唐子也而未始出域"，谓游荡忘归之子。**天下方太平，刑法非有贷，柔协正乱名。**《尔雅·释诂》曰"柔，安也"，"协，服也"。柔协谓安抚其顺服者。《周礼·大司马》"贼杀其亲则正之"，郑注曰："正之者，执而治其罪。"《礼记·王制》曰："析言破律，乱名改作，执左道以乱正，杀。"正乱名，谓有乱名忤法者，则执而治其罪，即上文"刑法非有贷"之谓也。**黄金为君门，碧玉为轩兰堂，**碧本作璧，此从一本。碧以色言，黄金碧玉对文。《相逢行》"黄金为君门，白玉为君堂"，可资参证。《说文》曰"璧，瑞玉环也"，作璧，于义难通。本篇皆五字句，独此六字，疑为字涉上文及《相逢行》而衍。“碧玉轩阑堂”，堂上阑干以碧玉为之也。**上有双樽酒，作使邯郸倡。**作使犹役使也。《史记·货殖列传》曰：“民……多弄物为倡优也，女子则鼓鸣瑟，跕屣，游媚富贵，入后宫，遍诸侯。”然邯郸亦漳河之间一都会也。**刘玉碧青甓**，玉本作王，从《宋书·乐志》改。刘读为琊，字一作璢。琊玉即璧琊，《说文》曰：“琊，石之有光者，璧琊也，出西胡中。”一曰璧流离，《汉书·西域传上》“罽宾国……出……璧流离”，孟康注曰：“璧流离，青色如玉。”《梵书》曰吠瑠璃，璧吠声之转，流离与瑠璃音同。今世但曰瑠璃，省称也。其物有自然人为二种。自然者今名青金石。人为者又分三种，质纯而洁白明莹者曰玻璃，杂彩釉为之者曰珐瑯，俗亦称玻璃，制法略异而质尤温润者曰瓷。玻璃珐瑯皆璧琊声之转。古之珐瑯，色青者多，以其始本欲象自然瑠璃（青金石），故色独尚青也（说详章鸿钊《石雅》）。此曰“琊玉碧青甓”，当谓珐瑯，琊玉言其质，碧青言其色，今之琉璃砖瓦是也。**后出郭门王。**郭门，外城门也。郭门王未详。**舍后有方池，池中双鸳鸯。**雌雄双栖，故曰双鸳鸯。**鸳鸯七十二，**《西京杂记》曰：“霍光园中凿大池，植五色睡莲，养鸳鸯三十六对，望之烂若披锦。”**罗列自成行，鸣声何啾啾，闻我殿东厢。**《初学记》二四引《苍颉篇》曰：“殿，大堂也。”古谓屋之高严者曰殿，非必王者所居。《孤儿行》“行取殿下堂”，义同。**兄弟四五人，皆为侍中郎，五日一时来，**《史记·万石君传》“每五日洗沐，归谒亲”，《集解》引《文颖》曰：“郎五日一下。”一时犹同时，谓兄弟五人同时归来也。王冏《长安有狭斜行》：“三子俱休沐。”**观者**

满路旁，黄金络马头，颎颎何煌煌！《尔雅·释诂》曰："颎，光也。"颎颎，煌煌，皆光耀貌。何，感叹词，与今语啊同。《焦仲卿妻》："隐隐何甸甸。"桃生露井上，李树生桃旁。《孟子·滕文公下篇》曰"井上有李，螬食实者过半矣"，是古多于井上植桃李之属。虫来齧桃根，李树代桃僵。树木身相代，兄弟还相忘？

相逢行

相逢狭路间，道隘不容车，如何两少年，夹毂问君家。"如何两少年"本作"不知何年少"，此从《玉台新咏》。《长安有狭斜行》曰"适逢两少年，挟毂问君家"，梁简文帝词曰"道逢双总丱，扶轮问我居"，元帝词曰"忽遇二少童，扶辔问我宅"，庾肩吾词曰"路逢双绮襦，问君居近远"，徐防词曰"涂逢二绮衣，夹路询君室"，又简文帝《春情杂句》曰"两童夹车问不已"，并可参证。君家诚易知，易知复难忘。黄金为君门，白玉为君堂；堂上置樽酒，作使邯郸倡；中庭生桂树，华灯何煌煌！兄弟两三人，中子为侍郎，五日一来归，道上自生光，黄金络马头，观者盈道旁。入门时左顾，左右并有回环之义。《诗·蒹葭》"道阻且右"，《笺》曰："右者言其迂回。"案左亦有迂回之义，《葛屦》"宛然左辟"，犹回避也。《有杕之杜》"生于道周"，《传》曰："周，曲也。"《释文》引《韩诗》说曰"周，右也"，是右与曲义得相通，因之上章"生于道左"，亦犹道曲耳。《汉书·宣元六王淮阳宪王钦传》"子高乃幸左顾存恤"，注曰"左顾犹言枉顾也"，枉亦曲也。

曲回义近，本篇“入门时左顾”，《陇西行》“左顾敕中厨”，并当训回顾。**但见双鸳鸯，鸳鸯七十二，罗列自成行，音声何噰噰，鹤鸣东西厢。**鹤疑当为和，声之误也。《尔雅·释训》曰：“噰噰，音和也。”此文上云噰噰，下云和鸣，义正相应。黄节字径作和，不知所据何本。**大妇织罗绮，中妇织流黄，**《西京杂记·上羊胜屏风赋》“饰以文锦，映以流黄”，注曰：“流黄，间色素也。”流或作留，《广雅·释器》曰：“留黄，彩也。”案《说文》曰“莀，草也，可以染流黄”，莀即紫莀，留莀一声之转，留黄即莀黄，色之黄中发紫者也。马有名紫骝者（见李白诗），即紫莀色之马，又名紫黄（见《初学记》二九引《符瑞图》），即騂黄也。《礼记·玉藻》正义引《论语》皇《疏》曰“騂黄之色黄黑”，騂与骝同，紫黑色近。素名流（留）黄，犹马名騂黄，盖亦紫黑间色也。**小妇无所为，挟瑟上高堂。丈人且安坐，**《论衡·气寿篇》曰“譬犹人形一丈，正形也，故名男子为丈夫，尊翁妪为丈人”；《颜氏家训·书证篇》曰：“古乐府歌词先述三子，次及三妇，妇是对舅姑之称。其末章云：‘丈人且安坐，调弦未遽央！’古者子妇供事舅姑，旦夕在侧，与儿女无异，故有此言。……近代文士颇作三妇诗，乃为匹嫡并耦己之群妻之意，又加郑卫之辞，大雅君子，何其谬乎！”**调丝未遽央！**本作方未央，一本作未遽央，《玉台新咏》及《颜氏家训·书证篇》引并同，今据改。案未遽央，古之成语，遽或作渠作讵，疑本当为距。《书·益稷》“予决九川距四海”，某氏传曰：“距，至也。”《广雅·释诂一》曰：“央，尽也。”未距央，犹言未至尽时。或但曰未央，《诗·庭燎》“夜未央”，《笺》曰“未央犹言未渠央也”，是矣。《汉书·张禹传》曰“身居大第，后堂理丝竹筦弦”，又曰“禹将(戴)崇入后堂，饮食妇女相对，优人筦弦铿锵，极乐，昏夜乃罢”，纪汉世豪贵生活，可与此诗相发。

长安有狭斜行

长安有狭斜，此与《相逢行》本一篇，而词较简略，彼曰“相逢狭路间”，此曰“长安有狭斜”，是狭斜即狭路。疑斜读为除，《广雅·释宫》曰：“除，道也。”字一作邪，沈钧《有所思》曰“因书寄狭邪”，《广雅·释宫》又曰：“邪，道也。”梁元帝《长安有狭斜行》曰“洛阳有曲陌，曲曲不通驿”，昭明太子《相逢狭路间》曰“京华有曲巷，曲曲不容舆”，陌巷亦皆道也。(唐长安有官人斜，即官人所居之巷。)**狭路不容车，适逢两少年，夹毂问君家**。夹本作狭，非是，依《相逢行》改。张正见《相逢行》曰“相逢夹绣毂，借问是谁家”，李白词曰“夹毂相借问，”字并作夹。《文选·羽猎赋》注引《春秋感精符》曰“黄池之会，重吴子，滕薛夹毂”，《潜夫论·浮侈篇》曰：“富贵嫁娶，车骈各十，骑奴侍僮，夹毂节引。”**君家新市旁，易知复难忘。大子二千石，中子孝廉郎，小子无官职，衣冠仕洛阳。三子俱入室，室中自生光。大妇织绮纻**，一作罗。**中妇织流黄，小妇无所为，挟瑟上高堂。丈人且徐徐**，人本作夫，依《相逢行》改。**调弦未讵央！**本作讵未央，误倒。王融《三妇艳》即此诗末六句，其“调弦讵未央”一作未渠央，最是。讵渠通，并读为遽。

陌上桑

日出东南隅，照我秦氏楼。秦氏有好女，自名为罗敷。罗敷，汉世女子习用之名，《汉书·武五子昌邑王髆传》"执金吾严延年……女罗紨"，注曰："紨，音敷。"至《焦仲卿妻》"东家有贤女，自名秦罗敷"，则似袭用此诗。"自名"之语，乐府屡见。《焦仲卿妻》"自名秦罗敷"，又"自名为鸳鸯"，自名盖犹言本名。《说文》皇下自训始，始亦本也。**罗敷喜蚕桑，采桑城南隅——青丝为笼系，桂枝为笼钩。头上倭堕髻，**《说文》曰"逶，逶迤衺去之貌"，倭堕与逶迤同。萧子显《日出东南行》"逶迤梁家髻"，正作逶迤。倭堕髻盖即堕马髻。《后汉书·梁统传》"（冀妻孙）寿色美而善为妖态，作愁眉啼妆，堕马髻，折腰步，龋齿笑，以为媚惑"，注引《风俗通》曰："墯马髻者，侧在一边，……始自冀家所为，京师翕然皆放效之。"《古今注·杂注篇》曰："倭堕髻，一云堕马之余形也。"案堕马倭堕，盖名变而实未变，故萧子显诗曰"逶迤梁氏髻"，高允《罗敷行》曰"头作堕马髻"，并以为倭堕即堕马。**耳中明月珠，**珠在耳中，似为穿耳，高允《罗敷行》曰"耳穿明月珠"，是也。《释名·释首饰》曰"穿耳施珠曰珰，此本出于蛮夷所为也，……今中国人效之耳"；《三国志·吴志·诸葛恪传》曰："母之于女，恩爱至矣，穿耳附珠，何伤于仁？"此风盖至东汉而始盛。**缃绮为下裙，**《说文》曰"缃，帛浅黄色也"，《后汉书·舆服志》"贾人缃縹而已"，刘注曰："缃色，……赤黄之色也。"据此则即杏黄色，缃乃杏声之讹耳。**紫绮为上襦。行者**

见罗敷，下担捋髭须。少年见罗敷，脱帽着帩头。帩头即绡头。《释名·释首饰》曰："绡头：绡，钞也，钞发使上从也。或曰帞头，言其从后横陌而前也。"《后汉书·独行向栩传》曰"好被发着绛绡头"，《逸民周党传》曰："被征，不得已，乃着短布单衣，縠皮绡头，待见尚书。"**耕者忘其犁，锄者忘其锄，来归相怨怒，但坐观罗敷。**沈德潜曰："坐，缘也，归家怨怒，缘观罗敷之故也。"案各与己妻相怨怒。**使君从南来，**《后汉书·郭伋传》曰："伋前在并州，……始至行部，到西河美稷，有童儿数百各骑竹马于道次迎拜。伋问儿曹何自远来，对曰：'闻使君到，喜，故来奉迎。'伋辞谢之。及事讫，诸儿复送至郭外，问使君何日当还，伋谓别驾从事计日当告之。"案吴兆宜谓太守称使君，始见于此，因据以定此诗为东汉之作，其说殆确。**五马立踟蹰。**《宋书》引《逸礼·王度记》曰"天子驾六，诸侯驾五，卿驾四，大夫三，士二，庶人一"，后世太守，当古之诸侯，故用五马。**使君遣吏往，问是谁家姝——"秦氏有好女，自名为罗敷"——"罗敷年几何？"——"二十尚不足，十五颇有余"——"使君谢罗敷，**此吏人代使君问讯于罗敷之辞也。《汉书·周勃子亚夫传》："天子为动改容式车，使人称谢：'皇帝敬劳将军。'"李广孙《陵传》："(任)立政曰：'咄！少卿良苦，霍子孟上官少叔谢女。'"注曰："谢，以辞相问也。"《赵广·汉传》："广汉尝记召湖都亭长。湖都亭长西至界上。界上亭长戏曰：'至府，为我多谢问赵君。'亭长既至，广汉与语，问事毕，谓曰：'界上亭长寄声谢我，何以不为致问？'亭长叩头服实有之。广汉因曰：'还为吾谢界上亭长，勉思职事，有以自效，京兆不忘卿厚意。’”凡此言谢，并犹今人言问候也。**宁可共载不？”罗敷前置辞：**《楚辞·九叹·远逝》曰：“诉五帝以置辞。”《汉书·周勃传》曰：“勃恐，不能置辞。”又《萧望之传》曰“免冠置对”，置辞犹置对矣。**“使君一何愚！使君自有妇，罗敷自有夫。东方千余骑，夫婿居上头，**《诗·简兮》笺曰：“‘在前上处’者，在前列上头也。”**——何用识夫婿？**用，以也。**白马从骊驹，青丝系马尾，黄金络马头，腰中鹿卢剑，**《汉书·隽不疑传》“带櫑具剑”，晋灼注曰：“古长剑首以玉作井鹿卢形，上刻木作山形，如莲花初生未敷时，今大剑木首其状似此。”**可直千万余。十五府小史，**《汉书·翟方进传》曰：“方进年十三，失父孤，学给事太守府为小史。”**二十朝大夫，三十侍中郎，四十专城居。**《文选》潘安仁《马汧督诔》“剖符专城”，谓为太守也。**为人洁白皙，鬑鬑颇有须，**《玉篇》曰“髻鬑，鬓发疏薄貌”，鬑鬑犹髻鬑也。**盈盈公府步，**《说文》曰“嬴，缓貌”，盈嬴通。《汉书·游侠陈遵传》曰：“与张竦……哀帝之末，俱著名字，为后进冠，并入公府。”**冉冉府中趋。**《楚辞·离骚》“老冉冉其将至兮”，王注曰“冉冉，行貌”，案行迟貌也。汉人称郡寺为府，见《唐公房碑》，《上谷府卿坟坛刻石》，及《项伯度钟刻文》。太守官舍曰府，故称太守曰府君。《后汉书·儒林周泽传》曰：“〔孙堪〕尝为县令，谒府，趋步迟缓，门亭长谴堪御史，堪便解印绶去，不之官。”案古礼尊贵者行迟，卑贱者行速，孙堪以县令谒府而趋步迟缓，有近越礼，故遭谴斥。太守位尊，自当举趾舒泰，节度迟缓。此所谓公府步府中趋者，犹今人言官步矣。**坐中数千人，**

乐府歌辞本多系歌舞剧，此曰“坐中数千人”，斥观众而言也。**皆言夫婿殊！**”傅玄《董逃行·历九秋篇》曰“男儿堕地称姝”，《说文》曰“姝，好也”，殊与姝通。《广雅·释诂四》曰“殊，绝也”，绝亦好也。

陇西行

天上何所有？历历种白榆，《诗·东门之枌传》曰：“枌，白榆也。”《御览》九五六引《春秋运斗枢》曰：“玉衡星散为榆。”**桂树夹道生，**《类聚》八九引《春秋运斗枢》“椒桂生合刚阳”，注曰：“椒桂，阳星之精所生也。”道谓黄道，《汉书·天文志》曰：“中道者黄道，一曰光道……日之所行为中道，月五星皆随之也。”**青龙对道隅。**《开元占经》二三引《春秋纬》曰：“春精灵威仰，神为岁星，本东方青龙之宿。”《楚辞·九叹·逢纷》“豺狼斗兮我之隅”，王注曰：“隅，旁也。”**凤凰鸣啾啾，**《御览》九一五引《春秋元命苞》曰：“火离为凤凰”，《鹖冠子·度万篇》曰“凤凰者鹑火之禽，阳之精也”；《埤雅》八引《禽经》曰：“赤凤谓之鹑。”**一母将九雏，**《西京杂记》下中山胜《文木赋》曰：“凤将九子。”《史记·天官书》“尾为九子”，《索隐》引宋均曰：“属后宫场，故得兼子，子必九者，以尾有九星也。”案尾本东宫宿，当为龙尾，此云凤将九雏盖与南宫朱鸟相乱。**顾视世间人，为乐甚独殊。好妇出迎客，颜色正敷愉，**敷愉即敷蕍。《尔雅·释草》“蕍，笋，蔰，华，荣”，郭注曰：“蕍犹敷蕍，亦华之貌。”一作蓝蕍，《文选·吴都赋》“异荂蓝蕍”，刘注曰“蓝蕍，华开貌”，李注曰：“蓝蕍与敷蕍同。”又作蓝蕍，《玉篇·广韵》并曰：“蓝蕍，花貌。”声转为芙蓉，则为花之类名。此曰颜色敷愉，犹言颜色鲜丽如花也。**伸腰再拜跪，问客平安否？请客北堂上，坐客毾㲪毹。**《书抄》三三引《声类》曰：“㲪毹，织毛为席也。”《御览》引《通俗文》曰“织毛褥谓之㲪毹，细者谓之毾㲪”，是粗者谓之㲪毹矣。**清白各异樽，酒上正华疏。**疏疑读为梳（《急就篇》“镜奁疏比各异工”，疏比即梳篦），华梳盖梳之有华饰者，女子正梳犹男子正冠，将饮正梳，盖以示敬欤？姑献此疑，以竢博识。**酌酒持与客，客言主人持，却略再拜跪，**却略少退也。《世说新语·方正篇》曰：“周王既入，始至阶头，帝逆遣传诏遏使就东厢，周侯未悟，即却略下阶。”**然后持一杯。谈笑未及竟，左顾敕中厨，促令办粗飦，**同饭。**慎莫使稽留。废礼送客出，**废礼未祥。**盈盈府中趋，送客亦不远，足不过门枢。取妇得如此，齐姜亦不如。**《诗·衡门》曰：“岂其取妻，必齐之姜。”**健妇持门户，亦胜一丈夫。**

艳歌行

翩翩堂前燕，冬藏夏来见。李子德曰：“起二句为六义之兴，以见久旅忘归，不及梁燕之知时也。”**兄弟两三人，流宕在他县，故衣谁当补？新衣谁当绽？**《玉篇》曰：“当，任也。”《急就篇》“针缕补缝绽紩缘”，颜注曰“修破谓之补，缝解谓之绽”，《后汉书·崔实传》曰：“期于补绽决坏。”**赖得贤主人，览取为吾組。**览读为揽，揽亦取也。《说文》曰：“組，补绽也。”組即绽字。**夫婿从门来，斜柯西北眄。**柯本一作倚。斜柯即斜倚斜攲，倚攲并从可陪声，故与柯声近。毕曜《情人玉清歌》“善踏斜柯能独立”，段成式联句“斜柯欲近人”，语并本此。《说文》曰：“眄，目偏合也，一曰衺视也。”**语卿且勿眄，水清石自见。石见何累累，远行不如归。**沈德潜曰：“水清石见，心迹固明矣，然岂如归去为得计乎？”

羽林郎

辛延年后汉人，而诗言霍家姝冯子都，盖记往事以讽今也。朱秬堂疑为窦景而作，则未见其必然。

昔有霍家姝，宋刻《玉台新咏》作姝，《乐府诗集》同，玉云溪馆本《玉台》及《古乐府》并作奴。丁福保云作姝者是，古时士之美者亦曰姝。案丁说是也。傅玄《董逃行历九秋篇》曰：“男儿堕地称姝。”《汉书·霍光传》曰“光爱幸监奴冯子都”，盖弥子瑕之流，故曰霍家姝也。**姓冯名子都，依倚将军势，**《汉书·霍光传》曰：“后元二年，上以光为大司马大将军。”**调笑酒家胡。胡姬年十五，春日独当垆，**《汉书·司马相如传》“相如尽卖车骑，置酒舍，乃令文君当卢”，注曰“卖酒之处，累土为卢，以居酒瓮，四边隆起，其一面高，形如煅卢，故名曰卢”，卢与垆通。当，守值也。**长裾连理带**，《尔雅·释器》曰“衱谓之裾”，《方言》“衱谓之褸”，注曰：“即衣领也。”戴震《疏证》云：衱袷古通，《礼记·玉藻》注曰：“袷，曲领也。”《深衣》注曰：“袷，交领也。”**广袖合欢襦**，《说文》曰：“襦，短衣也。”《怨歌行》曰“裁为合欢扇”，《古诗》曰：“裁为合欢被”。**头上蓝田玉**，《文选·西京赋》注引计然《万物录》曰：“玉英出蓝田。”**耳后大秦珠**，《后汉书·西域传》曰“大秦土多金银奇货，有夜光璧，明月珠”，珠在耳后，则是簪两端之垂珠，非耳珰也。《后汉书·舆服志》曰：“簪以瑇瑁为擿，长一尺，端为华胜，下有白珠。”**两鬟何窕窕**，《玉篇》曰：“鬟，髻鬟。”《方言》二曰：“窕，美也——美状为窕。”**一世良所无，一鬟五百万，两鬟千万余**。此极言鬟上首饰之珍贵，即上文之蓝田玉，大秦珠也。**何意金吾子**。《汉书·百官公卿表》曰：“中尉，秦官：掌徼巡京师，武帝太初元年更名执金吾。”程大昌《演繁露》曰：“扬子云《执金吾箴》曰‘吾臣司金，敢告执璜’，崔豹《古今注》曰：‘金吾，棒也，以铜为之，黄金涂两头，谓之金吾也。’案今三衙大将立殿陛下所执杖子者，银扣两末，而军职之呼员僚者，每朝，不笏而杖，其制略与之同。军伍间呼其杖为封杖，岂古金吾遗制耶？”案“金吾”本“禁御”声之讹转，后以为中尉所执棒名，因称中尉为执金吾，冯子都霍氏之家奴，不得官执金吾。此云金吾子者，盖当时通称豪贵之美名。光武云“仕宦当至执金吾”，亦以其有权势，为人所欣慕也。**娉婷过我庐**，《集韵》曰“姘婷，一曰女态舒徐也”，娉婷，与姘婷声义近。**银鞍何煜爚**，《广韵》曰：“爚，煜耀光明。”**翠盖**

空踟蹰，就我求清酒，丝绳提玉壶，就我求珍肴，金盘鲙鲤鱼，贻我青铜镜，结我红罗裾，不惜红罗裂，何论轻贱躯！男儿爱后妇，女子重前夫，人生有新故，贵贱不相逾。多谢金吾子，私爱徒区区。《广雅·释训》曰“拳拳，区区，款款，爱也”，拳区款皆一声之转。《文选·古诗》曰：“一心抱区区。”

饮马长城窟行

青青河畔草，绵绵思远道。《楚辞·悲回风》“缥绵绵之不可行”，王注曰“细微之思，难断绝也”，《文选·洛神赋》“思绵绵而增慕”，李注曰：“绵绵，密意也。”远道不可思，宿昔梦见之。昔夕通。梦见在我旁，忽觉在他乡，他乡各异县，展转不相见。枯桑知天风，海水知天寒，沧海桑田，高下异处，喻夫妇远离不能会合。枯桑喻夫，(《越榜人歌》：“山有木兮木有枝，心说君兮君不知。”)海水自喻，(元稹《离思诗》：“曾经沧海难为水，除却巫山不是云。”)天风天寒，喻孤栖独宿，危苦凄凉之意。见叶落而知木受风吹，见冰结而知水感天寒。枯桑无叶可落，海水经冬不冰，一似不知风寒者，非真不知之：人不见其知之迹象耳。以喻夫妇久别口虽不言而心自知苦。入门各自媚，《诗·思齐传》曰“媚，爱也”，《说文》曰：“媚，说也。”谁肯相为言！《广雅·释诂二》曰“言，问也”，问谓问讯。《说文》曰“讯，问也”，《尔雅·释言》“讯，言也”，郭注曰：“相问讯也。”言己与良人远隔千里，每当日夕，辄各入门自爱，谁肯以片言相问讯哉？谁，暗斥其夫，意若怨其久疏音问也。二句反跌，为下烹鱼得书张本。**客从远方来，遗我双鲤鱼**。双鲤鱼，藏书之函也，其物以两木板为之，一底一盖，刻线三道，凿方孔一，线所以通绳，孔所以受封泥（详傅振伦《简策说》，载《考古》第六期）。此或刻为鱼形，一孔以当鱼目。一底一盖，分之则为二鱼，故曰双鲤鱼也。函一名梜，《说文》曰“梜，检柙也”，王国维谓一书用两检夹之（《简椟检署考》），是也。《说文》又曰：“枷，拂也，淮南谓之梜。今梨园饰系囚所用枷或作鱼形，盖犹古制。其物之用在挟持而禁制之以为固，与藏书之函略同。用同者体亦常同，故二者皆或作鱼形，用同体同者名亦常同，故又并得称梜也。又古门钥以二木中贯牡以为固，其用于函亦近，而古称鱼钥疑亦因其形制而得名。此亦古函刻为鱼形之旁证。**呼儿烹鲤鱼**，解绳开函也。**中有尺素书**。帛曰素，木曰牍，皆长不过尺，故曰尺素，曰尺牍。**长跪读素书**，古人席地而坐，两膝着地，以尻著膝，著稍安者曰坐，伸腰及股，两膝搘地而耸体者曰跪。其体益耸，以益致其恭者则曰长跪。**书中竟如何？上言加餐饭，下言长相忆**。

始　生

乌生八九子，端坐秦氏桂树间。杜甫《遣闷戏呈路十九曹长》“黄鹂并坐交愁湿”，姚合《游终南山》“白鹤坐松梢”，薛逢《春晚东园晓思》“燕窥巢稳坐雕梁”，用坐字并本此诗。**唶我！**《说文》曰

"諎，大声"，重文作唶。《文选》曹子建《赠白马王彪诗》注引《声类》曰："諎，大呼也。"我，语尾助词。《诗·伐木》"有酒湑我，无酒酤我！坎坎鼓我，蹲蹲舞我！"《晏子春秋·谏下篇》五载晏子歌"冻水洗我若之何！太上靡散我若之何！"诸我字用与此同，旧读我字属下，大谬。秦氏家有遨游荡子，工用睢阳强苏合弹，《说文》曰："强，弓有力也。"梁简文帝《艳歌行》"弹雀往睢阳"，似未达此诗之义。《后汉书·西域传》曰："大秦国……合会诸香，煎其汁以为苏合。"班固《与弟超书》："窦侍中令载月氏马，苏合香。"苏合弹，以苏合香和泥为弹丸也。左手持强弹两丸，出入乌东西。唶我！一丸即发中乌身，乌死魂魄飞扬上天，阿母生乌子时，乃在南山岩石间。南山，终南山也。唶我！人民安知乌子处？蹊径窈窕安从通？窈窕，幽邃也。《文选·西都赋》"步甬道以萦纡，又杳窱而不见阳"，窈窕与杳窱同。白鹿乃在上林西苑中，射工尚复得白鹿脯。唶我！黄鹄摩天极高飞。后宫尚复得烹煮之。《楚辞·招魂》"酸鹄臇凫，煎鸿鸧些"，《大招》"内鸧鸽鹄，味豺羹只"。鲤鱼乃在洛水深渊中，黄节曰："《洛阳伽蓝记》云：'京师语曰：洛鲤伊魴，贵于牛羊。'诗用鲤鱼洛水，盖京谚相传久矣。"钓钩尚得鲤鱼口。唶我！人民各各有寿命。死生何须复道前后！

枯鱼过河泣

枯鱼过河泣，何时悔复及！作书与魴鱮，相教慎出入！《易林·谦之明夷》曰“鳝鰕去海，藏于枯里，街巷褊隘，不得自在，南北极远，渴馁成疚”(《无妄之小畜》略同)，亦假鱼以喻人。汉人常有此奇想。

豫章行

白杨初生时，乃在豫章中，《唐书·地理志》：“丽水县有铜，出豫章孝义二山，王存《九域志》龙泉县有豫章山，云旧志在县南二十里。”案在今浙江龙泉县南，汉豫章山不知是此否。**上叶摩青云，下根通黄泉。凉秋八九月，山客持斧斤，我□何皎皎，**此下本又有皎字，疑衍。**梯落□□□，**梯落疑读为剃剺，《广雅·释诂一》“剺，剃，鬄也”，玄应《一切经音义》十一引《通俗文》“去节曰剺”，《淮南子·齐俗篇》“屠牛坦一朝解九牛而刀可以剃毛”。《说文》“鬀，鬄发也”“鉻，鬄也”，剃剺与鬀鉻同。鬄去毛发谓之剃剺。鬄去树木枝叶亦谓之剃剺，此指树木言也。**根株已断绝，颠倒岩石间。大匠持斧绳，锯墨齐两端，一驱四五里，枝叶白□捐，**捐上本无空格今以意补。**□□□□□，会为舟船燔。**燔字疑误，未详所当作。**身在洛阳宫，根在豫章山，多谢枝与叶，何时复相连！吾生百年□，自□□□俱，何意万人巧，使我离根株！**《易林·乾之既济》曰：“楩生荆山，命制输班，袍衣剥脱，夏热冬寒，饥饿枯槁，莫人震怜。”(《大有之未济》,《贲之师》略同。)假象奇绝，与此同工。

艳歌行

南山石嵬嵬，嵬嵬犹崔嵬也。松柏何离离，离离，林立貌。上枝拂青云，中心十数围。《诗·凯风》“凯风自南，吹彼棘心”，《秦策》三引《逸诗》“木实繁者披其枝，披其枝者伤其心”，《尸子·明堂篇》“其本不美，则其枝叶茎心不得美矣”，《韩非子·外储说左上篇》“以松柏之心为博。箭长八尺，棋长八寸”，又《扬榷篇》“枝大本小，将不胜春风，不胜春风，枝将害心”，《吕氏春秋·精通篇》“若树之有根心也”，《汉书·萧望之传》“附枝大者贼本心”，注曰“木心，树之本株也”，曹植《升天行》“扶桑之所出，乃在朝阳溪，中心陵苍昊，布叶盖天涯”。洛阳发中梁，发读为乏。《庄子·天地篇》“无乏吾事”，《释文》“乏，废也”，《国策》“不敢以乏国事”，即废国事。发之通乏犹乏之通废。中梁犹栋梁也。《仪礼·乡射记》“序则物当栋”，注曰“正中曰栋”，《释名·释宫室》曰：“栋，中也，居室之中也。”松柏窃自悲。斧锯截是松，松树东西摧。特作四轮车，载至洛阳宫，观者莫不叹，问是何山材。谁能刻镂此？公输与鲁班。公输班，鲁人，故或称鲁班。此以为二人，流俗之误也。《汉书·叙传》，曹植《七启》，《列子·汤问篇》并称“班输”，按其词义，亦均以为二人，误与此同。被之用丹漆，被，加也。薰用苏合香，本自南山松，今为宫殿梁。

咄唶歌

枣下何攒攒，攒攒，聚貌。潘岳《笙赋》“歌枣下之纂纂”，作纂，同。**荣华各有时，枣初欲赤时，人从四边来，枣适今日赐，**《方言》三曰："物空尽者铤。铤，赐也，铤赐扑澌皆尽也。"《史记·李斯传》"吾愿赐志广欲"，潘岳《西征赋》"若循环之无赐"，并训尽。**谁当仰视之！**

董逃行

《古今注·音乐篇》曰："《董逃歌》，后汉游童所作也。后有董卓作乱，卒以逃亡，后人习之以为歌章。乐府奏之以为炯戒。"吴景旭曰："乐府原题谓《董逃行》作于汉武帝之时。盖武帝有求仙之兴，董逃者古仙人也。后汉游童竞歌之，终有董卓作乱，卒以逃亡。此则谣谶之言，因其所尚之歌，故有是事，实非起于后汉也。"按吴说是也。《宋书·乐志》作《董桃行》，梁简文帝《行幸甘泉宫歌》亦有"董桃律金紫"之句，疑古辞本作桃，后人傅合东京童谣号曰"董逃歌"者，乃改桃为逃耳。实则《董逃行》为乐府古辞，《董逃歌》为后汉童谣（原辞载《后汉书·五行志》），截然二事，崔氏混而一之，最为纰缪。古辞虽不必作于武帝时，如乐府原题所说，其在后汉灵帝以前，则无可疑。

吾欲上谒从高山，从高山疑即崇高山，亦即嵩高山也，中岳山名，字本作崇，后汉灵帝时中郎将堂溪典始请改崇高山为嵩高山。（《后汉书·灵帝纪》注引《东观汉记》），从崇声同字通（《左传·成十八年》注“崇犹长也”,《小尔雅·广言》“从，长也”,《檀弓》“尔母从从尔”，注“从从谓大高”。)，此故假从为崇。**山头危崄大难**，难下本有言字，从《宋书·乐志》删。《管子·形势篇》“坠岸三仞，人之所大难也，而猿猱饮焉”,《善哉行》古辞曰“来日大难”，曹植取为乐府题名曰“当来日大难”，是“大难”为古之成语。《成皋令任君碑》“峻峭危难”,《武都太守李翕西狭颂》“危难阻峻”，危难犹危崄大难也。吴兢《乐府古题要解》曰“古词云‘吾欲上谒从高山，山头危崄大难言’，言五岳之上”云云。疑吴书先涉下文衍言字，郭氏又据之以增乐府正文。**遥望五岳端，黄金为阙班璘**。《列子·汤问篇》曰：“渤海之东，……其中有五山焉，一曰岱舆，二曰员峤，三曰方壶，四曰瀛洲，五曰蓬莱。……其上台观皆金玉，其上禽兽皆纯缟。……五山之根，无所连著，……(帝)乃命禺强使巨鳌十五举首而戴之，迭为三番，六万岁一交焉，五山始峙。而龙伯之国有大人，……一钓而连六鳌，合负而趋归其国，……于是岱舆员峤二山流于北极，沉于大海。”《史记·封禅书》曰：“自(齐)威宣燕赵*使人入海求蓬莱方丈瀛洲。此三山者其传在渤海中，……其物禽兽尽白，而黄金银为宫阙。”疑五岳初谓海上五山。此诗“黄金为阙”之语，与《列子》“台观皆金玉”,《史记》“黄金银为宫阙”正合。《王子乔》古辞曰“东游四海五岳山”，四海不当言东游，疑四为大之误(详彼篇)，谓大海中之五山也，若然则五岳本谓海中五山，尤有明证。班璘，文彩貌。《景福殿赋》“文彩璘班”，班璘璘班，语有倒顺耳。**但见芝草叶**

* 三联版为“燕赵”，疑应为“燕昭”。

落纷纷，芝草即灵芝，本菌类，似不当有叶，且神山草木亦无槁落之理，疑"叶落"二字衍。《善哉行》曰"经历名山，芝草飜飜"，语与此相仿，而不云叶落，可为旁证。**百鸟集，来如烟。**《淮南子·主术篇》"飞鸟之归若烟云"。**山兽纷纶，**《汉书·司马相如传下》"纷纶威蕤"，注引张揖曰"纷纶，乱貌"。**麒麟辟邪角端**，麟上本缺麒字，角本作其，并以意补正。《急就篇》"射魃辟邪"，《考工记·凫氏》郑注"今时旋有蹲熊盘龙辟邪"，《龙氏镜》"距虚辟邪除群凶"，《至氏镜》"白虎在左，辟邪居右"，《后汉书·灵帝纪》注："今鄧州南阳县北有《宗资碑》，旁有两石兽，一曰天禄，一曰辟邪，据此则天禄辟邪并兽名也。"《汉书·司马相如传》"其兽则麒麟角端"，刘赓《稽瑞》引《瑞应图记》："角端，兽也，日行八千里，能言语，晓四夷之音。明君圣主在位，明达外方，德被幽远，则奉书而至也。"**鹍鸡声鸣。**《尔雅·释畜》"鸡三尺为鶤"，《释文》曰"鶤音昆，字或作鹍"，《汉书·司马相如传》"乱昆鸡"，注引张揖曰"鹍鸡似鹤黄白色"，《淮南子·览冥篇》"轶鶤鸡于姑余"，注曰："鶤鸡，凤皇之别名。"声鸣不成文义。《九辩》"鹍鸡啁哳而悲鸣"，《七发》"鹍鸡哀鸣翔乎其下"，疑声为哀或悲之讹。**但见山兽援戏相拘攀。小复前行**小少古字通。**玉堂未□**未下有敚字。**心怀流还。传教出门来；**《世说新语·文学篇》"须臾，真长遣传教觅张孝廉船"，《宠礼篇》"彦伯疑焉，令传教更质。传教曰'参军是袁伏之袁，复何所疑'"。"**门外人何所求？**"所求本倒作求所，今正。**言欲从圣道求一得命延。**一犹道也。远游"羡韩众之得一"。**教敕凡吏受言，**《汉书·王尊传》"又出教敕功曹各自底厉，助太守为治”,《江充传》“诚不欲令上闻之以教敕亡素者”, 注曰:“言素不教敕左右。”按教敕犹古语也。凡吏对仙吏言。后世仙凡对举, 据此则汉时已然。**“采取神药若木端,**《大荒北经》“灰野之山, 上有赤树, 青叶亦华, 名曰若木”(灰本作洞, 从《水经》若水注,《类聚》八九引改)。案若木在西方。疑若木端谓月中古传嫦娥窃不死药奔于月中也。下言白兔捣药虾蟆丸, 传说亦谓月中有此二物。**白兔长跪捣药虾蟆丸,**《初学记》一引《春秋元命苞》曰“月之为言阕也, 两(本作而, 误)设蟾蠩与兔”, 张衡《灵宪》曰:“月者阴之宗, 积而成兽, 象兔蛤焉。”按虾蟆, 蟾蠩, 蛤, 三名一物。韩愈《初南食贻元十八诗》曰:“蛤即是虾蟆, 同实而异名。”傅咸《拟天问》:“月中何有? 白兔捣药。”长跪详《饮马长城窟行》。**奉上陛下一玉柈,** 柈盘同。**服此药, 可得神仙”, 服尔神药, 莫不喜欢。**喜欢本作欢喜, 非是。自篇首至此一韵, 末四句一韵。**陛下长生老寿。四面肃肃稽首,**《晋语》六“敢三肃之”, 注曰:“肃, 拜下手至地。”《左传·成十六年》“敢肃使者”, 注曰:“肃, 手至地, 若今撎。”**天神拥护左右, 陛下长与天保守!**

焦仲卿妻

汉末建安中, 庐江府小吏焦仲卿妻刘氏, 为仲卿母所遣, 自誓不嫁, 其家逼之, 乃投水而死。仲卿闻之, 亦自缢于庭树。时人伤之, 而为此辞也。(汉庐江郡初治在今安徽庐江县西一百二十里, 汉末徙治今安徽潜山县。府小吏，太守府中小吏也。）

孔雀东南飞，五里一徘徊。《艳歌何尝行》曰“飞来双白鹄，乃从西北来，……五里一反顾，六里一徘徊”，又曰：“妻卒被病，行不能相随。……吾欲衔汝去，口噤不能开，吾欲负汝去，毛羽何摧颓！”魏文帝《临高台》曰：“鹄欲南游，雌不能随。我欲躬衔汝，口噤不能开，欲负之，毛羽摧颓，五里一顾，六里徘徊。”伪苏武诗曰：“黄鹄一远别，千里顾徘徊。”《襄阳乐》曰：“黄鹄参天飞，中道郁徘徊。”以上大旨皆言夫妇离别之苦，本篇“母题”与之同类，故亦借以起兴，惟易鹄为孔雀耳。“**十三能织素，**《急就篇》颜注曰：“素谓绢之精白者。”自此以下刘氏之词。**十四学裁衣，十五弹箜篌，**唐蒋贻恭《咏伛背子诗》曰：“若教倚向闲腮下，恰似箜篌不著弦。”据此，则箜篌形制与西乐之harp一类。日本所称箜篌者，一曰百济琴，其直奏者，或即出此。**十六识诗书。十七为君妇，心中常苦悲。**为别离时多也。**君既为府吏，守节情不移。**俗本此下有“贱妾留空房，相见常日稀”二句，宋刻《玉台新咏》《艺文类聚》《乐府诗集》《古乐府》俱无之。**鸡鸣入机织，夜夜不得息，三日断五匹，大人故嫌迟。**大人谓母。《汉书·淮阳宪王钦传》曰“博辞去，令弟光恐王云‘王遇大人益解（懈）’”，颜师古注曰：“大人，博自称其母也。”《后汉书·范滂传》曰“滂白母曰‘惟大人割不可忍之恩’”。**非为织作迟，君家妇难为。妾不堪驱使，徒留无所施。**《礼记·礼器篇正义》曰：“施，用也。”**便可白公姥，及时相遣归。**”《玉篇》曰：“白，告语也。”《汉书·贾谊传》"抱哺其子，与公并倨"，注曰："言妇抱子而哺之，乃与其舅并倨。"《一切经音义》一三引《字书》曰："妈，母也，今以女老者为姥也。"府吏得闻之，上堂启阿母。上堂各本作堂上，误倒，下文"上堂谢阿母""上堂拜阿母"，可证。启犹白也。《释名·释书契》曰："笏，忽也，君有教命，及所启白，则书其上，备忘忽也。"《世说新语·假谲篇》曰："文度欣然而启蓝田云。""儿已薄禄相，幸复得此妇。《论衡·命义篇》曰："人有命有禄……命者贫富贵贱也，禄者盛衰兴废也。"《潜夫论·相列篇》曰："骨法为禄相表。"《太平广记》一四一引《续异记》曰："汝极无禄相，汝家寻当破败，当奈何！"结发同枕席，黄泉共为友。共事二三年，始尔未为久。《太平广记》三二二引《述异记》曰："义乃上床谓妇曰：'与卿共事虽浅，然情相重。'"女行无偏斜，何意致不厚！"意，料也。厚犹爱也。致不厚，致母之不爱也。阿母谓府吏："何乃太区区！区区犹慭慭，愚也。此妇无礼节，举动自专由。吾意久怀忿，汝岂得自由？东家有贤女，自名秦罗敷，可怜体无比，阿母为汝求。体犹貌体也。《论衡·骨相篇》曰"貌体佼好"，《汉武故事》"体常壮悦"，即貌体壮悦。便可速遣之，遣去慎莫留！"府吏长跪告："伏惟启阿母，今若遣此妇，终老不复取。"阿母得闻之，槌床便大怒。床详下。"小子无所畏，何敢助妇语？吾已失恩义，会不相从许。"会犹必也。府吏默无声，再拜还入户。举言谓新妇，哽咽不能语。举言犹称道。俗谓妇曰新妇。《世说新语·规箴篇》曰："昔夫人临终，以小郎嘱新妇，不以新妇嘱小郎。"《贤媛篇》曰："新妇神色卑下。""我自不驱卿，逼迫有阿母。卿但暂还家，吾今且报府。《礼记·少仪篇》"毋报往"，郑注曰："报读为赴疾之赴。"案此报字亦读为赴，下文"吾今且赴府"，正作赴。明茅氏刊本《玉台新咏》此亦作赴，则疑以意改。不久当归还，还必相迎取。以此下心意，慎勿违吾语！"下心意犹今言安心。新妇谓府吏："勿复重纷纭！闻人倓曰："言不必复为迎取之说也。"往昔初阳岁，谢家来贵门，初阳岁疑谓春日。《豳风·七月篇》曰："春日载阳。"自古多以春日为嫁娶正候，《白虎通·嫁娶篇》曰："嫁娶必以春，何？春者，天地交通，万物始生，阴阳交接之时也。"《说文》曰："谢，辞也。"奉事循公姥，进止敢自专？奉，行也。循，顺也。昼夜勤作息，伶俜萦苦辛。息，生息也，作息谓操作生息之事。《一切经音义》一引《三苍》曰："伶俜犹联翩也。"谓言无罪过，供养卒大恩。闻人倓曰："言供养公姥，而得终受其恩也。"仍更被驱遣，何言复来还？妾有绣腰襦，葳蕤自生光，《释名·释衣服》曰"要襦形如襦，其要上翘，下齐要也"，要腰古今字。《楚辞·九谏》王注曰："葳蕤，盛貌。"《相逢行》曰"道上自生光"，《长安有狭斜行》曰："室中自生光。"自生《类聚》引作金缕，疑非是。红罗复斗帐，四角垂香囊，复疑当为覆，字之误也。《释名·释床帐》曰："小帐曰斗，形如覆斗也。"《元和郡县志》"海康县多牛，项上有骨，大如覆斗。"《楚辞·离骚》王注曰："帏谓之幐，幐，香囊也。"繁钦《定情诗》曰"香囊系肘后"，徐陵《杂曲》曰："流苏锦帐挂香囊。"箱簾六七十，绿碧青丝绳。簾读为籢，字一作匳，又作槺。《说文》曰："籢，镜籢也。"《华严经音义》上引《珠丛》曰"凡庋物小器皆谓之匳"，《一切经音义》一四引《小学篇》籢亦作槺，《新撰字镜》八同。绳所以束箱籢以为固者。《庄子·胠箧篇》：“将为胠箧探囊发匮之盗，而为之守备，则必摄缄縢，固扃鐍。”成疏曰：“縢，绳也。”《御览·簏部》引二句作“交文象牙簏，宛转青丝绳。”江淹《丽色赋》曰“象奁琼盘”，《法苑珠林》曰“宋浔阳张颁元开厨获牙奁”，象牙簏盖即象奁牙奁之类。《类聚》簏作箪，青作素，疑非。**物物各自异，种种在其中。人贱物亦鄙，不足迎后人，留待作遗施，**《广雅·释诂三》曰“施，予也”，《类聚》前二句作“鄙贱虽可薄，犹中迎故人”，故疑后之讹，谓遗施于新人也。**于今会无因。时时为安慰，久久莫相忘！”鸡鸣外欲曙，新妇起严妆。**《后汉书·清河王庆传》曰“每朝谒陵庙，常夜分严装待明”，《方术韩说传》曰：“其晦日必食，乞百官严装。”**□□□□□，□□□□□，着我绣夹裙，事事四五通。**《史记·匈奴传》曰“服绣袷绮衣”，夹袷同，通犹遍也。李子德曰：“妇人衣饰将毕，然后着裙，则妆成将出矣。‘事事四五通’，乃要其终言之，见自初妆以至妆成，每加一衣一饰，皆着后复脱，脱后复着；必四五更之，数数迟延，以捱晷刻也。盖着毕即去矣。”案只一裙而言“事事四五通”，义不可通，以上必有脱句。李氏以为要终言之，终近牵强。**足下蹑丝履，头上玳瑁光。**《铙歌·有所思篇》曰：“双珠瑇瑁簪。”**腰若流纨素，耳着明月珰。**《说文》曰：“纨，素也。”《神女赋》曰“腰如束素”，《洛神赋》曰：“腰如约素。”陈胤倩曰：“纨素亦服饰耳，而腰若流素，轻躯洋洋，衣与翩幡也。”《陌上桑》曰“耳中明月珠”，《释名·释首饰》曰：“穿耳施珠曰珰。”**指如削葱根，口如含朱丹。**《说文》曰：

“削，一曰析也。”一说削读为掣，《考工记·轮人》“掣尔而纤”，郑注曰：“掣，纤杀小貌也。”根读为茎。《穆天子传》三曰“天子赐之……朱丹三百里”，《后汉书·西域传》曰：“大秦国有珊瑚，琉璃，琅玕，朱丹，青碧。”《神女赋》曰：“朱唇的其若丹。”**纤纤作细步，精妙世无双，上堂谢阿母，母听去不止。**谢，辞也。听去不止，听其自去，不留止也。**“昔作女儿时，生小出野里，本自无教训，兼愧贵家子。受母钱帛多，不堪母驱使。**钱帛谓聘礼。**今日还家去，念母劳家里。”却与小姑别，泪落连珠子。“新妇初来时，小姑始扶床，今日被驱遣，小姑如我长。**四句似后人所添，宋刻《玉台新咏》《乐府诗集》但删去二三两句，仍嫌语意突兀。**勤心养公姥，好自相扶将。初七及下九，嬉戏莫相忘！”**《荆楚岁时记》曰：“七月七日，是夕家人妇女陈瓜果于庭中以乞巧，有喜子网于瓜上，则以为符应。”《鄉嬛记》曰：“九为阳数。古人以二十九日为上九，初九日为中九，十九日为下九。每月下九，置酒为妇人之欢，名曰阳会。盖女子阴也，待阳以成，故女子于是夜为藏钩诸戏，以待月明，有忘寝达曙者。”**出门登车去，涕落百余行。府吏马在前，新妇车在后，隐隐何甸甸，俱会大道口。**《广雅·释训》曰“隐隐，声也”，隐轥同。《玉篇》曰“軥，车声也”，甸軥同。一说軥为軥之讹，軥即轰之别体。《易林·泰之谦》“翕翕軥軥”，宋本軥作軥，《文选·魏都赋》注引《仓颉篇》曰“軥軥，众车声也，呼萌切。今为軥字，音田”，此并軥軥相乱之证。隐本读如很，隐軥双声连语，长言之曰隐隐軥軥。何，语助，今字作啊。《鸡鸣》“颎颎何煌煌”，句法与此同。**下马入车中，低头共耳语：“誓不相隔**

卿，且暂还家去。吾今且赴府，不久当还归。誓天不相负！”新妇谓府吏：“感君区区怀！君既若见录，不久望君来。《礼记·檀弓下篇》曰“爱之斯录之矣”，《集韵》曰：“录，记也。”君当作磐石，妾当作蒲苇，蒲苇纫如丝，磐石无转移。《淮南子·泛论篇》曰：“时屈时伸，卑弱柔如蒲苇。”纫读为韧，《说文》曰：“韧，柔而固也。”我有亲父兄，性行暴如雷，《庄子·寓言篇》曰：“亲父不为其子媒，亲父誉之，不若非其父者也。”《吕氏春秋·安死篇》曰“此孝子忠臣亲父交友之大患”，《上留田行》曰：“似类亲父子。”亲父兄谓同父之兄，犹今言胞兄。恐不任我意，逆以煎我怀。”举手长劳劳，二情同依依。临别慰勉曰劳劳。李白《劳劳亭诗》曰：“天下伤心处，劳劳送客亭。”入门上家堂，进退无颜仪。阿母大拊掌，“不图子自归！拊掌而笑，讥之也。十三教汝织，十四能裁衣，十五弹箜篌，十六知礼仪。十七遣汝嫁，谓言无諐违，諐本作誓。纪容舒曰：“誓违二字，义不可通，疑是諐违之讹。諐古愆字。”案纪说是也，今据正。汝今无罪过，不迎而自归？”今犹若也。《论衡·感虚篇》曰：“汤之致旱，以过乎？是不与天地同德也。今不以过致旱乎？自责祷谢，亦无益也。”今不以过致旱，即若不以过致旱。《诗乘》等不识今字之义，改无为何，误甚。“兰芝惭阿母，儿实无罪过。”阿母大悲摧。《广雅·释诂一》曰：“慛，忧也。”慛摧通。还家十余日，县令遣媒来，云有第三郎，窈窕世无双，年始十八九，便言多令才。《论语·乡党篇》“便便言”，《集解》引郑注曰：“便便，言辩貌。”令，美也。阿母谓阿女：“汝可去应之。”阿女衔泪答：“兰芝初还时，府吏见丁宁，结誓不别离。今日违

情义，恐此事非奇。古音奇佳相近，奇事犹佳事也。《说文》曰“伟，奇也”，《庄子·大宗师篇》“伟哉夫造物者”，注曰“伟，美也”，是奇犹美，美亦佳也。古书言奇遇，奇计，奇树，义皆即佳耳。**自可断来信，徐徐更谓之。”**信，使也。杨彪妻袁氏《答曹公卞夫人书》曰“辄付往信”，杜挚《赠毋丘俭诗》曰“信来给一丸”，陆机《拟古》曰“惊飙褰反信”，释宝月《估客乐》曰“有信数寄书，无信心相忆”，《世说新语·任诞篇》曰“初遭一信，犹未许”，《御览》七五三引《述异记》曰：“廓读书毕，失信所在。”陈胤倩曰：“断来信，是谢绝媒人。”**阿母白媒人：“贫贱有此女，始适还家门，**适，嫁也。**不堪吏人妇，岂合令郎君？幸可广问讯，不得便相许。”媒人去数日，寻遣丞请还，**纪容舒曰：“请还二字未详。”闻人倓曰：“县令因事遣丞请于太守也。”**说“有兰家女，承籍有宦官”，**《世说新语·雅量篇》曰：“王东亭为桓宣武主簿，既承籍有美誉，公甚欲其人地为一府之望。”纪容舒曰：“序云刘氏，此云兰家，或字之误也，此二句文义不属，‘说有’‘云有’亦复，疑此句下脱失二句，不特字句有讹也。”闻人倓曰：“丞还而述太守之说如此。兰字或是刘字讹。”案如纪闻二人说，文意仍未明。余友许骏斋先生（维遹）疑“说有兰家女”二句当在下文“阿母谢媒人”下，似较二说为胜，说详下文。云“**有第五郎，娇逸未有婚，遣丞为媒人。主簿通语言，直说太守家，有此令郎君，既欲结大义。故遣来贵门。”**主簿以太守之言传之于丞云云，媒人今又转述主簿之语如此。**阿母谢媒人：**骏斋疑“说有兰家女，承籍有宦官”二句当在此，本阿母谢媒人语也。言有兰家女者，承籍有宦官，可以配太守子，若己之女，则出身微贱，不足以当此荣宠。下文“女子先有誓”又进一层，意谓况与府吏已结誓在前，永不别离乎？案此说于词理较顺，然疑“承籍有宦官”下当再有二句，文意乃足。盖传写脱之。**“女子先有誓，老妇岂敢言？”阿兄得闻之，怅然心中烦，举言谓阿妹：“作计何不量！先嫁得府吏，后嫁得郎君，否泰如天地，足以荣汝身。**否谓先嫁，泰谓后嫁，其相去之远不啻天地也。荣身谓后嫁。**不嫁义郎体，其往欲何云？”**郎本一作即，往一作住，并非是。陈胤倩曰：“义郎反形府吏不义。”体义未详。闻人倓曰：“其往犹言过此以往。”**兰芝仰头答：“理实如兄言。谢家事夫婿，中道还家门，处分适兄意，那得自任专？**适犹顺也。**虽与府吏要，渠会永无缘。**要，约也。**登即相许和，便可作婚姻。”**张荫嘉曰：“登即犹当即也。”案《魏志·管辂传》注曰“水火之难，登时之验”，登时即当时。和，应也。**媒人下床去，诺诺复尔尔。**诺诺，尔尔，应声也。**还部白府君**府君即太守。**“下官奉使命，言谈大有缘。”府君得闻之，心中大欢喜。视历复开书，便利此月内，六合正相应。**《南齐书·礼志》曰：“五行说十二辰为六合，月建与日辰合也。”**“良吉三十日，今已二十七，卿可去成婚。”交语速装束，骆驿如浮云。**张荫嘉曰：“交语谓太守遣人交相传语，急速装束行聘诸事也。”骆驿一作络绎，同。**青雀白鹄舫，四角龙子幡，婀娜随风转。**《穆天子传》五：“癸亥，天子乘鸟舟龙卒浮于大沼。”郭注曰：“舟皆以龙鸟为形制，今吴之青雀舫，此其遗制也。”《方言》九注曰：“鹢，鸟名也，今江东贵人船前作青雀，是其像也。”梁元帝《船名诗》曰：“池边白鹄舞，林深青雀归。"《南史·臧质传》曰:"质封始兴郡公之镇,六平乘,并施龙子幡。"《襄阳乐》曰:"上水郎担篙,下水摇双橹,四角龙子幡,环环江当柱。"**金车玉作轮,踯躅青骢马,流苏金镂鞍。**《文选·东京赋》"驸承华之蒲梢,飞流苏之骚杀",李注曰"蒲梢,汗血之马。流苏,五采毛杂之,以为马饰而垂之"。《石头百姓歌》曰:"庾公还扬州,白马牵流苏。"**赍钱三百万,皆用青丝穿,交广市鲑珍。**《吴志》黄武五年分交州置广州。又《士燮传》曰:"黄武五年燮卒,权以交趾县远,乃分合蒲以北为广州,交趾以南为交州。"《北山经》郭注曰"今名鯸鲐为鲑鱼,"《文选·吴都赋》刘注曰:"鯸鲐鱼,状如科斗,大者尺余,腹下白,背上青黑有黄纹。性有毒,蒸煮,餤之,肥美。豫章人珍之。"案即今河豚。河豚味美,一名鲑鱼,故以鲑为美馔之称。《后汉书·明帝纪》注曰:"珍谓肴羞之属。"一说《世说新语》曰:"庾杲之清贫,每食三韮。任昉戏之曰:'谁谓庾郎贫?每食鲑菜常有二十七种。'"《集韵》曰:"鲑,吴人谓鱼菜总称。"**从人四五百,郁郁发郡门。**发本作登。纪容舒曰:"登字疑当作发。"案纪说是也,今据正。**阿母谓阿女:"适得府君书,明日来迎汝。何不作衣裳?莫令事不举!"阿女默无声,手巾掩口啼,泪落便如泻。移我琉璃榻,出置前牕下,**琉璃详《鸡鸣篇》。《释名·释床帐》曰"人所坐卧曰床……长狭而卑曰榻……小者曰独坐,……亦曰枰",《初学记》二五引《通俗文》曰:"床三尺五曰榻,板独坐曰枰。"案床榻枰三名亦可通称。《广雅·释器》曰"榻,枰也",《一切经音义》四引《埤苍》曰:"枰,榻也,谓独坐板床也。"《水经·湘水注》曰"贾谊宅有一脚石床,才容一人坐，云谊宿所坐床”，此亦枰而称床者。上文“槌床便大怒”“媒人下床去”之床，并此文之榻，实皆独坐之枰。左手持刀尺，右手执绫罗，朝成绣夹裙，晚成单罗衫。晻晻日欲暝，愁思出门啼。府吏闻此变，因求假暂归。未至二三里，摧藏马悲哀。《文选·啸赋》“悲伤摧藏”，李注曰：“摧藏，自抑挫之貌。”案疑即悽怆之转。新妇识马声，蹑履相逢迎，怅然遥相望，知是故人来。举手拍马鞍，嗟叹使心伤。“自君别我后，人事不可量，量，料也。果不如先愿，又非君所详。我有亲父母，逼迫兼弟兄，亲父母谓生父生母。亲父见前。《淮南子·齐俗训》曰：“亲母为其子治扢秃而血流至耳，见者以为爱也。”以我应他人，君还何所望！”府吏谓新妇，“贺汝得高迁！磐石方且厚，可以卒千年，蒲苇一时纫，便作旦夕间。卿当日胜贵，吾独向黄泉。”《素问·逆调论》王注曰“胜者盛也”，是胜贵犹言贵盛。新妇谓府吏：“何意出此言！同是被逼迫，君尔妾亦然。尔，如是也。黄泉下相见，勿违今日言！”执手分道去，各各还家门。生人作死别，恨恨那可论！念与世间辞，千万不复全。府吏还家去，上堂拜阿母。“今日大风寒，寒风摧树木，严霜结庭兰。儿今日冥冥，令母在后单。日冥冥，日暮也。故作不良计，勿复怨鬼神。命如南山石，四体康且直！”命，寿命也。《小雅·天保篇》曰：“如南山之寿，不骞不崩。”康，强也。此自诀时祝母康健之词。阿母得闻之，零泪应声落。“汝是大家子，仕宦于台阁。《后汉书·仲长统传》“事归台阁”，注曰：“台阁谓尚书也。”《通典》曰：“汉初尚书虽有曹名，不以为号，总谓之尚书台。”按此指仲卿之先世。慎勿为妇死，贵贱情何薄？黄节曰："贵谓大家子宜台阁也，贱谓妇也。贵贱相悬，遣妇不为薄情。何薄，谓何薄之有也。"东家有贤女，窈窕艳城郭，艳城郭，谓艳于全城全郭之人。阿母为汝求，便复在旦夕。"府吏再拜还，长叹空屋中，作计乃尔立，转头向户里，渐见愁煎迫。黄节曰："乃尔，作计已决之貌。立谓起立，欲行自经之计。转头向户，不遂行也。"其日牛马嘶，新妇入青庐。闻人倓曰："牛马嘶如诗所云'牛羊下来'也。"《世说新语·假谲篇》曰："魏武帝少时，常与袁绍好为游侠。观人新婚，因潜入主人园中，夜叫呼云'有偷儿贼！'青庐中人皆出观。帝乃抽刀劫妇，与绍还。"《酉阳杂俎》曰"北方婚礼，用青布幔为屋，谓之青庐"，按一名百子帐。《演繁露》曰："唐人婚礼多用百子帐……盖其制本出戎虏，特穹庐拂庐之具体而微者耳。卷柳为圈，以相连锁，可张可阖。……其施张既成，大抵如今尖顶圆亭子，而用青毡通冒四偶上下，便于移置耳。"菴菴黄昏后，寂寂人定初。菴读为晻。《后汉书·来歙传》曰"臣夜人定后，为何人所贼伤"，《左传·昭五年》杜注曰："人定为舆，黄昏为隶。"我命绝今日，魂去尸长留，我，新妇也。揽裙脱丝履，举身赴清池。赴读为仆。府吏闻此事，心知长别离，徘徊庭树中，自挂东南枝。两家求合葬。合葬华山傍。华山盖庐山郡小山名，今不可考。东西植松柏，左右种梧桐。仲长统《昌言》曰："古之葬者，松柏梧桐以识坟也。"枝枝相覆盖，叶叶相交通，中有双飞鸟，自名为鸳鸯，仰头相向鸣，夜夜达五更。此盖谓鸳鸯为二人精魂所化。《太平广记》三八九引《述异记》曰："吴黄龙年中，吴都海盐有陆东美，妻朱氏亦有容止，夫妻相重，寸步不相离，时人号为比肩人。夫妇云皆比翼，恐不能佳也。后妻死，东美不食求死，家人哀之，乃合葬。未一岁，冢上生梓树，同根，二身相抱而合成一树，每有双鸿常宿于上。孙权闻之嗟叹，封其里曰比肩墓，又曰双梓。”案此事流传之地域与时间，并与本篇略同，故母题亦有相似处。行人驻足听，寡妇起彷徨。多谢后世人，戒之慎勿忘！

（此笺于二十九年十月动笔）

易林琼枝

风推困之否，中孚之蛊，作吹。云却。小畜之中孚，困之否，中孚之蛊。

春城夏国。大畜之坤，泰之师。

随时春草，旧枝叶起，扶疏条挑，长大美盛，华沃铄舒。夬之剥。

临溪蟠枝，虽恐不危。临之离。

雹梅零蒂，心积愦愦，乱我灵气。未济之震。

蟠未济之困误播。梅讼之谦作枚，大有之坤误枝。折枝，大有之坤作失蚑，误。与母别旅之大过作分。离，九皋难扣，从讼之谦补。绝不相知。大有之坤，渐之谦，旅之大过，未济之困，讼之谦。

刖大有之大过作枯。树无枝，与子分离，饥寒莫养，师之比作食。独立师之比作泣。哀悲。师之比，大有之过。

冬生不华，老女无家，霜冷蓬室，更为枯株。蒙之兑。

刖根枯株，不生肌肤，病在于心，日以燋枯。震之需。

冬叶萃之观作薮。枯槁，萃之观作腐。当萃之观误常。风于道，蒙被尘埃，左右劳苦。观之家人，萃之观。

千岁槐根，身节之萃误利。多斧瘢，节之萃作盘。伤痈梼理，节之萃作树维枯屈。枝叶不出。家人之乾，节之萃。

楩生荆山，命制输班，袍衣剥脱，夏热冬寒。饥大有之未济，贲之师作立。饿枯槁，莫人震怜。大有之未济，贲之师，作众人莫怜。乾之既济，大有之未济，贲之师。

蜩螗欢喜，中孚之随作翘。草木嘉茂，百果蕃炽，中孚之随作生。日益多有。谦之解，中孚之随。

白鸟衔饵，鸣呼其子，施翼晋之震作施技，升之解作挟施，小畜之小畜作干枝。张翅，来从其母。伯仲叔季，尤疑大贺举手。晋之震，升之解，涣之咸，无末二句。小畜之小畜，晋之震，涣之咸，升之解。

鸟鸣哺鷇，长欲飞去，循枝上下，适与风遇，颠陨树根，命不可救。噬嗑之明夷。

鸟鸣巢需之节作厩，复之井作葭。端，一兑之涣作壹。呼三颠，摇动东西，危魂需之节作栗，复之井作而。不安。兑之涣，需之节，复之井。

桃雀旅之晋作鷦鷯。窃脂，巢于小枝，摇动损之涣作动摇。不安，为风所吹。寒心中孚之噬嗑作心寒，损之涣作寒恐。栗栗，损之涣作悚栗，旅之晋，中孚之噬嗑，作漂摇。常忧殆危。旅之晋作危殆，噬嗑之涣作不殆。谦之遁，噬嗑之涣，旅之晋。

坚冰黄鸟，终日悲号，乾之噬嗑作啼哀悲愁，艮之遁啼误帝，益之大过作常，归妹之归妹误裳，又倒在鸟上。不见白乾之噬嗑作甘。粒，但睹乾之噬嗑，解之夬，作观。藜解之夬作蓬。蒿。数惊鸷鸟，孰益之大过误飘。为我忧。乾之噬嗑，艮之遁，归妹之归妹，作为我心忧。乾之噬嗑，解之夬，益之大过，艮之遁，归妹之归妹。

鹳鸠徙巢，西至平州，遭逢雷雹，辟晋之观作破。我苇庐。室家饥寒，思吾故初。谦之革，晋之观。

雌单独居，归其本巢，毛羽憔悴，志如死灰。需之否。

凫得水没，喜笑自啄，毛羽悦怿，利以攻玉。讼之师。

凫雁哑哑，以水为家，大有之归妹，大畜之鼎，作宅。雌雄相和，心志师之萃作至。娱乐。得其所师之萃作欢。欲，绝其患恶。师之萃，大有之归妹，无末句。师之萃，大有之归妹，大畜之鼎。

鸡方啄粟，为狐所逐，走不得食，惶惧喘息。归妹之无妄。

鹿食美草，逍遥求饱，日暮后门，过期乃还，肥泽且厌。夬之大有。

鹿在泽陂，豺伤其麑，泣血独哀。益之旅。

炙鱼铜归妹之师作枯。斗，张伺夜鼠，不忍香味，归妹之师作舌不忍味。机发为祟，井之坎此下有祟在头颈一句。笮不得去。井之坎，归妹之师。

蜘蛛作网，以伺行旅，青蝇嚵聚，以求膏腴，触我罗绊，为网所得。未济之蛊。

蜘蛛南北，巡行罔罭，杜季利兵，伤我心腹。井之遁。

鳅鰕去海，藏无妄之小畜作游。于枯里，街巷褊隘，无妄之小畜作迫狭。不得自在。南北极远，无妄之小畜作四极。渴馁成疾。谦之明夷，无妄之小畜。

山林麓薮，蹇之无妄作林麓山薮。非人所处。鸟兽无礼，使我心苦。蒙之未济，明夷之离，蹇之无妄。

青牛白咽，呼我俱田，历山之下，可以多耕。岁乐观之否作露，夬之师作稔。时节，民人安宁。讼之小过，观之否，夬之师。

铜人铁距，兑之未济误柱。暴观之归妹作雨。露劳苦，终日卒岁，无有休息。兑之未济作止。观之归妹，兑之未济。

耕石山颠，费种家贫，无聊处作，苗发不生。比之解。

白云如带，往往旗处，飞风送迎，大雹将下，击我禾稼，僵死不起。坎之渐。

下田黍稷，兑之履作陆。方兑之履作万。华生齿，大雨集降，兑之履作霖集。纷涝满瓮。兑之履作波病溃腐。小畜之鼎，兑之履。

逐利三年，利走如神，辗转东西，如鸟避丸。归妹之豫。

举杯饮酒，无益温寒，指直失取，亡利不欢。蒙之大有。

赍贝赎狸，不听我辞，系于虎须，否之革作髯。牵不得来。需之睽，否之革，同人之否，随之师，剥之蒙，震之咸，巽之需，萃之蹇。

载金贩狗，利弃我走，藏匿渊底，随之革作渠。悔折为咎。讼之旅，随之革，震之复。

跛踦相随，日暮牛罢，陵迟后旅，失利亡雌。乾之涣，泰之复，同人之归妹，蹇之坎，解之艮。

山险难登，涧大畜之明夷作渭。中多石，车驰轊大畜之明夷作轉。击，载重伤轴。担乾之谦作儋。负大畜之明夷作载担。善踬，跌踒右足。乾之谦，履之坎，大畜之明夷姤之涣。

负牛上山，力劣难行，烈风雨雪，遮遏我前。讼之剥，同人之无妄，丰之既济，旅之睽。

多载重负，捐弃于野，予母谁损之复作无稚。子，但自劳苦。屯之恒，师之姤，泰之同人，损之复。

瀌瀌泥泥，涂泥至毂，马泞不进，虎啮我足。大过之随。

龙马上山，绝无水泉，喉嗌唇干，舌豫之干，剥之否作口。震之姤作渴。不能言。乾之讼，豫之干，剥之否，震之姤。

望骥不来，驹蹇为忧，雨惊我心，风撼我肌。泰之比。

流浮出食，载券入屋，释鞍系马，西南庑下。小过之鼎。

体重飞难，未能越蒙之归妹作逾。关，不离室震之鼎作啻留。垣。上下虚塞，心不遑安。旅之无妄无三四五三句。蒙之归妹无四五二句。震之鼎，旅之无妄，蒙之归妹。

千里望城，不见山青，老兔虾蟆，远绝无家。蒙之大壮。

家在海隅，桡短归妹之大畜作绕旋。深流，观之明夷作流深。岂敢惮行，萃之师作伯氏难行。观之明夷作企立望宋。无木萃之师作目。以趋。观之明夷，归妹之大畜，萃之师。

悬悬南海，去家万里，飞兔騕褭，归妹之渐作褭骏。一日见母，除我忧悔。晋之坎，归妹之渐。

乘风雨桥，明夷之鼎作乘风雨会。渐之既济作乘风而举。同人之泰作乘风带雨。与飞鸟俱，一同人之泰，明夷之鼎作动。举千里，见我慈大壮之剥，渐之既济作爱。母。同人之泰，大壮之剥，明夷之鼎，渐之既济。

西邻少女，未有所许，志如委衣，不出房户，心无所处。大过之小畜。

日入望东，不见子家，长女无夫，左手搔头。讼之坤。

望叔山北，陵隔我目，不见所得，使我忧惑。临之艮。

十里望烟，散涣四分，形容夬之小过作体。灭亡，夬之小过此下有可入深渊一句。终不见君。豫之观，夬之小过。

延颈远望，眯为目疾，升之谦作病。不见叔姬，使伯心忧。升之谦作忧心。坤之无妄，升之谦。

夹河为婚，期至无船，淫屯之小畜，兑之屯作摇。临之小过作遥。心失望，不见所欢。临之小过作欢君。屯之小畜，临之小过，兑之屯。

邻不我顾，而望随之丰，损之中孚作求。玉女，身多损之中孚作疾。癞疾，随之丰作秃癞，损之中孚作疮癞。谁肯婚者？随之丰，损之中孚，师之小过。

鹞明夷之艮作鹗。鸱娶妇，深目窈身，折腰不媚，与伯相背。

复之蒙，明夷之艮。

南山大玃，盗我媚妾，怯不敢逐，退然独宿。坤之剥。

雄处弱水，雌在海边，别离将食，哀悲于心。兑之复。

式微式微，小畜之谦作拭牧拭牧，临之归妹作域域牧牧。忧祸相绊，小畜之谦，临之归妹作半。隔以岩山，室家分散。归妹之困，小畜之谦，临之归妹。

伯比之复作季。去我东，发扰比之复作发栉，节之谦作首发。如蓬，寤寐长叹，比之复无此句，节之谦作长夜不寐。展转空床。节之谦无此句。内怀怅恨，比之复作内怀忧伤，节之谦作忧系心胸。摧我肝肠。比之复，节之谦，无此句，姤之遁，比之复，节之谦。

蚁封户穴，大雨将集，鹊起数鸣，牝鸡叹室，相梦原误作薨。雄父，未到在道。震之蹇。

东山辞家，原倒。处妇思夫，伊威盈室，长股羸（罗）户。叹我君子，役日未已。家人之颐。

班马还夬之否作旋。师，以息劳罢，役夫忻夬之否作嘉。喜，入户见妻。剥之噬嗑，夬之否，兑之兑。

当年早大过之泰作少。寡，独立大过之泰作与。孤居，大过之泰作处。鸡鸣犬大过之泰作狗。吠，无敢问诸。大过之泰作谁者。我生不遇，大过之泰作辰。独离大过之泰作婴。寒苦。随之既济，大过之泰。

佩玉蕊兮，无所系之，旨酒一盛，莫与笑语。孤寡独特，常愁忧苦。需之蛊。

紝绩独居，寡处无夫，阴阳失忘，为人仆使。需之小畜。

盲瞽独宿，莫与共食，老穷于人，病在心腹。升之损。

孤翁归妹之履作公。寡妇，独宿悲苦，目张耳明，无归妹之履作莫。与笑语。讼之归妹，归妹之履。

昼卧里门，悚惕不安，目不得阖，鬼搔我足。观之咸。

履虵蹑尳，临之困作履危不止。与鬼相视，惊恐坎之观作哭。失气，如骑虎尾。临之困，坎之观。

坐席未温，忧来扣门，逾墙北走，兵交我后，脱于虎口。大过之遁。

言笑未毕，明夷之过作卒。忧来暴卒（猝），身墨（缠）丹索，槛囚装束。既济之大过作身加搤槛囚系缚束。明夷之大过既济之大过。

目不可合，忧来摇萃之睽，兑之解，作搔。足。怵萃之睽作悚。惕危萃之睽作恐，谦之大畜作为。惧，去其谦之大畜作我。邦域。谦之大畜，萃之睽，兑之解。

耳如惊鹿，不能定足，室家分散，各走匿窜。益之噬嗑。

别离分散，长子从军，稚叔就贼，寡老独居，莫为种瓜。渐之渐。

持刀操肉，对酒不食，夫行复之剥作亡。从军，少坤之既济作小，无妄之比作长。子入狱，抱膝独宿。坤之既济，复之剥，无妄之比。

长子入狱，妇馈母哭，霜降愈甚，乡晦伏法。复之升。

饮酒醉酗，益之蒙作酣，升之复作饱。跳起比之鼎，升之复，作跃。争斗益之蒙此下有手足纷拿一句。伯伤升之复作丧。叔益之蒙作仲。僵，东家治丧。比之鼎，益之蒙，升之复，既济之萃。

东家凶妇，怒其公姑，毁柈破盆，弃其饭飧，使吾困贫。颐之讼。

翁狂妪盲，相牵北行，欲归高邑，迷惑不得。夬之归妹。

南向一室，风雨并入，尘埃积湿，主母盲痹，偏枯心疾，乱我家资。睽之中孚。

东行破车，步入危家，衡门垂倒，无以为主，卖袍续食，糟糠不饱。夬之讼。

齿间啮啮，丰之晋作啮，未济之颐作嚙。贫鬼相责，无有欢怡，一日九结。震之既济，丰之晋，未济之颐。

机关不便，不能出言，精诚不通，未济之咸作精成通道。为人所冤。小畜之蒙，临之屯，未济之咸。

耋老鲐背，齿牙动摇，近地远天，下入黄泉。震之比。

山陵丘墓，魂魄室屋，精光竭尽，长卧无觉。家人之旅。

明灭光息，不能复食，精魄尽丧，以夜为室。噬嗑之颐。

华灯百枝，消暗艮之蹇作稍暗。衰微，随之大有作消衰暗微。

精光讫艮之蹇作欲。尽，奄如随之大有，睽之遁作有。灰糜。睽之遁作縻，随之大有，艮之蹇作靡，均误今正。随之大有，睽之遁，艮之蹇。

举被覆目，不见日月，衣衾簟篋，大壮之革作杀机，泰之临作衣裘箪床。长就夜室。坤之随，泰之临，大壮之革。

霜降闭户，蛰虫坤之需，小畜之解作虫。隐处，不见日月，与死为伍。坤之需，小畜之解，大壮之颐。

鬼守我门，呼伯入山，去其室家，舍其兆墓。贲之坤。

独宿憎夜，嫫母畏昼。涣之蛊。

蝙蠼观之无妄，遁之剥，作蜗螺。生子，深目墨丑。需之恒，观之无妄，遁之剥。

被发兽心，难与比小过之同人作为。邻，来如飘风，小过之同人作风云。去如绝弦，为狼所残。困之萃，小过之同人。

八面九口，长舌为斧，斫艮之颐作劈。破瑚琏，殷商绝后。临之坎，艮之颐。

一指食肉，口无所得，染其鼎鼐，损之鼎无此句。舌馋于腹。需之解，颐之离，损之鼎。

鼋羹芬芗，染指弗尝，口饥于手，公子恨馋。蒙之萃。

倚锋据戟，伤我胸臆，拜折不息。坎之蒙。

铅刀攻玉，坚不可得，尽我筋力，胝茧为疾。坤之豫，比之大过，损之晋。

秋冬探巢，不得鹊雏，衔指北去，媿师之革作惭。我少姬。师之革作夫。讼之睽，师之革，观之屯，革之复。

迷行未济之损作厌浥。晨夜，道多湛露，濈我袴襦，未济之损作濈衣濡袴。重不可步。革之豫误涉，未济之损作重难以步。革之豫，未济之损。

朝露白日，四马过隙，岁短期促，时难再得。鼎之大壮。

独坐西垣，莫与笑言，二字原倒。秋风多哀，使我心悲。艮之否。

愦愦中孚之大过作叹息。不悦，忧从中出。讼之升，中孚之大过。下句又见讼之大畜。

四目相望，稍近同光，并坐鼓簧。既济之睽。

两火争明，虽斗不伤。比之贲。

缩绪乱丝，手与为哭。遁之泰。

筑室水上，危于一齿。大壮之离。

泉同人之豫作鱼。为白蜜，同人之豫作云。一邑鼎之节误色，同人之豫作国。获愿。鼎之节，同人之豫。

哑哑笑言，与善饮食。讼之大过。

与福为市。坤之小过，讼之坎，蛊之小畜。

福为我母。讼之咸，同人之旅。

驾入喜门，与福为婚。颐之小过。下句又见小畜之无妄，恒之鼎。

赍福上堂，与我同床。同人之兑。

抱福归房。解之屯。

福过我里，入门笑喜，与吾利市。观之离。

上福喜堂，见我欢兄。益之蛊。

喜来如云。睽之丰，震之剥。

东行饮酒，与喜相抱。坎之震。下句又见恒之大有，归妹之遁。

被服文衣，游观酒池，上堂见觞，喜为吾兄，使我忧亡。睽之乾，蹇之同人。

酒为欢伯，除忧来乐，福喜遁之未济作善。入门，与君相索，使我有得。坎之兑作德。坎之兑，遁之未济。

鹊笑鸠舞，来遗我酒，大喜在后，授吾龟纽。龙喜张口，起拜福祉。噬嗑之离。

二十八年十二月。

唐诗大系

目录

205 王绩三首
206 上官仪二首
206 卢照邻一首
207 骆宾王二首
208 杜审言六首
209 李峤一首
209 薛稷二首
210 苏味道一首
210 王勃七首
212 杨炯二首
213 韦承庆一首
213 刘希夷二首
214 王无竞一首
214 崔融二首
215 宋之问九首
217 沈佺期五首
218 郭元振二首
218 张若虚一首
219 陈子昂十六首
222 张说七首
224 张旭二首
224 贺知章一首
224 苏颋二首
225 张九龄十首
227 常理一首
227 蒋冽一首
228 薛奇童一首
228 包融三首
229 贺朝一首
229 王翰一首

229 崔国辅十首
231 孟浩然二十二首
235 李颀十二首
238 徐延寿一首
238 张均一首
239 綦毋潜六首
240 韦述一首
240 王湾一首
241 邱为三首
241 王之涣四首
242 李嶷五首
243 孙逖二首
243 王昌龄十七首
247 祖咏八首
248 蒋涣一首
249 于逖一首
249 卢象三首
250 寒山子三首
250 沈千运三首
251 陶翰三首
252 李白四十九首
263 王维五十首
272 高适十二首
276 薛据一首
276 刘昚虚二首
277 崔颢十首
279 崔曙四首
280 阎防一首
280 丁仙芝五首
281 吴豸之一首
281 郑德玄一首
281 储光羲十八首
284 常建五首
285 秦系四首
286 殷遥一首
286 张潮四首
288 杨谏一首
288 金昌绪一首
288 颜真卿一首
288 张巡一首
289 刘长卿十七首
292 刘方平五首
293 张彪二首
294 杜甫九十九首

318 严维二首
319 王季友二首
319 毕耀一首
320 岑参十八首
324 李华一首
324 裴迪三首
325 萧颖士一首
325 包何一首
325 贾至一首
326 李嘉祐六首
327 张谓五首
328 钱起十八首
332 元结四首
332 皇甫冉五首
334 包佶一首
334 张继一首
334 独孤及二首
335 皇甫曾一首
335 于良史三首
336 严武一首
336 灵一三首
337 顾况六首
338 郎士元七首
339 孟云卿六首
341 苏涣三首
341 戴叔伦七首
343 窦参三首
344 耿湋八首
345 韦应物三十首
351 梁锽一首
351 张万顷一首
351 李季兰一首
352 李康成一首
352 芮梃章一首
352 张翚一首
352 赵微明一首
353 张南史二首
353 奚贾一首
353 元融一首
354 陶岘一首
354 皎然二首
354 郑锡四首
355 窦叔向一首
356 柳中庸四首

356 韩翃六首
358 郑常二首
358 司空曙十首
360 戎昱三首
361 张志和一首
361 章八元一首
361 李端十一首
363 畅当三首
364 于鹄十一首
366 崔峒二首
367 刘言史一首
367 刘复一首
367 李宣远一首
368 卢纶十四首
370 李益十二首
372 法振二首
373 畅诸一首
373 长孙佐辅三首
374 孟郊二十八首
379 李约一首
380 陈羽二首
380 羊士谔六首
381 武元衡一首
382 杨凭二首
382 权德舆二首
383 杨凝四首
383 杨凌一首
384 王涯六首
385 薛涛一首
385 王建十首
387 张籍十三首
390 韩愈二十二首
397 张仲素三首
398 窦巩二首
398 杨巨源六首
399 马逢二首
400 雍裕之一首
400 白居易三十四首
411 刘禹锡二十二首
416 吕温二首
417 柳宗元十四首
420 景云二首
420 马戴八首
421 鲍溶十首

423 姚合六首
424 周贺六首
426 元稹五首
427 牛僧孺一首
428 贾岛二十一首
431 刘皂一首
432 殷尧藩四首
433 沈亚之三首
433 李廓六首
434 章孝标二首
435 李德裕一首
435 无可一首
435 郑巢四首
436 李馀二首
437 李贺二十五首
443 施肩吾六首
444 许浑十二首
447 张祜十二首
449 刘叉一首
449 卢仝一首
449 韩琮四首
450 韦楚老一首
451 顾非熊一首
451 朱庆馀五首
452 刘得人二首
452 刘沧二首
453 李远一首
453 陈陶五首
454 喻凫一首
455 段成式一首
455 崔橹六首
456 杜牧三十首
462 雍陶六首
463 任翻三首
464 薛逢二首
464 方干三首
465 于武陵三首
465 刘威二首
466 孟迟二首
466 李商隐二十四首
471 李群玉四首
472 姚鹄一首
472 项斯一首
472 赵嘏四首

473 曹邺四首
474 薛能一首
474 李频一首
475 温庭筠十九首
479 皇甫松四首
480 刘绮庄一首
480 李山甫一首
480 赵牧一首
481 唐温如一首
481 陆龟蒙十三首
484 高骈二首
484 许棠一首
485 刘驾二首
485 李昌符一首
485 罗邺二首
486 唐求二首
486 曹唐二十二首
489 张乔一首
489 武瓘一首
490 处默一首
490 储嗣宗二首
490 司马扎一首
491 贯休三首
491 于濆三首
492 李郢二首
492 崔道融五首
493 罗隐六首
495 皮日休九首
497 周朴一首
497 李咸用一首
498 李洞五首
499 司空图十一首
501 聂夷中三首
501 章碣一首
502 周繇一首
502 唐彦谦二首
502 郑谷四首
503 韩偓十三首
506 杜荀鹤三首
506 曹松八首
508 吴融六首
509 韦庄七首
511 崔涂六首
512 王驾一首

512 齐己二首

513 王贞白三首

513 沈彬一首

514 张蠙三首

514 翁承赞一首

515 徐夤二首

515 裴说二首

516 翁宏一首

516 谭用之二首

516 徐铉一首

517 李中一首

517 张泌三首

518 潘佑一首

王绩 （五八五——六四四） 上虞罗氏重刊《王无功集》三卷，补遗二卷。

石竹咏

上天布甘雨，万物咸均平。自顾微且贱，亦得蒙滋荣。以《全唐诗补遗》三二补前四句。萋萋结绿枝，晔晔垂朱英。常恐零露降，不得全其生。叹息聊自思，此生岂我情。昔我未生时，谁者令我萌。弃置勿重陈，委化何足惊。

赠程处士 本集《答杜君书》有处士程融

百年长扰扰，万事悉悠悠。日光随意落，河水任情流。礼乐囚姬旦，《诗》《书》缚孔丘。不如高枕上，时取醉消愁。刘希夷《故园置酒》："……风前灯易灭，川上月难留。卒卒周姬旦，栖栖鲁孔丘。平生能几日，不及且遨游。"

野望

东皋薄暮望，徙倚欲何依。树树皆秋色，山山唯落晖。王勃《山中》："长江悲已滞，万里念将归。况属高风晚，山山黄叶飞。"牧童驱犊返，猎马带禽归。相顾无相识，长歌怀采薇。

上官仪（六〇八？——六六四）

入咏应制　录一

启重帷，重帷照文杏。翡翠藻轻花，流苏媚浮影。瑶笙燕始归，金堂露初晞。风随少女至，虹共美人归。罗荐已擘鸳鸯被，绮衣复有蒲萄带。残红艳粉映帘中，戏蝶流莺聚窗外。洛滨春雪回，巫峡暮云来。雪花飘玉辇，云光上璧台。共待新妆出，清歌送落梅。

入朝洛堤步月《隋唐嘉话》《大唐新语》。

脉脉广川流，驱马历长洲，鹊飞山月曙，曙，《嘉话》作晓。蝉噪野风秋。此非全章。张说《和尹懋秋夜游灉湖》"雁飞江月冷，猿啸野风秋。"

卢照邻（六三七——六八九？）

长安古意

长安大道连狭斜，青牛白马七香车。玉辇纵横过主第，金鞭络绎向侯家。龙衔宝盖承朝日，凤吐流苏带晚霞。百丈游丝争绕树，一群娇鸟共啼花。啼花戏蝶千门侧，碧树银台万种色。复道交窗作合欢，双阙连甍垂凤翼。梁家画阁天中起，汉帝金茎云外直。楼前相望不相知，陌上相逢讵相识。借问吹箫向紫烟，曾经学舞度芳年。得成比目何辞死，愿作鸳鸯不羡仙。比目鸳鸯真可羡，双去双来君不见。生憎帐额绣孤鸾，好取门帘帖双燕。双燕双飞绕画梁，罗帏翠被郁金香。片片行云着蝉鬓，纤纤新月上鸦黄。鸦黄粉白车中出，含娇含态情非一。妖童宝马铁连钱，娼妇盘龙金屈膝。御史府中乌夜啼，廷尉门前雀欲栖。隐隐朱城临玉道，遥遥翠幰没金堤。挟弹飞鹰杜陵北，探丸借客渭桥西。俱邀侠客芙蓉剑，共宿娼家桃李蹊。娼家日暮紫罗裙，清歌一啭口氛氲。北堂夜夜人如月，南陌朝朝骑似云。南陌北堂连北里，五剧三条控三市。弱柳青槐拂地垂，佳气红尘暗天起。汉代金吾千骑来，翡翠屠苏鹦鹉杯。罗襦宝带为君解，燕歌赵舞为君开。别有豪华称将相，转日回天不相让。意气由来排灌夫，专权判不容萧相。专权意气本豪雄，青虬紫燕坐生风。自言歌舞长千载，自谓骄奢凌五公。节物风光不相待，桑田碧海须臾改。昔时金阶白玉堂，即今惟见青松在。寂寞寥寥扬子居，年年岁岁一床书。独有南山桂花发，飞来飞去袭人裾。

骆宾王（六四〇？——六四八）

乐大夫挽词

一旦先朝菌，千秋掩夜台。青乌新兆去，白马故人来。草露当春泣，松风向暮哀。宁知荒垄外，吊鹤自裴徊。

蒿里谁家地，松门何代丘。百年三万日，一别几千秋。返照寒无影，穷泉冻不流。居然同物化，何处欲藏舟。

杜审言（六四八？——七〇八）

蓬莱三殿侍宴奉敕咏终南山应制《纪事》六

北斗挂城边，南山倚殿前。云标金阙迥，树杪玉堂悬。半岭通佳气，中峰绕瑞烟。小臣持献寿，长此戴尧天。

夏日过郑七山斋《国秀集》

共有樽中好，言寻谷口来。薜萝山径入，荷芰水亭开。日气含残雨，《度石门山》"江声连骤雨，日气抱残虹。"云阴送晚雷。洛阳钟鼓至，车马系迟回。

和晋陵陆丞早春游望一作韦应物诗，非是。《能改斋漫录》十一引顾陶《唐诗选》载此，作韦诗，云韦集无之。一本丞下衍相字，唐宰相有陆元方，与审言同时，然诗中语气殊不类，且唐时宰相亦不称丞相，晋陵陆丞者，晋陵县丞也。唐江南道常州有晋陵县，今本韦集未衍。

独有宦游人，偏惊物候新。云霞出海曙，梅柳渡江春。淑气催黄鸟，晴光转绿蘋。忽闻歌古调，归思欲沾巾。

登襄阳城

旅客三秋至，层城四望开。楚山横地出，汉水接天回。冠盖非新里，章华即旧台。习池风景异，归路满尘埃。

秋夜宴临津郑明府宅

行止皆无地，招寻独有君。酒中堪累月，身外即浮云。露白宵钟彻，风清晓漏闻。坐携余兴往，还似未离群。

春日京中有怀

今年游寓独游秦，愁思看春不当春。上林苑里花徒发，细柳营前叶漫新。公子南桥应尽兴，将军西第几留宾。马融有《梁大将军西第颂》。寄语洛城风日道，明年春色倍还人。

李峤（六四五——七一四？）

送李安邑一作送李邕

落日荒郊外，风景正凄凄。离人席上起，征马路旁嘶。别酒倾壶赠，行书掩泪题。殷勤御沟水，从此各东西。

薛稷（六四七——七一一）

早春鱼亭山

春气动百草，纷荣时断续。白云自高妙，裴回空山曲。阳林花已红,寒涧苔未绿。伊余息人事,萧寂无营欲。客行虽云远,玩之聊自足。

秋日还京陕西十里作《纪事》一〇

驱车越陕郊,北顾临大河。隔河望乡邑,秋风水增波。西登咸阳途,日暮忧思多。傅岩既纡郁,首山亦嵯峨。操筑无昔老,《采薇》有遗歌。客游节回换,人生知几何。

苏味道 (六四八——七〇五)

正月十五夜《搜玉小集》作《观灯》,《全唐诗》作《上元》。

火树银花合,星桥铁锁开。暗尘随马去,明月逐人来。游伎皆秾李,行歌尽落梅。金吾不禁夜,《艺文类聚》四禁作惜,《纪事》六同。玉漏莫相催。乐府遗调。

王勃 (六四九——六七六)蒋清翊《王子安集注》二十卷。罗振玉《王子安集佚文》一卷,《附录》一卷,《校记》一卷,《永丰乡人杂著续编》。

咏风《初学记》一,《文苑英华》一五六,《唐诗纪事》七。

肃肃凉景生,加我林壑清。驱烟寻涧户,卷雾出山楹。去来固无迹,动息如有情。日落山水静,为君起松声。

滕王阁《英华》三四三

滕王高阁临江渚，佩玉鸣鸾罢歌舞。画栋朝飞南浦云，珠帘暮卷西山雨。闲云潭影日悠悠，物换星移几度秋。阁中帝子今何在，槛外长江空自流。

圣泉宴并序《英华》二一四。各本俱无序，从日本卷子本《王子安集佚文》，及项家达本补。《全唐文》以序入骆宾王卷。案序云得泉字，与诗合，则是王作无疑。

玄武山趾有圣泉焉，浸淫滴沥，数百千年矣。乘岩泌涌，接磴分流，下瞰长江，沙堤石岸，咸古人遗迹也。兹乃青蘋绿芰，紫苔苍藓，遂使江湖思远，寤寐寄托。既而崇峦左披，石壁前萦，丹崿万寻，碧潭千顷，松风唱晚，竹露薰空，潇潇乎人间难遇也。方欲以林壑为天属，琴樽为日用。嗟乎，古今代谢，方深川上之悲，少长同游，且尽山阴之乐。盍题芳什，共写高情。诗得泉字。

披襟乘石磴，列藉俯春泉。藉，诸本作籍，误。《英华》作席。兰气薰山酌，松声韵野弦。影飘垂叶外，香度落花前。兴洽林塘晚，重岩起夕烟。

秋日别薛升华《英华》二八六。各本作别薛华，误。此从《英华》。案薛曜，字升华，见《唐书·宰相世系表》，本集有《秋夜于绵州群官席别薛升华序》，疑即因此诗而作。又《仲氏宅宴序》云"盖同序者高人薛曜等耳”，又《重别薛华诗》，据《英华》亦当作薛升华。《春思赋》：“咸亨二年，余春秋二十三（旧作二，从蒋清翊改），旅寓巴蜀。”以上二诗，皆蜀中作，则才年二十余耳。

送送多穷路，遑遑独问津。悲凉千里道，凄断百年身。心事同漂泊，生涯共苦辛。无论去与住，俱是梦中人。

送杜少府之任蜀川《英华》二六六。各本无送字，从《英华》补。

城阙辅三秦，辅集作俯，此从《英华》。风烟望五津。与君离别意，同是宦游人。海内存知己，天涯若比邻。无为在歧路，儿女共沾巾。

春日还郊《英华》三一八。

闲情兼默语，携杖赴岩泉。草绿萦新带，榆青缀古钱。鱼床侵岸水，鸟路入山烟。还题平子赋，花树满春田。结拗

铜雀妓《乐府诗集》三一

金凤邻铜雀，漳河望邺城。君王无处所，台榭若平生。舞席纷可就，歌梁俨未倾。西陵松槚冷，谁见绮罗情。

杨炯（六五〇——六九五？）

从军行

烽火照西京，心中自不平。牙璋辞凤阙，铁骑绕龙城。雪暗凋旗画，风多杂鼓声。宁为百夫长，胜作一书生。赋体

紫骝马

侠客重周游，金鞭控紫骝。蛇弓白羽箭，鹤辔赤茸鞦。发迹来南海，长鸣向北州。匈奴今未灭，画地取封侯。

韦承庆（六五一？——七〇六）

凌朝浮江旅思一作马周诗，《纪事》四同，九作韦承庆。

太清上初日，太清一作天晴。《鹖冠子》："上及太清，下及太宁。"《文选·海赋》："擘洪波，指太清。"《楚辞·九叹·远游》："载赤霄而凌太清。"注："上凌太清，游天庭也。"春水送孤舟。山远疑无树，潮平似不流。岸花开且落，江鸟没还浮。羁望伤千里，长歌遣四愁。

刘希夷（六五一——？）鱼鳞可怜紫，鸭头自然碧（《秋日题汝阳潭壁》）。

采桑《乐府诗集》二八

杨柳送行人，青青西入秦。谁家采桑女，楼上不胜春。盈盈灞水曲，步步春芳绿。红脸耀明珠，绛唇含白玉。回首渭桥东，遥怜春色同。青丝娇落日，缃绮弄春风。携笼长叹息，逶迟恋春色。看花若有情，倚树疑无力。薄暮思悠悠，使君南陌头。相逢不相识，归去梦青楼。

代白头吟吟，旧作翁，此从《搜玉小集》。案鲍照乐府皆曰代，代犹拟也。《白头吟》乐府旧题，此拟之耳。《乐府诗集》四一作《白头吟》，《韵语阳秋》六同。

洛阳城东桃李花，飞来飞去落谁家。洛阳女儿好颜色，坐见落花长叹息。今年花落颜色改，明年花开复谁在。已见松柏摧为薪，更闻桑田变成海。古人无复洛城东，今人还对落花风。年年岁岁花相似，岁岁年年人不同。寄言全盛红颜子，应怜半死白头翁。此翁白头真可怜，伊昔红颜美少年。公子王孙芳树下，清歌妙舞落花前。光禄池台开锦绣，将军楼阁画神仙。一朝卧病无相识，三春行乐在谁边。宛转蛾眉能几时，须臾鹤发乱如丝。但看古来歌舞地，惟有黄昏鸟雀悲。

王无竞（六五二——七〇五）

巫山一作宋之问诗。《乐府诗集》一七作沈佺期。《纪事》八。

神女向高唐，巫山下夕阳。徘徊作行雨，婉娈逐荆王。电影江前落，雷声峡外长。朝云无处所，台馆晓苍苍。

崔融　崔融五古高妙近宋之问。崔宋近王薛陈，杜沈近卢骆刘张。

关山月

月生西海上，气逐边风壮。万里度关山，苍茫非一状。汉兵开郡国，胡马窥亭障。夜夜闻悲笳，征人起南望。

吴中好风景

洛渚问吴潮，吴门想洛桥。夕烟杨柳岸，春水木兰桡。城邑高楼近，星辰北斗遥。无因生羽翼，轻举托还飙。

宋之问 （六五六？——七一二）崔宋近，俱工古体，杜沈近，俱工七律。

夜饮东亭《文粹》十五上

春泉鸣大壑，皓月吐层岑。岑壑景色佳，慰我远游心。暗芳足幽气，惊栖多众音。高兴南山曲，长谣横素琴。

雨从箕山来

雨从箕山来，倏与飘风度。晴明西峰日，绿缛南溪树。此时客精庐，幸蒙真僧顾。深入清净理，妙断往来趣。意得两契如，言尽共忘喻。观花寂不动，闻鸟悬可悟。向夕闻天香，淹留不能去。

初至崖口

崖口众山断，嵚崟耸天壁。气冲落日红，影入春潭碧。锦缋织苔藓，丹青画松石。水禽泛容与，岩花飞的皪。微路从此深，我来限于役。惆怅情未已，群峰暗将夕。

夏日仙萼亭应制

高岭逼星河，乘舆此日过。野含时雨润，山杂夏云多。睿藻光岩穴，宸襟洽薜萝。悠然小天下，归路拥笙歌。拥《全唐诗》作满。应制诗与杜审言同工。

扈从登封途中作

帐殿郁崔嵬，仙游实壮哉。晓云连幕卷，夜火杂星回。谷暗千旗出，山鸣万乘来。扈从良可赋，终乏掞天才。

陆浑山庄

归来物外情，负杖阅岩耕。源水看花入，幽林采药行。野人相问姓，山鸟自呼名。去去独吾乐，无能愧此生。学王绩。

汉江宴别渡汉江

汉广不分天，舟移杳若仙。秋虹映晚日，江鹤弄晴烟。积水浮冠盖，遥风逐管弦。嬉游不可极，留恨此山川。

途中寒食题黄梅临江驿寄崔融

马上逢寒食，愁中属暮春愁《类聚》四作途。可怜江浦望，不见洛桥人。崔融《吴中好风景》"吴门想洛桥"，桥原作阳，改从一本。刘禹锡《送河南冯尹之任》"洛水桥长昼起雷"，《类聚》四字亦作桥，《纪事》八同。北极怀明主，南溟作逐臣。故园肠断处，日夜柳条新。似王勃而细密过之。

度大庾岭《搜玉小集》

度岭方辞国，停轺一望家。魂随南翥鸟，泪尽北枝花。山雨初含霁，江云欲变霞。但令归有日，不敢恨长沙恨一作怨。

沈佺期（六五六？——七一四）亦宫体，近刘张。

杂诗

闻道黄龙戍，频年不解兵。可怜闺里月，偏照偏照《全唐诗》作长在汉家营。少妇今春意，良人昨夜情。谁能将旗鼓，一为取龙城。

游少林寺

长歌游宝地，徙倚对珠林。雁塔风霜古，龙池岁月深。绀园澄夕霁，碧殿下秋阴。归路烟霞晚，山蝉处处吟。

宿七盘岭各本宿上有夜字，从《国秀集》删。

独游千里外，高卧七盘西。晓月临窗近，天河入户低。芳春平仲绿，《文选·上林赋》"华枫枰栌"，郭璞注"枰，平仲木也"。清夜子规啼。浮客空留听，褒城闻曙鸡。

古意赠补阙乔知之《搜玉小集》，《乐府诗集》七五，《纪事》六。

卢家少妇郁金堂，海燕双栖玳瑁梁。九月寒砧催木叶，十年征戍忆辽阳。白狼河北音书断，丹凤城南秋夜长。谁谓含愁独不见，更教明月照流黄。

巫山高《众妙集》作张循之诗。《乐府诗集》一七同。《纪事》一一："此诗范摅以为佺期之作，而顾陶以为张循。"案《纪事》从范。

巫山高不极，合沓状奇新。暗谷疑风雨，阴崖若鬼神。月明三峡曙，潮满九江春。为问阳台客，应知入梦人。

郭元振（六五六——七一三）

塞上《乐府诗集》九二

塞上虏尘飞，频年出武威。死生随玉剑，辛苦向金微。久戍人将老，长征马不肥。仍闻酒泉郡，已合数重围。

寄刘校书五六不似初盛间语，疑非元振诗。

俗吏三年何足论，每将荣辱在朝昏。才微易向风尘老，身贱难酬知己恩。御苑残莺啼落日，黄山细雨湿归轩。回首汉家丞相府，昨来谁得扫重门。

张若虚（六六〇——七二〇？）

春江花月夜

春江潮水连海平，海上明月共潮生。滟滟随波千万里，何处春江无月明。江流宛转绕芳甸，月照花林皆似霰。空里流霜不觉飞，汀上白沙看不见。江天一色无纤尘，皎皎空中孤月轮。江畔何人初见月，江月何年初照人。人生代代无穷已，江月年年只相似《乐府诗集》四七作望相似。不知江月待何人，但见长江送流水。白云一片去悠悠，青枫浦上不胜愁。谁家今夜扁舟子，何处相思明月楼。可怜楼上月徘回，应照离人妆镜台。玉户帘中卷不去，捣衣砧上拂还来。此时相望不相闻，愿逐月华流照君。鸿雁长飞光不度，鱼龙潜跃水成文。昨夜闲潭梦落花，可怜春半不还家。江水流春去欲尽，江潭落月复西斜。斜月沉沉藏海雾，碣石潇湘无限路。不知乘月几人归，落月摇情满江树。殷文圭《八月十五夜》："满衣冰彩拂不落，遍地水光凝欲流。"卢照邻《明月引》："洞庭波兮鸿雁翔，风瑟瑟兮野苍苍。浮云卷霭，明月流光。荆南兮赵北，碣石兮潇湘。澄清规于万里，照离思于千行。横桂枝于西第，绕菱花于北堂。高楼思妇，飞盖君王。文姬绝域，侍子他乡。见胡鞍之似练，知汉剑之如霜。试登高而骋目，莫不变而回肠。"

陈子昂（六六一——七〇二）

感遇《文粹》十八，《纪事》八。

兰若生春夏，芊蔚何青青。幽独空林色，朱蕤冒紫茎。迟迟白日晚，嫋嫋秋风生。岁华尽摇落，芳意竟何成。

白日每不归，青阳时暮矣。茫茫吾何思，林卧观无始。众芳委时晦，鶗鴂鸣悲耳《纪事》作悲鸣。鸿荒古已颓，谁识巢居子。

吾爱鬼谷子，青溪无垢氛。囊括经世道，遗身在白云。七雄方龙斗，天下久无君。浮荣不足贵，遵养晦时文。舒可弥宇宙，卷之不盈分。岂徒山木寿，空与麋鹿群。

林居病时久，水木澹孤清。闲卧观物化，悠悠念无生。青春始萌达，朱火已满盈。徂落方自此，感叹何时平。

微霜知岁晏，斧柯始青青。况乃金天夕，浩露沾群英。登山望宇宙，白日已西暝。云海方荡潏，孤鳞安得宁。

翡翠巢南海，雄雌珠树林。何知美人意，骄爱比黄金。杀身炎州里，委羽玉堂阴。旖旎光首饰，葳蕤烂锦衾。岂不在遐远，虞罗忽见寻。多材信为累，叹息此珍禽。

仲尼探元化，幽鸿顺阳和。大运自盈缩，春秋递来过。盲飙忽号怒，万物相纷劘。溟海皆震荡，孤凤其如何。

酬晖上人秋夜山亭有赠赞宁《高僧传》五中有大云寺《圆晖传》

皎皎白林秋，微微翠山静。禅居感物变，独坐开轩屏。风泉夜声杂，月露霄光冷。多谢忘机人，尘忧未能整。

酬晖上人夏日林泉见赠见赠二字从《文粹》十六下补

闻道白云居，窈窕青莲宇。岩泉万丈流，树石千年古。林卧对轩窗，山阴满庭户。方释尘事劳，从君袭兰杜。

夏日晖上人房别李参军崇嗣

四十九变化，一十三死生。翕忽玄黄里，驱驰风雨情。是非纷妄作，宠辱坐相惊。至人独幽鉴，窈窕随昏明。咫尺山河道，轩窗日月庭。别离焉足问，悲乐固能并。我辈何为尔，栖皇犹未平。金台可攀陟，宝界绝将迎。户牖观天地，阶基上杳冥。自超三界乐，安知万里征。中国要荒内，人寰宇宙荣，弦望如朝夕，宁嗟蜀道行。

秋园卧病呈晖上人《文粹》十五下

幽寂旷日遥，林园转清密。疲痾淡无豫，独坐泛瑶瑟。怀挟万古情，寻原作情，从《文粹》改。忧虞百年疾。绵绵多滞念，忽忽每如失。缅想赤松游，高寻白云逸。荣吝始都丧，幽人遂贞吉。图书纷满床，山水蔼盈室。水原作木，从《文粹》改。宿昔心所尚，平生自兹毕。愿言谁见知，梵筵有同术。八月高秋晚，凉风正萧瑟。

登幽州台歌

前不见古人，后不见来者。念天地之悠悠，独怆然而涕下。

度荆门望楚

遥遥去巫峡，望望下章台。巴国山川尽，荆门烟雾开。城分苍野外，树断白云隈。今日狂歌客，谁知入楚来。

月夜有怀

美人挟赵瑟，微月在西轩。寂寞夜何久，殷勤玉指繁。清光委衾枕，遥思属湘沅。空帘隔星汉，犹梦感精魂。

春夜别友人

银烛吐青烟，金樽对绮筵。离堂思琴瑟，别路绕山川。明月隐高树，长河没晓天。悠悠洛阳道，此会在何年。

晚次乐乡县

故乡杳无际，日暮且孤征。川原迷旧国，道路入边城。野戍荒烟断，深山古木平。如何此时恨，噭噭夜猿鸣。

张说（六六七——七三〇）

还至端州驿前与高六别处

旧馆分江口，凄然望落晖。相逢传旅食，临别换征衣。昔记山川是，今伤人代非。往来皆此路，生死不同归。

同贺八送兖公赴荆州

畴昔同声友，骞飞出凤池。风云一荡薄，日月屡参差。此别黄叶下，前期安可知。谁怜楚南树，不为岁寒移。

相州前池别许郑二判官景先神力

数步圆塘水，双鸿戢羽仪。一飞乔木上，一返故林垂。澹泊含秋景，虚明抱夜规。无因留绝翰，云海意差池。

幽州夜饮

凉风吹夜雨，萧瑟动寒林。正有高堂宴，能忘迟暮心。军中宜舞剑，塞上重笳音。不作边城将，谁知恩遇深。

同赵侍御巴陵早春作

江上春来早可观，巧将春物妒余寒。水苔共绕留乌石，花鸟争开斗鸭栏。佩胜芳辰日渐暖，然灯美夜月初圆。意随北雁云飞去，直待南州蕙草残。

滍湖山寺

空山寂历道心生，虚谷迢遥野鸟声虚一作灵。禅室从来尘外赏一作由来云外赏，香台岂是世中情。云间东岭千重出，树里南湖一片明。若使巢由知此意知一作同，不将萝薜易簪缨。

蜀道后期《文粹》十五下

客心争日月，来往预期程。秋风不相待，先到洛阳城。

张旭 （六七五——七五〇?）

桃花溪

隐隐飞桥隔野烟，石矶西畔问渔船。桃花尽日随流水，洞在青溪何处边。

山行留客

山光物态弄春辉，莫为轻阴便拟归。纵使晴明无雨色，入云深处已沾衣。庾信《和宇文内史春日游山》："山深云湿衣。"敦煌写本王梵志诗《残卷》："恶人相远离，善者近相知，纵使天无雨，阴云自润衣。"王维《山中》："山路元无雨，空翠湿人衣。"

贺知章 （六七七——七四四）《贺秘监遗书》冯贞群张寿镛同编（《四明丛书》）。

送人之军中原无中字，从《国秀集》补，《英华》。

常经绝脉塞，复见断肠流。送子成今别，令人起昔愁。陇云晴半雨，边草夏先秋。万里长城寄，无贻汉国忧。

苏颋

奉和春日幸望春宫应制

东望望春春可怜，更逢晴日柳含烟。宫中下见南山尽，城上平临北斗悬。细草偏承回辇处，飞花故落奉觞前。宸游对此欢无极，鸟弄歌声杂管弦。《纪事》一〇作声声入管弦。

奉和圣制登骊山高顶寓目应制

仙跸御层氛，高高积翠分。岩声中谷应，天语半空闻。丰树连黄叶，函关入紫云。圣图恢寓县，歌赋小横汾。

张九龄（六七八——七四〇）

杂诗

孤桐亦胡为，百尺傍无枝。疏阴不自覆，修干欲何施。高冈地复迥，弱植风屡吹。凡鸟已相噪，凤凰安得知。

感遇《文粹》十八

兰叶春葳蕤，桂华秋皎洁。欣欣此生意，此本作似，从《文粹》改。自尔为佳节。谁知林栖者，闻风坐相悦。草木有本心，何求美人折。

江南有丹橘，经冬犹绿林。岂伊地气暖，自有岁寒心。可以荐嘉客，奈何阻重深。运命惟所遇，循环不可寻。徒言树桃李，此木岂无阴。

我有异乡忆，宛在云溶溶。凭此目不觏，要之心所钟。但欲附高鸟，安敢攀飞龙。至精无感遇，悲惋填心胸。归来扣寂寞，人愿天岂从。

晨坐斋中偶而成咏

寒露洁秋空，遥山纷在瞩。孤顶乍修耸，微云复相续。人兹赏地偏，鸟亦爱林旭。结念凭幽远，抚躬曷羁束。仰霄谢逸翰，临路嗟疲足。徂岁方睽携，归心亟踯躅。休闲傥有素，岂负南山曲。

岁初巡属县登高安南楼言怀

山城本孤峻，凭高结层轩。江气偏宜早，林英粲已繁。余滋含宿霁，众妍在朝暾。拂衣释薄领，伏槛遗纷喧。深俯东溪澳，远延南山樊。归云纳前岭，去鸟投遥村。目尽有余意，心恻不可谖。揭来彭蠡泽，载经敷浅原。春及但生思，时哉无与言。不才叨过举，唯力酬明恩。美化犹寂蔑，迅节徒飞奔。虽无成立效，庶以去思论。行复徇孤迹，亦云吾道存。

湖口望庐山瀑布泉

万丈红泉落，迢迢半紫氛。奔飞下杂树，洒落出重云。日照虹蜺似，天清风雨闻。灵山多秀色，空水共氤氲。

望月怀远

海上生明月，天涯共此时。情人怨遥夜，竟夕起相思。灭烛怜光满，披衣觉露滋。不堪盈手赠，还寝梦佳期。

郡斋闲思

郡阁昼长掩，庭芜日复滋。檐风落鸟毳，窗叶挂虫丝。拙病宦情少，羁闲秋气悲。理人无异绩，为郡但经时郡一作政。惟有江湖意，沉冥空在兹。

赋得自君之出矣

自君之出矣，不复理残机。思君如满月，夜夜减清辉。

常理 《乐府诗集》七二常理《古别离》，次王适后，姚系前。

古别离《玉台后集》，《乐府诗集》七二。

君御狐白裘，妾居缃绮帱。粟钿金夹膝，花错玉搔头。《宣室志·郑德楙》条："七宝屏风，黄金屈膝。"张祜《病宫人》："四体强扶藤夹膝，双环慵整玉搔头。"陆龟蒙以竹夹膝寄赠袭美（二三，四六）。离别生庭草，征衣断戍楼。蠨蛸网清曙，菡萏落红秋。小胆空房怯，长眉满镜愁。为传儿女意，不用远封侯。王涯《秋夜曲》"银筝夜久殷勤弄，心怯空房不忍归。"

蒋冽

古意《国秀集》中

冉冉红罗帐，开君玉楼上。画作同心鸟，衔花两相向。春风正可怜，吹映绿窗前。妾意空相感，君心何处边。

薛奇童

拟古《国秀集》中

沙尘朝蔽日，失道还相遇。寒影波上云，秋声月前树。川气生晓夕，野阴乍烟雾。沉沉滤池水，人马不敢渡。吮痈世所薄，挟纩恩难顾。不见古时人，中宵泪横注。

包融（六八五——？）

登翅头山题俨公石壁

晨登翅头山，山曛黄雾起。却瞻迷向背，直下失城市。暾日衔东郊，朝光生邑里。扫除诸烟氛，照出众楼雉。青为洞庭山，白是太湖水。苍茫远郊树，倏忽不相似。万象以区别，森然共盈几。坐令开心胸，渐觉落尘滓。北岩千余仞，结庐谁家子。愿陪中峰游，朝暮白云里。

阮公啸台

荒台森荆杞，蒙笼无上路。传是古人迹，阮公长啸处。至今清风来，时时动林树。逝者共已远，升攀想遗趣。静然荒榛门，久之若有悟。灵光未歇灭，千载知仰慕。

送国子张主簿

湖岸缆初解，莺啼别离处。遥见舟中人，时时一回顾。坐悲芳岁晚，花落青轩树。春梦随我心，悠悠逐君去。

贺朝

南山又十六引宋杜季阳《云林石谱》上：“袁州——有石帆，……高数丈，段段有边幅，有如舡樯如驾饱疾风状。”《说郛》六引《名山志》：“石门山……破石溪南二百里又有石帆。”

湖北雨初晴，湖南山尽见。岩岩石帆影，如得海风便。仙穴茅山峰，彩云时一见。邀君共探此，异箓残几卷。

王翰（六八七——七二六）

凉州词《国秀集》

葡萄美酒夜光杯，欲饮琵琶马上催。醉卧沙场君莫笑，古来征战几人回。

崔国辅（六八七——七五五）

杂诗

逢著平乐儿，论交鞍马前。与酤一斗酒，恰用十千钱。后余在关内，作事多迍邅。何处肯相救，徒闻《宝剑篇》。

宿法华寺《国秀集》

松雨时复滴，寺门清且凉。此心竟谁证，回憩支公床。壁画感灵迹，龛经传异香。独游寄象外，忽忽归南昌。

石头滩作《河岳英灵集》中

怅矣秋风时，余临石头濑。因高见超远，尽此数州内。羽山数点青，海岸杂光碎。离离树木少，漭漭湖波大。日暮千里帆，南飞落天外。须臾遂入夜，楚色有微霭。寻远迹已穷，遗荣事多昧。一身犹未理理一本作了，安能济时代。且泛朝夕潮，荷衣蕙为带。

怨词《河岳英灵集》中，《才调集》一，《文粹》十二，《乐府诗集》四二。

妾有罗衣裳，秦王在时作。为舞春风多，秋来不堪著。

魏宫词《河岳英灵集》中，《才调集》一，《文粹》十二。

朝日点红妆，点原作照，一本同。《河岳》，《才调》俱作点。拟上铜雀台。画眉犹未了，魏帝使人催。

长信草《河岳英灵集》中，《文粹》十二，《乐府诗集》四三。

长信宫中草，年年愁处生。故侵珠履迹，不使玉阶行。

中流曲《才调集》一,《乐府诗集》九一

归时日尚早,更欲向芳洲。渡口水流急,回船不自由。

采莲曲《乐府诗集》五〇

玉溆花争发,金塘水乱流。相逢畏相失,并著采莲舟。

小长干曲《乐府诗集》七二

月暗送潮风,《乐府诗集》潮作湖。相寻路不通。菱歌唱不彻,同上彻作辍。知在此塘中。

令别离《乐府诗集》七二

送别未能旋,相望连水口。船行欲映洲,几度急摇手。

孟浩然 (六八九——七四〇)由荒淫而净化——思想与文字的净化,再进一步乃注意社会而有正义感。孟亦有宫体,然 Platonic,射洪文字不免疵纇,孟则通体明净。

秋登兰山寄张五

北山白云里,隐者自怡悦。相望试登高,心逐飞鸟灭《全唐诗》作心飞逐鸟灭。愁因薄暮起,兴是清秋发。时见归村人,沙行渡头歇。天边树若荠,江畔舟如月。何当载酒来,共醉重阳节。

鹦鹉洲送王九之江左

昔登江上黄鹤楼，遥爱江中鹦鹉洲。洲势逶迤绕碧流，鸳鸯鸂鶒满滩头。滩头日落沙碛长，金沙熠熠动飙光。舟人牵锦缆，浣女结罗裳。月明全见卢花白，风起遥闻杜若香。君行采采莫相忘。

宿业师山房期丁大不至

夕阳渡西岭，群壑倏已暝。松月生夜凉，风泉满清听。樵人归欲尽，烟鸟栖初定。之子期宿来，孤琴候萝径。

耶溪泛舟

落景余清辉，轻桡弄溪渚。澄明爱水物，临泛何容与。白首垂钓翁，新妆浣纱女。相看似相识，脉脉不得语。

宿扬子津寄润州长山刘隐士

所思在建业，欲往大江深。日夕望京口，烟波愁我心。心驰茅山洞，目极枫树林。不见少微隐，星霜劳夜吟。

岘潭作

石潭傍隈隩，沙岸晓夤缘。试垂竹竿钓，果得槎头鳊。美人聘金错，纤手脍红鲜。因谢陆内史，莼羹何足传。

万山潭作以古变律

垂钓坐盘石，水清心亦闲。鱼行潭树下，猿挂岛藤间。游女昔解佩，传闻于此山。求之不可得，沿月櫂歌还。

听郑五愔弹琴与龙樽比较

阮籍推名饮，清风满竹林。半酣下衫袖，拂拭龙唇琴。一杯弹一曲，不觉夕阳沉。予意在山水，闻之谐夙心。

宿桐庐江寄广陵旧游

山暝听猿愁，沧江急夜流。风鸣两岸叶，月照一孤舟。建德非吾土，维扬忆旧游。还将两行泪，遥寄海西头。

早寒江上有怀《国秀》中

木落雁南度，北风江上寒。我家襄水上，遥隔楚云端。乡泪客中尽，孤帆天际看。迷津欲有问，平海夕漫漫。

广陵别薛八

士有不得志，栖栖吴楚间。广陵相遇罢，彭蠡泛舟还。樯出江中树，波连海上山。风帆明日远，何处更追攀。

与诸子登岘山

人事有代谢，往来成古今。江山留胜迹，我辈复登临。水落鱼梁浅，天寒梦泽深。《羊公碑》字在，读罢泪沾襟。

寻天台山

吾友太乙子，餐霞卧赤城。欲寻华顶去，不惮恶溪名。歇马凭云宿，扬帆截海行。高高翠微里，遥见石梁横。

游精思观回王白云在后

出谷未停午，到家日已曛。回瞻下山路，但见牛羊群。樵子暗相失，草虫寒不闻。衡门犹未掩，伫立待夫君。

题大禹寺义公禅房赞宁《高僧传》二九有《唐越州大禹寺神回传》

义公习禅处，结宇依空林。户外一峰秀，阶前众壑深。夕阳连雨足，空翠落庭阴。看取莲花净，方知不染心。

春中喜王九相寻

二月湖水清，家家春鸟鸣。林花扫更落，径草踏还生。酒伴来相命，开尊共解酲。当杯已入手，歌妓莫停声。

过故人庄

故人具鸡黍，邀我至田家。绿树村边合，青山郭外斜。开筵面场圃，把酒话桑麻。待到重阳日，还来就菊花。

舟中晓望

挂席东南望，青山水国遥。舳舻争利涉，来往接风潮。问我今何去，天台访石桥。坐看霞色晓，疑是赤城标。

永嘉上浦馆逢张八子容

逆旅相逢处，江村日暮时。众山遥对酒，孤屿共题诗。廨宇邻鲛室，人烟接岛夷。乡园万余里，失路一相悲。

春晓

春眠不觉晓，处处闻啼鸟。夜来风雨声，花落知多少。

扬子津望京口

北固临京口，夷山近海滨。江风白浪起，愁杀渡头人。

宿建德江

移舟泊烟渚，日暮客愁新。野旷天低树，江清月近人。

李颀（六九〇——七五一?）绿水饭香稻，青荷包紫鳞。(《渔父歌》)萝筱慰春汲，岩潭恣讨论。(《无尽上人东林禅居》)柳色偏浓九华殿，莺声醉杀五陵儿。(《送康洽入京进乐府歌》)济水自清河自浊，周公大圣接舆狂。(《杂兴》)大道本无我，青春常与君。(《送暨道士还玉清观》)

塞下曲《国秀集》

黄云雁门郡，日暮风沙里。千骑黑貂裘，皆称羽林子。金笳吹朔雪，铁马嘶云水。帐下饮葡萄，平生寸心是。

题神力师院

大师神杰貌，五岳森禅房。坚持日月珠，豁见沧江长。随病拔诸苦，致身如法王。阶庭药草遍，饭食天花香。树色向高阁，昼阴横半墙。每闻第一义，心净琉璃光。

宋少府东溪泛舟

登岸还入舟，水禽惊笑语。晚叶低众色，湿云带残暑。落日乘醉归，溪流复几许。

留别王卢二拾遗

此别不可道，此心当报谁。春风灞水上，饮马桃花时。误作好文士，只令游宦迟。留书下朝客，我有故山期。

古从军行《乐府诗集》三三

白日登山望烽火，黄昏饮马傍交河。行人刁斗风沙暗，公主琵琶幽怨多。野云万里无城郭，雨雪纷纷连大漠。胡雁哀鸣夜夜飞，胡儿眼泪双双落。闻道玉门犹被遮，应将性命逐轻车。年年战骨埋荒外，空见蒲萄入汉家。

古意《河岳英灵集》上

男儿事长征，少小幽燕客。赌胜马蹄下，由来轻七尺。杀人莫敢前，须如蝟毛磔。黄云陇底白雪飞，未得报恩不得归。辽东小妇年十五，惯弹琵琶解歌舞。今为羌笛出塞声，使我三军泪如雨。

送陈章甫《河岳英灵集》上

四月南风大麦黄，枣花未落桐叶长。青山朝别暮还见，嘶马出门思故乡。陈侯立身何坦荡，虬须虎眉仍大颡。腹中贮书一万卷，不肯低头在草莽。东门沽酒饮我曹，心轻万事如鸿毛。醉卧不知白日暮，有时空望孤云高。长河浪头连天黑，津吏停舟渡不得。郑国游人未及家，洛阳行子空叹息。闻道故林相识多，罢官昨日今如何。

送刘昱

八月寒苇花，秋江浪头白。北风吹五两，谁是浔阳客。鸬鹚山头微雨晴，扬州郭里暮潮生。行人夜宿金陵渚，试听沙边有雁声。

望秦川《国秀集》

秦川朝望迥，日出正东峰。远近山河净，逶迤城阙重。秋声万户竹，寒色五陵松。客有归欤叹，凄其霜露浓。

寄镜湖朱处士

澄霁晚流阔，微风吹绿蘋。鳞鳞远峰见，淡淡平湖春。芳草自堪把，白云心所亲。何时可为乐，梦里东山人。

送魏万之京

朝闻游子唱骊歌，昨夜微霜初渡河。鸿雁不堪愁里听，云山况是客中过。关城树色催寒近，御苑砧声向晚多。莫见长安行乐处，空令岁月易蹉跎。

题璿公山池

远公遁迹庐山岑，开士幽居只树林，片石孤云窥色相云《全唐诗》作峰，清池皓月照禅心。指挥如意天花落，坐卧闲房春草深。此外俗尘都不染，惟余玄度得相寻。

徐延寿

南州行

摇艇至南国，国门连大江。中洲两边岸，数步一垂杨。金钏越溪女，罗衣胡粉香。织缣春卷幔，采蕨暝提筐。弄瑟娇垂幌，迎人笑下堂。河头浣衣处，无数紫鸳鸯。

张均（六九一——七六〇？）

岳阳晚景

晚景寒鸦集，秋风旅雁归。水光浮日出，霞彩映江飞。洲白芦花吐，园红柿叶稀。长沙卑湿地，九月未成衣。

綦毋潜（六九二——七四九？）

春泛若耶溪《河岳英灵集》中，《文粹》十六上。

幽意无断绝，此去随所偶。晚风吹行舟，花路入溪口。际夜转西壑，隔山望南斗。潭烟飞溶溶，林月低向后。生事且弥漫，愿为持竿叟。

题鹤林寺《河岳英灵集》中，《文粹》十七上作薛据诗，非是。

道林隐形胜，向背临层霄。松覆山殿冷，花藏溪路遥。珊珊宝幡挂，焰焰明灯烧。迟日半空谷，春风连上潮。少凭水木兴，暂令身心调。愿谢携手客，兹山禅诵饶。

题栖霞寺

南山势回合，灵境依此住。殿转云崖阴，一作空岩阴僧探石泉度。龙蛇争翕习，神鬼皆密护。万壑奔道场，群峰向双树。天花飞不著，水月白成路。今日观我身，归心复何处。

题灵隐寺山顶禅院《河岳英灵集》中

招提此山顶，下界不相闻。塔影挂清汉，钟声和白云。观空静室掩，行道众香焚。且驻西来驾，人天日未曛。

若耶溪逢孔九《河岳英灵集》中

相逢此溪曲，胜托在烟霞。潭影竹间动，岩阴檐外斜。人言上皇代，犬吠武陵家。借问淹留日，春风满若耶。

宿龙兴寺《众妙集》

香刹夜忘归，松清本作青古殿扉。灯明方丈室，珠系比丘衣。白月本作日传心静，青莲喻法微。天花落不尽，处处鸟衔飞。

韦述（六九三？——七五七）

春日山庄

初岁开韶月，田家喜载阳。晚晴摇水态，迟景荡山光。浦净渔舟远，花飞樵路香。自然成野趣，都使俗情忘。

王湾（六九三——七五一？）

北固山下《国秀集》，《河岳英灵集》下，《众妙集》。《国秀》《众妙》题上有次字。

客路青山外，行舟绿水前。潮平两岸阔，风正一帆悬。海日生残夜，江春入旧年。乡书何处达，归雁洛阳边。郑谷《偶题》："一卷疏芜一百篇，名成未敢便忘筌。何如海日生残夜，一句能令万古传。"

邱为 （六九四——七八九？）

题农父庐舍《国秀集》

东风何时至，已绿湖上山。湖上春色早，敦煌唐写本《诗选》残卷，色作既，《国秀》同，《全唐诗》作已。田家日不闲。沟塍流水处，耒耜平芜间。唐写本平作青。薄暮饭牛罢，归来还闭关。

泛若耶溪

结庐若耶里，左右若耶水。无日不钓鱼，有时向城市。溪中水流急，渡口水流宽。每得樵风便，往来殊不难。一川草长绿，四时那得辨。短褐衣妻儿，余粮及鸡犬。日暮鸟雀稀，稚子呼牛归。住处无邻里，柴门独掩扉。

登润州城一作江为，误。

天末江城晚，登临客望迷。春潮平岛屿，残雨隔虹蜺。岛与孤帆远，烟和独树低。乡山何处是，日断广陵西。

王之涣 （六九五——？）

登鹳雀楼《国秀集》作朱斌。

白日依山尽，黄河入海流。欲穷千里目，更上一层楼。

送别

杨柳东风树，青青夹御河。近来攀折苦，应为别离多。

凉州词《国秀集》，《乐府诗集》二二。

黄河远上白云间，一片孤城万仞山。羌笛何须怨杨柳，春风不度玉门关风《全唐诗》作光。

宴词《国秀集》

长隄春水绿悠悠，畎入漳河一道流。莫听声声催去棹，桃花浅处不胜舟。

李嶷（六九五——？）

少年行三首《河岳英灵集》下，《乐府诗集》六六。《国秀集》录第三首，题作《游侠》。

十八羽林郎，戎衣侍汉王。臂鹰金殿侧，挟弹玉舆旁。驰道春风起，陪游出建章。

侍猎长杨下，承恩更射飞。尘生马影灭，箭落雁行稀。薄暮随天仗，联翩入琐闱。

玉剑膝边横，金杯马上倾。朝游茂陵道，夜宿凤凰城。豪吏更多忌《全唐诗》作猜忌，无劳问姓名。

淮南秋夜呈周偘《河岳英灵集》下，《文粹》十五上。

天净河汉高，夜闲砧杵发。清秋忽如此，离恨应难歇。风乱池上萤，露光竹间月。与君共游处，勿作他乡别。

林园秋夜作《河岳英灵集》下

林卧避残暑，白云长在天。赏心既如此，对酒非徒然。月色遍秋露，竹声兼夜泉，凉风怀袖里，兹意与谁传。

孙逖（六九六——七六一）

宿云门寺阁

香阁东山下，烟花象外幽。悬灯千嶂夕，卷幔五湖秋。画壁余鸿雁，纱窗宿斗牛。更疑天路近，梦与白云游。

寻龙湍

仙穴寻遗迹，轻舟爱水乡。溪流一曲尽，山路九峰长。渔父歌金洞，江妃舞翠房。遥怜葛仙宅，真气共微茫。

王昌龄（六九八——七六五?）

塞下曲《河岳英灵集》中录第二首。《国秀集》，《乐府诗集》九二。如杜甫《前后出塞》。

蝉鸣空桑林，八月萧关道，出塞复入塞，处处黄芦草。从来幽并客，皆共尘沙老。莫学游侠儿，矜夸紫骝好。

饮马渡秋水，水寒风似刀。平沙日未没，黯黯见临洮。昔日长城战，咸言意气高。黄尘足今古，白骨乱蓬蒿。

从军行《乐府诗集》三三

向夕临大荒，朔风轸归虑。平沙万里余，飞鸟宿何处。虏骑猎长原，翩翩傍河去。边声摇白草，海气生黄雾。百战苦风尘，十年履霜露。虽投定远笔，未坐将军树。早知行路难，悔不理章句。

悲哉行

勿听白头吟，人间易忧怨。若非沧浪子，安得从所愿。北上太行山，临风阅吹万。长云数千里，倏忽还肤寸。观其微灭时，精意莫能论。百年不容息，是处生意蔓。始悟海上人，辞君永飞遁。

听弹风入松阕赠杨补阙《文粹》十七上

商风入我弦，夜竹深有露。弦悲与林寂，清景不可度。寥落幽居心，飕飗青松树。松风吹草白，溪水寒日暮。声意去复还，九变待一顾。空山多雨雪，独立君始悟。

斋心《河岳英灵集》中，《文粹》十七下。

女萝覆石壁，溪水幽濛胧。紫葛蔓黄花，娟娟寒露中。朝饮花上露，夜卧松下风。云英化为水，光彩与我同。日月荡精魄，寥寥天宇空。

过华阴《文粹》十六上

云起太华山，云山互明灭。东峰始含景，了了见松雪。羁人感幽栖，窅暎转奇绝。欣然忘所疲，永望吟不辍。信宿百余里，出关玩新月。何意昨来心，遇物遂迁别。人生屡如此，何以肆愉悦。

东溪玩月《文粹》十六下。一作王维诗，实非。《文粹》作昌龄。

月从断山口，遥吐柴门端。万木分空霁，流阴中夜攒。光连虚象白，气与风露寒。谷静秋泉响，岩深青霭残。澄清入幽梦，破影抱空峦。恍惚琴窗里，松溪晓思难。

城傍曲《河岳英灵集》中

秋风鸣桑条，草白狐兔骄。邯郸饮来酒未消，城北原平掣皂雕。射杀空营两腾虎，回身却月佩弓弰。吴均《从军行》"阵头横却月，马腹带连钱。"

出塞《乐府诗集》二一

秦时明月汉时关，万里长征人未还。但使龙城飞将在，不教胡马度阴山。

春宫曲

昨夜风开露井桃，未央前殿月轮高。平阳歌舞新承宠，帘外春寒赐锦袍。

西宫春怨

西宫夜静百花香，欲卷珠帘春恨长。斜抱云和深见月，朦胧树色隐昭阳。

长信秋词《河岳英灵集》中

奉帚平明金殿开，且将团扇暂徘徊。《乐府诗集》四三且作蹔，暂作共。玉颜不及寒鸦色，犹带昭阳日影来。

青楼曲《文粹》十三，《乐府诗集》九一。

白马金鞍从武皇，旌旗十万宿长杨。楼头小妇鸣筝坐，遥见飞尘入建章。

闺怨

闺中少妇不知愁，春日凝妆上翠楼。忽见陌头杨柳色，悔教夫婿觅封侯。

听流人水调子《河岳英灵集》中，流人二字互乙。

孤舟微月对枫林，分付鸣筝与客心。岭色千重万重雨，断弦收与泪痕深。

芙蓉楼送辛渐丁仙芝《江南曲》:“始下芙蓉楼,言发琊琊岸。”(四,七九)

寒雨连江夜入吴,平明送客楚山孤。洛阳亲友如相问,一片冰心在玉壶。

祖咏 (六九九——七四六?)

归汝坟山庄留别卢象

淹留岁将晏,久废南山期。旧业不见弃,还山从此辞。沤麻入南涧,刈麦向东菑。对酒鸡黍熟,闭门风雪时。非君一延首,谁慰遥相思。

夕次圃田店《极玄》

前路入郑郊,尚经百余里。马烦时欲歇。客归程未已。落日桑柘阴,遥村烟火起。西还不遑宿,中夜渡泾水。

长乐驿留别卢象裴总《极玄》

朝来已握手,宿别更伤心。灞水行人渡,商山驿路深。故情君且足,谪宦我难任。直道皆如此,谁能泪满襟。

苏氏别业《国秀》《河岳》《极玄》《众妙》。

别业居幽处，到来生隐心。南山当户牖，沣水映园林。竹覆经冬雪，庭昏未夕阴。寥寥人境外，闲坐听春禽。

过郑曲

路向荥川谷，晴来望尽通。细烟生水上，圆月在舟中。岸势迷行客，秋声乱草虫。旅怀劳自慰，淅淅有凉风。

泊扬子津

才入维扬郡，乡关此路遥。林藏初过雨，风退欲归潮。江火明沙岸，云帆碍浦桥。客衣今日薄，寒气近来饶。

望蓟门《国秀集》

燕台一望客心惊，箫鼓喧喧汉将营。万里寒光生积雪，三边曙色动危旌。沙场烽火连胡月，海畔云山拥蓟城。少小虽非投笔吏，论功还欲请长缨。

终南望余雪《河岳英灵集》下，《文粹》十六上。

终南阴岭秀，积雪浮云端。林表明霁色，城中增暮寒。

蒋涣

途次维扬望京口寄白下诸公

北望情何限，南行路转深。晚帆低荻叶，寒日下枫林。云白兰陵渚，烟青建业岑。江天秋向尽，无处不伤心。

于逖（七〇〇——？）

野外行

老病无乐事，岁秋悲更长。穷郊日萧索，生意已苍黄。小弟发亦白，两男俱不强。有才且未达，况我非贤良。幸以朽钝姿，野外老风霜。寒鸦噪晚景，乔木思故乡。魏人宅蓬池，结网伫鳣鲂。水清鱼不来，岁暮空彷徨。

卢象（七〇〇——七六〇？）

家叔征君东溪草堂《河岳英灵集》下，《文粹》十六下。

关本作开，从《文粹》改。山十余里，青壁森相倚。欲识尧时天，东溪白云是。雷声转幽壑，云气杳本作香，改同上。流水。涧影生龙蛇，岩端翳柽梓。大道终不易，君恩曷能已。鹤羡无老时，龟言摄生理。浮年笑六甲，元化潜一指。未暇扫云梯，空惭阮氏子。

永城使风裴耀卿有《酬张九龄使风见示诗》。原注，时为宣州刺史。

长风起秋色，细雨含落晖。夕鸟向林去，晚帆相逐飞。虫声出乱草，水气薄行衣。一别故乡道，悠悠今始归。

送祖咏《河岳英灵集》下

田家宜伏腊，岁晏子言归。石路雪初下，荒村鸡共飞。东原多烟火，北涧隐寒晖。满酌野人酒，倦闻邻女机。胡为困樵采，几日罢朝衣。

寒山子（七〇〇——七八〇？）《景宋本寒山子》诗，建德周氏刊。李山甫《山中寄梁判官》："康乐公应频结社，寒山子亦患多才。"

诗三首

城中娥眉女，珠佩何珊珊。鹦鹉花前弄，琵琶月下弹。长歌三日响，短舞万人看。未必长如此，芙蓉不耐寒。

欲得安身处，寒山可长保。微风吹幽松，近听声逾好。下有斑白人，喃喃读《黄老》。十年归不得，忘却来时道。贾至《君山》："湘中老人读《黄老》，手援紫藟坐碧草。春至不知湖水深，日暮忘却巴陵道。"

寒山有裸虫，身白而头黑。手把两卷书，一道将一德。住不安釜灶，行不将衣裓。李群玉《湘中》："别成威阁黎，天香满衣襋。"一作裓。王安石《和平甫舟中望九华山》："露坐引衣襋，风行欹帽檐。"常持智慧剑，拟破烦恼贼。

沈千运（七〇〇——七五九？）

感怀弟妹《箧中集》

今日春气暖，东风杏花坼。筋力又不如，却羡涧中石。神仙杳难准，中寿稀满百。近世多夭伤，喜见鬓发白。杖黎竹树间，宛宛行旧迹。岂知林园主，却是林园客。兄弟可存半，空为亡者惜。冥冥无再期，哀哀望松柏。骨肉能几人，年大自疏隔。性情谁免此，与我不相易。唯念得尔辈，时看慰朝夕。平生兹已矣，此外尽非适。

山中作《箧中集》

栖隐别无事，所愿离风尘。不辞城邑游，礼乐拘束人。迩来归山林，庶事皆吾身。何者为形骸，谁是智与仁。寂寞了闲事，而后知天真。咳唾矜荣华《全唐诗》作崇华，迂俯相屈伸。如何巢与由，天子不得臣。

古歌

北邙不种田，但种松与柏。松柏未生处，留待市朝客。

陶翰 （七〇一——七五四？）

古塞下曲《河岳英灵集》上，《才调集》七，《文粹》十二作王季友，一作陶翰。《乐府诗集》九二，敦煌唐写本《诗选》残卷作陶翰，《唐溪诗话》同。

进军飞狐北，穷寇势将变。日落沙尘昏，背河更一战。骍马黄金勒，雕弓白羽箭。射杀左贤王，归奏未央殿。欲言塞下事，天子不召见。东出咸阳门，哀哀泪如霰。

燕歌行《河岳英灵集》上，《乐府诗集》三二。

请君留楚调，听我吟燕歌。家在辽水头，边风意气多。出身为汉将，正值戎未和。雪中凌天山，冰上渡交河。大小百余战，封侯竟蹉跎。归来灞陵下，故旧无相过。雄剑委尘匣，空门垂雀罗。玉簪还赵女，宝瑟付齐娥。昔日不为乐，时哉今奈何。

宿天竺寺《河岳英灵集》上

松柏乱岩口，山西微径通。天开一峰见，宫阙生虚空。正殿倚霞壁，千楼标石丛。夜来猿鸟静，钟梵响云中。岑翠映湖月，泉声乱溪风。心超诸境外，了与悬解同。明发唯改视，朝日长崖东。湖色浓荡漾，海光渐曈朦。葛仙迹尚在，许氏道犹崇。独往古来事，幽怀期二公。

李白 （七〇一——七六二）

古风

大雅久不作，吾衰竟谁陈。王风委蔓草，战国多荆榛。龙虎相啖食，兵戈逮狂秦。正声何微茫，哀怨起骚人。扬马激颓波，开流荡无垠。废兴虽万变，宪章亦已沦。自从建安来，绮丽不足珍。圣代复元古，垂衣贵清真。群才属休明，乘运共跃鳞。文质相炳焕，众星罗秋旻。我志在删述，垂辉映千春。希圣如有立，绝笔于获麟。

秦皇扫六合，虎视何雄哉。挥剑决浮云，诸侯尽西来。明断自天启，大略驾群才。收兵铸金人，函谷正东开。铭功会稽岭，骋望琅邪台。刑徒七十万，起土骊山限。尚采不死药，茫然使心哀。连弩射海鱼，长鲸正崔嵬。额鼻象五岳，扬波喷云雷。鬐鬣蔽青天，何由睹蓬莱。徐市载秦女，楼船几时回。但见三泉下，金棺葬寒灰。

庄周梦蝴蝶，蝴蝶为庄周。一体更变易，万事良悠悠。乃知蓬莱水，复作清浅流。青门种瓜人，旧日东陵侯。富贵固如此，营营何所求。

齐有倜傥生，鲁连特高妙。明月出海底，一朝开光曜。却秦振英声，后世仰末照。意轻千金赠，顾向平原笑。吾亦澹荡人，拂衣可同调。

郑客西入关，行行未能已。白马华山君，相逢平原里。璧遗镐池君，明年祖龙死。秦人相谓曰，吾属可去矣。一往桃花源，千春隔流水。

拟古

长绳难系日，自古共悲辛。黄金高北斗，不惜买阳春。石火无留光，还如世中人。即事已如梦，后来我谁身。提壶莫辞贫，取酒会四邻。仙人殊恍惚，未若醉中真。

月色不可扫，客愁不可道。玉露生秋衣，流萤飞百草。日月终销毁，天地同枯槁。蟪蛄啼青松，安见此树老。金丹宁误俗，昧者难精讨。尔非千岁翁，多恨去世早。饮酒入玉壶，藏身以为宝。

生者为过客，死者为归人。天地一逆旅，同悲万古尘。月兔空捣药，扶桑已成薪。白骨寂无言，青松岂知春。前后更叹息，浮荣安足珍。

涉江弄秋水，爱此荷花鲜。攀荷弄其珠，荡漾不成圆。佳人彩云里，欲赠隔远天。相思无由见，怅望凉风前。

望鹦鹉洲悲祢衡

魏帝营八极，蚁观一祢衡。黄祖斗筲人，杀之受恶名。吴江赋鹦鹉，落笔超群英。锵锵振金玉，句句欲飞鸣。鸷鹗啄孤凤，千春伤我情。五岳起方寸，隐然讵可平。才高竟何施，寡识冒天刑。至今芳洲上，兰蕙不忍生。

送杨山人归嵩山

我有万古宅，嵩阳玉女峰。长留一片月，挂在东溪松。尔去掇仙草，昌蒲花紫茸。岁晚或相访，青天骑白龙。

望终南山寄紫阁隐者

出门见南山，引领意无限。秀色难为名，苍翠日在眼。有时白云起，天际自舒卷。心中与之然，托兴每不浅。何当造幽人，灭迹栖绝巘。

月下独酌

花间一壶酒，独酌无相亲。举杯邀明月，对影成三人。月既不解饮，影徒随我身。暂伴月将影，行乐须及春。我歌月徘徊，我舞影凌乱。醒时同交欢，醉后各分散。永结无情游，相期邈云汉。

春日醉起言志

处世若大梦，胡为劳其生。所以终日醉，颓然卧前楹。觉来盼庭前，一鸟花间鸣。借问此何时，春风语流莺。感之欲叹息，对酒还自倾。浩歌待明月，曲尽已忘情。

长干行《乐府诗集》七二

妾发初覆额，折花门前剧。郎骑竹马来，绕床弄青梅。同居长干里，两小无嫌猜。十四为君妇，羞颜未尝开。低头向暗壁，千唤不一回。十五始展眉，愿同尘与灰。常存抱柱信，岂上望夫台。十六君远行，瞿塘滟滪堆。五月不可触，猿声天上哀。门前迟行迹，一一生绿苔。苔深不可扫，落叶秋风早。八月蝴蝶黄，双飞西园草。感此伤妾心，坐愁红颜老。早晚下三巴，预将书报家。相迎不道远，直至长风沙。本集《江上赠窦长史》：“万里南迁夜郎国，三年归及长风沙。”

独漉篇《乐府诗集》五五

独漉水中泥，水浊不见月。不见月尚可，水深行人没。越鸟从南来，胡雁亦北度。我欲弯弓向天射，惜其中道失归路。落叶别树，飘零随风。客无所托，悲与此同。罗帏舒卷，似有人开。明月直入，无心可猜。雄剑挂壁，时时龙鸣。不断犀象，绣涩苔生。国耻未雪，何由成名。神鹰梦泽，不顾鸱鸢。为君一击，抟鹏九天。

蜀道难《河岳英灵集》上，《乐府诗集》四〇。

噫吁戏，危乎高哉，蜀道之难难于上青天。蚕丛及鱼凫，开国何茫然。尔来四万八千岁，不与秦塞通人烟。西当太白有鸟道，可以横绝峨眉巅。地崩山摧壮士死，然后天梯石栈相钩连。上有六龙回日之高标，下有冲波逆折之回川。黄鹤之飞不得过，猨猱欲度愁攀缘。青泥何盘盘，百步九折萦岩峦。扪参历井仰胁息，以手抚膺坐长叹。问君西游何时还，畏途巉岩不可攀。但见悲鸟号古木，雄飞雌从绕林间。又闻子规啼夜月，愁空山。蜀道之难难于上青天，使人听此凋朱颜。连峰去天不盈尺，枯松倒挂倚绝壁。飞湍瀑流争喧豗，砯厓转石万壑雷。其崄也若此，嗟尔远道之人胡为乎来哉。剑阁峥嵘而崔嵬，一夫当关，万人莫开。所守或匪亲，化为狼与豺。朝避猛虎，夕避长蛇。磨牙吮血，杀人如麻。锦城虽云乐，不如早还家。蜀道之难难于上青天，侧身西望长咨嗟。

梦游天姥吟留别《河岳英灵集》上

海客谈瀛洲，烟涛微茫信难求。越人语天姥，云霓明灭或可睹。天姥连天向天横，势拔五岳掩赤城。天台四万八千丈，对此欲倒东南倾。我欲因之梦吴越，一夜飞度镜湖月。湖月照我影，送我至剡溪。谢公宿处今尚在，渌水荡漾清猿啼。脚着谢公屐，身登青云梯。

半壁见海日，空中闻天鸡。千岩万转路不定，迷花倚石忽已暝。熊咆龙吟殷岩泉，栗深林兮惊层颠。云青青兮欲雨，水澹澹兮生烟。列缺霹雳，丘峦崩摧。洞天石扉，訇然中开。青冥浩荡不见底，日月照耀金银台。霓为衣兮风为马，云之君兮纷纷而来下。虎鼓瑟兮鸾回车，仙之人兮列如麻。忽魂悸以魄动，恍惊起而长嗟。惟觉时之枕席，失向来之烟霞。世间行乐亦如此，古来万事东流水。别君去兮何时还，且放白鹿青崖间，须行即骑访名山。安能摧眉折腰事权贵，使我不得开心颜。

日出入行《乐府诗集》二八

日出东方隈，似从地底来。历天又复入西海，六龙所舍安在哉。其始与终古不息，人非元气安得与之久徘徊。草不谢荣于春风，木不怨落于秋天。谁挥鞭策驱四运，万物兴歇皆自然。羲和羲和，汝奚汩没于荒淫之波。鲁阳何德，驻景挥戈。逆道违天，矫诬实多。吾将囊括大块，浩然与溟涬同科。

扶风豪士歌

洛阳三月飞胡沙，洛阳城中人怨嗟。天津流水波赤血，白骨相撑如乱麻。我亦东奔向吴国，浮云四塞道路赊。东方日出啼早鸦，城门人开扫落花。梧桐杨柳拂金井，来醉扶风豪士家。扶风豪士天下奇，意气相倾山可移。作人不倚将军势，饮酒岂顾尚书期。雕盘绮食会众客，吴歌赵舞香风吹。原尝春陵六国时，开心写意君所知。

堂中各有三千士，明日报恩知是谁。抚长剑，一扬眉，清水白石何离离。脱吾帽，向君笑，饮君酒，为君吟。张良未逐赤松去，桥边黄石知我心。

西岳云台歌送丹丘子

西岳峥嵘何壮哉，黄河如丝天际来。黄河万里触山动，盘涡毂转秦地雷。荣光休气纷五彩，千年一清圣人在。巨灵咆哮擘两山，洪波喷流射东海。三峰却立如欲摧，翠崖丹谷高掌开。白帝金精运元气，石作莲花云作台。云台阁道连窈冥，中有不死丹丘生。明星玉女备洒扫，麻姑搔背指爪轻。我皇手把天地户，丹丘谈天与天语。九重出入生光辉，东求蓬莱复西归。玉浆傥惠故人饮，骑二茅龙上天飞。

宣州谢朓楼饯别校书叔云

弃我去者昨日之日不可留，乱我心者今日之日多烦忧。长风万里送秋雁，对此可以酣高楼。蓬莱文章建安骨，中间小谢又清发。俱怀逸兴壮思飞，欲上青天览日月。抽刀断水水更流，举杯消愁愁更愁。人生在世不称意，明朝散发弄扁舟。

把酒问月

青天有月来几时，我今停杯一问之。人攀明月不可得，月行却与人相随。皎如飞镜临丹阙，绿烟灭尽清辉发。但见宵从海上来，宁知晓向云间没。白兔捣药秋复春，嫦娥孤栖与谁邻。今人不见古时月，今月曾经照古人。古人今人若流水，共看明月皆如此。唯愿当歌对酒时，月光长照金樽里。

南陵别儿童入京

白酒新熟山中归，黄鸡啄黍秋正肥。呼童烹鸡酌白酒，儿女嬉笑牵人衣。高歌取醉欲自慰，起舞落日争光辉。游说万乘苦不蚤，着鞭跨马涉远道。会稽愚妇轻买臣，余亦辞家西入秦。仰天大笑出门去，我辈岂是蓬蒿人。

塞下曲《乐府诗集》九二

五月天山雪，无花只有寒。笛中闻折柳，春色未曾看。晓战随金鼓，宵眠抱玉鞍。愿将腰下剑，直为斩楼兰。

骏马似风飙，鸣鞭出渭桥。弯弓辞汉月，插羽破天骄。阵解星芒尽，营空海雾消。功成画麟阁，独有霍嫖姚。

塞虏乘秋下，天兵出汉家。将军分虎竹，战士卧龙沙。边月随弓影，胡霜拂剑花。玉关殊未入，少妇莫长嗟。

紫骝马《乐府诗集》二四

紫骝行且嘶，双翻碧玉蹄。临流不肯渡，似惜锦障泥。白雪关山远，黄云海戍迷。挥鞭万里去，安得念春闺。

金陵

地拥金陵势，城回江水流。当时百万户，夹道起朱楼。亡国生春草，离宫没古丘。空余后湖月，波上对江州。

六代兴亡国，三杯为尔歌。苑方秦地少，山似洛阳多。古殿吴花草，深宫晋绮罗。并随人事灭，东逝与沧波。

夜泊牛渚怀古

牛渚西江夜，青天无片云。登舟望秋月，空忆谢将军。余亦能高咏，斯人不可闻。明朝挂帆席，枫叶落纷纷。

送友人

青山横北郭，白水绕东城。此地一为别，孤蓬万里征。浮云游子意，落日故人情。挥手自兹去，萧萧班马鸣。

送友人入蜀

见说蚕丛路，崎岖不易行。山从人面起，云傍马头生。芳树笼秦栈，春流绕蜀城。升沉应已定，不必问君平。

赠崔秋浦

吾爱崔秋浦，宛然陶令风。门前五杨柳，井上二梧桐。山鸟下厅事，檐花落酒中。怀君未忍去，惆怅意无穷。

赠钱征君少阳

白玉一杯酒，绿杨三月时。春风余几日，两鬓各成丝。秉烛惟须饮，投竿也未迟。如逢渭川猎，犹可帝王师。

过崔八丈水亭

高阁横秀气，清幽并在君。檐飞宛溪水，窗落敬亭云。蝯啸风中断，渔歌月里闻。闲随白鸥去，沙上自为群。

访戴天山道士不遇

犬吠水声中，桃花带雨浓。树深时见鹿，溪午不闻钟。野竹分青霭，飞泉挂碧峰。无人知所去，愁倚两三松。

听蜀僧濬弹琴

蜀僧抱绿绮，西下峨眉峰。为我一挥手，如听万壑松。客心洗流水，余响入霜钟。不觉碧山暮，秋云暗几重。

关山月《乐府诗集》二三

明月出天山，苍茫云海间。长风几万里，吹度玉门关。汉下白登道，胡窥青海湾。由来征战地，不见有人还。戍客望边邑，思归多苦颜。高楼当此夜，叹息未应闲。

登金陵凤凰台

凤凰台上凤凰游，凤去台空江自流。吴宫花草埋幽径，晋代衣冠成古丘。三山半落青天外，二水中分白鹭洲。总为浮云能蔽日，长安不见使人愁。

玉阶怨《乐府诗集》四三

玉阶生白露，夜久侵罗袜。却下水精帘，玲珑望秋月。

渌水曲《乐府诗集》五九

渌水明秋月，南湖采白蘋。荷花娇欲语，愁杀荡舟人。

峨眉山月歌

峨眉山月半轮秋，影入平羌江水流。夜发清溪向三峡，思君不见下渝州。

早发白帝城

朝辞白帝彩云间，千里江陵一日还。两岸猿声啼不住，轻舟已过万重山。

黄鹤楼送孟浩然之广陵

故人西辞黄鹤楼，烟花三月下扬州。孤帆远影碧空尽，惟见长江天际流。

陪族叔刑部侍郎晔及中书贾舍人至游洞庭

洞庭西望楚江分，水尽南天不见云。日落长沙秋色远，不知何处吊湘君。

客中行

兰陵美酒郁金香，玉椀盛来琥珀光。但使主人能醉客，不知何处是家乡。

苏台览古

旧苑荒台杨柳新，菱歌清唱不胜春。只今惟有西江月，曾照吴王宫里人。

长门怨《乐府诗集》四二

天回北斗挂西楼，金屋无人萤火流。月光欲到长门殿，别作深宫一段愁。

王维 （七〇一——七六一）春风何豫人，令我思东溪。(《座上走笔赠薛据慕容损》)和光鱼鸟际，澹尔蒹葭丛。(《送綦毋秘书弃官还江东》)

赠李颀

闻君饵丹砂，甚有好颜色。不知从今去，几时生羽翼。王母翳华芝，望尔昆仑侧。文螭从赤豹，万里方一息。悲哉世上人，甘此膻腥食。

赠刘蓝田《河岳英灵集》上。一本作卢象。

篱间犬迎吠，出屋候柴扉。岁晏输井税，山村人夜归。晚田始家食，余布成我衣。讵肯无公事，烦君问是非。

送别

下马饮君酒，问君何所之。君言不得意，归卧南山陲。但去莫复问，白云无尽时。

崔濮阳兄季重前山兴

秋色有佳兴，况君池上闲。悠悠西林下，自识门前山。千里横黛色，数峰出云间。嵯峨对秦国，合沓藏荆关。残雨斜日照，夕岚飞鸟还。故人今尚尔，叹息此颓颜。

渭川田家

斜光照墟落，穷巷牛羊归。野老念牧童，倚仗候荆扉。雉雊麦苗秀，蚕眠桑叶稀。田夫荷锄至，相见语依依。即此羡闲逸，怅然吟式微。王绩“相顾无相识，长歌怀采薇。”

春日田园作

屋上春鸠鸣，村边杏花白。持斧伐远扬，荷锄觇泉脉。归燕识故巢，旧人看新历。临觞忽不御，惆怅远行客。

过李楫宅

闲门秋草色，终日无车马。客来深巷中，犬吠寒林下。散发时未簪，道书行尚把。与我同心人，乐道安贫者。一罢宜城酌，还归洛阳社。

终南别业《河岳英灵集》上，《国秀集》。

中岁颇好道，晚家南山陲。兴来每独往，胜事共自知。共一作空行到水穷处，坐看云起时。偶然值林叟，谈笑无还期。

陇头吟《河岳英灵集》上，《乐府诗集》二一。

长城少年游侠客，夜上戍楼看太白。陇头明月迥临关，陇上行人夜吹笛。关西老将不胜愁，驻马听之双泪流。身经大小百余战，麾下偏裨万户侯。苏武才为典属国，节旄落尽海西头。

桃源行《乐府诗集》九六

渔舟逐水爱山春，两岸桃花夹去津《乐府诗集》去作古。坐看红树不知远，行尽青溪不见人同上作忽值人。山口潜行始隈隩，山开旷望旋平陆。遥看一处攒云树，近入千家散花竹。樵客初传汉姓名，居人未改秦衣服。居人共住武陵源，还从物外起田园。月明松下房栊静，日出云中鸡犬喧。惊闻俗客争来集，竞引还家问都邑。平明闾巷扫花开，薄暮渔樵乘水入。初因避地去人间，及至成仙同上作更问神仙遂不还。峡里谁知有人事，世中遥望空云山。不疑灵境难闻见，尘心未尽思乡县。出洞无论隔山水，辞家终拟长游衍。自谓经过旧不迷，安知峰壑今来变。当时只记入山深，青溪几曲到云林。春来遍是桃花水，不辨仙源何处寻。

洛阳女儿行《乐府诗集》九七

洛阳女儿对门居，才可容颜十五余。良人玉勒乘骢马，侍女金盘脍鲤鱼。画阁朱楼遥相望，红桃绿柳垂檐向。罗帏送上七香车，宝扇迎归九华帐。狂夫富贵在青春，意气骄奢剧季伦。自怜碧玉亲教舞，不惜珊瑚持与人。春窗曙灭九微火，九微片片飞花璅。戏罢曾无理曲时，妆成只是熏香坐。城中相识尽繁华，日夜经过赵李家。谁怜越女颜如玉，贫贱江头自浣纱。

辋川闲居赠裴秀才迪

寒山转苍翠，秋水日潺湲。倚杖柴门外，临风听暮蝉。渡头余落日，墟里上孤烟。复值接舆醉，狂歌五柳前。

辋川闲居

一从归白社，不复到青门。时倚檐前树，远看原上村。青菰临水映映《全唐诗》作拔，白鸟向山翻。寂寞于陵子，桔槔方灌园。

登裴秀才迪小台

端居不出户，满目望云山。落日鸟边下，秋原人外闲。遥知远林际，不见此檐间。好客多乘月，应门莫上关。

山居秋暝

空山新雨后，天气晚来秋。明月松间照，清泉石上流。竹喧归浣女，莲动下渔舟。随意春芳歇，王孙自可留。

归嵩山作

清川带长薄，车马去闲闲。流水如有意，暮禽相与还。荒城临古渡，落日满秋山。迢递嵩山下，归来且闭关。

酬张少府

晚年惟好静，万事不关心。自顾无长策，空知返旧林。松风吹解带，山月照弹琴。君问穷通理，渔歌入浦深。

秋夜独坐

独坐悲双鬓，空堂欲二更。雨中山果落，灯下草虫鸣。韩翃《华亭夜宴庾侍御宅》“千峰孤烛外，片雨一更中。”白发终难变，黄金不可成。欲知除老病，惟有学无生。

终南山《众妙集》

太乙近天都，连山到海隅。白云回望合，青霭入看无。分野中峰变，王勃《寻道观》“芝廛光分野，蓬阙盛规模。”分读去声，与此同。阴晴众壑殊。欲投人处宿，隔水问樵夫。

寒食城东即事

清溪一道穿桃李，演漾绿蒲涵白芷。溪上人家凡几家，落花半落东流水。蹴踘屡过飞鸟上，秋千竞出垂杨里。少年分日作遨游，不用清明兼上巳。

过香积寺

不知香积寺，数里入云峰。古木无人径，深山何处钟。泉声咽危石，日色冷青松。薄暮空潭曲，安禅制毒龙。

送梓州李使君

万壑树参天，千山响杜鹃。山中一夜雨，树杪百重泉。汉女输橦布，巴人讼芋田。文翁翻教授，不敢倚先贤。

送杨长史赴果州

褒斜不容幰，之子去何之。鸟道一千里，猿声十二时。官桥祭酒客，山木女郎祠。别后同明月，君应听子规。

观猎《极玄集》上，《众妙集》。

风劲角弓鸣，将军猎渭城。草枯鹰眼疾，雪尽马蹄轻。忽过新丰市，还归细柳营。回看射雕处，千里暮云平。

使至塞上

单车欲问边，属国过居延。征蓬出汉塞，归雁入胡天。大漠孤烟直，长河落日圆。萧关逢候骑，都护在燕然。

送平澹然判官

不识阳关路，新从定远侯。黄云断春色，画角起边愁。瀚海经年别，交河出塞流。须令外国使，知饮月氏头。

出塞作《乐府诗集》二一

居延城外猎天骄，白草连山野火烧。暮云空碛时驱马，秋日平原好射雕。护羌校尉朝乘障，破虏将军夜度辽。玉靶角弓珠勒马，汉家将赐霍嫖姚。

送方尊师归嵩山

仙官欲住九龙潭，毛节朱幡倚石龛。山压天中半天上，洞穿江底出江南。瀑布杉松常带雨，夕阳彩翠忽成岚。借问迎来双白鹤，已曾衡岳送苏耽。

春日与裴迪过新昌里访吕逸人不遇

桃源四面绝风尘，柳市南头访隐沦。到门不敢题凡鸟，看竹何须问主人。城外青山如屋里，东家流水入西邻。闭户著书多岁月，种松皆作老龙鳞。

息夫人《河岳英灵集》上，《国秀集》作《息妫怨》。

莫以今时宠，能忘旧日恩。能《全唐诗》作难。看花满眼泪，不共楚王言。

临高台送刘拾遗《全唐诗》作黎拾遗

相送临高台，川原杳无极。日暮飞鸟还，行人去不息。

送别

山中相送罢，日暮掩柴扉。春草年年绿，王孙归不归。

崔九弟欲往南山马上口号与别

城隅一分手，几日还相见。山中有桂花，莫待花如霰。

杂诗

家住孟津河，门对孟津口。常有江南船，寄书家中否。

君自故乡来，应知故乡事。来日绮窗前，寒梅着花未。

相思

红豆生南国，秋来发几枝。愿君多采撷，此物最相思。

山中

荆溪白石出，天寒红叶稀。山路元无雨，空翠湿人衣。

辋川集

鹿柴

空山不见人，但闻人语响。返景入深林，复照青苔上。

木兰柴

秋山敛余照，飞鸟逐前侣。彩翠时分明，时一作忽夕岚无处所。

文杏馆

文杏裁为梁，香茅结为宇。不知栋里云，去作人间雨。

南垞

轻舟南垞去，北垞淼难即。隔浦望人家，遥遥不相识。

欹湖

吹箫凌极浦，日暮送夫君。湖上一回首，青山卷白云卷一作多。

白石滩

清浅白石滩，绿蒲尚堪把尚《全唐诗》作向。家住水东西，浣纱明月下。

竹里馆

独坐幽篁里，弹琴复长啸。深林人不知，明月来相照。

辛夷坞

木末芙蓉花，山中发红萼。涧户寂无人，纷纷开且落。

漆园

漆园《全唐诗》作古人非傲吏，自阙经世务。偶寄一微官，婆娑数株树。

皇甫岳云溪杂题王昌龄有《至南陵答皇甫岳》及《别皇甫五》诗。

鸟鸣涧

人闲桂花落，夜静春山空。月出惊山鸟，时鸣春涧中。

萍池

春池深且广，会待轻舟回。靡靡绿萍合，垂杨埽复开。

送元二赴安西《乐府诗集》八〇

渭城朝雨浥轻尘，客舍青青杨柳新《乐府诗集》作柳色春。劝君更进同上作尽一杯酒，西出阳关无故人。

伊州歌

清风明月苦相思，荡子从戎十载余。征人去日殷勤嘱，归雁来时数附书。

高适

（七〇二？——七六五）天地庄生马，江湖范蠡舟。（《上陈左相》）散帙至栖鸟，明灯留故人。（《题陆少府书斋》）

寄孟五少府

秋风落穷巷，离忧兼暮蝉。后时已如此，高兴亦徒然。知君念淹泊，忆我屡周旋。征路见来雁，归人悲远天。平生感千里，相望在贞坚。

赠别沈四逸人《文粹》十五上

沈侯未可测，其况信浮沉。十载常独坐，几人知此心。乘舟蹈沧海，买剑投黄金。世务不足烦，有田西山岑。我来遇知己，遂得开清襟。何意阊阖间，沛然江海深。疾风扫秋树，濮上多鸣砧。耿耿尊酒前，联雁飞愁音。平生重离别，感激对孤琴。

同诸公登慈恩寺浮图

香界泯群有，浮图岂诸相。登临骇孤高，披拂欣大壮。言是羽翼生，迥出虚空上。顿疑身世别，乃觉形神王。宫阙皆户前，山河尽檐向。秋风昨夜至，秦塞多清旷。千里何苍苍，五陵郁相望。盛时惭阮步，末宦知周防。输效独无因，斯焉可游放。

同群公宿开善寺赠陈十六所居

驾车出人境，避暑投僧家。徘徊龙象侧，始见香林花。读书不及经，饮酒不胜茶。知君悟此道，所未披袈裟。谈空忘外物，持诫破诸邪。则是无心地，相看唯月华。

邯郸少年行《河岳英灵集》上，《文粹》十三，《乐府诗集》六六。

邯郸城南游侠子，自矜生长邯郸里。千场纵博家仍富，几度报仇身不死。宅中歌笑日纷纷，门外车马常如云《乐府诗集》作如云屯。未知肝胆向谁是，令人却忆平原君。君不见今人交态薄，黄金用尽还疏索。以兹感叹辞旧游，更于时事无所求。且与少年饮美酒，往来射猎西山头。

燕歌行并序《河岳英灵集》上，《文粹》十二，《乐府诗集》三二。

开元二十六年，客有从御史大夫张公出塞而还者，作《燕歌行》以示适；感征戍之事，因而和焉。

汉家烟尘在东北，汉将辞家破残贼。男儿本自重横行，天子非常赐颜色。摐金伐鼓下榆关，旌旗逶迤碣石间。校尉羽书飞瀚海，单于猎火照狼山。山川萧条极边土，胡骑凭陵杂风雨。战士军前半死生，美人帐下犹歌舞。大漠穷秋塞草腓，孤城落日斗兵稀。身当恩遇恒轻敌，力尽关山未解围。铁衣远戍辛勤久，玉箸应啼别离后。少妇城南欲断肠，征人蓟北空回首。边庭飘飖那可度，绝域苍茫更何有。杀气三时作阵云，寒声一夜传刁斗。相看白刃血纷纷，死节从来岂顾勋。君不见沙场征战苦，至今犹忆李将军。

赋得还山吟送沈四山人

还山吟，天高日暮寒山深，送君还山识君心。人生老大须恣意，看君解作一生事。山间偃仰无不至，石泉淙淙若风雨，桂花松子常满地。卖药囊中应有钱，还山服药又长年。白云劝尽杯中物，明月相随何处眠。眠时忆问醒时事，梦魂可以相周旋。

送郑侍御谪闽中

谪去君无恨，闽中我旧过。大都秋雁少，只是夜猿多。东路云山合，南天瘴疠和。自当逢雨露，行矣慎风波。

送李侍御赴安西

行子对飞蓬，金鞭指铁骢。功名万里外，心事一杯中。虏障燕支北，秦城太白东。离魂莫惆怅，看取宝刀雄。

自蓟北归

驱马蓟门北，北风边马哀。苍茫远山口，豁达胡天开。五将已深入，前军止半回。谁怜不得意，长剑独归来。

东平别前卫县李寀少府

黄鸟翩翩杨柳垂，春风送客使人悲。怨别自惊千里外，论交却忆十年时。云开汶水孤帆远，路绕梁山匹马迟。此地从来可乘兴，留君不住益凄其。

送李少府贬峡中王少府贬长沙

嗟君此别意何如，驻马衔杯问谪居。巫峡啼猿数行泪，衡阳归雁几封书。青枫江上秋帆远，白帝城边古木疏。圣代即今多雨露，暂时分手莫踌躇。

薛据（七〇二——？）

出青门往南山下别业《河岳英灵集》中，《文粹》十六上。

旧居在南山，夙驾自城阙。榛莽相蔽亏，去尔渐超忽。散漫余雪晴，苍茫季冬月。寒风吹长林，白日原上没。怀抱旷莫伸，相知阻胡越。弱年好栖隐，炼药在岩窟。及此离垢氛，兴来亦因物。末路期赤松，斯言庶不伐。

刘昚虚（七〇四——七四五？）

寄阎防防时在终南山丰德寺读书。《河岳英灵集》上，《文粹》十七上。

青冥南山色，君与缁锡邻。深路入古寺，乱花随暮春。纷纷对寂寞，往往落衣巾。松色空照水，经声时有人。晚心复南望，山远情独亲。应以修往业，亦惟立此身。深林度空夜，烟月资清真。莫叹文明日，弥年徒隐沦。

阙题《河岳英灵集》上

道由白云尽，春与青溪长。时有落花至，远随流水香。闲门向山路，深柳读书堂。幽映每白日，清辉照衣裳。

崔颢（七〇四？——七五四）明正德田氏刊本《崔颢诗集》

古游侠呈军中诸将《河岳英灵集》中，《国秀集》，《文粹》十三，《乐府诗集》六七。

少年负胆气，好勇复知机。仗剑出门去，孤城逢合围。杀人辽水上，走马渔阳归。错落金锁甲，蒙茸貂鼠衣。还家行且猎，弓矢速如飞。地迥鹰犬疾，草深狐兔肥。腰间带两绶，转盼生光辉。顾谓今日战，何如随建威。

赠王威古

三十羽林将，出身常事边。春风吹浅草，猎骑何翩翩。插羽两相顾，鸣弓新上弦。射麋入深谷，饮马投荒泉。马上共倾酒，野中聊割鲜。相看未及饮，杂虏寇幽燕。烽火去不息，胡尘高际天。长驱救东北，战解城亦全。报国行赴难，古来皆共然。

孟门行《文粹》十二，《乐府诗集》九一。

黄雀衔黄花一作蘋花，翩翩傍檐隙。本拟报君恩，如何反弹射。金罍美酒满座春，平原爱才多众宾。满堂尽是忠义士，何意得有谗谀人。谀言反复那可道，能令君心不自保。北园新栽桃李枝，根株未固何转移。成阴结实君自取，若问旁人那得知。

古意《搜玉小集》，《全唐诗》亦作《王家少妇》。

十五嫁王昌，盈盈入画堂。自矜年最少，复倚婿为郎。舞爱前溪绿，歌怜《子夜》长。闲来斗百草，度日不成妆。

赠梁州张都督《国秀集》，《众妙集》。

闻君为汉将，虏骑罢南侵。出塞清沙漠，还家拜羽林。风霜臣节苦，岁月主恩深。为语西河使，知余报国心。

黄鹤楼《河岳英灵集》中，《国秀集》，《文粹》十六上。

昔人已乘黄鹤去，此地空余黄鹤楼。黄鹤一去不复返，白云千载空悠悠。晴川历历汉阳树，芳草萋萋鹦鹉洲。日暮乡关何处是，烟波江上使人愁。

行经华阴

岧峣太华俯咸京，天外三峰削不成。武帝祠前云欲散，仙人掌上雨初晴。河山北枕秦关险，驿树西连汉畤平。借问路傍名利客，无如此处学长生。

长干曲《河岳英灵集》中有第一首题曰《江南曲》，《乐府诗集》七二。

君家何处住，妾住在横塘。停船暂借问，或恐是同乡。

家临九江水，来去九江侧。同是长干人，生小不相识生《全唐诗》作自。

江南曲沈德潜曰："此首本《江南曲》，从《万首绝句》本误入。"今从之。

下渚多风浪，莲舟渐觉稀。舟一作船那能不相待，独自逆潮归。

崔曙 （七〇四？——七三九）

山下晚晴

寥寥远天净，溪路何空濛。斜光照疏雨，秋气生白虹。云尽山色暝，萧条西北风。故林归宿处，一叶下梧桐。

颍阳东溪怀古《河岳英灵集》下，《文粹》十五上。

灵溪氛雾歇，皎镜清心颜。空色不映水，秋声多在山。世人久疏旷，万物皆自闲。白鹭寒更浴，孤云晴未还。昔时让王者，此地闭玄关。无以蹑高步，凄凉岑壑间。

途中晓发《河岳英灵集》下

晓霁长风里，劳歌赴远期。云轻归海疾，月满下山迟。旅望因高尽，乡心遇物悲。故林遥不见，况在落花时。

九日登望仙台呈刘明府容《国秀集》呈上有仍字。

汉文皇帝有高台，此日登临曙色开。三晋云山皆北向，二陵风雨自东来。关门令尹谁能识，河上仙翁去不回。且欲近寻彭泽宰，陶然共醉菊花杯。

阎防（七〇五——？）

百丈溪新理茅茨读书《河岳英灵集》下，《文粹》十六下。

浪迹弃人世，还山自幽独。始傍巢由踪，吾其获心曲。荒庭何所有，《芥隐笔记》引《河岳英灵集》作荒庭人何许。老树半空腹。秋蜩鸣北林，暮鸟穿我屋。栖迟乐遵渚，恬旷寡所欲。开卦推盈虚，散帙攻节目养闲度人事达命知止足。不学东国儒，国，本作周，一作国，《河岳》作国。俟时劳伐幅。

丁仙芝（七〇五——？）仙一作先

渡扬子江

桂楫中流望，空波两岸明。林开扬子驿，山出润州城。海尽边阴静，江寒朔吹生。更闻风叶下，淅沥度秋声。

江南曲

长干斜路北，近浦是儿家。有意来相访，明朝出浣纱。

发向横塘口，船开值急流。知郎旧时意，且请拢船头。

昨暝逗南陵，风声波浪阻。入浦不逢人，归家谁信汝。

始下芙蓉楼，言发琅琊岸。急为打船开，恶许傍人见。

吴豸之

阳春歌

帘低晓露湿，帘卷莺声急。欲起抱箜篌，如凝彩弦涩。孤眠愁不转，点泪声相及。净扫阶上花，风来更吹入。

郑德玄

晚至乡亭

长亭日已暮，驻马暂盘桓。山川杳不极，徒侣默相看。云夕荆台暗，秋风郢露寒。客心一如此，谁复采芳兰。

储光羲（七〇七——七五九？）

钓渔湾

垂钓绿湾春，春深杏花乱。潭清疑水浅，荷动知鱼散。日暮待情人，维舟绿杨岸。

泛茅山东溪

清晨登仙峰，峰远行未极。江海霁初景，草木含新色。而我任天和，此时聊动息。望乡白云里，发棹清溪侧。松柏生深山，无心自贞直。

终南幽居献苏侍郎时拜太祝未上

中岁尚微道，始知将谷神。抗策还南山，水木自相亲。深林开一道，青嶂成四邻。平明去采薇，日入行刈薪。云归万壑暗，雪罢千崖春。始看玄鸟来，已见瑶华新。寄言搴芳者，无乃后时人。

田家即事《河岳英灵集》中

蒲叶日已长，杏花日已滋。老农要看此，贵不违天时。迎晨起饭牛，双驾耕东菑。蚯蚓土中出，田乌随我飞。群合乱啄噪，嗷嗷如道饥。我心多恻隐，顾此两伤悲。拨食与田乌，日暮空筐归。亲戚更相诮，我心终不移。

同王十三维偶然作

仲夏日中时，草木看欲燋。田家惜工力，把锄来东皋。顾望浮云阴，往往误伤苗。归来悲困极，兄嫂共相譊。无钱可沽酒，何以解劬劳。夜深星汉明，庭宇虚寥寥。高柳三五株，可以独逍遥。

野老本贫贱，冒暑锄瓜田。一畦未及终，树下高枕眠。荷蓧者谁子，皤皤来息肩。不复问乡墟，相见但依然。腹中无一物，高话羲皇年。落日临层隅，逍遥望晴川。使妇提蚕筐，呼儿榜渔船。悠悠泛绿水，去摘浦中莲。莲花艳且美，使我不能还。

空山暮雨来，众鸟竞栖息。斯须照夕阳，双双复抚翼。我念天时好，东田有稼穑。浮云蔽川原，新流集沟洫。徘徊顾衡宇，僮仆邀我食。卧览床头书，睡看机中织。想见明膏煎，中夜起唧唧。

田家杂兴

田家趋垅亩，当昼掩虚关。邻里无烟火，儿童共幽闲。桔槔悬空圃，鸡犬满桑间。时来农事隙，采药游名山。但言所采多，不念路险艰。人生如蜉蝣，一往不可攀。君看西王母，千载美容颜。

楚山有高士，梁国有遗老。筑室既相邻，同田复同道。糗糒常共饭，儿孙每更抱。忘此耕耨劳，媿彼风雨好。蟪蛄鸣空泽，鶗鴂伤秋草。日夕寒风来，衣裳苦不早。

梧桐荫我门，薜荔网我屋。迢迢两夫妇，朝出暮还宿。稼穑既自种，牛羊还自牧。日旰懒耕锄，登高望川陆。空山足禽兽，墟落多乔木。白马谁家儿，联翩相驰逐。

霁后贻马十二巽

高天风雨散，清气在园林。况我夜初静，当轩鸣绿琴。云开北堂月，庭满南山阴。不见长裾者，空歌游子吟。

题陆山人楼

暮声杂初雁，夜色涵早秋。独见海中月，照君池上楼。山云拂高栋，天汉入云流。不惜朝光满，其如千里游。游亦作愁。

洛阳道献吕四郎中

洛水春冰开，洛城春水绿。朝看大道上，落花乱马足。

春风二月时，道傍柳堪把。上枝覆官阁，下枝拂车马。

江南曲四首

绿江深见底，高浪直翻空。惯是湖边住，舟轻不畏风。

逐流牵荇叶，缘岸摘芦苗。为惜鸳鸯鸟，轻轻动画桡。

日暮长江里，相邀归渡头。落花如有意，来去逐船流。

隔江看树色，沿月听歌声。不是长干住，那从此路行。

常建 （七〇八——七六五？）影印宋临安本《常建诗集》二卷（《天禄琳琅丛书》）。澹然意无限，身与波上月。（《白龙窟泛舟寄天台学道者》）溪中日已没，归鸟多为双。（《白湖寺后溪宿云门》）

闲斋卧病行药至山馆稍次湖亭作《河岳英灵集》上

行药至石壁，东风变萌芽。主人门外绿，主人门外又作山人山门。小隐湖中花。时物堪独往，春帆宜别家。辞君向沧海，烂漫从天涯。漫误熳，改从宋本。

梦太白西峰《文粹》十七下

梦寐升九崖，杳霭逢元君。遗我太白峰，寥寥辞垢氛。结宇在星汉，宴林闭氤氲。檐楹覆余翠，巾舄生片云。时往溪水间，孤亭昼仍曛。松峰引天影，石濑清霞文。恬目缓舟趣，霁心投鸟群。春风又摇棹，潭岛花纷纷。

吊王将军墓《河岳英灵集》上，《文粹》十五下。

嫖姚北伐时，深入强千里。战余落日黄，军败鼓声死。尝闻汉飞将，可夺单于垒。今与山鬼邻，残兵哭辽水。

宿王昌龄隐居《河岳英灵集》上，《文粹》十六下。

清溪深不测，隐处唯孤云。松际露微月，清光犹为君。茅亭宿花影，药院滋苔纹。余亦谢时去，西山鸾鹤群。

题破山寺后禅院《河岳英灵集》上，《文粹》十七上。

清晨入古寺，初日照高林。曲径通幽处，禅房花木深。山光悦鸟性，潭影空人心。万籁此俱寂，但余钟磬音。

秦系　（七〇九——七九三）明刊本《秦隐君诗集》（毛扆依宋本手校）。

山中赠张正则评事时系授右卫佐，以疾不就。《众妙集》。

终年常避喧，自注五千言。自注，本作师事，一作自注，毛校作自注。流水闲过院，春风与闭门。山容邀过客，容本作茶，集作容，过客本作上客。于鹄《题柏台山僧》："禅定对山容。"桂实落前轩。郎士元《送奚贾归吴》："水容清过客，枫叶落行舟。"何事教余起，何事本作莫强，一作何事，毛校宋本作何事。微官不足论。

题茅山李尊师山居一作严维诗

天师百岁少如童，不到山中竟不逢。洗药每临新瀑水，步虚时上最高峰。篱间五月留残雪，座右千年荫老松。此去人寰知远近，回看云壑一重重。

秋日送僧志幽归山寺一作马戴诗

禅室绳床在翠微，松间荷笠一僧归。磬声寂历宜秋夜，手冷灯前自衲衣。

题僧明惠房

檐前朝暮雨添花，八十真僧饭一麻。入定几时将出定，不知巢燕污袈裟。

殷遥 （七〇九——七四八？）

春晚山行

寂历春山晚，山行趣不稀。野花成子落，江燕引雏飞。暗草薰苔径，晴杨拂石矶。俗人犹语此语一作颔，余亦转忘归。

张潮

长干行一作李白诗，一作李益诗，遣词转韵与《江风行》如出一手，疑仍是张作。《艇斋诗话》引顾陶《唐诗选》作张潮，云“顾得其实”，注云，《玉台新咏》（后集）亦作张潮。《乐府诗集》七二。

忆昔深闺里，烟尘不曾识。嫁与长干人，沙头候风色。五月南风兴，思君下巴陵。八月西风起《乐府诗集》作风度，想君发扬子。去来悲如何，见少离别多。湘潭几日到，妾梦越风波。昨夜狂风起，吹折江头树。淼淼暗无边，行人在何处。同上行人在何处下多“北客真王公，朱衣满江中，日暮来投宿，数朝不肯东”四句。好乘浮云骢，佳期兰渚东。鸳鸯绿浦上，翡翠锦屏中。自怜十五余，颜色桃花红。那作商人妇，愁水复愁风。

江风行《乐府诗集》七二

婿贫如珠玉，婿富如埃尘。贫时不忘旧，富日多宠新。妾本富家女，与君为偶匹。惠好一何深，中门不曾出。妾有绣衣裳，葳蕤金缕光。念君贫且贱，易此从远方。远方三千里，发竟悔不已亦作思君心未已日。暮情更来，空望去时水。孟夏麦始秀，江上多南风。商贾归欲尽，君今尚巴东。巴东有巫山，窈窕神女颜。常恐游此方，果然不知还。

江南行

茨菰叶烂别西湾，莲子花开不见还《全唐诗》作犹未还。妾梦不离江水上，人传郎在凤凰山。

采莲词

朝出沙头日正红，晚来云起半江中。赖逢邻女曾相识，并著莲舟不畏风。

杨谏

长孙十一东山春夜见赠《国秀集》下

故人谢城阙，挥手碧云期。溪月照隐处，松风生兴时。旧林日云暮，芳草岁空滋。甘与子成梦，请君同所思。

金昌绪

刘长卿有《送金昌宗归钱塘》，或其兄弟行。云“新家浙江上”，则钱塘非其本贯。

伊州歌《全唐诗话》一题作《春怨》，云顾陶引此诗为唐类诗。

打起黄莺儿，莫教枝上啼。啼时惊妾梦，不得到辽西。

颜真卿

（七〇九——七八四）

登平望桥下作

登桥试长望，望极与天平。际海蒹葭色，终朝凫雁声。近山犹仿佛，远水忽微明。更览诸公作，知高题柱名。

张巡

（七〇九——七五七）

闻笛

岩峣试一临，虏骑附城阴。不辨风尘色，安知天地心。营开边月近，战苦阵云深。旦夕更楼上，遥闻横笛音。

刘长卿（七〇九——七八五？）

登扬州栖灵寺塔

北塔凌空虚，雄观压川泽。亭亭楚云外，千里看不隔。遥对黄金台，浮辉乱相射。盘梯接元气，半壁栖夜魄。稍登诸劫尽，若骋排霄翮。向是沧洲人，已为青云客。雨飞千栱霁，日在万家夕。鸟处高却低，天涯远如迫。江流入空翠，海峤现微碧。向暮期下来，谁堪复行役。

浮石濑

秋月照潇湘，月明闻荡桨。石横晚濑急，水落寒沙广。众岭猿啸重，空江人语响。清晖朝复暮，如待扁舟赏。

碧涧别墅喜皇甫十六侍御相

荒村带返照，落叶乱纷纷。古路无行客，寒山独见君。野桥经雨断，涧水向田分。不为怜同病，何人到白云。

新年作

乡心新岁切，天畔独潸然。老至居人下，春归在客先。岭猿同旦暮，江柳共风烟。已似长沙傅，从今又几年。

逢郴州使因寄郑协律

相思楚天外，梦寐楚猿吟。更落淮南叶，难为江上心。衡阳问人远，湘水向君深。欲逐孤帆去，茫茫何处寻。

送李中丞之襄阳一作《送李中丞归汉阳》

流落征南将，曾驱十万师。罢归无旧业，老去恋明时。独立三边静，轻生一剑知。茫茫江汉上，日暮欲何之。

余干旅舍

摇落暮天迥，青松霜叶稀。青松，《贡父诗话》引作丹枫。孤城向水闭，独鸟背人飞。渡口月初上，邻家渔未归。乡心正欲绝，何处捣寒衣同上寒作征。

北归次秋浦界清溪馆

万岭啼猿断，孤村客暂依。雁过彭蠡暮，人向宛陵稀。旧路青山在，余生白首归。渐知行近北，不见鹧鸪飞。

秋日登吴公台上寺远眺寺即陈将吴明彻战场。

古台摇落后，秋入望乡心。野寺人来少，云峰水隔深。夕阳依旧垒，寒磬满空林。惆怅南朝事，长江独至今。

送张巵司直归越中

时危身赴敌，事往任浮沉。万里三江客，孤城百战心。春风吴草绿，古木刻山深。明日沧洲路，归云不可寻。

长沙过贾谊宅

三年谪宦此栖迟，万古惟留楚客悲。秋草独寻人去后，寒林空见日斜时。汉文有道恩犹薄，湘水无情吊岂知。寂寞江山摇落处寂寞《全唐诗》作寂寂，怜君何事到天涯。

登余干古县城

孤城上与白云齐，万古荒凉楚水西。官舍已空秋草没，没《全唐诗》作绿女墙犹在夜乌啼。平沙渺渺迷人远，同上沙作江，迷作来。落日亭亭向客低。飞鸟不知陵谷变同上飞作沙，朝来暮去弋阳溪同上来作飞。

将赴岭外留题萧寺远公院寺即梁朝萧内史创。

竹房遥闭上方幽，苔径苍苍访昔游。内史旧山空日暮，南朝古木向人秋。天香月色同僧室，叶落猿啼傍客舟。此去播迁明主意，白云何事欲相留。

别严士元

春风倚棹阖闾城，水国春寒阴复晴。细雨湿衣看不见，闲花落地听无声。日斜江上孤帆影，草绿湖南万里情。《对床夜语》三引三四两联作刘诗。东道若逢相识问，青袍今已误儒生。

逢雪宿芙蓉山主人

日暮苍山远，天寒白屋贫。柴门闻犬吠，风雪夜归人。

送方外上人

孤云将野鹤，岂向人间住。莫买沃州山，时人已知处。

七里滩重送严维

秋江渺渺水空波，越客孤舟欲榜歌。手折衰杨悲老大，故人零落已无多。

刘方平（七一〇——？）

乌栖曲《乐府诗集》四八

画舸双艚锦为缆，芙蓉花发莲叶暗。门前月色映横塘，感郎中夜渡潇湘。

秋夜思

旅梦何时尽，征途望每赊。晚秋淮上水，新月楚人家。猨啸空山近，鸿飞极浦斜。明朝南岸去，言折桂枝花。

秋夜泛舟

林塘夜发舟，虫响荻飕飕。万影皆因月，千声各为秋。岁华空复晚，乡思不堪愁。西北浮云外，伊川何处流。

夜月

更深月色半人家，北斗阑干南斗斜。今夜偏知春气暖，虫声新透绿窗纱。

春怨

纱窗日落渐黄昏，金屋无人见泪痕。寂寞空庭春欲晚，梨花满地不开门。

张彪

杂诗

富贵多胜事，贫贱无良图。上德兼济心，中才不如愚。商者多巧智，农者争膏腴。儒生未遇时，衣食不自如。久与故交别，他荣我穷居。到门懒入门，何况千里余。君子有褊性，矧乃寻常徒。行行任天地，无为强亲疏。

神仙

神仙可学无，百岁名大约。天地何茫茫，人间半哀乐。浮生亮多惑，善事翻为恶。争先等驰驱，中路苦瘦弱。长老思养寿老一作者，后生笑寂寞。五谷非长年，四气乃灵药。列子何必待，吾心满寥廓。

杜甫 （七一二——七七〇）

望岳

岱宗夫如何，齐鲁青未了。造化钟神秀，阴阳割昏晓。荡胸生层云，决眦入归鸟。会当凌绝顶，一览众山小。

同诸公登慈恩寺塔

高标跨苍天，烈风无时休。自非旷士怀，登兹翻百忧。方知象教力，足可追冥搜。仰穿龙蛇窟，始出枝撑幽。七星在北户，河汉声西流。羲和鞭白日，少昊行清秋。泰山忽破碎，泾渭不可求。俯视但一气，焉能辨皇州。回首叫虞舜，苍梧云正愁。惜哉瑶池饮，日晏昆仑丘。黄鹄去不息，哀鸣何所投。君看随阳雁，各有稻粱谋。

前出塞九首

戚戚去故里，悠悠赴交河。公家有程期，亡命婴祸罗。君已富土境，开边亦何多。弃绝父母恩，吞声行负戈。

出门日已远，不受徒旅欺。骨肉恩岂断，男儿死无时。走马脱辔头，手中挑青丝。捷下万仞冈，俯身试搴旗。

磨刀呜咽水，水赤刃伤手。欲轻肠断声，心绪乱已久。丈夫誓许国，愤惋复何有。功名图麒麟，战骨当速朽。

送徒既有长，远戍亦有身。生死向前去，不劳吏怒瞋。路逢相识人，附书与六亲。哀哉两决绝，不复同苦辛。

迢迢万余里，领我赴三军。军中异苦乐，主将宁尽闻。隔河见胡骑，倏忽数百群。我始为奴仆，几时树功勋。

挽弓当挽强，用箭当用长。射人先射马，擒贼先擒王。杀人亦有限，列国自有疆。苟能制侵陵，岂在多杀伤。

驱马天雨雪，军行入高山。径危抱寒石，指落曾冰间。已去汉月远，何时筑城还。浮云暮南征，可望不可攀。

单于寇我垒，百里风尘昏。雄剑四五动，彼军为我奔。掳其名王归，系颈授辕门。潜行备行列，一胜何足论。

从军十余年，能无分寸功。众人贵苟得，欲语羞雷同。中原有斗争，况在狄与戎。丈夫四方志，安可辞固穷。

后出塞五首

男儿生世间，及壮当封侯。战伐有功业，焉能守旧丘。召募赴蓟门，军动不可留。千金买马鞭，百金装刀头。闾里送我行，亲戚拥道周。斑白居上列，酒酣进庶羞。少年别有赠，含笑看吴钩。

朝进东门营，暮上河阳桥。落日照大旗，马鸣风萧萧。平沙列万幕，部伍各见招。中天悬明月，令严夜寂寥。悲笳数声动，壮士惨不骄。借问大将谁，恐是霍嫖姚。

古人重守边，今人重高勋。岂知英雄主，出师亘长云。六合已一家，四夷且孤军。遂使貔虎士，奋身勇所闻。拔剑击大荒，日收胡马群。誓开玄冥北，持以奉吾君。

献凯日继踵，两蕃静无虞。渔阳豪侠地，击鼓吹笙竽。云帆转辽海，粳稻来东吴。越罗与楚练，照耀舆台躯。主将位益崇，气骄凌上都。边人不敢议，议者死路衢。

我本良家子，出师亦多门。将骄益愁思，身贵不足论。跃马二十年，恐孤明主恩。坐见幽州骑，长驱河洛昏。中夜间道归，故里但空村。恶名幸脱免一作幸得脱，穷老无儿孙。

自京赴奉先县咏怀五百字

杜陵有布衣，老大意转拙。许身一何愚，窃比稷与契。居然成濩落，白首甘契阔。盖棺事则已，此志常觊豁。穷年忧黎元，叹息肠内热。取笑同学翁，浩歌弥激烈。非无江海志，萧洒送日月。生逢尧舜君，不忍便永诀。当今廊庙具，构厦岂云缺。葵藿倾太阳，物性固莫夺。顾惟蝼蚁辈，但自求其穴。胡为慕大鲸，辄拟偃冥渤。以兹误生理，独耻事干谒。兀兀遂至今，忍为尘埃没。终愧巢与由，未能易其节。沈饮聊自遣，放歌破愁绝。岁暮百草零，疾风高冈裂。天衢阴峥嵘，客子中夜发。霜严衣带断，指直不得结。凌晨过骊山，御榻在嵽嵲。蚩尤塞寒空，蹴踏崖谷滑。瑶池气郁律，羽林相摩戛。君臣留欢娱，乐动殷樛嶱。赐浴皆长缨，与宴非短褐。彤庭所分帛，本自寒女出。鞭挞其夫家，聚敛贡城阙。圣人筐篚恩，实欲邦国活。臣如忽至理，君岂弃此物。多士盈朝廷，仁者宜战栗。况闻内金盘，尽在卫霍室。中堂有神仙，烟雾蒙玉质。暖客貂鼠裘，悲管逐清瑟。

劝客驼蹄羹，霜橙压香橘。朱门酒肉臭，路有冻死骨。荣枯咫尺异，惆怅难再述。北辕就泾渭，官渡又改辙。群水从西下，极目高崒兀。疑是崆峒来，恐触天柱折。河梁幸未坼，枝撑声窸窣。行旅相攀援，川广不可越。老妻寄异县，十口隔风雪。谁能久不顾，庶往共饥渴。入门闻号咷，幼子饿已卒。吾宁舍一哀，里巷亦呜咽。所愧为人父，无食致夭折。岂知秋禾登，贫窭有仓卒。生常免租税，名不隶征伐。抚迹犹酸辛，平人固骚屑。默思失业徒，因念远戍卒。忧端齐终南，澒洞不可掇。

玉华宫

溪回松风长，苍鼠窜古瓦。不知何王殿，遗构绝壁下。阴房鬼火青，坏道哀湍泻。万籁真笙竽，秋色正萧洒。美人为黄土，况乃粉黛假。当时侍金舆，故物独石马。忧来藉草坐，浩歌泪盈把。冉冉征途间，谁是长年者。

北征

皇帝二载秋，闰八月初吉。杜子将北征，苍茫问家室。维时遭艰虞，朝野少暇日。顾惭恩私被，诏许归蓬荜。拜辞诣阙下，怵惕久未出。虽乏谏诤姿，恐君有遗失。君诚中兴主，经纬固密勿。东胡反未已，臣甫愤所切。挥涕恋行在，道途犹恍惚。乾坤含疮痍，忧虞何时毕。靡靡逾阡陌，人烟眇萧瑟。所遇多被伤，呻吟更流血。回首凤翔县，旌旗晚明灭。前登寒山重，屡得饮马窟。邠郊入地底，泾水中荡潏。猛虎立我前，苍崖吼时裂。菊垂今秋花，石戴古车辙。青云动高兴，幽事亦可悦。山果多琐细，罗生杂橡栗。或红如丹砂，或黑如点漆。雨露之所濡，甘苦齐结实。缅思桃源内，益叹身世拙。坡陀望鄜畤，岩谷互出没。我行已水滨，我仆犹木末。鸱鸮鸣黄桑，野鼠拱乱穴。夜深经战场，寒月照白骨。潼关百万师，往者散何卒。遂令半秦民，残害为异物。况我堕胡尘，及归尽华发。经年至茆屋，妻子衣百结。恸哭松声回，悲泉共幽咽。平生所娇儿，颜色白胜雪。见耶背面啼，垢腻脚不袜。床前两小女，补绽才过膝。海图拆波涛，旧绣移曲折。天吴及紫凤，颠倒在裋褐。老夫情怀恶，数日卧呕泄。那无囊中帛，救汝寒凛栗。粉黛亦解苞，衾裯稍罗列。瘦妻面复光，痴女头自栉。学母无不为，晓妆随手抹。移时施朱铅，狼藉画眉阔。生还对童稚，似欲忘饥渴。问事竞挽须，谁能即嗔喝。翻思在贼愁，甘受杂乱聒。新归且慰意，生理焉能说。至尊尚蒙尘，几日休练卒。仰观天色改，坐觉妖气豁。阴风西北来，惨淡随回鹘。其王愿助顺，其俗善驰突。送兵五千人，驱马一万匹。此辈少为贵，四方服勇决。所用皆鹰腾，破敌过箭疾。圣心颇虚伫，时议气欲夺。伊洛指掌收，西京不足拔。官军请深入，蓄锐何俱发。此举开青徐，旋瞻略恒碣。昊天积霜露，正气有肃杀。祸转亡胡岁，势成擒胡月。胡命其能久，皇纲未宜绝。忆昨狼狈初，事与古先别。奸臣竟菹醢，同恶随荡析。不闻夏殷衰，中自诛褒妲。周汉获再兴，宣光果明哲。桓桓陈将军，仗钺奋忠烈。微尔人尽非，于今国犹活。凄凉大同殿，寂寞白兽闼。都人望翠华，佳气向金阙。园陵固有神，扫洒数不缺。煌煌太宗业，树立甚宏达。

新安吏

客行新安道，喧呼闻点兵。借问新安吏，县小更无丁。府帖昨日下，次选中男行。中男绝短小，何以守王城。肥男有母送，瘦男独伶俜。白水暮东流，青山犹哭声。莫自使眼枯，收汝泪纵横。眼枯即见骨，天地终无情。我军取相州，日夕望其平。岂意贼难料，归军星散营。就粮近故垒，练卒依旧京。掘壕不到水，牧马役亦轻。况乃王师顺，抚养甚分明。送行勿泣血，仆射如父兄。

潼关吏

士卒何草草，筑城潼关道。大城铁不如，小城万丈余。借问潼关吏，修关还备胡。要我下马行，为我指山隅。连云列战格，飞鸟不能逾。胡来但自守，岂复忧西都。丈人视要处，窄狭容单车。艰难奋长戟，万古用一夫。哀哉桃林战，百万化为鱼。请嘱防关将，慎勿学哥舒。

石壕吏

暮投石壕村，有吏夜捉人。老翁逾墙走，老妇出看门。一作出门看，出门首。吏呼一何怒，妇啼一何苦。听妇前致词，三男邺城戍，一男附书至，二男新战死。存者且偷生，死者长已矣。室中更无人，惟有乳下孙。孙有母未去，出入无完裙。老妪力虽衰，请从吏夜归。急应河阳役，犹得备晨炊。夜久语声绝，如闻泣幽咽。天明登前途，独与老翁别。

新婚别

兔丝附蓬麻，引蔓故不长。嫁女与征夫，不如弃路旁。结发为君妻，席不暖君床。暮婚晨告别，无乃太匆忙。君行虽不远，守边赴河阳。妾身未分明，何以拜姑嫜。父母养我时，日夜令我藏。生女有所归，鸡狗亦得将。君今往死地，沉痛迫中肠。誓欲随君去，形势反苍黄。勿为新婚念，努力事戎行。妇人在军中，兵气恐不扬。自嗟贫家女，久致罗襦裳。罗襦不复施，对君洗红妆。仰视百鸟飞，大小必双翔。人事多错迕，与君永相望。

垂老别

四郊未宁静，垂老不得安。子孙阵亡尽，焉用身独完。投杖出门去，同行为辛酸。幸有牙齿存，所悲骨髓干。男儿既介胄，长揖别上官。老妻卧路啼，岁暮衣裳单。孰知是死别，且复伤其寒。此去必不归，还闻劝加餐。土门壁甚坚，杏园度亦难。势异邺城下，纵死时犹宽。人生有离合，岂择衰老端。忆昔少壮日，迟回竟长叹。万国尽征戍，烽火被冈峦。积尸草木腥，流血川原丹。何乡为乐土，安敢尚盘桓。弃绝蓬室居，塌然摧肺肝。

无家别

寂寞天宝后，园庐但蒿藜。我里百余家，世乱各东西。存者无消息，死者为尘泥。贱子因阵败，归来寻旧蹊。久行见空巷，日瘦气惨凄。但对狐与狸，竖毛怒我啼。四邻何所有，一二老寡妻。宿鸟恋本枝，安辞且穷栖。方春独荷锄，日暮还灌畦。县吏知我至，召令习鼓鞞。虽从本州役，内顾无所携。近行止一身，远去终转迷。家乡既荡尽，远近理亦齐。永痛长病母，五年委沟溪。生我不得力，终身两酸嘶。人生无家别，何以为蒸黎。

佳人

绝代有佳人，幽居在空谷。自云良家子，零落依草木。关中昔丧败，兄弟遭杀戮。官高何足论，不得收骨肉。世情恶衰歇，万事随转烛。夫婿轻薄儿，新人已如玉。合昏尚知时，鸳鸯不独宿。但见新人笑，那闻旧人哭。在山泉水清，出山泉水浊。侍婢卖珠回，牵萝补茅屋。摘花不插发，采柏动盈掬。天寒翠袖薄，日暮倚修竹。

梦李白二首

死别已吞声，生别常恻恻。江南瘴疠地，逐客无消息。故人入我梦，明我长相忆。恐非平生魂，路远不可测。魂来枫叶青，魂返关塞黑。君今在罗网，何以有羽翼。落月满屋梁，犹疑照颜色。水深波浪阔，无使蛟龙得。

浮云终日行，游子久不至。三夜频梦君，情亲见君意。告归常局促，苦道来不易。江湖多风波，舟楫恐失坠。出门搔白首，若负平生志。冠盖满京华，斯人独憔悴。孰云网恢恢，将老身反累。千秋万岁名，寂寞身后事。

有怀台州郑十八司户

天台隔三江，风浪无晨暮。郑公纵得归，老病不识路。昔如水上鸥，今如罝中兔。性命由他人，悲辛但狂顾。山鬼独一脚，蝮蛇长如树。呼号傍孤城，岁月谁与度。从来御魑魅，多为才名误。夫子嵇阮流，更被时俗恶。海隅微小吏，眼暗发垂素。黄帽映青袍，非供折腰具。平生一杯酒，见我故人遇。相望无所成，乾坤莽回互。

遣兴

长陵锐头儿，出猎待明发。骍弓金爪镝，白马蹴微雪。未知所驰逐，但见暮光灭。归来悬两狼，门户有旌节。

太平寺泉眼

招提凭高冈，疏散连草莽。出泉枯柳根，汲引岁月古。石间见海眼，天畔萦水府。广深丈尺间，晏息敢轻侮。青白二小蛇，幽姿可时睹。如丝气或上，烂漫为云雨。山头到山下，凿井不尽土。取供十方僧，香美胜牛乳。北风起寒文，弱藻舒翠缕。明涵客衣净，细荡林影趣。何当宅下流，余润通药圃。三春湿黄精，一食生毛羽。

铁堂峡

山风吹游子，缥缈乘险绝。峡形藏堂隍，壁色立积铁。径摩穹苍蟠，石与厚地裂。修纤无根竹，嵌空太始雪。威迟哀壑底，徒旅惨不悦。水寒长冰横，我马骨正折。生涯抵弧矢，盗贼殊未灭。飘蓬逾三年，回首肝肺热。

法镜寺

身危适他州，勉强终劳苦。神伤山行深，愁破崖寺古。婵娟碧鲜净，萧槭寒箨聚。回回山根水，冉冉松上雨。泄云蒙清晨，初日翳复吐。朱甍半光炯，户牖粲可数。拄策忘前期，出萝已亭午。冥冥子规叫，微径不复取。

白沙渡

畏途随长江，渡口下绝岸。差池上舟楫，窈窕入云汉。天寒荒野外，日暮中流半。我马向北嘶，山猿饮相唤。水清石礌礌，沙白滩漫漫。迥然洗愁辛，多病一疏散。高壁抵嶔崟，洪涛越凌乱。临风独回首，揽辔复三叹。

飞仙阁

土门山行窄，微径缘秋毫。栈云阑干峻，梯石结构牢。万壑欹疏林，积阴带奔涛。寒日外淡泊，长风中怒号。歇鞍在地底，始觉所历高。往来杂坐卧，人马同疲劳。浮生有定分，饥饱岂可逃。叹息谓妻子，我何随汝曹。

写　怀

夜深坐南轩，明月照我膝。惊风翻河汉，梁栋日已出。群生各一宿，飞动自俦匹。吾亦驱其儿，营营为私实。天寒行旅稀，岁暮日月疾。荣名忽中人，世乱如虮虱。古者三皇前，满腹志愿毕。胡为有结绳，陷此胶与漆。祸首燧人氏，厉阶董狐笔。君看灯烛张，转使飞蛾密。放神八极外，俯仰俱萧瑟。终然契真如，归匪金仙术

《全唐诗》作得匪合仙术。

玄都坛歌寄元逸人

故人昔隐东蒙峰，已佩含景苍精龙。故人今居子午谷，独在阴崖结茅屋。屋前太古玄都坛，青石漠漠常风寒。子规夜啼山竹裂，王母昼下云旗翻。知君此计成长往，芝草琅玕日应长。铁鏁高垂不可攀，致身福地何萧爽。

饮中八仙歌

知章骑马似乘船，眼花落井水底眠。汝阳三斗始朝天，道逢曲车口流涎，恨不移封向酒泉。左相日兴费万钱，饮如长鲸吸百川，衔杯乐圣称避贤。宗之萧洒美少年，举觞白眼望青天，皎如玉树临风前。苏晋长齐绣佛前，醉中往往爱逃禅。李白一斗诗百篇，长安市上酒家眠。天子呼来不上船，自称臣是酒中仙。张旭三杯草圣传，脱帽露顶王公前，挥毫落纸如云烟。焦遂五斗方卓然，高谈雄辩惊四筵。

高都护骢马行

安西都护胡青骢，声价欻然来向东。此马临阵久无敌，与人一心成大功。功成惠养随所致，飘飘远自流沙至。雄姿未受伏枥恩，猛气犹思战场利。腕促蹄高如踣铁。交河几蹴曾冰裂。五花散作云满身，万里方看汗流血。长安壮儿不敢骑，走过掣电倾城知。青丝络头为君老，何由却出横门道。

送孔巢父谢病归游江东兼呈李白

巢父掉头不肯住，东将入海随烟雾。诗卷长留天地间，钓竿欲拂珊瑚树。深山大泽龙蛇远，春寒野阴风景暮。蓬莱织女回云车，指点虚无引归路。自是君身有仙骨，世人那得知其故。惜君只欲苦死留，富贵何如草头露。蔡侯静者意有余，清夜置酒临前除。罢琴惆怅月照席，几岁寄我空中书。南寻禹穴见李白，道甫问讯今何如。

曲　江

自断此生休问天，杜曲幸有桑麻田，故将移住南山边。短衣匹马随李广，看射猛虎终残年。

乐游园歌

乐游古园萃森爽，烟绵碧草萋萋长。公子华筵势最高，秦川对酒平如掌。长生木瓢示真率，更调鞍马狂欢赏。青春波浪芙蓉园，白日雷霆夹城仗。阊阖晴开詄荡荡，曲江翠幕排银榜。拂水低徊舞袖翻，缘云清切歌声上。却忆年年人醉时，只今未醉已先悲。数茎白发那抛得，百罚深杯亦不辞。圣朝已知贱士丑，一物自荷皇天慈。此身饮罢无归处，独立苍茫自咏诗。

魏将军歌

将军昔着从事衫，铁马驰突重两衔。披坚执锐略西极，昆仑月窟东崭岩。君门羽林万猛士，恶若哮虎子所监。五年起家列霜戟，一日过海收云帆。平生流辈徒蠢蠢，长安少年气欲尽。魏侯骨耸精爽紧，华岳峰尖见秋隼。星躔宝校金盘陀，夜驰天驷超天河。欃枪荧惑不敢动，翠蕤云旓相荡摩。吾为子起歌都护，酒阑插剑肝胆露，钩陈苍苍玄武暮，万岁千秋奉明主，临江节士安足数。

哀王孙《乐府诗集》九一

长安城头头白乌，夜飞延秋门上呼。又向人家啄大屋，屋底达官走避胡。金鞭断折九马死，骨肉不得同驰驱。腰下宝玦青珊瑚，可怜王孙泣路隅。问之不肯道姓名，但道困苦乞为奴。已经百日窜荆棘，身上无有完肌肤。高帝子孙尽隆准，龙种自与常人殊。豺狼在邑龙在野，王孙善保千金躯。不敢长语临交衢，且为王孙立斯须。昨夜东风吹血腥，东来橐驼满旧都。朔方健儿好身手，昔何勇锐今何愚。窃闻天子已传位，圣德北服南单于。花门剺面请雪耻，慎勿出口他人狙。哀哉王孙慎勿疏，五陵佳气无时无。

哀江头《乐府诗集》九一

少陵野老吞声哭，春日潜行曲江曲。江头宫殿锁千门，细柳新蒲为谁绿。忆昔霓旌下南苑，苑中万物生颜色。昭阳殿里第一人，同辇随君侍君侧。辇前才人带弓箭，白马嚼啮黄金勒。翻身向天仰射云，一笑正坠双飞翼。明眸皓齿今何在，血污游魂归不得。清渭东流剑阁深，去住彼此无消息。人生有情泪沾臆，江水江花岂终极。黄昏胡骑尘满城，欲往城南望城北。

丹青引赠曹将军霸

将军魏武之子孙，于今为庶为清门。英雄割据虽已矣，文采风流今尚存。学书初学卫夫人，但恨无过王右军。丹青不知老将至，富贵于我如浮云。开元之中常引见，承恩数上南薰殿。凌烟功臣少颜色，将军下笔开生面。良相头上进贤冠，猛将腰间大羽箭。褒公鄂公毛发动，英姿飒爽来酣战。先帝御马玉花骢，画工如山貌不同。是日牵来赤墀下，迥立阊阖生长风。诏谓将军拂绢素，意匠惨淡经营中。斯须九重真龙出，一洗万古凡马空。玉花却在御榻上，榻上庭前屹相向。至尊含笑催赐金，圉人太仆皆惆怅。弟子韩干早入室，亦能画马穷殊相。干惟画肉不画骨，忍使骅骝气凋丧。将军画善盖有神，偶逢佳士亦写真。即今飘泊干戈际，屡貌寻常行路人。途穷反遭俗眼白，世上未有如公贫。但看古来盛名下，终日坎壈缠其身。

古柏行

孔明庙前有古柏，柯如青铜根如石。霜皮溜雨四十围，黛色参天二千尺。君臣已与时际会，树木犹为人爱惜。云来气接巫峡长，月出寒通雪山白。忆昨路绕锦亭东，先主武侯同閟宫。崔嵬枝干郊原古，窈窕丹青户牖空。落落盘踞虽得地，冥冥孤高多烈风。扶持自是神明力，正直原因造化功。大厦如倾要梁栋，万牛回首丘山重。不露文章世已惊，未辞剪伐谁能送。苦心岂免容蝼蚁，香叶终经宿鸾凤。志士幽人莫怨嗟，古来材大难为用。

秋　风

秋风淅淅吹我衣，东流之外西日微。天清小城捣练急，石古细路行人稀。不知明月为谁好，早晚孤帆他夜归。会将白发倚庭树，故园池台今是非。

短歌行赠王郎司直

王郎酒酣拔剑斫地歌莫哀，我能拔尔抑塞磊落之奇才。豫章翻风白日动，鲸鱼跋浪沧溟开，且脱佩剑休徘徊。西得诸侯棹锦水，欲向何门趿珠履。仲宣楼头春色深，青眼高歌望吾子，眼中之人吾老矣。

风雨看舟前落花戏为新句

江上人家桃树枝，春寒细雨出疏篱。影遭碧水潜勾引，风妒红花却倒吹。吹花困懒傍舟楫，水光风力俱相怯。赤憎轻薄遮人怀，珍重分明不来接。湿久飞迟半欲高，萦沙惹草细于毛。蜜蜂蝴蝶生情性，偷眼蜻蜓避伯劳。

房兵曹胡马

胡马大宛名，锋棱瘦骨成。竹批双耳峻，风入四蹄轻。所向无空阔，真堪托死生。骁腾有如此，万里可横行。

画　鹰

素练风霜起，苍鹰画作殊。攫身思狡兔，侧目似愁胡。条镟光堪摘，轩楹势可呼。何当击凡鸟，毛血洒平芜。

月　夜

今夜鄜州月，闺中只独看。遥怜小儿女，未解忆长安。香雾云鬟湿，清辉玉臂寒。何时倚虚幌，双照泪痕干。

春　望

国破山河在，城春草木深。感时花溅泪，恨别鸟惊心。烽火连三月，家书抵万金。白头搔更短，浑欲不胜簪。

秦州杂诗

满目悲生事，因人作远游。迟回度陇怯，浩荡及关愁。水落鱼龙夜，山空鸟鼠秋。西征问烽火，心折此淹留。南使宜天马，由来万匹强。浮云连阵没，秋草遍山长。闻说真龙种，仍残老骕骦。哀鸣思战斗，迥立向苍苍。莽莽万重山，孤城山谷间。无风云出塞，不夜月临关。属国归何晚，楼兰斩未还。烟尘一长往，衰飒正摧颜。东柯好崖谷，不与众峰群。落日邀双鸟，晴天养片云。野人矜险绝，水竹会平分。采药吾将老，儿童未遣闻。

天末怀李白

凉风起天末，君子意如何。鸿雁几时到，江湖秋水多。文章憎命达，魑魅喜人过。应共冤魂语，投诗赠汨罗。

遣　怀

愁眼看霜露，寒城菊自花。天风随断柳，客泪堕清笳。水净楼阴直，山昏塞日斜。夜来归鸟尽，啼杀后栖鸦。

捣　衣

亦知戍不返，秋至拭清砧。已近苦寒月，况经长别心。宁辞捣衣倦，一寄塞垣深。用尽闺中力，君听空外音。

野　望

清秋望不极，迢递起层阴。远水兼天净，孤城隐雾深。叶稀风更落，山迥日初沉。独鹤归何晚，昏鸦已满林。

病　马

乘尔亦已久，天寒关塞深。尘中老尽力，岁晚病伤心。毛骨岂殊众，驯良犹至今。物微意不浅，感动一沉吟。

琴　台

茂陵多病后，尚爱卓文君。酒肆人间世，琴台日暮云。野花留宝靥，蔓草见罗裙。归凤求凰意，寥寥不复闻。

屏　迹

用拙存吾道，幽居近物情。桑麻深雨露，燕雀半生成。村鼓时时急，渔舟个个轻。杖藜从白首，心迹喜双清。

倦　夜

竹凉侵卧内，野月满庭隅。重露成涓滴，稀星乍有无。暗飞萤自照，水宿鸟相呼。万事干戈里，空悲清夜徂。

禹　庙

禹庙空山里，秋风落日斜。荒庭垂橘柚，古屋画龙蛇。云气生虚壁，江声走白沙。早知乘四载，疏凿控三巴。

旅夜书怀

细草微风岸，危樯独夜舟。星垂平野阔，月涌大江流。名岂文章著，官应老病休。飘零何所似，天地一沙鸥。

西阁夜

恍惚寒山暮山一本作江，逶迤白雾昏雾一本作露。山虚风落石，楼静月侵门。击柝可怜子，无衣何处村。时危关百虑，盗贼尔犹存。

江　上

江上日多雨，萧萧荆楚秋。高风下木叶，永夜揽貂裘。勋业频看镜，行藏独倚楼。时危思报主，衰谢不能休。

秋　野

礼乐攻吾短，山林引兴长。掉头纱帽仄，曝背竹书光。风落收松子，天寒割蜜房。稀疏小红翠，驻屦近微香屦《全唐诗》作屐。

孤　雁

孤雁不饮啄，飞鸣声念群。谁怜一片影，相失万重云。望尽似犹见，哀多如更闻。野鸦无意绪，鸣噪自纷纷。

日　暮

牛羊下来久，各已闭柴门。风月自清夜，江山非故园。石泉流暗壁，草露满秋原。头白灯明里，何须花烬繁。

暝

日下四山阴，山庭岚气侵。牛羊归径险，鸟雀聚枝深。正枕当星剑，收书动玉琴。半扉开烛影，欲掩见清砧。

返　照

反照开巫峡，寒空半有无。已低鱼复暗，不尽白盐孤。荻岸如秋水，松门似画图。牛羊识僮仆，既夕应传呼。

登岳阳楼

昔闻洞庭水，今上岳阳楼。吴楚东南坼，《天问》：“康回冯怒，墬何以东南倾。”《淮南子　天子篇》：“昔者共工与颛顼争为帝，怒而触不周之山，天维绝，地柱折，天倾西北，故日月星辰移焉，地不满东南，故水潦尘埃归焉。”《原道篇》：“昔共工之与高辛争为帝，力触不周之山，使地东南倾。”乾坤日夜浮。亲朋无一字，老病有孤舟。戎马关山北，凭轩涕泗流。

曲江陪郑八丈南史饮

雀啄江头黄柳花，䴔䴖鸂鶒满晴沙。自知白发非春事，且尽芳尊恋物华。近侍即今难浪迹，此身那得更无家。丈人才力犹强健，岂傍青门学种瓜。

曲江二首

一片花飞减却春，风飘万点正愁人。且看欲尽花经眼，莫厌伤多酒入唇。江上小堂巢翡翠，苑边高冢卧麒麟。细推物理须行乐，何用浮名绊此身。

朝回日日典春衣，每日江头尽醉归。酒债寻常行处有，人生七十古来稀。穿花蛱蝶深深见，点水蜻蜓款款飞。传语风光共流转，《天厨禁脔》上，风作春。暂时相赏莫相违。

曲江对酒

苑外江头坐不归，水精宫殿转霏微。桃花细逐杨花落，黄鸟时兼白鸟飞。纵饮久判人共弃，懒朝真与世相违。吏情更觉沧洲远，老大徒伤未拂衣徒《全唐诗》作悲。

九日蓝田崔氏庄

老去悲秋强自宽，兴来今日尽君欢。羞将短发还吹帽，笑倩旁人为正冠。蓝水远从千涧落，玉山高并两峰寒。明年此会知谁健，醉把茱萸仔细看。

闻官军收河南河北 广德元年春梓州作，乱后八年，五十二岁。（仇一一，九〇。） 宝应元年冬十月，仆固怀恩等屡破史朝义兵，进克东京，其将薛嵩以相卫等州降，张志忠以恒赵等州降。十一月官军破贼于洛阳，进收京都，河南平。朝义走河北，李怀仙斩其首以献，河北平。次年春正月，田承嗣以莫州降，李怀仙以幽州降。 本年召补京兆功曹，不赴。

剑外忽传收蓟北，初闻涕泪满衣裳。却看妻子愁何在，漫卷诗书喜欲狂。白日放歌须纵酒，青春作伴好还乡。即从巴峡穿巫峡，便下襄阳向洛阳。余田园在东京。　仇云，还乡承妻子。顾注愁何在，不复愁矣。似均以为妻子在东都，误甚。是时妻子在成都，居草堂。剑外见地，青春见时。此时书犹是卷子，故曰漫卷，顾注抛书而起谬甚。六用地名，与李白《峨眉山月歌》比。

登　楼（仇一三，三一）广德二年（？）春初归成都作。

花近高楼伤客心，万方多难此登临。锦江春色来天地一作春水流天地，玉垒浮云变古今。玉垒山在灌县西，锦水出焉。贞观间，设关于其下，乃吐蕃往来之冲（在成都西北。）卢思道《蜀国弦》："云浮玉垒夕，日映锦城朝。"北极朝廷终不改，去年冬，吐蕃陷京师，郭子仪收复京师，乘舆反正，故曰朝廷终不改。西山寇盗莫相侵。是年十二月吐蕃又陷松维保三州，高适不能救，西山近维。可怜后主还祠庙，日暮聊为《梁甫吟》。

秋兴八首

玉露凋伤枫树林，巫山巫峡气萧森。江间波浪兼天涌，塞上风云接地阴。丛菊两开他日泪，孤舟一系故园心。寒衣处处催刀尺，白帝城高急暮砧。

夔府孤城落日斜，每依北斗望京华。听猿实下三声泪，奉使虚随八月槎。画省香炉违伏枕，山楼粉堞隐悲笳。请看石上藤萝月，已映洲前芦荻花。

千家山郭静朝晖，日日江楼坐翠微。信宿渔人还泛泛，清秋燕子故飞飞。匡衡抗疏功名薄，刘向传经心事违。同学少年多不贱，五陵衣马自轻肥。

闻道长安似弈棋，百年世事不胜悲。王侯第宅皆新主，文武衣冠异昔时。直北关山金鼓震，征西车马羽书驰。鱼龙寂寞秋江冷，故国平居有所思。

蓬莱宫阙对南山，承露金茎霄汉间。西望瑶池降王母，东来紫气满函关。云移雉尾开宫扇，日绕龙鳞识圣颜。一卧沧江惊岁晚，几回青琐点朝班。

瞿塘峡口曲江头，万里风烟接素秋。花萼夹城通御气，芙蓉小苑入边愁。珠帘绣柱围黄鹄，锦缆牙樯起白鸥。回首可怜歌舞地，秦中自古帝王州。

昆明池水汉时功，武帝旌旗在眼中。织女机丝虚夜月，石鲸鳞甲动秋风。波漂菰米沉云黑，露冷莲房坠粉红。关塞极天惟鸟道，江湖满地一渔翁。

昆吾御宿自逶迤，紫阁峰阴入渼陂。红稻啄余鹦鹉粒，碧梧栖老凤凰枝。佳人拾翠春相问，仙侣同舟晚更移。彩笔昔曾干气象，白头吟望苦低垂。

夜

露下天高秋气清，空山独夜旅魂惊。疏灯自照孤帆宿，新月犹悬双杵鸣。南菊再逢人卧病，北书不至雁无情。步檐倚杖看牛斗，银汉遥应接凤城。

登　高

风急天高猿啸哀，渚清沙白鸟飞回。无边落木萧萧下，不尽长江滚滚来。万里悲秋常作客，百年多病独登台。艰难苦恨繁霜鬓，潦倒新停浊酒杯。

燕子来舟中作

湖南为客动经春，燕子衔泥两度新。旧入故园曾识主，如今社日远看人。可怜处处巢君室，何异飘飘托此身。暂语船樯还起去，穿花贴水益沾巾。

漫成一绝

江月去人只数尺，风灯照夜欲三更。沙头宿鹭联拳静，船尾跳鱼拨剌鸣。

夔州歌

瀼东瀼西一万家，江南江北春冬花。背飞鹤子遗琼蕊，相趁凫雏入蒋牙。

绝句漫兴

糁径杨花铺白毡，点溪荷叶叠青钱。笋根稚子无人见，沙上凫雏傍母眠。

赠花卿

锦城丝管日纷纷，半入江风半入云。此曲只应天上有，人间那得几回闻。

江南逢李龟年

岐王宅里寻常见，崔九堂前几度闻。正是江南好风景，落花时节又逢君。

严　维（七一三——？）

酬刘员外见寄

苏耽佐郡时，近出白云司。药补清羸疾，窗吟绝妙词。柳塘春水漫，花坞夕阳迟。欲识怀君意，明朝访楫师。

荆溪馆呈丘义兴

失路荆溪上，依人忽暝投。长桥今夜月，阳羡古时州。野烧明山郭，寒更出县楼。先生能馆我，无事五湖游。

王季友（七一四——七九〇？）

寄韦子春

出山秋云曙，山木已再春。食我山中药，不忆山中人。山中谁余密，白发惟相亲。雀鼠昼夜无，知我厨廪贫。依依北舍松，不厌吾南邻。有情尽弃捐，土石为同身。夫子质千寻，天泽枝叶新。余以不材寿，非智免斧斤。末四句据《全唐诗》补。

酬李十六岐

炼丹文武火未成，卖药卖履俱逃名。出谷迷行洛阳道，乘流醉卧滑台城。城下故人又离怨，一欢适我两家愿。朝饮杖悬沽酒钱，暮餐囊有松花饭。如何车马日憧憧，李膺门馆争登龙。千宾揖对若流水，《五经》发难如叩钟。下笔新诗行满壁，立谈古人坐在席。问我草堂有卧云，知我山储无儋石。自耕自刈食为天，如鹿如麋饮野泉。亦知世上公卿贵，且养丘中草木年。

毕　耀（七一五——？）

赠独孤常州

洪炉无久停，日月速若飞。忽然冲人身，饮酒不须疑。

岑　参（七一五——七七〇）

潼关使院怀王七季友

王生今才子，时辈咸所仰。何当见颜色，终日劳梦想。驱车到关下，欲往阻河广。满目徒春华，思君罢心赏。开门见太华，朝日映高掌。忽觉莲花峰，别来更如长。无心顾微禄，有意在独往。不负林中期，终当出尘网。

宿东溪王屋李隐者

山店不凿井，百家同一泉。晚来南村黑，雨色和人烟。霜畦吐寒菜，沙雁噪河田。隐者不可见，天坛飞鸟边。

与高适薛据登慈恩寺浮图

塔势如涌出，孤高耸天宫。登临出世界，磴道盘虚空。突兀压神州，峥嵘如鬼工。四角碍白日，七层摩苍穹。下窥指高鸟，俯听闻惊风。连山若波涛，奔凑似朝东。青槐夹驰道，宫馆何玲珑。秋色从西来，苍然满关中。五陵北原上，万古青濛濛。净理了可悟，胜因夙所宗。誓将挂冠去，觉道资无穷。

因假归白阁西草堂

雷声傍太白，雨在八九峰。东望白阁云，半入紫阁松。胜概纷满目，衡门趣弥浓。幸有数亩田，得延二仲踪。早闻达士语，偶与心相通。误徇一微官，还山愧尘容。钓竿不复把，野碓无人舂。惆怅飞鸟尽，南溪闻夜钟。

暮秋山行

疲马卧长坡，夕阳下通津。山风吹空林，飒飒如有人。苍旻霁凉雨，石路无飞尘。千念集暮节，万籁悲萧晨。鶗鴂昨夜鸣，蕙草色已陈。况在远行客，自然多苦辛。

白雪歌送武判官归京

北风卷地白草折，胡天八月即飞雪。忽然一夜春风来，千树万树梨花开。散入珠帘湿罗幕，狐裘不暖锦衾薄。将军角弓不得控，都护铁衣冷难着。瀚海阑干百丈冰，愁云黪淡万里凝。中军置酒饮归客，胡琴琵琶与羌笛。纷纷暮雪下辕门，风掣红旗冻不翻。轮台东门送君去，去时雪满天山路。山回路转不见君，雪上空留马行处。

走马川行奉送封大夫出师西征

君不见走马川行雪海边，平沙莽莽黄入天。轮台九月风夜吼，一川碎石大如斗，随风满地石乱走。匈奴草黄马正肥，金山西见烟尘飞，汉家大将西出师。将军金甲夜不脱，半夜军行戈相拨，风头如刀面如割。马毛带雪汗气蒸，五花连钱旋作冰，幕中草檄砚水凝。虏骑闻之应胆慑，料知短兵不敢接，车师西门伫献捷。

喜韩樽相过

三月灞陵春已老，故人相逢耐醉倒。瓮头春酒黄花脂，禄米只充沽酒资。长安城中足年少，独共韩侯开口笑。桃花点地红斑斑，有酒留君且莫还。与君兄弟日携手，世上虚名好是闲。

太白胡僧歌并序

太白中峰绝顶有胡僧，不知几百岁，眉长数寸，身不衾缯帛，衣以草叶，恒持《楞伽经》。云壁回绝，人迹罕到，尝东峰有斗虎，弱者将死，僧杖而解之；西湫有毒龙，久而为患，僧器而贮之。商山赵叟，前年采茯苓，深入太白，偶值此僧，访我而说，予恒有独往之意，闻而悦之，乃为歌曰：

闻有胡僧在太白，兰若去天三百尺。一持《楞伽》入中峰，世人难见但闻钟。窗边锡杖解两虎，床下钵盂藏一龙。草衣不针复不线，两耳垂肩眉覆面。此僧年几那得知，手种青松今十围。心将流水同清净，身与浮云无是非。商山老人已曾识，愿一见之何由得。山中有僧人不知，城里看山空黛色。

寄左省杜拾遗

联步趋丹陛，分曹限紫微。晓随天仗入，暮惹御香归。白发悲花落，青云羡鸟飞。圣朝无阙事，自觉谏书稀。

南楼送卫凭

近县多过客，似君诚亦稀。南楼取凉好，便送故人归。鸟向望中灭，雨侵晴处飞。应须乘月去，且为解征衣。

还高冠潭口留别舍弟

昨日山有信，只今耕种时。遥传杜陵叟，怪我还山迟。独向潭上酌，无人林下棋。东溪忆汝处，闲卧对鸬鹚。

送杨瑗尉南海

不择南州尉，高堂有老亲。楼台重蜃气，邑里杂鲛人。海暗三山雨，花明五岭春。此乡多宝玉，慎莫厌清贫。

陕州月城楼送辛判官入奏

送客飞鸟外，城头楼最高。樽前遇风雨，窗里动波涛。谒帝向金殿，随身唯宝刀。相思灞陵月，只有梦偏劳。

高冠谷口招郑鄠

谷口来相访，空斋不见君。涧花然暮雨，潭树暖春云。门径稀人迹，檐峰下鹿群。衣裳与枕席，山霭碧氛氲。

题永乐韦少府厅壁

大河南郭外，终日气昏昏。白鸟下公府，青山当县门。故人是邑尉，过客驻征轩。不惮烟波阔，思君一笑言。

暮春虢州东亭送李司马归扶风别庐

柳亸莺娇花复殷，红亭绿酒送君还。到来函谷愁中月，归去磻溪梦里山。帘前春色应须惜，世上浮名好是闲。西望乡关肠欲断，对君衫袖泪痕斑。

逢入京使

故园东望路漫漫，双袖龙钟泪不干。马上相逢无纸笔，凭君传语报平安。

李　华（七一五？——七六六）

咏　史

昂藏獬豸兽，出自太平年。乱代乃潜伏，纵人为祸愆。尝闻断马剑，每壮朱云贤。身死名不灭，寒风吹暮田。精灵如有在，幽愤满松烟。

裴　迪（七一六——？）

辋川集

华子冈

落日松风起，还家草露晞。云光侵履迹，山翠拂人衣。

鹿　柴

日夕见寒山，便为独往客。不知深林事，但有麏麚迹。

宫槐陌

门前宫槐陌，是向欹湖道。秋来山雨多，落叶无人扫。

萧颖士（七一七——七八〇）

越江秋曙

扁舟东路远，晓月下江濆。潋滟信潮上，苍茫孤屿分。林声寒动叶，水气曙连云。暾日浪中出，榜歌天际闻。伯鸾常去国，安道惜离群。延首剡溪近，咏言怀数君。

包　何（七一七——？）

和程员外春日东郊即事

郎官休浣怜迟日，野老欢娱为有年。几处折花惊蝶梦，数家留叶待蚕眠。藤垂委地萦珠履，泉迸侵阶浸绿钱。直到闭关朝谒去，莺声不散柳含烟。

贾　至（七一八——七七二）

初至巴陵与李十二白裴九同泛洞庭湖

枫岸纷纷落叶多，洞庭秋水晚来波。乘兴轻舟无近远，白云明月吊湘娥。

李嘉祐(七一九——七八一?)

至七里滩作

迁客投于越,临江泪满衣。独随流水远,转觉故人稀。万木迎秋序,千峰驻晚晖。行舟犹未已,惆怅暮潮归。

和都官苗员外秋夜省直对雨简诸知己

久雨南宫夜,仙郎寓直时。漏长丹凤阙,秋冷白云司。萤影侵阶乱,鸿声出苑迟。萧条人吏散,小谢有新诗。

送王牧往吉州谒王使君叔

细草绿汀洲,王孙耐薄游。年华初冠带,文体旧弓裘。野渡花争发,春塘水乱流。使君怜小阮,应念倚门愁。

奉陪韦润州游鹤林寺

野寺江城近,双旌五马过。禅心超忍辱,梵语问多罗。松竹闲僧老,云烟晚日和。寒塘归路转,清磬隔微波。

春日淇上作

淇水春来涨,鸳鸯逐浪飞。清明桑叶小,谷雨杏花稀。谷雨本作度雨，一作雨度，此从《优古堂诗话》引。姚合《山中述怀》："雨过杏花稀。"卫女红妆薄，王孙白马肥。相将踏青去，不解惜罗衣。

自苏台至望亭驿人家尽空春物增思怅然有作因寄徒弟纾

南浦菰蒋覆白蘋，东吴黎庶逐黄巾。野棠自发空流水，江燕初归不见人。远树依依如送客，平田渺渺独伤春。那堪回首长洲苑，烽火年年报虏尘。

张　谓（七二一——七八〇？）

读后汉逸人传

子陵没已久，读史思其贤。谁谓颍阳人，千秋如比肩。尝闻汉皇帝，曾是旷周旋。名位苟无心，对君犹可眠。东过富春渚，乐此佳山川。夜卧松下月，朝看江上烟。钓时如有待，钓罢应忘筌。生事在林壑，悠悠经暮年。于今七里滩，遗迹尚依然。高台竟寂寞，流水空潺湲。

湖上对酒行

夜坐不厌湖上月，昼行不厌湖上山。眼前一尊又长满，心中万事如等闲。主人有黍百余石，浊醪数斗应不惜。即今相对不尽欢，别后相思复何益。茱萸满头归路赊满《全唐诗》作湾，愿君且宿黄公家。风光若此人不醉，参差辜负东园花。

送裴侍御归上都

楚地劳行役，秦城罢鼓鼙。舟移洞庭岸，路出武陵溪出一作入。江月随人影，山花趁马蹄。离魂将别梦，先已到关西。

过从弟制疑官舍竹斋

羡尔方为吏，衡门独宴如。野猿偷纸笔，山鸟污图书。竹里藏公事，花间隐使车。不妨垂钓坐，时脍小江鱼。

同王征君湘中有怀

八月洞庭秋，潇湘水北流。还家万里梦，为客五更愁。不用开书帙，偏宜上酒楼。故人京洛满，何日复同游。

钱　起（七二二——七八〇？）

酬王维春夜竹亭赠别

山月随客来，主人兴不浅。今宵竹林下，唯觉花源远。惆怅曙莺啼，孤云还绝巘。

登胜果寺南楼雨中望严协律

微雨侵晚阳，连山半藏碧。林端陟香榭，云外迟来客。孤村凝片烟，去水生远白。但佳川原趣，不觉城池夕。更喜眼中人，清光渐咫尺。

雨中望海上怀郁林观中道侣

山观海头雨，悬沫动烟树。只疑苍茫里，郁岛欲飞去。大块怒天吴，惊潮荡云路。群真俨盈想，一苇不可渡。惆怅赤城期，愿假轻鸿驭。

杪秋南山西峰题准上人兰若

向山看霁色，步步豁幽性。返照乱流明，寒空千嶂净。石门有余好，霞残月欲映。上诣远公庐，孤峰悬一径。云里隔窗火，松下闻山磬。客到两忘言，猿心与禅定。

游辋川至南山寄谷口王十六

山色不厌远，我行随趣深。迹幽青萝径，思绝孤霞岑。独鹤引过浦，鸣猿呼入林。褰裳百泉里，一步一清心。王子在何处，隔云鸡犬音。折麻定延伫，乘月期招寻。

蓝田溪与渔者宿

独游屡忘归，况此隐沦处。濯发清泠泉，月明不能去。更怜垂纶叟，静若沙上鹭。一论白云心，千里沧洲趣。芦中夜火尽，浦口秋山曙。叹息分枝禽，何时更相遇。

谷口新居寄同省朋故

种黍傍烟溪，榛芜兼沮洳。亦知生计薄，所贵隐身处。橡栗石上村，莓苔水中路。萧然授衣日，得此还山趣。汲井爱秋泉，结茅因古树。闲云与幽鸟，对我不能去。寄谢鸳鸯群，狎鸥拙所慕。

山斋独坐喜玄上人夕至

舍下虎溪径，烟霞入暝开。柴门兼竹静，山月与僧来。心莹红莲水，言忘绿茗杯。前峰曙更早，斜汉欲西回。

早下江宁

暮天微雨散，凉吹片帆轻。云物高秋节，山川孤客情。霜蘋留楚水，寒雁别吴城。宿浦有归梦，愁猿莫夜鸣。

裴迪南门秋夜对月

夜来诗酒兴，月满谢公楼。影闭重门静，寒生独树秋。鹊惊随叶散，萤远入烟流。今夕遥天末，清光几处愁。

送弹琴李长史往洪州

抱琴为傲吏，孤棹复南行。几度秋江水，皆添白雪声。佳期来客梦，幽思缓王程。佐牧无劳问，心和政自平。

题玉山村叟屋壁

谷口好泉石，居人能陆沈。牛羊下山小，烟火隔云深。一径入溪色，数家连竹阴。藏虹辞晚雨，惊隼落残禽。涉趣皆流目，将归羡在林。却思黄绶事，辜负紫芝心。

阙下赠裴舍人

二月黄鹂飞上林，春城紫禁晓阴阴。长乐钟声花外尽，龙池柳色雨中深。阳和不散穷途恨，霄汉长怀捧日心。献赋十年犹未遇，羞将白发对华簪。

题崔逸人山亭

药径深红藓，山窗满翠微。羡君花下酒，蝴蝶梦中飞。

蓝田溪杂咏

登 台

望山登春台，目尽趣难极。晚景下平阡，花际霞峰色。

药 圃

春畦生百药，花叶香初霁。好客似光风，偏来入丛蕙。

竹 屿

幽鸟青涟上，兴来看不足。新篁压水低，昨夜鸳鸯宿。

田 鹤

田鹤望碧霄，无风亦自举。单飞后片云，早晚及前侣。

元　结（七二三——七七二）

贫妇词

谁知苦贫夫，家有愁怨妻。请君听其词，能不为酸凄。所怜抱中儿，不如山下麑。空念庭前地，化为人吏蹊。出门望山泽，回头心复迷。何时见府主，长跪向之啼。

橘　井

灵橘无根井有泉，世间如梦又千年。乡园不见重归鹤，姓字今为第几仙。风冷露坛人悄悄，地闲荒径草绵绵。如何蹑得苏君迹，白日霓旌拥上天。

欸乃曲并序录二

大历丁未中，漫叟以军事诣都，使还州，逢春水，舟行不进，作欸乃五首令舟子唱之，盖以取适于道路耳，词曰：

湘江三月春水平，满月和风宜夜行。唱桡欲过平阳戍，守吏相呼问姓名。

千里枫林烟雨深，无朝无暮有猿吟。停桡静听曲中意，好是云山《韶濩》音。

皇甫冉（七二三——七六七）

题裴二十一新园

东郭访先生，西郊寻隐路。久为江南客，自有云阳树。已得闲园心，不知公府步。开门白日晚，倚杖青山暮。果熟任霜封，篱疏从水度。穷年无牵缀，往事惜沦误。唯见耦耕人，朝朝自来去。

西陵寄灵一上人朱放

西陵遇风处，自古是通津。终日空江上，云山若待人。汀州寒事早，鱼鸟兴情新。回望山阴路，心中有所亲。

巫山高

巫峡见巴东，迢迢出半空。云藏神女馆，雨到楚王宫。朝暮泉声落，寒暄树色同。清猿不可听，偏在九秋中。

归渡洛水

暝色赴春愁，归人南渡头。渚烟空翠合，滩月碎光流。澧浦饶芳草，沧浪有钓舟。谁知放歌客，此意正悠悠。

春　思

莺啼燕语报新年，马邑龙堆路几千。家住层城邻汉苑层《全唐诗》作秦，心随明月到胡天。机中锦字论长恨，楼上花枝笑独眠。为问元戎窦车骑，何时反旆勒燕然。

包　佶（七二三——七九二？）

秋日过徐氏园林

回塘分越水，古树积吴烟。扫竹催铺席，垂萝待系船。鸟窥新罅栗，龟上半欹莲。屡入忘归地，长嗟俗事牵。

张　继

枫桥夜泊

月落乌啼霜满天，江枫渔火对愁眠。姑苏城外寒山寺，夜半钟声到客船。

独孤及（七二五——七七七）

杂　诗

百花结成子，春物舍我去。流年惜不得，独坐空闺暮。心自有所待，甘为物华误。未必千黄金，买得一人顾。

山中春思

獭祭川水大，人家春日长。独谣昼不暮，搔首惭年芳。靡草知节换，含葩向新阳。不嫌三径深，为我生池塘。亭午井灶闲，雀声响空仓。花落没屐齿，风动群木香。归路云水外，天涯杳茫茫。独卷万里心，深入山鸟行。芳景勿相迫，春愁未遽忘。

皇甫曾（七二一——七八五?）

乌程水楼留别

悠悠千里去，惜此一尊同。客散高楼上，帆飞细雨中。山程随远水，楚思在青枫。共说前期易，沧波处处通。

于良史

冬日野望寄李赞府

地际朝阳满，天边宿雾收。风兼残雪起，河带断冰流。北阙驰心极，南图尚旅游。登临思不已，何处得销忧。

闲居寄薛据

隐几读《黄老》，闲居耳目清。僻居人事少，多病道心生。雨洗山林湿，鸦鸣池馆晴。晚来因废卷，行药至西城。

江上送友人

看尔动行棹，未收离别筵。千帆忽见及，乱却故人船。纷泊雁群起，逶迤沙溆连。长亭十里外，应是少人烟。

严　武(七二六——七六五)

巴岭答杜二见忆

卧向巴山落月时，两乡千里梦相思。可但步兵偏爱酒，也知光禄最能诗。江头赤叶枫愁客，篱外黄花菊对谁。跂马望君非一度，冷猿秋雁不胜悲。

灵　一(七二七——七六二)

酬皇甫冉西陵见寄

西陵潮信满，岛屿没中流。越客依风水，相思南渡头。寒光生极浦，落日映沧洲。何事扬帆去，空惊海上鸥。

溪行即事

近夜山更碧，入林溪转清。不知伏牛事，潭洞何纵横。曲岸烟初合，平湖月未生。孤舟屡失道，但听秋泉声。

酬皇甫冉将赴无锡于云门寺赠别

湖南通古寺，来往意无涯。欲识云门路，千峰到若耶。春山子猷宅，古木谢敷家。自可长偕隐，那言相去赊。

顾　况（七二七——八一五？）

公子行

轻薄儿，面如玉，紫陌春风缠马足。双镫悬金缕鹘飞，长衫刺雪生犀束。绿槐夹道阴初成，珊瑚几节敌流星。红肌拂拂酒光凝，当街背拉金吾行。朝游咚咚鼓声发，暮游咚咚鼓声绝。入门不肯自升堂，美人扶踏金阶月。

范山人画山水歌

山峥嵘，水泓澄。漫漫汗汗一笔耕，一草一木栖神明。忽如空中有物，物中有声。复如远道望乡客，梦绕山川身不行。

洛阳早春

何地避春愁，终年忆旧游。一家千里外，百舌五更头。客路偏逢雨，乡山不入楼。故园桃李月，伊水向东流。

江　上

江清白鸟斜，荡桨罥蘋花。听唱菱歌晚，回塘月照沙。

溪　上

采莲溪上女，舟小怯摇风。惊起鸳鸯宿，水云撩乱红。

忆鄱阳旧游

悠悠南国思，夜向江南泊。楚客断肠时，月明枫子落。

郎士元（七二七——七八〇？）

塞下曲

宝刀塞下儿，身经百战曾百胜。壮心未竟嫖姚知。白草山头日初没，黄沙戍下悲歌发。萧条夜静边风吹，独倚营门望秋月。

送李将军赴定州

双旌汉飞将，万里独横戈。春色临边尽，黄云出塞多。鼓鼙悲绝漠，烽戍隔长河。莫断阴山路，天骄已请和。

送张南史

雨余深巷静，独酌送残春。车马虽嫌僻，莺花不厌贫。虫声黏户网，鼠迹印床尘。借问山阳会，如今有几人。

送奚贾归吴

东南富春渚，曾是谢公游。今日奚生去，新安江正秋。水容清过客，枫叶落行舟。遥想赤亭下，闻猿应夜愁。

盩厔县郑礒宅送钱大

暮蝉不可听，落叶岂堪闻。共是悲秋客，那知此路分。荒城背流水，远雁入寒云。陶令门前菊，余花可赠君。

留卢秦卿

知有前期在，难分此夜中。无将故人酒，不及石尤风。戴叔伦《送裴明州郎中征》："潇水连湘水，千波万浪中。知君未得去，惭愧石尤风。"

听邻家吹笙

凤吹声如隔彩霞，不知墙外是谁家。重门深锁无寻处，疑有碧桃千树花。

孟云卿（七二九——？）

古别离

朝日上高台，离人怨秋草。但见万里天，不见万里道。君行本迢远，苦乐良难保。宿昔梦同衾，忧心常倾倒。含酸欲谁诉，展转伤怀抱。结发年已迟，征行去何早。寒暄有时谢，憔悴难再好。人皆算年寿，死者何曾老。少壮会无期，水深风浩浩。

今别离

结发生别离，相思复相保。如何日已久，五变庭中草。渺渺大海途，悠悠吴江岛。但恐不出门，出门无远道。远道行既难，家贫衣复单。严风吹积雪，晨起鼻何酸。人生各有志，岂不怀所安。分明天上日，生死愿同欢。

悲哉行

孤儿去慈亲，远客丧主人。莫吟苦辛曲，此曲谁忍闻。可闻不可说，去去无期别。行人念前程，不待参辰没。朝亦常苦饥，暮亦常苦饥。飘飘万余里，贫贱多是非。少年莫远游，远游多不归。

古挽歌

草草闾巷喧，涂车俨成位。冥冥何所须，尽我生人意。北邙路非远，此别终天地。临穴频抚棺，至哀反无泪。尔形未衰老，尔息才童稚。骨肉安可离，皇天若容易。房帷即灵帐，庭宇为哀次。《薤露》歌若斯，人生尽如寄。

放歌行

吾观天地图，世界亦何小。落落大海中，飘浮数洲岛。贤愚与蚊虱，一种同草草。地脉日夜流，天衣有时扫。东山谒居士，了我生死道。目见难噬脐，心通可亲脑。轩皇竟磨灭，周孔亦衰老。永谢当时人，吾将宝非宝。

伤　时

徘回宋郊上，不睹平生亲。独立正伤心，悲风来孟津。大方载群物，生死有常伦。虎豹不相食，哀哉人食人。岂伊逢世运，天道亮云云。

苏　涣（七三〇——七七五）

变　律

日月东西行，不照大荒北。其中有烛龙，灵怪人莫测。开目为晨光，闭目为夜色。一开复一闭，明晦无休息。居然六合内，旷哉天地德。天地且不言，世人浪喧喧。

毒蜂成一窠，高挂恶木枝。行人百步外，目断魂亦飞。长安大道边，挟弹谁家儿。右手持金丸，引满无所疑。一中纷下来，势若风雨随。身如万箭攒，宛转迷所之。徒有疾恶心，奈何不知几。

养蚕为素丝，叶尽蚕不老。倾筐对空林，此意向谁道。一女不得织，万夫受其寒。一夫不得意，四海行路难。祸亦不在大，福亦不在先。世路险孟门，吾徒当勉旃。

戴叔伦（七三二——七八九）

司空图引叔伦语曰：“诗人之词，如蓝田日暖，良玉生烟。”可自状其诗境。

除夜宿石头驿

旅馆谁相问，寒灯独可亲。一年将尽夜，万里未归人。寥落悲前事，支离笑此身。愁颜与衰鬓，明日又逢春。

客中言怀

白发照乌纱，逢人只自嗟。官闲如致仕，客久似无家。夜雨孤灯梦，春风几度花。故园归有日，诗酒老生涯。

送李明府之任

身为百里长，家宠五诸侯。含笑听猿狖，摇鞭望斗牛。梅花堪比雪，芳草不知秋。别后南风起，相思梦岭头。

越溪村居

年来桡客寄禅扉，多话贫居在翠微。黄鸟数声催柳变，清溪一路踏花归。空林野寺经过少，落日深山伴侣稀。负米到家春未尽，风萝闲扫钓鱼矶。

寄司空曙

细雨柴门生远愁，向来诗句若为酬。林花落处频中酒，海燕飞时独倚楼。北郭晚晴山更远，南塘春尽水争流。可能相别还相忆，莫遣杨花笑白头。

兰溪棹歌

凉月如眉挂柳湾，越中山色镜中看。兰溪三日桃花雨，半夜鲤鱼来上滩。

苏溪亭

苏溪亭上草漫漫，谁倚东风十二栏。燕子不归春事晚，一汀烟雨杏花寒。

窦　参（七三三——七九二）

湖上闲居

避影将息阴，自然知音稀。向来深林中，偶亦有所窥。飞鸟口衔食，引雏上高枝。但各子其子，安知宜不宜。止止复何云，物情方可知。

迁谪江表久未归

一自经放逐，徘徊无所从。便为寒山云，不得随飞龙。名岂不欲保，归岂不欲早。苟无三月资，难适千里道。离心与羁思，终日常草草。人生年几齐，忧苦即先老。谁能假羽翼，使我畅怀抱。

登潜山观

山势欲相抱，一条微径盘。攀萝歇复行，始得凌仙坛。闻道葛夫子，此中炼还丹。丹成五色光，服之生羽翰。灵草空自绿，余霞谁共餐。至今步虚处，犹有孤飞鸾。幽幽古殿门，下压浮云端。万丈水声落，四时松色寒。既入无何乡，转嫌人事难。终当远尘俗，高卧从所安。

耿　湋（七三四——？）

华州客舍奉和崔端公春城晓望

不语看芳径，悲春懒独行。向人微月在，报雨早霞生。贫病催年齿，风尘掩姓名。赖逢骢马客，郢曲缓羁情。

春日即事

数亩东皋宅，青春欲屏居。家贫僮仆慢，官罢友朋疏。强饮沽来酒，羞看读了书。闲花更满地，惆怅复何如。

夜寻卢处士

月高鸡犬静，门掩向寒塘。夜竹深茅宇，秋庭冷石床。住山年已远，服药寿偏长。虚弃如吾者，逢君益自伤。

邠州留别

终岁山川路，生涯竟若何。艰难为客惯，贫贱受恩多。暮角寒山色，秋风远水波。无人见惆怅，垂鞚入烟萝。

登沃州山

沃州初望海，携手尽时髦。小暑开鹏翼，新蓂长鹭涛。月如芳草远，身比夕阳高。羊祜伤风景，谁云异我曹。

入塞曲

将军带十围，重锦制戎衣。猿臂销弓力，虬髯长剑威。首登平乐宴，新破大宛归。楼上诸姬笑诸《全唐诗》作诛，门前问客稀。暮烽玄兔急，秋草紫骝肥。未奉君王诏，高槐昼掩扉。

秋　日

返照入闾巷，忧来与谁语。古道无人行，秋风动禾黍。

秋　夜

高秋夜分后，远客雁来时。寂寞重门掩，无人问所思。

韦应物（七三六——七九〇？）

文含元气柔，鼓动万物轻。（孟郊《赠苏州韦郎中使君》）

初发扬子寄元大校书

凄凄去亲爱，泛泛入烟雾。归棹洛阳人，残钟广陵树。今朝此为别，何处还相遇。世事波上舟，沿洄安得住。

淮上即事寄广陵亲故

前舟已渺渺，欲渡谁相待。秋山起暮钟，楚雨连沧海。风波离思满，宿昔容鬓改。独鸟下东南，广陵何处在。

同德寺雨后寄元侍御李博士

川上风雨来，须臾满城阙。岧峣青莲界，萧条孤兴发。前山遽已净，阴霭夜来歇。乔木生夏凉，流云吐华月。严城自有限，一水非难越。相望曙河远，高斋坐超忽。

园林晏起寄昭应韩明府卢主簿

田家已耕作，井屋起晨烟。园林鸣好鸟，闲居犹独眠。不觉朝已晏，起来望青天。四体一舒散，情性亦忻然。还复茅檐下，对酒思数贤。束带理官府，简牍盈目前。当念中林赏，览物遍山川。上非遇明世，庶以道自全。

寄恒璨

心绝去来缘，迹顺人间事。独寻秋草径，夜宿寒山寺。今日郡斋闲，思问《楞伽》字。

寄全椒山中道士

今朝郡斋冷，忽念山中客。涧底束荆薪，归来煮白石。欲持一瓢酒，远慰风雨夕。落叶满空山，何处寻行迹。

长安遇冯著

客从东方来，衣上灞陵雨。问客何为来，采山因买斧。冥冥花正开，飏飏燕新乳。昨别今已春，鬓丝生几缕。

夕次盱眙县

落帆逗淮镇，停舫临孤驿。浩浩风起波，冥冥日沉夕。人归山郭暗，雁下芦洲白。独夜忆秦关，听钟未眠客。

林园晚霁

雨歇见青山，落日照林园。山多烟鸟乱，林清风景翻。提携唯子弟，萧散在琴樽。同游不同意，耿耿独伤魂。寂寞钟已尽，如何还入门。

再游西郊渡

水曲一追游，游人重怀恋。婵娟昨夜月，还向波中见。惊禽栖不定，流芳寒未遍。携手更何时，伫看花似霰。

月溪与幼遐君贶同游（时二子还城）元锡字君贶，见梁肃《送元锡赴举》序。

岸筱覆回溪，回溪曲如月。沉沉水容绿，寂寂流莺歇。浅石方凌乱，游禽时出没。半雨夕阳霏，缘源杂花发。明晨重来此，同心应已阙。

观田家

微雨众卉新，一雷惊蛰始。田家几日闲，耕种从此起。丁壮俱在野，场圃亦就理。归来景常晏，饮犊西涧水。饥劬不自苦，膏泽且为喜。仓廪无宿储，徭役犹未已。方惭不耕者，禄食出闾里。

游　溪

野水烟鹤唳，楚天云雨空。玩舟清景晚，垂钓绿蒲中。落花飘旅衣，归流淡清风。缘源不可极，远树但青葱。

游开元精舍

夏衣始轻体，游步爱僧居。果园新雨后，香台照日初。绿阴生昼静，孤花表春余。符竹方为累，形迹一来疏。

神静师院

青苔幽巷遍，新林露气微。经声在深竹，高斋独掩扉。憩树爱岚岭，听禽悦朝晖。方耽静中趣，自与尘事违。

蓝岭精舍

石壁精舍高，排云聊直上。佳游惬始愿，忘险得前赏。崖倾景方晦，谷转川如掌。绿林含萧条，飞阁起弘敞。道人上方至，深夜还独往。日落群山阴，天秋百泉响。所嗟累已成，安得长偃仰。

游南斋

池上鸣佳禽，僧斋日幽寂。高林晚露清，红药无人摘。春水不生烟，荒冈筠翳石。不应朝夕游，良为蹉跎客。

燕居即事

萧条竹林院，风雨丛兰折。幽鸟林上啼，青苔人迹绝。燕居日已永，夏木纷成结。几阁积群书，时来北窗阅。

幽　居

贵贱虽异等，出门皆有营。独无外物牵，遂此幽居情。微雨夜来过，不知春草生。青山忽已曙，鸟雀绕舍鸣。时与道人偶，或随樵者行。自当安蹇劣，谁为薄世荣。

对春雪

萧屑杉松声，寂寥寒夜虑。州贫人吏稀，雪满山城曙。春塘看幽谷，栖禽愁未去。开闱正乱流，宁辨花枝处。

永定寺喜辟强夜至

子有新岁庆，独此苦寒归。夜叩竹林寺，山行雪满衣。深炉正燃火，空斋共掩扉。还将一樽酒，无言百事违。

奉送从兄宰晋陵

东郊春草歇，千里夏云生。立马愁将夕，看山独送行。依微吴苑树，迢递晋陵城。慰此断行别，邑人多颂声。

送别覃孝廉

思亲自当去，不第未蹉跎。家住青山下，门前芳草多。秭归通远微，巫峡注惊波。州举年年事，还期复几何。

自巩洛舟行入黄河即事寄府县僚友

夹水苍山路向东，东南山豁大河通。寒树依微远天外，夕阳明灭乱流中。孤村几岁临伊岸，一雁初晴下朔风。为报洛桥游宦侣，扁舟不系与心同。

寄李儋元锡

去年花里逢君别，今日花开又一年。世事茫茫难自料，春愁黯黯独成眠。身多疾病思田里，邑有流亡媿俸钱。闻道欲来相问讯，西楼望月几回圆。

宿永阳寄璨律师

遥知郡斋夜，冻雪封松竹。时有山僧来，悬灯独自宿。

秋夜寄丘二十二员外

怀君属秋夜，散步咏凉天。山空松子落，幽人应未眠。

怀琅邪深标二释子

白云埋大壑，阴崖滴夜泉。应居西石室，月照山苍然。

滁州西涧

独怜幽草涧边生，上有黄鹂深树鸣。春潮带雨晚来急，野渡无人舟自横。

登楼寄王卿

踏阁攀林恨不同，楚云沧海思无穷。数家砧杵秋山下，一郡荆榛寒雨中。

梁　锽

美人春卧

妾家巫峡阳，罗幌寝兰堂。晓日临窗久，春风引梦长。落钗犹罥鬓，微汗欲销黄。纵使朦胧觉，魂犹逐楚王。

张万顷

东溪待苏户曹不至

洛阳城东伊水西，千花万竹使人迷。台上柳枝临岸低，门前荷叶与桥齐。日暮待君君不见，长风吹雨过青溪。

李季兰（七〇九——七八〇？）

寄校书七兄

无事乌程县，蹉跎岁月余。不知芸阁吏，寂寞竟何知。远水浮仙棹，寒星伴使车。因过大雷岸，莫望几行书。

李康成

采莲曲

采莲去，月没春江曙。翠钿红袖水中央，青荷莲子杂衣香。云起风生归路长。归路长，那得久。各回船，两摇手。

芮梃章(七一〇——?)

江南弄

春江可怜事，最在美人家。鹦鹉能言鸟，芙蓉巧笑花。地衔金作埒，水抱玉为沙。薄晚青丝骑，长鞭赴狭斜。

张　翚(七一六——?)

游栖霞寺

跻险入幽林，翠微含竹殿。泉声无休歇，山色时隐见。潮来杂风雨，梅落成霜霰。一从方外游，颇觉尘心变。

赵微明

挽歌词

寒日蒿上明，凄凄郭东路。素车谁家子，丹旐引将去。原下荆棘丛，丛边有新墓。人间痛伤别，此是长别处。旷野多萧条，青松白杨树。

张南史

富阳南楼望浙江风起

南楼渚风起，树杪见沧波。稍觉征帆上，萧萧暮雨多。沙洲殊未极，云水更相和。欲问任公子，垂纶意若何。

陆胜宅秋暮雨中探韵同作

同人永日自相将，深竹闲园偶辟疆。已被秋风教忆鲙，更闻寒雨劝飞觞。归心莫问三江水，旅服从沾九月霜。醉里欲寻骑马路，萧条几处有垂杨。

奚　贾

寻许山人亭子

桃源若远近，渔子棹轻舟。川路行难尽，人家到渐幽。山禽拂席起，溪水入庭流。君是何年隐，如今成白头。

元　融

泉上雨后作

风雨荡繁暑，雷息佳霁初。众峰带云雨，清气入我庐。飒飒凉飙来，临窥惬所图。绿萝长新蔓，袅袅垂坐隅。流水复檐下，丹砂发清渠。养葛为我衣，种芋为我蔬。谁是畹与畦，弥漫连野芜。

陶　岘

西塞山回舟作

匡庐旧业是谁主，吴越新居安此生。白发数茎归未得，青山一望计还成。鸦翻枫叶夕阳动，鹭立芦花秋水明。从此舍舟何所诣，酒旗歌扇正相迎。

皎　然（七三〇——七九九）

寻陆鸿渐不遇

移家虽带郭，野径入桑麻。近种篱边菊，秋来未著花。扣门无犬吠，欲去问西家。报道山中去，归时每日斜。

秋宵书事寄吴凭处士

真性在方丈，寂寥无四邻。秋天月色正，清夜道心真。大梦观前事，浮名悟此身。不知庭树意，荣落感何人。

郑　锡（七三四——？）

邯郸少年行

霞鞍金口骝，豹袖紫貂裘。家住丛台近，门前漳水流。唤人呈楚舞，借客试吴钩。见说秦兵至，甘心赴国仇。

陇头别

秋尽初移幙，沾裳一送君。据鞍窥古堠，开灶爇寒云。登陇人回首，临关马顾群。从来断肠处，皆向此中分。

度关山

象弭插文犀，鱼肠莹鷿鹈。水声分陇咽，马色度关迷。晓幕胡沙惨，危烽汉月低。仍闻数骑将，更欲出辽西。

送客之江西

乘轺奉紫泥，泽国渺天涯。九派春潮满，孤帆暮雨低。草深莺断续，花落水东西。更有高唐处，知君路不迷。

窦叔向（七三七——八〇七？）

春日早朝应制

紫殿俯千官，春松应合欢。御炉香焰暖，驰道玉声寒。乳燕翻珠缀，祥乌集露盘。宫花一万树，不敢举头看。

柳中庸

秋 怨

玉树起凉烟，凝情一叶前。别离伤晓镜，摇落思秋弦。汉垒关山月，胡笳塞北天。不知肠断梦，空绕几山川。

寒食戏赠

春暮越江边，春阴寒食天。杏花香麦粥，柳絮伴秋千。酒是芳菲节，人当桃李年。不知何处恨，已解入筝弦。

听 筝

抽弦促柱听秦筝，无限秦人悲怨声。似逐春风知柳态，如随啼鸟识花情。谁家独夜愁灯影，何处空楼思月明。更入几重离别恨，江南歧路洛阳城。

江 行

繁阴乍隐洲，落叶初飞浦。萧萧楚客帆，暮入寒江雨。

韩 翃

送太常元博士归润州

渡江秋色里，诗兴与归心。客路缘枫岸，人家扫橘林。潮声当昼起，山翠近南深。几日华阳洞，寒花引独寻。

送丹阳刘太真

长干道上落花朝，羡尔当年赏事饶。下箸已怜鹅炙美，开笼不奈鸭媒娇。春衣晚入青杨巷，细马初过皂荚桥。相访不辞千里远，西风好借木兰桡。

题仙游道

仙台下见五城楼，风物凄凄宿雨收。山色遥连秦树晚，砧声近报汉宫秋。疏松影落空坛静，细草香闲小洞幽。何用别寻方外去，人间亦自有丹丘。

送冷朝阳还上元

青丝絣引木兰船，名遂身归拜庆年。落日澄江乌榜外，秋风疏柳白门前。桥通小市家林近，山带平湖野寺连。别后依依寒梦里，共君携手在东田。

寒　食

春城无处不飞花，寒食东风御柳斜。日暮汉宫传蜡烛，轻烟散入五侯家。

少年行

千点斓斒玉勒骢《乐府诗集》六六作喷玉骢，青丝结尾绣缠鬉。

鸣鞭晓出章台路，叶叶春衣杨柳风。

郑 常

寄邢逸人

羡君无外事，日与世情违。地僻人难到，溪深鸟自飞。儒衣荷叶老，野饭药苗肥。畴昔江湖意，而今忆共归。

谪居汉阳白沙口阻雨因题驿亭

汉阳知远近，见说过湓城。云雨经春客，江山几日程。终随鸥鸟去，只待海潮生。前路逢渔父，多愁问姓名。

司空曙（七四〇——七九〇？）

经废宝庆寺《全唐诗》作《过庆宝寺》

黄叶前朝寺，无僧寒殿开。池晴龟出曝，松暝鹤飞回。古砌碑横草，阴廊画杂苔。禅宫亦销歇，尘世转堪哀。

同苗员外宿荐福常师房

浮生共多故，聚宿喜君同。人息时闻磬，灯摇乍有风。霜阶疑水际，夜木似山中。一愿持如意，长来事远公。

云阳馆与韩绅宿别

故人江海别，几度隔山川。乍见翻疑梦，相悲各问年。孤灯寒照雨，湿竹暗浮烟。更有明朝恨，离杯惜共传。

喜外弟卢纶见宿

静夜四无邻，荒居旧业贫。雨中黄叶树，灯下白头人。以我独沉久，愧君相见频。平生自有分，况是蔡家亲。白居易《早春西湖闲游偶成十八韵寄微之》：“平生分最亲。”

独游寄卫长林

草绿春阳动，迟迟泽畔游。恋花同野蝶，爱水剧江鸥。身外唯须醉，人间半是愁。那知鸣玉者，不羡卖瓜侯。

送曲山人之衡州

白石先生眉发光，已分绀雪饮红浆。衣巾半染烟霞气，语笑兼和药草香。茅洞玉声流暗水，衡山碧色映朝阳。千年城郭如相问，华表峨峨有夜霜。

送张炼师还峨嵋山

太一天坛天柱西，垂萝为幌石为梯。前登灵境青霄绝，下视人间白日低。松籁万声和管磬，丹光五色杂虹霓。春山一入寻无路，鸟响烟深水满溪。

石　井

苔色遍春石，桐阴入寒井。幽人独汲时，先乐残阳影。

寒　塘

晓发梳临水，寒塘坐见秋。乡心正无限，一雁度南楼。

杂　兴

月没辽城暗出师，双龙金角晓天悲。黄尘满目随风散，不认将军燕尾旗。

戎　昱（七四〇——七八七?）

长安秋夕

八月更漏长，愁人起常早。闭门寂无事，满院生秋草。昨宵北窗梦，梦入荆南道。远客归去来，在家贫亦好。

汉上题韦氏庄一作岑参，非是。正德《安氏本》，正德《蜀本》，及同文馆《唐四家诗本·岑集》均不载，李壁《王荆公诗集注》二四引五六二句，正作戎诗。

结茅同楚客，卜筑汉江边。日落数归鸟，夜深闻扣舷。水痕侵岸柳，山翠借厨烟。调笑提筐妇，春来蚕几眠。

桂州腊夜

坐到三更尽，归仍万里赊。雪声偏傍竹，寒梦不离家。晓角分残漏，孤灯落碎花。二年随骠骑，辛苦向天涯。

张志和（七四一——七七五？）

渔　父

八月九月芦花飞，南溪老人垂钓归。秋山入帘翠滴滴，野艇倚槛云依依。却把渔竿寻小径，闲梳鹤发对斜晖。翻嫌四皓曾多事，出为储皇定是非。

章八元（七四二——七九五？）

新安江行

江源南去永，野渡暂维梢。古戍悬鱼网，空林露鸟巢。雪晴山脊见，沙浅浪痕交。自笑无媒者，逢人即解嘲。

李　端（七四三——七八二？）

古别离二首

水国叶黄时，洞庭霜落夜。行舟闻商估，宿在枫林下。此地送君还，茫茫似梦间。后期知几日，前路转多山。巫峡通湘浦，迢迢隔云雨。天晴见海樯，月落闻津鼓。人老自多愁，水深难急流。清宵歌一曲，白首对汀洲。

与君桂阳别，令君岳阳待。后事忽差池，前期日空在。木落雁嗷嗷，洞庭波浪高。远山云似盖，极浦树如毫。朝发能几里，暮来风又起。如何两处愁，皆在孤舟里。昨夜天月明，长川寒且清。菊花开欲尽，荠菜泊来生。下江帆势速，五两遥相逐。欲问去时人，知投何处宿。空令猿啸时，泣对湘潭竹。

芜　城

昔人登此地，丘陇已前悲。今日又非昔，春风能几时。风吹城上树，草没城边路。城里月明时，精灵自来去。

九日赠司空文明

我有惆怅词，待君醉时说。长来逢九日，难与菊花别。摘却正开花，暂言花未发。

巫山高

巫山十二峰，皆在碧虚中。回合云藏日，霏微雨带风。猿声寒过涧，树色暮连空。愁向高唐望，清秋见楚宫。

茂陵山行陪韦工部《全唐诗》作金部

宿雨朝来歇，空山天气清。盘云双鹤下，隔水一蝉鸣。古道黄花落，平芜赤烧生。茂陵虽有病，犹得伴君行。

茂陵村行赠何兆

春天黄鸟啭，野径白云闲。解带依芳草，支颐想故山。人行九州路，树老五陵间。谁道临邛远，相如自忆还。

宿云际寺赠深上人

暂别青蓝寺，今来发欲斑。独眠孤烛下，风雨在前山。坏宅终须去，空门不易还。支公有方便，一愿启玄关。

拜新月

开帘见新月，便即下堦拜。细语人不闻，北风吹裙带。

听　筝

鸣筝金粟柱，素手玉房前。欲得周郎顾，时时误拂弦。

感　兴

香炉最高顶，中有高人住。日暮下山来，月明上山去。

畅　当（七四三——七八七?）

天柱隐所重答韦江州

寂寞一怅望，秋风山景清。此中惟草色，翻意见人行。荒径饶松子，深萝绝鸟声。阳崖全带日，宽嶂偶通耕。拙昧难容世，贫闲别有情。烦君琼玖赠，幽懒百无成。

山居酬韦苏州见寄

孤茅泄烟处，此中山叟居。观云宁有事，耽酒讵知余。水定鹤翻去，松欹峰俨如。犹烦使君问，更欲结环庐。

军中醉饮寄沈八刘叟一作杜甫诗，非是。当又有《题沈八斋诗》疑即此沈八，《艇斋诗话》引此正作畅当，云出顾陶《诗》选。

酒渴爱江清，余酣漱晚汀。软莎欹坐稳，冷石醉眠醒。野膳随行帐，华音发从伶。数杯君不见，都已遣沈冥。

于　鹄（七四五——八〇四？）

早上凌霄第六峰入紫溪礼白鹤观祠

路转第六峰，传是十里程。放石试浅深，砚壁蛇鸟惊。欲下先襞衣，路底避枯茎。回途歇嵌窟，整带重冠缨。及到紫石溪，晻晻已天明。渐近神仙居，桂花湿溟溟。阴苔无人踪，时得白鹤翎。忽然见朱楼，象牌题玉京。沉沉五云影，香风散萦萦。清斋上玉堂，窗户悬水精。青童撞金屑，杵臼声丁丁。膻腥遥问谁，稽首称姓名。若容在溪口，愿乞残云英。

入白芝溪寻黄尊师

触烟入溪口，岸岸唯柽栎。其中尽碧流，十里不通屐。出林山始转，绝径缘峭壁。把藤借行势，侧足凭石脉。巇牙断行处，光滑猿猱迹。忽然风景异，乃到神仙宅。天晴茅屋头，残云蒸气白。隔窗梳发声，久立闻吹笛。抱琴出门来，不顾人间客。山院不洒扫，四时自虚寂。落叶埋长松，出地才数尺。曾读《上清》经，知注长生籍。愿示不死方，何山有琼液。

山中寄韦钲

懒成身病日，因醉卧多时。送客出溪少，读书终卷迟。幽窗闻坠叶，晴景见游丝。早晚来收药，门前有紫芝。

南溪书斋

茅屋往来久，山深不置门。草生垂井口，花落拥篱根。入院将雏鸟，寻萝抱子猿。会逢异人说，风景似桃源。

题南峰褚道士

得道南山久，曾教四皓棋。闭门医病鹤，倒箧养神龟。松际风长在，泉中草不衰。谁知茅屋里，有路向峨嵋。

途中寄杨涉

萧萧芦荻晚，一径入荒陂。日色云收处，蛙声雨歇时。前村见来久，羸马自行迟。闻作王门客，应闲白接䍦。

过张老园林

身老无修饰，头巾用白纱。开门朝扫径，辇水夜浇花。药气闭深巷，桐阴到数家。不愁还酒债，腰下有丹砂。

古词三首

素丝带金地，窗间掬飞尘。偷得凤凰钗，门前乞行人。

新长青丝发，哑哑言语黠。随人敲铜镜，街头救明月。

东家新长儿，与妾同时生。并长两心熟，到大相呼名。

江南曲

偶向江边采白蘋，还随女伴赛江神。众中不敢分明语，暗掷金钱卜远人。

崔　峒

登蒋山开善寺

山殿秋云里，香烟出翠微。客寻朝磬至，僧背夕阳归。下界千门见，前朝万事非。看心兼送目，葭菼暮依依。

题崇福寺禅院

僧家更无事，扫地与焚香。清磬度山翠，闲云来竹房。身心尘外远，岁月坐中长长一作忘。向晚禅堂闭，无人空夕阳。

刘言史（？——七八六？）

乐府杂词

蝉鬓红冠粉黛轻，云和新教羽衣成。月光如雪金堦上，迸却颇梨义甲声。

刘　复

杂　曲

宝剑饰文犀，当风似切泥。逢君感意气，贳酒杜陵西。赵女颜虽少，宛驹齿正齐。娇多不肯别，更待夜乌啼。

李宣远

并州路《乐府诗集》九三作塞下。一作杨达诗，见《全唐诗》二八，六九。

秋日并州路，黄榆落故关。孤城吹角罢，数骑射雕还。帐幕遥临水，牛羊自下山。征人正垂泪，烽火起云间。

卢　纶（七四八——八〇〇？）

同吉中孚梦桃源

春雨夜不散，梦中山亦阴。云中碧潭水，路暗红花林。花水自深浅，无人知古今。

夜静春梦长，梦逐仙山客。园林满芝朮，鸡犬傍篱栅。几处花下人，看予笑头白。

腊日观咸宁王部曲娑勒擒豹歌

山头曈曈日将出，山下猎围照初日。前林有兽未识名，将军促骑无人声。潜形踠伏草不动，双雕旋转群鸦鸣。阴方质子才三十，译语受词蕃语揖。舍鞍解甲疾如风，人忽虎蹲兽人立。欻然扼颡批其颐，爪牙委地涎淋漓。既苏复吼拗仍怒，果叶英谋生致之。拖自深丛目如电，万夫失容千马战。传呼贺拜声相连，杀气腾凌阴满川。始知缚虎如缚鼠，败虏降羌生眼前。祝尔嘉词尔无苦，献尔将随犀象舞。苑中流水禁中山，期尔攫搏开天颜。非熊之兆庆无极，愿纪雄名传百蛮。

送李端一作严维诗

故关衰草遍，离别自堪悲。路出寒云外，人归暮雪时。少孤为客早，多难识君迟。掩泪空相向，风尘何处期。

夜中得循州赵司马侍郎书因寄回使

瘴海寄双鱼，中宵达我居。两行灯下泪，一纸岭南书。地说炎蒸极，人称老病余。殷勤报贾傅，莫共酒杯疏。

长安春望

东风吹雨过青山，却望千门草色闲。家在梦中何日到，春归江上几人还。川原缭绕浮云外，宫阙参差落照间。谁念为儒逢世难，独将衰鬓客秦关。

晚次鄂州

云开远见汉阳城，犹是孤帆一日程。估客昼眠知浪静，舟人夜语觉潮生。三湘愁鬓逢秋色，万里归心对月明。旧业已随征战尽，更堪江上鼓鼙声。

至德中途中书事却寄李僩

乱离无处不伤情，况复看碑对古城。路绕寒山人独去，月临秋水雁空惊。颜衰重喜归乡国，身贱多惭问姓名。今日主人还共醉，应怜世故一儒生。

酬畅当寻嵩岳麻道士见寄

闻逐樵夫闲看棋，忽逢人世是秦时。开云种玉嫌山浅，渡海传书怪鹤迟。阴洞石幢微有字，古坛松树半无枝。烦君远示青囊箓，愿得相从一问师。

和张仆射塞下曲

鹫翎金仆姑，燕尾绣蝥弧。独立扬新令，千营共一呼。

林暗草惊风，将军夜引弓。平明寻白羽，没在石棱中。

月黑雁飞高，单于夜遁逃。欲将轻骑逐，大雪满弓刀。

赠李果毅

向日磨金镞，当风著锦衣。上城邀贼语，走马截雕飞。

与畅当夜泛秋潭

萤火飏莲丛，水凉多夜风。离人将落叶，俱在一船中。

李　益(七四八——八二七)

喜见外弟又言别

十年离乱后，长大一相逢。问姓惊初见，称名忆旧容。别来沧海事，语罢暮天钟。明日巴陵道，秋山又几重。

竹窗闻风寄苗发司空曙

微风惊暮坐，临牖思悠哉。开门复动竹，疑是故人来。时滴枝上露，稍沾阶下苔。何当一入幌，为拂绿琴埃。

盐州过胡儿饮马泉

绿阳著水草如烟，旧是胡儿饮马泉。几处吹笳明月夜，何人倚剑白云天。从来冻合关山路，今日分流汉使前。莫遣行人照容鬓，恐惊憔悴入新年。

同崔邠登鹳雀楼

鹳雀楼西百尺樯，汀洲云树共茫茫。汉家箫鼓空流水，魏国山河半夕阳。事去千年犹恨速，愁来一日即为长。风烟并起思归望，远目非春亦自伤。

鹧鸪词

湘江斑竹枝，锦翅鹧鸪飞。处处湘云合，郎从何处归。

夜上受降城闻笛

回乐峰前沙似雪，受降城外月如霜。不知何处吹芦管，一夜征人尽望乡。

从军北征

天山雪后海风寒，横笛偏吹行路难。碛里征人三十万，一时回首月中看。

听晓角

边霜昨夜堕关榆，吹角当城片月孤。无限塞鸿飞不度，秋风吹入小单于。

度破讷沙

破讷沙头雁正飞，鸊鹈泉上战初归。平明日出东南地，满碛寒光生铁衣。

汴河曲《优古堂诗话》引作《隋堤》

汴水东流无限春，隋家宫阙已成尘。行人莫上长堤望，风起杨花愁杀人。

春夜闻笛

寒山吹笛唤春归，迁客相看泪满衣。洞庭一夜无穷雁，不待天明尽北飞。

边　思

腰悬锦带佩吴钩，走马曾防玉塞秋。莫笑关西将家子，只将诗思入凉州。

法　振

陈九溪中草堂

溪草落溅溅，鱼飞入稻田。早寒临涧月，轻素卷帘烟。緪帻题新句，蓑衣象古贤。曙花闲秀色，三十六峰前。

月夜泛舟

西塞长云尽，南湖片月斜。漾舟人不见，卧入武陵花。

畅　诸

登鹳雀楼《全唐诗》作畅当诗

迥临飞鸟上，高出世尘间。天势围平野，河流入断山。

长孙佐辅

山居雨霁即事《全唐诗》作张碧诗

结茅苍岭下，自与喧卑隔。况值雷雨晴，郊原转岑寂。出门看反照，绕屋残溜滴。古路绝人行，荒陂响蝼蝈。篱崩瓜豆蔓，圃坏牛羊迹。断续古祠鸦，高低远村笛。喜闻东皋润，欲往未通屐。杖策试危桥，攀萝瞰苔壁。邻翁夜相访，缓酌聊跂石。新月出污尊，浮云在巾舄。常隳腐儒操，谬习经邦画。有待时未知，非关慕沮溺。

山行经村径

一径有人迹，到来唯数家。依稀听机杼，寂历看桑麻。雨湿渡头草，风吹坟上花。却驱羸马去，数点归林鸦。

寻山家

独访山家歇还涉，茅屋斜连隔松叶。主人闻语未开门，绕篱野菜飞黄蝶。

孟　郊（七五一——八一四）

游子吟

慈母手中线，游子身上衣。临行密密缝，意恐迟迟归。谁言寸草心，报得三春晖。

塘下行

塘边日欲斜，年少早还家。徒将白羽扇，调妾木兰花。不是城头树，那栖来去鸦。

怨　别

一别一回老，志士白发早。在富易为容，居贫难自好。沉忧损性灵，服药亦枯槁。秋风游子衣，落日行远道。君问去何之，贱身难自保。

灞上轻薄行

长安无缓步，况值天景莫。相逢灞浐间，亲戚不相顾。自叹方拙身，忽随轻薄伦。常恐失所避，化为车辙尘。此中生白发，疾走亦未歇。

赠郑夫子鲂

天地入胸臆，吁嗟生风雷。文章得其微，物象由我裁。宋玉逞大句，李白飞狂才。苟非圣贤心，孰与造化该。勉矣郑夫子，骊珠今始胎。

西上经灵宝观

道士无白发，语言灵泉清。青松多寿色，白石恒夜明。放步霁霞起，振衣华风生。真文秘中顶，宝气浮四楹。一片古关路，万里今人行。上仙不可见，驱策徒西征。

访嵩阳道士不遇

先生五岳游，文焰藏金鼎。日下鹤过时，人间空落影。常言一粒药，不堕生死境。何当列御寇，去问仙人请。

送淡公《侯鲭录》七："传载曰，僧淡然者，为诗曰'到处自凿井，不能饮常流'，与孟郊退之为洛下之游，退之作嘲淡然鼾睡诗是也。"

短蓑不怕雨，白鹭相争飞。短楫画菰蒲，斗作豪横归。笑伊水健儿，浪战求光辉。不如竹枝弓，射鸭无是非。

听蓝溪僧为元居士说维摩经

古树少枝叶，真僧亦相依。山木自曲直，道人无是非。手持《维摩》偈，心向居士归。空景忽开霁，雪花犹在衣。洗然水溪昼，寒物生光辉。

秋　怀

秋月颜色冰，老客志气单。冷露滴梦破，峭风梳骨寒。席上印病文，肠中转愁盘。疑怀无所凭，虚听多无端。梧桐枯峥嵘，声响如哀弹。

秋至老更贫，破屋无门扉。一片月落床，四壁风入衣。疏梦不复远，弱心良易归。商葩将去绿，缭绕争余辉。野步踏事少，病谋向物违。幽幽草根虫，生意与我微。

竹风相戛语，幽闺暗中闻。鬼神满衰听，恍惚难自分。商叶堕干雨，秋衣卧单云。病骨可剸物，酸呻亦成文。瘦攒如此枯，壮落随西曛。袅袅一线命，徒言系絪缊。

岁暮景气干，秋风兵甲声。织织劳无衣，喓喓徒自鸣。商声耸中夜，蹇支废前行。青发如秋园，一翦不复生。少年如饿花，瞥见不复明。君子山岳定，小人丝毫争。多争多无寿，天道戒其盈。

詈言不见血，杀人何纷纷。声如穷家犬，吠窦何誾誾。詈痛幽鬼哭，詈侵黄金贫。言词岂用多，憔悴在一闻。古詈舌不死，至今书云云。今人咏古书，善恶宜自分。秦火不爇舌，秦火空爇文。所以罾更生，至今横絪緼。

老　恨

无子抄文字，老吟多飘零。有时吐向床，枕席不解听。斗蚁甚微细，病闻亦清泠。小大不自识，自然天性灵。

峡　哀

三峡一线天，三峡万绳泉。上仄碎日月，下掣狂漪涟。破魂一两点，凝幽数百年。峡晖不停午，峡险多饥涎。树根锁枯棺，孤骨裹裹悬。树枝哭霜栖，哀韵杳杳鲜。逐客零落肠，到此汤火煎。性命如纺绩，道路随索缘。奠泪吊波灵，波灵将闪然。峡棱剸日月，日月多摧辉。物皆斜仄生，鸟亦斜仄飞。潜石齿相锁，沉魂招莫归。恍惚清泉甲，斑烂碧石衣。饿咽潺湲号，涎似泓浤肥。峡春不可游，腥草生微微。

杏殇并序

杏殇，花乳也，霜翦而落，因悲昔婴，故作是诗。

踏地恐土痛，损彼芳树根。此诚天不知，翦弃我子孙。垂枝有千落，芳命无一存。谁谓生人家，春色不入门。

吊卢殷

登封草木深，登封道路微。日月不与光，莓苔空生衣。可怜无子翁，蚍蜉缘病肌。挛卧岁时长，涟涟但幽噫。幽噫虎豹闻，此外相访稀。至亲唯有诗，抱心死有归。河南韩先生，后君作因依。磨一片嵌岩，书千古光辉。

同人少相哭，异类多相号。始知禽兽痴，却至天然高。非子病无泪，非父念莫劳。如何裁亲疏，用礼如用刀。孤丧鲜匍匐，闭哀抱郁陶。烦他手中葬，诚信焉能褒。嗟嗟无子翁，死弃如脱毛。

桐庐山中赠李明府

静境无浊氛，清雨零碧云。千山不隐响，一叶动亦闻。即此佳志士，精微谁相群。欲识楚章句，袖中兰桂薰。

怀南岳隐士《野客丛书》二四引“见说祝融峰”四句作孟郊诗。范希文《对床夜话》五作贯休诗误。

见说祝融峰，擎天势似腾。藏千寻布水，出十八高僧。古路无人迹，新霞吐石棱。终居将尔叟，一一共余登。

千峰映碧湘，真叟此中藏。饭不煮石吃，眉应似发长。枫榸樯酒瓮，鹤虱落琴床。强效忘机者，斯人尚未忘。

寻言上人

万里莓苔地，不见驱驰踪。唯开文字窗，时写日月容。竹韵漫萧屑，草花徒纤茸。披霜入众木，独自识青松。

古别离

欲别牵郎衣，郎今到何处。不恨归来迟，莫向临邛去。

送柳淳

青山临黄河，下有长安道。世上名利人，相逢不知老。

临池曲

池中春蒲叶如带，紫菱成角莲子大。罗裙蝉鬓倚迎风，双双伯劳飞向东。

济源寒食

一日踏春一百回，朝朝没脚走芳埃。饥童饿马扫花喂，向晚饮溪三两杯。

枋口花间掣手归，嵩阳为我驻红晖。可怜踯躅千万尺，柱地柱天疑欲飞。

李　约（七五一——八一〇？）

从军行

候火起雕城，尘沙拥战声。游军藏汉帜，降骑说蕃情。霜落滮池浅，秋深太白明。嫖姚方虎视，不觉请添兵。

陈　羽（七五三——？）

宿淮阴作

秋灯点点淮阴市，楚客联樯宿淮水。夜深风起鱼鳖腥，韩信祠堂明月里。

长安早春言志

九衢日暖树苍苍，万里吴人忆水乡。汉主未曾亲羽猎，不知将底谏君王。

羊士谔（七五六——？）

郡中玩月寄江南李少尹虞部孟员外

月满自高丘，江通无狭流。轩窗开到晓，风物坐含秋。鹊警银河断，蛩悲翠幕幽。清光望不极，耿耿下西楼。

西郊兰若

云天宜北户，塔庙似西方。林下僧无事，江清日复长。石泉盈掬冷，山实满枝香。寂寞传心印，玄言亦已忘。

寒食宴城北山池即故郡守荥阳郑钢目为折柳亭

别馆青山郭，游人折柳行。落花经上巳，细雨带清明。鶗鴂流芳暗，鸳鸯曲水平。归心何处醉，宝瑟有余声。

郡中言怀寄西川萧员外

功名无力愧勤王，已近终南得草堂。身外尽归天竺偈，腰间唯有会稽章。何时腊酒逢山客，不惜梅枝亚石床。岁晚我知仙客意，悬心应在白云乡。

玩花荷一作《郡中即事》

红衣落尽暗香残，叶上秋光白露寒。越女含情已无限，莫教长袖倚阑干。

寄江陵韩少尹

别来玄鬓共成霜，云起无心出帝乡。蜀国鱼笺数行字，忆君秋梦过南塘。

武元衡（七五八——八一五）

送唐次

都门去马嘶，灞水春流浅。青槐驿路长，白日离亭晚。望望烟景微，草色行人远。

杨 凭（七五九？——八一七）

长安春夜宿开元观

霓裳下晚烟，留客杏花前。遍问人寰事，新从洞府天。长松皆扫月，老鹤不知年。为说蓬瀛路，云涛几处连。

送 别

江岸梅花雪不如，看君驿驭向南徐。相闻不必因来雁，云里飞軿落素书。

权德舆（七五九——八一八）

严陵钓台下作

绝顶耸苍翠，清湍石磷磷。先生晦其中，天子不得臣。心灵栖颢气，缨冕犹淄尘。不乐禁中卧，却归江上春。潜驱东汉风，日使薄者醇。焉用佐天子，持此报故人。则知大贤心，不独私其身。弛张有深致，耕钓陶天真。奈何清风后，扰扰论屈伸。交情同市道，利欲相纷纶。我行访遗台，仰古怀逸民。矰缴鸿鹄远，雪霜松桂新。江流去不穷，山色凌秋旻。人世自今古，清晖照无垠。

舟行夜泊

萧萧落叶送残秋，寂寞寒波急暝流。今夜不知何处泊，断猿明月引孤舟。

杨　凝（七六三？——八〇三）

留　别

玉节随东阁，金闺别旧僚。若为花满寺，跃马上河桥。

咏　雨

尘浥多人路，泥归足燕家。可怜缭乱点，湿尽满宫花。

送客归常州

行到河边从此辞，寒天日远暮帆迟。可怜芳草成衰草，公子归时过绿时。

送客入蜀

剑阁迢迢梦想间，行人归路绕梁山。明朝骑马摇鞭去，秋雨槐花子午关。

杨　凌（七六三——？）

润州水楼

归心不可留，雪桂一丛秋。叶雨空江月，萤飞白露洲。野蝉依独树，水郭带孤楼。遥望山川路，相思万里游。

王　涯（七六五？——八三五）

春江曲

摇荡越江春，相将采白蘋。归时不觉夜，出浦月随人。

秋夜曲《乐府诗集》七六误作王维

桂魄初生秋露微，轻罗已薄未更衣。银筝夜久殷勤弄，心怯空房不忍归。

宫　词

白人宜着紫衣裳，冠子梳头双眼长。新睡起来思旧梦，见人忘却道胜常。

鸦飞深在禁城墙，多绕重楼复殿傍。时向春檐瓦沟上，散开双翅占朝光。

白雪猧儿拂地行，惯眠红毯不曾惊。深宫更有何人到，只晓金阶吠晚萤。

迎风殿里罢云和，起听新蝉步浅莎。为爱九天和露滴，万年枝上最声多。

薛　涛（七六八——八三一？）

牡　丹

去春零落暮春时，泪湿红笺怨别离。常恐便同巫峡散，因何重有武陵期。传情每向馨香得，不语还应彼此知。只欲栏边安枕席，夜间闲共说相思。

王　建（七六八——八三〇？）

饮马长城窟

长城窟，长城窟边多马骨。古来此地无井泉，赖得秦家筑城卒。征人饮马愁不回，长城变作望乡堆。蹄踪未干人去近，续后马来泥污尽。枕弓睡着待水生，不见阴山在前阵。马蹄足脱装马头，健儿战死谁封侯。

水夫谣

苦哉生长当驿边，官家使我牵驿船。辛苦日多乐日少，水宿沙行如海鸟。逆风上水万斛重，前驿迢迢后淼淼。半夜缘堤雪和雨，受他驱遣还复去。衣寒衣湿披短蓑，臆穿足裂忍痛何。到明辛苦无处说，齐声腾踏牵船出。一间茆屋何所直，父母之乡去不得。我愿此水作平田，长使水夫不怨天。

促刺词《乐府诗集》九一

促刺复促刺，水中无鱼山无石。少年虽嫁不得归，头白犹著父母衣。田边旧宅非所有《乐府诗集》作四边田宅，我身不及逐鸡飞。出门若有归死处，猛虎当途向前去。百年不遣踏君门，在家谁唤为新妇。岂不见他邻舍娘，嫁来常在舅姑傍。

寄远曲

美人别来无处所，巫山月明湘江雨。千回相见不分明，井底看星梦中语。两心相对尚难知，何况万里不相疑。

镜听词

重重摩挲嫁时镜，夫婿远行凭镜听。回身不遣别人知，人意丁宁镜神圣。怀中收拾双锦带，恐畏街头见惊怪。嗟嗟嚓嚓下堂阶，独自灶前来跪拜。出门愿不闻悲哀，郎在任郎回未回。月明地上人过尽，好语多同皆道来。卷帷上床喜不定，与郎裁衣失翻正。可中三日得相见，重绣镜囊磨镜面。

北邙行

北邙山头少闲土，尽是洛阳人旧墓。旧墓人家归葬多，堆著黄金无买处。天涯悠悠葬日促，冈坂崎岖不停毂。高张素幙绕铭旌，夜唱挽歌山下宿。洛阳城北复城东，魂车祖马长相逢。车辙广若长安路，蒿草少于松柏树。涧底盘陀石渐稀，尽向坟前作羊虎。谁家石碑文字灭，后人重取书年月。朝朝车马送葬回，还起大宅与高台。

南　中

天南多鸟声，州县半无城。野市依蛮姓，山郚逐水名。瘴烟沙上起，阴火雨中生。独有求珠客，年年入海行。

汴路即事

千里河烟直，青槐夹岸长。天涯同此路，人语各殊方。草市迎江货，津桥税海商。回看故宫柳，憔悴不成行。

故行宫

寥落古行宫，宫花寂寞红。白头宫女在，闲坐说玄宗。

宫　词

树头树底觅残红，一片西飞一片东。自是桃花贪结子，错教人恨五更风。

张　籍（七六八——八三〇？）

短歌行

青天荡荡高且虚，上有白日无根株。流光暂出还入地，使我年少不须臾。与君相逢勿寂寞，衰老不复如今乐。玉卮盛酒置君前，再拜劝君千万年。

泗水行

泗水流急石纂纂，鲤鱼上下红尾短。春冰销散日华满，行舟往来浮桥断。城边鱼市人早行，水烟漠漠多棹声。

白纻歌

皎皎白纻白且鲜，将作春衣称少年。裁缝长短不能定，自持刀尺向姑前。复恐兰膏污纤指，常遣傍人收堕珥。衣裳著时寒食下，还把玉鞭鞭白马。

节妇吟寄东平李司空师道

君知妾有夫，赠妾双明珠。感君缠绵意，系在红罗襦。妾家高楼连苑起，良人执戟明光里。知君用心如日月，事夫誓拟同生死。还君明珠双泪垂，何不相逢未嫁时。

山农词一作《野老歌》

老农家贫在山住，耕种山田三四亩。苗疏税多不得食，输入官仓化为土。岁暮锄犁傍空室，呼儿登山收橡实。西江贾客珠百斛，船中养犬长食肉。

废宅行

胡马崩腾满阡陌，都人避乱唯空宅。宅边青桑垂宛宛，野蚕食叶还成茧。黄雀衔草入燕窠，啧啧啾啾白日晚。去时禾黍埋地中，饥兵掘土翻重重。鸥枭养子庭树上，曲墙空屋多旋风。乱定几人还本土，唯有官家重作主。

征妇怨

九月匈奴杀边将，汉军全没辽水上。万里无人收白骨，家家城下招魂葬。妇人依倚子与夫，同居贫贱心亦舒。夫死战场子在腹，妾身虽存如昼烛。

蓟北旅思

日日望乡国，空歌《白苎》词。长因送人处，忆得别家时。失意还独语，多愁只自知。客亭门外柳，折尽向南枝。

江南春

江南杨柳春，日暖地无尘。渡口过新雨，夜来生白蘋。晴沙眠乳燕，芳树醉游人。向晚青山下，谁家祭水神。

山中古祠

春草空祠墓，荒林唯鸟飞。记年碑石在，经乱祭人稀。野鼠缘珠帐，阴尘盖画衣。近门潭水黑，时见宿龙归。

夜别渔家

渔家在江口，潮水入柴扉。行客欲投宿，主人犹未归。竹深村路远，月出钓船稀。遥见寻沙岸，春风动草衣。

宿临江驿《贡父诗话》作《宿江上》馆。又云次刘长卿《旅舍》韵。

楚驿南渡口，夜深来客稀。月明见潮上，江静觉鸥飞。旅泊今已远泊《贡父诗话》作宿，《全唐诗》同，此行犹未归犹《贡父诗话》作殊。离家久无信，又听捣寒衣寒同上作砧。

寄和州刘使君

别离已久犹为郡，闲向春风倒酒瓶。送客将过沙口堰，看花多上水心亭。晓来江气连城白，雨后山光满郭青。到此诗情应更远，醉中高咏有谁听。

韩　愈（七六八——八二四）

秋怀诗

窗前两好树，众叶光薿薿。秋风一拂披，策策鸣不已。微灯照空床，夜半偏入耳。愁忧无端来，感叹成坐起。天明视颜色，与故不相似。羲和驱日月，疾急不可恃。浮生虽多涂，趋死惟一轨。胡为浪自苦，得酒且欢喜。

白露下百草，萧兰共雕悴。青青四墙下，已复生满地。寒蝉暂寂寞，蟋蟀鸣自恣。运行无穷期，禀受气苦异。适时各得所，松柏不必贵。

彼时何卒卒，我志何曼曼。犀首空好饮，廉颇尚能饭。学堂日无事，驱马适所愿。茫茫出门路，欲去聊自劝。归还阅书史，文字浩千万。陈迹竟谁寻，贱嗜非贵献。丈夫意有在，女子乃多怨。

秋气日恻恻，秋空日凌凌。上无枝上蜩，下无盘中蝇。岂不感时节，耳目去所憎。清晓卷书坐，南山见高棱。其下澄湫水，有蛟寒可罾。惜哉不得往，岂谓吾无能。

离离挂空悲，戚戚抱虚警。露泫秋树高，虫吊寒夜永。敛退就新懦，趋营悼前猛。归愚识夷涂，汲古得修绠。名浮犹有耻，味薄真自幸。庶几遗悔尤，即此是幽屏。

卷卷落地叶，随风走前轩。鸣声若有意，颠倒相追奔。空堂黄昏暮，我坐默不言。童子自外至，吹灯当我前。问我我不应，馈我我不餐。退坐西壁下，读诗尽数编。作者非今士，相去时已千。其言有感触，使我复凄酸。顾谓汝童子，置书且安眠。丈夫属有念，事业无穷年。

霜风侵梧桐，众叶著树干。空阶一片下，琤若摧琅玕。谓是夜气灭，望舒霣其团。青冥无依倚，飞辙危难安。惊起出户视，倚楹久汍澜。忧愁费晷景，日月如跳丸。迷复不计远，为君驻尘鞍。

鲜鲜霜中菊，既晚何用好。扬扬弄芳蝶，尔生还不早。运穷两值遇，婉娈死相保。西风蛰龙蛇，众木日凋槁。由来命分尔，泯灭岂足道。

同冠峡

南方二月半，春物亦已少。维舟山水间，晨坐听百鸟。宿云尚含姿，朝日忽升晓。羁旅感和鸣，囚拘念轻矫。潺湲泪久迸，诘曲思增绕。行矣且无然，盖棺事乃了。

送无本师归范阳

无本于为文，身大不及胆。吾尝示之难，勇往无不敢。蛟龙弄角牙，造次欲手揽。众鬼囚大幽，下觑袭玄窞。天阳熙四海，注视首不颔。鲸鹏相摩窣，两举快一啖。夫岂能必然，固已谢黯黮。狂词肆滂葩，低昂见舒惨。奸穷怪变得，往往造平澹。蜂蝉碎锦缬，绿池披菡萏。芝英擢荒榛，孤翮起连菼。家住幽都远，未识气先感。来寻吾何能，无殊嗜昌歜。始见洛阳春，桃枝缀红糁。遂来长安里，时卦转习坎。老懒无斗心，久不事铅椠。欲以金帛酬，举室常顑颔。念当委我去，雪霜刻以憯。狞飙搅空衢，天地与顿撼。勉率吐歌诗，慰女别后览。

山　石

山石荦确行径微，黄昏到寺蝙蝠飞。升堂坐阶新雨足，芭蕉叶大栀子肥。僧言古壁佛画好，以火来照所见稀。铺床拂席置羹饭，疏粝亦足饱我饥。夜深静卧百虫绝，清月出岭光入扉。天明独去无道路，出入高下穷烟霏。山红涧碧纷烂熳，时见松枥皆十围。当流赤足蹋涧石，水声激激风吹衣。人生如此自可乐，岂必局束为人鞿。

嗟哉吾党二三子，安得至老不更归。

汴泗交流赠张仆射

汴泗交流郡城角，筑场千步平如削。短垣三面缭逶迤，击鼓腾腾树赤旗。新秋朝凉未见日，公早结束来何为。分曹决胜约前定，百马攒蹄近相映。球惊杖奋合且离，红牛缨绂黄金羁。侧身转臂著马腹，霹雳应手神珠驰。超遥散漫两闲暇，挥霍纷纭争变化。发难得巧意气粗，欢声四合壮士呼。此诚习战非为剧，岂若安坐行良图。当今忠臣不可得，公马莫走须杀贼。

桃源图

神仙有无何渺茫，桃源之说诚荒唐。流水盘回山百转，生绡数幅垂中堂。武陵太守好事者，题封远寄南宫下。南宫先生忻得之，波涛入笔驱文辞。文工画妙各臻极，异境恍惚移于斯。架岩凿谷开宫室，接屋连墙千万日。嬴颠刘蹶了不闻，地坼天分非所恤。种桃处处惟开花，川原近远蒸红霞。初来犹自念乡邑，岁久此地还成家。渔舟之子来何所，物色相猜更问语。大蛇中断丧前王，群马南渡开新主。听终辞绝共凄然，自说经今六百年。当时万事皆眼见，不知几许犹流传。争持酒食来相馈，礼数不同樽俎异。月明伴宿玉堂空，骨冷魂清无梦寐。夜半金鸡啁哳鸣，火轮飞出客心惊。人间有累不可住，依然离别难为情。船开棹进一回顾，万里苍苍烟水暮。世俗宁知伪与真，至今传者武陵人。

八月十五夜赠张功曹

纤云四卷天无河，清风吹空月舒波。沙平水息声影绝，一杯相属君当歌。君歌声酸辞且苦，不能听终泪如雨。洞庭连天九疑高，蛟龙出没猩鼯号。十生九死到官所，幽居默默如藏逃。下床畏蛇食畏药，海气湿蛰熏腥臊。昨者州前捶大鼓，嗣皇继圣登夔皋。赦书一日行万里，罪从大辟皆除死。迁者追回流者还，涤瑕荡垢清朝班。州家申名使家抑，坎轲只得移荆蛮。判司卑官不堪说，未免捶楚尘埃间。同时辈流多上道，天路幽险难追攀。君歌且休听我歌，我歌今与君殊科。一年明月今宵多，人生由命非由他，有酒不饮奈月何。

谒衡岳庙遂宿岳寺题门楼

五岳祭秩皆三公，四方环镇嵩当中。火维地荒足妖怪，天假神柄专其雄。喷云泄雾藏半腹，虽有绝顶谁能穷。我来正逢秋雨节，阴气晦昧无清风。潜心默祷若有应，岂非正直能感通。须臾静扫众峰出，仰见突兀撑青空。紫盖连延接天柱，石廪腾掷堆祝融。森然魄动下马拜，松柏一径趋灵宫。粉墙丹柱动光彩，鬼物图画填青红。升阶伛偻荐脯酒，欲以菲薄明其衷。庙令老人识神意，睢盱侦伺能鞠躬。手持杯珓导我掷，云此最吉余难同。窜逐蛮荒幸不死，衣食才足甘长终。侯王将相望久绝，神纵欲福难为功。夜投佛寺上高阁，星月掩映云曈昽。猿鸣钟动不知曙，杲杲寒日生于东。

刘生诗

生名师命其姓刘，自少轩轾非常俦。弃家如遗来远游，东走梁宋暨扬州。遂凌大江极东陬，洪涛春天禹穴幽。越女一笑三年留，南逾横岭入炎州。青鲸高磨波山浮，怪魅炫曜堆蛟虬。山狳讙噪猩猩游，毒气烁体黄膏流。问胡不归良有由。美酒倾水炰肥牛，妖歌慢舞烂不收，倒心回肠为青眸。千金邀顾不可酬，乃独遇之尽绸缪，瞥然一饷成十秋。昔须未生今白头，五管历遍无贤侯，回望万里还家羞。阳山穷邑惟猿猴，手持钓竿远相投。我为罗列陈前修，芟蒿斩蓬利锄耰。天星回环数才周，文学穰穰囷仓稠，车轻御良马力优。咄哉识路行勿休，往取将相酬恩仇。

送区弘南归

穆昔南征军不归，虫沙猿鹤伏以飞。汹汹洞庭莽翠微，九疑镵天荒是非。野有象犀水贝玑，分散百宝人士稀。我迁于南日周围，来见者众莫依稀。爰有区子荧荧晖，观以彝训或从违。我念前人譬葑菲，落以斧引以纆徽，虽有不逮驱騑騑，或采于薄渔于矶，服役不辱言不讥，从我荆州来京畿，离其母妻绝因依。嗟我道不能自肥，子虽勤苦终何希。王都观阙双巍巍，腾蹋众骏事鞍鞿，佩服上色紫与绯。独子之节可嗟唏，母附书至妻寄衣。开书拆衣泪痕晞，虽不敕还情庶几。朝暮盘羞恻庭闱，幽房无人感伊威。人生此难馀可祈，子去矣时若发机。蜃沉海底气升霏，彩雉野伏朝扇翚。处子窈窕王所妃，苟有令德隐不腓。况今天子铺德威，蔽能者诛荐受禨。出送抚背我涕挥，行行正直慎脂韦。业成志树来颀颀，我当为子言天扉。

听颖师弹琴

昵昵儿女语，恩怨相尔汝。划然变轩昂，勇士赴敌场。浮云柳絮无根蒂，天地阔远随飞扬。喧啾百鸟群，忽见孤凤皇。跻攀分寸不可上，失势一落千丈强。嗟余有两耳，未省听丝篁。自闻颖师弹，起坐在一旁。推手遽止之，湿衣泪滂滂。颖乎尔诚能，无以冰炭置我肠。

雪后寄崔二十六丞公

蓝田十月雪塞关，我兴南望愁群山。攒天嵬嵬冻相映，君乃寄命于其间。秩卑俸薄食口众，岂有酒食开容颜。殿前群公赐食罢，骅骝蹋路骄且闲。称多量少鉴裁密，岂念幽桂遗榛菅。几欲犯严出荐口，气象硉兀未可攀。归来殒涕掩关卧，心之纷乱谁能删。诗翁憔悴劚荒棘，清玉刻佩联玦环。脑脂遮眼卧壮士，大弨挂壁无由弯。乾坤惠施万物遂，独于数子怀偏悭。朝欷暮唶不可解，我心安得如石顽。

奉酬卢给事云夫四兄曲江荷花行见寄并呈上钱七兄阁老张十八助教

曲江千顷秋波净，平铺红云盖明镜。大明宫中给事归，走马来看立不正。遗我明珠九十六，寒光映骨睡骊目。我今官闲得婆娑，问言何处芙蓉多。撑舟昆明度云锦，脚敲两舷叶吴歌。太白山高三百里，负雪崔嵬插花里。玉山前却不复来，曲江汀滢水平杯。我时相思不觉一回首，天门九扇相当开。上界真人足官府，岂如散仙鞭笞鸾凤终日相追陪。

送桂州严大夫

苍苍森八桂，兹地在湘南。江作青罗带，山如碧玉篸。户多输翠羽，家自种黄柑。远胜登仙去，飞鸾不假骖。

答张十一功曹

山净江空水见沙，哀猿啼处两三家。筼筜竞长纤纤笋，踯躅闲开艳艳花。未报恩波知死所，莫令炎瘴送生涯。吟君诗罢看双鬓，斗觉霜毛一半加。

张仲素（七六九？——八一九）

宫中乐

奇树留寒翠，神池结夕波。黄山一夜雪，渭水雁声多。

春闺思

袅袅城边柳，青青陌上桑。提笼忘采叶，昨夜梦渔阳。

秋闺思

碧窗斜日蔼深晖，愁听寒螀泪湿衣。梦里分明见关塞，不知何路向金微。

窦　巩（七六九——八三一）

襄阳寒食寄宇文籍

烟水初销见万家，东风吹柳万条斜。大堤欲上谁相伴，马踏春泥半是花。

宫人斜

离宫路远北原斜，生死恩深不到家。云雨今归何处去，黄鹂飞上野棠花。

杨巨源（七七〇——？）

长城闻笛

孤城笛满林，断续共霜砧。夜月降羌泪，秋风老将心。静过寒垒遍，暗入故园深。惆怅梅花落，山川不可寻。

送人过卫州

忆昔征南府内游，君家东阁最淹留。纵横联句长侵晓，次第看花直到秋。论旧举杯先下泪，伤离临水更登楼。相思前路频回首，满眼青山过卫州。

寄江州白司马

江州司马平安否，惠远东林住得无。湓浦曾闻似衣带，庐峰见说胜香炉。题诗岁晏离鸿断，望阙天遥病鹤孤。莫漫勾牵雨花社，青云依旧是前途。

寄薛侍御

世上无穷事，生涯莫废诗。何曾好风月，不是忆君时。

宿藏公院听齐孝若弹琴

禅思何妨在玉琴，真僧不见听时心。离声怨调秋堂夕一作秋堂境寂夜方半，云向苍梧湘水深。

山中主人

十里青山有一家，翠屏深处更添霞。若为说得溪中事，锦石和烟四面花。

马　逢（七七〇——？）

部落曲

蕃军傍塞游，代马喷风秋。老将垂金甲，阏支著锦裘。雕戈蒙豹尾，红旆插狼头。日暮天山下，鸣笳汉使愁。

宫　词一作顾况诗，作风不类。

玉楼天半起笙歌，风送宫人笑语和。月影殿开闻晓漏，水晶帘卷近秋河。

雍裕之

春晦送客又见崔橹集，题作《三月晦日送客》。

野酌乱无巡，送君兼送春。明年春色至，莫作未归人。

白居易（七七二——八四六）

杂　兴

楚王多内宠，倾国选嫔妃。又爱从禽乐，驰骋每相随。锦鞲臂花隼，罗袂控金羁。遂习宫中女，皆如马上儿。色禽合为荒，刑政两已衰。云梦春仍猎，章华夜不归。东风二月天，春雁正离离。美人挟银镝，一发叠双飞。飞鸿惊断行，敛翅避蛾眉。君王顾之笑，弓箭生光辉。回眸语君曰，昔闻庄王时，有一愚夫人，其名曰樊姬，不有此游乐，三载断鲜肥。

夏日独直寄萧侍御

宪台文法地，翰林清切司。鹰猜课野鹤，骥德责山麋。课责虽不同，同归非所宜。是以方寸内，忽忽暗相思。夏日独上直，日长何所为。澹然无他念，虚静是吾师。形委有事牵，心与无事期。中臆一以旷，外累都若遗。地贵身不觉，意闲境来随。但对松与竹，如在山中时。情性聊自适，吟咏偶成诗。此意非夫子，余人多不知。

遣　怀

寓心身体中，寓性方寸内。此身是外物，何足苦忧爱。况有假饰者，华簪及高盖。此又疏于身，复在外物外。操之多惴栗，失之又悲悔。乃知名与器，得丧俱为害。颓然环堵客，萝蕙为巾带。自得此道来，身穷心甚泰。

渭上偶钓

渭水如镜色，中有鲤与鲂。偶持一竿竹，悬钓在其傍。微风吹钓丝，嫋嫋十尺长。谁知对鱼坐，心在无何乡。昔有白头人，亦钓此渭阳。钓人不钓鱼，七十得文王。况我垂钓意，人鱼又兼忘。无机两不得，但弄秋水光。兴尽钓亦罢，归来饮我觞。

睡起晏坐

后亭昼眠足，起坐春景暮。新觉眼犹昏，无思心正住。澹寂归一性，虚闲遗万虑。了然此时心，无物可譬喻。本是无有乡，亦名不用处。行禅与坐忘，同归无异路。

晏　起

鸟鸣庭树上，日照屋檐时。老去慵转极，寒来起尤迟。厚薄被适性，高低枕得宜。神安体稳暖，此味何人知。睡足仰头坐，兀然无所思。如未凿七窍，若都遗四肢。缅想长安客，早朝霜满衣。彼此各自适，不知谁是非。

同韩侍郎游郑家池吟诗小饮

野艇容三人，晚池流浼浼。悠然依棹坐，水思如江海。宿雨洗沙尘，晴风荡烟霭。残阳上竹树，枝叶生光彩。我本偶然来，景物如相待。白鸥惊不起，绿芡行堪采。齿发虽已衰，性灵未云改。逢诗遇杯酒，尚有心情在。

三适赠道友

褐绫袍厚暖，卧盖行坐披。紫毡履宽稳，蹇步颇相宜。足适已忘履，身适已忘衣。况我心又适，兼忘是与非。三适合为一，怡怡复熙熙。禅那不动处，混沌未凿时。此固不可说，为君强言之。

风雪中作

岁暮风动地，夜寒雪连天。老夫何处宿，暖帐温炉前。两重褐绮衾，一领花茸毡。粥熟呼不起，日高安稳眠。是时心与身，了无闲事牵。以此度风雪，闲居来六年。忽思远游客，复想早朝士。蹋冻侵夜行，凌寒未明起。心为身君父，身为心臣子。不得身自由，皆为心所使。我心既知足，我身自安止。方寸语形骸，吾应不负尔。

自　在

杲杲冬日光，明暖真可爱。移榻向阳坐，拥裘仍解带。小奴捶我足，小婢搔我背。自问我为谁，胡然独安泰。安泰良有以，与君论梗概。心了事未了，饥寒迫于外。事了心未了，念虑煎于内。我今实多幸，事与心和会。内外及中间，了然无一碍。所以日阳中，向君言自在。

缚戎人

缚戎人，缚戎人，耳穿面破驱入秦。天子矜怜不忍杀，诏徙东南吴与越。黄衣小使录姓名，领出长安乘递行。身被金创面多瘠，扶病徒行日一驿。朝餐饥渴费杯盘，夜卧腥臊污床席。忽逢江水忆交河，垂手齐声呜咽歌。其中一虏语诸虏，尔苦非多我苦多。同伴行人因借问，欲说喉中气愤愤。自云乡贯本凉原，大历年中没落蕃。一落蕃中四十载，遣著皮裘系毛带。唯许正朝服汉仪，敛衣整巾潜泪垂。誓心密定归乡计，不使蕃中妻子知。有李如暹者，蓬子将军之子也，尝没蕃中，自云蕃法唯正岁一日许唐人之没蕃者服唐衣冠，由是悲不自胜，遂密定归计也。暗思幸有残筋力，更恐年衰归不得。蕃候严兵鸟不飞，脱身冒死奔逃归。昼伏宵行经大漠，云阴月黑风沙恶。惊藏青冢寒草疏，偷渡黄河夜冰薄。忽闻汉军鼙鼓声，路傍走出再拜迎。游骑不听能汉语，将军遂缚作蕃生。配向东南卑湿地，定无存恤空防备。

念此吞声仰诉天，若为辛苦度残年。凉原乡井不得见，胡地妻儿虚弃捐。没蕃被囚思汉土，归汉被劫为蕃虏。早知如此悔归来，两地宁如一处苦。缚戎人，缚戎人，戎人之中我苦辛。自古此冤应未有，汉心汉语吐蕃身。

同诗客携酒早看樱桃花

晓报樱桃发，春携酒客过。绿饧黏盏杓，红雪压枝柯。天色晴明少，人生事故多。停杯替花语，不醉拟如何。

偶　眠

放杯书案上，枕臂火炉前。老爱寻思事，慵多取次眠。妻教卸乌帽，婢与展青毡。便是屏风样，何劳画古贤。

秋雨夜眠

凉冷三秋夜，安闲一老翁。卧迟灯灭后，睡美雨声中。灰宿温瓶火，香添暖被笼。晓晴寒未起，霜叶满阶红。

西还寿安路西歇马

槐阴歇鞍马，柳絮惹衣巾。日晚独归路，春深多思人。去家才百里，为客只三旬。已念纱窗下，应生宝瑟尘。

东亭闲望

东亭尽日坐，谁伴寂寥身。绿树为佳客树《全唐诗》作桂，红蕉当美人。笑言虽不接，情状似相亲。不作悠悠想，如何度晚春。

江楼月

嘉陵江曲曲江池，明月虽同人别离。一宵光景潜相忆，两地阴晴远不知。谁料江边怀我夜，正当池畔望君时。今朝共语方同悔，不解多情先寄诗。

南浦别

南浦凄凄别，西风嫋嫋秋。一看肠一断，好去莫回头。

望驿台 三月三十日

靖安宅里当窗柳，望驿台前扑地花。两处春光同日尽，居人思客客思家。

后宫词

泪湿罗巾梦不成，夜深前殿按歌声。红颜未老恩先断，斜倚薰笼坐到明。

东城晚归

一条邛杖悬龟榼，双角吴童控马衔。晚入东城谁识我，短靴低帽白蕉衫。

惜　花

可怜夭艳正当时，刚被狂风一夜吹。今日流莺来旧处，百般言语泥空枝。

长恨歌

汉皇重色思倾国，御宇多年求不得。杨家有女初长成，养在深闺人未识。天生丽质难自弃，一朝选在君王侧。回眸一笑百媚生，六宫粉黛无颜色。春寒赐浴华清池，温泉水滑洗凝脂。侍儿扶起娇无力，始是新承恩泽时。云鬓花颜金步摇，芙蓉帐暖度春宵。春宵苦短日高起，从此君王不早朝。承欢侍宴无闲暇，春从春游夜专夜。后宫佳丽三千人，三千宠爱在一身。金屋妆成娇侍夜，玉楼宴罢醉和春。姊妹弟兄皆列土，可怜光彩生门户。遂令天下父母心，不重生男重生女。骊宫高处入青云，仙乐风飘处处闻。缓歌慢舞凝丝竹，尽日君王看不足。渔阳鼙鼓动地来，惊破《霓裳羽衣》曲。九重城阙烟尘生，千乘万骑西南行。翠华摇摇行复止，西出都门百余里。六军不发无奈何，宛转蛾眉马前死。花钿委地无人收，翠翘金雀玉搔头。君王掩面救不得，回看血泪相和流。黄埃散漫风萧索，云栈萦纡登剑阁。峨嵋山下少人行，旌旗无光日色薄。蜀江水碧蜀山青，圣主朝朝暮暮情。行宫见月伤心色，夜雨闻铃肠断声。天旋日转回龙驭，到此踌躇不能去。马嵬坡下泥土中，不见玉颜空死处。君臣相顾尽沾衣，东望都门信马归。归来池苑皆依旧，太液芙蓉未央柳。芙蓉如面柳如眉，对此如何不泪垂。春风桃李花开夜，秋雨梧桐叶落时。西宫南苑多秋草，落叶满阶红不扫。梨园子弟白发新，椒房阿监青娥老。夕殿萤飞思悄然，孤灯挑尽未成眠。迟迟钟鼓初长夜，耿耿星河欲曙天。鸳鸯瓦冷霜华重，翡翠衾寒谁与共。悠悠生死别经年，魂魄不曾来入梦。临邛道士鸿都客，能以精诚致魂魄。为感君王展转思，遂教方士殷勤觅。排空驭气奔如电，升天入地求之遍。上穷碧落下黄泉，两处茫茫皆不见。忽闻海上有仙山，山在虚无缥缈间。楼阁玲珑五云起，其中绰约多仙子。中有一人字太真，雪肤花貌参差是。金阙西厢叩玉扃，转教小玉报双成。闻道汉家天子使，九华帐里梦魂惊。揽衣推枕起徘徊，珠箔银屏逦迤开。云髻半偏新睡觉，花冠不整下堂来。风吹仙袂飘飘举，犹似霓裳羽衣舞。玉容寂寞泪阑干，梨花一枝春带雨。含情凝睇谢君王，一别音容两渺茫。昭阳殿里恩爱绝，蓬莱宫中日月长。回头下望人寰处，不见长安见尘雾。唯将旧物表深情，钿合金钗寄将去。钗留一股合一扇，钗擘黄金合分钿。但教心似金钿坚，天上人间会相见。临别殷勤重寄词，词中有誓两心知。七月七日长生殿，夜半无人私语时。在天愿作比翼鸟，在地愿为连理枝。天长地久有时尽，此恨绵绵无绝期。

琵琶行并序

元和十年，予左迁九江郡司马。明年秋，送客湓浦口，闻船中夜弹琵琶者。听其音，铮铮然有京都声。问其人，本长安倡女，尝学琵琶于穆曹二善才，年长色衰，委身为贾人妇。遂命酒使快弹数曲。曲罢悯默，自叙少小时欢乐事，今漂沦憔悴，转徙于江湖间。予出官二年，恬然自安，感斯人言，是夕始觉有迁谪意。因为长句，歌以赠之，凡六百一十二言，命之曰《琵琶行》。

浔阳江头夜送客，枫叶荻花秋瑟瑟。主人下马客在船，举酒欲饮无管弦。醉不成欢惨将别，别时茫茫江浸月。忽闻水上琵琶声，主人忘归客不发。寻声暗问弹者谁，琵琶声停欲语迟。移船相近邀相见，添酒回灯重开宴。千呼万唤始出来，犹抱琵琶半遮面。转轴拨弦三两声，未成曲调先有情。弦弦掩抑声声思，似诉生平不得志。低眉信手续续弹，说尽心中无限事。轻拢慢捻抹复挑，初为《霓裳》后《六幺》。大弦嘈嘈如急雨，小弦切切如私语。嘈嘈切切错杂弹，大珠小珠落玉盘。间关莺语花底滑，幽咽泉流水下滩。水泉冷涩弦疑绝，疑绝不通声暂歇。别有幽愁暗恨生，此时无声胜有声。银瓶乍破水浆迸，铁骑突出刀枪鸣。曲终收拨当心画，四弦一声如裂帛。东舟西舫悄无言，唯见江心秋月白。沉吟放拨插弦中，整顿衣裳起敛容。自言本是京城女，家在虾蟆陵下住。十三学得琵琶成，名属教坊第一部。曲罢曾教善才服，妆成每被秋娘妒。五陵年少争缠头，一曲红绡不知数。钿头云篦击节碎，血色罗裙翻酒污。今年欢笑复明年，秋月春风等闲度。弟走从军阿姨死，暮去朝来颜色故。门前冷落车马稀，老大嫁作商人妇。商人重利轻别离，前月浮梁买茶去。去来江口守空船，绕船月明江水寒。夜深忽梦少年事，梦啼妆泪红阑干。我闻琵琶已叹息，又闻此语重唧唧。同是天涯沦落人，相逢何必曾相识。我从去年辞帝京，谪居卧病浔阳城。浔阳地僻无音乐，终岁不闻丝竹声。住近湓江地低湿，黄芦苦竹绕宅生。其间旦暮闻何物，杜鹃啼血猿哀鸣。春江花朝秋月夜，往往取酒还独倾。岂无山歌与村笛，呕哑嘲哳难为听。今夜闻君琵琶语，如听仙乐耳暂明。莫辞更坐弹一曲，为君翻作《琵琶行》。感我此言良久立，却坐促弦弦转急。凄凄不似向前声，满座重闻皆掩泣。座中泣下谁最多，江州司马青衫湿。

卖炭翁

卖炭翁，伐薪烧炭南山中。满面尘灰烟火色，两鬓苍苍十指黑。卖炭得钱何所营，身上衣裳口中食。可怜身上衣正单，心忧炭贱愿天寒。夜来城上一尺雪，晓驾炭车辗冰辙。牛困人饥日已高，市南门外泥中歇。翩翩两骑来是谁，黄衣使者白衫儿。手把文书口称敕，回车叱牛牵向北。一车炭重千余斤，官使驱将惜不得。半匹红纱一丈绫，系向牛头充炭直。

赋得古原草送别

离离原上草，一岁一枯荣。野火烧不尽，春风吹又生。远芳侵古道，晴翠接荒城。又送王孙去，萋萋满别情。

百花亭

朱槛在空虚，凉风八月初。山形如岘首，江色似桐庐。佛寺乘舟入，人家枕水居。高亭仍有月，今夜宿何如。

赋得边城角

边角两三枝，霜天陇上儿。望乡相并立，向月一时吹。战马头皆举，征人手尽垂。呜呜三奏罢，城上展旌旗。

夜闻筝中弹潇湘送神曲感旧

缥缈巫山女，归来七八年。殷勤湘水曲，留在十三弦。苦调吟还出，深情咽不传。万重云水思，今夜月明前。

西湖晚归回望孤山寺赠诸客

柳湖松岛莲花寺，晚动归桡出道场。卢橘子低山雨重，棕榈叶战水风凉。烟波澹荡摇空碧，楼殿参差倚夕阳。到岸请君回首望，蓬莱宫在海中央。

杭州春望

望海楼明照曙霞，城东楼名望海楼。护江堤白踏晴沙。涛声夜入伍员庙，柳色春藏苏小家。红袖织绫夸柿蒂，杭州出柿，蒂花者尤佳。青旗沽酒趁梨花。其俗酿酒，趁梨花时熟，号为梨花春。谁开湖寺西南路，草绿裙腰一道斜。孤山寺路在湖洲中，草绿时望如裙腰。

寄殷协律

五岁优游同过日，一朝消散侣浮云。琴诗酒伴皆抛我，雪月花时最忆君。几度听鸡歌白日，亦曾骑马咏红裙，予在杭州日，有歌云“听唱黄鸡与白日”，又有诗云“著红骑马是何人”。吴娘暮雨萧萧曲，自别江南更不闻。江南吴二娘曲词云“暮雨萧萧郎不归”。

酬李十二侍郎

笋老兰长花渐稀，衰翁相对惜芳菲。残莺着雨慵休啭，落絮无风凝不飞。行掇木芽供野食，坐牵萝蔓挂朝衣。十年分首今同醉，醉不如泥莫道归。

对　酒《全唐诗》作《醉中对红叶》

临风杪秋树，对酒长年人。醉貌如霜叶，虽红不是春。

刘禹锡（七七二——八四二）

团扇歌

团扇复团扇，奉君清暑殿。秋风入庭树，从此不相见。上有乘鸾女，苍苍虫网遍。明年入怀袖，别是机中练。

插田歌并序

连州城下，俯接村墟，偶登郡楼，适有所感，遂书其事为俚歌，以俟采诗者。

冈头花草齐，燕子东西飞。田塍望如线，白水光参差。农妇白纻裙，农父绿蓑衣。齐唱田中歌，嘤伫如竹枝。但闻怨响音，不辨俚语词。时时一大笑，此必相嘲嗤。水平苗漠漠，烟火生墟落。黄犬往复还，赤鸡鸣且啄。路旁谁家郎，乌帽衫袖长。自言上计吏，年幼离帝乡。田夫语计吏，君家侬定记。一来长安道，眼大不相觑。计吏笑致辞，长安真大处。省门高轲峨，侬入无度数。昨来补卫士，唯用筒竹布。君看二三年，我作官人去。

送惟良上人

高斋洒寒水，是夕山僧至。玄牝无关锁，琼书舍文字。灯明香满室，月午霜凝地。语到不言时，世间人尽睡。

客有为余话登天坛遇雨之状因以赋之

清晨登天坛，半路逢阴晦。疾行穿雨过，却立视云背。白日照其上，风雷走于内。滉漾雪海翻，槎牙玉山碎。蛟龙露鬐鬣，神鬼含变态。万状互生灭，百音以繁会。俯观群动静，始觉天宇大。山顶自晶明，人间已霶霈。豁然重昏敛，涣若春冰溃。反照入松门，瀑流飞缟带。遥光泛物色，余韵吟天籁。洞府撞仙钟，村墟起夕霭。却见山下侣，已如迷世代。问我何处来，我来云雨外。

送卢处士归嵩山别业

世业嵩阳隐，云深无四邻。药炉烧姹女，酒瓮贮贤人。晓日华阴雾，秋风函谷尘。送君从此去，铃阁少谈宾。

昼居池上亭独吟

日午树阴正，独吟池上亭。静看蜂教诲，闲想鹤仪形。法酒调神气，清琴入性灵。浩然机已息，几杖复何铭。

秋日送客至潜水驿

候吏立沙际，田家连竹溪。枫林社日鼓，茅屋午时鸡。鹊噪晚禾地，蝶飞秋草畦。驿楼官树近，疲马再三嘶。

松滋渡望峡中

渡头轻雨洒寒梅，云际溶溶雪水来。梦渚草长迷楚望，夷陵土黑有秦灰。巴人泪应猿声落，蜀客船从鸟道回。十二碧峰何处所，永安宫外是荒台。

西塞山怀古

王濬楼船下益州，金陵王气黯然收。千寻铁锁沉江底，一片降旛出石头。人世几回伤往事，山形依旧枕寒流。今逢四海为家日，故垒萧萧芦荻秋。

和牛相公游南庄醉后寓言戏赠乐天兼见示

城外园林初夏天，就中野趣在西偏。蔷薇乱发多临水，鸂鶒双游不避船。水底远山云似雪，桥边平岸草如烟。白家唯有杯觞兴，欲把头盘打少年。

和仆射牛相公春日闲坐见怀

官曹崇重难频入，第宅清闲且独行。阶蚁相逢如偶语，园蜂速去恐违程。人于红叶唯看色，莺到垂杨不惜声。东洛池台怨抛掷，移文非久会应成。

视刀环歌

常恨言语浅，不如人意深。今朝两相视，脉脉万重心。

淮阴行

船头大铜环，摩挲光阵阵。早晚便风来，沙头一眼认。

杨柳枝词

金谷园中莺乱飞，铜驼陌上好风吹。城中桃李须臾尽，争似垂杨无限时。

炀帝行宫汴水滨，数枝杨柳不胜春。晚来风起花如雪，飞入宫墙不见人。

城外春风吹酒旗，行人挥袂日西时。长安陌上无穷树，唯有垂杨管别离。

轻盈袅娜占年华，舞榭妆楼处处遮。春尽絮飞留不得，随风好去落谁家。

再游玄都观并引

余贞元二十一年为屯田员外郎时，此观未有花，是岁出牧连州，寻贬朗州司马。居十年，召至京师，人人皆言有道士手植仙桃，满观如红霞，遂有前篇，以志一时之事。旋又出牧，今十有四年，复为主客郎中，重游玄都观，荡然无复一树，唯兔葵燕麦动摇于春风耳。因再题二十八字，以俟后游，时大和二年三月。

百亩庭中半是苔，桃花净尽菜花开。种桃道士归何处，前度刘郎今又来。

金陵五题并序录三

余少为江南客而未游秣陵，尝有遗恨。后为历阳守，跂而望之。适有客以金陵五题相示，逌尔生思，欻然有得，他日友人白乐天掉头苦吟，叹赏良久，且曰，“石头诗云‘潮打空城寂寞回’，吾知后之诗人不复措辞矣。”余四咏虽不及此，亦不孤乐天之言耳。

石头城

山围故国周遭在，潮打空城寂寞回。淮水东边旧时月，夜深还过女墙来。

乌衣巷

朱雀桥边野草花，乌衣巷口夕阳斜。旧时王谢堂前燕，飞入寻常百姓家。

生公讲堂

生公说法鬼神听，身后空堂夜不扃。高坐寂寥尘漠漠，一方明月可中庭。

杨柳枝

扬子江头烟景迷，隋家宫树拂金堤。嵯峨犹是当时色，半蘸波中水鸟栖。

吕　温（七七二——八一一）

古　兴

越欧百炼时，楚卞三泣地。二宝无人识，千龄皆弃置。空岩起白虹，古狱生紫气。安得命世客，直来开奥秘。剑任槲钟看，玉从投火试。必能绝疑惑，然后论奇异。

送僧归漳州

几夏京城住，今朝独远归。修行四分律，护净七条衣。溪寺黄橙熟，沙田紫芋肥。九龙潭上路，同去客应稀。

柳宗元（七七三——八一九）

晨诣超师院读禅经

汲井漱寒齿，清心拂尘服。闲持贝叶书，步出东斋读。真源了无取，忘迹无所逐。遗言冀可冥，缮性何由熟。道人庭宇静，苔色连深竹。日出雾露余，青松如膏沐。澹然离言说，悟悦心自足。

赠江华长老

老僧道机熟，默语心皆寂。去岁别春陵，沿流此投迹。室空无侍者，巾屦唯挂壁。一饭不愿余，跏趺便终夕。风窗疏竹响，露井寒松滴。偶地即安居，满庭芳草积。

南涧中题

秋气集南涧，独游亭午时。回风一萧瑟，林影久参差。始至若有得，稍深遂忘疲。羁禽响幽谷，寒藻舞沦漪。去国魂已远，怀人泪空垂。孤生易为感，失路少所宜。索寞竟何事，徘徊只自知。谁为后来者，当与此心期。

溪　居

久为簪组累，幸此南夷谪。闲依农圃邻，偶似山林客。晓耕翻露草，夜榜响溪石。来往不逢人，长歌楚天碧。

秋晓行南谷经荒村

杪秋霜露重，晨起行幽谷。黄叶覆溪桥，荒村唯古木。寒花疏寂历，幽泉微断续。机心久已忘，何事惊麋鹿。

雨后晓行独至愚溪北池

宿云散洲渚，晓日明村坞。高树临清池，风惊夜来雨。予心适无事，偶此成宾主。

田家三首

蓐食徇所务，驱牛向东阡。鸡鸣村巷白，夜色归暮田。札札耒耜声，飞飞来乌鸢。竭兹筋力事，持用穷岁年。尽输助徭役，聊就空自眠。子孙日已长，世世还复然。

篱落隔烟火，农谈四邻夕。庭际秋虫鸣，疏麻方寂历。蚕丝尽输税，机杼空倚壁。里胥夜经过，鸡黍事筵席。各言官长峻，文字多督责。东乡后租期，车毂陷泥泽。公门少推恕，鞭朴恣狼籍。努力慎经营，肌肤真可惜。迎新在此岁，唯恐踵前迹。

古道饶蒺藜，萦回古城曲。蓼花被堤岸，陂水寒更渌。是时收获竟，落日多樵牧。风高榆柳疏，霜重梨枣熟。行人迷去住，野鸟竞栖宿。田翁笑相念，昏黑慎原陆。今年幸少丰，无厌饘与粥。

渔　翁

渔翁夜傍西岩宿，晓汲清湘燃楚竹。烟销日出不见人，欸乃一声山水绿。回看天际下中流，岩上无心云相逐。

登柳州城楼寄漳汀封连四州刺史

城上高楼接大荒，海天愁思正茫茫。惊风乱飐芙蓉水，密雨斜侵薜荔墙。岭树重遮千里目，江流曲似九回肠。共来百越文身地，犹自音书滞一乡。

得卢衡州书因以诗寄

临蒸且莫叹炎方，为报秋来雁几行。林邑东回山似戟，牂牁南下水如汤。蒹葭淅沥含秋雨，橘柚玲珑透夕阳。非是白蘋洲畔客，还将远意问潇湘。

岭南江行

瘴江南去入云烟，望尽黄茅是海边。山腹雨晴添象迹，潭心日暖长蛟涎。射工巧伺游人影，飓母偏惊旅客船。从此忧来非一事，岂容华发待流年。

柳州峒氓

郡城南下接通津，异服殊音不可亲。青箬裹盐归峒客，绿荷包饭趁虚人。鹅毛御腊缝山罽，鸡骨占年拜水神。愁向公庭问重译，欲投章甫作文身。

景　云

老　僧一作郑綮诗

日照西山雪，老僧门始开。冻瓶黏柱础，宿火陷炉灰。童子病归去，鹿麑寒入来。齐钟知渐近，枝鸟下生台。

溪　叟

溪翁居处静，溪鸟入门飞。早起钓鱼去，夜深乘月归。露香菰米熟，烟暖荇丝肥。潇洒尘埃外，扁舟一草衣。

马　戴（七七五——？）

楚江怀古

露气寒光集，微阳下楚丘。猿啼洞庭树，人在木兰舟。广泽生明月，苍山夹乱流。云中君不见，竟夕自悲秋。

送人游蜀

别离杨柳陌，迢递蜀门行。若听清猿后，应多白发生。虹霓侵栈道，风雨杂江声。过尽愁人处，烟花是锦城。

宿翠微寺

处处松阴满，樵开一径通。鸟归霜磬静，僧语石楼空。积翠含微月，遥泉韵细风。经行心不厌，忆在故山中。

寄终南真空禅师

闲想白云外，了然清静僧。松门山半寺，夜雨佛前灯。此境可长往，浮生自不能。一从林下别，瀑布几成冰。

送僧归金山寺

金陵江色里，蝉急向秋分。迥寺横洲岛，归僧渡水云。夕阳依岸尽，清磬隔潮闻。遥想禅林下，炉香带月焚。

宿无可上人房

稀逢息心侣，细话远山期。云汉秋生夜，杉梧露滴时。风传林磬久，月掩草堂迟。坐卧禅心在，浮生皆不知。

题兴善寺英律师院

虚室焚香久，禅心悟几生。滤泉侵月起，扫径避虫行。树隔前朝在，苔滋废渚平。我来风雨夜，像设一灯明。

将别寄友人

帝乡归未得，辛苦事羁游。别馆一尊酒，客程千里秋。霜风红叶寺，夜雨白苹洲。长恐此时泪，不禁和恨流。

鲍　溶（七七五——？）

途中旅思

喔喔鸡鸣晓，萧萧马辞枥。草草名利区，居人少于客。生期三万日，童耄半虚掷。修短命半中，忧欢复相敌。朝提黄金爵，暮造青松宅。来往日相悲，北邙田土窄。峨峨西天岳，锦绣明翠壁。中有不死乡，千年无人迹。心期周太子，下马拜虚碧。鹤驾如可从，他年执烟策。

秋　思

季秋天地闲，万物生意足。我忧长于生，安得及草木。试从古人愿，致酒歌秉烛。燕赵皆世人，讵能长似玉。俯怜老期近，仰视日车速。萧飒御风君，魂梦愿相逐。百年夜销半，端为垂缨束。

采莲曲

弄舟朅来南塘水，荷叶映身摘莲子。暑衣清净鸳鸯喜，作浪舞花惊不起。殷勤护惜纤纤指，水菱初熟多新刺。

寄福州从事殷尧藩

越岭寒轻物象殊，海城台阁似蓬壶。几回入市鲛绡女，终岁啼花山鹧鸪。雷令剑龙知去未，虎夷云鹤亦来无。就中静事冥宵话，何惜双轮访病夫。

范传真侍御累有寄因奉酬

云髻凤文钿，对君歌少年。万金酬一顾，可惜十千钱。

相劝醉年华，莫醒春日斜。春风宛陵道，万里晋阳花。

碧绿草萦堤，红蓝花满溪。愿君常践蹋，莫使暗萋萋。

岁酒劝屠苏，楚声山鹧鸪。春风入君意，千日不须臾。

赠杨炼师

紫烟衣上绣春云，清隐山书小篆文。明月在天将凤管，夜深吹向玉晨君。

汉宫词

月映东窗似玉轮，未央前殿绝声尘。宫槐花落西风起，鹦鹉惊寒夜唤人。

姚　合（七七五——八五五？）

山中述怀

为客久未归，寒山独掩扉。晓来山鸟散，雨过杏花稀。天远云空积，溪深水自微。此情对春色，尽醉欲忘机。

武功县中作

县去京城远，为官与隐齐。马随山鹿放，鸡杂野禽栖。连舍惟藤架，侵堦是药畦。更师嵇叔夜，不拟作诗题。簿书多不会，薄俸亦难销。醉卧慵开眼，闲行懒系腰。移花兼蝶至，买石得云饶。且自心中乐，从他笑寂寥。

友人南游不归因寄

相思春树绿，千里亦依依。鄠杜月频满，潇湘人不归。桂花风半落，烟草蝶双飞。一别无消息，水南车迹稀。

闲　居

不自识疏鄙，终年住在城。过门无马迹，满宅是蝉声。带病吟虽苦，休官梦已清。何当学禅观，依止古先生。

书县丞旧厅

楼阁半山上，人家向下居。古厅眠易魇，老吏语多虚。雨水浇荒竹，溪沙拥废渠。圣朝收外府，皆是九天除。

周　贺（七七七——？）

送耿山人归湖南

南行随越僧，别业一池菱。两鬓已如雪，五湖归挂罾。夜涛鸣栅锁，寒苇露船灯。去此应无事，却来知不能。

送僧还南岳

辞僧下水栅，因梦岳钟声。远路独归寺，几时重到城。风高寒叶落，雨绝夜堂清。自说深居后，邻州亦不行。

长安送人

上国多离别，年年渭水滨。空将未归意，说向欲行人。雁度池塘月，山连井邑春。临岐惜分手，日暮一沾巾。

晚秋江馆书事寄姚郎中

病寄曲江居带城，傍门高柳一蝉鸣。澄波月上见鱼掷，晚径叶多闻犬行。越岛夜无侵阁色，寺钟凉有隔原声。故园尽卖休官去，潮水秋来空自平。

宿隐静寺上人

一宿五峰杯度寺，虚廊中夜磬声分。疏林未落上方月，深涧忽生平地云。幽鸟背泉栖静境，远人当烛想遗文。暂来此地歇劳足，望断故山沧海濆。

忆浔阳旧居兼寄长孙郎中

浔阳却到是何日，此地今无旧使君。长忆穷冬宿庐岳，瀑泉冰折共僧闻。

元　稹（七七八——八三一）

田家行

牛吒吒，田确确，旱块敲牛蹄趵趵。种得官仓珠颗谷，六十年来兵簇簇，月月食粮车辘辘。一日官军收海服，驱牛驾车食牛肉，归来收得牛两角。重铸锄犁作斤劚，姑舂妇担去输官，输官不足归卖屋。愿官早胜仇早覆，农死有儿牛有犊，不遣官军粮不足。

冬白纻

吴宫夜长宫漏款，帘幕四垂灯焰暖。西施自舞王自管，雪纻翻翻鹤翎散，促节牵繁舞腰懒。舞腰懒，王罢饮，盖覆西施凤花锦。身作匡床臂为枕，朝佩摐摐王晏寝。寝醒阍报门无事，子胥死后言为讳。近王之臣谕王意，共笑越王穷惴惴，夜夜抱冰寒不睡。

将进酒

将进酒，将进酒，酒中有毒酖主父，言之主父伤主母。母为妾地父妾天，仰天俯地不忍言。阳为僵踣主父前，主父不知加妾鞭。旁人知妾为主说，主将泪洗鞭头血。推椎主母牵下堂，扶妾遣升堂上床。将进酒，酒中无毒令主寿，愿主回恩归主母。遣妾如此由主父。妾为此事人偶知，自惭不密方自悲。主今颠倒安置妾，贪天僭地谁不为。

苦乐相倚曲

古来苦乐之相倚，近于掌上之十指。君心半夜猜恨生，荆棘满怀天未明。汉成眼瞥飞燕时，可怜班女恩已衰。未有因由相决绝，犹得半年佯暖热。转将深意谕旁人，缉缀瑕疵遣潜说。一朝诏下辞金屋，班姬自痛何仓卒。呼天拊地将自明，不悟寻时暗销骨。白首宫人前再拜，愿将日月相辉解。苦乐相寻昼夜间，灯光那有天明在。主今被夺心应苦，妾夺深恩初为主。欲知妾意恨主时，主今为妾思量取。班姬收泪抱妾身，我曾排摈无限人。

以州宅夸于乐天

州城回绕拂云堆，镜水稽山满眼来。四面常时对屏障，一家终日在楼台。星河看向檐前落，鼓角惊从地底回。我是玉皇香案吏，谪居犹得近蓬莱。越地亦名蓬莱。

牛僧孺（七七九——八四七）

赠刘汝州《全唐诗》作《席上赠刘梦得》

粉署为郎四十春，今来名辈更无人。休论世上升沉事，且斗樽前见在身。珠玉会应成咳唾，山川犹觉露精神。莫嫌恃酒轻言语，曾把文章谒后尘。

贾　岛（七七九——八四三）

旅　游

此心非一事，书札若为传。旧国别多日，故人无少年。空巢霜叶落，疏牖水萤穿。留得林僧宿，中宵坐默然。

题皇甫荀蓝田厅

任官经一年，县与玉峰连。竹笼拾山果，瓦瓶担石泉。客归秋雨后，印锁暮钟前。久别丹阳浦，时时梦钓船。

雨后宿刘司马池上

蓝溪秋漱玉，此地涨清澄。芦苇声兼雨，芰荷香绕灯。岸头秦古道，亭面汉荒陵。静想泉根本，幽崖落几层。

送田卓入华山

幽深足暮蝉，惊觉石床眠。瀑布五千仞，草堂瀑布边。坛松涓滴露，岳月泬寥天。鹤过君须看，上头应有仙。

题李凝幽居

闲居少邻并，草径入荒园。鸟宿池边树，僧敲月下门。过桥分野色，移石动云根。暂去还来此，幽期不负言。

送唐环归敷水庄

毛女峰当户，日高头未梳。地侵山影扫，叶带露痕书。松径僧寻药，沙泉鹤见鱼。一川风景好，恨不有吾庐。

张郎中过原东居

年长惟添懒，经旬止掩关。高人餐药后，下马此林间。对坐天将暮，同来客亦闲。几时能重至，水味似深山。

忆江上吴处士

闽国扬帆去，蟾蜍亏复圆《全唐诗》作团。秋风吹渭水，落叶满长安。此地聚会夕，当时雷雨寒。兰桡殊未返，消息海云端。

怀博陵故人

孤城易水头，不忘旧交游。雪压围棋石，风吹饮酒楼。路遥千万里，人别十三秋。吟苦相思处，天寒水急流。

题长江厅

言心俱好静，廨署落晖空。归吏封宵钥，行蛇入古桐。长江频雨后，明月众星中。若任迁人去，西溪与剡通。

泥阳馆

客愁何并起，暮送故人回。废馆秋萤出，空城寒雨来。夕阳飘白露，树影扫清苔。独坐离容惨，孤灯照不开。

送友人游蜀

万岑深积翠，路向此中难。欲暮多羁思，因高莫远看。卓家人寂寞，扬子业凋残。唯有岷江水，悠悠带月寒。

寄山友长孙栖峤

此时气萧飒，琴院可应关。鹤似君无事，风吹雨遍山。松生青石上，泉落白云间。有径连高顶，心期相与还。

过杨道士居

先生修道处，茅屋远嚣氛。叩齿坐明月，搘颐望白云。精神含药色，衣服带霞纹。每语瀛洲路，多年别少君。

赠　僧

乱山秋木穴，里有灵蛇藏。铁锡挂临海，石楼闻异香。出尘头未白，入定衲凝霜。莫话五湖事，令人心欲狂。

净业寺与前鄠县李廓少府同宿

来从城上峰，京寺暮相逢。往往语复默，微微雨洒松。家贫初罢吏，年长畏闻蛩。前日犹拘束，披衣起晓钟。

宿山寺

众岫耸寒色，精庐向此分。流星透疏木，走月逆行云。绝顶人来少，高松鹤不群。一僧年八十，世事未尝闻。

暮过山村

数里闻寒水，山家少四邻。怪禽啼旷野，落日恐行人。初月未终夕，边烽不过秦。萧条桑柘外，烟火渐相亲。

寄宋州田中丞

古郡近南徐，关河万里余。相思深夜后，未答去秋书。自别知音少，难忘识面初。旧山期已久，门掩数畦蔬。

夏夜上谷宿开元寺

诗成一夜月中题，便卧松风到曙鸡。带月时闻山鸟语，郡城知近武陵溪。

宿村家亭子

床头枕是溪中石，井底泉通竹下池。宿客未眠过夜半，独闻山雨到来时。

刘　皂《全唐诗》作贾岛

渡桑乾《全唐诗》作《旅次朔方》

客舍并州已十霜，归心日夜忆咸阳。无端更渡桑乾水，却望并州是故乡。

殷尧藩（七八〇——八五五？）

吴　宫

吴王爱歌舞，夜夜醉婵娟。见日吹红烛，和尘扫翠钿。徒令句践霸，不信子胥贤。莫问长洲草，荒凉无限年。

奉送刘使君王屋山隐居

散发风檐下，沈沈日渐曛。鹰拳擒野雀，蛛网猎飞蚊。群动能归计，吾生亦漫勤。尘缘难著眼，晚兴寄青云。

李舍人席上感遇

微云敛雨天气清，松声出树秋泠泠。窗户长含碧萝色，溪流时带蛟龙腥。一官到手不可避，万事役我徒劳形。飘然曳杖出门去，无数好山江上横。

和赵相公登鹳雀楼楼在河中府，前瞻中条，下瞰大河。

危楼高架泬寥天，上相闲登立彩旃。树色到京三百里，河流归汉几千年。晴峰耸日当周道，秋谷垂花满舜田。云路何人见高志，最看西面赤阑前。

沈亚之（七八一——八三二？）

村　居

有树巢宿鸟，无酒共客醉。月上蝉韵残，梧桐阴绕地。独出村舍门，吟剧微风起。萧萧芦荻丛，叫啸如山鬼。应缘我憔悴，为我哭秋思。

宿白马津寄寇立

客思听蛩嗟，秋怀似乱沙。剑头悬日影，蝇鼻落镫花。天外归鸿断，漳南别路赊。闻君同旅舍，几得梦还家。

宿后自华阳行次昭应寄王直方

重归能几日，物意早如春。暖色先骊岫，寒声别雁群。川光如戏剑，帆态似翔云。为报东园蝶，南枝日已曛。

李　廓（七八三——八五〇？）

鸡鸣曲

星稀月没入五更，胶胶角角鸡初鸣。征人牵马出门立，辞妾欲向安西行。再鸣引颈檐头下，楼中角声催上马。才分曙色第三鸣，旌旆红尘已出城。妇人上城乱招手，夫婿不闻遥哭声。长恨鸡鸣别时苦，不遣鸡栖近窗户。

长安少年行

遨游携艳妓，装束似男儿。杯酒逢花住，笙歌簇马吹。莺声催曲急，春色送归迟。不以闻街鼓，华筵待月移。

戟门连日闭，苦饮惜残春。开锁通新客，教姬屈醉人。请歌牵白马，自舞踏红茵。时辈皆相许，平生不负身。

小妇教鹦鹉，头边唤醉醒。犬娇眠玉簟，鹰掣撼金铃。碧地攒花障，红泥待客亭。虽然长按曲，不饮不曾听。

送振武将军

叶叶归边骑，风头万里乾。金装腰带重，铁缝耳衣寒。芦酒烧蓬暖，霜鸿捻箭看。黄河古戍道，秋雪白漫漫。

落　第

牓前潜制泪，众里自嫌身。气味如中酒，情怀似别人。暖风张乐席，晴日看花尘。尽是添愁处，深居乞过春。

章孝标（七八五——？）

田　家《全唐诗》作《长安秋夜》

田家无五行，水旱卜蛙声。牛犊乘春放，儿孙候暖耕。池塘烟未起，桑柘雨初晴。岁晚香醪熟，村村自送迎。

归海上旧居

乡路绕蒹葭，萦纡出海涯。人衣披蜃气，马迹印盐花。草没题诗石，潮摧坐钓槎。还归旧窗里，凝思向余霞。

李德裕（七八五——八四七）

谪岭南道中作

岭水争分路转迷，桄榔椰叶暗蛮溪。愁冲毒雾逢蛇草，畏落沙虫避燕泥。五月畲田收火米，三更津吏报潮鸡。不堪肠断思乡处，红槿花中越鸟啼。

无　可

秋寄从兄贾岛《天厨禁脔》上作《宿西林寺》

暗虫喧暮色，默思坐西林。听雨寒更尽，开门落叶深。昔因京邑病，并起洞庭心。亦是吾兄事，迟回直至今。

郑　巢

泊灵溪馆

孤吟疏雨绝，荒馆乱峰前。晓鹭栖危石，秋萍满败船。溜从华顶落，树与赤城连。已有求闲意，相期在暮年。

送魏校书赴夏口从事

西风吹远蝉，驿路在云边。独梦诸峰外峰《全唐诗》作山，高谈大旆前。夜灯分楚塞，秋日满湘船日《全唐诗》作角。郡邑多岩窦，何方便学仙。

送琇上人

古殿焚香外，清羸坐石棱。茶烟开瓦雪，鹤迹上潭冰。孤磬侵云动，灵山隔水登。白云归意远，旧寺在庐陵。

秋　思

寒蛩鸣不定，郭外水云幽。南浦雁来日，北窗人卧秋。病身多在远，生计少于愁。薄暮西风急，清砧响未休。

李　馀（七八九——？）

寒　食

玉轮江上雨丝丝，公子游春醉不知。翦渡归来风正急，水溅鞍帕嫩鹅儿。张祜《公子行》："镫金斜雁子，鞍帕嫩鹅儿。"

临邛怨

藕花衫子柳花裙，多著沉香慢火薰。惆怅妆成君不见，空教绿绮伴文君。

李　贺（七九〇——八一六）

长歌续短歌

长歌破衣襟，短歌断白发。秦王不可见，旦夕成内热。渴饮壶中酒，饥拔陇头粟。凄凉四月兰，千里一时绿。夜峰何离离，明月落石底。徘徊沿石寻，照出高峰外。不得与之游，歌成鬓先改。

铜驼悲

落魄三月罢，寻花去东家。谁作送春曲，洛岸悲铜驼。桥南多马客，北山饶古人。客饮杯中酒，驼悲千万春。生世莫徒劳，风吹盘上烛。厌见桃株笑，铜驼夜来哭。

摩多楼子

玉塞去金人，二万四千里。风吹沙作云，一时渡辽水。天白水如练，甲丝双串断。行行莫苦辛，城月犹残半。晓气朔烟上，趢趗胡马蹄。行人临水别，陇水长东西。

题赵生壁

大妇然竹根，中妇舂玉屑。冬暖拾松枝，日烟生蒙灭。木藓青桐老，石泉水声发。曝背卧东亭，桃花满肌骨。

咏 怀

长卿怀茂陵，绿草垂石井。弹琴看文君，春风吹鬓影。梁王与武帝，弃之如断梗。唯留一简书，金泥泰山顶。

梦 天

老兔寒蟾泣天色，云楼半开壁斜白。玉轮轧露湿团光，鸾佩相逢桂香陌。黄尘清水三山下，更变千年如走马。遥望齐州九点烟，一泓海水杯中泻。

浩 歌

南风吹山作平地，帝遣天吴移海水。王母桃花千遍红，彭祖巫咸几回死。青毛骢马参差钱，娇春杨柳含细烟。筝人劝我金屈卮，神血未凝身问谁。不须浪饮丁都护，世上英雄本无主。买丝绣作平原君，有酒唯浇赵州土。漏催水咽玉蟾蜍，卫娘发薄不胜梳。羞见秋眉换新绿，二十男儿那刺促。

贝宫夫人

丁丁海女弄金环，雀钗翘揭双翅关。六宫不语一生闲，高悬银牓照青山。长眉凝绿几千年，清凉堪老镜中鸾。秋肌稍觉玉衣寒，空光帖妥水如天。

金铜仙人辞汉歌并序

魏明帝青龙元年八月，诏宫官牵车西取汉孝武捧露盘仙人，欲立置前殿，宫官既拆盘，仙人临载乃潸然泪下，唐诸王孙李长吉遂作《金铜仙人辞汉歌》。

茂陵刘郎秋风客，夜闻马嘶晓无迹。画栏桂树悬秋香，三十六宫土花碧。魏官牵车指千里，东关酸风射眸子。空将汉月出宫门，忆君清泪如铅水。衰兰送客咸阳道，天若有情天亦老。携盘独出月荒凉，渭城已远波声小。

昆仑使者

昆仑使者无消息，茂陵烟树生愁色。金盘玉露自淋漓，元气茫茫收不得。麒麟背上石文裂，虬龙鳞下红肢折。何处偏伤万国心，中天夜久高明月。

秦王饮酒

秦王骑虎游八极，剑光照空天自碧。羲和敲日玻璃声，劫灰飞尽古今平。龙头泻酒邀酒星，金槽琵琶夜枨枨。洞庭雨脚来吹笙，酒酣喝月使倒行。银云栉栉瑶殿明，宫外掌事报一更。花楼玉凤声娇狞，海绡红文香浅清，黄娥跌舞千年觥。仙人烛树蜡烟轻，清琴醉眼泪泓泓。

公莫舞歌并序

《公莫舞歌》者，咏项伯翼蔽刘沛公也，会中壮士，灼灼于人，故无复书，且南北乐府率有歌引，贺陋诸家，今重作《公莫舞歌》

云。《晋志》云："《公莫》舞，今之巾舞。"

方花古础排九楹，刺豹淋血盛银罂。华筵鼓吹无桐竹，长刀直立割鸣筝。横楣粗锦生红纬，日炙锦嫣王未醉。腰下三看宝玦光，顶庄掉箾栏前起。材官小臣公莫舞，座上真人赤龙子。芒砀云瑞抱天回，咸阳王气清如水。铁枢铁楗重束关，大旗五丈撞双镮。汉王今日须秦印，绝膑刳肠臣不论。

雁门太守行《乐府诗集》三九作《向月》

黑云压城城欲摧，甲光向月金鳞开。角声满天秋色里，塞上燕脂凝夜紫。半卷红旗临易水，霜重鼓寒声不起。报君黄金台上意，提携玉龙为君死。

长平箭头歌

漆灰骨末丹水砂，凄凄古血生铜花。白翎金簳雨中尽，直余三脊残狼牙。我寻平原乘两马，驿东石田蒿坞下。风长日短星萧萧，黑旗云湿悬空夜。左魂右魄啼肌瘦，酪瓶倒尽将羊炙。虫栖雁病芦笋红，阴火回风吹送客。访古汍澜收断镞，折锋赤璺曾封肉。南陌东城马上儿，劝我将金换簝竹。

李凭箜篌引

吴丝蜀桐张高秋，空山凝云颓不流。江娥啼竹素女愁，李凭中国弹箜篌。昆山玉碎凤凰叫，芙蓉泣露香兰笑。十二门前融冷光，二十三丝动紫皇。女娲炼石补天处，石破天惊逗秋雨。梦入神山教神妪，老鱼跳波瘦蛟舞。吴质不眠倚桂树，露脚斜飞湿寒兔。

春坊正字剑子歌

先辈匣中三尺水，曾入吴潭斩龙子。隙月斜明刮露寒，练带平铺吹不起。蛟胎皮老蒺藜刺，鸊鹈淬花白鹇尾。直是荆轲一片心，莫教照见春坊字。挼丝团金悬䴔䴖，神光欲截蓝田玉。提出西方白帝惊，嗷嗷鬼母秋郊哭。

唐儿歌

头玉硗硗眉刷翠，杜郎生得真男子。骨重神寒天庙器，一双瞳人剪秋水。竹马梢梢摇绿尾，银鸾睒光踏半臂。东家娇娘求对值，浓笑书空作唐字。眼大心雄知所以，莫忘作歌人姓李。

后园凿井歌

井上辘轳床上转，水声繁，弦声浅。情若何，荀奉倩。城头日，长向城头住。一日作千年，不须流下去。

江楼曲

楼前流水江陵道，鲤鱼风起芙蓉老。晓钗催鬟语南风，抽帆归来一日功。鼍吟浦口飞梅雨，竿头酒旗换青苎。萧骚浪白云差池，黄粉油衫寄郎主。新槽酒声苦无力，南湖一顷菱花白。眼前便有千里思，小玉开屏见山色。

南山田中行

秋野明，秋风白，塘水漻漻虫啧啧。云根苔藓山上石，冷红泣露娇啼色。荒畦九月稻叉牙，蛰萤低飞陇径斜。石脉水流泉滴沙，鬼灯如漆点松花。

溪晚凉

白狐向月号山风，秋寒扫云留碧空。玉烟青湿白如幢，银湾晓转流天东。溪汀眠鹭梦征鸿，轻涟不语细游溶。层岫回岑复叠龙，苦篁对客吟歌筒。

示　弟

别弟三年后，还家一日余。醁醽今夕酒，缃帙去时书。病骨犹能在，人间底事无。何须问牛马，抛掷任枭卢。

南　园

小树开朝径，长茸湿夜烟。柳花惊雪浦，麦雨涨溪田。古刹疏钟度，遥岚破月悬。沙头敲石火，烧竹照渔船。

始为奉礼忆昌谷山居

扫断马蹄痕，衙回自闭门。长枪江米熟，小树枣花春。向壁悬如意，当帘阅角巾。犬书曾去洛，鹤病悔游秦。土甑封茶叶，山杯锁竹根。不知船上月，谁棹满溪云。

昌谷北园新笋

研取青光写楚辞，腻香春粉黑离离。无情有恨何人见，露压烟啼千万枝。

施肩吾（七九一——？）

夜宴词

兰缸如昼晓不眠，玉堂夜起沉香烟。青娥一行十二仙，欲笑不笑桃花然。碧窗弄娇梳洗晚，户外不知银汉转。被郎嗔罚瑠璃盏，酒入四肢红玉软。

古　曲

可怜江北女，惯唱江南曲。摇荡木兰舟，双凫不成浴。

春日钱塘杂兴《全唐诗》无此首

仙姥溪头桑袅袅，钱塘郭外柳毵毵。路逢邻妇遥相问，小小如今学养蚕。西邻年少问东邻，柳岸花堤几处新。昨夜雨多春水阔，隔江桃叶唤何人。

江南怨

愁见桥边荇叶新，兰舟枕水楫生尘。从来不是无莲采，十顷莲塘卖与人。

仙翁词

世间无远可为游，六合朝行夕已周。坛上夜深风雨静，小仙乘月系苍虬。

赠道士《全唐诗》作《赠莎地道士》

莎地阴森古莲叶，游龟暗老青苔甲。池边道士夸眼明，夜取蟭螟摘蚊睫。

许　浑（七九一——八五四?）

行次潼关题驿后轩

飞阁极层台，终南此路回。山形朝阙去，河势抱关来。雁过秋风急，蝉鸣宿雾开。平生无限意，驱马任尘埃。

题韦隐居西斋

劚药去还归，家人半掩扉。山风藤子落，溪雨豆花肥。寺远僧来少，桥危客到稀。不闻砧杵动，应解制荷衣。

将归涂口宿郁林寺道玄上人院

春寻采药翁，归路宿禅宫。云起客眠处，月残僧定中。藤花深洞水，槲叶满山风。清境不能住，朝朝惭远公。

韶州送窦司直北归

江曲山如画，贪程亦驻舟。果随岩狖落，槎带水禽流。客散他乡夜，人归故国秋。樽前挂帆去，风雨下西楼。

金陵怀古

玉树歌残王气终，景阳兵合戍楼空。松楸远近千官冢，禾黍高低六代宫。石燕拂云晴亦雨，江豚吹浪夜还风。英雄一去豪华尽，惟有青山似洛中。

凌歊台

宋祖凌歊乐未回，三千歌舞宿层台。湘潭云尽暮山出，巴蜀雪消春水来。行殿有基荒荠合，寝园无主野棠开。百年便作万年计，岩畔古碑空绿苔。

咸阳城东楼

一上高城万里愁，蒹葭杨柳似汀洲。溪云初起日沉阁，山雨欲来风满楼。鸟下绿芜秦苑夕，蝉鸣黄叶汉宫秋。行人莫问当年事，故国东来渭水流。

凌歊台送韦秀才

云起高台日未沉，数村残照半岩阴。野蚕成茧桑柘尽，溪鸟引雏蒲稗深。帆势依依投极浦，钟声杳杳隔前林。故山迢遰故人去，一夜月明千里心。

谢亭送别

劳歌一曲解行舟，红叶青山水急流。日暮酒醒人已远，满天风雨下西楼。

鹭 鸶

西风淡淡水悠悠，雪点丝飘带雨愁。何限归心倚前阁，绿蒲红蓼练塘秋。

学 仙

心期仙诀意无穷，采画云车起寿宫。闻有三山未知处，茂陵松柏满西风。

紫 藤

绿蔓秾阴紫袖低，客来留坐小堂西。醉中掩瑟无人会，家住江南罨画溪。

张　祜（七九二——八五二？）

车遥遥

东方昽昽车轧轧，地色不分新去辙。闺门半掩窗半空，斑斑枕花残泪红。君心若车千万转，妾身如辙遗渐远。碧川迢迢山宛宛，马蹄在耳轮在眼。桑间女儿情不浅，莫道野蚕能作茧。

雁门太守行

城头月没霜如水，趚趚踏沙人似鬼。灯前拭泪试香裘，长引一声残漏子。驼囊泻酒酒一杯，前头滴血心不回。闺中年少妻莫哀。鱼金虎竹天上来，雁门山边骨成灰。

途中逢李道实游蔡州

征马汉江头，逢君上蔡游。野桥经亥市，山路过申州。僻地人行涩，荒林虎迹稠。殷勤话新守，生物赖诸侯。

江西道中作

西江江上月，远远照征衣。夜色草中网，秋声林外机。渚田牛路熟，石岸客船稀。无复是乡井，鹧鸪聊自飞。

入潼关

都城三百里，雄险此回环。地势遥尊岳，河流侧让关。秦皇曾虎视，汉祖昔龙颜。何处枭雄辈，干戈自不闲。

白鼻騧

为底胡姬酒，长来白鼻騧。摘莲抛水上，郎意在浮花。

宫　词

故国三千里，深宫二十年。一声《何满子》，双泪落君前。

赠内人

禁门宫树月痕过，媚眼唯看宿鹭窠。斜拔玉钗灯影畔，剔开红焰救飞蛾。

集灵台

日光斜照集灵台，红树花迎晓露开。昨夜上皇新授箓，太真含笑入帘来。

虢国夫人承主恩，平明骑马入宫门。却嫌脂粉污颜色，淡扫蛾眉朝至尊。

雨霖铃

雨霖铃夜却归秦，犹见张徽一曲新。长说上皇和泪教，月明南内更无人。

题金陵渡

金陵津渡小山楼，一宿行人自可愁。潮落夜江斜月里，两三星火是瓜州。

刘　叉

自　问

自问彭城子，何人授汝颠。酒肠宽似海，诗胆大如天。断剑徒劳匣，枯琴无复弦。相逢不多合，赖是向林泉。

卢　仝（七九五？——八三五）

自　咏

卢子蹦踵也，贤愚总莫惊。蚊虻当家口，草石是亲情。万卷堆胸朽，三光撮眼明。翻悲广成子，闲气说长生。

物外无知己，人间一癖王。生涯身是梦，耽乐酒为乡。日月黏髭鬓，云山锁肺肠。愚公只公是，不用谩惊张。

韩　琮（七九五——？）

春　愁

金乌长飞玉兔走，青鬓长青古无有。秦娥十六语如弦，未解贪花惜杨柳。吴鱼岭雁无消息，水誓兰情别来久。劝君年少莫游春，暖风迟日浓于酒。

晚春江晴寄友人《全唐诗》作《晚春别》

晚日低霞绮，晴山远画眉。春青河畔草，不是望乡时。

暮春浐水送别

绿暗红稀出凤城，暮云楼阁古今情。行人莫听宫前水，流尽年光是此声。

骆谷晚望

秦川如画渭如丝，去国还家一望时。公子王孙莫来好，岭花多是断肠枝。

韦楚老（七九五——？）《全唐诗》作常楚老

祖龙行

黑云兵气射天裂，壮士朝眠梦冤结。祖龙一夜死沙丘，胡亥空随鲍鱼辙。腐肉偷生二千里，伪书先赐扶苏死。墓接骊山土未干，瑞光已向芒砀起。陈胜城中鼓三下，秦家天下如崩瓦。龙蛇撩乱入咸阳，少帝空随汉家马。

顾非熊（七九六——八五四？）

秋日陕州道中作

孤客秋风里，驱车出陕西。关山午时路，村落一声鸡。树势标秦远，天形到岳低。谁知我名姓，来往自栖栖。

朱庆馀（七九七——？）

泛　溪

曲渚回花舫，生衣卧向风。鸟飞溪色里，人语棹声中。馀卉才分影，新蒲自作丛。前湾更幽绝，谁识去犹通谁识《全唐诗》作虽浅。

湖中闲夜遣兴

钓艇同琴酒，良宵背水滨。风波不起处，星月尽随身。浦回湘烟卷，林香岳气春。谁知此中兴，宁羡五湖人。

送陈标

满酌劝僮仆，好随郎马蹄。春风慎行李，莫上白铜鞮。

宫　词

寂寂花时闭院门，美人相并立琼轩。含情欲说宫中事，鹦鹉前头不敢言。

近试上张水部闺意《全唐诗》作《闺意献张水部》，又作《近试上张籍水部》

洞房昨夜停红烛，待晓堂前拜舅姑。妆罢低声问夫婿，画眉深浅入时无。

刘得人（七九九——？）《全唐诗》无此人

题邵公禅院

无事门多掩，阴堦竹扫苔。劲风吹雪聚，渴鸟啄冰开。树向寒山得，人从瀑布来。终期天目老，擎锡逐云回。

寄春坊顾校书

宁因不得志，寂寞本相宜。冥目冥心坐，花开花落时。数畦蔬甲出，半梦鸟声移。只恐龙楼晓，归山又见违。

刘　沧（八〇〇——八六五？）

长洲怀古

野烧原空尽荻灰，吴王此地有楼台。千年事往人何在，半夜月明潮自来。白鸟影从江树没，清猿声入楚云哀。停车日晚荐苹藻，风静寒塘花正开。

经炀帝行宫

此地曾经翠辇过，浮云流水竟如何。香销南国美人尽，怨入东风芳草多。残柳宫前空露叶，夕阳川上浩烟波。行人遥起广陵思，古渡月明闻棹歌。

李　远（八〇二——八七〇？）

送人入蜀

蜀客本多愁，君今是胜游。碧藏云外树，红露驿边楼。杜魄呼名语，巴江学字流。不知烟雨夜，何处梦刀州。

陈　陶

步虚引《乐府诗集》七八

小隐山人十洲客，莓苔为衣双耳白。青编为我忽降书，暮雨虹蜺一千尺。赤城门开六丁直，晓日已烧东海色。朝天半夜闻玉鸡，星斗离离碍龙翼。

送沈次鲁南游

高台赠君别，满握轩辕风。落日一挥手，金鹅云雨空。鳌洲石梁外，剑浦罗浮东。兹兴不可接，倏倏烟际鸿。

闲居寄太学卢景博士

无路青冥夺锦袍，耻随黄雀住蓬蒿。碧云梦后山风起，珠树诗成海月高。久滞鼎书求羽翼，未忘龙阙致波涛。闲来长得留侯癖，罗列楂梨校《六韬》。

竹

啸入新篁一里行，万竿如瓥琐龙泓。惊巢翡翠无寻处，闲倚云根刻姓名。

陇西行

誓扫匈奴不顾身，五千貂锦丧胡尘。可怜无定河边骨，犹是春闺梦里人。

喻　凫

得子侄书

远书来阮巷，阙下见江东。不得经史力，枉抛耕稼功。雁天霞脚雨，渔夜苇条风。无复琴杯兴，开怀向尔同。

段成式（？——八六三）

题谷隐兰若

风带巢熊拗树声，老僧相引入云行。半坡新路畬才了，一谷寒烟烧不成。

崔　橹

春日长安即事

一百五日又欲来，梨花梅花参差开。行人自笑不归去，瘦马独吟真可哀。杏酪渐香邻舍粥，榆烟将变旧炉灰。画桥春暖清歌夜，肯信愁肠日九回。

过蛮溪渡

绿杨如发雨如烟，立马危桥独唤船。山口断云迷旧路，渡头芳草忆前年。身随远道徒悲梗，诗卖明时不值钱。归去楚台还有计，钓船春雨日高眠。

华清宫三首

草遮回磴绝鸣銮，云树深深碧殿寒。明月自来还自去，更无人倚玉栏干。

障掩金鸡蓄祸机，翠华西拂蜀云飞。珠帘一闭朝元阁，不见人归见燕归。

门横金锁悄无人，落日秋声渭水滨。红叶下山寒寂寂，湿云如梦雨如尘。

残莲花《全唐诗》无此

不耐高风怕冷烟，瘦红欹委倒青莲。无人解把无尘袖，盛取残香尽日怜。

杜　牧（八〇三——八五二）

扬　州

炀帝雷塘土，迷藏有旧楼。谁家唱水调，明月满扬州。骏马宜闲出，千金好旧游。喧阗醉年少，半脱紫茸裘。

秋风放萤苑，春草斗鸡台。金络擎雕去，鸾环拾翠来。蜀船红锦重，越橐水沉堆。处处皆华表，淮王奈却回。

题扬州禅智寺

雨过一蝉噪，飘萧松桂秋。青苔满阶砌，白鸟故迟留。暮霭生深树，斜阳下小楼。谁知竹西路，歌吹是扬州。

句溪夏日送卢霈秀才归王屋山将赴举《全唐诗》"将"下有"欲"字

野店正纷泊，茧蚕初引丝。行人碧溪渡，系马绿杨枝。苒苒迹始去，悠悠心所期。秋山念君别，惆怅桂花时。

春　怀

年光何太急，倏忽又青春。明月谁为主，江山暗换人。莺花潜运老，荣乐渐成尘。遥忆朱门柳，别离应更频。

早　行

垂鞭信马行，数里未鸡鸣。林下带残梦，叶飞时忽惊。霜凝孤鹤迥，月晓远山横。僮仆休辞险，时平路复平。

长安杂题长句

雨晴九陌铺江练，岚嫩千峰叠海涛。南苑草芳眠锦雉，夹城云暖下霓旄。少年羁络青纹玉，游女花簪紫蒂桃。江碧柳深人尽醉，一瓢颜巷日空高。

街西长句

碧池新涨浴娇鸦，分锁长安富贵家。游骑偶同人斗酒，名园相倚杏交花。银鞦騕褭嘶宛马，绣鞅璁珑走钿车。一曲将军何处笛，连云芳草日初斜。

润　州

句吴亭东千里秋，放歌曾作昔年游。青苔寺里无马迹，绿水桥边多酒楼。大抵南朝皆旷达，可怜东晋最风流。月明更想桓伊在，一笛闻吹出塞愁。

题宣州开元寺水阁阁下宛溪夹溪居人

六朝文物草连空，天淡云闲今古同。鸟去鸟来山色里，人歌人哭水声中。深秋帘幕千家雨，落日楼台一笛风。惆怅无因见范蠡，参差烟树五湖东。

自宣城赴官上京

潇洒江湖十过秋，酒杯无日不淹留。谢公城畔溪惊梦，苏小门前柳拂头。千里云山何处好，几人襟韵一生休。尘冠挂却知闲事，终拟蹉跎访旧游。

九日齐安登高

江涵秋影雁初飞，与客携壶上翠微。尘世难逢开口笑，菊花须插满头归。但将酩酊酬佳节，不用登临叹落晖。古往今来只如此，牛山何必泪沾衣。

早　雁

金河秋半虏弦开，云外惊飞四散哀。仙掌月明孤影过，长门灯暗数声来。须知胡骑纷纷在，岂逐春风一一回。莫厌潇湘少人处，水多菰米岸莓苔。

商山麻涧

云光岚彩四面合，柔柔垂柳十余家。雉飞鹿过芳草远，牛巷鸡埘春日斜。秀眉老父将罇酒，茜袖女儿簪野花。征车自念尘土计，惆怅溪边书细沙。

寄浙东韩八评事

一笑五云溪上舟，跳丸日月十经秋。鬓衰酒减欲谁泥，迹辱魂惭好自尤。梦寐几回迷蛱蝶，文章应解伴牢愁。无穷尘土无聊事，不得清言解不休。

正初奉酬歙州刺史邢群

翠岩千尺倚溪斜，曾得严光作钓家。越嶂远分丁字水，腊梅迟见二年花。明时刀尺君须用，幽处田园我有涯。一壑风烟阳羡里，解龟休去路非赊。

江　楼

独酌芳春酒，登楼已半醺。谁惊一行雁，冲断过江云。

将赴吴兴登乐游原一绝

清时有味是无能，闲爱孤云静爱僧。欲把一麾江海去，乐游原上望昭陵。

江南春绝句

千里莺啼绿映红，水村山郭酒旗风。南朝四百八十寺，多少楼台烟雨中。

题齐安城楼

呜咽江楼角一声，微阳潋潋落寒汀。不用凭栏苦回首，故乡七十五长亭。

赤　壁一作李商隐诗，实非。

折戟沉沙铁未销，自将磨洗认前朝。东风不与周郎便，铜雀春深锁二乔。

泊秦淮

烟笼寒水月笼沙，夜泊秦淮近酒家。商女不知亡国恨，隔江犹唱《后庭花》。

寄扬州韩绰判官

青山隐隐水迢迢，秋尽江南草未凋。二十四桥明月夜，玉人何处教吹箫。

题寿安县甘棠馆御沟

一渠东注芳华苑，苑锁池塘百岁空。水殿半倾蟾口涩，为谁流下蓼花中。

赠别二首

娉娉袅袅十三余，豆蔻梢头二月初。春风十里扬州路，卷上珠帘总不如。

多情却似总无情，唯觉尊前笑不成。蜡烛有心还惜别，替人垂泪到天明。

怅　诗

自是寻春去较迟，不须惆怅怨芳时。狂风落尽深红色，绿叶成阴子满枝。

山　行

远上寒山石径斜，白云生处有人家。停车坐爱枫林晚，霜叶红于二月花。

秋　夕

红烛秋光冷画屏，轻罗小扇扑流萤。天阶夜色凉如水，卧看牵牛织女星。

金谷园

繁华事散逐香尘，流水无情草自春。日暮东风怨啼鸟，落花犹是堕楼人。

雍　陶（八〇五——？）

和刘补阙秋园寓兴

闭门无事后，此地即山中。但觉鸟声异，不知人境同。晚花开为雨，残果落因风。独坐还吟酌，诗成酒已空。

塞上宿野寺

塞上蕃僧老，天寒疾上关。远烟平似水，高树暗如山。去马朝常急，行人夜始闲。更深听刁斗，时到磬声间。

寒食夜池上对月怀友

人间多别离，处处是相思。海内无烟夜，天涯有月时。跳鱼翻荇叶，惊鹊出花枝。亲友皆千里，三更独绕池。

和孙明府怀旧山

五柳先生本在山，偶然为客落人间。秋来见月多归思，自起开笼放白鹇。

城西访友人别墅

沣水桥西小路斜，日高犹未到君家。村园门巷都相似，处处春风枳壳花。

天津桥望春

津桥春水浸红霞，烟柳风丝拂岸斜。翠辇不来金殿闭，宫莺衔出上阳花。

任　翻（八〇五——？）

洛阳道

憧憧洛阳道，尘下生春草。行者岂无家，无人在家老。鸡鸣前结束，争去恐不早。百年路傍尽，白日车中晓。求富江海狭，取贵山岳小。二端立在途，奔走无由了。

春　晴

楚国多春雨，柴门喜晚晴。幽人临水坐，好鸟隔花鸣。野色临空阔，江流接海平。门前到溪路，今夜月分明。

宿巾子山寺《全唐诗》“寺”上有“禅”字

绝顶新秋生夜凉，鹤翻松露滴衣裳。前峰月映半江水，僧在翠微开竹房。

薛　逢（八〇六——八七六？）

汉武宫词

汉武清斋夜筑坛，自斟明水醮仙官。殿前童女移香案，云际金人捧露盘。绛节几时还入梦，碧桃何处更骖鸾。茂林烟雨埋冠剑，石马无声蔓草寒。

宫　词

十二楼中尽晓妆，望仙楼上望君王。锁衔金兽连环冷，水滴铜龙昼漏长。云髻罢梳还对镜，罗衣欲换更添香。遥窥正殿帘开处，袍袴宫人扫御床。

方　干（八〇九——八七三？）

寄李频

众木又摇落，望君还不还。轩车在何处，雨雪满前山。思苦文星动，乡遥钓渚闲。明年见名姓，唯我独何颜。

冬夜泊僧舍

江东寒近腊，野寺水天昏。无酒可消夜，随僧早闭门。照墙镫焰细，著瓦雪声繁。飘泊仍千里，清吟欲断魂。

旅次洋州寓居郝氏亭林《全唐诗》"亭林"作"林亭"

举目纵然非我有，思量似在故山时。鹤盘远势投孤屿，蝉曳残声过别枝。凉月照窗倚枕倦，澄泉绕石泛觞迟。青云未得平行去，梦到江南身旅羁。

于武陵（八一〇——？）

褒中即事《全唐诗》无此首

风吹残雨歇，云去有烟霞。南浦足游女，绿蘋应发花。远钟当半夜，明月入千家。不作故乡梦，始知京洛赊。

秋夕闻雁《全唐诗》无此首

星汉欲沉尽，谁家砧未休。忽闻凉雁至，如报杜陵秋。千树又黄叶，几人新白头。洞庭今夜客，一半却登舟。

赠王隐者山居

石室扫无尘，人寰与此分。飞来南浦树，半是华山云。浮世几多事，先生应不闻。寒山满西日，空照雁成群。

刘　威

冬夜旅怀

寒窗危竹枕，月过半墙阴。嫩叶不归梦，晴虫成苦吟。酒无通夜力，事满五更心。寂寞谁相似，残灯与素琴。

冬日送友人西归

北风吹别思，杳杳度云山。满望是归处，一生犹未闲。知音方见誉，浮宦久相关。空有心如月，同君千里还。

孟　迟（八一一——？）

怀郑泊

风兰舞幽香，雨叶堕寒滴。美人来不来，前山看向夕。

莲　塘

脉脉低回殷袖遮，脸横秋水髻盘鸦。莲茎有刺不曾折，尽日岸傍空看花。

李商隐（八一二——八五八）

无　题

八岁偷照镜，长眉已能画。十岁去踏青，芙蓉作裙衩。十二学弹筝，银甲不曾卸。十四藏六亲，悬知犹未嫁。十五泣春风，背面秋千下。

宫中曲

云母滤宫月，夜夜白如水。赚得羊车来，低扇遮黄子。水精不觉冷，自刻鸳鸯翅。蚕缕茜香浓，正朝缠左臂。巴笺两三幅，满写承恩字。欲得识青天，昨夜苍龙是。

蝉

本以高难饱，徒劳恨费声。五更疏欲断，一树碧无情。薄宦梗犹泛，故园芜已平。烦君最相警，我亦举家清。

落　花

高阁客竟去，小园花乱飞。参差连曲陌，迢递送斜晖。肠断未忍扫，眼穿仍欲归。芳心向春尽，所得是沾衣。

河清与赵氏昆季宴集得拟杜工部

胜概殊江右，佳名逼渭川。虹收青嶂雨，鸟没夕阳天。客鬓行如此，沧波坐渺然。此中真得地，漂荡钓鱼船。

无　题

昨夜星辰昨夜风，画楼西畔桂堂东。身无彩凤双飞翼，心有灵犀一点通。隔座送钩春酒暖，分曹射覆蜡灯红。嗟余听鼓应官去，走马兰台类转蓬。

无题二首

来是空言去绝踪，月斜楼上五更钟。梦为远别啼难唤，书被催成墨未浓。蜡照半笼金翡翠，麝熏微度绣芙蓉。刘郎已恨蓬山远，更隔蓬山一万重。

飒飒东风细雨来，芙蓉塘外有轻雷。金蟾啮锁烧香入，玉虎牵丝汲井回。贾氏窥帘韩掾少，宓妃留枕魏王才。春心莫共花争发，一寸相思一寸灰。

无　题第二首《全唐诗》题作《锦瑟》

相见时难别亦难，东风无力百花残。春蚕到死丝方尽，蜡炬成灰泪始干。晓镜但愁云鬓改，夜吟应觉月光寒。蓬山此去无多路，青鸟殷勤为探看。

锦瑟无端五十弦，一弦一柱思华年。庄生晓梦迷蝴蝶，望帝春心托杜鹃。沧海月明珠有泪，蓝田日暖玉生烟。此情可待追成忆《全唐诗》作成追忆，只是当时已惘然。

重过圣女祠

白石岩扉碧藓滋，上清沦谪得归迟。一春梦雨常飘瓦，尽日灵风不满旗。萼绿华来无定所，杜兰香去未移时。玉郎会此通仙籍，忆向天阶问紫芝。

二月二日

二月二日江上行，东风日暖闻吹笙。花须柳眼各无赖，紫蝶黄蜂俱有情。万里忆归元亮井，三年从事亚夫营。新滩莫悟游人意，更作风檐夜雨声。

隋　宫

紫泉宫殿锁烟霞，欲取芜城作帝家。玉玺不缘归日角，锦帆应是到天涯。于今腐草无萤火，终古垂杨有暮鸦。地下若逢陈后主，岂宜重问《后庭花》。

九成宫

十二层城阆苑西，平时避暑拂虹霓。云随夏后双龙尾，风逐周王八骏蹄。吴岳晓光连翠巘，甘泉晚景上丹梯。荔枝卢橘沾恩幸，鸾鹊天书湿紫泥。

马　嵬

海外徒闻更九州，他生未卜此生休。空闻虎旅传宵柝，无复鸡人报晓筹。此日六军同驻马，当时七夕笑牵牛。如何四纪为天子，不及卢家有莫愁。

杜工部蜀中离席

人生何处不离群，世路干戈惜暂分。雪岭未归天外使，松州犹驻殿前军。座中醉客延醒客，江上晴云杂雨云。美酒成都堪送老，当垆仍是卓文君。

乐游原

向晚意不适，驱车登古原。夕阳无限好，只是近黄昏。

天　涯

春日在天涯，天涯日又斜。莺啼如有泪，为湿最高花。

无　题

紫府仙人号宝灯，云浆未饮结成冰。如何雪月交光夜，更在瑶台十二层。

嫦　娥

云母屏风烛影深，长河渐落晓星沉。嫦娥应悔偷灵药，碧海青天夜夜心。

柳

曾逐东风拂舞筵，乐游春苑断肠天。如何肯到清秋日，已带斜阳又带蝉。

宫　辞

君恩如水向东流，得宠忧移失宠愁。莫向尊前奏花落，凉风只在殿西头。

夜雨寄北

君问归期未有期，巴山夜雨涨秋池。何当共剪西窗烛，却话巴山夜雨时。

忆住一师

无事经年别远公，帝城钟晓忆西峰。炉烟消尽寒灯晦，童子开门雪满松。

李群玉（八一三——八六〇？）

火炉前坐

孤灯照不寐，风雨满西林。多少关心事，书灰到夜深。

大庾山岭别友人

貧笪无子鹓雏饥，毛羽凋摧不得归。谁念火云千嶂里，低身犹傍鹧鸪飞。

黄陵庙

黄陵庙前莎草春，黄陵女儿茜裙新。轻舟小楫唱歌去，水远山长愁杀人。

湘妃庙

少将风月怨平湖，见尽扶桑水到枯。相约杏花坛上去，画栏红紫斗樗蒱。

姚　鹄（八一四——？）

寄雍陶先辈

知音杳何处，书札寄无由。独宿月中寺，相思天半楼。露凝衰草白，云渡远烟秋。怅望难归枕，吟劳生夜愁。

项　斯（八一五——？）

夜泊淮阴

夜入楚家烟，烟中人未眠。望来淮岸尽，坐到酒楼前。灯影半临水，筝声多在船。乘流向东去，别此易经年。

赵　嘏（八一五——？）

汾上宴别

云物如故乡，山川知异路。年来未归客，马上春色暮。一尊花下酒，残日水西树。不待管弦终，摇鞭背花去。

东归道中

未明唤童仆，江上忆残春。风雨落花夜，山川驱马人。星星一镜发，草草百年身。此日念前事，沧州情更亲。

长安晚秋

云物凄清拂曙流，汉家宫阙动高秋。残星几点雁横塞，长笛一声人倚楼。紫艳半开篱菊静，红衣落尽渚莲愁。鲈鱼正美不归去，空戴南冠学楚囚。

忆山阳

家在枚皋旧宅边，竹轩晴与楚坡连。芰荷香绕垂鞭袖，杨柳风横弄笛船。城碍十洲烟岛路，寺临千顷夕阳川。可怜时节堪归去，花落猿啼又一年。

曹　邺（八一六——八七五？）

吴宫宴

吴宫城阙高，龙凤遥相倚。四面铿鼓钟，中央列罗绮。春风时一来，兰麝闻数里。三度明月落，青娥醉不起。江头铁剑鸣，玉座成荒垒。适来歌舞处，不知身是鬼。

东武吟

心如山上虎，身若仓中鼠。惆怅倚市门，无人与之语。夜宴李将军，欲望心相许。何曾听我言，贪谑邯郸女。独上黄金台，凄凉泪如雨。

古　词

高阙碍飞鸟，人言是君家。经年不归去，爱妾面上花。妾面虽如花，妾心非女萝。郎妻自不重，于妾欲如何。

老圃堂

邵平瓜地接吾庐，谷雨干时手自锄。昨日春风欺不在，就床吹落读残书。

薛　能（八一七？——八八〇）

秋夜山中叙事

初宵门未掩，独坐对霜空。极目故乡月，满溪寒草风。樵声当岭上，僧语在云中。正恨归期晚，萧萧闻塞鸿。

李　频（八一八？——八七六）

湘口送友人

中流欲暮见湘烟，苇岸无穷接楚天。去雁远冲云梦雪，离人独上洞庭船。风波尽日依山转，星汉通霄向水连。零落梅花过残腊，故园归醉及新年。

温庭筠（八一八——八七二？）

黄昙子歌

参差绿蒲短，摇艳云塘满。红潋荡融融，莺翁鸂鶒暖。萋芊小城路，马上修娥懒。罗衫袅回风，点粉金鹂卵。

侠客行

欲出鸿都门，阴云蔽城阙。宝剑黯如水，微红湿余血。白马夜频惊，三更霸陵雪。

晓仙谣《乐府诗集》一〇〇

玉妃唤月归海宫，月色淡白涵春空。银河欲转星靥靥，碧浪叠山埋早红碧《乐府诗集》作雪。宫花有露如新泪，小苑丛丛入寒翠。绮阁空传唱漏声，网轩未辨凌云字。遥遥珠帐连湘烟，鹤扇如霜金骨仙。碧箫曲尽彩霞动，下视九州皆悄然。秦王女骑红尾凤，乘空回首晨鸡弄乘《乐府诗集》作半。雾盖狂尘亿兆家，世人犹作牵情梦。

东峰歌

锦砾潺湲玉溪水，晓来微雨藤花紫。冉冉山鸡红尾长，一声樵斧惊飞起。松刺梳空石差齿，烟香风软人参蕊。阳崖一梦伴云根，仙菌灵芝梦魂里。

吴苑行

锦雉双飞梅结子，平春远绿窗中起。吴江淡画水连空，三尺屏风隔千里。小苑有门红扇开，天丝舞蝶共徘徊。绮户雕楹长若此，韶光岁岁如归来。

汉皇迎春词

春草芊芊晴扫烟，宫城大锦红殷鲜。海日初融照仙掌，淮王小队缨铃响。猎猎东风焰赤旗，画神金甲葱茏网。钜公步辇迎句芒，复道扫尘燕篲长。豹尾竿前赵飞燕，柳风吹尽眉间黄。碧草含情杏花喜，上林莺啭游丝起。宝马摇环万骑归，恩光暗入帘栊里。

谢公墅歌

朱雀航南绕香陌，谢郎东墅连春碧。鸠眠高柳日方融，绮榭飘飖紫庭客。文楸方罫花参差，心阵未成星满池。四座无喧梧竹静，金蝉玉柄俱持颐。对局含情见千里，都城已得长蛇尾。江南王气系疏襟，未许苻坚过淮水。

张静婉采莲歌并序

静婉，羊侃妓也，其容绝世，侃自为《采莲》二曲，今乐府所存，失其故意，因歌以俟采诗者，事具载《梁史》。

兰膏坠发红玉春，燕钗拖颈抛盘云。城西杨柳向娇晚，门前沟水波粼粼。麒麟公子朝天客，珂马珰珰度春陌。掌中无力舞衣轻，剪断鲛绡破春碧。抱月飘烟一尺腰，麝脐龙髓怜娇饶。秋罗拂水碎光动，露重花多香不销。鸂鶒胶胶塘水满，绿萍如粟莲茎短。一夜西风吹雨来，粉痕零落愁红浅。船头折藕丝暗牵，藕根莲子相留连。郎心似月月未缺，十五十六清光圆。

兰塘词

塘水汪汪凫唼喋，忆上江南木兰楫。绣颈金须荡倒光，团团皱绿鸡头叶。露凝荷卷珠净圆，紫菱刺短浮根缠。小姑归晚红妆浅，镜里芙蓉照水鲜。东沟潏潏劳回首，欲寄一杯琼液酒。知道无郎却有情，长教月照相思柳。

春日野行

骑马踏烟莎，青春奈怨何。蝶翎朝粉尽，鸦背夕阳多。柳艳欺芳带，山愁萦翠娥。别情无处说，方寸是星河。

题卢处士山居

西溪向樵客，遥识主人家。古树老连石，急泉清露沙。千峰随雨暗，一径入云斜。日暮鸟飞散，满山荞麦花。

清旦题采药翁草堂

幽人寻药径，来自晓云边。衣湿术花雨，语成松岭烟。解藤开涧户，踏石过溪泉。林外晨光动，山昏鸟满天。

商山早行

晨起动征铎，客行悲故乡。鸡声茅店月，人迹板桥霜。槲叶暗山路，枳花明驿墙。因思杜陵梦，凫雁满回塘。

送人东游

荒戍落黄叶，浩然离故关。高风汉阳渡，初日郢门山。江上几人在，天涯孤櫂还。何当重相见，尊酒慰离颜。

利州南渡

淡然空水带斜晖，曲岛苍茫接翠微。波上马嘶看櫂去，柳边人歇待船归。数丛沙草群鸥散，万顷江田一鹭飞。谁解乘舟寻范蠡，五湖烟水独忘机。

春日偶作

西园一曲艳阳歌，扰扰车尘负薜萝。自欲放怀犹未得，不知经世竟如何。夜闻猛雨判花尽，寒恋重衾觉梦多。钓渚别来应更好，春风还为起微波。

过陈琳墓

曾于青史见遗文，今日飘蓬过此坟。词客有灵应识我，霸才无主始怜君。石麟埋没藏春草，铜雀荒凉对暮云。莫怪临风倍惆怅，欲将书剑学从军。

瑶瑟怨

冰簟银床梦不成，碧天如水夜云轻。雁声远过潇湘去，十二楼中月自明。

杨　柳

金缕毵毵碧瓦沟，六宫眉黛惹春愁。晚来更带龙池雨，半拂阑干半入楼。

皇甫松

采莲子

菡萏香连十顷陂，小姑贪戏采莲迟。晚来弄水船头湿，更脱红裙裹鸭儿。

船动湖光滟滟秋，贪看年少信船流。无端隔水抛莲子，遥被人知半日羞。

浪淘沙

滩头细草接疏林，浪恶罾船半欲沉。宿鹭眠洲非旧浦，去年沙觜是江心。

蛮歌豆蔻北人愁，松雨蒲风野艇秋。浪起鸡鹳眠不得，寒沙细细入江流。

刘绮庄

扬州怀古《全唐诗》作《扬州送人》

桂楫木兰舟，枫江竹箭流。故人从此去，远望不胜愁。落日低帆影，归风引棹讴。思君折杨柳，泪尽武昌楼。

李山甫（八二〇——？）

隋堤柳

曾傍龙舟拂翠华，至今凝恨倚天涯。但经春色还秋色，不觉杨家是李家。背日古阴从北朽，逐波疏影向南斜。年年只有晴风便，遥为雷塘送雪花。

赵　牧

对　酒

云翁耕扶桑，种黍养日乌。手挼六十花甲子，循环落落如弄珠。长绳系日未是愚，有翁临镜捋白须。饥魂吊骨吟古书，冯唐八十无高车。人生如云在须臾，何乃自苦八尺躯。裂衣换酒且为娱，劝君朝饮一瓢，夜饮一壶。杞天崩，雷腾腾，桀非尧是何足凭。桐君桂父岂胜我，醉里白龙多上升。菖蒲花开鱼尾定，金丹始可延君命。

唐温如

题龙阳县青草湖

西风吹老洞庭波，一夜湘君白发多。醉后不知天在水，满船清梦压星河。

陆龟蒙

袭美见题郊居十首因次韵酬之以伸荣谢录一首

福地能容堑，玄关讵有扉。静思琼版字，闲洗铁筇衣。鸟破凉烟下，人冲暮雨归。故园秋草梦，犹记绿微微。

别墅怀归

水国初冬和暖天，南荣方好背阳眠。题诗朝忆复暮忆，见月上弦还下弦。遥为晚花吟白菊，近炊香稻识红莲。何人授我黄金百，买取苏君负郭田。

木兰堂

洞庭波浪渺无津，日日征帆送远人。几度木兰舟上望，不知元是此花身。

白　莲

素花多蒙别艳欺，此花真合在瑶池。无情有恨何人见，月晓风清欲堕时。

白　鹭

雪然飞下立苍苔，应伴江鸥拒我来。见欲扁舟摇荡去，倩君先作水云媒。

村中晚望

抱杖柴门立，江村日易斜。雁寒犹忆侣，人病更离家。短鬓看成雪，双眸旧有花。何须万里外，即此是天涯。

又酬袭美早春病中书事次韵

从来多远思，尤向静中生。所以令心苦，还应是骨清。酒香偏入梦，花落又关情。积此风流事，争无后世名。

次和袭美病后春思

气和灵府渐氤氲，酒有贤人药有君。七字篇章看月得，百劳言语傍花闻。闲寻古寺消晴日，最忆深溪枕夜云。早晚共摇孤艇去，紫屏风外碧波文。

奉和袭美题达上人药圃

净名无语示清羸，药草搜来喻更微。一雨一风皆遂性，花开花落尽忘机。教疏兔镂金弦乱，兔镂，兔丝别名。自拥龙刍紫汞肥。莫怪独亲幽圃坐，病容销尽欲依归。

奉和袭美夏景冲淡偶作次韵

蝉雀参差在扇纱，竹襟轻利箨冠斜。垆中有酒文园会，琴上无弦靖节家。芝畹烟霞全覆穗，橘州风浪半浮花。闲思两地忘名者，不信人间发解华。

病中秋怀寄袭美

病容愁思苦相兼，清镜无形未我嫌。贪广异蔬行径窄，故求偏药出钱添。同人散后休赊酒，双燕辞来始下帘。更有是非齐未得，重凭詹尹拂龟占。

和袭美新秋即事次韵

帆楫衣裳尽钓徒，往来踪迹遍三吴。闲中展卷兴亡小，醉后题诗点画粗。松岛伴谈多道气，竹窗孤梦岂良图。还须待致升平了，即任扁舟放五湖。

秋夕文宴得成字

笔阵初临夜正清，击铜遥认小金钲。飞觥壮若游燕市，觅句难于下赵城。隔岭故人因会忆，傍檐栖鸟带吟惊。梁王座上多词客，五韵甘心第七成。梁昭明尝文宴，赋诗各五韵，刘孝威第七方成。

高　骈（八二一——八八七）

步虚词

青溪道士人不识，上天下天鹤一只。洞门深锁碧窗寒，滴露研朱点《周易》。

赠歌者

公子邀欢月满楼，佳人揭调唱《伊州》。便从席上风沙起，直到萧关水尽头。

许　棠（八二二——?）

题慈恩寺元遂上人院

竹槛匝回廊，城中似外方。月云开作片，枝鸟立成行。径接河源润，庭容塔影凉。天台频去说，谁占最高房。

刘　驾（八二二——？）

早　行

马上续残梦，马嘶始复惊。心孤多所虞，僮仆近我行。栖禽未飞散，落月照孤城。莫羡居者闲，溪边人已耕。

秋　夕

促织灯下吟，灯光冷于水。乡魂坐中去，倚壁身如死。求名为骨肉，骨肉万余里。富贵在何时，离别今如此。出门长叹息，月白西风起。

李昌符（八二四——？）

伤　春《全唐诗》作《旅游伤春》

酒醒乡关远，迢迢听漏终。曙分林影外，春尽雨声中。鸟思江村路，花残野岸风。十年成底事，羸马倦西东。

罗　邺（八二五——？）

闻杜鹃

花时一宿碧山前，明月东风叫杜鹃。孤馆觉来听夜半，羸僮相对亦无眠。汝身哀怨犹如此，我泪纵横岂偶然。争得苍苍知有恨，汝身成鹤我成仙。

仆射陂晚望

离人到此倍堪伤，陂水芦花似故乡。身事未知何日了，马蹄惟觉到秋忙。田园牢落东归晚，道路辛勤北去长。却羡无愁是沙鸟，双双相趁下斜阳。

唐　求(八二五——?)

山东兰若遇静公夜归

松门一径微，苔滑往来稀。半夜闻钟后，浑身带雪归。问寒僧接杖，辨语犬衔衣。又是安禅去，呼童闭竹扉。

夜上隐居寺

寻师拟学空，空住虎磎东。千里照山月，一枝惊鹤风。年如流去水，山似转来蓬。尽日都无事，安禅石窟中。

曹　唐

仙子洞中有怀刘阮

不将清瑟理《霓裳》，尘梦那知鹤梦长。洞里有天春寂寂，人间无路月茫茫。玉沙瑶草连溪碧，流水桃花满涧香。晓露风灯零落尽，此生无处访刘郎。

赠南岳冯处士二首

白石溪边自结庐，风泉满院称幽居。鸟啼深树劚灵药，花落闲窗看道书。烟岚晚过鹿裘湿，水月夜明山舍虚。支颐冷笑缘名出，终日王门强曳裾。

寂寥深木闭烟霞，洞里相知有几家。笑看潭鱼吹水沫，醉嗔溪鹿吃蕉花。穿厨历历泉声细，绕屋悠悠树影斜。夜静著灰封釜灶，自添文武养丹砂。

送康祭酒赴轮台

灞水桥边酒一杯，送君千里赴轮台。霜黏海眼旗声冻，风射犀文甲缝开。断碛簇烟山似米，野营轩地鼓如雷。分明会得将军意，不斩楼兰不拟回。

南　游

尽兴南游卒未回，水工舟子不须催。政思碧树关心句，难放红螺蘸甲杯。涨海潮生阴火灭，苍梧风暖瘴云开。芦花寂寂月如练，何处笛声江上来。

小游仙诗

南斗阑珊北斗稀，茅君夜着紫霞衣。朝骑白鹿趁朝去，风押笙歌逐后飞。

冰屋朱扉晓未开，谁将金策扣琼台。碧花红尾小仙犬，闲吠五云嗔客来。

玉诏新除沈侍郎，便分茅土镇东方。不知今夕游何处，侍从皆骑白凤凰。

九天天路入云长，燕使何由到上方。玉女暗来花下立，手挼裙带问昭王。

玉皇赐妾紫衣裳，教向桃源嫁阮郎。烂煮琼花劝君吃，恐君毛鬓暗成霜。

鹤叫风悲竹叶疏，谁来五岭拜云车。人间肉马无轻步，踏破先生一卷书。

夜降西坛宴已终，花残月榭雾朦胧。谁游八海门前过，空洞一声风雨中。

共爱初平住九霞，焚香不出闭金华。白羊成队难收拾，吃尽溪头巨胜花。

太一元君昨夜过，碧云高髻绾婆娑。手抬玉策红如火，敲断金鸾使唱歌。

侍女亲擎玉酒卮，满卮倾酒劝安期。等闲相别三千岁，长忆水边分枣时。

去住楼台一任风，十三天洞暗相通。行厨侍女炊何物，满灶无烟玉炭红。

王母相留不放回，偶然沉醉卧瑶台。凭君与向萧郎道，教着青龙取妾来。

水满桑田白日沉，冻云干霰湿重阴。辽东归客闲相过，因话尧年雪更深。

琼树扶疏压瑞烟，玉皇朝客满花前。东风小饮人皆醉，短尾青龙枕水眠。

彤阁钟鸣碧鹭飞，皇君催熨紫霞衣。丹房玉女心慵甚，贪看投壶不肯归。

沙野先生闭玉虚，焚香夜写紫微书。供承童子闲无事，教剉琼花喂白驴。

北斗西风吹白榆，穆公相笑夜投壶。花前玉女来相问，赌得青龙许赎无。

张　乔

送友人归宜春

落花兼柳絮，无处不纷纷。远道空归去，流莺独自闻。野桥喧硙水，山郭入楼云。故里南陔曲，秋期更送君。

武　瓘（八二九——？）

劝　酒

劝君金屈卮，满酌不须辞。花发多风雨，人生足别离。

处　默（八三〇——？）

题圣果寺

路自中峰上，盘回出薜萝。到江吴地尽，隔岸越山多。古木丛青霭，遥天浸白波。下方城郭近，钟磬接笙歌。

储嗣宗（八三〇——？）

南陂远望

闲门横古塘，红树已惊霜。独立望秋草，野人耕夕阳。孤烟起蜗舍，飞鹭下鱼梁。惟有田家事，依依似故乡。

小　楼

松杉风外乱山青，曲几焚香对石屏。记得去年春雨后，燕泥时污《太玄经》。

司马扎

道中早发

野店鸡一声，萧萧客车动。西峰带晓月，十里犹相送。繁弦满长道，羸马四蹄重。遥羡青楼人，锦衾方远梦。功名不我与，孤剑何所用。行役难自休，家山忆秋洞。

贯　休（八三二——九一二）

寄令狐郎中

雨打繁暑尽，放怀步微凉。绿苔狂似人，入我白玉堂。蜇鸟眠堪画，庭柽夜益香。唯应蕊宫子，时到虎溪旁。

江边道士

独住大江滨，不知何代人。药垆生紫气，肌肉似红银。酒酽竹屋斓一本作烂，符收山鬼仁。何妨将我去，一看武陵春。

梦游仙

车渠地无尘，行至瑶池滨。森森椿树下，白龙来嗅人。

于　濆（八三二——？）

古宴曲

雉扇合蓬莱，朝车回紫陌。重门集嘶马，言宴金张宅。燕娥奉卮酒，低鬟若无力。十户手胼胝，凤凰钗一只。高楼齐下视，日照罗衣色。笑指负薪人，不信生中国。

寒　食

二月野中芳，凡花亦能香。素娥哭新冢，樵柯鸣柔桑。田父引黄犬，寻狐上高冈。坟前呼犬归，不知头似霜。

早　发

绿野含曙光，东北云如茜。栖鸦林际起，落月水中见。此身何自苦，日日凌霜霰。流苏帐里人，犹在阳台畔。

李　郢（八三二——？）

江上逢王将军

虬髯憔悴羽林郎，曾入甘泉侍武皇。雕没夜云知御苑，马随仙仗识天香。五湖归去孤舟月，六国平来两鬓霜。唯有桓伊江上笛，卧吹《三弄》送残阳。

宿杭州虚白堂

秋月斜明虚白堂，寒蛩唧唧树苍苍。江风彻晓不得寐，二十五声秋点长。

崔道融（？——九〇〇？）

铜雀妓

歌咽新翻曲，香销旧赐衣。陵园风雨后后《全唐诗》作暗，不见六龙归。

春　闺

寒食月明雨，落花香满泥。佳人持锦字，无雁寄辽西。

江　村

日暮片帆落，江村如有情。独对沙上月，满船人睡声。

寄人二首第二首一作韦承庆，非。

花上断续雨，江头来去风。相思春欲尽，未遣酒尊空。

淡淡长江水，悠悠远客情。落花相与恨，到地一无声。

罗　隐（八三三——九〇九）

巫山高

下压重泉上千仞，香云结梦西风紧。纵有精灵得往来，狖轭鼯轩亦颠陨。岚光巙巙雷隐隐，愁为衣裳恨为鬓。暮洒朝行何所之，江边日月情无尽。珠零冷露丹堕枫，细腰长脸愁满宫。人生对面犹异同，况在千岩万壑中。

江南行

江烟湿雨鲛绡软，漠漠小山眉黛浅。水国多愁又有情，夜槽压酒银船满。细丝摇柳凝晓空《乐府诗集》二六细丝摇柳作绷丝采怨，吴王台榭春梦中。鸳鸯瀏鶒唤不起，平铺绿水眠东风。西陵路边月悄悄，油碧轻车苏小小同上油碧作油壁。

金陵夜泊

冷烟轻霭傍衰丛，此夕秦淮驻断蓬。栖雁远惊沽酒火，乱鸦高避落帆风。地销王气波声急，山带秋阴树影空。六代精灵人不见，思量应在月明中。

广陵开元寺阁上作

满槛山川漾落晖，槛前前事去如飞。云中鸡犬刘安过，月里笙歌炀帝归。江蹙海门帆散去，地吞淮口树相依。红楼翠幕知多少，长向东风有是非。

杏　花

暖触衣襟漠漠香，闲梅遮柳不胜芳。数枝艳拂文君酒，半里红欹宋玉墙。尽日无人疑怅望，有时经雨乍凄凉。旧山山下还如此，回首东风一断肠。

绵谷回寄蔡氏昆仲

一年两度锦江游，前值东风后值秋。芳草有情皆碍马，好云无处不遮楼。山将别恨和心断，水带离声入梦流。今日因君试回首，淡烟乔木隔绵州。

皮日休（八三三——？）

钓　侣

严陵滩势似云崩，钓具归来放石层。烟浪溅篷寒不睡，更将枯蚌点渔灯。

酒病偶作

郁林步障昼遮明，一炷浓香养病酲。何事晚来还欲饮，隔墙闻卖蛤蜊声。

鹿门夏日

满院松桂阴，日午却不知。山人睡一觉，庭鹊立未移。出檐趁云去，忘戴白接䍦。书眼若薄雾，酒肠如漏卮。身外所劳者，饮食须自持。何如便绝粒，直使身无为。

偶　书

女娲掉绳索，縆泥成下人。至今顽愚者，生如土偶身。云物养吾道，天爵高我贫。大笑猗氏辈，为富皆不仁。

读　书

家资是何物，积帙列梁梠。高斋晓开卷，独共圣人语。英贤虽异世，自古心相许。案头见蠹鱼，犹胜凡俦侣。

临顿里名为吴中偏胜之地陆鲁望居之不出郛郭旷若郊墅余每相访款然惜去因成五言十首奉题屋壁录一

经岁岸乌纱，读书三十车。水痕侵病竹，蛛网上衰花。诗任传渔客，衣从递酒家。知君秋晚事，白帻刈胡麻。

虎丘寺殿前有古杉一本形状丑怪图之不尽况百卉竞媚若妒若娼唯此杉死抱奇节饒然闯然不知雨露之可生也风霜之可瘁也乃造化者方外之材乎遂赋三百言以见志

种日传逢晋，枯来必自隋。鳄狂将立处，螭斗未开时。卓荦掷枪干，叉牙束戟枝。初惊蟉篆活，复讶獝狂痴。劲质如尧瘦，贞容学舜霉。势能擒土伯，丑可骇山祇。虎爪拿岩稳，虬身脱浪欹。槎头秃似刷，柟鞘利于锥。突兀方相胫，鳞皴夏氏胝。根应藏鬼血，柯欲漏龙漦。拗似神荼怒，呀如猰貐饥。朽痈难可吮，枯瘇不堪治。一炷玄云拔，三寻黑稍奇。狼头勃窣竖，蚕尾掘挛垂。目燥那逢爟，心开岂中铍。任苔为疥癣，从蠹作疮痍。品格齐辽鹤，年龄等宝龟。将怀缩地力，欲负拔山姿。未倒防风骨，初僵负贰尸。漆书明古本，铁室抗全师。磈磊还无极，伶俜又莫持。坚应敌骏骨，文定写彪皮。蟠屈愁凌刹，腾骧恐攫池。抢烟寒嵑嶭，披茑静襹褷。威仰诚难识，句芒恐不知。好烧胡律看，堪共达多期。寡色诸芳笑，无声众籁疑。终添八柱位，未要一绳维。尽日来唯我，当春玩更谁。他年如入用，直构太平基。

奉和鲁望独夜有怀吴体见寄

病鹤带雾傍独屋，破巢含雪倾孤梧。濯足将加汉光腹，抵掌欲捋梁武须。隐几清吟谁敢敌，枕琴高卧真堪图。此时枉欠高散物，楠瘤作樽石作垆。

醉中偶作呈鲁望

溪云涧鸟本吾侪，刚为浮名事事乖。十里寻山为思役，五更看月是情差。分将吟咏华双鬓，力以壶觞固百骸。争得草堂归卧去，共君同作太常斋。

周　朴（？——八七八）

董岭水

湖州安吉县，门与白云齐。禹力不到处，河声流向西。去衔山色远，近水月光低。中有高人在，沙中曳杖藜。

李咸用

春　日

浩荡东风里，徘徊无所亲。危城三面水，古树一边春。衰世难修道，花时不称贫。滔滔天下者，何处问通津。

李　洞

送云卿上人游安南

春往海南边，秋闻半路蝉。鲸吞洗钵水，犀触点灯船。岛屿分诸国，星河共一天。长安却归日，松偃旧房前。

郑补阙山居

高节谏垣客，白云居静坊。马饥餐落叶，鹤病晒残阳。野雾昏朝烛，溪笺惹御香。相招倚蒲壁，论句夜何长。

题维摩畅上人房

诸方几游腊，五夏五峰销。越讲迎骑象，蕃斋忏射雕。冷筇和雪倚，朽栎带云烧。从此西林老，瞥然三万朝。

赠曹郎中崇贤所居

闲坊宅枕穿宫水，听水分衾盖蜀缯。药杵声中捣残梦，茶铛影里煮孤灯。刑曹树荫千年井，华岳楼开万仞冰。诗句变风官渐紧，夜涛春断海边藤。

赠青龙印禅师

雨涩秋刀剃雪时，庵前曾礼草堂师。居人昨日相过说，鹤已生孙竹满池。

司空图（八三七——九〇八）

塞下一作殷遥，下作上。案五六见图《与李生论诗书》，则非殷诗明甚。

万里隋城在，三边虏气衰。沙填孤障角，烧断故关碑。马色经寒惨，雕声带晚饥。将军正闲暇，留客换歌辞。

寄永嘉崔道融

旅寓虽难定，乘闲是胜游。碧云萧寺霁，红树谢村秋。戍鼓如潮暗，船灯照岛幽。诗家多滞此，风景似相留。

下　方

昏旦松轩下，怡然对一瓢。雨微吟诗足，花落梦无聊。细事当棋遣，衰容喜镜饶。溪僧有深趣，书至又相邀。

上柏梯寺怀旧僧《全唐诗》作陌梯寺

云根禅客居，皆说旧无庐。松日明金像，山风响木鱼。依栖应不阻，名利本来疏。纵有人相问，林间懒折书。

江　行

地阔分吴塞，枫高映楚天。曲塘春尽雨，方响夜深船。行纪添新梦，羁愁甚往年。何时京洛路，马上见人烟。

庚子腊月五日

复道朝廷火，严城夜涨尘。骅骝思故第，鹦鹉失佳人。禁漏虚传点，妖星不振辰。何当回万乘，重睹玉京春。

丁未岁归王官谷

家山牢落战尘西，匹马偷归路已迷。冢上卷旗人簇立，花边移寨鸟惊啼。本来薄俗轻文字，却致中原动鼓鼙。将取一壶闲日月，长歌深入武陵溪。

退　栖

宦游萧索为无能，移住中条最上层。得剑乍如添健仆，亡书久似忆良朋。燕昭不是空怜马，支遁何妨亦爱鹰。自此致身绳检外，肯教世路日兢兢。

杂　题

溪涨渔家近，烟收鸟道高。松花飘可惜，睡里洒离骚。

修史亭

乌纱巾上是青天，检束酬知四十年。谁料平生臂鹰手，挑灯自送佛前钱。

歌　者

五柳先生自识微，无弦共笑手空挥。胸中免被风波挠，肯为螳螂动杀机。

聂夷中（八三七——？）

杂　兴

两叶能蔽目，双豆能塞聪。理身不知道，将为天地聋。扰扰造化内，茫茫天地中。苟或有所愿，毛发亦不容。

秋　夕

日往无复见，秋堂暮仍学。玄发不知白，晓入寒铜觉。为材未辞树，有玉犹在璞。谁把碧桐枝，刻作云门乐。

公子家

种花满西园，花发青楼道。花下一禾生，去之为恶草。

章　碣（八三七——？）

施舍早起

迹暗心多感，神疲梦不游。惊舟同魇夜，独树对悲秋。晚角和人战，残星入汉流。门前早行子，敲灯唱离忧。

周　繇（八三八——？）

登甘露寺

盘江上几层，峭壁半垂藤。殿锁南朝像，龛禅外国僧。海涛摏砌槛，山雨洒窗灯。日暮疏钟起，声声彻广陵。

唐彦谦（八三九——？）

曲江春望

杏艳桃娇夺晚霞，乐游无庙有年华。汉朝冠盖皆陵墓，十里宜春汉苑花。

仲山高祖兄仲隐居之所

千载遗踪寄薜萝，沛中乡里旧山河。长陵亦是闲丘陇，异日谁知与仲多。

郑　谷（八四二——九一〇？）

别同志

所立共寒苦，平生同与游。相看临远水，独自上孤舟。天淡沧浪晚，风悲兰杜秋。前程吟此景。为子上高楼。

寄司勋张员外学士

平昔偏知我，司勋张外郎。昨来闻傲扰，忧甚欲颠狂。烟暝搔愁鬓，春阴赖酒乡。江楼倚不得，横笛数声长。

张谷田舍

县官清且俭，深谷有人家。一径入寒竹，小桥穿野花。碓喧春涧满，梯倚绿桑斜。自说年来稔，前村酒可赊。

鹧　鸪

暖戏烟芜锦翼齐，品流应得近山鸡。雨昏青草湖边过，花落黄陵庙里啼。游子乍闻征袖湿，佳人才唱翠眉低。相呼相唤湘江曲，苦竹丛深春日西。

韩　偓（八四四——？）

雨　中

青桐承雨声，声声何重叠。疏滴下高枝，次打欹低叶。鸟湿更梳翎，人愁方挂颊。独自上西楼，风襟寒帖帖。

暴　雨

电尾烧黑云，雨脚飞银线。急点溅池心，微烟昏水面。气凉氛祲消，暑退松篁健。丛蓼亚赪茸，擎荷翻绿扇。风期谁与同，逸趣余探遍。欲去更迟留，胸中久交战。

残春旅舍

旅舍残春宿雨晴，恍然心地忆咸京。树头蜂抱花须落，池面鱼吹柳絮行。禅伏诗魔归净域，酒冲愁阵出奇兵。两梁免被尘埃污，拂拭朝簪待眼明。

半　醉

水向东流竟不回，红颜白发递相催。壮心暗逐高歌尽，往事空乘半醉来。云护雁霜笼淡月，雨连莺晓落残梅。西楼怅望芳菲节，处处斜阳草似苔。

春　尽

惜春连日醉昏昏，醒后衣裳见酒痕。细水浮花归别涧，断云含雨入孤村。人闲易得芳时恨，地迥难招自古魂。惭愧流莺相厚意，清晨犹为到西园。

效崔国辅体

雨后碧苔院，霜来红叶楼。闲阶上斜日，鹦鹉伴人愁。

罗幕生春寒，绣窗愁未眠。南湖一夜雨，应湿采莲船。

并　州

戍旗青草接榆关，雨里并州四月寒。谁会凭栏潜忍泪，不胜天际似江干。

已凉

碧栏干外绣帘垂，猩色屏风画折枝。八尺龙须方锦褥，已凉天气未寒时。

寒食夜

恻恻轻寒翦翦风，杏花飘雪小桃红。夜深斜搭秋千索，楼阁朦胧细雨中。

忍笑

宫样衣裳浅画眉，晚来梳洗更相宜。水精鹦鹉钗头颤，举袂佯羞忍笑时。

半睡

眉山暗淡向残灯，一半云鬟坠枕棱。四体著人娇欲泣，自家揉损砑缭绫。

寄恨

秦钗枉断长条玉，蜀纸空留小字红。死恨物情难会处，莲花不肯嫁东风。

杜荀鹤（八四六——九〇四）

春宫怨

早被婵娟误，欲妆临镜慵。承恩不在貌，教妾若为容。风暖鸟声碎，日高花影重。年年越溪女，相忆采芙蓉。

霁后登唐兴寺水阁

一雨三秋色，萧条古寺间。无端登水阁，有处似家山。白日生新事，何人得暂闲。将知老僧意，未必恋松关。

秋宿临江驿

南来北去二三年，年去年来两鬓斑。举世尽从愁里老，谁人肯向死前闲。渔舟火影寒归浦，驿路铃声夜过山。身事未成归未得，听猿鞭马入长安。

曹　松（八四八——九〇一）

长安春日

浩浩看花晨，六街扬远尘。尘中一丈日，谁是晏眠人。御柳舞着水，野莺啼破春。徒云多失意，犹自惜离秦。

赠南陵李主簿

外邑官同隐，宁劳短吏趋。看云情自足，爱酒逸应无。簟席遗棋子，衣裳惹印朱。仍闻陂水近，亦拟棹菰蒲。

寄崇圣寺僧

不醉长安酒，冥心只似师。望山吟过日，伴鹤立多时。沟远流声细，林寒绿色迟。庵西萝月夕，重约语空期。

送进士喻坦之游太原

北鄙征难尽，诗愁满去程。废巢侵烧色，荒冢入锄声。逗野河流浊，离云碛日明。并州戎垒地，角动引风生。

再到洪州望西山

洪州向西顾，不忍暂忘君。记得瀑泉落，省同幽鸟闻。一回经雨雹，长有剩风云。未定却栖息，前头江海分。

赠衡山麋明府

为县潇湘水，门前树配苔。晚吟公籍少，春醉积林开。涤砚松香起，擎茶岳影来。任官当此境，更莫梦天台。

南　游

直到南箕下，方谙涨海头。君恩过铜柱，戎节限交州。犀占花阴卧，波冲瘴色流。远夷居不乐，自是北人愁。

南海旅次

忆归休上越王台，归思临高不易裁。为客正当无雁处，故园谁道有书来。城头早角吹霜尽，郭里残潮荡月回。心似百花开未得，年年争发被春催。

吴　融（八五〇——？）

途　中

柳弱风长在，云轻雨易休。不劳芳草色，更惹夕阳愁。万里独归去，五陵无与游。春心渐伤尽，何处有高楼。

金桥感事

太行和雪叠晴空，二月春郊尚朔风。饮马早闻临渭北，射雕今欲过山东。百年徒有伊川叹，五利宁无魏绛功。日暮长亭正愁绝，哀笳一曲戍烟中。

春归次金陵

春阴漠漠覆江城，南国归桡趁晚程。水上驿流初过雨，树笼堤去不离莺。迹疏冠盖兼无梦，地近乡关别有情。便被东风动愁思，杨花千里雪中行。

题湖城县西道中槐树

零落欹斜此路中，盛时曾识太平风。晓迷天仗归春苑，暮送鸾旗指洛宫。一自烟尘生蓟北，更无消息幸关东。而今只有孤根在，鸟啄虫穿没乱蓬。

山居即事

小亭前面接青崖，白石交加衬绿苔。日暮松声满阶砌，不关风雨鹤归来。

钓　竿

曾抛钓渚入秦关，今却持竿傍碧滩。认得旧溪兼旧意，恰如羊祜识金环。

韦　庄（八五一——九一〇）

章台夜思

清瑟怨遥夜，绕弦风雨哀。孤灯闻楚角，残月下章台。芳草已云暮，故人殊未来。乡书不可寄，秋雁又南回。

延兴门外作

芳草五陵道，美人金犊车。绿奔穿内水，红落过墙花。马足倦游客，鸟声欢酒家。王孙归去晚，宫树欲栖鸦。

忆　昔

昔年曾向五陵游，子夜歌清月满楼。银烛树前长似昼，露桃花下不知秋。西园公子名无忌，南国佳人字莫愁。今日乱离俱是梦，夕阳惟见水东流。

过扬州

当年人未识兵戈，处处清楼夜夜歌。花发洞中春日永，月明衣上好风多。淮王去后无鸡犬，炀帝归来葬绮罗。二十四桥空寂寂，绿杨摧折旧官河。

绥州作

雕阴无树水南流，雉堞连云古帝州。带雨晚驼鸣远戍，望乡孤客倚高楼。明妃去日花应笑，蔡琰归时鬓已秋。一曲单于暮烽起，扶苏城上月如钩。

与东吴生相遇

十年身事各如萍，白首相逢泪满缨。老去不知花有态，乱来惟觉酒多情。贫疑陋巷春偏少，贵想豪家月最明。且对一尊开笑口，未衰应见泰阶平。

金陵曲《全唐诗》作台城

江雨霏霏江草齐，六朝如梦鸟空啼。无情最是台城柳，依旧烟笼十里堤。

崔　涂（八五四——？）

夕次洛阳道中

秋风吹故城，城下独吟行。高树鸟已息，古原人尚耕。流年川暗度，往事月空明。不复叹岐路，马前尘夜生。

秋宿天彭僧舍

身世两相惜，秋云每独兴。难将尘界事，话向雪山僧。力善知谁许，归耕又未能。此怀平不得，挑尽草堂灯。

孤　雁

几行归去尽，念尔独何之。暮雨相呼失，寒塘独下迟。渚云低暗度，关月冷相随。未必逢矰缴，孤飞自可疑。

秋日犍为道中

久客厌岐路，出门吟且悲。平生未到处，落日独行时。芳草不长绿，故人难重期。那堪更南渡，乡国已天涯。

巴山道中除夜书怀

迢递三巴路，羁危万里身。乱山残雪夜，孤烛异乡人。渐与骨肉远，转于僮仆亲。那堪正飘泊，明日岁华新。

春夕旅怀

水流花谢两无情，送尽东风过楚城。蝴蝶梦中家万里，杜鹃枝上月三更。故园书动经年绝，华发春唯满镜生。自是不归归便得，五湖烟景有谁争。

王　驾（八五一——？）

古　意

夫戍萧关妾在吴，西风吹妾妾忧夫。一行书信千行泪，寒到君边衣到无。

齐　己（八六一——九四〇？）

剑　客

拔剑绕残樽，歌终便出门。西风满天雪，何处报人恩。勇死寻常事，轻仇不足论。翻嫌易水上，细碎动离魂。

登祝融峰

猿鸟共不到，我来身欲浮。四边空碧落，绝顶正清秋。宇宙知何极，华夷见细流。坛西独立久，白日转神州。

王贞白（八六一——？）

商　山

商山名利路，夜亦有人行。四皓卧云处，千秋叠藓生。昼烧笼涧黑，残雪隔林明。我待酬恩了，来听水石声。

题严陵钓台

山色四时碧，溪声七里清。严陵爱此景，下视汉公卿。垂钓月初上，放歌风正轻。应怜渭滨叟，匡国只论兵。

过商山

一宿白云根，时经采麝村。数峰虽似蜀，当昼不闻猿。马立溪沙浅，人争阁道喧。明朝弃繻罢，步步入金门。

沈　彬（八六一——九四五？）

塞　下

塞叶声悲秋欲霜，寒山数点下牛羊。映霞旅雁随疏雨，向碛行人带夕阳。边骑不来沙路失，国恩深后海城荒。胡儿向化新成长，犹自千回问汉王。

张　蠙（八六一——？）

过萧关

出得萧关北，儒衣不称身。陇狐来试客，沙鹘下欺人。晓戍残烽火，晴原起猎尘。边戎莫相忌，非是霍家亲。

送友人归武陵

闻近桃源住，无村不是花。戍旗招海客，庙鼓集江鸦。别岛垂橙实，闲田长荻芽。游秦未得意，看即更离家。

钱塘夜宴留别郡守

四方骚动一州安，夜列樽罍伴客欢。觱栗调高山阁迥，虾蟆更促海声寒。屏间佩响藏歌妓，幕外刀光立从官。沉醉不愁归棹远，晚风吹上子陵滩。

翁承赞（八六二——？）

柳

炀帝东游意绪多，宫娃眉翠两相和。一声水调春风暮，千里交阴锁汴河。

徐　夤（八六五——？）

梦　断

梦断纱窗半夜雷，别君花落又花开。渔阳路远书难寄，衡岳山高月不来。玄燕有情穿绣户，灵龟无应祝金杯。人生若得长相对，萤火生烟草化灰。

绿　鬓

绿鬓先生自出林，孟光同乐野云深。躬耕为食古人操，非织不衣贤者心。眼众岂能分瑞璧，舌多须信烁良金。君看黄阁南迁客，一过泷州绝好音。

裴　说（八七二——？）

鹿门寺

鹿门山上寺，突兀尽无尘。到此修行者，应非取次人。鸟过惊石磬，日出碍金身。何计生烦恼，虚空是四邻。

题岳州僧舍

喜到重湖地地《全唐诗》作北，孤舟横晚烟。鹭衔鱼入寺，鸦接饭随船。松桧君山迥，菰蒲梦泽连。与师吟论处，秋水浸遥天。

翁　宏

春　残

又是春残也，如何出翠帏。落花人独立，微雨燕双飞。寓目魂将断，经年梦亦非。那堪愁向夕，萧飒暮蟾辉。

谭用之

月夜怀寄友人

剑气徒劳望斗牛，故人别后阻仙舟。残春谩道深倾酒，好月那堪独上楼。何处是非随马足，由来得丧白人头。清风未许重携手，几度高吟寄水流。

渭城春晚

秦树朦胧春色微，香风烟暖树依依。边城夜静月初上，芳草路长人未归。折柳且堪吟晚槛，弄花何处醉残晖。钓乡千里断消息，满目碧云空自飞。

徐　铉（九一六——九九一）

爱敬寺有老僧尝游长安言秦雍间事历历可听因赠此诗兼示同行客

白首栖禅者，尝谈灞浐游。能令过江客，偏起失乡愁。室倚桃花崦，门临杜若洲。城中无此景，将子剩淹留。

李　中（九二四——九七五?）

春日野望怀故人

野外登临望，苍苍烟景昏。暖风医病草，甘雨洗荒村。云散天边影，潮回岛上痕。故人不可见，倚杖役吟魂。

张　泌（九三〇——?）

春晚谣

雨微微，烟霏霏，小庭半坼红蔷薇。钿筝斜倚画屏曲，零落几行金雁飞。萧关梦断无寻处，万叠春波起南浦。凌乱杨花扑绣帘，晚窗时有流莺语。

洞庭阻风

空江浩荡景萧然，尽日菰蒲泊钓船。青草浪高三月渡，绿杨花扑一溪烟。情多莫举伤春目，愁极兼无买酒钱。犹有渔人数家住，不成村落夕阳边。

晚次湘源县

烟郭遥闻向晚鸡，水平舟静浪声齐。高林带雨杨梅熟，曲岸笼云谢豹啼。二女庙荒汀树老，九疑山碧楚天低。湘南自古多离怨，莫动哀吟易惨凄。

潘　佑（九三七——九七二）

送人往宣城

江畔送行人，千山生暮氛。谢安团扇上，为画敬亭云。

闻一多全集

6

诗选与校笺（下）、跋及编后

闻一多 著

朱自清 郭沫若 吴晗 叶圣陶 编

上海人民出版社 上海书店出版社

诗选与校笺（下）

目录

5 现代诗钞

现代诗钞

目录

8 郭沫若六首
12 冰心女士二首
14 袁水拍四首
17 汪铭竹二首
20 夏蕾二首
26 杜谷二首
33 艾漠一首
34 赵令仪一首
36 伍棠棣一首
40 陈迩冬二首
46 丽砂一首
46 鲁藜一首
47 力扬一首
47 侯唯动二首
52 王独清二首
53 沈从文一首
54 废名二首
56 戴望舒三首
58 玲君三首
62 侯汝华二首
64 林庚一首
64 史卫斯一首
65 钱君匋一首
65 李白凤二首
66 沈洛一首
67 陈雨门一首
68 陈时一首
69 苏金伞一首
70 罗英辰二首
71 徐迟二首

73　上官橘一首
73　陈江帆一首
74　俞铭传七首
80　王佐良一首
85　穆旦十一首
92　罗寄一三首
97　杜运燮三首
104　何其芳二首
106　艾青十一首
140　柳木下二首
141　婴子二首
144　S. M. 三首
153　田间六首
172　韩北屏二首
176　鸥外鸥一首
177　穆芷一首
183　杨周翰二首
184　胡明树二首
189　周为一首
194　陈善文一首
195　任钧一首
196　孙钿一首
200　失名二首
204　何达四首
210　沈季平一首
211　徐志摩十二首
248　闻一多九首
256　饶孟侃五首
260　朱湘四首
262　孙大雨三首
265　邵洵美一首
265　林徽音一首
266　陈梦家十首
275　方玮德四首
278　朱大枏一首
278　梁镇一首

郭沫若

天　狗

我是一条天狗!
我把月来吞了,
我把日来吞了,
我把一切的星球来吞了,
我把全宇宙来吞了,
我便是我了!
我是月的光,
我是日的光,
我是一切星球的光,
我是X光线的光,
我是全宇宙的energy的总量!

我飞奔，我狂叫，我燃烧。
我如烈火一样地燃烧！
我如大海一样地狂叫！
我如电气一样地飞跑！
我飞跑，我飞跑，我飞跑，
我剥我的皮，
我食我的肉，
我嚼我的血，
我啮我的心肝，
我在我神经上飞跑，
我在我脊髓上飞跑，
我在我脑经上飞跑，
我便是我呀！
我的我要爆了！

一九二〇年二月

笔立山头展望

笔立山在日本门司市西。登山一望，海陆船廛，了如指掌。

大都会的脉搏哟！
生的鼓动哟！

打着在，吹着在，叫着在，……
喷着在，飞着在，跳着在，……
四面的天郊烟幕朦胧了！
我的心脏呀快要跳出口来了！
哦哦，山岳的波涛，瓦屋的波涛，
涌着在，涌着在，涌着在，涌着在呀！
万籁共鸣的 symphony，
自然与人生的婚礼呀！
弯弯的海岸好像 Cupid 的弓弩呀！
人的生命便是箭，正在海上放射呀！

黑沉沉的海湾，停泊着的轮船，进行着的轮船，数不尽的轮船，

一枝枝的烟筒都开着了朵黑色的牡丹呀！
哦哦，二十世纪的名花！
近代文明的严母呀！

一九二〇年六月

立在地球边上放号

无数的白云正在空中怒涌，
啊啊！好幅壮丽的北冰洋的情景哟！
无限的太平洋提起他全身的力量来要把地球推倒。

啊啊！我眼前来了的滚滚的洪涛哟！
啊啊！不断的毁坏，不断的创造，不断的努力哟！
啊啊！力哟！力哟！
力的绘画，力的舞蹈，力的音乐，力的诗歌，力的 rhythm 哟！

一九一九年九十月间

夜步十里松原

海已安眠了。
远望去，只见得白茫茫一片幽光，
听不出丝毫的波声涛语。
哦，太空！怎么那样地高超，自由，雄浑，清寥！
无数的明星正圆睁着他们的眼儿，
在眺望这美丽的夜景。
十里松原中无数的古松，
都高擎着他们的手儿沉默着在赞美天宇。
他们一枝枝的手儿在空中战栗，
我的一枝枝的神经纤维在身中战栗。

灯　台

那时明时灭的，
那是何处的灯台？

陆地已近在眼前了吗？
转令我中心不快。

啊，我怕见那黑沉沉的山影，
那好像童话中的巨人！
那是不可抵抗的，
陆地已近在眼前了！

新　芽

新芽！嫩松的新芽！
比我拇指还大的新芽！
一尺以上的新芽！
你是今年春天的纪念碑呀！
生的跃进哟！春的沉醉哟！
哦，我！我是个无机体吗？

冰心女士

繁　星

七

醒着的，
　只有孤愤的人罢！

听声声算命的锣儿，
　　敲破世人的命运。

四八

弱小的草呵！
骄傲些罢，
　　只有你普遍的装点了世界。

六〇

轻云淡月的影里，
　　风吹树梢——
　　　　你要在那时创造你的人格。

七五

父亲呵！
　　出来坐在月明里，
　　　　我要听你说你的海。

一三一

大海呵，
　　哪一颗星没有光？
　　哪一朵花没有香？
　　哪一次我的思潮里
　　　　没有你波涛的清响？

一四七

将来

　　明媚的湖光里，
　　　可有个矗立的碑？
怎敢这般沉默着——想。

春　水

四一

小松树，
容我伴你罢，
山上白云深了！

四八

萤儿自由的飞走了，
　无力的残荷呵！

一二四

黄昏了——
　湖波欲睡了——
走不尽的长廊呵！

袁水拍

小诗四首

一　赠友

小小的牛犊在山坡上，

尖尖的耳朵摆了又摆。
斜着的眼睛像榆叶的形状，
胆小地朝我望望。
背脊骨是弯下的，
腹部的肋骨一条一条，
稀稀的颈毛没有一点光泽。
一匹没有母亲也没有亲人的
小小的牛犊在山坡上。

二　折断的松树

一颗小松树齐腰折断了，
半个身体倒在地上。
松针还是绿的，
但是，我晓得它，
明天就要焦黄。

折断的树杆，
像折断的骨骼。
就这样断在那儿，
就这样断在地上。

我俯下身去看看，
看看那折断的伤口，

是不是湿润的，

还是已经枯干，

但是，这有什么两样！

三 城 市

城市在前面等着你，

它有酒馆的气味，

它有汽车的气味，

它有车轮卷起的尘埃，

它有说谎的商业和标语。

它将招待你，用吵闹的市街，

用人与人之间的隔膜和欺骗，

用麻痹了的心肠，

像一匹野兽似地蹲着，

城市在前面等着你。

四 理发匠

理发匠熟悉地运用着他的剪子，

把剪子嚓嚓嚓地在空中敲响。

夹着梳子的手搬弄你的头，

像整理一块荒芜已久的草场，

他整理你这乡下来的人。

洗掉你鬓发里的稻草屑，
塞没你皮肤上的毛孔，不能呼吸，
剃掉你脸颊上的太阳光，
用膏，用油，再用粉，涂着，抹着，
他整理着你这乡下来的人。

——《现代中国诗选》

汪铭竹

纪德与蝶

热情的细网，重又络住他徬徨的心。 纪德
向非洲发掘新的食粮去，蓦地像
春天往他身上扑来，于是开始了蝶的狩猎。

他说：这是一种青年时的计划，在老年时
才实现。向往着这簇新的世界，已往
二十年，或许三十年了，仿佛一支隐秘的梦。

非洲诚然是块迷人的土地，有绿色大蛇，
有羚羊，有庞大的纸草田，灰色蜥蜴与大白鹭，
古代白蚁居室，如座圆顶的短山丘。

木棉树，旅人树，棕榈树，像银耳般大的

巨大的羊齿类寄生；鳄鱼身上，是多好的
美的斑纹，野火烧过的荒地上，有狮子来往。

魔鬼一般的孩子们，头顶上插着一翎大羽毛，
美的上肢之女人，骼骨上装起金灿灿的铜环，
并以棕榈纤维编成短短的裙，此外，还有文面的土人。
凌压在这一切奇异之上的，非洲更是蝶之王国；
大的燕尾蝶，蔚蓝色，珍珠色，硫磺色嵌着
黑的斑点，有的翼背上更闪灼金光……

但不久纪德的坏时辰到来了，他的热心
照射了非洲的空间，他闯入后台，扯开了
眩目的布景，在那里他目击了丑陋与可耻。

孩子们赤裸着上身，没一片布，生疥疮，生癣，
生瘌痢，象皮症，瞌睡病，像播种落在
每个人身上，死亡牵起手，拜访着家家。

全像没有牧者的愁惨的人畜呀，女人在
雨淋下漏夜给修着汽车路，割树胶者
已是被榨干的橘，剩下了空的皮壳。

太重的徭役，土人全都逃往荆棘中去了，
如一只只被猎逐的野兽，部落抛下了，乡村
抛下了，自然更顾不了家庭与耕种。

一举眼，荒芜的田成了一片柴草，蛰伏在
向无人居的洞穴中，以草根果腹。在荆棘中，真理有
何等昂贵之代价呀！一个土人头目如是说。

于是从憧憬之高塔跌下了，纪德深深诅咒
自己着了魔，眼光失却了新奇的感觉，忘了蝶，
忘了长柄的捕蝶网，终于他冲出谎言的黑屋。

三十年三月一日

法兰西与红睡衣

巴黎，世界的花床，
剩下一堆灰烬，没一星火。

千夫所指，十目所视，
红睡衣是压着法兰西的魇魔。

黑蜘蛛拼命放出死前回光，
又纺织了一面毒网。

自柏林铁甲车纷至沓来，
饱吞下法兰西煤炭。

播音员不断喊着待访的男和女；
夜沙龙中，竖琴小鼓失了声。

一扇扇铁栏门，风瘫
在地上，碎玻璃，五彩缤纷。

千千万万的人，哑了，
喉头里则异样的怪痒。

集中营拥挤着人众，
人众日夜作圣贞德之幻想。

三十年十一月十日

夏蕾

山

舟行七日，
我从海的波涛上

投入了山的波涛。

是第一次
当我的双足踏上
这北国底松软的黄土，
虽曾有像哥伦布的伙伴似的，
俯伏在证实了的新大陆上，
将嘴唇去吻接大地的心情，
我也不能绝无眷恋于海。
我曾是一个多梦的孩子：
从我睡着的眠床上
垂下薄薄的纱帐，
那是染了
海的颜色，
海的喜悦的笑影的，
在帐里，
我梦见过海上的初阳。

我曾有一段沉醉的日子：
像嗜饮者沉浸在
深夜的酒店的灯光里，
我沉浸在

薄暮的小湖之滨；
在暮霭下闪着微光的湖水，
我想像它是海上的黎明。

我说过“我是爱水的人”，
但今天却浮沉在山国里。
虽也有延水潺潺，
召唤着遥远的忆念，
然而山，
却以顽强的不移的姿态，
把握着我：
犹如水启示了我的梦幻，
它启示了我的劳作。

虽说是荒瘠的秃顶的山
像守财奴的扑满，
不轻易给人以一草一木，
当我们有锄头在手，
它也大量地
献出了黄金一样的小米的颗粒。

虽说是低矮的丑陋的山

靠几千年前的洪水
冲积了瘦磷磷的石骨，
当我们有长枪在握，
它也英勇地
担负了保卫子民的屏障。

如果说我是热爱着
这北国的山的波涛，
那是因为我投入了人的波涛！

二　月

二月
融雪的日子，
雪融化在
它原先占领了的
山上，
路上，
茅屋顶上，
枯草的根上，
秃树的枝桠上，
怕冷的人们底心上。

山依然是山
将那些满覆着的
白的团块，
白的斑点，
白的微粒，
吞没在
筋脉纵横的肌肤里，
像一双从战斗中
抽出的手，
毛孔里腾着热气。

而太阳，
那火热的红球，
在淡蓝而闪光的太空，
驱逐着灰色的云块，
而且像在呼嚷着什么，
像致一篇欢迎词，
二月，
解冻的日子。

那结冻的哑喑的小河，
今天
却在嘶着龟裂的冰块，
嗞喳嗞喳

嗞喳嗞喳地响，
然后，
又访问到别一条溪流去了；
它们谈得怎样地欢畅呵！

那挂在嶙峋的石崖上的
锥形的冰柱，
我们的山的白髯，
今天哪里去了？
代替它的是微温的水滴，
是欢喜的泪珠，
流在古老的
山的多皱的脸上，
低声的诉说
又一代的年青。

而风，
挟着醉人的呼吸，
吹着复苏的大地，
吹过教堂的塔尖，
在无声的钟楼下，
在被缀上了红星的
圣母龛前，

就爆发了歌声：
是迎接世纪的春天的
中国的战歌，
是迎接世界的春天的
没产者的进行曲。

一九四〇年二月

杜　谷

江，车队，巷

江

喑哑的江
瘦弱的江
来自荒远的山中的
古老的江
你是病了吗?

在冬天的灰沉的天幕下
你沉默地流过城市的边沿
当更深的夜
你江上沉落着潮湿的雾
我仿佛听到你无声的

悲哀的啜泣
是吗？你
你是不是回忆起
绿色的六月
羞惭你失去了洪水时节的
强壮的力？

不，你不要悲哀
你不是还
为祖国
从星散在你身旁的僻小的村庄
运来了城市的食粮？

你不是还
为祖国
载运了大队的兵马
向东方去
征伐他们的仇敌吗？
喑哑的江
瘦弱的江呀
你不要再
悲哀吧！因为

春天
又要来了
车　队
广大的
辽阔的
祖国的原野！
我每天大早一爬起床
就跑到窗口
向你问安好

今天我看见
辽阔的江的对岸呀
有来自南方的
载重汽车队

它们披一身尘沙
从遥远的山中
那覆盖着雾的轻纱的
红色的草坡上
出现
穿过疏林
唱着歌迅急地奔来

唱着愉快的歌
唱着发散着蓝色的海水气息的歌

到了渡口
向耸立在山冈上的，祖国的
发光的大城
扬起手

它们排列着爬上渡船
过江来了
眼里射出亲切的光辉
伸开手臂
啊！母亲
它们的眼里流下
欣悦的眼泪

它们载一车南国的温暖
开进了祖国的怀抱

巷

破碎的巷
坍倒的巷呀！

我看到了

灾难的风暴
舐过我们城市的废墟
你破碎的窗槅
你坍倒的楼
你无遮的庭园
你无顶的房舍
你烧断的墙
你横七竖八的木柱
……
都掩着憔悴的污赃的脸
只把焦黑的疤痕
悲哀的裸露着
扶着那
年老人的牙齿似的一段危墙
在破瓦堆上
一拐，一拐
艰困地走着的
老母亲
你脸苦痛地皱结着
喃喃地诅咒些什么？
是的，我知道
我们每一个
每一个祖国的子民

心里都种着仇恨

四〇年冬末

泥土的梦

泥土的梦是黑腻的

当春天悄悄爬行到北温带的日子
泥土有最美丽的梦

泥土有绿郁的梦
灌木林的梦
繁花的梦
发散着果实的酒香的梦
金色的谷粒的梦
它在梦中听见了孩子们的刈草镰
和风车，水磨转动的声音

它在梦中听见了
潺潺的河水
和牝牛低沉的鸣叫
和布谷鸟催耕的歌

和在温暖的池沼
划着橘色的桨的白鹅的长曲

我们从南方回来的漂亮的旅客
太阳，却正用金色的修长的睫毛
搔痒着它
春风又吹着它隆起的乳房
它美丽的长发
它红润的裸足
又吹卷着
它的宽大的印花布衫的衣角

一天夜里
旷野降下了滂沱的大雨
雨以它密密的柔和的小蹄
不停的吻着泥土
激动的摇拍着泥土
热情的抚摸着泥土

泥土从深沉的梦里醒来
慢慢睁开它美丽的大眼
它眼里充满了喜悦的泪

看，我们的泥土是怀孕了

四〇年春三月，四一年四月改。

艾 漠

生 活

我们的生活：
太阳和汗液。
太阳从我们头上升起，
太阳晒着我们，
像小麦
我们生长
在五月的田野。

我们是小麦，
我们是太阳的孩子。

我们流汗，
发着太阳味，
工作
在小麦色的愉快里。

歌唱

歌唱

在每个早晨和晚上。

生活，

甜蜜而饱满的穗子。

我们兄弟般的

结紧在穗子上，

我们——熟透的麦粒呀。

赵令仪

马上吟

——去国草之二

停马于祖国的边疆上，

我们守卫着祖国的门。

曾如条长寿的巨龙，

我们爬过了横断山脉。

马蹄踏过

云岭山上软软的雪

也踏过高黎贡山的草。

山茶逗着春天

我们的马也笑了。

（我们的马是多情的哩。
他会悄悄停下
吻一下山地的花，
吻一下带翠的新芽。）

一如飞地，我们的马
奔驰在草原上。
草原悄悄绿了，
绿透了辽阔的边疆。
马蹄轻轻起落，
起落在春天的胸脯上。

（而我们听见土地
轻快地舒息着，
土地成长了春天，
春天恋着我们
多情的马蹄。）

我们越过澜沧江，
江水如一面镜
照着我们

红得发光的脸
红得发光的旌旗。
怒江的水陪我们笑，
陪伴我们的寂寞。

（我们有一片
淡淡的乡愁哩。
如一粒沙子，昨天
我们把它丢在山上，
丢在怒江的水底。）

我们宝爱着马，
更宝爱生长我们的土地。
扬扬鞭，把战斗的种子
撒在马蹄穴里，
让战争强健我们的土地。
如今停马于祖国的边疆上，
我们守卫着祖国的门。

伍棠棣

芋田上

南方雨后的黄昏

短得像羊儿的尾巴。
暮霭杖着松林，
从遥远的山脊
走回郊原上的家。
郊原上，我牧看着牛群。
收获的季节，
是耕牛享福的日子，
望着自己耕过的田地，
长满谷粒，埋着紫芋，
摇摇尾，舐舐舌尖：
“假若我不吃草
又怎能养活田地呢？”
耕牛笑了，又低头啃着青草。
透熟的谷粒，
必须再喝许多水。
我叫稻田掀开嘴巴，
愉快地，亲切地，
将水轻吐给芋田，
让新生的紫芋长得着，
长得甜，长得肥大。

芋田，

多辽阔啊！
这绿色的长堤，
这短矮的绿堤啊！
绿堤抱着禾穗的金浪，
金浪也抱着绿堤：
纠缠的，蓬勃的，
以无边无极的
健康的线条
描一抹无垠的希望，
飘向多雾的远方。

绿色的堤，
爱护着我们艰苦的命，
教喝血的饥荒
扬着黑色的翅膀
永离我们的田庄。
而我们
用艰苦生命的血汗
筑起绿色的长堤
永远的卫护着大地。

“白饭好吃田难种，

紫芋好吃地难耕；
娇娥生在人家里，
风流好耍路难行。”

“一块大田长又长，
九个横牛耕一行，
三百大船溯江上，
还嫌船少不开仓！”

歌声
像一樯白帆
从东山荡到西山，
荡着爱慕，
也荡着梦想……
芋田上，
用锄头挖掘紫芋，
我应和着荡漾的歌。
黄昏老了，
用芋田的绿掌
捧着只只芋，
我跨在牛背上
随一串熟悉蹄声

信步回家……

陈迩冬

猫

一九四一年就要完了
时间在你双瞳上
像雨水落在屋脊
分两边流，流去……

你翠绿的虹彩
把时间，像魔术家
玩弄着，变幻着
如赛马者的鞭挞
如真空，让一片羽毛
比野马尘埃还落得快
落得沉重，没半点儿怜惜
像对殖民地的蹂躏
和剩余价值的剥削

在今夜，只要你那瞳孔
缩成一条线啊，在今夜

只要古铜镂花的旧钟

时针，分针与秒针

也叠成一条线，齐指着

罗马字“Ⅻ”：

今夜便完了

度过了一年

趁今夜——你瞧

今夜多热闹：

有猛虎在咆哮，狼子磨牙

沐猴衣冠从市街到市街

大肚皮的肥猪把背皮

挤着木栅只管擦，擦

哪一匹狗儿不叫，狐狸不发骚

哪一匹耗子不往洞里逃……

你太冷情了

你在灰灶上

印一朵梅花！

又一朵梅花！

一九四一年已快完了

原谅我，我不曾为你写过
十四行或者八行的歌……

一九四一年十二月夜未央时

空　街

空街是一无所有，像一条
四百米突长的跑道，
除了土地，连青草
也不见半片儿飘摇。

白日哪，白日的空街，
空街要趁着白日
来表演它的能耐：
不要半间房屋或一张广告，
空街自有它的繁华，
如水的流荡，火的喧哗。

是人的流荡与人的喧哗，
空街又没有驰驱或停留的车马，
没有招牌也没有插草标，
空街竟招徕了远近的

农人，工人，文化人，
学生，公务员，有闲者，
娼妓与流氓也穿插在
贵妇与绅士的行列。
让空街，给赤足草鞋
长钉马靴和高跟鞋
尽情的摩擦，尽情的敲打！

斜掮着扁担的过去了，
斜着眼斜着头的过去了，
嘴角斜挂着半枝烟卷的
过去了，过去又过来了，
鬈发细腰肢的背影
是那样的婀娜，你瞧，
又飘过了红的领巾，黑的领巾，
彩色的领巾与彩色的人群。
就在这些彩色的人群的脚边，
空街陈列着褪色的货物：
铜边炉，锡锅，白铁铗子，
金丝眼镜，珐琅的彩瓶，
各式的挂钟，座钟，挂表和手表，
各式的自来水笔，

各式的镜屏，
各式的“响器”候你来吹敲……

皮统子，皮靴，皮手套，
皮大衣和皮短褂
全是尖子货——最好销！
今天你不买，看明天
明天又涨上了，它们随着
油盐柴米，随着洋纱，
物价像黄河的河床，
别说一年，就一天
一天也比一天高！

在那些华达呢，马口呢，
哔叽绒的体面服饰旁边，
也摆着像失了生命的
粗布的草绿色的脚绑，
贩卖者当然不知道
它是羞怯还是骄傲，
反正寻不出一点血痕，
一点汗渍或一点疮疤。

这空街，

连红豆也是商品，
佩剑一柄一柄地闪着光辉。
一毛钱买一颗爱情，
两毛钱买一对相思！
要不然，就花三块五块
来打扮成一个摩登的骑士！

空街是平坦的，像一条
四百米突长的跑道。
只瞎子才那样的踌躇
用手杖探索着空街，
而我们，光明的人群，
那一个不是大踏步，
从不曾意识到空街不平坦。

白日哪，我也趁着白日
在空街，带回一件东西！
我花三毛钱买了一枚
铜绿了的“宣和通宝”，
它不会告诉我它的遭遇
和它那个时代的故事……

丽　砂

昆虫篇

蚯蚓

你锥破了完美的地壳
给大地加添着创洞，
然后是疲倦了睡在粉碎的泥土下
而咒恨着粗暴的草根戳伤了你的梦。

蝶

你是春天的灯，
在绿野上照明了
一条走向花林的路径。

鲁　藜

野　花

野花生长在荆棘里
好像理想活跃在监狱里

在河边，我们走
崖上野花向我们点头

望着野花

我们不再怕艰难的道路

——录自常任侠《抗战四年来的诗创作》(一九四一)原有第四节删去

力　扬

短　歌

一手执着《可兰经》
一手执着宝剑
穆罕默德
向理想的默伽
战斗而前

我把自己的生命
磨成匕首
把人民的声音
当作最宝贵的经典
向明天歌唱而前

侯唯动

血　债

春天,

一样地没有温暖，
像讨债人底脸，
冷冰冰，
又难看。
透出残雪层的
——迎春花
开了！
那黄金的
生在血迹里，
象征着斗争就有胜利。

　　“血债
　　必须用同物偿还，
　　拖欠得愈久，
　　就要付更大的利息！”——鲁迅

世纪的记录里，
满印上我们底血滴。
今天——
便是翻转的起页！
把惨痛的过去
算一算吧，
另开下一篇帐册。
起来

被压迫的人们，

我们

把握着

全世界血的债权，

联合起来，

债主底阵线，

拿好啊

血写的清单。

要收帐，

拿起枪杆，

叫他们

——我们的敌人

照码十足地还，

本和利

要一期交完！

遗　嘱

白桦

赤松

仍旧黏着雪片，

枯枝交织着

森林底银色线。

林深处的苍鹰
声声地叫唤，
那尖厉的歌唱
怪凄凉，
呻吟着
在山坡上：
孩子
我就落下斗争了一生的
最后一口气，
现在要特别吩咐你，
并不是没有遗产，
只为了
全被敌人占据。

可是
也在你呢！
只要肯争气，
哪儿
不是肥大的土地？
现在
只有卸给你

没完成的负担，
忘记我，
扛着上前！

孩子，
拿起我们的枪吧，
这杀过
多少敌人的武器，
这是我
丢给你的
顶现成的东西。

没走完的路呵，
踏向前，
有一点气
就干！……

去吧，
看大队走得太远；
死了没有悔恨，
我永远闭上眼……

一九三七年底完成，《我是初来的》

王独清

我从 CAFÉ 中出来

我从 café 中出来，
身上添了
中酒的
疲乏，
我不知道
在哪一处去，才是我的
暂时的住家……
啊，冷静的街衢，
黄昏，细雨！

我从 café 中出来，
在带着醉
无言地
独走，
我底心内
感着一种，要失了故国的
浪人底哀愁……
啊，冷静的街衢，
黄昏，细雨！

月　光

Pes Amica Silentia Lunae

——Vergilius

月儿，你像向着海面展笑，
在海面上画出了银色的装饰一条。
这装饰画得真是奇巧，
简直是造下了，造下了一条长桥。
风是这样的轻轻，轻轻，
把海面吻起了颤抖的叹声。
月儿，你底长桥便像是有了弹性，
忽高忽低地只在闪个不停。

哦，月儿，我愿踏在你这条桥上，
就让海底叹息把我围在中央，
我好一步一步地踏着光明前往，
好走向，走向那辽远的，人不知道的地方……

沈从文

我欢喜你

你的聪明像一只鹿，
你的别的许多德性又像一匹羊；

我愿意来同羊温存,
又耽心鹿因此受了虚惊:
故在你面前只得学成如此沉默,
(几乎近于抑郁了的沉默!)
你怎么能知道?
我贫乏到一切:
我不有美丽的毛羽,
并那用言语来装饰他热情的本能也无!
脸上不会像别人能挂上点殷勤,
嘴角也不会怎样来常深着微笑,
眼睛又是那样笨——
　追不上你意思所在。
别人对我无意中念到你的名字,
我心就抖战,身就沁汗!
并不当着别人,
只在那有星子的夜里,
我才敢低低喊你的名字。

废　名

灯

深夜读书,

释手一本老子《道德经》之后，
若抛却吉凶悔吝
相晤一室。
太疏远莫若拈花一笑了，
有鱼之与水，
猫不捕鱼，
又记起去年冬夜里地席上看见一只小耗子走路，
夜贩的叫卖声又做了宇宙的言语，
又想起一个年青人的诗句
鱼乃水之花。
灯光好像写了一首诗，
他寂寞我不读他。
我笑曰，我敬重你的光明。
我的灯又叫我听街上敲梆人。

理发店

理发匠的胰子沫
同宇宙不相干
又好似鱼相忘于江湖。
匠人手下的剃刀
想起人类的理解
划得许多痕迹。

墙上下等的无线电开了，
是灵魂之吐沫。

戴望舒

款　步

这里是爱我们的苍翠的松树，
它曾经遮过你的羞涩和我的胆怯，
我们的这个同谋者是有一个好记心的，
现在，它还向我们说着旧话，但并不揶揄。

还有那多嘴的深草间的小溪，
我不知道它今天为什么缄默；
我不看见它，或许它已换一条路走了，
饶舌着，施施然绕着小村而去了。

这边是来做夏天的客人的闲花野草，
它们是穿着新装，像在婚筵里，
而且在微风里对我们作有礼貌的敬礼，
好像我们就是新婚夫妇。

我的小恋人，今天我不对你说草木的恋爱，

却让我们的眼睛静静的说我们自己底，
而且我要用我的舌头封住你的小嘴唇了，
如果你再说：我已闻到你的愿望的气味。

款　步

答应我绕过这些木栅，
去坐在江边的游椅上。
啮着沙岸的永远的波浪，
总会从你投出着的素足
撼动你抿紧的嘴唇的。
而这里，鲜红并寂静得
与你底嘴唇一样的枫林间，
虽然残秋的风还未来到，
但我已经从你的缄默里，
觉出了它的寒冷。

夜行者

这里他来了，夜行者！
冷清清的街上有沉着的跫音，
从黑茫茫的雾，
到黑茫茫的雾。

夜的最熟稔的朋友，
他知道它的一切琐碎，
那么熟稔，在它的熏陶中
他染了它一切最古怪的脾气。

夜行者是最古怪的人。
你看他走在黑夜里：
戴着黑色的毡帽，
迈着夜一样静的步子。

玲　君

铃之记忆

悠长地，连绵地，
是那辽敻的铃声吧？
如银色之吹管，
冷气透过做琥珀色神秘之林屋
海上浮来了薄暮的景色。

而又骤然变成苍老气息的，
翻开辉煌的古代旧事，
饶舌在迷茫的夜里。

我听见了闪动在吉普赛人的野火旁
那奇异的车铃的声音；
我听见了，在往昔莫斯科的夕暮
那哥萨克骑队的马铃声音。

你交结了浮动的
青的天，水，树，梦于一色，
又魔法地摇去我的过去，现在，与未来，
做为时时思忆的依据。

可是，你终于断续地消没了，
只零落如过时的蔷薇花瓣，
传出单纯的，辽远的，幽寂的声音。

山　居

午间听骑驴的铃声由远方来，
夜里看山的眼睛巡逻似探海灯；
我的寥寂，你的冷静，
与山的忧郁是
三位一体的。

牛群，羊群，风群，
及穿过泉水之群的，
那是山岳的四重奏呵，
我们的皮肤，只随我们的青春
做黑色的洗礼。

我的心遂为大心所桎梏了，
我又成一个有信心的香客，
渴望着在深山中能见圣迹的显灵呵，
但我实不希望目睹
那断层岩石狰狞的面庞。

让绿色在这里做我们孤寂的标识吧，
让我们永获异教文学的禁欲感，
让我们永远的恋着
有忧郁味发散的山，我，及你——
我日夜朝拜的山中女神呵。

喷水池

面向着你，散开
白银缎的裙裾的女神呵，
人说你吮吸大地母亲的乳汁而生长，

你却隐晦地遮蔽你的身世。

你象征一株树，伫立
在蒸腾的人间，你喷射
晶洁清冽的花蕊——
你的颜色，你的言语。
你不曾看到风，雨，云，雪的奔驰，
这些冲出栅栏的骄傲诡异的走兽？
你不要模仿他们的表情与衣饰，
从掩映着你的四季的屏风后？

但我从未显示过
“我应当属于动物的纲目，
我本不是陆地上的产物”
的言语。　你沉默。
你只是不住地忧郁地旋舞，
好像吐出对于河海的恋思；
虽然你韵律地扬起水沫的拍节，
对于你移植的地域，你沉默。

整个梗干应当是花蕊的喷射——
增强她的言语，他的颜色；

整个植物应当是叶丛的堕落，

把这个大城市的边际完全埋没。

侯汝华

水　手

桅樯上旋转着

七色的明灯，

蔚蓝的海面上

白色的帆远了，

许多人的梦

迷失于汪洋的波涛中，

但没有一个人

知道你心中的大海。

地中海畔的去年的葡萄藤

挨过了严厉的秋天

可还是一样的凝绿？

而你的眼睛却凋谢了。

当薄暮的黄光

被天外的风吹动时，

你可曾感到那一年

在南中国嗅过的橙花香？

待到夜色垂落了
繁星跟灯塔的秋波
参杂着一个肺病女
歌唱城头的古调，
而你的多年的劫运
又在记忆里浮上了黑影，
为的是海已幽暗，
你却离家乡的果树园更远了。

灯与影

我不会晓得
灯与你怎样，
自从我的灵魂
迷亡在你的发间，
我的影子
便觳觫无地了。

被囚在寂寞里
我不敢扬起眼皮，
我知道你走了

走避在梦的彼岸，
但我又时常看见你
在恐吓我的影子。

林　庚

秋之色

像海样的生出珊瑚树的枝
像橄榄的明净吐出青的果
秋天的熟人是门外的岁月
当凝静的原上有灵星的火
清蓝的风色里早上的冻叶
高高的窗子前人忘了日夜
你这时若打着口哨子去了
无边的颜料里将化为蝴蝶

史卫斯

独　游

我的代步也有了故国之悲？
拉长的脸如欲哭无泪。
我的目光倦停在白云上，
一搐鞭，动一动我的乡思。

南屏山如今也变得这样多郁，
钟声压住旅行人的帽子。
我问你：可像个行脚的少僧？
四蹄双足一般沉重。

钱君匋

路　上

一乘双飞掠过柏油的路面，
只扬起一些青烟的轻尘。
举着千臂的冬树
在路上揖着，迅速地退去。

幽歌着的电讯木，
三角与立方组成的住宅
衬着青的远天。
一切平静，我独自步行着。

李白凤

梦

五百小梦的悲欢离合

一个大梦又团圆了
乃有理想的小号兵
吹不响一串高度的点名号——
暗室若有透明的珍珠
我将为你用五百首好诗
穿起一年的眼泪……

小　楼

山寺的长檐有好的磬声
江南的小楼多是临水的
水面的浮萍被晚风拂去
蓝天从水底跃出

小笛如一阵轻风
家家临水的楼窗开了
妻在点染着晚妆
眉间尽是春色

沈　洛

夜　行

随黄叶俱至，

萧风往来于林间。

晚行人走在荒山的破庙前，

欲想吐露一些气候的嗟叹！

风翼掠肩而过。

呜咽的哭声止住行人的脚步，

互相换一片苦味的笑。

想一个千年的老狐，

张灯于秋日的山道中。

引取路人的问询；

使一个不小的神奇，

使人止于荒草万冢间；

不复以迢迢的道路为重，

画一个荒唐梦于床头人的枕边，

一觉醒来已是千古。

陈雨门

秋　晚

我爱这蝙蝠飞

这耳语似的诗思

我的心跟着落叶流

声音沙沙地

飞乱黄昏

剪破云

吹远记忆

忘掉秋天应该叹息的叹息

陈　时

标　本

它们是在凝视着蓝天吗?
它们还有繁多的幻想的梦吗?

那些有优美的灵魂的,
为人们杀死了,嵌着玻璃质的
假眼睛,涂着彩色油漆在嘴上,
陈列着的鸟类的标本,兽类的标本。
它们是生活在永恒的忧愁中吧,
有华丽的骄傲的扇尾的孔雀,
天空的帝王鹰,
替老渔人捉鱼的鸬鹚,
怀恋着月夜的小白鹿啊,
虎,寂寞的驼鸟……
它们都不再诉说着他们的不幸,

因为它们已没有美好的声音了。
它们的眼睛像是记忆的泉，
它们是思想的颜色与寂寞谐合了。

苏金伞

雪　夜

未曾打过猎，
不知何故，
忽然起了夜猎银狐的憧憬：

夜雪的靴声是甘美醉人的；
雪片潜入眉心，
衔啄心中新奇的颤震，
像锦鸥投身湖泊擒取游鱼。

林叶的干舌，
默颂着雪的新辞藻，
不提防滑脱两句，
落上弓刀便惊人一跳。

羊角灯抖着薄晕，

仿佛出嫁前少女的寻思，
羞涩——但又不肯辍止。

并不以狐的有无为得失，
重在猎获雪夜的情趣；
就像我未曾打过猎，
却作这首夜猎银狐诗。

罗英辰

永　夜

梦在无梦的梦中
知道跋涉的重量么
悄悄地落在松林外的
流星而已
古代行脚僧人
——闭目远去
当我们怀归的时候
我们是鱼
夜在盲人眼里
莲华开遍大千世界

无法投递

无法投递
退回原处
没有名号的街道
唉　正小病初愈

墙是独白
窗是对语

下雨的晴天的漫游
破皮鞋补了又补

一到夜深如海
细数邻人的脚步

无法投递
退回原处

徐　迟

蝶恋花

春云春树下，

蝶乱飞，

花也乱飞，

悠思遂辘轳了：

　　郎如薄幸，

　　妾即薄命；

但是，蝶贪欢，花也贪欢，

　　蝶乱飞，花也乱飞，

金井灿烂处：

　　蝶恋花，花恋蝶，

莺到了。

啊——

橹

你没入雾里去的时候，我把你比做了橹；橹这样摇曳的远去了，没入深雾里去了。在美丽的河床上，须有更美丽的橹的步伐的。水的花上，沾着雾，然而在这冬天的市街上，气候凝固，你为什么不借着这冰冻的掩袂的夕暮的街灯之光，投我一个侧影的鱼似的视线呢？橹的胴体上，抹着黄色的桐油；橹是人鱼，橹是游泳的女郎——你是爱侧游的吗？我目送你，侧往左，侧往右，度水，度桥，在桅樯之影的林中隐没入雾里了。载着我的心的是你这美丽的船舶，而你这支美丽的橹摇着了我的恋爱了。

上官橘

窗

在窗前有两个人对语。

一个有青铜发鬓蓝宝石眼睛的男人，一个是有海水的青色卷发的少女，她穿着一件白云的衫子。

——黎明叫我送信给你们，在夏天她来的更要早了。

——我们要用智慧的歌声迎接她，用感激的眼泪迎接她。

——她更美丽了，她已脱去了白云的羊毛衫子，而穿上金色的上衣和蓝色的长裙了。

——我们要用青色的草原和山峰迎接她，用梦的五彩的记忆迎接她。

——她将为你们带来礼品：青白色的雾的大幔帐，和奔驰的淡金色的鹿车，上面载满了充溢着夜的香气的水藻和花朵。

——我们要用古老的魔术的图案迎接她，用坚硬的化为岩石的肉体迎接她。

陈江帆

欲　曙

耿耿欲曙天，

窗牖飘起一片鼠灰色，

是有飞鼠在翻飞么？
它翻飞着，沿那窗际，
轻轻移过墙阴，
又轻轻落在地板上。
但俄顷消失去，
窗下不再是鼠灰色，
却以翻飞着无数乳鸽之羽
使我辨识小书桌的脚。
林间第一只鸟唱，
厨娘轻轻走下楼来。

俞铭传

拍卖行

来自不同的门第的
一群失宠的尤物。
以往的日子乃是潘彼得的梦。

曾经在香艳的嘴唇上亲吻的；
曾经与女人的手指同谋的；
曾经随着蜜蜡的胸脯而起伏的；

曾经以神秘的圆眼睛
　　摄取欢乐的灵魂的；
曾经不分永昼与永夜地
　　用象牙的吸盘吮血的；
曾经藉浩渺的风云或苍老的松石
　　装饰着华丽的客厅的；
曾经任劳任怨地越过
　　千重山，万重水的……
以往的日子乃是潘彼得的梦。

王昭君还在依恋汉宫吗？
那边却是芝加哥的屠场：
吊在铁丝的脖子上的
　　皮革的纵队，
　　哔叽的纵队，
　　绸缎的纵队，
还有使马纳的眼睛迷离的
　　说不出名字来的纵队；
还有羊毛与驼毛的 torsi：
　　汽油，脂粉与香水以及梅毒的细菌
　　酿造着都市的氛围。
它们已经失去了处女的颜色。

它们果真失宠了呢，还是战争消瘦了它们的恩人？
且听门楣上的收音机。
吉卜赛的女人替它们算命了。

夜不寐

一千只墨鱼受惊了
哪儿是鳄之齿呢？
徒然望断秋水
也不见一朵咸的花。

锦被上长满大蓟小蓟
翻转来吧，再翻过去……
钟摆拖曳着沉重的时间，
可怜的 Altas 的兄弟！

一九三七年

以呢帽当雨伞

以呢帽当雨伞
头的感觉渐渐和心的感觉平衡了，
踏着路上的泥水，
踏着水中的灯光

阿拉伯人骑一匹骆驼
独过月光下的千里沙漠。

一九三八年

梦去了

梦去了，
留下一列特别快车
深夜里蜿蜒于山谷中
听自己的心脏跳动。

梦有香蕉的味，
梦有文旦的味，
梦有贝多纹的交响乐的味，
　　有明矾的味，
　　有什景菜的味。

一个细胞有一个旅客的心绪：
旅行者或以希望为餐，
或以忧虑为饮。

一九三八年

隐居者

隐居者，常绿树
用荫影抚摩羊肠小径。
竹林里的弦丝居然断了，
因为我曾经听过你的低语。

不禁想起你在青苔上
踏着雀跃的脚步，
我把身子变成一个圆规
吻着轻快的音符。

一九三九年

郊

十二月的夜
伸着 Mephistopheles 的手
（手背上长满一丛一丛的黑毛，）
在树枝上，在草叶上，在池塘上，
用冰霜制造着疲劳毒素。

就寝号在空旷里巡逻了一遭。
游魂们从泥土的缝里钻出来

伸一伸懒腰，
作一次深呼吸，
手挽手地在林荫道上舞蹈。
耶稣的胸膛仰卧在十字路口，
他的头上，他的脚上，
他的左右手上，
四连串的路灯
钉着四颗生锈的惊叹号。

压路机

压路机表现坦克的姿态，
计算着稳健的步履，
而且替自己解嘲，
“地呵，我的身分一万斤，
铁轮碾着石子，
石子压着白骨，
剪去了锋芒和棱角；
它们也许有翻身的日子
却再也不能望见自己的老家：
　　有阳光访问的老家，
　　有岩鹰守护的老家。”

千千万万的石子
在压路机的威力下
组织了一条漫长的路，
从乡村通到城市，
从精神通到物质。

一九四四年

王佐良

诗

六

看他那直立的身子
对着布告，命令，或者
将军们长长的演讲，
对着歌声和行列，对着
于我们是那样可怕而又愿
别人跌进的死。看他们直立。

那点愚笨却有影子，有你我
脆弱的天秤所经不住的
重量。那愚笨是土地，

和永远受城里人欺侮的
无声的村子。那点愚笨
是粗糙的儿女和灾难。

我们是长身的瘦子，
我们永远立在水边，
用敏感的文字凝思
不朽的绿树，不朽的蝴蝶，
我们容易伤风和妒忌，我们
烦腻，心薄得像嘴唇。

而嘴唇又薄又闹，像一张
拍卖行长开的旧唱片。

但我们凭借正义，穿起了短裤
要做所有球场的裁判员；
我们得体的愤激，在那些
看斗兽和强奸的人群里；
我们用手比画，或写了长长的
书，证明愚笨的优越。

于是你的兄弟和我的丈夫

愚笨而强壮的男人，昨天
还穿了蓝布褂去叩头，今天
给虫蛀，人咬，给遗忘在长途，
背负着走不完的山，和城镇的咒骂，
给虱子和疥疮，给你我吞灭。

然而他没有生命，没有享受，
也就没有死。愚笨是强顽
而不倒的，固执地，像你我的怪癖
长起来，生起来，大了粗了，
驼背的又挺起胸，我们发着脾气，
因为那些贱命的又直立。

记载了愚笨的历史，
又被愚笨开了玩笑。

七

我们变老，
我们的眼睛迷失，
我们的日子同我们的
话，一样屑碎，一样充满了恶意。
我们住在屋子里而没有遮盖，
我们赴宴而没有食欲，

我们受惊而又恐吓人，
我们看着各自的眼睛而咒骂。
我们是风季里的地。

你走在什么人之间？旁边是谁？
残忍的春天？不真实的春天？
你移动在河畔的雾里，
你看见所有你朋友的脸，
你看见而无法捉摸，
你连自己也丢掉了影子，
但你走在城市的人群里。

理论上的事情难得说，
理论要四月开花，要你在
太阳当顶的时候，缩短
你地上水平的长度，
理论又使你哭泣，当你的
生长被阻挡，像你的手表
忽然有暂时的停息。

什么人挥着手，挥着绿色的光？
河水又一下流动，春天又一下

闪动，我们的眼睛又一下转动，
生命，车轮，树叶的灵魂，
孩子的啼哭，一点愚笨的欲望，
香气，女人的绸巾，反叛的
企图，你，我，都一下转动。
但我们变老，我们变老，
大地苏醒一百次，也死去一百次。

时间在绿色里尾追河水，
时间在无声的停止里却又
凝结，滞在我们的手上，成了
不朽的同谋者。我们都厚重
如小镇上绅士的脸，
但我们却又落难在敏感的
都市，真实而又不真实的
都市。

黄昏的雾却是真实的，
你寻着自己，如寻着大地
而忘了自己在水盆里的脸，
永远是丑恶的脸，因为
黄昏是曲线，而没有死角。

黄昏让你腐朽的窗木，
做了天体的镜框，黑暗
又赠送了光。

我们忘了口角，
我们忘了埋在手里的头，
我们看见灯光，并在灯光之中，
但我们却有心里的一片黑暗，
稳住我们，安慰了我们，
使我们沉静，使我们听见
河水和时间的声音。

穆　旦

诗八首

一

你的眼睛看见这一场火灾，
你看不见我，虽然我为你点燃；
唉，那燃烧着的不过是成熟的年代，
你的，我的。我们相隔如重山！

从这自然底蜕变底程序里，

我却爱了一个被并合的你。
即使我哭泣，变灰，变灰又新生，
姑娘，那只是上帝玩弄他自己。

二

你的年龄里的小小野兽，
它和春草一样的呼吸，
它带来你的颜色，芳香，丰满，
它要你疯狂在温暖的黑暗里。

我经过你大理石的理智底殿堂，
而为他埋藏的生命珍惜；
你我底手底接触是一片草场，
那里有它底固执，我底惊喜。

三

水流山石间沉淀下你我，
而我们成长，在死的子宫里。
在无数的可能里，一个变形的生命
永远无法完成他自己。

我和你谈话，相信你，爱你，
这时候就听见我底主暗笑，
不断底他添来另外的你我，

使我们丰富而且危险。

四

静静地，我们拥抱在
用言语所能照明的世界里，
而那未成形的黑暗是可怕的，
那可能和不可能的使我们沉迷，

那窒息着我们的
是甜蜜的未生即死的言语，
它的幽灵笼罩使我们游离，
游进混乱的爱底自由和美丽。

五

夕阳西下，一阵微风吹拂着田野，
是多么久的原因在这里积累。
那移动了景物的移动我的心
从最古老的开端流向你，安睡。

那形成了树木和屹立的岩石的
将使我此时的渴望永存；
一切在它底过程中流露的美
教我爱你的方法，教我变更。

六

相同和相同融为怠倦，
在差别间又凝固着陌生；
是一条多么危险的狭路里
我制造自己在那上旅行。

他存在，听从我的指使，
他保护，而把我留在孤独里；
他底痛苦是不断的寻求
你底秩序，求得了又必须背离。

七

风暴，远路，寂寞的夜晚，
丢失，记忆，永续的时间，
所有科学不能祛除的恐惧
让我在你底怀里得到安眠——

呵，在你底不能自主的心上，
你底随有随无的美丽的形象，
那里，我看见你孤独的爱情
笔立着，和我底平行着生长！

八

再不能有更近的接近，

所有的偶然在我们间定型，
只有阳光透过缤纷的枝叶
分在两片情愿的心上，相同。

等季候一到，就要各自飘落，
而赐生我们的巨树永青。
它对我们的不仁的嘲弄
（和哭泣）在合一的老根里化为平静。

一九四二年二月

出　发

告诉我们和平又必须杀戮，
而那可厌的我们先得去欢喜；
知道了“人”不够，我们再学习
蹂躏他的方法，排成机械的阵式，
智力体力蠕动着像一群野兽，

告诉我们这是新的美。因为
我们吻过的已经失去了自由；
好的日子去了，可是接近未来：
给我们希望和失望，给我们死，

因为那死底制造必需摧毁，

给我们善感的心灵又要它歌唱
粗糙的声音。个人的哀喜
被大量制造又被蔑视，
被否定，被僵化，是人生的意义；
在你的计划里有毒害的一环，

就把我们囚进现在， 上帝！
在犬牙的甬道中让我们反复
行进，让我们相信你句句的紊乱
是一个真理。而我们是皈依的，
你给我们丰富，和丰富底痛苦。

一九四二年二月

还原作用

污泥里的猪梦见生了翅膀，
从天降生的渴望着飞扬，
当他醒来时悲痛的呼喊。

胸里燃烧了却不能起床，

跳蚤，耗子，在它的身上黏着：
你爱我吗？我爱你，他说。

八小时工作。挖成一颗空壳，
荡在尘网里，害怕把丝弄断，
蜘蛛嗅过了，知道没有用处。

他的安慰是求学时的朋友，
三月的花园怎么样盛开，
通信联起了一大片荒原。

渐渐看出了变形的枉然，
开始学习着在地上走步，
一切是无边的，无边的迟缓。

幻想的乘客

由幻想底航线卸下的乘客
永远走上了错误的一站
而他，这个铁掌下的牺牲者
当他意外地投进别人的愿望，

多么迅速他底光辉的概念
已化成琐碎的日子不忠而纡缓，

是巨轮底一环，他渐渐旋进了
一个奴隶制度附带一个理想。

这里的恩惠憎恨陌生，
而婉留他的是临别的赠言，
那使他自由的只有忍耐的微笑，
秘密地回转，秘密地绝望。

亲爱的读者，你就会赞叹：
爬行在懦弱的，人和人底关系间，
化无数的恶意为自己营养，
他已经开始学习做主人底尊严。

一九四二年十一月

——《一棵老树》(《文聚》第一卷第五六期合刊)

罗寄一

诗

阳光又给我慈爱的提携，
要是能用敏感多血的手掌，
抚摸皱折的山峦，起伏与光暗

有如人类全部波涛的凝固；

要是能摹拟鹏鸟的轻盈
也将振翼而起，在无穷广远的
高空，凝视地球底整体，
它的欢笑与泪水的纵横；

要是能实现一个庞大的距离，
我将更领悟血和肉底意义，
感官世界如一幅画的烟云，
和他面对，如我面对沉默的爱人，

怎么能不流下透明的眼泪，
呼吸她深深的情热与悲哀，
我像一朵凌空的叹息，
在静寂里缓缓地展开……

五月风

如果我，我和你并合，
海上去，掠过成熟的波涛，
无往不在的整体，磅礴的
五月风，飘散开而沉落。

如果我，梦如一只小蜉蝣，
夜来昼去有庞大的寂寞，
幻象都如白云的美丽丰满，
吹啊，高速率，占有与抛弃底电闪。

如果有匍伏的蜕化的躯壳，
伟大的祭坛正烟火缭绕，
五月风悲痛而轻盈，它渐渐
没入天与水与无边的宁静。

月，火车

　　夜底露水冷，
　　夜底露水轻。

冰冷的双轨如银色丝带的飘摇，
回声悠远地来自世界的峰顶，

火车在战栗，虽然他急驰像枝箭
废墟，坟地，荒野，废墟，坟地，荒野，

想追求什么可更想逃避许多，
速度也白费，这跌碎在地面的概念，

空唤起可怕的消耗，一阵烟，一阵气，
血肉的灰烬都升起而没入天边……

当月底清纱拂过席终人散的地面，
点化每一寸空间都饱含忧戚的温柔，

　　起来，起来，半寐的小草，
　　五月的花朵，起来，起来，

　　（梦的密语，天上枝叶的微颤）

生命徘徊在铁皮车厢里，它谛听，渴望
弥散，徐徐的，如一曲典丽的幻想。

废墟，坟地，荒野，废墟，坟地，荒野，
怎么能解脱这激怒的冲动，沉重的
古代的烟火正弥漫这静谧的大谎，

枪弹刺刀在多重幻想外沸腾，
静静地沁入我不幸的运命，夜，
深沉，高大的实体从多度空间奔来，

我要求绝对，它们都要求绝对，
从这些对立中间，徒然去搜索
迷茫中起伏的双轨底交点。

久旱，五月的温暖，田园龟裂
风正柔，一片不能凝结的
乐章，洞穿我全部感情。

废墟，坟地，荒野，废墟，坟地，荒野，
加速度驰骋，绝望的年青。

滑出去，翻倒，一颗黑甲虫底腐烂，
在冷漠的记忆里不留下一个斑点，

或者前面是海，透过风暴，底下有不灭的微明，
我将有颜色，有音乐的大谐和，无为的执着。

死，是寂静的羽毛，从远方来，向远方飘，
废墟，坟地，荒野的连绵，什么也不多，不少。……

夜底露水冷，
夜底露水轻。

杜运燮

无　题

一

亲爱的，这样我也快乐；
虽然这 cafe 不属于我们，
烫过衣服，抹过脂粉的宾客
不对我们讲援例的应景好话，
虽然这都是表面的，像他们
挽着手臂，在人行道上抱着糖果，
举行婚礼般一寸一寸地走……
但我也快乐：你在笑，在望着我。

他们整齐地围住白桌布，
和无叶的花和戴花的点心，
都有所计算，有所防备，
都还有笑声，用眼角迷人，
都无心看我们，像邻桌的牙签，
但我也快乐：亲爱的，有你的手
掩住打哈欠的嘴，有你的眼睛
瞪住我，不许讲昨夜的表情。

这样我也快乐；如同在卧室里，
如同在海边树荫的一方大石上面，
侍者的来去像穿外来的疏影，
四周响着单调的海水，浪花的
破碎，你皱起眉尖，喝下一大口
不放糖的咖啡，扭一扭腰说：
“似乎这里的嘈杂，我最需要。”
但我也快乐：你在望着我，说属于我，
在汹涌的渺茫中我有所攀泊。

二

让我们暂时摆脱“意识”，亲爱的，
灵魂要脱离所有唯物的引力，
飞行于时空以外：那里
再不会有“二”；不要再说“幸福”
已不容我们那么狭窄而污浊。

看着我的整体与最深处，亲爱的，
想着与我们相联的一切，亲爱的，
连接永恒与刹那，赞美与惋惜，
空虚与太多，趁还没有紧缚住自己，
珍惜有梦，有真正纯洁的执着，

像一样高山上的植物，又深又广地
植了根：亲爱的，我有了一切；
（虽也许是一种力量的傀儡）
但眼前确要改变；闭起眼睛吧，
我们还要超临一切，抛弃一切。

滇缅公路

不要说这只是简单的现实；
试想没有血脉的躯体，没有油管的
机器；你们该起来歌颂：就是他们，
（营养不足，半裸体，挣扎在死亡的边沿）
就是他们，冒着饥寒与疟蚊的袭击，
每天不让太阳占先，从匆促搭盖的
土穴草窠里出来，挥动起原始的
锹铲，不惜仅有的血汗，一厘一分地
为民族争取平坦，争取自由的呼吸。

歌唱呵，你们，就要自由的人民，
路给我们希望与幸福，而就是他们
（还带着沉重的枷锁而任人播弄）
给我们明朗的信念，光明闪烁在眼前。
我们都记得无知而勇敢的牺牲，

永在阴谋剥削而支持享受的一群，
与一种新声音在响，一个新世界在到来，
如同不会忘记时代是怎样无情，
一个浪头，一个轮齿都是清楚的教训。

看，那就是，那就是他们不朽的化身：
穿过高寿的森林，经过万千年风霜
与期待的山岭，蛮横如野兽的激流，
以及神秘如地狱的疟蚊大本营，……
就用勇敢而善良的血汗与忍耐
踩过一切阻挡，走出来，走出来，
给战斗疲倦的中国送鲜美的海风，
送热烈的鼓励，送血，送一切，于是
这坚韧的民族更英勇，开始欢笑：
“我起来了，我起来了，我已经自由！”

路永远使我们兴奋，都来歌唱呵！
这是重要的日子，幸福就在手头。
看它，风一样有力，航过绿色的田野，
蛇一样轻灵，从茂密的草木间
盘上高山的背脊，飘行在云流中，
俨然在飞机的坐舱里，发现新的世界，

而又鹰一般敏捷，画几个优美的圆弧
降落下箕形的溪谷，倾听村落里
安息前欢愉的匆促，轻烟的朦胧中
溢着亲密的呼唤，人性的温暖，
于是更懒散，沿着水流缓缓走向城市。

而，就在粗糙的寒夜里；荒冷
而空洞，也一样负着全民族的
食粮：载重车的黄眼满山搜索，
搜索着跑向人民的渴望；
沉重的橡皮轮不绝滚动着，
人民兴奋的脉搏，每一块石子
一样觉得为胜利尽忠而骄傲：
微笑了，在满足而微笑着的星月下面，
微笑了，在豪华的凯旋日子的好梦里。

征服了黑暗就是光明，它晓得；
你看，黎明红色消息已写在
每一片云上，攒涌着多少兴奋的头颅，
七色的光在忙碌调整布景的效果，
星子在奔走，鸟儿在转身睁眼，
远处沿着山顶闪着新弹的棉花，

滇缅公路得万物朝气的鼓励，
狂欢地引负远方来的货物，
上峰顶看雾，看山坡上的日出，
修路工人在草露上打欠伸，“好早啊！”

早啊！好早啊！路上的尘土还没有
大群的起来追逐，辛勤的农夫
因为太疲劳，肌肉还需要松弛，
牧羊的小孩正在纯洁的忘却中，
城里人还在重复他们枯燥的旧梦，
而它，就引着成群各种形状的影子
在荒废久年的森林草丛间飞奔：
一切在飞奔，不准许任何人停留，
远方的星球被转下地平线，
拥挤着房屋的城市已到面前，
可是它，不能停，还要走，还要走，
整个民族在等待，需要它的负载。

民众夜校

不不，“知识”不能再让谁专利了，
有土地才有花朵，有你们才有文明，
而且，过了这些年代，这美丽的花朵

已被一些有毒寄生虫寄得枯萎了。
翻个身呀，你们都是有力的，
知道创造的，过去，你们的血汗养肥多少人；

你做得很好的大小螺丝，他在城外
种得很胖很绿的青菜，她纺得
好纱，织得结实的布……方块字
是像一面墙，可抵不了你们的手足，
翻过身呀，越过这面墙，那边
就有更好的钢，更肥的地，更轻便的织布机。

“这是台湾，琉球，这是高丽，
那里的人民做了一百年奴隶……
这是农奴的地狱，不久以前
刚点起火把将它粉碎的……”
看呀，学呀，现在该明白了，
不久，就要走在我们的前面：

从来，你们都坚定而利落，看
清楚了，就像闪电划割太空的平静；
你们固执而坚决，一见到光明，
就像大蛾，面着生命的牺牲也要夺取，

你们都健康而有力，怀着几千年的仇恨，像
经过洪炉，压缩机的，不怕任何扭转，敲击。

何其芳

河

我散步时的侣伴，我的河，
你在歌唱着什么？
我这是多么无意识的话呵。
但是我知道没有水的地方就是沙漠。
你从我们居住的小市镇流过。
我们在你的水里洗衣服洗脚。
我们在沉默的群山中间听着你
像听着大地的脉搏。
我爱人的歌，也爱自然的歌，
我知道没有声音的地方就是寂寞。

《夜歌和白天的歌》

醉　吧

讽刺诗一首
借波德莱尔散文小诗题目
醉吧。醉吧。

真正的醉者有福了，
因为天国是他们的。
如其酒精和书籍
和滴蜜的嘴唇
都掩不住人间的苦辛，
如其由陶醉而苏解
而终于全醒，

是否还斜戴帽子，
还半闭着眼皮，
扮演着一生的微醺？

震慑于寒风的苍蝇
扑翅于纸窗间，
梦着死尸，
梦着盛夏的西瓜皮，
梦着无梦的空虚。

我在我的嘲笑的尾声上
听见了自己的羞耻：
“你也不过嗡嗡嗡

像一只苍蝇。”

如其我是苍蝇，
我期待着铁丝的手掌
击到我头上的声音。

十二月十一日草成

《新诗》第四期，一九三七年一月

艾 青

青色的池沼

青色的池沼，
长满了马鬃草；
透明的水底，
映着流动的白云……

平静而清澈……
像因时序而默想的
蓝衣少女
坐在早晨的原野上。

当心呵——

脚蹄撩动着薄雾，

一匹栗红色的马

在向你跳跃来了……

秋

雾的季节来了——

无厌止的雨又徘徊在

收割后的田野上……

那里，翻耕过的田亩的泥黑

与遗落的谷粒所长出的新苗的绿色，

缀成了广大，阴暗，多变化的平面；

而深秋的访问者——无厌止的雨

就徘徊在它的上面……

人们都开始蛰伏到

那些浓黑的屋檐里去了；

只有两匹鬃毛已淋湿的褐色的马，

慢慢地走向地平线

搜索着田野的最后的绿色……

太　阳

从远古的墓茔

从黑暗的年代
从人类死亡之流的那边
震惊沉睡的山脉
若火轮飞旋于沙丘之上
太阳向我滚来……

它以难遮掩的光芒
使生命呼吸
使高树繁枝向它舞蹈
使河流带着狂歌奔向它去
当它来时，我听见
冬蛰的虫蛹转动于地下
群众在广场上高声说话
城市从远方
用电力与钢铁召唤它

于是我的心胸
被火焰之手撕开
陈腐的灵魂
搁弃在河畔
我乃有对于人类再生之确信

生　命

有时

我伸出一只赤裸的臂

平放在壁上

让一片白垩的颜色

衬出那赭黄色的健康

青色的河流鼓动在土地里

五个手指

是五支新鲜的红色

里面旋流着

土地耕植者的血液

我知道

这是生命

让爱情的苦痛与生活的忧郁

给它去担戴罢

让它喘息在

世纪的辛酷的犁轭下

让它去欢腾，去烦恼，去笑，去哭罢

它将鼓舞自己

直到颓然地倒下！

这是应该的
依照我的愿望
在期待着的日子
也将要用自己的悲惨的灰白
来衬映出
新生的跃动的鲜红

煤的对话

你住在哪里?

我住在万年的深山里
我住在万年的岩石里

你的年纪——

我的年纪比山的更大
比岩石的更大

你从什么时候沉默的?

从恐龙统治了森林的时代
从地壳第一次震动的时代

你已死在过深的怨愤里了么?

死? 不,不,我还活着——
请给我以火,给我以火!

浪

你也爱那白浪么——
它会啮啃岩石
更会残忍地折断船橹

撕碎布帆
没有一刻静止
它自满地谈述着
从古以来的
航行者的悲惨的故事

或许是无理性的
但它是美丽的

而我却爱那白浪
——当它的泡沫溅到我的身上时
我曾起了被爱者的感激

老　人

在那条垂直线的右面
半件褴褛的黑制服
三颗铜纽扣沿着直线
晃着三盏淡黄的油灯
——油已快干了
紫铜的面色有古旧的光
弯着的手的皱裂的手掌的
皮肤里蜷伏着衰老的根须
他在紧握着痉挛的生活的尾巴
——滑进了泥污里的鳅
他摇摆着古铜的前额
白沫里溅出咒诅的花
饥饿的颜色
染上了他一切的言语

他死在第二次

一　舁　床

等他醒来时
他已睡在舁床上
他知道自己还活着
两个弟兄抬着他

他们都不说话

天气冻结在寒风里
云低沉而移动
风静默地摆动树梢
他们急速地
抬着舁床
穿过冬日的林子

经过了烧灼激剧的痛楚
他的心现在已经安静了
像刚经过了可怕的恶斗的战场
现在也已安静了一样

然而他的血
从他的臂上渗透了绷纱布
依然一滴一滴地
淋滴在祖国的冬季的路上
就在当天晚上
朝向和他的舁床相反的方向
那比以前更大十倍的庄严的行列
以万人的脚步

擦去了他的血滴所留下的紫红的斑迹

二　医　院

我们的枪那儿去了呢

还有我们的涂满血渍的衣服呢

另外的弟兄带上我们的钢盔

我们穿上了绣有红十字的棉衣

我们躺着又躺着

看着无数的被金属的溶液

和瓦斯的毒气所啮蚀过的肉体

每个都以疑惧的深黑的眼

和连续不止的呻吟

迎送着无数的日子

像迎送着黑色棺材的行列

在我们这里

没有谁的痛苦

会比谁少些

大家都以仅有的生命

为了抵挡敌人的进攻

迎接了酷烈的射击——

我们都曾把自己的血

流洒在我们所守卫的地方啊……

但今天，我们是躺着又躺着

人们说这是我们的光荣
我们却不要这样啊
我们躺着，心中怀念着战场
比怀念自己生长的村庄更亲切
我们依然欢喜在
烽火中奔驰前进啊
而我们，今天，我们
竟像一只被捆绑了的野兽
呻吟在铁床上
——我们痛苦着，期待着
要到何时呢

三　手

每天在一定的时候到来
那女护士穿着白衣，戴着白帽
无言地走出去又走进来
解开负伤者的伤口的绷纱布
轻轻地扯去药水棉花，从伤口
洗去伤口的发臭的脓与血
纤细的手指是那么轻巧
我们不会有这样的妻子
我们的姊妹也不是这样的
洗去了脓与血又把伤口包扎

那末轻巧都用她的十个手指
都用她那纤细洁白的手指
在那十个手指的某一个上闪着金光
那金光晃动在我们的伤口
也晃动在我们的心的某个角落……
她走了仍是无言地
她无言地走了后我看着自己的一只手
这是曾经拿过锄头又举过枪的手
为劳作磨成笨拙而又粗糙的手
现在却无力地搁在胸前
长在负了伤的臂上的手啊
看着自己的手也看着她的手
想着又苦恼着
苦恼着又想着
究竟是什么缘分啊
这两种手竟也被搁在一起？

四　愈　合

时间在空虚里过去
他走出了医院
像一个囚犯走出了牢监
身上也脱去笨重的棉衣
换上单薄的灰布制服

前襟依然绣着一个红色的十字
自由，阳光，世界已走到了春天
无数的人们在街上
使他感到陌生而又亲切呵
太阳强烈地照在街上
从长期的沉睡中惊醒的
生命，在光辉里跃动
人们匆忙地走过
只有他仍是如此困倦
谁都不曾看见他——
一个伤兵，今天他的创口
已愈合了，他欢喜
但他更严重地知道
这愈合所含有的更深的意义
只有此刻他才觉得
自己是一个兵士
一个兵士必须在战争中受伤
伤好了必须再去参加战争
他想着又走着
步伐显得多么不自然啊
他的脸色很难看
人们走着，谁都不曾

看见他脸上的一片痛苦啊
只有太阳，从电杆顶上
伸下闪光的手指
抚慰着他的惨黄的脸
那在痛苦里微笑着的脸……

五　姿　态

他披着有红十字的灰布衣服
让两襟摊开着，让两袖悬挂着
他走在夜的城市的宽直的大街上
他走在使他感到陶醉的城市的大街上
四周喧腾的声音，人群的声音
车辆的声音，喇叭和警笛的声音
在紧迫地拥挤着他，推动着他，刺激着他
在那些平坦的人行道上
在那些眩目的电光下
在那些滑溜的柏油路上
在那些新式汽车的行列的旁边
在那些穿着艳服的女人面前
他显得多么褴褛啊
而他却似乎突然想到把脚步放宽些
（因为他今天穿有光荣的袍子）
他觉得他是应该

以这样的姿态走在世界上的
也只有和他一样的人才应该
以这样的姿态走在世界上的

然而，当他觉得这样地走着
——昂着头，披着灰布的制服，跨着大步
感到人们的眼都在看着他的脚步时
他的浴在电光里的脸
却又羞愧地红起来了
为的是怕那些人们
已猜到了他心中的秘密——
其实人家并不曾注意到他啊

六　田　野

这是一个晴朗的日子
他向田野走去
像有什么向他招呼似的

今天，他的脚踏在
田堤的温软的泥土上
使他感到莫名的欢喜
他脱下鞋子
把脚浸到浅水沟里

又用手拍弄着流水
多久了——他生活在
由符号所支配的日子
而他的未来的日子
也将由符号去支配
但今天，他必须再在田野上
就算最后一次也罢
找寻那像在向他招呼的东西
那东西他自己也不晓得是什么
他看见了水田
他看见一个农夫
他看见了耕牛
一切都一样啊
到处都一样啊
——人们说这是中国
树是绿了，地上长满了草
那些泥墙，更远的地方
那些瓦屋，人们走着
——他想人们说这是中国
他走着，他走着
这是什么日子呀
他竟这样愚蠢而快乐

年节里也没有这样快乐呀
一切都在闪着光辉
到处都在闪着光辉
他向那正在忙碌的农夫笑
他自己也不晓得为什么笑
农夫也没有看见他的笑

七 一 瞥

沿着那伸展到城郊去的
林荫路，他在浓蓝的阴影里走着
避开刺眼的阳光，在阴暗里
他看见：那些马车，轻快地
滚过，里面坐着一些
穿得那么整齐的男女青年
从他们的嘴里飘出笑声
和使他不安的响亮的谈话
他走着，像一个衰惫的老人
慢慢地，他走近一个公园
在公园的进口的地方
在那大理石的拱门的脚旁
他看见：一个残废了的兵士
他的心突然被一种感觉所惊醒
于是他想着：或许这残废的弟兄

比大家都更英勇，或许
他也曾愿望自己葬身在战场
但现在，他必须躺着呻吟着
呻吟着又躺着
过他生命的残年
啊，谁能忍心看这样子
谁看了心中也要烧起了仇恨
让我们再去战争吧
让我们在战争中愉快地死去
却不要让我们只剩了一条腿回来
哭泣在众人的面前
伸着污秽的饥饿的手
求乞同情的施舍啊！

八　递　换

他脱去了那绣有红十字的灰色制服
又穿上了几个月之前的草绿色的军装
那军装的血渍到哪儿去了呢
而那被子弹穿破的地方也已经缝补过了
他穿着它，心中起了一阵激动
这激动比初入伍时更深沉
他好像觉得这军装和那有红十字的制服
有着一种永远拉不开的联系似的

他们将永远穿着它们，递换着它们
是的，递换着它们，这是应该的
一个兵士，在自己的
祖国解放的战争没有结束之前
这两种制服是他生命的旗帜
这样的旗帜应该激剧地
飘动在被践踏的祖国的土地上……

九　欢　送

以接连不断的爆竹声作为引导
以使整个街衢都激动的号角声作为引导
以挤集在长街两旁的群众的呼声作为引导
让我们走在众人的愿望所铺成的道上吧
让我们走在从今日的世界到明日的世界的道上吧
让我们走在那每个未来者都将以感激来追忆的道上吧
我们的胸膛高挺
我们的步伐齐整
我们在人群所砌成的短墙中间走过
我们在自信与骄傲的中间走过
我们的心除了光荣不再想起什么
我们除了追踪光荣不再想起什么
我们除了为追踪光荣而欣然赴死不再想起什么……

一〇　一　念

你曾否知道

死是什么东西?
——活着,死去
虫与花草
也在生命的蜕变中蜕化着……
这里面,你能想起的
是什么呢?
当兵,不错
把生命交给了战争
死在河畔!
死在旷野!
冷露凝冻了我们的胸膛
尸体腐烂在野草丛里
多少年代了
人类用自己的生命
肥沃了土地
又用土地养育了
自己的生命
谁能逃避这自然的则律
——那末,我们为这而死
又有什么不应该呢?
背上了枪
摇摇摆摆地走在长长的行列中

你们的心不是也常常被那
比爱情更强烈的什么东西所苦恼吗?
当你们一天出发了,走向战场
你们不是也常常
觉得自己曾是生活着
而现在却应去死
——这死就为了
那无数的未来者
能比自己生活得幸福么?
一切的光荣
一切的歌赞
又有什么用呢?
假如我们不曾想起
我们是死在自己圣洁的志愿里?
——而这,竟也是如此不可违反的
民族的伟大的意志呢?

一一 挺 进

挺进啊,勇敢啊
上起刺刀吧,弟兄们
把千万颗心紧束在
同一的意志里:
为祖国的解放而斗争呀!

什么东西值得我们害怕呢——
当我们已经知道为战斗而死是光荣的？
挺进啊，勇敢啊
朝向炮火最浓密的地方
朝向喷射着子弹的堑壕
看，胆怯的敌人
已在我们驰奔直前的步伐声里颤抖了！
挺进啊！勇敢啊
屈辱与羞耻
是应该终结了——
我们要从敌人的手里
夺回祖国的命运
只有这神圣的战争
能带给我们自由与幸福……
挺进啊，勇敢啊
这光辉的日子
是我们所把握的！
我们的生命
必须在坚强不屈的斗争中
才能冲击奋发！
兄弟们，上起刺刀
勇敢啊，挺进啊

一二　他倒下了

竟是那么迅速
不容许有片刻的考虑
和像电光般一闪的那惊问的时间
在燃烧着的子弹
第二次——也是最后一次啊——
穿过他的身体的时候
他的生命
曾经算是在世界上生活过来的
终于像一株
被大斧所砍伐的树似的倒下了

在他把从那里可以看着世界的窗子
那此刻是蒙上喜悦的泪水的眼睛
永远关闭了之前的一瞬间
他不能想起什么
——母亲死了
又没有他曾亲昵过的女人
一切都那么简单

一个兵士
不晓得更多的东西

他只晓得
他应该为这解放的战争而死
当他倒下了
他只晓得
他所躺的是祖国的土地
——因为人们
那些比他懂得更多的人们
曾经如此告诉过他

不久，他的弟兄们
又去寻觅他
——这该是生命之最后一次的访谒
但这一次
他们所带的不再是舁床
而是一把短柄的铁铲
也不曾经过选择
人们在他所守卫的
河岸不远的地方
挖掘了一条浅坑……
在那夹着春草的泥土
覆盖了他的尸体之后
他所遗留给世界的

是无数的星布在荒原上的
可怜的土堆中的一个
在那些土堆上
人们是从来不标出死者的名字的
——即使标出了
又有什么用呢?

一九三九年春末

透明的夜

一

透明的夜。
……阔笑从田堤上煽起……
一群酒徒望
沉睡的村,哗然的走去……
村
狗的吠声,叫颤了
满天的疏星。

村,
沉睡的街
沉睡的广场,冲进了

醒的酒坊。

酒，灯光，醉了的脸
放荡的笑在一团……

“走
到牛杀场，去
喝牛肉汤……”
二
酒徒们，走向村边
进入了一道灯光躺开的门，
血的气息，肉的堆，牛皮的
热的腥膻……
人的嚣喧，人的嚣喧。

油灯像野火一样，映出
十几个生活在草原上的
泥色的脸。

这里是我们的娱乐场
那些是多谙熟的面相，
我们拿起

热气蒸腾的牛骨
大开着嘴，咬着，咬着……

“酒，酒，酒
我们要喝。”

油灯像野火一样，映出
牛的血血染的屠夫的手臂，
溅有血点的
屠夫的头额。

油灯像野火一样，映出
我们火一般的肌肉，以及
——那里面的——
痛苦，愤怒和仇恨的力。

油灯像野火一样，映出
——从各个角落来的——
夜的醒者
醉汉
浪客
过路的盗

偷牛的贼……

“酒，酒，酒
我们要喝。”
三
……
“趁着星光，发抖
我们走……”
阔笑从田堤上煽起……
一群酒徒，离了
沉睡的村，向
沉睡的原野
哗然的走去……

夜，透明的
夜！

一九三二年九月十日

聆　听

驰荡呀
驰荡呀

法南水电厂的吼声
彻叫着；夜
沉在监狱的房里
震摇的
夹着难友的鼾声呀
像大航轮般
在深蓝的海洋上
以速力钻开了水波
夜
它前进着……

一九三二年上海

马　赛

如今，
无定的行旅已把我抛到这
陌生的海角的边滩上了。

看城市的街道
摆荡着
货车也像醉汉一样颠仆，
不平的路

使车辆如村妇般
连咒带骂的滚过……
在路边
无数商铺的面前，
潜伏着
期待着
看不见的计谋，
和看不见的欺瞒……
市集的喧声
像出自运动场上的千万观众的喝采声般
从街头的那边
冲击的
播送而来……
接连不断的行人
匆忙的
踉跄的，
在我这迟缓的脚步旁边拥去……
他们的眼都一致的
观望他们的前面
——如海洋上夜里的船只
朝向灯塔所指示的路，
像有着生活之幸福的火焰

在茫茫的远处向他们招手

……

在你这陌生的城市里，

我的快乐和悲哀，

都同样的感到单调而又孤独！

像唯一的骆驼，

在无限风飘的沙漠中，

寂寞的寂寞的跨过……

街头群众的欢腾的呼嚷，

也像飓风所煽起的砂石，

向我这不安的心头

不可抗的飞来……

午时的太阳，

是中了酒毒的眼，

放射着混沌的愤怒

和混沌的悲哀……

它

嫖客般

凝视着

厂房之排列与排列之间所伸出的

高高的烟囱。

烟囱！

你这为资本所奸淫了的女子！

头顶上

忧郁的流散着

弃妇之披发般的黑色的煤烟……

多量的

装货的麻袋，

像肺结核病患者的灰色的痰似的

从厂旁的门口，

不停的吐出……看！

工人们摇摇摆摆的来了！

如这重病的工厂

是养育他们的母亲——

保持着血统

他们也像她一样的肌瘦枯干！

他们前进时

溅出了沓杂的言语，

而且

一直把繁琐的会话

带到电车上去，

和着不止的狂笑

和着习惯的手势

和着红葡萄酒的

空了的瓶子。

海岸的码头上，
堆货栈
和转运公司
和大商场的广告
强硬的屹立着，
像林间的盗
等待着及时而来的财物。
那大邮轮
就以熟识的眼对看着它们
并且彼此相理解的喧谈。
若说它们之间的
震响的
冗长的语言
是以钢铁和矿石的词句的，
那起重机和搬运车
就是它们奇怪的嘴。
这大邮轮啊
世界上最堂皇的绑匪！
几年前
我在它的肚子里

就当一条米虫般带到此地来时，

已看到了

它的大肚子的可怕的容量。

它的饕餮的鲸吞

能使东方的丰饶的土地

遭难得

比经了蝗虫的打击和旱灾

还要广大深邃而不可救援

半个世纪以来

已使得几个民族在它们的史页上

涂满了污血和耻辱的泪……

而我——

这败颓的少年啊，

就是那些民族当中

几万万里的一员。

今天

大邮轮将又把我

重新以无关心的手势，

抛到它的肚子里，

像另外的

成百成千的旅行者们一样。

马赛！

当我临走时

我高呼着你的名字！

而且我

以深深了解你的罪恶和秘密的眼，

依恋的

不忍舍去的看着你，

看着这海角的沙滩上

叫嚣的

叫嚣的

繁殖着那暴力的

无理性的

你的脸颜和你的

向海洋伸张着的巨臂，

因为你啊

你是财富和贫穷的锁孔，

你是掠夺和剥削的赃库。

马赛啊

你这盗匪的故乡

可怕的城市！

柳木下

在最前列

马格里是我的恋女
又是一个孩子的母亲

我看见马格里
举起微赤的圆脸
在摇篮傍边

我看见马格里
抱起小惠克
放下《反杜林论》

我看见马格里
推着摇篮唱着歌
声音又细又悠长

一朝我从远方归来
五一节的歌声震撼着这城市
我看见马格里
　　举起右手

在最前列

——《若干人集》

贫　困

像显赫的人佩着勋章

像选手把标帜绣在襟上

在人众中

我带着我的贫困

我昂然举步

穿过市街

走向海滨

鸥鸟在海上飞鸣

——《若干人集》

婴　子

松　林

月下的松林

顶着寂寥的银色的梦

一阵可恶的风从天边吹来
它便从梦里叫骂起来了

这是座松林
是这座深幽的松林呀
我熟悉那些小径
那些绿叶
甚至那些树根下的野蕈
我熟悉着
我失去的我都熟悉着
我爱骑一匹白马
奔驰于阳光的林下
迎着长风
卷过林绿
卷过旷野

然后
我兴尽的停步在
林深处的
柴门前

我眷恋着

这些熟悉的
失去的日子呵

且待那要来的时候吧
我当骑马来到那座林的
马驮着我，我驮着胜利
以折断的敌旗杆敲开柴门

——《若干人集》

营　外

营门外的夜
蓝色的夜

我枕着草原
仰着头数满天星
把深思停在云片上
远天的云片吐食着初月

想到有好些地方
有人不能以一只歌呼唤自由了
不能无事的高卧草原

闲看日月了
为的是那里有耻辱的足迹
血的记忆
凶暴的眼睛

请不要说我于百忙的营中
却偷闲于营外写了一首诗
正因为我随了营随了战争
我才有步伐
奔忙在复仇的草原。

——《若干人集》

S.M.

哨

　一月的夜的延安：
前线带回来的一身困倦，
从这深深的夜逾越过去
又是新红太阳的战斗的明天，
战士们需要香甜的休眠。
嘉岭山上的塔对着蹀躞在广场上的伙伴

他在他底哨位上！
深沉的夜底十二点到一点，
天上
Orion 横着灿烂的剑，
北极星永恒的光
从太古以前
直到春风的将来
照着人间。

——《无弦琴》 一九三九，二，四。

老　兵

　　老兵
骑在瘦马背上
从清晨的薄雾里
朦胧地走到树林边来，
又朦胧地深入薄雾里去。
他一顶污秽的军帽低压着多纹的额
胡子上凝着浓雾
鼻子里喷出热息
凹入的小眼合着
皱瘪的两颊下垂

手深缩在棉袖筒里
马缰络在枯秃的马头上
背影困倦地驼着
让波动不定的慢步把自己送到什么地方，
一天又一天，
背了刀
有一点灰土
有一点铁光
有一点锈蚀
有一点霜
有一点血影照着朝阳

——《无弦琴》

纤　夫

一　嘉陵江

风，顽固地逆吹着，
江水，狂荡地逆流着，
而那大木船
衰弱而又懒惰
沉湎而又笨重，
而那纤夫们

正面着逆吹的风

正面着逆流的江水

在三百尺远的一条纤绳之前

又大大地——跨出了一寸的脚步……

风，是一个绝望于街头的老人

伸出枯瘪成生铁的老手随便拉住行人（不让再走了）

要你听完那永不会完的破落的独白，

江水，是一枝生吃活人的卐字旗麾下的钢甲军队

集中攻击一个据点

要给它尽兴的毁灭

而不让它有一步的移动！

但是纤夫们既逆着那

逆吹的风

更逆着那逆流的江水。

二 大木船

过两百岁了的样子，够了的样子

污黑而又猥琐的，

灰黑的木头处处蛀蚀着

木板拆裂成黑而又黑的巨缝（里面像有阴谋和臭虫在做窠的）

用石炭，竹丝，桐油捣制的膏深深地填嵌起来（填嵌不好的），

在风和江水里

　像那生根在江岸的大黄桷树，动也——真懒得动呢

　自己不动，影子也不动（映这影子的水波也几乎不流动起来）

这个走天下的老江湖

　快要在这宽阔的江面上躺下来睡觉了（毫不在乎呢），

中国的船啊！

古老而又破漏的船啊！

而船舱里有

五百担米和谷

五百担粮食和种子

五百担，人底生活的资料

和大地底第二次的春底胚胎，酵母，

纤夫们底这长长的牵绳

和那更长更长的

道路

不过为的这个！

三　一绳之微

紧张地曳引着

　作为人和那五百担粮食和种子之间的力的有机联系，

紧张地——曳引着

前进啊；

一绳之微

用正确而坚强的脚步

给大木船以应有的方向（像走回家的路一样有一个确信而又满意的方向）：

向那炊烟直立的人类聚居的，繁殖之处
是有那么一个方向的
向那和天相接的迷茫一线的远方
是有那么一个方向的
向那
一轮赤赤地炽火飞爆的清晨的太阳！——
是有那么一个方向的

伛偻着腰
匍匐着屁股
坚持而又强进！
四十五度倾斜的
铜赤的身体和鹅卵石滩所成的角度，
互相平行地向前的
天空和地面，和天空和地面之间的人底昂奋的脊椎骨
昂奋的方向
向历史走的深远的方向，
动力一定要胜利
而阻力一定要消灭！

这动力是
创造的劳动力
和那一团风暴的大意志力。

脚步是艰辛的啊
有角的石子往往猛锐地楔入厚茧皮的脚底
多纹的沙滩是松陷的，走不到末梢的
鹅卵石底堆积总是不稳固地滑动着（滑头滑脑地滑动着），
大大的岸岩权威地当路耸立（上面的小树和草是它底一脸威严的大胡子）
——禁止通行！
走完一条路又是一条路
越过一个村落又是一个村落，
而到了水急滩险之处
哗噪的水浪强迫地夺住大木船
人半腰浸入洪怒的水沫飞漩的江水
去小山一样扛抬着
去鲸鱼一样拖拉着
用了
那最大的力和那最后的力
动也不动——几个牵夫徒然振奋地大张着两臂（像斜插在地上的十字架了）

他们决不绝望而背退着向前硬走，
而风又是这样逆向的
而江水又是这样逆向的啊！
而纤夫们，他们自己
骨头到处格格发响像会片片迸碎的他们自己
小腿胀重像木柱无法挪动
自己底辛劳和体重
和自己底偶然的一放手的松懈
　那无聊的从愤怒来的绝望和可耻的从畏惧来的冷淡
居然——也成为最严重的一个问题
但是他们——那人和群
那人底意志力
那坚凝而浑然一体的群
那群底坚凝成钢铁的集中力
——于是大木船又行动于绿波如笑的江面了。

四　一条纤绳

整齐了脚步（像一队向召集令集合去的老兵），
脚步是严肃的（严肃得有沙滩上的晨霜底那种调子）
脚步是坚定的（坚定得几乎失去人性了的样子）
脚步是沉默的（一个一个都沉默得像铁铸的男子）
一条纤绳维系了一切
大木船和纤夫们

粮食和种子和纤夫们
力和方向和纤夫们
纤夫们自己——一个人和一个集团，
一条纤绳组织了脚步
组织了力
组织了群
组织方向和道路，——
　就是这一条细细的，长长的似乎很单薄的苧麻的牵绳。

前进——
强进！
这前进的路
同志们！
并不是一里一里的
也不是一步一步的
而只是——一寸一寸那么的，
一寸一寸的一百里
一寸一寸的一千里啊！
一只乌龟底竞走的一寸
一只蜗牛底最高速度的一寸啊！
而且一寸有一寸的障碍的
或者一块以不成形状为形状的岩石

或者一块小讽刺一样的自己已经破碎的石子

或者一只从三百年的古墓中偶然给兔子掘出的锈烂钉子……

但是一寸的强进终于是一寸的前进啊

一寸的前进是一寸的胜利啊，

以一寸的力

人底力和群底力

直迫近了一寸

那一轮赤赤地炽火飞爆的清晨的太阳！

——《无弦琴》一九四一，二，五。方林公寓。

田　间

自由，向我们来了

悲哀的

种族，

我们必须战争呵！

九月的窗外，

亚细亚的

田野上，

自由呵……

从血的那边

从兄弟尸骸的那边，
向我们来了，
像暴风雨，
像海燕。

五个在商议

在潼关一所棉花厂里（我们底宿营地），晚上，五个通讯股员，在开小组会。——烛光在厂内照着，大风沙在外面刮着……

我们是五个。
我们五个，
屈着腿，
　　——坐在一张芦席上，

五个底
呼吸，
接近
烛光，
搀和着，混流着，
在一气……
——那样，
我们抛下烟蒂，
手指，
握住

小组会底问题；

五个，
在商议！
我们是五个。

五个底
宽阔的
肩膀，
　　——也靠在一处，
很满，
很密。

给饲养员

饲养员呵，
把马喂得它刮刮叫，
因为你该明白，
它底主人
不是我和你，
是
中国！

多一些

“多一颗粮食，
就多一颗消灭敌人的枪弹！”

听到吗？
这是好话哩！

听到吗？
我们
要赶快鼓励自己的心
到地里去！
要地里
长出麦子；

要地里
长出小米；

拿这些东西
　　当做
　　持久战的武器。

　　（多一些！
　　多一些！）

多点粮食
就多点胜利。

冀察晋在向你笑着

冀察晋
还在活着，

（而且
在很好的
活着呵！）

无边的
山沟，
  我们的马
在跑着；
那角蹄
响出
  愉快的
  大胆的
  口号。

你看，

冀察晋

　在向你笑！

——《欢迎外国朋友街头诗》之一

人民底舞

——人民底舞，是不死的光芒！北平游击队于一九三八年元旦，在所谓庆祝敌军阀的胜利的一天，他们借秧歌舞的姿势，跳跃在西直门外，跳跃在观察的敌人身边。结果，一百多名日兵被歼灭了；之后，他们完全平安地踏着敌人的血回来。我无法想像那神圣的场面，但我总等待着有一次会看见。

四月间，我们在西安一个剧社公演“打倒日本升平舞”（秧歌舞改编），故事简单。主要目的说中国人民团结起来，将敌人及汉奸打倒。人物为工，农，兵，学，商，及日兵，汉奸。

——为纪念北平游击队，为记述我们底公演，兹就我得到的那一天舞台上的印象，而写《人民底舞》。

一九三八年四月在西安，田间附记。

一个，

一个，

嚓嚓地

出场。

跳跃……

跳跃……

（——那样子，
不是叛徒
在反变；
不是汉奸
在出卖祖国；
也不是
胆小的妇人
跪在地上
向上帝
祈祷……）

一个，
一个，
嚓嚓地
出场。

跳跃……
跳跃……

（——那声音，

不是客商
在酒店底
谈话；
不是农民
在田野
吹起的
芦笛；
也不是
婴儿的
啼泣。……）

一个，
一个，
嚓嚓地
出场。

跳跃……
跳跃……

兴奋，
激越，
走上——

人类的

舞台。

(——以被侮辱与被害的人民底姿势，

奏着反抗的山歌，血的民谣，

要走向山，要走向海。……)

老 Kue[1]

领导着

这一大群

——农民，

——工人，

……

在一块。

在一块，

兴奋，

激越。

浓白的

面孔，

深黑的

眼瞳，

……

搬动，

在汉奸底

身边；

搬动，

在敌兵底

身边；

（因为——

汉奸和敌兵，

无耻着，荒唐着，阴笑着，

走到他们面前。……）

你看，——

他们底

仇恨的

力，

他们底

仇恨的

血，

他们底

仇恨的

歌，

握在

手里。

握在

手里，

要洒出来……

几十个，

很响地

——在一块；

几十个，

哒哒地

——在一块；

回旋……

狂蹈……

耸起的

筋骨，

凸出的

皮肉，

挑负着

——种族的

疯狂，

种族的

咆哮！……

大胆！

刚强！

（他们张开胳膀，

要打断封锁在这渴望着的种族底身上

那野蛮的镣铐；

他们伸出手掌，

要把敌人与汉奸绑上绞架。……）

一气

唱着：

一气

喊着：

（——驱逐日本强盗，

滚蛋！……

…………）

一起
唱着：

一起
喊着：

（——我们要活！
要活在自己底厂里，自己底树荫下，
自己的店里，自己底教室里，
和自己底兵营里，
在那些地方，
没有人阻挡！
……不能这样，我们，
我们就死亡，
要为祖国而死，要为斗争而死！……）

呵，
歌唱！
呵，
舞踊！
呵，
棒子！

呵，
刀子！
呵，
锄头！
呵，
枪！
呵，
人民！
它们，
更响地
——在舞台上；
在祖国的舞台上
敲着
棒子，
磨着
刀子，
扳着
枪机，
舞着
锄头；
扭着
腰，

擦着
手，
举着
拳头。

老 Kue
指挥着
这一大群，
——农民，
——工人，
……

聚拢，
散开。
散开，
聚拢。

——踏着敌兵和汉奸的血脓，
舞着，……

在撞，
在冲，

在前进，……

棕红的
棒子，
紫黑的
枪，
土黄的
锄头，
白亮的
刀子，……
……
——全升起来了，都响了，……

几十个
跳荡，
欢狂；
……
——他们的道路，
跟从着
一个
音响。

今天，
在舞台上，

他们，
像来自——
人民自己底
街，
像来自——
人民自己底
巷；
他们，
又汇合——
向
人民自己底
街，
向
人民自己底

巷。

一小队，
一小队。

一小行，
一小行。

（——在一起呼喊，在一起歌唱！……）

几十个，
咞咞，
嗙嗙。

几十个，
浩浩，
荡荡。

呵，
人民！
呵，
枪！
呵，
锄头！
呵，
刀子！

呵，
棒子！
呵，
舞踊！
呵，
歌唱！

（——在动乱时代，在争自由的夜晚，
人民底脚步，人民底喉音，
正锻炼在人类斗争底舞台上……）
粗壮的
节奏，
走向很远，很长……

又走回来，
很响，
很亮。

黑色的
布幕，
拉下；

——但是,

也挡不住,

人民底

交响!

——呈在大风砂里奔走的岗卫们

注

[1] 秧歌舞中之领头者

韩北屏

牧

——写给舞鹰

我与你像游牧时代的人们一样,

一心选择那多草

多阳光的平地,

我们也是为了放牧而来的,

不过被牧的不是牛羊,

而是我们爱自由爱阔大的心与眼。

在那平地上,

你底胸贴着地，
你底赤裸的双足敲击着地，
你底两手戏弄着毫无礼貌的小草，
而你底眼睛，
智慧的眼睛啊，
凝视着那些为蚯蚓所织的
　泥土的花朵。

我搀着你底手，
让你初初踏着泥土的双足，
踏过起伏的丘陵，
我们踏在隆起的小丘上，
好像踏在巨人的手臂上，
深深地感到生命的甜美，
与天地无限的空旷宁静。

一只矫捷的苍鹰底影子
掠过你眼前的草上，
你仰起分披栗色柔发的头，
注意着自由翱翔的巨禽，
在蓝色的溶液中飞舞。

你扶着我底膝盖站了起来，
伸出了你底小手，
对着飞舞的苍鹰在招摇。
你天真而骄傲地
发出了真纯的感情的对呼，
你神往于鹰的飞舞，
而我陶醉在你庄严的表情之中。

——《若干人集》

铁的语言

一座破落的村庄，
像一个久病之后的老人，
猥琐而且衰弱地
蹲坐在青灰的石山之旁。
村庄没有言语，
村外的大树低垂着头，
淡淡的白云穿凿山巅，
淡淡的阳光盖着村庄，
溪流干涸了，
让灰白的河床

与灰白的村庄一同曝露。
但是，在肺结核患者底胸脯似的
骨瘦棱棱的破墙上
却有铮铮的声音：
　　“过往行人　闻声答话
　　夜行明灯　枪火无情”
这是森严的命令，
这是铁的语言。
一面变得灰淡的蓝色哨旗之下，
两个褴褛的农民，
一枝土造枪，一柄缚红缨的大刀，
他们正直庄严而且毫不腼腆，
肩担苦难的阔肩膀，
肩担着新的使命；
用古潭一样深沉的眼睛
看着古潭一样幽邃的远方。
褴褛的人守卫着灰白的村庄，
他们没有语言，
可是墙壁上有森严的命令，
土造枪与红缨刀有铁的语言。

——《若干人集》

鸥外鸥

和平的础石

东方国境的最前线的交界碑！
太平山的岭上树立了最初欧罗巴的旗。

Sir France Henry May
从此以手支住了腮了。
香港总督的第一人，
思虑着什么呢？
忧愁着什么的样子，
向着远地方，
不允说出他的名字。

金属了的他，
是否怀疑巍巍高耸在亚洲风云下的
休战纪念坊呢。
奠和平的础石于此地吗？
那样想着而不瞑目的总督，
日夕踞坐在花岗石上永久的支着腮，
腮与指之间
生上了铜绿的苔藓了——

在他的面前的港内，

下碇着大不列颠的鹰号母舰和潜艇母舰美德威号，

生了根的树一样的；

肺病的海空上

夜夜交错着探照灯的 X 光；

纵横着假想敌的飞行机，

银的翅膀，

白金的翅膀。

手永远支住了的总督，

何时可把手放下来呢？

那只金属了的手。

——《若干人集》

穆　芷

城

他——古老的城墙啊

沉默的

坚毅的

站立着

在南国——绿色的原野

珠江的水
带着轻盈的歌唱
投向他的怀抱
又悠悠的泻向远天
嵌衬于天脚的峰峦
那黛色的围屏
为他挡住了多少暴风急雨
在他胸膛的护卫里
善良的人群
絮语平常恬静的岁月
灾难把他们遗忘了

春天，秋天
惯常的一串歌声
（吐自那壮健的少年农的嘴里）
联起高低的田畴
田畴里
是嫩绿的新秧
是肥大的黄金的谷粒
芭蕉树下
闪过多话的村姑的脸

一串银铃的笑声
曾拖住了多少年青人的眼睛

他——古老的城墙呵
他曾看见——
这原野上
人们孩子的孩子……
长大了
又添上了满头霜发
他曾看见——
罕有的饥馑
人们用颤抖无力的手
掘食山谷中剩余的草，叶，树根
他曾看见——
暴虐的劫掠者
要劫杀善良的人群
是他墙围的铁臂的遮拦
叫劫掠者得不到一根针
　　　　　　　一粒米
人群又英勇的把他们赶走……
他曾看见——
黄龙旗下的奴隶受不住压榨

在他脚下
疯狂的作叛乱的呼叫
金田村一声怒吼
牵起多少不愿做奴隶的声音
叫头上拖着红缨尾巴的鞑子
永远失了安宁……
他曾看见——
这原野上多少次沧桑事故
风霜画笔
在他身上
写下无限苍黑的记忆

如今，春又来了
熟习而又生疏的
三月温暖的风
带来了远方血腥的灰沙
梳理着他头上的荒草
敌人——那来自海上的暴徒
从空中撒下灾祸
毁灭了人们恬静的日子
恐怖扎下罗网
在每一颗急跳的心里

啊——

如旧的歌唱的春水

如旧的碧绿的芭蕉

只不见了

少年农愉悦的歌声

村姑的诱惑的笑

和那长街上

安闲的行人

每日从曙色里

震惊于辽阔传来的每一声音响

为避免暴徒空中的袭击

善良的人群

背起残旧的杂物

踏过长街上

被暴徒毒火毁灭的

房子的瓦砾，木片，

踏过那瓦砾，木片上

残缺的尸肉，血迹

在每一脚步的举落里

投下记忆的哀愁

然后踯躅于幽谷荒郊
饥饿与疲倦啃啮着他的心
在每一秒钟的移动里
直到黄昏

他——忧郁的城墙啊
太息于人群悲怆的命运
他明白自己古老的墙围
拦不住二十世纪暴徒的空中虐杀
他将倒坍了
（像永远安息于他底下的老人一样）
然而，他还是挣扎的站立着
瞩望着那
崇高的峰峦上
比他年轻的钢铁的堡垒
和那武装了的人群英勇的子孙
比前一代更强硬
他将看着他们英勇的战斗

他——古老的城墙啊
坚毅的
沉默的

站立着

在南国——绿色的原野

——《若干人集》

杨周翰

女面狮（四）

我们肩靠着肩，膝盖倚住
膝盖，亲爱的，坐在这节列车上，
绿草上翻筋斗的阳光向车窗欢呼，
车轮单调的韵律又把它辗伤。

亲爱的，车外鲜活的故事在我们
头脑的银幕上映成一串连续
不起的影片，我们在想，在做梦，
直到我们是奇怪的大头的动物；

生命载着永恒的蜜月中的你我，
在迷宫的循环铁道上，煤烟的长城里，
走向我们所自来的开始，

那就是母胎里的黑暗；黑暗爬过
高墙，又来抚摩我的灵魂，
我们停止了，没有一切的责任。

山　景

山峰拥挤着山峰，衰老
干枯的岁月榨出一滴树，
又在空中升化，像贫民窟
屋顶上一撮黄色的小草。
山峰的心腑似乎在跳跃，
这些孕育着秘密的坟墓！
这些扭曲的土块是痛苦
照见的形相？心脏病的朕兆？

胡明树

二百立方尺间

一　将被免本兼各职的寝房

宽阔的宇宙呵，现在
我仅能占有你
二百立方公尺的空间——
它充当了我的寝室，

兼职了我的会客厅

读书间与厨房……

租金像细菌的繁殖之快

突增了一倍

我那心——我那秘书

拟好了一篇

待行的令

“该房另有任用

着免本兼各职”

只待我说一个“行”字

那时呵

我又将成为

一个浪子了呵……

二　生活的艺术之一

兼职了厨房的寝房里

一个庆远炉

占了 90 立方寸的空间

搁了笔，闭了房门

米在瓦罐子里谷谷地滚

依着其拍律

我兢兢地唱着短歌
生怕又烧焦了饭

一位善于炊事的朋友
曾告诉我
一些做饭的道理——

“快三百元了的米价
做饭的技术
不能烧焦了一粒米呵
应把做饭的事
作为生活的艺术之一来看！”
“对！”——我答

三　大提琴与耗子

我午夜醒来
听见了 do re mi，do re mi 的乐声
是耗子经由大提琴的弦线
爬到我的桌上
偷我的余粮
我——它心目中的
囤积居奇的米商

兼职了音乐家的耗子

每天晚上 do re mi，do re mi 的地弹着

满蒙着灰尘的

占了十立方尺空间的大提琴

它自然不会知道

壁上的石膏挂像

是名叫贝多芬呵

四　安分于狭小

宇宙越大

我就越怕：

（假若房外是充斥着谎话与谣言的世界）

因此，我更安分

这二百立方尺的狭小

因此，对这二百立方尺间

没有谎话，没有谣言的事

我就更骄傲

我的短歌是谎话么？

瓦罐里的谷谷声

大提琴的 do，re，mi，do re mi

是谣言么？

不！

检讨的镜子

对着一个20平方寸大小的镜
我看见了一个病瘦了的我

忽然，镜中现出了：另一个
若干年前的我——
他侨居在异邦
以一支多彩的笔
绘出了一幅苦斗着的“朝鲜妇”[1]
又沉思地录下了一幅
健康的风俗画“五月的龙舟”
后来终于经由了“难民船”
回到了祖国
于是又尽情地歌唱于
“绿的地平线上”……

今天，我又带着我底歌
卷土地重来“旱海”
要以恋人的热情
感动这“爱的吝啬者”
但今天，我却从镜中

发现了一个病瘦了的我

检查了我底心

又检查了我底脑

如前地健康呵

但为什么又病了呢?

是愤世的肝火发作了么?

是缺乏营养的贫血病么?

是疟菌又侵进了血液里了么?

病呀,跟着药瓶滚吧!

我无情于你

我有心于唱出人类的情歌……

——《若干人集》

注

[1] 引号中的都是拙作的题名或拙作中的句子。

周　为

冬　天

一　冬天的到来

不是为了街上那些有钱人的过早的冬装

不是为了那些卖补品的特别广告
是因为那卖油条烧饼的特别响朗的声音
告诉我，又一个冬天的到来

“油条烧饼
烧饼油条……”
当我的纸窗还未睁开眼睛
这响朗的声音就把我叫醒
我便看到了一盆熊熊的炭火
一盘黄色而黏韧的土面
数不尽的孩子啼冷的哭声
才把赤脚的父亲送到街上……

我想祝福你呢
你第一个告诉我冬天来了的劳动者！

二　从乡村走来

而这时候
在以城市作轴心
而幅射出去的许多大小的道路
正走着许多与太阳竞赛早起的人

你昨夜整夜守着水春

现在挑着两箩肥大白米的
你挑着两箩肥大的白菜
头上扎着蓝布头巾的
你穿着昨天编好的草鞋
挑着红薯和鸡蛋的……
你们脚踏着这些砂砾的道路
黏湿着露水的道路
向城市走来

于是第一个早市开了
第二个早市开了
你们把你们的所有坦露着
任每一个人选择

冬天，城市有更大的食欲
城市天天盼望着你们呢
你们从乡村走来的人——
城市的维他命

三　褴褛的马路

太阳升起来
用温情的眼睛看过了海
然后用发红的眼睛看着马路

这里是一条褴褛的马路
这边，那边，张起了
补缀而斑驳的布帐
布帐下面摆着可怜的衣物
如果我拿来嗅一下
我可以嗅出东南西北的气息

一块钱，两块钱，十块钱……
以有限的价钱
出卖无限的温暖
因为人家的需要
出卖自己的需要

布帐在北风里颠簸着
一高一低
南方人想起了温暖的海浪
　　　　　　狂暴的海浪
北方人想起了广阔的平原
　　　　　　辽敻的沙漠
想起了那悲哀的梦：
那雪地上的行进

带着红缨枪

带着锣鼓

带着轻佻的猴子

带着笨钝的狗熊……

我在布帐前驻足

我听到一个年老的父亲

向一个年幼的儿子讲述远天的风雪

一句，一句

像撒播一粒粒仇恨的种子

四　我祝福

以前，每当风雪像一个暴虐的逻者

用枪杆撞着我的木门

它击打着我的纸窗

使我不能说话的时候

我又想着一个在地球的极北的地方

在那里，一尺，十尺，就是百尺的

风雪也盖不住温暖的微笑

大清早，无数的烟突喷出了第一口气

每一个城市又流动着劳动的血液

无数的手为人类的春天造像

而且向我，向全世界痛苦的眼睛
骄傲的伸出

而现在，我从马路上回来
我摊开了当天的报纸
我知道了在遥远的白海
　　　　　遥远的波罗的海的边缘
已降下了一九一四年的初雪
雪它正以嘶嘶的声音
为拿破仑的后裔唱着悲歌

那么，在这个冬天
让希特拉穿起在挪威订购的雪屐
第一次的滑倒吧
而你们，却裂出那笑在最后的笑
我祝福

——《若干人集》

陈善文

苦撑着拼

牙贴着心，

咬了一口!

齿痕嵌在心的深处;

顶不住,倒在血泊里,堆着的骷髅。

无边的黑暗,风带来一阵刺耳的狞笑。

不行!还得从这尸场上苦撑着站起;

跟连串的苦难拼!

苦酒比醍醐更够味儿,

呷着苦杯,捱着鞭,

在没有断气之前。

——香港《大公报文艺》八八二期

任　钧

警　报

一声尖锐而悠长的汽笛

　在天空放射出来

　　仿佛闻得到血腥的信号

——空袭警报又发出来了

警报——

诚然带来了恐怖和震惊,

但同时也好像在敌我中间

　划下了一条红线，

使得双方的界限更加分明！

可不是吗？

在那惊心动魄的长啸声中：

　用同样的动作，

　　同样的心情，

千万人都同时站拢在一边，

　　　　同时感到共通的运命！

——《后方小唱》

孙　钿

雨

——要使人值得一活，就必须为一种伟大的理想所贯注。

下过雨的第二天

从水潭里

我照见

近来

我底影子又长得高了

有一个夜间
我梦见
胸口给日本鬼子戳了个窟窿
鲜血奔涌出来
好像扭开了水龙
惊醒了
我才知道降着暴雨
雨水从破屋顶上漏进来
滴在我底胸上
我感到好笑
翻了个身
一只手按住枪
去找寻第二个梦了

当着
雨拖着寂寞
来到了人间
在我们
从来没有人说起雨
只有我
在心里说我爱雨
他们只懂得

如果不把枪包好
准会上锈的……

雨也会撩起我们欢喜
时常在雨中
穿过从山涧奔泻下来的洪流
我们出击去
即使雨裹住了我们底呼吸
也没有忘记瞄准敌人
扳动枪的机扭

这暴雨，这时代
垂下了头
母亲一般
用血的乳浆哺养我们

苦暗的雨中长大的我
终于振扑着坚强的翅翼了
我叩响新的光明的门扉了
太阳在我生命上照着

昔日在雨天同我折纸船的邻儿
如今也掮上了枪出征了

辉煌的革命书籍
辉煌的战斗历史
把我们底思想
凿开了一条宽阔的河流
因此，我们不只是
拿了枪的战斗员

风暴带来的雨
冲洗了这古老的大地
大地呀
负载着我们这一代的狂热
而我们底改造
就要成熟了

不管雨是如何缠绵
或是如何阴郁
我脱掉草鞋
在给雨捣烂了的泥地上
向一座破屋走去
那里
“××日报”到了

——《旗》

失 名

都会的悒郁

蔬菜贵

茄子，马铃薯都贵

我的住宅

一座小木屋的楼上

一个面积有限的房间

全部木板

使我无限感慨

没有一寸过剩的土地

播种在地板上吗

俯视纸窗的下面

邻家的竹篱内

却广植着郁金香，夹竹桃与蔷薇

抒情的植物呵

花匠每早起来

剪栽着枝叶，落肥和灌溉

主人咬着板烟咀

坐在院子里读早报
无忧无虑的把经济版新闻翻过背后

我患眼充血的眼
滴着病眼药水
　　男人身上的虱子
那浮凸起的眼睛
那怀孕的肚
　　怀着不义之脂膏的肚
　　蓄着不道德的脏物的肚
穿着故作尖锐状的 K 字牌的鞋的厚笨的足[1]
一尾金鱼一样的
你却以一匹雌的虱子的女性的眼恋上了那样的男子
念念不忘的想咬他一口

他们说话用“混血语”的
一种特殊的人种
宗主国与殖民地的变种的无名的“殖”物

而你却是虱子，男人身上的虱子
专咬男性的虱子

那怀孕的肚

被咬了也不知痛苦的

展着恋爱的笑颜垂涎欲滴的向住了你

你男人身上的虱子张牙露齿的

　手执麦氏佛陀的 lip stick 绘着专咬男人的嘴唇[2]

注

[1] K 字牌的鞋，欧洲最名贵的鞋。
[2] lip stick，唇脂。麦氏佛陀，美国一家化装品制造厂，货品畅销于中国市场。

父的感想

——给女儿李朗的诗

　第二帖

丽丽卡呀[1]，你安卧着吧（不能够入眠吗？）

母亲的口笛吹着

"我们万众一心

冒着敌人的炮火……"

在摇篮的上端，有黑的黯然的夜

交错的鱼尾的爆炸弹

Japanese Sandman！[2]

日本兵工厂的安眠药

刻着“昭和十三年制”的字样
——远，近，大，小的 3 枚
采取疾降的
鱼样的态势
向你疾趋而下的轰击着
在意料中的吧

十月的雨季
降炸弹比降雨还多的这气候环境
我们的生命，左闪右避在炸弹的雨的隙处
残废的国际正义盲目而哑
父的心
不胜危惧的呵
你，不设防的生命
窗外探照灯的监视哨的触手
纵横着
纵横在国境的夜空，猫演习

我与母亲怎样也不能入眠了
守护着你
而且守候着

“日本的飞机来袭了！”

“日本的飞机来袭了！”

“日本的飞机来袭了！”

凄厉的呼号中国人民起来的电汽笛

一九三七年

注

[1] 爱儿乳名丽丽卡。
[2] Japanese Sandman 意即“日本人的睡魔”，指炸弹。

何 达

我们开会

我们开会

我们的眼睛

像车辐

　集中在一个轴心

我们开会

把我们的背

都向外

　砌成一座堡垒

我们开会
我们的灵魂
紧紧地
　拧成一根巨绳
面对着
共同的命运
我们开着会
　就变成一个巨人

老鞋匠

为了别人的脚
两手绷着青筋
一生
抚摸过多少双鞋底
一针一用力
一锥一喘气
要把磨过了多少碎石的
踹过了多少烂泥的破鞋修好
像医生
治好损伤了皮骨的人们

却改不了人们劳碌的命运
他——
老鞋匠
也不能使道路更平坦
于是桌底下
像停尸房
狼藉着
　无法补救的破皮

他老了
他失去了青春
就像那些破皮
失去了光采

他也是一双快要解体的旧鞋
被拖曳在
　漫长而破烂的
　生活的道路上
这老鞋匠！

过昭平

我们

在夜的奔流里
赶到
漓江中流的小市镇
探索着藏在黑暗里的
　陌生的路径
任挟带着外省泥土的布鞋
　在不平的石板路上
　溅踏着积水

沿路的门板紧紧地扣着
像一排闭了眼睛的
　没有知觉也没有梦的
　死板板的脸孔
没有一只眼睛轻轻睁开来看看我们
没有一只嘴角搐动一下
　来对我们表示一丁点欢情

终于在冷气未消的清晨
清楚地看到
你的身上
暴露着
巨大焦黑的伤口

也暴露着
折断了的筋骨
和粉碎了的皮肉
你不可幸免地
烙上了时代的苦难的火印
你也变成
怕见太阳的胆怯的小市镇了

我们
一步步地走过中国的
　　　　田野和山林
我们的热情透过鞋泥
一步步地吻过中国的土地
你这冷淡凄惨的小市镇呀
我们愿流出我们的血
好灌输给你一点温暖
好使你快一点苏生

望着青绿的榕树
英雄地立在你的地上
向四外伸出
茂密的枝叶

荫蔽着你
像一把巨伞
我们也愿
像榕树的根
张着粗大的多指的长爪
紧紧地
抓住你的泥土

风

我叫你给我一个名字
你说：风

我立刻就听到
　风的呼啸，
像是卷起了雪
又从头上砍下来。

你是要我
用巨手
推送着千张白帆万条浪，
追赶你
像追赶着光吗？

假使我名叫“风”，
请不要误认
那轻轻钻过了平静的柳条的
是我；

倘若我来找你，
我要带着千里外的黄沙
向你倾泻直率的狂歌

沈季平

山，滚动了！

山，拉着山
山，排着山
山，追着山
山，滚动了！
霜雪为他们披上银铠
山群，奔驰向战场啊！

奔驰啊！
你强大的巨人行列

向鸭绿　黄河　扬子　怒江

　奔流的方向；

和你们在苦斗中的弟兄

　长白　太行　大别　野人山

拉手啊！

当你们面前的太平洋掀起了胜利的狂涛

山啊！

我愿化一道流星

为你们飞传捷报

徐志摩

月下雷峰影片

我送你一个雷峰塔影，

　满天稠密的黑云与白云；

我送你一个雷峰塔顶，

　明月泻影在眠熟的波心。

深深的黑夜，依依的塔影，

　团团的月彩，纤纤的波鳞——

假如你我荡一只无遮的小艇，

假如你我创一个完全的梦境！

五老峰

不可摇撼的神奇，
　不容注视的威严，
这耸峙，这横蟠，
　这不可攀援的峻险！
看！那巉岩缺处
　透露着天，窈远的苍天，
在无限广博的怀抱间，
　这磅礴的伟象显现！

是谁的意境？是谁的想像？
　是谁的工程与抟造的手痕？
在这亘古的空灵中
　陵慢着天风，天体与天氛！
有时朵朵明媚的彩云，
　轻颤的妆缀着老人们的苍鬓，
像一树虬干的古梅在月下
　吐露了艳色鲜葩的清芬！

山麓前伐木的村童，

在山涧的清流中洗濯，呼啸，
认识老人们的嗔颦，
迷雾海沫似的喷涌，铺罩，
淹没了谷内的青林，
隔绝了鄱阳的水色袅淼，
陡壁前闪亮着火电，听呀！
五老们在渺茫的雾海外狂笑！

朝霞照他们的前胸，
晚雾戏逗着他们赤秃的头颅；
黄昏时，听异鸟的欢呼，
在他们鸠盘的肩旁怯怯的透露
不昧的星光与月彩：
柔波里缓泛着的小艇与轻舸。
听呀！在海会静穆的钟声里，
有朝山人在落叶林中过路！

更无有人事的虚荣，
更无有尘世的仓促与噩梦，
灵魂！记取这从容与伟大，
在五老峰前饱啜自由的山风！
这不是山风，这是古圣人的祈祷，
凝聚成这“冻乐”似的建筑神工，

给人间一个不朽的凭证——
　一个“倔强的疑问”在无极的蓝空！

残　诗

怨谁？怨谁？这不是青天里打雷？
关着，锁上；赶明儿瓷花砖上堆灰！
别瞧这白石台阶儿光滑，赶明儿，唉，
石缝里长草，石板上青青的全是霉！
那廊下的青玉缸里养着鱼，真凤尾，
可还有谁给换水，谁给捞草，谁给喂？
要不了三五天，准翻着白肚鼓着眼，
不浮着死，也就让冰分儿压一个扁！
顶可怜是那几个红嘴绿毛的鹦哥，
让娘娘教得顶乖，会跟着洞箫唱歌，
真娇养惯，喂食一迟，就叫人名儿骂，
现在，您叫去！就剩空院子给您答话！……

常州天宁寺闻礼忏声

有如在火一般可爱的阳光里，偃卧在长梗的，乱杂的丛草里，听初夏第一声的鹧鸪，从天边直响入云中，从云中又回响到天边；

有如在月夜的沙漠里，月光温柔的手指，轻轻的抚摩着一颗颗热伤了的沙砾，在鹅绒般软滑的热带的空气里，听一个骆驼的铃声，轻灵的，轻灵的，在远处响着，近了，近了，又远了……

有如在一个荒凉的山谷里，大胆的黄昏星，独自临照着阳光死去了的宇宙，野草与野树默默的祈祷着，听一个瞎子，手扶着一个幼童，铛的一响算命锣，在这黑沉沉的世界里回响着；

有如在大海里的一块礁石上，浪涛像猛虎般的狂扑着，天空紧紧的绷着黑云的厚幕，听大海向那威吓着的风暴，低声的，柔声的，忏悔他一切的罪恶；

有如在喜马拉雅的顶颠，听天外的风，追赶着天外的云的急步声，在无数雪亮的山壑间回响着；

有如在生命的舞台的幕背，听空虚的笑声，失望与痛苦的呼吁声，残杀与淫暴的狂欢声，厌世与自杀的高歌声，在生命的舞台上合奏着；

我听见了天宁寺的礼忏声！

这是哪里来的神明？人间再没有这样的境界！

这鼓一声，钟一声，磬一声，木鱼一声，佛号一声，……乐音在大殿里，迂缓的，曼长的回荡着，无数冲突的波流谐合了，无数相反的色彩净化了，无数现世的高低消灭了……

这一声佛号，一声钟，一声鼓，一声木鱼，一声磬，谐音盘礴在宇宙间——解开一小颗时间的埃尘，收束了无量数世纪的因果；

这是那里来的大和谐——星海里的光彩，大千世界的音籁，真生命的洪流：止息了一切的动，一切的扰攘；

在天地的尽头，在金漆的殿椽间，在佛像的眉宇间，在我的衣袖里，在耳鬓边，在感官里，在心灵里，在梦里……

在梦里，这一瞥间的显示，青天，白水，绿草，慈母温软的胸怀，是故乡吗？是故乡吗？

光明的翅羽，在无极中飞舞！

大圆觉底里流出的欢喜，在伟大的，庄严的，寂灭的，无疆的，和谐的静定中实现了！

颂美呀，涅槃！颂美呀，涅槃！

毒　药

今天不是我歌唱的日子，我口边涎着狞恶的微笑，不是我说笑的日子，我胸怀间插着发冷光的利刃；

相信我，我的思想是恶毒的，因为这世界是恶毒的，我的灵魂是黑暗的，因为太阳已经灭绝了光彩，我的声调是像坟堆里的夜鸮，因为人间已经杀尽了一切的和谐，我口音像是冤鬼责问他的仇人，因为一切的恩已经让路给一切的怨；

但是相信我，真理是在我的话里，虽则我的话像是毒药，真理是永远不含糊的，虽则我的话里仿佛有两头蛇的舌，蝎子的尾尖，蜈蚣的触须；只因为我的心里充满着比毒药更强烈，比咒诅更狠毒，比火焰更猖狂，比死更深奥的不忍心与怜悯心与爱心，所以我说的话是毒性的，咒诅的，燎灼的，虚无的；

相信我，我们一切的准绳已经埋没在三合土打紧的墓宫里，最劲冽的祭肴的香味也穿不透这严封的地层：一切的准则是死了的；

我们一切的信心像是顶烂在树枝上的风筝，我们手里擎着这迸断了的鹞线：一切的信心是烂了的；

相信我，猜疑的巨大的黑影；像一块乌云似的，已经笼盖着人间一切的关系：人子不再悲哭他新死的亲娘，兄弟不再来携着他姊妹的手，朋友变成了寇仇，看家的狗回头来咬他主人的腿：是的，猜疑淹没了一切；在路旁坐着啼哭的，在街心里站着的，在你窗前探望的，都是被奸污的处女：池潭里只见些烂破的鲜艳的荷花；

在人道恶浊的涧水里流着，浮浮似的，五具残缺的尸体，他们是仁义礼智信，向着时间无尽的海澜里流去；

这海是一个不安靖的海，波涛猖獗的翻着，在每个浪头的小白帽上分明的写着人欲与兽性；

到处是奸淫的现象，贪心搂抱着正义，猜忌逼迫着同情，懦怯狎亵着勇敢，肉欲侮弄着恋爱，暴力侵凌着人道，黑暗践踏着光明；

听呀！这一片淫猥的声响，听呀！这一片残暴的声响；

虎狼在热闹的市场里，强盗在你们妻子的床上，罪恶在你们深奥的灵魂里……

多谢天！我的心又一度的跳荡，
多谢天！我的心又一度的跳荡，
这天蓝与海青与明洁的阳光
驱净了梅雨时期无欢的踪迹，
也放散了我心头的网罗与纽结，
像一朵曼陀罗花英英的露爽，
在空灵与自由中忘却了迷惘：
迷惘！迷惘！也不知来自何处，
囚禁我心灵的自然的流露，
可怖的梦魇，黑夜无边的惨酷，
苏醒的盼切，只增剧灵魂的麻木！
曾经有多少的白昼，黄昏，清晨，
嘲讽我这蚕茧似的不生产的生存？
也不知有几遭的明月，星群，晴霞，
山岭的高亢与流水的光华……
辜负！辜负自然界叫唤的殷勤，
惊不醒这沉醉的昏迷与顽冥！

如今，多谢这无名的博大的光辉，
在艳色的青波与绿岛间萦洄，

更有那渔船与航影，亭亭的黏附
在天边，唤起辽远的梦景与梦趣：
我不由的惊悚，我不由的感愧；
（有时微笑的妩媚是启悟的棒槌！）
是何来倏忽的神明，为我解脱
忧愁，新竹似的豁裂了外箨，
透露内里的青篁，又为我洗净
障眼的盲翳，重见宇宙间的欢欣。
这或许是我生命重新的机兆；
大自然的精神！容纳我的祈祷，
容许我的不踌躇的注视，容许
我的热情的献致，容许我保持
这显示的神奇，这现在与此地，
这不可比拟的一切间隔的毁灭！
我更不问我的希望，我的惆怅，
未来与过去只是渺茫的幻想，
更不向人间访问幸福的进门，

只求每时分给我不死的印痕，——
变一颗埃尘，一颗无形的埃尘，
追随着造化的车轮，进行，进行……

再别康桥

轻轻的我走了，
　正如我轻轻的来；
我轻轻的招手，
　作别西天的云彩。

那河畔的金柳
　是夕阳中的新娘；
波光里的艳影，
　在我的心头荡漾。

软泥上的青荇
　油油的在水底招摇：
在康河的柔波里
　我甘心做一条水草！

那榆荫下的一潭
　不是清泉，是天上虹
揉碎在浮藻间，
　沉淀着彩虹似的梦。

寻梦？撑一支长篙

向青草更青处漫溯，
满载一船星辉，
在星辉斑斓里放歌。

但我不能放歌，
悄悄是别离的笙箫；
夏虫也为我沉默，
沉默是今晚的康桥！

悄悄的我走了，
正如我悄悄的来；
我挥一挥衣袖，
不带走一片云彩。

哈　代

哈代，厌世的，不爱活的，
这回再不用怨言，
一个黑影蒙住他的眼？
去了，他再不露脸。

八十七年不容易过，
老头活该他的受，

抗着一肩思想的重负，
　　早晚都不得放手。

为什么放着甜的不尝，
　　暖和的座儿不坐，
偏挑那阴凄的歌儿唱，
　　辣味儿辣得口破？
他是天生那老骨头僵，
　　一对眼拖着看人，
他看着了谁谁就遭殃，
　　你不用跟他讲情。

他就爱把世界剖着瞧，
　　是玫瑰也给拆坏；
他没有那画眉的纤巧，
　　他有夜鸮的古怪！

古怪，他争的就只这一点——
　　一点灵魂的自由，
也不是成心跟谁翻脸，
　　真就得认个透。

他可不是没有他的爱——
　他爱真诚，爱慈悲：
人生就说是一场梦幻，
　也不能没有安慰。

这日子你怪得他惆怅，
　怪得他话里有刺？
他说乐观是“死尸脸上
　抹着粉，搽着胭脂！”

这不是完全放弃希冀，
　宇宙还得往下延，
但如果前途还有生机，
　思想先不能随便。

为维护这思想的尊严，
　诗人他不敢怠惰，
高擎着理想，睁大着眼。
　抉剔人生的错误。

现在他去了，再不说话，
　（你听这四野的静，）

你爱忘了他就忘了他，
（天吊明哲的凋零！）

云　游

那天你翩翩的在空际云游，
自在，轻盈，你本不想停留
在天的那方或地的那角，
你的愉快是无拦阻的逍遥。
你更不经意在卑微的地面
有一流涧水，虽则你的明艳
在过路时点染了他的空灵，
使他惊醒，将你的倩影抱紧。
他抱紧的只是绵密的忧愁，
因为美不能在风光中静止；
他要，你已飞度万重的山头，
去更阔大的湖海投射影子！
他在为你消瘦，那一流涧水，
在无能的盼望，盼望你飞回！

火车嚎住轨

火车嚎住轨，在黑夜里奔：
过山，过水，过陈死人的坟；

过桥，听钢骨牛喘似的叫，
过荒野，过门户破烂的庙，

过池塘，群蛙在黑水里打鼓，
过噤口的村庄，不见一粒火；

过冰清的小站，上下没有客，
月台袒露着肚子，像是罪恶。

这时车的呻吟惊醒了天上
三两个星，躲在云缝里张望：

那是干什么的，他们在疑问，
大凉夜不歇着，直闹又是哼，

长虫似的一条，呼吸是火焰，
一死儿往暗里闯，不顾危险，

就凭那精窄的两道，算是轨，
驮着这分重，梦一般的累坠。

累坠！那些奇异的善良的人，
放平了心安睡，把他们不论。
俊的村的命全盘交给了它，
不问爬的是高山，还是低洼，

不问森林里有怪鸟在诅咒，
天象的辉煌，全对着毁灭走；

只图眼前过得，裂大嘴打呼，
明儿车一到，抢了皮包走路！

这态度也不错！愁没有个底；
你我在天空，那天也不休息，

睁大了眼，什么事都看分明，
但自己又何尝能支使命运？

说什么光明，智慧，永恒的美？
彼此同是在一条线上受罪，

就差你我的寿数比他们强，
这玩艺反正是一片糊涂帐！

在病中

我是在病中，这恹恹的倦卧，
看窗外云天，听木叶在风中……
是鸟语吗？院中有阳光暖和，
一地的衰草，墙上爬着藤萝，
有三五斑猩的，苍的，在颤动。
一半天也成呢……
城外，啊西山！
太辜负了，今年，翠微的秋容！
那山中的明月，有弯，也有环；
黄昏时谁在听白杨的哀怨？
谁在寒风里赏归鸟的群喧？
有谁上山去漫步，静悄悄的，
去落叶林中检三两瓣菩提？
有谁去佛殿上披拂着尘封，
在夜色里辨认金碧的神容？

这病中心情：一瞬瞬的回忆，
如同天空，在碧水潭中过路，
透映在水纹间斑驳的云翳；
又如阴影闪过虚白的墙隅，
瞥见时似有，转眼又复消散；

又如缕缕炊烟，才袅袅，又断……
又如暮天里不成字的寒雁，
飞远，更远，化入远山，化作烟！
又如在暑夜看飞星，一道光
碧银银的抹过，更不许端详。
又如兰蕊的清芬偶尔飘过，
谁能留住这没影踪的婀娜？
又如远寺的钟声，随风吹送，
在春宵，轻摇你半残的春梦！

二十年五月续成七年前残稿

领　罪

这也许是个最好的时刻，
不是静。对面园里的鸟，
从杜鹃到麻雀，已在叫晓。
我也再不能抵抗我的困，
它压着我像霜压着树根；
断片的梦已在我的眼前
飘拂，像在晓风中的树尖。
也不是有什么非常的事，

逼着我决定一个否与是。

但我非得留着我的清醒，

用手推着黑甜乡的诱引：

因为这是我唯一的机会，

自己到自己跟前来领罪。

领罪，我说不是罪是什么？

这日子过得有什么话说！

爱的灵感

——奉适之——

下面这些诗行好歹是他撩拨出来的，正如这十年来大多数的诗行好歹是他撩拨出来的！

不妨事了，你先坐着罢，

这阵子可不轻，我当是

已经完了，已经整个的

脱离了这世界，飘渺的，

不知到了那儿。仿佛有

一朵莲花似的云拥着我，

（她脸上浮着莲花似的笑）

拥着到远极了的地方去……

唉，我真不希罕再回来，

人说解脱，那许就是罢！

我就像是一朵云，一朵
纯白的，纯白的云，一点
不见分量，阳光抱着我，
我就是光，轻灵的一球，
往远处飞，往更远的飞；
什么累赘，一切的烦愁，
恩情，痛苦，怨，全都远了，
就是你——请你给我口水，
是橙子吧，上口甜着哪——
就是你，你是我的谁呀！
就你也不知哪里去了：
就有也不过是晓光里
一发的青山，一缕游丝，
一翳微妙的晕；说至多
也不过如此，你再要多，
我那朵云也不能承载，
你，你得原谅，我的冤家！……
不碍，我不累，你让我说，
我只要你睁着眼，就这样，
叫哀怜与同情，不说爱，
在你的泪水里开着花，
我陶醉着它们的幽香；

在你我这最后，怕是吗，
一次的会面，许我放娇，
容许我完全占定了你，
就这一晌，让你的热情，
像阳光照着一流幽涧，
透彻我的凄冷的意识，
你手把住我的，正这样，
你看你的壮健，我的衰，
容许我感受你的温暖，
感受你在我血液里流，
鼓动我将次停歇的心，
留下一个不死的印痕：
这是我唯一，唯一的祈求……
好，我再喝一口，美极了，
多谢你现在你听我说。
但我说什么呢？到今天，
一切事都已到了尽头，
我只等待死，等待黑暗，
我还能见到你，偎着你，
真像情人似的说着话，
因为我够不上说那个，
你的温柔春风似的围绕，

这于我是意外的幸福，
我只有感谢，(她合上眼。)
什么话都是多余，因为
话只能说明能说明的，
更深的意义，更大的真，
朋友，你只能在我的眼里，
在枯干的泪伤的眼里
认取。

　　我是个平常的人，
我不能盼望在人海里
值得你一转眼的注意。
你是天风：每一个浪花
一定得感到你的力量，
从它的心里激出变化，
每一根小草也一定得
在你的踪迹下低头，在
绿的颤动中表示惊异；
但谁能止限风的前程，
他横掠过海，作一声吼，
狮虎似的扫荡着田野，
当前是冥茫的无穷，他
如何能想起曾经呼吸

到浪的一花，草的一瓣？
遥远是你我间的距离；
远，太远！假如一支夜蝶
有一天得能飞出天外，
在星的烈焰里去变灰，
（我常自己想）那我也许
有希望接近你的时间。
唉，痴心，女子是有痴心的，
你不能不信罢？有时候
我自己也觉得真奇怪，
心窝里的牢结是谁给
打上的？为什么打不开？
那一天我初次望到你，
你闪亮得如同一颗星。
我只是人丛中的一点，
一撮沙土，但一望到你，
我就感到异样的震动
猛袭到我生命的全部，
真像是风中的一朵花，
我内心摇晃得像昏晕，
脸上感到一阵的火烧，
我觉得幸福，一道神异的

光亮在我的眼前扫过，
我又觉得悲哀，我想哭，
纷乱占据了我的灵府。
但我当时一点不明白，
不知这就是陷入的爱！
“陷入了爱”真是的！前缘，
孽债，不知到底是什么？
但从此我再没有平安，
是中了毒，是受的催眠，
教命运的铁链给锁住，
我再不能踌躇：我爱你！
从此起，我的一瓣瓣的
思想都染着你，在醒时，
在梦里，想躲也躲不去，
我抬头望，蓝天里有你，
我开口唱，悠扬里有你，
我要遗忘，我向远处跑，
另走一道，又碰到了你！
枉然是理智的殷勤，因为
我不是盲目，我只是痴。
但我爱你，我不是自私。
爱你，但永远不能接近你。

爱你，但从不要享受你。
即使你来到我的身边，
我许向你望，但你不能
丝毫觉察到我的秘密。
我不妒忌，不艳羡，因为
我知道你永远是我的，
它不能脱离我正如我
不能躲避你。别人的爱
我不知道，也无须知晓，
我的是我自己的造作，
正如那林叶在无形中
收取早晚的霞光，我也
在无形中收取了你的。
我可以，我是准备，到死
不露一句，因为我不必。
死，我是早已望见了的。
那天爱的结打上我的
心头，我就望见死，那个
美丽的永恒的世界；死，
我甘愿的投向，因为它
是光明与自由的诞生。
从此我轻视我的躯体，

更不计较今世的浮荣，
我只企望着更绵延的
时间来收容我的呼吸，
灿烂的星做我的眼睛，
我的发丝，那般的晶莹，
是纷披在天外的云霞，
博大的风在我的腋下
胸前眉宇间盘旋，波涛
冲洗我的胫踝，每一个
激荡涌出光艳的神明！
再有电火做我的思想，
天边掣起蛇龙的交舞，
雷震我的声音，蓦地里
叫醒了春，叫醒了生命。
无可思量，呵，无可比况，
这爱的灵感，爱的力量！
正如旭日的威棱扫荡
田野的迷雾，爱的来临
也不容平凡，卑琐以及
一切的庸俗侵占心灵，
它那原来青爽的平阳。
我不说死吗？再不畏惧，

再没有疑虑，再不吝惜
这躯体如同一个财虏，
我勇猛的用我的时光。
用我的时光，我说？天哪，
这多少年是亏我过的！
没有朋友，离背了家乡，
我投到那寂寞的荒城，
在老农中间学做老农，
穿着大布，脚登着草鞋，
栽青的桑，栽白的木棉，
在天不曾放亮时起身，
手搅着泥，头戴着炎阳，
我做工，满身浸透了汗，
一颗热心抵挡着劳倦；
但渐次的我感到趣味，
收拾一把草如同珍宝，
在泥水里照见我的脸，
涂着泥，在坦白的云影
前不露一些羞愧！自然
是我的享受；我爱秋林，
我爱晚风的吹动，我爱
枯苇在晚凉中的颤动，

半残的红叶飘摇到地，
鸦影侵入斜日的光圈；
更可爱是远寺的钟声，
交挽村舍的炊烟共做
静穆的黄昏！我做完工，
我慢步的归去，冥茫中
有飞虫在交哄，在天上
有星，我心中亦有光明！
到晚上我点上一支蜡，
在红焰的摇曳中照出
板壁上唯一的画像，
独立在旷野里的耶稣，
（因为我没有你的，除了
悬在我心里的那一幅，）
到夜深静定时我下跪，
望着画像做我的祈祷，
有时我也唱，低声的唱，
发放我的热烈的情愫，
缕缕青烟似的上通到天。
但有谁听到，有谁哀怜？
你踞坐在荣名的顶颠，
有千万人迎着你鼓掌；

我，陪伴我的有冷，有黑夜，
我流着泪，独跪在床前！
一年，又一年，再过一年，
新月望到圆，圆望到残，
寒雁排成了字，又分散，
鲜艳长上我手栽的树，
又叫一阵风给刮做灰。
我认识了季候，星月与
黑夜的神秘，太阳的威，
我认识了地土，它能把
一颗子培成美的神奇，
我也认识一切的生存，
爬虫，飞鸟，河边的小草，
再有乡人们的生趣，我
也认识，他们的单纯与
真，我都认识。
　　　　　　跟着认识
是愉快，是爱，再不畏虑
孤寂的侵凌。那三年间
虽则我的肌肤变成粗，
焦黑薰上脸，剥坼刻上
手脚，我心头只有感谢：

因为照亮我的途径有
爱，那盏神灵的灯，再有
劳苦给我精力，推着我
向前，使我怡然的承当
更大的劳苦，更多的险。
你奇怪吧，我有那能耐？
不可思量是爱的灵感！
我听说古时间有一个
孝女，她为救她的父亲
胆敢上犯君王的天威，
那是纯爱的驱使，我信。
我又听说法国中古时
有一个乡女子叫贞德，
她有一天忽然脱去了
她的村服，丢了她的羊，
穿上戎装拿着刀，带领
十万兵，高叫一声“杀贼！”
就冲破了敌人的重围，
救全了国，那也一定是
爱！因为只有爱能给人
不可理解的英勇和胆，
只有爱能使人睁开眼，

认识真，认识价值，只有
爱能使人全神的奋发，
向前闯，为了一个目标，
忘了火是能烧，水能淹。
正如没有光热，这地上
就没有生命，要不是爱，
那精神的光热的根源，
一切光明的惊人的事
也就不能有。

啊，我懂得！
我说“我懂得”我不惭愧：
因为天知道我这几年，
独自一个柔弱的女子，
投身到灾荒的地域去，
走千百里巉岩的路程，
自身挨着饿冻的惨酷，
以及一切不可名状的
苦处，说来够写几部书，
是为了什么？为了什么
我把每一个老年灾民，
不问他是老人是老妇，
当作生身父母一样看，

每一个女儿当作自身
骨血，即使不能给他们
救度，至少也要吹几口
同情的热气到他们的
脸上，叫他们从我的手
感到一个完全在爱的
纯净中生活着的同类！
为了什么我甘愿哺啜
在平时乞丐都不屑的
饮食，吞咽腐朽与肮脏
如同可口的膏粱；甘愿
在尸体的恶臭能醉倒
人的村落里工作，如同
发见了什么珍异？为了
什么？就为“我懂得”，朋友，
你信不？我不说，也不能
说，因为我心里有一个
不可能的爱，所以发放
满怀的热到另一方向，
也许我即使不知爱，也
能同样做，谁知道？但我
总得感谢你，因为从你

我获得生命的意识和
在我内心光亮的点上，
又从意识的沉潜引渡
到一种灵界的莹彻，又
从此产生智慧的微芒
到无穷尽的精神的勇。
啊！假如你能想像我在
灾地时一个夜的看守！
一样的天，一样的星空，
我独自在旷野里，或在
桥梁边，或在剩有几簇
残花的藤蔓的村篱边
仰望，那时天际每一个
光亮都为我生着意义，
我饮咽它们的美如同
音乐，奇妙的韵味通流
到内藏与百骸，坦然的
我承受这天赐，不觉得
虚怯与羞惭，因我知道
不为己的劳作，虽不免
疲乏体肤，但它能拂拭
我们的灵窍如同琉璃，

利便天光无碍的通行。

我话说远了不是？但我
已然诉说到我最后的
回目，你纵使疲倦，也得
听到底，因为别的机会
再不会来。你看我的脸
烧红得如同石榴的花；
这是生命最后的光焰，
多谢你不时的把甜水
浸润我的咽喉，要不然，
我一定早叫喘息窒死。
你的“懂得”是我的快乐。
我的时刻是可数的了，
我不能不赶快！

　　　　　　　我方才
说过我怎样学农，怎样
到灾荒的魔窟中去伸
一支柔弱的奋斗的手，
我也说过我灵的安乐，
对满天星斗不生内疚。
但我终究是人，是软弱，

不久我的身体得了病，
风雨的毒浸入了纤维，
酿成了猖狂的热。我哥
将我从昏盲中带回家，
我奇怪那一次还不死，
也许因为还有一种罪
我必得在人间受。他们
叫我嫁人，我不能推托。
我或许要反抗，假如我
对你的爱是次一等的，
但因我的既不是时空
所能衡量，我即不计较
分秒间的短长，我做了
新娘，我还做了娘，虽则
天不许我的骨血存留。
这几年来我是个木偶，
一堆任凭摆布的泥土；
虽则有时也想到你，但
这想到是正如我想到
西天的明霞或一朵花，
不更少也不更多。同时
病，一再的回复，销蚀了

我的躯壳，我早准备死，
怀抱一个美丽的秘密，
将永恒的光明交付给
无涯的幽冥。我如果有
一个母亲，我也许不忍
不让她知道，但她早已
死去，我更没有沾恋；我
每次想到这一点，便忍
不住微笑漾上了口角。
我想我死去再将我的
秘密化成仁慈的风雨，
化成指点希望的长虹，
化成石上的苔藓，葱翠
淹没它们的冥顽；化成
黑暗中翅膀的舞，化成
农时的鸟歌；化成水面
锦绣的文章；化成波涛，
永远宣扬宇宙的灵通；
化成月的惨绿在每个
睡孩的梦上添深颜色；
化成系星间的妙乐……
最后的转变是未料的；

天不遂我理想的心愿，
又叫在热谵中漏泄了
我的怀内的珠光！但我
再也不梦想你竟能来，
血肉的你与血肉的我
竟能在我临去的俄顷
陶然的相偎倚，我说，你
听，你听，我说。真是奇怪，
这人生的聚散！

　　　　　　现在我
真，真可以死了，我要你
这样抱着我直到我去，
直到我的眼再不睁开，
直到我飞，飞，飞去太空，
散成沙，散成光，散成风，
啊苦痛，但苦痛是短的，
是暂时的；快乐是长的，
爱是不死的：

　　　　　我，我想睡……

十二月二十五日晚六时完成

闻一多

“你指着太阳起誓”

你指着太阳起誓，叫天边的寒雁
说你的忠贞。好了，我完全相信你，
甚至热情开出泪花，我也不诧异。
只是你要说什么海枯，什么石烂……
那便笑得死我。这一口气的工夫
还不够我陶醉的？还说什么“永久”？
爱，你知道我只有一口气的贪图，
快来箍紧我的心，快！啊，你走，你走……

我早算就了你那一手——也不是变卦——
“永久”早许给了别人，粃糠是我的分，
别人得的才是你的菁华，不坏的千春。
你不信？假如一天死神拿出你的花押，
你走不走？去去，去恋着他的怀抱，
跟他去讲那海枯石烂不变的贞操！

也　许

——葬歌——

也许你真是哭得太累，

也许，也许你该睡一睡，
那么叫夜鹰不要咳嗽，
蛙不要号，蝙蝠不要飞。

不许阳光拨你的眼帘，
不许清风刷上你的眉，
无论谁都不能惊醒你，
撑一伞松阴庇护你睡。

也许你听这蚯蚓翻泥，
听这小草的根须吸水，
也许你听着这般音乐，
比那咒骂的人声更美；

那么你先把眼皮闭紧，
我就让你睡，我让你睡，
我把黄土轻轻盖着你，
我叫纸钱儿缓缓的飞。

末 日

露水在笕筒里哽咽着，
　芭蕉的绿舌头舐着玻璃窗，

四围的垩壁都往后退，
　我一人怎填得满偌大一间房！

我心房里烧上一盆火，
　静候着一个远道的客人来，
我用蛛丝鼠矢喂火盆，
　我又用花蛇的鳞甲代劈柴。

鸡声直催，盆里一堆灰，
　一股阴风偷来摸着我的口，
原来客人就在我眼前，
　我咳嗽一声，就跟着客人来。

死　水

这是一沟绝望的死水，
清风吹不起半点漪沦，
不如多扔些破铜烂铁，
爽性泼你的剩菜残羹。

也许铜的要绿成翡翠，
铁罐上锈出几瓣桃花；
再让油腻织一层罗绮，

霉菌给他蒸出些云霞。

让死水酵成一沟绿酒，
漂满了珍珠似的白沫；
小珠们笑声变成大珠，
又被偷酒的花蚊咬破。

那么一沟绝望的死水，
也就夸得上几分鲜明，
如果青蛙耐不住寂寞，
又算死水叫出了歌声。

这是一沟绝望的死水，
这里断不是美的所在，
不如让给丑恶来开垦，
看他造出个什么世界。

春　光

静得像入定了的一般——那天竹，
那天竹上密叶遮不住的珊瑚；
那碧桃；在朝暾里运气的麻雀——
春光从一张张绿叶上爬过，

蓦地一道阳光晃过我眼前，
我眼睛里飞出了万枝金箭，
我耳边又谣传着翅膀的摩声，
仿佛有一群天使在紫霄逻巡……

忽地深巷里迸出一声清籁：
“可怜可怜我这瞎子，老爷太太！”

诗二首

一

你隽永的神秘，你美丽的谎，
你倔强的质问，你一道金光，
一点儿亲密的意义，一股火，
一缕缥缈的呼声——你是什么？
我不疑，这因缘一点也不假，
我知道海洋不骗他的浪花，
既然是节奏，就不该抱怨歌。
啊，横暴的威灵，你降伏了我，
你降伏了我！你绚缦的长虹——
五千多年的记忆，你不要动，
如今我只问怎样抱得紧你……
你是那样的横蛮，那样美丽！

二

我来了，我喊一声，迸着血泪，
“这不是我的中华，不对，不对！”
我来了，因为我听见你叫我；
鞭着时间的罡风，擎一把火，
我来了，那知道是一场空喜。
我遇见的是噩梦，那里是你！
那是恐怖，是噩梦挂着悬崖，
那不是你，那不是我的心爱！
我追问青天，逼迫八面的风，
我问，拳头擂着大地的赤胸，
总问不出消息；我哭着叫你，
呕出一颗心来，你在我心里。

飞毛腿

我说飞毛腿那小子也真别扭
管包是拉了半天车，得半天歇着，
一天少了说也得二三两白干儿，
醉醺醺的一死儿拉着人谈天儿。
他的妈，谁能陪着那个小子混呢！
“天为啥是蓝的？”没事他该问你。
还吹他妈什么箫，你瞧那副神儿，

窝着件破棉袄，老婆的，也没准儿，

再瞧他擦着那车上的两大灯罢，

擦着，擦着，问你曹操有多少人马，

成天儿车灯，车把，且擦且不完啦，

我说“飞毛腿，你怎不擦擦脸啦？”

可是，飞毛腿的车擦的真够亮的，

许是擦得和他那心地一样的？

嗐！那天河里漂着飞毛腿的尸首……

飞毛腿那老婆也死得太不是时候！

奇　迹

我要的本不是火齐的红，或半夜里

桃花潭水的黑，也不是琵琶的幽怨，

蔷薇的香，我不曾真心爱过文豹的矜严，

我要的婉娈也不是任何白鸽所有的。

我要的本不是这些，而是这些的结晶，

比这一切更神奇得万倍的一个奇迹！

可是，这灵魂是真饿得慌，我又不能

让他缺着供养，那么，即使是糟糠，

你也得募化不是？天知道，我不是

甘心如此，我并非倔强，亦不是愚蠢，

我是等你不及，等不及奇迹的来临！

我不敢让灵魂缺着供养，谁不知道
一树蝉鸣，一壶浊酒，算得了什么；
纵提到烟峦，曙壑，或更璀璨的星空，
也只是平凡，最无所谓的平凡，犯得着
惊喜得没主意，喊着最动人的名儿，
恨不得黄金铸字，给装在一只歌里？
我也说但为一阕莺歌便噙不住眼泪
那未免太支离，太玄了，简直不值当。
谁晓得，我可不能不那样：这心是真
饿得慌，我不能不节省点，把藜藿
权当作膏粱。
　　　　　可也不妨明说，只要你——
只要奇迹露一面，我马上就抛弃平凡
我再不瞅着一张霜叶梦想春花的艳
再不浪费这灵魂的膂力，剥开顽石
来诛求白玉的温润，给我一个奇迹，
我也不再去鞭挞着“丑”，逼他要
那分背面的意义；实在我早厌恶了
这些勾当，这附会也委实是太费解了。
我只要一个明白的字，舍利子似的闪着
宝光；我要的是整个的，正面的美。
我并非倔强，亦不是愚蠢，我不会看见

团扇，悟不起扇后那天仙似的人面。
那么
　　我便等着，不管等到多少轮回以后——
既然当初许下心愿，也不知道是在多少
轮回以前——我等，我不抱怨，只静候着
一个奇迹的来临。总不能没有那一天
让雷来劈我，火山来烧，全地狱翻起来
扑我，……害怕吗？你放心，反正罡风
吹不息灵魂的灯，愿这蜕壳化成灰烬，
不碍事，因为那，那便是我的一刹那
一刹那的永恒——一阵异香，最神秘的
肃静，（日，月，一切星球的旋动早被
喝住，时间也止步了）最浑圆的和平……
我听见阊阖的户枢砉然一响，
传来一片衣裙的綷縩——那便是奇迹——
半启的金扉中，一个戴着圆光的你！

饶孟侃

呼　唤

有一次我在白杨林中，
听到亲切的一声呼唤；

那时月光正望着翁仲，

　　翁仲正望着我看。

再听不到呼唤的声音，

　我吃了一惊，四面寻找；——

翁仲只是对月光出神，

　月光只对我冷笑。

招　魂

——吊亡友杨子惠

　来，你不要迟疑，

趁此刻鸡还没有啼；

你瞧远远一点灯光，

渔火似的一暗一亮——

那灯下是我在等你。

　来，你不要迟疑！

　来，为什么徘徊？

我泡一壶茶等你来。

你看这一只只白鹤

一只只在壶上飞着，

像不像往日的安排？

　来，为什么徘徊？

　来，用不着犹夷；
趁我在发楞，没想起，
你只管轻轻飘进来，
像落叶飘下了庭阶，
冷不防给我个惊喜。
　来，用不着犹夷！

走

我为你造船不惜匠工，
我为你三更天求着西北风，
只要你轻轻说一声走，
桅杆上便立刻挂满了帆篷。

无　题

就是世上认不出真面目，
我们也不含糊的过一天；
问他们从海岛逃到山谷，
可有谁逃出了这个牢圈？
　那么你为什么还要悲叹？

既然世上容不得真面目，
我们爽兴热闹的做一场，
让你做歌女背一面大鼓，
我来扮作个琴师的模样——
　拨起了三弦便摇着板唱。

三月十八

——纪念铁狮子胡同大流血

“平儿，你回来”，“是的，母亲。”
“你为什么走路卷着大襟？”
“那是在路上弄脏了一点，
不要紧，让我去换上一件。”
“兄弟呢，怎么没同你回来？”
“他，他许是没有我跑来快；……
没什么，母亲，没什么，他，他
自己难道还不认得回家？”
“不是，昨晚我梦见你兄弟，……
一醒来，又听见乌鸦在啼……”
“我说，你老人家不要迷信；
乌鸦那儿管得着人的事情！”
“怎么，你两只眼睛肿得通红？”
“哦，这沙子儿轧得好凶，好凶！”

“吓！你大襟上是血，可不？”
“刚才，嗳，遇见宰羊脏了衣服。”
“平儿，你，你分明是在说谎；
他，告诉我，他到底怎么样？……”

朱　湘

美　丽

美丽把装束卸下了，镜子
　知道它可是真的，还是谎；
　他对着灵魂，照见了真相，
照不见“善”“恶”，——人造的名字。

不响，成天里他只深思
　又深思——平坦在他的面上，
　还有冷静，明白；不是往常
那些幻影与它们的美疵。

当　铺

“美”开了一家当铺，
　专收人的心，
到期人拿票去赎，

它已经关门。

雨　景

我心爱的雨景也多着呀：
春夜春梦时窗前的淅沥；
急雨点打上蕉叶的声音；
雾一般拂着人脸的雨丝；
从电光中泼下来的雷雨——
但将雨时的天我最爱了。
它虽然是灰色的却透明；
它蕴着一种无声的期待。
并且从云气中，不知哪里，
飘来了一声清脆的鸟啼。

有　忆

淡黄色的斜晖，
转眼中不留余迹。
一切的扰攘皆停，
一切的喧嚣皆息。

入了梦的乌鸦，
风来时偶发喉音；

和平的无声晚汐
已经淹没了全城。

　路灯亮着微红，
苍鹰飞下了城堞，
在暮烟的白被中
紫色的钟山安歇。

　寂寥的街巷内，
王侯大第的墙阴，
当的一声竹筒响，
是卖元宵的老人。

孙大雨

诀　绝

天地竟然老朽得这样不堪！
　我怕世界就要吐出他最后
　一口气息。无怪老天要破旧，
唉，白云收尽了向来的灿烂，
太阳暗得像死尸的白眼一般，
　肥圆的山岭变幻得像一列焦瘤，

没有了林木和林中啼绿的猿猴，
也不再有山泉对着好鸟清谈。

大风抱着几根石骨在摩挲，
海潮披散了满头满背的白发，
悄悄退到沙滩下独自叹息
去了：就此结束了她千古的喧哗，
就此也开始天地和万有的永劫。
为的都是她向我道了一声诀绝！

回　答

你问我对她有多少爱，我不知
怎样回答。爱情是活命的米粮，
不幸这人间缺少了一种衡量；
它也是生命的经纬，可是谁是
造物自己，能把它析了缕，分成丝，
再用天上的尺寸量它底短长？
不过少年人有个共同的信仰；
都信假使没有它，大家不如死。
我对她的爱，可以比作一片海；
零碎的殷勤好比银白的浮沤，

再没有能把它们计数得清；
　这海没大小，轻重，也没有边界——
她不爱我，浪头刀削一般的陡，
爱我时，太阳照着万顷的晴明。

老　话

自从我披了一袭青云，凭靠在
　渺茫间，头戴一顶光华的轩冕，
　四下里拜伏着千峰默默的层峦，
不知经过了多少年，你们这下界
才开始在我底脚下盘旋往来，——
自从那时候，我便在这地角天边，
　蘸着日夜的颓波，襟角当花笺，
起草造化的典坟，生命的记载，

（登记你们万众人童年底破晓，
　少壮底有为，直到成功而歌舞；
也登记失望怎样推出了阴云，
痛苦便下一阵秋霖来嘲弄，）到今朝
　其余的记载都已经逐渐模糊，
只剩星斗满天还记着恋爱的光明。

邵洵美

女　人

我敬重你，女人，我敬重你正像
我敬重一首唐人的小诗——
你用温润的平声，干脆的仄声
来捆缚住我的一句一字。

我疑心你，女人，我疑心你正像
我疑心一弯灿烂的天虹——
我不知道你的脸红是为了我，
还是为了另外一个热梦。

林徽音

笑

笑的是她的眼睛，口唇，
和唇边浑圆的漩涡。
艳丽如同露珠，
朵朵的笑向
贝齿的闪光里躲。
那是笑——神的笑，美的笑：
水的映影，风的轻歌。

笑的是她惺松的卷发，
散乱的挨着她耳朵。
轻软如同花影，
痒痒的甜蜜
涌进了你的心窝。
那是笑——诗的笑，画的笑：
云的留痕，浪的柔波。

陈梦家

一朵野花

一朵野花在荒原里开了又落了，
不想到这小生命，向着太阳发笑，
上帝给他的聪明他自己知道，
他的欢喜，他的诗，在风前轻摇。

一朵野花在荒原里开了又落了，
他看见青天，看不见自己的藐小，
听惯风的温柔，听惯风的怒号，
就连他自己的梦也容易忘掉。

十八年一月

雁　子

我爱秋天的雁子
　　终夜不知疲倦；
（像是嘱咐，像是答应，）
　一边叫，一边飞远。

从来不问他的歌
　　留在哪片云上，
　只管唱过，只管飞扬——
　黑的天，轻的翅膀。

我情愿是只雁子，
　一切都使忘记——
当我提起，当我想到，
不是恨，不是欢喜。

十九年十月

潘彼得的梦

彼得做了一场梦，
在昨天的晚上，
他看见一片落叶

发出一点声浪：
彼得，我是文黛！
　彼得的心里
跳出一个奇怪。
跳出一个奇怪。

但是早晨的钟响
掀亮他的眼睛，
他才醒悟这一夜
在一座古塔顶
挂住他的瞌睡。
　彼得哭一声，
依旧往天上飞。

二十年六月

鸡鸣寺的野路

这是一座往天上的路，
夹着两行撑天的古树；
　烟样的乌鸦在高天飞，
　钟声幽幽向着北风追；
我要去，到那白云层里，

那儿是苍空，不是平地。

大海，我望见你的边岸，
山，我登在你峰顶呼喊……
　劫风吹没千载的城郭，
　何处再有凤毛与麟角？
我要去，到那白云层里，
那儿是苍空，不是平地。

廿一年一月

白俄老人

　他庄严依旧像秋天，
　一柱静穆苍老的山尖。
有时候肺腑间的块结
引起他咳嗽或是叹息——
　那一阵痉挛轻轻摇下
他黄须上气凝的水滴，
　只频频摇头，他不说话。

是沉默，他衔着烟斗，
眼光在报纸上来回走；

有什么打搅他的心思，
他停下来，把眼睛举起——
　轻的一瞥，落在尼古拉
神武的遗像上。也许是
　寒冷使他呛，他喊："陀娜！"

廿一年六月

西　山

多少白皮松的萧萧？
　多少云纱挂在松梢？
多少山泉流的幽悄？
　山下的驼铃，有多少？

谁信云纱还送羊群
　踩着松梢下山？谁信
今夜远远的骆驼铃
　在十七的月下，像星？

影

是一棵树的影子，
一步一步它在移，——

也许它有点心思，
也许它不大愿意——
　月亮自东往西。

最初它睡在泥地，
随后像是要站起，
慢慢它抱着树枝，
到了又倒在树底——
　月亮已经偏西。

廿一年十二月

雨中过二十里铺

水车上停着的乌鸦，
什么事不飞呀？飞呀！
葫芦爬上茅顶不走了，
雨落在葫芦背上流。
静静的老牛不回家，
在田塍上听雨下。

草屯后走来了一群
白鹅，在菱塘里下碇。

小村姑荷叶做蓑衣，
采采红菱罢，云在飞呢！
雨，洗净了红菱，洗净
那一双藕白的雪胫。

廿二年十月

小庙春景

要太阳光照到
我瓦上的三寸草，
要一年四季
雨顺风调。

让那根旗杆
倒在败墙上睡觉，
让爬山虎爬在
它背上，一条，一条，……
我想在百衲衣上
捉虱子，晒太阳；
我是菩萨的前身，
这辈子当了和尚。

廿四年二月

当　初

当初那混沌不分的乳白色，
在没有颜色的当中，它是美。
从大地的无垠，与海，与穹苍，
是这白雪一片的雾气，在天地间
升起，弥满，它没有方向的圆妙，
它是单纯，又是所有一切的完全：
我母亲温柔的呼吸，是其中
微微的风，温柔是她的呼吸；
那亮光是我父亲在祈祷里
闭着的眼睛，他与主的神光相遇。
呵，我只是微小的一粒，在混沌间
没有我自己的颜色，没有分界；
那乳白色的一片，多么深远，
但我微小的在其中，也无有边缘，
我就是那渺渺乳白色间的一点——
他通到无穷去的周围，是乳白色，
他自己占到微小的一点，也是。
我有呼吸的从容，因为无一丝
阻碍我自由的伸舒，我从容的
在没遮拦的渺茫间浮沉，我又
借取了天使的翅膀，向空周旋。

不用辨识那完全清楚的一色，
天地与海的名称，不能妄称，
不能妄称神的世界间的神名，
不能喊出我自己的名，我原没有。
但是我和母亲的相合的呼吸，
它们全无分别的呼吸在一气，
融融如水乳的天籁；
我在那中间，吹一口气的泡沫
翻出那不受劝服的波浪，既然这样，
我便听自己无思想的飞射。……
到时候我清醒了，
那头上的天花板，摇篮的白
和陈旧的白窗帘，也使我混乱
究竟那和刚才梦里有什么分别。
我没有智慧去分别，梦和醒
在我是一样；母亲乳白的胸脯，
我埋在她的温柔里，我吞进
那一点紫红的星——是爱，是温，
是我生命的泉源，更是我
在乳白色间想到的日光。
母亲淡淡黄的白胸脯，她是
我醒来时唯一的颜色，

我闻到那从紫星中流出来
生命的芬芳，醒的芬芳；
都是淡而不浓的，它们原和
我梦里的光景一样，一样，一样，
它们就是这样引诱我去
那乳白色间的梦……

廿二年十月

方玮德

海上的声音

那一天我和她走海上过，
她给我一贯钥匙一把锁，
她说："开你心上的门，
让我放进去一颗心，
　请你收存，
　请你收存。"

今天她叫我再开那扇门，
我的钥匙早丢掉在海滨。
成天我来海上找寻，

我听到云里的声音——
　“要我的心，
　要我的心！”

幽　子

每到夜晚我躺在床上，
一道天河在梦里流过，
河里有船，船上有灯光，
　　我向船夫呼唤
　　“快摇幽子渡河！”

天亮我睁开两只眼睛，
太阳早爬起比树顶高，
老狄打开门催我起身，
　　我向自己发笑：
　　“幽子不来也好。”

风　暴

满天刮起一团风暴，
电火在林子里奔跑，
这不是风声，谁在叫；
一张脸凑近耳朵，

（一堆热情，一把火。）
“爱，别怕，是我！”
一团风暴起在心底，
漆黑，我看不清天地，
这分明是在白昼里，
没有雷，风也不吹；
一只影子向前飞，
“呵，天，那是谁？”

微　弱

我在数天上的星，
我问：“是哪一颗星
正照着她的家乡？”
　星子不做声，
　这一夜
露水落在我的脸上。

我走过一条江水，
我问：“是哪个时候
你流过她的家乡？”
　　水不答我话，
　　这一夜

沉默落在我的心上。

朱大枬

笑

赤霞纱里跳着一炷笑，
轻盈的，是红灯的火苗，
有的笑，温慰你黯淡的长宵。

翠羽湖里摇着一朵笑，
清癯的，是白莲的新苞，
有的笑，清醒你昏沉的初晓。

青铜鞘里晃着一柄笑，
霍霍的，是雪亮的宝刀，
有的笑，斩断你灵府的逍遥。

梁 镇

默 示

弦琴已经沉到了海底，
月亮不再露她的圆光，

地平上浮起一道霞彩，
使我欢喜，也使我绝望。

　爱，这时候我在玩味
　你的叹息，你的眼泪。

最温柔的四月，他们说；
花在迸发，林鸟在歌唱。
你听，那绿野上，幽谷里，
蜂群颤动金色的翅膀。

　爱，这时候我挨近你，
　低声唤出你的名字。

天是那样青，又那样美，
隐约传来城市的喧响；
啊，宁谧的生命的伟力，
你在从穹苍慢慢下降！

　爱，我怎能说这默示
　在我们心里会消逝？

跋

这本集子，说出了闻一多先生一生的思想历程，他的严谨的治学精神，强烈的正义感，和对民主的笃信，对广大人民的热爱。

一多是很会说话的，平时娓娓而谈，使人忘倦。晚年思想搞通了，又擅长于说理，尽管对方有成见，固执得像一块石头，他还是沉得住气，慢慢道来，拿出大道理，说得人口服心服。在大集会里，他又会另一套，一登台便作狮子吼，配上他那飘拂的长髯，炯炯的眼神，不消几句话，就把气氛转变，群众情绪提高到极度，每一句话都打进人的心坎里去。虽然，在事先并无准备，甚至连讲的纲要内容都没有写下。

他在晚年的若干次著名的讲演，都已收进这集子里了。虽然已经变成了文字，那声调，那情态，无法纪录下来。但是，就是读文字吧，也还想像得出当时的情景。举实例说，《民盟的性质与作风》和《战后文艺的道路》一类是说理的，使听的读的人都心平气和，点头道是。另一类像《组织民众与保卫大西南》，和最后一次的讲演，具有高度的战斗性，他说的时候，大声疾呼，情绪激昂，听的读的人也立刻受了感应，发生了共鸣。

他的著作，关于古经典校注订释的，需要长期整理，已由清华大学中国文学系同人负责进行外，其余全部都已收在这集子里，大部分都是发表过的，许多篇是手稿，有些是初稿，有的未曾完篇，例如《伏羲考》和《神仙考》，经朱佩弦先生的细心编缀，连接成文，虽然有些不连贯处，但是已经无可补救了。其实，岂止是手稿有缺陷，一多的著作生活，可以说还没有开始就被扼杀了，他的志愿是写一部以人民为本位的可读的唯物史观的《中国文学史》，这个集子里的文字，只是写这部书的初步材料。他常说，要有一天和平民主实现了，立刻回到书房，来写这部书。为了这个愿望，他致全力于和平民主的工作，为了他努力于和平民主的追求，他被刺杀。他死了，死去的不止是一个勇敢刚强的民主战士，不止是一个沉潜而又高明的学者，同时，也杀死了一部人人要读的属于人民自己的书，这个缺陷是无法弥补的，无法编缀的。

虽然手稿有残缺，甚至，遗集所搜集的文字，也许有遗漏，我应该在这跋文里特别提出，负责编辑这集子的许多先生，已经尽了最大的努力。

第一个应该提出的是朱佩弦先生，佩弦先生是一多十几年来的老友和同事，为了这部书，他化费了一年的时间，搜集遗文，编缀校正，遗稿由昆北运时，有一部分遭了水渍，请人逐页揭开，请人钞写。他拟定了目录，选编了尺牍，发表了许多篇未刊的遗著。并且，在他领导之下，动员了中国文学系全体同人，分钞分校，分别整理这集子以外的许多著作。一句话，没有佩弦先生的劳力和主持，这集子是不可能编集的。

其次是郭沫若先生。沫若先生只和一多见过两次面，一次是在武汉，恰好在二十年前；一次是由昆明出国的时候。去年上海文协开会，沫若先生就自告奋勇，愿意负责一多遗集的编定。佩弦先生编集的第一部分稿子，他在酷热的天气里，用三个礼拜的功夫校读两遍，改正了所有的错字，并且也改正了一多原来的笔误。他在八月十九日给我的信里说："稿中文字颇多夺误，所引用甲骨文金文及小篆等多错或误，已一一查出原字补正。全书标点符号，已为划一。"全稿收齐后，又于九月二十八日来信说："金甲文字已在原稿上一一照原文摹录，再经圣陶先生摹写付印，可期美观。"可见其用力之勤和精。沫若先生是一多生前所最敬佩尊重的人，《青铜时代》和《十批判书》是一多所最爱读的书，前年冬和去年春天，在西仓坡的院子里，阳光下，这两部书曾经成为我们谈话的经常题目。最近我有机会比沫若先生先读一多早年留美时的信札，有一封信提到二十五年后替他编定遗文的人："郭沫若来函之消息，使我喜如发狂。我们素日赞扬此人不遗余力，于今竟证实了他确是与我们同调者。《密勒氏评论报》不是征选中国现代十二大人物吗？昨见田汉曾得一票，使我惊喜，中国人还没有忘记文学。我立即剪下了一张票格，想替郭君投一票，后查出信到中国时，选举该截止了，所以没有寄去。本来我们文学界的人，不必同军阀，政客，财主去比长较短，因为这是没法比较的。但那一个动作，足以见我对此人的敬佩了。"

读了这段文字，再想到沫若先生对一多的纪念册《人民英烈》，和这部遗集的辛勤，我实在没有法子不流泪，我想，沫若先生也没有法子不流泪。

其次，应该谢谢开明书店，肯在这时候印出这部大书。尤其应该谢谢开明书店编辑部的叶圣陶先生周予同先生王伯祥先生徐调孚先生朱光暄先生：圣陶先生摹写金甲文字，予同伯祥调孚光暄先生分任校雠，所有引用古书文字，都抽检原书核对一过。十月二十五日圣陶先生给佩弦先生信说："闻氏全集已付排，缮钞之稿，实多错误，当初以为《死水·红烛》必无问题，孰知钞者所据为排印本，而排印本不惟多错字，且有错简之处，校时始发觉，颇累了排字工友。其考据文字，引用处如有可疑，皆检原书查对。"又在给沫若先生的信里说："期其比较精善，庶无负一多先生耳。"这部书的精善，这里面不止是学术上的共鸣，也包含了崇高的友情。我完全同意圣陶先生的话："此集交开明，为其幸事"，不止是闻集之幸事，也是学术界的幸事。

最后，还应该提到两个朋友。一个是翦伯赞先生，在叶圣陶先生提出开明愿意印行此书之前，伯赞先生曾经告诉我，陶行知先生办的一个印刷所，由他主持的，可以印这部书。虽然后来印刷所发生变故，没有成为事实，这意思是值得感激的。

另一个是沈衡山先生，衡山先生建议要写一本翔实的一多的传记，包括家世经历著述思想行谊和其他种种的，他愿意介绍出版。并特别指出："一多先生文字，过去拜读太少，近见《匡斋讲诗》，内容之精至，文字之优美，空前绝后，倾倒无已。”这建议非常好，在遗集问世以后，希望能如衡山先生的期望，有一本翔实的诗人战士学者，为民主献身的闻一多的传记，来教育，指示下一世代的人民。

一多是永远不会回到书房了，他这个人却长留在历史上，他这部书却长留在每一个书房中。

吴晗三十六年十一月四日晚十二时于清华园

编后记

我敬佩闻一多先生的学问，也爱好他的手稿。从前在大学读书的时候，听说黄季刚先生拜了刘申叔先生的门，因此得到了刘先生的手稿。这是很可羡慕的。但是又听说刘先生的手稿，字迹非常难辨认。本来他老先生的字写得够糟的，加上一而再再而三的添注涂改，一蹋糊涂，势所必然。这可教人头痛。闻先生的稿子却总是百分之九十九的工楷，差不多一笔不苟，无论整篇整段，或一句两句。不说别的，看了先就悦目。他常说钞稿子同时也练了字，他的字有些进步，就靠了钞稿子。

再说别人总将自己的稿子当作宝贝，轻易不肯给人看，更不用说借给人。闻先生却满不在乎，谁认识他就可以看他的稿子。有一回西南联大他的班上有一个学生借他的《诗经长编》手稿四大本。他并不知道这学生的姓名，但是借给了他。接着放了寒假，稿子一直没有消息。后来开学了，那学生才还给他，说是带回外县去钞了。他后来谈起这件事，只说稿子没有消息的时候，他很担心，却没有一句话怪那学生。

三十年我和闻先生全家，还有几位同事，都住在昆明龙泉镇司家营的清华文科研究所里，一住两年多。我老是说要细读他的全部手稿，他自然答应。可是我老以为这些稿子就在眼前，就在手边，什么时候读都成；不想就这样一直耽搁到我们分别搬回昆明市，到底没有好好的读下去。后来他参加民主运动，事情忙了，家里成天有客，我也不好去借稿子麻烦他。去年春间有一天，因为文学史上一个问题要参考他的稿子，一清早去看他。那知他已经出去开会去了。我得了闻太太的允许，翻看他的稿子；越看越有意思，不知不觉间将他的大部分的手稿都翻了。闻太太去做她的事，由我一个人在屋里翻了两点多钟。闻先生还没有回，我满意的向闻太太告辞。

想不到隔了不到半年，我竟自来编辑他的遗稿了！他去年七月还不满四十八岁，精力又饱满，在那一方面都是无可限量的，然而竟自遭了最卑鄙的毒手！这损失是没法计算的！他在《诗经》和《楚辞》上用功最久，差不多有了二十年。在文科研究所住着的第二年，他重新开始研究《庄子》，说打算用五年工夫在这部书上。古文字的研究可以说是和《诗经》《楚辞》同时开始的。他研究古文字，常像来不及似的；说甲骨文金文的材料究竟不太多，一松劲儿就会落在人家后边了。他研究《周易》，是二十六年在南岳开始；住到昆明司家营以后，转到伏羲的神话上。记得那时汤用彤先生也住在司家营，常来和他讨论《周易》里的问题，等到他专研究伏羲了，才中止了他们的讨论。他研究乐府诗，似乎是到昆明后开始。不论开始的早晚，他都有了成绩，而且可以说都有了贡献。

闻先生是个集中的人，他的专心致志，很少人赶得上。研究学术如此，领导行动也如此。他在云南蒙自的时候，住在歌胪士洋行的楼上，终日在做研究工作，一刻不放松，除上课外，绝少下楼。当时有几位同事送他一个别号，叫做“何妨一下楼斋主人”，能这么集中，才能成就这么多。半年来我读他的稿子，觉得见解固然精，方面也真广，不折不扣超人一等！对着这作得好钞得好的一堆堆手稿，真有些不敢下手。可惜的是从昆明运来的他的第一批稿子，因为箱子进了水，有些霉得揭不开；我们赶紧请专门的人来揭，有的揭破了些，有些幸而不破，也斑斑点点的。幸而重要的稿子都还完整；就是那有点儿破损的，也还不致妨碍我们的编辑工作。

稿子陆续到齐。去年十一月清华大学梅贻琦校长聘请了雷海宗，潘光旦，吴晗，浦江清，许维遹，余冠英六位先生，连我七人，组成“整理闻一多先生遗著委员会”，指定我作召集人。家属主张编全集，我们接受了。我拟了一个目，在委员会开会的时候给大家看了。委员会的意思，这个全集交给家属去印，委员会不必列名；委员会的工作先集中在整编那几种未完成的巨著上。于是决定请许维遹先生负责《周易》和《诗经》，浦江清先生负责《庄子》和《楚辞》，陈梦家先生负责文字学和古史，余冠英先生负责乐府和唐诗，而我负总责任。但是这几种稿子整编完毕，大概得两三年。我得赶着先将全集编出来。

全集拟目请吴晗先生交给天津《大公报》，上海《文汇报》发表。这里收的著作并不全是完整的，但是大体上都可以算是完整的了。这里有些文篇是我们手里没有的，我们盼望读者钞给我们，或者告诉我们那里去钞。至于没有列入的文篇，我们或者忘了，或者不知道，也盼望读者告知。结果得到的来信虽然不算多，可是加进的文篇不算少，这是我们很感谢的。一方面我们托了同事何善周先生，也是闻先生的学生，他专管找人钞稿。我们大家都很忙，所以工作不能够太快；我们只能做到在闻先生被难的周年祭以前，将全集钞好交给家属去印。钞写也承各位钞写人帮忙，因为我们钱少，报酬少。全集约一百万字，钞写费前后花了靠近一百五十万元。最初请清华大学津贴一些，后来请家属支付一半，用遗稿稿费支付一半，这稿费也算是家属的钱。

全集已经由家属和开明书店订了合同，由他们印。惭愧的是我这负责编辑的人，因为时期究竟迫促，不能处处细心照顾。钞写的人很多，或用毛笔，或用钢笔，有工楷，也有带草的。格式各照原稿，也不一律。闻先生虽然用心钞他的稿子，但是他做梦也没想到四十八岁就要编全集，格式不一律，也是当然。钞来的稿子，承清华大学中国文学系各位同人好几次帮忙分别校正，这是很感谢的！

拟目分为八类，是我的私见，但是“神话与诗”和“诗与批评”两个类目都是闻先生用过的演讲题，“唐诗杂论”也是他原定的书名。文稿的排列按性质不按年代，也是我的私见。这些都是可以改动的。拟目里有郭沫若先生序，是吴晗先生和郭先生约定的，还有年谱，是同事季镇淮先生编的，季先生也是闻先生的学生。

还想转载《联大八年》里那篇《闻一多先生事略》。闻先生的传，还有史靖先生的《闻一多的道路》一书，已经单行了。去年在成都李闻追悼会里也见到一篇小传，叙到闻先生的童年，似乎是比别处详细些。我猜是马哲民先生写的，马先生跟闻先生小时同学，那天也在场，可惜没有机会和他谈一下。全集付印的时候，还想加上闻先生照像，一些手稿和刻印，这样可以让读者更亲切的如见其人。

最后谢谢帮助的诸位先生。吴晗先生和郭良夫同学交来大部分演讲录，东北大学孙作云先生，北平师范学院东方未明先生和一位失名的先生补充了许多篇目，潘光旦先生指出《新月》杂志里的各篇，暨南大学过伟先生寄来《论文艺的民主问题》，甘肃蓟弢先生钞来《民盟的性质与作风》，重庆南开中学刘兆吉先生钞来《西南采风录》序，卞慧新同学寄来《给左明先生》的信，梁实秋先生交来闻先生给他的信，还有汉口《武汉时报》李一痕先生，广州麦君鹏先生，厦门集美中学周衡生先生，北平铁道学院魏荒弩先生，以及另一位失名的先生，也都寄来过或钞来过稿子。可是还有几篇文章，题目已经编入拟目里，却始终搜寻不到，现在列举在下面：

甲集　神话与诗　《诗经中的性欲描写》原载《时事新报·学灯》

《关雎篇》原载云南某周报

《匡斋谈艺》系据唐亮先生《绘画展览目录序》改作，原序亦无从搜寻。

丁集　诗与批评　《现代英国诗人序》

戊集　杂　　文　《败》

《论宣传》原载三十一年某月日《中央日报》

《不许胜利变质》原载三十五年昆明某报

朱自清三十六年七月

重印后记

一九四六年七月十五日，闻一多先生为民主运动呼号，被国民党特务暗杀。那年十一月，清华大学梅贻琦校长聘请朱自清、雷海宗、潘光旦、吴晗、浦江清、许维遹、余冠英七位先生组成整理闻一多先生遗著委员会；十二月，委员会开始工作，只经过一个月，就拟定了《闻一多全集》的目录。后一年九月中旬起，担任印行的开明书店就陆续收到全集的稿件；再后一年——一九四八年八月，《闻一多全集》精装四卷本出版。当时我在开明书店工作，有两点至今还感到遗憾：一点是出版期晚了一个月，没赶上闻一多先生被害两周年纪念；再一点是朱自清先生在八月十二日病故，对印成的全集没来得及看上一眼，在编辑过程中，他是花心血最多的。

说是“全集”，其实不全，朱自清先生写编后记就列出了已经编入拟目而没有找到的文章的篇目。明知不全，为什么叫“全集”呢？翻遍了这部全集前面的两篇序文和后面的跋和编后记，都找不到答案。我回想当时大家都有这样一种情绪：闻一多先生被反动派看作死敌，他当然是咱们的英雄；反动派消灭了他的肉体，咱们就得拥护他的精神的永生——包括他的道德和文章。给他编集子当然应该编全集，不编全集就感到不满足，不够劲，不能给敌人一种威慑力量，不足以向全世界控诉反动派竟杀害了这样一位正义的有成就的学者。当时用“全集”这个名称，实在是势所必然。

全国解放后不久，《闻一多全集》就不再重印了，原因可能很多，其中主要的一个就是不全。闻一多先生的著作，可能还有三分之一没有收在这个集子里，因而等待编出一部名副其实的《闻一多全集》来。有的同志已经在做搜集和校订的工作，可是至今没有完成，名副其实的《闻一多全集》暂时还不能跟读者见面。三联书店认为不能让读者老是等待，决定把原来开明版的《闻一多全集》重印一版，暂时满足读者的需要。我赞成这个办法。为了没有全的，连不全的也不给读者，总是说不过去的；何况全和不全是相对的，真正的全集恐怕自古以来就不曾有过。我又想到《朱自清文集》也停印了二十几年了，也可以重印一版来满足读者的需要。

还有两点要说一说。一点是当年出版这部全集的时候，出面的编辑人是朱自清先生、吴晗先生、郭沫若先生和我。我只做了些技术性的工作。朋友们要把我的名字列上去，我同意了，无非是愿意共同负责的意思。再一点是三联书店这一回重印这部全集，请欧阳文彬、朱光暄、王清华三位同志通体校订一遍，校正了一些排错的字。他们都是开明书店的老同人。朱光暄同志当年负责校对这部全集，作了许多重要的订正。

叶圣陶一九八零年十一月

图书在版编目(CIP)数据

闻一多全集:全六册/闻一多著;朱自清等编
. —上海:上海书店出版社,2020.4
ISBN 978-7-5458-1900-7

Ⅰ.①闻… Ⅱ.①闻… ②朱… Ⅲ.①中国文学-现代文学-作品综合集 Ⅳ.①I216.2

中国版本图书馆 CIP 数据核字(2019)第 278652 号

策划编辑 杨英姿
责任编辑 俞芝悦
版权统筹 周晓斌
装帧设计 陈绿竞 郦书径

闻一多全集(全六册)
闻一多 著
朱自清 郭沫若 吴 晗 叶圣陶 编

出 版 上海书店出版社
(200001 上海福建中路 193 号)
发 行 上海人民出版社发行中心
印 刷 上海展强印刷有限公司
开 本 889×1194 1/32
印 张 79.75
版 次 2020 年 4 月第 1 版
印 次 2020 年 4 月第 1 次印刷
ISBN 978-7-5458-1900-7/I·499
定 价 398.00 元